Jocelyne BARTHEL

Mademoiselle de Pâquelin

Éditions Nouvelles Plumes

Éditions Nouvelles Plumes

16 rue d'Orchampt – 75018 Paris
www.nouvellesplumes.com

ISBN : 979-10-245-0101-7

À Corine, la vraie, qui débarqua à Paris
un jour de septembre... 1979 de sa province du Hainaut,
pour avoir inspiré les premières lignes
de Mademoiselle de Pâquelin, *au temps de notre amitié*
et de nos infortunes estudiantines...

À Marguerite de Valois, la vraie, reine de France et de Navarre,
née quatre siècles trop tôt, femme brillante et libre
à une époque où ses semblables ne l'étaient pas,
et dont les Mémoires ont librement inspiré
nombre des pages qui suivent...

À Marine Letitia, ma fille, qui est tout aussi vraie.
Puisse-t-elle un jour aimer comme moi l'histoire de France,
et celle-ci en particulier...

I. Corine à la Cour

En l'an de grâce 1571, le onzième jour de septembre, une voiture attelée de quatre chevaux s'arrêta devant une auberge de Compiègne. Le jeune laquais assis à côté du cocher sauta à terre et aida les passagers à descendre du véhicule : un vieillard à la barbe et aux cheveux grisonnants, tout de noir vêtu, une jeune fille tout juste sortie de l'adolescence, sa soubrette à peine plus âgée et un petit chien blanc.

Ils étaient épuisés par leur long voyage. Chaque cahot de la route les avait fait sauter de leur siège, puis laissés retomber brutalement. Il pleuvait depuis l'aube et la boue du chemin collait aux roues, rendant d'heure en heure plus lourde la charge que devaient tirer les chevaux, ralentissant leur allure. Quelques heures plus tôt la voiture avait failli se renverser et avait stoppé brutalement : une des roues n'avait pas résisté à la mauvaise qualité des routes, deux de ses rayons s'étaient brisés et elle s'était détachée de l'essieu.

Sous des trombes d'eau, le cocher et le laquais étaient allés chercher du bois dans la forêt voisine et avaient pu faire une réparation de fortune. Pour qu'ils puissent redresser la voiture à l'aide d'une branche utilisée comme levier, et ajuster la roue, M. de Louvy, Mlle de Pâquelin et sa servante Clémence avaient dû descendre et patauger dans les ornières. La jeune fille avait toutefois obtenu que le petit chien au poil soyeux puisse demeurer à l'intérieur. Il n'était pas bien lourd et elle tremblait à l'idée de l'état dans lequel il serait s'il les suivait. Eux-mêmes étaient trempés et plus sales que des terrassiers lorsqu'ils remontèrent dans le véhicule. Quant au cocher et à son aide improvisé, ils étaient maculés de boue jusqu'aux yeux.

À Compiègne, un valet de l'auberge s'empressa auprès des voyageurs transis et épuisés, tandis que le cocher menait l'attelage à l'écurie. La grande salle éclairée de torches et la chaleur provenant de la cheminée leur parurent bien accueillantes. Avant de dîner, la jeune fille voulut se changer et demanda une cuve et de l'eau chaude pour pouvoir prendre un bain. L'hôtelière acquiesça d'un signe de tête et conduisit la demoiselle et sa compagne par un escalier de bois à l'étage, où se trouvaient les chambres.

On lui amena une baignoire faite de la moitié d'un gros tonneau. L'eau mit plus longtemps à arriver et Clémence dut aller plusieurs fois à la cuisine s'en inquiéter. Enfin des valets arrivèrent portant des seaux tout fumants. Quand ils furent repartis, Corine de Pâquelin renvoya sa servante, lui déclarant qu'elle se débrouillerait seule.

Elle enleva sa fraise, cette collerette qui lui enserrait le cou, et dégrafa son corsage. Sa malle avait été montée à côté du lit et le petit chien était perché dessus comme pour la garder. Corine avait hâte d'enlever son corset. Au manoir de ses parents elle aimait s'habiller simplement, comme les bourgeoises de la ville, ou se promener dans les champs, vêtue comme une fille de laboureurs. Dorénavant sa condition le lui interdisait. Fraise, corset et vertugadin[1] seraient son quotidien. Il lui faudrait été comme hiver supporter les amples jupons empesés sous les larges jupes superposées. Elle avait du mal à se faire à cette idée.

« Ah ! soupira-t-elle, quel voyage ! Heureusement demain nous arriverons à Paris. » Le petit chien jeta un bref aboiement, et lorsqu'elle tendit la main pour le caresser, il lui donna un grand coup de langue sur le bout des doigts. Corine sourit, se dévêtit complètement et se plongea avec

---

1. Vertugadin : sorte de bourrelet de tissu porté à la taille au XVIe siècle pour faire bouffer les jupes.

délassement dans l'eau fumante. De la malle, l'animal avait sauté sur le lit et testait le confort de celui-ci, s'y promenant d'un bout à l'autre, tournant sur lui-même, en inspectant tous les coins.

Le père de Mlle de Pâquelin lui avait ramené ce jeune chien d'Angleterre lors d'un récent voyage et le lui avait offert pour ses dix-huit ans. C'était un petit bichon, un de ces chiens minuscules qu'on disait originaires de Malte, aux longs poils blancs et soyeux, que Corine peignait chaque jour avec soin. Il arborait ce jour-là dans sa « chevelure » un magnifique ruban de soie rose.

Il avait été pourvu d'un nom anglais, parce que acquis en Angleterre, et on l'avait appelé Tricky, celui qui aime faire des tours, des farces, ce qui convenait tout à fait à son caractère. Corine l'adorait, il était son compagnon de jeu, son confident. Il partageait ses peines et ses joies, la suivait partout, se faufilant parfois sous ses larges jupes à panier pour se cacher et la taquiner, lui volant les biscuits de son goûter... Mais la jeune fille pardonnait toujours tout à Tricky.

Quand Mlle de Pâquelin se fut habillée, elle prit encore le temps de le brosser et de lui mettre un ruban bleu à la place du rose, puis elle le prit sous le bras et descendit rejoindre M. de Louvy qui l'attendait à une table de la grand-salle, près de la cheminée. On leur servit un potage où trempaient quelques légumes et des croûtons. Puis on leur apporta un beau pâté de campagne et une miche de pain ronde. Tout en parlant avec M. de Louvy, Corine tendait des morceaux de pâté au petit chien sous la table.

La chaleur de la cheminée proche finissait de l'engourdir alors que la tiédeur du bain avait ramolli ses muscles endoloris par le voyage. Après avoir croqué à petites bouchées une pomme bien rouge, elle regagna sa chambre, ôta sa coiffe et peigna longuement ses longs cheveux châtains. Puis elle se dévêtit, enfila une chemise de nuit, tressa sa chevelure, et se glissa sous les couvertures. Tricky s'installa à ses pieds, et elle s'endormit presque aussitôt, d'un sommeil profond et douillet, de celui que l'on prête aux enfants et aux innocents.

⋆ ⋆ ⋆ ⋆

Son voyage avait commencé la veille, lorsqu'elle avait quitté de bon matin un petit manoir proche de Mons, dans le comté de Hainaut aux Pays-Bas, pour se diriger vers le royaume de France. Peu de gens circulaient sur les routes en ce temps-là. La plupart des marchandises étaient transportées par voie d'eau, pour être moins secouées, et les voyageurs étaient peu nombreux. Car le réseau routier, depuis les temps immémoriaux où il avait été établi par les Romains, avait traversé les siècles du Moyen Âge sans être beaucoup entretenu. La terre avait recouvert les pavés, les herbes poussaient sur la chaussée, les pluies avaient creusé des ornières.

De plus, en cette région frontière entre les Pays-Bas et la France, on risquait toujours de rencontrer quelque bande de mercenaires sans emploi, vivant de brigandage et de rapine, ou quelque troupe de mendiants ou de paysans démunis, accablés par les souffrances et les épidémies apportées par la guerre, civile ou étrangère, réduits à toute extrémité, prêts au besoin à attaquer les voyageurs pour tenter de subsister.

Tout cela n'encourageait point les voyages. Sur ces routes difficiles, les chevaux ne pouvaient guère parcourir plus de deux lieues par heure. L'entretien des chemins préoccupait peu la Cour et l'État, d'autant que les finances du royaume de France étaient basses et que d'autres sujets plus graves monopolisaient l'attention.

La paix avait été signée l'année précédente à Saint-Germain-en-Laye entre les catholiques et les protestants. Mais en réalité, c'était une paix bien précaire. Au printemps la tension avait monté, on disait que Coligny, le fameux amiral, avait fomenté un complot visant à offrir la couronne des Pays-Bas à Charles IX, par la grâce de Dieu roi de France. On prétendait même que le roi avait été fortement tenté, mais la reine mère était intervenue et les projets de Charles IX et de Coligny sur les Flandres avaient avorté. Depuis Catherine de Médicis travaillait à réunir les Français, cherchait à se réconcilier avec la reine de Navarre et avec l'amiral, chefs de file du parti protestant, au grand dépit des Guise, à la tête des catholiques.

Mlle de Pâquelin se rendait à Paris. Elle allait être présentée à la Cour et devenir demoiselle d'honneur de la reine mère Catherine de Médicis. Mais comment ce grand honneur avait-il échu à une jeune fille de la petite noblesse du Hainaut?

Il convient de préciser que les Pâquelin étaient d'origine italienne et que l'un des ancêtres de Corine avait fort bien connu la famille des *Medici*, du temps où ceux-ci étaient banquiers à Florence, alors que lui-même, qui s'appelait *il signore Pasqualini*[1], était marchand de drap.

Son fils avait émigré en Flandres où ce type de commerce s'était développé, mais les contacts avec le pays d'origine n'avaient pas été rompus. Les *Pasqualini*, devenus Pâquelin, avaient prospéré en Flandres et Hainaut et avaient fini par être anoblis. Point n'est besoin de retracer ici l'ascension de la famille des *Medici*. Les liens entre les Pâquelin et les Médicis se détendirent au fil des ans, mais l'on ne manqua pas de les rappeler en Hainaut lorsqu'une Médicis monta sur le trône de France. Cependant Mons était loin de Paris et les Médicis ne se souvenaient plus des Pâquelin…

La fortune de ces derniers n'avait jamais atteint celle de la famille patricienne de Florence, et en ces temps de crise elle avait même baissé dangereusement. M. de Pâquelin

---

1. Les personnages de cette famille sont fictifs. Ils se mêlent dans cette histoire à des personnages qui ont réellement existé, et dont on a en général respecté la vie et le caractère, comme la famille royale française.

avait un fils et une fille ; il avait acheté pour son fils une charge de lieutenant dans l'armée espagnole, la région de Mons appartenant avec les Pays-Bas à l'Espagne. Mais il lui restait bien peu pour doter sa fille.

M. de Louvy, qui avait des relations à la cour de France et qui était un grand ami des Pâquelin comme son père et son grand-père l'avaient été avant lui, s'était entremis pour obtenir de la reine mère l'insigne honneur d'accepter parmi le véritable « bataillon » féminin qui l'accompagnait en tout lieu, la jeune demoiselle de Pâquelin, en souvenir de l'amitié des deux familles.

Mme de Pâquelin et sa fille elle-même croyaient peu au résultat de cette démarche. Pourtant la reine mère avait répondu positivement à leur requête. Les relations qu'avait M. de Louvy à la Cour avaient-elles plus de poids qu'on ne le pensait ? Ou bien Catherine de Médicis, entourée d'ennemis dans le royaume et même à la Cour, avait-elle pensé trouver, chez cette jeune fille de lointaine origine italienne, une amie et un soutien ? Quoi qu'il en soit, son acceptation rendait Corine de Pâquelin sa débitrice, et par voie de conséquence sa servante dévouée. Et en cette période de guerre civile où les plus fidèles alliés pouvaient du jour au lendemain devenir les plus cruels ennemis, une demoiselle d'honneur entièrement dévouée à sa personne était ce dont Catherine de Médicis avait le plus besoin.

Pour Corine et sa famille, cette place à la cour de France était un don inespéré : non seulement son avenir était maintenant assuré, mais encore sa nouvelle situation permettrait de redorer le blason de la famille.

Pourtant la jeune fille ne cachait point quelque appréhension à l'idée de cette nouvelle vie qui l'attendait. Elle qui n'avait jamais connu que la petite gentilhommière familiale et le pays environnant, voilà qu'elle était propulsée vers un monde nouveau dans un pays étranger. Sa vie quotidienne serait bouleversée. Désormais elle allait vivre au rythme de la Cour.

Clémence, la soubrette, était absolument ravie de la nouvelle vie qui attendait sa maîtresse, et elle aussi par la même occasion. Elle rêvait au monde qu'elle allait découvrir, aux personnages célèbres qu'elle allait rencontrer, la reine Catherine, le roi, et tous les grands seigneurs... Elle songeait aussi aux belles toilettes, aux bijoux...

Corine était moins enthousiaste. N'affirmait-on pas aussi qu'il y avait beaucoup d'intrigues à la Cour ? Mlle de Pâquelin s'était promis, en tout cas, de ne jamais y être mêlée. Elle avait décidé de servir sa bienfaitrice en toute sincérité et très fidèlement. Nul doute que s'il y avait des intrigues à la Cour, la reine mère n'y prenait aucune part ! C'était du moins ce que pensait Corine. En toute naïveté. Elle n'avait que fort peu de notions de politique.

⋆ ⋆ ⋆ ⋆

Mlle de Pâquelin fut réveillée par Tricky qui vint lui donner de petits coups de langue sur les mains et sur la joue. Elle le remercia d'une caresse pour son bonjour amical.

À ce moment Clémence entra et annonça qu'il faudrait toute la journée pour réparer complètement la roue et que par conséquent ils ne pourraient reprendre la route que le lendemain. Corine soupira. Cela rallongeait le voyage, mais après tout elle n'était pas fâchée de passer une journée sans être cahotée sur de mauvais chemins. La soubrette lui proposa d'occuper sa journée en commençant par un petit tour au marché de la ville.

Les yeux de Corine pétillèrent tandis qu'elle enlevait sa chemise de nuit pour passer celle de jour. Elle adorait l'ambiance des marchés, les paysans gouailleurs vantant leurs produits, les enfants pieds nus courant entre les étalages et chipant un fruit de-ci, de-là, les odeurs sucrées se mêlant aux odeurs acres. Autant la foule des réceptions et des bals lui faisait peur, autant celle des petites gens les jours de marché la ravissait. À Mons souvent, en cachette de ses parents, elle empruntait une robe à Clémence et les deux jeunes filles se mêlaient à la foule des marchands et des badauds.

Clémence était à son service depuis l'âge de quatorze ans, mais elle la connaissait auparavant car elle était la fille d'un des métayers de son père, et elles avaient souvent joué ensemble étant enfants. Elles avaient gardé de ce temps-là une complicité que ni la faible différence d'âge (Clémence avait deux ans de plus qu'elle) ni l'opposition de leurs conditions sociales n'avaient pu briser. Et si pour les autres, Clémence était la servante, au fond elle était bien plus.

Pourtant la petite paysanne n'avait jamais réussi à tutoyer la « demoiselle du château », comme celle-ci le lui demandait lorsqu'elles étaient seules, mais il y avait dans les « Madame » et les « Mademoiselle » qu'elle lui lançait plus de tendresse et d'admiration que de respect ou d'obligation.

— Je ne sais pas si M. de Louvy aimerait cela, dit Corine tandis que la soubrette lui laçait son corset.

— Il n'est pas obligé de le savoir, lança gaiement Clémence.

Les jeunes filles échangèrent un clin d'œil.

— Tout de même, nous ne sommes pas à Mons ici, nous ne connaissons personne, répondit Corine en enfilant son jupon. Nous prendrons le laquais avec nous, c'est plus sage.

— Vous voilà bien raisonnable, Mademoiselle, jeta la servante en fixant le vertugadin à sa taille.

— Il faut bien que je m'habitue ! soupira la jeune fille.

Et elles rirent de bon cœur toutes les deux.

Sur sa jupe de dessous, Corine enfila une des robes les plus simples qu'elle avait dans le trousseau que sa mère lui avait fait confectionner avant le départ. Elle était faite d'un lainage brun-roux qui allait fort bien avec ses yeux noisette. Au cou elle fixa une petite collerette godronnée moins imposante que la grande fraise d'origine italienne. Clémence peigna ses cheveux, les coiffant en arrière et les maintenant relevés par des arcelets avant d'y poser un attifet de velours marron, orné sur le tour de perles nacrées. L'attifet était une coiffe à la mode qu'avait lancée la reine Catherine, une sorte de petit bonnet dont la carcasse était faite de fils métalliques, qui s'avançait en pointe sur le front et s'échancrait en deux arcs au-dessus des tempes, laissant par là voir les cheveux.

Clémence lui présenta un miroir. Après y avoir jeté un coup d'œil satisfait, Corine se fit apporter une légère collation qu'elle prit dans la chambre en compagnie de la soubrette. Puis les deux jeunes filles hélèrent Phelippot le laquais et quittèrent l'auberge pour se rendre au marché.

La place était animée et les camelots nombreux, aussi Clémence prit-elle Tricky dans ses bras pour qu'il ne se fasse pas piétiner par la foule bigarrée, ni attaqué par quelque chien de forain. Le petit chien ne se fit pas prier car il était effrayé par tous ces bruits, ces voix rauques appelant l'acheteur, ces commères jacassant qui se racontaient les nouvelles de la semaine. Il aurait préféré rester couché en boule sur le bon lit confortable de l'auberge.

Corine avançait entre les étalages, Clémence à ses côtés, Phelippot derrière. Avec sa suite elle se frayait un chemin entre les passants, les acheteurs et les badauds, allant d'un étal à l'autre, jetant un coup d'œil sur des fruits ou des volailles, sur des pièces de tissus, s'arrêtant pour admirer une dentelle, écouter un joueur de vielle, remplissant ses yeux du spectacle de la vie. Là deux paysans éméchés s'apostrophaient et en venaient aux mains, ici deux bourgeoises de Compiègne parlaient des déboires conjugaux d'une troisième. Là, deux gentilshommes, épées au côté, s'entretenaient de leurs exploits guerriers passés, ici, deux enfants rêvaient tout haut à leurs actions d'éclat futures. Là, deux fiancés se disaient des mots tendres devant une petite marchande de fleurs, ici, deux amis, valets de leur état, échangeaient des nouvelles de la Cour.

C'est ainsi que Corine apprit que celle-ci se trouvait non à Paris, mais à Blois, depuis le premier du mois, et que la reine mère y attendait l'amiral de Coligny, mais aussi la reine de Navarre et son fils. Mlle de Pâquelin et ses serviteurs se promenèrent encore longtemps dans le marché, bavardant avec les camelots, achetant des fruits et les dégustant tout en marchant. Ils venaient à peine d'entendre onze coups sonner à l'église la plus proche, lorsqu'ils virent apparaître M. de Louvy, l'air contrarié.

— Enfin, Mesdemoiselles, qu'est-ce que cela veut dire ? Voilà plus de deux heures que je vous cherche par toute la ville. Vous n'êtes pas bien raisonnables. Et toi Phelippot, gredin, tu ne pouvais pas les retenir ?! s'exclama le vieil homme en colère.

— Je suis aux ordres de Mademoiselle, répondit le laquais, impassible.

Corine avait pris à son tour Tricky dans ses bras et le caressait nonchalamment. Elle laissait couler le flot de reproches sans rien dire. Clémence ne disait rien non plus, car elle avait la bouche pleine de prunes qu'elle s'efforçait d'avaler sans étouffer.

— Retournons à l'auberge, décida M. de Louvy. Cet endroit n'est pas décent pour une jeune fille de qualité. Songez que demain vous serez à la Cour. Que dirait Madame Catherine si elle vous voyait ainsi ?

— Ne vous fâchez pas, M. de Louvy, dit Corine en chemin, si je n'étais pas venue aujourd'hui au marché, nous n'aurions jamais su que la Cour était à Blois et nous aurions eu l'air bien fins, demain, aux portes du Louvre.

Elle lui rapporta alors les paroles du valet rencontré le matin.

— Eh bien ! Mesdemoiselles, soupira-t-il, je crois que notre voyage se rallonge encore.

— Croyez-vous que la reine de Navarre viendra à la Cour ? demanda Corine.

— J'en doute. Elle craindra les intrigues et la corruption qui règnent selon elle dans les palais royaux. Elle n'a pas confiance en Catherine de Médicis, ni en ses fils.

— Et M. de Coligny ?

Le vieil homme réfléchit un instant.

— … Peut-être… Tout dépend du prix qu'il exigera pour ce retour… et de celui que voudront bien lui accorder la reine mère et le roi.

— On dit que Charles IX multiplie les gestes d'apaisement. Cela veut-il dire que les guerres entre catholiques et protestants sont terminées ?

— Il faut l'espérer mon enfant. Si vraiment la reine Catherine veut la paix en France, que Dieu l'entende !

★ ★ ★ ★

M. de Louvy ne se trompait pas, du moins en ce qui concernait Coligny. L'amiral avait monnayé grassement son retour. Mais Catherine avait tout accepté. Et, en ce même jour, 12 septembre 1571, Gaspard de Coligny était arrivé à Blois. Il y avait eu un moment de gêne, puis l'amiral avait promis de se montrer bon sujet et loyal serviteur du roi et la réconciliation semblait faite.

Le lendemain nos voyageurs reprirent la route et parvinrent à la nuit tombée à Paris. Le 14, ils couchèrent à Étampes, le 15 à Orléans et le 16 enfin ils parvinrent à Blois. Il était déjà tard et la présentation de Corine à la reine fut reportée au lendemain.

Ce jour-là Mlle de Pâquelin revêtit sa plus belle toilette : c'était une robe de percale couleur azur, dont la jupe aux petits plis fins était parsemée de fleurettes au cœur constitué d'une perle, et aux pétales brodés d'argent. Les manches bouffantes étaient fendues sur le devant dans le sens de la longueur, laissant apparaître des flots de dentelle blanche par l'ouverture ainsi formée. Le plastron du corsage ainsi que les manchettes qui lui enserraient le poignet étaient blancs et piqués de dentelle argentée. Le décolleté était arrondi et orné d'un col de dentelle blanche large de quatre pouces et rabattu sur les épaules. Elle mit à son cou un collier de perles et coiffa ses cheveux, avec l'aide de Clémence, en un chignon maintenu sur la nuque par une résille de fils d'argent et de perles semblables à celles de la jupe.

Ainsi parée elle attendit, dans la chambre qu'on lui avait assignée au château, que M. de Louvy vînt la chercher. Il parut bientôt, ayant revêtu un costume de velours noir rehaussé de brillants, et soigneusement peigné sa courte barbe grise. Corine le suivit dans les dédales du palais sans faire attention aux gens qu'elle croisait, ni aux salles qu'elle traversait, tant elle était émue. Elle ne voyait rien de ce qui était autour d'elle, concentrée qu'elle était sur cette seule pensée : elle allait rencontrer Catherine de Médicis, le personnage le plus influent de la Cour, grande dame de France, nièce de deux papes, épouse et mère de rois.

Tout à coup, alors qu'ils se trouvaient dans une galerie où il y avait affluence de courtisans, il y eut un brouhaha et une voix d'huissier cria : « Messieurs, le roi ! » Aussitôt les personnes présentes s'alignèrent de chaque côté de la pièce laissant un passage au milieu. Mlle de Pâquelin se retrouva, sans savoir comment, au premier rang. Elle plongea dans une parfaite révérence de cour, tandis que chacun s'inclinait, avec un ensemble impeccable.

Lorsque le roi fut passé, M. de Louvy lui demanda comment elle le trouvait. Mais Corine fut bien en peine de répondre. Sa timidité naturelle l'avait empêchée de relever la tête, et elle n'avait rien vu, si ce n'est le bout de ses propres souliers. M. de Louvy mit son silence sur le compte de l'émotion et la pressa de continuer leur chemin, car on ne faisait pas attendre la reine mère.

Catherine de Médicis était souffrante depuis quelques jours et ne quittait guère sa chambre. Des mauvaises langues disaient que c'était la présence de Coligny à la Cour qui la rendait malade. C'était faux, Catherine estimait l'amiral, simplement elle ne supportait pas qu'il cessât d'agir en serviteur fidèle. Mais elle savait oublier ses rancunes lorsque l'intérêt de la France était en jeu. D'autres disaient que son indisposition était due au refus de la reine de Navarre de venir à la Cour. Ce n'était rien de tout cela et ses familiers le savaient bien. La vérité était bien plus simple. Son tempérament sanguin, ses excès de table, ses imprudences la rendaient sujette à de fréquents malaises, indigestions, fièvres et vertiges. Mais son étonnante vitalité reprenait vite le dessus.

Corine et son compagnon parvenaient à une lourde porte de chêne gardée par deux sentinelles. M. de Louvy se fit annoncer ainsi que Mlle de Pâquelin. Une femme apparut, qui les fit entrer dans l'antichambre : c'était Mme du Perron, confidente de la reine mère depuis de longues années, qui avait été gouvernante du roi Charles IX lorsqu'il était enfant, et en laquelle Catherine de Médicis avait grande confiance puisqu'elle lui avait confié une partie de ses biens à gérer.

Mme du Perron leur demanda d'attendre et passa dans une pièce voisine. Des voix leur parvinrent à travers la porte entrouverte :

— Qu'est-ce qué c'est, Marie-Catherine ? J'avais demandé qu'on ne mé dérange pas !

— Mlle de Pâquelin est arrivée, Madame.

— Pâquelin ?... Ah ! *Si*, je vois. Faites-la entrer.

Corine retint son souffle. Mme du Perron réapparut et ouvrit la porte en grand.

Un imposant fauteuil avait été placé près de la cheminée. Une femme d'une cinquantaine d'années y était assise. Elle portait une robe de deuil, d'un noir uni. Un attifet de velours noir était posé sur ses sombres cheveux frisés, et supportait un long voile noir. Seule contrastait au milieu de cette masse sombre une fraise d'un blanc éclatant surmontée d'un visage pâle et froid. Le front large et le nez fort donnaient un air sévère, mais cette impression était atténuée par le visage charnu et le menton empâté.

C'était la fille de Madeleine de la Tour d'Auvergne et de Laurent de Médicis, la nièce des papes Léon X et Clément VII, la belle-fille du grand roi François Ier, l'épouse du roi Henri II, la mère du roi François II, régente de France durant l'enfance de Charles IX, aujourd'hui reine mère et toujours gouvernante.

Contrastant avec sa tenue et son allure sévères, plusieurs jeunes femmes se tenaient dans la pièce, portant des robes aux couleurs chatoyantes. L'une tenait un luth à la main, une autre un recueil de poésies, une troisième un ouvrage à broder, d'autres encore un éventail.

Mlle de Pâquelin entra et fit une révérence tremblante et hésitante, ce qui arracha un sourire à Catherine de Médicis. Corine fut surprise d'entendre une voix douce et chaleureuse sortir de ce froid visage.

— Je souis heureuse dé vous voir, Mlle dé Pâquelin. Avez-vous fait oun bon voyage ?

— Excellent, Majesté, mentit Corine.

Avec sa taille haute, alourdie par les maternités, ses épaules solides et sa gorge puissante, Catherine de Médicis, dans sa robe sombre, aurait pu ressembler à une bonne bourgeoise de Paris ou d'ailleurs. Mais il y avait en elle quelque chose qui portait au respect, un port, une aisance royale. La séduction de son accueil, l'art de sa conversation tour à tour câline, hardie, avenante ou simplement courtoise, rappelaient que sa jeunesse s'était épanouie à la cour de François Ier, la plus riche, la plus somptueuse et la plus mondaine des cours de la Renaissance. Et bien des grands seigneurs, bien des chefs de parti s'étaient laissé prendre au charme de cette humanité, de cette bienveillance, de cette infatigable patience et constance envers chacun, de cet art qui paraissait naturel mais dans lequel ses ennemis ne voyaient que fourberie.

— Vous venez dé Hainaut je crois. Que dit-on de moi, là-bas ?

— Majesté…, commença Corine.

Mais elle ne savait que dire, car en vérité elle ignorait ce que la noblesse de Hainaut pensait de la mère du roi de France. Elle ne s'était jamais préoccupée de cette question. M. de Louvy, qui était resté en retrait, vint à son secours.

— On y dit que la France a de la chance de vous avoir, Madame.

— Vous avez raison, Monsieur. La France a dé la chance de m'avoir. Si je n'étais pas là… C'est moi qui fais tout ici, je souis entourée d'incapables ! (Elle haussait le ton.) C'est moi qui dois tenir tête à tous ceux qui complotent contre lé roi et lé pays. C'est moi qui négocie avec les partis et les États étrangers. Sans cesse j'écris des lettres. Il faut que je contrôle tout : la diplomatie, les finances, la religion. Jamais elle n'a lé droit d'être fatiguée, *Catharina* !

Mais je né crois pas qu'on dise cela dé moi en Hainaut. Lé Hainaut avec tous les Pays-Bas appartiennent à l'Espagne, M. de Louvy, et lé roi d'Espagne me fait la tête en cé moment. Son ambassadeur dom François de Alava n'ascepte pas lé retour dé l'amiral dé Coligny. Il dit que je pactise avec lé diable. Lé diable ! *Santa Madona* !

— Ne vous agitez pas, Madame, dit Marie-Catherine du Perron.

— *Basta !* Je né souis pas mourante ! Vous lé voudriez bien tous.

— Oh ! Majesté ! se récrièrent en chœur toutes les filles d'honneur.

— Taisez-vous. Vous mé cassez la tête. Cela souffit, j'ai besoin de mé reposer maintenant. Laissez-moi seule, Mme du Perron restera avec moi. Mlle dé Surgères, vous ferez visiter lé palais à Mlle dé Pâquelin. Allez maintenant, laissez-moi.

⋆ ⋆ ⋆ ⋆

Chacun se retira, et Mme du Perron referma la porte de la chambre de la reine mère. Les demoiselles d'honneur s'égayèrent dans les couloirs du château, M. de Louvy s'esquiva également et Corine se retrouva seule avec Mlle de Surgères.

— Que désirez-vous visiter en premier ? demanda celle-ci. Les jardins ? La grande salle seigneuriale ? Avez-vous déjà vu le grand escalier à vis qu'a fait construire François Ier ? C'est une chose qu'il ne faut absolument pas manquer. Vous verrez, c'est admirable, et très astucieux.

Et elle l'entraîna à nouveau dans les couloirs du château. Cette fois, Corine prit le temps d'admirer les décorations des pièces qu'elle traversait. Elle répondait aux salutations qu'on lui adressait. Certains la dévisageaient, se demandant qui elle était, mais il y avait tant de monde à la Cour, tant de nouveaux visages chaque jour, que dans l'ensemble on ne prêtait pas attention à elle, ou bien on faisait semblant de la reconnaître pour ne pas avoir l'air niais (après tout, n'était-elle pas en compagnie d'une des demoiselles d'honneur de la reine mère, elle ne devait donc pas être n'importe qui). Et Corine faisait de même, pour ne vexer personne. Hélène de Surgères lui citait parfois tout bas les noms des gens qu'elles croisaient.

C'est ainsi que Mlle de Pâquelin fit connaissance avec le château de Blois et avec la Cour. Elle put enfin mettre un visage sur tous les grands noms qu'elle connaissait. Elle vit l'amiral de Coligny en conversation amicale avec le roi. L'amiral était bel homme, ses cheveux coupés court, sa barbe et sa moustache bien taillées lui donnaient de la prestance, son regard était celui d'un homme droit, et franc, avec cependant un soupçon de tristesse qui trahissait ses soucis politiques et religieux.

Le roi était un jeune homme de vingt et un ans, chétif et malingre. Un duvet léger sur les lèvres et au menton lui donnait un air d'adolescent, mais ses cheveux ras, clairsemés déjà sur le front, ses sourcils crispés, son visage pâle et émacié, les cernes de ses yeux voilés le faisaient paraître plus que son âge. Sa bouche boudeuse était celle d'un enfant, mais son regard triste était celui d'un vieillard. Corine, en le voyant, eut l'impression qu'il était profondément malheureux.

Mlle de Surgères surprit le regard de commisération de sa compagne. Elle l'emmena à l'écart.

— Le roi est malade, lui dit-elle à mi-voix lorsqu'elles se furent éloignées : la reine mère est très inquiète pour lui. Depuis sa plus tendre enfance il ne cesse d'avoir fièvres et dysenteries, et il a une peur horrible des médecins et des médecines, ce qui n'arrange rien. De plus il est très imprudent, sa passion pour la chasse l'entraîne parfois à des excès qui font trembler la Cour. Mais sa mère ne le chapitre pas sur ce point, c'est une passion qu'ils ont en commun. Vous avez l'air étonnée, dit la jeune fille en riant, eh oui ! c'est ainsi. Catherine de Médicis adore monter à cheval, galoper et courre le cerf et le loup avec ses fils. Elle sait aussi tirer à l'arbalète !

Corine ouvrait de grands yeux.

— Certes, depuis quelques années l'embonpoint et la vieillesse la contraignent à se modérer, à son grand regret. Mais savez-vous qu'à son âge elle fait encore les soixante lieues de Paris à Tours en trois jours et demi ? Cela fait presque huit heures de cheval par jour. Elle nous épuisera tous.

Corine restait bouche bée.

— Et encore, poursuivait la demoiselle d'honneur, nous ne prenons jamais le chemin le plus court. Toujours, en voyage lorsqu'elle en a la possibilité, elle s'échappe pour quelque excursion, elle est constamment avide de voir des choses nouvelles.

Corine de Pâquelin n'en revenait pas. Se pouvait-il qu'Hélène de Surgères lui parlât de cette personne pâle en robe noire qu'elle avait vue dans un fauteuil près d'une cheminée. Elle n'arrivait pas à imaginer que c'était de la même personne qu'il s'agissait.

À ce moment un huissier cria : « La reine ! » Les courtisans s'écartèrent. Corine eut un moment d'hésitation. On avait tellement l'habitude de considérer Catherine de Médicis comme reine régnante, qu'on en oubliait qu'elle n'était que reine mère, et qu'il y avait depuis peu une véritable reine, Élisabeth d'Autriche, la jeune épouse de Charles IX. Hélène de Surgères la rappela à la réalité d'une légère pression sur le bras et elles s'alignèrent avec les autres personnes présentes. Cependant, bien que la reine Catherine ait été souffrante et qu'elle eût déclaré vouloir rester seule dans sa chambre, Mlle de Pâquelin s'attendait à la voir surgir au bout de l'allée formée par les gens de cour.

Mais ce fut une très jeune femme qui apparut, entourée de ses demoiselles d'honneur. Élisabeth d'Autriche avait en effet à peine dix-sept ans. Elle avait un visage rond et encore enfantin, un port altier et était la sœur de la seconde épouse du roi Philippe II d'Espagne. Son mariage avec le roi de France quelque dix mois auparavant était dû à la politique matrimoniale de la reine mère dans le cadre de la paix de Saint-Germain. Tandis que Charles IX, chef du parti catholique, épousait une princesse catholique, on avait tenté de marier son frère Henri, duc d'Anjou, à la reine d'Angleterre, la protestante Élisabeth, fille d'Henri VIII et d'Anne Boleyn. Mais ce dernier projet avait échoué devant le refus catégorique du prétendant qui avait peur, en épousant un membre de la religion réformée, de perdre son rôle de chef catholique. La principale intéressée n'avait guère souhaité non plus l'aboutissement de ce projet.

La reine était à peine passée qu'Hélène de Surgères entraînait à nouveau Corine à travers le palais. Elle lui montra la grande salle seigneuriale du XIIIe siècle, au sol carrelé de rose et de bleu, au plafond voûté à décor de fleurs de lys, salle où avaient lieu les audiences et les fêtes. Elle lui fit découvrir la beauté et la grâce des ornements sur les murs de l'aile qu'avait fait construire François Ier, les rinceaux de pierre, la faune emblématique sur les chapiteaux et les écussons.

Mlle de Pâquelin visita la chapelle Saint-Calais près de la galerie de Charles d'Orléans, avec ses arcades d'aspect encore rude que prolongeaient celles de l'aile Louis XII aux motifs plus italianisants. Dans la cour d'honneur, elle admira le grand escalier pentagonal et sa tourelle à pans ajourés dont les balcons finement ouvragés servaient de tribunes lors des fêtes royales.

L'autre façade de l'aile François Ier donnait sur les magnifiques jardins en terrasse de Louis XII. Cette façade extérieure était un ravissement pour les yeux, avec ses deux étages de loges à arcades surmontés d'une fine colonnade attique. Toute l'exubérance de la Renaissance s'épanouissait là. Des jardins d'où elle admirait l'architecture du château, Corine se prenait à imaginer ce qu'avait dû être, dans ce décor somptueux, la cour de François Ier. Le soir commençait à tomber et l'on apportait des torches, rendant plus féerique encore le paysage.

Perdue dans ses rêves elle ne vit pas qu'un homme s'approchait. Hélène de Surgères l'aperçut et voulut l'éviter, mais il était trop tard. Déjà il leur adressait la parole :

— Quoi, belles, vous me fuyez ? Qu'ai-je donc fait au ciel pour mériter un tel destin ? Ne soyez pas cruelles, daignez accorder quelques-uns de vos précieux instants à un pauvre poète qui se languit d'amour…

Corine était surprise par ce langage mais sa compagne n'en paraissait point étonnée :

— Vous prodiguez de belles paroles, M. de Ronsard, répondit-elle, comment y résisterions-nous ?

— Vous me flattez, douce Hélène, et pourtant vous refusez mon amour.

— Laissons cela, Monsieur, et permettez-moi de vous présenter Mlle de Pâquelin qui est la nouvelle demoiselle d'honneur de Madame Catherine.

— La reine sait s'entourer de perles, dit Ronsard en s'inclinant devant Corine. Mais je vais vous laisser, gentes damoiselles, car je vois bien que je suis importun.

— Mais point du tout, Monsieur, dit Corine par politesse tandis qu'il lui faisait un baisemain.

Un éclair brilla dans les yeux du poète.

— Cette bonne parole vaut bien un sonnet, et je vais m'y mettre sans tarder, dit-il en baisant également la main d'Hélène, puis il s'éloigna en direction du palais.

— Comment trouvez-vous le bonhomme ? demanda Hélène.

— Il est amusant, répondit Corine. Vous fait-il réellement la cour ?

— Désespérément ! soupira Hélène. C'est un homme charmant, et croyez bien que ce n'est point son âge qui m'arrête... Mais voyez-vous, depuis la mort de mon fiancé il y a un an, je n'ai plus goût à ces sortes de galanteries.

Elles continuèrent en silence leur promenade dans les jardins. Des éclats de voix et de rires leur parvinrent bientôt et Corine aperçut un groupe de jeunes gens aux vêtements richement ornés, presque avec exubérance, qui badinaient et plaisantaient ensemble. Lorsqu'ils furent à leur hauteur, Hélène s'inclina en une révérence et Corine fit de même. Mais les jeunes gens les ignorèrent et passèrent devant elles sans même les regarder. Corine les suivit un instant des yeux puis leva un regard interrogateur vers sa compagne.

— C'est le duc d'Anjou, le frère du roi, avec ses amis, lui dit Mlle de Surgères. C'est un excellent soldat, il sait manier les armes mieux que son frère. Il est très intelligent aussi, et il a beaucoup lu, mais depuis quelque temps il ne songe plus qu'à s'amuser, à se parer de façon ridicule et on ne le voit plus qu'en compagnie de ces jeunes libertins.

— Et que dit la reine mère ?

— Elle n'approuve pas. Mais c'est son fils préféré, alors elle laisse faire... en espérant que ces caprices passeront vite.

— Et vous-même, qu'en pensez-vous ?

Hélène hésita un instant. Elle regarda Corine :

— Vous ne connaissez encore rien de la Cour. Il ne faut pas vous émouvoir pour si peu, sinon vous n'aurez pas fini de vous étonner ici. Bien des choses vous choqueront, mais il faut les prendre comme elles sont. Vous allez découvrir un monde que vous n'aimerez peut-être pas. (Il y avait de l'amertume dans sa voix.) Je ne cherche pas à vous effrayer, reprit-elle, vous m'êtes très sympathique, mais je lis un mélange d'étonnement et de crainte dans vos yeux lorsque vous voyez tout ce que je vous montre, aussi je veux que vous découvriez en douceur ce monde que j'imagine si différent de celui de votre province.

— Vous n'avez pas répondu à ma question, dit Corine après un silence.

— Eh bien ! répondit Hélène... J'espère que la reine Catherine a raison. Mais vous, qu'en pensez-vous ?

— Je pense qu'il est très mal élevé ! répliqua Corine en rougissant de colère contenue.

Hélène éclata de rire. Puis reprit :

— Vous avez raison. Mais il ne faut pas dire des choses comme celles-là aussi haut. *Toute vérité n'est pas bonne à dire*, dit le proverbe. Il faudra que vous appreniez à garder votre franchise pour vos intimes. Il ne faut pas faire confiance à tout le monde ici. (Elle sourit.) Mais votre jugement est excellent, et j'aimerais que nous devenions amies.

Corine sourit à son tour.

Cependant la fraîcheur de la nuit tombante contraignit les jeunes filles à rejoindre le palais. Elles se séparèrent et Mlle de Pâquelin retrouva avec plaisir dans sa chambre sa fidèle Clémence, et son fripon petit chien.

Tricky n'en finissait plus d'aboyer de joie en retrouvant sa jeune maîtresse. Et Clémence l'assommait de questions auxquelles elle répondait elle-même sans laisser à Corine le temps de placer un mot. Est-ce qu'elle avait vu le roi ? Oui, sans doute, elle l'avait vu. Et comment était-il ? Oh ! Elle l'imaginait bien. Et qui d'autre avait-elle rencontré ? Elle-même n'avait pas perdu son temps, elle avait visité les cuisines, qui étaient « immenses », à côté de celles du manoir des Pâquelin bien sûr, et puis la lingerie et :

— Vous ne pouvez vous imaginer le nombre de domestiques que l'on voit ici. Et des gens qui ont bien l'air aussi fiers que leurs maîtres. Ah ! J'ai bien peur qu'on ne me reproche ma campagne natale. Mais je m'habituerai, j'apprendrai leurs manières. J'ai déjà lié connaissance avec une cuisinière qui est très gentille, elle s'appelle Marie et vient de Normandie. Il y a aussi un palefrenier qui est bien joli garçon !

Corine ne put se retenir de rire. Clémence rougit. Tricky remua la queue. Mlle de Pâquelin s'était allongée tout habillée sur son lit. Les mains derrière la tête et le petit chien niché dans un pli de sa jupe, elle écoutait Clémence parler. Celle-ci lui racontait les petits pages moqueurs qui lançaient des insolences aux passants au détour d'un couloir, et mille autres choses encore. Puis Corine parla à son tour : elle raconta la femme en noir devant la cheminée, la gentillesse d'Hélène de Surgères, l'amiral de Coligny à la barbe bien taillée, le roi au regard triste, la jeune reine au visage enfantin, les jardins du palais, illuminés par des torches à la nuit tombante, le langage étrange du poète Ronsard et les insolences du duc d'Anjou.

La soubrette s'était allongée à côté d'elle, en toute simplicité, et les deux amies parlèrent fort tard ce soir-là, en oubliant même de souper. Peu importait la préséance, elles n'étaient plus la demoiselle d'honneur et sa servante, mais deux jeunes provinciales se confiant leurs émerveillements et leurs inquiétudes après leur arrivée à la cour du roi de France.

Clémence s'était fait installer un lit dans une petite pièce attenante à la chambre de sa maîtresse. Phelippot le laquais logeait ailleurs dans le château et viendrait prendre son service au matin.

II. Margot

Le sommeil de Corine fut agité. Elle revoyait sans cesse tous les visages qu'elle avait rencontrés dans la journée. Elle était épuisée et pourtant dormit mal. La jeune fille fut réveillée au petit matin par un bruit de cavalcade dans la cour du château et par des éclats de voix. Elle se leva et se dirigea vers la fenêtre d'où elle aperçut le roi et le duc d'Anjou à cheval qui franchissaient le porche, accompagnés et suivis de quantité de jeunes gens et de jeunes femmes, et de plusieurs meutes de chiens. Bientôt le bruit des sabots s'éloigna, tout redevint calme, et Mlle de Pâquelin alla se recoucher.

Quelques heures plus tard Phelippot lui apporta un message que Mlle de Surgères lui avait transmis avant de partir, lui demandant de le remettre à sa maîtresse à son réveil. Le billet était ainsi rédigé :

Une grande partie de la Cour, dont je suis, est partie ce matin pour la chasse avec le roi. Considérant que vous deviez être fatiguée par votre voyage et la journée d'hier, la reine mère vous en a dispensée. Elle vous prie de bien vouloir la rejoindre, dès que vous serez prête, pour lui tenir compagnie. Bien à vous. Hélène

Corine se précipita sur ses vêtements, houspillant Clémence qui la coiffait en même temps qu'elle s'habillait, bousculant Phelippot. Rien ne semblait aller assez vite. Même Tricky lançait de petits aboiements énervés en se jetant dans les jambes de tout le monde, créant encore plus de confusion.

— La reine m'appelle et je ne suis pas prête, disait Corine. Aïe, Clémence, tu me fais mal !

— Comment voulez-vous que je vous coiffe si vous bougez tout le temps, se lamentait Clémence, et toi Phelippot que fais-tu à nous tourner autour ?

Quant au petit chien, il avait passé toute la journée de la veille enfermé dans la chambre et entendait bien aujourd'hui suivre sa maîtresse partout. Il finit donc par se taire, pour se faire remarquer le moins possible, et se plaça à quelques pouces derrière elle, la suivant dans ses moindres déplacements. Corine l'aperçut bientôt, et le prenant dans ses mains, le reposa sur le lit.

— Non, mon petit, tu ne peux pas venir avec moi, tu ne ferais que des bêtises, lui dit-elle, je te connais.

À ce moment M. de Louvy arriva aux nouvelles et tout le monde oublia Tricky. Le petit chien en profita pour se glisser sous la jupe de Corine. Il tenta de grimper après la robe pour ne pas se faire marcher dessus, mais se débrouilla de telle façon qu'il se trouva bientôt les pattes emmêlées, et coincé entre la jupe et le jupon. La robe était déjà lourde en elle-même, aussi Mlle de Pâquelin ne s'aperçut-elle pas d'un poids supplémentaire, et lorsqu'elle sortit, elle emmena avec elle, sans le savoir, le petit chien accroché dans ses jupes.

M. de Louvy lui fit un brin de conduite, puis la laissa poursuivre son chemin.

En arrivant près des appartements de la reine mère, elle en vit sortir une jeune fille de son âge, fort belle assurément, mais de très méchante humeur. Elle jeta un regard noir à Corine et disparut à l'angle d'un couloir. Mlle de Pâquelin se fit annoncer et pénétra chez la reine. Catherine de Médicis, vêtue de noir comme la veille, et comme tous les jours de sa vie depuis la mort de son époux quelque douze années auparavant, était assise à une petite table et jouait à l'écarté avec Mme du Perron. Un peu plus loin Mlle de Gohier égrenait quelques notes sur une lyre.

— Asseyez-vous, Mlle dé Pâquelin, dit la reine.

Corine prit place sur un siège à quelques pas des joueuses de cartes.

— Quel âge avez-vous ?

— Dix-huit ans, Madame.

La reine s'arrêta un instant de jouer.

— Vous avez le même âge qué ma fille… Mais vous avez l'air plous raisonnable. Margot est oune enfant gâtée… Mais elle n'avait qué cinq ans lorsque son pauvre père a quitté cé monde. Et j'ai eu beaucoup à faire depouis. Je n'ai peut-être pas ou lé temps dé m'occouper assez d'elle… Mais oune fille doit toujours obéir à ses parents, n'est-ce pas ?

— Oui, Majesté, murmura Corine.

Catherine de Médicis étala ses cartes et remporta, une fois de plus, la partie.

— Margot est oune insolente, reprit-elle… Elle refuse lé mari que je veux loui donner. Mais parlons oun peu de vous. Comment trouvez-vous la vie à la Cour ?

— Madame, tout cela est si neuf pour moi, et j'ai découvert tant de choses en une journée, que j'en suis tout étourdie.

— Pourtant la Cour n'est plous ce qu'elle était. Si vous l'aviez connoue du temps du roi François Ier… Alors c'était oun ravissement tous les jours : des fêtes inoubliables, oune richesse sans pareille. Le père dé mon époux était un grand roi et je l'admirais beaucoup. Il est pour moi oun modèle. C'est en son honneur qué j'avais appelé mon fil aîné François. Mais Dieu a rappelé à lui lé cher enfant avant qu'il né puisse souivre les traces dé son illoustre grand-père[1].

— Telle qu'elle est aujourd'hui, Madame, la Cour m'a paru tout aussi brillante, et la beauté de ce palais…

— Vous n'êtes ici que depouis deux jours et vous avez déjà appris à flatter, interrompit la reine mère. Je veux que

1. François II est mort à seize ans après un an de règne. Son frère Charles IX lui a succédé en 1560 à l'âge de dix ans.

vous restiez natourelle, mon enfant. Parlez-moi oun peu de votre pays, de votre vie avant de venir ici, de vos goûts, de votre éducation. Qué vous a-t-on appris ? Avez-vous dou goût pour les Lettres ?

Corine rougit un peu, elle trouvait qu'elle ne savait pas grand-chose.

— Mon Dieu… Je sais lire et écrire. Je sais le latin… Mis à part cela on ne m'a point appris autre chose que prier, coudre et broder… et honorer mes père et mère, dit-elle en baissant la tête.

— Savez-vous jouer d'oun instrument de mousique ?

— Non.

— Alors il faudra apprendre.

— Mais je sais monter à cheval, dit Corine comme pour se rattraper, et en se rappelant que Catherine de Médicis aimait la chasse à courre et les grandes promenades au galop.

— Ah ! fit la reine avec intérêt.

Pendant cette conversation, le petit chien, toujours prisonnier des jupes de sa maîtresse, faisait des efforts désespérés pour sortir de sa prison. Mme du Perron avait bien remarqué les mouvements saugrenus du bas de robe de Corine, mais elle n'avait rien osé dire. Cependant, Mlle de Gohier, voyant la robe s'agiter de plus en plus brusquement, ne put se retenir et partit d'un grand éclat de rire.

— Qu'est-ce que c'est ? demanda Madame Catherine.

Mme du Perron sourit et tous les regards convergèrent dans la direction qu'elle montrait du doigt, juste à temps pour voir Tricky émerger enfin des jupons blancs en poussant des aboiements de rage après la robe de sa maîtresse.

Corine se leva et s'empourpra. Elle regardait avec un mélange d'étonnement, de colère et de désespoir la petite boule de poils blancs qui trottinait en direction de Catherine de Médicis.

— Qu'est-ce que c'est que cé petit plaisantin? demanda la reine mère en riant tandis que Mlle de Gohier s'emparait de l'impertinent.

De pourpre, le visage de Corine devint plus blanc que le plaisantin en question.

— Je... Je suis désolée, Majesté, bafouilla-t-elle, je croyais l'avoir enfermé dans ma chambre, mais il a dû échapper à ma surveillance.

— Mais, pourquoi vouliez-vous enfermer oune si mignonne petite chose? dit la reine en caressant Tricky que Mlle de Gohier venait de poser sur ses genoux.

— J'avais peur qu'il ne fasse des sottises... Je ne voulais pas qu'il puisse importuner Votre Majesté.

— Il né nous importoune pas, répondit Catherine de Médicis.

Et c'est ainsi que Tricky obtint le droit de paraître à la Cour. Désormais il pourrait suivre sa maîtresse partout. Il en conçut une grande reconnaissance pour la dame en noir et s'empressa de lui lécher les mains pour la remercier, sans se soucier le moins du monde du protocole. Qu'elle fût la mère du roi ne l'impressionnait pas!

En fin de matinée le roi et les princes revinrent de la chasse et l'on fit ce jour-là grand festin car le gibier avait été abondant. Corine fut heureuse de retrouver Mlle de Surgères. Elle apprit que la jeune femme qu'elle avait croisée le matin devant les appartements de la reine mère n'était autre que Marguerite de Valois, la sœur cadette du roi, que ses proches avaient surnommée Margot. La princesse paraissait de meilleure humeur, elle faisait des mots d'esprit et plaisantait avec tout un chacun. Elle ne semblait pas rechigner sur le petit vin de la Loire; mais elle évitait cependant de croiser le regard de sa mère. Le duc d'Anjou bavardait gaiement avec ses amis, et particulièrement avec le duc d'Épernon, un beau jeune homme blond à la moustache sémillante et à l'air arrogant. Le roi lançait de temps à autre des regards tendres à Marie de Belleville – une belle brune qui était depuis quelque temps sa maîtresse –, ou bien rivalisait en vers avec Ronsard. L'amiral de Coligny souriait à Catherine de Médicis :

— Madame, lui disait-il, je suis certain que cette politique de réconciliation de vos sujets va porter ses fruits.

— Espérons-le, Monsieur, répondit la reine mère, nous sommes trop vieux pour nous tromper.

— Je bois à la paix, puisse-t-elle être durable et bénéfique au royaume ! ajouta l'amiral en levant sa coupe.

Après le festin, il y eut un grand bal et Corine de Pâquelin s'y amusa beaucoup, dansant jusque fort tard dans la nuit.

* * * *

Le lendemain elle retrouva la princesse Marguerite chez Catherine de Médicis. La mère et la fille étaient à nouveau en conversation houleuse :

— Ma mère, disait Margot, songez que je suis catholique. Comment pourrais-je épouser un huguenot ?

— Grands dieux, ma fille, il né s'agit pas dé n'importe quel houguenot. Le prince dé Navarre est votre cousin, ne l'oubliez pas. Sa grand-mère Marguerite d'Angoulême était la propre sœur dé François Ier, et mon amie. J'ai toujours traité avec déférence cette illoustre famille et je respecte ma cousine Jeanne d'Albret[1] même si je n'aime pas son fanatisme religieux.

Loin dé moi l'idée dé vous éloigner dé la foi catholique. J'ai toujours pratiqué rigoureusement la vraie religion, et je l'ai incoulquée à mes enfants. Vous lé savez bien Marguerite, rappelez-vous la phrase que je vous ai fait apprendre et réciter souvent quand vous étiez petits, à vous et à vos frères : « Née catholique, je veux vivre et mourir dans cette même foi ! »

1. Jeanne d'Albret, fille de Marguerite d'Angoulême, et mère du prince Henri de Navarre.

Mais, lé mariage d'oune fille dé France est oune affaire d'État ! Et l'État a besoin en cé moment d'oun rapprochement des catholiques et des houguenots. Lé royaume a besoin dé paix, Margot, et ce mariage est lé moyen d'assourer la paix. Oserais-tu renier tes devoirs envers la France ? Envers lé roi ton frère ? Envers ta propre mère ?

Lorsqu'elle s'énervait ou se mettait en colère, Catherine de Médicis oubliait le vouvoiement pour le tutoiement, et son accent italien reprenait le dessus plus fort qu'à l'accoutumée.

— Je sais ma mère tout le respect que je vous dois, à mon frère et à vous, répondit Margot, je sais où est mon devoir, et votre volonté sera la mienne. Mais je vous supplie, je vous conjure de considérer combien je suis catholique et que je ne saurais prendre un époux qui ne soit point de ma religion.

— Mais il ne tiendra qu'à toi, Margot, oune fois mariée, dé ramener petit à petit ton époux à la vraie foi. Oune femme a certain pouvoir sour son mari. Ce mariage n'a rien dé déshonorant, Marguerite. Votre sœur aînée fut reine d'Espagne, votre sœur Claude est douchesse dé Lorraine ; vous sériez reine dé Navarre. Songez-y.

— Je vous conjure d'y réfléchir encore, ma mère.

— Vous avez encore lé temps d'y réfléchir aussi, Margot. Le prince dé Navarre et sa mère né semblent pas pressés dé venir à la Cour. C'est d'ailleurs dé quoi je dois aller sans tarder discouter au Conseil avec lé roi, votre frère.

Elle se leva, mettant ainsi fin à l'entretien.

— Puis-je vous accompagner ? demanda Margot.

— Cela n'est pas nécessaire, répondit la reine mère, puis s'arrêtant devant Mlle de Pâquelin : restez donc avec ma fille, et essayez dé la convaincre.

Elle sortit accompagnée de quelques-unes de ses demoiselles d'honneur.

* * * *

Dès que sa mère fut partie, Marguerite de Valois se mit à crier :

— J'enrage !

Et elle tapa du pied.

— Oh ! C'est trop fort ! (Elle était écarlate.) Vous, suivez-moi ! déclara-t-elle à Corine, et elle s'élança dans les couloirs du palais. Cela ne se passera pas comme ça, disait-elle en courant à travers le château, péniblement suivie par Mlle de Pâquelin.

Au détour d'une galerie, elle apostropha le duc d'Épernon :

— Où est mon frère, où est le duc d'Anjou ?

Le jeune homme eut un geste d'impuissance, Margot un mouvement d'agacement, et Corine essoufflée dut reprendre la course derrière la princesse, suivie par le regard indiscret et inquiétant du trop beau duc d'Épernon.

Elles s'arrêtèrent enfin devant les appartements du duc d'Anjou. Marguerite y entra sans frapper, et Corine la suivit. Le prince était en train de choisir des bijoux, qu'un joaillier lui présentait.

— Margot, quelle bonne surprise ! Viens donc m'aider à choisir, dit-il.

— Henri, il faut que je te parle, répondit Marguerite de son air le plus sérieux.

Le prince congédia d'un geste le bijoutier, puis se tourna vers sa sœur.

— Que t'arrive-t-il ?

— On veut me marier.

Et elle lui raconta le projet d'union avec le prince de Navarre, concluant :

— Il faut que tu m'aides.

— Moi ? s'écria Henri. Mais je n'ai aucun pouvoir. C'est Charles le roi, ce n'est pas moi. Personne ne m'écoute ici.

— Mais enfin vous êtes duc d'Anjou, vous êtes le vainqueur de Jarnac[1] !, dit-elle en reprenant un ton plus protocolaire.

---

1. Le 13 mars 1569. Bataille victorieuse du duc d'Anjou contre le parti huguenot.

— Justement. Depuis que j'ai remporté cette victoire et que Ronsard a fait à cette occasion des vers à ma gloire, Charles est d'une jalousie féroce. Il ne me laisse plus rien faire, rien dire. Je ne peux rien pour vous, Margot.

— Dites plutôt que vous ne voulez pas ! répondit la princesse en colère.

Henri soupira.

— Rien n'est encore fait, et si vous m'en croyez, rien ne se fera. N'a-t-on pas parlé pendant des mois, l'an passé, de mon mariage avec la reine d'Angleterre ! Et je suis toujours célibataire que je sache. Ni le prince de Navarre ni sa mère la reine ne sont près de venir à la Cour. Et rien ne se fera tant qu'ils ne seront pas là. Vous n'avez donc rien à craindre.

* * * *

Malgré cela Margot n'était pas convaincue, elle quitta son frère un peu plus calme, mais toujours aussi inquiète. Elle se dirigea vers les jardins, suivie par Mlle de Pâquelin.

— Si seulement mon cousin Henri était là, dit-elle, s'adressant plus à elle-même qu'à sa compagne.

— Votre cousin ? s'étonna Corine. Le prince de Navarre ?

Margot la regarda d'un air stupide, se demandant ce qu'elle faisait là. Elle haussa les épaules.

— Mais non ! Mon autre cousin Henri, Henri de Guise évidemment. Elle poursuivait, comme pour elle seule : Lui au moins, il est beau et distingué. Naturellement ce n'est pas lui qu'on veut me faire épouser. C'est l'autre, le sot, le niais, le huguenot ! Et pourtant je vous le demande, cousin pour cousin, Henri pour Henri, qu'est-ce que ça peut faire que ce soit l'un ou l'autre ?

— J'ai cru comprendre que les nécessités politiques..., avança Corine, qui n'oubliait pas que la reine mère lui avait demandé de convaincre sa fille.

— Cela m'est égal, c'est de Guise que je voulais ! répliqua Margot.

— Oh ! fit Corine.

— Avez-vous jamais aimé ?

— Non.

— Alors vous ne pouvez pas comprendre.

En veine de confidences, Margot raconta qu'étant enfant, ses compagnons de jeu étaient son frère Henri et ses cousins Henri de Navarre et Henri de Guise. Dès ce temps-là elle avait eu des préférences pour de Guise, et l'âge venant, elle s'était aperçue que son cousin n'était pas insensible à son charme. Mais depuis la nouvelle politique de sa mère et l'arrivée à Blois de Coligny, les Guise avaient quitté la Cour et rejoint leurs terres. Le bel Henri n'était plus là. Et voilà qu'on voulait lui faire épouser l'autre, le huguenot balourd et parfumé à l'ail. Elle n'allait tout de même pas se laisser faire.

⋆ ⋆ ⋆ ⋆

Tout en écoutant la jeune femme d'une oreille distraite, Corine s'était brusquement aperçue de quelque chose d'anormal. Ce n'était pas une présence, plutôt une absence. Mais quoi ? Qui ? Tout à coup elle comprit :

— Tricky ! s'écria-t-elle. J'ai perdu Tricky !

— Vous avez perdu quoi ? demanda Marguerite de Valois interloquée.

— Mon chien… Un tout petit chien blanc, répondit-elle affolée en commençant à chercher autour d'elle dans les buissons.

— Comment ?! s'écria Margot. Je vous parle de mon avenir et vous m'interrompez pour un chien ? Puis, devant la pâleur et l'angoisse évidente de la jeune fille : Bon !… Et comment est-il ce chien ?

— Comme ça, fit Corine en montrant la taille avec ses mains, avec de longs poils blancs et un nœud rose, non bleu… Je ne sais plus. C'est certainement en courant tout à l'heure dans le palais que je l'ai perdu. Il est si petit, il n'a pas pu suivre… Mon Dieu, pourvu qu'il ne lui soit rien arrivé.

Margot commençait légèrement à s'amuser. Elle eut bientôt une idée.

— Attendez, dit-elle à Corine, si je vous aide à le retrouver, me promettez-vous qu'au lieu d'essayer de me convaincre, vous parlerez au contraire pour moi à ma mère ?

Corine n'hésita qu'un court instant. Elle promit.

Aussitôt Margot appela à elle tous les jeunes gens et jeunes filles présents. Tous, des demoiselles d'honneur aux compagnons du duc d'Anjou, tout ce que la Cour comptait de jeunesse cherchant une distraction, et même le poète Ronsard, tous se mirent à chercher le petit chien blanc, dans les jardins d'abord, dans le palais ensuite. Des bandes joyeuses parcouraient les galeries, regardant derrière chaque meuble. Tout à la Cour était prétexte à amusement. Seule Mlle de Pâquelin ne trouvait pas cela très drôle. Marguerite de Valois s'était promue chef de l'expédition et dirigeait en riant les opérations. Chaque groupe envoyé dans une direction revenait lui faire son rapport, comme à un général d'armée.

Cela dura une bonne partie de la matinée. Et ce fut finalement le duc d'Épernon qui retrouva l'égaré, lequel s'était laissé enfermer par mégarde dans les appartements du duc d'Anjou.

Corine se trouvait alors dans un groupe composé de la princesse Marguerite, du poète Ronsard, d'Hélène de Surgères et du duc d'Anjou lui-même. Au cri de Louis d'Épernon, ils accoururent, bientôt suivis par d'autres groupes. Le duc tenait d'une main, au-dessus de sa tête, une boule de poils blancs qui se débattait en grognant. Corine s'avança pour récupérer son protégé. Le duc souriait, le regard enjôleur.

— Cette victoire vaut bien un baiser, sans doute, dit-il à la jeune fille.

— Oh ! fit-elle en rougissant.

Il y eut des ricanements dans la foule autour d'eux.

Tenant toujours Tricky d'un bras, d'Épernon passa l'autre autour de la taille de Corine. Celle-ci se raidit et tenta de l'écarter, en vain.

— Cela suffit, Louis ! déclara brutalement le duc d'Anjou. Assez ri, nous avons à parler.

Le regard du séducteur se durcit l'espace d'un instant, mais Corine fut seule à s'en apercevoir. Il la lâcha, toujours souriant, et lui remit le petit chien entre les bras. Puis il s'inclina en une profonde et moqueuse révérence.

— Pardonnez-moi, dit-il, le devoir m'appelle. À très bientôt j'espère.

Et il suivit le duc d'Anjou dans ses appartements. Quelques rires étouffés fusèrent. Les témoins de la scène commencèrent à se disperser. Margot s'approcha de Mlle de Pâquelin et lui glissa à l'oreille :

— Félicitations ! Vous avez réussi à rendre mon frère jaloux.

Puis elle s'esquiva, ravie de l'incident.

Hélène de Surgères se rapprocha de Corine.

— Venez, dit-elle en lui prenant le bras, ne restons pas ici.

Corine de Pâquelin était encore sous le coup de la double émotion : la perte de Tricky et l'attitude du duc d'Épernon.

— Remettez-vous, lui dit Hélène, tout cela n'est pas bien grave. Évitez cependant que cela ne se reproduise en public. Vous avez amusé Margot, mais j'ai bien peur que vous ne vous soyez fait un ennemi du duc d'Anjou.

— J'espère bien que cela ne se reproduira pas, répondit Corine en frissonnant. Mais pourquoi me serais-je fait un ennemi du duc d'Anjou ?

— Le prince Henri n'aime pas que ses amis lèvent les yeux sur quelqu'un d'autre que lui. Et il place autant d'ardeur dans ses haines que dans ses amitiés.

— Cela m'est égal. Je ne l'aime pas beaucoup non plus.

— Méfiez-vous, il est puissant.

— Ce n'est pas ce qu'il disait tantôt à sa sœur.

— Il a beaucoup d'emprise sur sa mère, répondit Mlle de Surgères. C'est son fils préféré, je vous l'ai déjà dit.

⋆ ⋆ ⋆ ⋆

On vivait à la Cour comme dans un gros village : tout se savait rapidement. La nouvelle qui fit cette fois le tour du palais avant le soir, et le tour des commérages le lendemain, ne fut pas la fugue du petit chien blanc, mais bel et bien le baiser manqué du duc d'Épernon.

Cependant il se passait tant de choses chaque jour que les colportages étaient vite renouvelés, et le surlendemain on n'en parlait déjà plus, au grand soulagement de Corine qui redoutait d'être mêlée à un scandale.

Pendant les jours et les semaines qui suivirent, la jeune fille se familiarisa avec la vie de cour. Ce n'étaient que luxe et fêtes. On était en perpétuelle représentation mondaine. Des sommes folles étaient dépensées pour le divertissement des grands et des courtisans. Les bals succédaient aux réceptions brillantes, les comédies italiennes aux cavalcades et féeries dont l'exotisme n'était pas absent. Comment s'en étonner, dans une Cour où tous les princes avaient vingt ans et ne songeaient qu'à chercher le plaisir avec les compagnons de leur âge. La paix nouvellement retrouvée ajoutait à cette ambiance de fête. On s'amusait pour oublier les guerres passées, exorciser les tensions présentes. On se dépêchait de vivre avant la prochaine querelle, le prochain drame.

C'était un étalage sans fin de robes d'apparat, de dentelles, de velours, de broderies d'or ou d'argent, de plumes, d'armes damasquinées. Au milieu de tout cela, l'amiral de Coligny et ses fidèles faisaient contraste. L'austérité des protestants acceptait mal le luxe à outrance, la pompe excessive de cette Cour jeune et frivole.

Même les cérémonies religieuses étaient prétextes à faire parade de richesses. Le faste et l'ostentation étaient présents jusque dans les messes et les processions. Corine était étourdie, impressionnée, choquée parfois. Mais elle avait tout juste dix-huit ans. Toutes ces somptuosités l'éblouissaient, l'entraînaient dans le tourbillon de la fête joyeuse.

Pourtant tout n'était pas rose à la Cour, et après une période d'éblouissement, la jeune fille commença à entrevoir les défauts de ceux qui l'entouraient. La violence surtout la choquait. Il arrivait parfois à des hommes de se battre pour des vétilles. Violence verbale également. Les excès de table et de vin entraînaient des écarts de langage contraires à la bienséance et à la pudeur. Le libertinage était aussi un fléau quotidien. Certains gentilshommes tenaient aux dames de la Cour des discours qui rendaient bien anodine la scène que Corine avait vécue avec le duc d'Épernon. Il ne se passait pas de jours sans que les demoiselles d'honneur fussent importunées par des soupirants trop entreprenants.

Les femmes n'étaient d'ailleurs pas en reste. Mlle de Pâquelin avait surpris plus d'une fois ses compagnes parlant haut de leurs amants respectifs, et vantant leurs qualités ou leurs défauts sur un ton et avec des propos d'où la décence était proscrite.

Il existait un autre monde à la Cour, dont Corine avait des échos par Clémence, c'était celui des valets, pages, domestiques et servantes, par lequel tout le monde était au courant de tout. Les amours de telle dame étaient rapportées par tel gentilhomme, dont le valet était l'amant de la soubrette de la dame susnommée. Les conversations politiques de tel personnage étaient sues par l'intermédiaire d'un page bavard. Les cuisines surtout étaient le lieu où se concentraient les renseignements de toute sorte, chaque serviteur passant tôt ou tard chercher quelque nourriture pour lui-même ou ses maîtres. Clémence y passait beaucoup de son temps. Le prétexte en était Marie, son amie cuisinière, mais certain gâte-sauce n'était pas pour rien en l'affaire.

La soubrette, comme sa maîtresse, découvrait ce monde avec une certaine crainte mêlée d'admiration. Les deux jeunes filles ne voyaient pas le temps passer. Corine s'était beaucoup rapprochée d'Hélène de Surgères. Les autres demoiselles d'honneur lui adressaient peu la parole et en dehors de son service, elle ne les fréquentait guère. Parmi les grands personnages de la Cour, elle aimait plus particulièrement la compagnie de Marguerite de Valois. Bien qu'elle ne fût pas toujours d'accord avec le comportement ni la tenue de la jeune princesse, Corine admirait son esprit et la facilité avec laquelle elle semblait mener par le bout du nez tous ceux qui l'entouraient.

C'était une ravissante jeune femme au teint clair et aux cheveux noirs, tantôt altière et froide, tantôt douce et gracieuse. Elle lançait les modes et donnait le ton à la Cour. Elle semblait régner sur ses frères, et rappelait à Corine, par bien des points, sa mère Catherine de Médicis. Elle avait plus de goût néanmoins pour les amusements, et les affaires politiques passaient pour elle au second plan.

On voyait souvent Mlle de Pâquelin en sa compagnie, et la reine mère n'était pas fâchée d'avoir auprès de sa fille quelqu'un à elle. Elle était ainsi plus à même de connaître les faits et gestes de la turbulente princesse.

Grâce à Marguerite, Corine était amenée à voir souvent le roi et ses frères. Elle éprouvait une certaine sympathie pour le monarque, malgré son caractère difficile. Il passait sans transition de la méditation à la colère, de la chasse à la poésie, avait de brusques sursauts de générosité suivis de redoutables caprices d'enfant.

Mlle de Pâquelin voyait rarement la reine. La jeune épouse de Charles IX participait peu aux fêtes continuelles. Très pieuse, elle consacrait beaucoup de son temps à la prière et aux exercices de piété.

Le duc d'Anjou évitait Corine comme la peste, et cette dernière en était ravie, car outre qu'elle n'aima point la préciosité ni l'arrogance du jeune prince, il ne se déplaçait jamais sans traîner dans son sillage l'insolent duc d'Épernon.

Il était un autre personnage que la jeune demoiselle d'honneur voyait très souvent, c'était le troisième frère de la princesse Marguerite : le jeune duc d'Alençon. Cet adolescent chétif auquel la nature n'avait donné qu'avec parcimonie grâce et beauté, pour ne point dire davantage, était le mal-aimé de cette Cour. Il avait pourtant l'esprit vif et une culture développée. Fort habile aux exercices physiques, il était néanmoins de petite taille et assez malingre. Évité par ses frères, il se sentait peu aimé par sa mère même et fui par les courtisans. De santé délicate comme son frère Charles, il était souvent en proie aux fièvres et maladies infectieuses. Seule sa sœur Margot semblait avoir une affection sincère pour le jeune prince. Elle était sa confidente, son amie, sa consolatrice.

* * * *

Ce fut en compagnie de la princesse, que Corine rencontra pour la première fois le duc d'Alençon. Elle avait dîné ce soir-là chez le roi, avec quelques privilégiés. Au dessert M. de Ronsard s'était mis à déclamer des vers. Charles IX souriait. Il était de charmante humeur, d'autant plus qu'à ses côtés se trouvait la gracieuse Marie Touchet, dame de Belleville, qui avait toutes ses faveurs. Marie éclatait d'un rire cristallin et le souverain lui baisait la main, lorsqu'un messager vint dire un mot aux oreilles de Marguerite de Valois. La princesse se leva aussitôt, et Corine, qui était venue avec elle et qui craignait que l'on ne trouvât inconvenant qu'elle restât sans compagnie chez le roi, lui emboîta le pas. Le roi riait et ne prêta pas attention à leur départ.

Elles parvinrent dans une chambre où un jeune homme de dix-sept ans gisait tremblant dans son lit, la sueur lui couvrant le visage. Un médecin était auprès de lui. Lorsqu'il les vit entrer, il articula faiblement :

— Margot, ne le laisse pas me toucher, il va m'achever.

Marguerite fit un signe au médecin qui s'approcha et, après lui avoir dit tout bas quelques mots, se retira. Corine resta au fond de la chambre, tandis que la princesse venait s'asseoir au bord du lit. De son mouchoir elle épongea le front du malade.

— Eh bien, Hercule[1], comment vous sentez-vous ? dit-elle.

— Voilà bien longtemps, ma sœur, répondit-il avec effort, que l'on ne m'a point nommé ainsi. Cela me rappelle le joyeux temps où nous étions enfants, au château d'Amboise. Vous souvenez-vous Margot ?

— Je me souviens, répondit-elle en souriant.

— Un jour – vous étiez déguisée en garçon –, vous vous êtes battue avec une épée de bois contre notre frère Henri pour me défendre. Vous êtes toujours là pour me défendre, Margot.

— Ne parlez pas tant, vous allez vous fatiguer.

— Vous m'avez toujours défendu, répéta-t-il, même contre notre mère. Elle ne m'aime pas beaucoup. Elle préfère Charles, parce qu'il est le roi, et Henri, parce qu'il est beau. Moi je ne suis rien, et je suis laid.

— Vous dites des sottises, François, répliqua Margot sur un ton de fausse colère. Mère aime tous ses enfants, et elle s'inquiète pour notre santé à tous.

— Pff..., soupira le prince, elle n'est même pas venue me voir.

— Elle va venir, répondit la jeune femme en lui caressant doucement le front. Calmez-vous, mon frère, essayez de dormir.

Corine songea que sa présence n'était pas utile. Elle laissa le frère et la sœur et se retira discrètement.

---

1. Hercule était le nom de baptême du duc d'Alençon. On l'appelait François depuis 1566, après la mort de son frère aîné François II, en hommage à son grand-père François Ier.

Le jeune duc d'Alençon guérit de sa fièvre, mais quelques semaines plus tard il contracta la variole et fut de nouveau alité. Il survécut, mais les pustules en desséchant lui laissèrent des cicatrices qui ne contribuèrent point à l'embellir.

III. Catherine de Médicis

Cependant la vie continuait. Corine suivait les conseils de la reine mère, et depuis qu'elle était arrivée, elle avait commencé à apprendre le grec, et à jouer du luth.

Parmi les distractions de la Cour, ce qu'elle préférait par-dessus tout, c'était la chasse. Non pour le plaisir de tuer des animaux, mais parce qu'elle aimait fuir l'ambiance mondaine du palais pour chevaucher sous le couvert des arbres de la forêt de Sologne. Dès qu'elle le pouvait, elle s'échappait alors de la foule des courtisans pour galoper seule à l'écart et profiter de l'air vivifiant de l'automne. Souvent des groupes se détachaient ainsi des autres pour chasser en solitaire, ou pour tout autre dessein. Les intrigues d'alcôve se poursuivaient dans les bosquets, et des gentilshommes profitaient de l'isolement des sous-bois pour parler politique loin des espions de la Cour.

* * * *

Un jour d'octobre, alors que les différents groupes rejoignaient la troupe du roi qui s'apprêtait à rentrer à Blois, les cloches du plus proche village se mirent à sonner, bientôt accompagnées par celles de tous les villages alentour.

Le roi accéléra l'allure et ce fut au galop que les chasseurs firent leur entrée dans une ville de Blois en liesse. La cause de cette allégresse était la nouvelle sensationnelle que l'on venait d'apprendre : le 7 octobre, une flotte chrétienne espagnole de deux cent huit galères et soixante vaisseaux légers, sous les ordres de Don Juan d'Autriche, frère du roi

Philippe II d'Espagne, avait vaincu les trois cents navires du sultan Selim II au large de Lépante. Cette prestigieuse victoire contre l'Empire ottoman rendait la chrétienté maîtresse de la Méditerranée. Immédiatement des *Te Deum* furent célébrés dans toute la France. Des processions d'actions de grâce furent organisées pour remercier le ciel de cet heureux succès.

Le soir même où la nouvelle fut connue à Blois, un grand bal fut donné. L'ambassadeur d'Espagne y rayonnait. Les protestants de l'entourage de Gaspard de Coligny se tenaient à l'écart. Seul l'amiral ne lâchait pas le roi d'un pouce.

La foule des courtisans semblait plus joyeuse qu'à l'accoutumée. Mais Catherine de Médicis, assise au milieu de ses dames d'honneur, restait morose. Corine, qui était à ses côtés, s'en étonna :

— Vous semblez chagrinée, Majesté. N'est-ce pas une victoire dont il faut se réjouir ?

— C'est oune victoire dont l'Espagne doit sé réjouir. Regardez Don François dé Alava. Il se tient toujours à la droite du roi. Philippe II est plus pouissant que jamais, et son ambassadeur va essayer dé rouiner ma politique dé réconciliation avec les protestants. L'amiral lé sait. C'est à celoui qui sera lé plus habile à tourner l'esprit dé mon fils.

— Et que va-t-il se passer ?

— Si lé roi choisit l'alliance avec l'Espagne, M. de Coligny quittera la Cour, les Guise y reviendront plous arrogants qué jamais, et ce sera à nouveau la guerre civile en France.

— Et si le roi choisit l'amiral ?

— Si lé roi choisit l'amiral, celui-ci lé poussera à conquérir les Flandres, et ce sera la guerre avec l'Espagne.

— N'y a-t-il donc pas d'autre choix pour la France, que la guerre civile ou étrangère ?

— Si lé roi ne se lance pas dans l'aventoure des Flandres, la guerre avec l'Espagne peut être évitée.

— Mais vous-même, Madame, que souhaitez-vous ?

— L'Espagne est trop pouissante pour que nous puissions soutenir une guerre contre elle. Elle touche à nos frontières au sud, et au nord avec les Pays-Bas.

— Vous êtes donc pour l'alliance ?

— Non. L'alliance avec l'Espagne, c'est la mainmise des Guise sour lé pouvoir. Quand la guerre civile aura rouiné les Valois, ils prendront lé trône dé mes fils. Et ça je né le veux pas !

— Alors que faire ?

— Alors il me faut oun allié en France. Avec les Guise et avec l'Espagne, je peux combattre les houguenots. Mais qui m'aidera ensouite si les Guise sé retournent contre leur roi ? Tandis que si je fais alliance avec lé prince de Navarre, je peux tenir tête aux Guise, et peut-être même à l'Espagne. Parce qu'en m'alliant aux houguenots de France et de Navarre, je peux espérer l'alliance avec l'Angleterre. La reine Élisabeth déteste lé roi Philippe II d'Espagne, et sur mer elle est aussi pouissante que loui.

— Pensez-vous que le roi sera de votre avis ?

Catherine ne répondit pas. Elle regardait son fils entouré de l'amiral de Coligny et de l'ambassadeur d'Espagne, mais qui ne semblait songer qu'à se divertir ce soir-là au milieu du vin et des danses.

— Je parlerai au roi, dit-elle enfin.

Elle lui parla. Et le roi prit la décision de ne point s'engager auprès du roi très catholique[1]. Seul le duc d'Anjou émit des réserves sur ce choix. La gloire qu'il avait rapportée des précédentes guerres civiles en tant que chef catholique y était certainement pour quelque chose. La pression de Margot qui voyait dans l'alliance protestante l'aboutissement prochain de son indésirable mariage joua peut-être un rôle aussi dans sa prise de position. La reine mère ne suivit pas son fils préféré, et le roi fut d'autant plus ravi de sa décision.

---

1. Surnom du souverain espagnol.

Les conséquences ne se firent pas attendre : en novembre l'ambassadeur d'Espagne quitta précipitamment la France, et la reine de Navarre se décida enfin à abandonner ses terres pour se rendre à la Cour. Une fièvre maligne l'arrêta en chemin. Elle reprit fort lentement son voyage mais sa mauvaise santé l'obligeait à de longs séjours dans des villes-étapes. On ne l'attendait plus avant la fin de l'hiver.

La décision du roi eut aussi une conséquence immédiate sur la vie de Corine. Des rumeurs de conflit avec les Pays-Bas circulant toujours, M. de Louvy dut quitter lui aussi la France pour rejoindre le Hainaut. En acceptant sa nouvelle vie, Mlle de Pâquelin avait rompu avec son ancienne patrie, et elle se trouvait désormais seule à la Cour.

⋆ ⋆ ⋆ ⋆

Peu de temps après le départ de l'ambassadeur espagnol, la reine mère s'accorda quelques jours de détente en se rendant avec quelques intimes dans son château de Chenonceau. Corine et son amie Hélène de Surgères furent du voyage.

La première vision que Mlle de Pâquelin eut de Chenonceau fut un éblouissement. Par une trouée dans les feuillages, elle aperçut de la voiture une splendide demeure qui semblait barrer le Cher. Un palais sorti des eaux et dont les arches et les sculptures se reflétaient dans la rivière. Les pierres blanches brillaient sous le pâle soleil d'automne. La vision fut fugitive et les arbres la cachèrent rapidement.

Bientôt la voiture, où les deux demoiselles d'honneur avaient pris place aux côtés de Mme du Perron et de la reine mère, suivit une longue allée ombragée gardée à son extrémité par deux sphinx de pierre qui se faisaient face. Les arbres en s'écartant laissaient apparaître d'abord l'ancien donjon des premiers seigneurs de Chenonceau, avec de chaque côté de somptueux jardins où les parterres de fleurs rivalisaient avec les labyrinthes de verdure.

Juste derrière, un pont conduisait au petit joyau de la Renaissance qu'avait fait construire sur les anciennes piles d'un moulin, en plein milieu de la rivière, un receveur général des finances du début du siècle. De minces tourelles d'angle encadraient la claire façade aux hautes fenêtres ouvragées. Sur la gauche, attenant au manoir, on voyait une chapelle surmontée d'un clocheton.

La voiture s'arrêta dans la cour d'honneur et Catherine de Médicis et sa suite pénétrèrent dans le château. Corine y fut accueillie par un petit Tricky fou de joie de retrouver sa maîtresse. Il avait en effet voyagé avec Clémence et les autres domestiques, qui avaient précédé leurs maîtres afin de leur rendre les lieux les plus confortables possible. Car les demeures royales qui étaient peu habitées durant l'année ne contenaient que le strict minimum. La Cour avait l'habitude de se déplacer avec ses meubles. Des tapisseries avaient été accrochées à la hâte pour protéger de la fraîcheur des murs, et des feux allumés dans les cheminées monumentales. Malgré cela, et peut-être à cause de l'eau qui entourait le château, il y faisait froid. Il est vrai qu'on était en novembre ; aussi ces dames portaient-elles des cols et manchons de fourrure.

La fraîcheur du temps n'empêcha pas la reine mère de se promener avec délice dans les jardins qui bordaient le Cher. Derrière le manoir, un pont de cinq arches avait été jeté jusqu'à l'autre rive, et sur ce pont Catherine de Médicis avait le projet de construire une galerie à deux étages, de sorte que l'on puisse à l'avenir franchir la rivière sans quitter le château.

Là prendraient place des statues ramenées d'Italie. Des nombreuses fenêtres de part et d'autre de la galerie, l'on pourrait jouir du paysage aussi bien que du dehors, et se promener en hiver à l'abri des intempéries.

Mlle de Surgères avait pris froid dans les jardins et dut s'aliter. La reine mère eut pitié de ses demoiselles d'honneur et supprima les promenades matinales. C'était désormais du balcon du premier étage qu'elle admirait les parterres qui s'étendaient devant elle, à gauche et à droite de la cour d'honneur. En veine de confidences, elle déclara un jour à Corine :

— Voyez-vous, ma fille, dé tous les palais royaux, c'est celui-ci qué je préfère.

Corine acquiesça :

— C'est vrai qu'il est très beau.

Catherine de Médicis eut un petit sourire en coin et son regard brilla étrangement. Mme du Perron fit discrètement signe à Corine de changer de conversation et elle ne put en savoir sur l'heure davantage.

Un peu plus tard, alors que la reine mère s'était retirée dans son cabinet de travail pour écrire des lettres, la demoiselle d'honneur s'approcha de l'ancienne gouvernante de Charles IX et la questionna :

— Pourquoi m'avez-vous fait signe, tout à l'heure, lorsque nous parlions du château ?

— Cette conversation se prolongeant aurait pu peiner Sa Majesté, répondit d'un ton sec la confidente de la reine.

Et devant l'étonnement de Mlle de Pâquelin, elle ajouta :

— Ignorez-vous donc à qui appartenait ce château avant Madame Catherine ?

— Je l'ignore en effet, répondit Corine.

Mme du Perron parut surprise, puis elle dit d'un air gêné :

— Feu le roi Henri II, l'époux de notre bien-aimée dame... l'avait donné... à Diane de Poitiers, qui fut sa maîtresse.

C'est elle qui a fait construire le pont sur le Cher, et fait planter les jardins. Le roi... la rejoignait souvent à Chenonceau, et l'on dit... que les royaux amants ont passé là les meilleurs moments de leur liaison... À la mort du roi, la reine mère a repris le château à la duchesse de Valentinois. Elle a fait rénover les appartements et transformer les jardins. Elle y a donné des fêtes admirables. Elle en a fait « son » château, vous comprenez ?

— Je comprends qu'elle ait repris le château, et qu'elle ait voulu en faire son œuvre. Mais j'ai du mal à comprendre qu'elle puisse adorer des lieux qui doivent sans cesse lui rappeler sa rivale.

— C'est que ces lieux lui rappellent aussi un époux qu'elle chérissait. Voyez-vous, la reine adorait le roi. Elle était aussi très fière de lui, et fière de la position que son mariage lui avait apportée dans ce royaume. Elle avait pour lui de la gratitude, parce qu'il l'avait faite reine et énormément de respect, parce qu'il était le roi et qu'il avait reçu l'onction divine du sacre.

C'est pourquoi elle s'est toujours efforcée de faire bonne figure à Mme de Valentinois, bien qu'elle la détestât. Pauvre Catherine ! Elle faisait ce qu'elle pouvait pour faire taire sa jalousie en public, mais à moi… elle confiait ses souffrances…

— La liaison du roi a-t-elle duré longtemps ?

— Tout le temps qu'a duré son mariage… Diane n'était pas seulement sa maîtresse, mais aussi son amie, sa confidente, et sa conseillère politique. Elle recevait les ambassadeurs et avait su placer ses amis aux postes influents. Elle « régnait » en somme.

— Et Madame Catherine la laissait faire ?

— Je vous l'ai dit, pour rien au monde elle n'aurait voulu froisser le roi. D'ailleurs celui-ci était loin de la négliger. Il se montrait prévenant, courtois, affectueux même. La reine a été contrainte de tolérer la situation. Mais lorsque le roi est mort…

— Vous êtes bien bavardé, aujourd'hui, Marie-Catherine, interrompit une voix derrière elles.

— Majesté, balbutia Mme du Perron en plongeant dans une révérence précipitée.

— Allez donc ploutôt voir en cuisine, cé que devient notre déjeuner ! Mlle dé Pâquelin mé tiendra compagnie.

Mme du Perron s'esquiva et Corine demeura silencieuse auprès de la reine mère, confuse de ce qu'elle venait d'apprendre, et des questions qu'elle avait osé poser. La veuve d'Henri II se taisait également, absorbée dans ses pensées, ou plutôt ses souvenirs.

Corine se sentait gênée, elle connaissait la reine, la gouvernante, la mère intransigeante qui dirigeait avec une même fermeté son royaume et sa famille. Elle venait de découvrir la femme, la femme amoureuse et faible, avec son cortège d'espoirs déçus, de renoncements et d'humiliations. Durant toute la vie du roi, elle avait su faire taire son orgueil blessé et lorsque le roi était mort...

Lorsque le roi était mort, Corine ne saurait sans doute jamais ce qui s'était passé. Mme du Perron n'oserait sûrement plus reprendre la conversation là où elle l'avait laissée.

— Lorsque lé roi fut sur son lit dé mort, commença Catherine comme si elle avait lu dans les pensées de sa demoiselle d'honneur, j'ai envoyé oun messager à Diane pour qu'elle mé rende les bijoux dé la couronne que lé roi loui avait donnés. Et savez-vous cé qu'a osé répondre la p... ?

Le regard de la reine mère se durcissait. Corine rougit et fit signe que non.

« — Lé roi est-il mort ? a-t-elle demandé.

— Non, mais l'on pense qu'il né passera pas la nouit, a répondu lé messager.

— Alors je n'ai pas encore dé maître. Revenez lorsque lé roi ne sera plous ! »

Catherine de Médicis s'était tue. Corine brûlait de savoir la suite, mais elle n'osait pas poser de questions. La reine mère poursuivit son récit, plus pour elle-même que pour sa compagne qu'elle ne regardait même pas.

— Lé lendemain, la couronne avait retrouvé ses bijoux, mais la France avait perdou son roi.

Dans les yeux sombres de la souveraine, Mlle de Pâquelin vit perler quelque chose qui ressemblait à une larme. Elle décida de se retirer discrètement. Elle apprit plus tard qu'une fois veuve, la reine avait su rester magnanime envers son ancienne rivale. Loin de faire éclater sur elle une vengeance légitime, elle l'avait laissée se retirer sur ses terres et finir paisiblement sa vie loin de la Cour, se contentant de lui reprendre Chenonceau. Encore ne l'avait-elle pas spoliée tout à fait, car en échange du palais sorti des eaux, elle lui avait laissé son château de Chaumont-sur-Loire, qui certes ne le valait pas, mais qui avait tout de même ses attraits.

Depuis qu'elle connaissait l'histoire du château, Corine se plaisait moins à Chenonceau. Elle trouvait les arches du pont mélancoliques et croyait entendre résonner dans les jardins le rire de Diane, mi-enjôleur, mi-ironique. Oui, malgré la présence de la reine mère, il lui semblait que le fantôme de Diane de Poitiers, décédée cinq ans plus tôt, régnait toujours sur les lieux. Elle se demandait si les générations futures ne se souviendraient pas seulement ici de la belle maîtresse royale, et elle en éprouvait de la peine pour Catherine de Médicis.

Aussi fut-elle presque soulagée de quitter les rives du Cher pour rejoindre Blois et la Cour, bien qu'elle ait apprécié le calme de ce séjour, loin des bruits et de l'effervescence politique qui régnaient autour des princes.

* * * *

Dès que Mlle de Surgères fut rétablie, on reprit la route. Les arbres perdaient leurs feuilles et les paysages étaient plus tristes. L'hiver avançait à grands pas.

Le gibier commençait à se raréfier sur les terrains de chasse royaux. Il était temps de les laisser se repeupler, de laisser souffler un peu le domaine blésois qui nourrissait la Cour depuis plusieurs mois. Comme chaque année vers la même époque, le roi, les princes, la foule des courtisans et le cortège de leurs serviteurs allaient regagner Paris.

Lorsque la reine mère revint à Blois, le déménagement avait commencé. Cela n'était pas une mince affaire que le déplacement de la Cour. À part quelques lourds meubles d'apparat qui n'étaient pas transportables, tout le mobilier des appartements allait voyager avec les malles contenant les vêtements, les bijoux, les papiers et les biens divers de la famille royale et de son entourage.

Dans la cour du château de Blois on commençait à entasser les bagages dans des chariots. Déjà quelques seigneurs avaient pris la route de la capitale. Tous en effet ne pourraient pas loger au Louvre. Beaucoup possédaient des maisons ou des hôtels à Paris, qu'ils laissaient à la garde d'un serviteur lorsqu'ils suivaient le roi sur les bords de la Loire, ou qu'ils louaient en leur absence. Lorsque la Cour rejoignait les rives de la Seine, les locataires étaient priés de vider les lieux et les légitimes propriétaires reprenaient possession de leurs murs.

Pendant quelques jours, on vécut au palais comme dans un campement. Certains meubles étaient déjà partis. D'autres, de première nécessité, ne prendraient la route qu'en même temps que leurs maîtres. Des pièces se vidaient. Chaque jour amenait d'autres départs.

Tricky errait dans les salles dénudées, l'air inquiet. Sa maîtresse était affairée toute la journée par les préparatifs du départ. Clémence pleurnichait sans arrêt. À la fin Corine s'inquiéta :

— Mais enfin, Clémence, que se passe-t-il ?

— Rien, répondit la soubrette, et elle fondit en larmes.

Tricky détourna la tête d'un air dégoûté. Il s'installa sur la malle ouverte, au beau milieu d'une pièce de brocart qui formait l'une des plus belles robes de Mlle de Pâquelin, et bâilla de dédain.

Corine ne le regardait même pas. Elle prit Clémence dans ses bras, mais celle-ci s'échappa en pleurant et s'enfuit hors de la chambre. La jeune fille se retourna vers le laquais qui aidait à préparer les malles.

— Tu y comprends quelque chose, toi, Phelippot ?

— Dame...

— Si tu sais quelque chose tu dois me le dire !

— … C'est rapport aux cuisines…, répondit Phelippot en hésitant, mais il ne voulut pas préciser davantage.

Mlle de Pâquelin n'ignorait pas que sa suivante passait beaucoup de son temps dans cette partie du château et qu'elle avait pour amie une cuisinière prénommée Marie. Elle réfléchit quelques secondes puis attrapa les plis de sa lourde robe de velours qui la gênait pour se déplacer rapidement, et soulevant légèrement sa jupe, elle se précipita à son tour hors de la chambre. Phelippot hocha la tête d'un air accablé. Tricky dressa les oreilles, hésita un peu, puis sauta hors de la malle, fila entre les jambes du jeune garçon et courut derrière sa maîtresse.

Dans les couloirs presque désertés du palais, personne ne prêta attention à la jeune fille qui se rendait d'un pas pressé vers les communs. Mais elle fit sensation en pénétrant avec sa robe de cour dans l'antre des maîtres-queux et de leurs assistants. Eux aussi se préparaient à déménager. Ici on récurait les fourneaux, là on frottait les cuivres avant de les empiler dans des caisses. Le départ était pour le lendemain. Ce soir la Cour mangerait froid.

D'un coup d'œil circulaire Mlle de Pâquelin vit que Clémence n'était pas là. Un gâte-sauce alla prévenir le chef des cuisines qui s'empressa auprès de la demoiselle d'honneur.

Elle lui avoua chercher une cuisinière prénommée Marie. On lui indiqua la réserve où elle trouva entre un sac de farine et un sac de fèves une bonne femme toute ronde, à l'air jovial et aux cheveux blonds frisés dépassant d'un bonnet blanc.

— Qu'est-ce que j'peux faire pour vot'plaisir, ma jeune demoiselle ?

En peu de mots Corine expliqua qui elle était et ce qui l'amenait aux cuisines. La brave femme soupira :

— Oh ! Ben, dame, jeune et joliette comme vous êtes, vous devriez bien l'savoir ce qu'elle a ! Eh ! Pardi, elle est amoureuse ! Elle ne vous a donc rien dit ?

— Il est vrai… C'est que… Depuis que nous sommes à Blois, elle m'a bien parlé de deux jeunes hommes, mais je n'y ai pas prêté tellement attention. Il y a eu d'abord un palefrenier… puis un marmiton, je crois.

— Deux?! Balivernes, point de palefrenier. Le marmiton, vous y êtes! C'est à cause de Jacques qu'elle pleure. Jacques Perrot. Dame! Croyez bien que tout le temps qu'elle passe ici, ça n'est pas pour mes beaux yeux, fit-elle en clignant d'un œil.

Mlle de Pâquelin s'inquiéta de savoir si les jeunes gens s'étaient disputés. Mais Marie assura que ces deux-là s'adoraient. Devant l'incompréhension de la jeune fille, elle expliqua: Jacques était le fils d'un rôtisseur de la ville. Lorsque la Cour était arrivée à Blois, il avait été engagé aux cuisines royales. Maintenant que la Cour s'en allait, il devait retourner aider son père à la rôtisserie. Un jour il lui succéderait et alors il serait fier de dire qu'il avait appartenu aux cuisines du roi. Cela attirerait la clientèle.

— Il ne faut pas croire que nous déménagions tous avec la Cour. Beaucoup de gens sont engagés sur place, surtout pour les tâches les plus humbles. Lorsque la Cour s'en va, ils cherchent un autre emploi. À Paris, là-bas, il y a d'autres gens qui attendent le retour du roi pour se faire embaucher. Alors, dame! Votre Clémence, elle vous suit à Paris, et le pauvre Jacques, lui, il reste à Blois. Voilà tout le drame.

Corine demanda si on ne pouvait le garder à la Cour. Mais son père avait besoin de lui. Le temps que son fils avait travaillé ici, il lui avait fallu embaucher un aide lui aussi. Et puis Marie pensait qu'il avait peur de laisser son Jacquot partir tout seul dans la capitale. On entendait dire tellement de mal de la vie dans les grandes villes. Jacques n'avait que dix-neuf ans, et le père n'avait pas confiance dans sa jeunesse.

— Mais lorsque la Cour reviendra à Blois, il sera réembauché?

— P'têt ben qu'oui. D'une année sur l'autre, les mêmes serviteurs peuvent être repris. On préfère réembaucher quelqu'un qu'on connaît déjà et qui a satisfait par son travail plutôt qu'un inconnu. Mais p'têt ben qu'non. Tout dépend du père Perrot.

— De toute façon quand nous reviendrons à Blois, Clémence pourra revoir son amoureux, que ce soit ici ou à la rôtisserie de son père.

— C'est ce que j'ai dit à la petite. Mais trois ou quatre mois de séparation, c'est beaucoup quand on aime. Enfin, vous savez tout, maintenant je vais devoir vous laisser, j'ai mon inventaire à terminer.

Corine remercia et se leva. À ce moment son attention fut attirée par des éclats de voix provenant de la cuisine. Lorsqu'elle y pénétra, elle comprit tout de suite la raison de ces cris. Tricky avait réussi à s'emparer d'un morceau de lard à moitié grand comme lui et le traînait comme il pouvait, poursuivi par tous les employés des cuisines.

— J'ai déjà dit, pas de chien ici ! hurlait le maître de céans.

— Il ne le fera plus, dit Mlle de Pâquelin vers qui le voleur s'était réfugié. Elle ramassa la boule de poil jappant et grognant qui venait de lâcher sa proie. Le chef des cuisines la fustigea du regard mais n'osa rien dire à une demoiselle d'honneur de la reine mère.

Corine sortit dignement des lieux du délit, emportant le garnement même pas repentant, et suivi du regard par les marmitons amusés et leur patron furieux.

Elle rejoignit Phelippot et continua ses préparatifs. Clémence vint les retrouver un peu plus tard, les yeux rougis, mais un peu calmée.

Mlle de Pâquelin passa une partie de la nuit à consoler sa soubrette et à lui redonner du courage. Elle s'employa à lui démontrer que le proverbe *Loin des yeux, loin du cœur* n'était pas infaillible et que si elle voulait continuer à plaire à son soupirant, il fallait qu'elle cessât d'avoir le nez rouge et les yeux bouffis par les larmes.

La suivante passa cette nuit-là dans la chambre de sa maîtresse, et les deux jeunes filles finirent par s'endormir, songeant à la rude journée qui les attendait le lendemain.

⋆ ⋆ ⋆ ⋆

Ce jour-là tout ce qui restait de la Cour à Blois prit le chemin du départ. Clémence, Phelippot et Tricky voyageaient en chariot avec les meubles et les malles. Mlle de Pâquelin, Mlle de Surgères et les autres demoiselles d'honneur accompagnaient la reine mère et les princes à cheval.

Le voyage fut long et éprouvant. À l'étape les gîtes étaient souvent de fortune. Il était difficile d'héberger correctement autant de personnes. Mais faisant partie des proches de la famille royale, Corine put bénéficier chaque soir d'un logement décent.

Le soir du troisième jour, on arriva enfin à Paris.

IV. Paris

L'entrée du Louvre se trouvait face à l'église Saint-Germain-l'Auxerrois, paroisse des rois de France. L'aspect extérieur était celui d'un lourd château médiéval aux grosses tours d'angle. On y pénétrait comme dans une forteresse, par une porte encadrée de tours et surmontée de créneaux.

Mais une fois dans la cour, l'aspect changeait. Si les côtés nord et est étaient toujours formés par les bâtiments massifs de l'ancien château de Charles V, à l'ouest, face à l'entrée, s'élevait l'aile que Pierre Lescot avait bâtie pour François Ier après la destruction du vieux donjon.

La façade présentait au rez-de-chaussée une série de hautes fenêtres intégrées dans des arcades qu'ornaient des colonnes à l'antique, aux chapiteaux à feuilles d'acanthe. L'étage supérieur répétait fenêtres et colonnes. Des frontons sculptés triangulaires ou arrondis alternaient sur chaque ouverture. Un troisième étage moins élevé chapeautait le tout. Trois avant-corps saillaient, coupant la monotonie horizontale de la construction.

Au sud le pavillon du roi avait été construit sur le même modèle, avec un étage en plus, dont les arcades dominaient le palais vers la cour, et la Seine de l'autre côté. Les façades extérieures de ces deux ailes étaient plus sobres, sans surcharge de sculptures.

Vers l'ouest s'étendait l'immense jardin des Tuileries où Catherine de Médicis avait entrepris la construction d'un nouveau palais.

La chambre de Corine donnait sur le fleuve. Mais elle passait le plus clair de son temps dans l'appartement de la reine mère ou celui du roi. La demoiselle d'honneur aimait particulièrement la vue dont on jouissait de cette partie du palais.

Juste au pied du Louvre se trouvaient les quais de la Seine, d'où partaient les bateliers, nombreux sur le fleuve parisien. Vers l'est on apercevait les ponts, sur lesquels avaient été construites maisons et échoppes, la flèche de la Sainte-Chapelle et les tours de Notre-Dame.

La vie de la Cour au Louvre n'était pas si différente de celle de Blois. Tôt le matin, Corine se rendait auprès de la reine mère qu'elle suivait à la messe ou chez le roi. Elle restait à la disposition de la souveraine jusqu'à ce que celle-ci décidât qu'elle n'avait plus besoin d'elle. Le matin et le début de l'après-midi étaient surtout consacrés à la politique. Le roi recevait des ambassadeurs, discutait avec ses conseillers. Souvent Catherine de Médicis était présente, et ses demoiselles d'honneur par la même occasion. Le reste de l'après-midi était consacré par les dames à la promenade, à moins qu'elles n'assistassent aux parties de jeu de paume du roi et des princes. Le soir était réservé aux plaisirs : spectacles, mascarades, festins, bals.

Il y avait aussi les jours de chasse, que Corine affectionnait toujours. La forêt de Saint-Germain-en-Laye n'était pas loin et très giboyeuse. Mais Mlle de Pâquelin disposait de plusieurs heures de liberté par jour. Elle aurait aimé les passer à déambuler dans les rues de Paris avec Clémence. Elle sentait toute proche une foule d'hommes, de femmes et d'enfants aux cris divers qui donnaient une résonance particulière aux ruelles encombrées de la capitale. Il y avait le porteur d'eau, le marchand d'images, l'aiguiseur de couteaux, la chanteuse de rue…

Mais Hélène de Surgères lui avait formellement déconseillé de se promener seule dans Paris, et à pied qui plus est. Catherine de Médicis n'était pas aussi prudente. Il lui arrivait, disait-on, de sortir à cheval visiter les jardins des faubourgs presque sans escorte. Hélène raconta même à Corine que l'an passé, elle s'était rendue sous un déguisement à la foire de Saint-Denis. Cela fit sourire la jeune fille qui songea avec nostalgie à ses escapades avec Clémence, là-bas en Hainaut, et à ce jour moins lointain où elles s'étaient rendues au marché de Compiègne, en cachette de M. de Louvy.

★ ★ ★ ★

Cependant M. de Ronsard poursuivait toujours Hélène de ses assiduités. Il possédait à Paris une maison, dotée du doux nom de *L'Ange*, qui était une véritable merveille selon ses dires : une aimable chaumière avec cour et jardin, et un puits si charmant qu'il valait bien les sources de sa campagne natale. Il tenait absolument à ce que Mlle de Surgères la visitât. Celle-ci cherchait des excuses pour éviter le rendez-vous qui lui semblait plus que galant.

— Et où sé trouve donc cette merveille, M. de Ronsard ? demanda Catherine de Médicis.

— Au fossé du faubourg Saint-Victor, Madame, répondit le poète, aux pieds de la colline Sainte-Geneviève. J'aime ce quartier où l'on parle latin. Le collège de M. de Sorbon n'est pas loin, il y a beaucoup de jeunesse dans les rues et les soirées y sont animées.

— Les étoudiants sont toujours tourboulents.

— Il faut bien que jeunesse se passe, Madame.

— J'aimerais aussi visiter votre gentilhommière, Monsieur lé poète, répondit Catherine. Et pouisque Mlle dé Sourgères a peur d'oun guet-apens, nous l'y accompagnerons.

— C'est avec plaisir que je recevrai Votre Majesté dans mon humble demeure.

Cet entretien avait lieu un matin chez le roi. L'amiral de Coligny, présent, s'impatientait.

— Si nous revenions à une conversation plus sérieuse, Sire, intervint-il. Que comptez-vous faire pour la croix de Gâtine ?

— Et qu'est-ce donc que cette croix qui préoccupe tant M. de Coligny ? demanda M. de Ronsard.

— Une verrue dont il convient de soulager la capitale, Monsieur, répondit l'amiral avec force. Il y a de cela trois ans un brave marchand du nom de Gâtine laissa mes coreligionnaires célébrer leur prêche dans sa maison. Pour cela il fut pendu en place de Grève, ainsi que son fils.

Corine frissonna.

— Nous étions alors en guerre, Monsieur l'amiral, intervint Catherine de Médicis.

— Vilaine guerre, Madame, que celle qui juge criminel d'écouter la parole de Dieu.

— Je lé crois aussi. C'est pourquoi nous avons depouis fait la paix, M. de Coligny. Et rappeler lé passé ne ferait qu'envenimer les choses.

— C'est bien là mon propos, Madame. Après la mort de M. de Gâtine, sa maison, située rue Saint-Denis, fut rasée, et une croix dressée à son emplacement. Cette croix porte un texte insultant les réformés. J'ai déjà eu l'honneur de demander au roi qu'il veuille bien laver cette injure qui rappelle les guerres passées, et faire enlever cette croix.

— Il est vrai, dit le roi.

— Sire, intervint Catherine, lé petit peuple dé Paris est profondément catholique. Il est très attaché aux signes extérieurs dé la foi. Jamais il né laissera démolir oun symbole devant léquel il se recueille chaque jour.

— Sire, reprit l'amiral. Vous êtes roi. Laisserez-vous quelques fanatiques ignorants vous dicter votre loi ? Vous avez choisi la paix, et le pays tout entier vous en remercie. Mais cette paix ne sera pas complète, si vous laissez à la vue de tous cette offense permanente envers vos ennemis passés. Ce geste vous coûtera peu, mais il vous assurera la fidélité de vos nouveaux alliés.

Le duc d'Anjou, muet jusque-là, prit la parole et se rangea du côté de sa mère.

— Mon frère, l'amiral a certes raison sur le principe, mais il ne connaît pas le peuple de Paris aussi bien que notre mère. Une révolte est à craindre.

— Le vainqueur de Jarnac et de Moncontour tremblerait-il devant quelques bourgeois mécontents ? lança Coligny.

— Monsieur, je ne vous permets pas..., répliqua Henri de Valois, rouge de colère.

Il avança vers l'amiral qui mit la main à son épée.

— Allons, Messieurs, calmez-vous ! ordonna le roi. Vous oubliez devant qui vous parlez !

Mais ces reproches s'adressaient plus à son frère qu'à l'amiral, qui avait toutes ses faveurs pour le moment. Le duc d'Anjou le sentit et sa jalousie en augmenta. Il se rapprocha de sa mère, et cela n'eut pour effet que d'agacer une fois de plus le souverain.

— La croix sera enlevée, dit Charles IX.

— Sire..., commença la reine mère.

— Mais elle ne sera pas détruite, poursuivit son fils. Elle sera enlevée car M. de Coligny a raison. Cependant je ne veux pas mécontenter les Parisiens. Ils ne m'aiment déjà point trop. La croix sera transférée au cimetière des Innocents. Ainsi le peuple de Paris pourra la voir quand il lui chantera. Noyée parmi d'autres croix elle choquera moins, je l'espère, Messieurs les réformés, et l'oubli viendra plus vite. Il sera temps alors de la faire enlever ou d'effacer l'inscription. Cela vous satisfait-il, Monsieur l'amiral ?

— Votre Majesté a su comme toujours trouver le moyen terme pour contenter nos deux partis, répondit le protestant.

— Bien, fit le roi, maintenant Madame, je ne vous retiens plus, dit-il en se tournant vers sa mère. Ni vous non plus mon frère. M. de Coligny et moi avons à parler.

Catherine de Médicis se leva, et suivie de ses dames d'honneur et du duc d'Anjou, elle quitta les appartements du roi.

* * * *

— Ce huguenot le fait agir à sa guise comme un pantin! dit le frère du roi dès qu'ils furent sortis. Pourquoi le laissez-vous faire?

— Céla n'était pas oune affaire importante, dit Catherine. Laissons l'amiral épouiser ses faveurs, et réservons-nous pour dé plous grandes causes. Puis, changeant de ton: Nous accompagnerez-vous chez M. dé Ronsard, mon fils?

— Il n'est pas très prudent de traverser Paris en ce moment. Vous ne devriez pas y aller.

— J'ai promis à M. de Ronsard, répondit-elle, et pouis les Parisiens né me font pas peur. Restez si vous voulez, nous irons, avec Margot et François.

Henri déclina l'invitation, mais lorsque la joyeuse petite troupe sortit du palais, il la fit suivre discrètement par des gardes armés, car Catherine avait refusé une escorte.

La reine mère chevauchait une splendide jument blanche qui contrastait avec ses sombres vêtements. La princesse Marguerite et le duc d'Alençon l'accompagnaient, suivis des demoiselles d'honneur et de quelques jeunes gens de la Cour qui s'étaient joints à la plaisante équipée. Ronsard paradait à la tête du groupe, qui franchit la Seine sans encombre et gagna la rive sud du fleuve.

Corine était ravie de cette escapade qui lui faisait enfin découvrir les rues animées de l'antique cité.

On se dirigea vers les faubourgs où les maisons moins nombreuses laissaient la place aux jardins et aux vergers. La demeure de Ronsard ne fit pas mentir ses déclarations. C'était en effet une charmante habitation. Le temps, clément bien qu'on fût en décembre, leur permit de déjeuner dans le jardin du poète. L'après-midi se passa joyeusement. On fit des vers, on joua de la musique. Il y eut des charades et mille autres jeux amusants. Mais le soir tombait vite, et il fallut prendre le chemin du retour.

Abandonnant le poète en son logis, la petite troupe se dirigea vers la Seine. L'escorte envoyée par le duc d'Anjou avait passé la journée dans une taverne du Quartier latin. Un guetteur, placé près de la maison par le capitaine, vint la prévenir et elle se remit en route à quelque distance du groupe princier.

Catherine de Médicis et ses compagnons traversèrent le fleuve au moment où la nuit commençait à s'emparer de la ville. Arrivés à la hauteur de la tour Saint-Jacques, ils perçurent sur leur droite une étrange lueur.

Le capitaine de l'escorte l'avait aperçue lui aussi et avait envoyé un de ses hommes en éclaireur. Au retour de ce dernier, il fit accélérer l'allure à sa troupe et rejoignit vivement celle de la reine mère. Prenant d'une main les rênes de la jument royale, il souffla à sa cavalière :

— Vite, Madame, au palais !

Reconnaissant en cet homme un des capitaines de la garde, Catherine de Médicis ne se fit pas prier, et c'est au galop que la troupe entourée de soldats pénétra dans la cour du Louvre, heureusement peu distante.

Lorsque la porte eut été refermée derrière eux, la mère du roi demanda :

— Que se passe-t-il ?

— Rien de trop grave, Madame, répondit le capitaine, mais j'ai cru bon de vous faire mettre à l'abri avant que les émeutiers ne s'aperçoivent que des membres de la famille royale se trouvaient non loin d'eux.

— Quels émeutiers ?

— On a enlevé une croix dans la rue Saint-Denis cet après-midi. Des catholiques mécontents ont pillé quelques maisons de huguenots et y ont mis le feu. Ce sont là les lueurs que vous avez dû apercevoir comme nous.

— Je vous remercie, Capitaine.

Le soldat s'inclina profondément et rejoignit ses quartiers, tandis que la reine mère et sa suite pénétraient dans le château. Le duc d'Anjou vint à leur rencontre. Sur son visage se lisait une joie mêlée de fierté. Ne venait-il pas, malgré les injonctions de sa mère elle-même, et par l'intermédiaire de la troupe qu'il avait envoyée pour la protéger, de lui rendre un immense service, et qui sait peut-être même, de lui sauver la vie.

Il se sentait le droit de dire à la reine mère : j'avais raison et vous aviez tort, de vouloir sortir sans escorte ! Il se sentait le droit de dire au roi : j'avais raison et vous aviez tort, avec votre croix de Gâtine et votre huguenot de malheur ! Vous avez mis notre mère en danger, et c'est moi qui l'ai sauvée. Il avait envie de dire à sa mère : j'avais raison et vous aviez tort, en laissant Charles suivre les conseils de ce Coligny du diable !

Il pensait mais n'allait pas jusqu'à oser vouloir le dire : je ferais un meilleur roi que Charles, vous en avez la preuve aujourd'hui.

Telles étaient les pensées qui animaient le duc d'Anjou alors qu'il s'avançait triomphant vers Catherine de Médicis, s'attendant à recevoir avec jubilation les lauriers qu'il jugeait avoir mérités.

Mais sur le visage de la reine mère, la fureur ne laissait aucune place à la reconnaissance.

— Où est lé roi ? demanda-t-elle avant qu'Henri n'ait pu ouvrir la bouche.

— … Chez lui. Il a demandé qu'on ne le dérange pas, répondit le prince.

— Et l'amiral ?

Henri de Valois eut un sourire de mépris.

— L'amiral se terre, comme il se doit à quelqu'un qui vient de commettre une faute. Il a bien trop honte pour pouvoir se montrer devant le roi.

— Peut-être est-il simplement avec ses amis protestants, émit le jeune duc d'Alençon, en train de déplorer le pillage qui vient d'avoir lieu, et de porter secours à ces pauvres gens.

Mais le regard foudroyant, que lui lancèrent à la fois sa mère et son frère, fit taire immédiatement le jeune prince, qui ressentit une fois de plus l'impression qu'il n'avait pas le droit d'exister à la Cour, encore bien moins de donner son avis.

Reprenant la conversation comme si elle n'avait pas été interrompue, la reine mère s'adressa au duc d'Anjou :

— Je vais chez le roi.

Et comme tous s'apprêtaient à la suivre, elle s'arrêta et jeta en se retournant :

— Seule !

La princesse Marguerite proposa d'aller souper, et toute la petite troupe lui emboîta le pas en reprenant une conversation plus joyeuse, y compris le duc d'Anjou, après une minute d'hésitation.

* * * *

Catherine de Médicis arriva devant l'appartement du roi, et y entra sans se faire annoncer. Elle trouva son fils – pour une fois – en compagnie de la reine. Le couple royal avait fini de dîner, et jouait aux dames.

— Je voudrais parler seule à mon fils !

La douce Élisabeth jeta un regard timide à son mari qui ne broncha pas. Elle se leva sans dire un mot, et gagna la chambre voisine.

— Avez-vous passé une bonne journée, Madame ? demanda le roi.

— Je né souis pas venoue pour parler dé divertissement.

Le roi quitta son siège et, ne voulant pas soutenir le regard de sa mère, il se dirigea vers la fenêtre et contempla la nuit au-dehors.

— Vous êtes content dé vous ? Je suppose qu'on vous a prévenou et que vous savez dé quoi je veux parler.

Charles IX se retourna et dit d'un ton humble dans lequel perçait un peu de lassitude :

— Ça n'est qu'une toute petite révolte. Et qui est terminée.

Puis reprenant un peu d'assurance :

— La croix a été déplacée et la paix est revenue.

— Oune simple croix, Charles, et oune révolte. Qu'est-ce que cé sera la prochaine fois ? Si vous n'êtes pas plous prudent, lé peuple dé Paris se révoltera pour dé bon.

— Je croyais, Madame, que vous vouliez comme moi ramener la paix entre les catholiques et les protestants. Cette réconciliation avec M. de Coligny, vous l'avez désirée tout comme moi.

— Mais nous l'avons maintenant la paix, Charles, ne la compromettez pas en tombant d'oun excès dans l'autre. Nous avons accueilli l'amiral et ses amis protestants à la Cour, nous allons peut-être, grâce au mariage dé Margot, établir définitivement l'ounion entre nos deux partis.

Mais il faut que l'amiral comprenne bien que céla est le fait de notre seule volonté, et non parce qu'il nous l'impose. Il vous pousse à trop dé choses, et vous l'écoutez trop. Il va finir par devenir lé maître à la Cour.

— Vous prêtez à l'amiral des desseins qu'il n'a pas.

— Vous êtes donc bien entiché de loui !

Puis, voyant la colère monter à l'esprit de son fils :

— Soit, je veux bien croire qu'il est dé bonne foi, mais il vous pousse à l'improudence. L'épisode d'aujourd'hui devrait vous inquiéter davantage.

Le roi se rapprocha de sa mère, l'air soucieux.

— Vous craignez tant que cela une folie des Parisiens ?

— Ce ne sont pas les Parisiens que je crains. Mais avez-vous songé, Sire, que dans leur « folie » comme vous dites, ils pourraient faire appel à de plous pouissants qu'eux ?

— À qui pensez-vous ?

— Aux Guise, natourellement. Aux Guise qui n'attendent qu'un soupçon dé révolte pour se présenter ici les armes à la main, prêts à rouvrir la guerre civile. Aux Guise que vous provoquez chaque jour par vos gestes d'amitié envers l'amiral. De la mesoure, mon fils, de la mesoure en toute chose. Ménagez l'amiral, mais ménagez aussi les Guise, du moins tant que l'alliance avec la Navarre n'est pas concloue.

— Vous avez raison. Les Guise peuvent être de dangereux ennemis.

— J'ai toujours raison, mon fils, dit Catherine de Médicis de sa voix la plus douce. Ne vous ai-je pas toujours bien conseillé, depouis onze ans que vous êtes roi?

Charles IX faisait maintenant les cent pas dans la pièce. Il réfléchissait. Son front se ridait sous l'effort, puis se détendait, se ridait à nouveau. Catherine sentait son influence reprendre lentement le dessus sur l'esprit faible du roi. Mais la partie n'était pas encore gagnée. Soudain, le visage du souverain s'illumina.

— Cependant l'amiral est de bon conseil également, et je ne veux pas perdre son amitié.

— Sire…

— Les Guise ne sont dangereux que s'ils sont nos ennemis. Je vais donc les réconcilier avec M. de Coligny.

Catherine de Médicis en resta muette de stupéfaction. Et le roi sut qu'il venait de marquer un point dans sa lutte pour se dégager de la tutelle de sa mère. Profitant de son avantage, il lui assena le coup de grâce, en la congédiant d'une phrase:

— Maintenant, si vous le permettez, j'ai un devoir à accomplir.

Et il se dirigea vers la chambre de la reine.

* * * *

Corine eut des échos de cette conversation le lendemain matin, alors que la reine mère en parlait avec sa confidente Mme du Perron.

— Coligny et les Guise ! s'écriait-elle. Il veut réconcilier Coligny et les Guise ! Autant vouloir réconcilier lé pape et Calvin !

Mlle de Pâquelin écoutait d'une oreille distraite. Elle n'avait pas beaucoup dormi cette nuit-là. Elle et Clémence avaient parlé fort tard des événements de la journée. Les deux jeunes filles n'arrivaient pas à comprendre comment des gens pouvaient piller et brûler des maisons simplement parce qu'on avait enlevé une croix. Il y avait comme une disproportion monstrueuse entre déplacer un morceau de bois et jeter à la rue plusieurs familles. Et quand bien même les pilleurs auraient eu des raisons d'en vouloir aux instigateurs de ce transfert de croix, pourquoi se venger sur des innocents, de paisibles voisins de la veille qui n'y étaient pour rien ?

Le pire était que personne ne semblait s'émouvoir de la chose à la Cour. L'amiral, le roi, la reine mère, le duc d'Anjou raisonnaient et prenaient des décisions en examinant les faits de très haut. La raison d'État l'emportait sur les intérêts particuliers.

Margot et les princes avaient dîné fort joyeusement, comme si rien ne s'était passé. Corine avait admiré l'intervention du duc d'Alençon. Elle savait qu'il lui avait fallu un grand courage pour interrompre sa mère et son frère, et elle lui était reconnaissante des paroles qu'il avait prononcées. Il semblait le seul à éprouver des sentiments humains, ou du moins à oser les exprimer. Mais il était jeune encore, n'avait pas de poids à la Cour, et personne ne l'avait écouté.

Mlle de Pâquelin avait, bien sûr, déjà entendu parler des luttes entre les catholiques et les protestants. Mais tout cela se passait alors loin d'elle et paraissait irréel. Depuis qu'elle était arrivée à la Cour, elle avait vraiment cru que la paix était revenue. Maintenant elle en doutait.

Elle avait trouvé M. de Coligny sympathique. Il lui semblait être un homme bon et juste. Et voilà que la moindre petite décision qu'il obtenait du roi provoquait des drames. Elle ne savait plus très bien que penser. Puis il y avait cette menace de guerre avec l'Espagne, et elle n'oubliait pas que toute sa famille se trouvait aux Pays-Bas espagnols. Depuis que la tension était montée entre les deux pays, depuis que M. de Louvy avait quitté la Cour, elle n'avait plus que très rarement des nouvelles de ses parents, et depuis le début du mois elle n'en avait même plus du tout. Cela l'inquiétait aussi.

Mais ce mois de décembre 1571 devait lui apporter encore bien d'autres émotions.

* * * *

Ce fut lors d'une des dernières chasses de la saison. Corine montait un cheval plus nerveux qu'à l'habitude. Lorsqu'un rongeur sortit de terre presque sous ses sabots, il fit un écart et s'enfonça dans les sous-bois. La jeune fille essaya de le retenir, mais l'animal s'était emballé.

Il galopait à travers les taillis faisant de temps à autre un bond de côté pour éviter une souche, et sa cavalière recevait en plein visage des branchages qui l'écorchaient. Si elle tentait de se protéger des égratignures avec ses bras, elle était obligée de lâcher les rênes et manquait perdre l'équilibre.

Elle s'enfonçait toujours plus loin dans la forêt, sans pouvoir maîtriser sa monture.

Cependant un homme s'était aperçu de l'écart de la jeune femme et avait quitté le groupe pour la suivre. Il galopait derrière elle, essayant de la rattraper.

— Tirez sur les rênes! lui cria-t-il dès qu'il fut à sa portée.

Corine s'agrippa aux lanières de cuir et tira de toutes ses forces. Blessé par le mors, l'animal se dressa sur ses pattes arrière en hennissant de douleur. La jeune fille glissa de sa selle et chuta. Sa tête heurta une grosse racine et elle resta inconsciente quelques secondes.

Elle revint à elle au moment où le cavalier mettait pied à terre à quelques pas de l'endroit où elle était tombée. Le duc d'Épernon, car c'était lui, s'approcha de Mlle de Pâquelin.

— Vous n'avez rien ? demanda-t-il.

Corine se souleva à demi.

— Je... je crois, répondit-elle.

Il lui tendit la main et l'aida à se relever.

Voyant qu'effectivement elle n'avait rien de grave, il reprit son sourire inquiétant habituel. Mais encore étourdie par sa chute, Corine ne s'en aperçut pas. Elle regarda autour d'elle et vit que son cheval s'était arrêté non loin de là. Elle voulut le rejoindre mais ses jambes tremblaient et elle faillit tomber une nouvelle fois.

Louis d'Épernon la rattrapa dans ses bras. Elle le laissa la soutenir un moment, le temps de reprendre ses forces. Puis, réalisant qu'il la tenait serrée contre lui un peu plus près qu'il n'aurait dû, elle voulut le repousser. Il la retint.

— Lâchez-moi !

— Calmez-vous, ma jolie ! dit-il en riant. J'ai déjà eu l'honneur de vous rendre service une fois, et vous ne m'avez pas récompensé. Cette fois vous n'y couperez pas.

Il approcha ses lèvres des siennes.

— Non ! s'écria la jeune fille, et dans un sursaut d'énergie, elle se dégagea de son étreinte et tenta de s'enfuir. Mais son pied se prit dans des herbes et elle chuta de nouveau, alors que retentissait le son d'un cor, à peine étouffé par les arbres. Le reste de la chasse ne devait pas être loin.

Le jeune homme voulut derechef l'aider à se relever, mais elle lui résista tellement qu'à peine sur ses pieds, elle retomba, l'entraînant cette fois dans sa chute. Les deux corps luttèrent un moment mais l'homme finit par prendre le dessus et réussit à lui clouer les deux poignets au sol.

C'est alors qu'une voix se fit entendre au-dessus d'eux :

— Est-ce là le comportement d'un gentilhomme, M. d'Épernon ?

Le jeune duc leva la tête et lâcha immédiatement Corine. Il se redressa. Devant lui se tenait Charles IX en personne.

Le souverain resta impassible sur sa monture, le regard dur. Il ne dit pas un mot, mais Louis d'Épernon sentit ce qu'il lui demandait.

Il se retourna vers la jeune fille en soupirant, lui tendit à nouveau la main pour l'aider à se mettre debout et murmura d'un air morne :

— Je vous prie... d'accepter mes excuses.

Corine ne répondit pas. Le regard du roi s'était maintenant porté sur elle. Il la détaillait étrangement. C'est alors qu'elle s'aperçut de l'état dans lequel elle se trouvait : ses cheveux étaient épars, sa robe froissée et maculée de terre. Le corsage et la jupe avaient été déchirés en plusieurs endroits par les branchages, la chute, puis la lutte.

Corine rougit, et s'empressa de rajuster sa chevelure. Elle était incapable de prononcer une parole, ne serait-ce qu'un mot de remerciement à l'adresse du souverain.

À ce moment des branches s'écartèrent et Marguerite de Valois apparut à son tour juste derrière le roi. Elle fit errer ses yeux de son frère toujours impassible à Corine, puis au duc d'Épernon qui ramenait la monture de la demoiselle d'honneur.

— Que se passe-t-il, ici ?

— Rien, lui dit le roi, Mlle de Pâquelin est juste tombée de cheval.

Puis il ajouta :

— M. d'Épernon va l'aider à remonter sur cet impétueux animal.

Le duc ne dit pas un mot. Il s'approcha de Corine et l'aida à se remettre en selle. Toutefois, avant de lâcher les rênes, il lui susurra à la dérobée :

— C'est la deuxième fois que vous m'échappez. Mais il n'y aura pas toujours un Valois entre nous !

La jeune fille frissonna.

Cependant Marguerite les examinait toujours. Elle se doutait qu'il s'était passé quelque chose, et devinait bien que le duc d'Épernon y avait joué un rôle. Elle interrogea son frère du regard mais il ne dit rien et les quatre cavaliers rejoignirent les autres chasseurs.

* * * *

L'incident fut passé sous silence. Seuls les acteurs de cette scène, ainsi que Mlle de Surgères à qui Corine se confia, furent au courant des événements, et ils n'en dirent mot. La version officielle de la chute, accréditée par le témoignage du souverain lui-même, suffit à expliquer le désordre des vêtements de la jeune femme.

Lorsque Mlle de Pâquelin regagna sa chambre, elle s'y effondra en larmes. Ses nerfs avaient été soumis à rude épreuve, et Clémence eut beaucoup de mal à la calmer.

Il y avait un bal ce soir-là, et Corine ne voulait pas s'y rendre. Mais Hélène vint la chercher et lui fit comprendre qu'elle se devait d'y aller la tête haute. Elle se résigna donc.

Il était de coutume que le roi ouvrît le bal avec la dame de son choix. La reine étant généralement absente de ce genre de divertissement, il le faisait le plus souvent avec la séduisante Marie Touchet dont personne n'ignorait plus qu'elle était la dame de ses pensées.

Dans la grande salle décorée, les courtisans s'étaient rangés en deux groupes formant au centre une allée où le prince allait s'avancer. Les dames se tenaient au bord de cette allée, prêtes à faire la révérence au passage du souverain. Corine se trouvait au premier rang à peu près au milieu de la salle. Le hasard voulut que la maîtresse du roi fût placée juste en face d'elle. Le duc d'Épernon se tenait à l'écart, auprès du duc d'Anjou.

Les musiciens commencèrent à jouer et Charles IX se leva. Il s'avança lentement entre la haie des courtisans et s'arrêta à la hauteur de la brune Marie. Il lui fit un léger salut de la tête, mais il se retourna, et c'est à Mlle de Pâquelin qu'il tendit la main.

Tous les yeux convergèrent immédiatement vers eux. La favorite royale lança à Corine un regard foudroyant.

Celle-ci ne savait que faire, semblait hésiter. Hélène de Surgères la poussa légèrement du coude : on ne refusait pas une danse au roi.

La jeune demoiselle d'honneur se serait bien passée de cela après les émotions de la journée. Ouvrir le bal avec le roi sous le regard étonné et scrutateur de toute la Cour ! Ses jambes flageolaient et elle ferma un instant les yeux tandis qu'elle posait sa main sur celle du souverain.

Mais Charles IX était un danseur remarquable et elle ne regretta pas d'avoir été choisie. La faveur royale lui valut ce jour-là bien d'autres invitations prestigieuses, chacun voulant être dans les bonnes grâces de la personne qui avait celles du roi.

V. Les protestants

Quelques jours plus tard Corine reçut une lettre du Hainaut. Depuis quelque temps les protestants des Pays-Bas se révoltaient contre l'autorité espagnole. L'intolérance et les excès du duc d'Albe, gouverneur des Flandres au nom du roi Philippe II, y étaient certainement pour beaucoup.

Les révoltés entretenaient une sorte de guérilla, qui si elle gênait énormément l'armée royale, n'avait que fort peu de chance d'être victorieuse. Les protestants manquaient en effet de chefs et surtout de moyens, tant militaires que financiers. Cependant on murmurait qu'ils recevaient secrètement de l'aide de l'Angleterre et surtout de la France. Mais ce que l'on craignait le plus était une intervention officielle française qui rallumerait la guerre entre l'Espagne et le royaume de Charles IX.

La famille de Mlle de Pâquelin s'en inquiétait d'autant plus depuis qu'elle connaissait la présence de Coligny et des protestants à la cour française. Elle avait doublement des raisons de se faire du souci : vivant dans une région frontière, elle avait tout lieu de redouter les affres d'une guerre, mais surtout elle avait un fils dans les armées espagnoles, et une fille à la cour de France.

Les parents de Corine voulaient savoir ce qu'il en était exactement, pensant qu'elle était bien placée pour être au courant des velléités royales.

Ils ne se trompaient pas. Depuis le fameux bal, il semblait qu'elle fût devenue un personnage au Louvre. Chacun l'entretenait de ses idées, de ses projets, de ses soucis ou de ses espoirs. Il ne s'écoulait pas un jour sans qu'elle passât de longs moments en compagnie du roi, de la princesse Marguerite, du duc d'Alençon et même de l'amiral de Coligny.

Seul le duc d'Anjou lui restait hostile, par antipathie naturelle peut-être, mais aussi parce qu'il avait l'habitude de ne pas choisir ses amis parmi ceux de son frère. Le duc d'Épernon se tenait pour l'instant à distance, par amitié pour Henri de Valois, mais surtout par peur d'une sanction royale.

Quoi qu'il en soit Corine fut en mesure de rassurer ses parents, du moins provisoirement. En effet, un après-midi elle avait suivi Margot au Jeu de paume pour voir jouer le duc d'Alençon. La partie était déjà bien engagée quand le roi arriva, accompagné de M. de Coligny et de plusieurs seigneurs de la Cour.

Le roi commença une partie contre un gentilhomme de sa maison, tout en conversant avec l'amiral. Lorsque François d'Alençon fut las de jouer, il vint avec sa sœur et Mlle de Pâquelin regarder la partie que disputait son frère.

Le souverain était en chemise et transpirait abondamment. Il répondait par monosyllabes, entre deux lancers de balle, à Gaspard de Coligny.

— Sire, disait l'amiral, il faut utiliser le courage et la force des bras des gentilshommes français contre un ennemi commun. Lorsque la fougue de ces braves se sera épuisée contre l'Espagnol, ils ne songeront plus à s'entre-déchirer et s'entre-tuer dans de déplorables guerres au sein d'un même royaume. Il faut occuper ces corps et ces esprits bouillonnants.

— L'Espagne est une grande nation, répondit le roi essoufflé au cours d'une pause dans le jeu. Êtes-vous sûr de vouloir la guerre pour le bien de la France ? Ou bien n'est-ce pas plutôt pour le bien de vos amis protestants des Pays-Bas ?

— La France aussi est une grande nation, Sire. L'Espagne la croit faible parce que divisée. Montrons-lui que nous savons nous unir et triompher des plus grands. Et si en agissant pour notre bien, nous obtenons de surcroît la reconnaissance d'un peuple opprimé, cela n'en sera que mieux pour la grandeur du royaume et celle de Votre Majesté.

— Vous oubliez Lépante, Coligny. Nous risquons de nous aliéner tout le reste de la chrétienté. Non, poursuivit-il tout en reprenant la partie, la guerre avec l'Espagne est un sujet trop important... pour que nous en décidions à la légère... Je veux d'abord consulter ma mère à ce sujet.

— La guerre n'est pas une chose qu'on négocie avec des femmes ! lança l'amiral agacé.

Le roi ne dit mot. En trois coups de raquette rageurs il termina la partie et triompha de son adversaire. Puis il prit une serviette que lui tendit un valet et s'épongea le front et le cou.

— Ma mère n'est pas n'importe quelle femme, reprit-il à l'adresse du chef protestant. Vous oubliez que la dernière fois que j'ai suivi vos conseils sans la consulter, nous avons failli avoir une émeute à Paris ! Et il ne s'agit pas d'une simple croix cette fois, mais tout bonnement de déclarer la guerre au roi très catholique !

— Sire, en faisant combattre côte à côte catholiques et protestants français, non seulement vous utilisez leur courage à bon escient, mais vous en faites aussi des frères d'armes, incapables par la suite de retourner leur épée les uns contre les autres.

Le roi enfila son pourpoint sans paraître avoir écouté son interlocuteur.

— Je vous l'ai dit, je veux d'abord consulter ma mère à ce sujet.

L'amiral se raidit.

— Puisqu'il en est ainsi, et que vous préférez sur ce sujet l'avis d'une femme à celui d'un vieux soldat, je demande la permission à Votre Majesté de me retirer sur mes terres.

Charles IX parut surpris, puis vexé.

— Soit, M. de Coligny, répondit-il. Nous vous l'accordons !

Et il sortit immédiatement, suivi par tous les gentilshommes catholiques qui l'avaient accompagné.

Marguerite de Valois sourit et emboîta le pas à son frère. Si Coligny quittait la Cour, cela voulait peut-être dire l'annulation de son mariage avec le prince de Navarre.

Mlle de Pâquelin échangea un regard avec le duc d'Alençon. Si Coligny quittait la Cour, cela voulait peut-être dire la reprise de la guerre civile. Les seigneurs protestants présents s'étaient réunis autour de leur chef, attendant qu'il leur dictât la conduite à tenir. Mais il leur recommanda de rester à la Cour, pensant que le roi ne tarderait pas à le rappeler auprès de lui.

En lui faisant cette demande, Coligny espérait que le souverain s'efforcerait de le retenir. Mais il avait commis là une erreur de jugement. En demandant à Charles IX de choisir entre sa mère et lui, il avait sous-estimé l'influence que Catherine de Médicis conservait sur son fils.

★ ★ ★ ★

L'amiral se retira donc sur ses terres de Châtillon, au sud de Montargis, en Gâtinais. La guerre civile n'en fut pas déclarée pour autant et on ne parla plus pour le moment de guerre avec l'Espagne. La neige se mit à tomber, et l'hiver s'installa. On entra dans l'année 1572 et ce fut l'Épiphanie.

Le mois de janvier s'écoula paisiblement. Clémence recevait régulièrement des nouvelles de Jacques Perrot et faisait participer Corine à ses joies, ses espoirs et ses regrets. Elle attendait avec impatience que la Cour retournât à Blois. Ce retour n'était pas prévu avant le printemps et Mlle de Pâquelin le regrettait aussi. Elle n'aimait pas beaucoup le Louvre et préférait le palais blésois, des fenêtres duquel on apercevait au loin la campagne française.

Avec la neige, les animaux avaient beaucoup de mal à trouver de la nourriture et le gibier se raréfiait. On ne chassait donc plus et Corine se sentait enfermée à Paris.

Pourtant les distractions ne manquaient pas, et la Cour restait joyeuse. Le duc d'Épernon la laissait en repos, attendant son heure. Marie Touchet, la brune dame de Belleville, après plusieurs semaines d'hostilité ouverte, avait enfin compris que le roi ne ressentait à l'égard de Mlle de Pâquelin qu'une amicale inclination. Elle s'était rapprochée de la jeune femme, et ces liens ne faisaient que consolider ceux qui liaient désormais Corine à la famille royale.

Il n'y avait qu'une chose qui l'inquiétait un peu, c'était le mariage de Margot. Elle avait promis à la reine mère de l'aider à convaincre sa fille d'accepter ce mariage avec Henri de Navarre. Mais elle avait aussi promis à la princesse Marguerite de l'aider à dissuader sa mère de ce même mariage. Elle se trouvait donc prise entre deux feux.

D'une part, elle était au service de Catherine de Médicis et se devait de lui obéir. D'autre part, son âge la rapprochait de la jeune princesse et elle comprenait fort bien que celle-ci refusât d'être mariée contre son gré. Les arguments politiques de la reine mère étaient irréfutables, et bien que Corine penchât pour ceux de Margot, il lui était impossible d'infléchir les décisions royales.

Charles IX et sa mère n'avaient en effet pas renoncé à l'alliance avec les protestants. La reine de Navarre était toujours attendue à la Cour. Le roi multipliait les avances pour que Coligny revînt au Louvre mais l'amiral se faisait désirer. Il voulait une réponse au sujet de la guerre contre l'Espagne.

D'un autre côté, le souverain envoyait message sur message aux Guise pour qu'ils rentrent à Paris également. Mais ceux-ci promettaient de venir lorsque les protestants auraient quitté la Cour.

La réconciliation générale semblait irréalisable. Le *statu quo* l'emportait, chacun restant sur ses positions.

⋆ ⋆ ⋆ ⋆

Les choses en étaient là et Corine était tranquillement installée dans sa chambre en train de faire de la broderie tout en bavardant avec Clémence, Tricky roulé en boule sur le lit, lorsqu'un soir Phelippot demanda à lui parler.

Le jeune garçon paraissait gêné et triturait son couvre-chef entre ses doigts.

— Qu'y a-t-il, Phelippot? demanda Corine étonnée.

— Voilà…, commença le jeune homme.

— Eh bien, qu'as-tu, Phelippot? Parle! lui dit Clémence.

— C'est que… j'voudrais point vous causer de tort… ni vous faire de la peine, déclara-t-il aux deux jeunes filles. Mais… j'voudrais… si vous le permettez, Mademoiselle… quitter vot'service.

— Tu veux nous quitter, demanda Corine, mais pourquoi? Le travail ne te plaît-il plus? Tu n'es pas malheureux et tu es convenablement payé, je crois.

— Oh! C'est point cela… C'est que… j'voudrions rentrer chez nous.

Il y eut un silence puis la soubrette s'exclama:

— Quoi! Tu voudrais quitter la Cour et la vie à Paris, pour retourner travailler la terre chez nous?

— Ça non, mam'zelle Clémence, j'ai point l'âme d'un paysan. D'abord mon père il a tout juste assez de terre pour se nourrir et j'ai déjà deux frères qui attendent dessus. Et puis aller se louer chez les autres pour trimer et suer dans leurs champs, merci bien!

— Alors? firent en chœur ses deux interlocutrices.

— Ben, voilà… j'voudrais être soldat! et en disant cela il s'était redressé fièrement.

Elles restèrent muettes. Clémence réagit la première:

— Soldat?! Mais quel âge as-tu?

— Dix-sept ans… Mais j'parais plus!

Mlle de Pâquelin réfléchit un instant.

— Je ne te parlerai pas des dangers qui t'attendent, ni des conditions de vie que tu aurais à supporter, surtout comme simple soldat, car je suppose que tu y as déjà songé. Mais tu es encore très jeune. Ne crois-tu pas que tu pourrais attendre quelques années avant de t'engager?

— La guerre n'attend pas, Mademoiselle. Déjà on se bat chez nous. Et bientôt les gentilshommes français vont porter les hostilités dans tous les Pays-Bas.

— Je ne crois pas que le roi veuille déclarer la guerre à l'Espagne, répondit-elle.

— Je ne sais point ce que veut le roi, mais j'entends ce qui se dit. Avant peu les gentilshommes protestants vont livrer combat dans les Flandres, avec ou sans l'accord du roi. Et ce jour-là, Mademoiselle, sauf votre respect, je veux être dans le bon camp. Et s'il faut tuer, Dieu me pardonne, mais après tout ce sont des hérétiques!

Les deux jeunes filles restèrent stupéfaites de l'assurance qu'avait prise le jeune homme au fur et à mesure qu'il parlait. Corine n'aimait pas les fanatismes, de quelque bord qu'ils soient. Ce fut peut-être ce qui influença sa décision de se séparer de Phelippot.

— Je vois que ta décision est inébranlable, lui dit-elle. Eh bien, soit! je te rends ta liberté. Mais laisse-moi au moins le temps de te trouver un remplaçant.

Phelippot remercia et se dirigea vers la porte. Puis il se retourna, sembla hésiter.

— Oui? demanda Corine. Tu désires autre chose?

— Si c'était un effet de votre bonté... Ben... Votre frère est lieutenant dans les armées espagnoles... Alors si vous pouviez me faire une lettre de recommandation pour lui... peut-être... que j'pourrais trouver une bonne place dans son régiment.

Corine se leva.

— Je ne peux pas faire cela, répondit-elle. Je suis au service de Catherine de Médicis, et si jamais, comme tu le penses, la guerre est déclarée, je ne veux pas qu'on puisse dire qu'une demoiselle d'honneur de la reine mère recommande des soldats espagnols.

— Je comprends, fit le jeune homme, déçu.

— Mais je peux te faire une lettre pour mon père, ajouta-t-elle. Je lui dirai que tu m'as servie loyalement, et qu'en récompense il veuille bien accéder à ta requête si tu en as une à lui faire. Peut-être que lui te fera une lettre pour mon frère.

* * * *

Le départ de Phelippot angoissa Corine. Depuis qu'elle était à la Cour, les liens qui la rattachaient à son passé semblaient se dénouer les uns après les autres. Il y avait d'abord eu le départ de M. de Louvy, et maintenant celui du laquais. Seuls lui restaient Clémence et le petit chien Tricky.

Bien sûr elle s'était fait de nouveaux amis, mais il lui semblait qu'une page de sa vie était définitivement tournée. Et puis il y avait cette menace de guerre, avec sa famille dans un camp et elle dans l'autre.

Mlle de Pâquelin n'était pas la seule à s'inquiéter au sujet de cette guerre. La reine mère y songeait aussi. Pour rétablir la paix en France, il lui fallait marier sa fille au Béarnais. Mais le mariage ne se ferait pas tant que la reine de Navarre et Coligny bouderaient la Cour. Et pour se les concilier, il faudrait peut-être se résoudre à porter la guerre dans les Flandres.

Cependant elle craignait la puissance de l'Espagne, et voulait s'assurer un allié de poids. Cet allié ne pouvait être que l'Angleterre.

Mlle de Pâquelin le comprit un matin de février en surprenant par hasard une conversation entre Catherine de Médicis et une de ses demoiselles d'honneur. Ce matin-là elle n'était pas de service et avait entrepris de donner un bain à Tricky. Mais ce n'était pas du goût de l'animal qui lui échappa et s'enfuit dans les couloirs du palais. Elle se lança à la poursuite du petit chien qui fonça tout droit vers les appartements de la reine mère, pensant y trouver une protection efficace. Elle le suivit dans la chambre de la souveraine, où il se glissa sous le lit.

La jeune fille dut alors se mettre à genoux derrière le meuble imposant, pour tenter de récupérer la boule de poils capricieuse. C'est à ce moment que Catherine de Médicis entra accompagnée de Mlle de Gohier. Elle ne vit pas Corine qui était cachée par le lit.

— Venez par ici, Isabelle, nous serons tranquilles pour bavarder et personne né nous entendra. J'ai à vous confier oune mission d'importance.

Lorsque la reine mère était entrée dans la pièce, Corine avait voulu se manifester. Elle avait d'abord tenté une dernière fois de récupérer le petit animal, qui ne s'était pas laissé faire. Puis elle avait hésité. Ayant entendu le début de la conversation, elle ne voulait pas que la mère du roi pût croire qu'elle l'espionnât. Elle se tut donc, et demeura cachée, espérant que le chien n'aboierait pas.

Catherine de Médicis rappela que l'année précédente elle avait entrepris des négociations avec l'Angleterre, en vue de marier son fils Henri avec la reine Élisabeth. Parmi les ambassadeurs que la souveraine anglaise lui avait envoyés, il y avait un jeune lord, qui n'était pas indifférent à Mlle de Gohier. Mais les négociations n'avaient pas abouti, et le jeune homme avait regagné son pays.

La reine Catherine suggéra tout bonnement à la jeune femme de faire un petit voyage en Angleterre, persuadée qu'il n'avait pu oublier son charme. Elle devait lui laisser entendre que la France était prête à signer un traité d'alliance avec la reine Élisabeth. Sa mission n'était qu'un prélude à des négociations officielles. La reine mère voulait savoir si elle pouvait avancer ses pions sans craindre de les perdre.

— Vous pourriez souggérer oun éventouel mariage avec oun fils dé France. Elle a refousé Henri l'an passé. Mais il me reste encore un fils à marier. François n'a jamais été oun chef catholique, faites-loui miroiter oune conversion possible. Si le jeune homme né vous plaît plous, amousez-le un moment et pouis revenez auprès dé moi. Mais s'il vous propose lé mariage et que cela vous tente, vous êtes libre d'accepter. Je regretterai dé vous perdre, mais je serai toujours heureuse d'avoir oune alliée dévouée là-bas.

Isabelle de Gohier s'inclina en silence. Tandis qu'elles sortaient, Catherine de Médicis ajouta :

— Bien entendou, il n'est pas nécessaire que lé roi soit au courant de tout cela avant que l'affaire soit en bonne voie.

Tricky voulut les suivre, mais la porte de la chambre fut refermée juste à temps pour l'en empêcher. Mlle de Pâquelin s'empara du fugueur, attendit quelques instants, puis sortit à son tour.

* * * *

Corine ne souffla mot à personne de ce qui s'était passé dans l'appartement de la reine mère. Le lendemain elle apprit officiellement que Mlle de Gohier, légèrement souffrante, se retirait pour quelque temps sur ses terres. Madame Catherine lui souhaita une prompte convalescence et déplora son départ.

Mlle de Pâquelin n'eut pas le loisir de s'interroger davantage sur cette affaire. Le roi avait en effet décidé de regagner les rives de la Loire avant la fin du mois, et les préparatifs du départ, ainsi que l'excitation grandissante de Clémence, occupèrent largement l'esprit de la jeune fille dans les jours qui suivirent.

Hélène de Surgères lui avait trouvé un autre laquais. C'était le fils cadet de son ancienne nourrice, un garçon bien en chair et un peu lourdaud, mais dévoué et toujours souriant, répondant au surnom peu approprié de « Petit-Jean ». Tandis que Phelippot rejoignait le Hainaut, porteur d'une lettre pour son père, ce fut donc accompagnée de Clémence et de Petit-Jean que Corine prit la direction opposée, et regagna le château de Blois, qui avait vu son arrivée à la Cour quelques mois auparavant.

Ce ne fut pas sans émotion qu'elle revint sur les lieux de son premier séjour auprès de la famille royale. Cinq mois à peine s'étaient écoulés depuis qu'elle avait visité le palais en compagnie d'Hélène. Mais elle n'était plus la jeune provinciale effarouchée d'alors. Au contact des personnes et des événements elle avait mûri; et si elle n'approuvait pas toujours ce qui se passait à la Cour, du moins s'y sentait-elle plus à l'aise.

Son émotion ne fut rien cependant à côté de celle de Clémence. Dès son arrivée au château, la jeune femme disparut aux cuisines où Jacques Perrot devait l'attendre avec impatience. D'ailleurs le soir même, la soubrette vint présenter officiellement son soupirant à Mlle de Pâquelin. C'était un grand jeune homme mince, l'on dirait même maigre – ce à quoi on ne s'attendait pas de la part d'un marmiton habitué à goûter toutes les sauces – aux cheveux noirs coupés très court et au regard d'un bleu si foncé qu'il en paraissait presque noir.

Les deux jeunes gens se tenaient tendrement la main. Le garçon était intimidé de se trouver en présence d'une demoiselle d'honneur de la reine mère. Aussi Corine ne voulut-elle pas l'embarrasser et abrégea-t-elle l'entrevue. Après leur départ elle soupira. Le printemps approchait, et son cœur à elle n'avait encore battu pour personne. Bien sûr depuis qu'elle était en France, plusieurs jeunes gens avaient tenté de lui faire la cour, sans parler de l'insistance déplacée du duc d'Épernon. Mais elle ne trouvait rien d'intéressant à ces jeunes courtisans frivoles et insouciants qui abreuvaient de leurs belles paroles toutes les dames de la Cour.

Elle caressa distraitement Tricky et se mit à rêvasser.

* * * *

Moins d'une semaine plus tard, alors qu'elle se trouvait en compagnie de la reine mère et de nombreuses personnes chez le roi, un messager vint porter une lettre à Catherine de Médicis. Elle l'ouvrit rapidement, en prit connaissance, et son visage s'illumina. Toute à sa joie, elle interrompit la conversation que Charles IX entretenait alors avec le nonce du pape.

— Mon fils, dit-elle, des amis que j'ai en Angleterre m'annoncent que la reine Élisabeth est prête à signer oun traité avec vous.

— Voilà une bonne nouvelle, dit le roi.

— Sire, vous n'y songez pas ! s'interposa l'ambassadeur du Saint-Père. Quoi, non content de vous allier aux hérétiques de France, vous voulez aussi traiter avec ceux de l'étranger ! Si pour les uns vous avez l'excuse de ramener la paix en France, que justifie une alliance avec celle qui retient toujours prisonnière sa cousine, la reine d'Écosse, cette noble Marie Stuart qui fut votre belle-sœur[1] ?

— Monsieur, répliqua le roi, je n'ignore point qui vous représentez. Mais vous vous emportez trop vite et parlez un peu haut devant moi. Ni le pape ni encore moins ses envoyés n'ont le droit de dicter sa politique au roi de France !

— Certes, répondit le nonce. Mais dans ces conditions je doute fort que Sa Sainteté accorde la dispense nécessaire au mariage de votre sœur avec son cousin Henri de Navarre !

Il sortit. Charles IX serra les poings et murmura quelque chose qui ressemblait à :

— S'il le faut, nous nous en passerons !

⋆ ⋆ ⋆ ⋆

Le nonce quitta la Cour, et cela réjouit le cœur de Jeanne d'Albret. Elle fixa enfin la date de son départ pour Blois. Elle y arriva le 3 mars accompagnée d'un cortège impressionnant de gentilshommes protestants.

---

1. Marie Stuart avait épousé François II, le frère aîné de Charles IX.

Ce jour-là Catherine de Médicis était souffrante et ne put accueillir en personne sa royale cousine. Tandis que la Cour se portait au-devant de la reine de Navarre, Corine demeura auprès de la reine mère.

Jeanne d'Albret ne voulut point loger au palais et s'installa chez un ancien évêque converti à la Réforme, qui possédait une maison dans la ville. Son état de santé également vacillant, ajouté à la fatigue du voyage, l'obligea à reporter d'une journée sa rencontre avec Catherine de Médicis.

Le lendemain, dans la grande salle d'audience du château de Blois, la Cour au grand complet attendait la reine protestante. Charles IX et sa mère se tenaient au premier rang face à la grande porte qui laisserait bientôt le passage aux Navarrais. La reine mère, mal remise et pâle encore, s'efforçait de faire bonne figure. À sa droite le roi était souriant et se tenait bien droit, fier de lui et de sa politique qui semblait enfin porter ses fruits. De l'autre côté du souverain, légèrement en retrait, son épouse, la frêle Élisabeth d'Autriche, paraissait effrayée à l'idée de voir arriver tous ces huguenots ennemis de Dieu. À sa droite avait pris place le duc d'Anjou, paré de ses plus beaux bijoux, le sourire aux lèvres lui aussi, mais un sourire à la fois ironique et arrogant. Derrière lui, d'Épernon et quelques autres.

À la gauche de la reine mère se trouvait Marguerite de Valois, richement vêtue, poudrée et fardée comme les soirs de grand bal, mais les lèvres pincées et le regard dur, bien décidée à se montrer désagréable envers celle qu'on voulait lui donner pour belle-mère. À ses côtés, un peu en arrière, le jeune duc d'Alençon, qui entrait dans sa dix-huitième année, paraissait être là en simple curieux.

Derrière la famille royale, le cortège des demoiselles d'honneur de Catherine de Médicis, de la princesse Margot et de la jeune reine de France. Toutes curieuses et impatientes, avides de découvrir, les unes cette reine étrangère dont Madame Catherine faisait si grand cas, les autres ces gentilshommes gascons et béarnais, au regard brillant et à l'accent chantant, qui accompagnaient, disait-on, la puritaine navarraise.

Les courtisans s'étaient massés de chaque côté de la salle en deux foules curieuses, attentives à laisser le passage aux hôtes de Sa Majesté. Placée non loin du duc d'Alençon, Mlle de Pâquelin guettait elle aussi l'arrivée de la souveraine protestante.

Elle parut bientôt, suivie d'une centaine de gentilshommes. La tenue des seigneurs réformés, simple et austère, contrastait avec celle des nobles catholiques. Certes l'on connaissait déjà les protestants venus avec Coligny, mais au fur et à mesure de leur séjour auprès du roi, leur tenue vestimentaire s'était mise peu à peu en harmonie avec le raffinement habituel de la Cour. L'entourage de Jeanne d'Albret, au contraire, suivait les préceptes puritains de sa souveraine. Point de bijoux ni de tissus luxueux, mais des vêtements sobres, de toile brune ou noire. Certains arboraient même encore sur leur chemise le pourpoint de cuir qu'ils avaient porté lors des combats de la dernière guerre.

Ce n'étaient pas des courtisans qui s'avançaient, mais des soldats, plus à l'aise sur un champ de bataille ou dans les campagnes gasconnes que dans les palais précieux des bords de Loire. L'escorte de la reine de Navarre impressionna toutes les personnes présentes.

Mais Corine fut moins frappée par l'entourage de Jeanne d'Albret que par l'allure de la reine elle-même. Elle marchait en tête du groupe, avec à sa droite le comte de La Rochefoucauld, vaillant homme de guerre dont aucun n'ignorait la valeur, et à sa gauche Ludovic de Nassau, frère du prince d'Orange qui venait de prendre la tête de la révolte des Pays-Bas.

Entièrement vêtue de noir, extrêmement mince, les traits tirés et le visage émacié, les yeux sombres et ternes, les cheveux entièrement cachés sous une coiffe et un voile noirs, le nez étroit et long, le menton quasi inexistant disparaissant avec le cou dans un col haut, garni d'une fraise étroite : telle apparut la reine de Navarre. Si le noir seyait aux formes épanouies de Catherine de Médicis, il donnait à sa cousine l'allure de ces représentations de la mort que l'on voyait dans les danses macabres. À quarante-quatre ans, Jeanne d'Albret paraissait bien dix ans de plus que son âge. Sa maigreur et son air taciturne ajoutaient à l'aspect peu engageant du personnage.

Elle s'approcha de la famille royale sans un seul regard pour la foule qui l'entourait. Le roi vint à sa rencontre, échangea quelques mots avec elle, et se retournant vers sa mère, laissa les deux femmes face à face. Tout en se dévisageant froidement, elles se firent mille politesses. Puis Catherine présenta ses enfants à sa royale cousine. Lorsque ce fut le tour de Margot, la reine de Navarre la détailla sévèrement de la tête aux pieds, comme l'aurait fait un acheteur de bœufs un jour de foire.

La princesse se raidit, mais ne broncha pas. Elle soutint sans ciller le regard de son examinatrice.

— Ainsi c'est vous… laissa enfin tomber Jeanne d'Albret. Vous êtes sans doute jolie… Il est dommage que cela ne se remarque point avec la couche de peinture que vous portez sur le visage !

Les yeux de Marguerite étincelèrent, mais elle redoutait trop sa mère pour faire un esclandre. Elle se tut donc, ne relevant pas la provocation, et se contenta de songer qu'il valait mieux être fardée et jolie que de ressembler à cette horrible bonne femme qu'elle détestait déjà.

Le roi reprit la parole et la conversation se détendit, mais cette première rencontre n'augurait rien d'heureux.

VI. Quentin de Gayrand

Dans les jours qui suivirent Catherine de Médicis dîna tous les soirs en compagnie de Jeanne d'Albret. Mais tandis que la mère du roi de France s'efforçait d'être d'humeur joyeuse et d'animer la conversation, la reine protestante restait sur sa réserve, parlant peu, si ce n'est pour émettre des critiques. La Cour vivait d'une façon dissipée, l'on s'y amusait beaucoup trop.

À quoi Catherine répondait que la Cour était jeune, et que la jeunesse était le temps de l'amusement. Mais le péché était partout présent, répliquait Jeanne d'Albret, de la gourmandise à l'orgueil, en passant, horreur suprême, par la luxure. Jusqu'à cette fiancée qu'on voulait donner à son fils et qui n'était pas aussi sage qu'elle le devrait. Passait encore qu'elle se promenât couverte de fards et de bijoux, mais son frère, le duc d'Anjou, en faisait autant, jusqu'à porter des boucles d'oreilles. On le trouvait toujours en compagnie d'hommes et de femmes à l'allure douteuse.

Et on voulait qu'elle permît à son fils de venir dans cette Babylone ! Ce n'était pas qu'elle l'empêchât de suivre la mode, non, elle lui conseillait même de se coiffer et se vêtir de façon moins vieillotte, car l'élégance n'était pas son fort, mais il y avait ici des outrances qu'elle ne supportait pas.

Catherine de Médicis essayait de la calmer de son mieux. Sa venue et l'espoir d'un beau mariage pour sa fille avaient sans doute suscité cette ambiance de fête joyeuse, et ces excès ne pouvaient qu'être passagers. D'autant que Pâques approchait, et le carême, en freinant les débordements de toutes sortes, servait la politique de la reine mère.

Tandis que les deux reines bataillaient chaque soir en paroles, Charles IX se plaisait en compagnie des seigneurs protestants. Il s'était même pris d'amitié pour François de La Rochefoucauld, qu'il appelait familièrement « Foucauld ». Le roi admirait l'expérience militaire du comte qui lui narrait avec moult détails ses combats passés.

Henri d'Anjou supportait plus mal la présence de tous ces huguenots. Il faut dire qu'à plusieurs reprises, à Jarnac, à Moncontour, il les avait trouvés face à lui, dans l'autre camp. Les souvenirs de la guerre revenaient à sa mémoire. Puis il était moins tolérant que son frère, et ses sentiments religieux le portaient instinctivement du côté des Guise et des catholiques intransigeants.

Le second frère du roi au contraire, François d'Alençon, se sentait plus proche des protestants. Non qu'il eût songé à se convertir, mais il était naturellement porté à la tolérance, sans qu'il eût besoin, comme son frère le roi, de par sa position, de montrer une certaine réserve afin de ménager les différents partis. De plus, l'alliance avec les protestants lui donnait une place à la Cour qu'il n'avait jamais eue. Ne parlait-on pas de son éventuel mariage avec la reine d'Angleterre ? On avait enfin besoin de lui, il était devenu quelqu'un d'important.

Quant à Margot elle se para et se farda avec un peu plus d'ostentation encore. Elle but un peu plus, rit un peu plus haut, fut tout sourires envers tous les jeunes gens de la Cour, tant catholiques que protestants, espérant en cela déplaire à la puritaine Jeanne d'Albret, et rompre un mariage dont elle ne voulait point.

Mlle de Pâquelin ne trouvait pas les protestants si différents des catholiques, et en les voyant converser, rire ou danser ensemble, elle se demandait bien pourquoi ils s'étaient déchirés tant de fois dans des guerres fratricides. L'accent des gentilshommes gascons et béarnais l'amusait ; il y avait un je-ne-sais-quoi d'attirant dans ces visages brunis au soleil, ces yeux rieurs et ces mots chantants.

Tricky, lui, n'était pas heureux. Il avait peur de se faire bousculer ou écraser les pattes par toutes ces bottes inconnues. Ces hommes un peu brutaux au langage étrange ne lui disaient rien qui vaille. Il préférait encore ces humains aux mouchoirs de dentelle et aux parfums voluptueux qui gravitaient autour du duc d'Anjou. Bien qu'il y ait parmi eux cet horrible homme blond qui le regardait toujours comme s'il avait envie de le dévorer.

Si le duc d'Épernon posait sur Tricky des regards de convoitise, c'était qu'il voyait en lui un moyen d'aborder Mlle de Pâquelin. Il n'avait toujours pas digéré les affronts successifs qu'elle lui avait fait subir. Non qu'il éprouvât pour elle une passion débordante, mais il ne supportait pas que l'on puisse résister à son charme. Si elle lui avait cédé tout de suite, sans doute l'eût-il déjà oubliée. La Cour ne manquait pas de jolies filles. Mais sa résistance même en faisait une proie de choix. Puis il ne voulait pas rester sur un échec.

Certes la partie était difficile, car Corine était proche de la famille royale et pouvait disposer, dans ses désirs de représailles, d'appuis importants. Mais en ce moment, le roi, la reine mère et jusqu'à la princesse Margot étaient bien trop occupés par les protestants et la reine de Navarre pour se soucier de la vertu d'une petite demoiselle d'honneur. Quant à Anjou, il en faisait son affaire. Oui, cette pimbêche ne tarderait pas à regretter ses grands airs.

★ ★ ★ ★

Cependant la santé de la reine de Navarre ne s'améliorait pas. Elle toussait beaucoup et la fièvre la força bientôt à s'aliter. Catherine de Médicis était souffrante également et ne put se rendre au chevet de sa cousine. Mais elle exigea de sa fille qu'elle fît une visite de courtoisie à sa future belle-mère.

Bon gré, mal gré, Marguerite de Valois se rendit donc chez Jeanne d'Albret, en compagnie de plusieurs dames et seigneurs de la Cour, parmi lesquels Mlle de Pâquelin et Mlle de Surgères. Le duc d'Épernon en était également.

Dans l'antichambre de la reine veillait un gentilhomme gascon. C'était un homme jeune et grand, à la fois svelte et musclé. On sentait qu'il avait acquis au combat hardiesse et vigueur, et qu'il officiait là en garde du corps aguerri. Il s'effaça pour laisser le passage à la fille de France et à sa suite.

Auprès de la reine de Navarre se trouvaient d'autres seigneurs protestants, ainsi que des dames de son entourage. La reine elle-même était étendue sur son lit, le visage d'une pâleur extrême, les yeux plus cernés que jamais. Il régnait dans la pièce une odeur de médecine ; des flacons remplis de potions, et d'autres vides, étaient posés sur les meubles près du lit. Une femme en noir lisait la Bible.

Au bout de quelques minutes Corine se sentit oppressée par l'atmosphère qui régnait dans la pièce. Elle sortit dans l'antichambre. Le garde n'était plus là. Elle se dirigea vers la fenêtre aux vitraux colorés et regarda au-dehors. Puis elle se mit à arpenter la salle en attendant que la visite se terminât.

Tandis qu'elle tournait le dos à la porte de la chambre de la reine, elle se sentit soudain retenue par sa traîne. Un pied s'était posé sur le bas de sa robe et l'empêchait d'avancer. Ce pied appartenait à Louis d'Épernon. Le duc était sorti discrètement lui aussi de la chambre et s'était approché en silence de la jeune femme.

Avant qu'elle n'ait eu le temps de réagir, il la prenait par la taille et l'attirait à lui. Elle tenta de l'en empêcher mais n'était pas de force.

— Lâchez-moi, dit-elle. Lâchez-moi ou je hurle !

— C'est cela ! Et vous provoquez un scandale. Et demain vous êtes la risée de toute la Cour. Sans compter que cela risquerait de choquer la reine de Navarre. Elle pourrait quitter Blois et ruiner ainsi la politique de la reine Catherine ? C'est cela que vous voulez ?

La demoiselle d'honneur eut une seconde d'hésitation. Le duc la mit à profit pour la serrer davantage et lui déposer un baiser dans le cou. Elle essaya à nouveau de se dégager.

— Lâchez-moi !

— Je vous avais bien dit, poursuivait d'Épernon, qu'il n'y aurait pas toujours un Valois entre nous.

— Non, mais il y a moi ! fit une voix forte.

Le gentilhomme protestant qui montait la garde et qui s'était absenté quelques instants venait de rentrer dans la pièce.

— Je vous prie de cesser immédiatement d'importuner Madame, ajouta-t-il.

— Mêlez-vous de ce qui vous regarde ! répliqua Louis d'Épernon sans lâcher la jeune femme.

— Cela me regarde, dit l'homme calmement.

— Et peut-on savoir en quoi ? lança le duc.

— Pour deux excellentes raisons, répondit-il. (Il parlait d'un ton égal, mais son regard se faisait de plus en plus dur au fur et à mesure de la conversation.) D'abord parce que l'honneur d'une jolie femme regarde toujours un gentilhomme. Ensuite parce que je ne permettrai à personne de souiller la demeure de ma souveraine par une attitude indigne d'un chrétien.

Et comme il ne lâchait toujours pas la jeune femme, le protestant dégaina son épée. D'Épernon pâlit. Il desserra enfin son étreinte et mit lui aussi la main à son épée. Il la sortit à demi du fourreau. Corine recula de trois pas.

— Vous n'oseriez pas, fit le duc.

— Pourquoi ? lança le gentilhomme. Parce qu'un duel dans l'antichambre de la reine de Navarre entre un catholique français et un protestant gascon risquerait de ruiner la politique du roi de France ? fit-il avec ironie. Pour ma part cela ne me dérange pas. Mais vous, voulez-vous porter cette responsabilité et desservir votre roi ?

D'Épernon hésitait. Sa fierté lui disait de combattre, mais sa prudence de courtisan l'incitait à calmer ses ardeurs belliqueuses. Corine observait les deux hommes.

Le protestant dépassait le duc d'une demi-tête. Il était aussi brun que l'autre était blond. Très calme, son regard transperçait le Français et lui montrait, si besoin était, sa détermination. Au milieu de ses dentelles, et avec son épée d'apparat, belle mais fragile, le duc d'Épernon ne semblait pas faire le poids. C'était pourtant un remarquable bretteur, et à la vérité, les conséquences du duel lui faisaient plus peur que le combat lui-même. Il voyait déjà Jeanne d'Albret se ruant au conseil du roi en clamant que l'on venait jusque chez elle lui assassiner ses gens. Il se voyait déjà banni de la Cour.

Les yeux emplis de colère contenue, il rengaina son arme et quitta la maison de la reine de Navarre, non sans avoir lancé un : « Nous nous retrouverons ! » prometteur à son adversaire.

Le duc était à peine sorti par une porte, qu'Hélène de Surgères apparaissait par l'autre.

— Est-ce que tout va bien ? demanda-t-elle à Corine. J'ai vu le duc d'Épernon sortir juste derrière vous, et je m'inquiétais.

C'est alors qu'elle aperçut le gentilhomme gascon qui remettait son épée dans son fourreau.

— Oui, tout va bien, répondit Mlle de Pâquelin, grâce à Monsieur.

Et comme Hélène levait sur lui un regard interrogateur, l'homme sourit, puis s'inclina devant les deux jeunes filles.

— Permettez-moi de me présenter, dit-il, Quentin de Gayrand, pour vous servir.

Son regard croisa celui de Corine. Il s'écoula une seconde de silence. Puis Hélène présenta sa compagne et se nomma elle-même. Cependant le jeune homme n'avait pas quitté Mlle de Pâquelin des yeux.

La situation aurait pu devenir embarrassante, mais c'est ce moment que choisit Marguerite de Valois pour clore son entrevue avec la reine de Navarre. La porte s'ouvrit en grand, mettant fin à l'aparté des jeunes gens. Corine n'eut même pas le temps de le remercier avant d'être reprise dans le flot des courtisans qui l'entraîna hors de la maison de Jeanne d'Albret.

⋆ ⋆ ⋆ ⋆

Lorsqu'elle raconta cette scène le soir même à Clémence, celle-ci lui posa mille questions sur M. de Gayrand. Le jeune homme avait paru faire tant d'impression sur sa maîtresse, qu'elle voulait tout savoir de lui. D'après la description qu'elle venait de lui faire, elle le voyait grand et fort, avec des cheveux noirs assez longs et bouclés tombant sur la nuque ; mais quelle était donc la couleur de ses yeux ?

La couleur de ses yeux ? Corine n'en savait rien. Elle qui attachait toujours beaucoup d'importance aux regards ! En général c'était toujours les yeux qu'elle voyait en premier. Elle avait tout de suite su que le roi avait les yeux marron, que le duc d'Épernon avait les yeux bleu clair, que le fiancé de Clémence les avait bleu foncé.

Mais ceux de Quentin de Gayrand ? Bleus ? Verts ? Oui. Ou plutôt non. Clairs, elle en était sûre. Verts ? Bleus ? Bien qu'ils eussent échangé un long regard, elle était incapable de préciser davantage. Elle se souvenait seulement que lorsqu'il souriait, il se formait autour de ses yeux plein de petites rides qui le rendaient… charmant.

⋆ ⋆ ⋆ ⋆

Corine n'eut pas l'occasion de remercier M. de Gayrand dans les jours qui suivirent, car il demeurait auprès de sa reine, et celle-ci ne quittait guère la chambre. Elle n'eut pas non plus l'occasion d'en reparler avec Clémence ou avec qui que ce soit.

Près d'une semaine s'écoula avant que l'on annonçât que la reine de Navarre se sentait mieux et qu'elle viendrait passer la journée du lendemain avec sa cousine Catherine de Médicis.

La princesse Marguerite était de fort mauvaise humeur le jour venu, car sa mère avait exigé qu'elle restât en permanence avec les deux reines. Dès avant l'arrivée de Jeanne d'Albret, elle n'arrêtait pas de lancer des piques, que la reine mère supportait stoïquement, mais qui agaçaient Mlle de Pâquelin. Car celle-ci, sans en connaître la cause, semblait avoir les nerfs à fleur de peau. Elle attendait la venue de la reine de Navarre avec une impatience qu'elle ne s'expliquait pas. Puis, lorsque celle-ci parut, seulement accompagnée de quelques dames, elle ressentit, sans savoir pourquoi, une sorte de déception. Dès lors, elle n'écouta que fort distraitement la conversation des deux femmes et les soupirs d'ennui que poussait Margot sans discrétion.

L'entretien portait évidemment sur le futur mariage du prince de Navarre, et ce qui inquiétait pour le moment la mère du Béarnais, c'était la différence de religion des deux jeunes gens. Elle s'en ouvrit donc à la reine mère, puis s'adressant directement à sa future bru, lui demanda si elle avait l'intention de se convertir à la religion de son époux.

Margot parut suffoquer, et répondit un peu brutalement qu'il n'était pas question qu'elle se retirât de la religion où elle était.

C'en était trop pour Mlle de Pâquelin. Elle n'était pas d'humeur à supporter ces dialogues de sourds et ces débats que l'on savait par avance sans issue. Elle eut brusquement envie de quitter la pièce, et de sortir dans les jardins goûter aux premiers rayons du soleil printanier.

Et comme Catherine de Médicis ne semblait pas avoir besoin d'elle et s'engluait dans des discours visant à tempérer les intransigeances de chacune, la jeune demoiselle d'honneur s'esquiva donc, suivie de son bichon maltais.

⋆ ⋆ ⋆ ⋆

Dès qu'elle fut dehors, Corine se sentit beaucoup mieux. Une fois éloignée des brumes des pourparlers politiques, elle retrouva, au contact de la douce brise des premiers beaux jours de mars, toute l'insouciance de ses dix-neuf ans.

Respirant à pleins poumons l'air encore frais mais vivifiant, elle eut envie de s'élancer dans une course folle comme au temps de son enfance dans les prairies de Hainaut. C'était le premier printemps qu'elle passait loin de sa campagne natale. Tricky aussi semblait tout émoustillé.

À cette heure encore matinale, les parterres du château de Blois étaient peu fréquentés. Seuls quelques solitaires ou groupes très réduits déambulaient çà et là. Des jardiniers taillaient les rosiers.

Aussi, dans ces jardins presque déserts, se permit-elle une légère folie. Elle se mit à courir, poursuivie par le petit chien blanc. Mais elle était gênée par ses larges jupes et l'ampleur de sa robe, et l'animal eut tôt fait de la distancer. Bondissant en avant, il prit de l'avance et ce fut elle qui dut le poursuivre.

Il disparut bientôt de sa vue. Elle le retrouva immobile derrière un bosquet. Il la guettait, et lorsqu'elle apparut, il s'élança à nouveau, se réfugiant cette fois derrière les jambes de deux gentilshommes qui bavardaient paisiblement.

Au détour d'une allée, Corine faillit les heurter. Ses yeux, fouillant le sol à la recherche de l'animal, aperçurent juste à temps deux paires de bottes de cuir. Elle s'arrêta brutalement mais sa brusque apparition n'en stoppa pas moins le dialogue entre les jeunes gens. En l'espace d'une seconde elle vit Tricky caché derrière les bottes et se rendit compte de l'inconvenance de sa soudaine irruption au milieu de la conversation des deux hommes.

Elle leva les yeux pour s'excuser… et rencontra le regard de Quentin de Gayrand. Il sourit, et les petites rides charmantes se formèrent au coin de ses yeux. Corine rougit, et balbutia quelque chose qui se voulait une excuse. Les yeux de Quentin se mirent à rire de plus belle.

— Je suis ravi de vous revoir, Mlle de Pâquelin, dit-il enfin devant l'embarras grandissant de la jeune fille. Permettez-moi de vous présenter un de mes meilleurs amis, Claude de Luzac, fit-il en désignant son compagnon, un jeune homme blond un peu moins grand que lui, et que Corine se souvenait avoir vu parmi les gentilshommes protestants venus avec Jeanne d'Albret.

Elle murmura un timide: «Monsieur», et le huguenot s'inclina. Puis, comme elle jetait un coup d'œil anxieux vers leurs pieds, espérant que Tricky soit toujours là, il s'enquit:

— Avez-vous perdu quelque chose?

— Oui, fit-elle gênée, et elle pointa le doigt vers les bottes de M. de Gayrand. Quentin se pencha dans cette direction, écarta légèrement les pieds, et aperçut le petit chien blanc. Il éclata d'un rire joyeux et sonore et s'empara en un éclair de l'animal facétieux.

Riant toujours et tenant Tricky d'une main, il fit un pas vers la jeune fille. Instinctivement celle-ci recula d'autant. Comme une étincelle avait soudain surgi devant ses yeux la scène similaire qui s'était déroulée dans les premiers jours de son arrivée à la Cour, quand, après avoir rattrapé le petit chien et le lui tendant d'une main, le duc d'Épernon avait tenté de l'embrasser de force. Elle ne pensait pas que M. de Gayrand fût capable d'un tel acte, mais cela avait été plus fort qu'elle.

Surpris le jeune homme s'arrêta. Il retint contre lui la boule de poils blancs qui ne se débattait pas et la caressa doucement. Puis, sans avancer cette fois, il la lui tendit à nouveau en souriant.

Confuse, Corine s'approcha et lui prit le jeune chien des mains.

— Je vous prie de m'excuser, dit-elle enfin. Je... je pensais à autre chose...

Quentin fit un signe de la tête signifiant qu'il comprenait et que cela n'avait pas d'importance.

— Je… je voudrais aussi vous remercier… pour l'autre jour, poursuivit-elle. Ce n'était pas la première fois que… enfin…

— Je vous en prie, c'était tout naturel, répondit-il.

— Merci, répéta-t-elle.

À ce moment leurs regards à tous trois furent attirés par des éclats de rire et de voix provenant d'une allée voisine. C'était le duc d'Anjou qui passait, entouré de ses plus chers amis. Lorsqu'il eut disparu de leur vue, M. de Gayrand laissa échapper :

— Je n'aime pas beaucoup cet homme.

Corine sourit. Elle se rappelait ses propres réflexions le jour où Hélène de Surgères lui avait fait visiter le château, et les conseils que son amie lui avait donnés.

— C'est un avis que nous partageons, dit-elle. Mais gardez-vous bien de le dire trop haut. Un service en vaut un autre, et aussi minime que soit le mien, permettez-moi de vous faire profiter de l'avertissement que me prodigua ici même une amie, lorsque je vins à la Cour pour la première fois. D'autant que votre religion vous place dès l'abord parmi les ennemis du duc d'Anjou.

— Je connais ce prince avide et cruel, répondit Quentin de Gayrand. Je l'ai déjà vu à l'œuvre à Jarnac et à Moncontour. Et je ne doute pas que son intelligence perverse ne fasse merveille également lorsqu'il s'agit de politique ! Mais vous-même, ne craignez-vous pas de vous montrer ainsi en public avec des ennemis d'Henri de Valois ?

— Les sentiments que j'éprouve pour ce prince sont réciproques. Je ne me fais pas d'illusions et pense être depuis longtemps déjà classée parmi ses ennemis. Dieu merci j'ai aussi à la Cour des amis tout aussi puissants que lui.

— Je ne crois pas qu'on puisse être sûr de ses amis ici.

— Quentin, intervint M. de Luzac, vous vous oubliez. Si Madame vient à répéter cela à ses amis…

— Je n'ai peur de personne, Claude, et vous savez très bien ce que je pense de toute cette comédie !

— Quelle comédie ? demanda Corine.

— Mais ce simulacre de mariage, cette parodie d'amitié que joue l'Italienne à notre reine. Tout cela sent le piège.

— Je ne vous permets pas de parler ainsi de Madame Catherine, rétorqua Mlle de Pâquelin piquée au vif. Vous ne savez pas tout ce qu'elle fait pour assurer la paix au royaume et la réconciliation de tous. Vous vous trompez si vous voyez un piège dans tout cela. Le roi lui-même a de forts bons amis chez les protestants, et il se désespère de ne pas voir M. de Coligny reparaître à la Cour.

M. de Luzac montrait de plus en plus de signes d'inquiétude. Son ami allait trop loin, il risquait à tout moment un incident diplomatique avec une demoiselle d'honneur de la reine mère. Quentin semblait s'amuser au contraire. Il avait cru tomber sur une jeune fille, ravissante sans doute, mais prude et réservée, une délicate fleur de salon qui ne saurait survivre en dehors des dentelles et des lambris dorés des salles de bal. Et voici que la chétive enfant avait du cœur et de l'esprit, qu'elle osait lui donner des conseils, à lui, un soldat gascon, pour le protéger d'un duc couvert de pacotille. Voici qu'elle ne craignait pas de clamer hautement son mépris pour le frère du roi. Voici qu'elle défendait le souverain et sa mère devant deux vaillants huguenots sans s'inquiéter de leur réaction.

Courage ou inconscience ? Franchise en tout cas. Et cela lui plaisait. Il ne pensait pas trouver quelque chose de semblable chez quelqu'un au service de Catherine de Médicis. Décidément, cette jeune femme était de plus en plus... intéressante. Cependant il ne pouvait s'empêcher de lui lancer quelques piques, pour le plaisir de la voir réagir.

— Depuis combien de temps êtes-vous à la Cour ? demanda-t-il.

— Depuis six mois, répondit Corine, surprise.

— Et vous prétendez connaître ces gens-là ! Vous êtes bien naïve si vous croyez en leur parole.

— Et vous, combien de temps avez-vous passé à la Cour ?

Surpris à son tour, le Gascon dut avouer :

— Cela fait quinze jours aujourd'hui.

— Et vous pensez les connaître mieux que moi qui vis depuis plusieurs mois dans leur intimité ?!

— Touché ! fit Quentin de Gayrand. Mais reconnaissez que parmi vos amis catholiques, il y en a un certain nombre qui n'hésiteraient devant rien pour se débarrasser de nous.

— Parmi vos amis protestants, n'y en a-t-il aucun qui soit prêt à supprimer quelques catholiques ?

— Touché à nouveau. Je veux bien croire que l'intolérance existe dans les deux camps.

— La tolérance ne peut-elle y exister aussi ? Pourquoi catholiques et huguenots ne pourraient-ils pas vivre côte à côte sans s'entre-tuer ?

— C'est votre philosophie ?

— Je ne suis peut-être qu'une jeune femme naïve, mais je n'ai jamais rien compris aux guerres qui ont déchiré ce pays, ni comment le frère pouvait combattre le frère, le père le fils, et l'ami l'ami. Ne devrions-nous pas nous réjouir de ces préparatifs de paix que constitue la rencontre entre les deux reines, au lieu de n'y chercher que méfiance et rancune ?

M. de Luzac ne disait rien. Quentin soupira :

— J'aimerais vous croire, et je ne souhaite que la paix moi aussi. Mais j'ai comme un pressentiment... Peut-être est-ce le souvenir des combats passés. L'instinct du soldat qui craint la ruse de l'ennemi... Je suis désolé de vous avoir mise en colère. Mon intention n'était pas d'importuner une si charmante personne.

Corine rougit. M. de Gayrand la salua galamment et s'éloigna en compagnie de son ami, se retournant de temps à autre pour la suivre du regard. Mlle de Pâquelin sortit de cette conversation à la fois furieuse et ravie, sans en connaître les causes.

Elle reprit le chemin du château toute songeuse, et chose étrange, elle ne parla de cet entretien ni à Hélène de Surgères ni à Clémence, à qui pourtant elle confiait la moindre de ses pensées. Elle fit cependant cette confidence à Tricky : « C'est drôle, je ne sais toujours pas quelle est la couleur de ses yeux ! »

VII. Le printemps

Le lendemain et les jours suivants, qu'elle se trouvât dans la grande salle du palais ou dans les bosquets du jardin, parmi la foule des courtisans ou avec ses meilleurs amis, dans quelque lieu public que ce soit et quelle que soit la qualité de son interlocuteur, Corine ne pouvait s'empêcher de laisser ses yeux errer autour d'elle, comme si elle cherchait quelque chose. Et tôt ou tard son regard finissait par croiser celui de Quentin de Gayrand. Après un temps indéfini où les brefs instants ressemblaient à de longues minutes, ses yeux, rassurés, pouvaient se reporter sur la personne qui lui parlait. Son esprit se détendait et elle reprenait joyeusement la conversation.

Mais si par hasard son regard ne rencontrait rien, alors comme malgré elle, ses yeux continuaient à chercher désespérément. Elle n'écoutait plus rien et, sans savoir pourquoi, se sentait de mauvaise humeur. Un rien l'irritait.

— Vous ne m'écoutez pas ! fit le duc d'Alençon.

— Mais si, Monseigneur, répondit Corine.

— Je vous disais donc que mon mariage avec la reine d'Angleterre était compromis... Mlle de Pâquelin ! Mais... Vous avez perdu quelque chose ?

— Non..., dit-elle en regardant à ses pieds et en s'assurant que Tricky était bien là.

— Bien ! fit le duc agacé. Rendez-vous compte que le ministre anglais a fait parvenir à mon frère un message dans lequel il réclame, en échange de ce mariage, la ville et le port de Calais. Et ma mère et le roi ont refusé que cette proposition soit seulement présentée au Conseil ! Qu'est-ce qu'une ville en échange d'un royaume ?

Je suis bien conscient qu'une enclave anglaise sur notre territoire soit un danger, surtout si proche des Pays-Bas où la guerre est imminente. Mais après tout les Anglais seront nos alliés dans ce conflit !

Certes il est regrettable de céder des terres françaises à une puissance étrangère. Mais sans aller jusque-là, on peut au moins les laisser croire que nous le ferons, tergiverser, envisager d'autres solutions, faire d'autres offres.

Il faut que vous m'aidiez à convaincre ma mère de faire examiner cette affaire par le Conseil. Moi, elle refusera même de m'écouter. Mais vous qui êtes de ses proches, peut-être que... Je ne réclame ni la lune ni les étoiles, seulement que l'on discute sérieusement de cette proposition.

Et s'il faut donner Calais à l'Angleterre, qu'importe, après tout ! Puisque j'en serai le roi ! conclut-il en haussant le ton. Vous parlerez à ma mère ? reprit-il d'une voix redevenue celle d'un jeune homme craintif.

— Oui, bien sûr, fit Corine.

Elle n'avait rien écouté.

* * * *

Les chevaux piaffaient et les hommes s'impatientaient, en attendant que soit donné le départ d'une des plus grandes chasses de la saison. Les chiens aboyaient vigoureusement et tiraient sur leurs laisses, les valets avaient de la peine à les retenir.

L'air était doux, on avait définitivement clos la porte aux frimas, et la Cour tout entière aspirait à ce bol d'air printanier. Hommes et bêtes éprouvaient le besoin de faire fonctionner leurs muscles pour libérer les corps et les esprits de l'engourdissement et des brumes de l'hiver.

Mlle de Pâquelin elle aussi ressentait la nécessité d'une saine fatigue physique pour échapper à celle, plus sournoise, de ses nerfs.

Mais l'ardeur belliqueuse que les hommes allaient mettre en commun pour lutter contre l'animal et la nature n'apaisait en rien les tensions que leurs esprits pervers s'ingéniaient à semer entre eux. Chacun entendait bien prouver à l'autre clan qu'il était l'élu du Tout-Puissant, tant par l'adresse et la vigueur à la chasse que le ciel lui avait données, que par la quantité de gibier qu'il allait lui accorder. L'on prouverait à ces huguenots ce dont était capable la noblesse catholique. Ces papistes pourraient juger de la valeur des gentilshommes protestants.

Plus encore qu'aux chefs des partis politiques ou religieux, cette mise en compétition du fleuron de l'aristocratie française s'adressait aux dames des deux confessions. Car le sang qui, au sortir de la saison hivernale, bouillonnait dans les veines de cette jeunesse de cour n'éprouvait pas que des envies guerrières.

Les corps et les esprits exacerbés n'attendaient qu'un signe pour s'élancer dans une course folle vers la forêt blésoise. Les chevaux piétinaient dans la cour du palais en attendant l'arrivée du souverain. Mlle de Pâquelin observait un groupe de jeunes gens protestants, parmi lesquels elle avait reconnu MM. de Gayrand et de Luzac, lorsque la dame de Belleville fit approcher son cheval du sien.

— Le roi nous fait attendre, dit-elle.

Mais au ton de sa voix, Corine comprit qu'elle parlait plus d'elle-même que des courtisans réunis là tout autour. De fait son visage était fermé et ses yeux semblaient briller de haine.

— Que vous arrive-t-il ? Vous semblez fort chagrine.

— En effet, fit Marie Touchet d'un ton rogue. J'ai attendu Sa Majesté toute la soirée d'hier jusque fort tard dans la nuit. Et il n'est point venu !

— Sans doute était-il absorbé par les affaires de l'État, risqua Corine.

La maîtresse du roi haussa les épaules. Les affaires de l'État n'avaient jamais empêché Charles IX de la rejoindre lorsqu'il en avait envie. Le cheval, qui sentait sa cavalière nerveuse, fit un écart et Mme de Belleville, pour le maîtriser, dut s'éloigner de quelques pas. Puis elle revint se placer aux côtés de Corine.

— Mais le pire, dit-elle, est ce que j'ai appris ce matin. Savez-vous où le roi a passé la nuit ? Chez la reine ! Que puis-je faire contre cela ? Si encore il s'était entiché d'une soubrette quelconque ! Mais la reine... Je ne puis rien contre elle !

En effet, pensa Mlle de Pâquelin. Et que répondre à pareille question ? Un époux trompe-t-il sa maîtresse en passant la nuit auprès de sa femme ? La colère de Marie Touchet lui semblait déplacée. Elle aimait beaucoup Marie, et la reine était si discrète dans ses apparitions en public qu'on en finissait parfois par oublier que le roi fût marié. Il n'avait pas choisi son épouse, elle lui avait été imposée par la politique, et Corine comprenait qu'il cherchât ailleurs l'affection dont il avait besoin. Mais sa conscience ne lui rappelait pas moins que le souverain vivait d'une façon contraire à la religion et à la morale.

Puis Élisabeth d'Autriche était une ravissante jeune femme de dix-huit ans, et il se pouvait fort bien que Charles IX fût en train de tomber amoureux d'elle. Corine en éprouvait de la peine pour Marie, mais elle songeait aussi que cette situation était normale, et plus conforme aux principes moraux qu'on lui avait enseignés dès sa plus tendre enfance.

— Il la voit beaucoup ces temps-ci, poursuivait la maîtresse royale. Et lorsqu'il n'est pas avec elle, il passe son temps avec le prince de Nassau, qui lui met en tête des idées de guerre dans les Pays-Bas ! Entre la guerre et la politique, je ne compte plus.

— Vous pensez que le roi va engager la guerre dans les Flandres ? demanda Mlle de Pâquelin.

— Je pense que Ludovic de Nassau fait tout pour cela. Il veut aider son frère le prince d'Orange. Si la France participe aux combats, l'armée espagnole sera plus faible, car elle devra se battre à la fois au nord contre les révoltés et au sud contre les Français.

— Mais pourquoi le roi se lancerait-il dans cette guerre ?

— Sans doute le prince de Nassau lui a-t-il promis monts et merveilles. La suzeraineté sur les Flandres, pourquoi pas, ou la conquête du Hainaut. Puis il y a les protestants français qui le poussent aussi à s'engager plus avant dans cette aventure. Pour faire la paix en France, Dieu sait jusqu'où il ira. Il souhaite tellement le retour de Coligny. Et vous savez que l'affaire des Pays-Bas est la cause de leur brouille.

Corine le savait. Régulièrement cette menace de guerre revenait à sa mémoire, et elle s'inquiétait pour les siens. Chaque fois cependant elle avait été apaisée, et elle avait fini par croire que son inquiétude était vaine. La guerre dans les Pays-Bas, on en parlait beaucoup, mais on ne la faisait pas. Elle s'était habituée à cet état de fait et pensait qu'il en serait toujours ainsi.

Marie se trompait. Sa jalousie envers tous ceux qui approchaient le roi de trop près l'aveuglait. Corine tentait de s'en persuader elle-même, quand le roi parut, accompagné de ses frères. Le grand veneur donna le signal du départ et la dame de Belleville la quitta immédiatement pour se joindre au groupe royal. Mlle de Pâquelin rejoignit quant à elle Hélène de Surgères et quelques autres demoiselles d'honneur de la reine mère.

Les chevaux et les chiens s'élancèrent bruyamment hors du palais, franchirent la Loire et gagnèrent la forêt toute proche. Mais Corine restait songeuse. Elle se souvenait du départ de son laquais Phelippot, qui pensait que même sans l'accord du roi, les huguenots français se porteraient au secours de leurs coreligionnaires hollandais. Pour en être sûre, il fallait qu'elle se renseignât auprès d'un gentilhomme protestant.

Quel joli prétexte pour engager de nouveau la conversation avec Quentin de Gayrand. Il chevauchait justement un peu plus en avant, avec quelques Gascons, légèrement à l'écart du chemin emprunté par le gros de la troupe royale. Mlle de Pâquelin ne les avait pas perdus de vue depuis le départ. Après une légère hésitation, elle se détacha de ses compagnes, suivie par le regard perspicace d'Hélène.

Alors qu'elle s'avançait vers les huguenots, Claude de Luzac l'aperçut. Il cria quelques mots à ses amis, et les jeunes gens accélérèrent l'allure pour la distancer. Mais, soit qu'il ignorât qu'elle approchât, ou qu'au contraire il le sût, Quentin ne les suivit pas. Il ralentit même sa monture pour qu'elle se portât plus facilement à sa hauteur. Il la salua.

— C'est toujours un plaisir d'être en votre compagnie, Mademoiselle.

La jeune fille sourit et remercia du compliment. Le hasard faisant toujours bien les choses dans ces cas-là, le cheval de Corine se mit à boitiller.

— Ho ! fit Quentin pour arrêter le sien, tandis que d'une main il prenait les rênes de la cavalière pour stopper en même temps l'animal blessé.

Il sauta à terre et attacha sa monture à un arbre. Flattant l'encolure de l'autre cheval pour le calmer, il examina sa patte avant gauche.

— Ce n'est rien, fit-il après un moment, une pierre s'est coincée entre le fer et le sabot. Mais si nous ne nous en étions pas aperçus tout de suite, la bête aurait pu se blesser davantage.

— Vous savez soigner les chevaux.

— Un soldat doit savoir tout faire, dit-il en reposant à terre la patte de l'animal.

— C'est justement de cela dont je voulais vous parler.

— De chevaux ? demanda-t-il en redressant la tête.

— Non, de soldats.

Et devant son regard interrogatif elle poursuivit :

— On dit que les seigneurs protestants veulent aller faire la guerre aux Pays-Bas. Est-ce vrai ?

— Il est vrai que certains d'entre nous souhaitent aider leurs frères de Flandres.

— Mais pas vous ? demanda-t-elle sentant une certaine réticence.

— Non, fit-il en détachant son cheval.

— Pourquoi ?

Il se remit en selle.

— Je n'aime pas la guerre.

— Mais vous l'avez faite, pourtant. N'est-ce pas ?

— Quand on me déclare la guerre, je la fais. Mais je ne la désire pas.

Son ton était sec, cassant. La chasse royale était loin devant maintenant, et ils étaient seuls dans cette partie de la forêt. Ils remirent leurs montures au pas.

— Il est facile de parler de guerre lorsqu'on se trouve au Louvre ou à Blois, à la chaleur des cheminées et dans la douceur des bals et des festins. C'est autre chose de répandre le feu et le sang dans des contrées jadis fécondes et paisibles. De compter les morts au lendemain d'une bataille, au milieu des cadavres des deux camps jonchant un champ rougi où le blé ne poussera plus ; de voir les femmes et les enfants privés de pain mendier leur nourriture en pleurant les disparus, encore bien heureux de n'avoir pas été éventrés par des soldats pillards, rendus cruels par la douleur, les privations et les horreurs dont ils sont rassasiés chaque jour. Un chrétien digne de ce nom peut-il désirer cela ?

J'avais tout juste quatorze ans lorsqu'on ramena un soir au manoir le corps mutilé de mon père. Il avait répondu à l'appel aux armes lancé par le prince de Condé, frère du roi de Navarre, après que le duc François de Guise eut fait massacrer dans une grange de Wassy en mars 1562 des hommes, des femmes et des enfants réunis là pour célébrer leur culte !

Durant tout l'été et l'automne qui a suivi, nos veillées ont été bercées par les récits des soldats gascons et béarnais qui revenaient éclopés des combats. Ils étaient partis en chantant des psaumes ; ils rentraient chez eux avec des histoires de pillages et de tueries : partout les papistes égorgeaient ou noyaient des réformés et les rivières charriaient les corps pendant des jours. On tuait les enfants dans les bras de leurs mères, on massacrait des familles pendant leur sommeil, on torturait pour faire abjurer. À Amiens, à Cahors…

D'un autre côté les protestants ne se privaient pas. Pour venger les leurs ils pillaient à leur tour, violaient, étranglaient, empalaient, brûlaient. Des prêtres ont été crucifiés dans les églises, des vieillards jetés par les fenêtres. À Sens, à Angers… Et ces boucheries organisées par nos troupes ne m'horrifiaient pas moins que celles perpétrées par les catholiques.

Encore ne parlai-je pas des villages incendiés, des récoltes ravagées, des vergers et des basses-cours saccagés, ni de la misère dans les campagnes qui a suivi. Mon père a été tué dès les premiers affrontements, sans avoir eu le temps de connaître l'ampleur du désastre. Et combien de noms valeureux ont péri dans cette lutte fratricide ! Combien de chefs de famille y ont laissé leur vie, combien de maisons illustres ont perdu leurs fils !

Le roi de Navarre est mort au siège de Rouen. Le duc de Guise a été tué à Orléans. Les réformés ont fait prisonnier le connétable de Montmorency, mais les catholiques ont pris Condé. Alors faute de chefs, le combat cessa et la paix fut signée à Amboise le 19 mars 1563.

Mais quelle paix ! Tous ces morts, toute cette misère, pourquoi ? Pour qu'on nous donne le droit de prier Dieu à notre manière ! Oh ! Certes, les nobles ont pu célébrer le culte dans leurs châteaux, mais pour leur famille seulement. Quant au peuple des villes et des campagnes, il ne lui fut accordé qu'un temple par bailliage, encore devait-il se trouver hors des remparts, loin de la vue des «honnêtes gens». Obligation leur fut faite de chômer les fêtes catholiques, et bien d'autres tracasseries. La guerre n'avait servi à rien qu'à attiser les haines et provoquer des désirs de vengeance.

Ne croyez pas que je sois un lâche. J'ai répondu à l'appel aux armes moi aussi, quand j'ai su que l'édit d'Amboise n'était pas respecté, que partout les réformés devaient se cacher pour se rendre aux temples, que souvent ils étaient attaqués par des bandes armées qui n'épargnaient ni les femmes ni les enfants. J'ai rejoint les troupes du prince de Condé lorsqu'il a craint que l'édit soit abrogé et qu'on ne tente de l'assassiner, lui et Coligny. J'ai combattu à Saint-Denis le 10 novembre 1567 où nous étions deux mille, sans canons et presque sans armures face à une armée royale plus nombreuse, et augmentée encore de six mille Suisses qui venaient d'être engagés.

Nous avons dû battre en retraite, mais le duc de Montmorency est mort pendant la bataille et l'armée catholique se trouvait sans tête.

Nous ne voulions rien d'autre que le droit de célébrer notre culte. La paix a été signée au printemps suivant, respectant les clauses de l'édit d'Amboise et nous laissant la place forte de La Rochelle, où nous nous sommes retirés.

Mais partout les peuples s'étaient soulevés et les massacres reprenaient. Oui, je suis un soldat, et je ne manque pas de vaillance lorsqu'il faut se battre, que ce soit en combat singulier ou sur le champ de bataille. Mais assassiner des religieuses ou jeter des bourgeois dans des puits la nuit, très peu pour moi.

Je sais que le duc d'Albe, au nom du roi d'Espagne, a massacré dans les Flandres depuis six ans nombre de mes frères réformés. Mais je pense qu'il serait dangereux que la France intervienne. Je ne crois pas comme M. de Coligny, que pour avoir la paix ici, il faille porter la guerre aux Pays-Bas, au contraire. L'armée espagnole est puissante et celle de la France affaiblie par les guerres civiles passées et les tensions qui ne manqueraient pas d'exister entre les chefs des deux confessions.

Les Espagnols ne tarderaient pas à remporter la victoire et après nous avoir vaincus en Flandres, ils auraient un prétexte tout trouvé pour envahir la France au nord et le Béarn au sud. La guerre reprendrait sur tout le territoire et les soldats de Sa Majesté catholique tenteraient d'exterminer tous les huguenots de France et de Navarre. Notre culte serait à nouveau interdit, nos familles persécutées. L'Espagnol se présenterait en libérateur, et je ne doute pas que le roi de France se rallie rapidement à ses vues.

Je vous l'ai déjà dit, je sens en tout cela un piège. Je n'ai pas confiance en vos Valois. Je ne connais pas très bien le roi Charles IX, mais je sais ce que vaut son frère, le duc d'Anjou. À la mort de Montmorency, c'est lui qui a pris la tête de l'armée catholique. Il avait tout juste dix-sept ans. Lors de la bataille de Jarnac, en mars 1569, le prince de Condé est tombé de cheval, il avait une jambe cassée et a été obligé de se rendre. Mais le capitaine des gardes du duc d'Anjou lui a tiré un coup de pistolet dans la tête, car les ordres étaient de supprimer tous les chefs protestants. Et savez-vous ce qu'a fait ensuite le valeureux frère du roi ? Il a fait fixer le corps de Condé sur un âne et l'a fait promener ainsi pour qu'il soit bien vu de tous !

Corine avait écouté tout ce discours en silence. Jusqu'à son arrivée à la Cour, elle avait mené une vie insouciante dans le manoir de ses parents, et le plus pénible de ses soucis avait été de choisir la couleur d'une nouvelle robe ou de déterminer à quel jeu elle allait jouer avec ses amies le lendemain. Elle avait entendu parler de la guerre civile en France, mais cela lui paraissait alors très loin et elle l'imaginait semblable aux images que l'on voyait dans les livres : des soldats en armure bien alignés et des villes assiégées aux perspectives disproportionnées. Elle n'avait jamais pensé aux populations civiles, aux campagnes dévastées, aux femmes, aux enfants, ni aux massacres dont M. de Gayrand venait de lui parler.

Quant à la révolte des réformés flamands et à la répression sanglante du duc d'Albe, elle les avait encore plus ignorées. Tout au plus savait-elle qu'il y avait eu quelques troubles dans le Nord du pays. On parlait fort peu de ces choses au manoir des Pâquelin. Cela lui semblait étrange de songer qu'à l'époque où elle n'était encore qu'une enfant, Quentin combattait déjà sur les champs de bataille, bien qu'ils n'eussent que cinq ans de différence.

Elle venait de découvrir un univers, un univers qui s'était brusquement dressé entre eux et elle se rendait compte avec tristesse qu'elle appartenait à un monde dont il avait appris à se méfier depuis plus de dix ans.

Il lui parla aussi de la reine de Navarre qui avait rejoint La Rochelle avec son fils âgé de quinze ans et un renfort de mille Gascons. Il lui dit son admiration pour elle, comment elle avait proclamé chefs du parti huguenot après la mort de Condé, son propre fils et celui du prince âgé de seize ans.

Il ne lui cacha pas les massacres commis par les protestants en Périgord. Il les déplorait amèrement. Mais comment retenir des hommes aux limites de leur résistance physique et morale, qui veulent venger leurs parents et leurs amis égorgés et qui savent que si l'ennemi arrivait chez eux, il ne ferait pas de quartier ? Comment empêcher des mercenaires que l'on ne peut plus payer de piller les villes et les villages traversés ?

Il avait été blessé à Moncontour, le 3 octobre 1569, qui fut un désastre pour l'armée que commandait Coligny. Il y eut des milliers de morts du côté protestant et quelques centaines seulement chez les catholiques. Il s'était aussi battu à Arnay-le-Duc, le 27 juin 1570, où cette fois les troupes royales avaient dû reculer.

Au fur et à mesure qu'il parlait, elle comprenait mieux pourquoi la paix semblait si difficile à rétablir, pourquoi catholiques et huguenots se haïssaient tant à la Cour. Comment pouvaient-ils oublier ces années d'horreur, cette escalade de vengeances et d'atrocités ? La paix avait été faite parce que les forces en présence étaient épuisées, le pays usé. Mais il n'y avait ni vainqueur ni vaincu. La situation ne satisfaisait personne et le ressentiment était dans tous les cœurs.

Et l'on voulait que ces hommes, qui hier s'entre-déchiraient, s'assoient à la même table, qu'ils rient, dansent, chassent ensemble ? Elle concevait à présent pourquoi Quentin de Gayrand avait l'impression que tout cela n'était qu'une vaste comédie. Mais elle réalisait aussi qu'elle faisait partie de tout ce qu'il devait détester. Et elle en éprouva de la peine.

* * * *

Les jours s'écoulaient néanmoins et Corine voyait la somme d'énergie que la reine mère et le roi dépensaient et les efforts qu'ils déployaient pour se concilier les protestants. Après tout, la plupart de ceux qui résidaient à la Cour y vivaient déjà avant la guerre. Ils avaient été amis, souvent même ils étaient parents. Le royaume était en paix depuis deux ans, et la jeune demoiselle d'honneur voulait croire que la politique de rapprochement de Catherine de Médicis allait porter ses fruits. Au fond tous ces gens mangeaient le même pain, partageaient les mêmes soucis, les mêmes plaisirs. Et bien qu'ils Le priassent différemment, ils avaient le même Dieu.

Elle s'en persuadait d'autant plus les jours de fête, quand elle les voyait se distraire et converser gaiement ensemble. Et si certains croyaient déceler dans les regards d'autrui des lueurs de méfiance ou d'hypocrisie, elle espérait que le temps apaiserait les craintes. Elle ne se rendait pas vraiment compte que si elle souhaitait tant que se comblât le fossé entre catholiques et réformés, c'était plus pour des raisons personnelles que par conviction profonde.

Si Clémence la trouvait plus songeuse de jour en jour, ses propres amours l'empêchaient de voir plus clair dans la morosité de sa maîtresse. Tricky s'inquiétait davantage. Elle ne prêtait même plus attention aux regards de convoitise que lui lançait le duc d'Épernon. Le petit chien avait l'impression que ce dernier se trouvait de plus en plus souvent sur leur chemin. Pourtant Corine paraissait ne plus le voir. L'animal futé n'aimait pas cela. Il grognait lorsque approchait le duc, mais dès que le regard de l'homme se détournait d'elle pour se poser tel celui d'un rapace sur lui, il gémissait et fuyait se cacher sous les jupes de sa maîtresse.

⋆ ⋆ ⋆ ⋆

Mlle de Pâquelin avait remarqué que lorsqu'il y avait bal à la Cour, M. de Gayrand ne dansait jamais. Il est vrai que les protestants puritains de l'entourage de Jeanne d'Albret se tenaient plutôt à l'écart de cette sorte de divertissement. Les préceptes de Calvin étaient clairs : jeux, danses, comédies, mascarades devaient être bannis comme porteurs des germes de corruption et de débauche. Mais les jeunes gens transgressaient souvent ces règles qu'il était plus facile de respecter au sein d'une famille bourgeoise dans une ville réformée, ou dans l'isolement de leurs châteaux, qu'au milieu d'une Cour brillante et animée. On les voyait jouer aux dés et badiner avec les catholiques, danser et courtiser les jeunes filles, au grand déplaisir de la reine de Navarre.

Un soir de bal donc, Corine observait Quentin de Gayrand qui s'entretenait avec son fidèle Claude de Luzac. Il serait plus juste de dire que Claude parlait, et que Quentin écoutait. Le premier semblait tenter de convaincre le second qui ne répondait que par monosyllabes. Le jeune homme blond porta soudain ses yeux sur elle, puis se retourna vers son compagnon avec plus d'arguments encore. Mais comme leurs regards à tous deux allaient à nouveau se poser sur elle, Mlle de Pâquelin détourna le sien.

Tandis qu'elle s'interrogeait à leur sujet, elle ne vit pas un des deux hommes s'approcher. Ce n'est que lorsqu'il fut à ses côtés qu'elle sentit une présence et eut la surprise d'entendre M. de Luzac l'inviter à danser. Tout étonnée qu'elle fût, elle n'eut pas l'impolitesse de refuser. D'ailleurs le jeune homme dansait très bien. Mais durant toute la danse, elle sentit le regard de Quentin de Gayrand fixé sur eux.

Insensiblement, leurs pas semblaient les rapprocher de lui. Et lorsque la musique cessa, Corine se retrouva comme par hasard à ses côtés. Le même hasard fit disparaître en un instant M. de Luzac, les laissant tête à tête. Un peu vexée du procédé, Corine lança d'une voix grinçante :

— Sont-ce vos convictions religieuses, Monsieur, qui vous empêchent de danser ?

Quentin éclata de rire.

— Mademoiselle, votre attaque va me forcer à vous avouer une chose que je m'efforçais de tenir secrète jusqu'ici : je ne sais pas danser !

Se rendant compte de l'agressivité du ton qu'elle avait employé, et le rire du jeune homme étant communicatif, Corine se dérida à son tour et mêla son rire au sien.

— Voilà plus d'une heure que mon ami essaie de me convaincre de vous inviter, poursuivit-il. À bout d'arguments, il a usé de ce stratagème pour vous amener jusqu'à moi, laissant à la Providence le soin de faire le reste. Je reconnais que l'acte est léger, mais je ne saurais le blâmer puisqu'il me permet de jouir de votre conversation.

Corine rougit. Le gentilhomme gascon sourit.

— Tout ceci est un peu nouveau pour moi, dit-il englobant d'un geste la vaste salle de bal. Ce n'est pas au manoir de mon père, ni sur les champs de bataille ensuite, que j'aurais pu apprendre les danses de cour. Ne croyez pas cependant que je sois un ours. Je trouve ce spectacle fort divertissant et la grâce avec laquelle vous évoluiez tout à l'heure me séduit. Mais je suis un homme de la campagne, et je reconnais qu'à tout ceci je préfère la fraîcheur et la gaité des fêtes villageoises.

Et Quentin se mit à lui parler de sa campagne natale, du vieux manoir familial accroché à une colline, des coteaux couverts de vignes où, enfant, il se mêlait aux vendangeurs, du soleil du Sud, de la beauté de son pays, de sa mère qui demeurait là-bas avec sa jeune sœur de seize ans, de la simplicité de sa vie de hobereau gascon, du retour à la quiétude auquel il aspirait, des projets qu'il faisait pour agrandir le domaine paternel, du nouveau pressoir qu'il voulait faire construire...

Et Corine écoutait. Comme par bouffées lui revenait à la mémoire son enfance sur les terres du Hainaut. Elle lui raconta comment, adolescente, elle empruntait une robe à sa soubrette pour aller se mêler aux paysans quand venait la moisson, pour danser des farandoles sur la place les jours de fête, ou pour retrouver les filles des métayers de son père et partager leurs jeux. Elle décrivit les longues promenades à cheval dans la campagne qu'elle aimait faire.

Sans s'en rendre compte, ils s'étaient éloignés peu à peu des danseurs, et se trouvaient à présent dans une galerie peu animée par les fenêtres de laquelle on pouvait apercevoir la nuit qui tombait au loin sur les champs et les bois. Mais ils ne la regardaient même pas. Ils étaient trop occupés à découvrir qu'ils avaient les mêmes goûts, le même passé, les mêmes désirs, qu'ils aimaient la même vie.

Sans savoir comment elle y était venue, Corine aperçut soudain sa main dans celle de Quentin. Il la porta à ses lèvres, et y déposa un long baiser tendre.

À ce moment apparurent dans la galerie deux hommes que Corine reconnut pour être des chefs protestants. Elle retira précipitamment sa main et s'enfuit avant que Quentin n'ait eu le temps de réagir.

Le charme était rompu. Il réalisa brusquement que malgré tous leurs points communs, il y avait une chose qui les séparait. Elle était catholique, il était protestant. Elle avait pu l'oublier quelques instants, mais l'apparition des deux hommes l'avait brutalement ramenée à la réalité. Et elle avait fui.

Comment aurait-il pu en être autrement ? Il représentait tout ce qu'elle devait mépriser, tout ce qu'on avait dû lui apprendre à rejeter avec horreur.

Et son cœur se serra.

VIII. Chenonceau

Si Corine avait fui en voyant les deux hommes, ce n'était pas parce qu'ils étaient protestants, c'était parce qu'ils étaient apparus, tout simplement. Elle l'aurait fait quelles que soient les personnes qui se fussent présentées.

Elle avait fui comme une enfant effarouchée, parce qu'elle venait de découvrir qu'elle était amoureuse de Quentin, que c'était un sentiment nouveau pour elle, et qu'elle était désemparée.

La nature humaine est ainsi faite. Alors que ce qu'elle désirait le plus au monde, c'était se trouver avec lui, le voir et lui parler, pendant les jours qui suivirent elle s'efforça de l'éviter.

Lorsqu'il apparaissait au bout d'une galerie qu'elle empruntait, elle rebroussait chemin. Si elle l'apercevait au détour d'un bosquet, elle s'empressait de prendre une autre allée. Elle évitait soigneusement les endroits où les protestants avaient l'habitude de se rencontrer, prétextait une migraine pour échapper à un bal, se tenait à l'écart des conférences qui réunissaient la reine mère et la reine de Navarre. Son attitude pouvait passer aux yeux de tous pour celle d'une catholique que répugnait la politique d'alliance avec les huguenots de Catherine de Médicis.

Certains s'en réjouissaient, et le duc d'Épernon n'était pas des derniers.

* * * *

De son côté Quentin de Gayrand n'avait pas mis longtemps à comprendre l'attitude de la jeune femme. Il avait eu la sottise de croire qu'elle était différente des autres papistes. Comment avait-il pu se laisser piéger ainsi ? Il s'était laissé attendrir par ce qu'il croyait être une franchise naïve et des sentiments communs sur les valeurs de la vie. Mais elle n'était qu'une espionne à la solde de l'Italienne !

Non. Quentin s'en voulait. Ses pensées avaient été trop loin. Corine n'était pas cela. C'était sa faute à lui. Il l'avait effarouchée en voulant aller trop vite. Elle pensait ce qu'elle disait. Ils étaient presque devenus amis. Mais comment aurait-elle pu l'aimer d'amour, lui, un hérétique ? Elle n'avait pas voulu le blesser en lui disant : je ne vous aime pas. Elle avait choisi la seule attitude possible. Elle s'était retranchée derrière son honneur. Et il l'en admirait.

Pour lui faciliter la tâche, il décida d'aller au-devant de ses désirs et de faire en sorte de ne plus jamais se trouver sur son chemin, ni par acte délibéré ni par accident. Mais lorsqu'il la voyait à l'autre bout de la salle du trône, et qu'il s'éloignait avant qu'elle ne l'aperçût, cela lui faisait mal.

⋆ ⋆ ⋆ ⋆

Hélène de Surgères s'inquiétait. L'attitude des deux jeunes gens ne lui avait pas échappé. Elle les avait vus s'éloigner ensemble le soir du bal et se demandait ce qui avait bien pu se passer pour qu'ils cherchent à s'éviter ainsi depuis. Mais elle n'osait interroger Corine.

Elle avait pensé en parler à Clémence, qu'elle savait proche de sa maîtresse. La pudeur et la peur de froisser son amie, qui ne tenait peut-être pas à ce que sa suivante fût informée de ses sentiments, l'en empêchèrent. La jeune servante, tout absorbée par ses propres amours, n'avait quant à elle toujours rien remarqué.

De son côté Claude de Luzac ne comprenait rien au comportement de son meilleur ami. Si au début il s'était inquiété des sentiments naissants de son compagnon pour une demoiselle d'honneur de la cour des Valois, il avait par la suite apprécié les qualités de la jeune catholique et s'était amusé à favoriser leurs rencontres, éloignant les témoins importuns lors d'une chasse à courre ou rapprochant les deux tourtereaux lors d'un bal. Il riait du manque de courage du Gascon pour aborder la jeune fille, alors qu'il n'avait peur de rien aux approches d'un combat.

Il était vrai que Quentin avait plus l'habitude de courtiser des villageoises ou les prudes demoiselles de La Rochelle qu'un joyau de cour. S'il hésitait davantage, c'était peut-être parce qu'il ne s'agissait pas d'un jeu, comme le pensait Claude, mais de quelque chose de bien plus sérieux.

Parce qu'il ne voyait qu'une amourette de passage dans cette aventure de son ami, et qu'il le croyait par ailleurs capable de se retirer rapidement des griffes de n'importe quel oiseau de l'escadron volant de Catherine de Médicis, M. de Luzac ne trouvait pas d'explication convaincante à l'attitude de Quentin.

* * * *

La reine mère s'inquiétait aussi, mais pour une tout autre raison. Elle ne voyait pas avancer ses négociations avec Jeanne d'Albret et pensait que celle-ci resterait réticente, tant qu'elles resteraient au milieu des fêtes et du luxe de la Cour. Aussi prit-elle la décision de passer quelques jours avec sa cousine et quelques intimes au château de Chenonceau, dans la vallée du Cher. Corine de Pâquelin et Hélène de Surgères furent évidemment du voyage.

Mlle de Pâquelin était ravie de cette diversion. Elle pensait profiter elle aussi du calme de la demeure tourangelle pour mettre de l'ordre dans ses idées, loin de celui qui les troublait.

Pour ce court voyage – moins de douze lieues – la reine de Navarre ne s'entoura également que de peu de gens, quelques femmes, une poignée de chevaliers, dont un de ses plus braves gardes du corps, le chevalier de Gayrand...

La reine Catherine était arrivée à Chenonceau la première pour préparer l'arrivée de sa royale invitée. Corine ignora donc qui allait accompagner Jeanne d'Albret. Elle retrouva non sans un certain plaisir le charme particulier émanant de ce palais sorti des eaux, qu'elle avait découvert à l'automne précédent. Si la magie des couleurs de cette saison lui avait alors fait voir partout les fantômes de Diane de Poitiers et d'Henri II, et imprégnait la demeure de la nostalgie des amours passées, la beauté des jardins et de la nature en éveil donnait cette fois au château une gaîté printanière où régnait l'espérance d'amours nouvelles.

Corine fut sensible à cette atmosphère suave et troublante. Durant les deux jours qui précédèrent l'arrivée de la reine de Navarre, elle prit l'habitude d'échapper aux préparatifs auxquels tous s'activaient pour que l'accueil fût parfait. Elle s'esquivait dans les jardins et disparaissait pour de longues heures.

Ses promenades solitaires la conduisaient souvent jusque dans la forêt proche. Là, à l'orée du bois, se trouvait une petite clairière qui devint son refuge favori. Un vieux banc de pierre, à la surface polie par l'usage et le temps, l'accueillait. De la mousse couvrait ses pieds et des oiseaux avaient fait leur nid dans les branches qui le surplombaient. De cet endroit qui semblait oublié de tous, Corine fit son salon particulier. Au cours de ses pérégrinations, il était le seul point fixe, le passage obligé. Elle s'y asseyait un moment et songeait.

Elle commençait à se rendre compte du ridicule de son attitude. Elle se trouvait idiote, elle s'en voulait. Mais comment faire pour revenir en arrière ? N'avait-elle pas tout gâché ? Pourquoi avait-elle eu honte de ses émotions ? Peur de ses sentiments ? Elle aimait. Était-ce si terrible ? Oui, car dès l'instant qu'elle avait découvert son amour, elle avait aussi découvert le doute. Ce doute lancinant : était-elle aimée en retour ? Elle en avait eu l'impression, mais une impression si fugace qu'elle n'avait pas osé éclaircir le doute, et il s'était mis à grandir, à l'envelopper tout entière. D'autant qu'elle avait eu le sentiment, les derniers temps, que Quentin la fuyait aussi. Elle souffrait. Elle se demandait si elle ne devait pas lui parler, tenter de lui expliquer. Mais elle avait peur.

Le chevalier de Gayrand, de son côté, savait que Mlle de Pâquelin se trouvait à Chenonceau. Il s'était promis, dans la mesure où son service auprès de la reine de Navarre le lui permettrait, d'éviter de rester au château, afin de ne pas importuner celle pour qui sa présence était insupportable.

Il s'arrangea donc pour se faire remplacer auprès de Jeanne d'Albret, chaque fois que celle-ci devait rencontrer Catherine de Médicis. Durant les heures d'entretien des deux reines, il quittait même la demeure royale, fuyait jusqu'aux jardins où il risquait de faire des rencontres, et se réfugiait dans la forêt, où il marchait tout en réfléchissant aux sentiments qu'il éprouvait et à la difficulté qu'il avait de chasser la jeune fille de son esprit. Il n'avait jamais éprouvé cela avec tant de force auparavant.

Tandis que loin de la Cour, entre femmes, entre reines, entre mères, Catherine et Jeanne s'entendaient mieux et discutaient de la dot de Margot, de l'aide française aux huguenots des Flandres et de Hollande, de l'alliance avec l'Angleterre, de l'avenir de leurs enfants, et de leur « vieille amitié », Mlle de Pâquelin restait indifférente à ces tractations politiques et poursuivait ses promenades solitaires jusqu'à sa chère clairière.

Mlle de Surgères commençait à s'inquiéter sérieusement pour la santé de sa jeune amie qui refusait même sa compagnie. Tricky en personne avait renoncé à suivre Corine, et préférait rester bien au chaud, dans la chambre de sa maîtresse, aux côtés de Clémence qui supportait avec impatience son éloignement de Blois et se distrayait en racontant ses amours au petit chien en manque d'affection.

★ ★ ★ ★

— Vous voilà bien songeuse, douce Hélène, auriez-vous quelque inquiétude au sujet de votre santé ?

— Je vais bien, M. de Ronsard, et ce n'est pas pour moi que je m'inquiète.

— Confiez-moi votre tourment, et je mettrai tous mes efforts à l'apaiser.

— Vous êtes bien aimable, Monsieur le poète, et je vous rends bien mal votre sympathie. Je ne veux pas vous lasser avec mes soucis.

— J'ai accompagné la reine Catherine en ces lieux afin d'écrire en vers le récit de son succès auprès de sa fière cousine. Mais depuis que nous sommes ici, rien ne filtre de ce qui se dit entre les deux reines. Je commence à m'ennuyer et je suis tout prêt à mettre mon temps à votre service.

« Après tout, se dit Mlle de Surgères, pourquoi ne pas essayer. » Et elle lui confia son tourment au sujet de Mlle de Pâquelin.

— Je ferai tout mon possible pour la distraire, conclut le poète, où dites-vous que se trouve cette clairière ?

★ ★ ★ ★

Corine était assise sur le vieux banc de pierre, et l'après-midi était déjà avancé lorsque M. de Ronsard l'y rejoignit.

— J'espère ne point troubler votre quiétude, dit-il. Mais à votre âge on ne doit point rester ainsi solitaire. D'ailleurs vos amis s'inquiètent pour vous.

— Mes amis ?! fit Corine étonnée.

— Oui, vos amis, Madame… dont je suis !

La jeune fille sourit.

— Asseyez-vous, M. de Ronsard, dit-elle en lui montrant la place à côté d'elle.

— Hélas ! Ces pierres sont un peu dures pour mes vieux os, geignit le poète.

— Ne jouez pas au vieillard avec moi, fit-elle en riant. Vous en usez beaucoup avec mon amie Hélène, pour vous attirer ses douceurs. Je ne suis point aussi crédule qu'elle.

— Elle ne l'est pas non plus, dit-il en s'asseyant. C'est une sorte de jeu entre nous. Je vais vous avouer notre secret : je fais semblant d'être très malheureux, et elle fait semblant de m'aimer un peu… En réalité, c'est une personne que j'apprécie beaucoup, elle est très intelligente, cultivée, douce, jolie. Elle ne désire pas être importunée par les jeunes gens de la Cour. Tant que je suis son soupirant en titre, les autres la laissent tranquille. Qui oserait rivaliser avec le plus grand poète de France ? (Il rit.) Elle, en échange, elle est ma muse, mon inspiration divine. J'ai écrit, et j'écrirai pour elle, grâce à elle, mes plus beaux poèmes. Je lui devrai ma gloire, dans les siècles futurs.

Il riait toujours. Ses yeux brillaient joyeusement, mais dans sa barbe éclairée d'un sourire bienveillant, Corine croyait deviner un petit pli d'amertume.

— C'est vrai que vous êtes un grand poète, M. de Ronsard, dit-elle, même votre prose est jolie à entendre. Parce que les mots que vous prononcez viennent du cœur. Et je vais vous dire un secret, moi aussi : Hélène vous aime beaucoup, certainement plus que vous ne le croyez.

— Taisez-vous, vous rallumez la flamme que je cherche désespérément à éteindre. Mais je vous dis merci, car voyez-vous, les meilleurs poèmes ne naissent pas de l'amour, mais du désespoir. Un poète heureux ne fait jamais de bons vers ! Je resterai donc le vieil homme amoureux de la douce Hélène. Mais si la tristesse sied aux vieillards et aux poètes, elle ne sied pas du tout aux jeunes demoiselles. C'est ce que je suis venu vous dire… en vers bien sûr, ainsi vous participerez à ma gloire et un peu à celle d'Hélène !

Ils rirent à nouveau tous les deux.

— Lorsque je vous rencontrai pour la première fois, dans les jardins de Blois, je vous promis un sonnet. J'ai eu tant à faire depuis, que j'avoue vous avoir un peu oubliée.

Mais voici qui réparera la chose, dit-il en lui tendant un rouleau de papier, fermé par un ruban de soie. C'est une chanson, que j'ai écrite pour vous.

Corine dénoua le ruban, et en ouvrant le rouleau, elle lut[1] :

Quand ce beau Printemps je vois,
J'aperçois
Rajeunir la terre et l'onde,
Et me semble que le jour,
Et l'amour
Comme enfants naissent au monde.

Quelque part que tes beaux yeux
Par les cieux
Tournent leurs lumières belles,
L'air qui se montre serein
Est tout plein
D'amoureuses étincelles.

Celui vraiment est de fer
Qu'échauffer
Ne peut ta beauté divine,
Et en lieu d'humaine chair,
Un rocher
Il porte dans sa poitrine.

Au moins lève un peu tes yeux
Gracieux,
Et vois ces deux colombelles
Qui font naturellement
Doucement
L'amour du bec et des ailes

1. Ces vers sont réellement de Ronsard. Ils sont extraits d'une « Chanson en faveur de Mademoiselle de Limeuil » publiée vers 1564. Des strophes ont été supprimées, un mot changé ici ou là, pour coller à la présente scène.

Et nous, sous ombre d'honneur
Le bonheur
Trahissons par une crainte :
Les oiseaux sont plus heureux
Amoureux,
Qui font l'amour sans contrainte.

Toutefois ne perdez pas
Vos ébats
Pour ces lois tant rigoureuses
Mais si m'en croyez, vivez
Et suivez
Les colombes amoureuses.

Et pour effacer ton émoi
Souris-moi,
Réveille-toi ô Déesse,
Et ne laisse passer en vain
Si chagrin
Le printemps de ta jeunesse.

Corine était émue, et ne savait qu'ajouter.

— Non, ne dites rien, reprit M. de Ronsard. Mais réfléchissez à ce que ces vers vous disent, cueillez, cueillez dès aujourd'hui les roses de la vie. Je dis un jour à une amie très chère, qui voyait avec moi se faner une rose née le même jour :

… *Si vous m'en croyez, mignonne :*
Tandis que votre âge fleuronne
En sa plus verte nouveauté,
Cueillez, cueillez votre jeunesse.
Comme à cette fleur, la vieillesse
Fera ternir votre beauté[1].

1. Ode à Cassandre : *Mignonne, allons voir si la rose…*

Je vais vous laisser maintenant à vos méditations.

Il posa sa main sur celle de Corine, et elle le remercia d'une légère pression des doigts. Le regard voilé de larmes, elle vit le vieil homme s'éloigner. Elle sentait la vérité de ses propos. Mais que pouvait-elle faire maintenant ? N'était-il pas trop tard ?

★ ★ ★ ★

Une fois de plus Quentin avait abandonné à un autre son poste auprès de la reine de Navarre. Il marchait à travers la forêt, arrachant de-ci, de-là une petite branche à un arbrisseau et la tordant, la cassant, la triturant avec ses doigts. Puis il jetait rageusement les morceaux, et recommençait. Il n'était pas content.

Il n'était pas content parce que les deux reines avaient l'air de s'entendre, les pourparlers d'avancer, et qu'il n'avait pas confiance en ce mariage ni en cette paix trop belle.

Il n'était pas content parce que son ami Claude de Luzac lui avait dit ce matin que d'après des sources secrètes le roi de France faisait armer des navires dans les ports de Nantes et de Bordeaux. Pour qui, ou plutôt contre qui cette flotte ? Contre l'Angleterre ? Contre l'Espagne ? Pour soutenir les protestants des Flandres ? Sur les vaisseaux marchands transformés en escadre de guerre on embarquait des outils, des pelles, des pioches, des vivres comme si on allait fonder une lointaine colonie. Mais personne ne croyait à cette destination. Ne serait-ce pas plutôt pour les tourner contre les protestants que Charles IX préparait ces bâtiments ?

Il n'était pas content surtout parce qu'il ne pouvait chasser de son esprit une image. Celle d'une jeune femme en robe de bal dansant avec ce même de Luzac. Celle de la même jeune femme en tenue de chasse l'accompagnant à cheval et l'écoutant parler de ses batailles passées. Il n'était pas content parce qu'il ne pouvait chasser de son esprit un rire cristallin qui résonnait haut et fort, des yeux brillants et une voix douce qui lui parlaient d'escapades dans la campagne du Hainaut, un regard inquiet qui demandait si la guerre allait enflammer les Pays-Bas, une jeune fille tremblante et reconnaissante qui venait d'échapper aux griffes d'Épernon.

Il la voyait telle qu'elle était le premier jour où il l'avait rencontrée. Il aurait pu décrire par le menu la robe qu'elle portait ce jour-là, le temps qu'il faisait dehors, dépeindre en détail la tapisserie qui se trouvait au mur derrière elle. Chaque minute de cette rencontre se détachait clairement du fond de sa mémoire. Il entendait sa voix coléreuse lorsqu'il avait osé mettre en doute la probité des Valois. Il voyait sa main blanche posée dans la sienne, il sentait sur ses lèvres la chaleur de sa peau. Et il la voyait fuir, disparaître au bout d'une allée.

Il avait décidé d'oublier, mais il n'était pas maître de ses pensées. Derrière chaque arbre, devant chaque buisson, il croyait la voir apparaître, tantôt souriante, tantôt en colère, ou triste, ou effrayée.

La végétation se faisait moins dense, il approchait d'une clairière. Et soudain il la vit, assise sur un vieux banc de pierre, tenant un parchemin. Il s'arrêta, mais l'apparition d'abord immobile se leva en le voyant, et il comprit qu'elle était vraiment là.

⋆ ⋆ ⋆ ⋆

Corine songeait à Quentin, à ce qu'elle pourrait lui dire. Elle le voyait dans l'antichambre de la reine de Navarre, l'épée à la main, prêt à se battre contre le duc d'Épernon. Elle voyait son visage s'animer et son regard s'assombrir alors qu'il lui parlait des guerres qu'il avait faites ; elle l'entendait éclater de rire un soir de bal en avouant qu'il ne savait pas danser. Elle le voyait debout devant elle dans cette clairière…

Mlle de Pâquelin se redressa lentement. Il était réellement devant elle. C'était la première fois qu'elle le revoyait depuis ce fameux bal d'où elle s'était enfuie si sottement. Leurs regards se croisèrent.

— Pardonnez-moi, dit-il, je vous croyais au château.

— Et moi je vous croyais à Blois.

— Croyez bien que si j'avais su que vous étiez ici, j'aurais tout fait pour éviter cet endroit.

Ce fut si brutal que la jeune fille vacilla et lâcha le parchemin qu'elle tenait encore à la main. Il roula à demi ouvert sur le sol. La politesse et la galanterie de Quentin l'emportèrent sur le reste. Il s'avança, se pencha et en ramassant le billet ses yeux tombèrent sur ces vers :

Quelque part que tes beaux yeux
Par les cieux
Tournent leurs lumières belles,
L'air qui se montre serein
Est tout plein
D'amoureuses étincelles…

S'efforçant de contenir la colère que ses yeux trahissaient, il lança :

— J'ai pensé d'abord que vous m'aviez fui parce que j'étais protestant…

— Vous avez eu tort, dit Corine.

Mais il ne l'écoutait pas, continuant :

— J'ai cru ensuite que votre honneur avait été blessé par mes avances, et je vous en ai admirée. Mais jamais je n'ai osé imaginer qu'il puisse y avoir quelqu'un d'autre dans votre cœur et vos pensées… Je vous prie de m'en excuser, ajouta-t-il d'une voix désespérée en lui rendant le parchemin.

La jeune fille hésitait à comprendre. Roulé par les deux bouts, le document ne laissait lisible que le passage qu'avait vu M. de Gayrand. Corine le parcourut rapidement et se mit à sourire. Il avait pris le poème pour un billet doux envoyé par un soupirant. Elle rit. Jaloux, il était jaloux, c'était donc qu'il l'aimait. Elle pleurait et riait à la fois.

— Ça n'est qu'un poème de M. de Ronsard, lui dit-elle en riant toujours.

Quentin était confus. Elle lui tendait le document pour qu'il le lise en entier. Il lui prit la main en même temps que le papier. Il n'avait nul besoin de le lire. Il voyait les larmes au bord des cils, il entendait le rire cristallin. Elle souriait. Qu'avait-elle dit déjà ? Qu'il avait eu tort de croire qu'elle l'avait fui parce qu'il était huguenot. Il sourit aussi.

— Pourquoi ? demanda-t-il. Pourquoi avoir fui, ce jour-là et tous les autres jours.

Elle baissa les yeux. Si seulement elle savait.

Sentant sa gêne il lâcha enfin la main, déploya le rouleau et lut le poème en entier. Il leva les yeux, elle était toujours là, le regard planté dans le sien. Elle n'avait pas fui cette fois et elle souriait. Elle souriait parce qu'elle connaissait enfin la couleur de ses yeux. Une couleur indéfinissable, faite de reflets d'or et d'émeraude, avec un fond de chaleur ocre qui devait rappeler les terres du Sud.

— Voilà de bien jolis vers, Madame, dit-il. Et charmante, la personne qui les a inspirés.

— M. de Ronsard a du talent.

— Si vous aimez les poètes, je vous en présenterai un de mes amis, que je juge pour ma part supérieur à tout autre. Il a nom d'Aubigné et pour prénom Agrippa. Il entre dans sa vingt et unième année et parle aussi bien le latin que le français, le grec que l'hébreu.

— Je serais ravie de le rencontrer.

Ils parlaient de choses et d'autres sans s'écouter. Leurs regards ne se quittaient pas. Il s'approcha davantage, reprit la main qu'il tenait le soir du bal, y porta ses lèvres sans quitter un instant ses yeux, avança encore, mit son bras libre autour de sa taille, rapprocha ses lèvres des siennes.

Elle n'eut pas le moindre recul, le moindre petit sursaut comme lorsque d'Épernon s'approchait d'elle. Elle ferma les yeux et ne ressentit plus qu'une immense brûlure à l'emplacement de ses lèvres, mais un feu qui au lieu de la tordre de douleur lui apportait un bien-être inimaginable, une flamme de bonheur inconnu qui la dévorait en l'apaisant.

* * * *

Les jours qui suivirent, Mlle de Pâquelin les passa dans une espèce de brouillard irréel où tout ce qui n'était pas Quentin disparaissait dans la brume autour d'elle. Les jeunes gens continuèrent à fuir le château et les deux reines, mais c'était désormais pour faire de longues promenades ensemble, main dans la main. Leurs discussions, langoureuses ou animées, n'étaient interrompues que par des baisers tendres ou passionnés. Ils disparaissaient dans la matinée, faisaient une courte apparition à l'heure du déjeuner, de manière à montrer qu'ils n'abandonnaient pas tout à fait leur service, et réapparaissaient à la nuit tombée.

Au matin du 11 avril, la demoiselle d'honneur croisa Hélène de Surgères, que son visage rayonnant étonna.

— Eh bien ! dit la jeune femme, je connaissais le talent de M. de Ronsard, mais je ne pensais pas qu'il vous dériderait à ce point.

Sa compagne se mit à rire. Elle mit son bras sous le sien et l'entraîna hors du palais pour lui conter son secret, auquel le poète Ronsard avait participé, mais d'une manière bien détournée.

Hélène la mit en garde contre un bonheur prématuré. Elle lui rappela la religion du jeune homme et les difficultés que cela ne manquerait pas de soulever, aussi bien à la Cour que dans les deux familles. Mais Corine lui rétorqua que le roi lui-même était en train de fiancer sa sœur à un prince huguenot, que la paix était définitive et que tout cela n'aurait bientôt plus d'importance.

Mlle de Surgères tenta de lui expliquer que rien n'était encore fait, que la paix pouvait être précaire et qu'elle ne devait pas pousser l'aventure trop loin. Mais son amie la quitta sur un sourire pour aller rejoindre celui qu'elle aimait.

Tricky la suivit et aboya joyeusement à l'approche de Quentin. Il se mit à gambader autour des tourtereaux, jappant pour se faire remarquer lorsqu'ils semblaient l'oublier, quémandant ici ou là une caresse, les devançant dans la forêt, grimpant sur les genoux du jeune homme lorsqu'ils s'asseyaient sur le vieux banc de pierre, tirant sur la jupe de Corine en gémissant de jalousie lorsqu'ils s'embrassaient. Quentin riait, lui lançait un morceau de bois, et profitait de l'éloignement du petit chien pour enlacer sa compagne. Tricky venait lui poser le morceau de bois sur la pointe de ses bottes et c'était au tour de la jeune fille de rire, devant l'air ravi et malicieux de la joyeuse boule de poils blancs.

⋆ ⋆ ⋆ ⋆

À quelques centaines de mètres de là, devant la cheminée embrasée d'une pièce du château, Jeanne d'Albret rayonnait de joie également. Le contrat de mariage de son fils avec Marguerite de Valois venait d'être signé. C'était une bonne affaire pour la reine de Navarre, car la dot territoriale de Margot n'était pas négligeable, et un mariage avec une fille de France était réellement un honneur pour le souverain d'un petit royaume comme la Navarre. Un honneur qui lui ferait des envieux en Europe. C'était aussi la reconnaissance tacite et officielle par les Valois de la légitimité d'un royaume protestant au sud du pays et un bon point pour l'évolution de la cause protestante en France. D'ailleurs Jeanne était persuadée que sa belle-fille ne tarderait pas à se convertir, ce qui ferait encore progresser la cause.

De plus, ce mariage rapprochait son fils de la famille royale et c'était important pour son avenir et son royaume que l'on n'oubliât pas qu'il descendait par son père et les Bourbons de Saint Louis. Le jeu des cousinages ne faisait-il pas de lui l'héritier en troisième du trône de France, après le duc d'Anjou et le duc d'Alençon ? Du moins tant que le roi n'aurait pas de fils. Certes il avait peu de chances de régner un jour sur la France, mais il avait sa place au Conseil de roi et pouvait là influencer les décisions du souverain en faveur de ses coreligionnaires.

Elle n'était pas mécontente non plus d'établir définitivement son turbulent rejeton, dont les aventures galantes commençaient à défrayer la chronique et échauffaient ses prudes oreilles maternelles. La princesse Marguerite était belliqueuse et un peu trop ardente pour son âge et son rang. Mais ce défaut même contribuerait à maintenir son fils dans le giron conjugal. Il serait bien trop occupé avec sa femme pour aller chercher distractions ailleurs. Elle en était convaincue.

Quelques chambres plus loin, Catherine de Médicis nageait elle aussi dans le bonheur. Ses pions avançaient lentement mais sûrement. Sa grande terreur était les Guise. Elle avait pu juger de leur puissance et de leur ambition lorsqu'ils avaient mis la main sur le royaume à la mort de son époux. À travers leur nièce Marie Stuart, ils avaient dominé l'esprit de son fils aîné François II et Catherine avait été écartée du pouvoir. Cela n'avait duré qu'une année, mais elle s'était juré que cela ne se reproduirait plus. François était mort après un an de règne et Marie était maintenant prisonnière de la reine d'Angleterre.

Les Guise s'étaient exilés sur leurs terres, mais ils étaient à la tête d'une armée puissante. Qu'il leur prenne la folie de marcher sur Paris (ne prétendaient-ils pas avoir quelques droits au trône de France parce qu'ils descendaient des derniers Carolingiens ?) et Catherine n'aurait à leur opposer qu'une armée française affaiblie et divisée. Il lui fallait l'alliance du Béarnais. En le mariant à sa fille, elle le retenait à la Cour. Sa présence et celle de ses hommes suffiraient à tenir les Guise à distance et à décourager les tentatives malheureuses.

Un mariage avec le prince de Navarre prouvait par ailleurs sa bonne foi aux protestants français et confirmait la paix précaire qui régnait depuis deux ans. Les réformés de France se soumettraient au roi de meilleure grâce et il ne serait peut-être pas nécessaire d'intervenir en Flandres pour se les concilier définitivement. Coligny ne serait pas content, mais elle n'était pas fâchée de damer le pion à l'amiral qui prenait de plus en plus d'ascendant sur son fils.

Catherine avait donc des raisons de se réjouir, d'autant qu'elle avait reçu de bonnes nouvelles du maréchal de Montmorency qui négociait à Londres avec la reine Élisabeth un traité d'alliance défensive en cas de conflit avec l'Espagne. Ainsi les forces anglaises et espagnoles se neutralisaient, comme celles des protestants et des Guise. Par le jeu subtil des alliances, la reine mère était en train de rétablir l'équilibre du royaume.

Elle était soulagée aussi d'établir sa dernière fille dont le caractère difficile n'était pas aisé à dominer. Une fois mariée, les frasques de Margot ne la regarderaient plus. Cette responsabilité appartiendrait à son époux. Le mariage l'assagirait peut-être, calmerait ses ardeurs amoureuses. Il était temps. Catherine se demandait d'ailleurs si sa remuante enfant n'avait pas poussé ses expériences dans ce domaine un peu plus loin que son âge et son rang ne le lui permettaient. Elle s'était bien gardée, naturellement, de confier ses craintes à Jeanne d'Albret.

Au reste, il s'agissait d'un beau mariage : un prince de sang royal, héritier qui plus est d'un royaume contigu à la France, un véritable descendant de Saint Louis ayant quelque droit à la succession au trône capétien. Il était bon d'en faire un allié, un proche de la famille royale. Elle pourrait ainsi mieux le surveiller. Le seul ennui était la religion du jeune homme. Pour l'instant elle avait besoin des protestants, mais elle ne doutait pas qu'elle ou sa fille arriveraient un jour à convertir le Béarnais.

⋆ ⋆ ⋆ ⋆

Tandis que les deux reines se réjouissaient ainsi, persuadées chacune d'en avoir imposé à son adversaire et d'être la seule gagnante en cette affaire, Quentin et Corine ignoraient encore que tout était réglé. Dans la situation actuelle, ils n'osaient pas faire de projets d'avenir. Si le chevalier de Gayrand restait sceptique face à la nécessité de ce mariage entre le prince de Navarre et Marguerite de Valois, il n'en prenait pas moins conscience que l'établissement d'une paix durable entre catholiques et protestants ne pouvait qu'être bénéfique à ses relations avec sa bien-aimée. Mais il demeurait prudent et sa méfiance envers la Médicis et ses fils persistait.

Mlle de Pâquelin vivait quant à elle sur un petit nuage rose et espérait de toutes ses forces que l'accord serait bientôt signé. Un tel mariage à un si haut rang mettrait fin à toutes les objections de ceux qui voyaient d'un mauvais œil la naissance d'une liaison amoureuse entre un huguenot et une jeune femme restée fidèle à la foi catholique.

Aussi laissa-t-elle éclater sa joie lorsque, de retour au château à l'heure du déjeuner, elle apprit l'heureuse nouvelle. Elle se précipita vers les appartements de la reine de Navarre pour prévenir Quentin s'il ne l'était déjà. Elle tomba sur M. de Luzac qui la retint un moment. Oui, son ami de Gayrand était déjà au courant. Il était d'ailleurs en ce moment même auprès de la reine Jeanne qui l'avait mandé expressément. Corine se contint pour ne pas s'élancer à sa suite chez la souveraine protestante, et Claude s'amusa de tant d'impatience.

Quentin s'était réjoui lui aussi à cette annonce. Après tout la reine de Navarre était suffisamment intelligente pour éviter les pièges et si elle avait fini par signer le contrat, c'est qu'elle avait d'excellentes raisons. Ce n'était pas à lui de juger. Il se rendit donc sans hésiter et le sourire aux lèvres à la convocation de sa souveraine.

Mais quand il ressortit quelques instants plus tard sa gaîté s'était figée. Il aperçut Corine et sourit tristement.

Elle lui lança un regard anxieux et se jeta dans ses bras en disant :

— N'est-ce pas merveilleux ?

Il la serra contre lui, mais le regard qu'il porta par-dessus son épaule à Claude de Luzac n'était pas des plus enjoués. Il leur apprit que la reine Jeanne souhaitait envoyer immédiatement un messager à son fils pour le prier de venir la rejoindre à la Cour et qu'elle l'avait choisi pour cette mission. Cela faisait un voyage de huit jours au moins pour l'aller, huit pour le retour, plus le séjour auprès du prince. Et il ne pouvait se rendre là-bas sans passer quelque temps auprès de sa mère et de sa sœur. Il fallait compter sur une absence de quatre à cinq semaines au bas mot, six peut-être. En six semaines, elle aurait le temps de l'oublier, pensait-il.

Quant à Corine, elle se sentit défaillir. Et s'il ne revenait pas ? S'il se sentait bien là-bas, près des siens, dans son manoir entouré de vignes, loin des pièges et des dangers qu'il voyait à la Cour ? S'il n'avait plus jamais l'envie de revenir ?

M. de Luzac, qui les observait en silence, prit la décision de partir à sa place. Il n'était pas fâché de revoir le pays et rien ne le retenait ici. Il proposa de parler à la reine, de lui dire que des affaires de famille le rappelaient chez lui et qu'il aimerait profiter de l'occasion. Quentin le remercia chaleureusement et lui demanda de remettre pour lui une lettre à sa mère.

Claude promit de passer les voir. Une promesse à laquelle il ne manquerait pas. À la mort de ses parents, lors de la première guerre civile, Mme de Gayrand avait été pour lui une seconde mère. Puis il se souvenait avec une certaine nostalgie de sa dernière rencontre avec Pauline, la sœur de Quentin. Du haut de ses quinze ans, l'enfant qu'elle n'était plus lui avait lancé des regards plus qu'admiratifs. Cela l'avait amusé, flatté. Une année s'était écoulée depuis et il était curieux de voir comment la belle fleur avait poussé.

IX. La guerre des Flandres

La reine Jeanne accepta volontiers de laisser partir M. de Luzac à la place de M. de Gayrand. Il prit le chemin de la Gascogne dès le lendemain. Mlle de Pâquelin aurait aimé prolonger son séjour à Chenonceau, mais Catherine de Médicis avait hâte de montrer à toute la Cour le succès de sa politique.

Aussi prit-on rapidement toutes dispositions pour le retour à Blois. Clémence s'en réjouissait, et devant le bonheur grandissant de la jeune fille, Corine ne put résister à l'envie de lui confier qu'elle aussi désormais sentait battre son cœur pour quelqu'un. La soubrette fut ébahie, non point tant que sa maîtresse ait rencontré l'âme sœur, mais qu'elle ne s'en fût pas aperçue plus tôt. Elle ne s'était pas rendu compte combien le lien qui les unissait s'était distendu ces dernières semaines. Toute à ses propres pensées, elle en avait un peu oublié le monde extérieur. Mais maintenant que les deux jeunes filles éprouvaient la même sorte de sentiments, elles pouvaient à nouveau se confier leurs joies et leurs angoisses, comme au temps de leur enfance en Hainaut. Cette expérience nouvelle les rapprochait. Elles se réjouissaient l'une pour l'autre et vivaient ainsi heureuses, comblées en amour et en amitié.

Mais si la tendresse de Corine pour Clémence s'était ainsi ravivée, elle se faisait du souci pour une autre de ses amies. Elle se demandait en effet avec anxiété comment allait réagir Margot à l'annonce de la signature du contrat.

Elle n'avait pas tort. Ce fut une scène terrible. Dès son arrivée, Catherine de Médicis avait demandé à sa fille de venir la rejoindre dans ses appartements. Elle tenait à lui annoncer elle-même la nouvelle. À peine la reine mère avait-elle prononcé une phrase que Marguerite se mit à hurler :

— Jamais ! Cela ne se fera jamais !

Puis elle éclata en sanglots. Catherine se mit en colère, tenta ensuite de la calmer par la douceur. Rien n'y fit. La princesse se jeta à plat ventre sur un coffre à vêtements qui se trouvait là et pleura de plus belle. La reine demanda alors à toutes ses demoiselles d'honneur de sortir. Corine attendit derrière la porte, elle avait la gorge serrée. Si ce mariage semblait aplanir les difficultés de son propre avenir, elle ne pouvait s'empêcher de se mettre à la place de Margot. Elle essayait de s'imaginer ses propres réactions si ses parents décidaient un jour de la marier sans lui demander son avis. Elle pensa à Quentin.

De l'autre côté de la porte lui parvenaient à peine étouffés les sanglots de la jeune femme. La mère criait, fulminait, flattait, consolait, menaçait. La fille gémissait, pleurait. Lorsque Marguerite comprit que la décision maternelle était irrévocable et qu'elle n'arriverait pas à l'attendrir, elle se décida enfin à sortir. Elle tomba sur Mlle de Pâquelin qui lui lança un timide : « Je... je suis désolée », voilé de larmes.

— Cela ne se fera pas, lui répliqua la princesse avec force. Je vais écrire à mon cousin Henri de Guise. Il va venir à la Cour et il empêchera cela !

Elle s'éloigna d'un pas résolu. Toute trace de larme avait disparu et Corine semblait plus émue qu'elle.

* * * *

L'annonce du mariage ne fut pas accueillie à la Cour avec toute la joie espérée. Si le roi et les protestants étaient ravis, les catholiques, qui en l'absence des Guise se rangeaient derrière Henri d'Anjou, restaient circonspects et, dans les deux camps, il demeurait des sceptiques, qui ne croiraient à cette union que lorsqu'ils auraient assisté à la cérémonie.

M. de Gayrand était de ceux-là. Aussi jugea-t-il plus prudent de ne pas étaler au grand jour ses relations avec Mlle de Pâquelin. Il lui recommanda la discrétion. Il serait toujours temps, lorsque Henri de Navarre serait là, et que l'union entre les deux clans serait célébrée à travers ce mariage, de laisser éclater leur bonheur en public. En attendant que tout soit réglé, pour leur éviter à l'un comme à l'autre des désagréments de la part de leurs coreligionnaires, il préféra tenir leur amour secret.

Corine faisait partie des optimistes, mais pour faire plaisir à celui qu'elle aimait, elle accepta. Seules Hélène de Surgères et Clémence étaient au courant. Les deux jeunes gens se firent donc discrets, s'efforçant en public de ne rien laisser paraître de leurs sentiments l'un envers l'autre. Ils se rencontraient en cachette, dans les couloirs du palais à la tombée de la nuit ou dans les labyrinthes du jardin, avec la complicité d'Hélène ou de la soubrette. On n'avait pu cacher l'idylle au laquais Petit-Jean, qui reçut l'ordre de se taire et Corine avait toute confiance en lui, non plus qu'à M. de Ronsard, toujours aux basques de Mlle de Surgères, et qui, trop heureux de participer à une intrigue amoureuse, avait promis sa discrétion. Mis à part ces quelques personnages, et Claude de Luzac qui était parti pour la Navarre, tout le monde ignora qu'un tendre sentiment existait entre Mlle de Pâquelin et M. de Gayrand.

Depuis sa fameuse scène avec sa mère, Marguerite de Valois n'adressait plus la parole à personne. Elle passait la plupart de son temps dans sa chambre, et Corine ignorait si elle avait réellement envoyé une lettre à Henri de Guise. Le jeune duc d'Alençon était pris entre deux feux. D'une part, ce premier mariage mixte princier entre catholique et protestant lui donnait bon espoir qu'il y en ait un deuxième, et il attendait avec impatience la réponse de la reine d'Angleterre, persuadé qu'il allait régner bientôt sur son pays ; d'autre part, il aimait beaucoup sa sœur, et se désolait de son désespoir.

Sur ces entrefaites, Sa Majesté Charles IX annonça un soir solennellement que la reine, sa tendre épouse, attendait un heureux événement pour la fin de l'année. Ce fut une explosion de joie et une pluie de félicitations de la part des courtisans, véritablement sincères ou simplement flatteurs. Catherine de Médicis exultait. Décidément tout allait merveilleusement bien. L'avenir du royaume était définitivement assuré. Une nouvelle génération de Valois était en route, qui régnerait un jour sur la France.

Seules deux personnes ne participaient pas à cette joie : Henri de Valois qui voyait reculer sa place dans l'ordre de succession au trône (car même si l'enfant était une fille, il pouvait être suivi de beaucoup d'autres), et Marie Touchet, qui se sentait abandonnée de son souverain bien-aimé.

* * * *

Le duc d'Épernon avait remarqué quelques changements chez Mlle de Pâquelin depuis qu'elle était revenue de Chenonceau. Elle semblait plus détendue, plus sûre d'elle. Il décida d'en profiter. Puisque la force n'avait pas réussi, il tenta d'employer la ruse. Il se transforma en parfait gentilhomme, s'inclinant galamment sur son passage. Son sourire sardonique s'était mué en douce expression de sympathie, son regard se faisait bienveillant et discret.

Corine était gênée, ses avances n'étaient plus provocantes et il lui était difficile de les repousser avec brutalité sans être taxée à son tour d'impolitesse. Elles eussent été déplacées si la liaison de la jeune femme avec M. de Gayrand était connue de tous et elle n'aurait eu alors aucun scrupule à remettre le duc à sa place. Mais Mlle de Pâquelin était officiellement un cœur à prendre et Louis d'Épernon était en droit de lui faire la cour, du moins tant qu'il restait dans les limites de la décence, ce à quoi il semblait désormais résolu.

Par ailleurs, faire connaître au duc sa relation avec le jeune protestant, c'était hasarder de la voir révélée à toute la Cour, ce que Quentin ne voulait pas. C'était risquer aussi d'autres éclats : Corine se souvenait de la première rencontre des deux hommes, de leur animosité réciproque, et la perspective d'un duel lui faisait craindre pour la vie de celui qu'elle aimait.

Elle se tut donc et s'efforça de subir calmement les assiduités d'Épernon, se bornant à essayer de le décourager par son indifférence. Dans le même temps elle s'appliquait à cacher cet état de fait à Quentin, toujours dans la crainte qu'un affrontement entre les deux hommes tourne mal. Mais cela n'était pas chose aisée.

Un autre sujet d'inquiétude vint bientôt reléguer au second plan les soucis que lui causait le duc d'Épernon. L'armement de navires dans les ports français était devenu un secret de Polichinelle, et la conversation que lui rapporta Quentin à la fin du mois d'avril ne laissait plus de doute sur leur destination.

Le jeune huguenot avait été abordé par le prince Ludovic de Nassau qui tâchait de recruter le plus de gentilshommes protestants possible pour aller combattre les Espagnols aux Pays-Bas.

Comme M. de Gayrand semblait douter de la réussite d'une telle expédition sans le support logistique de l'armée royale française et avançait l'idée que jamais Catherine de Médicis ne donnerait son accord à pareille aventure, le prince d'Orange lui répondit :

— Je sais que le roi a résolu cette affaire contre la volonté de sa mère et qu'il a donné des ordres pour armer une flotte. Depuis le début du mois plusieurs villes de Zélande ont réussi à chasser leurs garnisons espagnoles et tiennent tête au duc d'Albe. Cela a confirmé mon jugement sur la fragilité de l'armée ibérique, qui n'est pas le monstre qu'on croit. C'est le moment ou jamais d'agir. Le roi le sait, et son ambition va servir notre cause. Six mille arquebusiers attendent déjà à Bordeaux. Nous attaquerons par terre et par mer. Les premiers gentilshommes du royaume seront de la partie. Nous avons besoin d'hommes de votre valeur. Réfléchissez.

Quentin se garda bien de répondre immédiatement à cette offre. Un refus catégorique eût été mal interprété. Mais il n'avait pas l'intention d'accepter. Il en assura Corine. Il lui avait déjà fait part de son opinion sur cette guerre dans les Flandres. Malgré les affirmations du prince hollandais, il avait du mal à croire au succès d'une telle opération. Et maintenant qu'il connaissait Mlle de Pâquelin, il avait mille autres raisons de refuser. Quand bien même ses convictions l'auraient poussé à se lancer dans la bataille, il ne pouvait prendre le risque de perdre à jamais celle qu'il aimait en allant sur les terres de son enfance combattre contre les siens.

Corine était rassurée sur le sort de Quentin. Il n'irait pas mourir à la guerre dans les Flandres. Et elle lui savait gré de ne pas se mettre en position d'être haï par sa famille. Mais les faits n'en étaient pas moins là. Le spectre de cette guerre, déjà aperçu tant de fois, apparaissait à nouveau, plus net que jamais. Jusque-là elle n'avait pas voulu y croire, et elle ne le voulait pas encore. Elle plaçait tous ses espoirs en la force de persuasion de Catherine de Médicis.

Mais un jour qu'elle se trouvait chez la reine mère, ses craintes furent confirmées. Catherine avait demandé à son fils de venir lui rendre visite. Tous ces succès politiques et diplomatiques récents étaient montés à la tête du jeune roi. Il n'avait jamais été aussi sûr de lui et elle n'avait jamais eu aussi peu d'emprise sur lui. Elle connaissait ses projets flamands, mais jamais il ne lui en avait parlé de face. Elle voulait tenter une dernière fois de le raisonner. Le duc d'Albe n'ignorait plus ses plans non plus, ou du moins les supposait-il, car il commençait à masser des troupes près des frontières, c'était ce qui tenait Catherine en alarme. Et si l'Espagne prenait les devants ? Si l'armée du gouverneur des Pays-Bas décidait d'attaquer la France ?

Charles IX se doutait bien de ce dont sa mère voulait lui parler. Il connaissait aussi sa manière de mener la conversation et d'emberlificoter son adversaire en orientant la discussion à sa guise par des phrases apparemment anodines. Aussi décida-t-il de l'attaquer de front, sans lui donner le temps de tisser la toile qu'elle avait dû préparer dans son esprit.

Il entra, et tandis que les demoiselles d'honneur plongeaient dans leur révérence de cour, il s'avança et baisa la main de la reine en prononçant un respectueux : « ... ma mère... » Puis il sourit, en la voyant qui se rengorgeait déjà, et lança en se promenant dans la pièce et en s'éloignant de quelques pas (car sa témérité n'allait pas jusqu'à la regarder dans les yeux en lui parlant) :

— Vous saurez que j'ai fait équiper dans les ports de mon royaume un bon nombre de vaisseaux. J'ai dressé une armée de mer de douze à quinze mille hommes, prête à faire voile où on voudra dans un délai très bref. Ceci afin de tenir en cervelle le roi d'Espagne... et de donner hardiesse à ces gens des Pays-Bas qui déjà ont pris toute la Zélande et commencent à ébranler la Hollande. J'ai aussi donné dix mille francs à M. de Nassau et lui ai promis l'aide de la France. Mon intention est de m'opposer à la grandeur de l'Espagne, et j'y emploierai tous mes moyens.

C'était sans réplique possible. Le roi avait parlé. Le roi était majeur, il était libre d'agir sans l'accord de sa mère. Catherine sentait qu'elle allait perdre, et elle n'aimait pas cela. Elle fit une dernière tentative :

— Mon fils, dit-elle doucement, vous rendez-vous compte dou danger dans lequel vous mettez la France ?

Elle s'apprêtait à lui parler de l'armée du duc d'Albe, mais il sourit à nouveau, s'approcha et lui dit plus bas (mais Corine était proche et l'entendit) :

— Ma mère, je ne suis pas fou. Je me rends parfaitement compte qu'il y a de plus en plus de seigneurs protestants à la Cour, et qu'il commence à y avoir des rumeurs... du côté catholique. Le prince de Nassau va emmener avec lui bon nombre de ces nobles huguenots. Ce sont les plus durs, les plus avides de bataille, qui vont partir. Cette guerre extérieure va occuper leurs bras et les éloigner de la Cour, ce qui relâchera un peu la tension.

— Mais la flotte…

— La flotte n'interviendra que si l'Espagne nous attaque directement. Laissons d'abord agir M. de Nassau… Et voyons comment tournent les événements.

La reine mère sourit à son tour. Ainsi toutes ces années n'avaient pas été vaines. Le roi avait compris les leçons. Charles était bien son fils. Il baisa à nouveau sa main, et se retira.

* * * *

Catherine fut tout à fait rassurée sur l'entreprise flamande lorsque le 29 avril fut signé le traité avec l'Angleterre. C'était un traité d'alliance purement défensive, assorti de clauses commerciales intéressantes, mais c'était aussi la garantie d'un allié puissant en cas de conflit direct avec l'Espagne.

Corine avait rapporté à Quentin les propos du roi et cela le confortait dans son idée qu'il fallait éviter d'engager une campagne dans les Flandres. Si l'entreprise réussissait, les catholiques et l'armée royale suivraient, pour en tirer profit. Si c'était un échec, les protestants seuls se feraient massacrer et la politique intérieure de la France pourrait se retourner contre eux. La plupart de ses amis huguenots étaient enthousiastes à l'idée d'aller secourir les réformés des Pays-Bas. Certains catholiques l'étaient aussi, qui voyaient dans cette campagne une guerre de conquête visant à agrandir le royaume. Mais on en sentait d'autres prêts à applaudir à un succès espagnol.

Que l'expédition fût un succès ou un échec, Corine s'en moquait. Tout ce qu'elle savait, c'était qu'il allait y avoir la guerre chez elle, que ce qu'elle avait tant redouté était arrivé : la guerre la séparait de sa famille, les terres où elle avait vécu son enfance allaient probablement être mises à feu et à sang.

Quentin essayait de la rassurer. Tant que l'armée n'était pas en route, il y avait un espoir d'éviter la guerre. Mais il n'y croyait pas lui-même. Il avait aussi une autre crainte : que cette guerre les sépare, qu'elle pousse la jeune fille à prendre position contre les huguenots qui ravageaient son pays.

* * * *

Le début du mois de mai vit le retour de la Cour à Paris. Ce qui provoqua à nouveau le désespoir de Clémence. Mais cette fois Mlle de Pâquelin prit les choses en main. Elle usa de son influence pour que Jacques Perrot trouve un emploi aux cuisines du Louvre, mieux payé de surcroît que celui qu'il avait à Blois, ce qui acheva de convaincre son père de le laisser partir pour la capitale.

Clémence en fut infiniment reconnaissante à sa maîtresse, laquelle avait compris que devant l'angoisse qui les étreignait quant à l'avenir de leur pays natal, les deux jeunes Montoises avaient besoin de se serrer les coudes, et surtout de l'appui moral de leurs soupirants respectifs.

* * * *

Toute à son inquiétude au sujet de la guerre, Corine en avait oublié le mariage de Margot. Celle-ci sortit un jour de son apathie pour retomber dans une période de rage. Elle venait de recevoir une lettre de son cousin de Guise. Elle prenait la demoiselle d'honneur de sa mère à témoin.

— C'est un lâche ! Un moins-que-rien ! Un ignoble traître ! Mon beau cousin s'est marié ! Monsieur est trop occupé avec sa jeune épouse pour me porter secours, et il n'a pas l'intention de venir à la Cour !

Elle lui jeta, plutôt qu'elle ne lui tendit, la lettre incriminée. Corine la lut. C'était une missive fort polie, dont le ton restait distant, et rien ne laissait supposer qu'une aventure ait pu exister naguère entre les deux jeunes gens. Marguerite avait dû se monter la tête quant aux sentiments du duc à son égard. Mais Henri de Guise avait pu craindre aussi que son billet ne fût lu par des espions. La demoiselle d'honneur tenta de la rassurer.

— Il vous dit de ne pas vous inquiéter à l'avance, que rien ne se fera tant que le prince de Navarre ne sera pas à la Cour. Et il émet des doutes sur sa venue.

Margot lui arracha la lettre des mains.

— Oui ! Et plus loin il dit que ce mariage n'est pas si grave que cela ! Que celui des princes est question de politique, et que l'amour n'a rien à y voir !

Elle s'affaissa sur un siège.

— Je ne veux pas épouser le prince de Navarre. Il est laid et grossier… Et je ne veux pas de toute cette huguenoterie ! Le seul espoir qui me reste, c'est le pape. Il ne faut pas qu'il accorde la dispense nécessaire à ce mariage avec mon cousin.

Elle sourit.

— Si mon frère fait la guerre au roi d'Espagne, il ne l'accordera jamais ! Et elle se leva rassurée.

Corine ne l'était pas. Que ce fût cette menace de désunion entre huguenots et catholiques (car la rupture de ce mariage pouvait provoquer une nouvelle guerre civile), ou que leur alliance fût consacrée par la campagne des protestants français dans les Flandres et le Hainaut espagnols, tout contribuait à la séparer de Quentin. Combien de temps leur amour pourrait-il résister aux obstacles qui les plaçaient dans deux camps toujours opposés ?

★ ★ ★ ★

Une seconde lettre la mit en émoi. Elle était datée de la mi-avril et venait de Mons. La tension à la frontière ou les déménagements successifs de Corine pour Chenonceau,

Blois et Paris avaient retardé sa réception. Dans ce message ses parents s'inquiétaient de la rumeur d'armement dans les ports français et enjoignaient à leur fille, au cas où les bruits d'une attaque des Pays-Bas se révéleraient exacts, de quitter immédiatement son poste à la Cour, et de rentrer au manoir des Pâquelin.

Corine n'avait jamais envisagé une telle chose. Elle se sentait chez elle à la Cour désormais. Si elle se souvenait avec nostalgie de certains moments de son enfance en Hainaut, elle avait pris goût à la vie qu'elle menait ici, et elle imaginait mal ce que serait son existence chez ses parents. Terminés de toute façon, les jeux avec les filles des métayers de son père, une vie solitaire, quelques promenades autour du manoir, de la broderie avec sa mère au coin d'une cheminée, une ou deux réceptions avec ou chez les nobles du voisinage. On lui poserait des questions sur son séjour à Paris, on dirait du mal du roi, de la reine mère, des huguenots.

Quentin ! Si elle partait c'était fini. Jamais plus elle ne le reverrait. On la fiancerait à un jeune aristocrate catholique qui irait découdre une poignée de protestants lors d'une bataille de frontière et en tirerait une éternelle vanité. Jamais elle ne pourrait supporter cela.

Et Margot, Hélène, la reine mère, Ronsard, le duc d'Alençon, Marie Touchet, le roi ? Tous ses amis, tous ceux qu'elle estimait, qu'elle avait appris à connaître et à apprécier depuis huit mois ? Il faudrait les laisser derrière elle. Et Clémence peut-être aussi qui ne voudrait pas quitter son cuisinier de Perrot. Non, le retour lui semblait impossible. Elle-même avait changé, elle n'était plus l'enfant anxieuse qui avait quitté le manoir paternel. Mais comment le faire comprendre à ses parents, sans les froisser ni les blesser ?

Elle prit une plume tremblante, et tenta de trouver les mots qui toucheraient sa famille. Elle évoqua le profond respect et la reconnaissance qu'elle devait à Catherine de Médicis et combien il lui était difficile d'abandonner ses obligations auprès de sa bienfaitrice. Son devoir ne lui dictait-il pas de la servir fidèlement ? N'était-ce pas ce que ses parents avaient désiré en la plaçant à la Cour ? Son dévouement à la reine mère pouvait-il être contraire aux principes d'éducation qu'ils lui avaient inculqués ?

Elle avoua qu'elle s'était fait des amis à la Cour, et qu'elle aurait de la peine à les quitter. Elle ne parla pas de Quentin, ne sachant exactement quels étaient leurs sentiments envers les protestants, mais se doutant bien, au vu de leur lettre, qu'ils ne les portaient pas dans leur cœur. Elle minimisa les risques de guerre dans les Pays-Bas, assurant que le roi n'engagerait pas la France en cette affaire, et que si combat il y avait, il ne serait le fait que d'une poignée de huguenots ; qu'au surplus leur désir était d'aider les réformés de Hollande et que si les Flandres étaient visées, comme passage obligé, le Hainaut serait peut-être épargné.

Elle voulait croire à ce qu'elle écrivait, et tentait de se rassurer elle-même en rassurant les siens. Mais elle doutait aussi de son pouvoir de persuasion. C'était la première fois qu'elle désobéissait à une injonction paternelle, et cela ne lui était pas facile.

Elle scella la lettre sur un soupir, et espéra que les frontières ne soient pas suffisamment closes pour empêcher son passage.

* * * *

L'appartement de la reine mère était presque désert en cette fin d'après-midi pluvieux. Corine brodait distraitement en se demandant si elle devait parler à Quentin de la lettre de ses parents. Mlle de Surgères tenait un recueil de poésie dont elle lisait des passages à haute voix. Catherine de Médicis l'écoutait à peine, somnolant, tandis que Mme du Perron s'obstinait à tirer quelques notes d'un luth désaccordé.

Un brouhaha se fit soudain entendre dans le couloir. Un laquais entra et vint discrètement prononcer quelques mots aux oreilles de Mme du Perron. Celle-ci parut surprise et s'approcha de la reine mère.

— Madame, on me fait savoir que Mlle de Gohier est là, qui désire vous parler de toute urgence.

Corine tressaillit. Elle se souvint que Mlle de Gohier avait quitté la Cour en février, officiellement pour se remettre d'une maladie. Mais la jeune demoiselle d'honneur savait qu'il n'en était rien, et que sa compagne accomplissait en fait une mission secrète en Angleterre. Elle avait à l'époque surpris une conversation entre la reine mère et sa suivante et brûlait de curiosité sur ce retour inopiné.

Elle se demandait déjà comment elle pourrait en connaître les suites, et chercha des yeux Tricky qui l'avait innocemment aidée lors de sa précédente indiscrétion. Mais le petit chien dormait bien sagement roulé en boule, sur un fauteuil un peu à l'écart.

Catherine de Médicis avait paru émerger d'un long rêve. Mlle de Gohier fit son apparition, encore vêtue d'une robe de voyage dont le bas était couvert de boue. Elle n'avait pas pris le temps de se changer et était pâle comme un linge. Mme du Perron la dévisagea d'un air réprobateur et lui reprocha d'un ton ironique son manque de prudence, sa santé semblant encore mal remise. La jeune femme ne répondit pas. Elle s'avança vers la souveraine, et plongea dans une rapide révérence, s'excusant pour sa tenue, mais l'urgence lui avait paru suffisamment grande pour éviter tout délai.

La reine mère approuva d'un signe de tête et fit un geste pour faire taire Mme du Perron qui allait lui répondre. Hélène et Corine ne savaient que faire, elles se consultèrent du regard. La voyageuse les dévisagea d'un air glacial, mais Catherine de Médicis, impatiente, la rassura d'un mot l'invitant à parler sans crainte, les personnes présentes étant de confiance.

Mlle de Gohier prit un air grave. Elle hésitait encore à livrer son secret, moins par méfiance envers ses compagnes, que parce qu'il n'était jamais aisé d'annoncer une mauvaise nouvelle à sa toute-puissante maîtresse. Celle-ci s'impatientait et eut un geste d'agacement.

La jeune femme prit son courage à deux mains et avoua qu'elle rentrait d'Angleterre. Tandis que les émissaires officiels de Sa Majesté négociaient un traité avec Élisabeth Ire, elle avait appris que des pourparlers secrets avaient également eu lieu entre la souveraine britannique et des envoyés du duc d'Albe, gouverneur des Pays-Bas pour l'Espagne. Le traité avec la France avait été signé le 29 avril. Mais un autre traité avait été signé avec les Pays-Bas espagnols. Il s'agissait a priori d'accords commerciaux uniquement. Mais la reine avait promis de fermer les ports anglais à tout navire quittant les Pays-Bas sans l'accord du duc d'Albe. Les rebelles hollandais étaient visés par cet accord, mais probablement aussi tous ceux qui pourraient les aider comme les huguenots français, ou les troupes du roi de France.

La reine mère resta silencieuse un moment. Corine crut entendre une ou deux injures prononcées à mi-voix en italien. Elle remercia Isabelle de Gohier et lui demanda si elle désirait retourner en Angleterre, allusion à un jeune lord dont les sentiments envers la jeune femme avaient favorisé sa mission. Mais la demoiselle d'honneur assura que cela n'était pas nécessaire. Catherine de Médicis se leva et déclara qu'elle se rendait seule chez le roi. Arrivée à la porte, elle se ravisa un instant, se retourna vers ses suivantes et leur dit :

— Mesdemoiselles, vous n'avez rien entendou !

Les deux demoiselles d'honneur plongèrent dans une révérence d'assentiment, et la mère du roi reprit son chemin vers l'appartement de son fils. Hélène de Surgères regarda son amie Corine. Elles savaient toutes les deux que Mlle de Pâquelin allait pour la première fois désobéir à la reine. Les huguenots français sauraient dès ce soir qu'ils n'avaient aucun secours à attendre de l'Angleterre.

* * * *

Quentin ne fut pas fort étonné de la nouvelle. L'attitude anglaise le décevait, mais il avait toujours su que l'entreprise des Flandres courait au désastre. Il se promit d'en parler dès le lendemain à ses compagnons. Pour l'heure la soirée était à la détente. Il ne voulait penser qu'à sa douce amie, et aux baisers qu'il allait lui déposer dans le cou. Corine en oublia l'Angleterre, les Flandres, la guerre, et jusqu'à la lettre qu'elle avait reçue de son père.

Le lendemain, le premier réflexe de M. de Gayrand fut de se mettre à la recherche des partisans de Ludovic de Nassau afin de les prévenir du risque de défection anglaise. Il fut surpris de la difficulté qu'il eut à en rencontrer. La Cour semblait désertée de la plupart de ses amis huguenots. Ce n'est qu'en fin de matinée qu'il apprit que le frère du prince d'Orange avait quitté Paris à l'aube avec ses fidèles, une forte somme d'argent pour recruter des hommes, et une lettre de soutien du roi Charles IX. Rien ne pouvait plus désormais arrêter la guerre des Flandres.

Lorsqu'il l'annonça à Corine, la jeune fille pâlit et se blottit contre lui, la tête au creux de son épaule. Il n'y avait rien d'autre à faire maintenant qu'attendre et prier, lui dit-il en lui caressant les cheveux.

Prier pour qui ? Pour quoi ? pensa-t-elle. Pour que les huguenots français remportent une victoire rapide et libèrent leurs coreligionnaires du joug du duc d'Albe ? Ou pour que les troupes espagnoles, au sein desquelles combattait son frère, et qui défendaient les terres de son enfance, massacrent les amis de celui qu'elle aimait ?

Elle se serra un peu plus contre lui, comme pour conjurer le destin dont la main implacable voulait les séparer.

★ ★ ★ ★

Les jours qui suivirent furent vécus dans l'angoisse. Aucune nouvelle ne parvenait de l'expédition huguenote. La Cour se comportait officiellement comme si rien ne se passait.

La seule information qui rompit un temps la monotonie des jours fut l'annonce de la mort du pape, survenue le 12 mai. La princesse Marguerite s'en émut, car il semblait acquis que Pie V était sur le point de refuser la dispense nécessaire à son mariage avec le prince de Navarre ; elle n'était pas du tout sûre que son successeur suivrait la même politique. Corine écouta d'une oreille distraite les supputations de la jeune femme. Son esprit était ailleurs. Elle n'avait reçu aucune réponse à la lettre écrite à son père, et ignorait si ce silence avait un lien avec la présence des troupes protestantes françaises près de la frontière.

Elle finit par parler de la missive et de son contenu à Quentin, ce qui eut pour effet de soulager quelque peu son inquiétude, mais augmenta celle du jeune homme. Celui-ci sentait venir le jour où ils seraient obligés de se séparer. Mais il s'efforça de lui cacher ses appréhensions.

C'est sur ces entrefaites, et dans ce climat tendu, que le 20 mai 1572 Claude de Luzac rejoignit la Cour. Sa première visite fut pour la reine Jeanne d'Albret, à qui il apporta des nouvelles de son fils. La seconde fut pour son ami Quentin de Gayrand. Les deux hommes tombèrent dans les bras l'un de l'autre. Claude avait les traits tirés et la fatigue du voyage ne semblait pas en être la seule cause.

— J'apporte de mauvaises nouvelles, dit-il, le prince Henri refuse de venir à Paris.

— Les nouvelles ne sont pas bonnes ici non plus, répondit Quentin.

Et il lui parla de l'expédition de Ludovic de Nassau, sans omettre le double jeu de l'Angleterre. Claude soupira.

— J'ai vu ta famille, tout le monde va bien, c'est déjà cela.

Quentin opina de la tête.

— J'ai trouvé la reine bien pâle, poursuivit de Luzac, repensant à sa visite précédente. Et les nouvelles que je lui ai apportées ne vont pas améliorer sa santé. Est-elle bien soignée, au moins, au milieu de tous ces papistes ?

— Je le crois. La reine mère lui a envoyé ses médecins personnels, et même son astrologue ! Bien entendu, elle ne prend aucune drogue que n'aient d'abord vérifiée nos propres médecins. Mais on dirait que son mal empire. Elle tousse beaucoup, sa respiration est difficile, et je l'ai même vue cracher du sang. Je crois le climat d'ici trop humide pour elle, mais elle refusera de partir tant que le mariage de son fils ne sera pas célébré. Elle s'est tellement battue pour cela.

— J'espère qu'elle a eu raison, murmura Claude.

Quentin ne répondit pas. Les deux jeunes gens connaissaient leurs doutes réciproques quant à la crédibilité de l'alliance avec les Valois et n'avaient rien besoin d'ajouter.

— S'il y a une chance de préserver la paix..., commença néanmoins Quentin.

— ... Il faut la tenter, acquiesça son ami. Je vais envoyer de nouveaux messages au prince de Navarre. S'il veut revoir sa mère, il faut qu'il vienne le plus rapidement possible.

Ils savaient l'un et l'autre ce que ces paroles terribles sous-entendaient. Non, décidément, d'où qu'elles viennent, les nouvelles n'étaient pas bonnes.

* * * *

Cinq jours plus tard, Mlle de Pâquelin devisait tranquillement dans sa chambre avec M. de Gayrand. Ils étaient tous deux assis sur le lit et se tenaient la main en parlant de tout et de rien pour chasser leurs angoisses, le petit chien roulé en boule sur un coussin auprès d'eux, lorsqu'on frappa discrètement à la porte.

Celle-ci s'entrebâilla, et Hélène de Surgères apparut.

— Excusez mon intrusion, dit-elle, mais j'ai pensé qu'il valait mieux que vous l'appreniez par moi...

Elle hésitait à poursuivre.

À ce moment des pas précipités se firent entendre dans le couloir et Clémence entra comme une folle, le visage rougi par les larmes et les cheveux en désordre.

— Madame, Madame, c'est affreux, cria-t-elle en pleurant. Ils ont pris Mons, les huguenots ont pris Mons !

— C'est ce que j'étais venue vous annoncer, mais avec un peu plus de ménagement, dit Mlle de Surgères en lançant un regard réprobateur à la soubrette. Mons est tombé il y a deux jours aux mains des troupes de M. de Nassau, et Valenciennes hier. Nous venons de l'apprendre par des messagers qui ont galopé nuit et jour pour porter la nouvelle. Mais rassurez-vous, il n'y a pas eu combat. Il semble que les villes aient ouvert d'elles-mêmes leurs portes aux protestants français pour éviter l'affrontement.

Clémence sanglotait, affalée sur le parquet, le visage enfoui dans les plis de la jupe de sa maîtresse, lui enserrant les genoux de ses bras. Mlle de Pâquelin restait calme, mais elle était devenue très pâle. Elle fit un effort sur elle-même et entreprit de calmer sa compagne en lui caressant le dos et en lui chuchotant des paroles apaisantes.

Quentin avait lâché sa main à l'apparition soudaine de la soubrette et n'osait la reprendre. Il ne savait que dire. Ce qu'ils avaient tant craint était arrivé. Les nouvelles apportées par Hélène se voulaient rassurantes, mais il ne doutait pas que les Espagnols allaient tout faire pour reprendre les deux villes. La guerre allait ravager le pays natal de celle qu'il aimait, et c'étaient ses coreligionnaires qui l'avaient apportée.

— Je suis désolée..., dit encore Mlle de Surgères.

Corine leva la tête et sembla redécouvrir sa présence et celle de Quentin à ses côtés. Pendant un moment, elle s'était crue seule avec Clémence et leur chagrin commun. La présence des autres lui sembla soudain importune. Que pouvaient-ils comprendre d'ailleurs à ce qu'elles ressentaient ?

— Laissez-nous seules, dit-elle d'un ton las.

Mlle de Surgères hésita un moment, puis se résigna.

— Si vous avez besoin de moi, vous savez où me trouver, dit-elle en sortant.

Corine se tourna vers Quentin. Il crut lire dans son regard comme un reproche, mais ne sut s'il s'adressait à lui pour sa présence devenue momentanément inopportune, ou à ses amis pour les conséquences de leur expédition guerrière. Il se sentit fautif et quitta la pièce en silence.

X. Le choix

Corine avait eu bien du mal à apaiser Clémence, mais les efforts qu'elle y avait mis l'avaient aidée à surmonter ses propres craintes. Le plus dur était de ne pas savoir exactement ce que devenaient les siens. Elle n'espérait plus aucune lettre du Hainaut désormais et s'efforçait de glaner auprès de la famille royale quelque renseignement sur les événements de la frontière. Mais peu d'informations filtraient, la situation ne semblait pas claire.

Si le roi avait paru souriant les premiers temps, l'ambassadeur d'Espagne avait fait une telle scène, que même Catherine de Médicis avait semblé effrayée et avait déployé tout son charme et tout son talent pour calmer le fougueux Ibérique. Elle voyait déjà les troupes espagnoles envahir la France. D'autant que Valenciennes avait très vite été repris par l'armée du roi très catholique qui enferma dans Mons les troupes de Ludovic de Nassau et assiégea la ville.

Les rôles semblèrent alors inversés : l'ambassadeur d'Espagne était tout sourires et Charles IX furieux déclara le 31 mai que l'action de M. de Nassau était « une malheureuse entreprise » dans laquelle il n'était pour rien et que son plus cher désir était de conserver la paix avec son beau-frère.

Le siège de Mons augmenta les angoisses de Corine qui s'imaginait le manoir des Pâquelin servant de repaire à des troupes espagnoles assoiffées de vin et de sang, ou pillé et brûlé lors d'une sortie des huguenots assiégés. Elle n'osait songer au sort réservé à sa famille. Clémence pour sa part rêvait de champs en flammes et de paysans égorgés par les soldats des deux camps. Elle s'éveillait de ces cauchemars le corps en sueur et néanmoins frissonnante. Pour surmonter leur anxiété, les deux jeunes filles s'efforçaient de vivre au jour le jour et de s'épauler au mieux. Mais si la soubrette pouvait compter sur le chaleureux réconfort de Jacques Perrot, son ami cuisinier, la demoiselle d'honneur se sentait bien seule. Elle n'avait pratiquement pas revu Quentin depuis le fameux soir où ils avaient appris la nouvelle de la prise des deux villes, si ce n'était en public et à de trop rares occasions.

Car M. de Gayrand ne quittait presque plus le chevet de la reine de Navarre dont l'état empirait de jour en jour. Sa respiration difficile était souvent interrompue par de terribles quintes de toux qui l'épuisaient. Quentin regardait dépérir sa souveraine et s'inquiétait pour l'avenir de son pays. Celui-ci allait bientôt reposer sur les épaules d'un jeune prince de dix-neuf ans qui songeait plus à s'amuser et à lutiner les damoiselles qu'à prendre ses responsabilités, comme le prouvait encore son refus de paraître à la Cour.

Le Gascon s'inquiétait aussi pour ses amis assiégés dans Mons. Mons. Le nom de cette ville ramenait ses pensées vers Corine, qu'il avait peu vue ces derniers jours. Elle devait avoir besoin de lui. Il se sentait tiraillé entre deux devoirs, le service de sa reine et celui de la dame de ses pensées. Il avait peur de perdre celle qu'il aimait. Il aurait tellement voulu lui dire combien il regrettait tout ce qui était en train de se passer.

Une toux plus déchirante que les autres le ramena à la réalité. Soutenue par deux femmes, Jeanne d'Albret semblait cracher ses poumons. D'ailleurs du sang maculait son mouchoir et les draps. Après s'être enfin calmée, elle reposa la tête sur l'oreiller et sa respiration devint sifflante. D'un signe de la main, elle demanda au chevalier de Gayrand d'approcher. Lorsqu'il fut tout près :

— A-t-on des nouvelles de mon fils ? dit-elle d'une voix rauque et faible.

Il fit non de la tête. Elle ferma les yeux, si elle voulait revoir son Henri, il fallait qu'elle économise son souffle et ses forces.

* * * *

Un événement détourna un temps Corine et Quentin de leurs inquiétudes respectives : l'arrivée à la Cour du duc de Guise et de toute sa famille. Le prince parut entouré de son épouse, de sa mère, de sa sœur, de ses frères, et d'une foule de partisans, tous fervents catholiques.

Mlle de Pâquelin examina avec attention, lorsqu'il se présenta devant la famille royale, le jeune homme de vingt-deux ans qui faisait battre le cœur de la princesse Marguerite. À la vérité, il était très séduisant. Sa taille fine, son élégance, la richesse de ses vêtements – il portait un pourpoint de drap bleu finement plissé et rebrodé, une fraise de dentelle godronnée d'un blanc éclatant et des flots de dentelles sortaient de ses manches – impressionnèrent favorablement toutes les dames de la Cour. Son visage aux traits réguliers, ses yeux très clairs, sa bouche fine et souriante lui donnaient un air angélique que démentait une certaine lueur dure dans le regard. Il portait les cheveux courts, châtains, coiffés en arrière et légèrement ondulés ; une fine moustache ourlait sa lèvre supérieure.

Le roi l'accueillit chaleureusement, heureux de progresser dans sa politique de rapprochement des partis. La douce reine Élisabeth, d'habitude si discrète, prononça elle-même quelques paroles de bienvenue, ravie de voir la Cour, devenue à ses yeux presque huguenote, se repeupler de bons catholiques. Le duc d'Anjou le serra joyeusement dans ses bras : n'avaient-ils pas été autrefois amis d'enfance, puis compagnons d'armes à Jarnac et à Moncontour. Le jeune duc d'Alençon paraissait indifférent, uniquement préoccupé par ses projets de mariage avec la reine d'Angleterre, et Marguerite demeurait impassible, au grand étonnement de Corine.

Seule Catherine de Médicis semblait ennuyée par la présence du prince lorrain. Méfiante, elle lui demanda :

— Que nous vaut l'honneur dé votre visite, mon cher douc ?

— Je n'aurais voulu manquer pour rien au monde le mariage de ma cousine, répondit-il en s'inclinant et en souriant de toutes ses dents devant Margot.

Celle-ci eut une moue de mépris. Elle lança un regard ironique et hautain à son beau cousin et fit semblant de s'intéresser aux fresques du plafond. Le duc de Guise ne se départit pas de sa bonne humeur, ce qui inquiéta davantage la reine mère.

Elle doutait que le riche et puissant chef catholique fût simplement venu assister aux fêtes du mariage de sa fille. Elle pensait plutôt qu'il avait l'intention d'empêcher l'alliance avec les protestants et de participer à la curée au cas où les Espagnols envahiraient le pays.

Elle n'était pas la seule à s'inquiéter ainsi. Les huguenots français et béarnais ne voyaient pas d'un très bon œil le retour à la Cour du parti des Guise. D'autant que ceux-ci n'étaient pas très discrets. Ils participèrent avec ostentation aux processions de la Fête-Dieu, et manifestèrent leur foi en public à différentes reprises, recevant à ces occasions les acclamations des Parisiens que la présence de tous ces protestants dans la capitale agaçait. Cela rendit Catherine de Médicis encore plus furieuse. Elle craignait la popularité des Guise et leur influence sur le roi son fils.

L'amiral de Coligny probablement aussi, car il décida à son tour de revenir à la Cour. Charles IX ne l'accueillit pas avec moins d'enthousiasme qu'il n'en avait fait montre envers son cousin, ni sa mère avec moins de méfiance. Avec Coligny et les Guise réunis à la Cour, la tension monta d'un cran à Paris. L'un voulait pousser le roi à intervenir pour aider M. de Nassau assiégé dans Mons, les autres l'incitaient à se ranger du côté de l'Espagne. Le souverain, qui croyait avoir manœuvré habilement en réunissant les deux partis, se trouvait prisonnier de deux influences. Le ton montait entre les partisans des deux camps, les haines s'exacerbaient, tant au palais que dans la ville.

Entre les projets de l'amiral qui menaient à la guerre contre une grande puissance étrangère, les intentions des princes lorrains qui conduisaient à la guerre civile, son fils qui ne l'écoutait plus, le double jeu de l'Angleterre, les Parisiens qui s'agitaient, le prince de Navarre qui n'arrivait pas, et l'état de santé de Jeanne d'Albret, Catherine de Médicis avait bien des soucis en cette fin de printemps 1572.

Car depuis le 5 juin, l'état de la reine de Navarre semblait désespéré et Catherine, bien qu'elles aient souvent eu des positions radicalement opposées, s'inquiétait sincèrement pour sa royale cousine. Elle était sa parente, elles étaient de la même génération, mais surtout elles avaient appris, même ennemies, à s'apprécier, à admirer leur intelligence et leur habileté réciproques. Puis on s'attache à un vieil adversaire, comme à un vieil ami, et on est d'une certaine façon triste de le perdre, perdant du même coup un peu de son intérêt au combat.

* * * *

Le 9 juin dans l'après-midi, M. de Gayrand faisait les cent pas dans la chambre de la reine Jeanne. La malade reposait sur son lit, les yeux fermés mais la bouche ouverte comme pour avaler un peu plus d'air. Elle n'avait pas dormi de la nuit, n'avait pris pour toute nourriture qu'un bouillon en deux jours, mais s'était finalement assoupie en fin de matinée. Auprès du lit deux femmes priaient à genoux. Un ministre du culte protestant était présent également et récitait des psaumes à voix basse.

Soudain la reine ouvrit les yeux, elle paraissait aller mieux, le regard n'était pas voilé et la respiration un peu moins sifflante. Quentin pensa que la maladie lui accordait un répit et il s'en réjouit. Elle lui fit signe d'approcher, sembla puiser toute son énergie pour dire d'une voix faible :

— Allez me chercher l'amiral de Coligny.

Et elle referma les yeux, pour s'économiser encore un peu.

— Tout de suite, Madame, prononça Quentin redevenu inquiet.

Il sortit dans Paris et s'enquit de l'amiral, qu'il trouva chez lui occupé à rédiger des lettres. Introduit en sa présence, il annonça au chef protestant que la reine de Navarre désirait lui parler. Au ton de sa voix, celui-ci comprit l'urgence de la situation. Il lâcha immédiatement sa plume et suivit le jeune homme, mais en emmenant cinq gardes avec lui, car depuis le retour des Guise, il craignait pour sa vie à Paris.

Dès que M. de Coligny pénétra dans sa chambre, Jeanne d'Albret rouvrit les yeux et demanda à ses femmes de la laisser seule avec l'amiral. Le pasteur sortit également. Quentin demeura debout au fond de la pièce, montant la garde près de la porte, les hommes de Coligny étaient restés à l'extérieur.

L'amiral s'avança auprès du lit, mit un genou à terre et baisa la main de la souveraine. Elle lui fit signe que le temps n'était pas aux mondanités.

— Monsieur, prononça-t-elle d'une voix à peine audible, je vais partir…

Il voulut avancer une dénégation, mais elle ne lui en laissa pas le temps.

— Je vous confie mon fils… Il est encore bien jeune. Guidez-le dans ses actions… Protégez-le de ses ennemis… Apprenez-lui tout ce que vous savez en politique… Aidez-le à garder sa foi…

— Je vous le promets, Madame.

Il voulut se relever. Elle le retint de la main.

— Il doit épouser la princesse Marguerite, ajouta-t-elle.

— Il le fera.

— Dites-lui…

Elle n'eut pas la force d'aller plus loin. Sa main retomba sur les draps, ses yeux se fermèrent. On entendit encore deux ou trois respirations sifflantes, puis plus rien. Jeanne d'Albret s'était éteinte sans avoir revu son fils, ni avoir eu le temps de lui dire qu'elle l'aimait.

L'amiral se leva, croisa le regard de M. de Gayrand, ne dit pas un mot, et sortit de la pièce triste mais résolu. Quentin s'approcha à son tour, il se pencha pour baiser la main de la souveraine, puis la reposa sur sa poitrine, croisant les doigts avec ceux de l'autre main. Il regarda le visage de la morte. Ses traits s'étaient détendus, elle semblait presque sourire. Elle ne souffrait plus.

Il quitta la chambre à son tour, laissant entrer les femmes en pleurs qui allaient faire la toilette de la défunte et la préparer pour les derniers hommages qu'allait lui rendre la Cour.

Il sortit dans la rue et respira profondément. Puis il se rendit au Louvre pour annoncer la nouvelle au monde, et chercher un peu de réconfort auprès de Corine.

⋆ ⋆ ⋆ ⋆

Mlle de Pâquelin se trouvait à cet instant auprès de la princesse Marguerite, et cherchait à comprendre son attitude. Margot en effet semblait s'être attachée à la duchesse de Guise et à la duchesse de Nemours, mère de son cousin, et ne les quittait presque plus. En revanche, elle fuyait le duc comme la peste, affichant hautement en public, si ce n'est son mépris, du moins son indifférence à son égard. Si Corine arrivait à saisir pourquoi elle évitait l'homme qu'elle accusait de l'avoir trahie, elle ne voyait pas pourquoi elle paraissait chérir à ce point la mère et surtout la jeune épouse de celui qu'elle prétendait aimer.

Mais en agissant ainsi, Marguerite de Valois montrait à tous combien elle était proche du parti catholique et peu pressée d'épouser le prince de Navarre.

Elle plaisantait avec la duchesse de Guise et paraissait très enjouée, lorsque M. de Gayrand fit son entrée au salon. La princesse ne prêta pas attention au huguenot et poursuivit sa conversation. Corine était surprise de le voir et ne savait quelle attitude adopter, étonnée que le jeune homme vînt la trouver chez la sœur du roi, alors même qu'il voulait que leur amour demeurât secret.

Mais Quentin croisa à peine son regard, s'avança vers la princesse et s'inclina avec respect devant elle. Celle-ci lui jeta un regard courroucé qui disait combien elle réprouvait que quelqu'un, un protestant de surcroît, osât la déranger alors qu'elle se divertissait avec ses chères parentes et amies catholiques.

Le jeune homme n'en eut cure et prononça d'une voix grave :

— Madame, j'ai le douloureux devoir de vous apprendre que la reine de Navarre vient de rendre le dernier soupir.

Un murmure s'éleva parmi les femmes présentes. Marguerite impassible demanda :

— Ma mère a-t-elle été prévenue ?

— Pas encore, j'ai voulu porter la nouvelle en premier à la future épouse du prince de… du roi de Navarre, reprit-il.

— Allez prévenir ma mère, dit-elle d'un ton neutre.

Quentin de Gayrand était choqué du manque d'émotion de la jeune femme, mais il ne le fit pas paraître, s'inclina à nouveau devant elle et s'apprêta à sortir.

— Je vais vous accompagner, intervint Mlle de Pâquelin.

Et ils sortirent ensemble de la pièce sans étonner personne. Il était normal qu'une demoiselle d'honneur de la reine mère accompagnât le messager chez sa maîtresse.

Dans les couloirs du palais, ils n'osèrent se parler. Ils n'étaient jamais seuls, le jeune homme était plongé dans sa peine, et Corine ne savait que lui dire. Ils marchèrent côte à côte, leurs mains se contentant de se frôler de temps à autre.

La jeune fille introduisit M. de Gayrand auprès de la reine Catherine.

— Entrez Monsieur, c'est toujours avec plaisir que je reçois oun messager dé ma cousine Jeanne d'Albret, dit la mère du roi.

— Hélas, Madame, c'est une bien affligeante nouvelle que j'apporte, la reine Jeanne n'est plus.

Le visage de Catherine s'assombrit. Elle resta songeuse un instant puis déclara :

— Dieu l'ait en sa sainte garde.

Le jeune homme apprécia mieux la réaction de la mère que celle de la fille, et se retira. Corine le suivit discrètement. Lorsqu'ils furent enfin dans une partie déserte du château, il s'arrêta, l'air épuisé, et regarda tristement son amie.

Elle ne dit rien mais lui prit la main. Alors il laissa aller sa tête sur l'épaule de la jeune femme, la serra dans ses bras en silence, refoulant les larmes qui lui montaient aux yeux. Puis il leva la tête, et leurs lèvres se joignirent.

⋆ ⋆ ⋆ ⋆

Mlle de Pâquelin accompagna la princesse Marguerite lorsque celle-ci vint, avec d'autres dames, rendre un dernier hommage à celle qui aurait dû devenir sa belle-mère. La défunte reposait sur son lit tendu de rideaux noirs, mais il n'y avait ni prêtre, ni croix, ni eau bénite, ni cierges allumés comme il est de coutume chez les catholiques.

Toute la Cour rendit un hommage unanime à la reine de Navarre. Mais les protestants surtout avaient été touchés par cette perte, et certains dans leur douleur allèrent jusqu'à accuser les Valois d'avoir empoisonné la reine Jeanne. La rumeur eut un tel écho que Catherine de Médicis se résolut à demander une autopsie. Celle-ci révéla la présence d'un abcès au poumon droit, et la rumeur se calma.

Les funérailles eurent lieu dans la dignité mais sans trop de cérémonie, selon le rite protestant. L'amiral de Coligny écrivit une lettre au nouveau roi de Navarre, pour lui annoncer le décès de sa mère et lui rappeler que ses dernières volontés étaient qu'il vint rapidement à la Cour épouser la princesse Marguerite.

Cependant la lutte d'influence sur le roi entre lui et les Guise se poursuivait. L'amiral semblait l'emporter et Charles IX était prêt à laisser partir une expédition de secours aux Pays-Bas. Dans tout le pays, les armuriers œuvraient, mais le roi hésitait encore, la majorité du Conseil était contre ce projet. Furieux, Coligny menaçait de quitter la Cour à nouveau. Henri de Guise souriait, et Catherine de Médicis attendait son tour.

* * * *

Le soir du 24 juin, Corine était déjà en chemise de nuit et s'apprêtait à se coucher, lorsque Clémence frappa doucement à la porte de sa chambre.

— Madame, chuchota-t-elle en entrant, rhabillez-vous, vous avez de la visite.

— De la visite, à cette heure, tu n'y penses pas, il fait déjà nuit depuis longtemps !

La soubrette insista en prenant des airs mystérieux, tant et si bien que la jeune fille finit par enfiler un long peignoir de velours brodé, et s'assit sur son lit pour attendre la visite. Clémence sortit. Tricky, couché sur l'édredon, leva soudain la tête, renifla en l'air, puis sauta sur le sol et courut à la porte qu'il gratta en gémissant.

Elle s'ouvrit, et Corine n'en crut pas ses yeux. Phelippot était là devant elle. Phelippot son ancien laquais, qu'elle croyait soldat dans les troupes espagnoles. Tandis que le petit chien faisait fête au nouvel arrivant, elle s'exclama :

— Phelippot ! Comment diable... ?

— Chut ! fit Clémence. Personne ne doit savoir qu'il est là. C'est déjà un miracle qu'il ait pu entrer à Paris et au Louvre.

— Que fais-tu là ? chuchota à son tour Mlle de Pâquelin. N'es-tu point aux armées ?

— Si fait. J'ai pris l'habit civil pour me glisser jusqu'ici. Dieu merci je me souvenais de quelques portes de service...

Corine s'impatientait. Le jeune homme la regarda fixement, prit une forte inspiration et lâcha :

— J'apporte une lettre de votre père.

Phelippot sembla hésiter un instant, puis plongea la main dans l'encolure de sa chemise, et en retira un pli fermé et scellé qu'il lui tendit.

Elle le lui arracha des mains, heureuse d'avoir enfin des nouvelles de sa famille, brisa le cachet rapidement, déplia la lettre. Elle avait à peine commencé à lire qu'elle devint très pâle, puis verdâtre, rouge ensuite. Clémence la regardait avec une inquiétude croissante. Lorsqu'elle eut terminé la missive, Corine releva la tête et croisa le regard attentif du messager.

— Tu connais le contenu de cette lettre ? lui demanda-t-elle.

Il acquiesça d'un signe de tête.

— J'ai besoin de réfléchir, continua-t-elle, Clémence, tu trouveras bien un endroit où cacher Phelippot quelque temps.

— Je repars demain soir, dit le jeune homme contrarié, je passerai chercher votre réponse vers onze heures.

Corine était à nouveau très pâle. Elle fit un signe à sa suivante et celle-ci sortit avec l'ancien laquais. Alors la jeune fille se laissa tomber sur le lit et ferma les yeux. Elle demeura ainsi immobile et Clémence la retrouva dans la même position à son retour.

— Laisse-moi, dit-elle d'un ton las.

Elle se retourna et enfouit sa tête dans l'oreiller. Tricky s'avança sur le lit et vint lui lécher les cheveux pour tenter de la consoler. Elle ne le sentit même pas.

La soubrette quitta la chambre, non sans avoir ramassé la lettre qui gisait sur le sol. Lorsqu'elle fut dans la pièce voisine, elle s'approcha d'une chandelle et lut :

Ma chère fille,

J'ai bien reçu votre dernière lettre et suis fort mécontent de son contenu. Mais les nouvelles que je vous transmets vont je l'espère vous faire changer d'avis. Votre frère a été tué le 14 du mois sous les murs de Mons, alors qu'il tentait à la tête de sa compagnie de reprendre la ville aux huguenots français. Nous l'avons enseveli dans la chapelle du manoir, avec les honneurs dus à son rang et à son courage.

Le domaine n'a eu à subir aucun dommage pour l'instant, se trouvant comme vous le savez assez éloigné de la ville elle-même, et nous y vivons en toute sécurité. Aussi attendons-nous votre retour rapidement. Car je vous somme, vous entendez, je vous somme de quitter immédiatement une Cour qui entretient des suppôts de Satan. Si par malheur vous désobéissiez, je considérerais que le ciel m'a enlevé mon second enfant. Vous seriez morte à jamais pour votre mère et moi. Je vous renierais pour ma fille et vous défendrais de remettre les pieds sur mes terres.

Vous partirez sur-le-champ avec Phelippot, qui vous conduira et vous fera passer la frontière. Je vous dis à bientôt, ou adieu.

Votre père,
Armand de Pâquelin

— Mon Dieu ! murmura Clémence, et elle glissa machinalement la lettre dans la poche de sa jupe.

* * * *

Corine demeura plusieurs heures prostrée avant que son corps ne réagisse enfin. Puis des larmes passèrent le barrage de ses cils et la tension qui était en elle sortit avec son chagrin. Elle fut alors en état de réfléchir. Elle éprouva d'abord de la peine au sujet de son frère. Ils n'avaient jamais été très proches, Olivier de Pâquelin étant de sept ans son aîné. Il était au collège à Bruges lorsqu'elle était enfant, puis parti pour l'armée alors qu'elle entrait à peine dans l'adolescence. Lors de ses rares visites au manoir ensuite, il avait passé plus de temps avec son père qu'avec sa jeune sœur un peu intimidée par son uniforme et son air assuré. Elle n'avait guère eu le temps de le connaître, mais c'était son frère, et il était mort. Elle pensait aussi au chagrin de ses parents et comprenait que quelque part ils aient besoin de la rappeler auprès d'eux.

Mais elle savait aussi que si elle quittait la Cour, ce serait à jamais. Qu'elle ne reverrait plus ses amis ni surtout Quentin. Elle ne voulait pas partir, ni être séparée de celui qu'elle aimait. Son père avait donné un ordre pourtant, et si elle désobéissait, elle devrait renoncer à sa famille. Il lui fallait choisir. Ou elle restait à Paris et perdait les siens à jamais, ou elle rentrait chez elle et devait oublier Quentin. Elle ne pouvait se résoudre ni à l'un ni à l'autre.

Clémence de son côté ne dormait pas non plus. Elle était consciente du désarroi de sa maîtresse, mais ne doutait pas qu'elle finirait par obéir à son père. Et se posait à elle une autre question : allait-elle suivre Mlle de Pâquelin et rentrer au pays, ou allait-elle l'abandonner pour demeurer auprès de son cher Jacques Perrot ? Elle n'aurait certes aucune difficulté à retrouver une autre place de servante, mais elle était attachée à Corine depuis l'enfance et la quitter l'aurait peinée. Sans compter qu'elle risquait aussi d'être coupée de sa famille par cette maudite guerre, sans pouvoir en avoir de nouvelles. Elle devait prendre elle aussi une décision.

Ce n'est qu'au petit matin que la soubrette s'endormit, et Petit-Jean le laquais dut la secouer de toutes ses forces pour la réveiller lorsqu'il vint prendre son service. Clémence bougonna et s'habilla à la hâte tandis que le jeune homme partait chercher une collation pour sa maîtresse et la suivante. Celle-ci croisa un miroir et découvrit d'horribles cernes autour de ses yeux. Elle soupira et se précipita dans la chambre de Corine.

La demoiselle d'honneur n'avait pas fermé l'œil de la nuit, ses yeux étaient rouges et gonflés, ses paupières lourdes et son cerveau embrumé. Elle se leva avec l'aide de sa servante et se laissa vêtir comme une enfant.

Après le repas pris dans la pièce voisine, elle se rendit comme d'habitude dans les appartements de la reine mère, mais sa pâleur et son air absent eurent tôt fait de la faire remarquer. On la crut malade, et Catherine de Médicis elle-même exigea qu'elle aille se reposer. Mlle de Pâquelin ne se fit pas prier et regagna avec soulagement les deux pièces qui lui étaient attribuées.

Arrivée dans celle qui servait à la fois d'antichambre, de salon et de chambre à Clémence, elle fut prise d'une crise de larmes, que la soubrette ne sut comment calmer. Elle pensait que sa maîtresse se désespérait à l'idée de quitter M. de Gayrand et ne savait comment le lui annoncer. Pour sa part, elle avait pris sa décision, elle resterait à la Cour, mais elle n'osait le dire à la jeune fille, de peur de redoubler son chagrin. Petit-Jean regardait les deux femmes d'un air hébété, ne comprenant rien à ce qui se passait. Tricky courait de l'un à l'autre, essayant de se rendre intéressant, mais personne ne faisait attention à lui.

Lorsqu'elle se fut un peu calmée, Corine alla s'enfermer dans sa chambre et déclara qu'elle ne voulait voir personne. Petit-Jean attendit un moment, puis voyant qu'on n'avait pas besoin de lui, partit faire un tour aux cuisines, histoire de satisfaire sa gourmandise et d'arrondir son embonpoint. Clémence s'assit près d'une table et posa la tête dans ses mains. Le petit chien soupira et alla se coucher dans un coin.

Au début de l'après-midi, Hélène de Surgères vint prendre des nouvelles de sa compagne, mais celle-ci ne voulut point la laisser entrer. Elle se retourna alors vers la servante qui lui avoua que Corine avait reçu une lettre de ses parents lui enjoignant de quitter la Cour immédiatement, sous peine d'être reniée. Hélène en fut épouvantée et frappa à nouveau à la porte de son amie, en vain. Elle demeura un instant avec Clémence, puis se résolut à quitter leur appartement.

Vers le soir M. de Gayrand vint à son tour voir la soubrette. Il avait commis cette imprudence, disait-il, parce qu'il n'avait pas vu Corine de la journée et s'inquiétait. Il avait rôdé autour des demoiselles d'honneur de la reine Catherine et avait appris qu'elle était souffrante. Il venait aux nouvelles.

La jeune femme lui avoua qu'elle ne savait plus que faire. Sa maîtresse s'était enfermée et ne voulait voir personne. Quentin tambourina à la porte, supplia, rien n'y fit. Malgré toute l'envie qu'elle avait de le voir, Mlle de Pâquelin refusa de lui ouvrir. Elle savait que si elle le voyait, si elle le serrait dans ses bras, elle ne pourrait plus s'en séparer et elle voulait pouvoir réfléchir à tête reposée, sans se laisser influencer par la passion.

Le jeune homme déclara qu'il ne partirait pas sans avoir pu lui parler, et Clémence commença à avoir peur que leurs éclats de voix n'attirent l'attention et ne provoquent un scandale. Elle chercha à le repousser vers la porte du corridor, mais elle n'était pas de taille à lutter contre un soldat aguerri. Elle se résolut donc à sortir la fameuse lettre de sa poche et la lui mit sous le nez. Il la prit, et lut son contenu.

Sa main se crispa sur le papier et le froissa. Il se rua à nouveau sur la porte de la chambre.

— Corine, dit-il en frappant, ne partez pas, vous m'entendez ? Ne partez pas ! Je vous aime, j'ai besoin de vous.

— Allez-vous-en ! hurla une voix sanglotante en face.

Il pâlit, regarda Clémence avec désespoir, frappa une dernière fois de son poing le panneau de bois et partit la rage au cœur. Corine était tombée à genoux derrière la porte et pleurait à chaudes larmes.

La nuit tomba et onze coups sonnaient à Saint-Germain-l'Auxerrois, lorsque Phelippot arriva à son tour. Il vit la fatigue de Clémence et regarda avec impatience vers la chambre à coucher. La porte s'ouvrit, et Mlle de Pâquelin parut, très digne, le visage poudré cachant les traces des pleurs et de la fatigue. Elle réclama encore un peu de temps, une nuit pour réfléchir.

— Demain, même heure, accorda à regret le messager. Je ne peux pas attendre plus longtemps. Demain soir à onze heures je quitterai le Louvre et Paris, avec ou sans vous.

Et il s'enfuit regagner la cachette que Clémence lui avait trouvée dans un grenier sous les combles.

Corine demeura impassible, puis s'empara d'une mante, la jeta sur ses épaules et sortit à son tour. Clémence la suivit, intriguée. La jeune fille longea les couloirs du palais jusqu'à une chapelle gothique où elle entra. Là elle s'agenouilla au milieu de la nef et pria pour que le ciel l'aide à prendre la bonne décision. La soubrette le comprit et préféra la laisser seule.

Mais Quentin n'avait pas dit son dernier mot. Il ne pouvait supporter l'idée de perdre Corine. Il chercha les mots pour la convaincre et sentant l'urgence de la situation, il regagna au milieu de la nuit l'appartement de la jeune femme. Il trouva Clémence seule, qui veillait. La porte de la chambre était ouverte, mais sa bien-aimée n'était pas là. Il avait l'air si désespéré et elle sentait Corine si malheureuse, que la soubrette lui révéla l'endroit où elle se trouvait.

Une lueur d'espoir brilla dans ses yeux. Il se précipita vers la chapelle. Arrivé devant la porte, il hésita. Il n'avait pas le droit d'entrer là, non parce que le huguenot se refusait à fouler le sol d'un lieu de culte catholique, mais parce qu'il sentait qu'il n'avait pas le droit de se glisser entre elle et Dieu, entre elle et sa conscience, qu'il n'avait pas le droit non plus de la séparer de sa famille. Il pensait aussi que si elle était venue se réfugier là, c'était qu'elle avait fait son choix, et que sa foi l'avait guidée vers la raison plutôt que vers l'amour. C'était trop tard, il l'avait perdue.

Il posa son front sur le lourd vantail de bois sculpté. Sa main se crispa sur la poignée de la porte, mais il n'entra pas. Il resta là une heure, peut-être plus, puis s'éloigna enfin, plus seul que jamais.

À l'intérieur le froid du carrelage de marbre ankylosait les genoux de Corine. Elle priait, elle priait pour son frère, pour ses parents, pour elle, pour Quentin. L'aube la trouva presque endormie dans la même position. Elle se releva avec difficulté et rentra chez elle. Tricky lui fit fête et elle le caressa, elle semblait épuisée mais apaisée. Clémence s'était assoupie sur la table, la tête dans les bras. Corine sourit. Elle enleva sa mante et la posa sur les épaules de la jeune femme. Puis elle gagna son lit, s'y allongea tout habillée et s'endormit profondément.

Petit-Jean au matin fut fort surpris de trouver la soubrette affalée sur une table, et se chargea une fois de plus de la secouer. Elle se leva pleine de courbatures et alla jeter un coup d'œil dans la chambre de sa maîtresse. Elle fut soulagée de constater qu'elle se reposait et envoya le laquais annoncer à Madame Catherine qu'elle n'était pas encore remise, afin qu'elle pût reprendre des forces.

Vers dix heures Hélène de Surgères vint aux nouvelles. Clémence lui expliqua ce qui s'était passé la nuit, et aucune des deux jeunes filles n'osa réveiller Mlle de Pâquelin. Elles attendirent ensemble que leur amie émerge du lourd sommeil où elle était tombée.

Les douze coups de midi la ramenèrent enfin du pays des songes, et la faim qui lui nouait l'estomac (elle ne savait plus depuis quand elle n'avait pas mangé) la fit sortir de sa chambre. Elle fut heureuse de voir Hélène, qui lui prit les mains et l'embrassa chaleureusement.

Au même moment on frappait à la porte, et Quentin de Gayrand faisait son entrée. Il avait passé une partie de la nuit et la matinée à réfléchir et il avait décidé de tenter une dernière fois sa chance. Hélène s'écarta.

Corine accueillit le jeune homme avec un faible et pâle sourire. Il s'avança sans prêter attention à Mlle de Surgères ni à la soubrette.

— Mon amour, dit-il en lui posant les mains sur la taille, je sais combien tout cela est difficile pour vous et je...

Elle lui mit deux doigts sur la bouche.

— Quentin... Ne dites rien, c'est inutile. J'ai pris ma décision.

Il vacilla. Il y avait tant de désespoir dans ses yeux qu'elle ne put retenir ses propres larmes. Elle se jeta dans ses bras en pleurant. Il n'était pas loin d'en faire autant.

— Oh ! Quentin..., dit-elle entre deux sanglots. J'ai pris ma décision... Je reste, Quentin ! Je reste !

— Quoi ?! fit-il, incrédule.

Et la joie réussit là où l'attente anxieuse avait échoué. Il mêla ses larmes aux siennes et la serra un peu plus fort. Hélène et Clémence étaient sur le point de fondre elles aussi.

— Mon amour, dit-il tendrement en lui caressant les cheveux, je serai votre famille désormais... Corine... voulez-vous... être ma femme ?

Elle redressa la tête.

— De toutes mes forces. Oui, Quentin !

Ils s'étreignirent à nouveau. Hélène et Clémence regardaient ce spectacle en s'essuyant les yeux.

XI. Henri de Navarre

Corine et Quentin décidèrent de tenir leur projet de mariage secret pour le moment, du moins tant qu'Henri de Navarre ne serait pas là et que ne serait pas célébré cet autre mariage catholico-protestant. Hélène et Clémence se rangèrent à leur avis et laissèrent les amoureux tête à tête.

Mais il fallait encore régler une chose, aussi Mlle de Pâquelin renvoya-t-elle le jeune homme au bout d'un moment, et elle passa l'après-midi à écrire une lettre à sa mère. Elle tenta de la consoler, et lui dit combien elle avait été peinée par les rudes paroles de son père. Elle plaida en sa faveur et s'excusa de ne point pouvoir obéir, précisant que de fortes attaches la retenaient à Paris. Elle espérait que ses parents lui pardonneraient et renonceraient à la rejeter pour toujours. Elle suppliait sa mère d'intervenir auprès de M. de Pâquelin afin de le faire changer d'avis. Elle terminait en les embrassant respectueusement et en souhaitant les revoir un jour.

Puis elle alla se reposer, et lorsque Phelippot revint le soir même, elle avait récupéré toutes ses forces. Elle lui tendit sa lettre en disant simplement : « Pour ma mère », et en se moquant du jugement que pouvait porter sur elle le garçon. Il prit la missive sans un mot, mais le regard plein de reproches, et se tourna vers Clémence pour voir si celle-ci le suivrait. Mais la soubrette ne bougea pas d'un cil. Il glissa le pli dans sa chemise, fit un bref salut de la tête, et disparut à jamais.

Le même jour, l'amiral de Coligny se fâchait une fois de plus avec le roi au sujet de la guerre des Flandres.

— Sire, j'ai promis mon appui au prince d'Orange. Puisque vous lui refusez le vôtre, permettez que je lui fournisse l'aide de tous mes parents et amis.

Et il quitta la capitale, officiellement pour se retirer sur ses terres, en fait pour aller au-devant du roi de Navarre qui s'était enfin décidé à obéir à sa mère. Au même moment le capitaine Genlis sortait de Paris avec quatre mille hommes recrutés parmi les protestants pour aller secourir leurs frères prisonniers dans Mons.

* * * *

Cependant le nouveau pape Grégoire XIII entretenait une correspondance assidue avec Catherine de Médicis, s'efforçant d'établir avec elle de meilleures relations que son prédécesseur Pie V. Il voulait maintenir la France dans le giron de l'Église catholique et éviter une guerre franco-espagnole qui, en affaiblissant les deux grandes puissances, laisserait en Europe le champ libre aux nations protestantes.

De son côté la reine mère espérait obtenir rapidement la dispense nécessaire au mariage de sa fille avec son cousin Henri de Bourbon, roi de Navarre, et sceller enfin l'alliance qui éviterait une nouvelle guerre civile. Aussi accueillit-elle avec une bienveillance toute particulière le nonce Salviati, envoyé à la Cour par Sa Sainteté. Elle fit de même pour l'ambassadeur extraordinaire de Venise qui arriva à Paris au début de juillet. Le sénat de la riche république maritime s'inquiétait à propos de la guerre des Flandres et recommandait au roi de France de conserver une paix si nécessaire au commerce international. Catherine assura les deux Italiens de son soutien et déclara que son fils ne ferait la guerre à Philippe II que contraint et forcé, ce qui était en même temps une mise en garde à l'égard de l'ambassadeur espagnol, pour le cas où le duc d'Albe ferait passer la frontière à ses troupes.

Elle n'était pas mécontente de la tournure que prenaient les événements, d'autant qu'une fois Coligny éloigné,

Charles IX la laissa maîtresse de la diplomatie, ne semblant plus s'intéresser qu'à ses amours avec Marie Touchet. D'ailleurs la tension avait baissé à la Cour, beaucoup de protestants étant partis, les uns aux Pays-Bas pour soutenir Ludovic de Nassau, les autres avec Coligny pour accueillir Henri de Navarre.

Celui-ci fit son entrée à Paris le 8 juillet. Ce fut une cérémonie grandiose. Les échevins de la ville, en habit d'apparat et précédés d'une compagnie d'archers en grande tenue, vinrent au-devant de lui jusqu'à la limite des faubourgs. Derrière eux s'avançaient cinq cents cavaliers à la tête desquels on reconnaissait les maréchaux de France, le duc de Guise, et les deux frères du roi en personne, Henri d'Anjou et François d'Alençon. Le roi de Navarre était quant à lui escorté de plus de sept cents hommes, tous en habit de grand deuil (Jeanne d'Albret était décédée depuis moins d'un mois). Il caracolait en tête de sa troupe, le bonnet orné d'une plume blanche. À ses côtés le prince de Condé, l'amiral de Coligny, le comte de La Rochefoucauld et le cardinal de Bourbon son oncle paternel, qui avait été choisi pour célébrer son mariage.

Quentin s'était mêlé à la foule des Parisiens pour assister au spectacle. Il était heureux de revoir son jeune roi et ses compagnons d'armes. Mais il entendit dans la foule des rumeurs malveillantes envers les huguenots, tandis que le duc de Guise et ses proches étaient acclamés. Il s'efforça de ne pas y voir un mauvais augure, et tenta d'apercevoir son ami Claude de Luzac qui avait suivi Coligny au-devant du souverain protestant. Cependant les hommes étaient trop nombreux et il dut y renoncer. Des cris de bienvenue fusaient maintenant de la foule, avivés par les friandises et piécettes jetées discrètement parmi les badauds par les troupes du roi de France.

Les deux cortèges se joignirent et prirent la direction du Louvre où devait avoir lieu une réception et où Charles IX attendait avec une impatience non moins grande que celle des dames de la Cour. Les Parisiens se répartirent sur les places où étaient prévus des bals et où le vin et la nourriture étaient distribués à volonté.

Dans la salle du trône, Catherine de Médicis attendait, souriante. La reine Élisabeth, la duchesse de Guise et la duchesse de Nemours s'efforçaient de faire bonne figure. Mlle de Pâquelin guettait les réactions de Margot qui avait pris un air maussade, mais s'était néanmoins parée de ses plus beaux atours et maquillée avec recherche. Corine crut voir des gouttes de sueur perler sous les boucles brunes, mais ne sut si elles étaient dues à l'émotion ou à la moiteur de l'été.

Le roi de Navarre parut enfin, entouré des ducs d'Anjou, d'Alençon et de Guise, de Coligny et des plus grands seigneurs de sa suite. Charles IX descendit les trois marches de l'estrade pour aller à sa rencontre, mais n'eut pas le temps de dire un mot, Henri le salua d'un tonitruant :

— Bonjour, mon cousin ! Comment allez-vous ? à l'accent chantant.

Ils se donnèrent l'accolade, Charles avec réserve, son cousin avec gaîté. Puis il s'avança vers les dames, ôta le chapeau de velours noir, en forme de toque bouffante, qu'il portait légèrement de travers, l'agita par trois fois dans les airs, faisant voltiger le panache immaculé, et s'inclina profondément devant la reine mère. Il s'approcha ensuite de la princesse Marguerite, l'attrapa par les épaules et l'embrassa bruyamment sur les deux joues, provoquant les rires de toute la Cour. Il recula en lui faisant un clin d'œil et enveloppa d'un seul regard les demoiselles d'honneur des deux reines et de la princesse. Il parut apprécier en connaisseur et sourit de toutes ses dents. Margot était suffoquée de fureur, moins à cause des baisers que pour avoir été la risée des courtisans.

Corine ne put s'empêcher de sourire. Le roi de Navarre lui était sympathique. Ses cheveux clairs étaient longs et bouclés, ses yeux pétillaient, le nez était grand et fort, quelques poils frisés ombraient sa lèvre supérieure et son menton. Il n'était pas beau, mais un charme singulier émanait de sa personne.

Il anima la soirée de plaisanteries et de récits hauts en couleur, mangea et but copieusement et Corine se demanda comment il pouvait être le fils de la sévère et prude Jeanne d'Albret. Il tenta d'apprivoiser sa cousine et future épouse, mais celle-ci resta insensible à ses marques d'intérêt, et Mlle de Pâquelin surprit quelques regards perçants qu'elle échangea avec le duc de Guise.

La réception se déroula agréablement, aucune fausse note ne vint troubler la fête au palais, chacun rivalisant d'amabilité envers son voisin. Il n'en fut pas de même dans la ville où l'on déplora quelques rixes entre catholiques et protestants, que l'on attribua dans un premier temps aux excès de boisson dus aux festivités. Mais les festivités cessèrent et les querelles continuèrent. L'été était chaud, et l'ardeur du soleil échauffait les esprits.

* * * *

Catherine de Médicis, toujours avide de placer ses pions aux bons endroits sur l'échiquier de la vie politique, voyait d'un bon œil les relations entre ses demoiselles d'honneur et les jeunes protestants de l'entourage du roi de Navarre. Aussi Mlle de Pâquelin et M. de Gayrand furent-ils moins prudents que par le passé et prirent-ils l'habitude de se rencontrer en public.

C'est ainsi au vu de tous qu'il lui présenta le surlendemain de l'arrivée du roi de Navarre, un de ses plus vieux amis, le huguenot Agrippa d'Aubigné.

— Voilà le meilleur poète de tous les temps, dit-il joyeusement.

— N'écoutez pas ce vil flatteur, répondit l'aède, il est vrai que je taquine la muse, mais je ne saurais rivaliser avec mes illustres prédécesseurs de l'Antiquité grecque et romaine.

Corine lui tendit sa main à baiser. Elle était surprise par l'apparence de l'homme. Petit, maigre, le vêtement et le regard sévères, le cheveu raide et ras, la barbe et les yeux noirs, une certaine tristesse émanait de sa personne, malgré ses vingt ans. Rien ne correspondait à l'image qu'elle se faisait d'un poète. Elle se déclara charmée de faire sa connaissance, car Quentin lui avait parlé de lui avec beaucoup d'estime. Elle avait hâte d'entendre ses œuvres, mais il la toisa du regard.

— Je suis venu ici pour accompagner mon roi, et soutenir avec lui la cause protestante, avec mes mots si je puis, au besoin avec mon épée. Je ne suis pas un poète de cour qui distrait les dames. D'autres se chargent très bien de cela.

— Je m'étonne de votre amertume, Monsieur, je croyais tous les poètes gais et rieurs, dit-elle pour détendre l'atmosphère.

— La vie s'est chargée de me rendre amer, Madame. Ma mère est morte en me mettant au monde. On m'a confié très jeune à des précepteurs qui m'ont appris à écrire le français, le latin, le grec et l'hébreu, mais ne m'ont pas entouré de beaucoup d'affection. Ma foi seule m'a soutenu. Lorsque j'avais huit ans, mon père m'a emmené à Amboise voir les corps de valeureux protestants pendus aux créneaux et aux balcons du château. « Mon enfant, m'a-t-il dit, il ne faut que ta tête soit épargnée pour venger ces chefs pleins d'honneur. Si tu t'en épargnes, tu auras ma malédiction. » Je vois encore ces pauvres marionnettes désarticulées ballottées par le vent...

Corine frissonna, mais M. d'Aubigné poursuivit :

— Nous avons fui d'exil en exil pour échapper à la vindicte catholique. Mais j'ai obéi à mon père et pris les armes dès que j'ai pu. J'avais à peine seize ans lorsque j'ai participé à la bataille de Jarnac.

Sa voix se radoucit.

— C'est d'ailleurs là que j'ai rencontré Quentin, et je dois dire que je n'ai jamais eu à me plaindre de son amitié.

M. de Gayrand lui mit la main sur l'épaule. Il avait craint un instant la tournure que prenait la conversation.

— J'aimerais vous présenter à l'un de mes proches, dit Corine, c'est M. de Ronsard, et je crois que vous auriez beaucoup à vous dire.

— Je n'en serais pas si sûr à votre place, répondit Agrippa. J'ai infiniment de respect pour M. de Ronsard, le père des poètes de notre siècle, mais mes rimes n'ont pas grand-chose en commun avec la poésie de cour qu'il pratique et que j'évoquais tout à l'heure. Certains poètes ne songent qu'à flatter ceux qui les paient et à distraire leurs maîtresses. Leur art ne sert aucune cause.

— Comment pouvez-vous dire des choses pareilles sans connaître ceux dont vous parlez ? demanda-t-elle, outrée.

— Je les connais au moins de réputation, et j'ai lu aussi leurs vers à la gloire de souverains sans foi ni cœur.

— Je ne vous permets pas d'insulter mes amis, s'écria-t-elle, hors d'elle.

Autour d'eux les conversations cessèrent. On les regardait.

— Ces messieurs vous importunent-ils ? fit soudain une voix.

Corine et Quentin se retournèrent, M. d'Aubigné faisait déjà face à l'inconnu.

Mlle de Pâquelin resta bouche bée, tandis que M. de Gayrand mettait la main à son épée. L'homme qui venait de prononcer ces paroles n'était autre que le duc d'Épernon. Il souriait en regardant Quentin dans les yeux, bien décidé à lui rendre la monnaie de sa pièce. Il attendait une occasion pareille depuis le jour où le Gascon l'avait remis à sa place dans l'antichambre de Jeanne d'Albret quatre mois auparavant.

Corine ne savait que faire. Avec la précipitation des événements ces dernières semaines : la prise de Mons, la mort de la reine de Navarre, la lettre de son père, la demande en mariage de Quentin et l'arrivée du roi Henri, elle en avait oublié jusqu'à l'existence du duc d'Épernon. Mais visiblement lui n'avait pas cessé de penser à elle, peut-être même épiait-il ses faits et gestes. Et ils avaient commis l'imprudence de se voir en public !

Son premier geste fut de poser sa main sur celle de son fiancé pour l'empêcher de dégainer son épée. Il la laissa faire, ne voulant pas provoquer un esclandre. Elle fixa le duc dans les yeux et lui dit froidement mais poliment :

— Je vous remercie, Monsieur, mais je n'ai besoin d'aucune aide.

— Ce n'est pas ce qu'il m'a semblé, dit-il en la fixant d'un regard brillant de jalousie, car le petit geste de la jeune fille envers le huguenot ne lui avait pas échappé.

— Je suis avec des amis, et si notre conversation était vive, elle n'en était pas pour autant belliqueuse au point de nécessiter votre intervention.

Furieux d'être remis une fois de plus à sa place, il toisa les deux hommes du regard et lâcha :

— Vous choisissez bien mal vos amis !

Les yeux de Quentin lancèrent des éclairs, il esquissa un nouveau geste vers son épée, mais se contint. Un rassemblement s'était fait autour d'eux. Le duc ne voulut pas non plus provoquer un scandale, s'inclina légèrement devant la demoiselle d'honneur et s'éloigna sans saluer les huguenots. Les badauds se dispersèrent en chuchotant, et M. de Gayrand soupira en regardant Corine.

— Tout cela est ma faute, prononça M. d'Aubigné, je n'aurais jamais dû m'en prendre aux amis de Madame. Je suis un peu vif, pardonnez-moi.

— Non, Monsieur, dit-elle, c'est moi qui n'aurais pas dû élever la voix ainsi…

— Laissons cela, interrompit Quentin, et prenant Agrippa par l'épaule : racontez-moi plutôt ce que vous avez écrit depuis que je ne vous ai vu.

* * * *

Malgré cette première rencontre peu encourageante, Mlle de Pâquelin eut l'occasion d'apprécier M. d'Aubigné. Elle comprit que derrière son impétuosité se cachait une fougue au service de sa foi, que l'âge et la vie sociale n'avaient pas encore pu tempérer. Agrippa n'était point venu à la Cour pour y vivre, ni même pour assister au mariage d'Henri de Navarre. Il voulait obtenir de l'amiral de Coligny une commission de capitaine et rejoindre rapidement ses frères qui se battaient en Flandres. Quentin, qui avait côtoyé le grand homme le jour de la mort de Jeanne d'Albret, promit de le lui faire rencontrer.

Rassuré, M. d'Aubigné fut on ne peut plus aimable avec Mlle de Pâquelin et sacrifia aux galanteries de cour. Corine lui présenta plusieurs demoiselles d'honneur et le «hasard» voulant que M. de Ronsard se trouvât auprès de Mlle de Surgères permit la rencontre des deux poètes. L'homme de cour fut poli et charmant à souhait et le huguenot courtois et intimidé osa lui confier quelques vers de sa composition et solliciter son avis. L'auteur reconnu promit de les lire attentivement et avec bienveillance. Il avait l'habitude de se faire ainsi aborder par de jeunes poètes qui l'admiraient et respectaient ses conseils. Corine était ravie de la tournure que prenaient les événements, et Quentin soulagé rayonnait de bonheur.

Quelques jours plus tard, M. de Gayrand eut l'opportunité de mettre sa promesse à exécution. C'était lors d'une soirée animée où tous les grands étaient réunis. Henri de Guise bavardait amicalement avec le duc d'Anjou, François d'Alençon veillait à ce que l'ambassadeur anglais ne manque de rien, et Henri de Navarre courtisait toutes les jolies dames de la Cour tandis que la princesse Marguerite boudait dans son coin. Corine laissa Quentin s'éloigner en compagnie d'Agrippa à la recherche de M. de Coligny, et rejoignit ses compagnes qui entouraient la reine mère.

Catherine de Médicis était en grande conversation avec l'ambassadeur d'Espagne. Elle l'assurait que son fils ne déclarerait pas la guerre au roi Philippe II. De son côté, l'amiral de Coligny paraissait au mieux avec le roi. Charles IX l'avait pris familièrement par l'épaule et acquiesçait à tout ce qu'il disait. Quentin et M. d'Aubigné attendaient respectueusement que leur conversation prît fin, avant d'aborder le chef protestant. Ils étaient suffisamment proches toutefois pour entendre les dernières paroles du souverain qui furent :

— Méfiez-vous de ma mère, elle veut mettre son nez partout !

Et il s'éloigna.

Quentin s'approcha de l'amiral. Celui-ci reconnut immédiatement l'ancien garde du corps de la reine Jeanne et lui serra chaleureusement la main. Le Gascon lui présenta son compagnon, qui n'hésita pas à poser sa requête. La timidité du poète face à Ronsard avait cédé la place à l'ardeur audacieuse du guerrier.

Gaspard de Coligny toucha l'épaule du jeune homme.

— C'est bien, lui dit-il, nous avons besoin de la vigueur et du courage de la jeunesse. Vous ne serez point de trop et je crois pouvoir vous utiliser rapidement. Je compte aussi sur vous, fit-il à M. de Gayrand. Nous devons rassembler rapidement le plus de forces possible.

— J'en suis conscient. Mais j'ai promis à la reine Jeanne sur son lit de mort de veiller sur son fils. Et je crois qu'il aura besoin de moi ici, répondit le fiancé de Corine, qui n'avait nullement l'intention d'embrouiller sa situation personnelle en allant se battre à Mons.

— Vous avez raison, approuva l'amiral, l'ennemi est aussi à Paris. Il est également bon de rester. La maison de Navarre peut être fière de ses serviteurs. Venez, ajouta-t-il à l'attention d'Agrippa, je vais vous présenter à vos futurs compagnons.

Le jeune poète-soldat remercia son ami d'un sourire et d'un regard brillant. Quentin les suivit des yeux et soupira. Il ne partageait pas cette joie macabre.

⋆ ⋆ ⋆ ⋆

Le soir du 17 juillet, alors qu'après un dernier baisemain, Quentin quittait l'appartement de Mlle de Pâquelin, il entendit un léger bruit au fond du corridor et crut apercevoir quelqu'un qui l'espionnait. Il laissa la porte se refermer sans rien dire, pour ne pas inquiéter son amie, et s'avança doucement dans la pénombre. Quelqu'un était bien là et ne paraissait pas gêné de son indiscrétion.

Si Catherine de Médicis savait à l'occasion user du charme de ses demoiselles d'honneur, elle détestait le scandale, et les intrigues d'alcôve ne se produisaient qu'à la dérobée, sous peine d'engendrer la fureur de la reine mère. Quentin le savait, et ne voulait à aucun prix entacher l'honneur de Mlle de Pâquelin d'une rumeur quelconque. Il se fit moins silencieux, pensant faire fuir le gêneur, mais celui-ci semblait l'attendre.

À la lueur d'un flambeau, il reconnut lorsqu'il fut à dix pas le duc Louis d'Épernon. Il souriait, et ses yeux brillaient de cynisme. Ceux de Quentin flambèrent de colère. Le sourire du duc s'agrandit, puis il s'éloigna nonchalamment. Mais M. de Gayrand lui emboîta le pas. Lorsqu'ils furent suffisamment éloignés de l'appartement de Mlle de Pâquelin, il l'apostropha :

— Un instant, Monsieur !

Louis d'Épernon se retourna, le sourire aux lèvres.

— Je crois que vous me devez quelques explications. Que faisiez-vous dans ce couloir à me guetter ?

— Et vous, que faisiez-vous dans la chambre de cette femme ?

— Je ne vous permets pas…

Il lui attrapa le bras. Le visage du duc se fit sévère.

— Ne me touchez pas !

Quentin le lâcha.

— Je ne vous savais pas descendu aussi bas, que d'espionner vous-même les antichambres du palais.

— Et je ne vous savais pas monté aussi haut que de fréquenter les appartements privés des proches de la famille royale.

— Ce n'est pas la première fois que je vous trouve sur mon chemin.

— Je pourrais vous rétorquer la même chose. Et lorsqu'un chien rencontre un évêque, c'est au chien à céder le passage.

Le huguenot ricana :

— Nos chiens sont dressés à manger les évêques !

Épernon pâlit :

— Cela suffit ! Vous me répondrez de cette insulte.

— Je crois qu'en effet il est temps que nous réglions cette affaire.

— Je vous attendrai à l'aube, dans les fossés des Tuileries, avec vos témoins.

— Pourquoi attendre ? Et surtout pourquoi vouloir être humilié devant vos amis ? Réglons cela à l'instant et entre nous, à moins que vous n'ayez peur de me rencontrer seul.

Les yeux du jeune duc brillèrent de colère.

— Vous avez raison, point n'est besoin de réunir des gentilshommes pour donner une raclée à un maraud.

⋆ ⋆ ⋆ ⋆

À l'ouest du Louvre, sur la rive droite de la Seine, un nouveau château était en construction depuis huit ans sur le site d'anciennes tuileries. Il avait été commencé en 1564 par Philibert Delorme, sur l'ordre de Catherine de Médicis qui rêvait d'un palais à l'italienne en plein cœur de Paris. Mais depuis la mort de l'architecte en 1570, les travaux stagnaient, et le chantier se prêtait aux rencontres nocturnes discrètes.

C'était là que les deux hommes avaient décidé de régler une fois pour toutes leur différend, l'épée à la main. Si dans l'esprit de M. de Gayrand, il s'agissait de mater définitivement l'arrogant, en démontrant sa supériorité par les armes, et en le forçant à jurer sur l'honneur de renoncer à ses prétentions envers Mlle de Pâquelin, les intentions de Louis d'Épernon étaient moins pures. Il comptait bien se débarrasser du gêneur, et ne pas s'arrêter au premier sang.

Les deux ennemis convinrent d'un commun accord de sortir discrètement et séparément du Louvre, et de se retrouver dans le fossé nord des Tuileries, à peine éclairé par la lune.

Le huguenot arriva le premier, suivi de peu par le gentilhomme catholique. Chacun tira son épée et salua son adversaire, de Gayrand franchement, d'Épernon avec une légère moue méprisante. Ils se mirent en garde et s'observèrent en se déplaçant doucement en arc de cercle. Le duc attaqua le premier, mais Quentin para avec facilité. Quelques escarmouches suivirent, où les fers se touchaient à peine. Épernon tenta une pointe que le huguenot esquiva d'un saut en arrière. Il attaqua à son tour du côté opposé, mais l'autre sut se protéger à temps.

Le combat se poursuivit tandis que la tension et la nervosité montaient. À un coup droit de Quentin, Épernon répliqua avec une telle force que l'épée du protestant se ficha en terre. Le catholique lança vivement une attaque à la tête, mais d'un coup de rein de Gayrand dégagea son arme et évita la lame qui lui coupa une mèche de cheveux. Engaillardi par son demi-succès, d'Épernon attaquait de plus belle, avec force, mais sans réelle tactique, aveuglé par la haine. Quentin était plus réfléchi et parait les coups, mais parfois de justesse.

La manche de sa chemise fit les frais d'un assaut particulièrement violent, et le sang perla à son bras gauche. Le duc prit le temps de sourire et ne vit pas assez vite la riposte de son adversaire, dont la pointe s'enfonça légèrement dans le haut de sa cuisse. La rage, plus que la douleur, lui fit porter un coup violent à la tête. Le huguenot para, mais plia sous le choc. L'attaquant appuyait de tout son poids, et le défenseur se laissa tomber à terre et roula sur le côté pour échapper à la lame. Il eut à peine le temps de se relever que le duc fonçait sur lui. Il se jeta à terre à nouveau et l'épée adverse vint se ficher dans un mur entre deux pierres.

Quentin se releva et attendit. Louis de Nogaret de La Valette, duc d'Épernon, était en mauvaise posture. Le huguenot lui proposa de cesser le combat s'il reconnaissait ses torts.

— Jamais ! répondit-il.

Et d'un violent coup sec, il dégagea son arme, mais la pointe se brisa et resta fichée dans le mur.

Quentin baissa sa garde. Mais d'Épernon tint l'épée tronquée dans la main droite et de la gauche, il tira une dague effilée de sa botte. Le Gascon soupira, et le combat recommença. Le courtisan faisait des moulinets avec sa lame sans pointe pour attirer le regard de son adversaire. Mais celui-ci ne se laissa pas prendre au piège et surveillait avec autant d'attention la dague que tenait l'autre main. À une attaque de l'épée à son flan gauche, il répliqua fortement, lui faisant toucher terre, puis posa un pied dessus, et tout aussi lestement para de sa lame l'attaque de la dague sur le flanc droit.

D'Épernon lâcha l'arme mutilée et se concentra sur son bras gauche. Quentin le tenait d'une main au poignet et essayait de lui faire lâcher le poignard. Les deux hommes roulèrent à terre. Pour mieux serrer le poignet, de Gayrand lâcha son épée. Ils firent plusieurs roulades. Tantôt le Gascon se trouvait à terre, menacé de l'arme, tantôt le duc était au sol, prêt à lâcher la dague.

Finalement, Quentin lui prit le poignet à deux mains et le frappa violemment sur le sol empierré. Dans un cri le duc lâcha prise. Le huguenot fit un bon de côté et ramassa l'arme. Épernon se leva et courut à l'épée qu'avait perdue le jeune homme. Mais son adversaire fut plus rapide que lui et, s'élançant dans ses jambes, le plaqua au sol avant qu'il n'atteigne l'objet de ses désirs.

Il le retourna, s'assit sur lui, et lui pointa la dague sous la gorge. Le vaincu tenta de se dégager, mais le bout de la lame s'enfonça dans son cou, faisant sortir quelques gouttes de sang. Il s'immobilisa. M. de Gayrand pointait toujours la dague, le regard sévère. D'Épernon ferma les yeux, il respirait avec peine.

— Je ne veux plus jamais vous voir aux basques de Mlle de Pâquelin, c'est compris ?!

— … Compris…, fit avec peine le duc en rouvrant les yeux.

— Jurez-le !

— … Je… Je le jure…

Quentin appuya un peu plus sur la lame et la plaie saigna à nouveau. Mais le vaincu ne réagit pas. Alors il se releva, laissant son adversaire à terre. Il ramassa son épée et la remit au fourreau. Il s'éloigna de quelques pas puis se retourna.

— Je ne tiens pas à ébruiter cette affaire… Et je suppose que vous non plus. Aussi lorsque nous nous rencontrerons dans le monde, je vous suggère de faire comme si rien ne s'était passé.

Il s'éloigna de quelques pas, et jeta la dague dans le fossé.

Louis d'Épernon se retourna sur le ventre et se dressa sur un coude, portant une main à sa gorge qui saignait. Mais ce faisant il s'appuya sur sa blessure de la cuisse et poussa un gémissement. Il s'assit et examina ses vêtements couverts de terre, de sueur et de sang. Quel gâchis ! pensa-t-il. Il jeta un coup d'œil au loin, mais ne vit que l'ombre du Louvre dans la nuit. Il fallait rentrer et tâcher de réparer tout cela. Les blessures physiques n'étaient rien, l'offense morale était celle dont il souffrait le plus.

XII. D'une noce à l'autre

Quentin de Gayrand était un gentilhomme qui, lorsqu'il donnait sa parole, la tenait. Mais il n'était pas du tout sûr que le duc d'Épernon en fît autant. Cependant il pensait l'avoir neutralisé pour un moment. Une chose le gênait toutefois. Face au duc comme face à d'autres, il n'était pas légitimement en droit de défendre l'honneur de Mlle de Pâquelin, et cela travaillait sa conscience. Il préférait attendre le mariage du roi de Navarre avant d'afficher en public leur bonheur encore caché. Mais il ressentait le besoin de la protéger et d'en avoir légitimement le droit. Aussi pensa-t-il qu'ils pourraient se marier en secret et ne révéler leur union qu'après celle d'Henri et de la princesse Marguerite.

Un autre argument l'y poussait. Pour convoler, Corine avait besoin de l'autorisation de la reine mère, au service de qui elle était engagée. Et si le mariage Bourbon-Valois échouait ? Et si Catherine de Médicis refusait de laisser sa demoiselle d'honneur épouser un huguenot ? Mieux valait prendre les devants, et mettre tout le monde devant le fait accompli.

Il n'eut pas de difficulté à convaincre Corine, qui buvait ses paroles comme du miel et voyait son avenir s'éclaircir. Hélène de Surgères, qui était dans la confidence ainsi que Clémence et Claude de Luzac, fut moins enthousiaste. Elle craignait les réactions de la reine mère, qui n'aimait pas être dupée.

— Il ne s'agit pas d'une cachotterie politique, expliquait Quentin, mais d'une histoire d'amour. Et si elle nous mène la vie trop dure, j'emmènerai Corine vivre en Agenais, dans le manoir de mes pères. Mais plus rien ne pourra nous séparer, une fois que Dieu nous aura unis.

— Justement, poursuivit Hélène, vous semblez oublier un détail pratique. Qui vous mariera ? Un prêtre ne le fera pas sans la publication d'au moins deux bans, à moins d'une dispense, que vous obtiendrez comment ? Il exigera des témoins et le consentement des parents.

— Claude sera mon témoin, et vous pourriez être celui de votre amie. Au besoin nous prendrons Clémence, ou un passant dans la rue s'il faut que ce soit un homme. Je suis majeur, et Corine est orpheline, puisque ses parents l'ont reniée.

— Et le prêtre ? Et les bans ?

— Je trouverai un pasteur, fit-il, agacé.

— Votre mariage sera-t-il alors reconnu par les catholiques ?

— On pourrait peut-être trouver un prêtre qui accepterait de concélébrer, souffla Corine. Oh ! Hélène, je vous en prie, aidez-nous à en trouver un. Vous connaissez mieux Paris que moi…

Mlle de Surgères soupira.

— Je continue à croire que c'est une folie.

Elle les regarda. Ils se tenaient les mains et ne se lâchaient pas des yeux. Ils avaient l'air si tristes et si amoureux.

— Je veux bien essayer, mais je ne garantis rien.

Le sourire leur revint en même temps.

— Je trouverai une maison dans un quartier calme. Nous y abriterons nos rencontres, dit-il. Clémence voudra bien m'aider à l'aménager ?

— Bien sûr, répondit la soubrette, ravie.

Hélène comprit que leur décision était irrévocable. Elle préféra les laisser seuls à leur bonheur, et quitta la pièce avec Clémence.

À partir de là, tout sembla aller très vite. Quentin trouva une petite maison dans le quartier du Temple. Il la loua sous le nom de M. de Luzac. Au rez-de-chaussée, se trouvaient une antichambre et une pièce avec une cheminée, servant de cuisine et de salle principale. Un escalier de bois menait à l'unique chambre de l'étage. À l'extérieur, les murs de brique et de torchis apparaissaient entre les pans de bois. Dans la rue vivaient des artisans besogneux et de petits bourgeois, quelques soldats aussi. Quentin, qui portait toujours des vêtements simples, y passerait inaperçu à condition de ne pas porter son épée au côté. Corine revêtirait une robe de Clémence lorsqu'elle viendrait.

La soubrette avait aidé Quentin et Claude à rendre les lieux présentables. Elle s'était occupée du nettoyage. Ils avaient acheté des meubles confortables mais simples. Elle avait cousu les rideaux des fenêtres et du lit, et mis des fleurs dans des vases, sur la cheminée et la table en bas, sur un coffre et la fenêtre en haut.

De Luzac avait trouvé un pasteur qui acceptait d'officier à la nuit tombée. Hélène eut plus de mal à trouver un prêtre. Elle finit par dénicher un frère capucin qui accepta de donner une simple bénédiction.

Le jour dit, Corine revêtit une robe des plus modestes, se couvrit d'une mante et sortit discrètement du palais au crépuscule par une porte de service, en compagnie d'Hélène et de Clémence. Par souci de discrétion, le petit chien blanc n'avait pas été admis à la noce et resta enfermé dans la chambre de sa maîtresse au palais.

Claude et Quentin les rejoignirent à l'extérieur, et ils se rendirent dans la maison du pasteur. Celui-ci les accueillit avec le sourire. La cérémonie fut courte. Claude lut un passage de la Bible sur le mariage d'Isaac et de Rébecca. Le ministre du culte prononça un sermon sur le soutien et le respect mutuel des époux. Puis il demanda à Quentin s'il voulait épouser Corine.

— Oui, je le veux.

— Et vous, Corine de Pâquelin, acceptez-vous de recevoir cet homme pour époux ?

— Je le veux.

Claude tendit un anneau à Quentin. C'était un simple anneau d'or. Sur la face intérieure étaient gravés leurs deux prénoms et l'année : 1572. Le jeune homme le passa au doigt de la demoiselle d'honneur. L'officiant mit sa main sur les leurs et dit :

— Ce que Dieu a uni, les hommes ne pourront le désunir.

Puis les trois hommes chantèrent un psaume. Les femmes se taisaient, ne connaissant pas les chants protestants.

Le pasteur prit ensuite un registre relié de parchemin et écrivit simplement :

Cejourd'hui 23 juillet 1572, par-devant moi, se sont espousés Quentin de Gayrand et Corine de Pâquelin, en présence des témoins soussignés.

Corine et Quentin, Hélène et Claude signèrent le registre. Le mariage était terminé.

Ils se rendirent ensuite dans une petite chapelle attenante à un couvent des Franciscains. Là, un moine à robe de bure brune et à capuche de même unit leurs mains et prononça quelques mots en latin, qui se terminaient par : *in nomine Patris, et Filio, et Spiritu sancto, amen.*

Les mariés glissèrent une obole dans le tronc de la chapelle, et regagnèrent leur demeure. Ils partagèrent avec leurs amis les pâtisseries et le vin de Loire que Clémence avait apportés. Puis Hélène et Claude les quittèrent, la soubrette s'installa sur un banc au rez-de-chaussée, et les nouveaux époux montèrent à l'étage.

* * * *

Ils se séparèrent avant l'aube, afin qu'elle puisse rentrer discrètement au palais. Avant de se rhabiller, Corine enleva son anneau, et l'enfila sur un cordon de soie bleue dont elle noua les extrémités avant de le mettre à son cou. Elle embrassa délicatement l'anneau et le glissa sous sa chemise. Si elle ne pouvait le garder à son doigt, au moins le porterait-elle sur son cœur.

Quentin se leva et vint l'entourer de ses bras.

— Bientôt nous n'aurons plus besoin de nous cacher, je te le promets, dit-il avant de lui embrasser les cheveux.

Elle sentait son torse nu contre son dos, et avait du mal à quitter son étreinte. Mais il le fallait. Après un dernier baiser, ils finirent de s'habiller et rejoignirent Clémence assoupie sur son banc.

Ils prirent tous trois le chemin du palais, Quentin les raccompagnant jusqu'à la porte de service par laquelle elles étaient sorties.

Lorsque la jeune femme arriva à sa chambre, elle entendit le petit chien blanc soupirer. Mais il ne vint pas à sa rencontre. Roulé en boule sur le lit, il ouvrit un œil mais ne bougea pas lorsqu'elle l'appela. Il grogna même lorsqu'elle le prit dans ses bras. Mais elle en rit : «Tricky, dit-elle, je te présente Mme de Gayrand.»

★ ★ ★ ★

Au matin du 24, ce fut le cœur léger que celle qui était toujours pour la Cour Mlle de Pâquelin prit son service auprès de la reine mère. Parfois, lorsqu'elle marchait, elle sentait l'anneau bouger sur sa poitrine, et cela lui donnait envie de chanter.

Catherine de Médicis semblait joyeuse elle aussi. Elle avait fait appeler son fils préféré Henri et l'accueillit avec enthousiasme.

— Oune grande nouvelle, mon fils, m'est parvenoue ce matin.

— Laquelle, ma mère ? demanda le duc d'Anjou sur le même ton, joyeux de tant de gaîté.

— Lé roi dé Pologne est mort !

Le sourire d'Henri se figea.

— En quoi cela est-il une grande nouvelle ?

— Né savez-vous pas, mon fils, qué la monarchie polonaise est élective ? Et qu'il arrive très souvent qué ces étonnants Polonais élisent pour leur roi des princes étrangers ? Nous allons envoyer des ambassadeurs en Pologne pour poser votre candidatoure !

— Mais je ne veux pas devenir roi de Pologne !

— Et pourquoi ?

— Mais c'est très loin, il y fait froid et... et je veux rester en France !

— Il né peut y avoir qu'oun roi en France, mon fils, et c'est Charles. La reine mettra au monde oun enfant à la fin dé l'année, et d'autres souivront. Votre rang sour la liste dé souccession va s'éloigner. Je veux lé meilleur pour mes fils. Je veux qu'ils soient rois ! Les négociations pour faire épouser la reine d'Angleterre à votre frère lé douc d'Alençon piétinent, j'ai peu d'espoir de ce côté-là. Ma toi, tou ne dois pas laisser échapper ta chance d'être roi.

— Et pourquoi les Polonais voudraient-ils de moi ?

— Les Valois sont oune grande famille, l'alliance dé la France est oune grande chose. Et pouis les Polonais sont très pieux. Tou es oun chef catholique et un bon soldat : lé vainqueur dé Jarnac et dé Moncontour ! Comment pourraient-ils élire quelqu'un d'autre qué toi ? Je vais leur envoyer oun évêque comme ambassadeur, cela fera bon effet.

Henri d'Anjou s'apprêtait à répondre, lorsqu'un de ses habituels compagnons d'amusement fit son entrée, passablement excité. Il salua la reine mère et s'excusa :

— Pardonnez-moi d'interrompre vos propos, mais j'apporte une nouvelle importante. Les troupes du capitaine Genlis, qui étaient parties pour Mons sur l'ordre de Coligny, se sont fait battre à plate couture par les Espagnols à Quiévrain, annonça-t-il en souriant.

— Bonne nouvelle, répondit le frère du roi. Cela fait quelques huguenots de moins.

— Et céla va rabattre son caquet à l'amiral, renchérit Catherine. Je savais que l'affaire des Flandres était oune cause perdoue. J'ai soupplié Charles dé né pas s'en mêler.

— C'est une défaite certaine ? demanda le prince.

— Plus que vous ne sauriez croire. On parle de trois mille morts et de plus de six cents prisonniers, dont Genlis lui-même. Comme nous ne sommes pas officiellement en guerre, les Espagnols les ont considérés comme des bandits et massacrés à loisir. Quelques centaines seulement ont pu fuir et gagner Mons.

— C'est un coup terrible pour leur cause, conclut le duc d'Anjou. Et une grande satisfaction pour nous.

À l'annonce du massacre, Corine avait fortement pâli.

— Pourquoi vous en souciez-vous autant ? fit une de ses compagnes. Ce ne sont que des huguenots !

Hélène de Surgères vint lui prendre la main et l'entraîna à l'écart.

— Ne faites pas attention à elle, dit-elle, c'est une jolie fille mais peu intelligente. Une noix à la place du cerveau et une pierre à la place du cœur.

— C'est un mauvais présage, Hélène ! Cette nouvelle le lendemain de notre mariage, c'est un mauvais présage, j'en suis sûre.

* * * *

Le soir même, au dîner du roi, l'amiral de Coligny avait le teint gris et Charles IX était furieux, d'autant plus furieux que son frère Henri et sa mère souriaient plus que jamais.

— Je ne vous félicite pas, amiral, souffla le roi, non seulement vos hommes sont de piètres batailleurs, mais en plus ils sont bavards. Votre capitaine Genlis a parlé sous la torture, et il a laissé entendre que j'étais derrière toute cette affaire. Maintenant le duc d'Albe veut me faire mon procès, il parle de *casus belli*.

Coligny soupira.

— Pauvre Genlis ! Mais c'est une raison de plus pour que Votre Majesté intervienne officiellement et tienne sa parole au prince d'Orange ! Il faut lever d'autres troupes…

Le roi fit un geste de la main pour le faire taire. Il jeta un regard sévère sur sa mère. Il lui en voulait d'avoir toujours raison. Il lui en voulait aussi de rire avec Henri. N'avait-elle pas aujourd'hui même décidé d'envoyer l'évêque de Valence, Jean de Montluc, en ambassade en Pologne pour obtenir un royaume à son fils chéri ? Au lieu d'aider Charles à protéger le sien. Et voilà que sa sœur Claude, qui avait épousé le duc de Lorraine, était tombée malade alors qu'elle se rendait à la Cour pour le mariage de Margot. Et leur mère avait décidé de la rejoindre immédiatement à Châlons-sur-Marne. Elle l'abandonnait, lui, alors qu'il n'était jamais en très bonne santé non plus.

La reine Élisabeth, son épouse, enceinte de quatre mois, vivait la plupart du temps retirée dans ses appartements, elle ne lui était d'aucun soutien. Il n'y avait que Marie qui l'aimait, la belle et douce Marie Touchet, dame de Belleville. Penser à elle fit sourire le roi, et le dîner se poursuivit d'humeur plus gaie, malgré les milliers de morts et les centaines de prisonniers de la bataille de Quiévrain.

* * * *

Corine songeait avec amertume au dîner de la veille et à l'indifférence des grands. Elle pensait aussi à sa campagne natale, à Mons qui avait été et serait encore le fruit d'autres batailles. Elle songeait à ceux qui étaient morts là-bas, dans les deux camps, à sa famille qui la renierait plus que jamais à cause de son mariage, à la famille et aux amis de Quentin qui ne l'accepteraient sans doute pas, elle, la fille de papistes.

Elle était assise sur un banc, sur la terrasse de la petite galerie du palais qui dominait ce qui restait des fossés et des jardins des Tuileries où le nouveau palais était à moitié construit. Elle s'inquiétait aussi pour celui qu'elle aimait, elle ne l'avait pas vu de la journée. Les gentilshommes protestants semblaient introuvables aujourd'hui. Les catholiques disaient qu'ils complotaient pour venger les hommes de Genlis. Corine avait peur de voir Quentin partir pour la guerre. L'amiral allait lever de nouvelles troupes. Plus furieux encore que le roi, il avait été jusqu'à menacer l'ambassadeur d'Espagne. «Votre vie me répondra de celle de Genlis», avait-il dit. C'était une grande émotion aussi bien à la Cour que dans la ville. Les protestants en colère clamaient qu'ils allaient manger les cœurs des Espagnols.

La reine Catherine avait peur, pas des huguenots, mais des troupes espagnoles. Avant qu'elle ne parte pour Châlons – la demoiselle d'honneur ne faisait pas cette fois partie du voyage –, Corine l'avait entendue deviser avec la duchesse de Nemours, mère du duc de Guise. «Coligny était déjà odieux, il dévient dangereux», avait-elle dit.

Elle en était là de ces réflexions lorsque Agrippa d'Aubigné parut devant elle. Il la salua. Elle répondit tristement à son salut.

— Avez-vous vu Quentin aujourd'hui, M. d'Aubigné?

Il s'assit à côté d'elle.

— Je crois qu'il est auprès du roi de Navarre.

Corine soupira.

— Est-ce que… ?

Elle n'osait terminer.

— Est-ce que nous allons lever de nouvelles troupes pour délivrer Mons et faire payer aux Espagnols la boucherie de Quiévrain? Oui, certainement! Et je compte bien en être. Est-ce que Quentin de Gayrand en sera?… J'ai bien peur que d'autres intérêts ne le retiennent à Paris…

Elle leva sur lui un regard mi-anxieux, mi-réprobateur. Il se leva et fit quelques pas.

— Ne le retenez pas, ne l'empêchez pas de faire son devoir!

Elle se leva à son tour.

— Vous savez… ? demanda-t-elle timidement.

— Quoi?! Que vous l'aimez?… Cela crève les yeux!

Elle baissa les siens. Agrippa poursuivit, arrogant :

— Qu'il vous aime ?… Je le crois, oui, malheureusement.

— Pourquoi malheureusement ? fit-elle en redressant la tête.

— Parce qu'un amour comme le vôtre est impossible. Je ne dis pas cela pour vous blesser, mais vous appartenez à deux mondes différents, un jour ou l'autre il faudra que vous fassiez un choix, entre celui que vous aimez et votre religion.

Croyez-moi, je parle d'expérience. Il y a deux ans, j'étais très amoureux… d'une jeune femme d'origine italienne, Diane Salviati. Son grand-père était arrivé en France avec Catherine de Médicis. Il était banquier en Italie, il devint gentilhomme en France, catholique, bien sûr. Il avait un hôtel à Blois et un château non loin de là, à Talcy, qu'il avait fait reconstruire dans le style italien. C'était un petit bijou, avec sa galerie à arcades et le joli puits à colonnettes qui ornait la cour. Un paradis pour les amoureux… Diane et moi y avons échangé nos serments. Nous nous étions même fiancés…

— Que s'est-il passé ?

— Il s'est passé qu'une catholique n'épouse pas un huguenot ! Fût-il gentilhomme et elle petite-fille de banquier. Son père a été intraitable, nous avons dû rompre. J'ai rejoint les troupes protestantes et je me suis investi dans mes combats pour ma foi.

— Qu'est devenue Diane ? demanda Mlle de Pâquelin.

— Elle s'est laissée mourir de chagrin.

— Je suis désolée, fit-elle, bouleversée.

— Vous pouvez ! Ce sont les catholiques qui sont cause de tout cela !

Elle allait lui rétorquer que l'intolérance était dans les deux camps, mais il ne lui en laissa pas le temps.

— Comment peut-on se montrer aussi bêtes que les catholiques : ils prient devant des images en croyant que cela va les guérir de la peste ou leur ramener des objets perdus ; ils vont dans des églises faire semblant d'écouter des prêtres qui leur parlent un latin qu'ils ne comprennent pas ; ils promènent des statues dans les rues pour éloigner la guerre ou dans les champs pour obtenir de bonnes récoltes ; ils croient éloigner le démon en aspergeant leur maison d'eau bénite...

— Est-ce que cela fait du mal à quelqu'un ? répliqua-t-elle, outrée. Ce sont vos semblables qui ont amené la guerre dans ce royaume, ce sont les prêcheurs qui poussent à la révolte, ce sont les huguenots qui ont pris Mons en premier, ce sont eux qui ont tué mon frère et m'ont séparée de ma famille...

— Mais si nous nous révoltons, c'est parce qu'on nous persécute. Quel mal y a-t-il à écouter la parole de Dieu en français ou en occitan au lieu du latin ? Quel mal y a-t-il à lire la Bible ?

— Vous voulez détruire toutes les institutions en place.

— Seulement celles qui sont mauvaises.

— Vous arrachez les croix au bord des chemins, vous reniez le pape et les évêques.

— La belle affaire que ces gens-là qui tiennent le peuple dans l'ignorance pour mieux le mener par le bout du nez...

Le ton montait. Corine disait des choses qu'elle ne se souvenait même pas avoir pensées. Mais leurs éclats de voix avaient attiré quelqu'un, qui les interrompit.

— Madame ! Monsieur ! Vous oubliez que nous sommes tous réunis à Paris pour le mariage de la princesse Marguerite et du roi de Navarre, pour ramener la paix entre catholiques et huguenots !

— M. de Ronsard..., commença la jeune femme.

Mais il se tournait déjà vers Agrippa.

— Mon ami, un poète ne se comporte pas ainsi avec une jolie dame.

— Vous avez sans aucun doute beaucoup de talent, M. de Ronsard, répliqua d'Aubigné dont la colère ne tombait pas. Il est dommage que vous vous compromettiez en flattant servilement cette Cour et son roi.

— Je ne flatte pas, j'aime sincèrement le roi, nous sommes amis, il m'écrit des vers, je lui en rends…

— Comment pouvez-vous aimer un prince qui persécute ses sujets ? C'est indigne d'un homme tel que vous !

— Et vous, comment osez-vous salir ainsi le nom de votre roi ?

— Je n'ai et ne respecte qu'un roi, c'est Henri de Navarre…

— Messieurs ! Messieurs ! intervint Corine. Vous oubliez que nous sommes tous réunis à Paris pour faire la paix, dit-elle en reprenant les termes du poète Ronsard.

Celui-ci se calma aussitôt et lui sourit :

— C'est vrai, pour vos beaux yeux, je veux bien pardonner à M. d'Aubigné.

— Je n'ai rien à me faire pardonner, répliqua ce dernier. Je m'en vais, mais je ne retire rien de ce que j'ai dit, et se tournant vers la jeune femme : souvenez-vous-en et prenez garde.

Il faisait allusion aux amours impossibles entre une catholique et un huguenot.

— C'est un outrecuidant, dit Ronsard, mais il est jeune et cela lui passera.

— Je ne crois pas. Il luttera toute sa vie pour ses idées. Il est normal, avec l'enfance et la jeunesse qu'il a eues, qu'il soit agressif.

— Comme vous le défendez ! Vous ne l'aimez pas au moins ?

Corine haussa les épaules.

— On m'a dit beaucoup de bien de lui.

— Ce *on* ne serait-il pas un certain gentilhomme huguenot que l'on voit beaucoup en votre compagnie ces derniers temps ? fit-il, l'œil amusé.

Elle rougit.

— Prenez garde, belle enfant poursuivit-il, un amour comme celui-là peut cacher des pièges. Ne vous y investissez pas trop…

— Vous dites la même chose que lui…

Elle était troublée.

M. de Ronsard réfléchit.

— C'est sans doute que nous avons raison.

— A… Avez-vous entendu parler de Diane Salviati ?

Le poète pâlit.

— Salviati ?

— Oui.

Elle lui raconta ce qu'elle savait.

— Décidément, répondit-il, je crois que ce jeune homme et moi avons plusieurs points communs. Comme le temps passe… Cela fait vingt-sept ans maintenant… Autrefois, j'ai bien connu une jeune fille du nom de Salviati. C'était sans doute la tante de Diane. Elle s'appelait Cassandre et avait quinze ans. Je l'avais rencontrée à un bal à la Cour à Blois. J'étais jeune moi aussi. Je suis tombé fou amoureux. C'est pour elle que j'ai composé mes premiers poèmes d'amour. Mais elle était promise à un autre…

— Et… Qu'est-il arrivé à Cassandre ? demanda en tremblant Corine qui songeait au destin de Diane.

— Oh ! Elle s'est mariée l'année suivante avec un jeune seigneur, et je suppose qu'aujourd'hui son tour de taille a doublé et qu'elle a six ou sept enfants…

Corine rit, soulagée.

— J'ai continué à lui dédier mes poèmes pendant sept ans, et puis… J'ai eu d'autres amours… Mais pour en revenir aux vôtres, écoutez les poètes, ils ont quelque expérience en la matière.

Il la salua et la quitta. Elle resta songeuse. « Ils ont tort, pensa-t-elle, de toute façon, il est trop tard. »

⋆ ⋆ ⋆ ⋆

Corine et Quentin se retrouvaient trois fois par semaine dans leur maison du faubourg du Temple. Les derniers événements les rendaient plus prudents et ils évitaient de se montrer ensemble en public. Ils sortaient toujours du Louvre séparément à la nuit tombée, et se rejoignaient à la maison, Corine invariablement accompagnée de Clémence. La suivante attendait en bas, tandis que les époux se retrouvaient à l'étage. Là enfin, ils pouvaient se parler librement, se libérer de leurs angoisses et partager leur amour. Au petit matin, Mlle de Pâquelin et sa servante regagnaient le palais par une porte réservée aux domestiques. M. de Gayrand restait parfois dans leur havre. Il était moins dangereux pour lui de déambuler dans les rues de jour comme de nuit et il pouvait rentrer au palais par la grande porte sans que l'on s'étonne de ses sorties.

Lorsqu'elle partait, il aimait rester là encore quelques heures, dans cette maison où tout lui rappelait Corine, où le matelas et l'oreiller gardaient son empreinte, où les draps sentaient son parfum.

Mais leurs rencontres n'étaient pas qu'étreintes. Il leur arrivait aussi de parler guerre et politique. Contrairement à ce que l'on avait cru dans un premier temps, la défaite de Genlis avait encore rapproché le roi de Coligny, d'autant plus facilement que la reine mère était à Châlons. L'amiral ne quittait pas le souverain, entretenait ses rêves de gloire militaire, avait de plus en plus d'emprise sur lui.

Cependant les Conseils étaient houleux, plusieurs membres, comme des chefs militaires ou le duc d'Anjou, étaient contre la guerre dans les Flandres. Ils craignaient une guerre éternelle avec l'Espagne, sans aucun concours étranger puisque la reine d'Angleterre était contre cette conquête. La paix l'emportait. Le roi tenta alors de convoquer des Conseils secrets, sans prévenir son frère. Mais la reine mère le sut (une de ses dames d'honneur était l'épouse d'un secrétaire d'État qui assistait aux séances). Elle revint d'urgence à Paris le 3 août. Elle argumenta à son tour contre l'amiral, tant et si bien que son fils se rangea à son avis.

— Sire, la guerre viendra tôt ou tard. Mieux vaut la faire maintenant que nous sommes prêts, que plus tard, lorsque le roi d'Espagne sera prêt, tenta encore Coligny.

Le roi regarda sa mère.

— Je ne peux pas soutenir une guerre contre l'Espagne. Ce serait la ruine du pays, tant militaire que financière, dit-il, accablé mais raisonnable.

— Vous avez rempli lé pays dé vos soldats, intervint Catherine de Médicis, mais mon fils est encore capable dé gouverner en paix.

— Madame, le roi renonce à entrer dans une guerre, Dieu veuille qu'il ne lui en survienne pas une autre, à laquelle sans doute, il ne lui sera pas facile de renoncer.

C'était une menace à peine déguisée de rébellion protestante.

* * * *

— Coligny m'effraie, disait Corine à Quentin, il est orgueilleux et fanatique.

— Je sais, il a écrit à Guillaume d'Orange pour lui annoncer son arrivée à la tête de 12 000 arquebusiers et 3 000 cavaliers. Plusieurs milliers d'hommes se dirigent déjà vers la frontière. Les autres attendent à Paris le mariage du roi de Navarre. Ils vont partir à cette guerre au lendemain des noces, comme à une fête ou à une chasse.

— Quentin, j'ai peur. Tu ne vas pas partir ?

— Non, je ferai même tout ce que je pourrai pour convaincre le roi Henri. Il est encore jeune et inconscient. Ce mariage va peut-être le mûrir, après tout.

— Tu sais que le pape n'a toujours pas envoyé la dispense nécessaire à ce mariage entre cousins. Ce matin le roi s'est fâché, il a déclaré que si le pape continuait à faire la bête avec lui, il prendrait lui-même Margot par la main et l'emmènerait marier en plein prêche huguenot.

Quentin rit.

— Cela pourrait être drôle ! Le roi de France remonte dans mon estime !

— Ne ris pas ! Cela n'est pas amusant pour Margot, tu sais. Je la plains.

— Henri n'est pas si terrible que cela. Elle s'y fera. Ils ont du caractère tous les deux, mais je crois qu'ils pourront s'entendre.

— Mais elle ne l'aime pas.

Il la prit dans ses bras.

— Moi, je t'aime.

Il l'embrassa.

— Il y a de plus en plus de huguenots à Paris. Les Parisiens n'aiment pas cela. Il commence à y avoir des remous. Je n'étais pas tranquille dans les rues ce soir, dit-elle encore.

— Je sais. Il y a des soldats, mais aussi des étudiants qui viennent pour s'amuser aux noces. Ils ne sont pas dangereux. Mais l'alcool aidant, et si les Parisiens sont poussés par les Guise, il y aura peut-être quelques affrontements. Ce n'est pas le plus grave. J'ai surtout peur d'un attentat contre l'amiral ou même le roi de Navarre.

— Vivement que ce mariage soit conclu, que tout retourne dans l'ordre, et que nous puissions enfin nous aimer au grand jour !

XIII. Le mariage pourpre

Dispense ou pas, Charles IX avait décidé de hâter ce mariage et l'avait fixé au 18 août. Il était temps. Paris regorgeait de monde, toutes les maisons, toutes les auberges étaient pleines à craquer. Il faisait une chaleur étouffante qui exacerbait les esprits. La tension était à son comble. Les Parisiens attendaient que le pape se manifeste en refusant la dispense. Catherine de Médicis avait envoyé des messagers pour intercepter tout courrier de Sa Sainteté, positif ou négatif.

Il n'y aurait pas vraiment de messe de mariage, parce que le marié était huguenot, seulement une bénédiction donnée sur le parvis de Notre-Dame par le cardinal de Bourbon, oncle du marié mais catholique. Et toutes les paroisses de Paris avaient protesté contre cette parodie.

Tous les jours il y avait des rixes. Au soir du 10 août, cela avait même failli tourner à l'émeute, à cause des événements qui s'étaient produits la veille à Troyes, où des protestants avaient été tués à la sortie du prêche.

Tout le monde maintenant attendait ce mariage. Les huguenots venus à Paris pour cela, ceux aussi qui attendaient la fin des fêtes pour partir dans les Flandres, les Parisiens qui pensaient qu'après les cérémonies tous les étrangers partiraient et que Paris leur serait enfin rendu, Corine et Quentin qui y voyaient le dénouement de leur secret, la reine mère, le roi, qui désespéraient d'y aboutir, et même Henri de Navarre et Marguerite de France finalement, qui n'avaient pas vingt ans et se sentaient quelque peu flattés des fêtes qui allaient avoir lieu en leur honneur. Et toutes les dames de la Cour qui préparaient leurs toilettes, et les tailleurs, couturières, passementiers, orfèvres… qui voyaient au milieu de tous ces préparatifs prospérer leurs affaires.

Les couleurs de la fête seraient le rouge et le rose. Certains y voyaient là un pressentiment sanglant. Malgré l'atmosphère tendue, la foule tumultueuse, ce 18 août serait une fête : des arcs de triomphe avaient été dressés dans les rues sur le chemin du cortège, des tapisseries ornaient les balcons, les bourgeois s'étaient endimanchés et se massaient sur le parcours, du Louvre à l'Évêché, de l'Évêché à Notre-Dame, pour voir défiler la Cour avec ses brocarts, ses bijoux, ses robes d'or et d'argent.

Les derniers préparatifs avaient absorbé Corine. C'était à peine si elle s'était aperçue que Madame Catherine passait de plus en plus de temps avec Mme de Nemours et que leur conversation revenait souvent sur l'amiral. Elle croyait avoir compris que Coligny était responsable de la mort du précédent duc de Guise, le mari de la dame. Mais ensuite elle avait été prise dans un tourbillon : choix des tissus, des bijoux, essayages… Les allées et venues dans le palais étaient incessantes, et cette chaleur ! Elle en avait l'estomac noué et ne mangeait plus grand-chose depuis trois jours. Clémence s'affairait autour d'elle, reprenant là une pince, ici un ourlet, aiguille et fil entre les dents, suant à grosses gouttes. Tricky, effrayé par ce remue-ménage et les mouvements de tissu, se réfugiait la plupart du temps sous le lit.

Elle avait opté pour une robe de moire ivoire et rose, rebrodée d'argent. La reine Catherine avait prêté à chacune de ses demoiselles d'honneur un diadème et des bijoux, il fallait que tout le monde rutile. Le dimanche 17 août avaient eu lieu au Louvre les fiançailles, puis la princesse Marguerite avait été conduite au palais de l'Évêché, car elle ne devait pas passer sa dernière nuit de jeune fille sous le même toit que son futur.

Le 18, le cortège s'ébranla : roi, reine, reine mère, duc d'Anjou, duc d'Alençon, duc de Guise… gentilshommes et damoiselles, pages et serviteurs, gardes suisses… En premier venaient les hérauts d'armes aux cottes chamarrées, les clairons et les cymbales. Hommes et femmes de la Cour rivalisaient de soies, de broderies, de fourrures fines, de pierres précieuses.

Marguerite sortit du palais de l'Évêché sous les acclamations de la foule avide de spectacle. Ce n'était pas tous les jours qu'on assistait au mariage d'une fille de France. Ils ne furent pas déçus. Elle était parée somptueusement d'une robe de velours pourpre et portait une couronne ornée de pierreries, une couette d'hermine mouchetée lui couvrait le corsage. Par-dessus brillaient les joyaux les plus beaux de la famille royale. Corine se demandait comment elle pouvait supporter tout cela par cette chaleur. Une immense traîne de quatre aunes de long, bleu de France, lui partait des épaules et était portée par trois princesses.

Elle rejoignit sa famille dans le cortège. Ses frères étaient tous vêtus de satin rose rebrodé d'argent, de perles et de pierres précieuses. Henri d'Anjou arborait même sur sa toque trente-deux perles de douze carats et empestait le parfum. La reine mère elle-même avait abandonné ses habits de deuil et portait un velours à peine plus sombre que celui de sa fille. Le roi de Navarre, couronné, et le prince de Condé étaient en satin jaune pâle, mais la plupart des autres seigneurs protestants tranchaient avec leurs habits noirs, et le peuple se les montrait du doigt.

Quentin de Gayrand était dans le cortège lui aussi, près de son souverain. Il entendait les grincements de dents de la foule sur leur passage, les ricanements des écoliers, et cette petite bourgeoise qui cria : « Pauvre princesse, ce ne sont pas mes parents qui m'auraient forcée à épouser un parpaillot ! »

À Notre-Dame, il y aurait messe finalement, mais les huguenots n'étaient pas obligés d'y aller. On assista alors à une chose étrange. À l'entrée de l'église, le cortège se scinda en deux, les catholiques et quelques protestants entrèrent, les autres restèrent dehors et, pendant la durée de l'office, arpentèrent le cloître et les alentours de la cathédrale. Il y avait là beaucoup de Béarnais et de Gascons à l'accent jovial. Ils parlaient à voix haute, plaisantaient, riaient avec éclat. Le marié était parmi eux. Le peuple, mécontent de cette attitude, les sifflait.

Dans l'église même, autre spectacle étrange. Les catholiques priaient avec ferveur dans le chœur, le duc d'Anjou représentant le marié. L'amiral de Coligny et les quelques protestants qui étaient entrés se promenaient dans la nef, comme de simples visiteurs. Ils regardaient avec amertume les drapeaux qui étaient suspendus là, en particulier ceux pris à Jarnac et à Moncontour. Quentin les avait rejoints.

— Les trois ou quatre jours prochains vont se passer en plaisirs, banquets et tournois, commença le chef huguenot. Puis le roi m'a dit qu'il consacrerait quelques jours à écouter les plaintes de ses sujets, et notamment sur le non-respect de l'édit de tolérance. Ensuite, j'espère bien que nous irons conquérir d'autres bannières, plus agréables à regarder que celles-là.

Après la messe, le cortège prit place sur une estrade tendue de draps d'or, dressée sur le parvis de Notre-Dame, et le cardinal de Bourbon entreprit de donner la bénédiction nuptiale devant le peuple assemblé. Il demanda au roi de Navarre s'il voulait prendre pour épouse la princesse Marguerite et celui-ci répondit oui. Puis il demanda à Margot si elle voulait bien prendre Henri pour époux. Elle garda le silence, et jeta un regard à Henri de Guise, qui lui aussi la regardait intensément. Le roi surprit ces regards et s'agita.

Le cardinal reposa sa question à la princesse, et celle-ci n'ouvrit pas la bouche. Alors Charles IX s'avança, mit une main sur la nuque de sa sœur, et lui fit ployer la tête en avant. L'homme d'Église hésita, croisa le regard courroucé du roi et accepta le signe de tête pour un assentiment. Il les déclara mari et femme. Henri de Navarre sourit et Marguerite resta de marbre. La reine Catherine était furieuse.

Mais très vite les musiciens se mirent à jouer des airs de danse. Le peuple, un moment hésitant, se rua vers les tavernes où le vin coulait à flots. On dansait sur les places tandis que le cortège rejoignait le Palais de Justice. Un banquet eut lieu, suivi d'un bal. Il y avait bombance, et les princes, huguenots comme catholiques, se laissèrent aller aux plaisirs de la table et de la musique.

Il faut avouer que les trois jours qui suivirent furent vécus dans la liesse de part et d'autre et qu'ils marquèrent un répit dans cette année troublée. Même les mascarades parfois douteuses furent prises avec le sourire et ne provoquèrent pas d'éclat. Ainsi celle du 18 montrait dans un décor de rochers, de coquillages et d'animaux marins, le roi de France aux côtés d'un dieu Neptune armé d'un trident, que les catholiques associèrent immédiatement à Coligny, amiral des mers, devenu inséparable du souverain. Cela les fit rire et flatta les huguenots.

Le lendemain, dîners et jeux étaient offerts à l'hôtel de Bourbon par le roi de Navarre. Les princes participaient à la mascarade. L'on vit le roi et ses frères, déguisés en anges, défendre l'entrée du paradis à des chevaliers errants conduits par le prince protestant, et les rejeter dans un enfer peuplé de diablotins. Cela flatta les catholiques et fit rire les huguenots.

Puis il y eut un ballet de nymphes représentant les signes du zodiaque et une immense fontaine s'embrasa en un feu d'artifice. Elle dégagea tellement de fumée que les spectateurs durent s'enfuir pour ne pas être asphyxiés. Les catholiques dirent que c'était ainsi que les huguenots faisaient comprendre à leurs invités qu'ils les avaient assez vus. Mais tous rirent à leur plaisanterie.

Corine était sur un petit nuage rose. Les fêtes étaient merveilleuses, tout le monde s'entendait bien. Elle n'avait plus peur de se montrer avec Quentin, de danser – il avait, depuis leur premier bal, fait l'effort d'apprendre quelques pas – ou rire en public avec lui. Elle attendait avec impatience le moment où ils pourraient avouer leur mariage au monde. Quentin avait suggéré d'attendre quelques jours encore et de choisir le bon moment pour en parler à la reine mère.

Le troisième jour eut lieu un carrousel dans la cour du Louvre. Les dames étaient installées sur une estrade. Mlle de Pâquelin jetait de temps à autre un regard sur Margot. Celle-ci restait la plupart du temps stoïque, mais quand elle croyait qu'on ne la regardait pas, elle esquissait un sourire, vite réprimé, ce qui laissait entendre à Corine que son attitude était surtout une apparence destinée à irriter sa mère et son frère, mais qu'après tout elle s'amusait, elle aussi, à ces fêtes.

Les combattants vinrent saluer les dames, avant de se livrer aux joutes de chevalerie. Tout le monde rit, même la reine Catherine, lorsque apparurent pour le dernier combat le roi, le duc d'Anjou et le duc de Guise, habillés en amazones, face au roi de Navarre et au prince de Condé déguisés en grands Turcs.

Tous les princes avaient vingt ans, toute la jeunesse de la Cour appréciait ces fêtes. Les plus âgés et les plus puritains attendaient que cela passe et que l'on revienne à des choses plus sérieuses.

* * * *

Corine passa la journée du 21 dans sa chambre. Après ces trois jours de fête, elle avait l'estomac un peu barbouillé, sans doute à cause des banquets et du manque de sommeil. D'ailleurs tous étaient fatigués, il ne se passa pas grand-chose ce jour-là. Mais le lendemain le roi avait décidé de jouer à la paume. Le duc de Guise se proposa spontanément comme partenaire et enjoignit au comte de Téligny, gendre de Coligny, de les suivre. Tout continuait à se passer du mieux possible entre les catholiques et les huguenots.

Vers onze heures, la Cour assistait avec plaisir à ce nouveau spectacle, lorsqu'un homme entra précipitamment dans la salle du Jeu de paume.

— Sire ! Sire ! On a tiré sur l'amiral !

Un cri de stupeur résonna dans la foule. Téligny pâlit, Guise regarda en direction de sa mère et de la reine Catherine, qui décidément ne se quittaient plus. Le roi jeta sa raquette, furieux :

— Je n'aurai donc jamais la paix !

Les assistants chuchotaient : on a assassiné l'amiral ! Catherine était impassible.

— Est-ce grave ? demanda le roi.

— Par bonheur, M. de Coligny s'est baissé pour relacer ses chausses au moment où le coup est parti. Il est seulement blessé au coude et a eu un doigt arraché.

— Qu'on lui envoie mon chirurgien Ambroise Paré ! dit le roi.

Téligny partit aussitôt rejoindre son beau-père. Il n'entendit pas la suite.

— On a tiré d'une maison appartenant aux Guise, rue des Fossés-Saint-Germain.

Des clameurs s'élevèrent parmi les protestants. Le visage du roi était exsangue.

— Sire, dit le duc de Guise, au moment des faits, j'étais ici avec Votre Majesté. Ma mère et moi n'habitons plus cette maison depuis plusieurs jours !

Les rumeurs et les cris continuaient. Le jeune duc se précipita vers sa mère, la prit par le bras et sortit sous les huées. Le roi quitta également les lieux et se réfugia dans sa chambre.

Corine avait suivi la reine mère. Celle-ci paraissait fort mécontente. Elle prit le duc d'Anjou à part :

— Je veux que vous réounissiez nos fidèles dans oune heure à la grotte dou jardin des Tuileries : Tavannes, Gondi, Nevers... Et faites sourveiller lé douc de Guise et sa mère. Lé roi va ordonner oune enquête, il né faudrait pas qu'ils soient trop bavards... Encore oune chose, Charles va sourement rendre visite à l'amiral cet après-midi. Il serait bon que nous soyons présents, et que nous ayons l'air contrits !

Henri acquiesça et s'empressa de suivre les ordres de sa mère. Corine ne comprenait pas très bien ce que cela voulait dire.

Elle accompagna la reine mère jusqu'à la porte des appartements du roi. Mais elles trouvèrent porte close, les gardes avaient reçu l'ordre de n'ouvrir à personne, fût-ce la mère du roi. La reine Catherine prit alors la direction du jardin des Tuileries et pénétra dans la grotte construite par Bernard de Palissy, faite de rochers dans lesquels étaient incrustés des galets et des coquillages. Au-dehors des ifs taillés, des parterres de plantes aromatiques et des animaux en émail accueillaient les visiteurs. Elle ordonna à ses demoiselles d'honneur de regagner leurs appartements et pénétra seule dans l'antre artificiel.

Corine s'éloigna donc, elle eut cependant le temps d'apercevoir le duc d'Anjou, le duc de Nevers et quelques autres prendre le chemin de la grotte. Elle se mit à la recherche de Quentin, mais les huguenots semblaient avoir déserté le palais. La rumeur disait qu'ils s'étaient rendus en masse au chevet de l'amiral ou autour de sa maison pour la protéger, car ils ne doutaient pas que l'assassin allait recommencer.

Elle croisa M. Ambroise Paré qui revenait de la rue de Béthizy et assurait aux interlocuteurs qui l'interrogeaient que les blessures étaient vénielles et qu'il n'y avait aucun danger. Néanmoins inquiète de la réaction des protestants, elle voulait sonder Quentin sur la question. Elle se rendit aux appartements du roi de Navarre, pensant l'y trouver. Mais ils étaient déserts. Elle se dirigea alors vers ceux de son épouse, la princesse Marguerite.

Le roi Henri était bien là et devisait en aparté avec le prince de Condé et quelques gentilshommes, mais elle ne vit pas son époux parmi eux. Elle s'approcha de Margot qui était très pâle et cela ne semblait pas dû aux fatigues des derniers jours. La princesse lui sourit faiblement et lui tendit la main. Puis elle l'entraîna dans sa chambre car elle avait confiance en elle et lui avait déjà confié quelques secrets.

— Ils vont accuser Henri ! lui dit-elle lorsqu'elles furent seules. (Elle parlait d'Henri de Guise, évidemment.) Ils sont fous furieux, j'ai peur pour lui.

Corine déplorait son manque de compassion envers l'amiral, mais elle comprenait son inquiétude. Les huguenots étaient prêts à se venger, et le coup était parti d'une maison appartenant aux Guise. Qui sait jusqu'où l'escalade de la vengeance pouvait aller ?

— Henri et sa mère logeaient ces derniers jours à l'hôtel de Lorraine. La maison de la rue des Fossés-Saint-Germain était trop petite pour la duchesse de Nemours et sa suite. Elle a servi autrefois à ses enfants et à leur précepteur.

— Sans doute y ont-ils laissé des serviteurs…

— Je connais Henri, je connais sa mère. Ils avaient des raisons d'en vouloir à M. de Coligny qui est responsable de la mort de leur père et époux. Mais je vois mal la duchesse tenir une arquebuse à la fenêtre de sa maison. Et encore moins Henri. Tuer l'amiral au cours d'une bataille, oui, ou encore en duel, mais pas comme cela, il a trop d'honneur. Et puis ils étaient tous les deux à la salle du Jeu de paume, avec nous, vous les avez vus comme moi !

Justement, pensait Corine, elle n'avait jamais aperçu la duchesse au jeu auparavant. Pourquoi avaient-ils soudain déménagé, pourquoi le duc de Guise avait-il tellement insisté pour que le gendre de l'amiral le regarde jouer à la paume avec le roi ? Pour l'éloigner de son beau-père et éviter qu'il ne le protège ? Pour avoir un témoin irréfutable par les protestants de sa présence au jeu ? L'assassin n'était pas toujours celui qui tirait. Les basses besognes pouvaient être confiées à des hommes de main.

— Avez-vous vu M. de Gayrand ? demanda-t-elle.

La nouvelle reine de Navarre sourit. Elle soupçonnait une romance entre les deux jeunes gens.

— Non, répondit-elle.

Puis elle reprit son air triste.

— Il est peut-être avec les autres, rue de Béthizy. Il paraît qu'ils ont transformé la maison en véritable forteresse. Ils sont armés jusqu'aux dents. Tout cela n'est peut-être qu'un prétexte pour déclencher une guerre civile contre les catholiques. Peut-être est-ce un huguenot qui a tiré, un membre d'une faction jalouse ? L'amiral a beaucoup d'ennemis.

Corine avait du mal à le croire. M. de Coligny était un chef respecté et les protestants avaient trop besoin de son expérience de la guerre, les autres chefs étaient tous jeunes et sans grande science tactique. Mais qui sait ? Il fallait qu'elle en parle à Quentin.

Une servante vint lui dire que la reine Catherine la réclamait. Elle serra les mains de Margot pour la réconforter et se retira.

* * * *

Le roi avait décidé de rendre visite à l'amiral l'après-midi même. Sa mère l'accompagnait, ainsi que le duc d'Anjou, et Mlle de Pâquelin était de la sortie. Dans les rues elle sentit une tension. Les commerçants fermaient leurs boutiques. Elle vit des bourgeois armés. Des protestants pour venger l'amiral ? Des catholiques pour se protéger de la vindicte des huguenots ? Aux abords des bâtiments publics, les archers, arbalétriers et arquebusiers royaux avaient pris place.

Catherine de Médicis avait vu les armes elle aussi. Elle semblait tendue et nerveuse, plus qu'à l'accoutumée. Aux approches de la maison, ce n'étaient que soldats en armes, qui toisaient avec colère le cortège royal dans un silence sinistre.

Bien que légèrement touché au bras, l'amiral les accueillit dans son lit, comme s'il était mourant. Comédie pour impressionner le roi ? Excuse pour ne pas saluer ceux parmi lesquels il soupçonnait ses assassins ?

Le roi de Navarre et le prince de Condé demandèrent publiquement à Charles IX de faire justice. La reine mère déclara être fort marrie, que c'était un outrage fait au roi, qu'il fallait stopper les meurtriers avant qu'ils ne viennent commettre la même chose au Louvre sur elle ou ses enfants.

Le roi pleurait. Il appelait l'amiral « mon père ».

— Je ressens votre blessure, dit-il, et je n'aurai pas de répit avant de vous avoir vengé. J'ai ordonné une enquête, et déjà deux personnes ont été arrêtées dans la maison suspecte. Elles sont interrogées. Il y aura des sanctions exemplaires.

— Je ne soupçonne personne d'autre que M. de Guise, dit Coligny.

— Je le ferai interroger. Je vengerai cet outrage si rondement que la mémoire en restera à jamais. Je vais vous faire transporter au Louvre pour vous soigner et vous protéger.

— Non ! s'écria Coligny. Je suis plus en sécurité ici qu'au milieu de vos amis catholiques. Je regrette seulement que ma blessure m'empêche de travailler pour vous en un moment pareil. La guerre des Flandres… Ne la désavouez pas, Sire. Ne manquez pas de parole envers le prince d'Orange…

Charles jeta un coup d'œil de côté à sa mère.

— … J'ai fait envoyer des commissaires dans les provinces…, commença-t-il.

— Sire, interrompit l'amiral, je voudrais vous parler seul à seul.

Le roi fit un signe et tous durent sortir. La reine mère était très pâle. Corine pensa que cela était peut-être dû à une indigestion. Ils avaient beaucoup bu et mangé pendant les trois jours de fête. Elle-même ne se sentait pas bien. Peut-être était-ce l'angoisse de la situation. Elle avait des crampes d'estomac.

Celles-ci passèrent lorsqu'elle aperçut Quentin dans l'antichambre. Lui aussi avait le visage blême. Il la prit par le bras un peu brutalement et l'entraîna à l'écart. Elle lui fit part de sa joie de le retrouver, de son inquiétude aussi face aux événements. Elle évoqua avec lui les propos de Margot. Il l'écouta en silence, ne broncha pas lorsqu'elle lui rapporta les protestations d'innocence de la princesse pour les Guise, haussa à peine un sourcil lorsqu'elle parla d'un possible huguenot traître à l'amiral. Puis il l'interrompit :

— Il y a plus grave que cela ! L'homme qui a tiré a été arrêté. Il s'appelle Maurevert. Il a bien été introduit dans la maison par un serviteur des Guise… Mais c'est un homme de main du roi ! Et accessoirement de son frère le duc d'Anjou ! Un de ceux à qui l'on confie les tâches les plus basses.

— Le roi !… Non, c'est impossible !

— Si ce n'est pas lui c'est qu'il est faible, et qu'il laisse d'autres manœuvrer dans son dos. (Il jeta un coup d'œil par-dessus son épaule en direction de Catherine de Médicis.) Je ne sais pas ce qui va se passer. Nous avons tenu conseil tout à l'heure. Certains voulaient faire quitter Paris à l'amiral pour le protéger. Mais d'autres veulent le venger, prendre Paris, attaquer le Louvre, s'emparer du roi… en faire un otage, ou même le tuer !

À quelques pas de là la reine mère s'agitait. Son fils était depuis trop longtemps seul avec l'amiral. À la fin elle n'y tint plus, entra dans la chambre et déclara au roi qu'il allait fatiguer M. de Coligny, il devait le laisser se reposer. Charles la regarda dans les yeux, puis il lui tendit une petite bille de plomb. C'était la balle que M. Paré avait retirée du bras de l'amiral. Catherine sentit une vague accusation, elle soupesa l'objet dans ses mains, se retourna vers le blessé et sa haine lui laissa prononcer une parole imprudente :

— Je souis fort aise que la balle né soit pas restée dans votre corps. Je me souviens qué lorsque feu lé père dou douc dé Guise a été toué près d'Orléans, les médecins m'ont dit que si la balle avait pou être enlevée, il né serait pas mort, bien qu'elle ait été empoisonnée !

Ils sortirent de la pièce et quittèrent la maison. Corine dut les suivre. Personne ne prononça un mot jusqu'au palais. Une fois la grille franchie, Catherine s'adressa à son fils :

— Qué vous a-t-il dit lorsque vous étiez seuls ?

Elle n'obtint d'abord pas de réponse. Elle continua à questionner jusqu'aux portes de l'appartement du souverain.

— Il m'a dit de me méfier de vous ! rétorqua le roi en colère. Que vous tentiez de me prendre mon pouvoir, et que tout le mal qui existe dans mon royaume vient de là ! Voilà ce qu'il m'a dit... Et je ne suis pas loin de le croire !

Il prononça quelques jurons et s'enferma chez lui.

* * * *

En ce soir du 22 août 1572, Corine était couchée et n'arrivait pas à dormir. Elle ne savait plus qui croire, en qui avoir confiance. Elle avait peur.

Des bandes armées de huguenots déambulaient dans les rues en criant justice. Quelques escarmouches avaient eu lieu entre eux et des hommes des Guise. Le duc était introuvable bien que le roi ait ordonné son arrestation. En plein souper Catherine de Médicis l'avait défendu : « C'est un désir natourel chez un fils dé venger la mort dé son père. »

Au même souper le roi de Navarre et le prince de Condé avaient encore réclamé justice et déclaré que si les « vrais coupables » n'étaient pas punis, ils feraient justice eux-mêmes. Qui étaient les vrais coupables ? Maurevert avait été un instrument. Peut-être celui du duc de Guise. Et si le duc lui-même avait été l'instrument de quelqu'un d'autre ? Le roi ? La reine mère ? Le duc d'Anjou ?

Un complot, avait dit Quentin. Tous coupables ? Où était la vérité ?

XIV. L'horrible nuit

Corine avait eu un sommeil agité, entrecoupé de réveils brusques. Au matin elle entendit des bruits qui venaient de la ville. Il y avait des émeutes ici et là, mais contrôlées par les troupes royales. Pour arrêter la contagion de la peur, le roi avait ordonné de rouvrir les boutiques, mais celles-ci restaient barricadées. Les hommes du duc de Guise s'armaient. Jusqu'où cela irait-il ? Jusqu'à la guerre civile ?

Corine songea que le mariage du roi de Navarre et de Margot avait eu lieu pour empêcher cette guerre civile. Et que c'était peut-être ce mariage, avec ses excès et la présence dans la capitale d'une foule disparate, qui allait déclencher la guerre. Elle songea aussi à son propre mariage et se demanda où se trouvait maintenant son mari.

Puis elle repensa au complot. Pas à celui que la Cour avait peut-être fomenté contre l'amiral, mais à celui que les huguenots montaient sans doute contre le roi. Devait-elle l'avertir ? Comment ? N'allait-on pas l'accuser de connivence avec l'ennemi ? Trahissait-elle Quentin en divulguant les projets de ses amis ?

Elle passa la matinée à tenter de se renseigner sur ce qu'il se passait. Charles IX avait envoyé cinquante hommes rue de Béthizy et l'avait fait fermer à chaque bout par des chaînes. Pour protéger l'amiral ? Pour protéger Paris des huguenots qui remplissaient aujourd'hui les maisons voisines ?

Il avait ordonné des gardes renforcées aux portes de la ville pour surveiller qui entrait ou sortait de Paris. Il faisait toujours rechercher le duc de Guise. Des milices bourgeoises par quartier, des détachements de citoyens s'occupaient aussi de la sécurité. Les arsenaux étaient protégés. Et la journée s'écoula sans trop de soucis. Le *statu quo* l'emportait, mais pour combien de temps ?

Quelqu'un avait suggéré de faire une liste de toutes les maisons où habitaient des huguenots. Corine se demanda pourquoi et songea que son refuge du faubourg du Temple, loué sous le nom de Claude de Luzac, allait sans doute figurer sur cette liste. Elle ne savait s'il fallait s'en inquiéter.

Plus le temps passait et plus la reine Catherine semblait agitée. Mlle de Pâquelin ne l'avait jamais vue dans cet état, jamais si inquiète. Toute la journée elle la vit discuter avec Henri d'Anjou, M. de Gondi, M. de Nevers et quelques autres qu'elle avait vus la veille entrer dans la grotte des Tuileries. Elle songea au complot, le complot contre l'amiral. Se pourrait-il que... ?

Au déjeuner, accompagnée de ces hommes, Catherine avait affirmé au roi qu'un complot était ourdi par les protestants. Qu'ils voulaient prendre le Louvre et les tuer tous, lui, elle, d'Anjou...

Le deuxième complot, songea Corine. Elle n'avait pas eu besoin d'en parler. C'était sans doute mieux ainsi. Elle aurait dû se douter que la reine serait informée de toute façon. Elle commençait à comprendre qu'elle avait des espions partout. Dans la grotte, peut-être était-ce seulement des informateurs qu'elle recevait, et non des comploteurs. Cela devait être ça.

Le roi ne voulut pas croire au complot contre lui :

— Tout cela est mensonge. L'amiral m'aime comme un fils, jamais il ne me fera du mal.

— Né voyez-vous pas que votre vie et votre royaume sont en danger ? intervint Catherine de Médicis.

— Mes troupes garderont la ville et l'enquête continuera jusqu'à ce qu'on trouve celui qui a voulu assassiner l'amiral !

— Et qui pensez-vous trouver derrière l'attentat ?

— Henri de Guise, bien sûr !

— Et s'il y avait quelqu'un derrière M. dé Guise ?

Le roi la regarda d'un air hébété. Mais elle sentit qu'elle en avait trop dit en public. Elle sortit avec le duc d'Anjou.

— Il est capable dé mener l'enquête jousqu'au bout, lui dit-elle très pâle à mi-voix. Et même d'en donner les résoultats aux houguenots. Il faut agir vite et les devancer. J'ai donné à la France oun roi incapable qui va mener lé royaume à la rouine. Je vais faire ce que je peux pour empêcher cela.

Puis elle aperçut Corine.

— Qué faites-vous là ? Je ne veux plous voir personne pour la journée.

La reine ayant chassé toutes ses demoiselles d'honneur, Mlle de Pâquelin regagna sa chambre et s'allongea sur son lit. Elle se sentait fatiguée et se reposa quelques heures. Elle aurait aimé pouvoir rejoindre Quentin dans leur maison, mais il lui avait recommandé de ne pas sortir du palais pendant quelques jours. Elle chercha des yeux son petit chien, mais Tricky la dédaignait depuis le mariage de Margot. Il avait eu peur de la foule et des feux d'artifice et se terrait sans doute quelque part pour bouder.

Clémence n'était pas là non plus, sans doute aux cuisines avec Jacques Perrot. Elle décida au sortir de sa torpeur de se joindre à Mlle de Surgères. Elle trouva Hélène en compagnie du poète Ronsard. Celui-ci déclamait des vers, mais le cœur n'y était pas. Tous étaient inquiets. Il régnait dans le palais un calme inhabituel. Un marin aurait sans doute dit : le calme avant la tempête. Il faisait une chaleur moite qui contribuait à accentuer le malaise.

— Il y a Conseil chez le roi, dit Hélène après un silence un peu long.

— Avec la reine mère, le duc d'Anjou et les princes catholiques, ajouta le poète. Navarre et Condé n'y sont pas.

— Et ce qui est plus étrange, rajouta Mlle de Surgères, c'est que le duc de Guise en est.

— … Guise…, murmura Corine. Je croyais qu'il devait être arrêté.

— Peut-être est-il interrogé en ce moment, répondit Ronsard sur le même ton. On prend des égards avec les princes de sang royal.

— J'ai vu plusieurs capitaines catholiques entrer et sortir, ajouta Hélène. Ils portaient une croix blanche sur le chapeau, comme un signe de reconnaissance, et une écharpe blanche en sautoir. Peut-être organise-t-on des milices dans la ville pour la sécurité.

— C'est possible, dit encore le poète, les magistrats et échevins parisiens ont aussi été convoqués.

Corine soupira, cela ne lui disait rien qui vaille. Elle se dirigea vers les appartements du roi. Elle y arriva juste au moment où la reine mère en sortait avec le duc d'Anjou. Elle paraissait soulagée.

— Si nous ne lé faisons pas, Guise lé fera dé toute façon, et il prendra lé pouvoir. Mais n'oubliez pas, ni Condé, ni Navarre, pas les princes dou sang !

Le duc acquiesça sans faire paraître la moindre émotion et s'éloigna en compagnie de quelques gentilshommes qui sortaient du Conseil du roi. Corine se demanda ce qu'il fallait cacher aux princes huguenots.

Le souper eut lieu comme à l'accoutumée, plus gai que la veille. Tous paraissaient retrouver l'ambiance des jours de fête. Puis la reine Catherine se déclara fatiguée et regagna sa chambre. Ses filles Marguerite de Navarre et Claude de Lorraine l'accompagnèrent, ainsi qu'une poignée de demoiselles d'honneur. Elles s'attardèrent à bavarder. La duchesse de Lorraine paraissait triste. Catherine s'impatientait :

— Margot, vous dévriez réjoindre votre époux !

La princesse Marguerite s'étonna. Il n'était pas tard et depuis son mariage c'était la première fois que sa mère la poussait ainsi au devoir conjugal. La princesse Claude se mit à pleurer.

— Mon Dieu, ma sœur, n'y allez pas.

— Taisez-vous, petite sotte, gronda la reine mère. Marguerite vous êtes jeune mariée, il né sied pas que vous restiez ici.

Margot, vexée, se retira sans un mot, et sans même une révérence.

Claude pleurnichait :

— S'ils découvrent quelque chose, ils vont peut-être se venger sur elle.

— Taisez-vous ! cria la reine mère, et vous, sortez ! fit-elle aux demoiselles d'honneur. Êtes-vous folle dé parler ainsi ? continua-t-elle s'adressant à sa fille. Vous allez éveiller les soupçons.

Mlle de Pâquelin ne put en entendre davantage, les portes se fermaient. Elle rejoignit Margot dans le couloir.

— Je me demande pourquoi ma mère m'envoie à mon mari, dit-elle, il passe toutes ses nuits à discuter ou à jouer aux cartes et aux dés avec ses amis, et il s'endort à l'aube sans même s'apercevoir que je suis là ! Ils vont sûrement encore parler de l'amiral comme hier soir. Je reste une heure et puis je vais me coucher.

Des bribes de conversation qu'elle entendait, Corine se demandait où il y avait complot, chez la reine mère ou chez les huguenots. À moins que ce ne fût les deux à la fois.

Plus loin elle vit encore le roi tenter de retenir le duc de La Rochefoucauld.

— Ne partez pas, il est tard. Restez, nous bavarderons une partie de la nuit.

— Il faut dormir, Sire.

— Vous coucherez dans mon antichambre, avec mes valets.

— Ils puent des pieds ! Non, à vrai dire, Majesté, j'ai quelque rendez-vous galant. Une dame m'attend !

— Dans ce cas..., fit le roi.

Il paraissait très las. Corine songea qu'elle l'était aussi et qu'il serait temps le lendemain de résoudre ces mystères.

* * * *

Elle avait sombré dans un sommeil lourd. Au bout d'un temps indéfini, il lui sembla entendre des coups de feu et des cris lointains, sans qu'elle puisse déterminer s'il s'agissait ou non d'un rêve.

Vers une heure le tocsin de Saint-Germain-l'Auxerrois, l'église située face au Louvre, se mit à sonner, et la réveilla tout à fait. Des clameurs montaient dans la nuit, venant des rues autour du Louvre. Elle entendait : « Tue ! Tue ! Aux huguenots ! » Et des coups de feu, des cris d'hommes, des cris de femmes.

Et d'autres hurlements plus proches qui venaient du palais.

Elle se leva, enfila une robe de chambre. Clémence, qui dormait dans la pièce à côté, s'était levée également, elle tremblait. Le chien, réapparu par miracle, aboyait.

Les deux jeunes femmes se blottirent l'une contre l'autre, n'osant sortir de la pièce. Et les cris au-dehors redoublaient. Elles s'approchèrent de la fenêtre, mais il faisait encore nuit. La clameur sourde semblait venir de partout dans la ville. Des bruits de cavalcades émanaient des couloirs du palais, des cris sourds, des bruits de chute. Du dehors provenaient aussi des sons d'objets lourds projetés dans l'eau (la Seine était proche). Des lueurs d'incendie apparaissaient çà et là.

Et toujours les cloches qui sonnaient, le tocsin de l'Hôtel de Ville se joignit à celui de l'église.

— C'est la guerre, déclara Corine, la guerre civile !

Combien de temps les deux femmes restèrent-elles ainsi dans la chambre, elles n'auraient pu le dire. Les heures passèrent et les bruits et les cris continuaient. L'aube éclaira la ville, et elles purent voir des courses-poursuites dans les rues, des éclats de soleil briller sur les lames des épées et des poignards, des corps d'hommes, de femmes et d'enfants entassés sur les quais, des cadavres projetés dans le fleuve, des coups d'arquebuse tirés des fenêtres, mais aussi des boutiques pillées, des maisons en feu. Le sang coulait dans les rues et en rigole jusqu'à la Seine.

— Ce n'est pas possible, dit Corine, c'est un cauchemar.

Laissant Clémence avec le chien, elle décida de s'habiller et d'aller voir ce qu'il advenait du roi et de la reine Catherine. À peine avait-elle franchi deux couloirs qu'elle trouva sur sa route le corps d'un gentilhomme protestant égorgé. Elle étouffa un cri et contourna l'obstacle, puis se mit à courir vers l'appartement de la reine mère. Arrivée à une balustrade donnant sur la cour intérieure, elle découvrit une horreur : des cadavres étaient entassés en bas et on en amenait d'autres, plus ou moins mutilés. Elle poussa un long cri, mais il était couvert par ceux des autres. Des personnes affolées couraient dans tous les sens, des gentilshommes, des dames, des serviteurs. Un corps tomba d'une fenêtre de l'étage supérieur et s'écrasa sur le tas en bas. Elle mit un mouchoir sur son nez et sa bouche, pour étouffer ses propres cris et repousser l'odeur du sang chaud.

Puis elle se rendit compte d'une chose : que tous les hommes qui tuaient et amenaient des corps portaient des croix blanches sur leur chapeau et une écharpe blanche au cou, et que les morts n'en avaient pas. Ce n'était pas une guerre civile, c'était un massacre, le massacre des huguenots. Au Louvre, dans la ville, partout on tuait les protestants.

— Mon Dieu, la liste, murmura-t-elle, la liste des maisons huguenotes, c'était donc ça !

Elle entendit un capitaine arriver à cheval dans la cour. Il cria :

— Coligny est mort, il a été poignardé, défenestré, dénudé, mutilé, on a traîné son cadavre dans les rues, on l'a pendu au gibet de Monfaucon et on y a mis le feu !

Les autres crièrent : « Hourra ! »

Corine vacilla et réprima une nausée. Elle vit plusieurs gentilshommes protestants logés au Louvre, poussés comme un troupeau par les gardes dans la cour. Leurs écuyers, leurs valets étaient avec eux. Elle en connaissait plusieurs. Ils furent assommés, embrochés avec des hallebardes, achevés à l'épée ou à la dague. Certains n'avaient pas vingt ans.

Elle hurla à nouveau, puis s'éloigna de la rambarde. « Quentin ! Quentin ! » avait-elle envie de crier. Elle ne savait même pas où le trouver, s'il était au palais, chez Coligny, dans leur maison. « Navarre, le roi de Navarre ! Il doit savoir. »

Elle courut aux appartements du prince et de Margot. Il y avait du sang partout, sur les murs, sur les dallages. Au détour d'un couloir, une apparition lui fit pousser un nouveau cri. Margot était là, en chemise, les cheveux dénoués, hagarde, maculée de sang. Elle pensa qu'on avait tué le roi de Navarre chez elle, qu'elle était peut-être blessée.

— Je n'ai rien, cria Margot pour couvrir les bruits du massacre et le glas qui sonnait toujours. Ce n'est pas mon sang ! C'est celui d'un gentilhomme de l'entourage de mon mari qui a frappé à ma porte ce matin. Il avait reçu un coup de hallebarde. J'ai pu le sauver. Je l'ai enfermé dans ma chambre avec ma nourrice.

— Votre époux ? questionna Corine.

Elle secoua la tête.

— Je n'en sais rien. Je l'ai quitté hier soir ! Mon Dieu ma sœur savait ! C'est cela qu'elle a voulu dire. Ils ont osé ! Ils ont osé me marier pour attirer les gentilshommes protestants et les massacrer. J'aurais pu être tuée moi aussi ! Ma mère le savait quand elle m'a envoyée à mon mari hier soir !... Ma mère, mes frères ne me diront rien. Mais ma sœur parlera, venez !

Elle criait, tremblait et pleurait à la fois. Corine la suivit. Le palais était rempli de clameurs, de détonations, de galopades. Et le glas sonnait toujours. Aux cloches de Saint-Germain et de l'Hôtel de Ville s'étaient ajoutées celles de toutes les églises de la ville et celle du Palais de Justice. Mais au lieu de calmer les esprits, cela les échauffait. Les tintements sourds semblaient des appels au crime.

Un homme fut tué d'une balle devant elles et s'affala sur la princesse. Marguerite poussa un hurlement et s'évanouit. Corine, qui était derrière elle, la reçut dans ses bras. En pleurant et en gémissant, elle réussit à la dégager du poids mort de l'homme, à la tirer à quelques pas et à la ranimer. Elles parvinrent enfin chez Claude de Lorraine.

La duchesse poussa un cri mêlé de joie et d'effroi en voyant sa sœur vivante mais couverte de sang. Un gentilhomme franchit la porte derrière elle et se jeta à ses pieds avec son serviteur.

— Pour la Navarre ! Madame, pitié ! Protégez-moi.

Elle les releva.

— Cachez-les ! ordonna-t-elle à sa sœur.

Puis se retournant vers Corine :

— J'en aurai au moins sauvé trois !

Lorsqu'ils se furent éloignés avec une servante, elle exigea des explications :

— Qui a voulu cela ? demanda-t-elle à la princesse Claude.

— Le roi l'a ordonné.

— Qui l'a poussé ?

— Tous ! Mère, Henri, Nevers, Gondi, Tavannes, Guise ! Ils ont dit que les protestants voulaient nous tuer ! (Elle pleurait.)

— Et tu ne pouvais pas me prévenir ! hurla Margot de rage.

— Mère ne voulait pas ! Elle avait peur que tu ne parles à ton mari.

— Mère ! Mère ! Mère ! C'est elle qui a fait tout cela, n'est-ce pas ? Et cinq jours après mon mariage ! Mon mari, où est-il ? Est-ce qu'ils l'ont tué ?

— Non, il est en sécurité dans les appartements du roi avec le prince de Condé. Charles les a fait chercher tôt ce matin et leur a ordonné de se convertir sinon ils seraient massacrés avec les autres... Ton mari s'est converti tout de suite.

Margot leva les bras au ciel, sans que Corine sache si c'était du soulagement ou du mépris.

— Condé a refusé, continua la princesse Claude. Le roi lui a laissé trois jours pour changer d'avis.

Le roi de Navarre est chez le roi ! pensa Corine. Il sait peut-être où est Quentin. Elle laissa les deux sœurs et poursuivit son chemin. Il n'y avait plus de cris au Louvre. On avait sans doute fini le massacre au palais. Mais il continuait au-dehors.

Elle passa d'abord devant l'appartement de la reine mère. Celle-ci était seule avec le duc d'Anjou. Elle paraissait abattue.

— Je n'ai pas voulu cela, disait-elle, Dieu m'est témoin, je n'ai pas voulu cela ! J'avais dit jouste les chefs, cinq ou six hommes, douze au plous, pour éviter oun bain dé sang. Et voilà lé résoultat.

— Les haines se sont déchaînées. Les prévôts des marchands ont interprété les ordres. « Tous aux huguenots ! » Au passage ils ont réglé quelques querelles personnelles.

— Ils ont toué des femmes, des enfants !

— Oui, et ils ont pillé les orfèvres du pont au Change et du pont Notre-Dame, brûlé des librairies. C'est trop tard, on ne peut plus les arrêter. Ils ont appris le goût du sang, ils en redemandent.

— Tou es cynique. Et les têtes ?

— Coligny est mort, vous le savez déjà. La Rochefoucauld a été poignardé dans son lit, Téligny passé par la fenêtre comme son beau-père, les autres égorgés, jetés à la Seine. Pourquoi avez-vous voulu épargner Navarre et Condé ? Nous serions tranquilles !

— Henri ! Cé sont vos cousins ! Et pouis il faut laisser oun pouvoir pour contrebalancer les Guise, sinon ils seront trop pouissants.

— Il n'empêche, j'aurais bien aimé que la princesse de Condé soit veuve ce soir. Jamais une femme ne m'a autant plu que Marie de Clèves.

Mlle de Pâquelin était écœurée par leurs propos. La porte était ouverte, ils ne l'avaient pas entendue arriver, ne l'avaient pas vue. Elle les laissa et se dirigea vers les appartements du roi.

Ils étaient presque déserts. Dans une pièce elle trouva Marie Touchet assise sur un tabouret, un mouchoir parfumé à la main et des traces de larmes aux joues. Lorsqu'elle l'aperçut, elle se leva et lui prit les mains.

— Comment ont-ils pu lui faire cela ? dit-elle en pleurant.

— À qui ?

— Au roi !

— Qu'ont-ils fait au roi ?

Elle la prit par la main et la conduisit dans la chambre royale. Charles IX était assis par terre, recroquevillé dans un coin de la pièce et pleurait en répétant :

— Ma nourrice, ma mie, qu'ai-je fait ? Qu'ai-je fait ?

— Cela a duré des heures, raconta Marie Touchet. Ils sont venus, sa mère, son frère Henri, Guise et d'autres. Ils l'ont harcelé jusqu'à ce qu'il donne l'ordre du massacre. Il ne voulait pas. Ils ont dit qu'il y avait un complot contre eux, que Coligny voulait les tuer, qu'il voulait prendre la Couronne. Ils avaient des témoins, des noms, des preuves, des dates… Il disait : « Pas l'amiral, je l'aime comme un père, je ne veux pas qu'on lui fasse du mal, j'ai promis de le protéger, de le venger. » Ils ont dit que l'attentat l'avait rendu fou furieux, comme un sanglier blessé à la chasse. Qu'il fallait l'abattre. Il voulait arrêter le duc de Guise. Ils lui ont dit que c'était dangereux pour la Couronne, que le duc n'était que leur complice.

— Qui ça *ils* ? demanda Corine. Le complice de qui ?

Elle la regarda d'un air hagard, comme si c'était évident :

— La reine Catherine, le duc d'Anjou. Ils ont dit que si Guise était arrêté, il faudrait aussi les arrêter eux, et que c'en serait fini de la couronne des Valois. Que l'assassinat de Coligny aurait dû suffire pour empêcher la guerre des Flandres et des troubles en France, maintenant que le roi de Navarre et Margot étaient mariés. Mais à cause de l'échec de Maurevert, il fallait aller plus loin. Tuer tous les chefs du parti protestant. Que c'étaient eux ou nous.

Il a lutté, résisté autant qu'il a pu. Il voulait surtout protéger l'amiral. Alors savez-vous ce qu'ils ont fait ? La reine a dit que s'il ne le faisait pas, Guise et ses hommes le feraient de toute façon. Qu'il ne pourrait pas l'empêcher, et que s'il ne marchait pas avec eux, elle partirait. Elle quitterait la France, elle l'abandonnerait et elle ne reviendrait jamais. Qu'elle emmènerait le prince Henri avec elle, qu'elle resterait pour toujours avec lui, et que lui, Charles, ne la reverrait plus.

Elle disait cela en pleurant. Alors la haine et la jalousie pour son frère ont été les plus fortes. Il était à bout de résistance. Il a dit : « Eh bien, soit ! par la mort Dieu, allez-y, faites-le, mais tuez-les tous, qu'il n'en reste pas un pour me le reprocher après ! » Ils sont partis, ils se sont empressés de donner leurs ordres avant qu'il ne change d'avis. Quand il a voulu tout arrêter il était trop tard.

Marie montra le roi. Il prononçait des paroles inaudibles tout en se balançant doucement d'avant en arrière.

— Il n'a pas été toute la nuit comme cela, dit la maîtresse royale. Il a des moments de lucidité. Et des phases où il reste prostré comme maintenant. D'autres où il est comme fou. Tout à l'heure il a pris une arquebuse, s'est mis à la fenêtre et a fait semblant de tirer. Il criait : « Tue ! Tue ! » Mais il ne tirait pas.

Corine en voulait au roi d'être si lâche, elle en voulait à Marie d'avoir plus pitié de lui que des centaines de morts dehors. Elle se souvint pourquoi elle était venue.

— Où est le roi de Navarre ?

Marie montra une porte et la demoiselle d'honneur s'y dirigea. La dame de Belleville s'était agenouillée près de son amant et lui caressait les cheveux comme à un enfant. Il fredonnait une berceuse. De temps en temps il s'interrompait pour réclamer sa nourrice.

Mlle de Pâquelin trouva Henri de Bourbon faisant les cent pas dans la chambre voisine. Il semblait avoir vieilli de dix ans, ses traits étaient tirés, ses yeux cernés, le regard était rempli de tristesse, de colère et de honte. Il la vit entrer mais ne dit rien.

— Pardonnez-moi, Sire, dit-elle, mais je me demandais… Savez-vous où se trouve M. de Gayrand ?

Il tourna vers elle des yeux injectés de sang.

— Mais vous n'avez donc pas compris qu'ils sont tous morts ! éructa-t-il. Vous ne les entendez pas crier dehors ?

Elle se mit à pleurer.

— Peut-être pas tous…

— Allez-vous-en !

Comme elle allait sortir de la pièce, Marguerite de Navarre y entrait. Elle avait revêtu une robe et s'était fait coiffer, peut-être chez sa sœur. Henri la toisa.

— C'est votre mère qui a fait tout cela ! Cette maudite fille de marchands, cette Florentine perfide avec ses airs de vieille abbesse ! Et votre imbécile de frère ! Et votre amant de Guise !

Margot semblait furieuse, mais elle le laissait dire.

— Ce mariage était un piège préparé depuis longtemps. Vous êtes tous complices !

Elle s'approcha des larmes aux yeux et lui toucha le bras. Sa voix tremblait, moitié de colère contenue, moitié de sanglots retenus.

— Vous savez que c'est faux. J'ignorais tout. Ils m'ont piégée moi aussi. Mais je ne crois pas qu'ils avaient prévu cela avant le mariage. Votre mère les voulait ces noces, au moins autant que la mienne !

— Ma mère ! Ma mère n'aurait jamais été complice de cela !

— Non, bien sûr que non ! Je ne le voulais pas, ce mariage ! J'ai été franche avec vous, je vous l'ai dit. Le piège ne date que d'hier, c'est l'attentat manqué contre Coligny qui en est cause.

— Encore une œuvre de votre amant !

— Il n'est pas mon amant !

— Vous osez prétendre que vous n'aimez pas Henri de Guise ?

— Oui ! Je l'ai aimé. Mais je ne suis pas sa maîtresse et je ne le serai jamais.

— Est-ce à dire que vous ne l'aimez plus ?

— Aimer ? Après cette... monstruosité ? fit-elle en montrant la fenêtre par laquelle montaient toujours des cris venant de la ville. Comment pourrait-on aimer l'un des auteurs de... de ça ! Oui ! Je suis catholique, et fière de l'être, mais la haine n'est pas chrétienne. Ce qui se passe là dehors n'est pas chrétien ! Je ne hais point les protestants, j'en ai même sauvé trois ce matin ! Ma mère !... Ma mère m'a envoyée chez vous hier soir, alors qu'elle savait que vos compagnons allaient être assassinés... J'aurais pu être tuée moi aussi...

Il s'approcha et la prit dans ses bras. Corine les vit sangloter ensemble. Mais elle reprit courage. Margot en avait sauvé trois ! D'autres avaient peut-être agi de même. Ils n'étaient pas tous morts.

XV. Il faut survivre

Elle retraversa le palais. Les cadavres de la cour avaient disparu. Les serviteurs lavaient à grande eau les murs et les dallages souillés de sang. Mais l'odeur était toujours là, avivée par la chaleur de ce 24 août, jour de saint Barthélemy. Une nausée lui vint, qu'elle réprima avec peine. Elle n'avait rien mangé depuis la veille, elle ne savait plus quelle heure il était, et la tête lui tournait.

En passant devant la chapelle, elle y avait vu la jeune reine Élisabeth en prière, le regard affolé et la main posée sur son ventre. Dans moins de quatre mois elle allait mettre au monde le descendant des Valois. Corine se demanda si elle priait pour les morts ou pour que son enfant n'hérite pas des instincts sanguinaires et de la folie de son père, de son oncle, et de sa grand-mère.

Puis elle avait croisé le duc d'Alençon, le deuxième frère du roi. Elle l'avait presque oublié. Mais tout le monde ne l'oubliait-il pas toujours ? Il avait l'air désorienté et choqué par les événements. Il est vrai qu'il avait des amis chez les protestants, et qu'il espérait épouser l'anglicane Élisabeth d'Angleterre.

En remontant les escaliers vers sa chambre, Mlle de Pâquelin, ou plutôt Mme de Gayrand, sentait battre sur sa poitrine son alliance toujours suspendue au cordon de soie bleue. Il fallait qu'elle retrouve Quentin. Elle songea avec amertume que cela faisait tout juste un mois qu'ils étaient mariés et qu'ils auraient dû annoncer cette union au monde dans quelques jours.

Elle croisa Hélène de Surgères sur le pas de sa porte. Les deux femmes tombèrent dans les bras l'une de l'autre.

— C'est affreux, dit Hélène. Je n'osais pas sortir de chez moi. Je suis venue voir comment vous alliez.

Corine eut un geste de désespoir. Elle fit entrer la jeune femme et retrouva Clémence avec effusion également. Après avoir pris un verre d'eau sucrée, elle leur raconta d'une voix blanche ce qu'elle avait vu et entendu depuis le matin. Clémence pleurait, Hélène tremblait. Dehors le massacre continuait. Des cadavres d'hommes, de femmes et d'enfants étaient traînés dans les rues, attachés à des cordes, et jetés dans la Seine.

— Il faut aller à la maison du faubourg du Temple, dit Corine, il faut savoir ce qu'est devenu Quentin.

— C'est impossible, dit Hélène. On ne peut pas sortir du palais, encore moins se renseigner sur le sort d'un huguenot. Vous n'avez pas compris. Les milices des Guise excitent les marchands, les artisans et les étudiants. Ils ont même tué des catholiques qui s'indignaient ou essayaient de protéger leurs voisins. Ils s'en prennent aux étrangers, aux Flamands, aux Allemands. Ils volent, ils pillent, ils torturent. On m'a rapporté des choses que je ne saurais répéter tant elles sont monstrueuses. Les prêtres tuent, les enfants tuent... Les troupes du roi essayent de rétablir l'ordre, mais elles n'y arrivent pas. Il faut attendre. On ne peut rien faire pour le moment.

Corine s'approcha de la fenêtre. La Seine charriait des monceaux de corps dénudés. L'odeur du sang et de la mort montait jusqu'à elle. Les nausées lui revinrent et elle ne put les retenir. Clémence eut juste le temps de lui apporter une cuvette.

Elle vomit plusieurs fois jusqu'au soir. Puis elle eut de la fièvre. Mlle de Surgères aida la soubrette à la mettre au lit, et se retira tard dans la soirée. Pendant plusieurs jours Mlle de Pâquelin resta alitée. La fièvre la faisait délirer, et lorsqu'elle ne dormait pas, elle vomissait. Pourtant à peine absorbait-elle de l'eau et du bouillon.

Au matin du cinquième jour, elle se sentit mieux. La fièvre était tombée. Elle reconnut Clémence pour la première fois depuis quatre jours. Elle prit deux assiettées de soupe. La soubrette ajouta un oreiller et l'aida à s'asseoir dans le lit.

Mlle de Surgères vint lui rendre visite comme chaque jour, et fut heureuse de la trouver mieux.

— Combien de temps ai-je été malade ?

— Nous sommes le 29 août, répondit Hélène.

— Le 29 ! Est-ce qu'on a des nouvelles de... ?

Clémence baissa la tête. Hélène paraissait ennuyée.

— Mon Dieu, Hélène, dites-moi ! Que s'est-il passé depuis cinq jours ?

— Vous êtes encore un peu faible, avança Mlle de Surgères. Je ne sais pas si...

— Je vous en prie, je veux savoir !

Hélène soupira.

— Vous savez que le roi avait donné l'ordre de tuer les chefs du parti protestant. En fait il y a eu plus de deux mille morts. Le massacre a duré trois jours. Trois jours identiques au premier. Le roi a envoyé des sonneurs de trompe dans tous les quartiers, avec des ordres, en vain. Les corps charriés par la Seine ont été enterrés à Saint-Cloud. Près de mille neuf cents corps. Mais les fossoyeurs pensent qu'il y en a eu autant qui leur ont échappé et sont partis plus loin.

— Mon Dieu !

— Il y a au moins deux cents nobles parmi les victimes. Quelques huguenots ont été graciés au palais. Les plus tièdes, en politique comme en religion. Ils se sont convertis. Les seigneurs protestants qui n'étaient pas logés dans Paris ont réussi à s'enfuir. J'ai su par une indiscrétion que le poète Agrippa d'Aubigné a échappé au carnage grâce à un duel qu'il aurait eu en dehors de la capitale pour les beaux yeux d'une dame...

Lorsque les massacres ont cessé à Paris, ils ont commencé en province. À Orléans, Saumur, Angers...

Meaux, Bourges, Troyes, Lyon... Chaque fois des centaines de victimes. Les ordres ne viennent pas du roi, mais des extrémistes parisiens. Sa Majesté essaie d'empêcher l'hécatombe. Il a écrit aux gouverneurs des provinces pour qu'ils tâchent de maintenir l'ordre et de protéger les réformés.

— Le roi a retrouvé ses esprits ?

— Si on veut. Il n'est plus dans l'état dans lequel vous l'avez vu. Mais il change d'avis et de politique chaque jour. Le 25 il dénonçait le complot auquel il avait échappé, le 26 il a dit au Parlement que tout ce qui a été fait l'a été par son ordre, le 27 il affirmait aux ambassadeurs qu'il ne s'agissait que d'une lutte entre les partisans des Guise et ceux de l'amiral, et qu'il n'était intervenu que pour rétablir l'ordre. Hier il accusait Coligny de tous les maux et voulait le juger à titre posthume ; il a interdit dans tout le royaume les prêches et assemblées protestantes. Il ne regarde plus personne en face, il reste maussade...

Il... Il a demandé comme une faveur au roi Philippe II d'Espagne... que le duc d'Albe n'épargne pas les protestants français qui étaient dans Mons... Mais l'Espagnol, pour lui faire honte, leur a accordé des conditions généreuses s'ils quittaient la ville.

Le roi... les a fait massacrer à leur arrivée en Picardie. Seul leur capitaine La Noue a été épargné. Je pense qu'il rend l'affaire de Mons responsable de tout ce qui s'est passé. Quoi qu'il en soit la ville est à nouveau espagnole.

Un silence suivit, méditation ou prière muette pour les défunts. Puis Hélène reprit, jetant toujours de temps à autre des petits regards à Clémence :

— La reine Catherine passe pour le plus sûr appui du catholicisme. Le peuple de Paris l'a proclamée « mère du royaume et conservatrice du nom chrétien ». Partout on prie le chapelet, on rend grâce à Dieu...

Elle parlait avec difficulté, visiblement triste et écœurée par les mots qu'elle devait prononcer. Corine l'écoutait en pleurant doucement.

— On dit qu'au cimetière des Saints-Innocents, au pied d'une statue de la Vierge, une aubépine stérile depuis quatre ans a refleuri de joie le lendemain de la Saint-Barthélemy. La foule s'y attroupe, crie au miracle. Il a fallu faire garder le cimetière. Avec le roi et la Cour, nous nous sommes rendus sur place... Il y a tellement de soldats autour de la plante qu'on ne voit rien. Mais certains exaltés jurent qu'ils l'ont vue. On y célèbre trois messes par jour. Des malades prétendent même avoir été guéris...

— Comment réagit la Cour aux événements ?

— Oh ! Certains sont fous de joie ! Qu'ils soient sincères ou qu'ils soufflent dans le sens du vent. Certaines de nos compagnes ont même été jusqu'à rire en voyant les corps des huguenots tués entassés nus dans la cour du Louvre. Elles... Elles se permettent de faire des comparaisons sur... la virilité des uns et des autres...

Mais beaucoup sont choqués, comme nous, et désemparés par ce qui s'est passé. Les ambassadeurs anglais, hollandais, allemand et suisse ont émis des protestations. Mais celui d'Espagne a dit à la reine mère que Philippe II avait ri, que cela lui arrivait rarement et qu'il louait le roi de France d'avoir une telle mère, et la reine Catherine d'avoir un tel fils...

La princesse Marguerite ne quitte plus son mari. Il s'est rassemblé autour d'eux un petit parti formé des huguenots de la Cour fraîchement convertis, de catholiques tièdes, et de quelques politiques opportunistes. Le duc d'Alençon s'est joint à eux.

— Vous... Vous ne me dites pas ce que je veux savoir. Vous n'osez pas me le dire..., prononça Mlle de Pâquelin avec difficulté. Quentin ? Qu'est-il devenu ?

Ses compagnes baissèrent la tête. Clémence pleurait. Tricky à ses pieds gémissait. Mlle de Surgères releva le visage :

— Dès que cela a été possible... J'ai fait envoyer quelqu'un à la maison du faubourg du Temple...

— Ils ont tout pillé, Madame, s'indigna Clémence. Et tout brûlé ! Il ne reste rien, pas un meuble, pas une fenêtre ! Les voisins ont dit que la maison était louée à un huguenot. Mais ce ne sont pas eux qui ont mis le feu. Ce sont des bandes venues d'autres quartiers. Ils avaient à leur tête un milicien du duc de Guise, avec une croix blanche sur le chapeau.

— Quentin !?

— Il est quasiment certain que la maison était vide au moment des faits, continua Mlle de Surgères, mais…

— Où était-il ?

— Nous n'en sommes pas sûres, mais il y a de fortes chances pour qu'il se soit trouvé rue de Béthizy ce soir-là, dit Hélène.

— Près de la maison de l'amiral de Coligny ?

— Oui. C'est… Je suis désolée… C'est dans cette rue qu'il y a eu les plus grands massacres.

— Non ! Non, pas Quentin ! Il n'est pas mort ! Je le sais, je le sens !

— J'ai interrogé discrètement les rares huguenots survivants au palais. Ils ont parfois des nouvelles de ceux qui ont pu quitter Paris. C'est comme ça que nous avons su pour M. d'Aubigné… Il n'y a aucune trace de M. de Gayrand nulle part… Je suis sincèrement désolée…

— Non ! hurla Corine, Non, il est vivant ! Clémence, il est vivant ?

La soubrette lui prit la main.

— Madame, il… Il n'y a pas eu de survivant rue de Béthizy, c'est impossible.

Une violente nausée secoua la demoiselle d'honneur et la servante eut à peine le temps de lui présenter une cuvette. Puis elle se rejeta en arrière sur son lit en pleurant.

— Non ! Pas Quentin, pas lui !

Ses deux amies lui tenaient chacune une main. Au bout d'un long moment elle demanda :

— Est-ce qu'on a trouvé son corps ?

— C'est impossible, répondit Hélène. Rappelez-vous, plus de deux mille corps à la Seine, je vous l'ai dit. Une fosse commune à Saint-Cloud pour certains… C'est tout ce que l'on peut dire.

— Alors je n'aurai même pas une tombe où pleurer?

Mais au fond d'elle-même elle espérait que si on n'avait pu identifier son corps, c'était qu'il restait une chance pour qu'il soit vivant.

* * * *

Au fur et à mesure que les jours passaient, elle devait bien s'avouer que les chances diminuaient. Que s'il était vivant, il lui aurait fait parvenir un message d'une manière ou d'une autre. Elle passait ses journées entre nausées et crises de larmes. Elle n'osait plus regarder par la fenêtre: elle avait toujours l'impression de voir des corps flotter dans la Seine. Et de sentir l'odeur des cadavres. C'était ce qui devait lui provoquer les nausées. Car la fièvre était tombée et elle n'était pas autrement malade.

Elle n'en pouvait plus de tourner en rond dans sa chambre et de penser à l'homme qu'elle aimait. Mais elle n'avait guère envie non plus de retrouver ses fonctions et de revoir ceux qui étaient sans doute responsables de sa mort: le roi, la reine mère, le duc d'Anjou.

Hélène la força pourtant à quitter sa chambre à la fin de la première semaine de septembre. Elle avait peur que sa jeune amie ne perde la raison et voulait la forcer à voir du monde. Corine se laissa faire. Que lui importait l'endroit où elle se trouvait désormais? Nulle part elle ne retrouverait le bonheur.

Elle constata que peu de choses avaient changé à la Cour, si ce n'était qu'il y avait moins de protestants, naturellement. Il lui sembla retrouver le temps d'avant l'arrivée de Jeanne d'Albret et de son fils. C'étaient toujours des réceptions, des dîners, des bals, des pièces de théâtre, des audiences d'ambassadeurs. Des déclamations de vers, des lectures à haute voix, des morceaux de musique, des parties de jeu de cartes, des intrigues d'alcôves, des projets politiques, des chamailleries entre Margot et sa mère.

Ce jour-là Catherine de Médicis tentait de convaincre sa fille qu'elle pouvait faire annuler son mariage avec le roi de Navarre. Corine croyait rêver. Après tout le mal qu'elle s'était donné pour y arriver ! Mais sans doute le rapprochement politique des amis de sa fille avec ceux du prince y étaient-ils pour quelque chose. Et puis on n'avait plus besoin de l'alliance des huguenots, puisqu'il n'y avait plus de huguenots !

Mais Margot se redressa et foudroya sa mère du regard.

— Puisque vous m'y avez mise, j'y veux demeurer !

Était-ce honnêteté ou crânerie ? Ou cherchait-elle simplement à protéger son époux ? Qui savait en effet si sa vie ne serait pas en danger s'il n'était plus le beau-frère du roi ?

Catherine insista. Elle demanda à sa fille si son mari s'était comporté en homme. En un mot si le mariage avait été consommé, lui faisant comprendre que si cela n'était pas le cas, les noces étaient caduques.

Marguerite rougit et dit à sa mère qu'elle ne comprenait pas ce qu'elle voulait dire. Puis elle se retira pour rejoindre son mari.

La reine mère paraissait ennuyée. Elle avait eu par ailleurs quelques soucis avec les ambassadeurs, avait fait assurer à ceux des pays protestants que le massacre de la Saint-Barthélemy n'avait rien à voir avec la religion ! Que c'était un problème uniquement politique lié à un complot. Que cette fois la guerre était vraiment finie, et que l'on vivrait en paix à l'avenir. Elle regrettait que les choses aient été si loin et que « dans la confusion » d'autres réformés aient été tués par des catholiques. « Mais après tout, rajoutait-elle à voix basse, il valait mieux que cela tombe sour eux que sour nous ! »

Ce jour-là, le légat du pape, le cardinal Orsini, fut aussi reçu à la Cour. Il apprit à la reine mère que Sa Sainteté avait été ravie de ce qui s'était passé en France. Qu'à l'annonce de ce qui était arrivé aux huguenots, il avait remercié le ciel d'avoir délivré la France et fait chanter un *Te Deum* dans sa chapelle. Il avait aussi fait allumer des feux de joie et frapper une médaille en souvenir de cette grande journée, et il avait l'intention de faire peindre des fresques au Vatican en l'honneur de l'événement. Il envoyait ses félicitations au roi Charles IX et à la reine Catherine. Il profitait aussi de l'occasion pour demander leur adhésion à la Ligue contre le Grand Turc.

C'était plus que Corine n'en pouvait supporter. Des feux de joie et une médaille ! Une violente nausée lui monta dans la gorge. Elle sortit précipitamment dans le couloir. Hélène la suivit et la prit par les épaules.

— Vous ne devriez pas rester ainsi. Je vais vous envoyer mon médecin.

— Non, pas de médecin. Que m'importe-t-il d'être malade à présent ? Que m'importe-t-il de vivre ou non ?

Quelques corridors plus loin elle croisa Marie Touchet qui paraissait de joyeuse humeur.

— Ah ! Mlle de Pâquelin, dit-elle en lui prenant les mains. Vous avez toujours été bonne pour moi. Je veux que vous soyez l'une des premières à savoir… Je vais avoir un enfant, un enfant du roi !

Un enfant ? pensa Corine. Comment pouvait-on songer à avoir des enfants dans un monde pareil ? Un enfant d'un homme responsable d'un massacre, d'un homme marié de surcroît, père prochainement avec sa femme légitime, elle ne voyait pas là de quoi se réjouir. Puis elle pensa que Marie aimait le roi, et qu'il était sans doute doux d'avoir un enfant de l'homme qu'on aimait…

— Je suis très heureuse, continuait la jeune femme, si ce n'étaient ces nausées des premiers mois…

Des nausées ! pensa Mlle de Pâquelin. Elle posa la main sur son ventre. Oui, bien sûr, des nausées !

— Excusez-moi, balbutia-t-elle.

Elle courut vers son appartement. Comment n'y avait-elle pas pensé plus tôt ! Elle avait mis ses nausées sur le compte du massacre et de l'écœurement à la vue des cadavres. Mais elle se rappelait maintenant qu'elles avaient commencé bien plus tôt et qu'au moment du mariage de Margot elle n'était déjà pas très bien. Elle avait pensé que c'était à cause de la chaleur, de la fatigue, des agapes des noces. Mais il y avait d'autres signes…

Elle savait désormais pourquoi elle avait l'impression que Quentin était toujours vivant. Il était vivant, là, en elle, il était vivant à travers son enfant ! Maintenant elle avait retrouvé une raison de vivre !

* * * *

Elle envoya Clémence chercher Hélène, et les deux jeunes femmes de retour dans la chambre furent bien étonnées de la trouver si joyeuse. Lorsqu'elle leur annonça la nouvelle, elles ne parurent pas partager la même liesse.

— Vous ne comprenez pas ? leur dit-elle. La vie reprend le dessus !

— Oui, dit Clémence, mais un enfant sans être mariée…

— Mais je suis mariée, Clémence. L'as-tu oublié ? Je suis même veuve, ajouta-t-elle tristement.

— Mais personne ne le sait, intervint Hélène. Pour la Cour, vous êtes demoiselle ! Je sais bien qu'il se passe des choses pas très convenables à cette Cour, mais il est impossible d'avoir un enfant officiellement comme cela.

— Marie Touchet va bien en avoir un du roi !

— Marie Touch… ? Si le père est le roi, c'est différent. Les maîtresses royales ont toujours eu certaines… facilités, et protections ! Ce sont quasiment des épouses officielles…

— Mais comment font les autres, Hélène ? Cela n'est certainement pas la première fois qu'une demoiselle d'honneur…

— Certes non ! C'est tout de même délicat... En général on peut camoufler la grossesse cinq à six mois, avec nos robes amples, en ne serrant pas les lacets, en trichant sur la hauteur de la taille...

— Et ensuite ?

— Généralement, la jeune femme déclare être malade, avoir besoin de se reposer dans sa famille... Elle quitte la Cour jusqu'à l'accouchement et revient le plus vite possible ensuite. L'enfant reste dans la famille, ou est mis en nourrice. La reine mère n'est pas toujours dupe. Elle fait semblant d'y croire. Vous savez qu'elle a horreur de ce genre de scandale. Êtes-vous sûre de vouloir...

— Le garder ? Oui, bien sûr ! C'est l'enfant de Quentin ! Une partie de lui qui vit encore !

— Mais comment voulez-vous l'élever ? Votre famille subviendra-t-elle aux besoins de l'enfant ?

— La famille..., murmura Clémence.

Elle regarda sa maîtresse.

— Je ne peux pas rentrer dans ma famille, dit Corine. Elle m'a reniée. Si en plus je leur ramène l'enfant d'un huguenot ! Et puis je ne veux pas aller mettre cet enfant au monde à Mons, pas après tout ce qui s'est passé là-bas. L'enfant de Quentin de Gayrand ne peut pas naître dans cet endroit.

Mes fonctions me permettent de gagner de l'argent. Je pourvoirai moi-même à son éducation. Je continuerai à servir Madame Catherine, quoi qu'il m'en coûte. Je ne peux pas faire autrement. Nous avons réussi à cacher mon mariage, nous réussirons à cacher l'enfant. Plus tard, si les événements se calment, peut-être écrirai-je à la famille de Quentin.

Elle avait pris sa décision. Mlle de Surgères soupira, mais promit de l'aider de son mieux, ainsi que Clémence. Corine remercia chaleureusement ses amies. Après le départ d'Hélène, elle s'allongea sur son lit, le petit chien blanc dans ses bras.

— Tu verras, Tricky, dit-elle en lui caressant la tête. Nous nous débrouillerons ! Et tu auras bientôt un nouveau compagnon de jeu.

* * * *

Était-ce effet psychologique, à partir du moment où elle comprit qu'elle était enceinte, les nausées s'estompèrent et elle put reprendre une vie normale.

À la Cour la reine Catherine savourait son triomphe. Elle régnait véritablement à nouveau, le roi se désintéressant des affaires de l'État. Il ne songeait plus qu'à poursuivre les auteurs du complot dont il avait failli être victime. Il était devenu agressif envers tout le monde, seule Marie Touchet semblait réussir à lui apporter quelques instants de calme et de douceur.

Mlle de Pâquelin s'efforçait de cacher à l'entourage royal son nouvel état d'esprit envers eux. Cela n'était pas facile. Elle ne pouvait s'empêcher de penser que Quentin avait péri à cause d'eux. Elle restait pâle et avait l'air maladive. Elle n'en pouvait plus d'être enfermée au Louvre. Mais depuis l'horrible nuit, les sorties dans ou hors de Paris avaient été supprimées par mesure de sécurité. Plus de promenades sauf dans le jardin des Tuileries, sous escorte, plus de chasses dans les forêts des environs.

Elle aspirait à retrouver le château de Blois et la campagne environnante. Mais le roi ne voulait plus vivre que dans une forteresse. Dès les lendemains de la Saint-Barthélemy, la guerre avait commencé dans les Cévennes. Les réformés s'étaient armés, formaient des troupes. Ils s'étaient emparés de quelques châteaux, de petites villes en Vivarais et Gévaudan, ils menaient une guérilla dans les montagnes. Plus grave, Montauban et Nîmes avaient fermé leurs portes aux armées du roi de France.

Mais la reine Catherine ne s'en inquiétait pas : ces gens-là n'avaient plus de chefs, ni de conseillers, et le duc d'Anjou en viendrait facilement à bout. L'ambassade envoyée en

Pologne pour faire élire roi son fils préféré l'angoissait davantage. Son envoyé, Mgr de Montluc, y était arrivé en même temps que la nouvelle des massacres. Or il y avait en Pologne une forte minorité protestante qui risquait de mal réagir.

Ces inquiétudes étaient compensées par les nombreuses conversions qui s'opéraient à Paris et dans les grandes villes du royaume. Hantés par les persécutions, inquiets pour leurs affaires, rendant responsables parfois de leur malheur les seigneurs armés et autres militants fanatiques du protestantisme, les bourgeois abjuraient en masse, y compris dans les hauts grades de la magistrature, ce qui diminuait d'autant la puissance politique du parti des huguenots et rassurait la reine mère.

À la Cour même, les princes de Navarre et de Condé, pour survivre, s'étaient convertis, et se rendaient à la messe tous les dimanches. Henri de Condé s'était peut-être laissé influencer par son épouse, Marie de Clèves, sœur de la jeune duchesse de Guise, et fille du duc de Nevers, autre pilier du catholicisme. À moins qu'il ne se soit rendu aux raisons de son cousin de Navarre : tout accepter pour survivre, survivre pour mieux rebondir et reprendre le combat, faire semblant le temps de reprendre des forces.

Pour lors, les anciens princes huguenots étaient comme prisonniers à la Cour, traités en princes, mais surveillés. L'époux de Margot paraissait le plus sincère du monde dans sa conversion. Le 28 septembre, Mlle de Pâquelin le vit même intronisé en grande pompe à Notre-Dame, dans l'ordre du Saint-Esprit, et le 29 il fut fait chevalier de Saint-Michel. Lorsqu'elle le vit, parmi d'autres nouveaux promus, s'incliner gracieusement devant l'autel, après y avoir déposé son offrande, puis se retourner vers elle et lui faire grand sourire et révérence, la reine Catherine ne put s'empêcher d'éclater de rire.

Cependant la révolte protestante du Midi prenait de l'ampleur, avivée par les massacres de huguenots par des catholiques qui avaient eu lieu du 3 au 6 octobre à

Bordeaux, Toulouse et Albi. L'une après l'autre, les villes du Languedoc, de l'Ardèche, du Vivarais, de l'Agenais se fermaient aux envoyés du roi et prenaient les armes. Après Nîmes et Montauban, c'était au tour de Castres et Millau, Aubenas, Privas... au total près de quatre-vingts villes, villages fortifiés ou châteaux. Les troupes royales demandaient des renforts.

Le roi leur envoya le comte de Damville, qui était gouverneur du Languedoc depuis neuf ans mais vivait à la Cour. Il avait le double avantage d'être un catholique fervent, quoique un peu refroidi par les massacres récents et la place grandissante des Guise au pouvoir, et d'être un cousin de l'amiral de Coligny, et à ce titre respectable aux yeux des ennemis. Il reprit quelques petites places, mais ne put entrer dans Nîmes.

Les huguenots détenaient aussi Sancerre, au centre du pays et surtout La Rochelle où affluaient de tout le royaume des réfugiés, des soldats et des gentilshommes protestants. Le peuple de la cité, petits bourgeois et marins, avait pris le pouvoir aux notables et grands officiers. La ville était une citadelle difficilement prenable, mais de plus c'était un port. Les armateurs soutenaient les protestants, les corsaires à leur service multipliaient les prises de vaisseaux espagnols et étalaient leur butin sur les quais. Par la mer, la cité était ravitaillée en vivres, armes, hommes. Elle permettait aussi des contacts avec l'étranger, et notamment l'Angleterre de la protestante Élisabeth Ire. Les Rochelais étaient prêts à la reconnaître comme leur souveraine naturelle, renouant avec le passé britannique de la Guyenne. Cette dernière espérait bien profiter de la situation mais sans se compromettre. Elle se comportait avec les huguenots français comme le roi Charles IX avec les protestants flamands : beaucoup de promesses, mais peu d'aide réelle.

Les pasteurs encadraient la population de la ville qui devenait une *nouvelle Genève*[1], et l'exhortaient à la

---

1. Genève était devenu une république théocratique gouvernée par Calvin et ses successeurs.

résistance, comparant leurs souffrances aux malheurs du peuple d'Israël dans la Bible. À La Rochelle, la défense de la religion n'était pas l'affaire d'une caste politique armée, mais du peuple tout entier.

La reine Catherine sentait qu'il fallait d'abord écraser ce bastion, et qu'ensuite le Midi tomberait tout seul, car ce qu'il se passait dans le port de la province d'Aunis ne devait pas leur servir d'exemple ni d'espoir. Elle fit envoyer comme gouverneur à La Rochelle le baron Armand de Biron, pour négocier la soumission de la ville. Mais les Rochelais refusèrent de recevoir le messager du nouveau gouverneur et le transpercèrent de plusieurs coups d'épée.

M. de Biron reçut alors l'ordre d'investir la cité. Il commença à installer ses troupes le long des murailles, mais la ville recevant de l'aide par la mer, le siège promettait de durer tout l'hiver. Charles IX eut alors cette idée saugrenue d'envoyer aux Rochelais le capitaine La Noue, le seul rescapé huguenot des troupes françaises de Mons, qui tout en n'abjurant pas sa religion, était demeuré fidèle à la royauté. Mlle de Pâquelin se demandait d'ailleurs bien pourquoi, après ce que le roi avait fait à ses compagnons.

À la fin du mois d'octobre, La Noue partit donc pour la cité rochelaise avec pour mission de lui faire accepter la neutralité dans le conflit du Midi, et M. de Biron comme gouverneur, en échange de la liberté de conscience religieuse et d'un certain nombre de franchises lui permettant une relative autonomie. Les assiégés accueillirent M. de La Noue… et lui offrirent de les aider à défendre la ville, car ils n'avaient pas eu le temps de consolider les remparts.

Le capitaine huguenot demanda au roi la permission d'accepter et celui-ci la lui accorda ! Et l'on vit cette chose étrange, qu'un capitaine huguenot, dont le roi avait envoyé à la mort les compagnons, lui restait néanmoins fidèle, tout en commandant la défense d'une place forte en rébellion contre lui, et que ce même capitaine encourageait les habitants de la ville à se livrer à leur souverain tout en les aidant à dresser des compagnies, consolider les murailles, détruire les travaux des assiégeants envoyés par le même roi que lui !

Mlle de Pâquelin avait renoncé à comprendre cet imbroglio, comme elle avait renoncé à comprendre l'attitude du roi envers les protestants. Un jour il interdisait l'exercice du culte, un autre il accordait la liberté de conscience. Un jour il confiait une mission d'importance au capitaine La Noue, huguenot convaincu et autrefois fidèle compagnon de M. de Coligny, un autre il faisait exécuter en place de Grève deux amis du chef protestant accusés d'avoir fomenté le fameux complot contre le roi. Il avait même fait pendre avec eux un mannequin symbolisant l'amiral en personne. La reine mère, le roi et le roi de Navarre avaient assisté à l'exécution d'une fenêtre de l'Hôtel de Ville le 27 octobre. Corine avait prétexté un malaise pour ne pas assister à cette horreur, mais on lui avait rapporté que la foule s'était déchaînée contre les cadavres et les avait mis en pièces.

* * * *

Le temps s'écoulait, morne, pour la veuve de Quentin de Gayrand. Longtemps elle espéra que des nouvelles parviendraient, de son époux ou de Claude de Luzac, ou de quelque autre de ses amis. Elle n'arrivait pas à se résigner. Il ne se passait pas une heure sans qu'elle pensât à l'homme qu'elle aimait, aux moments heureux qu'ils avaient passés ensemble, à leurs conversations, leurs rires, leurs projets de bonheur.

Mais elle s'efforçait de survivre pour l'enfant à naître. Pourtant lorsqu'elle se regardait dans un miroir, elle ne se reconnaissait plus. Ses traits étaient pâles et tirés, ses cheveux étaient ternes. Elle mangeait peu et prenait peu de poids, malgré les injonctions de Clémence et d'Hélène qui l'incitaient à se nourrir pour le bébé.

Elle évitait autant que faire se pouvait la présence de la reine mère et du roi. Elle s'était rapprochée un peu plus de Margot et du roi de Navarre. Sans doute parce que leur entourage lui rappelait les amis de Quentin, ou parce qu'ils s'étaient trouvés piégés, eux aussi, par la politique royale, ou encore parce qu'elle espérait obtenir par eux des nouvelles des survivants au massacre.

La reine Catherine n'avait aucun soupçon de la grossesse de sa demoiselle d'honneur. En revanche, il ne lui avait pas échappé qu'elle avait eu une aventure avec un gentilhomme huguenot, et elle mettait bien sa tristesse sur le compte de la disparition du jeune homme. Mais elle pensait que cela lui passerait avec le temps. Sa fille la princesse Marguerite lui échappait, elle ne la comprenait plus, pis elle la soupçonnait de comploter quelque chose et comme d'habitude elle était heureuse de pouvoir placer quelqu'un à elle auprès du couple rebelle. Elle favorisait donc l'amitié de sa demoiselle d'honneur avec sa fille, lui laissant beaucoup plus de liberté qu'auparavant, et espérant bien en tirer profit un jour.

Outre Clémence, Hélène et Margot, il était une autre compagnie que Corine appréciait : celle de Marie Touchet, dame de Belleville, la maîtresse du roi. Peut-être parce que sa naïveté lui rappelait la sienne, parce que ses amours étaient tristes et compliquées, peut-être aussi parce qu'en l'écoutant, elle avait l'impression que le roi redevenait humain à ses yeux, et qu'elle avait inconsciemment besoin de retrouver de l'humanité chez les auteurs de la Saint-Barthélemy. Sinon, comment aurait-elle pu continuer à vivre auprès d'eux ?

Elle aimait aussi écouter Marie lui parler de l'évolution de sa grossesse, dont le terme était prévu à peu près à la même époque que le sien. Elle apprenait par elle les conseils des médecins, des sages-femmes, et les suivait à son tour. Mlle de Pâquelin continuait cependant à lui cacher son propre état car elle n'avait pas une confiance absolue en la jeune femme. Elle savait que Marie Touchet ne cachait rien au roi, et le roi rien à sa mère.

Face à la Cour, Mme de Belleville n'avait pas caché ses espérances. Elle en tirait même une certaine fierté et pointait en avant, lorsqu'elle marchait, son ventre qui s'arrondissait. La reine mère était fière de la fécondité de son fils. Le fait que la jeune reine Élisabeth et la maîtresse royale soient enceintes toutes les deux en même temps augurait bien de l'avenir de la dynastie.

C'était ce à quoi pensait aussi le duc d'Anjou, mais il n'en était pas heureux. Son frère se mettait à faire des enfants et chaque naissance en entraînerait une autre et l'éloignerait davantage de la Couronne. Cependant le roi était malade et il mettait ses espoirs en cette maladie. Beaucoup pensaient qu'il ne vivrait que quelques années, et à défaut d'être roi, Henri de Valois voyait se profiler une régence à l'horizon, car sa mère non plus n'était pas éternelle. Elle avait déjà cinquante-trois ans et c'était un âge avancé pour l'époque.

C'est pourquoi le frère du roi ne voyait pas d'un très bon œil les efforts que sa mère faisait pour lui obtenir la couronne polonaise. Une couronne qui l'éloignerait de Paris, et laisserait peut-être les mains libres à son frère cadet, François d'Alençon, dont la personnalité s'affirmait de jour en jour.

En attendant le prince Henri s'étourdissait dans les plaisirs des sens. À défaut de pouvoir séduire l'inaccessible Marie de Clèves, princesse de Condé, dont il semblait sincèrement amoureux, il s'entourait de plus en plus d'hommes jeunes et séduisants, dont les moins âgés n'avaient guère plus de dix-sept ans et au sujet desquels on commençait à murmurer.

La reine mère s'en inquiétait et prévoyait d'envoyer son ambigu rejeton au siège de La Rochelle, pour le rappeler à des valeurs plus guerrières et viriles, mais aussi pour profiter de ses talents militaires, déjà attestés autrefois à Jarnac et à Moncontour.

Toujours dans l'entourage du duc d'Anjou, Louis d'Épernon ne semblait plus prêter attention à

Mlle de Pâquelin, et celle-ci s'en réjouissait car elle ne se sentait plus de force à lutter contre lui. Elle mettait ce désintérêt sur le compte de sa beauté fanée par les événements et son état. Car en plus de se sentir triste, elle se sentait laide.

Mais le duc d'Épernon était loin de ses pensées. S'il avait fui après son duel avec M. de Gayrand, la disparition du gentilhomme protestant lui laissait désormais le champ libre. Il n'entendait pas cependant en profiter. Louis de Nogaret de La Valette était inconstant dans ses amours et passait rapidement de l'une à l'autre. Il avait eu depuis quelques aventures agréables et trouvait, il est vrai, Mlle de Pâquelin beaucoup plus pâlichonne et beaucoup moins excitante que par le passé. Et puis pourquoi courir après cette bécasse qui le méprisait alors qu'il y avait tant de beautés à la Cour ? Le fait de n'avoir plus de rival rendait aussi le pari moins intéressant.

Le duc d'Épernon avait par ailleurs d'autres soucis avec les amours du duc d'Anjou. Il lui avait servi plusieurs fois de messager auprès de la princesse de Condé et n'avait pas beaucoup apprécié cette tâche. Il n'aimait pas non plus lui servir de confident et l'entendre gémir sur son amour contrarié qui le poussait dans le lit de jeunes garçons. Plus que tout, il avait horreur que le prince le prenne dans ses bras pour pleurer sur son épaule.

Il avait chaque fois envie de le repousser violemment. Mais il était son vassal, il lui avait juré fidélité, et surtout il avait autant d'ambition que lui. Lier son destin à celui du prince lui paraissait le meilleur moyen de faire son chemin.

Aussi assistait-il avec un dégoût camouflé à ces scènes stupides au cours desquelles Henri se perçait une veine avec une plume pour écrire des lettres enflammées avec son sang à la belle Marie de Clèves. Il arrivait aussi au prince, qui ne voulait pas perdre ses forces, « d'emprunter » le sang de ses amis du Guast, Caylus ou d'autres, pour rédiger ces missives.

Louis d'Épernon, chargé de les porter, les avait lues, et avait été surpris de leur mièvrerie et de leur audace parfois malhabile. Il se demandait comment un prince si intelligent et doué en politique pouvait l'être si peu en amour. Dans certaines il lui disait qu'il était fou d'amour pour elle, qu'il pleurait des heures, dans d'autres il la suppliait de devenir sa maîtresse pour le délivrer de ses tourments et l'éloigner de ses penchants ambigus.

Et comment avouer au prince que la blonde Marie avait ri plus d'une fois en les lisant ? Le duc d'Épernon avait même été chargé par son ami princier d'une démarche auprès de la duchesse de Guise pour qu'elle incite sa sœur à tomber dans les bras d'Henri de Valois. Le prince songeait aussi à faire intervenir le duc de Guise en personne !

Oui, Louis d'Épernon avait des soucis. Mais cela arrangeait Mlle de Pâquelin et lui permettait de ne pas s'inquiéter de ce côté.

Elle avait la chance également de profiter du soutien de sa soubrette Clémence. Celle-ci connaissait des amours moins tourmentées que sa maîtresse, et que les grands de la Cour. Sa romance avec le cuisinier Jacques Perrot suivait son bonhomme de chemin et ils faisaient des projets d'avenir. Le jeune homme, depuis la Saint-Barthélemy, bien que catholique lui-même, était écœuré de la vie au Louvre et de l'hypocrisie qui régnait en général parmi les serviteurs du palais et leurs maîtres. Il aspirait à retourner à Blois dans la rôtisserie paternelle.

Mais l'élue de son cœur ne voulait pas abandonner Mlle de Pâquelin. Alors il restait pour les beaux yeux de Clémence.

★ ★ ★ ★

L'automne s'écoulait sans ramener la paix dans les esprits ni aplanir les difficultés. La guerre continuait dans le Midi et La Rochelle assiégé résistait toujours. La reine mère et le roi y prévoyaient une grande offensive au printemps. En attendant Catherine de Médicis maintenait de fréquents contacts avec l'Angleterre afin que la souveraine britannique n'apporte pas son soutien aux protestants français. Elle ne désespérait pas non plus de faire épouser à la bientôt quadragénaire célibataire son dernier fils, le duc d'Alençon, qui allait sur ses dix-neuf ans. Mais l'Anglaise avait la même habileté que l'Italienne à dissimuler ses sentiments, louvoyer en politique et faire durer les incertitudes.

L'ambassadeur anglais auprès de la cour de France, sir Walhingham, ne cachait pas pourtant son antipathie envers les souverains français. Après les exécutions de huguenots et l'attitude versatile de Charles IX quant à son opinion sur l'amiral de Coligny, Mlle de Pâquelin l'avait entendu prononcer cette phrase : « Dieu ne permettra pas qu'un roi d'un tel caractère demeure longtemps sur son peuple… »

Cependant à la mi-décembre la jeune reine de France accoucha d'une petite fille que l'on prénomma Marie-Élisabeth. La reine mère choisit comme marraine la reine d'Angleterre, toujours dans l'espoir de l'amadouer, et sir Walhingham dut représenter sa souveraine en cette occasion, malgré le déplaisir qu'il en avait.

L'épouse de Charles IX, quoique un peu apeurée à l'idée de donner une protestante pour marraine à son enfant, n'osa rien dire. De même qu'elle ne dit rien quand Marie Touchet, parée comme une princesse, assista au baptême solennel, dans la chapelle du palais.

Le roi ne fut pas déçu de ne pas avoir de fils, car il pensait que cet enfant était le premier d'une longue lignée. Le duc d'Anjou se réjouit quant à lui que ce fût une fille, de même que Marie, dame de Belleville, qui voulait être la première à donner un fils au roi.

XVI. La Possonnière

La naissance de la princesse Marie-Élisabeth ramena Corine de Pâquelin à des soucis plus matériels. Elle terminait son cinquième mois de grossesse et il fallait désormais songer à planifier les événements.

À l'approche de Noël, elle avait espéré recevoir une lettre de sa famille, renouer le contact. Mais rien n'était venu et elle ne voulait pas quémander. Les liens étaient pour lors coupés et il lui faudrait chercher ailleurs l'aide dont elle avait besoin.

Lorsque Quentin l'avait demandée en mariage, il avait dit : « Je serai ta famille désormais. » Mais il n'était plus là non plus. Elle savait qu'il avait une mère et une sœur en Agenais, mais elle n'avait jamais eu de contacts avec elles et ignorait si les deux femmes étaient au courant de son existence. De toute façon cette région était au cœur des guerres catholico-protestantes du Midi et une catholique ne serait certainement pas la bienvenue au sein d'une famille huguenote dont le fils était mort au cours des massacres de la Saint-Barthélemy. Peut-être même ne croiraient-elles pas qu'elle était sa femme légitime, ni que l'enfant était de lui.

Pourtant il lui fallait trouver un refuge pour quelques mois et elle ne savait vers qui se tourner. Les premiers jours de janvier passèrent sans qu'elle ait résolu le problème. Corine ne voulait pas rester à Paris, n'avait pas assez d'argent pour louer une maison en province et assumer tous les frais de son entretien pour plusieurs mois, n'imaginait pas non plus vivre ou accoucher dans une auberge. Elle savait que certaines femmes de la bonne société dans son état trouvaient parfois refuge dans des abbayes, mais souvent on leur prenait leur enfant pour le confier à un orphelinat ou l'élever dans un couvent où il deviendrait nonne ou moine plus tard. Elle ne voulait pas de cela pour l'enfant de Quentin de Gayrand.

— Hélène, je ne sais que faire, disait-elle. À la Cour nous vivons richement, on nous loge, nous nourrit, on nous donne des robes et des bijoux, mais peu de rentes. Certaines d'entre nous reçoivent des soutiens de leur famille, ont des revenus de terres qui leur appartiennent. Cela n'est pas mon cas, vous le savez.

Je pourrais vendre des toilettes, des bijoux. Mais je ne sais même pas comment faire pour trouver une maison, des domestiques discrets, une sage-femme, une nourrice… Je ne sais pas où aller… Je ne pourrai bientôt plus cacher mon tour de taille. Clémence réalise des prodiges tous les jours en jouant sur la hauteur de la jupe, la longueur des lacets, en disposant des rubans, des foulards, des ceintures. Mais ce ne sera bientôt plus possible. Quand je vois Marie de Belleville qui est à peine en avance d'une semaine sur moi, je ne comprends pas qu'on n'ait encore rien remarqué.

— Marie n'a pas votre souci. Lorsque viendra son terme, il est probable qu'elle n'accouchera pas à la Cour. Mais le roi mettra sans doute un château à sa disposition…

— Je vous vois venir. Il n'est pas question que je lui demande de l'accompagner. Toute la Cour serait au courant, et puis elle attendra certainement les dernières semaines pour partir. Ce sera trop tard pour moi… Je ne sais pas si… Si je serai de taille à affronter le scandale… Et si je suis chassée de la Cour, comment ferons-nous pour vivre, l'enfant et moi ?

— Est-ce que la princesse Marguerite ne pourrait pas vous aider ?

— La princesse Marguerite, toute reine de Navarre qu'elle soit, est prisonnière à la Cour. Elle n'a guère plus de pouvoir que moi.

— Je ne sais… J'ai vu M. de Ronsard tout à l'heure… Il s'inquiète aussi pour vous, pour votre santé. Il connaissait votre attachement à… Il sait sa disparition. Il a l'expérience des choses de la vie, et j'ai toute confiance en lui. Sous ses abords folâtres, c'est quelqu'un de très sérieux. Peut-être pourrait-il nous aider. Si je le lui demandais, je suis sûre qu'il garderait le secret…

Corine hésitait, mais elle n'avait plus guère le choix. Elle acquiesça et Mlle de Surgères promit d'en parler au poète le lendemain. Il fut surpris, mais compatissant, et sollicita un délai de réflexion. Deux jours plus tard il demandait à parler à Mlle de Pâquelin. Elle le reçut assise sur son lit et il vint s'asseoir auprès d'elle. Il lui tapota gentiment la main.

— Mon enfant, je connais votre souci, dit-il, Mlle de Surgères m'a parlé. Il ne sera pas dit que j'ai laissé deux demoiselles dans la détresse ! Non, ne m'interrompez pas. J'ai connu votre affection pour M. de Gayrand. J'ai essayé de vous empêcher d'aller trop loin… Mais l'amour est parfois le plus fort. Et ce qui est fait est fait.

— Nous étions mariés…, dit doucement Corine.

— Et par les temps qui courent vous voulez clamer haut et fort que vous êtes la veuve d'un huguenot tué lors de la Saint-Barthélemy ! C'est beaucoup trop dangereux, si ce n'est pour vous, du moins pour l'enfant. J'ai une proposition à vous faire. Je possède un manoir près de Tours, qui me vient de mes pères. J'y ai des serviteurs fidèles qui ne poseront pas de questions. Je vous y invite. Vous y passerez les derniers mois de votre grossesse. Vous y mettrez au monde votre enfant. C'est un endroit retiré, vous n'y serez pas inquiétée. Et nous trouverons bien une nourrice compétente et discrète dans la région. Qu'en pensez-vous ?

— Pourquoi feriez-vous tout cela ?

— Parce que j'ai toujours eu pitié des amoureux. Parce que votre histoire est belle et triste. Parce que j'aime Hélène et qu'elle veut vous aider. Parce que je pourrais avoir une fille de votre âge et que s'il lui était arrivé ce qui vous est arrivé, j'aimerais que quelqu'un comme moi l'aide comme je vous aide. Parce qu'il faudra bien enfin, un jour, que cessent ces conflits fratricides entre catholiques et protestants, et que cela ne pourra se réaliser que grâce à la naissance d'autres enfants comme le vôtre. Disons que c'est ma contribution à la paix future entre les peuples.

Corine avait les larmes aux yeux.

— Merci, merci infiniment.

Il lui baisa la main et se retira en lui faisant un clin d'œil.

— Nous réglerons tous les détails, ne vous inquiétez plus de rien.

* * * *

L'aide de M. de Ronsard soulagea beaucoup Mlle de Pâquelin. Les jours suivants furent consacrés aux préparatifs. Seules Clémence et Hélène étaient dans la confidence. Elles l'aidèrent à se maquiller de façon à se rendre plus pâle, à lui cerner les yeux davantage. Après quelques jours de cette apparence, Corine prit son courage à deux mains pour affronter la reine mère. Elle lui dit que depuis plusieurs semaines elle ne se sentait pas bien et qu'elle aspirait à prendre un peu de repos auprès de sa famille. Elle supplia Sa Majesté de lui accorder la permission de se retirer quelques mois dans la campagne du Hainaut. Elle n'avait pas vu ses parents depuis seize mois et les médecins lui avaient assuré que l'air de la capitale ne lui convenait pas.

Elle tremblait légèrement et la reine Catherine pensa que c'était de fièvre. Elle avait bien remarqué que sa demoiselle d'honneur n'avait plus l'allant des débuts de son arrivée à la Cour. Elle n'avait pas besoin de malades autour d'elle. Mieux valait que la jeune femme se repose et qu'elle reprenne son rang avec plus d'enthousiasme par la suite. Elle accéda donc à sa requête.

Mlle de Surgères demanda l'autorisation de l'accompagner une partie du chemin et cela lui fut accordé également. Corine eut du mal à dissimuler sa joie et commença à faire ses malles le soir même.

Elle décida de se séparer de son laquais Petit-Jean. Pataud et lourdaud, celui-ci ne lui avait jamais servi à grand-chose. Il n'avait rien su de son mariage, il n'avait pas besoin d'en savoir davantage. Sa gourmandise lui aurait fait raconter n'importe quoi pour le prix d'un gâteau ou d'une friandise. Et puis l'économie de son salaire servirait plus tard à payer la nourrice. Cependant elle se chargea de lui trouver une autre place au palais.

Clémence n'était pas très heureuse de quitter son amoureux pour plusieurs mois. Mais il lui fallait bien suivre sa maîtresse. Elle avait dit à Jacques Perrot que la santé de sa patronne nécessitait un séjour à la campagne, sans préciser davantage, et leurs adieux furent déchirants. Il lui offrit un anneau d'argent et lui promit qu'à son retour, ils se fianceraient officiellement. Cela la consola un peu.

Tricky, lui, paraissait ravi de quitter le Louvre. Le remplissage des malles lui laissait espérer un déménagement vers des espaces plus verdoyants et il frétillait d'impatience. D'autant que sa maîtresse semblait avoir retrouvé une joie de vivre perdue depuis longtemps.

Le départ était fixé au 16 janvier. M. de Ronsard prit les devants quelques jours plus tôt pour avertir les serviteurs et préparer leur arrivée. Il avait réservé une voiture et confié au cocher l'itinéraire. Le voyage se fit par petites étapes, étant donné l'état de la jeune femme. Les voyageuses passèrent la première nuit près de Rambouillet. La deuxième étape fut Chartres, la troisième Châteaudun.

Puis elles suivirent la vallée du Loir jusqu'à Vendôme. Le château de M. de Ronsard se trouvait à huit lieues à l'ouest, à l'écart du village de Couture. Il était agréable à Mlle de Pâquelin de traverser la campagne française après avoir été de longs mois enfermée au Louvre, et de respirer l'air vif mais pur de l'hiver. Elles parvinrent à destination le 20 janvier. M. de Ronsard les attendait dans la cour d'honneur du château.

— Bienvenues au manoir de la Possonnière ! leur dit-il en leur ouvrant les bras.

C'était une belle gentilhommière en vérité, à l'orée d'un petit bois. Une allée de platanes s'ouvrait au milieu de pelouses ornées de buis taillés et débouchait sur une cour gravillonnée. Le corps de logis principal en tuffeau blanc de la région était un petit bâtiment rectangulaire de deux étages dont un sous des combles à hautes pentes d'ardoise. Aux deux tiers de la façade, une tour hexagonale contenant l'escalier s'avançait sur la cour. Son portail et sa fenêtre supérieure étaient ornés de frontons sculptés à la mode italienne. Au-dessus de la porte, le buste d'un homme émergeait en relief de la pierre et sur le linteau une inscription en latin dédiait la demeure *Voluptati et Gratis* : « à la Volupté et aux Grâces ».

Accolé au logis principal un petit pavillon laissait le passage par un porche en ogive vers les jardins à la française situés à l'arrière. Les communs s'appuyaient sur ce porche, et se poursuivaient en retour sur la droite par une série de pièces creusées dans la roche : la cave, l'écurie, le lavoir, le cellier, la cuisine, et une salle à manger servant d'accueil aux pèlerins de passage, étaient ainsi troglodytes. Leurs portes, aux frontons sculptés directement dans la falaise, portaient également des inscriptions latines. De l'autre côté de la cour leur faisaient face un mur d'enceinte et une petite chapelle très simple.

M. de Ronsard salua les voyageuses à grand renfort d'accolades et de baisemains. Il leur présenta Catherine, une accorte paysanne qui gouvernait la maison et n'était autre que sa sœur de lait. Celle-ci les reçut avec joie également, ravie d'avoir pour quelques mois une compagnie féminine. Elle restait la plupart de l'année seule au manoir, avec son époux Gautier qui s'occupait des jardins et des chevaux, tandis qu'une jeune fille du village venait une fois par semaine l'aider pour le ménage ou la lessive.

Elle les accueillit sans façon dans son propre logis où elle leur offrit un bol de lait frais pendant que son mari et le cocher portaient les malles à l'étage du bâtiment principal. M. de Ronsard avait en effet réservé à Mlle de Pâquelin un appartement au premier qu'il s'empressa de lui faire visiter. Une grande fenêtre donnait sur la cour et l'allée de platanes, tandis que de l'autre côté la vue s'étendait sur la vallée du Loir et le village au loin au-delà des jardins et des champs.

— Mon père a fait construire ce manoir à son retour des guerres d'Italie, vers 1515, dit le poète. Il y avait suivi le roi Louis XII, le prédécesseur de François Ier, qui l'a fait chevalier. Mon père avait déjà le goût de la poésie. C'est lui qui a fait graver les devises que vous voyez sur les portes et sous les fenêtres.

— *Voluptati et Gratis*, prononça Corine.

— Oui, et aussi *Sustine et abstine* au fronton de la cuisine : « Soutiens-toi et abstiens-toi. » (Il rit.) Mon père accueillait ici nombre de lettrés et de poètes. J'y suis né. Et sans doute cette ambiance m'a-t-elle destinée aux Muses.

— Il y a une autre cause à cela ! intervint Catherine.

— Balivernes et légende que tout cela ! fit le poète.

Et la gouvernante de raconter que sa mère, portant M. de Ronsard nouveau-né à travers champs vers l'église du village pour le faire baptiser, parce que la chapelle du manoir menaçait ruine (Monsieur Pierre l'avait depuis fait restaurer), le fit tomber par mégarde sur l'herbe et les fleurs qui l'accueillirent en douceur. Et que sa sœur aînée, qui tenait un récipient avec de l'eau de rose, en voulant aider à rattraper l'enfant, lui versa le parfum sur la tête, emplissant ainsi son esprit de bonnes odeurs…

— Ne l'écoutez pas, fit le poète faussement méchant, cela va faire bientôt cinquante ans que j'entends cette histoire, et je n'y crois guère. Non, ce sont plutôt ces vallées, ces forêts de mon enfance qui m'ont initié à la poésie. J'y ai passé les douze premières années de ma vie, et j'y reviens toujours avec plaisir. Mon oncle Jean était curé d'un village voisin, il a été mon premier précepteur…

— Ensuite il est entré au collège de Navarre à Paris puis est devenu page de M. le Dauphin... Eh! Vous n'allez pas leur raconter votre vie. Ces dames ont besoin d'un bon dîner et de repos! intervint à nouveau Catherine.

L'assistance acquiesça volontiers.

⋆ ⋆ ⋆ ⋆

Mlle de Pâquelin apprécia d'emblée l'ambiance qui régnait à la Possonnière. Elle y retrouvait avec un brin de nostalgie celle qu'il y avait autrefois au manoir de ses parents lorsqu'elle était enfant et adolescente.

Le solide bon sens et la franche amitié de la gouvernante Catherine tranchaient sur le caractère de son homonyme la reine mère et Corine se sentit tout de suite en confiance avec elle. Les premiers jours néanmoins elle demeura beaucoup avec Hélène, qui devait la quitter à la fin du mois pour retourner à la Cour.

Jamais les deux jeunes filles n'avaient eu autant d'intimité ni de temps libre et cette période les rapprocha davantage. Elles se tenaient dans la chambre de l'une ou de l'autre et se racontaient mille détails de leur vie. Lorsqu'il faisait beau, elles se promenaient dans le jardin. M. de Ronsard leur laissait beaucoup de liberté. Il se rattrapait aux repas et aux veillées. C'était alors un festival de poésie, d'histoires drôles et de galanteries. Il continuait à courtiser Hélène et celle-ci n'avait jamais été aussi détendue. Clémence et Catherine, amenant qui une soupe, qui un dessert, les surprenaient souvent en plein éclats de rire. Tricky, couché au pied de la cheminée, remuait la queue de joie même en dormant.

Ce furent quelques jours délicieux, comme hors du temps. Puis vint le moment des adieux. Corine tenait les mains d'Hélène qui promit d'écrire très souvent. Avec le printemps, peut-être la Cour retournerait-elle à Blois, il lui serait alors plus facile de revenir la voir.

Les jours suivants furent moins gais, mais toujours chaleureux. Mlle de Pâquelin avait l'impression de retrouver auprès de Ronsard et de sa gouvernante, un second père et une nouvelle mère. Puis ce fut au tour du poète de partir. Lui aussi promit d'écrire et de venir le plus souvent possible. Il l'assura qu'il serait là au moins pour l'époque de l'accouchement et qu'il se chargerait de lui trouver une nourrice dans les environs de Tours.

La bonne Catherine jura qu'elle prendrait soin de la jeune fille et tâcherait de lui redonner des couleurs. Après le départ de ses amis, le calme enveloppa le manoir. Mais Mlle de Pâquelin avait aussi besoin de repos. Elle mena dès lors une vie tranquille qui la changeait de celle de la Cour. Elle était loin de s'en plaindre.

Elle passait tout son temps avec Clémence et Catherine. Celle-ci leur apprenait à broder des langes et tricoter des brassières, car il fallait bien confectionner le trousseau de l'enfant, ce qui avait été négligé jusque-là. Pendant ces travaux d'aiguilles, elle leur racontait des anecdotes sur ses propres enfants, tous mariés à présent et travaillant au loin, sur l'art d'élever des bébés, sur les gens du village, sur sa propre enfance et celle de M. de Ronsard.

Parfois aussi elle donnait des leçons de cuisine ou d'économie domestique à Clémence, et Corine les suivait avec intérêt, le petit chien blanc toujours sur ses pas ou dans ses bras. Dès que le temps le permettait, les deux jeunes filles se promenaient dans le jardin ou dans les environs. Les paysages y étaient agréables. Il y avait à proximité une carrière de tuffeau, une verrerie, un prieuré de femmes et quelques hameaux qui étaient autant de buts de promenades. Le climat de Touraine était doux l'hiver et permettait ces sorties qui redonnèrent la santé à la demoiselle d'honneur. Ses joues s'arrondissaient et rosissaient, ses cheveux brillaient à nouveau, le sourire lui revenait. Elle n'oubliait pas Quentin bien sûr, mais elle reprenait doucement goût à la vie, six mois s'étant presque écoulés depuis sa tragique disparition.

★ ★ ★ ★

La première lettre d'Hélène lui parvint à la mi-février. Elle lui annonça que le duc d'Anjou, le duc d'Alençon et maints autres seigneurs de la Cour étaient partis le 11 pour La Rochelle, la reine Catherine étant bien décidée à terminer le siège de la cité huguenote. Ces troupes fraîches rejoignaient celles de M. de Biron. Elles emmenaient avec elles le duc de Nevers, stratège réputé en matière de blocus, le duc de Guise entouré de ses fidèles, dont le fameux Maurevert, auteur de l'attentat manqué contre Coligny, mais aussi les princes nouvellement convertis, avec Navarre et Condé à leur tête, au total plus de quatre cents gentilshommes – sans compter les hommes de troupe – parmi lesquels beaucoup étaient protestants, récemment convertis ou fidèles à leur foi mais loyaux au roi, ce qui laissait à penser que cette guerre était plus politique que religieuse.

Hélène lui disait surtout avec quelle fierté le jeune duc d'Alençon, âgé seulement de dix-neuf ans, était parti pour la première fois à l'armée, combien sa personnalité s'était affirmée ces derniers temps, et comme il comptait ramener de ces combats autant de lauriers que ses frères.

Les fines lames du royaume parties à la guerre, les dames se sentaient un peu seules à la Cour. La princesse Marguerite semblait inquiète, non pas tant des risques des combats, mais d'un piège éventuel qui se refermerait sur son mari. Elle craignait aussi que celui-ci et Condé, à proximité des rebelles de La Rochelle, ne changent de camp et n'entreprennent une guerre fratricide contre les troupes royales, guerre qui ne manquerait pas de nuire à leur avenir à tous deux.

Peu de temps après cette lettre, Mlle de Pâquelin en reçut une autre du poète Ronsard. Elle parlait du siège de La Rochelle elle aussi, car cette guerre semblait occuper tous les esprits. L'artillerie royale avait ouvert le feu sur la ville et l'on disait que tous les habitants, y compris les femmes, travaillaient à réparer au fur et à mesure les fortifications touchées par les canons royaux. Chacun portait des pierres et de la terre, et se relayait pour lancer sur les assaillants du goudron fondu et des anneaux de fer chauffés au rouge du haut des remparts.

Chaque charge des troupes royales était repoussée et plusieurs capitaines de valeur avaient déjà trouvé la mort dans les fossés de la citadelle. Mais le danger était aussi présent à l'intérieur du camp princier. Les catholiques de longue date soupçonnaient les nouveaux convertis de pactiser avec l'ennemi, et ces derniers craignaient de voir se reproduire sous les murs de la ville assiégée une autre Saint-Barthélemy. Des haines s'aiguisaient, des partis se créaient, dont la reine mère avait des nouvelles par ses espions. Il se murmurait que le duc d'Alençon, vexé de n'avoir pas de véritable commandement mais d'être sous les ordres de son frère le duc d'Anjou, se rapprochait de Navarre et Condé, et de tous les mécontents. On craignait qu'ils ne fournissent des renseignements aux assiégés ou même qu'ils ne s'enfuient vers l'Angleterre pour y lever une armée. Les rumeurs les plus folles couraient à ce sujet.

Corine ne s'intéressait guère au siège de La Rochelle. Elle aurait aimé ne plus entendre parler de guerre entre catholiques et protestants, ni de politique. Mais c'était un fait constant que les lettres de ses amis, reçues tout au long du mois de mars, ne cessaient de parler de cette affaire, qui devait être le grand sujet de conversation à la Cour.

C'est ainsi qu'elle apprit que le capitaine La Noue, qui tentait toujours de faire céder les autorités de la ville de l'intérieur, fut giflé et insulté par un ministre du culte et se résolut à quitter la cité pour rejoindre le camp royal. Par lui on apprit que les assiégés commençaient à souffrir de la faim, mais qu'ils espéraient toujours un secours de l'Angleterre. Une flotte hypothétique aurait été rassemblée, prête à venir les aider.

Cela incita le camp royal à accélérer la victoire. On se répétait à la Cour que le 22 mars mille cinq cents coups de canon avaient été tirés… toujours sans résultat. Le roi avait offert aux Rochelais la liberté de culte dans toute la ville s'ils se rendaient. Mais ils avaient fait répondre qu'il était impie de pactiser avec des assassins, allusion à l'horrible nuit de la Saint-Barthélemy, dont les rescapés, ne l'oublions pas, s'étaient presque tous réfugiés à La Rochelle, et montraient par là qu'ils n'avaient rien oublié ni pardonné.

Dans le même temps le comte de Damville continuait la guerre contre les huguenots des Cévennes et du Midi. Il alternait les sièges et les trêves, sans plus de résultat que les troupes de La Rochelle.

⋆ ⋆ ⋆ ⋆

Mlle de Pâquelin et Clémence n'accordèrent que peu d'intérêt à ces nouvelles. Autant la guerre des Flandres les avait inquiétées parce que les terres de leur enfance étaient menacées, autant celle des Rochelais les laissait indifférentes. Elles continuaient à agrandir le trousseau du bébé et à se promener dans la campagne environnante que le printemps commençait à fleurir.

Elles n'allaient plus très loin cependant, sur les conseils de Catherine, car Corine avait atteint son huitième mois de grossesse et il ne fallait commettre aucune imprudence. La jeune femme commençait à s'inquiéter des événements à venir. Elle craignait l'accouchement, non sans raison, car trop de femmes y laissaient encore à cette époque leur vie ou celle de leur enfant. Elle appréhendait les suites également, et surtout la séparation d'avec le nouveau-né, qui ne manquerait pas d'arriver. Elle se demandait enfin quel serait l'avenir de ce petit être qu'elle allait mettre au monde.

M. de Ronsard n'avait pu, comme il le lui avait promis, lui rendre visite fréquemment, mais il s'était assuré pour elle des soins d'une nourrice dans un village de la banlieue de Tours. La ville était grande et les villages des environs avaient l'habitude de recevoir des enfants de familles nobles ou bourgeoises en nourrice jusqu'à leurs deux ou trois ans, voire plus, sans se poser trop de question sur leur origine. Celle que le poète avait choisie était la femme d'un métayer qui avait une fille depuis quelques mois et la nourrissait toujours. Elle avait déjà eu des enfants en nourrice, son lait était réputé abondant et nourrissant, et ses mœurs irréprochables.

Corine, malgré les avis et les cris de son entourage, avait résolu de nourrir elle-même son enfant au début, afin que la séparation ne soit pas trop rapide. Rien n'y avait fait pour la dissuader. Aucun des arguments avancés ne l'avait convaincue, ni les menaces de déformation de son corps ou de poussées de fièvre liées à la montée du lait, ni les « cela ne se fait pas dans votre monde ! ». Elle ne voulait pas qu'on lui arrache le bébé à la naissance pour l'emmener au loin. Elle voulait pouvoir profiter un peu de sa présence.

* * * *

Les quinze premiers jours d'avril se passèrent sans nouvelles d'Hélène de Surgères et Mlle de Pâquelin commençait à s'ennuyer. Elle avait maintenant des difficultés à se déplacer à cause du volume et du poids de son ventre et de douleurs dans les jambes qui gonflaient dès qu'elle se mettait debout. Catherine lui faisait boire des tisanes de vigne rouge et la frictionnait avec des plantes diverses, mais elle avait désormais hâte d'arriver à son terme, prévu pour les premiers jours de mai.

Le 16 avril au soir, alors que le dîner se terminait, elles entendirent des pas de chevaux et des crissements de roue dans la cour. Clémence, qui s'était précipitée à la fenêtre, eut une exclamation joyeuse et se précipita hors de la pièce.

Quelques minutes plus tard Hélène apparaissait dans l'embrasure. Avant que Corine n'ait eu le temps de se lever, elle se précipita dans ses bras, puis s'écarta et parut jauger le tour de taille de son amie. Elles rirent ensemble.

— J'ai voulu vous faire la surprise ! dit Mlle de Surgères. Je savais que la Cour devait partir pour Blois et qu'il me serait plus facile de venir vous voir. J'ai pensé que mes lettres arriveraient après moi, alors je n'ai pas écrit.

— Le temps m'a semblé long ! répondit son amie. Ainsi la Cour est à Blois ?

— Pour quelque temps seulement. Le roi avait envie de chasser. Il s'ennuie un peu depuis que ses frères sont partis à la guerre. Il avait besoin de se dépenser physiquement lui aussi. Alors nous sommes revenus sur les bords de la Loire. Pour un ou deux mois au plus, car la reine Catherine veut être à Paris pour le retour des ambassadeurs de Pologne. Elle pense que le prince Henri sera élu roi de ce pays.

— J'en avais entendu quelques mots avant mon départ. Dans vos lettres, vous ne m'avez guère parlé que de La Rochelle !

— C'est que c'est la grande affaire du moment. Il y a eu là-bas de durs combats ces jours derniers, jusqu'à cinq assauts par jour. Et des problèmes politiques s'y greffent. Figurez-vous que le duc d'Alençon est revenu à Paris au début du mois. Lui qui n'osait presque pas parler à sa mère est métamorphosé ! Il lui a demandé d'intervenir auprès du roi pour que le commandement de la flotte qui bloque le port de La Rochelle lui soit confié.

Mais elle a refusé. Elle sait qu'il a des amis chez les protestants, elle avait peur qu'il ne parte en Angleterre avec la flotte ! Ou même qu'il la livre aux assiégés ! Naturellement elle ne le lui a pas dit. Elle a argué de sa jeunesse. Il a tapé du pied et lui a lancé : «Votre précieux Henri n'était pas plus âgé que moi lorsque vous-même et Charles l'avez nommé lieutenant général du royaume ! »

Je ne l'avais jamais vu dans cet état. Ensuite il s'est enfermé de longues heures avec sa sœur la princesse

Marguerite, et on ne sait ce qu'ils ont comploté. Il est reparti pour La Rochelle.

— Le duc d'Alençon..., murmura Corine, se ressouvenant de l'adolescent maladif qu'elle avait rencontré à son arrivée à la Cour.

— En tout cas, poursuivit Hélène, son intervention n'a pas eu l'effet escompté. La reine Catherine se méfie maintenant de lui. Elle a immédiatement écrit au prince Henri, son fils préféré, pour le prévenir. J'étais là lorsqu'elle a dicté la lettre à Mme du Perron, à cause d'un rhumatisme qui l'empêche d'écrire elle-même pour le moment.

Elle lui a dit qu'elle priait Dieu pour qu'il prenne rapidement la ville, qu'il était le restaurateur et le conservateur du royaume et qu'il pouvait se vanter, à vingt et un ans, d'avoir plus fait que n'importe quel grand capitaine !

— Cela ne va pas arranger son orgueil, dit Corine. Et la princesse Marguerite ?

— Au début elle écrivait souvent à son mari. Maintenant moins. Mais cela ne veut rien dire. On pense qu'elle est à l'origine du rapprochement de son frère le duc d'Alençon avec le roi de Navarre et le prince de Condé, qu'ils mijotent quelque chose ensemble, qu'elle entretient une correspondance avec des seigneurs protestants, dont Ludovic de Nassau qui voulait que le roi aille combattre les Espagnols dans les Flandres... On dit aussi... Qu'elle aurait un amant, un certain La Mole, un gentilhomme provençal à la mauvaise réputation... Mais je ne sais pas si c'est vrai.

— Il n'y a rien de changé à la Cour ! Espionnage politique et romans d'alcôve...

— Oui..., poursuivit Hélène. Si le roi s'est repris de passion pour la chasse ces temps-ci, c'est aussi pour oublier l'absence de Marie de Belleville. Elle s'est retirée dans un château on ne sait où, pour faire ses couches discrètement. Son terme est prévu pour la fin du mois.

Ce sujet ramena Corine à son propre état et les jeunes femmes parlèrent ensuite de sa santé. Elles veillèrent tard, ayant tellement de choses à se raconter. Hélène ne pouvait rester que deux ou trois jours, pour ne pas éveiller les soupçons. Elle avait prétexté une tante malade dans la région pour pouvoir s'échapper. Mais elle lui annonça que M. de Ronsard prendrait le relais, et que lui resterait près d'un mois. Elle tâcherait aussi de revenir pour l'accouchement, prévoyant que « sa vieille tante » n'irait pas mieux.

Mlle de Pâquelin était un peu soulagée de savoir ses amis proches. Mais elle faillit se fâcher avec Clémence. Celle-ci ne doutait pas que son amoureux avait suivi la Cour à Blois, d'autant que son père tenait une rôtisserie dans la ville. Elle voulait aller le voir. Seulement elle était censée se trouver en Hainaut, non en Touraine, et on pouvait la reconnaître au palais et se demander ce qu'elle faisait là.

Elle proposa de le rencontrer dans la ville, mais Corine et Hélène jugèrent que le danger était le même. Clémence pleura beaucoup, bouda un peu, mais finit par se rendre à leurs raisons.

XVII. Pierre de Gayrand

Hélène repartit le troisième jour, mais le surlendemain, M. de Ronsard arrivait. Il fut accueilli chaleureusement par les habitantes de la Possonnière. Néanmoins il paraissait inquiet des nouvelles parvenues à la Cour le matin même.

Ces dames ne tardèrent pas à savoir que le comte de Montgomery, ancien capitaine de la garde écossaise du feu roi Henri II et chef protestant français, avait fini par lever une flotte en Angleterre et que ses navires avaient paru au large de La Rochelle le 19 avril. On ne savait encore s'il allait livrer combat à la flotte royale, mais on craignait une extension du conflit. Cela tombait mal, car jusque-là on pensait que le siège touchait à sa fin, les vivres commençant à manquer dans la ville, et ses habitants en étant réduits à pêcher et ramasser des coquillages dans la rade pour se nourrir.

— Encore et toujours la guerre ! soupira Corine. Cela ne finira donc jamais. (Elle posa la main sur son ventre.) Quelles chances l'avenir réserve-t-il à cet enfant ?

Le poète ne put que soupirer également. Mais il s'efforça les jours suivants de distraire et de soutenir moralement la jeune femme. Ce n'était plus cependant la même joie que celle qui régnait au début de son séjour à la Possonnière.

Pourtant une lettre d'Hélène les avait rassurés sur le conflit charentais. La flotte de Montgomery n'avait pas tenté de forcer le passage, et même, après quelques jours, elle avait fini par s'éloigner. Sans doute le comte avait-il jugé qu'il n'était pas de force face aux troupes royales.

Une autre folie avait été évitée de justesse grâce au capitaine La Noue. Le duc d'Alençon, le roi de Navarre, le prince de Condé et quelques-uns de leurs fidèles avaient voulu rejoindre la flotte anglaise et lever une armée. Mais M. de La Noue avait surpris une conversation des conjurés et avait réussi à les convaincre de renoncer, sous la menace d'une arrestation.

La reine mère était entrée dans une colère noire à cette nouvelle, et les princes étaient désormais étroitement surveillés. Ses espions, à qui rien n'échappait, lui envoyaient des rapports réguliers et ne se contentaient pas de surveiller les sympathisants des huguenots. Ils lui en apprenaient de belles aussi sur son fils Henri, duc d'Anjou. Des rumeurs de plus en plus précises couraient sur les relations qu'il entretenait avec ses jeunes compagnons du Guast, d'O, d'Inteville, et le jeune Jacques de Lévis, comte de Caylus, qui n'avait que dix-sept ans.

Aussi la reine Catherine avait-elle eu l'idée d'envoyer au camp de La Rochelle la belle Marie de Clèves, princesse de Condé, avec la double mission de rendre visite à son époux, prince rebelle, et de le convaincre de ne plus recommencer à l'avenir, mais aussi de rappeler son existence au prince Henri de Valois. Elle espérait que son fils, à la vue de celle qui avait fait naître la passion en lui, reviendrait à des amours plus conventionnelles.

La lettre d'Hélène permit à M. de Ronsard et Mlle de Pâquelin de gloser un certain temps sur les idées retorses de la reine mère et l'étonnante fidélité au roi du capitaine La Noue, qui n'en était pas moins huguenot.

— C'est un soldat, conclut le poète, l'obéissance à ses chefs compte plus pour lui que ses propres opinions, religieuses ou politiques.

Corine ne pouvait s'empêcher de penser que si Quentin avait été à la place du capitaine, il aurait certainement aidé les conjurés à s'enfuir et refusé d'obéir à des ordres qui n'auraient pas été conformes à ses convictions. Mais il ne servait à rien de faire des suppositions sur ce qui aurait pu être. Il fallait désormais oublier le passé et se concentrer sur le présent.

* * * *

Le présent c'était cet enfant dont la naissance devenait maintenant imminente. Les douleurs commencèrent le 4 mai au matin. Hélène de Surgères était arrivée la veille au soir, avertie par une lettre de M. de Ronsard du premier du mois que l'événement approchait et que Mlle de Pâquelin avait besoin de tous ses amis autour d'elle.

Aux premières contractions, le poète avait été relégué au rez-de-chaussée. L'enfantement n'était point une affaire d'hommes, avait déclaré Catherine. Elle avait rapidement pris les choses en main. Elle avait installé Corine le plus confortablement possible en ajoutant des coussins derrière son dos. Elle avait envoyé Mariette la servante et Clémence faire bouillir de l'eau et rapporter des linges propres.

Hélène faisait les cent pas dans la chambre, se sentant inutile et décontenancée. Si Catherine avait eu plusieurs enfants et assisté plusieurs fois les femmes du village, si Clémence et Mariette avaient connu la naissance de jeunes frères et sœurs, c'était la première fois que Mlle de Surgères assistait à ce genre d'événement. Et elle paraissait plus terrifiée que la parturiente.

Chaque fois que les doigts de Corine se crispaient sur les draps et qu'elle sentait la douleur contenue, elle avait la chair de poule et se sentait impuissante.

— Mon Dieu, déclara-t-elle, jamais je ne me marierai, jamais je n'aurai d'enfant ! Pourquoi faut-il subir cela ?

— Par la faute d'Ève, mon enfant, répondit Catherine. C'est pour expier son péché que nous enfantons dans la douleur !

La douleur physique Corine s'en moquait. La souffrance morale était bien plus forte. Celle de l'absence, l'irréparable absence de celui qu'elle aimait. Comme elle aurait souhaité qu'il fût là. Comme elle aurait voulu enfoncer ses ongles dans sa main, d'une étreinte trop puissante, comme pour puiser sa force, ou sentir simplement sa présence rassurante.

Lorsqu'elle fermait les yeux, elle revoyait une chevauchée dans la forêt de Sologne, ses cheveux noirs flottant dans le vent, elle entendait son rire résonner dans la salle de bal du château de Blois, elle voyait ses yeux briller dans l'intimité de leur petite maison du faubourg du Temple, elle sentait la douce brûlure de leur premier baiser dans le parc de Chenonceau.

Les larmes lui venaient aux yeux. La contraction suivante lui laissa échapper son nom dans un cri : « Quentin ! »

— Allez-y mon petit ! disait Catherine, criez ce que vous voulez, mais il faut pousser maintenant.

Aux premières taches de sang qui rosirent les draps, Mlle de Surgères pâlit.

— Si vous devez vous évanouir, la tança la sage-femme improvisée, je préfère que vous alliez rejoindre M. de Ronsard en bas.

Vexée, la jeune femme reprit des couleurs et vint s'asseoir auprès de Corine. Ce fut finalement la main d'Hélène que la future mère serra au plus fort de la douleur. Elle hurla plusieurs fois encore le nom de Quentin. Elle sentait sa présence malgré tout. N'était-il pas vivant d'une certaine manière ? N'était-il pas en train de renaître ?

— Je vois la tête, dit Catherine au milieu de l'après-midi. Il faut pousser de toutes vos forces maintenant, sinon vous allez l'étouffer… Là, voilà, la tête est sortie.

L'enfant cria avant d'être complètement libéré du corps de sa mère, comme pour affirmer sa présence dans le monde. Corine pleurait et riait à la fois. Hélène et Clémence essuyaient furtivement leurs larmes. Catherine confia le nouveau-né à Mariette pour sa première toilette dans l'eau qui avait été préparée. Il réaffirma son caractère en criant de nouveau.

— C'est un beau garçon, dit la gouvernante de la Possonnière, bien constitué et en pleine santé.

Après l'avoir enveloppé dans des langes, Clémence et Mariette l'emmaillotèrent étroitement, les bras le long du corps, enroulant autour de lui des bandelettes de tissu, comme c'était la coutume pour maintenir les enfants en position allongée. On pensait qu'on leur évitait ainsi de devenir bossu plus tard et surtout qu'ils ressemblaient plus à des hommes. De cette manière, si les esprits venaient les chercher la nuit, ils ne les confondraient pas avec des animaux et les conduiraient tout droit au paradis.

Ce fut un petit paquet de tissus presque rigide, d'où seul émergeait un visage, que Clémence déposa auprès de sa maîtresse.

— Montre-le-moi, dit-elle, Oh ! Comme il est beau ! Mon fils ! Regarde, Clémence, ces mèches de cheveux noirs qui dépassent du petit bonnet. Il a les cheveux de Quentin !

Elle se remit à pleurer.

— Allons ! Allons ! dit Catherine, c'est un jour de fête !

Clémence reprit le bébé pour le placer dans le berceau de bois qu'elles avaient descendu du grenier et nettoyé en prévision du nouvel occupant.

— Vous pouvez aller prévenir Monsieur, dit la gouvernante à Hélène, mais qu'il ne monte pas tout de suite, nous allons procéder à la toilette de la jeune mère.

Hélène s'envola littéralement dans l'escalier. Elle faillit marcher sur Tricky qui ne comprenait pas pourquoi on lui interdisait la chambre de sa maîtresse depuis le matin. Maître Ronsard allait et venait dans la salle à manger.

— Alors ? demanda-t-il dès qu'il aperçut la jeune fille.

— C'est un garçon, un beau garçon ! La mère et l'enfant se portent bien !

Il s'épongea le front.

— Oh ! Tant mieux, tant mieux ! Cela a été une des plus longues journées de ma vie. Vous allez vous moquer de moi, mais j'ai l'impression d'être grand-père ! Voilà qui me repousse dans l'âge des vieillards et m'éloigne un peu plus de vous, douce Hélène !

Elle sourit et lui tendit les mains. Il y déposa un baiser. Leurs yeux brillaient d'amitié complice. Une heure plus tard ils eurent la permission de monter voir la mère et l'enfant. Corine reposait dans des draps frais et propres et le bébé dormait dans son berceau. Après les admirations d'usage, Hélène demanda :

— Comment allez-vous l'appeler ?

Mlle de Pâquelin avoua, un peu confuse, qu'elle n'y avait point réfléchi. Quand elle pensait ou parlait de l'enfant à naître, elle l'appelait toujours « l'enfant de Quentin » mais n'avait pas songé à lui donner un prénom particulier. Elle se demandait ce que son mari aurait choisi. Peut-être celui de son propre père, mais elle ne se souvenait pas si Quentin lui avait jamais parlé de son prénom.

Quant à lui attribuer un prénom de la famille des Pâquelin, elle ne le voulait pas, puisqu'ils l'avaient reniée.

— Vous pourriez lui donner le prénom de son père, avança timidement Clémence.

— Non, répondit-elle, il n'y aura jamais qu'un seul Quentin dans ma vie. Je ne me résoudrai jamais à appeler quelqu'un d'autre ainsi.

— En général, intervint Catherine, un garçon porte le nom de son parrain et une fille celui de sa marraine. Qui avez-vous choisi pour ses rôles ?

— Un baptême..., hésita Corine, je ne sais pas si Quentin aurait voulu que son fils soit conduit dans une église pour être baptisé.

— Vous n'allez pas laisser cet enfant sans Dieu ! s'offusqua la gouvernante, si jamais il lui arrivait quelque chose, il errerait éternellement dans les limbes ! On a coutume de baptiser les enfants au plus tard dans les deux jours qui suivent la naissance.

— Pourquoi voulez-vous qu'il arrive quelque chose à cet enfant ! gronda M. de Ronsard. Vous allez faire peur à sa mère !

La bonne Catherine baissa la tête et rougit sous les reproches. Il se retourna vers Corine.

— Cependant elle n'a pas tort. Mon enfant… Je ne connais pas de pasteur et, pardonnez-moi, si votre époux avait vécu, peut-être aurait-il choisi de donner sa religion à son enfant. Mais il n'est plus là malheureusement, pour le protéger et le conduire dans la vie, et je ne crois pas, tout dogme religieux mis à part, qu'il soit bien sain de naître huguenot aujourd'hui dans notre pays. Croyez-moi, pour sa sécurité, il vaut mieux que cet enfant soit baptisé par un prêtre et élevé dans la religion catholique.

Corine acquiesça. Il poursuivit :

— Je ferai appeler demain le curé du village et si vous le permettez, je serai son parrain, et lui donnerai mon prénom.

Mlle de Pâquelin avait les larmes aux yeux.

— Avec plaisir M. de Ronsard. Après tout ce que vous avez fait pour nous, ce sera un honneur de vous avoir pour parrain.

Hélène toussota.

— Et… Vous n'auriez pas besoin d'une marraine ?

— Si vous vous proposez, Hélène, ce sera avec joie.

— Oh ! Mais alors, s'exclama le poète, nous serions compère et commère, vous et moi ! Enfin un lien indéfectible entre nous !

Tous éclatèrent de rire.

— Cela se fête, ajouta le maître de maison, je vais déboucher une bonne bouteille de vouvray !

* * * *

Le lendemain, le petit chien blanc profita de l'inattention de Clémence pour se précipiter dans la chambre de sa maîtresse et sauter sur son lit. Il y fut plutôt bien accueilli, mais entendit bientôt des cris bizarres sortir d'une drôle de boîte. Il se dressa sur ses pattes au bord du lit et voulut sauter dans le berceau, mais la soubrette revenait et l'attrapa au vol.

— Non ! Non ! Pas de chien ici !

Il avait à peine eu le temps d'apercevoir une petite face rougeaude au milieu de linges blancs. Malgré ses grognements il fut mis à la porte. Il réussit à se faufiler une deuxième fois dans la pièce. Cette fois l'intrus aux cris perçants était dans le lit de sa maîtresse et celle-ci lui parlait gentiment. Tricky fit volte-face et décida que la cuisine était après tout bien plus intéressante que cette chambre.

* * * *

Le prêtre vint dans la soirée, en s'excusant de son retard, des confessions l'ayant retenu. Dans le petit oratoire du manoir, Hélène de Surgères tenait l'enfant dans ses bras. Il avait été revêtu pour l'occasion d'une robe et d'un bonnet de dentelle. Sa mère, encore trop faible, était restée couchée, mais Clémence lui raconta la cérémonie. M. de Ronsard était très fier dans son habit noir et toute la maisonnée était présente.

Après plusieurs prières en latin, le prêtre fit un signe de croix sur le front de l'enfant avec de l'huile sainte, lui mit du sel sur la langue, et lui versa de l'eau sur le crâne. Ces trois opérations firent hurler le bambin. Corine se demanda si c'était là son sang huguenot qui se manifestait, mais Catherine lui assura que tous les enfants faisaient cela.

Hélène se fit un plaisir de consoler son filleul en le berçant. Puis le curé sortit un registre relié en parchemin et y inscrivit :

Cejourd'hui 5 mai 1573, moi prêtre et curé de Couture sur le Loir, me suis rendu au manoir de la Possonnière, dépendant de ma paroisse, et y ai baptisé un enfant prénommé Pierre, né de la veille, fils de feu Messire Quentin de Gayrand et de Damoiselle Corine de Pâquelin son épouse. Il a eu pour parrain Messire Pierre de Ronsard et pour marraine Damoiselle Hélène de Surgères, qui ont signé avec moi.

* * * *

Corine avait donc décidé contre l'avis général d'allaiter son fils, mais il semblait perpétuellement affamé et ses cris stridents empêchaient la maisonnée de dormir. Le quatrième jour il fallut se rendre à l'évidence, ce que sa mère pouvait lui donner n'était pas suffisant.

Catherine déclara qu'elle n'en était pas étonnée, que les dames du monde n'avaient pas de lait et que l'on aurait mieux fait de suivre son avis et d'emmener immédiatement l'enfant en nourrice. La jeune mère se récria qu'elle ne voulait pas qu'on lui arrache son enfant ainsi. On tenta de lui donner du lait de chèvre, mais il ne le supporta pas et le rendit.

Finalement Mariette sauva la situation. Sa sœur aînée avait eu un bébé trois mois auparavant. Il fut convenu qu'elle servirait de nourrice provisoire en venant deux fois par jour au château nourrir le petit Pierre. Pour le reste et pour la nuit, il serait allaité par sa mère et on compléterait les tétées par un mélange d'eau et de miel donné à la bouteille.

Le nourrisson supporta ce régime, ce qui permit à sa mère de le garder un peu plus longtemps auprès d'elle. Mais Hélène dut se séparer plus rapidement de son filleul. Elle rejoignit Blois le 9 mai, la reine mère désirant rentrer à Paris pour y attendre des nouvelles de Pologne où l'élection du roi était prévue pour le 11.

Ce fut à nouveau une scène d'adieux. Mais Mlle de Pâquelin avait la consolation de garder auprès d'elle M. de Ronsard qui avait prétexté des affaires domaniales à régler. Ils vécurent dix jours de répit agréables. La nature refleurissait partout et les promenades en compagnie du poète étaient délicieuses. L'enfant grossissait, il dormait la nuit, et le petit chien blanc avait fini par accepter sa présence, profitant des nombreuses siestes du chérubin pour retrouver un peu d'intimité avec sa maîtresse et partager ses jeux comme autrefois.

La première lettre d'Hélène leur apprit la naissance d'un autre petit garçon. Le 28 avril, dans un château dont le nom avait été gardé secret, Marie Touchet avait donné un fils au roi. L'enfant avait été prénommé Charles comme son père. On pensait que le roi allait le reconnaître et le titrer. On parlait même du duché d'Angoulême. Mais pour l'instant la mère était revenue seule à la Cour et l'enfant était élevé par sécurité en un lieu inconnu.

Corine se réjouit pour Marie de cette naissance. Elle savait combien la dame de Belleville devait être fière d'avoir donné un garçon au roi, alors que la reine avait mis au monde une fille au mois de décembre précédent. Elle comprenait moins pourquoi elle ne gardait pas son enfant auprès d'elle, puisque dans son cas rien ne semblait s'y opposer. Mais sans doute le couple royal avait-il ses raisons.

À Paris on attendait toujours les résultats de l'élection polonaise. Elle avait eu lieu mais la distance était longue, les messagers n'étaient pas encore arrivés. Le prince Henri de Valois avait pour compétiteurs le tsar Ivan le Terrible et l'archiduc Ernest d'Autriche, mais il avait toutes ses chances car les Polonais ne voulaient ni de la tyrannie russe, ni du pangermanisme.

Corine était loin de ces préoccupations. Depuis quelques jours son lait s'était complètement tari, et il fallait songer à conduire le petit Pierre à sa nourrice officielle. Le 19 mai au matin, après que Gautier eut chargé la malle contenant le trousseau du bébé, elle monta en voiture avec l'enfant, Clémence, M. de Ronsard, et Catherine qui avait tenu à les accompagner.

Ils se dirigèrent vers le sud et, après dix lieues, arrivèrent dans un village de la banlieue de Tours, où poussait la vigne, et dont une partie des maisons étaient taillées dans la roche. On disait que les habitants y étaient au frais l'été et au chaud l'hiver. Mais Corine pensait qu'ils devaient manquer de lumière et qu'il ne devait pas être agréable de vivre ainsi à moitié enterré. À la Possonnière il y avait bien quelques pièces de ce type mais c'était seulement une partie des communs et on n'y restait pas en permanence.

Fort heureusement la nourrice de Pierre ne logeait pas dans une de ces maisons troglodytes, et la jeune mère fut rassurée. La voiture s'arrêta bientôt devant une coquette maison au toit de chaume entourée d'un jardin où poussaient fleurs et légumes. Une accorte paysanne les attendait sur le seuil, un enfant blond de cinq ou six mois dans les bras. Dans le jardinet, deux bambins de trois ou quatre ans se poursuivaient en riant.

Rosine Aubin les accueillit d'une courte révérence et leur présenta le bébé comme étant sa fille Toinette. Puis elle désigna l'un des deux garçons :

— Celui-ci est mon fils Georges. C'est un bon petit, quoiqu'un peu remuant. Et celui-là c'est Victor, le fils d'un notaire de Tours que je garde depuis sa naissance. Mon mari s'excuse de ne pas être là pour vous recevoir, il est dans les vignes. Le travail n'attend pas. Mais entrez donc.

La maison des métayers Aubin était petite mais bien tenue, et la nourrice fit bonne impression. Elle leur fit visiter les lieux. À côté de la grande pièce à vivre qui servait à la fois de cuisine et de séjour, se trouvait une grande chambre munie de deux alcôves. Derrière les rideaux tirés, dormaient le soir venu, dans l'une les parents, dans l'autre les deux garçons. Deux solides berceaux avaient été rajoutés dans la pièce. L'un était réservé à Toinette, l'autre attendait le petit Pierre.

Les meubles étaient simples, mais de bon chêne solide. La maîtresse des lieux leur servit une collation de rillettes et de vin du cru. Pendant toute la visite, le fils de Corine était passé des bras de Clémence à ceux de Catherine ou de sa mère. La nourrice sentait que la séparation était difficile et ne voulait pas les brusquer.

Mais l'enfant qui n'avait rien pris depuis le matin qu'un peu d'eau sucrée leur signala par ses cris vigoureux qu'il avait faim. Rosine tendit les bras et Mlle de Pâquelin lui donna le poupon à regret. Elle sentait le moment des adieux approcher.

— Il sera bien ici, dit Catherine.

Corine le savait, et lorsqu'elle vit son visage repu et béat après la tétée, elle sut qu'ils avaient fait le bon choix. M. de Ronsard insistait pour s'en aller, la route du retour étant encore longue. Mais la jeune femme tint à assister au repas des enfants. Elle vit que la nourrice s'en occupait avec patience et amour et éprouva moins de culpabilité.

— Le soleil commence à baisser, intervint Catherine, si nous ne partons pas maintenant, nous n'arriverons pas avant la nuit.

Corine avait repris son fils dans ses bras. Elle avait les larmes aux yeux. Elle le berça doucement en lui fredonnant une chanson. Puis elle le tendit à Rosine.

— Ne vous inquiétez pas, Madame, dit la nourrice, je m'en occuperai comme si c'était mon propre fils.

— Je viendrai le voir aussi souvent que je le pourrai. Et je vous écrirai pour prendre de ses nouvelles.

— Madame, je ne sais point lire ni écrire, et mon mari non plus.

— Moi je sais, dit Catherine, Monsieur Pierre m'a appris lorsque nous étions enfants. Je viendrai régulièrement prendre des nouvelles de l'enfant lorsque vous serez à Paris, et je répondrai à vos lettres.

— Alors nous ferons ainsi, dit Corine.

Elle donna un dernier baiser sur le front à son fils et se résolut à regagner la voiture. Avant de monter elle se retourna une dernière fois pour imprimer dans sa mémoire la vision de la femme et de l'enfant devant la chaumière inondée de soleil.

M. de Ronsard lui tint la main pendant une partie du voyage. Elle ne pleura pas, mais son regard était absent et elle n'avait aucun goût à la conversation. La nuit était tombée lorsqu'ils arrivèrent au manoir. Elle monta dans sa chambre sans dîner et eut un mouvement de recul en voyant le berceau vide. Elle appela pour qu'on l'enlevât, mais malgré cela, il lui sembla toute la nuit entendre le berceau grincer et un bébé pleurer. Elle dormit peu et mal.

Les jours suivants furent d'autant plus tristes que M. de Ronsard annonça son retour à la Cour. Son absence avait trop duré et le roi le réclamait. Dès lors le séjour à la Possonnière perdit de son charme, et les efforts de Catherine, Clémence ou Tricky ne parvinrent plus à dérider la jeune femme.

Elle reprit un peu de gaîté le jour où à la fin du mois, elle se rendit à Tours avec Clémence rendre visite à son fils. Cette fois-ci le petit chien était du voyage. Ils passèrent une agréable demi-journée, l'animal jouant avec les deux petits garçons et les dames parlant chiffon et pouponnant. Le petit Pierre de Gayrand prospérait, il avait de bonnes joues et était en parfaite santé. Hélas la distance les obligeait à se séparer trop tôt, mais Corine promit de revenir la semaine suivante.

⋆ ⋆ ⋆ ⋆

Le premier jour de juin lui apporta une nouvelle lettre d'Hélène. Son amie lui rappelait qu'elle était absente de la Cour depuis près de cinq mois, et qu'il lui fallait désormais songer à rentrer, sinon elle serait vite oubliée et perdrait sa place.

Les événements, à la Cour, se précipitaient. Henri de Valois avait bien été élu roi de Pologne au mois de mai. Ses nouveaux sujets espéraient l'aide financière de la France pour construire une flotte dans la Baltique. Mais ils avaient aussi réduit les pouvoirs du nouveau roi, et Mgr de Montluc, l'ambassadeur de Catherine de Médicis, avait dû promettre au nom du roi la liberté religieuse. Il avait de plus assuré que les massacres de la Saint-Barthélemy n'avaient été que des mesures de précaution outrepassées et dénaturées par une populace incontrôlable et que le roi avait promis de réhabiliter les victimes et de punir les coupables.

Ce n'était qu'à ce prix que le prince Henri avait été élu roi de Pologne. Charles IX était fou de joie et s'empressa d'écrire la nouvelle à son frère à La Rochelle. Ce n'était point tant l'amour fraternel qui l'animait, que le désir de voir le duc d'Anjou quitter un royaume où son autorité commençait à faire de l'ombre à celle de son frère, et à représenter un danger pour la paix civile.

La reine mère était ravie également, pour d'autres raisons, et à peine était-elle la mère de deux rois qu'elle désira en faire un troisième de son cadet, le duc d'Alençon. Elle envoya une nouvelle ambassade à la reine d'Angleterre pour lui proposer le jeune homme en mariage. Flattant la vanité d'Élisabeth Ire, elle la qualifiait dans ses messages de « reine la plus grande et la plus intrépide que des yeux humains aient jamais contemplée ».

Se ressouvenant qu'elle avait envoyé l'an passé en Angleterre un portrait de son fils, et que la reine ne l'avait pas trouvé beau, elle lui fit dire aussi que pendant qu'il servait à La Rochelle, François d'Alençon avait grandi, et qu'il s'était laissé pousser la barbe, ce qui arrangeait beaucoup ses imperfections.

L'ambassadeur anglais avait laissé entendre que la levée du siège de La Rochelle était le premier pas indispensable vers une alliance franco-britannique. On s'acheminait donc progressivement vers la paix, d'autant que le siège de la cité portuaire risquait de faire mauvaise impression sur les ambassadeurs polonais, aussi bien sur le plan de la paix religieuse, que sur celui de la réputation militaire du prince Henri, incapable après six mois de blocus de prendre la ville. L'acharnement était inutile et ce conflit n'avait que trop duré.

Corine se réjouit de la fin prochaine de la guerre entre catholiques et huguenots. Elle était moins ravie de rentrer à la Cour et de laisser le petit Pierre derrière elle en Touraine. Mais elle n'avait pas le choix. Elle devait garder sa situation pour subvenir à leurs besoins.

Elle partit avec Clémence lui rendre une dernière visite. Les adieux furent plus tristes, car elle ne savait quand elle pourrait revenir. Si la Cour retournait à Blois, cela serait plus facile, mais tant qu'elle siégerait à Paris, il lui serait plus délicat de s'échapper, le voyage nécessitant plusieurs jours à l'aller comme au retour.

Les adieux à la Possonnière furent plus déchirants encore, car si l'enfant dormait et ne se rendait compte de rien, la bonne Catherine pleurait à chaudes larmes, et Clémence lui emboîta le pas. Même le père Gautier, l'époux de la gouvernante, y alla de sa larme à l'œil.

Corine les remercia chaleureusement de leur accueil et promit de leur écrire. Elle embrassa Catherine et la serra dans ses bras. Elle avait été pour elle tout à la fois une mère, une accoucheuse et une servante attentionnée. Puis elle jeta un dernier regard au manoir où elle venait de passer cinq mois de sa vie. Clémence s'était aussi jetée dans les bras de la maîtresse de maison.

Bientôt il fallut monter en voiture et suivre une dernière fois des yeux l'allée de platanes au bout de laquelle leur amie agitait son mouchoir. Corine se sentait triste et vide, une partie d'elle restait en Touraine. Elle espérait que la vie agitée de la Cour lui changerait les idées.

Quant à Clémence, après s'être mouchée bruyamment, elle songea qu'à Paris l'attendait Jacques Perrot, cuisinier de son état et amoureux transi à ses heures. Elle espérait qu'il ne l'avait pas oubliée et se mit à rêver à leurs retrouvailles.

XVIII. Le roi de Pologne

Elles entrèrent dans la capitale l'après-midi du troisième jour. Il commençait à faire chaud et cela rappelait douloureusement à Mlle de Pâquelin les journées du mois d'août précédent. Mais la ville ne paraissait plus se ressentir des tragiques événements. Le commerce prospérait et les devantures s'ornaient des couleurs de France et de Pologne en hommage au nouveau roi.

Elle eut un léger sursaut en découvrant la Seine et le Louvre. Il lui sembla soudain regagner une prison. Elle ne put revoir la cour Carrée sans penser aux corps qu'elle y avait vus entassés l'été dernier. Elle frissonna dans les couloirs en songeant à sa course folle avec Margot au matin du 24 août.

Puis elle retrouva sa chambre. Cela sentait la poussière et l'air confiné. Clémence se mit immédiatement à l'ouvrage, époussetant ici, nettoyant là, défaisant les malles. Le petit chien retrouva sa place préférée sur le lit.

Hélène fit bientôt une apparition et les deux jeunes filles tombèrent dans les bras l'une de l'autre. La reine mère ne l'attendait pas avant le lendemain, elles purent papoter tout à loisir. Bientôt Clémence les interrompit :

— Madame n'a plus besoin de moi ?

Sa maîtresse fit signe que non, et la suivante soulagée et impatiente se précipita vers les cuisines du palais. Les deux demoiselles d'honneur éclatèrent de rire.

* * * *

Lorsque la soubrette rejoignit sa maîtresse, bien plus tard, elle lui apprit une grande nouvelle. Jacques Perrot l'avait demandée en mariage et les deux jeunes gens venaient de se fiancer officiellement. La date des noces n'était pas encore fixée, mais la prochaine fois que la Cour se rendrait à Blois, le jeune cuisinier présenterait sa dulcinée à ses parents.

Ainsi la séparation avait porté ses fruits, et Mlle de Pâquelin se réjouit sincèrement pour sa servante et néanmoins amie, sans jalousie ni mélancolie aucune.

Le lendemain elle retrouva avec un peu d'angoisse son service auprès de la reine Catherine. Celle-ci n'avait pas changé, toujours le même visage rond et imperturbable dont la blancheur tranchait sur les éternels habits noirs. Elle accueillit avec bienveillance sa demoiselle d'honneur et lui demanda des nouvelles de sa santé.

Cette dernière, un peu pâle, répondit en balbutiant, et la reine mère lui trouva meilleure mine qu'à son départ, souhaitant que la bonne nourriture et les fêtes de la Cour contribuent à lui rendre tout à fait ses couleurs. La jeune femme s'inclina profondément devant la souveraine et rejoignit ses compagnes.

Puis l'assemblée se rendit chez le roi. Là, Mlle de Pâquelin eut un choc en le voyant. Il n'était plus que l'ombre de lui-même. Il avait perdu une partie de ses cheveux, son teint était cireux, ses yeux cernés, son regard vague et fuyant. Ses épaules s'étaient voûtées, sa poitrine creusée. Il avait par moments des frissons et des quintes de toux, sa voix même était devenue plus rauque. On aurait presque dit un vieillard, et Corine avait du mal à croire qu'il n'avait que vingt-trois ans.

La princesse Marguerite aussi avait changé, pas physiquement, mais de caractère. Elle autrefois toujours prête à s'amuser était plus posée, plus réfléchie, plus intéressée à la politique. Une vague tristesse s'était emparée d'elle, qu'elle-même mettait sur le compte de l'absence de son mari et de ses frères, toujours retenus au siège de La Rochelle.

La Cour entière d'ailleurs semblait végéter, attendant le retour des princes et de leurs compagnons. Marie Touchet s'efforçait de paraître gaie devant le roi, mais hors de son regard elle aussi semblait déprimée. Corine pensa que c'était à cause de l'absence de son enfant, élevé dans quelque château lointain.

Comme elle croyait comprendre son angoisse, elle s'en ouvrit à elle. Mais la dame de Belleville s'inquiétait pour le roi, non pour son fils. Le souverain faisait, lui dit-elle, des cauchemars toutes les nuits, au cours desquels il revoyait sans cesse les massacres de la Saint-Barthélemy, et elle ne savait plus comment le calmer. Seules leurs étreintes, et quelquefois des parties de chasse endiablées, parvenaient à lui faire oublier momentanément le drame de l'année passée.

Catherine de Médicis, en revanche, semblait avoir tout à fait assumé les événements. Son souci actuel était de mettre fin au siège de La Rochelle, et de retrouver son fils préféré, le prince Henri. Des ambassadeurs de Pologne étaient attendus avant deux mois. Ils venaient officiellement à Paris offrir la Couronne au duc d'Anjou. La reine Catherine avait prévu de grandes fêtes pour les accueillir et les impressionner favorablement. Elles auraient lieu au jardin des Tuileries. Puis toute la Cour accompagnerait le nouveau roi de Pologne jusqu'aux frontières orientales du royaume.

Elle attendait aussi avec impatience le retour à la Cour du roi de Navarre, du prince de Condé et du duc d'Alençon. Car elle savait qu'elle pourrait mieux les contrôler et les surveiller à Paris.

Le 24 juin enfin un armistice fut signé avec les Rochelais. Le duc d'Anjou et les princes regagnèrent la capitale, laissant les chefs militaires et les diplomates terminer le conflit. L'armée ne leva définitivement le siège que le 6 juillet et peu après fut signé l'édit de Boulogne qui mettait officiellement fin à la quatrième guerre de religion.

C'était à la vérité une paix sans en être une, et chacun des deux camps pensait avoir remporté la victoire. Les protestants pouvaient se vanter d'avoir tenu tête aux armées royales – La Rochelle n'avait pas été pris – et d'avoir gagné la liberté de conscience dans tout le royaume. Mais liberté de conscience n'était pas liberté de culte, lequel était autorisé dans trois places fortes seulement : La Rochelle, Nîmes et Montauban, par ailleurs toutes trois aux mains des huguenots de toute façon.

Les gentilshommes et seigneurs hauts justiciers avaient le droit de faire célébrer le culte dans leur maison, mais défense leur était faite d'y accueillir plus de dix personnes, même pour les mariages ou les baptêmes. Cet édit était plus sévère que les précédents pour les protestants, mais après la Saint-Barthélemy, on avait pensé qu'ils étaient réduits à néant. Ces timides autorisations marquaient donc pour ainsi dire le début de la fin de l'intolérance.

Toutefois comment le roi aurait-il pu contrôler ce qui se passait dans les maisons privées et vérifier le nombre d'invités aux cérémonies ? Mais surtout les armées protestantes détenaient plus de villes que celles évoquées dans le traité, et les huguenots y faisaient ce qu'ils voulaient. Mieux, n'ayant été arrêtées ni par les massacres ni par la guerre, la foi et les pratiques religieuses étaient sorties plus fortes de la crise. Le peuple protestant par ailleurs avait fait la guerre et survécu sans chefs ; il commençait à entrevoir une nouvelle façon de faire de la politique, à mettre en place des assemblées et une mentalité plus démocratique.

Les Rochelais n'avaient pu décider que pour eux-mêmes. Les protestants du Midi demeuraient en armes. Ils étaient dirigés par des conseils élus, qui étaient au-dessus des chefs militaires, et leur donnaient des ordres. Ces assemblées géraient les impôts et les finances des régions contrôlées.

Le comte de Damville assiégea Nîmes en vain durant les mois de juin et juillet. Sancerre, dans le Berry, était toujours aux mains des rebelles. Assiégés depuis des mois, les habitants en étaient réduits, disait-on, à manger les ânes, les chevaux, les chats, les chiens et les rats. Ils faisaient de la soupe avec des déchets de cuir et du pain avec de la paille. Mais ils tenaient bon.

Pourtant, malgré ces échecs, le duc d'Anjou fut accueilli à la Cour en triomphateur. Les cris de «Vive le duc d'Anjou ! Vive le prince Henri ! Vive le roi de Pologne ! » fusaient sur son passage. Charles IX ne s'en montra pas jaloux, tout heureux de voir son frère bientôt partir pour un autre royaume.

La reine mère le serra dans ses bras les larmes aux yeux et le félicita pour sa «victoire» aux armées et son élection. Le duc d'Alençon, comme d'habitude, fut un peu l'oublié de ses embrassades, mais il ne parut pas s'en offusquer. Corine put juger combien il avait mûri, tant au physique qu'au mental. Il était devenu un homme, un soldat plein de bravoure et un parfait courtisan. Il ne parlait guère plus que par le passé, mais son regard était assuré, son maintien plus arrogant.

Le roi de Navarre, au contraire, et le prince de Condé paraissaient plus ternes, plus repliés sur eux-mêmes, désireux de se fondre dans la masse sans se faire remarquer. Ils déploraient de n'avoir pu profiter de l'affaire de La Rochelle pour s'enfuir de la Cour, et ne parurent pas apprécier plus que de raison l'accueil pourtant chaleureux de leurs épouses respectives.

Avec les princes, la plupart des gentilshommes avaient fait leur retour à la Cour, et les dames purent reprendre les intrigues d'alcôve qu'elles avaient dû mettre en sommeil pendant la guerre. La gaîté reprenait possession du Louvre, d'autant que la reine mère avait entrepris de vastes travaux de décoration en prévision de l'arrivée des ambassadeurs polonais.

L'aigle et les couleurs de Pologne (le rouge et le blanc) étaient à l'honneur partout et cela semblait exaspérer Henri de Valois. On renouvelait sa garde-robe. On y ajoutait des vêtements longs, des fourrures, et cela le rendait furieux. On lui parlait de son prochain départ et il fulminait. Même le fait qu'on l'appelât « Sire » ou « Majesté » ne le déridait pas.

Sa mère lui en fit un jour le reproche.

— Et de quoi voulez-vous que je me réjouisse ! lui répondit-il. On m'exile, on m'expulse ! On m'envoie au loin dans un pays de sauvages où le froid règne en maître !

— Vous exagérez, Henri !

— Je ne veux pas quitter la France, pas maintenant. Je ne veux pas partir loin de Marie...

— Elle est mariée, Henri !

— On pourrait annuler ce mariage ! Et celui de Margot par la même occasion.

— Ta sœur veut rester mariée. Et il né me semble pas qué la princesse dé Condé ait souhaité l'annoulation dé son mariage.

Il soupira.

— Regardez dans quel état est Charles, dit-il pour changer de conversation. Si jamais il lui arrivait quelque chose, je veux être là.

La reine mère fit le signe de croix.

— Né parle pas dé malheur !

— Ce n'est pas en n'en point parlant qu'on l'empêche d'arriver.

Elle se signa de nouveau.

— Si cé malheur dévait arriver – lé ciel nous en préserve ! –, personne né songerait à nier vos droits, Henri.

— Mon petit frère, notre cher François, n'est plus un enfant. Les batailles l'ont aguerri. Dieu sait ce dont il est capable, avec la complicité de Navarre et Condé !... Ces deux-là... Si vous aviez voulu l'an passé...

— Je né veux plous qu'on me parle dé l'an passé ! trancha-t-elle presque en criant.

Et le roi de Pologne sortit en claquant la porte.

* * * *

Cependant, toute à la préparation de l'affaire polonaise, la Cour ne songeait pas à quitter la capitale, et cela n'arrangeait pas les affaires de Corine. Ayant quitté la reine mère pendant cinq mois sous le prétexte de rejoindre sa famille, il lui était difficile, à peine un mois après son retour, d'arguer d'un prétexte familial pour s'absenter quelques jours. Elle ne pouvait donc aller voir son fils. Mais elle en recevait régulièrement des nouvelles par son amie de la Possonnière. Le bébé augmentait en taille et en poids et tout se passait bien.

La famille royale et son entourage n'étaient pas toujours enfermés au Louvre. Elle se rendait parfois au château de Madrid au bois de Boulogne, construit sous François Ier, parfois à Saint-Germain-en-Laye où le roi aimait chasser dans la forêt voisine, ou encore à Fontainebleau, mais elle ne quittait plus guère la région parisienne.

Des ambassadeurs avaient été envoyés à Metz au-devant de la délégation polonaise qui était attendue pour la mi-août. Une certaine effervescence régnait à la Cour, qui n'était pas sans rappeler celle de l'an passé pour le mariage de la princesse Marguerite, la tension en moins.

Dans la liesse générale, le roi de Navarre avait été autorisé à prendre auprès de lui un nouvel écuyer, et, traité de paix avec les protestants oblige, il avait été accepté que celui-ci fût huguenot, bien que le prince soit désormais officiellement converti au catholicisme.

Quelle ne fut pas la surprise de Mlle de Pâquelin de découvrir que cet écuyer n'était autre que le poète Agrippa d'Aubigné, un des meilleurs amis de Quentin ! Un moment elle espéra avoir par lui des nouvelles de son mari. Hélas le jeune homme n'était pas au courant de sa disparition et fut fort peiné de l'apprendre.

Il avait échappé lui-même au massacre parce qu'il avait quitté par hasard Paris la veille à cause d'un duel pour les beaux yeux d'une dame. Lorsqu'il avait appris les événements, il avait voulu lever des troupes en Beauce pour rejoindre La Rochelle, mais il avait été attaqué dans une hôtellerie et gravement blessé.

— Laissé pour mort par mon assassin, j'ai pu m'enfuir et me réfugier dans ma famille où je suis resté longtemps entre la vie et la mort. Puis j'ai voulu de nouveau rejoindre mes frères à La Rochelle. Mais le destin en a décidé autrement. Je suis tombé malade et j'ai dû garder le lit plusieurs mois. Enfin me voilà, prêt à servir mon roi !

— Et M. de Luzac, en avez-vous des nouvelles ?

— Pas la moindre. S'il a survécu à la Saint-Barthélemy, sans doute a-t-il rejoint la cité huguenote. Mais j'ai cru comprendre que peu étaient restés en vie... On m'a même dit que le roi Charles tirait en personne sur les protestants !

— C'est faux ! répondit Corine.

— Des témoins assurent pourtant l'avoir vu une arquebuse à la main à une fenêtre du palais d'où il criait : « Tue ! Tue ! »

— Il n'a pas tiré ! dit-elle, se rappelant ce que lui avait raconté Marie Touchet. Mais le calviniste ne voulait rien entendre.

— Je l'en crois fort capable au contraire, et un jour je mettrai tout cela en vers, pour témoigner du martyre d'un peuple.

— Si vous êtes dans de telles dispositions envers le roi, pourquoi donc êtes-vous venu à la Cour ?

— Pour servir le roi de Navarre.

— Ne savez-vous pas qu'il s'est converti, et qu'il était au siège de La Rochelle aux côtés des troupes royales ?

— Si fait.

— Et vous continuez à le servir ?

— La mission que j'accomplis auprès du roi de Navarre ne vous regarde en rien !

Il tourna les talons. Corine eut l'impression étrange qu'il se tramait quelque complot. Elle ignorait s'il se faisait contre ou avec Henri de Navarre. Elle penchait pour la seconde solution. Mais par fidélité à la mémoire de Quentin, elle préféra garder cela pour elle.

Comme s'il se méfiait, Agrippa l'évita désormais. Et lui naguère si peu courtisan devint un homme élégant qui flattait toutes les dames de la Cour, rivalisait d'audace dans ses reparties et composait des poèmes légers, comme s'il avait mis au rancart toutes ses haines et ses passions religieuses et combattantes. La demoiselle d'honneur sentait bien qu'il ne s'agissait là que d'une façade.

* * * *

Le 19 août enfin, les ambassadeurs polonais firent leur entrée dans Paris. Les portes et les ponts de la ville avaient été décorés de peintures représentant les trois princes français : Charles y portait la couronne de France et Henri celle de Pologne. Sur la troisième on voyait un ange apporter à François celle d'Angleterre.

Le duc de Guise, en grand chambellan, avait été envoyé à leur rencontre. La foule des Parisiens s'était massée en nombre pour voir ces gentilshommes et leur escorte venant d'un pays lointain. Ils ne furent pas déçus : les Polonais avaient fière allure sur leurs montures somptueusement harnachées, avec leurs larges bottes cloutées, leurs tenues chatoyantes et bariolées, couvertes de broderies et de pierres précieuses, leurs cimeterres orientaux, leurs arcs et leurs carquois de flèches.

Enfants et parents se montraient du doigt les bonnets à plumes, les longues barbes, les grandes moustaches qui remontaient presque jusqu'aux oreilles. Les vêtements des nouveaux venus émerveillaient par leur exotisme. Si les gentilshommes français avaient l'habitude de porter de longues culottes étroites qui s'arrêtaient au-dessous du genou et bouffaient au niveau des cuisses, des collants et des chaussures basses, un justaucorps court cintré à la taille, à encolure montante garnie d'une fraise godronnée et un chapeau en forme de toque souple avec médailles et bijoux incrustés, les Polonais eux portaient des tuniques longues et des bottes montantes.

Les tissus des tuniques et manteaux étaient largement rebrodés de lions, de soleils, d'oiseaux et d'arabesques. Les encolures étaient décolletées, portaient souvent des revers de fourrures, ainsi que les bonnets ronds ou plats, brodés et ornés de plumes. Les Français portaient un mince collier de barbe, des moustaches courtes, des cheveux mi-longs qui descendaient dans le cou. Les Polonais avaient la moustache qui relevait et la nuque rasée.

Tous ces détails vestimentaires distrayaient les Parisiens qui se croyaient au spectacle. Les ambassadeurs cependant avançaient dignement dans les rues, entourés de leur propre escorte et de dignitaires français.

Au Louvre, dans la salle des audiences, deux trônes avaient été installés. L'un était surmonté d'un dais bleu de France aux lys dorés. Charles IX y siégeait. Sur l'autre était assis son frère Henri II de Pologne, sous un dais rouge à l'aigle blanc. La reine, la reine mère, les princes, les princesses et toute la Cour s'étaient répartis de part et d'autre.

Le duc de Guise fit entrer les envoyés de la couronne polonaise, qui s'inclinèrent devant les deux rois. Un coffret en vermeil contenant le décret d'élection fut déposé aux pieds du roi de France et le porte-parole de l'ambassade lui demanda l'autorisation de le présenter à son frère. Les princes étrangers étaient très cérémonieux. Comme ils ne parlaient pas le français, ni la Cour le polonais, la conversation avait lieu en latin, langue internationale de l'époque.

Le roi inclina la tête en souriant et la cassette fut présentée au prince Henri qui l'accepta. Puis un noble du nom de Jan Zborowsky lui en présenta une seconde qui contenait deux actes qu'il devait jurer de respecter : le premier concernait les droits respectifs du roi et de la noblesse polonaise et laissait beaucoup de pouvoir à celle-ci, le second garantissait les libertés religieuses du peuple.

Le nouveau roi de Pologne pâlit et regarda sa mère. Il hésitait à prêter serment et un silence tendu remplit la pièce. Quelques murmures fusèrent ici et là. Le roi de Navarre, Condé et d'Aubigné étaient imperturbables. Charles IX souriait béatement.

Jan Zborowsky regarda la reine mère. Il avait compris où se trouvait le pouvoir.

— *Jurabit aut non regnabit*[1], dit-il.

Catherine de Médicis fit un signe imperceptible de la tête à son fils. Celui-ci regarda le Polonais droit dans les yeux et tenta de lui faire baisser le regard. En vain.

— *Juro*[2] ! dit-il entre ses dents.

L'ambassadeur s'inclina profondément devant son souverain, imité par tous ses compatriotes, et la tension retomba. Il y eut quelques soupirs de soulagement côté français. Puis la reine Catherine invita tout le monde à la fête qu'elle avait préparée dans le jardin des Tuileries. Elle prit M. Zborowsky amicalement par le bras pour lui montrer le chemin.

— Le couronnement est prévu à Cracovie pour le 3 octobre, dit-il encore.

La fête des Tuileries laissa des souvenirs impérissables à tous les participants. Elle fut considérée comme l'une des plus réussies du règne. Au milieu des fontaines, des statues illuminées, et des parterres fleuris en forme de lys et d'aigle, eurent lieu des démonstrations d'armes et des récréations musicales. Les musiciens étaient assis sur des sortes d'estrades recouvertes de tissu argenté, de sorte qu'ils semblaient sortir de cascades.

Dames et seigneurs rivalisaient de couleurs et de richesse dans leur tenue. La princesse Marguerite était vêtue de velours rouge vif et chargée de bijoux. Elle impressionna beaucoup les nobles polonais qui semblèrent tous tomber amoureux d'elle, particulièrement un certain Laski qui ne la quitta pas de la soirée. Son mari parut ignorer la chose,

---

1. Il jurera ou il ne régnera pas.
2. Je le jure !

occupé à des discussions à voix basse avec le prince de Condé et le duc d'Alençon.

Le roi de Pologne cherchait des yeux Marie de Clèves, mais n'arrivait pas à se débarrasser des ambassadeurs de son nouveau royaume, lesquels tenaient tous à l'entretenir en particulier. Le roi de France tenait la main de Marie Touchet. Des couples franco-polonais se formaient dans les allées. Le repas fut servi dans les bosquets et suivi d'un feu d'artifice. L'on dansa. Des danses de France et d'autres de Pologne. Les femmes riaient, les hommes souriaient, le vin coulait à flots.

Catherine de Médicis, vêtue de noir comme à son habitude, était assise dans un fauteuil au milieu du parc et savourait sa réussite. Mais il s'y mêlait un brin de tristesse car son fils Henri allait bientôt la quitter. Charles IX et François d'Alençon étaient heureux pour la même raison, chacun espérant prendre la place vacante dans le cœur de la mère. Henri de Guise également, qui une fois le duc d'Anjou parti, devenait le seul chef du clan catholique.

Le duc d'Épernon était là, à proximité de son maître. Il était rentré du siège de La Rochelle lui aussi. Il jeta un regard à Corine mais ne l'approcha pas. Pierre de Ronsard et Agrippa d'Aubigné rivalisaient de bons mots et de rimes pour impressionner les dames. Hélène de Surgères riait.

Mlle de Pâquelin était songeuse. La fête était belle, mais elle ne pouvait s'empêcher de penser à la date anniversaire qui approchait, et quelque part, elle avait honte de ces amusements, à cinq jours à peine de la Saint-Barthélemy. Elle songea à l'an passé, à d'autres fêtes, celles du mariage d'Henri et de Margot, celles qui réunissaient dans la joie catholiques et huguenots. Des fêtes où Quentin était présent, où ils avaient pensé annoncer leur mariage au monde.

Elle songea au petit Pierre, là-bas, dans sa chaumière de Touraine, et se demanda où ils seraient tous aujourd'hui, s'il n'y avait pas eu la Saint-Barthélemy.

★ ★ ★ ★

Les fêtes en l'honneur des ambassadeurs polonais durèrent plusieurs jours, comme pour conjurer le sort et ne pas penser à la date fatidique de l'année écoulée. Mais les protestants se rappelèrent bientôt au souvenir de tous.

Ce fut d'abord la nouvelle de la fin du siège de Sancerre qui s'était produite le jour même de l'arrivée des Polonais. Les assiégés affamés cédèrent en échange de la vie sauve et de la liberté du culte. Mais ils payèrent 40 000 livres de rançon pour éviter le pillage, leurs remparts furent rasés, l'horloge de la ville et les cloches enlevées comme pour ôter toute dignité aux habitants, coupables d'avoir été rebelles au roi. La cité à moitié ruinée dut accepter une garnison royale dans son château, mais l'honneur était sauf puisqu'ils avaient gagné le droit de rester protestants.

Ainsi il semblait comme à La Rochelle que chaque victoire sur la forme des troupes royales était doublée d'une victoire sur le fond des huguenots. La reine Catherine s'en irritait, d'autant que le comte de Damville n'arrivait pas à maintenir la paix dans le Midi.

Mieux, les assemblées des gouvernements protestants de Nîmes et de Montauban envoyèrent des députés au roi pour se plaindre du récent traité de paix et présenter des revendications. Les lettres des demandes d'audience étaient datées du 24 août, jour anniversaire de la Saint-Barthélemy. C'était un affront flagrant. Mais les rois avaient coutume de recevoir en audience leurs sujets et Catherine de Médicis ne voulait pas créer d'incident diplomatique avec les Polonais. Il s'agissait de montrer que les Valois savaient faire preuve de tolérance religieuse.

Il n'était pas question cependant de recevoir une délégation protestante à Paris, au risque de provoquer une émeute ou une réaction démesurée des Guise. Il fut donc décidé que la Cour se rendrait pour quelques jours au château de Villers-Cotterêts, à douze lieues au nord-est de la capitale, et que le roi y recevrait les délégués du Midi.

Corine ne connaissait pas encore ce château qui comme beaucoup d'autres avait été construit pour le roi François Ier, et où plusieurs édits importants avaient été promulgués.

Le style lui rappelait un peu celui de Fontainebleau, avec ses façades claires, ses grandes fenêtres, ses pavillons carrés saillants et leurs hautes toitures d'ardoise.

Le roi s'épuisa en deux journées de chasse dans la forêt voisine pour se calmer avant de recevoir les envoyés huguenots. Marie Touchet confia à Corine qu'il était très angoissé à ce sujet. Depuis son retour à la Cour, la demoiselle d'honneur voyait beaucoup moins la princesse Marguerite, presque insaisissable, et s'était rapprochée, comme par compensation, de la maîtresse royale. Celle-ci lui confiait souvent ses inquiétudes au sujet de la santé physique ou morale du souverain.

À Villers-Cotterêts elles parlèrent longuement ensemble et Mlle de Pâquelin surprit un jour le duc d'Épernon qui les observait d'un air dubitatif. Elle ne savait si elle devait s'en inquiéter. Le duc en effet ne l'avait plus importunée depuis longtemps, et cet intérêt soudainement renouvelé la laissait perplexe.

Le roi reçut les députés des conseils protestants sans grande cérémonie, au milieu d'un public restreint. Son frère Henri était présent, ainsi que la reine mère et quelques dames et gentilshommes de leur entourage. Charles IX était pâle et tendu. Catherine et Henri feignaient l'indifférence.

D'abord furent introduits trois représentants du gouvernement de Nîmes. Ils demandèrent le libre exercice de la religion réformée dans tout le royaume, la cession aux protestants de deux places fortes par province, avec des garnisons huguenotes entretenues aux frais du roi.

Charles et sa mère en eurent le souffle coupé. Il n'était pas de coutume que le roi réponde immédiatement aux doléances. Il les écoutait, prenait les requêtes écrites et transmettait ensuite à l'administration ou au gouverneur concerné, qui répondait quelques jours plus tard. En l'occurrence il lança un regard consterné au comte de Damville qui avait fait avec les députés le voyage de Nîmes. Celui-ci baissa les yeux.

Mais cela n'était encore rien. Après les membres du conseil nîmois, se présentèrent ceux de Montauban. Ils étaient accompagnés de plusieurs vicomtes qu'ils avaient eux-mêmes nommés gouverneurs militaires et de quelques notables de leur cité. Ils annoncèrent tout bonnement qu'ils s'étaient réunis au château royal de Montauban le 24 août dernier, en habits de deuil dans une salle tendue de noir pour rédiger ensemble une requête au roi, et commencèrent à la lire.

Ils exigeaient la réhabilitation de l'amiral de Coligny, du comte de La Rochefoucauld et des autres victimes du « guet-apens » du 24 août. Ils voulaient que le roi déclare légitime la résistance des protestants et blâme officiellement le massacre, qu'il réintègre dans leurs offices et leurs charges tous les huguenots qui en avaient été privés pour fait de religion, que les tribunaux soient mixtes, c'est-à-dire qu'il y ait des juges protestants, et qu'on révoque les magistrats qui s'étaient illustrés dans la lutte contre les calvinistes.

Enfin ils demandaient qu'en politique étrangère le roi s'allie aux protestants d'Allemagne, de Suisse et d'Angleterre en un traité d'assistance mutuelle.

Le visage du roi était devenu exsangue. Jamais on ne lui avait parlé sur ce ton. Et ces hommes n'étaient même pas des princes ni des chefs militaires, encore moins des vainqueurs de bataille. La reine mère, elle, s'étrangla de fureur.

— Comment osez-vous oune telle audace ! s'écria-t-elle. Si feu lé père dou prince de Condé était encore en vie, lui lé grand général, s'il avait pris Paris et la moitié dou royaume, s'il avait oune armée dé 20 000 cavaliers et dé 50 000 fantassins sous ses ordres, il né nous aurait pas demandé la moitié dé ce qué vous avez l'insolence d'exiger !

Les députés demeurèrent imperturbables.

— Qui sont vos chefs ? demanda la reine Catherine. D'où prenez-vous vos ordres ?

Ils se regardèrent. Puis l'un d'eux répondit :

— Nous ne tenons nos ordres que des assemblées qui nous ont élus. Nous ne sommes pas venus discuter, écouter des contre-propositions ou négocier des compromis. Nous nous contentons d'apporter les messages de nos assemblées et nous leur rapporterons la réponse du roi.

Le roi se leva et quitta la pièce. La reine mère lui emboîta le pas, faisant signe à Damville et au duc d'Anjou de les suivre. La délégation de Montauban se retira dignement. Dans la pièce voisine, le roi s'effondra dans un fauteuil.

— Qui est derrière céla ? demanda Catherine de Médicis au gouverneur du Languedoc. Navarre ? Condé ? Lé douc d'Alençon ?

— Non, Majesté, répondit Damville. Je pense qu'ils ne sont même pas au courant.

— Alors qui ? Qui sont les chefs dé cette cabale ?

— Ils l'ont dit à Votre Majesté. Ils ont décidé cela eux-mêmes en assemblée. Je puis vous assurer que c'est la vérité. J'avais placé des hommes à moi dans leurs réunions... Ce ne sont que des bourgeois, des commerçants, des ministres du culte...

— Je n'ai jamais vou cela ! Des assemblées dé gens qui né sont même pas nobles ! Des députés élous ! J'ai l'habitoude dé négocier avec des princes. Au moins quand il y a des chefs on peut les persouader, les amadouer, leur faire des promesses, des caresses, des sourires...

Je n'ai aucoune prise sour ces gens-là. Cé ne sont qué des petits qui né connaissent rien à la Cour. Il n'est pas question d'accepter cé qu'ils demandent, mais réfouser broutalement nous conduirait à la guerre civile.

Il faut gagner dou temps. Essayez dé négocier avec eux, dit-elle au comte de Damville. Je sais, je sais ce qu'ils ont dit. Essayez quand même. Dites-leur qué lé roi né répondra pas avant son rétour de voyage sour la frontière dé l'Est.

Le gouverneur s'inclina.

— Et essayez dé savoir si lé roi dé Navarre n'est quand même pas derrière tout céla. Ou cé parti des « malcontents » qui sé regroupe derrière mon fils cadet.

Il se retira.

— Quelle honte, continua la reine mère. Jamais je né me souis sentie houmiliée comme cela. Je commence à régretter Coligny et les autres. En les éliminant nous avons crou couper les têtes. Mais il en est repoussé plous dé cent !

Depuis un moment le roi transpirait et semblait manquer d'air. Il était maintenant au bord de l'évanouissement et tentait d'écarter la fraise qui lui enserrait le cou. Mlle de Pâquelin aida Mme du Perron à le dégrafer pour qu'il respire mieux.

— C'est à cause de vous tout cela, dit-il d'une voix faible à sa mère et à son frère. C'est vous qui avez fait tuer ceux avec qui nous pouvions négocier. L'amiral... Je l'aimais comme un père. Chaque nuit il revient me hanter. Et Foucauld, et tous les autres... Et les femmes, les enfants... Ils crient, ils appellent... C'est vous la cause de tout cela. Tant de meurtres, tant de sang... Vous êtes cause de la ruine de mon royaume... Et de la mienne aussi...

— Il délire, c'est la fièvre ! dit le roi de Pologne.

— Qu'on l'emmène dans sa chambre ! dit la reine mère. Et qu'on appelle oun médecin. Lé roi a pris froid à la chasse.

Mais elle parlait d'un ton las et semblait avoir vieilli de dix ans.

XIX. De la Touraine à la Lorraine

La nuit du 23 au 24 août, Mlle de Pâquelin n'avait pas dormi. Il lui avait semblé entendre toute la nuit les cris des victimes de la Saint-Barthélemy et revivre les journées de l'an passé. Elle avait suivi avec soulagement la Cour hors de Paris où elle se sentait oppressée.

Elle n'avait pas été fâchée de la scène de Villers-Cotterêts. Presque soulagée au contraire, de voir les protestants prendre en quelque sorte leur revanche sur les assassins. Elle avait pitié du roi. Lui au moins avait des remords. Elle commençait à se rendre compte que la reine Catherine avait été dépassée par les événements. Elle se demandait quel était le rôle exact du duc d'Anjou. Mais elle ne pouvait oublier qu'ils étaient la cause de la disparition de celui qu'elle aimait.

Le roi était rentré fiévreux à Paris, et sa haine pour son frère décuplée. Celui-ci cherchait tous les prétextes pour reculer son départ. L'ambassade polonaise s'impatientait. Déjà la date du couronnement avait dû être reculée. La reine mère perturbée aurait aimé le garder tout l'hiver auprès d'elle.

Mais Charles IX se montra pour une fois intransigeant.

— Il y a deux rois dans ce royaume, c'est un de trop, dit-il à sa mère. Si vous ne vous décidez pas à partir de vous-même, ajouta-t-il à l'adresse de son frère, je vous ferai raccompagner à la frontière par mon armée.

Le prince Henri était vert de rage contenue. Il finit par fixer la date de son départ au 29 septembre. La Cour l'accompagnerait jusqu'en Lorraine où sa sœur, la duchesse

Claude, allait mettre un enfant au monde. Le voyage devait durer plusieurs semaines, peut-être plusieurs mois, et il éloignerait encore un peu plus Corine de son enfant.

Elle décida donc de lui rendre visite avant et profita du fait que la reine mère était tiraillée entre ses deux fils pour solliciter un congé de quelques jours afin de rendre visite à de la parenté en Touraine. Elle ne mentait pas tout à fait, car c'était bien un parent qu'elle allait retrouver.

Catherine de Médicis, toute à sa propre famille, ne songea pas à vérifier si sa demoiselle d'honneur venant du Hainaut avait des cousins sur les bords de la Loire. Son fils aîné dépérissait, le deuxième allait la quitter pour un pays lointain, le troisième complotait contre les deux autres. Le royaume était sous la menace de la guerre civile et elle en était peut-être responsable, alors qu'elle n'avait voulu que protéger l'héritage de ses enfants. Elle laissa donc partir Mlle de Pâquelin.

Clémence était ravie de cette aubaine, car elle attendait depuis plusieurs mois une occasion de se rendre à Blois avec son fiancé pour être présentée à sa famille. Avant de partir Corine confia Tricky à Hélène de Surgères, car l'animal n'aurait pu que les gêner dans leurs projets. Elle écrivit à la Possonnière pour prévenir de son passage, mais elle comptait loger dans une hôtellerie de Tours pour être plus proche de son fils, après avoir déposé Clémence à Blois.

Le petit chien grogna et voulut s'échapper. Mais Hélène le retint fermement et fit ses adieux à ses amies en compagnie de M. de Ronsard. Il avait loué pour elles une voiture avec cocher. Corine y monta avec Clémence et Jacques Perrot qui avait également obtenu un congé.

Elle n'avait pas souvent eu l'occasion de rencontrer le jeune homme et celui-ci était intimidé à l'idée de faire le voyage avec la demoiselle d'honneur. Clémence lui tenait tendrement la main. Mlle de Pâquelin ferma les yeux et fit semblant de dormir pour leur laisser un peu d'intimité. Elle songeait avec amertume qu'elle aurait aimé faire ce voyage en serrant la main de Quentin. Mais le destin en avait décidé autrement.

* * * *

Elle aurait voulu que la voiture allât plus vite, ayant hâte de rejoindre son fils. Au fur et à mesure que le voyage avançait, Jacques Perrot se déridait et prenait de l'assurance. Il évoquait avec Clémence leurs projets d'avenir. Il mettait presque tout son salaire de côté pour faire des économies et acheter une auberge à Blois. Il l'appellerait *À la Cour de France*, la tiendrait avec sa femme et était persuadé qu'il ferait ainsi fortune.

Si Clémence partageait l'enthousiasme de son fiancé, elle savait aussi que le jour où ils s'installeraient à Blois, elle devrait quitter le service de Mlle de Pâquelin. Corine le comprenait également et les deux jeunes filles se sourirent tristement. Il leur serait difficile de se séparer.

— Ce sera seulement dans quelques années, dit Clémence.

Elle ne se sentait pas le courage d'abandonner sa maîtresse tant que la situation de celle-ci ne se serait pas éclaircie. Qui sait, peut-être un jour serait-elle mariée à nouveau. Alors elle aurait moins de scrupules à la quitter. En attendant elle resterait auprès d'elle à la Cour. De toute façon il fallait faire beaucoup d'économies pour acheter une auberge.

* * * *

Clémence tremblait à l'idée d'être présentée aux parents de son fiancé. Elle supplia Corine de l'accompagner, persuadée qu'une demoiselle d'honneur de la reine mère les impressionnerait favorablement. Mlle de Pâquelin accepta et prêta même une robe à la jeune fille. Jacques avait rejoint la rôtisserie paternelle la veille. Il était absent lorsqu'elles se présentèrent dans l'établissement, et la soubrette un peu gênée fit une timide révérence sans oser parler. Martin et Mangeon Perrot ne savaient trop que dire non plus.

Mais le petit vin de cerise maison proposé par l'hôtesse eut tôt fait de les égayer. Au deuxième verre Clémence avait retrouvé sa langue et Corine pris des couleurs, Mangeon riait et le père Perrot leur faisait un cours sur l'art de la rôtisserie. C'est ainsi qu'à son retour Jacques les trouva attablés comme de vieux amis. Mais le travail attendait, les rôtisseurs devaient préparer un repas de noce pour un notaire voisin qui mariait son fils dans quelques jours. Clémence proposa ses services et la famille Perrot les accepta avec enthousiasme.

Mais dans un premier temps la soubrette accompagna Mlle de Pâquelin à la Possonnière, pour saluer Catherine et Gautier. Lorsqu'au bout de l'allée de platanes, Corine aperçut le manoir qui l'avait accueillie au printemps précédent, cela lui fit chaud au cœur. Catherine leur ouvrit les bras et les serra contre sa poitrine. Puis elle les entraîna à l'intérieur et se fit raconter mille détails sur leur retour à la Cour.

Elle se récria lorsqu'elle apprit que Corine voulait séjourner seule dans une auberge à Tours, et se proposa pour dame de compagnie pendant le temps que Clémence passerait à Blois chez ses futurs beaux-parents.

Dès le lendemain, les jeunes femmes se séparèrent et la demoiselle d'honneur se mit en route avec son amie. À l'approche du village, elle était fébrile. Cela faisait trois mois qu'elle n'avait pas vu son enfant. Elle avait quitté un nouveau-né et ne savait si elle le reconnaîtrait. Elle appréhendait la rencontre.

Son cœur palpita lorsqu'elle vit la chaumière. Les garçonnets jouaient dans le jardin comme la dernière fois. C'était comme si elle était partie la veille. Sauf que les enfants avaient un peu grandi. Assise dans une chaise haute sur le pas de la porte, en robe et en bas, Toinette, la fille de la nourrice, approchait de sa première année. Elle jouait avec une cuillère en bois et s'agitait pour rejoindre les garçons, le bonnet de travers, des mèches blondes désordonnées s'en échappant.

Rosine Aubin arrachait des mauvaises herbes non loin de là, un berceau de bois posé à ses pieds. Elle accueillit les deux femmes avec le sourire, puis se pencha vers le berceau et en sortit un poupon joufflu qu'elle tendit à sa mère. Inquiet devant ces bras et ce visage pour lui inconnus, il se mit à pleurer. Mais Corine n'en avait cure. Elle tenait enfin son fils dans ses bras et le berçait en chantonnant. Elle était un peu surprise de son poids et de sa taille. Elle admirait ses boucles noires qui dépassaient du bonnet blanc, s'extasiait devant les yeux verts qu'il avait hérités de son père, essuyait les larmes sur les joues rouges. Seules les jambes étaient emmaillotées cette fois, les bras étaient libres et les petites mains s'agrippaient à ses doigts et à son corsage.

Mme Aubin les fit entrer et leur offrit un verre de lait et une petite collation. Ne lâchant pas son fils, qui peu à peu s'était calmé et endormi, Mlle de Pâquelin se fit raconter par le menu sa vie et ses progrès depuis le mois de juin. En fin d'après-midi, il lui fallut bien rendre le bébé, mais elle lui promit de revenir le lendemain et l'embrassa tendrement avant de remonter dans la voiture.

⋆ ⋆ ⋆ ⋆

Elles avaient trouvé une hôtellerie discrète et confortable dans Tours, et le matin suivant Catherine entreprit de faire visiter la ville à sa compagne. La cité s'étirait en longueur sur la rive gauche de la Loire. Elle avait la particularité d'avoir deux centres urbains : l'un à l'est autour de la cathédrale, le second à l'ouest autour de la basilique Saint-Martin, grand lieu de pèlerinage. De nombreuses rues commerçantes reliaient les deux quartiers. Corine aima se promener dans les ruelles et passer d'une boutique à l'autre. Elle n'avait pas connu cette sensation de liberté depuis longtemps. La ville était renommée entre autres pour ses armuriers. Ne disait-on pas que Jeanne d'Arc elle-même était venue jusqu'ici chercher son armure, près de cent cinquante ans auparavant ?

Après le déjeuner elles retournèrent au village de Rosine Aubin. Le petit Pierre de Gayrand était plus souriant et écoutait parler sa mère avec de grands yeux étonnés. Elle promit de venir tous les après-midi des jours suivants, passant les matinées à Tours avec Catherine. La nourrice semblait surprise de cette assiduité. En général les mères en visite ne restaient que quelques heures. Il y avait même des familles de la noblesse qui ne venaient jamais voir les enfants en nourrice. Elles déposaient un nourrisson et récupéraient l'enfant vers six ou sept ans, lorsqu'il avait l'âge d'avoir un précepteur. Mlle de Pâquelin en fut horrifiée et promit à son fils qu'elle ne l'abandonnerait pas.

Le lendemain Catherine la mena à la cathédrale. Elle présentait en façade deux hautes tours sculptées qui se terminaient en clochetons. Sur le parvis du sanctuaire étaient installées des marchandes de fleurs et de cierges. Un mendiant était assis à chaque porte, tendant qui une écuelle, qui un chapeau. Après avoir fait l'aumône, elles pénétrèrent à l'intérieur.

Dans le déambulatoire du chœur, elles s'arrêtèrent devant deux gisants de marbre blanc représentant des enfants couchés côte à côte. Le plus grand paraissait avoir trois ou quatre ans, le second était vêtu de sa robe de baptême. La gouvernante de la Possonnière expliqua à Corine qu'il s'agissait là de deux petits dauphins de France, décédés à la fin du siècle précédent, fils du roi Charles VIII et de son épouse Anne de Bretagne. Corine réprima un frisson en songeant au destin des petits princes morts si jeunes, et pria le ciel de protéger la vie de son enfant.

* * * *

Le jour suivant, elles se rendirent à la basilique Saint-Martin de Tours. De toute la France et même de pays étrangers, des pèlerins affluaient pour visiter le tombeau du saint. L'édifice était plus grand que la cathédrale, plus austère aussi, avec ses grandes tours carrées romanes. Il occupait presque tout un quartier. Les rues alentour grouillaient de marchands de toutes sortes.

Sur des tréteaux et sous des auvents de toile, ils apostrophaient le chaland pour lui vendre des cierges, des chapelets, des médailles, des images à trois sous en couleurs, des statues du saint en bois, en pierre, en plâtre, où on le voyait toujours à cheval, coupant de son épée son manteau de soldat romain pour en donner la moitié à un pauvre. Il y avait aussi des marchands plus profanes, avec leurs pâtés, volailles, fromages, gâteaux… car il fallait bien nourrir les pèlerins qui venaient parfois de loin. Au milieu de cela, des prédicateurs les appelaient au repentir, les menaçant des flammes de l'enfer. Des boiteux, des malades, des aveugles venaient là dans l'espoir d'une guérison miraculeuse. Il régnait une cacophonie bien loin du recueillement espéré.

À l'intérieur des dizaines de confessionnaux avaient été installés et des prêtres y passaient la journée, se relayant parfois à plusieurs. Des placards affichés sur les portes indiquaient la langue parlée par les officiants : latin, français, allemand, espagnol, occitan… Une foule compacte avançait en file serrée vers la crypte où se trouvaient les reliques du saint. Catherine y entraîna Corine.

Saint Martin avait vécu au IVe siècle et avait été un grand évangélisateur des campagnes françaises. On lui devait de nombreuses abbayes et églises dans tout le pays. Beaucoup de paroisses lui étaient dédiées, beaucoup de familles portaient son nom. Il avait été élu évêque de Tours et vénéré par la ferveur populaire de son vivant comme après sa mort. On disait que de nombreux miracles s'étaient produits et se produisaient toujours.

D'ailleurs les murs de la crypte étaient couverts d'ex-voto déposés là par des pèlerins reconnaissants. Des plaques de marbre ou de bois gravées d'un texte de remerciement, ou de simples morceaux de papier ou de parchemin, des fleurs, des bougies, des tableaux naïfs représentant une situation dramatique à laquelle ils avaient échappé grâce à leurs prières à saint Martin, des objets en bois représentant des parties du corps guéries, des vêtements, des béquilles, des bonnets d'enfants, des chapelets, des colliers, des vases souvent précieux…

La foule des pèlerins était canalisée par des diacres, et défilait lentement vers le tombeau, passait derrière, et ressortait de l'autre côté. Le sarcophage où reposait le saint évêque se trouvait dans le cœur de la crypte et faisait office d'autel sur sa face avant. Les fidèles circulaient en priant à mi-voix et en égrenant leur chapelet. Il y avait là des bourgeois, des nobles, des religieux, des artisans, des paysans, des mendiants, tous mêlés dans la même ferveur.

En passant derrière la tombe contenant les reliques, qui présentait de ce côté une façade de marbre nu, ils étendaient la main et la faisaient glisser sur la paroi. Certains s'arrêtaient pour la baiser. Catherine tendit sa main vers le tombeau, mais Mlle de Pâquelin n'osa le faire. Il lui semblait être dans un monde irréel, et tous ces gens lui paraissaient plus exercer un rite païen qu'une cérémonie chrétienne. Était-ce parce qu'elle avait côtoyé des huguenots ? Elle eut soudain l'impression de ne pas appartenir à cette communauté soumise et superstitieuse. Elle comprenait ce que les protestants ressentaient devant ce qu'ils appelaient l'hypocrisie et la vanité des rites catholiques. Mais elle se garda bien d'en toucher un mot à sa compagne.

Néanmoins, après avoir passé une heure en ces lieux, elle dut reconnaître qu'une certaine sérénité s'était emparée d'elle. Étaient-ce les chants des enfants de chœur, l'odeur de l'encens, ou la ferveur de tout un peuple ? Les pèlerins à leur sortie étaient souriants, détendus. Ils paraissaient avoir oublié leurs soucis.

* * * *

Mlle de Pâquelin passa l'après-midi et toute la journée du lendemain à la maison des Aubin, car le temps de la séparation approchait. Il fallait songer à rentrer à Blois puis à Paris, avant de suivre la Cour aux marches de l'Est. Elle se promena avec son fils dans le jardin, le berça, joua avec les enfants, tandis que Catherine aidait Rosine au jardin. Quand vint le moment du départ, elle pleura en embrassant le petit Pierre, car elle savait qu'elle ne le reverrait pas avant plusieurs mois.

Elle retrouva à Blois une Clémence épanouie, en parfaite harmonie avec la famille Perrot, et reprit avec sa soubrette et le fiancé de cette dernière la route pour Paris. Mais voir les amoureux enthousiastes se tenir tendrement la main, après les tristes adieux à l'enfant et à Catherine, la laissait morose.

* * * *

À Paris elle retrouva un Tricky boudeur, vexé d'avoir été écarté une fois de plus, et une Cour en pleine effervescence, faisant ses malles pour un périple de plusieurs semaines. Le roi était toujours fiévreux et la reine mère voulait gagner du temps, mais les ambassadeurs polonais s'impatientaient.

La Cour se mit d'abord en route pour Fontainebleau où on espérait que le roi se rétablirait, grâce à l'air campagnard meilleur qu'à Paris. Mais au bout de quelques jours il n'allait pas mieux. Il insista cependant pour accompagner son frère jusqu'aux frontières du royaume, avec tant d'affectation que l'on comprit qu'il tenait à s'assurer personnellement de son départ.

Ce fut un voyage long et difficile. Voitures et chevaux avançaient au pas, pour fatiguer le moins possible le souverain, mais aussi à cause de l'état des routes rendues moins praticables par les pluies d'automne. Les lourds chariots portant les meubles, les tapisseries et les malles partaient plus tôt le matin, mais souvent ils s'embourbaient; on les rattrapait en route et cela ralentissait encore l'allure.

Puis chaque ville traversée voulait réserver un accueil solennel au roi. Des arcs de triomphe en bois et toile peinte étaient dressés, des réceptions organisées par les échevins, des remises officielles de clés, des *Te Deum*, des banquets. Parfois il fallait rester plusieurs jours au même endroit, pour ne pas décevoir les sujets du royaume et s'assurer le soutien des seigneurs et des municipalités.

Le roi de Pologne ne se plaignait pas de cette lenteur. Il continuait à faire triste figure, malgré les ovations et la liesse populaire. Du Guast, d'O, d'Inteville, Caylus, d'Épernon et ses autres compagnons étaient du voyage. Certains l'accompagneraient jusqu'en Pologne mais beaucoup ne dépasseraient pas la frontière. Il avait besoin de fidèles, et d'espions, qui restassent en France pour surveiller son frère et l'avertir de ce qui se passait à la Cour et dans le pays. Et surtout de l'état de santé du roi, car il ne doutait pas que son frère fût mourant. Il jetait de temps à autre des regards en coin à Marie de Clèves, dont il était toujours amoureux, et qui faisait partie du convoi avec son époux le prince de Condé.

Le duc d'Alençon aussi avait désormais ses favoris qui ne le quittaient pas. Il y avait là un aventurier piémontais, Annibal de Coconnat, un gentilhomme provençal, Joseph Boniface de La Mole, et le beau Louis de Bussy d'Amboise, dont toutes les dames de la Cour raffolaient. Cette bande de joyeux drilles s'entendait pour séduire les filles. Ils étaient aussi réputés pour leurs orgies de boisson, et leurs duels contre les frères déshonorés et les maris trompés. Mais François d'Alençon, au sortir d'une adolescence effacée, avait besoin d'affirmer sa virilité en les côtoyant.

Catherine de Médicis voyait d'un mauvais œil ces relations, d'autant que son fils cadet fréquentait également beaucoup Navarre, Condé et d'Aubigné. Ils chevauchaient souvent ensemble durant ce voyage et cela ne lui disait rien qui vaille.

— Lé roi dé Navarre, au lieu dé comploter, ferait mieux dé sourveiller sa femme ! lâcha-t-elle un jour.

Il était vrai que la princesse Marguerite ne se gênait pas, même devant son mari qui semblait ne s'en point soucier, pour répondre par de francs sourires aux œillades langoureuses du sieur de La Mole. Ce quadragénaire séduisant, bien fait de corps, de grands yeux, le nez fin et droit, auréolé d'une série de conquêtes féminines, semblait désormais canaliser ses ardeurs vers l'unique reine de Navarre et celle-ci en était flattée. On le disait bon danseur, amant expert, et Margot assura à Corine qu'il avait la barbe on ne peut plus soyeuse. La demoiselle d'honneur se garda bien de chercher à savoir comment elle en était informée…

⋆ ⋆ ⋆ ⋆

Lorsqu'ils arrivèrent à Vitry-le-François vers la fin du mois d'octobre, le roi allait si mal qu'il dut s'aliter. Il avait toujours une fièvre intense et des maux de tête. Parfois il frissonnait, d'autres fois il vomissait, avait des accès de délire ou de convulsions qui affolaient la reine mère et Marie Touchet. À Vitry, des taches rouges apparurent sur son visage et son corps et les médecins diagnostiquèrent la variole.

La reine Catherine voulut arrêter là le voyage. Mais quand le roi reprit ses esprits, il exigea que l'on continue sans délai. Le bruit courait que le duc de Guise recrutait des hommes et formait une armée pour retenir le duc d'Anjou. Charles IX retrouva assez d'ardeur pour crier et ordonner que le roi de Pologne poursuive son chemin s'il ne voulait pas être expulsé de force.

Lui-même resterait à Vitry avec une partie de sa suite, mais le reste de la Cour devait suivre le prince Henri. En public il fit à son frère des adieux déchirants, mais son regard brillait de joie contenue. La reine Catherine était très inquiète, pourtant l'on se sépara. Mlle de Pâquelin et ses consœurs devaient poursuivre le voyage en sa compagnie.

Corine embrassa Marie Touchet qui restait avec le roi. La dame de Belleville avait de la peine à cause de la maladie de son royal amant, mais elle était heureuse aussi de pouvoir quelque temps vivre véritablement en couple avec lui, loin de la reine mère et du reste de la Cour. La reine Élisabeth en effet n'avait pas entrepris le voyage de Lorraine. Elle avait préféré rester près de sa fille au château d'Amboise. La petite princesse Marie-Élisabeth avait malheureusement hérité de son père une constitution fragile, et n'aurait pu supporter les fatigues de l'expédition, non plus qu'un hiver rigoureux dans la capitale.

Toute à ses adieux avec Marie, Corine osa pourtant lui poser la question qui lui brûlait les lèvres depuis longtemps. Ne serait-elle pas plus heureuse si son fils était avec elle ? Qu'est-ce qui l'empêchait de le garder à la Cour ?

— Charles pense que son frère le roi de Pologne serait capable de faire enlever l'enfant, s'il lui arrivait malheur, de peur qu'une armée ne se soulève en son nom, et ne le proclame héritier du trône, parce qu'il est le seul fils du roi. C'est pourquoi il préfère que le petit Charles soit élevé dans un lieu tenu secret, du moins tant que le duc d'Anjou ne sera pas parti, et tant que lui-même n'ira pas mieux.

Disant cela elle jeta un coup d'œil anxieux au prince Henri qui justement, parlementant à voix basse avec le duc d'Épernon, les regardait toutes les deux. Corine frissonna. Elle ne se débarrasserait donc jamais des attentions du duc ? Pourtant il était discret depuis des mois. Mais son regard, croisé ce matin-là, la glaçait d'une étrange prémonition.

Elle serra à nouveau Marie dans ses bras et rejoignit la reine mère, comme pour y trouver protection. Elle se demandait jusqu'où d'Épernon pouvait aller à son égard, et si c'était bien elle ou la dame de Belleville qu'il semblait surveiller. Depuis la Saint-Barthélemy, elle savait que le frère du roi était capable de tout. Mais pouvait-il vraiment s'en prendre à un enfant de six mois, son neveu de surcroît ?

⋆ ⋆ ⋆ ⋆

La caravane royale se remit lentement en route au début de novembre. Pierre de Ronsard en faisait partie et il entreprit de décrire à Mlle de Pâquelin le duché de Lorraine où ils se rendaient et où il avait déjà accompagné la famille royale à plusieurs reprises. Le territoire sur lequel régnait le duc Charles III était assez vaste, il allait de la Meuse aux Vosges et de la Sarre à la Saône. Les terres lorraines relevaient de l'Empire germanique, mais si l'empereur était son suzerain, le duc jouissait d'une réelle autonomie.

Et les relations avec la France étaient excellentes depuis près d'un siècle. Les liens de famille étaient aussi nombreux. Le duc Antoine, le grand-père du présent duc, avait été élevé à la cour de France sous le roi Louis XII. C'était un compagnon et un ami de François Ier, et il avait épousé une princesse française, Renée de Bourbon.

Charles III était devenu duc à l'âge de deux ans, après le décès précoce de son père, et sous la régence de sa mère, Chrétienne de Danemark, nièce de l'empereur Charles Quint, une femme exceptionnelle, de la trempe de Catherine de Médicis ou de Jeanne d'Albret. Elle avait dirigé le duché jusqu'en 1552, mais elle était trop favorable à la politique de l'empereur, son oncle. Lorsque le roi de France Henri II avait pris possession des trois évêchés de Metz, Toul et Verdun, il lui avait fait retirer la régence au profit d'un oncle paternel du jeune duc, Nicolas de Vaudémont. Il avait emmené le jeune Charles III, âgé de neuf ans, à la cour de France, et lui avait fait épouser sa fille Claude en 1559.

Corine se souvenait de la duchesse Claude, une jeune femme douce et craintive, qu'elle avait vue avec Margot au matin de la Saint-Barthélemy. La princesse venait de mettre au monde une petite fille à Nancy le 3 novembre et on attendait l'arrivée de la Cour pour la baptiser.

Mlle de Pâquelin interrogea M. de Ronsard sur les liens entre les ducs de Lorraine et les ducs de Guise qu'on appelait aussi les princes lorrains. Il lui apprit qu'ils descendaient d'un frère du duc Antoine. Leur père le duc René II avait décidé que les duchés ne pourraient plus être divisés entre les héritiers, son frère se trouvait donc presque sans rien. Comme il avait été élevé à la cour de France lui aussi, et que le roi l'aimait bien, il lui donna la terre de Guise en Picardie et l'érigea en duché. Depuis les Guise servaient la France, mais ils n'en étaient pas moins les petits-cousins du duc Charles III.

Le duc de Lorraine n'avait regagné son duché qu'en 1562, mais il séjournait souvent à Paris car il était habitué au luxe de la Cour et trouvait sa capitale peu digne de lui. Il possédait dans le quartier du Marais un très bel hôtel particulier où il recevait toute la bonne société.

Au fur et à mesure qu'ils pénétraient dans les terres lorraines, M. de Ronsard lui expliquait que le pays était surtout rural, les villes rares et petites. On y cultivait du blé, il y avait un peu de vigne. Les nombreuses forêts fournissaient la matière première pour les moulins à papier et les verreries. On extrayait le sel et l'argent de quelques mines. Il y avait très peu de bourgeois et c'était une des raisons pour lesquelles la Réforme avait eu si peu de succès dans le pays. Les masses rurales et les nobles étaient attachés aux traditions catholiques. Le duc également, et la répression était systématique envers les protestants. Ceux-ci étaient peu nombreux, concentrés à l'est du duché près des frontières rhénanes, où ils étaient touchés par les influences allemandes.

Corine écoutait parler M. de Ronsard comme un élève suivant un cours d'histoire et de géographie. Cela lui occupait l'esprit et l'empêchait de penser à son propre destin. Elle suivait les événements de la Cour avec détachement sans y être vraiment impliquée, comme la spectatrice d'un monde dont elle ne faisait plus partie. Son cœur, ses forces restaient en Touraine, concentrés sur les rares moments qu'elle avait passés avec son fils. Elle semblait avoir perdu toute capacité à s'émouvoir d'autre chose.

⋆ ⋆ ⋆ ⋆

Le 15 novembre enfin, ils arrivèrent à Nancy. La ville, qui comptait à peine 4 500 habitants, avait l'aspect d'un gros bourg médiéval. Des faubourgs non protégés existaient en dehors des remparts, et l'on disait que le duc Charles III avait l'intention de les faire raser et de construire une ville neuve au sud, avec de belles rues droites, tout en entourant la cité d'une nouvelle enceinte munie de bastions modernes adaptés à l'artillerie.

Pour l'instant les rues de la capitale étaient tortueuses et étroites. Mais le palais ducal avait été reconstruit au début du siècle et il n'avait rien à envier aux palais Renaissance des bords de Loire. D'ailleurs son portail d'entrée rappelait étrangement celui du château de Blois, avec sa voûte en plein cintre surmontée d'une niche où caracolait la statue d'un cavalier. Il s'agissait d'une représentation du duc Antoine.

Les bâtiments étaient décorés de sculptures : médaillons, végétaux, animaux stylisés, mais surtout trophées et emblèmes guerriers. Car les ducs avaient été dans le passé de grands chevaliers. D'ailleurs leur sceau, contrairement à ceux du roi ou de l'empereur qui montraient un souverain assis sur un trône, représentait un cavalier en armure brandissant une épée.

Le duc Charles III avait encore embelli et modernisé son palais en y faisant ajouter un jeu de paume et une salle neuve richement ornée en prolongement de la galerie des Cerfs qui était la plus grande pièce du château, celle des cérémonies et des réceptions. Ce fut là qu'il accueillit avec sa famille les cours de France et de Pologne en cette mi-novembre 1573.

Le sol était couvert de tapis rouges aux arabesques d'or. Sur les murs pendaient d'immenses tapisseries. Les plafonds étaient peints de médaillons rouge, bleu et or alternant l'aigle de l'empire et les deux C entrelacés de Charles et Claude encerclant la croix de Lorraine à deux branches.

Le duc Charles III reçut les visiteurs avec chaleur et bonne humeur. Il avait trente ans, des cheveux châtains coiffés en arrière, une courte barbe taillée en pointe et une large moustache relevée qui frisait au bout et plut beaucoup aux Polonais. Il ne portait pas la fraise comme les Français, mais un court col blanc. Corine put juger tout au long de son séjour de sa familiarité avec la famille royale. La reine Catherine l'appelait « mon fils », la princesse Margot « mon frère ».

La duchesse Claude, plus effacée, ressemblait beaucoup physiquement à sa mère. Elle avait son regard, son nez, sa bouche charnue, ses cheveux bruns frisés. Pâle et les yeux cernés (elle avait accouché depuis douze jours seulement), elle embrassa sa mère, sa sœur et ses frères, et présenta à la Cour ses enfants.

L'aîné était un garçon de dix ans, un brin timide et indolent. Héritier du duché, titré marquis de Pont-à-Mousson, il portait le prénom de son grand-père maternel, Henri. Le deuxième enfant de la duchesse Claude était une fillette de huit ans, prénommée Chrétienne comme sa grand-mère paternelle. Elle était vive et enjouée et Catherine de Médicis succomba à son charme. Elle s'enticha d'elle à tel point qu'elle demanda à sa fille à la fin du séjour la permission de l'emmener à Paris et de l'élever à la Cour. Claude, qui ne savait rien refuser à sa mère, accepta. L'enfant en fut ravie et entretint dès lors une grande complicité avec sa grand-mère.

Ensuite venait Charles, âgé de six ans. Il était destiné à l'Église. Son père avait l'intention de lui obtenir rapidement l'évêché de Metz et de le faire nommer plus tard cardinal. Cette habitude de nommer évêques des enfants de familles aristocratiques était un des reproches que les protestants faisaient à l'Église catholique. Les cadets de famille percevaient ainsi les revenus des diocèses et un évêque suffragant était nommé pour accomplir réellement les tâches pastorales. C'était une coutume ancienne et les diocèses de Metz, Toul et Verdun étaient ainsi depuis des décennies aux mains des familles ducales de Lorraine ou de Guise, assumant là des rôles plus politiques que religieux.

Après Charles venaient deux petites filles, Antoinette et Anne, âgées de cinq et quatre ans, toutes mignonnes avec leurs robes de dentelles et leurs bijoux comme les grandes personnes, un fils François âgé de presque deux ans et la petite dernière, âgée de quelques jours, qu'on voulait appeler Catherine en hommage à la reine mère. Ces deux derniers furent présentés portés par leurs nourrices et Mlle de Pâquelin eut une pensée émue pour son fils resté en Touraine, si loin d'elle.

⋆ ⋆ ⋆ ⋆

Pendant plusieurs jours les fêtes se succédèrent. La plus belle eut lieu pour le baptême de la petite Catherine le 20 novembre, dans l'église voisine du palais ducal. La mère de Charles IX était sa marraine et Henri II de Pologne fut son parrain, assisté du sieur Laski pour honorer la noblesse polonaise.

La famille ducale était là au grand complet et notamment Nicolas de Vaudémont, l'oncle et l'ancien tuteur de Charles III, avec sa nombreuse descendance issue de trois mariages successifs. Parmi les aînés, il y avait une ravissante jeune fille de vingt printemps, prénommée Louise. Sa blondeur et ses traits la faisaient ressembler à Marie de Clèves, princesse de Condé. Le roi de Pologne ne fut pas le dernier à s'en apercevoir.

Il tomba en arrêt devant elle à la fin de la cérémonie, et ne cessa de la courtiser dans les jours qui suivirent. Flattée, la jeune femme ne le repoussa pas, et il passa dès lors ses journées auprès d'elle. Toute la Cour s'étonna de cette idylle si peu coutumière aux mœurs du jeune prince. Ses habituels compagnons boudèrent, la princesse de Condé fut à la fois soulagée et vexée, et le duc d'Épernon restait dans l'expectative.

La reine Catherine et les ambassadeurs polonais s'interrogeaient quant à eux sur les conséquences politiques d'un tel coup de foudre. Si les princes lorrains envisageaient déjà sans déplaisir une union avantageuse, la reine mère pensait que la famille de Vaudémont, branche cadette d'une famille ducale, n'était somme toute pas assez honorable pour un roi de Pologne, héritier présomptif du trône de France. Néanmoins elle appréciait que son fils se tournât enfin vers des amours avouables, et le laissa faire. De toute façon il allait partir dans quelques jours, il serait temps d'aviser après.

Pour lors elle voulait se rendre à Saint-Nicolas-de-Port, centre d'un grand pèlerinage régional. Elle y entraîna le 28 novembre ses demoiselles d'honneur, ses filles et sa petite-fille préférée. L'église de Saint-Nicolas était de facture assez récente. Sa longue nef gothique et ses deux tours dominaient un gros bourg marchand spécialisé dans le commerce du drap. La ville attirait des pèlerins de tous horizons venus se recueillir devant les reliques du saint évêque de Myre, patron des Lorrains, des marins, des enfants et des jeunes filles sans dot.

Ce pèlerinage, dont la fête officielle était le 6 décembre, n'avait pas l'ampleur de celui que Corine avait vu à Tours. Néanmoins elle retrouva là les habituels marchands d'images pieuses, de cierges et de médailles, et la même ferveur populaire. Mais, était-ce la présence de la Cour ? L'ambiance lui parut cette fois un peu plus superficielle. Elle se demanda si la reine Catherine priait pour la santé de son fils aîné ou pour que le saint protège le cadet durant son long voyage.

Car le moment de la séparation approchait, et la Cour se mit bientôt en route pour la frontière orientale du duché, au grand désespoir du premier intéressé.

* * * *

À Blâmont, petit bourg entre Sarrebourg et Baccarat, la reine mère avait donné rendez-vous à plusieurs princes allemands, la plupart protestants. Quelle ne fut pas la surprise de Mlle de Pâquelin de revoir à leurs côtés le prince Ludovic de Nassau, frère du prince d'Orange qui menait la révolte des Pays-Bas, et ancien ami de l'amiral de Coligny ! Pourquoi après la Saint-Barthélemy les protestants allemands et hollandais acceptaient-ils de rencontrer Catherine de Médicis ? Et surtout pourquoi celle-ci voulait-elle pactiser avec ses ennemis d'hier ? Corine se souvenait que le prince de Nassau et l'amiral avaient offert au roi Charles IX la conquête des Flandres en échange de son aide contre l'Espagne, et que c'était cela qui avait mené à la tentative d'assassinat de Coligny, aux massacres et à la guerre civile.

Elle fut encore plus surprise lorsqu'elle entendit Catherine de Médicis proposer de l'argent au prince Ludovic pour l'aider dans ses entreprises, et une alliance aux princes protestants allemands, allant jusqu'à promettre de les soutenir dans l'affaire des Pays-Bas « aussi loin qu'ils voudraient aller ». C'était proprement appliquer la politique de Coligny qu'elle avait toujours combattue !

Mlle de Pâquelin ne put s'empêcher, une fois les négociateurs retirés, de lui poser la question. La reine répondit que le prince Henri pour se rendre en Pologne devait traverser de nombreux États calvinistes ou luthériens. En traitant avec ces messieurs, elle lui assurait un passage plus facile à travers l'Empire germanique. Elle n'avait nullement l'intention d'entraîner la France dans une guerre aux Pays-Bas, et comme Corine lui faisait remarquer qu'elle venait pourtant de le leur promettre :

— Vous né connaissez rien à la diplomatie. Ils savent bien qué je né le ferai pas. De même qué je sais bien qu'ils né tiendront pas leurs promesses dé donner la couronne des Pays-Bas à Charles, ou dé le faire élire empereur lorsque lé trône impérial sera vacant. Mais pendant qué nous discoutons, nous né nous battons pas, c'est oune sorte dé trêve, et Henri en a besoin.

— Mais quelle garantie dans ce cas avez-vous qu'ils l'aideront à traverser l'empire ?

— J'ai quand même donné 300 000 écus à M. dé Nassau ! Il accompagnera lé douc d'Anjou avec ses troupes jousqu'au landgraviat dé Hesse-Cassel. Et sa caution est importante aux yeux des États allemands.

— Vous n'avez pas peur qu'il n'utilise ensuite cet argent pour aider les huguenots français ?

— Il a bien trop à faire avec les protestants flamands et hollandais ! Avec cet argent il va lever des troupes. Et tant qu'il féra la guerre aux Pays-Bas, il né s'occupera pas des affaires intérieures dé la France !

Corine comprenait mieux l'intérêt de Catherine de Médicis. Mais il fallait sans doute que Ludovic de Nassau ait bien besoin d'argent pour accepter de pactiser avec les Valois qui passaient désormais pour le diable en personne aux yeux des protestants de tous les pays ! À moins qu'il ne jouât double jeu lui aussi.

Le duc d'Alençon avait entendu leur conversation. Catherine, gênée, s'en aperçut et fit tout pour éloigner son fils cadet du prince hollandais les jours suivants. Mais elle ne put empêcher les correspondances secrètes, ni l'intervention de confidents. Le jour du départ, Mlle de Pâquelin vit François d'Alençon serrer la main de Ludovic de Nassau et lui parler à voix basse à l'oreille.

Puis son attention se reporta sur le roi de Pologne qui donnait ses derniers ordres au duc d'Épernon. Il y eut serrement de main là aussi, chuchotements, et accolade. Elle croisa le regard des deux hommes et réprima à nouveau un frisson.

Margot fit ensuite ses adieux à son frère. Ils discutèrent longtemps. Le prince Henri, avec lequel elle était en froid depuis la Saint-Barthélemy, lui dit qu'il voulait se réconcilier avec elle, et retrouver l'amitié et l'affection qu'ils avaient eues l'un pour l'autre dans leurs jeunes années.

La princesse Marguerite s'attendrit et l'embrassa. Puis ce furent les adieux de la mère et du fils. Il y eut force larmes et sanglots de part et d'autre, des conversations graves aussi, que nul n'entendit. Enfin le roi de Pologne monta à cheval et se mit en route avec quelques compagnons français, les ambassadeurs polonais et les princes allemands et hollandais.

Le roi de Navarre, le prince de Condé et le duc d'Alençon avaient assisté au départ avec une apparente indifférence. Margot et Catherine essuyèrent une larme, et la Cour fort réduite se remit en chemin vers l'ouest. Après un nouvel arrêt à Nancy, ils repartirent vers la France le 5 décembre, laissant les ducs de Lorraine larmoyants eux aussi, mais emmenant comme prévu la petite duchesse Chrétienne.

XX. François d'Alençon

Le voyage de retour fut plus rapide car la troupe était moins nombreuse et la reine mère avait maintenant hâte de retrouver le roi Charles en Champagne.

À peine la frontière des duchés était-elle franchie que le duc d'Alençon demanda à sa mère d'être nommé lieutenant général du royaume, charge jusqu'ici occupée par le duc d'Anjou, et laissée vacante par son départ. La reine Catherine, surprise de son audace et préoccupée, préféra tergiverser et lui suggéra de poser la question au roi.

À Vitry-le-François la Cour retrouva Charles IX guéri de la variole, mais toussant beaucoup. Il semblait passer avec constance d'une maladie à l'autre. Son frère cadet s'avança bravement et, après avoir jeté un coup d'œil à ses compagnons et au roi de Navarre, lança sa demande d'attribution de la lieutenance vacante.

Charles le foudroya du regard, dévisagea sa mère pour voir si elle allait le contredire, et déclara : « Il n'y aura plus de lieutenant général ! »

François d'Alençon eut l'impression de recevoir une gifle et des murmures s'élevèrent autour de lui. Même le Béarnais sortit de son impassibilité coutumière. La stupeur et la rage contenue se lisaient sur son visage. Le roi Charles ne voulait plus que quiconque partage son autorité, soit. Mais un royaume au bord de la guerre civile, un souverain malade, un héritier au loin, et pas de lieutenant général ! C'était la désorganisation assurée ou une nouvelle régence de Catherine de Médicis à l'horizon. En tout cas refuser pour ce poste un catholique tiède qui aurait pu se trouver au juste milieu de tous les partis, c'était un nouveau camouflet pour les protestants.

Charles IX n'avait pas pensé à cela, ni même qu'il faisait ainsi le jeu de sa mère. Il ne voulait simplement plus de frère fourré dans ses pattes. Il s'était débarrassé d'Henri, ça n'était pas pour que François prenne sa place. L'atmosphère était tendue, et le duc d'Alençon allait répliquer quelque chose, lorsque Henri de Navarre le tira par la manche pour l'éloigner.

Mlle de Pâquelin suivit comme malgré elle les deux hommes car ces conciliabules secrets depuis des semaines l'intriguaient. Le frère du roi l'aperçut et encore tout à sa colère la prit à témoin :

— Vous avez entendu ? C'est un affront personnel ! Mais il me paiera ça.

Henri de Bourbon le prit par le bras et l'entraîna plus loin. À ce moment passa près d'elle Agrippa d'Aubigné.

— Ne vous mêlez pas de cela ! lui lança-t-il un peu brutalement.

Puis il rejoignit son maître. Margot s'approchait :

— J'aimerais bien savoir ce qu'ils complotent.

Joseph Boniface de La Mole arriva à son tour. Il gratifia la princesse d'un sourire enjôleur auquel elle répondit de même. Puis il suivit les comploteurs. Marguerite resta rêveuse et Corine se demanda une fois de plus s'il était vraiment son amant.

* * * *

La demoiselle d'honneur dormit mal. Elle songeait sans cesse à la présence d'Agrippa d'Aubigné à la Cour et s'interrogeait sur les buts réels de son service auprès du roi de Navarre. Elle pensait de plus en plus que celui-ci menait une intrigue secrète, mais ignorait laquelle. Elle espérait que cela n'était pas un attentat contre le roi.

Le lendemain elle se joignit à Margot pour essayer d'en savoir davantage, alors qu'ils chevauchaient vers le nord, le roi ayant décidé de musarder en Champagne avant de rejoindre la capitale. Un peu avant midi, M. de Miossans s'approcha et demanda à parler à la reine de Navarre. M. de Miossans était un des trois huguenots que la princesse avait sauvés le jour de la Saint-Barthélemy, celui qui était venu frapper à la porte de sa sœur avec son valet. Il s'était converti au catholicisme depuis, servait toujours le roi Henri, mais gardait un dévouement particulier pour son épouse.

Il paraissait gêné et n'osait parler devant Mlle de Pâquelin. Mais la princesse l'assura qu'elle avait toute confiance en cette personne et qu'il pouvait parler sans crainte.

— Pardonnez-moi, Madame, c'est que l'affaire est grave. Il y va peut-être de la vie du roi de Navarre, en tout cas de son honneur, et sans doute du vôtre.

— Parlez !

— Vous n'êtes pas sans savoir que depuis les événements de l'an passé, les huguenots, les modérés et le roi votre mari, se sont rapprochés de votre frère M. d'Alençon. Ils ont même signé un pacte sous les murs de La Rochelle, jurant de venger l'amiral et les autres victimes.

Le départ du duc d'Anjou les a rendus plus sûrs d'eux. À Blâmont ils se sont entendus avec M. de Nassau. Ils comptaient sur l'attribution de la lieutenance générale du royaume à votre jeune frère pour que reprenne une politique de tolérance religieuse en France, et, les projets de l'amiral aux Pays-Bas. Le prince Ludovic a promis au duc d'Alençon qu'il régnerait sur les Flandres.

— L'imbécile, murmura Marguerite, croire à cette fable !... Parce que la reine d'Angleterre ne veut pas de lui, il se cherche une couronne à tout prix !

— Et l'affront d'hier l'a rendu plus pugnace. Bref, voici ce qu'ils ont résolu : profiter du voyage en Champagne pour s'échapper – Alençon, Navarre, Condé –, rejoindre la protection d'une troupe protestante et gagner Sedan sur la frontière. De là les avis divergent : soit partir vers le sud et rejoindre les huguenots du Midi, c'est l'avis de votre mari.

Soit se rendre aux Pays-Bas et faire je ne sais quoi avec M. de Nassau, c'est l'avis de votre frère, peut-être même attaquer la France.

— Ils sont fous ! Ils courent au suicide. Ils seront arrêtés comme à La Rochelle, et cette fois le roi ne pardonnera sans doute pas. Ils seront peut-être tués, en tout cas déshonorés. Et moi par la même occasion. Quel sera mon futur après cela ?

— Même s'ils réussissent Madame ! Ce sera la guerre civile, plus virulente que jamais. Je ne veux plus voir de morts. Il y a eu assez de massacres comme cela. Parlez à votre mari, il vous écoutera peut-être.

Il s'éloigna. Mlle de Pâquelin était perplexe.

— Vous allez parler au roi de Navarre ?

— Il ne m'écouterait pas. Il ne pense qu'à une chose, s'échapper de la Cour !

— Il faut le comprendre : ses amis ont été massacrés, on le retient prisonnier depuis un an et demi…

— Il n'a plus d'avenir avec les huguenots ! Son destin est à la Cour désormais, et le mien aussi. Et il n'a pas le droit d'entraîner François là-dedans ! Mon frère est encore jeune, on lui tourne la tête facilement. Mais ce serait une erreur terrible pour eux s'ils faisaient cela. Il faut les protéger malgré eux. Je vais tout raconter à ma mère. Elle empêchera cela.

— Votre mère, mais… Ne croyez-vous pas que cela pourrait être dangereux pour eux ?

— Ils sont en train de gâcher tout leur avenir, et le mien par la même occasion. Et puis je ne veux pas qu'*il* parte, vous comprenez ? Je ne veux pas qu'*il* parte !

Corine se dit qu'après tout Margot aimait peut-être son mari, si ce n'était d'amour au moins d'amitié. Il le fallait pour craindre à ce point pour lui une aventure périlleuse.

— Que le roi de Navarre quitte la Cour m'est égal, poursuivait la princesse. Mais qu'il n'entraîne pas mon frère là-dedans, ce serait le déshonneur pour toute la famille.

Mlle de Pâquelin pensait que l'honneur de la famille était déjà bien entaché depuis l'an passé. Puis elle comprit soudain que ce n'était pas Henri, ni même François, que Marguerite voulait empêcher de partir. C'était le sieur de La Mole. Si Alençon partait, ses hommes le suivraient. Margot ne voulait pas perdre son bel amant. Et pour cela elle était prête à dénoncer son frère, et son mari.

* * * *

Elle prit ses précautions toutefois. Elle dit au roi et à sa mère qu'elle avait à leur communiquer une chose de la plus haute importance, mais leur fit promettre avant de ne pas porter préjudice à ceux qu'elle nommerait, et d'empêcher la chose tout en faisant semblant de la point savoir.

Intrigués, le roi et la reine mère jurèrent et pour une fois tinrent leur promesse. Ils apprirent toute l'affaire, écoutèrent les suppliques de Margot concernant le pardon aux conjurés et, sans faire mauvaise mine à Navarre, Condé et aux autres, firent le nécessaire pour qu'ils soient surveillés plus étroitement. À partir de Soissons, les capitaines des gardes visitaient tous les jours leurs chambres, regardant même sous leurs lits, et se postaient à leurs portes et sous leurs fenêtres la nuit. Ils ne purent donc s'échapper comme prévu.

Et Marguerite rentra dans les bonnes grâces de sa mère, heureuse de constater que sa fille avait à cœur les intérêts de la famille et soutenait le roi son frère.

Charles IX avait bien besoin de soutien. La variole avait dégénéré en pneumonie et le souverain s'affaiblissait chaque jour un peu plus. L'hiver n'arrangeait rien et Catherine résolut de ne pas le passer dans la capitale, mais à Saint-Germain-en-Laye, à l'ouest de Paris.

Le duc d'Alençon ne sut jamais que sa sœur l'avait trahi et continua à lui témoigner de l'amitié. À Saint-Germain, Margot ne le quittait presque pas. Mais Corine savait à présent que c'était la compagnie du sieur de La Mole qu'elle recherchait auprès de lui.

* * * *

La Cour fit bien de s'installer à la campagne, car Paris s'agitait en cette mi-décembre 1573. Des pamphlets circulaient, attaquant principalement la reine mère, et commençaient à troubler le pays. Catherine de Médicis se les fit porter à Saint-Germain et manqua s'étrangler de fureur en les lisant. Elle convoqua les chefs de la police.

— Est-ce qué vous avez lou ceci, Messieurs : *Discours véritable des rages exercées en France* ? (Elle brandissait le volume.) L'auteur, qui né donne pas son nom, raconte les massacres dé Paris. Il recherche les causes des crimes, et il la trouve dans, je cite : « La désastreuse pratique des régences. Lé gouvernement des régentes, sourtout des régentes étrangères, a toujours été pour la France oune cause dé rouine et dé honte. »

Cé n'est pas tout. Un certain François Hotman a poublié oun autre livre : *Franco-Gallia*. (Elle le leur agita sous le nez.) L'auteur sé prétend dégoûté dé notre temps et déclare sé consacrer à l'étoude dou passé. Soit, louable intention.

Les prévôts et baillis baissaient la tête.

— Mais écoutez ploutôt : « Lé nom des Francs, d'où vient celui des Français, signifie *libres*. Autrefois l'État était pourvou d'institutions libres où les assemblées étaient toutes-pouissantes, les rois, élous, n'agissaient qué comme mandataires dé la nation, qui pouvait même aller jousqu'à déposer les rois... » Et plous loin... « Il n'y a pas d'impôt légitime s'il n'a pas été consenti par oune assemblée... Lé salout dou peuple est la suprême loi... »

Elle feuilletait les pages et citait les passages qui l'avaient choquée.

— ... « L'hérédité n'est noullement oun droit pour les souverains, ils se lé sont arrogé... » Qu'est-ce qué cela veut dire ? Comment peut-on laisser imprimer des choses pareilles ? C'est oun crime dé lèse-majesté ! Trouvez les coupables ! Cé M. Hotman parle des régences loui aussi : « Il faut répousser toute régence qui né serait pas consentie par oune assemblée des trois ordres... La coutume qui exclout les femmes dou trône devrait les excloure aussi des gouvernements... » Je veux savoir si les houguenots, lé douc d'Alençon ou lé roi dé Navarre sont derrière tout cela.

Écoutez : « Chaque fois qué la France a été gérée par oune femme lé royaume en a pâti... Brounehaut et Frédégonde se sont souillées dé tous les crimes... Isabeau dé Bavière et Blanche dé Castille ont vendu lé pays aux étrangers... »

Je veux qu'on rachète tous ces livres, qu'on les broûle, qu'on arrête les auteurs, les imprimeurs ! C'est lé chaos, l'anarchie ! Qué fait votre police ?! Cet autre, là, lé *Réveille-matin des Français,* traite mon fils dé « tyran sans foi ni loi »... « Hougues Capet a ousourpé lé trône dé ces prédécesseurs... Rendons la France aux descendants dé Charlemagne ! »... Il y a dou Guise là-dessous. Je veux qué ces ouvrages disparaissent dé la circoulation avant qué leurs lecteurs excités né viennent jousqu'ici m'assassiner !

* * * *

Le duc de Guise prétendait avoir éventé les ramifications d'un vaste complot : Montgomery devait débarquer d'Angleterre sur la côte normande, Ludovic de Nassau envahir la France par les Pays-Bas, La Noue, au service des Rochelais, investir les places fortes du Poitou, tandis que Damville dans le Midi se retournerait contre le roi. Mythe ou réalité ? À trop vouloir pousser la reine mère contre les huguenots, Henri de Guise en paraissait suspect lui aussi.

Mais il était vrai que le capitaine La Noue avait enfin choisi son camp et rejoint celui de La Rochelle. Il incitait maintenant la ville à adhérer à l'Union des protestants du Midi. Le comte de Damville, chargé depuis Villers-Cotterêts de négocier avec les assemblées huguenotes, n'avait rien obtenu. Pire, réunies en assemblée générale à

Millau le 16 décembre, elles avaient décidé de nouvelles mesures pour le recrutement de l'armée, la levée des impôts, le fonctionnement des municipalités, et exigé la constitution de chambres de justice à Millau et à Montauban, comprenant uniquement des magistrats protestants.

Le comte de Damville était frappé de cette fermeté, et s'il n'avait pas retourné sa veste, il leur avait du moins promis sa neutralité et s'était retiré à Montpellier après avoir conclu une trêve de plusieurs mois, sans prendre l'avis du roi. Celui-ci le révoqua, mais le comte n'abandonna ni son poste de gouverneur ni ses troupes. Le Languedoc était donc en rébellion, mais il ne s'était pas allié aux huguenots et c'était une province lointaine.

* * * *

Mlle de Pâquelin profita de cette fin d'année chargée et des fêtes de Noël pour obtenir un nouveau congé. Le temps était relativement clément et elle voulait se rendre en Touraine avant les grands froids de janvier et février.

Tricky avait relativement mal supporté le long voyage en Lorraine, lassé d'être toujours confiné dans une voiture ou secoué sur le dos d'un cheval. Lorsqu'il vit sa maîtresse refaire ses malles, il se mit à bouder, et ne fit aucune difficulté cette fois pour rester avec Hélène.

Comme la fois précédente, Clémence et Jacques Perrot étaient du voyage. M. de Ronsard aurait bien aimé en faire autant, mais le roi qui dépérissait le retenait pour égayer un peu ses journées, et le poète se dévouait à son souverain dont il sentait la fin prochaine.

Les voyageuses passèrent la veillée de Noël à la Possonnière et la journée du lendemain au village de Rosine Aubin. Jacques les avait quittées à Vendôme pour rejoindre Blois. Clémence cette fois restait avec sa maîtresse à Tours, mais elles avaient promis de passer la journée de l'Épiphanie avec la famille Perrot. La soubrette pensait se marier au printemps.

Les premières neiges étaient tombées et les routes rendues peu utilisables par les voitures. Aussi avaient-elles loué des chevaux pour se rendre chaque jour au village. Elles y allaient le matin, car elles ne voulaient pas se trouver sur les routes le soir, alors que la nuit tombait vite. Un jour Mlle de Pâquelin eut l'impression d'être suivie, et, se retournant, elle crut même apercevoir l'ombre du duc d'Épernon. Mais Clémence n'avait rien vu, et sans doute était-ce un mirage dû à ses angoisses.

Son fils avait grandi, il allait sur ses huit mois. C'était un petit garçon éveillé et rieur, et elle regrettait une fois de plus de ne pouvoir le garder auprès d'elle. La séparation fut déchirante comme toujours et les attentions de la famille Perrot à Blois pour la fête des Rois ne la déridèrent pas.

Le retour fut difficile, car la neige était maintenant abondante, mais pour le 10 janvier, ils étaient de nouveau à Saint-Germain-en-Laye.

* * * *

La Cour devait passer tout l'hiver au château de Saint-Germain qui avait été presque entièrement reconstruit trente-cinq ans auparavant. Des anciens bâtiments il ne subsistait qu'une chapelle et un donjon accolé aux nouvelles ailes munies d'immenses fenêtres qui laissaient entrer la lumière.

Mlle de Pâquelin se réjouissait de ce séjour car elle s'était mise à détester le Louvre, et aurait bien aimé regagner les palais du bord de Loire, Blois, Chenonceau ou Amboise. L'été à Paris lui avait paru sinistre. Les quelques jours à Villers-Cotterêts et à Fontainebleau, le voyage en Lorraine, au contraire, l'avaient réconciliée avec la vie de cour. Et puis elle aurait été plus proche de son fils.

À Saint-Germain elle se sentait bien, d'autant que la forêt voisine permettait de longues promenades à cheval. Même si le roi ne chassait plus. Son état empirait. Il restait la plupart du temps alité. Les fièvres le poursuivaient toujours, et ses cauchemars nocturnes aussi. Il lui arrivait de cracher du sang. La reine Élisabeth priait, et Marie Touchet pleurait. Catherine de Médicis s'occupait comme elle en avait l'habitude des affaires de l'État, et le duc d'Alençon continuait de comploter avec ses amis et ceux de Navarre et Condé…

Margot ne cachait plus à personne son aventure avec M. de La Mole, et son mari de son côté comptait fleurette à une belle nommée Charlotte de Sauves. Leur trahison respective ne semblait nullement gêner les époux qui entretenaient par ailleurs les meilleures relations du monde. Mais elles s'arrêtaient à l'amitié et à la politique.

De plus en plus de gens mécontents de la reine mère et des Guise se regroupaient derrière le prince François, et même des membres du Conseil privé du roi, comme le maréchal de Montmorency, frère aîné du comte de Damville, MM. de Thoré, de Cossé, de Turenne. Il se créait un véritable parti.

Corine avait été autrefois assez proche du duc d'Alençon, maintenant il l'évitait. Il ne faisait pas bon, pour des conspirateurs, fréquenter les demoiselles d'honneur de la reine Catherine. La peur d'être dénoncés les en empêchait. Mlle de Pâquelin n'en avait nulle intention, au contraire elle trouvait leurs idées proches des siennes, mais leurs méthodes l'inquiétaient.

La princesse Marguerite, toute à ses amours provençales, s'éloignait d'elle aussi. Corine recevait plus souvent les confidences de Marie, dame de Belleville, la maîtresse aimante et dévouée du roi, mais sa meilleure amie demeurait Hélène.

S'il lui arrivait d'être courtisée par des jeunes gens de la Cour, elle leur répondait toujours avec froideur. Elle pensait encore à Quentin. Il s'était écoulé une année et demie depuis sa disparition, et si elle avait appris à vivre sans lui, elle ne pouvait se résoudre à se tourner vers d'autres amours, au grand désespoir de M. de Ronsard qui lui répétait que les cœurs n'étaient pas faits pour rester vides. À quoi elle répondait que le sien était tout occupé, quelque part en Touraine, par un petit homme de neuf mois prénommé Pierre.

⋆ ⋆ ⋆ ⋆

La vie s'écoula, tranquille, jusqu'au mardi gras qui marquait la fin de l'hiver et l'entrée du carême. Ce jour-là, 22 février, on apprit que le capitaine La Noue et les troupes de La Rochelle, profitant des désordres du carnaval les jours précédents, avaient pris quelques petites places fortes en Aunis et en Saintonge comme Fontenay-le-Comte, Lusignan, Brouage, Rochefort... pour reculer les frontières de leur cité.

On sut aussi qu'un groupe armé, sous les ordres d'un certain sieur de Guitry, était rassemblé devant Mantes et s'apprêtait à marcher sur Saint-Germain. Le duc de Guise affirmait qu'il s'agissait d'un complot huguenot : les rebelles devaient attaquer le château, s'emparer du roi, de la reine mère, les assassiner. La panique gagna la Cour. On envoya la garde suisse et une partie de l'armée dans la campagne environnante. On vit des cardinaux, et d'autres courtisans, s'enfuir précipitamment à cheval dans la nuit, pour se mettre à l'abri à Paris, par peur des protestants. Les hommes couraient dans les couloirs, les femmes poussaient des cris.

En ce soir de bal masqué perturbé, Corine se trouvait auprès de Margot et de M. de La Mole.

— Cet imbécile de Guitry a quinze jours d'avance, il va tout gâcher ! lâcha-t-il, puis se précipitant vers le duc d'Alençon :

— Nous sommes perdus, rien n'est prêt ! Il vaut mieux tout avouer maintenant, sinon nous courons au massacre. Guise va leur faire croire au complot et cela va très mal se terminer.

Le prince François était très pâle et tremblant, de peur et de rage. Tandis que la reine mère organisait la retraite de la Cour sur la capitale pour fuir l'attaque supposée des rebelles et se mettre à l'abri d'un assassinat, et que dans la précipitation chacun courait à sa chambre faire ses malles, le duc d'Alençon se jeta à ses genoux en larmoyant :

— Au nom du ciel, ma mère ! Personne ne veut vous tuer, ni vous ni Charles. Il n'y aura pas d'attaque du château !

— Comment savez-vous céla ?

— La troupe de Guitry… Pardon, ma mère !… ne devait venir que dans dix jours seulement, pour attirer l'attention des gardes sur elle… et servir de diversion…

— Dé diversion pour quoi ?! lança Catherine ivre de colère.

— Nous voulions seulement nous enfuir, quitter la Cour…

— Qui ça, *nous* ?

Et il lâcha les noms auxquels elle s'attendait : Navarre, Condé, et les complices, Montmorency, Thoré, Turenne, Cossé… Les protestants de l'Ouest avaient pris les armes pour occuper les esprits. Le sieur de Guitry devait venir plus tard pour faire croire à une attaque, mais il avait été pris dans le feu de l'action ; il avait paru trop tôt devant Mantes, les conjurés n'étaient pas prêts. Le duc d'Alençon demanda pardon à sa mère, implora sa clémence.

— Petit imbécile, ils sé sont servis dé vous ! Vous croyez qu'ils n'auraient pas attaqué lé château ? Qu'on arrête immédiatement lé roi dé Navarre et lé prince dé Condé, et tous ceux que l'on vient dé citer ! dit-elle à l'adresse du capitaine des gardes qui revenait de patrouille.

— Les troupes rebelles n'étaient pas nombreuses, l'informa l'officier, elles se sont enfuies vers la Normandie, il n'y pas plus de danger.

— La Normandie où doit débarquer Montgomery avec son armée anglaise ! intervint Henri de Guise.

— Et où vouliez-vous vous enfouir ? demanda la reine à son fils.

— Aux Pays-Bas, fit-il, penaud.

— Pour rejoindre Ludovic de Nassau, poursuivit Guise. Lequel a levé des reîtres et des lansquenets en Allemagne avec l'argent que vous lui avez donné à Blâmont, Votre Majesté ! Et Turenne, Thoré, Montmorency, les autres membres du complot, sont des parents du comte de Damville qui tient Montpellier. Il serait peut-être temps de me croire lorsque j'avance quelque chose.

Les gardes entouraient les princes, on avait arrêté M. de Cossé. Les autres s'étaient enfuis.

— Qu'on l'enferme à la Bastille ! clama Catherine. Les gardes emmenèrent Cossé.

La princesse Marguerite se jeta aux pieds de sa mère, implora son pardon pour son frère et son mari.

— Je voulais seulement regagner mon royaume, rien d'autre, je le jure, dit le roi de Navarre.

Condé semblait abasourdi par les événements.

— Vous n'allez tout de même pas les embastiller ? interrogea Margot.

— Non, à eux je réserve oune prison plous digne dé leur rang, même s'ils sé comportent comme des bandits dé grand chemin. Qu'on les emprisonne au donjon dou château dé Vincennes !

Les trois princes se regardaient, incrédules, les gardes hésitaient.

— J'ai dit qu'on les arrête ! répéta la reine mère. Emmenez-les !

Puis elle se ravisa.

— Attendez !

Ils reprirent faussement espoir.

— Ils seraient encore capables dé s'échapper en route. Ils vous embobineraient et vous les laisseriez filer. Qu'on les mette dans mon carrosse, je les accompagnerai moi-même. Nous allons tous à Vincennes !

Le château de Saint-Germain, avec ses grandes ouvertures, était trop difficilement défendable en cas de guerre civile. De plus il était trop proche de la Normandie où les ennemis pouvaient débarquer. S'enfermer dans Paris aurait été une solution, mais la reine Catherine avait peur de s'y sentir prisonnière des Guise, auxquels les Parisiens étaient attachés et qu'ils soutenaient toujours.

Vincennes était un château royal, mais c'était aussi une forteresse. Le donjon était une prison d'État depuis un siècle, mais à l'intérieur de la vaste enceinte aux neuf tours, il y avait aussi un logis seigneurial et divers bâtiments pouvant abriter l'ensemble de la Cour. La demeure avait également l'avantage d'être aux portes de Paris – on pouvait donc facilement s'y réfugier en cas de besoin – et située à l'est de la capitale, donc vers des régions où la menace huguenote était nulle. La Champagne et au-delà la Lorraine étaient terres catholiques et l'on était en paix avec le Saint Empire romain germanique. De plus il y avait autour de Vincennes une forêt immense où le roi aimait chasser autant que dans celle de Saint-Germain, et ce n'était pas un élément à négliger.

Pour lors, le roi ne songeait pas à la chasse. Son état était tel que plus personne – sauf peut-être la reine Catherine que son amour maternel aveuglait – ne doutait qu'il fût mourant, pas même lui. Cette nuit-là, lorsqu'on le tira de son lit à deux heures du matin pour lui annoncer le complot et l'inciter à fuir sans tarder, il murmura :

— C'est trop cruel, ils auraient pu attendre que je sois mort. Ce sera si vite fait !

La Cour devait partir précipitamment, contourner la capitale par le sud au galop des chevaux pour gagner Vincennes à l'est. Le chirurgien du roi, Ambroise Paré, intervint :

— Madame, le roi ne pourra pas supporter un tel voyage, même en carrosse.

Il fallait pourtant bien le mettre à l'abri. Il fut donc décidé qu'il partirait en litière directement pour Paris, escorté par la garde suisse. De toute façon il était bon que les Parisiens constatent qu'il était bien vivant. Après quelques jours de repos, il rejoindrait la Cour en traversant la capitale, Catherine pensant toujours que l'air forestier des environs était meilleur pour sa santé. Plus prosaïquement, Charles IX préférait aller mourir au cœur de ses chères forêts, plutôt qu'au Louvre où le souvenir de la Saint-Barthélemy le poursuivait.

XXI. Le roi se meurt

La Cour s'était donc enfuie de nuit pour se réfugier à Vincennes, après ces événements que l'on appela « le complot des Jours gras ». Dans les jours suivants trois armées furent envoyées vers la Normandie, la Guyenne et le Languedoc, afin de tenir en respect d'éventuels assaillants. Mais la guerre civile ne fut pas déclarée. Seule la Normandie inquiétait car Montgomery avait effectivement débarqué dans le Cotentin et pris la ville de Saint-Lô. Dans un dernier sursaut d'énergie, Charles IX avait demandé à M. de Matignon, lieutenant général de Basse-Normandie, de le lui ramener mort ou vif.

Mais il n'y avait pas d'insurrection générale, et Catherine de Médicis commençait à croire que le duc de Guise avait sciemment exagéré les faits, peut-être dans le but de les tenir enfermés dans Paris. Elle pardonna aux comploteurs des Jours gras. Montmorency put revenir à la Cour, Cossé sortit de la Bastille et les princes furent libérés du donjon de Vincennes en mars, mais interdits de sortie hors de l'enceinte du château et placés sous haute surveillance.

Elle se rendit compte que le prince de Condé n'avait été qu'un comparse, qu'il n'avait fait que suivre le mouvement. Il s'était mieux intégré à la Cour que le roi de Navarre. Il n'avait pas de royaume à rejoindre. Mais son épouse y était peut-être aussi pour beaucoup. La belle Marie de Clèves, sœur de la jeune duchesse de Guise, avait des attaches dans le clan catholique, et elle attendait un enfant qui devait naître à l'automne.

Puis Catherine pensa qu'il valait mieux essayer de dissocier les conjurés. Elle les traita donc différemment, choyant l'un, méprisant l'autre. À tel point qu'elle fit nommer Henri de Condé gouverneur de Picardie et lui permit de quitter la Cour pour Amiens, siège de son gouvernement. Mais pour plus de sécurité, son épouse et l'enfant à naître devaient rester à la Cour.

Margot s'ouvrit un jour à Corine du fait que son mari et son frère supportaient mal la manière dont la reine mère les traitait.

— Ils sont sans arrêt suspectés, regardés de travers, ils craignent même pour leur vie. Je comprends leur désir de partir. Et s'ils en font à nouveau le projet, je ne les dénoncerai pas cette fois, croyez-moi. Les ennemis de ma famille augmentent toujours cette suspicion, ils annoncent de fausses nouvelles au roi dans le but d'accroître sa méfiance et son mécontentement envers eux. Mais ces artifices n'ont pour but que la ruine de notre maison.

Faisait-elle allusion aux Guise ? Il était vrai que le bel Henri et ses frères poussaient insidieusement la reine Catherine à croire à un nouveau complot visant à enlever le roi Charles, écarter du trône Henri d'Anjou, roi de Pologne, et faire désigner comme héritier François, duc d'Alençon.

Le plus jeune frère du roi avait eu vent de cette histoire d'une bien étrange manière. La jeune duchesse de Guise en avait parlé à Mme de Nevers, sa sœur, laquelle l'avait répété à son amant, le Piémontais Annibal de Coconnat, qui en avait aussitôt informé le frère du roi et M. de La Mole son ami, lequel l'avait chuchoté à Margot. Ainsi voyageaient les nouvelles à la Cour.

Mlle de Pâquelin comprenait que cela incitât les deux beaux-frères à s'évader. La princesse Marguerite et son amant semblaient maintenant les y pousser. Mais cela n'était pas chose aisée, puisqu'on les empêchait de sortir de l'enceinte fortifiée.

Le mercredi de la semaine de Pâques cependant, ils furent autorisés à participer à la chasse royale. Ils voulurent mettre cette occasion à profit. Mais si son épouse était prête à laisser partir le roi de Navarre, sa maîtresse ne l'était pas. Peut-être commençait-il à la négliger, ou avait-elle peur de le perdre. En tout cas Charlotte de Sauves se mêla aux demoiselles d'honneur de la reine mère et laissa transpirer le projet de fuite. Catherine de Médicis en fut immédiatement informée, fit redoubler la garde autour des princes et ce fut un nouvel échec.

Vexée de cet acharnement, la reine Catherine laissa courir le bruit du nouveau complot qu'elle avait déjoué et se moqua ouvertement du manque d'habileté des princes. Ils furent la risée de toute la Cour, ce qui les renforça dans leur idée de fuite. L'ambiance était de plus en plus tendue entre le parti royal et celui des malcontents. Corine avait eu vent de rumeurs concernant l'achat d'armes et d'hommes, mais elle n'en dit mot à personne.

Ce fut cette fois le maréchal de Montmorency qui craqua. Mêlé au précédent complot et craignant pour sa vie et sa carrière, ne voulant pas être à nouveau pris pour complice, il remit un jour une lettre à la reine mère, prise, disait-il, aux conjurés. Cette missive parlait de l'achat de chevaux pour une expédition. Cela suffit pour déclencher une vaste série d'arrestations.

Le 10 avril, furieux d'une trahison qui suivait un pardon si récent, le roi fit à nouveau mettre aux arrêts au donjon de Vincennes le roi de Navarre et le duc d'Alençon, mais cette fois également Annibal de Coconnat et Joseph Boniface de La Mole, que le frère du roi avait aimablement dénoncés. Coconnat révéla tous les noms des complices. On y trouvait pêle-mêle M. de Turenne, un ancien ambassadeur à Constantinople, un agent secret du roi soupçonné d'être alchimiste et de transmuer les métaux en or, et même un astrologue italien, Cosme Ruggieri, devin, fabricant de philtres et jeteur de sorts. Quelques-uns, dont Turenne, réussirent à s'enfuir, les autres furent arrêtés et interrogés.

Ils avouèrent entre autres que le complot avait pour but de délivrer Henri de Navarre et François d'Alençon, et de leur permettre de rejoindre les troupes protestantes de M. de La Noue dans l'Ouest. La reine Catherine était furieuse de l'attitude de son fils et de son gendre. Elle entra encore plus en rage lorsqu'elle sut que le prince de Condé, à l'annonce de l'arrestation des princes, avait quitté secrètement Amiens pour s'enfuir en Allemagne.

L'année promettait d'être difficile, mais pour lors Corine et Clémence avaient d'autres préoccupations. La soubrette préparait activement son mariage. Sa maîtresse l'aidait à élaborer son trousseau. Elle n'eut pas besoin de mentir cette fois pour demander un congé, elle n'eut qu'à signaler qu'elle avait une amie qui devait se marier à Blois, ce qui somme toute était vrai.

Le départ avait été fixé au 15 avril, et lorsque la voiture attelée quitta l'enceinte du château de Vincennes, emmenant Mlle de Pâquelin, Clémence, Jacques Perrot et Tricky qui cette fois était du voyage, elle suivit longtemps des yeux l'austère donjon carré et ses quatre tourelles d'angle. Elle eut une pensée émue pour les princes prisonniers, mais elle ne se faisait pas trop de souci pour eux, persuadée que le complot de Pâques n'aurait pas plus de conséquences que le précédent.

* * * *

Clémence était un peu déçue que sa famille ne puisse assister à son mariage, mais il ne pouvait guère en être autrement. Contrairement à Corine, elle n'avait pas perdu tout contact avec eux, mais son père était un simple métayer qui ne savait ni lire ni écrire. Les liens étaient donc ténus, et devaient passer par des intermédiaires, comme le curé de la paroisse, depuis que M. de Pâquelin ne voulait plus entendre parler de sa fille, et par voie de conséquence, de sa soubrette.

Par le biais d'un notaire parisien et d'un prêtre de Mons, la jeune femme avait obtenu le consentement de ses parents à son mariage. Ceux-ci se réjouissaient de l'union de leur fille avec l'enfant unique d'un bourgeois de Blois, mais leur éloignement et leur condition les empêchaient de faire le voyage. Les soins de la culture, l'entretien de la métairie les retenaient aux Pays-Bas. Puis ils ne pouvaient désobéir ouvertement à leur maître M. de Pâquelin en allant rejoindre des personnes qui à ses yeux n'existaient plus. Ç'aurait été mettre en péril leur moyen de subsistance. La distance aussi les effrayait, eux qui n'avaient jamais quitté leur comté, et ils avaient peur de paraître déplacés auprès de la demoiselle d'honneur et du rôtisseur de Blois.

Toutes ces raisons faisaient qu'ils n'avaient osé venir et que Corine représentait à elle seule toute la famille de la mariée. Elle avait pris cette fonction à cœur, et s'était chargée de lui fournir une dot. Elle avait aussi financé en grande partie son trousseau, et s'était arrangée pour leur obtenir un petit logement à la Cour. Clémence ne dormirait plus dans l'antichambre de sa maîtresse, mais partagerait avec son époux une chambre à l'étage des domestiques. Son service n'en pâtirait pas, car étant cuisinier, Jacques se levait tôt. La soubrette se réveillerait de même aux aurores et irait prendre son service auprès de Corine bien avant que celle-ci ne fût levée.

Ce serait un privilège de disposer ainsi d'une pièce à eux, si petite soit-elle, dans tous les palais où la Cour s'installerait. Beaucoup de serviteurs n'en avaient pas, partageaient une chambre à plusieurs, ou dormaient dans des débarras, quand ce n'était pas aux pieds de leur maître, sur une paillasse posée à même le sol, que l'on cachait dans la journée. Il y avait tant de monde à loger, tant de valets, de pages et de servantes.

Clémence avait de la reconnaissance pour sa maîtresse, d'autant que la présence d'une demoiselle d'honneur de la reine mère à son mariage faisait oublier à sa belle-famille qu'elle n'était au fond qu'une petite paysanne devenue soubrette.

À Blois, Martin et Mangeon Perrot les accueillirent à bras ouverts. Ce ne furent qu'accolades et embrassades. Ils avaient prévu les choses en grand. Toute la rôtisserie était réservée pour le repas de noce. M. Perrot avait invité tous ses collègues rôtisseurs de la ville et ses meilleurs clients. Il y avait là des marchands merciers, des orfèvres, un notaire, le capitaine de la garde municipale et même quelques échevins. Catherine et Gautier avaient fait le voyage depuis la Possonnière pour assister au mariage de leur amie. Tous étaient bavards et joyeux et le petit vin de Loire servi à profusion par le père du marié y était certainement pour quelque chose.

On se dirigea en cortège vers l'église de la paroisse. Clémence rayonnait dans sa robe de mousseline de coton crème, brodée de fleurs de couleur. Elle donnait le bras à Gautier qui lui faisait office de père pour l'occasion. Jacques donnait le sien à sa mère, et M. Perrot cramoisi et transpirant était accompagné de Mlle de Pâquelin. Tricky les suivait, lavé et brossé à souhait, un nœud rouge vif redressant en touffe ses poils blancs au-dessus de sa tête.

Pendant la cérémonie religieuse, Corine fut un peu distraite. Elle songeait à un autre mariage, au sien presque deux ans auparavant. À ces instants fugaces volés au crépuscule, dans la maison d'un pasteur, à la rapide bénédiction dans la chapelle des Franciscains, à la collation succincte qui avait suivi, avec Clémence, Hélène de Surgères et Claude de Luzac pour seuls invités. Elle sentait sur sa poitrine le contact de son alliance qu'elle portait toujours au bout d'un cordon de soie dont la couleur commençait à passer. À l'intérieur de l'anneau étaient gravés deux noms : Corine et Quentin, et une année, 1572. Année maudite qui vit se produire un mois plus tard le plus grand massacre de protestants que le monde ait connu, cinq jours après les noces de Margot.

Le chant des chœurs la ramena à la réalité. Elle émit le souhait que ce mariage-là ne portât pas malheur au jeune couple. Elle signa le registre en tant que témoin et participa à la fête qui suivit. Elle dansa même avec Jacques et son père pour leur faire plaisir. Elle souriait à Clémence tandis que Tricky ne savait plus sur quel os se jeter tellement il y en avait. Mais le cœur n'y était pas. N'aurait-elle pas mérité elle aussi d'avoir une belle fête de mariage et d'être heureuse avec son mari ? Elle posa son regard sur Catherine qui lui sourit avec tendresse. La pensée qu'elle allait bientôt revoir son fils lui remonta le moral.

* * * *

Gautier était reparti à la Possonnière deux jours après les noces, mais la gouvernante de la maison de Ronsard demeura avec Corine à l'auberge. Elle avait l'intention de l'accompagner à Tours pour rendre visite au petit Pierre. Clémence aussi voulait le voir, mais ne savait quelle excuse donner à son mari pour le quitter si tôt après le mariage. Corine hésita longuement, mais puisque Jacques faisait désormais en quelque sorte partie de la famille, et parce qu'on ne pourrait pas le lui cacher éternellement, elle décida de le mettre au courant de son mariage secret et de l'existence du petit de Gayrand.

Cela se fit très simplement. Elle le reçut un jour dans sa chambre en compagnie de Clémence et lui annonça qu'elles possédaient toutes deux un secret familial qu'elles se voyaient contraintes de lui révéler, mais qu'il devrait taire à son tour. Il fut surpris, mais jura de garder le secret.

Jacques comprenait mieux à présent les longues absences de la Cour des deux femmes. Il voulut les accompagner à Tours et rencontrer lui aussi l'enfant qu'il devait les aider à protéger. Il donna à ses parents le prétexte de visiter la ville de saint Martin avec sa jeune épouse, et ce fut donc presque entourée cette fois d'une véritable délégation que Mlle de Pâquelin se rendit à la ferme de Rosine Aubin.

Le petit garçon allait avoir un an dans moins de dix jours. Ses cheveux poussaient en boucles noires comme ceux de son père. Il était gai et rieur, et adopta immédiatement les visiteurs. Il gazouillait des paroles incompréhensibles qui faisaient rire sa mère aux éclats.

Tandis qu'elle le portait dans ses bras et lui parlait de tout et de rien, elle songeait que Clémence allait certainement avoir bientôt des enfants elle aussi, que ces enfants pourraient très bien avoir un frère de lait qui passerait inaperçu au palais. Que ce frère pourrait être le petit Pierre et que ce serait sans doute un bon moyen pour le garder auprès d'elle.

— Tu verras, disait-elle à l'enfant, je suis sûre que nous serons réunis. Alors nous ne nous quitterons plus.

— Bidibi ? marmonna Pierre, et ils rirent tous les deux.

Le jour du départ, l'enfant prononça un « Mam » qu'elle voulut bien interpréter comme « Maman ». Elle en fut très émue et s'en réjouit au plus haut point. Puis elle le serra dans ses bras et lui renouvela sa promesse : « Dans quelques mois, un an au plus, tu verras. »

Cette perspective la rassérénait et lui donnait le courage de rentrer à la Cour, après les adieux à Catherine et un dernier détour par Blois pour saluer la famille Perrot.

* * * *

Le 5 mai ils étaient de retour au château de Vincennes. Mlle de Pâquelin ne remarqua rien de particulier ce soir-là, et ne sut pas tout de suite ce qui s'était passé pendant son absence. À peine vit-elle que la garde était doublée à l'entrée du donjon où étaient enfermés les princes.

Elle ne reprit son service que le lendemain auprès de la reine mère. Elle y retrouva avec joie Hélène de Surgères et le poète Ronsard à qui elle raconta le mariage de Clémence et les progrès de leur filleul. Elle sentait bien une certaine lassitude dans les regards, y compris celui de Catherine de

Médicis. Mais elle mit cela sur le compte de la maladie du roi et demanda de ses nouvelles.

— Son état empire, raconta Mlle de Surgères, il lui arrive de plus en plus souvent de cracher du sang. Il souffre beaucoup, tout son corps lui fait mal. La fièvre ne le quitte pour ainsi dire pas, il ne mange plus, il maigrit, il transpire abondamment et a des bouffées de délire. C'est une question de semaines, peut-être de jours. Même la reine mère ne croit plus à son rétablissement.

À ce moment parut la princesse Marguerite, vêtue de noir, un voile sur la tête, les yeux maquillés de sombre comme les jours de grand deuil, portant au cou une grande croix, arborant à sa ceinture des pendentifs en forme de tête de mort, un mouchoir humide de larmes à la main. Elle était accompagnée de la duchesse de Nevers, sa meilleure amie, qui était attifée de même. Les courtisans s'éloignaient sur leur passage d'un air scandalisé, et la reine Catherine, comme indignée de cette indécence, lançait à sa fille des regards de haine et de colère difficilement contenues.

Ce fut lorsqu'elle vit Margot ainsi parée que Mlle de Pâquelin comprit qu'il s'était passé quelque chose de grave en son absence.

— Mon Dieu, murmura-t-elle, est-ce que le roi de Navarre… ?

— Non, elle ne porte pas le deuil de son mari, chuchota Hélène, mais celui de M. de La Mole, son amant.

Elle l'entraîna à l'écart pour lui parler plus à loisir.

— M. de La Mole a été exécuté, avec M. de Coconnat, l'ami de la duchesse de Nevers, il y a six jours. Ils ont été décapités en place de Grève à Paris, sur ordre du roi. La princesse Marguerite a tout fait pour empêcher cela. Elle a supplié son frère et sa mère, en vain. Le duc d'Alençon est intervenu aussi, sans plus de résultat.

Le complot de Pâques, vous vous souvenez ? Juste avant que vous ne partiez. Le roi n'a pas pardonné cette fois. Les complices subalternes ont été pendus. Le mage Ruggieri a été condamné aux galères. La reine mère est trop superstitieuse pour faire condamner à mort un magicien. On a trouvé chez lui des filtres. Madame Catherine pense qu'il a jeté un sort sur le roi et que c'est la cause de sa maladie. Il travaillait pour M. de La Mole.

On a trouvé chez l'ami de Margot une statuette en cire avec une couronne et un petit manteau d'hermine, et surtout une aiguille piquée dans le cœur. Il a nié que ce fût le roi, il a assuré qu'il s'agissait d'une représentation de la princesse Marguerite et que c'était là un charme magique pour se faire aimer d'elle. Mais la reine ne l'a pas cru. « Comme s'il avait besoin de cela ! a-t-elle dit, leur liaison est connue de toute la Cour et depuis longtemps... »

Au moment de mourir le gentilhomme provençal a recommandé son âme à Dieu. Mais il a aussi prié la Sainte Vierge de veiller à son bon souvenir dans le cœur des dames et particulièrement dans celui de la reine de Navarre. Et ce en public. On dit qu'après l'exécution la princesse Marguerite et la duchesse de Nevers ont récupéré les têtes de leurs amants respectifs, de nuit, pour les faire enterrer chrétiennement. Mais certains murmurent qu'elles les ont fait embaumer pour les garder par-devers elles.

— Quelle horreur !

— Sous la torture les complices ont avoué tout et n'importe quoi, y compris qu'ils avaient prévu de mettre le feu à Paris pendant la messe de Pâques. Mais je ne crois pas que cela soit vrai. M. de Cossé et même M. de Montmorency – bien que ce soit lui qui ait révélé le complot – ont été à nouveau embastillés. Le roi a nommé gouverneur du Languedoc un fils du duc de Montpensier, mais cette province est toujours de fait aux mains du comte de Damville, frère du maréchal de Montmorency, qui fortifie Montpellier et se trouve sur le point de conclure une trêve de plusieurs mois avec les protestants du Midi. Cela aussi faisait partie du complot d'après Madame Catherine, de même que la prise de Saint-Lô par le comte de Montgomery, venu avec des troupes d'Angleterre.

— Mais que sont devenus le roi de Navarre et le duc d'Alençon ? demanda anxieusement Corine.

— Le roi et la reine mère n'ont pas osé leur faire un procès. Il y va de l'avenir de la Couronne car ils sont héritiers en seconde et troisième position du royaume de France. Ils n'ont pas non plus osé les faire interroger par la police. Des commissaires de la cour du Parlement de Paris ont été convoqués à cet effet. Pour lors ils sont toujours enfermés au donjon et seule la famille royale a le droit d'aller leur rendre visite. On dit que depuis l'exécution de ses amis le prince François d'Alençon n'adresse plus la parole à son frère, ni à sa mère. Il a pris le deuil à la manière de Margot. Quant au roi de Navarre, son épouse lui rend régulièrement visite, bien qu'elle porte le deuil d'un autre homme.

Ce n'est pas tout, ajouta encore Hélène. Nous avons eu des nouvelles des Pays-Bas et du prince Ludovic de Nassau. Il y a eu une bataille à Mookerheyde le 14 avril. Les troupes catholiques du gouverneur du roi d'Espagne ont battu les protestants et le prince Ludovic de Nassau a été tué au combat. C'est sans doute la fin de l'affaire des Flandres.

Corine ne répondit pas. Elle songeait que la paix allait peut-être revenir dans son pays natal, mais aussi que plusieurs personnes qu'elle avait bien connues depuis son arrivée à la Cour venaient à nouveau de disparaître de façon tragique. Et elle se demandait si cela allait continuer.

⋆ ⋆ ⋆ ⋆

Au bout d'une semaine le deuil de la princesse Marguerite se fit moins ostentatoire et elle se rapprocha davantage de son mari. Elle fut même très fière de dire à Mlle de Pâquelin que le roi de Navarre, n'ayant personne de bon conseil auprès de lui, s'était adressé à elle pour savoir ce qu'il devait répondre aux enquêteurs du Parlement. Elle avait dressé pour lui un petit mémoire par écrit, assez bien tourné disait-elle, qui l'avait bien aidé et les commissaires avaient été bien étonnés des faibles charges qui pesaient sur les princes et de l'habileté de leur défense. Ils n'avaient fait que le projet de fuir une Cour où la reine mère les tenait prisonniers et en disgrâce, au vu et au su de tous, ce qui fut avéré. Ils ne pouvaient en aucun cas être compromis dans un projet d'enlèvement ou d'assassinat du roi, encore moins dans une tentative de brûler Paris.

— La reine, ma mère, a fini par l'admettre, disait Margot. Mais elle les retient toujours prisonniers au donjon. J'ai eu le projet de les faire échapper, mais je n'ai pu y réussir. Pour ma part j'entre et je sors de l'enceinte du château très librement, sans que l'on fasse fouiller mon carrosse. Mais lorsque je vais au donjon rendre visite à mon frère et mon mari, on ne m'autorise à y aller qu'accompagnée d'une femme, et une seule, car ma mère se méfie de moi. Les gardes connaissent mon visage et attendent ma sortie, mais ils ne regardent jamais celui de celle qui m'accompagne, que ce soit une servante ou une femme du monde masquée comme cela m'est arrivé quelquefois.

Je résolus donc lors d'une visite de déguiser l'un des deux prisonniers en femme et de le faire ainsi sortir de la prison et du château. Seulement je ne pouvais les faire sortir tous les deux à la fois et je ne savais lequel choisir. Je leur ai demandé de décider eux-mêmes. Le premier libéré aurait pu ensuite œuvrer pour sauver l'autre. Mais ils n'ont pu se mettre d'accord. Chacun voulait être celui qui sortirait. De sorte que le projet n'a pu s'exécuter, et que les deux hommes à qui je tienne le plus au monde désormais sont encore prisonniers.

Corine s'émerveillait des contradictions sentimentales de la reine de Navarre qui arrivait à être à la fois une épouse dévouée à son mari et une amante éplorée et endeuillée. De même qu'elle aimait ses trois frères bien qu'ils conspirassent les uns contre les autres.

Pour lors la vie de Charles était bien plus en danger que celle de François et la Cour tout entière ne tarderait pas à porter un deuil bien plus grand.

⋆ ⋆ ⋆ ⋆

L'agonie du roi dura encore trois semaines. Entre complots, exécutions et maladie, la Cour n'était plus que l'ombre d'elle-même. Les fêtes se raréfiaient, la reine mère voyait des trahisons partout, chacun se méfiait de son voisin et tous attendaient la fin du roi, se préparant déjà à un nouveau règne. Les courtisans changeaient d'habitudes et se mettaient déjà à flatter les amis d'Henri d'Anjou, roi de Pologne, et héritier du trône.

Catherine de Médicis crut faire une dernière joie à son fils en lui annonçant le 29 mai que le siège de Saint-Lô touchait à sa fin. Les troupes royales avaient battu les protestants du comte de Montgomery qui avait tenté une sortie, s'était réfugié à Domfront et avait fini par capituler en échange de la vie sauve. Il avait été conduit sous bonne escorte à Paris et enfermé à la Conciergerie en attendant de comparaître devant le Parlement pour trahison.

Charles IX était épuisé par la fièvre et par le sang qu'il perdait en abondance par tous les orifices de son corps. Il en vomissait, en rendait par le nez, en urinait, et des serviteurs devaient l'éponger en permanence. Il se contenta de dire à sa mère :

— Je suis si près de la mort que toutes choses me sont également indifférentes. Punissez-le comme vous entendez.

La reine mère s'approcha du président du Parlement qui était venu rendre visite au roi et attendait ses instructions.

— Jougez-le vite, dit-elle à voix basse, et qu'il soit décapité en place dé Grève.

L'homme s'inclina. Elle le retint par la manche.

— Je veux assister à cela. Trouvez-moi oune fenêtre discrète et voilée à proximité. Cela fait vingt-cinq ans qué j'attends.

Un étrange sourire lui vint aux lèvres. Vingt-cinq années auparavant le comte de Montgomery, alors capitaine de la garde écossaise, avait blessé à l'œil le roi Henri II, époux de Catherine de Médicis, lors d'un tournoi, et le souverain était mort après une affreuse agonie. C'était un accident involontaire, un tragique accident, et le comte n'avait pas été inquiété. Mais la reine n'avait pas oublié.

⋆ ⋆ ⋆ ⋆

Depuis quelques jours les proches de la famille royale ne quittaient guère la chambre du roi, afin de l'assister dans ses derniers instants. Son épouse la reine Élisabeth passait ses journées en prière au pied du lit royal. Marie Touchet sanglotait de l'autre côté. La reine Catherine tentait de sauver la face et de paraître imperturbable. Mais on sentait qu'elle souffrait de voir ainsi mourir son fils. D'autant que Charles IX semblait la renier à la veille de la quitter. Hanté par le remords et les hallucinations, il croyait voir sans cesse les fantômes des martyrs de la Saint-Barthélemy.

— Ne les voyez-vous pas ? disait-il. Ils sont là, tout autour, le visage plein de sang. Ils réclament justice.

Il serrait la main de sa nourrice. Celle qui l'avait allaité et élevé dans ses jeunes années était huguenote et vivait toujours au palais. Auprès d'elle il avait trouvé les témoignages d'affection qu'il n'avait pas toujours reçus de sa mère, plus accaparée par la politique. La nourrice faisait partie des rares protestants du palais à avoir échappé au massacre. Sans doute le roi l'avait-il protégée dans sa propre chambre.

— Ah ! Ma nourrice, ma mie ! Que de sang ! Que de meurtres ! Ah ! Nourrice, que j'ai eu de méchants conseils.

La brave femme pleurait. Corine regardait mourir le roi. Elle non plus ne pouvait oublier la Saint-Barthélemy, les horreurs qu'elle avait vues, la perte de celui qu'elle aimait. Mais elle n'arrivait pas à en vouloir tout à fait à l'homme qui geignait là dans son lit. Il n'avait eu le tort que d'être faible. N'était-il pas une victime lui aussi ? Et sa lente agonie ne rachetait-elle pas ses fautes ? Elle éprouvait de la pitié pour lui. Il n'avait que vingt-quatre ans, elle l'avait connu hardi et fougueux à la chasse, gai et faiseur de vers, elle avait même dansé avec lui, à une époque qui lui paraissait si lointaine à présent, bien qu'elle ne remontât pas à trois ans.

Il souffrait maintenant. Mais n'avait-il pas par sa faiblesse fait souffrir tant d'autres ? N'aurait-il pas pu résister aux injonctions homicides de sa mère et de son frère ? Cela empêchait Mlle de Pâquelin d'éprouver une réelle peine et elle s'étonnait elle-même d'être là assez calme à regarder mourir un homme.

Dans un coin de la pièce le poète Agrippa d'Aubigné, écuyer du roi de Navarre, qui avait échappé par on ne sait quel miracle au filet des arrestations lors du complot de Pâques, prenait des notes dans un carnet. Elle ne doutait pas qu'il allait bientôt écrire en vers la fin du roi et les cauchemars qui le hantaient.

Margot était là elle aussi dans sa robe de deuil, comme un autre remords vivant. L'homme qui mourait était son frère, le compagnon de sa petite enfance, mais aussi celui qui l'avait contrainte à un mariage qu'elle refusait, celui qui avait fait assassiner les compagnons de son mari, exécuter l'homme qu'elle aimait. Elle se voulait raide comme la justice, mais sa lèvre tremblait et ses yeux étaient embués, sans que l'on sache exactement sur qui elle pleurait.

Le 30 mai au matin, jour de la Pentecôte, le roi demanda son confesseur et s'entretint longuement avec lui. Puis il fit célébrer une messe dans sa chambre, reçut l'extrême-onction, et parut reposé.

— Puisse Jésus mon sauveur me compter parmi ses rachetés, dit-il.

Il s'adressa à son épouse :

— Je vous demande pardon, Madame, si je vous ai fait souffrir. Je vous confie notre fille, Marie-Élisabeth, vous en prendrez soin pour moi.

La jeune reine sourit dans ses larmes. La petite princesse n'était pas présente ; à un an et demi elle vivait loin de la Cour, au château d'Amboise, qui avait déjà abrité la prime enfance des fils et filles de Catherine de Médicis.

Marie Touchet réprima un sanglot et posa son front sur la main du roi. Il soupira, et se tourna vers la reine mère.

— À vous, Madame, je confie mon fils bien-aimé, et aussi sa mère. Gardez-les auprès de vous à la Cour, veillez à ce qu'il ne leur arrive rien et à ce qu'ils soient traités avec le rang qui leur est dû. Rien de plus, mais rien de moins. Il n'exigera jamais aucun droit à la Couronne, mais je suis sûr qu'il sera un bon serviteur du royaume. Jurez de veiller sur lui, jurez-le.

— Je le joure, mon fils. J'aimerai avec tendresse cé petit bâtard au même titre qué mes autres petits-enfants, je veillerai sour loui.

— Je veux… je veux que vous fassiez jurer la même chose à Henri, dès son retour de Pologne.

— Je le ferai, dit-elle en laissant échapper une larme.

— Prenez garde, ma mère. C'est un serment à un mourant que vous faites là. Il faudra le tenir. (Il essaya de sourire, mais dut s'interrompre pour tousser et vomir un peu de sang.) Quant à vous, Marie, dit-il à la dame de Belleville, je veux que vous m'oubliiez… il faut vous trouver un bon mari, et faire d'autres enfants.

Elle pleurait le visage dans ses mains. Puis le regard du roi s'arrêta sur la princesse Marguerite.

— Tu portes déjà mon deuil, Margot ? fit-il avec un semblant d'humour.

Il revint à sa mère.

— Il faudra aussi faire libérer mon petit frère François… Il n'est pas bien séant… que l'héritier du trône… soit en prison… Le roi de Navarre… aussi… Je crois… qu'ils ne sont pas si méchants… qu'on me l'a fait dire.

Il sourit à sa sœur dont le regard parut retrouver quelque tendresse, puis dut se reposer à nouveau. Il refit des cauchemars, murmura quelque chose comme « Pardon, mon père », puis dans un moment de lucidité : « J'ai cru voir l'amiral de Coligny... Il venait me chercher. » Il repartait dans ses délires : « Que de sang ! Que de meurtres ! » Il réclamait sa nourrice et ne semblait plus la voir. Mais dans l'après-midi, lorsque la fin approcha, ce fut vers la reine Catherine qu'il se tourna :

— Ma... ma mère ? dit-il faiblement.

— Je souis là, mon fils, murmura-t-elle en lui prenant la main.

Il eut un dernier sourire.

— Ma mère ! fit-il encore.

Ce furent ses derniers mots.

Lorsqu'elle reposa la main glacée du roi sur son corps, Catherine de Médicis était livide, mais ne pleurait pas.

— Messieurs, dit-elle, lé roi est mort.

Des murmures s'élevèrent dans la salle, on se répétait : « Le roi est mort, le roi est mort. » La reine mère se tourna vers la jeune veuve.

— Mon enfant, êtes-vous enceinte ?

Élisabeth fit un signe de tête négatif.

— Dieu ait en sa sainte garde lé roi Charles IX ! dit encore Catherine. Et qu'il donne longue vie au roi Henri III !

— Vive le roi Henri III ! répondirent quelques courtisans.

Une de ses dames d'honneur s'adressa à la reine Élisabeth :

— Il aurait mieux valu pour vous avoir un fils qu'une fille, car vous seriez maintenant reine mère et puissante.

— La France, répondit la princesse, possède assez de malheurs sans que je lui en donne un nouveau. Si j'avais eu un fils, il y aurait eu dans ce pays encore plus de troubles et de guerres pour obtenir la curatelle du roi pendant sa minorité, et j'en aurais été cause, pour l'avoir mis au monde. Aussi je bénis Dieu de m'avoir donné une fille.

En quittant la chambre du roi défunt, la reine Catherine demanda à Mlle de Pâquelin de la suivre. Elle avait besoin d'elle pour écrire une lettre au roi de Pologne. Elle prétexta une douleur articulaire, mais Corine voyait bien qu'en fait sa main tremblait. Ce fut donc elle qui rédigea la missive destinée au nouveau roi de France, sous la dictée de la reine mère :

Mon fils,

Je vous envoie un messager pour vous apporter la triste nouvelle que j'ai vu mourir un autre de mes enfants. Je prie Dieu qu'il m'envoie la mort avant que je n'en voie plus. J'ai pensé devenir désespérée en regardant votre frère mourir, et en voyant l'amitié qu'il m'a montrée à la fin…

Il m'a prié de vous envoyer quérir en toute diligence, et, jusqu'à ce que vous arriviez, de prendre en main l'administration du royaume.

Corine s'arrêta, elle n'avait pas entendu le roi prononcer ces mots. Mais la reine mère poursuivait et elle continua à écrire :

Il m'a requis aussi de faire bonne justice des prisonniers dont il savait qu'ils sont cause des maux qui affligent le royaume…

Il reçut le corps de Notre-Seigneur le matin, et sur les quatre heures il mourut, le meilleur chrétien qui fût jamais, ayant reçu tous les sacrements, et la dernière parole qu'il dit ce fut « ma mère ! ».

Je ne trouve pas d'autre consolation que celle de vous savoir prochainement ici, et de penser que Dieu vous ôte d'un lieu où vous ne vouliez pas être. Je le prie de me donner patience et de me permettre de vous voir bientôt en bonne santé, car si je venais à vous perdre vous aussi, je me ferais enterrer vive avec vous.

Vous savez combien je vous aime, et la pensée que nous ne serons jamais plus séparés me donne la force de tout supporter.

Quant à votre départ de Pologne, vous ne devez le retarder en aucune façon, mais il serait peut-être sage de laisser quelqu'un derrière vous, pour conduire les affaires de ce royaume, de façon que la Couronne puisse rester en votre possession.

Pour ce royaume-ci, avec la grâce de Dieu, je vous le remettrai tout entier et pacifié, afin que vous n'y connaissiez que grandeur et plaisir, après tant d'ennuis et de peines...

Sic transit gloria mundi, pensa Mlle de Pâquelin. Ainsi passent les gloires de ce monde. À peine un roi est-il mort, que l'on cajole le suivant.

XXII. Henri le Troisième

Le lendemain de la mort du roi, une délégation de présidents et conseillers de la cour du Parlement de Paris se rendit solennellement à Vincennes pour saluer la dépouille du souverain. Puis ces juges et avocats parmi les plus importants du pays demandèrent à être reçus devant toute la Cour par Catherine de Médicis. Là, devant les grands du royaume, ils déclarèrent s'être assemblés le matin même, pour lire les dernières volontés que le roi défunt leur avait fait parvenir par lettres patentes, dûment enregistrées par leurs soins. Puis ils «supplièrent» la reine Catherine, conformément à ces volontés, de bien vouloir, en l'absence du roi Henri III et en attendant son retour, accepter la charge et l'administration des affaires du royaume, lui offrant à cette fin leur reconnaissance et leur appui.

Mlle de Pâquelin admira avec quelle aisance s'opérait la transmission des pouvoirs. Elle n'avait pas souvenir que le roi, dans son état des derniers jours, ait pu ni même voulu publier de telles lettres patentes. Sans doute l'avait-il fait plus tôt ou bien sa mère y avait-elle pourvu à sa place. En tout cas il était habile de faire ainsi légitimer son pouvoir par la plus haute cour de justice du pays. Dans l'après-midi, le prévôt des marchands et le conseil de la ville de Paris vinrent également saluer la régente.

Cet appui des représentants du peuple de la capitale la décida à regagner immédiatement la cité et le palais du Louvre, abandonnant le corps du roi défunt aux embaumeurs et aux murs sinistres du château de Vincennes. Selon les volontés du roi Charles, elle fit libérer les deux princes du donjon. Sans doute lui paraissaient-ils moins dangereux que sous le précédent règne, car le nouveau roi avait à la fois le soutien des catholiques, des Parisiens et des Guise, et une grande convergence de vues avec sa mère. La tâche serait donc désormais plus difficile aux comploteurs de tout poil.

Elle leur fit cependant prêter serment de ne plus chercher à s'enfuir de la Cour, ni à nuire au roi ou à elle-même. Henri de Navarre et François d'Alençon, qui depuis l'exécution de La Mole et Coconnat craignaient pour leur vie, jurèrent tout ce qu'on voulut, et il faut croire que leur frayeur était grande, car ils ne tentèrent plus rien avant plus de quinze mois.

Mais la confiance de la reine mère était ébranlée. Aussi à peine étaient-ils sortis du donjon qu'elle les fit monter dans son propre carrosse et partit immédiatement pour Paris, suivie du reste de la Cour. Arrivée au Louvre, elle donna l'ordre de murer toutes les portes extérieures, à l'exception de l'entrée principale gardée à la fois par une compagnie d'archers et par les Suisses. Elle ordonna aussi de condamner les fenêtres donnant sur la Seine et se fit remettre un passe-partout qui lui permettait d'entrer quand elle le voulait dans les appartements de son fils et de son gendre. Et elle ne se gêna pas pour le faire, de jour comme de nuit, pendant les deux premiers mois. Mais elle ne put les prendre en défaut. Aucun des deux n'avait le droit de quitter le palais sans un laissez-passer signé de la main de la régente, ce qu'elle ne leur accorda que pour les obsèques de Charles IX, à l'abbaye royale de Saint-Denis, et sous haute surveillance.

Les deux princes, échaudés par leurs échecs passés et par deux mois de donjon, ne pensaient plus qu'à se consoler de leurs tourments dans les bras des belles. Unis en politique, ils l'étaient aussi en amour et partageaient les grâces de la même maîtresse : Charlotte de Sauves. Cette jeune baronne, veuve d'un secrétaire d'État, était une des plus jolies femmes de la Cour. Son visage angélique à l'ovale parfait, sa bouche mignonne et boudeuse, prometteuse jusque dans les refus, son corps gracile, sa coquetterie, et sa rouerie naturelle, lui avaient déjà attiré les faveurs de plusieurs adorateurs, dont le duc de Guise en personne. Depuis quelques mois, elle était la maîtresse en titre du roi de Navarre.

À force de la côtoyer auprès de son beau-frère et compagnon d'infortune, François d'Alençon en était tombé amoureux. À vingt ans, le prince n'avait guère plus de charmes qu'à dix-sept, mais son titre d'héritier du trône de France le parait depuis peu d'une séduction particulière aux yeux de l'avide Charlotte, à moins qu'elle ne fût en service commandé, comme le pensait Marguerite.

Mlle de Pâquelin avait en effet été surprise que la reine de Navarre lui confiât son souci concernant la maîtresse de son mari. Elle la pensait jusque-là indifférente à ses amours et nullement jalouse. Mais l'inquiétude de Margot était ailleurs.

— Mon époux et moi avons passé un contrat secret l'un avec l'autre, lui avoua-t-elle. Je ferme les yeux sur ses engagements sentimentaux et il fait de même sur les miens. Je n'ai aucune jalousie et ne désire que son contentement. Cela n'est point de l'indifférence. Nous nous aimons beaucoup, mais comme un frère et une sœur. Il me parle librement de ses amours et nous restons en excellents termes. Il n'est pas jaloux non plus, ni de moi ni des faveurs que Mme de Sauves peut donner à mon frère d'Alençon. Mais cette femme cherche à nous désunir, et je pense qu'elle est en fait au service de M. du Guast, un des hommes que mon frère Henri a laissé derrière lui en partant pour la Pologne.

C'est un homme pernicieux, qui surveille François pour le roi et tient son amitié pour mon mari suspecte. Je suis sûre qu'il a poussé cette fille dans leurs bras pour tenter de les séparer et de me brouiller avec mon époux. Elle lui a mis en tête que je favorisais par jalousie ses amours avec mon frère plutôt qu'avec lui. Or il n'en est rien.

Mlle de Pâquelin se demandait si la jalousie de la princesse Marguerite ne se situait pas ailleurs. Non sur le cœur de son mari, mais sur l'ascendant qu'elle pouvait avoir sur son frère, et que la pernicieuse Charlotte prenait à sa place. Elle fut d'autant plus surprise de sa prévention à l'égard de M. du Guast, qu'elle la vit conter fleurette quelques jours plus tard à M. de Saint-Luc, autre homme du roi Henri III. Était-ce du contre-espionnage ? En tout cas l'idylle fut brève. Il semblait que la princesse fût attirée sans cesse par des hommes en dessous de sa condition, gentilshommes subalternes, souvent beaux garçons et bretteurs réputés, mais aussi sans scrupule et ambitieux, ce qui lui jouait régulièrement des tours.

À peine M. de Saint-Luc fut-il évincé, et rapidement fiancé à une duchesse de Cossé-Brissac qui satisfaisait tout autant son ambition, que Charles de Balzac d'Entragues apparut. De la même trempe que les précédents, il était lui au service des Guise, autres ennemis intimes de la princesse Marguerite. Devait-on y voir le secret désir de se rapprocher de ses adversaires, ou celui d'éloigner d'eux leurs fidèles ? À moins que Margot ne cherchât à rendre jaloux le bel Henri de Guise qui l'avait jadis abandonnée.

M. de La Mole semblait bien loin désormais. Mais le beau Balzac d'Entragues, surnommé « Bédé » ou « le bel Entraguet » par les dames, favori du moment, avait suffisamment d'ardeur et de présomption pour rendre ses hommages dans le même temps à la duchesse de Retz, tout aussi ardente que Margot et, disait-on, plus généreuse. À moins qu'il ne s'agît là d'une diversion destinée à éloigner les soupçons.

Même en plein deuil royal, les intrigues reprenaient leur cours et cela commençait à lasser Mlle de Pâquelin. Elle avait détesté rentrer au Louvre, mais elle n'avait guère eu le choix. Tout au moins les volets de bois murant les fenêtres qui donnaient sur le fleuve l'empêchaient-ils de revoir en imagination les corps des protestants massacrés qui y flottaient le jour de la Saint-Barthélemy.

Après les obsèques de Charles IX, sa veuve avait demandé à se retirer au château d'Amboise, où était élevée sa fille, et cela lui avait été accordé. Corine aurait bien aimé fuir la Cour elle aussi, mais elle n'avait ni douaire[1] ni rente, encore moins un château royal à sa disposition. Il lui fallait donc continuer à servir malgré elle la régente et le nouveau roi qu'elle savait être responsables de la mort de son époux. C'était le seul moyen pour élever dignement son fils.

Elle appréhendait le retour du nouveau roi, qu'elle n'avait jamais aimé, et frissonnait à l'idée de ce que deviendrait la vie à la Cour lorsque ses chers amis Caylus, du Guast, d'O, et d'Épernon entre autres, seraient tout-puissants, leur influence étant pour l'instant tempérée par celle de la reine mère et des anciens conseillers du roi Charles encore en place.

Pour lors Henri III ne semblait pas pressé de regagner son royaume. Les messagers de la reine Catherine étaient arrivés dès le 15 juin 1574 au château de Cracovie, mais il était apparu évident que les «sujets» du roi Henri II de Pologne n'avaient pas l'intention de le laisser partir. L'aristocratie polonaise qui gouvernait de fait ses États, et avait besoin de sauver cette façade, se doutait bien que s'il s'en allait, il ne reviendrait pas. Elle ne pouvait supporter cet affront et entendait retenir de force le souverain.

C'était compter sans la détermination de l'ancien duc d'Anjou. Il n'avait jamais aimé ce pays dont il ne connaissait pas les coutumes et ne parlait pas la langue. Tel un héros de roman, il se résolut donc à s'enfuir avec quelques compagnons français, en se laissant glisser le long d'une corde par une fenêtre de la forteresse, dans la nuit du 18 au 19 juin. Puis ils galopèrent trois jours durant vers la frontière la plus proche, celle de l'Autriche, poursuivis par le grand maréchal du palais, M. Tenczinski !

---

1. Terme de droit ancien désignant les biens qu'un mari laissait à sa femme si elle lui survivait. Les douaires des reines de France étaient souvent des revenus de provinces entières.

Le roi arriva sain et sauf à Vienne le 24 juin, et il put faire parvenir l'heureuse nouvelle à sa mère. L'empereur Maximilien, qui était le beau-père du feu roi Charles IX, accueillit son successeur avec magnificence, à tel point que l'on supposa un instant qu'Henri III allait peut-être pour lui plaire épouser la veuve de son frère.

Il n'en fut rien. Après quelques jours de fête à la cour autrichienne, jugeant que les États protestants d'Allemagne pourraient lui jouer un tour fatal, il décida de faire un détour par l'Italie et de regagner la France par les Alpes. Il prit sa route par Venise et fut reçu tout aussi somptueusement par le doge de la Sérénissime République. Afin qu'il puisse tenir son rang, la reine Catherine s'était abouchée avec plusieurs banquiers du cru pour qu'ils lui remettent 30 000 écus dès son arrivée. Comme lui-même en avait déjà emprunté 12 000, il put vivre sur un grand pied et dépenser sans compter durant les dix jours de son séjour.

Prince frivole faisant passer ses plaisirs avant les soucis de son royaume, il cessa de correspondre avec sa mère. Mais celle-ci était heureusement informée des faits et gestes de son fils par des espions qu'elle avait partout. Ce fut ainsi qu'elle sut que les sénateurs de Venise, soucieux d'affirmer leur entente avec la France, dont la haute protection pouvait leur être utile contre l'Espagne et sa puissance navale, étaient allés aux devants d'Henri III sur la terre ferme, et lui avaient organisé le 18 juillet une entrée solennelle par le Grand Canal, à bord de la galère capitane, escortée de centaines de gondoles richement ornées. La nuit, les riches palais de la cité sortie des eaux s'étaient illuminés de feux en forme de colonnes, de pyramides et de fleurs de lys.

Les jours suivants des banquets, des régates, des concerts, des bals avaient été offerts au prince par toutes les grandes familles du lieu. Un *Te Deum* avait résonné sous les voûtes dorées de la basilique Saint-Marc. Le roi de France, sevré de fêtes dans son précédent royaume où le climat était plus rude et les mœurs plus sévères, se régalait dans cette atmosphère de plaisirs faciles, où l'argent permettait tout. Le jour il courait les boutiques de bijoux, de verres précieux et de parfums, la nuit il se rendait à des rendez-vous qui lui coûtaient une fortune en cadeaux aux dames et pourboires aux gondoliers. Ce prince que l'on disait amateur de jeunes hommes avait succombé au charme des Vénitiennes.

Épuisé au bout de huit jours, rassasié d'ivresse et de plaisirs, il se décida à gagner le duché de Savoie dont le souverain était son oncle par alliance. Sa tante Marguerite de Valois, sœur de son père, avait épousé le duc Emmanuel-Philibert en 1559. C'était au cours des fêtes et tournois en l'honneur de ce mariage et de celui d'Élisabeth de France avec le roi d'Espagne que le roi Henri II avait été blessé mortellement. Son fils ne pouvait trouver qu'appui dans l'État savoyard.

Mais tel un collégien en vacances, il s'attarda sur les routes, à Padoue, Ferrare, Mantoue et Milan, jetant l'or à pleines mains, donnant partout des fêtes extravagantes, reçu dignement par les princes et ducs italiens. La reine mère n'était pas fâchée que son fils préféré découvre les raffinements du pays de ses ancêtres maternels, mais elle le priait instamment dans ses lettres de se hâter et de dépenser moins. À cours d'argent, il commençait en effet à promettre des villes ou des territoires.

Pour le joindre plus facilement, elle décida de se rapprocher de lui. Toute la Cour devait partir début août pour Lyon. Prévoyant que le voyage durerait sans doute plusieurs mois, Mlle de Pâquelin voulut aller rendre visite à son fils avant. Mais cette fois Catherine de Médicis lui refusa son congé. Peut-être avait-elle jugé que sa demoiselle d'honneur s'était trop absentée ces derniers temps, ou voulait-elle rassembler les siens autour d'elle en cette époque troublée par des pamphlets et la rébellion protestante. Quoi qu'il en soit Corine avait dû se contenter pour toute nouvelle d'une lettre de la Possonnière dans laquelle

Catherine la gouvernante lui disait que son fils se portait bien et qu'il commençait à se déplacer à quatre pattes.

Si la régente avait hâte de rejoindre son fils, c'était que tout n'était pas parfait dans les affaires de l'État. Alors que Catherine de Médicis semblait plus puissante que jamais – mais avait-elle un jour cessé de l'être ? –, la France était lasse des Italiens qui gravitaient autour d'elle dans les coulisses du pouvoir, dans l'armée et au Conseil du roi, les Strozzi, les Gonzague, les Birague, les Gondi, les Sardini, mais aussi des banquiers, des usuriers, fermiers d'impôt, parfumeurs, astrologues et mages de toutes sortes, réputés empoisonneurs. Et voilà que le nouveau roi s'attardait dans le pays de l'Italienne. Il commençait à perdre du crédit en France, lui qui y avait déjà laissé le souvenir d'un chef de parti plutôt que d'un prince, homme de guerre et de sang, cause de l'assassinat de tant de gentilshommes.

Un pamphlet, justement imprimé à Lyon, circulait dans tout le pays sous le titre *Discours merveilleux de la vie, actions et déportements de la reine Catherine de Médicis*. Il accusait la régente de tous les maux : les crimes de la Saint-Barthélemy mais aussi la mort par empoisonnement de plusieurs personnes réputées décédées naturellement, comme Jeanne d'Albret ou même le dauphin François, frère aîné du roi Henri II (elle n'avait alors que 17 ans !). On lui reprochait également d'avoir débauché et dépravé le roi Charles IX, on allait jusqu'à insinuer l'inceste. Elle retenait prisonniers des princes du sang et des maréchaux de France... Le libelle souhaitait pour elle la mort atroce de Brunehaut[1], un procès, une exécution publique !

Était-ce parce que le pamphlet avait été imprimé à Lyon que la reine Catherine voulait s'y rendre ? Voulait-elle écraser la révolte à sa source, ou se montrer aux Lyonnais afin de gagner leur confiance ? Ou bien cette ville était-elle simplement le débouché logique du col du Mont-Cenis

1. Brunehaut, reine mérovingienne, périt attachée par une jambe, un bras et les cheveux, à la queue d'un cheval fougueux lancé au galop.

que le nouveau roi allait emprunter pour rejoindre son royaume ? La reine mère avait-elle d'autres desseins ?

Avant de partir, elle pardonna aux compagnons du comte de Montgomery, qui avaient été arrêtés avec lui en Normandie, et les fit libérer, ce qui lui permit de signer une trêve avec le capitaine La Noue et les protestants de l'Ouest. Elle avait dès lors les mains libres pour se retourner contre Damville et les huguenots du Midi. Elle pensait en effet que le gouverneur dissident du Languedoc était le seul capable de réaliser l'union des catholiques mécontents et des protestants, qu'il était peut-être à l'origine du pamphlet et qu'il représentait en tout cas une menace pour l'avenir.

Elle avait donné des ordres pour faire lever une armée de 6 000 mercenaires suisses, et dans le même temps écrivait à Damville qu'elle ne cherchait que l'occasion de le justifier et qu'elle aurait plaisir à le trouver innocent. Mais celui-ci lui fit répondre qu'il ne rendrait compte que devant le roi et qu'il irait pour cela le trouver en Italie.

Ses actes cependant démentaient l'espérance d'une soumission. Le 2 juillet il avait convoqué de sa propre initiative les notables de la province à Montpellier, et décidé de participer à l'assemblée générale des protestants du Midi le 1er août à Millau.

Ce fut donc dans un climat tendu d'imminente guerre civile que la Cour se mit en route le 8 du même mois en direction de Lyon, d'autant que le prince de Condé avait lancé d'Allemagne le 12 juillet un manifeste dans lequel il indiquait les revendications communes des protestants et des catholiques unis : la liberté de conscience et de culte, la réhabilitation des victimes de la Saint-Barthélemy, et le rétablissement des survivants ou des héritiers des défunts dans leurs honneurs et leurs biens.

La reine Catherine avait le tort de penser que l'arrivée d'Henri III ramènerait les révoltés à leur devoir, c'était pourquoi elle voulait hâter son retour, tout en se rapprochant géographiquement d'eux, telle une menace en suspens.

⋆ ⋆ ⋆ ⋆

Comme tous les voyages de la Cour, celui-ci se fit avec lenteur, en petites étapes, encombrant les villes traversées d'hommes et de bagages. On passa par la Bourgogne et ses vignobles réputés. Le duc d'Alençon et le roi de Navarre étaient de la partie. Heureux de chevaucher au grand air après plusieurs mois d'enfermement, ils affectaient un grand repentir de leurs fautes et une grande soumission. Marguerite rayonnante retrouvait son rang et ses charmes. Le bel Entraguet lui souriait, tout en envoyant des œillades discrètes à la duchesse de Retz.

Les Guise étaient présents aussi, ainsi que les hommes du roi, mais Mlle de Pâquelin fut surprise de constater l'absence du duc d'Épernon. Était-il en mission secrète ou avait-il déjà rejoint son maître ? En tout cas elle ne se plaignait pas de son absence.

À Dijon on logea dans l'ancien palais des ducs de Bourgogne. À Beaune, on fit l'aumône aux hospices de l'Hôtel-Dieu, dont les toits étaient recouverts d'une étrange mosaïque d'ardoises noires, rouges et or. Puis l'on fit un détour par Autun, pour admirer les restes d'un théâtre construit du temps des Romains et les vestiges du temple de Janus. Il fallut près de trois semaines pour atteindre Lyon, ancienne capitale des Gaules et deuxième ville du royaume après Paris.

Encadrée de hautes collines, à la confluence du Rhône et de la Saône, s'étendait une riche cité de près de 50 000 âmes, célèbre pour son commerce des épices, draps et laines[1], cuirs et fourrures, ainsi que pour les métaux et l'orfèvrerie. On venait de partout à ses quatre grandes foires annuelles, pour les tissus, les bijoux, mais aussi les livres

1. L'industrie de la soie ne s'épanouit qu'au XVIIIe siècle.

car la ville comptait cinquante-trois imprimeurs et trente libraires. Il ne fallait donc pas s'étonner que de nombreux ouvrages, dont les pamphlets qui mécontentaient tant la reine Catherine, fussent édités et diffusés en cet endroit.

Comme lors du voyage en Lorraine, tandis qu'ils chevauchaient côte à côte, M. de Ronsard se transforma pour Corine en professeur, car il avait accompagné plusieurs fois la Cour dans cette cité florissante. Il lui apprit que du temps des Romains, la ville était située sur la colline de Fourvière. En creusant un peu, les passionnés d'Antiquité y trouvaient encore de belles pierres et des statues pour orner leurs jardins. C'était aujourd'hui le domaine de la citadelle qui protégeait la cité. Depuis mille ans les habitants s'étaient installés en contrebas, le long du Rhône et de la Saône.

Au siècle dernier, lorsque les papes s'étaient installés en Avignon, Lyon était devenu un lieu de passage très fréquenté en Europe, et la capitale financière de l'Occident. On y trouvait beaucoup de changeurs et de banquiers, souvent d'origine italienne. Il s'agissait parfois de familles très puissantes, comme les Gondi par exemple, qui venaient de Florence mais via Lyon. Albert de Gondi, duc de Retz, avait été nommé maréchal de France l'année précédente, et Pierre de Gondi était cardinal et évêque de Paris. Le mari de Mme du Perron, la confidente de la reine Catherine, était aussi un Gondi, de même que le surintendant de la maison de la reine mère, qu'elle venait de nommer maître d'hôtel de la reine de Navarre.

Mme du Perron, qui avait été gouvernante des enfants de Catherine de Médicis et grande maîtresse des demoiselles d'honneur, n'était pas du voyage ; elle s'était éteinte à Paris quatre jours avant le départ, des suites d'une mauvaise fièvre, à l'âge de cinquante-neuf ans, et la régente en avait conçu un grand chagrin, car elle avait été véritablement son amie.

Mlle de Pâquelin se souvenait avec une certaine nostalgie d'une conversation qu'elle avait eue autrefois avec la confidente de la reine mère à Chenonceau sur les amours du roi Henri II, de Catherine de Médicis et de Diane de Poitiers. Comme ses amies au service de la souveraine, elle avait en mémoire ses grandes capacités d'organisation, mais aussi son ton autoritaire qui n'appelait aucune contestation, et l'intransigeance avec laquelle elle gouvernait les demoiselles d'honneur.

Quant au maréchal de Gondi, elle se rappelait qu'il faisait partie des comploteurs de la Saint-Barthélemy, qu'elle avait vus entrer avec la reine mère dans la grotte du jardin des Tuileries, la veille du massacre. Peut-être même était-ce à cette occasion qu'il avait gagné son bâton de maréchal. Elle demanda s'il y avait des huguenots à Lyon. M. de Ronsard soupira.

— Il y en avait. En 1562 la ville a même été pendant un an entre leurs mains, mais il y a deux ans... La bourgeoisie catholique s'est vengée. Comme partout elle a profité de la Saint... (Il n'osait prononcer le nom du jour maudit, sachant ce qu'elle y avait perdu.)... Il y a eu entre sept cents et mille huit cents morts ici. On ne sait au juste.

Corine soupira amèrement. On était le 27 et le deuxième anniversaire du drame venait de passer. Elle s'était réjouie de ne pas demeurer à Paris au mois d'août, tant elle avait peur de ses souvenirs. Elle oubliait parfois que la France entière avait connu des massacres. Mais dans ce décor qu'elle ne connaissait pas, les images terribles avaient plus de peine à venir à sa mémoire.

Comme pour chaque entrée royale, des arcs de triomphe à l'antique décoraient les rues. Les officiers municipaux, en somptueux costumes de soie et d'or, étaient venus accueillir la régente à l'entrée de la ville, tandis que les fontaines versaient au peuple du vin blanc et clairet. Arrivés sur le parvis de la cathédrale, la reine mère et les princes, leurs conseillers, les dames d'honneur prirent place sur une estrade, et l'on fit défiler devant eux près de cinq mille artisans, groupés par métiers, portant les attributs et les bannières de leur corporation. Un groupe jouait de la musique et chantait des airs florentins en hommage à la reine mère.

Puis le clergé passa en procession, précédant l'archevêque. Mlle de Pâquelin apprit encore que Lyon comptait plusieurs abbayes importantes, dont la plus notable était celle des Dames de Saint-Pierre, religieuses bénédictines. La famille royale et les princes de sang, avec leur entourage, furent logés au palais de l'Archevêché où l'on donna le soir une comédie italienne. Les courtisans se répartirent entre les abbayes et les maisons bourgeoises ou patriciennes mises à leur disposition par les marchands aisés et la noblesse locale.

Les jours suivants se passèrent en visite de la ville et de ses industries, inspection des troupes, consultations des autorités locales. Mais la reine mère s'impatientait. Elle avait écrit à son fils pour lui demander de se hâter. Elle lui exposait son programme de gouvernement, lui indiquait les réformes nécessaires, lui expliquait comment tenir sa Cour, gagner le cœur de ses sujets.

Elle lui disait aussi de se méfier de Damville. Le gouverneur dissident du Languedoc avait été reconnu général en chef par les députés calvinistes réunis à Millau. Il fallait faire rentrer la province dans le rang. Il n'y avait là qu'une poignée de grands seigneurs mécontents, pensait Catherine, des revendications de pasteurs ambitieux et des récriminations de populace. Il fallait que le roi montre tout de suite son autorité, qu'il ne laisse pas celle-ci être bafouée dans les provinces périphériques, ni un État protestant se créer à l'intérieur du royaume. Il fallait se préparer à la guerre, prendre des villes, exécuter quelques notables, bastonner la racaille.

La régente annonçait à son fils qu'elle avait fait renforcer toutes les garnisons de la vallée du Rhône et qu'elle tenait à sa disposition 6 000 lansquenets suisses pour mater le Languedoc, tandis que des mercenaires corses étaient déjà en place pour protéger la Provence. Elle s'était même entremise avec le pape pour que le roi de France puisse lever, afin de financer la guerre, un impôt d'un million de livres sur le clergé. Le souverain pontife était prêt à tous les sacrifices pour combattre les hérétiques. Et Corine comprit que le voyage vers Lyon n'était que le prélude à un conflit armé.

Le comte de Damville s'était pourtant rendu à Turin auprès du roi pour se justifier. La reine mère avait eu par ses espions un compte-rendu de l'entrevue. Il était soutenu, disait-il, par les bourgeois de Nîmes et de Montpellier qui n'aspiraient qu'à jouir en paix de leurs rentes. Ils avaient réussi à éviter dans leur région une Saint-Barthélemy, s'entendaient bien avec les réformés et voulaient empêcher les catholiques fanatiques de porter la croisade chez eux.

C'était pour négocier ce compromis avec la Cour que les députés catholiques des États de la province et ceux de l'assemblée protestante de Millau avaient confié ensemble au comte de Damville la charge de gouverneur et chef général du Languedoc, mais sous l'autorité d'Henri III qu'ils ne contestaient pas. Les huguenots voulaient leur place dans l'État royal et non faire sécession. Ils souhaitaient obtenir le respect de leur religion mais étaient prêts à faire alliance avec les catholiques modérés.

Le roi ne comprenait pas ces décisions collectives, ces représentants de villes, de régions ou d'églises, ces chefs d'armée commandés par des conseils de roturiers ou des cadets de famille. Comme sa mère il croyait que la guerre et la paix dépendaient seulement des princes. Il s'inquiétait de M. de Condé qui parcourait l'Allemagne à la recherche de soldats et d'argent, mais comptait pour quantité négligeable le comte de Damville. Pour lui un gouverneur ne pouvait pas être le délégué auprès du souverain des habitants de sa province, il devait au contraire être le représentant du roi auprès de son peuple. Il écouta d'un air distrait l'émissaire du Languedoc, sans prêter attention à ses conseils de modération.

⋆ ⋆ ⋆ ⋆

Henri III s'était enfin décidé à regagner son royaume. Le duc de Savoie lui avait offert une armée de 4 000 Piémontais. Tout était prêt pour la campagne. Il était attendu pour le 5 septembre à Bourgoing, à dix lieues au sud-est de Lyon. Le protocole voulait qu'un souverain de retour dans ses États fût accueilli par les princes du sang. Aussi la reine Catherine y avait-elle envoyé en délégation le duc d'Alençon et le roi de Navarre, mais sous bonne escorte et non sans les avoir sévèrement tancés et sermonnés. Elle avait en particulier exigé qu'ils reconnaissent publiquement leurs fautes et demandent pardon au roi. Elle avait aussi envoyé avec eux quelques-unes de ses demoiselles d'honneur pour lui rapporter ce qu'il se passerait. Mlle de Pâquelin faisait partie de cette mission.

Les princes et leur escorte, tous à cheval, attendaient au bord de la petite rivière qui servait de frontière. Ils avaient amené avec eux un canon qui devait annoncer l'entrée du roi sur le territoire national. Celui-ci apparut bientôt, accompagné des quelques gentilshommes français qui avaient fui avec lui la Pologne, et d'une partie de l'armée piémontaise mise à sa disposition par son oncle Emmanuel-Philibert de Savoie. Il était richement vêtu de satin aux couleurs vives et portait en boucles d'oreilles, en broches, en sautoirs, sur ses vêtements et son chapeau, une partie des bijoux et des breloques en verre précieux qu'il avait acquis à Venise.

Henri de Navarre ne put s'empêcher d'avoir un sourire ironique, mais François d'Alençon paraissait plus tendu et anxieux. Le roi, très fier sur son cheval blanc, toisa l'assemblée d'un air satisfait et méprisant, un mince sourire aux lèvres. Il franchit le gué. Les princes descendirent de cheval et s'approchèrent. Henri III sauta élégamment de sa monture.

Son frère François s'avança et lui baisa les mains après s'être incliné devant lui. Le Béarnais se contenta d'un bref salut et d'un « bienvenu chez vous, mon cousin ». Après tout, n'était-il pas roi lui aussi? Le duc d'Alençon commença un petit discours d'excuse:

— Le roi de Navarre et moi avions toutes les raisons d'être mécontents de notre dernier roi, qui nous maltraitait honteusement. À notre très grand regret, nous avons comploté certains projets contre lui, qu'après sa mort nous avons abandonnés. Nous n'avons maintenant d'autres désirs que de vivre et mourir en fidèles sujets.

Henri de Navarre n'ajouta rien. Le roi leur donna l'accolade.

— Mes frères, le passé est oublié, dit-il tandis que le canon tonnait. Je vous rends votre liberté.

Puis il sembla chercher quelqu'un du regard au-dessus de leurs épaules.

— Où est notre mère?

— Elle vous attend à Lyon, répondit François. Elle a donné des ordres pour que des salves de canon annoncent à travers la France votre heureuse arrivée. Vous venez d'entendre la première, à cette heure la chaîne d'échos va atteindre Lyon, et elle saura qu'elle pourra bientôt vous serrer dans ses bras.

— J'aurais préféré que vous attendiez pour vous présenter devant moi que je l'aie embrassée d'abord, fit le souverain en retrouvant sa moue d'enfant gâté.

Il ne vit pas l'étincelle de colère dans les yeux de son frère, car déjà il retrouvait ses amis fidèles laissés en France: du Guast, d'O, Caylus. Il ne manquait que le duc d'Épernon. Cette série d'accolades fit à nouveau sourire béatement le roi de Navarre.

On se mit en route sans tarder. De son côté à Lyon, la reine mère avait entendu résonner le canon alors qu'elle visitait l'atelier d'un peintre local célèbre et admirait un portrait que l'artiste avait fait d'elle à vingt ans. Elle laissa là immédiatement ses occupations et se mit en route pour aller au-devant de son fils, accompagnée de sa fille la princesse Marguerite, de sa petite-fille Chrétienne de

Lorraine qui ne la quittait plus, du reste de ses demoiselles d'honneur et d'une partie de la Cour.

Lorsque la mère et le fils se retrouvèrent, ils fondirent en larmes tous les deux. Le roi s'agenouilla devant elle et lui baisa les mains. Puis il se jeta dans ses bras en disant :

— Madame, ma très chère mère, à qui je dois ma vie, je vous dois maintenant aussi bien ma liberté et ma couronne.

Le roi de Navarre ne riait plus, l'ironie avait fait place dans ses yeux à la stupeur et au mépris. Le duc d'Alençon s'impatientait, et les courtisans attendaient sous une chaleur de plomb que se terminent ces effusions familiales. Mais cela dura près d'une heure !

Cependant les rires, les larmes et les chuchotements cessèrent enfin entre la mère et le fils. Henri III s'approcha de sa sœur et l'embrassa comme il l'avait fait pour son frère et son beau-frère. Puis le roi chercha quelqu'un dans la foule de ceux qui le saluaient et le félicitaient. Il demanda à sa mère où était Marie de Clèves, princesse de Condé. Elle s'agaça qu'il soit toujours entiché d'elle, et se retint d'exploser quand il lui affirma son intention de faire annuler son mariage pour l'épouser. Elle se contenta de lui rappeler que la jeune femme attendait un enfant de son mari. Elle devait accoucher d'ici quelques semaines et était restée à Paris. Un voyage en ce moment ne lui était pas du tout recommandé.

— Ce traître de Condé ! s'exclama le souverain. Soit, j'attendrai qu'elle ait mis cet enfant au monde !

Le lendemain, 6 septembre 1574, le cortège royal faisait à Lyon son entrée solennelle. Le roi Henri III et sa mère avaient pris place dans un carrosse ouvert tendu de velours noir. François d'Alençon, héritier du trône, était assis en face d'eux. De chaque côté chevauchaient le roi et la reine de Navarre, seconds dans l'ordre de succession. Un autre règne commençait.

XXIII. Automne lyonnais

Catherine de Médicis pensait avoir moins de soucis avec le roi Henri qu'elle n'en avait eu avec Charles, car ils étaient plus proches. Mais si ces deux-là s'adoraient, le nouveau souverain était beaucoup plus intelligent et têtu que son frère, donc moins manipulable. Il était aussi plus imbu de lui-même et sûr de lui. Et sa mère en était en grande partie responsable. Toute sa jeunesse elle lui avait répété qu'il était le plus beau, le plus brillant, le plus courageux, qu'il était le plus grand capitaine du siècle et pouvait en remontrer pour l'expérience à un homme de cinquante ans. Il avait fini par la croire.

Il était revenu de Cracovie l'esprit plein de sa grandeur. Dès sa plus tendre enfance, il avait rêvé d'être roi à la place de ses frères, d'abord François II puis Charles IX. Maintenant c'était fait. Il portait deux couronnes, celles de France et de Pologne, et en tirait une légitime fierté. Lors de son voyage en Autriche et en Italie, il n'avait connu que les honneurs, les réceptions solennelles, les cérémonies grandioses, l'adulation des grands et les acclamations des peuples.

Il se croyait supérieur à tous et avait décidé de n'en faire qu'à sa tête. Dès le 6 septembre il avait réformé le Conseil, réduit le nombre et les prérogatives des conseillers, exclu des princes pour y placer ses favoris, notamment ses compagnons de Pologne : Ruzé, Bellegarde, Larchant, Villequier qu'il fit respectivement secrétaire d'État, maréchal de France, capitaine des gardes, premier gentilhomme de la Chambre.

La reine Catherine tenta vainement de le raisonner.

— Ne vous laissez pas aller aux passions dé vos serviteurs, car vous n'êtes plous oun chef dé parti qui doit gagner des appouis pour être lé plous fort. Vous êtes lé roi, vous devez régner sour tous, les aimer tous, né haïr qué ceux qui vous haïssent. Il est beau d'aimer ses serviteurs et dé leur faire dou bien, mais qué leurs partialités né soient point les vôtres, pour l'honneur dé Dieu !

Vous avez dépossédé lé maréchal dé Retz, qui était oun vieux serviteur dé votre frère, dé sa charge dé premier gentilhomme dé la Chambre. Cela ne se fait pas. Vous avez fait Bellegarde maréchal dé France alors qu'il n'y a que quatre charges dé maréchaux et qué leurs titoulaires sont tous vivants.

— Eh bien !, j'en crée une cinquième, répondit le roi. Madame, sans ces amis que vous citez, je serais encore prisonnier en Pologne à cette heure.

— Mais lé maréchal dé Retz !

— Soit, je le garde. J'aurai donc deux premiers gentilshommes de la Chambre. D'ailleurs M. de Retz est âgé, il ne vivra plus longtemps... De quoi vous plaignez-vous ? J'ai gardé le cardinal de Bourbon et le duc de Montpensier, et huit de vos fidèles amis... J'en ai même fait entrer deux au Conseil restreint.

— Mais vous avez diminoué leurs charges. Ils né peuvent plous recévoir les rapports des ambassadeurs, ouvrir les paquets et les requêtes qui vous sont destinés, dicter les réponses...

— Non, car c'est à moi de faire cela. Les secrétaires d'État ont pris sous le règne précédent des responsabilités qui ne leur revenaient pas. Je veux être le seul à distribuer les dons et les grâces. Il y avait bien trop d'intrigues pour obtenir les faveurs des uns et des autres.

— Mais les conseillers sont là pour vérifier qué vos libéralités sont conformes aux lois et ordonnances.

— Je trouve cela humiliant, je ne veux pas d'entraves à ma générosité.

* * * *

La reine mère put jauger du degré d'influence qu'elle avait sur son fils et constater qu'elle en avait beaucoup moins qu'elle ne le pensait. Seuls les anciens favoris du duc d'Anjou étaient finalement heureux du nouveau règne, car ils étaient maintenant au pouvoir. Les opposants qui avaient eu peu d'estime pour lui, et avaient espéré que le roi se comporterait autrement que le duc, en furent pour leurs frais et se virent confortés dans leur opposition. Les premières mesures du règne étaient de nature à décevoir même les courtisans les plus neutres. Les ministres, les secrétaires d'État, les conseillers avaient perdu une partie de leurs pouvoirs, les courtisans autrefois invités à la table du roi ou à passer dans sa chambre une partie de la journée s'en voyaient exclus.

Le nouveau roi, imbu de sa grandeur, se rendait inabordable, il se montrait le moins possible, s'isolait pour déjeuner ou traiter les affaires de l'État avec trois ou quatre favoris. Il n'avait jamais un mot aimable pour la noblesse, ne riait pas aux plaisanteries qui n'étaient pas de ses amis, n'écoutait pas les doléances.

Depuis qu'elle était à la Cour, Mlle de Pâquelin avait toujours vu le roi Charles IX, son épouse, la reine mère, la princesse Marguerite, le roi de Navarre, les ducs de Lorraine, ou les autres grands seigneurs, vivre en familiarité avec leur entourage. L'attitude d'Henri III était radicalement différente. Et si la demoiselle d'honneur ne s'en plaignait pas, n'ayant jamais apprécié ni les goûts ni les intimes de ce prince, d'autres exprimèrent haut leur mécontentement. À tel point que la reine Catherine, qui craignait une cabale contre son rejeton préféré, le supplia de rétablir l'usage ancien des repas en public. Il accepta, mais fit dresser des barrières autour de sa table, afin de tenir à distance les courtisans, n'invitant à ses côtés que ses chers amis.

Qui voulait parler au roi devait dorénavant passer par eux et cela développa à la Cour un esprit de coterie qui déplaisait à beaucoup, y compris à la mère du roi. Ruzé,

Villequier, Bellegarde, d'O, du Guast, Caylus et les autres faisaient la pluie et le beau temps, obtenaient des faveurs à qui ils voulaient, discréditaient qui ils souhaitaient.

* * * *

La reine de Navarre en fit elle-même un jour les frais. Alors qu'elle et son mari s'efforçaient de complaire au roi et à la reine mère, les amis du souverain ne manquaient pas une occasion de la dénigrer, en particulier sur le sujet de ses amours avec M. de Balzac d'Entragues.

Un après-midi de la fin septembre, alors que la reine Catherine s'était retirée seule dans son cabinet pour écrire des lettres, ses demoiselles d'honneur s'ennuyaient ferme dans le salon attenant. La princesse Marguerite y était aussi avec deux de ses amies, la duchesse de Nevers et la duchesse de Retz. Mme de Nevers proposa de faire une promenade en ville. Mais où aller? Mlle de Montigny dit qu'elle avait une tante religieuse à l'abbaye de Saint-Pierre, que cette église était réputée pour sa beauté, et que cela pouvait être l'occasion et d'une visite et d'une sortie. Les dames approuvèrent et se mirent en route en petit comité.

Mlles de Pâquelin et de Surgères montèrent avec plusieurs autres dans le carrosse doré, garni de coussins jaunes et argent, de la reine de Navarre. Elles y étaient serrées, car elles étaient là six, et elles se mirent à rire de leur inconfort. Deux gentilshommes, d'humeur bouffonne, voulaient monter avec elles, clamant qu'ils désiraient eux aussi aller voir les jolies religieuses. Comme il n'y avait plus de place, ces dames rirent de plus belle. Ils tentèrent de s'accrocher aux marchepieds et aux portières, mais des coups d'éventail sur les doigts leur firent lâcher prise, et ce fut seules mais dans la bonne humeur que les promeneuses parvinrent à l'abbaye bénédictine.

Sur la place où elles laissèrent le carrosse se trouvaient plusieurs maisons habitées par des gentilshommes de la Cour. Alors qu'elles tentaient de remettre de l'ordre dans leurs tenues froissées, la perfide duchesse de Nevers lança en montrant du doigt une demeure :

— N'est-ce pas là qu'habite M. de Balzac d'Entragues ? On dit qu'il est souffrant en ce moment.

Corine vit Margot et la duchesse de Retz échanger un regard de méfiance jalouse.

— C'est ici aussi que loge M. de Caylus, dit Mlle de Surgères pour détourner la conversation. Il paraît qu'il est malade également.

— Il a dû trop manger à la table du roi ! s'exclama la duchesse de Retz, dont le mari avait failli perdre sa charge au profit d'un ami du souverain.

Elles pouffèrent toutes les six, puis tâchèrent de reprendre une mine convenable avant de pénétrer dans le lieu saint.

L'abbaye était une grande église romane, avec une tour carrée de quatre étages au-dessus de l'entrée. À droite avait été bâti une chapelle ouverte aux fidèles, à gauche un cloître réservé aux nonnes. Outre la beauté et la simplicité du bâtiment, ce qui frappa Corine fut le silence qui y régnait. On se serait cru hors du monde et jamais en plein cœur d'une ville. Elle y ressentit une grande sérénité, semblable à celle qu'elle avait éprouvée lors de son pèlerinage à Saint-Martin de Tours.

Après une visite de courtoisie à la religieuse parente de Mlle de Montigny, ces dames se promenèrent dans les jardins qui jouxtaient le cloître. Il y avait là un potager, un verger, et un jardin d'agrément avec des tonnelles sur lesquelles poussaient des roses et de la vigne. Au fond un escabeau avait été oublié par le jardinier. Elles y montèrent à tour de rôle pour voir de l'autre côté du mur. Au-delà d'antiques douves et d'un ruisseau, se tenait le marché aux pourceaux, mais ce qui amusa surtout ces dames, c'était les jeunes gens qui s'entraînaient à l'arbalète dans les anciens fossés.

Mlle de Pâquelin finit par trouver leurs rires inconvenants en ces lieux. Elle préféra se promener avec Hélène dans le jardin, puis comme leurs amies tardaient, elles se dirigèrent tout doucement vers la sortie et attendirent près du carrosse.

Le roi vint à passer, accompagné seulement de M. d'O, du roi de Navarre et d'un valet nommé « gros Ruffé ». Ils se dirigeaient vers la maison de M. de Caylus, à qui ils rendaient visite. Le souverain reconnut le carrosse de sa sœur et s'aperçut qu'il était vide. Il ne jeta même pas un coup d'œil aux deux demoiselles d'honneur qui le virent se tourner vivement vers Henri de Navarre et lui dire :

— Voyez, voilà la voiture de votre femme, et voici la maison de Bédé. Je gage qu'elle y est. Ruffé, va donc voir chez le bel Entraguet si ce que m'a dit du Guast est vrai !

Corine et Hélène voulurent intervenir en faveur de la princesse Marguerite. Elles ébauchèrent un geste négatif de la tête et tendirent leur doigt vers l'abbaye, mais Henri de Bourbon leur fit discrètement signe de la main de ne pas bouger. Il ne s'était pas départi du sourire à la fois béat et ironique qu'il plaquait depuis des mois sur son visage.

Le gros Ruffé reparut, n'ayant rien trouvé, et pour cause, mais pour ne pas déplaire à son maître le roi, il annonça devant les deux souverains :

— Les oiseaux étaient au nid, mais ils n'y sont plus.

Le Béarnais continuait à sourire, au grand déplaisir de son beau-frère. Ils entrèrent dans le logis de M. de Caylus, mais n'y restèrent pas longtemps. Les deux demoiselles d'honneur virent les cavaliers s'éloigner bien avant que la reine de Navarre ne sorte de chez les Dames de Saint-Pierre. La princesse était d'humeur si gaie qu'elles n'osèrent point lui raconter l'affront du roi.

Toute la joyeuse troupe reprit le chemin du palais, et raccompagna la sœur du roi jusqu'à la porte de sa chambre. Elles trouvèrent avec étonnement son époux sur le seuil, qui les attendait, hilare et les bras croisés.

— Allez chez la reine votre mère, dit-il à sa femme entre deux éclats de rire. Je suis sûr que vous en reviendrez bien en colère !

— Et pourquoi donc, Monsieur mon mari ?

— Je ne vous le dirai pas, mais qu'il suffise que je n'en croie rien. Allez voir votre mère, et nous en rirons ensuite ensemble !

Hélène et Corine avaient bien une petite idée au sujet de l'hilarité du prince. Elles suivirent Margot jusqu'aux appartements de la reine mère. Dans l'antichambre, elles tombèrent sur le duc de Guise souriant. Il prit familièrement la princesse par le bras :

— Je vous attendais ici pour vous prévenir que la reine Catherine vous prête une dangereuse charité.

— Quel est donc ce mystère ?

— Le roi est revenu de promenade tantôt, et il a raconté à votre mère que votre carrosse avait passé l'après-midi devant chez le bel Entraguet. M. d'O y était et a eu la bonté de me raconter toute l'histoire.

Il narra ce que les demoiselles d'honneur savaient déjà. La princesse dégagea son bras qu'il tenait toujours.

— Vous n'avez point l'air marri de la division que vous voyez arriver en notre maison, Monsieur. Vous voulez me brouiller avec mes frères et ma mère car vous espérez bien recueillir les morceaux du vaisseau brisé par la tempête.

— Ce que votre mère vous reproche, dit-il haut à travers la pièce, vexé, alors qu'elle s'éloignait, ce que je vous reproche, ce que tout le monde vous reproche, Margot, ce n'est point tant d'avoir un amant, c'est de ne vous en point cacher ! Vous ridiculisez votre famille et votre époux.

— Vous vous moquez bien de ma famille et de mon mari, lui jeta-t-elle. Ce qui vous gêne, ce n'est pas que j'aie un amant, c'est que vous ne le soyez point ! Vous êtes jaloux, parce que l'on prête à l'un de vos hommes des faveurs que vous auriez voulu avoir. Mais c'est trop tard maintenant, vous ne les aurez jamais !

Elle pénétra, suivie des demoiselles d'honneur, dans la chambre de sa mère. Elle ne l'y trouva pas, mais la duchesse de Nemours, mère du duc de Guise, avec d'autres princesses et dames d'atours. Tous les visages se tournèrent vers elle. On lui indiqua un cabinet particulier qui n'était séparé de la chambre que par une cloison de bois, de sorte que l'on y entendait ce qui se disait dans la chambre, et vice versa, à moins de murmurer.

Elle entra et toutes purent ouïr les cris de fureur de la reine mère. Quelques insultes bien senties, généralement adressées aux femmes de mauvaise vie, fusèrent en italien. Marguerite essaya d'expliquer le malentendu, mais la reine ne s'arrêtait point.

— Oune houmiliation poublique ! Voilà ce qué vous nous avez fait, à votre mari, à votre frère, à moi !

— Mais puisque je vous dis que nous étions chez les Dames de Saint-Pierre ! J'ai une demi-douzaine de témoins, sans compter les religieuses.

— Vos témoins né sont qué vos complices ! En plein jour ! Au vou dé toute la ville !

— Je n'avais pas que des amies avec moi, il y avait aussi des femmes à vous. Posez-leur la question !

— Oun valet dé chambre dou roi vous a voue par la fenêtre, avec votre amant ! C'est lé roi lui-même qui me l'a dit. Vous n'êtes qu'oune débauchée, oune p… !

— Ça c'est trop fort. Vous n'avez pas d'oreille pour la vérité ni la raison. Vous ne voulez croire que le faux. Vous êtes prête à entendre n'importe quoi d'Henri, vous l'idolâtrez tellement qu'il vous fait perdre votre bon sens !

Marguerite sortit du cabinet, rouge de colère et de honte. Elle en claqua la porte à tel point qu'elle fit trembler la cloison. Les dames présentes cachaient leur gêne et leurs réactions derrière leurs éventails. Elle les méprisa du regard et sortit la tête haute. Mlle de Pâquelin lui emboîta le pas, tandis que Mlle de Surgères se précipitait dans le cabinet pour expliquer les événements à la souveraine.

— Ne vous tourmentez pas, disait Corine en raccompagnant la reine de Navarre chez elle. Hélène et moi étions dehors lorsque le roi est passé, nous avons entendu sa ruse et le mensonge de son valet. La reine saura la vérité et elle sera bien embarrassée à vous demander pardon et à faire la paix avec vous.

— J'ai reçu un affront bien trop public pour pardonner à ceux qui l'ont causé, répondit-elle.

Elles arrivèrent dans la chambre de la princesse. Son époux l'y attendait.

— Eh bien, n'avez-vous pas trouvé ce que je vous avais dit ?

Margot pleurait maintenant et se tordait les mains. Le roi de Navarre la prit par l'épaule et la fit asseoir sur le lit. Il entreprit de la consoler.

— Allons, ce n'est rien. Ne vous inquiétez pas de cela. Demain la vérité éclatera et vous serez réhabilitée.

— Les injures ne me sont rien à côté du tort qu'on a voulu me faire, en essayant de me mettre mal avec vous, pleurnicha-t-elle.

— Eh ! Cela a bien failli ! Il eût été difficile de passer sur un affront public. Mais Dieu merci, ça n'était qu'un mensonge.

— Oui, renifla-t-elle, merci à Dieu, et à votre bon naturel !

Car s'il était vrai que la princesse Marguerite n'était point ce jour-là chez M. d'Entragues, il n'en était pas moins vrai qu'il était son amant, et son mari le savait. Le roi de Navarre embrassa tendrement son épouse sur le front et Mlle de Pâquelin se retira discrètement pour laisser seuls ces deux étranges époux.

⋆ ⋆ ⋆ ⋆

Le lendemain la princesse Marguerite se rendit ostensiblement à la messe, puis à la sortie de l'office, elle fit une profonde révérence à sa mère et lui demanda la permission d'aller à un dîner chez un banquier italien, avec son frère et son mari, dans un beau jardin au cœur de la ville. Elle lui demanda de faire surveiller l'endroit, pour vérifier qu'il ne s'y passait point des choses que la morale réprouve. C'était en effet un endroit bien plus libertin qu'une abbaye et elle avait peur qu'on ne l'accuse de pires choses que la veille. La reine Catherine, visiblement gênée de son erreur, balbutia qu'elle pouvait aller où elle voulait et qu'elle n'avait pas besoin de sa permission. Le soir même au retour du festin, la princesse fut convoquée dans le fameux cabinet.

— Ma fille… J'ai sou la vérité dé tout. Je sais qué vous m'avez dit vrai. J'ai fait renvoyer lé valet dé chambre qui m'avait menti. C'était oun mauvais homme, je l'ai chassé !

— Je n'en crois rien, répliqua stoïquement Margot. Cet homme n'a dit que ce que le roi lui avait demandé.

Voyant que sa fille ne la croyait pas, la reine mère ouvrit une porte dérobée qui donnait sur la chambre du souverain. Henri III prit un air contrit et fit des excuses à sa sœur. La reine de Navarre les toisa du regard et sortit sans un mot. Elle ne leur pardonna pas. Les jours suivants le roi put constater qu'elle était au mieux avec son mari et son jeune frère et que sa tentative de déstabilisation avait échoué.

Cette affaire n'avait abouti qu'à une chose : M. de Balzac d'Entragues passa aux oubliettes. Ne voulant plus qu'on puisse médire à son sujet, la princesse Marguerite le laissa tout entier à la duchesse de Retz. À moins qu'elle ne l'eût fréquenté que pour se venger du duc de Guise, auquel cas la vengeance étant consommée, la romance n'avait plus lieu d'être. Pendant quelques mois le roi et la reine de Navarre parurent très proches l'un de l'autre, puis le premier revint à Charlotte de Sauves et la seconde s'intéressa de plus près à Louis de Clermont de Bussy d'Amboise, homme de grande allure, réputé pour son courage, bretteur émérite, mais aussi gai, spirituel, poète et érudit. Le beau Bussy avait en outre l'avantage d'être au service du duc d'Alençon, ce qui était beaucoup moins dangereux pour la princesse qu'un Saint-Luc au service du roi ou un Balzac d'Entragues, homme des Guise.

⋆ ⋆ ⋆ ⋆

Les amours compliquées de la princesse Marguerite commençaient à lasser Mlle de Pâquelin. Elle se souvenait à quel point Margot lui avait rebattu les oreilles autrefois de son amour pour le duc de Guise et de sa répugnance pour Henri de Navarre. Désormais elle détestait le premier et appréciait le second, ce qui ne l'empêchait pas de le tromper allègrement. Corine y perdait son latin et s'éloignait tout doucement de son amie. La visite à l'abbaye Saint-Pierre avait été une exception dans leurs relations qui se distendaient, mais aussi une distraction dans la lassitude ambiante.

Car la demoiselle d'honneur s'ennuyait désormais à la Cour. L'atmosphère n'était plus aux fêtes brillantes, à la familiarité bon enfant avec les grands comme au temps de Charles IX. Autant Mlle de Pâquelin avait craint devoir fréquenter le nouveau souverain et ses intimes, autant finalement elle le voyait peu. Elle ne le regrettait pas, mais devait avouer que la vie était plus palpitante à la Cour dans l'entourage des princes du sang que dans leur éloignement.

Et puis Lyon n'était pas Paris, les distractions y manquaient. Promenades et dîners dans les jardins ne remplaçaient pas les chasses, les carrousels, les mascarades et les bals. Les demoiselles d'honneur, depuis la mort de Mme du Perron, étaient comme livrées à elles-mêmes. M. de Ronsard, après le décès de Charles IX, avait perdu de son crédit à la Cour. La reine Catherine avait des soucis guerriers et le nouveau souverain s'intéressait moins au poète qui avait le malheur d'avoir trop plu à son frère. Maître Pierre en avait perdu de sa superbe et de son entrain.

La compagnie d'Hélène ne suffisait pas à distraire Corine et Clémence était tout occupée par ses amours de jeune mariée. Même Tricky n'arrivait plus à la dérider, et le petit chien esseulé préférait désormais la compagnie de la soubrette à celle de sa maîtresse.

Plus que tout Mlle de Pâquelin s'ennuyait ferme parce qu'elle n'avait aucune nouvelle de son fils depuis plus de deux mois. Sans doute Catherine de la Possonnière avait-elle écrit à Paris, et les lettres étaient-elles bloquées là-bas. La poste était peu développée, la plupart des courriers étant transmis par messagers privés. Si les liaisons étaient fréquentes entre la Touraine et la capitale, à cause des nombreux châteaux royaux situés dans le « jardin de la France », elles l'étaient moins entre Paris et Lyon et plus rares encore entre Lyon et Tours, aucune grande voie, routière ou fluviale, ne reliant les deux villes. Encore les personnages de la Cour, comme Corine ou M. de Ronsard, pouvaient-ils de temps à autre profiter des coursiers royaux, mais il était plus difficile à la gouvernante de la Possonnière de les joindre. La demoiselle d'honneur supplia le parrain de son fils d'engager un messager particulier pour porter une lettre en Touraine et en ramener la réponse. Le poète voulut bien y consentir, et elle tâcha de prendre son mal en patience.

Cela lui fut rendu difficile par l'arrivée à la Cour du fils de Marie Touchet, qui avait, à une semaine près, le même âge que le sien. Cet enfant avait vécu jusque-là dans un château dont le nom avait été tenu secret. Son père en effet avait craint pour sa vie et Corine se souvenait que Charles IX sur son lit de mort avait fait jurer à sa mère de le protéger, y compris contre son oncle le nouveau roi. La reine mère avait juré, et son sang italien superstitieux l'avait empêchée de renier la promesse faite à un mourant. Elle avait promis également de faire tenir à Henri III le même serment dès son retour en France.

Avec quelque difficulté, elle s'était acquittée de cette tâche, car l'ancien duc d'Anjou ne voulait pas d'un héritier, fût-il naturel, dans les pattes. Elle avait su se montrer persuasive, agitant le spectre d'une vengeance divine si le serment n'était pas tenu. Henri avait d'abord paru surpris de la demande, mais il était croyant jusqu'à la superstition lui aussi, et jura sur la Bible de ne pas toucher à un seul cheveu de son bâtard de neveu, de le faire élever à la Cour et de lui favoriser une carrière honorable. Après tout il pouvait bien faire cette concession à sa mère, il ne l'avait pas ménagée depuis son retour, et trouvait là le moyen de la contenter à peu de frais.

Par prudence toutefois, il choisit pour son neveu une carrière religieuse dans l'ordre hospitalier de Malte. Sa mère et sa grand-mère, soulagées de le savoir protégé, acquiescèrent à cette idée, et il fut décidé qu'il serait élevé comme un prince du sang, avant d'être nommé abbé vers l'âge de treize ans. Le roi lui évitait ainsi une carrière militaire au cours de laquelle il aurait pu avoir un régiment à son nom et des hommes prêts à combattre à ses côtés si l'envie lui prenait un jour de lutter contre le souverain.

Après avoir hésité à prendre en charge cet enfant, Henri III parut soulagé d'avoir fait ce choix. Il le titra duc d'Angoulême, comte d'Auvergne, de Clermont, de Ponthieu, de Lauraguais et d'Alès, chevalier de l'ordre de Malte. Sa mère Marie Touchet, dame de Belleville, quitta immédiatement Lyon pour aller le chercher. On apprit alors qu'il était né au château du Fayet, près de Montmélian en Savoie, le 28 avril 1573, et qu'il y vivait depuis.

Dès son arrivée à la Cour, le bambin de dix-huit mois fut doté d'une « maison » composée d'une gouvernante, d'une nourrice et de plusieurs valets de chambre. Joli, dodu, charmant, il plut à toute sa famille. Le roi se montra très bien disposé à son égard, le prenant sur ses genoux et le laissant attraper ses boucles d'oreilles ; la petite Chrétienne de Lorraine, âgée de neuf ans, trouvait un nouveau compagnon de jeu qui lui rappelait ses petits frères et sœurs laissés au duché ; Catherine de Médicis l'appelait avec tendresse « son petit bâtard » et Pierre de Ronsard lui dédiait les vers qu'il ne pouvait plus déclamer à son père. Quant à Marie Touchet, elle souriait à nouveau à la vie et retrouvait à la Cour un rang qu'elle avait perdu.

Mlle de Pâquelin se disait choquée de tant d'égards envers le rejeton adultérin de Charles IX, tandis que sa fille légitime de deux ans végétait solitaire au château d'Amboise. Mais à la vérité, elle souffrait de voir Marie s'afficher avec son enfant à l'avenir doré, tandis qu'elle ne pouvait voir le sien, au futur incertain. Elle jalousait son bonheur et sa fierté, et fuyait la présence de ce petit être qui suscitait les compliments de tous et lui rappelait trop sa peine. L'amitié de la dame de Belleville lui échappait par la même occasion et la rendait un peu plus solitaire.

Elle crut recevoir le coup de grâce lorsque vers le 20 octobre, le duc d'Épernon fit son retour à la Cour. Il se passa alors une chose étrange. Sans même avoir quitté son habit de voyage poussiéreux, il se présenta joyeux devant son souverain, qui le reçut assez sèchement. Le roi le prit à part et le sermonna, sans que les courtisans pussent entendre le sujet de la dispute. Le duc lui-même semblait ne pas comprendre. Henri III fit un geste de la main en direction d'un groupe où se trouvait Marie Touchet. Le visage de Louis d'Épernon marqua l'étonnement, puis son regard inquisiteur croisa celui de Mlle de Pâquelin. Par habitude, celle-ci détourna vivement le sien. Lorsqu'elle le reporta sur les deux hommes, ils se disputaient encore. Puis d'Épernon baissa les bras d'un air las, remit son chapeau et quitta Lyon aussi vite qu'il était venu. Visiblement, il semblait avoir échoué dans quelque mission secrète, mais nul n'aurait pu dire laquelle.

XXIV. Drames en série

Pendant ce temps une guerre larvée se répandait dans le Midi. Des protestants s'étaient emparés de plusieurs places fortes entre Dauphiné et Provence. Mais des gentilshommes et des notables catholiques s'étaient aussi engagés à leurs côtés. Les affrontements avaient des causes plus politiques que religieuses. Cependant les troupes armées étaient souvent dirigées par des rescapés de la Saint-Barthélemy, qui massacraient parfois au passage, « par habitude », les prêtres et les habitants.

Plus qu'une véritable guerre de religion, c'était des bandes de rebelles qui terrorisaient les villages de haute et basse Provence. Quelques-uns des chefs avaient été pris par les troupes du roi de France et décapités. Le maréchal de Retz commandait la vallée du Rhône, mais c'était un homme âgé, plus très apte au combat. Il était d'origine italienne et le gouverneur dissident du Languedoc, Henri de Damville, fustigeait dans un manifeste publié le 13 novembre cet « estranger », se présentant lui-même comme un officier de la Couronne, Français de naissance, issu de barons chrétiens ayant toujours œuvré pour la défense du royaume.

C'en était trop pour Catherine de Médicis, qui passa outre aux désirs de pacification du roi, et le força à s'engager plus avant dans la lutte. Une armée commandée par le duc de Montpensier partit pour le Poitou contenir les protestants de l'Ouest dirigés par La Noue, une autre avec à sa tête François de Bourbon, fils du précédent, rejoignit Retz dans la vallée du Rhône et la Provence. Mais le roi devait marcher en personne contre Damville. Henri III l'avait en vain sommé de licencier ses troupes et de se rendre. La guerre véritable allait commencer, et le principal ennemi étant basé à Montpellier, Catherine de Médicis et son fils décidèrent d'installer la Cour au plus près du théâtre des hostilités, pour impressionner l'adversaire, c'est-à-dire en Avignon.

Le départ avait été fixé au 16 novembre, et cela n'arrangeait point les affaires de Corine. Le messager envoyé aux nouvelles de son fils n'était pas encore revenu de Touraine et le départ pour le Midi allongeait les distances. Au milieu des préparatifs précipités, elle guetta en vain le commissionnaire.

Le voyage devait avoir lieu cette fois par bateau, en suivant le cours du Rhône, ce qui n'était pas sans rajouter aux craintes de Mlle de Pâquelin. On disait le fleuve impétueux, surtout en cette saison. De plus il fallait traverser une région en guerre, passer non loin d'Orange aux mains de l'ennemi, et le conflit allait sans doute retarder davantage messagers et courriers.

Toute la batellerie de Lyon avait été réquisitionnée pour emmener la Cour et l'armée. Le navire du roi était chargé de pièces d'artillerie et toute une flottille derrière transportait les troupes, alternant avec les gabares portant gentilshommes, damoiselles, famille royale, serviteurs, meubles et bagages. Par petits groupes, étalés sur plusieurs jours, les départs devaient s'échelonner, priorité étant donnée au roi, à sa maison et à l'armée. La reine Catherine de Médicis, le duc d'Alençon, le roi et la reine de Navarre, ainsi que les cardinaux de Guise et de Lorraine, frère et oncle du duc de Guise, faisaient partie du convoi de tête, afin de faire leur entrée dans la ville en même temps que le roi. Corine accompagnait comme il se doit la reine mère.

Clémence était terrorisée à l'idée de monter sur le bateau, d'autant qu'elle était séparée à la fois de sa maîtresse, partie deux gabares devant, et de son mari, qui ne devait prendre la route que trois jours plus tard. La plupart des serviteurs étaient dans la même crainte. Le fleuve était large, il ventait et pleuvait, les soldats, les pièces de canon les impressionnaient. Les dames aussi se serraient les unes contre les autres, les hommes sifflotaient pour avoir l'air détendus. Les navires tanguaient, l'eau était boueuse et faisait des vagues. Mais le voyage ne devait durer que deux jours.

Mlle de Pâquelin était impressionnée par les montagnes qu'elle voyait de chaque côté de la large vallée, elle n'avait connu jusqu'ici que des pays plats ou seulement ondulés de collines. Couvertes de nuages, elles lui paraissaient sinistres, cachant mille dangers. Elle avait la sensation que ce voyage n'augurait rien de bon. Mais la reine Catherine avait le sentiment contraire. Elle connaissait déjà Avignon pour y avoir séjourné pendant trois semaines avec Charles IX dix ans plus tôt.

Pierre de Ronsard faisait l'éloge de la cité qui avait abrité la papauté au cours du XIVe siècle. Elle était depuis gouvernée par un légat du Saint-Siège, qui en cette année 1574 était le cardinal de Bourbon, oncle du roi de Navarre. Il avait quitté Lyon au cours du mois d'octobre et attendait la Cour sur le pont Saint-Bénezet, qui depuis le XIIe siècle reliait la cité papale, lovée dans une boucle du Rhône, à Villeneuve-lès-Avignon en terre languedocienne, sur l'autre rive.

Les bateaux cognèrent contre le pont lors de l'accostage et les femmes poussèrent de petits cris. Il fallut grimper dans le vent et la crainte un escalier de pierre situé sur la deuxième pile. Le cardinal les bénit au passage de la petite chapelle construite au débouché de celui-ci. Il était entouré des trois consuls de la ville dans leurs plus beaux atours. Des jeunes gens en costume du pays esquissèrent des pas de danse sur le pont mais durent renoncer à cause des bourrasques de vent et de pluie.

On se précipita vers les remparts crénelés. Les Avignonnais avaient préparé au roi une entrée fastueuse qui fut gâchée par une violente averse. La ville était bâtie en pierres blondes. Une immense forteresse la dominait, avec ses sept géantes tours carrées, percées de fenêtres étroites. Cette masse sévère, qui ressemblait plus à une prison qu'à un château, était le palais des Papes, construit entre 1334 et 1363. Corine lui trouva une allure encore plus sinistre que le Louvre, avec ses hauts murs défendus par une ceinture de mâchicoulis et ses contreforts énormes. À l'intérieur, la beauté fanée des fresques des plafonds rachetait à peine la froideur des murs.

On s'installa tant bien que mal, les bagages n'arrivant qu'au compte-gouttes. Les jours suivants, la principale distraction consista à se rendre au pont Saint-Bénezet, pour vérifier l'arrivée des meubles et des serviteurs, et assister aux accostages difficiles des bateaux. Un vent terrible avait pris la suite de la pluie. Il s'engouffrait, glacial, dans la vallée du Rhône par le nord, et l'on devait se tenir les uns aux autres pour ne pas s'envoler. Les gens du pays l'appelaient mistral, et plus d'un voile, plus d'un éventail, plus d'un chapeau de ces courtisans venus des rives calmes de la Seine ou de la Loire, lui durent leur liberté, et les rires des enfants du coin.

Mais un événement dramatique se produisit le 23 novembre. Jacques Perrot venait à peine de débarquer de la gabare des cuisiniers, et Clémence tentait de rabattre son tablier de ses yeux pour l'apercevoir. Le vent le lui remontait inexorablement sur le visage. Elle put enfin se jeter joyeusement dans ses bras. Mais lui était très pâle, et tous ceux qui descendaient des bateaux ce jour-là avaient un air plus grave que les autres jours en gravissant les marches du pont. Les moqueurs sur le quai retinrent leurs rires et apprirent qu'un des navires avait fait naufrage à Pont-Saint-Esprit, à dix lieues au nord d'Avignon. Il transportait des serviteurs de la maison du roi et ceux de sa sœur la reine de Navarre, ainsi que des bagages et du mobilier.

— C'était le navire juste devant le mien, racontait Jacques. Le vent l'a poussé contre les piles du pont. Il s'y est fracassé et les débris ont été entraînés dans un tourbillon d'eau rugissante. Tous les meubles et les malles ont été perdus, mais plus grave que tout, vingt-cinq personnes se sont noyées sous nos yeux. Nous avons essayé d'en repêcher le plus possible, mais nous ne pouvions pas approcher trop près de la pile, sous peine de périr également. Nous avons quelques rescapés avec nous, d'autres ont été recueillis par des villageois.

Les assistants se turent pour laisser passer sur une civière le corps de Messire Alphonse de Gondi, maître d'hôtel[1] de la princesse Marguerite, qui avait laissé sa vie dans le naufrage. Ceux qui avaient débarqué les jours précédents, et qui, remis de leurs craintes, venaient chaque jour se moquer des nouveaux arrivants, prirent une nouvelle mesure du danger, et l'on ne vint plus rire aux accostages suivants. Ce tragique événement inaugura deux mois d'un triste séjour.

* * * *

Quelques jours plus tard, Mlle de Pâquelin assistait la reine mère au tri du courrier. Elle décachetait les lettres et les lui posait ouvertes sur une pile. Catherine de Médicis les lisait et les disposait en différents tas, selon le thème ou l'urgence de la réponse. Il y avait là aussi bien de la correspondance privée que publique, des informations politiques, des dépêches militaires, des doléances, des plaintes ou des flatteries. La reine répondait directement à certaines, dictait les réponses à d'autres, en brûlait quelques-unes au feu de la cheminée.

Le roi assistait à ses opérations en faisant les cent pas dans la pièce, les mains derrière le dos, furieux que sa mère ne soit pas plus attentive à ses paroles. En colère aussi contre un certain Montbrun, chef de bande protestant qui avait eu l'audace d'attaquer certains des bateaux royaux et d'enlever une partie de ses équipages. La reine mère convint que c'était un bandit de grand chemin, mais assura

1. Responsable de l'intendance, il s'agissait d'une charge honorifique, non d'un poste de domestique.

que lui et les autres se tairaient tout seuls une fois Damville réduit au silence.

En attendant, le gouverneur du Languedoc fortifiait Montpellier. Catherine de Médicis lui avait écrit pour l'inviter à négocier. Elle lui avait proposé une entrevue sur le Rhône, entre Beaucaire et Tarascon.

— Il ne négociera jamais, j'ai déjà essayé, dit Henri III.

— Je sais. Mais s'il vient discouter avec nous, cela lé rendra souspect aux yeux des protestants.

— Vous devriez cesser de lire Machiavel !

— Et vous devriez lé lire davantage !

Corine lui tendit une nouvelle lettre. La reine la lut, hésita, et la glissa sous une pile.

— Qu'est-ce là ? demanda le roi. Vous avez posé toutes les autres lettres au sommet des piles, et rangé celle-ci dessous. N'est-ce pas une affaire que vous voudriez me cacher ? Montrez-moi cette lettre.

Catherine le regardait, hésitante. Il eut un geste agacé de la main.

— Soit ! dit-elle.

Elle lui tendit le message. Il le lut, resta sans voix, pâlit énormément, fit un pas et tomba évanoui.

La reine mère leva les yeux au ciel et soupira. Tandis que dames et serviteurs se précipitaient vers le souverain, Mlle de Pâquelin ramassa la lettre. Elle était datée de Paris du 30 octobre et annonçait le décès en couches de Marie de Clèves. La princesse de Condé avait accouché d'une fille, mais avait perdu trop de sang et n'avait pas survécu. Le roi venait de perdre la seule femme qu'il ait vraiment aimée. Nonobstant une certaine tristesse pour le sort de la princesse, Corine ne put s'empêcher de ressentir une forme de satisfaction à voir souffrir l'un des auteurs de la Saint-Barthélemy du même deuil qu'il avait provoqué chez tant de couples, le sien en premier. Elle avait l'impression qu'une sorte de vengeance divine était accomplie.

* * * *

Henri III dut ressentir la même chose, car la mort de Marie de Clèves le plongea dans une espèce de délire mystique. Après quelques jours de prostration, il proclama le deuil de toute la Cour, comme s'il avait perdu une épouse. Ce qui était assez extravagant puisque la défunte n'était même pas sa maîtresse. Il obligea tous les courtisans à se vêtir de noir. Lui-même pourtant si habitué aux teintes vives ne porta plus que des pourpoints couleur d'encre sur lesquels il fit broder de petites têtes de mort blanches. Il en arborait jusqu'aux rubans de ses souliers, et ne songeait qu'à participer à des processions de pénitents dans les rues d'Avignon.

La ville était pleine de ces confréries, qui défilaient du palais des Papes à la cathédrale Notre-Dame-des-Doms et visitaient toutes les églises à la suite les unes des autres. Vêtus tout de bleu ou tout de noir, quelquefois cagoulés de même, ils confessaient publiquement leurs fautes sur le chemin, s'infligeant des supplices expiatoires tels que marcher pieds nus, ou à genoux, se frapper le dos de cordes à nœuds ou de chaînes de fer. Les moins ardents suivaient les autres en priant pour eux.

Le roi voulut montrer l'exemple de la mortification. Il participa à une procession, sans souliers, vêtu d'un sac, se frappant les épaules d'une chaîne. Mais la sienne était d'argent, garnie de molettes d'or. Pour lui plaire, Catherine de Médicis porta le voile des pénitentes noires et défila elle aussi, ainsi qu'une bonne partie de la Cour.

Les cardinaux, les princes, les ducs, les comtesses, les serviteurs, les soldats, tous participèrent à cette crise mystique, et en particulier la famille de Guise, toujours très pratiquante, mais aussi parce que la princesse de Condé était la sœur de la jeune duchesse de Guise. La duchesse de Nevers, son autre sœur, s'associa également aux processions avec son amie la princesse Marguerite. Le roi de Navarre en fut, avec le duc d'Alençon, Charlotte de Sauves et Bussy d'Amboise.

Mlle de Pâquelin trouvait à tout cela un air de carnaval. Voir le Béarnais défiler parmi les pénitents, avec son écuyer

Agrippa d'Aubigné, huguenot notoire, Charlotte de Sauves entre ses deux amants et le beau Bussy derrière sa maîtresse, lui donnait une piètre opinion de cette mascarade plus proche d'un rite païen que d'un sacrement chrétien.

Elle dut y participer pourtant elle aussi, avec les autres demoiselles d'honneur, derrière la reine Catherine, au milieu des chants latins, des statues portées par le peuple et de l'odeur de l'encens. Lorsque les courtisans ne prenaient pas part aux processions, ils les regardaient passer, depuis les fenêtres ou les jardins en terrasse du palais. Ce furent là les seules distractions que leur offrit le mois de décembre, avec les promenades venteuses dans les allées qui dominaient le Rhône. On se cramponnait aux murets pour regarder les bateaux, on résistait autant que possible aux gifles glaciales du mistral, et on abandonnait bien vite le terrain.

À Noël la neige se mit à tomber, ce qui n'empêcha pas le roi et quelques fanatiques de suivre la procession des pénitents bleus pendant trois heures, avec de simples sandales aux pieds. Le cardinal de Lorraine, oncle du duc de Guise, qui était déjà âgé, voulut accompagner le souverain, un crucifix à la main. Il en attrapa une congestion, à cause du vent et du froid, et mourut le lendemain 26 décembre 1574. Catherine de Médicis déclara que c'était une des intelligences les plus glorieuses que la France ait jamais connues, et l'on tomba d'un deuil dans l'autre.

Son neveu Louis, cardinal de Guise, qui était à peine âgé de vingt ans, hérita de son titre de cardinal de Lorraine. La reine Catherine se montra affectée par ce décès. Ils avaient été de vieux amis, et de vieux ennemis. Le soir des funérailles, au souper, elle crut voir le fantôme du cardinal et en lâcha son verre qui se brisa au sol. Elle se signa. Presque tous les conseillers de sa génération avaient disparu, elle commençait à se sentir bien seule, et appréhendait la mort.

⋆ ⋆ ⋆ ⋆

Ce fut dans cette ambiance macabre que Corine reçut de la Possonnière une lettre étrange et sibylline. Elle était datée de la fin octobre, mais n'était arrivée qu'au début de décembre, et disait en substance :

Chère Corine,

C'est bien tardivement que j'ai reçu votre lettre de Lyon. Je m'inquiétais de votre silence. Vous n'aviez pas répondu à ma lettre de septembre. J'ai pensé qu'elle ne vous était pas parvenue, elle avait été envoyée à Paris. Je n'ose reparler de son contenu, mais vous avez certainement su par d'autres la triste réalité. Le destin est parfois bien cruel. Vous me demandez des nouvelles. Vous êtes bien gentille de vous soucier de nous en ces pénibles circonstances. J'espère de tout cœur vous revoir bientôt. Nous causerons et prierons ensemble.

Votre dévouée,
Catherine

Mlle de Pâquelin était décontenancée. Elle attendait avidement des nouvelles de son fils et n'en trouvait pas dans cette missive tant espérée et peu claire. Elle sentait confusément qu'un drame s'était produit, mais ignorait lequel. Elle se demanda un moment si un malheur n'était pas arrivé à Gautier, le mari de Catherine, et s'en ouvrit à M. de Ronsard mais il n'en savait pas plus. Il avait reçu une lettre lui aussi, qui disait que le domaine avait fourni de bonnes récoltes. Ils en sauraient davantage lors de leur retour à Paris où d'autres courriers les attendaient. Il était inutile d'envoyer un autre messager, avec la guerre qui sévissait autour d'eux, il ne passerait pas.

Corine savait en effet que M. de Damville n'était pas tombé dans le piège de la reine mère. Il avait refusé l'entrevue entre Beaucaire et Tarascon et avait assuré ironiquement à Leurs Majestés qu'il ferait connaître à ses alliés « leurs intentions pacifiques ». Dans le même temps il avait fait construire une citadelle à Montpellier, fortifié Lunel,

Nîmes, Beaucaire, et convoqué les États du Languedoc sans l'autorisation du roi. Furieux Henri III avait ordonné la tenue des mêmes États à Villeneuve-lès-Avignon, tandis que ses troupes assiégeaient en vain depuis des semaines Livron sur la Drome, au sud de Valence.

Quelquefois les habitants d'Avignon entendaient des canonnades au loin, sans savoir s'il s'agissait de l'armée royale ou de celle de l'ennemi. La crainte de la guerre, malgré la protection des lourds remparts de la cité papale, s'ajoutait aux inquiétudes de Mlle de Pâquelin au sujet de son fils. Peut-être l'enfant était-il malade ? Et si c'était à lui qu'il était arrivé quelque chose ? Au fur et à mesure que les jours passaient, elle s'inquiétait davantage. Elle avait hâte de rentrer à Paris pour y trouver quelque explication.

D'autres avaient des soucis plus frivoles. La princesse Margot, par exemple, se plaignait une fois de plus de Charlotte de Sauves. Il faut dire que la jeune baronne avait un comportement pervers et diabolique. Non seulement elle était la maîtresse en titre du roi de Navarre et de son beau-frère le duc d'Alençon, mais elle répondait aussi aux avances de M. du Guast, de M. de Souvray et du duc de Guise en personne. Sans compter tous ceux qui soupiraient à ses pieds sans rien obtenir.

Henri de Bourbon et François d'Alençon, sans se soucier de ces autres rivaux, n'étaient jaloux que l'un de l'autre. Ils en oubliaient leur rang, leurs devoirs et leurs ambitions. Alors que Marguerite filait le parfait amour avec le beau Bussy d'Amboise, et n'avait nullement cure de l'infidélité de son mari, Charlotte persuada ledit époux que sa femme, par jalousie, favorisait le parti de son frère. Il s'en vexa, n'adressa plus la parole à son épouse, la délaissa tout à fait.

Margot souffrait d'avoir perdu, non un mari, mais un bon camarade. Pour retrouver son amitié elle tenta de détacher son frère de la perfide Charlotte. Le jeune duc d'Alençon admirait beaucoup sa sœur, il avait en elle une confiance absolue, mais ce qu'elle put lui dire sur la baronne de Sauves, ses amants et son rôle politique auprès d'eux depuis des mois, il ne le crut pas, tant il était amoureux d'elle.

La princesse Marguerite était sûre que du Guast, homme du roi, était derrière tout cela et que le but ultime était la ruine des deux royaux amants et de leur sœur et épouse. Corine l'écoutait d'une oreille distraite, toute à ses propres inquiétudes.

* * * *

Cependant à l'aube de l'année 1575 le roi avait fini par faire son deuil de Marie de Clèves. Il s'était souvenu avoir rencontré en Lorraine, avant son départ pour la Pologne, une jeune femme qui ressemblait étrangement à la défunte, tout en étant d'un caractère plus doux et plus humble. Il s'était résolu à demander la main de Louise de Lorraine-Vaudémont. La reine Catherine était doublement furieuse : d'abord son fils ne l'avait une fois de plus pas consultée, ensuite il lui coupait l'herbe sous le pied, car elle était en train de négocier pour lui une union avec une princesse suédoise richement dotée, tout en gardant une altesse danoise en réserve.

— Votre petite Lorraine n'a point dé dot et né présente aucun intérêt.

— Tandis que votre Suédoise…

— Est oune altesse dé sang royal !

— Pourquoi diable aller chercher si loin ?

— J'essaie dé vous préserver lé trône dé Pologne ! Cela n'est pas facile, après votre fouite dé Cracovie. Lé roi dé Souède ou celui dou Danemark pourraient vous aider à conserver cé royaume.

— Je n'ai pas l'intention de remettre les pieds en Pologne. Et votre passion pour les pays nordiques commence à me lasser. De plus les souverains que vous citez sont protestants. Je ne veux point d'une princesse étrangère que je ne comprendrai pas et qui ne m'entendra point, ni d'une huguenote, même convertie. Je veux une épouse qui parle la même langue que moi, qui ait les mêmes convictions religieuses.

— Mais enfin, elle est dé la branche cadette dé la maison dé Lorraine, oune simple comtesse né peut porter la couronne dé France !

— C'est vous qui dites cela ? Étiez-vous donc princesse lorsque vous avez épousé mon père ? Une petite duchesse étrangère et orpheline...

— Vous n'allez pas comparer les *Medici* avec les Vaudémont ! Deux dé mes oncles ont été papes. Et lorsque j'ai épousé votre père, il n'était pas héritier dou trône. Si son frère aîné n'était pas mort quelques années plous tard, je né serais pas devenoue reine. Et j'ai donné dix enfants à mon mari. Votre Louise, je l'ai voue. Elle mé paraît dé constitoution bien fragile, je doute qu'elle pouisse vous donner oun héritier.

— Cela suffit ! Que vous le vouliez ou non, j'épouserai Louise de Vaudémont, princesse de ma culture, belle, pieuse et agréable. J'ai besoin d'une épouse que je saurai aimer, et surtout en qui j'aurai toute confiance.

Faut-il ajouter que la douce Louise, maigre et blonde, était au physique comme au caractère, le portrait contraire de sa future belle-mère ?

— Et je la prendrai sans dot ! rajouta le roi avant de sortir en claquant la porte.

* * * *

Henri III avait bien des raisons d'être de méchante humeur. Les députés des Églises protestantes et les catholiques associés s'étaient réunis à Nîmes à l'appel du maréchal Damville, dans le but de conclure un pacte d'union contre l'autorité royale et d'organiser le gouvernement des provinces du Midi et du Centre, de La Rochelle à la Provence. C'était comme une république qui se formait dans le royaume, un État dans l'État, avec ses chefs : Damville et Condé, ses assemblées, ses armées, sa police, ses chambres de justice, ses finances, ses impôts, ses douanes, ses écoles et même ses hôpitaux.

Le séjour en Avignon, voulu par la reine mère, n'avait réussi qu'à montrer l'impuissance du roi. Alors que les députés du Languedoc avaient répondu en masse à l'appel de leur gouverneur, les mêmes États convoqués par le souverain à Villeneuve-lès-Avignon n'avaient réuni que quelques inconditionnels de la monarchie. Pire, tandis qu'Henri III dans son discours d'ouverture leur affirmait qu'il avait seul l'autorité de les appeler en assemblée, une effroyable canonnade retentit à leurs oreilles. À quelques lieues de là, les troupes du comte de Damville attaquaient Saint-Gilles-du-Gard. Les sessions durent être interrompues pour porter secours à la cité.

Peine perdue, Saint-Gilles fut pris, ainsi qu'Aigues-Mortes, le jour suivant. Les accès au Languedoc étaient désormais verrouillés. Le roi était las. Ses troupes assiégeaient en vain Livron-sur-Drôme depuis cinquante jours. La guerre était sans issue et lui coûtait une fortune. Il donna l'ordre du départ. Les troupes du maréchal de Bellegarde devaient maintenir leur pression sur Livron jusqu'au passage de la Cour, et se replier ensuite. Pour maintenir un semblant de paix, le souverain fit des concessions : il reconnut l'assemblée de Nîmes et demanda à traiter avec elle. Mais l'adversaire fit cérémonieusement savoir qu'il ne saurait négocier sans consulter le prince de Condé, qui se trouvait alors à Bâle. Les délégués de l'Union des huguenots et des catholiques du Languedoc exigèrent une escorte royale pour les accompagner en Suisse, puis de là à Paris. Henri III acquiesça.

La reine mère faisait contre mauvaise fortune bon cœur. Puisque l'expédition du Midi avait échoué, autant remonter sur Reims et faire sacrer le roi. Cela redorerait peut-être le blason de la famille. Quant au mariage avec la jeune Vaudémont, puisqu'elle ne pouvait l'empêcher, elle s'arrangea pour faire croire que c'était son idée.

* * * *

Il fallut à nouveau plier bagage. Mais cette fois Corine le fit avec plaisir. Elle avait connu l'ennui à Lyon, la tristesse en Avignon. Pour la première fois elle avait hâte de retrouver le Louvre où l'attendaient des nouvelles de son fils. Certes le voyage allait être long, il fallait remonter toute la vallée du Rhône – sur la terre ferme cette fois car le courant était rude et la Cour échaudée par le périple de l'aller –, repasser par Lyon et la Bourgogne, faire un détour par la Lorraine pour aller chercher la fiancée royale, et par Reims pour le sacre, mais chaque jour la rapprocherait davantage du petit Pierre.

Clémence était soulagée de ne pas remonter sur un bateau, bien qu'elle s'inquiétât, comme Hélène et beaucoup d'autres, de la traversée de régions en guerre. Sous la protection de l'armée royale, abandonnant le Languedoc aux rebelles, le cortège s'ébranla le 10 janvier, longeant la rive gauche du Rhône. Lorsqu'ils passèrent devant les murs de Livron, qu'encerclaient encore pour quelques jours les troupes du roi, ils durent faire face à l'insolence des défenseurs. Sur les remparts, les hommes et les femmes de la ville huaient et injuriaient la Cour, défiant le souverain.

Les courtisans forcèrent le pas des chevaux, l'estomac noué par la honte. La soubrette de Mlle de Pâquelin avait elle aussi depuis quelques jours des problèmes digestifs qu'elle mettait sur le compte de l'angoisse à traverser des régions belliqueuses. Mais lorsqu'ils arrivèrent le 15 à Romans-sur-Isère, tout danger était écarté, et les nausées étaient toujours présentes. La jeune femme dut se rendre à l'évidence : elle était enceinte.

Corine se réjouit de la nouvelle tout autant que les jeunes époux. Elle voyait se former un projet qu'elle avait à cœur depuis le mariage de Clémence. Dès que celle-ci aurait un enfant, il lui serait possible de rappeler son propre fils auprès d'elle, sous le couvert d'un enfant placé anonymement en nourrice auprès de la soubrette. Ainsi confié aux soins de Clémence, Pierre de Gayrand passerait inaperçu au Louvre, et sa mère pourrait le voir autant qu'elle le voudrait sans éveiller les soupçons.

Elle pestait contre la longueur du voyage, la reine mère ayant décidé de passer à nouveau plusieurs jours à Lyon. Enfin le 25 janvier le périple reprit en direction de la Lorraine, où la duchesse Claude, fille de Catherine de Médicis, allait à vingt-huit ans mettre son huitième enfant au monde.

* * * *

Mlle de Pâquelin était si pressée de rentrer à Paris, qu'elle prêta à peine attention aux dernières péripéties de la rivalité entre le roi de Navarre et le duc d'Alençon, que lui contait Margot. En traversant la Bourgogne, dont une partie était occupée par les huguenots, le frère du roi avait fait ni plus ni moins le projet d'enlever Henri III avec l'aide de son beau-frère et des protestants, pour empêcher le sacre. Mais le Béarnais lui avait ri au nez, avait trouvé le plan idiot, et s'était retranché derrière son rang de prince du sang pour refuser d'attenter de cette façon à la sécurité du souverain. L'inimitié entre les deux beaux-frères croissait et la princesse Marguerite continuait à y voir l'œuvre de Charlotte de Sauves et de M. du Guast.

L'incident était resté à l'état de projet larvé, connu seulement de quelques intimes. La reine Catherine restait persuadée que ses deux fils survivants s'aimaient profondément et mettait leurs perpétuelles jalousie et agressivité sur le compte de querelles enfantines qui passeraient avec le temps. Son sens de la famille était très développé et elle se réjouissait de retrouver bientôt sa fille aînée et ses petits-enfants lorrains. La jeune duchesse Chrétienne, qui allait sur ses dix ans, était heureuse également de revoir ses parents et surtout ses frères et sœurs qu'elle avait quittés quinze mois auparavant. Elle adorait sa grand-mère et la vie à la Cour, mais manquait de camarades de son âge.

Aux premiers jours de février, on arriva enfin à Nancy, où le roi de France devait officiellement faire sa demande en mariage auprès de Nicolas de Vaudémont, père de la fiancée royale et oncle du duc de Lorraine. Le duc Charles III les accueillit avec son hospitalité et sa générosité habituelles, mais il avait l'air soucieux. Et les embrassades et cris de joie des enfants ne déridèrent pas la reine mère lorsqu'elle sut pourquoi. La sage-femme de sa fille lui avait appris qu'elle attendait des jumeaux, que la fin de grossesse serait difficile et la délivrance délicate. Chacun était conscient du danger à venir. La plupart des naissances gémellaires n'arrivaient alors pas à terme. C'était la mort quasi assurée des enfants avant leur premier mois, et souvent de la mère lors de l'accouchement ou dans les jours suivants.

La duchesse Claude le savait, et déjà affaiblie par ses sept précédentes grossesses, elle décida le 6 février de dicter son testament. Il n'était bien sûr pas question pour elle dans son état de faire le voyage de Reims pour assister au sacre de son frère. Elle resterait en Lorraine, avec ses plus jeunes enfants. Mais son époux se devait de représenter la famille ducale de Lorraine au mariage de sa cousine et au sacre de son beau-frère, avec ses aînés.

Avec tristesse et angoisse, il quitta son épouse pour suivre la Cour qui arriva à Reims le 9 février. Le sacre devait avoir lieu le 13 et le mariage le lendemain. Louise de Vaudémont avait accepté en rougissant de devenir l'épouse du roi de France. Elle et sa famille se sentaient honorées par le choix d'Henri III. Mais il n'était qu'à voir les deux fiancés ensemble pour se rendre compte que cette union inattendue n'était pas dénuée de sentiments réciproques. Ils passèrent de longues heures à discuter et à préparer les cérémonies, et semblaient s'amuser comme deux enfants. Il est vrai qu'ils n'avaient que vingt-quatre et vingt-deux ans.

Le roi voulut en personne coudre des diamants sur la robe de sa promise. Cela lui prit toute une journée. Cet enfantillage ne fut pas le seul qu'il se permit. Ainsi, parce qu'il avait le front large et dégagé, il trouva en l'essayant que la couronne royale était trop petite pour sa tête, et exigea, trois jours avant le sacre, qu'on la fasse agrandir. Ce caprice en irrita plus d'un, l'auguste coiffure ne devant servir qu'à cette occasion, avant de rejoindre le trésor de la cathédrale.

La famille royale et ses proches étaient logés au palais du Tau, siège de l'archevêché, accolé par une aile à la splendide cathédrale gothique aux deux tours ajourées et aux portails magnifiquement sculptés. Au premier étage de ce palais, une suite était réservée au souverain, qui communiquait directement avec le chœur du sanctuaire. Ainsi le nouveau roi n'avait point besoin de sortir pour gagner le lieu du sacre. Les murs de cet appartement étaient tendus de velours bleu brodé de lys d'or.

Étendu sur un lit de parade, Henri III devait passer une nuit d'attente dans la prière. Au matin du 13 février 1575, le rituel commença par l'arrivée solennelle des évêques de Beauvais et de Laon, venus appeler le roi à se lever, à quitter son état de laïc pour être consacré à Dieu dans la sainte cérémonie du sacre. Mlle de Pâquelin put se rendre compte à cette occasion combien la légitimité de la monarchie était liée à la symbolique divine de l'Église catholique, et du même coup pourquoi les protestants étaient à ce point considérés comme des ennemis de la Couronne. Le sacre était une véritable liturgie dont les rites se répétaient depuis plus de mille ans.

Sur une chemise blanche fendue sur la poitrine et dans le dos, le roi avait revêtu une longue tunique de soie rouge. Il fut conduit par les évêques à la cathédrale où il s'assit sous un dais symbolisant la voûte céleste. Tel le Christ par les apôtres, il était entouré de douze pairs du royaume parmi les plus grands : six évêques ou archevêques et six princes du sang ou ducs. Le reste de la Cour et les grands seigneurs de tout le royaume avaient pris place dans la nef, le peuple étant maintenu au-dehors.

Le jeune cardinal de Lorraine, Louis de Guise, nouvel archevêque de Reims par la succession de son oncle mort en Avignon, alla chercher le flacon contenant le saint chrême, baume sacré que l'on disait avoir été apporté par l'Esprit-Saint lors du baptême de Clovis. Il déposa la Sainte Ampoule sur l'autel, puis se tourna vers le prétendant pour recevoir les serments.

Le prince prêta d'abord le serment ecclésiastique, jurant de faire justice aux clercs et aux églises, de les défendre et de respecter leurs privilèges. Puis les évêques de Beauvais et de Laon, qui étaient restés de chaque côté du souverain, le levèrent de son fauteuil et le présentèrent à l'assemblée qui l'acclama, vestige d'un temps ancien où les rois étaient élus par les membres de la noblesse. Henri III prêta alors le serment du royaume, promettant de garder la paix, de protéger son peuple des violences et des iniquités, d'être juste et miséricordieux, mais aussi de chasser les hérétiques de ses terres et juridictions.

Ensuite eut lieu la remise des insignes de chevalerie. En procession, les pairs de France portèrent au roi une cote d'armes, une ceinture, l'épée que l'on disait être celle de Charlemagne et qui resta brandie pointe vers le ciel durant le reste de la cérémonie, des éperons d'or qu'ils lui fixèrent symboliquement aux talons avant de les détacher et de les porter sur l'autel auprès des autres objets sanctifiés, un écu aux fleurs de lys, un étendard rouge à croix blanche et la bannière bleue fleurdelisée. Furent aussi déposés solennellement sur l'autel les insignes royaux qui allaient servir ensuite : l'anneau, la couronne, le sceptre et la main de justice.

Puis le souverain enleva sa tunique. On ouvrit sa chemise devant et derrière, et l'archevêque de Reims procéda sept fois à l'onction sacrée, sur la tête, la nuque, la poitrine, les paumes et le dessus des mains. On amena alors à Henri III des vêtements de soie bleue fleurdelisée qui ressemblaient à des effets sacerdotaux : longue robe et chasuble brodée. Il portait également des bottines de soie bleue. On lui posa sur les épaules le manteau royal ourlé d'hermine et brodé de fleurs de lys d'or. Le prélat bénit les gants du sacre, les passa au roi, puis lui enfila l'anneau symbole du mariage mystique l'unissant à ses sujets. Il lui remit le sceptre et la main de justice.

Enfin chacun des pairs vint soutenir la couronne au-dessus de sa tête avant qu'elle n'y soit posée. À ce moment le roi vacilla sous son poids, et la couronne, élargie sur son ordre, glissa par deux fois de sa tête. La Cour crut un instant qu'il était pris de faiblesse et jugea que c'était un mauvais présage. Corine songeait que cela n'était que le juste retour de ses excès de vanité. Puis le souverain se ressaisit.

Le cardinal de Lorraine le conduisit à un trône surélevé et cria trois fois : *Vivat rex in aeternum*[1]. Alors seulement les portes de la cathédrale furent ouvertes au son des trompettes, et le peuple put entrer pour voir le souverain dans toute sa gloire et sa splendeur. Un *Te Deum*, ou cantique d'action de grâces, fut chanté et la messe put commencer. À la sortie, des hérauts d'armes jetèrent à la foule des pièces de monnaie et des médailles commémoratives. Puis la famille royale et la Cour défilèrent dans les rues, accompagnées d'une parade et d'un spectacle fastueux dont le thème était les grandes figures royales depuis Clovis. Après cette œuvre éminemment pédagogique, il y eut un festin et un bal.

Le lendemain fut célébré le mariage par le cardinal de Bourbon, celui-là même qui avait marié Margot deux ans et demi plus tôt. La future reine de France était resplendissante dans sa robe brodée de diamants. Elle avait le cou enserré dans une immense fraise de dentelle godronnée, et ses cheveux blonds étaient relevés en un volumineux chignon au-dessus de sa tête. Timide mais souriante, elle fut parfaite dans le rôle que l'on attendait d'elle.

Après l'échange des consentements, elle fut sacrée et couronnée à son tour. Mais les reines étaient ointes avec le saint chrême liturgique, celui qui servait habituellement

---

1. Vive le roi, pour l'éternité.

aux baptêmes, confirmations, consécrations des évêques... non avec celui de la Sainte Ampoule qui ne devait être touché que par l'archevêque et le roi. D'ailleurs la chemise imbibée du baume sacré avait été brûlée comme il se devait après la cérémonie.

Les fêtes se succédèrent plusieurs jours durant, entrecoupées d'offices religieux. Le roi dut aussi se rendre au monastère de Corbeny, à cinq lieues de la ville, pour exercer le pouvoir miraculeux qu'il était censé avoir acquis lors du sacre, celui de guérir les écrouelles. Il s'acquitta de ce rôle avec fierté et conviction. Il semblait que la cérémonie du couronnement l'avait rendu encore plus imbu de sa personne, de son pouvoir, et du rôle religieux qu'il avait à jouer. Il se sentait réellement « sacré », à la fois inviolable et doté d'une aura mystique.

Plus étonnante était l'application avec laquelle il s'investissait dans sa nouvelle fonction d'époux. Il ne manquait jamais de réserver à la reine les honneurs qui lui étaient dus, lui rendait des visites quotidiennes, soupait en sa compagnie et passait avec elle les soirées à danser ou à écouter de la musique.

Amoureuse mais nullement naïve, Louise lui apportait des marques de tendresse, tout en éloignant discrètement de lui les mignons aux mœurs douteuses, ceux qui se conduisaient mal envers les demoiselles d'honneur, et les femmes qui ne cherchaient qu'à distraire les hommes. Sachant tenir son rang, mais réservée, elle ne gênait ni Catherine de Médicis dans sa politique ni Margot dans son rôle de brillante femme du monde. Réticente au début, la reine mère donna finalement à sa nouvelle bru son amitié et sa confiance.

Cette belle harmonie familiale fut brisée le 22 février par l'annonce que l'on redoutait tant. La duchesse de Lorraine était morte le 20 en mettant au monde deux petites filles, prénommées Élisabeth et Claude. Le duc Charles III était effondré. Il ordonna de lui faire des funérailles grandioses. Son corps embaumé devait être exposé durant quarante jours dans une salle d'apparat du palais ducal de Nancy, pour que ses sujets puissent lui rendre un dernier hommage. Puis elle serait inhumée en l'église des Cordeliers de cette ville.

Le roi décréta un deuil royal pour sa sœur. La reine Catherine était bouleversée, son visage portait les traces de son chagrin et elle, toujours si sûre d'elle, bégaya d'émotion lorsqu'elle apprit la nouvelle. Les enfants de la duchesse Claude devaient rejoindre leurs États pour les funérailles de leur mère, mais Catherine de Médicis fit promettre à son gendre de lui ramener bientôt la petite Chrétienne, ainsi que sa sœur Antoinette, pour qu'elle ait une compagne de jeux, et peut-être une des jumelles, afin de les élever à la Cour et de soulager leur père de la charge bien lourde de neuf orphelins.

Mais la famille royale ne devait pas se rendre aux obsèques de la duchesse de Lorraine. Il était temps maintenant de ramener le roi auréolé du sacre dans sa capitale. Un délai supplémentaire de plus de quarante jours n'était pas possible. Voilà qui arrangeait bien les affaires de Corine.

* * * *

Le 3 mars enfin le monarque fit son entrée dans Paris, lors de festivités réduites à cause des circonstances. Avant de regagner le Louvre, il dut encore se rendre à la cathédrale Notre-Dame pour prêter un dernier serment. Enfin le sacre était définitivement accompli, le roi et sa famille pouvaient rentrer chez eux.

Mlle de Pâquelin n'aurait jamais pensé qu'elle prendrait un jour autant de plaisir à regagner le palais parisien. Dès qu'elle le put, elle monta précipitamment à sa chambre. Comme elle s'y attendait deux lettres reposaient sur son secrétaire, toutes deux datées de septembre. L'une venait de Rosine Aubin, la seconde de la Possonnière. Corine décacheta la première, lut son contenu et pâlit.

— Non, ce n’est pas possible. Ce n’est pas vrai, s’écria-t-elle.

Elle la jeta par terre et ouvrit la seconde.

— Non, non, non !

La servante avait ramassé la première missive et commençait à la lire, lorsqu’elle vit sa maîtresse lâcher la seconde et s’effondrer évanouie sur le parquet.

— Oh ! Mon Dieu ! murmura-t-elle en essayant de la ranimer en tapotant sa main et ses joues, tout en passant d’une lettre à l’autre.

XXV. Retrait du monde

La soubrette avait appelé à l'aide dans le couloir. Heureusement la chambre d'Hélène de Surgères n'était pas loin, et celle-ci était accourue. À deux, elles avaient porté la jeune femme sur son lit.

— Mais que s'est-il passé ? demanda Hélène.

Clémence lui tendit les lettres en pleurant.

— Seigneur ! s'écria-t-elle à son tour après les avoir lues. Comment va-t-elle survivre à cela ?

La première missive, signée de Rosine Aubin, annonçait la mort le 6 septembre du petit Pierre de Gayrand. Il avait contracté une maladie infantile, avait eu une forte fièvre, et ne s'en était pas relevé. La seconde, datée du 20 septembre 1574, venait de la gouvernante de la Possonnière. Elle était allée comme chaque mois au village, pour rendre visite au fils de Corine, et avait trouvé la nourrice éplorée, qui lui avait raconté le drame. Elle avait eu du mal à le croire, car l'enfant avait toujours eu jusque-là une excellente santé. Mais il fallait se rendre à l'évidence, il n'était plus.

C'était hélas des choses qui arrivaient. Elle-même avait perdu deux petits au berceau et presque toutes les familles avaient ce genre de malheur à déplorer. Nul doute qu'il était monté tout droit au paradis, et Catherine allait jusqu'à dire que cela valait peut-être mieux ainsi. Qu'aurait été l'existence de cet enfant sans père ? Dieu dans sa grande sagesse avait sans doute voulu donner à sa mère une chance supplémentaire de reconstruire sa vie. Suivaient quelques paroles consolatrices dont Mlle de Pâquelin n'avait que faire.

Lorsqu'elle revint à elle, elle éclata en sanglots. Ses deux amies firent de leur mieux pour adoucir sa peine, mais elles aussi avaient le cœur gros et les larmes au bord des yeux. Comme en écho à la lettre de Catherine, elles y allèrent chacune du récit de la perte de petits frères et sœurs dont elles avaient le souvenir, essayant de rendre naturel le drame de leur compagne, à une époque où sur quatre enfants mis au monde, l'un mourait avant sa première année, et le deuxième avant dix ans. Et Corine se souvenait avoir vu dans la cathédrale de Tours les tombeaux de petits dauphins de France, mais elle ne se rappelait pas que des événements semblables se fussent produits chez les Pâquelin. Toutefois elle avait avec son frère une grande différence d'âge qui s'expliquait peut-être par la naissance de frères ou sœurs disparus avant même qu'elle ne vienne au monde.

Oui, c'étaient des choses qui arrivaient, chez les rois comme chez les paysans, mais cela ne la réconfortait pas. Elle avait adoré cet enfant et se sentait responsable de son décès. Elle croyait que si elle l'avait gardé auprès d'elle, bravant les rumeurs et le regard des autres, cela ne serait pas arrivé, qu'elle aurait su le protéger. Elle s'en voulait aussi de ne pas lui avoir rendu visite plus souvent. Elle pensait à lui avec son visage de poupon d'un an, et songeait qu'il en aurait eu deux bientôt, qu'elle ne l'avait pas vu grandir, ne l'avait pas assez tenu dans ses bras, ni assez embrassé.

Et Clémence et Hélène avaient beau dire que cela n'aurait rien changé, que l'on ne pouvait rien contre la maladie, ni contre les desseins de Dieu, elle ne voulait pas les croire. Elle réalisait aussi que le petit Pierre était tout ce qui lui restait de son défunt mari, et elle avait l'impression de perdre Quentin une seconde fois. Ce qu'elle éprouvait allait au-delà du supportable.

Ce qui se passa le reste de la journée et les jours suivants, elle ne s'en souvint pas. Elle vécut dans une sorte de brouillard où les gestes quotidiens se faisaient par habitude, où les images lui parvenaient brouillées, les sons étouffés. Elle accomplissait son travail comme un automate, sans voir ce qu'elle faisait, entendre ce qu'elle disait, oubliant au passage de se nourrir. La nuit elle rêvait que tout cela était un cauchemar et qu'elle allait se réveiller, mais au matin elle se rendait compte que c'était la réalité, en trouvant les lettres sur sa table de chevet. Ce qui était le plus dur, c'était de ne pas pouvoir pleurer dans la journée, d'attendre pour cela le soir et la solitude, de s'endormir enfin dans les larmes, et recommencer le lendemain.

Au travers du voile qui l'enveloppait, elle entendait les paroles réconfortantes d'Hélène et de Clémence, de Jacques Perrot et de Pierre de Ronsard, pleins de sollicitude, et s'accrochait à eux. Mais ce qui devait arriver arriva. À force de jeûner et de lutter dans le brouillard, elle s'évanouit un jour au beau milieu de la salle du trône. Ce fut un mal pour un bien : elle obtint quelques jours de congé et put enfin pleurer tout son saoul au long de la journée.

Lorsque les larmes se tarirent, le brouillard se dissipa, et elle voulut partir en Touraine voir Rosine Aubin. Mais elle était encore faible et ses amis le lui déconseillèrent, ne voulant pas que la vue de la tombe, celle de la nourrice, ou même celle de la Possonnière, qui ne pouvait que lui rappeler son accouchement, ne redoublent son chagrin. Et puis à quoi cela servait-il, plus de six mois après le décès ? Elle finit par se ranger à leurs raisons et y renonça. Elle écrivit une longue lettre à Catherine, lui expliquant qu'elle ne se sentait pas le courage de venir et la remerciant pour tout ce qu'elle avait fait. Cela ressemblait à une lettre d'adieu, comme si elle voulait tirer un trait sur son passé.

Tout le monde lui disait que la douleur s'estomperait avec le temps, et qu'il fallait se tourner vers l'avenir. Mais elle se demandait si elle avait encore un avenir, et ne savait que faire de son présent. Après la mort de Quentin, elle n'avait vécu que pour l'enfant à naître ; après la naissance de son fils, elle n'avait continué son service à la Cour que pour avoir les moyens de l'élever dignement. Elle se demandait pourquoi persister maintenant. Sans doute parce qu'elle n'avait nul autre endroit où aller. Pour tenter de trouver une issue à cette vie mondaine qui ne lui plaisait plus, elle essaya de renouer le contact avec ses parents et leur écrivit. Vivre en recluse dans un manoir près de Mons lui paraissait tout à coup mille fois plus supportable que la vie de cour, avec son cortège d'intrigues politiques, de guerres et d'histoires d'amour.

Et puis le ventre de Clémence allait bientôt s'arrondir, et elle ne savait si elle le supporterait. Cet autre enfant, dans lequel elle avait mis l'espoir de se rapprocher du sien, lui devenait soudain indésirable. L'état de sa soubrette lui rappelait trop sa propre grossesse et la joie du couple la renvoyait à sa terrible perte. Elle ne supportait plus la vue d'un enfant, surtout si c'était un garçon.

Marie Touchet voulut un jour l'inviter à passer quelques heures avec elle et son fils. Le roi Henri III avait décidé de faire élever avec le duc d'Angoulême un orphelin de famille noble, pour lui servir de compagnon de jeu, et la dame de Belleville voulait absolument faire partager à Mlle de Pâquelin le plaisir qu'elle avait à regarder jouer les deux enfants. Mais Corine ne put s'y résoudre : voir le fils de Charles IX et son frère de lait, qui avaient le même âge que Pierre de Gayrand, était au-dessus de ses forces. Elle eut toutes les peines du monde à décliner l'invitation, cherchant de multiples prétextes. Et Marie, qui n'en comprenait pas la cause, en fut vexée. Les deux jeunes femmes s'évitèrent à l'avenir, au soulagement honteux de Mlle de Pâquelin.

Au plus fort de son chagrin, il n'y avait que la douleur. Puis celle-ci fit place à la colère : elle s'en voulait d'avoir vécu si loin de son enfant, elle en voulait à Rosine Aubin de ne pas avoir su le soigner, à Catherine et à M. de Ronsard d'avoir choisi une mauvaise nourrice, à sa famille de l'avoir abandonnée, à Quentin d'être mort et de n'avoir pu protéger son fils, à la reine mère, au roi et au duc de

Guise pour avoir été les auteurs de la Saint-Barthélemy qui lui avait pris son époux, à Clémence parce qu'elle était enceinte, à Marie Touchet et à toutes les mères de petits garçons vivants. Elle en voulut aussi à Dieu. Pour lui avoir pris son fils, et celui qu'elle aimait.

Elle cria vers lui son désespoir et sa torture. « Mais pourquoi ? Pourquoi moi ? Qu'ai-je fait au ciel pour mériter cela ? Quels péchés ai-je donc commis ? » La colère laissa sa place à l'angoissante interrogation. Et lentement, insidieusement, la réponse s'inscrivit en elle. Elle connaissait son péché : elle avait aimé un huguenot, elle s'était mariée sans le consentement de sa famille, qui plus est elle avait épousé un hérétique, elle en avait eu un enfant dans le secret, un enfant qu'elle avait dû cacher au monde, un enfant qui n'aurait pas dû exister, fruit d'un amour défendu. C'était cela son péché, et Dieu l'avait punie.

Elle avait écouté les discours de Quentin, s'était imprégnée d'hérésie auprès de lui et de ses amis. Elle regrettait maintenant amèrement d'avoir eu un regard critique et ironique sur les pèlerinages de Saint-Martin de Tours et de Saint-Nicolas-de-Port, les confréries d'Avignon et le rituel sacré de Reims. Si elle n'avait pas bafoué sa religion, peut-être son fils serait-il vivant.

Elle garda ce sentiment pour elle, et n'osa pas le partager avec ses amis. Ce fut dommage, car ils auraient pu lui répondre que son enfant était né d'une union légitime, qu'il avait été baptisé par un prêtre catholique, qu'elle n'avait jamais renié la religion de ses parents, mais seulement prôné la liberté de conscience et la paix entre les partis. Il n'y avait aucun péché là-dedans, et lorsque des innocents périssaient, ce n'était jamais de la main de Dieu, mais de celle des hommes.

Et si Quentin avait été vivant il lui aurait dit que les protestants et les catholiques avaient le même Dieu, et que les papistes pouvaient passer aux yeux de ses congénères pour plus hérétiques que les huguenots, qui se voulaient proches des premiers chrétiens. Mais il n'était plus là pour le dire, et dans la solitude de son chagrin, elle se persuada de sa culpabilité religieuse.

⋆ ⋆ ⋆ ⋆

Autour d'elle la vie continuait. La princesse Marguerite passait toutes ses journées auprès de son frère le duc d'Alençon. Mais cette belle amitié fraternelle, que l'on vantait parfois, n'était qu'une façade permettant à la belle de voir journellement M. de Bussy d'Amboise, son amant.

Cette aventure galante n'échappa point à l'intrigante Charlotte de Sauves. Elle en avertit naturellement M. du Guast, qui le répéta au roi, lequel en parla à sa mère. Mais celle-ci, échaudée par l'affaire de Lyon, n'en voulut cette fois rien croire. Et Margot put continuer à fréquenter impunément le beau Bussy dont elle n'avait pas peur de clamer qu'il n'y avait personne en ce siècle, parmi les hommes de qualité, qui ne lui soit semblable en valeur, réputation, grâce et esprit.

⋆ ⋆ ⋆ ⋆

Les délégués de l'Union des protestants du Languedoc, qui s'étaient rendus à Bâle auprès du prince de Condé pour négocier la paix, arrivèrent à Paris le 10 avril, accompagnés de députés du prince et de représentants des huguenots réfugiés en Allemagne. Le roi reçut la délégation de bonne grâce le 11, persuadé de son bon droit, sûr d'obtenir la paix à bon compte. La garde suisse leur rendit les honneurs, comme au temps de M. de Coligny, et pour la première fois depuis le 24 août 1572, des protestants franchirent officiellement les portes du Louvre.

M. Douvet d'Arènes prit la parole en leur nom. Il commença par une supplique respectueuse, pleine de protestations de dévouement et de fidélité, ayant une larme discrète en évoquant le souvenir des massacres « dont la plaie saignait encore ». Le roi et Catherine de Médicis se rengorgeaient. Mais il présenta ensuite, du même ton humble et larmoyant, une longue pétition de griefs en quatre-vingt-onze articles.

Les confédérés réclamaient la libération des chefs calvinistes aux mains du roi, la réhabilitation des victimes de la Saint-Barthélemy, la punition des massacreurs, l'indemnisation des familles, mais encore le libre et entier exercice de la religion réformée, sans réserve ni restriction, en tout lieu du royaume, des places de sûreté, des chambres mi-parties (composées à parts égales de catholiques et de protestants) dans chaque Parlement, afin de se garantir de la partialité des juges catholiques, et la convocation des états généraux, seuls capables de présenter au roi les vœux profonds du pays.

La reine mère s'étrangla dans sa salive et manqua suffoquer. Henri III demanda à se retirer un moment pour mieux prendre connaissance de la liste. Dès qu'ils furent éloignés des ambassadeurs, Catherine de Médicis laissa éclater sa violente colère. Ils n'avaient pas cédé d'un pouce dans leurs revendications, ils ne venaient pas en suppliants mais en partenaires, ils voulaient participer aux affaires de l'État, avoir leur part de pouvoir. Elle ne pouvait le tolérer. Il n'était pas question d'accepter les vœux des représentants, ni de convoquer les états généraux qui pouvaient ébranler la monarchie en étalant au grand jour tous les problèmes sociaux du pays.

Le roi était plus mitigé, il voulait discuter. S'ils ne traitaient pas, il faudrait continuer la guerre, et il était en train de la perdre. Il revint dans la salle du trône et leur déclara d'un ton irrité qu'il était ébahi devant la hardiesse de leurs requêtes. Il voulait bien accorder des places de sûreté, mais la liberté de culte dans celles-ci seulement, et dans deux villes par province. Les délégués répondirent qu'ils n'étaient pas autorisés à changer la liste des articles, qu'ils devaient en référer à leur assemblée.

Henri III retint à la Cour M. d'Arènes et un autre représentant, comme ambassadeurs officiels et garants de la trêve, puis renvoya les autres députés dans leur province pour faire modifier leur mandat. La reine Catherine les fit accompagner de deux chefs catholiques, chargés de rencontrer en son nom le comte de Damville.

Les négociations n'avaient pas interrompu les hostilités, et presque partout au sud du pays, on se battait. Les nouvelles de l'Ouest étaient plutôt bonnes, le duc de Montpensier ayant réussi à prendre au nom du roi la ville de Lusignan, près de Poitiers, après quatre mois de siège. Et si La Rochelle tenait toujours tête, nourri par la pêche, le commerce maritime, et les courses des corsaires qui s'abritaient dans l'île de Ré et pillaient la flotte du roi d'Espagne, du moins les positions de chacun restaient-elles stables et la région paisible.

Dans le Midi au contraire, du Dauphiné à la Guyenne, en passant par la Provence et le Languedoc, les protestants et les catholiques associés menaient une guérilla permanente contre les troupes royales. Dans un camp comme dans l'autre, il n'y avait pas de grande armée, mais des forces réparties entre plusieurs chefs, dont le plus fort ne disposait que de quelques milliers d'hommes. Ces capitaines, sans plan d'envergure véritablement établi, se battaient au jour le jour, pour une place forte, un château, un village.

Il n'y avait pas de grandes batailles, mais des attaques surprise, des embuscades, des coups de main. Une poignée d'hommes prenaient une ville en faisant sauter une porte, en passant par une cave, en profitant des désordres du mardi gras ou d'un prêcheur réputé qui avait attiré les hommes à l'église, en se déguisant en paysans conduisant des charrettes au marché... Les troupes du roi avaient repris Saint-Gilles-du-Gard et progressaient en Provence, mais les huguenots avaient fait tomber Castres et Annonay. Sur le plan stratégique les prises s'équilibraient.

Entre-temps les bandes des deux camps rançonnaient et pillaient le pays. Elles faisaient tuer cent hommes pour s'emparer d'une charrette de grains, ou détruisaient des récoltes pour empêcher l'ennemi de s'approvisionner. Dans le Luberon, le blé était volé sur pied, les gerbes transportées dans la montagne pour être battues à l'abri. Les soldats affamés faisaient eux-mêmes la moisson. Mais le pays ne pouvait plus les nourrir. Les paysans en avaient assez de cette guerre qu'ils ne comprenaient plus.

On les attaquait pour voler leur charrette, on les torturait pour qu'ils livrent leurs cachettes de vivres. Après la prise d'une ville ou d'un village, c'étaient les massacres, les pillages et les viols. Et ils se rendaient bien compte que la religion n'avait rien à voir là-dedans, ou passait bien après les haines et les ambitions personnelles des chefs de partis. Damville, fervent catholique, commandait les protestants, le duc d'Uzès et le baron d'Acier, huguenots autrefois saccageurs d'églises, dirigeaient les catholiques. L'ultimatum de l'assemblée de Montpellier avait été signé par les chefs protestants et le vicaire général de l'évêché. Le très catholique vicomte de Turenne, qui avait déclaré qu'il aimerait mieux être chien que huguenot, avait libéré la ville protestante de Montauban en mai et été nommé par les réformés chef du Haut-Languedoc et de Guyenne (sénéchaussées de Toulouse, Carcassonne, Lauraguais et pays de Foix).

Les paysans commençaient à fuir leurs villages, les campagnes se dépeuplaient. Détruire une bande était une maigre victoire pour les troupes royales, car souvent elle se reconstituait. Le roi et la reine mère étaient impuissants à gérer un tel conflit. Ils ne voulaient traiter qu'avec les grands capitaines, persuadés que si les têtes tombaient, le combat s'arrêterait.

Le 13 juin, sur la route de Châtillon à Die, le capitaine Montbrun – qu'Henri III avait pris en haine depuis le pillage de ses bagages lors du voyage d'Avignon – avait vaincu en bataille rangée 4 000 mercenaires suisses à la solde du roi et détruit vingt-deux enseignes de leur régiment. Cette mésaventure jeta Catherine de Médicis et son fils dans un grand désarroi, les Suisses s'enorgueillissant jusque-là de n'avoir été vaincus que par François Ier et Jules César.

Quelques semaines plus tôt, ils avaient eu une fausse joie, Henri de Damville étant tombé gravement malade en mai. Le bruit de sa mort s'était même répandu à la Cour. Mais il ne mourut pas, et comme la maladie l'avait pris subitement après avoir reçu à sa table les envoyés de la reine mère, celle-ci fut soupçonnée de l'avoir fait empoisonner. Il guérit et, aussitôt rétabli, convoqua à Montpellier les représentants des provinces de l'Union pour leur faire part des contre-propositions du roi.

Le 1er juillet il put écrire au souverain que les dévastations du duc d'Uzès dans le Languedoc avaient fortement aigri les confédérés, et qu'avant de discuter du moindre article de la pétition du mois d'avril, ils exigeaient au préalable qu'Henri III accepte deux des points : la libération des maréchaux de Cossé et de Montmorency, embastillés depuis 1574 suite au complot de Pâques contre Charles IX, et le « libre, entier, général et public exercice de la religion réformée, dans tout le royaume et les pays, terres et seigneuries de l'obéissance, sujétion et protection de Sa Majesté ». La formule permettait d'inclure par exemple Avignon, qui relevait de l'autorité du pape. Faute de cela, les députés s'interdisaient la moindre discussion ou observation sur les quatre-vingt-neuf autres articles. C'était ni plus ni moins un ultimatum, que le souverain ne pouvait accepter.

* * * *

Mlle de Pâquelin se moquait bien de la guerre du Midi. Elle se concentrait sur les gestes de la vie quotidienne, mettant tous ses efforts à survivre au milieu d'une Cour qu'elle abhorrait désormais. Rester calme, rester digne, supporter la reine mère et les tracas de son service, les histoires galantes de Margot, et plus que tous les caprices du souverain et de ses amis, leurs rivalités perpétuelles, les mesquineries des coteries de tous ordres, voilà ce à quoi elle s'employait chaque jour, espérant ainsi expier les fautes qu'elle pensait avoir commises.

Et elle avait du mérite car la Cour n'avait plus rien de la grandeur du passé. Lorsqu'elle était arrivée à Blois quatre ans plus tôt, il y avait certes une grande tension à cause de la guerre imminente et des relations tendues avec l'amiral de Coligny. Mais il lui semblait que Charles IX, malgré ses imperfections, se comportait réellement en roi et les courtisans en grands seigneurs. Henri III était demeuré un chef de parti, avec ses favoris, ses espions, ses hommes de main. Le duc d'Alençon avait les siens, le roi de Navarre aussi, de même que le duc de Guise. Entre les gens d'épée de ces frères ennemis, les querelles étaient fréquentes, les duels se multipliaient, pour les motifs les plus futiles, et parfois fort éloignés de la politique.

Ainsi un jour, par bravade, M. de Bussy eut une altercation avec M. de Saint-Phal, un des favoris du roi, à propos du motif d'une broderie de robe. Ils en vinrent aux mains et se provoquèrent en duel. Henri III, tremblant pour son ami car l'adversaire était réputé le plus brillant bretteur de la Cour, intervint en personne pour les réconcilier. Mais Bussy enchaînait les provocations et traits d'orgueil pour éblouir la reine de Navarre. Et si le roi laissait passer ses rodomontades, M. du Guast ne l'entendait pas de cette oreille. Une nuit il le fit attaquer dans une ruelle par une troupe d'une quinzaine d'hommes armés et masqués. Dans l'obscurité ils le confondirent avec un de ses serviteurs qu'ils laissèrent pour mort sur le pavé.

M. de Bussy put s'enfuir mais un messager était déjà parvenu au Louvre, criant qu'on l'assassinait. Le frère du roi voulait en personne aller le sauver ou le venger. Margot en chemise dans le couloir supplia son frère de ne pas y aller, que c'était peut-être un piège pour le tuer lui-même. La reine Catherine s'en mêla, redoutant elle aussi quelque accident. Elle finit par s'enfermer avec son fils dans sa chambre, jusqu'à ce qu'un autre messager vînt prévenir que Bussy était sauf.

Le lendemain, l'amant de Margot parut au Louvre aussi fanfaron que d'habitude. Il menaça haut et fort de se faire justice. Le duc d'Alençon clama qu'il voulait se venger de l'offense qu'on lui avait faite en voulant le priver du plus brave et plus digne de ses serviteurs. La reine mère, devinant l'escalade qui risquait de brouiller ses deux fils, lui conseilla de ne point saisir un tel prétexte. Elle lui suggéra aussi d'éloigner M. de Bussy de la Cour, au moins pour un temps. Elle était sûre qu'un changement d'air serait profitable à sa santé. La menace était à peine voilée. Margot supplia à son tour, préférant éloigner son amant que lui voir suivre le parcours de M. de La Mole.

Le duc se rangea finalement à l'avis de sa sœur et pensa que Bussy lui serait plus utile loin de la Cour mais vivant, que mort à Paris. Et le beau Louis se résolut à quitter la capitale, portant à son chapeau des rubans aux couleurs de sa maîtresse. La reine de Navarre pleura beaucoup, et finit par se consoler… dans les bras de son mari.

La chose advint de la façon suivante : une nuit le Béarnais eut une syncope et resta évanoui plus d'une heure, après quelques excès de boisson et d'amour. Ses serviteurs le crurent mort et, après avoir éloigné les femmes de petite vertu qui avaient passé avec lui la soirée, s'en vinrent prévenir son épouse. Margot se précipita à son chevet avec ses femmes et ses gens, le soigna, le veilla, persuadée qu'il était en cet état de faiblesse à cause d'une tentative d'empoisonnement de du Guast, ou d'un excès de philtre d'amour donné par Charlotte de Sauves. Henri de Navarre en réchappa, fut plein de reconnaissance envers sa femme, loua à tout le monde son abnégation, sa patience, ses bons soins, disant qu'elle lui avait sauvé la vie. Les époux furent à nouveau réunis, Henri ouvrit les yeux sur le rôle de la perfide Charlotte et commença à renouer avec son beau-frère le duc d'Alençon.

* * * *

Si le roi en voulait tant à M. de Bussy, c'est qu'il avait été autrefois à son service, avant de passer à celui de son frère, et il ne pouvait lui pardonner cette trahison. Car Henri III haïssait véritablement le duc d'Alençon. Il le trouvait faux, perfide, ambitieux, le savait en relation avec Damville et ses autres ennemis, le soupçonnait de maints complots, sans se rendre compte que François se comportait avec lui simplement comme lui-même avait agi autrefois envers son aîné Charles. Et parce qu'il ne pouvait s'attaquer franchement à son frère, prince du sang et héritier de la Couronne, il se vengeait bassement : il le faisait insulter par ses favoris, lâchait ses hommes contre les siens, raillait ses faiblesses, le retenait prisonnier au Louvre, guettant tous ses mouvements. S'il le voyait quitter un bal de bonne heure, il s'alarmait et lançait ses gardes à sa suite. Il le croyait même capable d'attenter à sa vie.

Henri III se comportait de la même façon avec le reste de sa famille : il divulguait les amours de sa sœur, les dénonçait à leur mère, provoquait son beau-frère le roi de Navarre, lui faisant honte de ses complaisances envers sa femme, entretenait la jalousie de François et d'Henri en leur jetant dans les bras Mme de Sauves. Puis étant un jour de juin pris d'une forte fièvre et croyant sa fin prochaine, il suppliait le Béarnais de s'emparer de la Couronne aux dépens de son frère s'il venait à disparaître.

Les ambassadeurs étrangers et ceux des huguenots assistaient à la Cour au triste spectacle de toutes ces coteries. Les plus grands seigneurs ne venaient plus au Louvre sans avoir revêtu sous leurs habits une cotte de mailles, ni glissé une dague dans leur botte, car les hommes de chaque parti étaient prêts à se couper la gorge les uns aux autres, à provoquer en duel ou en bataille de rue. La nuit les gardes parcouraient les couloirs et les antichambres à la recherche d'assassins cachés derrière les tentures, d'espions ou d'empoisonneurs. On finissait par redouter son voisin, son ami de toujours, son parent. Les cadets de famille qui avaient de l'ambition et participaient aux intrigues devaient aussi avoir les nerfs solides.

La reine Catherine sentait les dangers que faisaient courir à sa famille toutes ces discordes entre les princes du sang, mais son influence sur le roi était battue pour le moment par celles de ses favoris tout-puissants : du Guast, Caylus, d'O, Saint-Luc, Villequier, Gramont, d'Arques de Joyeuse, La Valette d'Épernon...

Déçu après quelques mois de mariage de ne pas voir la reine tomber enceinte pour lui donner l'héritier tant attendu, le roi était retourné à ses anciens penchants dans les bras de ses amis. Loin de garder dignité et discrétion, ceux-ci se pavanaient dans les rues pour épater les bourgeois dans leurs curieuses tenues, sauf M. de Villequier, à qui le titre de gouverneur de Paris conférait une certaine retenue, et les ducs de Joyeuse et d'Épernon qui combattaient quelque part aux confins de la Provence et du Languedoc pour préserver le royaume.

Pour les autres, que les Parisiens avaient surnommés les mignons, on les voyait habituellement le visage fardé comme les femmes, les cheveux frisés artificiellement et relevés en chignon au-dessus de la tête, parés de bijoux, vêtus de couleurs vives et de dentelle, parfumés à la violette. Les enfants se moquaient d'eux, les jeunes gens les sifflaient, les femmes les injuriaient sous cape. Mais tous les craignaient car le roi choisissait ses favoris non seulement pour leur beauté, mais aussi pour leur témérité et leur habileté à l'épée.

Ils étaient prêts à se battre pour un rien, à mourir pour lui au besoin. C'étaient des compagnons de plaisir mais aussi de véritables gardes du corps, et des agents politiques qui payaient parfois leurs excès de leur vie. Le roi les gratifiait de hautes charges et de belles pensions, comblait leurs familles d'honneurs. Au duc de Joyeuse, il avait promis la main d'une sœur de son épouse, l'alliant ainsi à la famille royale. De lui et du duc d'Épernon, Henri III disait qu'ils étaient ses «fils aînés». Au grand désespoir de Catherine de Médicis qui sermonnait vainement son fils.

Mlle de Pâquelin la vit pleurer de rage et de désespoir un soir où à une réflexion sur les commandements qu'il confiait à ses amis, elle s'entendit répondre : «Morbleu, Madame ! Je les mettrai si haut que, si je meurs, vous-même n'arriverez pas à les abaisser.»

Autant Margot se plaignait de M. du Guast, autant la reine mère semblait craindre le duc d'Épernon. De par sa naissance, son intelligence, son habileté dans l'art de la guerre, il lui paraissait plus dangereux. Lui n'agissait pas par plaisir ou par devoir de fidélité à son roi, mais par ambition et cupidité. Il était de plus orgueilleux et arrogant, et ce n'était pas Corine qui allait dire le contraire. Heureusement, pour le moment, il guerroyait loin de la Cour. Madame Catherine le détestait et aurait voulu le voir mort.

Comme elle faisait cette réflexion devant son médecin florentin, M. Cavriana, l'homme de science lui répondit : «Allons, Madame, vous savez bien que si d'Épernon mourait, un autre, puis encore un autre prendraient sa place.» Et c'était vrai. Dès que l'un des mignons trépassait, tué en duel ou assassiné au coin d'une rue, le roi Henri le remplaçait aussitôt par un autre protégé.

* * * *

Il devenait de plus en plus difficile à Corine de supporter cette ambiance. D'autant que la grossesse de Clémence avançait et qu'elle ne pensait pas pouvoir accepter la présence d'un enfant auprès d'elle. La pauvre soubrette sentait bien que sa maîtresse la boudait, évitait de passer trop de temps avec elle. Elle en connaissait les raisons et s'en désolait, d'autant qu'elle était très inquiète. Elle n'arrivait pas à oublier ce qui était arrivé à la princesse de Condé, à la duchesse de Lorraine, à Mlle de Pâquelin. Devenir mère lui faisait peur, et elle ne trouvait aucune consolation auprès de Corine. Elle aussi aurait voulu quitter cette Cour de coupe-jarrets et son mari Jacques la pressait de s'installer à Blois auprès de sa famille. Mais elle n'osait abandonner sa maîtresse.

Mlle de Pâquelin ne trouvait plus grand réconfort non plus auprès de M. de Ronsard. Le vieil homme déprimait. Ses derniers poèmes, une épopée nommée *La Franciade*, contant en vers à la manière de l'*Énéide* de Virgile les exploits des premiers rois mérovingiens et carolingiens, n'avaient pas eu le succès escompté. Depuis la mort de Charles IX, il était tombé dans une semi-disgrâce, était passé de mode. Le nouveau poète en vue à la Cour s'appelait Philippe Desportes. C'était un abbé mondain de trente ans, précieux et maniériste, qui avait suivi Henri III en Pologne, était revenu avec lui et y avait gagné le rôle de chantre officiel du souverain. Messire Pierre le trouvait mauvais, Agrippa d'Aubigné le détestait, mais lui pour lors avait mis de côté la poésie pour se consacrer à son rôle d'écuyer-garde du corps du roi de Navarre.

M. de Ronsard, dans sa jeunesse, avait reçu la tonsure, c'est-à-dire les ordres mineurs, qui ne faisaient pas de lui un prêtre, mais lui permettaient de toucher les revenus de bénéfices ecclésiastiques, tels que prieurés et canonicats. Parmi les monastères dont il touchait les rentes, ses préférés étaient ceux de son Vendôme natal, Saint-Cosme-lès-Tours et Croixval-en-Vendômois, où il se retirait lorsqu'il était las de la Cour. Il y disposait d'un logement, de ses livres et des paysages qu'il aimait. En cette mi-année 1575, plus rien ne le retenait à Paris, ni l'amitié de la famille royale ni la gloire. Aussi avait-il décidé de se retirer définitivement dans son prieuré de Saint-Cosme, où il espérait dans la tranquillité retrouver l'inspiration.

Son départ inquiétait Mlle de Pâquelin, d'autant qu'Hélène parlait elle aussi de passer quelques mois dans sa famille aux confins du Poitou. Sans ses amis elle serait encore plus perdue à la Cour. Même les facéties de son petit chien n'arrivaient plus à la dérider. La bête le sentait et, depuis le séjour en Avignon, passait plus de temps avec la soubrette qu'avec sa maîtresse. Corine savait également qu'un jour Clémence la quitterait. Elle aurait aimé fuir Paris de même, mais pour aller où ? Ses parents n'avaient pas répondu à ses lettres, il ne fallait rien espérer de ce côté. M. de Ronsard lui avait à nouveau ouvert grandes les portes de la Possonnière, mais elle ne se sentait pas le cœur de retourner là où elle avait mis au monde le petit Pierre et vécu avec lui ses premières semaines. Hélène lui avait bien proposé de l'accompagner chez ses parents, mais elle ne se sentait pas non plus de courage aux mondanités provinciales et avait peur de gêner ses retrouvailles familiales.

Ce fut Margot qui lui donna le coup de grâce, avec ses perpétuels revirements amoureux et son goût de l'intrigue. Elle se plaignait une fois de plus de Louis du Guast qui cherchait selon elle à la brouiller avec son mari et ses frères. Il aurait suggéré aux rois de France et de Navarre d'éloigner d'elle une de ses suivantes, Gilonne Thorigny, qui avait été sa sœur de lait. Il avait fait de même avec une soubrette de la reine Louise. Le prétexte en était qu'il ne fallait pas laisser auprès des princesses des servantes qu'elles aimaient trop. Il y voyait des amitiés très particulières, mais Marguerite pensait qu'il voulait surtout éloigner d'elles toutes leurs personnes de confiance.

Elle avait supplié son mari, pleuré devant lui et lui avait dit qu'en la renvoyant ainsi il nuisait à la réputation de son épouse, ce qui était bien le dessein de son conseiller. Mais M. du Guast lui avait promis de ne plus lui nuire, pourvu qu'il lui ôtât Mlle Thorigny. Le roi lui-même lui avait demandé d'éloigner cette personne d'elle, il en faisait toute une affaire, et le Béarnais ne voulait pas le mécontenter pour si peu de choses.

— Alors il l'a fait, disait Margot, il m'a dit qu'il agissait à son grand regret, mais il a renvoyé cette fille et j'en ai grand chagrin. C'est un ingrat et je suis si offensée de cette indignité que cette fois, c'est décidé, je ne coucherai plus avec le roi de Navarre, ni ne lui adresserai la parole !

* * * *

Cet épisode fut la goutte d'eau qui fit déborder le vase de Mlle de Pâquelin. Il fallait absolument qu'elle quitte la Cour, ses intrigues et ses mesquineries, au moins pour quelques mois. Hélène lui suggéra à nouveau en vain de la suivre à Surgères. Clémence lui rappela qu'elle devait accoucher dans deux mois, et Jacques insistait pour que ce soit dans sa ville natale. Elle lui proposa de venir avec elle chez les Perrot. Mais Corine ne se voyait pas vivre dans une rôtisserie de Blois. La servante s'éloigna, un peu vexée.

— Je sais qu'il est inutile de vous reparler de la Possonnière, intervint M. de Ronsard. Mais je ne peux tout de même pas vous proposer de m'accompagner. L'endroit où je vais me reposer, dit-il avec humour, est un couvent d'hommes.

Elle sourit tristement.

— Mais voilà peut-être la solution ! dit Hélène.

— Pardon ? fit le poète.

— Un couvent... de femmes bien sûr. Il existe de nombreuses abbayes où l'on peut faire retraite pour plusieurs semaines ou plusieurs mois. J'en connais justement une, aux confins du Poitou et de l'Angoumois. Une de mes tantes y a séjourné quelque temps et en était très contente. Cela s'appelle Notre-Dame de Fonteval et se trouve à une dizaine de lieues à l'ouest de Confolens. C'est quasiment sur mon chemin. Nous pourrions partir ensemble.

— N'est-ce pas une région où les protestants sont très présents ? s'inquiéta M. de Ronsard.

— Le Poitou est vaste, répondit Mlle de Surgères. Il est vrai que les huguenots y sont nombreux, mais La Rochelle est loin et la province pacifiée. Cela n'a rien à voir avec ce qui se passe en Languedoc. Croyez-moi, si tel n'était pas le cas, je ne rejoindrais pas ma famille. Dans toutes leurs lettres ils sont formels. Il n'y a aucun danger.

Mlle de Pâquelin réfléchissait. Elle avait vraiment besoin de se reposer dans un endroit paisible. Et elle se souvenait de la sérénité qu'elle avait ressentie après avoir fait avec Catherine le pèlerinage de Saint-Martin de Tours, du silence qui régnait à l'abbaye Saint-Pierre de Lyon. Elle songeait aussi qu'un séjour dans un monastère calmerait ses inquiétudes religieuses. Elle accepta.

Sitôt la décision prise, tout alla très vite. Hélène écrivit à la supérieure de Fonteval pour recommander son amie et savoir si une place de pensionnaire était disponible. Dès réception de la réponse positive, Corine obtint un congé de plusieurs mois. Cela faisait longtemps qu'elle n'en avait pas demandé, n'ayant plus besoin de se rendre en Touraine, et la reine mère le lui accorda sans difficulté, d'autant qu'elle avait remarqué la mauvaise mine de sa demoiselle d'honneur.

Il restait le cas de Clémence à résoudre. L'austérité des couvents n'admettait pas la présence d'un service domestique, et l'état de la soubrette nécessitait une autre solution. Mlle de Pâquelin songea qu'il était temps de rendre sa liberté à sa servante. Depuis l'âge de quatorze ans elle était à son service, et méritait bien de mener enfin sa propre vie et de s'installer avec son mari à Blois.

Corine piocha dans l'argent qu'elle avait mis de côté pour élever son fils, elle en prit une partie pour payer sa pension chez les sœurs et fit don du reste à Clémence pour qu'elle puisse s'établir dignement et ouvrir avec Jacques Perrot l'auberge dont ils rêvaient. Elle décida aussi de lui confier Tricky, qui serait mieux dans son foyer que dans un couvent. La soubrette pleura à chaudes larmes, protesta de son dévouement et de sa reconnaissance, disant qu'elle était prête à reprendre son service dès le retour de Mlle de Pâquelin à la Cour. Corine argua du fait qu'elle ne savait combien de temps durerait son absence, que Clémence aurait bientôt son enfant, et qu'elle devait construire sa propre vie. Elle promit de lui écrire souvent.

Le 4 juillet ils partirent tous ensemble, dans deux voitures, avec leurs bagages pour plusieurs mois. Mlle de Pâquelin avait pris place dans la première avec sa soubrette qui ne voulait pas la quitter d'une semelle pour leurs derniers jours ensemble, Mlle de Surgères et M. de Ronsard. Jacques Perrot, qui avait donné son congé définitif à la Cour, était dans la seconde, avec la servante et le laquais d'Hélène, le valet du poète.

Le 8 ils laissèrent Clémence et son mari à Blois, après des adieux déchirants auxquels Tricky mêla ses hurlements. Le 9 ils quittèrent maître Pierre à Tours au milieu d'autres larmes, et Corine continua son chemin seule avec Mlle de Surgères et ses serviteurs. Le 11 ils passèrent par Poitiers avant d'atteindre le 12, dans la vallée de la Charente, le bourg de Fontenay-le-Val sur le ban duquel se trouvait l'abbaye des Dames de Fonteval[1]. Laissant ses domestiques dans une auberge du village, Hélène passa une nuit au monastère, mais le lendemain, elle reprit sa route vers l'Ouest et le château des comtes de Surgères, laissant son amie seule, face à une nouvelle vie.

1. Abbaye et village fictifs.

XXVI. Les Dames de Fonteval

Durant les semaines, les mois qui suivirent, la vie de Mlle de Pâquelin changea du tout au tout, à son grand soulagement. Elle s'ouvrit à un monde nouveau, où le calme et le silence n'étaient perturbés que par les cloches de l'abbaye et les chants des religieuses. Cette rupture avec le bruit et l'agitation de sa vie précédente lui convenait tout à fait, elle ne désirait rien d'autre et remercia chaleureusement Hélène dans sa première lettre de l'avoir aidée à trouver ce refuge. Elle espérait que la jeune femme, au château des comtes de Surgères, allait pouvoir aussi, au sein de sa famille, se reposer de la vie mondaine qu'elles avaient vécue jusque-là.

Il me semble qu'il y a une éternité que je suis arrivée à la Cour en provenance de mon Hainaut natal, lui écrivit-elle à la fin de juillet, *et pourtant cela ne fera que quatre années en septembre. J'étais alors une jeune fille insouciante, presque une enfant, avide de découvrir le monde et ses splendeurs. Jamais je n'aurais imaginé vivre tant d'événements en si peu de temps. J'ai découvert l'amour, et je l'ai perdu. Je me suis mariée, et je suis devenue veuve. J'ai été mère, et je ne suis plus rien. J'ai fait de longs voyages, et vécu dans de magnifiques châteaux. Puis j'ai connu la guerre, et tellement d'horreurs… J'ai côtoyé les plus grands personnages de notre temps, et contemplé leurs vilenies. J'ai vu mourir un roi, et en sacrer un autre. J'ai perdu mon frère et ma famille, et me voici loin de chez moi, sur une terre qui m'est étrangère, dans un lieu qui l'est tout autant…*

La jeune femme s'adapta pourtant rapidement à son nouvel univers, prenant plaisir à cette vie simple, comme hors du temps, seulement rattachée au monde extérieur par la correspondance qu'elle échangeait avec ses amis. Ses premières missives à Hélène de Surgères, à Clémence à Blois ou à M. de Ronsard au prieuré de Saint-Cosme étaient longues et remplies de mille informations sur la vie de l'abbaye de Fonteval et de ses habitantes. Elle leur en décrivit les bâtiments, les fonctions et les caractères des religieuses, des autres pensionnaires, et toutes les anecdotes de sa nouvelle existence. Puis petit à petit les lettres furent plus courtes, plus espacées, au grand déplaisir de ses amis qui s'inquiétaient de son détachement du monde et du peu de cas qu'elle faisait de son retour dans la société. Tout son intérêt semblait centré désormais sur sa vie au couvent.

⋆ ⋆ ⋆ ⋆

Mlle de Pâquelin avait été surprise par la taille de l'abbaye. Le bâtiment le plus important en était l'église abbatiale. Les voûtes romanes de la nef étaient soutenues par des piliers ronds et lisses, dont seuls les chapiteaux s'ornaient de sculptures : entrelacs de feuilles et de plantes, animaux, personnages bibliques et monstres des enfers. Le chœur était plus élevé, et présentait plusieurs absides où étaient logées des chapelles. La mère abbesse, Mme de Fonteval – on appelait la supérieure qui gouvernait le couvent du titre de dame, suivi du nom de l'abbaye – avait dit à Corine qu'on avait eu autrefois l'intention d'agrandir l'ensemble de l'église en la rehaussant et la rénovant dans ce style plus récent et plus ouvragé que l'on appelait gothique, mais l'argent avait manqué, et seul le chœur avait été réalisé, ainsi que les cloîtres, sauf celui des Novices, qui était resté roman.

Une tour carrée s'élevait à la croisée du transept, mais ce qui avait le plus frappé la nouvelle pensionnaire, c'était la façade d'entrée et son grand mur droit et plat, presque nu de toute décoration, à part les deux sobres petites tourelles d'angle et les voussures du portail en berceau, où se mêlaient sur trois rangs des statues de saints et de démons. Sœur Philippine, qui était la maîtresse des chœurs, et faisait aussi office de sacristine – elle s'occupait de la sonnerie des cloches, des ornements sacerdotaux – lui avait affirmé que c'était là un style fréquent en Poitou et dans l'Angoumois.

De chaque côté de la nef se trouvaient deux cloîtres reliant à l'abbatiale plusieurs bâtiments disposés en carré autour d'une cour ou d'un jardin. Le plus beau était celui situé au sud, que l'on appelait cloître des Dames ou cloître des Religieuses. Il était d'allure gothique, avec des voûtes élancées et brisées, des fenêtres très ouvragées, leurs fines colonnettes soutenant une dentelle de pierre qui formait des cœurs et des trèfles en tous sens. Le soleil les traversait et dessinait comme des tableaux de lumière mouvante sur les dalles de la galerie. Un vieux puits trônait au milieu du jardin et des roses grimpaient le long de la margelle. Dans l'aile ouest se trouvait le réfectoire, où toute la communauté se réunissait pour les repas, et au-dessus le dortoir des religieuses. Elles n'étaient plus que douze, mais au vu de la taille des bâtiments, elles avaient dû être bien plus nombreuses autrefois.

L'aile sud abritait la salle du Chapitre où Mère Aldegonde – Mme de Fonteval s'appelait en réalité Aldegonde de Vouillac – débattait avec les sœurs du gouvernement de l'abbaye, des postulantes à accueillir ou des tâches à entreprendre. Au premier étage se trouvait une bibliothèque de premier ordre, avec de riches parchemins ornés, à laquelle on pouvait accéder sur permission de la mère supérieure.

L'aile orientale du cloître des Dames était occupée par l'hôtel de l'Abbesse. Elle y avait son logement et son bureau, mais également quelques chambres et salons où elle pouvait recevoir. L'abbesse avait environ quarante-cinq ans, et en avait passé près de quarante au couvent. Elle y avait été placée dès son plus jeune âge, au sortir de nourrice, y avait été éduquée, y avait fait son noviciat et sa profession de foi. Comme elle était issue d'une grande famille, elle avait été élue abbesse par la communauté des sœurs au décès de la précédente supérieure. Après son élection, elle avait été confirmée par le pape.

Elle était le véritable guide de l'abbaye qu'elle gouvernait en toute autonomie, au plan temporel comme au spirituel, et portait comme symbole de son pouvoir, à l'image des évêques, une croix pectorale, un anneau, et une crosse lors des grandes occasions. Les autorités civiles et religieuses de la région lui rendaient visite en son hôtel pour prendre ses conseils, et elle correspondait avec plusieurs grands de ce monde et avec les supérieures des autres abbayes bénédictines de la région, qui étaient plus de trente.

Faisant pendant au cloître des Dames, on trouvait au nord de l'abbatiale le cloître des Novices. Il était beaucoup plus ancien et plus sobre que le premier. C'était là que vivaient les postulantes, qu'elles y apprenaient pendant un an, quelquefois plus, le métier de religieuse. Autrefois chaque abbaye avait son noviciat, aujourd'hui on venait d'un peu partout à Fonteval et lorsqu'une novice était reçue professe, elle partait le plus souvent dans une autre abbaye poursuivre sa vie de religieuse. Il y avait à ce moment huit novices âgées de seize à vingt-cinq ans. Sœur Christophine était la maîtresse des novices. Elle enseignait aux postulantes, éprouvait la fermeté de leurs intentions, les aidait à approfondir leur vocation.

Au rez-de-chaussée de l'aile nord se trouvait l'école des novices, et au-dessus leur dortoir. À l'ouest étaient situés les ateliers manuels où se retrouvaient aussi bien les religieuses que les novices ou les pensionnaires, car la vie dans une abbaye n'était pas que prière et méditation. Le travail y avait sa part, consacré ici essentiellement au filage, au tissage et à la vannerie. Les sœurs confectionnaient leurs propres vêtements, mais aussi d'autres, qu'elles distribuaient aux pauvres.

Face aux ateliers, à l'est, se trouvait l'infirmerie, et aussi la morgue. Car on mourait également à Fonteval. Sœur Bernarde était l'infirmière du couvent et aussi la plus âgée des religieuses. Elle confectionnait toutes sortes de baumes, d'onguents et de potions à partir de plantes. Elle soignait les sœurs professes, les novices et les pensionnaires, mais aussi les pauvres qui se présentaient à l'abbaye. Au-dessus de l'infirmerie se trouvaient des greniers où on conservait les provisions, les dons pour les indigents, où on séchait le linge en hiver.

De la volée d'escalier qui conduisait à l'abbatiale, jusqu'à l'entrée du domaine, avait été construite une galerie, séparée en son milieu par un mur, formant deux allées couvertes utilisées l'une par les religieuses et les élèves, l'autre par les hôtes et les visiteurs, afin de préserver la tranquillité des nonnes. Lorsque quelqu'un se présentait à l'abbaye, il pénétrait tout d'abord dans une sorte de sas d'entrée qui donnait à gauche sur le parloir, à droite sur le logement de la sœur tourière. Sœur Anne remplissait ce rôle, c'était elle qui avait le plus de contacts avec l'extérieur, assurait les liens avec le reste du monde. Elle ne logeait pas au dortoir mais avait sa propre cellule près de l'entrée. Elle filtrait les visiteurs, les conduisait chez la mère supérieure, au parloir, ou chez les hôtes ; elle envoyait, recevait et distribuait le courrier ; elle déterminait les besoins des mendiants et la répartition des aumônes aux passants ; elle accueillait les malades et les conduisait à l'infirmerie. Elle possédait les clefs de presque toutes les portes.

Elle était la plus bavarde et peut-être la plus sympathique de toutes les sœurs. Ses fonctions l'avaient relevée du vœu de silence et de méditation auquel étaient soumises ses compagnes. Les religieuses en effet ne devaient parler que lorsque c'était strictement nécessaire et à voix basse de préférence. Sœur Anne aimait passer du temps avec les pensionnaires et les tenir au courant de la vie de la maisonnée et de ce qui se passait au-dehors, qu'elle apprenait par les villageois, les pèlerins de passage ou les visiteurs illustres qui rendaient visite à Mme de Fonteval. Elle était aussi en contact avec divers marchands – à qui elle vendait les paniers ou pièces de tissu façonnés au couvent et achetait les produits nécessaires qui n'étaient pas fabriqués sur place – ainsi qu'avec les métayers qui cultivaient les terres de l'abbaye.

Au nord et au sud de la galerie d'entrée se trouvaient deux autres cloîtres faisant pendant aux deux premiers. Au septentrion, accolé au cloître des Novices, se tenait le cloître des Écolières, car les sœurs s'adonnaient aussi à l'enseignement. Elles tenaient un pensionnat de jeunes filles de six à dix-huit ans, où étaient reçues les demoiselles des grandes familles de l'aristocratie, à qui était offerte une éducation complète : lecture, écriture, chant, couture et règles de bienséance.

Certaines des fillettes élevées à l'intérieur du couvent étaient destinées par leurs parents à la vie religieuse, d'autres en seraient retirées pour être mariées lorsqu'elles auraient atteint l'âge requis. Les écolières pensionnaires étaient pour lors une douzaine, dont trois jeunes filles pauvres éduquées gratuitement, car la charité était une des vertus premières des Dames de Fonteval. Mais il venait également pour les petites écoles des élèves à la journée qui ne logeaient pas au couvent, provenant des villages ou des châteaux environnants.

Les salles de classe et les dortoirs des élèves occupaient l'aile nord et une partie de l'aile ouest du cloître des Écolières, l'autre étant prise par le parloir. À l'est les bâtiments communiquaient avec les ateliers manuels du cloître des Novices. Les élèves participaient d'ailleurs à ces divers travaux. On avait également placé à l'école deux jeunes protestantes orphelines, dans le but de les convertir. Avant même de les voir, Corine avait compati à leur sort, pensant qu'elles devaient être bien malheureuses si elles étaient là contre leur gré.

Enfin au sud de la galerie se trouvait le dernier cloître, qu'on appelait cloître des Hôtes, car c'était là qu'étaient logés les hôtes et pèlerins de passage, ainsi que les pensionnaires. Il communiquait à l'est avec le réfectoire du cloître des Dames, que les hôtes fréquentaient également. À l'angle sud-est se trouvaient les cuisines, domaine de Sœur Ludovique, au nord-ouest le logement de la sœur tourière. Partout ailleurs étaient répartis des cellules ou logements individuels qui accueillaient les malades, les dames et veuves âgées ou infirmes, les pèlerines allant ou revenant de Saint-Jacques-de-Compostelle, les dames en voyage qui ne voulaient pas descendre dans une auberge et aussi les pensionnaires permanentes qui étaient là pour plusieurs mois ou années.

Fonteval en comptait quatre à l'été 1575. La plus âgée était Mme Ulrique de Sainte-Grave, une vieille dame pieuse qui comptait finir ses jours là, après avoir légué presque tous ses biens à l'abbaye. C'était une femme d'une grande charité et d'une grande religion. Elle avait accueilli Corine avec bienveillance et faisait figure d'aïeule vénérable pour les écolières et les pensionnaires. Elle passait une grande partie de son temps à coudre et broder des langes et de petits vêtements pour les enfants pauvres des environs. La deuxième avait à peu près l'âge de Mlle de Pâquelin et se nommait Jeanne-Antoinette de Bonneuil.

Depuis mon arrivée, disait l'ancienne demoiselle d'honneur dans ses lettres, *elle n'arrête pas de me questionner sur la vie à la Cour et m'épuise en ragots de toutes sortes. Je crois qu'elle donnerait n'importe quoi pour vivre ce que nous avons vécu… et moi autant pour n'avoir pas eu à le faire. J'espère que ces questionnements vont bientôt cesser et qu'elle me laissera goûter à la tranquillité que je cherche. Par certains côtés, elle me rappelle Margot : son exaltation, son goût pour le luxe et les intrigues. Pour les hommes aussi, j'en ai bien peur. Certaines questions me le laissent à penser, et il ne m'étonnerait pas qu'elle ait été placée ici par sa famille pour protéger sa vertu et lui éviter quelque frasque.*

J'ai parfois l'impression que nous formons ici une petite Cour, avec sa reine, ses grands, sa politique, son économie, ses cérémonies, ses joies et ses drames. Mais cette Cour-ci est tellement plus calme et reposante que l'autre ! Peut-être parce que c'est un monde de femmes, sans guerriers ni querelleurs, sans bretteurs ni empoisonneurs. Le silence et la tranquillité dominent mon nouveau monde, entrecoupés de prières et de chants religieux d'une rare beauté.

Mlle de Pâquelin assurait ses amis qu'elle goûtait à sa nouvelle vie avec apaisement et gratitude. De la troisième pensionnaire, elle savait pour l'instant peu de choses. C'était une jeune fille également, très discrète, prénommée Judith. La quatrième était Corine.

Le domaine abbatial était ceint de hauts murs mais la jeune femme trouvait cela rassurant, elle s'y sentait en sécurité. Elles n'étaient pas enfermées tout à fait car entre les murs et les bâtiments conventuels se trouvaient de vastes jardins. Derrière les cuisines et les logis des pensionnaires, prenaient place au sud un potager et un jardin médicinal, suivis par un verger à l'arrière du cloître des Dames. À l'est de l'hôtel de l'Abbesse, il y avait un jardin d'agrément, auquel les hôtes avaient accès. Derrière l'infirmerie se trouvait le cimetière et au nord, le long des cloîtres des Écolières et des Novices, un vaste pré où les écolières pouvaient s'ébattre, où on étendait le linge en été, et fauchait l'herbe qui servait à faire les matelas.

* * * *

Cette vie discrète à la campagne n'empêchait pas une certaine forme de richesse, que l'on retrouvait dans les sculptures des bâtiments, les objets liturgiques, mais aussi dans les nombreux biens et terres que l'abbaye recevait à titre de don ou d'héritage de la part de pèlerins ou de pécheurs repentis. Ainsi Fonteval possédait des champs, des prés, des vignes, tenus par des métayers, qui la fournissaient en grain, vin, foin, fromages, œufs, poules ; mais aussi des moulins, cours d'eau et étangs, des forêts et terrains de chasse, des droits seigneuriaux, des dîmes sur les paroisses, des rentes, des maisons dans différents villages et villes des environs, des églises même.

Cette richesse des abbayes causait de vives réactions de la part des protestants et de quelques humanistes, qui croyaient que cela conduisait à de graves abus et que les religieux menaient une vie peu conforme à leur état. Un concile récent[1] avait même jugé certaines réformes nécessaires, mais Corine était sûre qu'à Fonteval l'argent était utilisé à bon escient. Il servait à l'entretien des bâtiments, à l'achat d'objets nécessaires, de nourriture, de vêtements, dont la plupart étaient redistribués aux pauvres. Car les Dames de Fonteval étaient très charitables : outre l'éducation gratuite de jeunes filles pauvres, elles hébergeaient gracieusement des pèlerins, soignaient les familles indigentes, faisaient des aumônes aux passants, aidaient des orphelinats et des maisons de vieillards ou d'infirmes. Chaque dimanche à l'issue de l'office, elles distribuaient du pain, de la viande et des médicaments aux nécessiteux.

⋆ ⋆ ⋆ ⋆

Dans ses premières lettres à Clémence, à la rôtisserie de Martin Perrot à Blois, Mlle de Pâquelin raconta longuement le rôle des différentes religieuses et la façon dont la vie s'organisait au couvent. Elle insista sur la position de Mère Aldegonde, qui avait un pouvoir étendu : elle administrait le temporel, nommait à toutes les charges du monastère, jugeait les fautes des religieuses, recevait les novices à la profession… Elle était aussi un guide spirituel pour toute la communauté et aidait Corine à y voir plus clair dans son existence au cours de longs entretiens avec elle.

---

1. Le concile de Trente (1545-1563).

Juste en dessous venaient les religieuses issues de la noblesse ou de la haute bourgeoisie appelées Dames de Chœur. Elles formaient l'élite de la congrégation et accomplissaient les tâches les plus nobles, telle Sœur Christophine, la maîtresse des novices, qui enseignait les postulantes, ou Sœur Philippine, chantre et sacristine qui s'occupait des ornements sacerdotaux et livres liturgiques, des luminaires et des sonneries de cloches. Elle dirigeait le chœur et apprenait à chanter aux novices et aux écolières. Sœur Adrienne et Sœur Marie-Andrée enseignaient aux élèves de l'école. La seconde prenait également soin de la bibliothèque.

Sous les Dames de Chœur, on trouvait les sœurs converses, d'origines plus humbles, qui avaient des tâches manuelles, telle Sœur Ludovique, la cuisinière, Sœur Henriette, la lingère, qui s'occupait des lessives de la maisonnée, Sœur Léonarde et Sœur Marie-Charlotte, qui étaient essentiellement couturières, Sœur Nicolette et Sœur Louise, les jardinières. Sœur Ludovique, la cuisinière, était d'un rang au-dessus d'elles, car elle gérait le cellier, le réfectoire, la boulangerie et les productions du jardin et du verger.

Deux autres religieuses avaient un rôle à part, situé entre les converses et les Dames de Chœur. Par leur condition elles étaient proches des premières, mais leurs talents particuliers et leurs responsabilités les plaçaient à un échelon particulier dans la hiérarchie du couvent. D'ailleurs elles avaient, par la grâce de Mme de Fonteval, de fréquents contacts avec l'extérieur, et l'oreille de la mère abbesse. Il s'agissait d'Anne, la sœur tourière ou portière, et de Sœur Bernarde, l'infirmière.

Cette dernière avait une grande connaissance des plantes, et bien qu'elle ne sût ni lire ni écrire, une grande compréhension des textes de la Bible. Elle avait souvent des visions étranges, de vives lumières, ou d'anges combattant des démons, et l'on disait qu'elle avait le don de prophétie.

Ma vie ici est réglée chaque jour de la même façon, écrivait Mlle de Pâquelin. *Au milieu de la nuit, dans un demi-sommeil, j'entends sonner matines. Les nonnes se lèvent pour un premier office et pour chanter les laudes. Je me réveille tout à fait après six heures, et peux aller prendre avec les autres pensionnaires et les écolières une légère collation au réfectoire, alors que les religieuses ont déjà assisté à plusieurs offices, médité, et sont réunies à la salle capitulaire pour la répartition du travail de la journée. Ensuite, et jusqu'à la grand-messe qui a lieu chaque jour (et avec plus de solennité encore le dimanche), je peux à loisir me reposer dans ma chambre, lire, me promener dans les jardins ou rejoindre les ateliers manuels pour de la couture ou de la broderie.*

Après la messe, a lieu vers onze heures le repas principal, que nous prenons toutes ensemble au réfectoire, sœurs professes, novices, écolières et pensionnaires, mais chacune à la table de notre groupe. Le déjeuner se fait en silence, et les bavardages (qui ont surtout lieu à la table des écolières, mais parfois aussi à celle des novices) attirent les foudres de Mme de Fonteval. La mère abbesse dirige la prière au début et à la fin du repas, et pendant toute la durée de celui-ci, une lecture de textes saints est faite à voix haute, chaque jour par une autre religieuse, à tour de rôle, afin que nous goûtions à la fois aux nourritures du corps et à celles de l'esprit.

Ensuite nous prenons du repos ou les mêmes activités que la matinée. Quelquefois je vais regarder s'ébattre les écolières dans leur cloître, ou je rends visite aux autres pensionnaires, je me promène ou je discute avec Sœur Anne ou Mère Aldegonde. Vers quinze heures ce sont les vêpres et la prière du soir. Nous soupons vers dix-sept heures puis à complies nous récitons des actions de grâces. Ensuite chacune regagne son dortoir ou sa cellule pour méditer. Je me couche généralement vers les huit heures du soir, cela me change de la Cour ! Mais je ne regrette rien. La régularité de ma nouvelle vie m'apaise l'esprit et le corps, je retrouve de la force et de l'équilibre au fil de ces activités sereines qui se déroulent chaque jour au son de la cloche.

* * * *

À Saint-Cosme-lès-Tours, M. de Ronsard était heureux de reposer enfin ses vieux os. La goutte le faisait souffrir et le retenait souvent au lit plusieurs jours d'affilée, mais l'inspiration lui était revenue, et il comptait y écrire un recueil de sonnets qu'il voulait dédier à sa douce amie Hélène[1]. *Je ne suis qu'un fol vieillard*, disait-il dans une missive à Corine, *mais elle me manque déjà terriblement. Elle sera ma dernière muse et m'inspirera, je crois, de meilleurs vers que mes poèmes épiques de ces dernières années.*

Puis il lui livrait quelques-unes de ses productions récentes, lui demandant son avis, et s'il pouvait, sans craindre son courroux, les envoyer à Mlle de Surgères. Dans l'une d'elles, il la malmenait quelque peu, pris par son rôle de vieillard éconduit et fâché, dans l'autre il essayait de lui montrer son affection quelque peu désespérée :

Sonnet :

Quand vous serez bien vieille, au soir à la chandelle
Assise auprès du feu, dévidant et filant,
Direz, chantant mes vers, en vous émerveillant,
Ronsard me célébrait du temps que j'étais belle.

Lors vous n'aurez servante oyant telle nouvelle
Déjà sous le labeur à demi sommeillant,
Qui au bruit de Ronsard ne s'aille réveillant,
Bénissant votre nom de louange immortelle.

Je serai sous la terre, et fantôme sans os
Par les ombres myrtheux je prendrai mon repos.
Vous serez au foyer une vieille accroupie

Regrettant mon amour, et votre fier dédain.
Vivez si m'en croyez, n'attendez à demain :
Cueillez dès aujourd'hui les roses de la vie.

---

1. Les *Sonnets pour Hélène*, écrits à Saint-Cosme-lès-Tours, furent publiés en 1578.

Projet de chanson :

Quand je devise assis auprès de vous
Tout le cœur me tressaut :
Je tremble tout de nerfs et de genoux
Et le poul me défaut
Je n'ai ni sang ni esprit ni haleine
Qui ne se trouble en voyant mon Hélène,
Ma chère et douce peine.
…
Dessus ma tombe écrivez mon souci
En lettres grassement :
Le Vendômois, lequel repose ici,
Mourut en bien aimant
Comme Pâris, là-bas faut que je voise[1]
Non pour l'amour d'une Hélène Grégeoise,
Mais d'une Saintongeoise.

M. de Ronsard lui demanda si elle ne trouvait pas irrévérencieux d'écrire des poèmes d'amour du fond d'un prieuré. Il lui avoua aussi qu'il goûtait pleinement à la sérénité des lieux et espérait de tout cœur qu'elle en faisait de même à Fonteval. *Je crois que je vais finir ma vie ici, au milieu des roses que j'aime tant et qui poussent un peu partout à profusion. Sur ma sépulture en guise de pierre tombale, je demanderai qu'on plante un simple rosier rose tourangeau,* ajoutait-il.

Il prenait plaisir à vivre éloigné de la Cour, mais se plaignait que Saint-Cosme soit hélas encore trop près de Paris, car les nouvelles de la capitale venaient régulièrement troubler sa retraite. Il partagea avec elle le dernier bruit : le roi de France n'était plus roi de Pologne, depuis le 15 juillet. Malgré les efforts de la reine mère pour conserver la couronne à son fils, les nobles polonais ne lui avaient pas pardonné sa fuite. Après avoir vainement espéré son retour,

1. Que je m'en aille, que je meure

réunis en assemblée, ils l'avaient proprement détrôné et déposé. La reine Catherine le prenait comme un terrible affront, mais le roi n'en paraissait nullement affecté. Il était plus inquiet de la révolte du Midi et voulait concentrer ses forces autour de Gordes, contre le capitaine huguenot Montbrun.

Mlle de Pâquelin fut à même de rassurer M. de Ronsard sur ses sonnets. Elle les avait montrés en personne à Hélène lorsque celle-ci était venue lui rendre visite quelques jours avant son retour sur Paris, et la demoiselle d'honneur les avait très bien pris, avec le sourire et avec admiration pour le talent du poète. Elle rentrait à la Cour et avait vainement tenté d'inciter Corine à la suivre. Mais celle-ci se sentait incapable d'y retourner. Elle avait écrit une longue lettre à ses parents, en espérant infléchir leur décision. Elle ne savait quand elle leur parviendrait, car la route était longue entre Fonteval et le manoir des Pâquelin; elle n'espérait pas de nouvelles avant plusieurs semaines.

Avec un peu de chance et l'aide de Dieu, écrivait-elle au poète, *je retrouverai peut-être le Hainaut pour la Noël. C'est ce à quoi j'aspire désormais. S'ils devaient ne pas me répondre, j'aimerais rester à Fonteval. La sérénité qui y règne me convient. Mes conversations avec Mme de Sainte-Grave ou avec Mère Aldegonde m'apaisent. Mais je n'ai pas de quoi payer éternellement une pension à l'abbaye. Dans huit mois au plus, mes finances s'épuiseront. Plaise au ciel que d'ici là j'aie des nouvelles de Mons et qu'elles soient favorables ! Tous les jours, j'adresse à Dieu des prières en ce sens. Je vous conjure d'y joindre les vôtres, je ne vous oublierai pas non plus dans les miennes.*

⋆ ⋆ ⋆ ⋆

De son côté Mlle de Surgères avait mal supporté son séjour auprès de ses parents. Si les premiers jours avaient été consacrés à la joie des retrouvailles et l'évocation des souvenirs, ils avaient ensuite concocté pour elle un programme de réjouissances qui ne la laissa guère en repos. Presque chaque jour ils recevaient ou rendaient visite aux familles nobles des environs. Lors de ces dîners et réceptions, sa mère vantait chaque fois ses mérites et sa condition de façon très exagérée. Elle s'était sentie flattée au début, jusqu'à ce qu'elle comprenne qu'on lui faisait rencontrer tous les jeunes gens célibataires et de bonne lignée de la région, ou bien leur famille, ce qui revenait au même.

Oui, ses parents s'étaient mis en tête de la marier, et ils la promenaient ou l'exposaient aux yeux des éventuels acheteurs comme un bel objet à vendre. C'était du moins ce qu'elle ressentait. Chaque semaine se présentaient un ou deux nouveaux candidats. Dieu merci, sa position à la Cour lui permettait de donner son avis et de jouer sur l'accord indispensable de la reine mère. Elle les avait donc tous refusés.

Les continuelles présentations de prétendants furent cause qu'elle renonça à son séjour poitevin. Corine lui reprocha de blâmer ses parents, lui disant qu'elle était bien aise de les avoir. Elle aurait voulu pouvoir en dire autant. Elle avoua avoir écrit aux siens en espérant qu'une missive rédigée du fond d'une abbaye les aiderait à la reconsidérer comme leur fille. Elle n'avait plus qu'eux désormais, et aurait donné cher pour avoir le droit de rentrer à Mons et ne plus paraître à la Cour.

Évoquant la guerre, dans une de ses premières missives après son retour à Paris, Mlle de Surgères lui apprit que le capitaine Montbrun, chef des huguenots du Dauphiné, était mort. Acculé à la retraite près de Gordes, blessé dans une chute de cheval, il venait d'être capturé et ramené à Grenoble où Henri III l'avait fait juger par le Parlement et exécuter le 12 août. Le roi pensait que ce procès public, dans la région de ses exploits, montrerait à tous que le grand chef n'était plus, et qu'ainsi les rebelles du Midi s'effondreraient. Mais un compagnon de Montbrun, nommé Lesdiguières, prit leur tête, et la guerre continua. *Je ne sais si nous aurons un jour la paix*, disait Hélène.

⋆ ⋆ ⋆ ⋆

À Blois, Clémence s'épanouissait auprès de la famille de son mari. M. et Mme Perrot l'avaient vraiment accueillie comme leur fille, mais elle se sentait un peu à l'étroit chez eux. Jacques aidait son père aux broches et aux saucières, en attendant qu'ils trouvent un bon logis où installer leur auberge. *Quand je pense que j'aurai bientôt ma propre maison, je crois rêver. Qui aurait dit cela lorsque je courais pieds nus, enfant, dans nos campagnes. Sans compter qu'avec une ou deux servantes, c'est moi qui serai bientôt la maîtresse !* écrivait-elle le 15 août, jour férié de la fête de l'Assomption, et jour bien mérité de repos, à son ancienne patronne.

En attendant elle donnait sa part de labeur, autant que son état le permettait. Son terme était pour dans un mois et elle commençait à avoir peur. Elle pensait souvent à la pauvre duchesse de Condé et à la duchesse de Lorraine, qui étaient mortes en couches. *Je songe aussi à votre malheur, et je prie chaque jour pour que le ciel ne m'enlève pas mon enfant, et que Dieu lui conserve sa mère. Je crois que Jacques en deviendrait fou de chagrin.*

Catherine était venue la voir de la Possonnière. Elle lui avait dit qu'elle l'assisterait le jour venu, et de ne pas s'inquiéter, qu'elle avait le bassin large et que l'enfant passerait bien. *Il paraît que j'ai un corps à en faire dix sans aucun souci. Puisse-t-elle dire vrai ! Bien que cinq me suffiraient amplement. Nous avons longuement parlé de vous. Elle aimerait que vous lui écriviez une lettre de temps à autre. Ne vous inquiétez pas pour Tricky, il est heureux avec nous, et engraisse à vue d'œil, car il déniche toujours un reste à manger.*

Corine la rassura comme elle put, lui rappelant qu'elle était bien entourée, par Catherine, par Jacques et sa famille, et que tous prendraient soin de son enfant. *Il ne sera pas esseulé chez une nourrice étrangère, qui, quelles que soient ses qualités, ne veillera pas sur lui avec autant d'attention que sa mère. Je suis persuadée que son éloignement, pourtant inévitable, a été la cause principale de la disparition du petit Pierre.* Elle fit transmettre ses amitiés et ses regrets à la Possonnière. Mais écrire là-bas demeurait au-dessus de ses forces. Elle ne pouvait songer à ce lieu où elle avait mis au monde son fils, où elle l'avait tenu, si peu, dans ses bras.

Elle n'imaginait pas non plus revenir à la Cour et vivre auprès des assassins de son mari. Elle se demandait comment elle avait tenu aussi longtemps. Elle rappela à Clémence qu'elle avait écrit à sa famille une longue lettre leur expliquant tout, de son mariage secret à la naissance et à la perte de son fils, et les regrets profonds qui lui venaient dans sa retraite austère et pieuse. Retrouver le manoir des Pâquelin et la douceur de vivre de sa campagne natale était son plus vif désir désormais. Se consacrer à la famille qui lui restait et au bien-être des pauvres de la région son vœu le plus cher.

* * * *

À Fonteval, Corine se reposait le corps et l'esprit. Elle passait beaucoup de temps avec Mme de Sainte-Grave. Les deux veuves priaient, cousaient et brodaient ensemble. La jeune femme avait l'impression d'être avec une vieille parente à qui l'on pouvait se confier. Elle lui avait parlé de Quentin, et du petit Pierre. Ulrique lui avait raconté son défunt mari, ses enfants qui n'avaient pas vécu, ses neveux qui ne venaient pas la voir. Malgré tous ses malheurs, elle avait une foi profonde, et une grande sérénité qui réconfortait Mlle de Pâquelin. Elles restaient parfois de longs moments ensemble, sans avoir besoin d'échanger autre chose qu'un sourire.

Ce n'était pas la même chose avec Jeanne-Antoinette de Bonneuil. Cette jeune femme était un vrai poison. Elle passait son temps à médire sur Mère Aldegonde, sur les religieuses, les élèves ou les pensionnaires. Même Mme de Sainte-Grave n'échappait pas à ses sarcasmes, et

Corine était sûre qu'hors de sa présence, elle médisait sur elle également. Elle était là contre son gré, et en voulait à la Terre entière pour cela. Elle ne chantait pas aux offices, refusait de participer aux travaux manuels ou aux distributions aux pauvres. Elle interpellait tout un chacun en le raillant, et on l'avait même entendue blasphémer plus d'une fois. Elle jurait ses grands dieux qu'elle sortirait un jour d'ici et qu'elle s'en donnerait alors à cœur joie. Sa conduite avait été telle que ses parents n'en étaient pas venus à bout et avaient été contraints de la faire enfermer au couvent, en espérant qu'elle s'y amenderait.

Mais Mlle de Pâquelin n'y croyait guère. Au début Jeanne-Antoinette avait tenté de devenir son amie, elle ne cessait de chercher sa compagnie et de lui parler de la Cour. Puis quand elle avait vu que Corine lui répondait du bout des lèvres et qu'elle préférait la compagnie d'Ulrique de Sainte-Grave, elle l'avait méprisée comme les autres. De temps en temps elle revenait la chercher, car elle avait besoin d'un auditoire, mais l'ancienne demoiselle d'honneur l'évitait autant que possible. Elle la plaignait, car elle était bien malheureuse et s'amplifiait chaque jour son malheur par son attitude arrogante et outrancière.

Judith Moreau était d'une tout autre trempe, malheureuse et recluse elle aussi, mais douce et résignée. Son histoire était bien triste. Elle était née d'un père huguenot et d'une mère catholique, qui était morte en mettant au monde sa seconde sœur. Comme souvent dans les mariages mixtes entre deux religionnaires différents, pour apaiser les querelles de famille, ses parents avaient décidé que les fils issus de leur union prendraient la religion de leur père, et les filles celle de leur mère. Mais ils n'avaient eu que trois filles : Judith, Sarah et Rebecca. Elles avaient été baptisées catholiques mais avaient reçu des prénoms issus de l'Ancien Testament, comme c'était beaucoup l'usage chez les protestants.

Leurs parents prévoyaient de les instruire dans les deux religions, et de laisser leur libre arbitre décider lorsqu'elles seraient en âge de choisir. Mais lorsque leur mère mourut, elles furent élevées par leur père dans la foi protestante. Et quand celui-ci était décédé il y avait deux ans, leur famille maternelle, catholique, avait voulu les contraindre à abjurer la religion réformée. Bien que fort jeunes alors, elles avaient tenu bon, et leur résistance les avait fait cloîtrer ici. Elles n'en sortiraient que converties. Pendant ce temps, leurs oncles et cousins jouissaient de leurs biens et héritages, et Corine craignait que leur souci ne soit plus matériel que religieux.

Cela la fit réfléchir à ce que serait devenue sa famille si son époux et son fils avaient vécu. Avec Quentin, ils avaient longtemps espéré que d'autres mariages comme le leur faciliteraient les relations entre les deux communautés, mais en discutant avec Judith, elle s'apercevait que le plus souvent cela jetait le trouble au sein des familles. Certaines étaient tolérantes : le mari catholique laissait sa femme aller au prêche, le huguenot laissait son épouse aller à l'église, et elle ne doutait pas que Quentin eût agi ainsi. Mais la plupart du temps, l'un se convertissait à la religion de l'autre afin de rendre plus facile la vie commune.

L'une ou l'autre solution divisait les lignages, rompait les solidarités du réseau parental. Tel père ou grand-père se sentait bafoué, attaqué dans son autorité paternelle, qu'il soit catholique ou huguenot. Il menaçait de déshériter son enfant pour lui imposer sa religion, ou pire le faisait passer pour fou, ou suicidaire, donc incapable de gérer ses affaires, le faisait enfermer parfois, au couvent ou ailleurs.

Les époux de confessions différentes, leurs enfants subissaient des pressions, des menaces, ou même de mauvais traitements de la part des deux familles. Souvent les enfants gardaient la religion du père, parce que c'était le chef de famille, qu'il avait droit de décision. Il arrivait aussi que ces mariages soient considérés comme nuls et les enfants comme bâtards.

Mlle de Pâquelin comprenait qu'il soit plus facile de faire coïncider identités familiale et religieuse, de se marier au sein de sa religion pour ne pas être désigné du doigt, rejeté par sa communauté. Chez les huguenots, qui étaient moins nombreux que les catholiques, il était encore plus important de se marier avec un coreligionnaire, pour ne pas diminuer, fragiliser le groupe.

Oui elle se demandait ce qu'ils seraient devenus. Et aussi si tous les malheurs qui leur étaient advenus n'étaient pas une punition du ciel pour avoir trahi leurs communautés. Quentin ne se serait jamais converti, et elle non plus. La vie du petit Pierre aurait-elle été épargnée s'il avait vécu huguenot au manoir de son père ? La famille de Gayrand aurait-elle accepté que l'un de ses enfants soit élevé en catholique à la cour de France ? Mais il était vain de songer à cela puisque la famille qu'elle aurait pu former avec Quentin n'existait plus.

Judith, à qui elle avait raconté un peu de son passé, croyait qu'elle était là comme elle, sur ordre de sa famille, pour avoir épousé un huguenot. Peut-être y avait-il là une part de vérité. Elle ne serait pas là, si elle n'avait pas épousé un protestant. Cette jeune fille, qui pourtant se sentait prisonnière ici, préférait y rester, plutôt que de se voir imposer un époux catholique par sa famille. Corine se sentait proche d'elle, rejetée par les siens, sans avenir, ne désirant rejoindre le monde ni épouser qui que ce soit, heureuse en quelque sorte dans la prison qu'elle s'était choisie. Peut-être finirait-elle sa vie avec Judith dans cette abbaye.

Hélène à qui elle fit part de ses sentiments, se récria :

J'aurais mieux fait de rester avec vous. Cela vous aurait peut-être fait plus de bien que de vous complaire à la seule compagnie des nonnes, des veuves, et des filles enfermées malgré elles. Vous y prenez des idées désespérantes et d'éloignement du monde qui m'effraient. Vous vous torturez en vain l'esprit et la conscience. Vous n'avez commis aucune faute en aimant un homme de bien, en l'épousant devant Dieu. Vous n'êtes pas là pour expier vos péchés, mais pour vous reposer des errements de la Cour.

Mais cela n'eut que peu d'effet sur Mlle de Pâquelin.

XXVII. Renoncement ultime

La troisième semaine de septembre apporta à Corine une bonne nouvelle de Blois. Le 15 du mois, Clémence avait accouché d'une belle petite fille, qu'elle avait fait prénommer Catherine. Leur amie de la Possonnière en était la marraine, et Martin Perrot, le père de Jacques, son parrain. *Elle est en bonne santé, belle et forte, sachant crier haut et clair. Chacun ici se rengorge et cherche à prouver qu'elle a les yeux de l'un, le nez de l'autre… Peu m'importe, c'est ma fille, et la plus belle du monde, évidemment,* écrivait la jeune mère. *L'accouchement s'est bien déroulé, assez vite, et je pense que j'ai souffert moins que vous.*

Clémence aurait bien voulu que Mlle de Pâquelin soit la marraine, mais son éloignement ne l'avait pas permis. La soubrette espérait que pour son prochain enfant, elle serait avec la Cour à Blois, et qu'elle l'accepterait comme filleul, bien qu'elle sût que Corine ne désirait plus y mettre les pieds. Mais le proverbe ne disait-il pas qu'il ne fallait jamais dire jamais ?

En attendant elle se plaignait du fait que la famille l'avait forcée à garder le lit trois jours, et la chambre cinq de plus encore. Elle n'y tenait plus, ne se sentait point malade. Connaissant le désir de sa maîtresse de renouer avec ses parents, elle en avait parlé aux siens dans sa lettre annonçant la naissance et leur avait demandé de sonder M. et Mme de Pâquelin sur le sujet, de voir au moins s'ils avaient bien reçu les missives de leur fille. Les parents de la soubrette ne savaient ni lire ni écrire, étant simples métayers, mais elle passait par le curé de la paroisse qui leur lisait ses lettres et lui transcrivait leurs réponses. Elle ne manquerait pas de tenir Corine informée des suites.

⋆ ⋆ ⋆ ⋆

À peu près à la même époque, la pensionnaire de Fonteval reçut une longue lettre de Mlle de Surgères qui, depuis son retour à la Cour, se trouvait plongée dans les intrigues et péripéties de la famille royale. Elle lui annonça un événement extraordinaire : François, duc d'Alençon, frère du roi et héritier du trône, s'était enfui de la Cour ! Cela faisait un beau scandale, et on n'osait imaginer les conséquences. On disait qu'il s'était retiré à Dreux, dans son fief de Normandie. Nombre de ses amis l'avaient suivi et d'autres le rejoignaient chaque jour. Il avait publié un manifeste pour justifier son évasion, dans lequel il expliquait qu'il se sentait prisonnier au Louvre et qu'on ne le laissait pas jouir de ses fiefs et apanages. Mais certains pensaient qu'il était parti rejoindre les protestants révoltés de l'Ouest ou du Midi, ou l'armée du prince de Condé.

Le roi s'était mis dans une colère folle, persuadé que le duc d'Alençon allait prendre la tête des coalisés. Il s'en était même pris à sa mère qui, quelque temps auparavant, l'avait supplié de relâcher la pression sur son jeune frère. Cette inimitié existant entre les deux derniers fils de Catherine de Médicis faisait scandale en France, Alençon étant l'héritier du trône. Et Catherine en était en grande partie responsable pour avoir adoré l'un et méprisé l'autre, et le leur avoir bien montré, en dépit de son devoir de mère. *Pour la première fois je l'ai vue commettre une erreur de jugement*, disait Mlle de Surgères, *car elle a eu vent par ses espions de ce projet de fuite et n'y a pas cru.*

Margot, au contraire, se vantait de l'avoir organisé. Le duc d'Alençon et le roi de Navarre, qui s'étaient réconciliés, avaient projeté ensemble de s'enfuir de la Cour pour, à la tête de leurs hommes, pouvoir mieux négocier avec le roi, qui son apanage de Normandie et ses pensions non versées, qui son gouvernement de Guyenne, dont il ne pouvait pas jouir car il ne pouvait s'y rendre, ni sur ses autres terres de Navarre et Béarn.

Ils avaient résolu de s'enfuir l'un quelques jours après l'autre, avec l'aide de la princesse Marguerite, qui devait les rejoindre plus tard. Mais le roi de Navarre était à présent à ce point surveillé que la suite du complot ne put avoir lieu. Leur intention, d'après Margot, n'était point de troubler la France, mais seulement de se mettre en sûreté et de s'établir une situation digne de leur qualité.

Comment le duc d'Alençon avait-il réussi cette prouesse? Le 15 septembre, juste avant le souper, il s'était emballé jusqu'au nez dans un manteau qui n'était pas à ses armes, était sorti avec un serviteur peu connu pour se rendre, dans le carrosse d'une dame, à une maison de rendez-vous aux portes de Paris. Ce n'était qu'une feinte au cas où il aurait été suivi. Une fois à cette maison, des chevaux et des hommes l'attendaient, puis d'autres l'avaient rejoint, jusqu'à une centaine. On ne s'était point aperçu de son départ avant les neuf heures du soir.

Le roi et la reine mère l'avaient fait chercher dans toutes les chambres du palais, y compris dans celles de nombre de dames chez lesquelles il avait, selon les rumeurs, l'habitude d'aller. On fit de même dans la ville avant de donner l'alarme. Le roi se mit alors en colère et ordonna à tous les princes et seigneurs de la Cour de monter à cheval et de le lui ramener mort ou vif.

La reine Catherine eut très peur. Hélène ne l'avait jamais vue dans un tel état, même lors du décès de sa fille Claude, duchesse de Lorraine. Elle était très pâle et en bégayait. Elle se sentait responsable et craignait de voir un de ses fils tuer l'autre. Elle supplia Henri de la laisser elle-même réparer son erreur et promit qu'elle lui ramènerait « ce misérable enfant » où qu'il soit. La plupart des gentilshommes de la Cour avaient refusé de courir après l'héritier du trône, craignant que le roi, une fois son accès de colère passé, ne leur reproche d'attenter à un prince de sang, qui plus est son frère et son successeur.

Dans un moment d'exaltation, Margot avait prétendu que le duc d'Alençon était parti en emportant avec lui la chemise ensanglantée portée par La Mole sur l'échafaud, qu'il avait juré de brandir comme un étendard dès qu'il aurait l'occasion de mener une armée contre le roi.

Mais je ne sais s'il faut la croire, disait Mlle de Surgères. *Je suis étonnée qu'elle fasse encore grand cas de M. de La Mole, puisqu'elle a eu tant d'autres amants depuis. Elle se plaint à nouveau de son mari. J'ignore ce qu'elle espérait de lui. Elle a montré un grand chagrin au départ de son frère, probablement pour leurrer la reine mère et le roi, et s'est plainte à moi que son époux ne soit point venu la consoler, préférant profiter de la disponibilité de sa maîtresse Charlotte de Sauves. Décidément, j'aurai toujours du mal à comprendre ces trois-là, ou faut-il dire ces quatre ou plus ?*

Ce qui inquiétait davantage Hélène, c'était que le prince de Condé avait levé une armée et s'apprêtait à envahir la Champagne. Il avait négocié avec l'électeur palatin, prince du Palatinat, lui avait promis le gouvernement de la province des Trois-Évêchés – Metz, Toul et Verdun – en échange de 2 000 reîtres et 2 000 lansquenets. L'Angleterre lui avait fourni des subsides et la famille de Montmorency avait donné tous ses joyaux. Avec cette aide supplémentaire, il avait engagé 6 000 autres reîtres et 6 000 Suisses. C'était donc une armée de seize mille hommes qui menaçait la France et Paris.

Le duc de Guise était chargé de la conduite de l'armée qui devait défendre le pays. M. de Thoré – frère du maréchal de Montmorency emprisonné avec M. de Cossé depuis le complot qui avait causé la mort de MM. La Mole et Coconnat – avait pris la tête d'une armée de malcontents, 500 cavaliers français et 2 000 reîtres ; il marchait sur la Champagne lui aussi pour rejoindre l'armée du prince de

Condé. La reine Catherine lui avait fait dire que s'il ne s'arrêtait pas, elle lui enverrait la tête de son frère, mais il continuait sa marche. Si Damville, qui était aussi un Montmorency, remontait du Midi à la tête d'une autre armée, tout était à craindre.

* * * *

Les nouvelles qu'Hélène lui envoyait de la Cour confortaient Corine dans son choix de n'y point revenir. Tous ces complots, toutes ces querelles, toutes ces menaces lui rendaient le séjour à Fonteval plus doux encore. Les enfants de la reine Catherine s'adoraient et se détestaient tour à tour, s'alliaient, se menaçaient, en pensant chacun à ses privilèges et avantages, sans se soucier du mal qu'ils pouvaient faire au royaume et à ses habitants. Et qu'il était difficile de suivre les amours de Margot ! Son mari était de la même trempe et Mlle de Pâquelin ne s'en voulait plus mêler. Que tout cela lui paraissait loin, bien que l'attitude de Mlle de Bonneuil lui rappelât parfois la vie mondaine. Comme elle aurait aimé vivre tout cela ! Corine ne doutait pas qu'elle aurait trouvé rapidement sa place parmi ces intrigues, et nombre d'aventures galantes.

Parfois il lui semblait que le cloître des Hôtes n'était pas encore assez silencieux, elle admirait celui des Novices, où tout n'était que silence et sourires timides. Elle aurait aimé les fréquenter davantage, mais il ne fallait pas les distraire. Leurs aubes blanches contrastaient avec celles, noires, des religieuses professes. Elle les croisait aux ateliers manuels où elle allait souvent désormais coudre et broder, cela lui permettait d'éviter Jeanne-Antoinette et ses railleries. Les postulantes échangeaient parfois de petits rires discrets, vite réprimés sous le regard plein de reproches de Sœur Christophine. Leur vie paraissait paisible et douce.

Mlle de Pâquelin craignait les horreurs guerrières qui s'annonçaient et espérait que les remparts de Paris protégeraient son amie. À Mlle de Surgères qui s'inquiétait de ses lettres de plus en plus courtes et rares, elle répondit qu'elle commençait sans doute à prendre les habitudes de la maison, à parler moins, à penser moins, pour laisser entrer en elle un peu du calme et de la sérénité des lieux.

Hélène se fit donc bavarde pour deux et, à la fin du mois d'octobre, lui raconta la suite des événements. La reine mère était partie sur les routes, de château en château, avec ses demoiselles d'honneur, pour tenter de ramener son fils à la raison par la douceur, et l'avait rejoint le 29 septembre à Chambord, un magnifique palais construit par le roi François Ier à quelques lieues de Blois. Le prince avait exigé en préalable à toute discussion la libération des maréchaux de Montmorency et de Cossé. Mlle de Surgères se disait surprise de l'assurance qu'avait prise le duc d'Alençon qui paraissait si discret au Louvre. Il avait finalement bien manœuvré pour échapper à son frère et n'avait pas oublié ses anciens amis, ce qui était tout à son honneur.

La reine mère promit de libérer les comploteurs, mais elle eut ensuite bien du mal à faire accepter sa décision par le roi Henri III. Elle le supplia, lui envoya des lettres tendres où elle l'appelait « mon bien-aimé, mon tout »... Certains, dans l'entourage du roi, auraient bien voulu que la famille royale ne se réconcilie pas et faisaient croire au souverain que c'était une honte de céder. Finalement les maréchaux furent libérés et la reine mère eut ensuite à débattre d'autres conditions avec le duc d'Alençon qui parlait au nom des malcontents et se montrait intraitable. Le premier pas était fait, une rupture définitive sans doute évitée, mais les négociations s'annonçaient longues car aucun des deux frères n'était conciliant.

De son côté, le 10 octobre, le duc de Guise avait vaincu avec 10 000 hommes M. de Thoré et l'avant-garde des troupes du prince de Condé à Dormans, entre Château-Thierry et Épernay en Champagne, ce qui donnait du poids au parti du roi, mais les reîtres de l'électeur palatin s'étaient avancés jusqu'à Montargis à trente lieues au sud de Paris. Il fallait plus que jamais négocier la paix. Les combats avaient été rudes à Dormans, et le duc de Guise y avait reçu une grande blessure au visage qui lui barrait une joue, de l'œil au menton, et le faisait désormais surnommer « le Balafré ».

Certaines dames disaient que c'en était bien dommage, car il était fort bel homme, mais d'autres trouvaient au contraire qu'il en avait encore plus de charme. Margot ne fit aucun commentaire, mais Hélène avait cru la voir sourire. *Elle n'en a donc point fini de se venger de cet homme ? Toujours est-il qu'il en a tiré une grande gloire, et le titre de chef du parti catholique, ce qui bien sûr n'est pas pour plaire à Madame Catherine qui n'aime pas voir les Guise prendre tant d'importance dans le pays.*

★ ★ ★ ★

Le mois de novembre apporta enfin à Mlle de Pâquelin des nouvelles de ses parents, mais pas celles qu'elle espérait. Clémence lui narra ce qu'elle avait appris par leur ancien curé. La famille de Corine avait bien reçu toutes ses lettres et cela avait mis son père bien en fureur, et plus encore lorsqu'il avait appris qu'elle s'était mariée sans son consentement, à un huguenot de surcroît, et que c'était là la cause première de son refus de rentrer auprès d'eux.

Il s'en était presque étranglé dans sa rage, écrivait le prêtre, qui avait assisté à l'une ou l'autre scène. Connaître les malheurs de sa fille depuis, la savoir au fond d'un couvent, n'avait pas apaisé son courroux. Il avait interdit à sa mère de lui répondre et refusait toujours de la voir. Mme de Pâquelin était pour sa part plus encline au pardon et aurait aimé renouer avec elle. Mais elle était fort souffrante. Elle ne s'était jamais remise de la mort de son fils, et l'éloignement de sa fille ne faisait qu'en rajouter. Elle avait le cœur très fatigué et des difficultés à respirer. Elle ne se nourrissait plus guère, ce qui l'affaiblissait davantage.

Corine ne pouvait donc espérer un retour à Mons pour le moment. Elle reprit la plume pour écrire à sa mère, en espérant que son père ne l'empêchât pas de voir sa lettre. Elle l'assura de son soutien et de toute son affection, la supplia de se soigner et de bien se nourrir pour mieux combattre la maladie. Elle insista sur le fait qu'elle n'avait jamais cherché à manquer volontairement de respect à ses parents.

Lorsque j'ai rencontré celui qui allait devenir mon époux, écrivit-elle, *nous étions vous et moi séparés par la guerre des Flandres, et après ce qui est arrivé à Mons, je n'ai pas osé vous parler de lui. Je savais que vous feriez tout pour nous séparer, et je ne le pouvais alors pas supporter. C'était un homme droit et juste, qui n'aimait pas la guerre et avait refusé de partir combattre en Flandres pour ne pas risquer de se trouver justement entre vous et moi. Il n'a jamais cherché à me convertir et je n'ai jamais souhaité quitter la religion dans laquelle vous m'avez élevée.*

Mais nous nous aimions, et après que Père eut décidé que je n'étais plus sa fille, nous nous sommes mariés, en pensant que vous accepteriez plus facilement cette union après le mariage d'une fille de France avec un prince huguenot. Nous mettions beaucoup d'espoir dans ces noces royales. Malheureusement il y a eu ces terribles massacres et mon mari a disparu. Je n'ai pas persisté alors à m'éloigner de vous, je ne pouvais tout simplement pas rentrer à cause de l'enfant à naître, que vous n'auriez pas pu accepter.

Et puis Dieu l'a rappelé à lui également, et j'ai compris combien j'avais été dans l'erreur. Depuis des mois je vis au couvent, loin des errements de la Cour et loin des huguenots. Je n'aspire qu'à être la fille zélée et obéissante que vous souhaitez. Je vous supplie d'intercéder auprès de mon père, afin que je puisse rentrer à Mons et mener une vie tranquille auprès de vous en prenant soin de votre santé…

* * * *

Les derniers événements de la Cour touchèrent peu Mlle de Pâquelin toute à son inquiétude au sujet de sa mère. Hélène lui avait écrit de Champigny en Touraine, le 22 novembre, pour lui annoncer que la veille de la Toussaint, M. du Guast était mort assassiné, transpercé à coups d'épée, dans son sommeil, alors qu'il se reposait dans sa maison de la rue Saint-Honoré. Il s'y rendait de temps en temps pour prendre repos de la Cour et s'y mettre à la diète, pour suer les excès de boisson et de nourriture pris dans l'entourage du roi au Louvre, du moins à ce qu'il disait.

La princesse Marguerite assurait qu'il s'y rendait régulièrement pour y soigner quelque maladie honteuse en secret, « ayant le corps gâté de toutes sortes de vilenies, donné à la pourriture depuis longtemps, comme son âme aux démons ». Elle lui reprochait tant de méchancetés et prétendait même qu'il s'adonnait à la magie et que c'était un jugement de Dieu qui l'avait puni.

Mais sa mort était due aux coups du baron de Vitteaux, un homme du duc d'Alençon, qu'il était d'ailleurs allé rejoindre dès son forfait accompli. Margot et la duchesse de Nevers – qui le haïssaient tant depuis le supplice de MM. La Mole et Coconnat, et la princesse doublement depuis le départ forcé de M. de Bussy – s'en étaient ouvertement réjouies. Il se murmurait même qu'elles étaient les instigatrices de l'assassinat et qu'elles avaient payé des hommes à gages pour l'espionner et s'en débarrasser tout à fait.

La reine de Navarre est depuis on ne peut plus heureuse, écrivait Mlle de Surgères, *je l'ai entendue moi-même se rengorger en pensant au rire de Bussy lorsqu'il apprendra ce qui est arrivé, et à l'admiration qu'il aura pour ceux qui ont organisé cela.*

On s'acheminait vers la paix. Le maréchal de Montmorency, que la reine mère avait bien voulu sortir de la Bastille, avait travaillé aux négociations et la paix venait d'être signée à Champigny, ou plutôt une trêve de sept mois, qu'avait ratifiée le duc d'Alençon qu'on appelait désormais Monsieur, du nom qu'on donnait aux frères uniques des rois.

On avait accordé la liberté de culte aux protestants dans toutes les villes où ils étaient les maîtres, plus deux autres par province, et un certain nombre de places de sûreté, telles Angoulême, Niort, Saumur, Bourges, La Charité... On avait promis Mézières à M. de Condé et les reîtres allemands avaient reçu 500 000 livres pour se retirer au-delà du Rhin.

* * * *

Datée du 6 décembre 1575, jour de la Saint-Nicolas, une lettre de Messire Jean Haumont, curé de la chapelle Saint-Aubert, proche du manoir des Pâquelin, près de Mons en Hainaut, avertit Corine que sa mère n'était plus.

Elle s'est éteinte le premier dimanche de l'avent, le corps bien fatigué de la vie, mais l'âme en paix. Votre lettre du mois de novembre a été sa dernière consolation. Elle me l'a montrée, nous parlions souvent de vous ensemble, et je puis vous assurer qu'elle n'était pas de mauvaise composition à votre égard, regrettant bien les rigueurs imposées par votre père, lequel n'a pas changé d'avis depuis son veuvage.

Le prêtre lui présentait ensuite ses plus sincères condoléances et se montrait heureux de voir qu'elle avait su trouver dans la religion bien des consolations. Il ne doutait pas que sa vie désormais pieuse effacerait ses fautes de jeunesse.

La missive fut suivie d'une autre de Clémence, l'assurant de son soutien, et bien désolée que son père se renferme dans ses méchantes pensées et la prive du retour au pays tant espéré, comme il l'avait privée des derniers instants de sa mère. *Il se fait du mal autant qu'il vous en fait et vieillira aigri et solitaire. Tant pis pour lui.* La soubrette lui proposait de lui trouver un appartement à Blois, où elle pourrait vivre en bourgeoise de la ville et serait proche d'eux. Elle offrait de l'accueillir à chaque fête de famille et en profitait pour l'inviter à venir les rejoindre pour Noël ou l'Épiphanie, à sa convenance.

Les Perrot pensaient ouvrir enfin leur auberge au printemps. Elle lui donnait aussi des nouvelles de M. de Ronsard qu'elle avait par Catherine de la Possonnière. Sa santé le maintenait cloué au lit la plupart du temps et il avait trop mal aux doigts pour tenir une plume. Il travaillait toujours à son art, mais dictait ses poèmes désormais.

Corine la remercia pour sa sollicitude mais déclina l'invitation. Elle ne se voyait pas vivre en bourgeoise à Blois, à quelques pas du palais où elle avait vécu tant de choses, où elle avait rencontré Quentin et passé des moments agréables de son ancienne vie. Surtout elle ne saurait sentir la Cour si proche quand elle ne manquerait pas d'y venir. C'était au-dessus de ses forces. Elle ne se sentait pas non plus de quitter le couvent pour Noël. À vrai dire, elle n'avait plus du tout la force de quitter l'abbaye. Le monde extérieur l'effrayait. Mais elle avait plaisir à savoir que Clémence serait bientôt établie. Au moins une d'elles était heureuse. Elle lui demanda de prendre toujours bien soin de Tricky pour elle.

Il était écrit qu'elle ne reverrait pas son Hainaut natal. Elle n'y avait plus d'attache désormais, puisqu'on n'y voulait définitivement plus d'elle. La seule personne qui aurait pu l'y accueillir n'était plus. Il semblait que le destin s'acharnait et lui arrachait un à un les êtres qui lui étaient chers.

Elle en avait longuement discuté avec Mme de Fonteval et envisageait sérieusement de se faire religieuse et d'entrer au noviciat. Mère Aldegonde l'incita fortement à réfléchir à sa vocation. Celle-ci ne devait pas résulter d'un chagrin d'amour, ou d'une fuite du monde ou de sa famille, mais d'une réelle volonté de se consacrer à la prière et à la méditation, à l'humilité du cœur et à la ferveur de la charité.

Le temps du noviciat était celui de la soumission à l'épreuve des postulantes, qui leur permettait d'étudier et de vivre la règle de la communauté. Temps pendant lequel la mère supérieure et les sœurs professes testaient les aptitudes et le sérieux de celles qui voulaient se consacrer à Dieu. Les vierges étaient préférées, mais les veuves pouvaient être admises. Il fallait renoncer à tous ses biens, y compris vêtements et bijoux, ce qui ne dérangeait absolument pas Mlle de Pâquelin. Le noviciat durait à peu près un an, après quoi la novice, suite à un examen devant la communauté, faisait sa profession qui incluait les trois vœux solennels de pauvreté, de chasteté et d'obéissance.

Elle sentait Mère Aldegonde prête à l'accueillir au noviciat de Fonteval, mais il lui fallait encore trouver une dot, car devenir religieuse était comme épouser le Christ, il convenait de faire un don conséquent à l'abbaye qui prendrait soin de la religieuse le reste de sa vie, et elle doutait que son père consente à lui octroyer la moindre dot. Elle avait entendu dire que la reine mère en donnait à ses demoiselles d'honneur lorsqu'elles se mariaient, peut-être consentirait-elle à lui en offrir une pour devenir religieuse… Elle décida d'écrire à Hélène en ce sens.

⋆ ⋆ ⋆ ⋆

Mlle de Surgères de son côté s'inquiétait de ne plus recevoir de courrier. Elle prit contact avec Clémence qui lui apprit les tristes nouvelles du Hainaut. Elle laissa passer les fêtes de Noël, toujours si douloureuses lorsqu'un deuil frappait. Elle aurait aimé être près de Corine ou que celle-ci revienne, car la Cour, sans sa présence amicale, n'avait pas la même saveur.

Il n'y avait guère eu de quoi fêter à Paris non plus. La paix était loin d'être faite, car si la reine Catherine avait promis des places de sûreté aux huguenots, les gouverneurs de celles-ci, catholiques, ne les voulaient pas céder. La reine mère avait dû encore bien négocier avec eux, leur trouver des compensations. Elle fut obligée d'intervenir pour faire désarmer quelques-unes des plus solides places fortes du royaume et cela la désolait.

Puis elle pensait que son fils, le duc d'Alençon, avait la main sur les coalisés, et elle s'aperçut que non, qu'il n'avait signé que pour lui et que cela n'engageait pas M. de Condé ni les reîtres de Jean-Casimir, l'électeur palatin. Loin de franchir le Rhin, ceux-ci s'étaient rassemblés en Lorraine et, bloqués par l'armée du duc de Guise en Champagne, s'apprêtaient à fondre sur la Bourgogne.

À la Cour, le parti du roi et celui des Guise se moquaient ouvertement de la reine Catherine et de ses négociations. Ils disaient qu'elle vieillissait et qu'elle avait été bien dupe. Le roi ne savait que décider ; il avait laissé sa mère aller aux pourparlers sans l'aider, en lui mettant parfois même des bâtons dans les roues, et il n'avait pas levé d'armée. Seules les troupes des Guise et des hommes à leur solde défendaient le royaume, et la reine mère en était bien inquiète.

Le roi de Navarre paraissait se désintéresser des luttes politiques et ne songeait qu'à lutiner les demoiselles d'honneur de sa belle-mère et de son épouse. Quant à Margot, elle aurait bien aimé voir revenir M. de Bussy à la Cour, maintenant que du Guast n'était plus là, mais le beau spadassin restait auprès du duc d'Alençon. Il ne reviendrait au Louvre que si son maître le faisait, ce qui était loin d'être gagné. On disait qu'il avait renié ses engagements de Champigny, et qu'il était parti rejoindre les troupes de M. de Turenne, qui remontait du Midi vers Villefranche-sur-Saône. Hélène se demandait si le frère du roi pouvait envisager sérieusement de lancer l'assaut sur Paris à la tête de troupes à majorité allemande ! Il offenserait ainsi mortellement son frère, les Parisiens et le peuple de France. Le seul point positif était que Damville avait refusé de quitter le Languedoc.

Lorsqu'à la fin de janvier 1576 elle reçut une lettre de Corine lui annonçant qu'elle ne voulait plus quitter Fonteval, mais se tourner vers la contemplation et le mystère du salut, elle fut bien surprise et attristée. Elle regrettait que son amie aspirât désormais à entrer dans les ordres, même si c'était pour y trouver la paix. Elle redoutait de la perdre encore davantage, supposant à juste raison qu'une correspondance soutenue n'était pas le lot quotidien de sa vie future.

Mère Aldegonde avait donné son accord pour faire entrer Mlle de Pâquelin au noviciat de l'abbaye. Là elle pourrait pendant un an approfondir sa vocation, éprouver la fermeté de ses intentions, faire l'expérience du mode de vie des religieuses, tout en étudiant, sous la conduite de Sœur Christophine, la maîtresse des novices, les Saintes Écritures, l'histoire de la congrégation, les vertus humaines et chrétiennes, mais aussi la discipline, le renoncement à soi-même, la méditation. Au bout d'un an, la mère supérieure et le collège des sœurs professes décideraient si elle pouvait prendre l'habit définitivement, prolonger de six mois son noviciat, ou y renoncer tout à fait.

C'était sans regret qu'elle s'apprêtait à mener une vie austère et silencieuse. Plus rien ne la rattachait au monde, elle préférait le quitter et se consacrer à des intérêts bien plus élevés. Elle attendait avec impatience la réponse de la reine mère, en espérant qu'elle saurait se souvenir de ses services avec bienveillance. Quoi qu'il lui en coûtât, Hélène s'entremit auprès d'elle et obtint la dot tant espérée.

La reine mère avait été bien étonnée. Bien sûr elle ignorait tout du mariage de sa demoiselle d'honneur, de son veuvage, de son enfant, et comprenait d'autant moins comment une jeune femme de vingt-trois ans pouvait avoir envie de s'enfermer au couvent. Mais elle avait tant d'autres soucis qu'elle était passée dessus. Elle n'était pas fâchée après tout – avec tous les reproches que l'on faisait quant aux mœurs de son « escadron volant », comme on appelait parfois les demoiselles d'honneur – de voir que certaines de ses filles avaient encore de la vertu et ne craignaient pas de la montrer.

⋆ ⋆ ⋆ ⋆

Mlle de Surgères put l'annoncer à Corine à la fin de février, lui rapportant aussi une nouvelle qui était le plus grand événement de l'année et changeait tout à la guerre et à la vie politique du pays : le roi de Navarre s'était à son tour enfui de la Cour ! Après Condé, après Alençon, c'était un troisième prince ennemi du roi qui pouvait prendre la tête d'une armée, et plus légitimement que le duc d'Alençon, celle des protestants.

La Cour était inquiète. L'armée du prince de Condé et de l'électeur palatin avait dévasté la Bourgogne. Leurs soldats avaient pris Fontaine-Française, Cîteaux, Nuits-Saint-Georges. Ils avaient rejoint les troupes d'Alençon et de Turenne. Le frère du roi avait hésité à prendre la tête de l'armée réunie pour marcher sur Paris. Lui et Montmorency étant les seuls catholiques – après la conversion inattendue de M. de Turenne –, il eut peur de se faire déborder par les chefs protestants et de se mettre à jamais à dos les Parisiens, fervents catholiques et guisards fanatiques.

On disait que Condé, le prince Jean-Casimir et Turenne lui avaient signifié que s'il ne marchait pas à la tête des troupes, ils iraient au combat sans lui. Finalement il prit le commandement de l'armée, mais Hélène craignait qu'il ne soit une marionnette entre leurs mains. Il donnait au mouvement une légitimité parce qu'il était l'héritier du trône, ils se servaient de lui, qui avait tout à y perdre. Les alliés étaient maintenant plus de 30 000. Ils convergèrent vers la Loire, la franchirent, marchèrent sur Sens, Montargis, Pithiviers.

Ce fut à ce moment que le roi de Navarre, qui montrait une figure insouciante à la reine mère et au roi, laissa voir son vrai visage en s'enfuyant le 5 février lors d'une chasse dans la forêt de Senlis. Ses compagnons les plus proches : Jean d'Armagnac, Agrippa d'Aubigné, avaient organisé cette évasion, avec les catholiques Fervacques et Rocquelaure, ce qui montrait bien que ce n'était pas seulement une affaire de religion.

Pour distancer les poursuivants, ils avaient d'abord fait semblant de gagner Sedan, mais bifurqué sur la Normandie et Alençon, terres du frère du roi, dont il était donc bien resté l'ami et le complice. On le disait depuis à La Flèche au sud du Mans. Il marchait vers Saumur et la Loire.

Le roi de France était à nouveau bien furieux, la reine mère un peu moins. Elle pensait qu'Henri de Navarre allait prendre la tête des coalisés, et que son fils François, jaloux, rentrerait dans le giron familial. Elle n'était pas fâchée non plus de voir sa fille séparée de son bouillant mari car elle se doutait qu'ils complotaient ensemble. À peine échappé de la Cour, le Béarnais était *retombé en huguenoterie*, disait Hélène. On racontait qu'une fois à l'abri, il avait déclaré : «J'ai laissé à Paris la messe et ma femme, pour la messe j'essaierai de m'en passer, mais ma femme je la veux ravoir.»

Il ne restait plus que Margot désormais et elle était à la peine, car bien maltraitée par son frère le roi. Elle aurait aimé suivre son mari, comme cela semblait prévu dès avant l'évasion du duc d'Alençon, pour pouvoir être traitée en reine à son tour, avoir sa propre Cour et agir à sa guise en toute liberté, loin de sa mère et du Louvre. Elle aurait aussi aimé rejoindre son frère d'Alençon, ou plutôt M. de Bussy qui se battait à ses côtés. Mais elle était retenue prisonnière par le roi Henri III, comme en gage ou en otage, et traitée de façon peu conforme à son rang.

Elle se plaignit au début de son mari, parce qu'ils ne s'étaient pas parlé la veille de son départ, lui rentrant tard d'amusements, se levant tôt pour la chasse, tandis que Margot dormait encore. Il l'avait quittée sans la prévenir et sans lui dire au revoir. Mais connaissant la princesse, il avait bien fait, car elle aurait été capable d'en parler à sa mère, elle l'avait déjà fait par le passé. Lorsque le roi Henri III découvrit la fuite du roi de Navarre, il se rendit furieux chez sa sœur, l'accusant d'avoir tout organisé. Il faillit bien la frapper, le bras retenu de justesse par sa mère, et Margot en racontait qu'il avait essayé de la tuer, ce qu'Hélène ne pouvait croire.

Mais il la faisait accompagner de gardes en permanence, même dans ses appartements, afin qu'elle ne puisse rejoindre son mari, ni même lui écrire. La reine mère se montrait plus douce, elle venait la cajoler, lui demander de se montrer patiente, de supporter ce traitement sans colère, lui dire que les choses allaient s'arranger petit à petit, que peut-être même on aurait besoin d'elle, pour négocier avec son mari, et qu'elle aurait alors un rôle important à jouer...

Dans son exaltation, la princesse prétendait que le roi voulait faire assassiner son ancienne servante, Gilonne Thorigny, qui avait été chassée de son service. Des hommes du roi auraient voulu la noyer, et elle n'aurait été sauvée que par l'intervention de deux hommes du duc d'Alençon qui passaient là par hasard. Personnellement Mlle de Surgères pensait plutôt que Margot utilisait Thorigny pour faire parvenir du courrier à son frère François et que le roi avait tenté d'empêcher l'entreprise. Quoi qu'il en soit, la servante et ses libérateurs avaient rejoint le duc d'Alençon, et la princesse était maintenant consignée dans ses appartements, plus gardée que jamais.

Néanmoins, on ne savait comment elle arrivait à recevoir des lettres de son mari et de son frère, et à leur répondre. Le roi de Navarre, peut-être parce que éloigné de Charlotte de Sauves, lui parlait d'amour, tout en lui demandant de le tenir averti des affaires qui se passaient à la Cour... Le duc d'Alençon se montrait fâché du traitement qui lui était réservé. Il avait écrit à la reine mère pour lui dire qu'il disposait à présent d'une belle armée, et que si l'on continuait ainsi, il n'hésiterait pas, pour délivrer sa sœur, à se lancer dans une guerre cruelle, qu'il ne s'en retenait que par amour pour sa patrie et pour le bien de son peuple. La reine Catherine était bien effrayée de toute cette grande armée qui pouvait marcher sur Paris.

★ ★ ★ ★

À Blois, Clémence et Jacques Perrot s'établirent enfin chez eux en mars. Ils ouvrirent leur auberge dans la rue des Trois Marchands, à proximité de l'église Saint-Nicolas. Ils étaient bien situés, entre le palais et la Loire et l'avaient appelée *À la Cour de France*, comme Jacques le désirait, pour bien montrer qu'ils y avaient vécu et travaillé tous les deux. Ils pensaient que cela pouvait attirer la clientèle.

Les temps n'étaient pas très bons pour les affaires, avec toutes ces troupes qui parcouraient le pays et la Cour enfermée dans la capitale. Mais il y avait tout de même du passage, peu de marchands, surtout des cavaliers qui voyageaient entre la région de Montargis où étaient les troupes de M. d'Alençon, et Cholet ou Saumur, où s'était réfugié le roi de Navarre. Blois était à peu près à mi-chemin. Clémence s'inquiétait de l'avenir, mais espérait qu'avec un peu de chance et l'aide de Dieu, la paix se ferait, et que la Cour reviendrait à Blois.

Tricky avait bien profité à la rôtisserie des Perrot, qui n'était qu'à deux rues de leur nouvelle demeure, et engraissé comme un petit goret. Il n'était plus le jeune chien fou que Corine avait connu et préférait désormais faire la sieste près de la cheminée plutôt que courir un peu partout. La petite Catherine allait bien, elle venait d'avoir six mois et profitait aussi à souhait ; elle avait, aux dires de sa mère, le corps dodu et de bonnes joues.

Mlle de Pâquelin était bien aise de les savoir installés. C'était un soulagement pour elle, à l'aube de sa nouvelle vie, de ne pas laisser son ancienne soubrette derrière elle sans position dans le monde. Depuis le sortir de l'enfance elle avait été à son service et il était juste que sa peine soit récompensée. La savoir bourgeoise de Blois lui faisait plaisir. Et aussi qu'elle soit bien établie, avec un mari et une famille qui l'aimaient, un enfant en bonne santé et d'autres qui suivraient.

Pour sa part c'était décidé, avant l'été elle prendrait l'habit de novice. Ces vêtements blancs, simples : chemise, tunique à manches longues et manteau de drap allant jusqu'aux pieds, ceinture de laine, étaient les symboles de la pauvreté, de l'humilité du cœur et du mépris du monde. La guimpe et le voile de lin blanc, descendant jusqu'à la ceinture, représentaient la sauvegarde de la virginité et de la chasteté.

On lui couperait les cheveux à un pouce du crâne et on renouvellerait cette opération trois fois l'an. Les cheveux étaient considérés comme une parure et les religieuses devaient honnir tout apparat comme les fards et les bijoux. Une petite croix de bois était autorisée. Ses vêtements seraient vendus et l'argent donné aux pauvres. Corine ne pouvait garder aucun bien sauf son missel. Elle quitterait sa chambre du cloître des Hôtes pour rejoindre le grand dortoir des novices, où elles dormaient entièrement vêtues, le manteau servant de couverture, sur un matelas bourré de foin et sous le haut plafond aux voûtes de bois, ressemblant à la coque renversée d'un bateau. En hiver des couvertures en pelisse d'agneau étaient permises. Si elles devaient dormir tout habillées, ce n'était pas seulement par pudeur, mais pour pouvoir aller plus rapidement aux prières, car elles se levaient plusieurs fois par nuit pour les prières et psaumes de matines, laudes, prime et tierce. Comme ses compagnes elle éviterait le bain qui ramollit le corps, et devrait se laver en gardant sa chemise.

Les visites et les propriétés personnelles, comme les lettres, étaient limitées. Aussi Corine prévint-elle Clémence de ne pas s'étonner si elle ne recevait plus beaucoup de courrier à l'avenir, car les novices devaient s'éloigner de leurs familles, de leurs amis, du monde. Une correspondance pour Pâques, Noël, et les grands événements paraissait suffisante.

Si tout allait bien, dans un an, elle prendrait le voile définitif, noir celui-là, comme le manteau. On le lui imposerait lors d'une cérémonie qui serait comme un mariage avec le Christ. D'ailleurs on lui donnerait un anneau nuptial, et elle prononcerait les trois vœux d'obéissance, de pauvreté et de chasteté.

Mais avant tout cela, avant de la quitter, puisque la jeune aubergiste était pour ainsi dire sa seule famille, et qu'elle ne devait rien garder de son passé, elle lui confia ses derniers biens précieux, qu'elle conservait dans son missel et qu'elle joignait à sa dernière lettre : les copies de son acte de mariage avec Quentin et de l'acte de baptême du petit Pierre de Gayrand. *Prends soin de ces documents en souvenir de moi, et en mémoire d'eux. Ne les oublie pas dans tes prières. Tu seras toujours dans les miennes*, conclut-elle.

⋆ ⋆ ⋆ ⋆

Le mois de mai ramena la paix. La reine mère avait dû bien courir sur les routes, accompagnée de ses dames d'honneur, comme le raconta Hélène de Surgères à la nouvelle novice, mais cela en valait la peine. C'était une paix durable, on l'espérait, ce traité qu'on appelait « la paix de Monsieur », à cause du grand rôle qu'y avait joué le frère du roi, et qui avait été définitivement signé et promulgué à Beaulieu près de Loches, en Touraine, le 6 mai 1576. Mais cela n'avait pas été sans peine.

L'armée des coalisés, si proche de Paris, avait terriblement effrayé le roi Henri III. Sa mère n'avait pas eu de peine à le convaincre qu'il fallait négocier et subir les volontés des agresseurs, s'il ne voulait pas tout perdre : Paris, le royaume, et sa vie. Il avait alors envoyé la reine Catherine parlementer avec le duc d'Alençon à Étigny près de Sens au mois d'avril. Elle s'était entourée des plus belles de ses demoiselles d'honneur, espérant sans doute que leur charme opérerait comme par miracle sur ces centaines de gentilshommes en campagne depuis des mois. Il y avait parmi elles Mme de Sauves, dont la reine Catherine espérait beaucoup de son influence sur son fils François.

Mais celui-ci la regarda à peine et, cherchant des yeux Margot, ne la trouvant pas, fit part à sa mère du grand mécontentement qu'il avait des mauvais traitements subis par sa sœur à la Cour. C'était une injure de la retenir captive et il n'y aurait pas de négociation tant qu'on ne lui aurait pas fait réparation. Il voulait constater lui-même qu'elle était libre. La reine mère était donc revenue bredouille à Paris et avait dû parlementer avec son autre fils le roi. Elle lui avait fait comprendre qu'elle ne pourrait pas retourner aux pourparlers sans la princesse, ni que celle-ci soit d'abord contentée. Il fallait lui ôter les gardes et lui faire oublier le traitement qu'on lui avait fait.

Le roi avait trop besoin de la paix, il consentit à tout. Catherine de Médicis alla donc trouver sa fille, lui expliqua la situation, lui dit que pour le bien de l'État et de ses frères, elle devait l'aider à réaliser cette paix. Elle l'assura que le roi avait beaucoup de remords, qu'il en avait même pleuré ! Margot, bien contente d'être délivrée, lui répondit qu'elle était prête à se sacrifier (!) pour le bien du royaume et de ses frères.

Le roi est alors arrivé, l'a embrassée, lui a promis son amitié, l'a couverte de paroles de miel, ils ont pleuré dans les bras l'un de l'autre, raconta Mlle de Surgères. *La princesse a été jusqu'à dire qu'elle s'était plu en sa captivité, que cela lui avait permis de s'adonner à la lecture, à l'étude et à la dévotion ! Enfin, j'aurais voulu que vous soyez là et que vous puissiez assister à toute la scène, vous en auriez été bien ébaubie comme nous toutes, et ce fut fait avec autant de talent que si nous fussions à la Comédie italienne !*

La reine Catherine et ses femmes étaient reparties à Sens, avec la princesse et ses dames, pour de nouvelles embrassades. Les principaux seigneurs et capitaines de l'armée de Monsieur étaient là, dont M. de Bussy. Il y eut des conférences pendant plusieurs jours, avec quelques disputes sur certains articles du traité. Mais il fallait que les troupes s'éloignent, que les coalisés se séparent, que l'héritier du trône retrouve sa famille et quitte les huguenots. Madame Catherine accepta tout. Cet édit en soixante-treize articles fut une véritable capitulation et une vraie victoire pour la religion réformée.

Des choses inimaginables furent accordées : l'exercice du culte protestant était autorisé par toutes les villes et lieux du royaume, sauf Paris et tous les endroits où se trouverait la Cour, mais pour le temps seulement qu'elle y résiderait (la reine mère avait réussi à sauver cela, pour l'honneur du roi, et par peur du parti guisard pour ce qui était de Paris). Des places fortes étaient accordées, comme d'habitude, et des chambres mi-parties seraient instituées dans chaque Parlement.

Surtout, le roi Henri III avait dû déclarer « que les désordres et excès faits le 24 août 1572 et les jours suivants étaient advenus à son très grand regret et déplaisir » ! La Saint-Barthélemy était condamnée ! Ses victimes réhabilitées, et en tout premier lieu l'amiral de Coligny, mais aussi les victimes des complots suivants tels Montgomery, La Mole et Coconnat. Les survivants, comme Cossé et Montmorency, rentraient dans leurs charges et dignités. Les biens saisis aux protestants après les massacres devaient être restitués. Leurs familles seraient exemptées d'impôt pendant six ans.

Damville gardait très officiellement le gouvernement du Languedoc pour le roi, Navarre, pardonné pour sa fuite, celui de la Guyenne (avec 600 000 livres d'arriérés de revenus), Condé obtenait celui de la Picardie, le prince Jean-Casimir le duché d'Étampes, la ville de Château-Thierry, des seigneuries en Bourgogne et une grosse rançon pour payer les reîtres. C'était la ratification presque intégrale de ce que Damville et les députés du Midi avaient présenté devant Henri III en avril 1575, et qui paraissait alors tellement inacceptable.

La reine Catherine avait sauvé des miettes : tous les sujets du roi, catholiques ou réformés, devraient payer la dîme au clergé. Les commerçants huguenots devraient respecter les fêtes catholiques et fermer ces jours-là. Tous devraient s'abstenir de viande le vendredi. La religion catholique serait rétablie partout, même dans les villes protestantes.

Mais celui qui profitait le mieux du traité, c'était Monsieur. Il recevait un grand apanage : le Maine, la Touraine, le Berry, l'Anjou, terres de villes riches et de gras labours, qui lui rapporteraient au moins 300 000 livres par an de revenus. Il recevait aussi la place forte de La Charité, qui lui permettait un libre passage sur la Loire, même en temps de guerre, et le titre de duc d'Anjou que portait autrefois son frère le roi.

Celui-ci avait dû en outre promettre de réunir les états généraux du royaume avant six mois. Cette réunion des députés de la noblesse, du clergé et du tiers état de toutes les provinces avait lieu très rarement. Les protestants et les malcontents espéraient qu'on y débattrait de la réforme des institutions du pays. Le roi qu'on y voterait de nouveaux impôts. Il lui fallait bien payer tout l'argent qu'il avait promis !

À Sens, vint un messager du roi de Navarre, portant à Margot des lettres de son mari. Il lui disait qu'il avait grande envie de la voir et que sitôt la paix faite, elle devait demander son congé de la Cour et venir le rejoindre. Il se trouvait alors à Thouars au sud de Saumur. La princesse aurait bien voulu y aller et profiter de cette paix pour jouir enfin de son statut de reine. Mais Madame Catherine y était allée d'une nouvelle scène, la larme à l'œil, la suppliant, lui disant que si elle ne revenait pas à Paris avec elle, elle serait cause de sa ruine. Elle avait promis au roi de la ramener à la Cour, il lui en voudrait terriblement si elle ne le faisait pas. Il fallait qu'elle y demeure au moins jusqu'à ce que son frère François y vienne aussi, ce qui ne saurait tarder, et après, elle pourrait avoir son congé.

Margot hésita, pesa le pour et le contre, se dit que la vie à Paris avec le nouveau duc d'Anjou tout-puissant et son fidèle Bussy valait bien la vie sur les routes de Guyenne avec son Béarnais de mari, et revint avec sa mère dans la capitale.

⋆ ⋆ ⋆ ⋆

Sœur Corine de Pâquelin datait désormais ses lettres des saints du jour, et les concluait par *ainsi soit-il* ou *que la paix soit avec vous*. Ainsi le 26 juillet 1576, jour de sainte Anne, mère de la Vierge, écrivit-elle à Hélène pour lui faire part de sa joie à l'annonce de la paix. Elle et ses consœurs avaient tant prié pour cela. C'eût été terrible cette guerre entre deux frères, entre le roi et son héritier. Comme un crime supplémentaire.

Surtout je suis contente de voir que les huguenots sont enfin reconnus. Ils ont tellement souffert. Quentin aurait été si heureux de voir cela. Et que la Saint-Barthélemy soit enfin considérée comme un crime, ce n'est que justice, même si les assassins ne sont pas punis. Mère Aldegonde pousserait sans doute de hauts cris si elle me lisait, mais moi qui les ai côtoyés, et même jusqu'ici avec ma pauvre Judith et ses sœurs, je ne les ai point trouvés si hérétiques que cela, et même, à certains égards, bien moins pécheurs que nombre des nôtres. J'espère que cette reconnaissance mènera à une paix durable. Le pays en a bien besoin.

Elle était entrée au noviciat le 7 juin précédent, jour de la fête de la Sainte-Trinité. Cela avait été assez émouvant de quitter sa chambre du cloître des Hôtes pour prendre l'habit tout blanc, et rejoindre ses nouvelles compagnes dans le dortoir du cloître des Novices. Judith Moreau avait beaucoup pleuré, l'avait suppliée de ne pas y aller, elle avait l'impression de perdre sa seule amie. Jeanne-Antoinette de Bonneuil s'était, à son habitude, raillée d'elle. Seule Mme de Sainte-Grave l'avait félicitée et encouragée. Elle continuait à les voir, aux ateliers manuels, en promenade, à l'office ou au réfectoire, mais elle devait éviter de parler, répondre par un sourire ou un signe de tête, ce qui nuisait, il fallait en convenir, à la conversation ! Du moins pouvait-elle les écouter, si cela ne nuisait pas trop à sa concentration et à ses méditations. Sœur Christophine, de toute façon, était là pour la rappeler à l'ordre, si elle s'égarait.

De ses sœurs novices, elle n'aurait su dire grand-chose, car elles étaient comme elle vouées au silence et à la prière. Elles étaient huit, dont elle ne connaissait que les prénoms et rien de la vie passée. Encore avait-elle parfois du mal à les reconnaître, la guimpe et le voile leur cachant une partie du visage et la chevelure, et leur donnant l'air de fantômes assez semblables. À l'exception de Sœur Alix, dont elle entendait le nom prononcé plus souvent par Sœur Christophine pour manquements à la discipline. Sœur Alix ne semblait pas faite pour cette vie, et Corine se demandait si elle l'avait vraiment choisie.

Ses activités se déroulaient au son de la cloche et leur régularité était garante de l'équilibre de son esprit et de son corps. Elle dormait dans le dortoir situé au-dessus des salles de cours. Comme les autres novices elle devait se lever plusieurs fois par nuit, à la première heure, la troisième, la sixième. Parfois elles priaient et récitaient un psaume au pied de leur lit, parfois elles se mettaient en rang, par ordre de préséance, les plus anciennes en premier, pour se rendre à l'abbatiale où elles pouvaient chanter jusqu'à une vingtaine de psaumes ou réciter des litanies, écouter des lectures et méditer sur des textes sacrés.

Puis elles se rendaient chaque matin dans la salle du Chapitre où une sœur professe leur lisait la vie du saint du jour ou un chapitre de la règle de la communauté qui remontait au IXe siècle, et leur venait de saint Benoît. Les chapitres de la règle concernaient les bonnes œuvres, l'humilité, la prière et la vie liturgique, l'organisation du dortoir, des repas, du travail, les fautes et les punitions.

Venait justement après le moment de battre sa coulpe, c'est-à-dire d'avouer ses fautes, devant la communauté. Parfois la sœur ou la novice concernée le faisait directement, parfois c'était Sœur Christophine, la maîtresse des novices, ou une autre sœur, qui dénonçait la fautive. Mère Aldegonde distribuait alors, s'il le fallait, les punitions. Oh ! Ce n'étaient pas de bien grands péchés qui étaient avoués là. Pour les novices, c'était parfois « avoir bousculé une sœur, avoir couru dans le cloître, avoir ri » ou « avoir parlé sans baisser la tête, ne pas être venue à l'église dès le signal donné »… La faute la plus grave que Corine avait entendue était d'« avoir mangé une pomme en cachette ». Mais elle savait qu'il existait dans la règle des fautes plus graves qui pouvaient être commises telles que : « Être absente à la prière, troubler le dortoir, dire des injures, voler, frapper quelqu'un, commettre un sacrilège, rompre la chasteté, s'enfuir… » La liste des peines était tout aussi longue, pouvant aller jusqu'à recevoir des coups de bâton ou de fouet, être exclue du monastère. Mais les punitions de Mme de Fonteval restaient raisonnables : se jeter par terre pour demander pardon, réciter des prières, être privée de repas.

Après les punitions, la mère supérieure distribuait le travail de la journée. La plupart du temps les novices avaient des cours à suivre, mais parfois elles devaient aider les sœurs professes dans leurs travaux, ce qui leur permettait de connaître tous les aspects de la vie de la communauté. Elles commençaient par les tâches les plus humbles, comme aider Sœur Henriette à la lingerie, Sœur Nicolette et Sœur Louise au jardin, Sœur Ludovique à la cuisine, Sœur Léonarde et Sœur Marie-Charlotte à la couture, Sœur Bernarde à l'infirmerie. Puis elles pouvaient accéder à des tâches plus nobles comme accompagner Sœur Adrienne et Sœur Marie-Andrée dans l'enseignement à la petite école, ou Sœur Philippine dans l'entretien des ornements sacerdotaux.

Après la distribution du travail venait la grand-messe, puis le repas. Le reste de la journée elles étudiaient ou brodaient, travaillaient l'osier, en s'arrêtant pour des prières ou des méditations. Elles servaient aussi à table, à tour de rôle et entretenaient les lieux. Dans leurs moments de repos, elles lisaient ou méditaient, se promenaient dans le cloître ou les jardins.

Elles jeûnaient souvent : de la Pentecôte au premier septembre, du premier novembre à Noël, pendant le carême, ainsi que les lundis, mercredis et vendredis toute l'année. Elles faisaient deux repas par jour, de deux plats, vers onze heures et seize heures, et les jours de jeûne un seul repas dans la journée, mais de trois plats. Elles mangeaient assez bien, aux dires de Corine : du pain, des légumes, des fruits, du poisson, de la viande (sauf le vendredi), des lentilles, des fèves, du fromage, parfois des gâteaux. Elles buvaient du vin coupé d'eau.

Ce n'était certes pas la vie de cour, mais elle lui convenait, ses journées étaient bien remplies et le soir elle se couchait tôt, et s'endormait rapidement sans avoir le temps de penser à rien, sans songer des heures à ses tourments passés. Elle était heureuse de se consacrer à Dieu désormais, et au salut de son âme.

XXVIII. L'attaque

23 juin 1577. Cela faisait presque deux ans que Mlle de Pâquelin s'était retirée à Fonteval. Elle n'y avait pas vu le temps passer. Sa première année avait été rythmée par la correspondance qu'elle entretenait avec ses amis, et qui s'était lentement espacée, jusqu'à devenir ces derniers temps un lien ténu la rattachant à peine à sa vie antérieure. L'année de noviciat, marquée par les prières, les psaumes, les levers nocturnes, les jeûnes, les travaux manuels, lui avait comme endormi la volonté, la personnalité, les souvenirs.

Elle se levait en même temps que les autres sans se poser de question, elle récitait ses prières de plus en plus vite, perdant des syllabes et jusqu'au sens des mots. Elle accomplissait ses tâches comme une marionnette. Cet engourdissement de son esprit et de son corps privé de sommeil, de nourriture, de soins, elle ne le regrettait pas, elle l'avait souhaité même, pour oublier l'indicible, envelopper de brouillard la souffrance, étouffer dans une sorte de sommeil éveillé le manque des êtres chers disparus, endormir jusqu'à la mémoire du passé.

Elle avait été une novice parfaite, se levant aux heures qu'il fallait, ne manquant ni une prière ni un office, attentive à l'étude, consciencieuse dans le travail, aidant ses consœurs dans leurs difficultés, charitable envers les malades et les pèlerins. Mère Aldegonde était fière de sa recrue, lui prédisait un grand avenir dans les ordres. Elle secondait déjà Sœur Marie-Andrée à la bibliothèque, et Mme de Fonteval comptait l'utiliser à l'enseignement des fillettes de la petite école.

C'était sans souci qu'au chapitre de ce matin elle avait été cooptée par l'ensemble des sœurs professes de l'abbaye, alors que Sœur Alix, il y a quelques semaines, avait vu la fin de son noviciat repoussée de six mois, pour cause d'inadaptation à la vie communautaire.

Demain serait pour Corine le jour de sa prise de voile, de son engagement définitif. Elle allait tirer un trait sur le passé, du moins le croyait-elle. Elle avait passé sa dernière nuit dans le dortoir des novices, sous la voûte en berceau aux grosses poutres de bois, demain elle rejoindrait celui des religieuses professes aux voûtes de pierre gothiques. Elle deviendrait une «Dame de Fonteval». Pour l'heure elle se trouvait dans une cellule particulière aux murs de pierre nus, seulement meublée d'une table et d'une chaise, d'un pupitre et d'un livre de prières. La mère supérieure l'avait convoquée là, sans doute pour lui faire passer en méditation sa dernière nuit avant le grand pas hors du monde.

* * * *

Mlle de Pâquelin ne se sentait pas vraiment coupée de la société, même si elle s'en sentait protégée. Les rumeurs du monde extérieur parvenaient jusqu'à Fonteval, par les bavardages de la sœur tourière en contact avec les marchands, les malades, les pèlerins, par les écolières venant du village, par les familles en visite au parloir, par les courriers que recevaient les hôtes et les novices. Corine, même si elle écrivait de moins en moins, n'avait pas cessé d'avoir des nouvelles de Blois par Clémence, et surtout de la Cour par Hélène de Surgères. La mère abbesse elle-même parfois, au chapitre, leur faisait part de l'une ou l'autre information qu'elle tenait de l'évêque ou de grands de ce monde. Cela avait trait le plus souvent aux malheurs du temps, et dans le but de les inciter à prier pour la paix, d'orienter leurs dévotions, leurs travaux, ou leurs aumônes en faveur de telle cause.

Les temps étaient fort troubles. La paix de Monsieur n'avait pas duré. Les mauvaises langues disaient que la reine Catherine avait fait exprès d'accepter trop pour que cela casse. Les catholiques fanatiques étaient outrés des avantages accordés aux protestants. Ils y voyaient comme une trahison et une humiliation.

M. d'Humières, gouverneur de Péronne en Picardie, avait refusé d'appliquer le traité et de céder la province au prince de Condé. Il avait créé une sorte de confrérie dont le but était clairement l'anéantissement des protestants, et qu'il avait appelé la «Sainte Ligue». Cette Ligue s'était dotée d'une milice où affluaient les gentilshommes catholiques. D'autres ligues s'étaient rapidement créées dans d'autres provinces, elles s'étaient organisées en fédération, avec à leur tête le duc de Guise.

Leur but, sous le prétexte de «rétablir les libertés des provinces», était de refaire l'unité religieuse du pays autour de la foi catholique. La Ligue avait le soutien du duc de Lorraine qui, comme les Guise, ses cousins, s'enorgueillissait de descendre des rois carolingiens. La reine Catherine sentait venir le complot: déposer les Valois (Henri III, le duc d'Anjou), descendants de Saint Louis, derniers Capétiens directs, qui protégeaient l'hérésie, et les Bourbons (Navarre, Condé) devenus huguenots, pour mettre sur le trône de France le duc de Guise, prétendument Carolingien, fermant ainsi la parenthèse ouverte par Hugues Capet six siècles plus tôt.

Le duc de Guise recrutait des adhérents pour la Ligue dans tout le royaume, et surtout à Paris. Le duc d'Épernon avait été un des premiers à y entrer. Le roi Henri III, par peur d'être dépassé, approuva la Ligue et s'en déclara même le chef, pour évincer Henri de Guise. La Ligue levait dans toute la France des hommes et des chevaux, faisait appel à la générosité financière des partisans. Le roi espérait ainsi se payer une armée plus facilement qu'avec le recrutement ordinaire et la levée d'impôts.

Le pays était exsangue. Les troupes avaient vécu sur les campagnes traversées, particulièrement les reîtres qui avaient dévasté la Bourgogne, et se retiraient vers l'est en pillant les villages et commettant toutes sortes d'exactions. On leur devait quatre mois de solde et l'indemnité de départ que le roi avait promis, mais il n'avait pas de quoi payer. La reine Louise avait engagé ses bijoux, les grands seigneurs avaient versé leur part, le clergé avait vendu des biens, mais cela ne suffisait pas. Le duc de Guise avait donné jusqu'à sa vaisselle d'argent. Henri III projetait de vendre des titres de noblesse, il avait dû emprunter aux souverains étrangers. Le duc de Lorraine, le duc de Savoie, les ducs de Parme et de Mantoue, la ville de Lucques, et jusqu'au pape, y étaient allés de leur obole. Le roi d'Espagne s'était fait excuser : il avait dû vendre des biens du clergé lui aussi pour entretenir sa flotte et l'armée du duc d'Albe aux Pays-Bas...

Tout cet argent qui quittait la France avec les reîtres vers les pays du Rhin avait provoqué une crise financière. La monnaie ne valait plus rien, l'or était parti, il ne restait que les petites pièces d'argent. Les prix flambaient, les paysans ruinés fuyaient les campagnes, grossissaient le nombre des mendiants en ville. Le peuple, qui avait souffert de la guerre, de la chute de l'économie, n'en voulait pas au roi de n'avoir su éviter cela, mais aux protestants qui avaient été cause de l'invasion des reîtres par tout le pays. Cela faisait l'affaire de la Ligue qui attirait des recrues jusque dans les couches populaires.

Le nouveau duc d'Anjou, après la paix de Monsieur et l'édit de Beaulieu, avait mis encore un à deux mois à rejoindre la Cour. Le temps pour lui de licencier ses reîtres, de remercier ses compagnons huguenots. Il n'était arrivé à Paris qu'entouré des nobles catholiques de sa suite, ce qui changeait beaucoup les influences qui pouvaient s'exercer sur lui. Le roi lui avait fait bon accueil, l'avait reçu avec les honneurs, s'était déclaré content de le revoir. Le duc, traité enfin en frère par Henri III, et qui ne s'était allié aux protestants que pour des raisons politiques, mais était toujours resté bon catholique lui-même, se laissa bercer par les discours de sa mère et de son frère, et finit par adhérer à la Ligue lui aussi, après que le roi s'en fut désigné le chef. Margot avait retrouvé, ravie, les bras de M. de Bussy d'Amboise, mais point trop longtemps, car son frère François l'avait bientôt envoyé en Anjou gouverner pour lui cette province.

C'est alors que M. de Duras fut envoyé par le roi de Navarre à la Cour, pour aller quérir son épouse. La princesse Marguerite demanda son congé au roi, disant qu'il le lui avait promis si le duc d'Anjou revenait à Paris, et qu'il n'avait plus de raison de le lui refuser. Henri III assura Margot qu'il ne pouvait la laisser aller que le plus tard possible, à cause de l'amitié qu'il avait pour elle, qu'elle lui manquerait trop et qu'elle était le plus beau fleuron de sa Cour. La princesse, qui semblait retrouver avec ses deux frères la complicité de leur enfance, se laissa attendrir, après que le roi eut promis de la conduire lui-même jusqu'à Poitiers bientôt. Ce qu'il ne fit. Mais M. de Duras était reparti en Guyenne avec ces assurances.

La menace n'étant plus dans le pays, encerclant Paris, mais dans la capitale même, avec la puissance des Guise, la Cour avait quitté le Louvre pour rejoindre Blois, où le roi avait convoqué les états généraux pour le 6 décembre 1576. Plus de six mois s'étaient écoulés depuis la paix de Monsieur, et la Ligue avait accompli son œuvre silencieuse. Les huguenots avaient exigé la réunion des états généraux en espérant obtenir d'autres privilèges pour la religion calviniste, mais la très grande majorité des députés élus était catholique et pour la Ligue. Le roi, entouré de sa mère et de son frère, avait ouvert les états dans la grande salle du palais de Blois, par un discours pathétique et larmoyant sur les malheurs du temps. Il avait aussi rappelé les services qu'il avait rendus, jeune encore, au royaume, les armes à la main, et engagé les trois ordres (noblesse, clergé et tiers état) à travailler à réformer les abus, extirper les racines de la division, remettre le royaume en bonne santé, dans ses anciennes dispositions.

Les députés avaient compris. Ils avaient en janvier 1577 déclaré illégal le traité de Beaulieu, dit paix de Monsieur, arraché au roi par la force, et décidé que l'unité du royaume valait aussi unité de religion. En conséquence la « religion prétendue réformée » devait être supprimée et les ministres du culte protestant bannis hors du pays. Les évêques ligueurs avaient convaincu le roi que son serment du sacre (extirper l'hérésie) était plus important que tous les serments faits aux huguenots. C'était courir à nouveau à la guerre.

La reine Catherine elle-même avait essayé de le calmer, disant qu'elle était catholique, mais qu'elle ne voulait pas au nom de la religion détruire le royaume, comme d'autres qui espéraient faire leur profit de sa ruine. Il fallait comprendre les Guise et la Ligue. Des députés de la noblesse étaient intervenus : pour éviter une guerre éternelle, ils avaient prôné que le roi interdise le culte protestant mais permette la liberté de conscience. Les députés du clergé voulaient au contraire qu'on contraigne les huguenots à assister à la messe. Le tiers état, d'abord acquis à l'opinion de la Ligue, comprit que le principe de l'unité religieuse conduirait immanquablement à la guerre et celle-ci à la levée d'impôts dont les deux autres ordres étaient exemptés... Cela le rendit plus pacifique et tolérant.

De son côté la Ligue et en premier lieu le duc de Guise n'étaient pas très emballés de voir le roi à sa tête. Les plus ardents suspectaient ses intentions, d'autant qu'il avait envoyé des messagers au prince de Condé et au roi de Navarre pour qu'ils le rejoignent à Blois. Mais les protestants, en faiblesse à l'assemblée, préféraient renier des états qu'ils avaient pourtant désirés. Les deux princes s'abstinrent de venir.

Le roi clôtura les états généraux en février en rappelant qu'il avait désiré qu'il n'y ait qu'une seule religion dans son royaume, mais puisqu'on lui avait refusé les moyens financiers d'agir (l'assemblée n'avait voté aucun impôt nouveau), il remettait en délibération devant son Conseil la question de l'unité religieuse.

En mars le roi renonça à l'unité de foi, mais il était trop bien placé en position de force pour ne pas faire la guerre aux protestants, dans le dessein avoué de conclure à nouveau rapidement la paix, mais une paix qui lui serait bien plus profitable que l'édit de Beaulieu. La donne avait changé : la plupart des reîtres étaient loin. Le duc d'Alençon était rallié, et pour être sûr de le garder, le roi lui confia même une armée. Plus étonnant, Damville s'était aussi soumis au roi, lui assurant un soutien en Languedoc, et la paix au Sud-Est où seul le Dauphiné était toujours aux mains des protestants, qui prenaient ville sur ville.

Le prince de Condé, qui n'avait pu accéder à son gouvernement de Picardie, s'était réfugié à La Rochelle, mais ses troupes, réputées pour piller amis comme ennemis, étaient maintenues en dehors de la ville par les Rochelais. Le roi de Navarre jouait un jeu étrange, il était entouré de capitaines tant huguenots que catholiques, avait assisté au prêche à Alençon, mais ses sentiments religieux étaient tièdes, il aurait bien aimé ne pas avoir à choisir entre les deux fois, sentant confusément qu'il devait caresser les catholiques, car le roi et son héritier n'ayant pas encore d'enfants, il était bien placé pour la succession au trône de France. Il se tint donc à l'écart de la guerre, laissant toutefois ses capitaines aller au combat dans tout le Sud-Ouest et le Centre du pays.

Dans le même temps, considérant qu'il lui fallait, lui aussi, avoir un héritier, il faisait tout pour ravoir sa femme. M. de Genissac fut envoyé en ce sens à la Cour en mars 1577 où Henri III le reçut avec des paroles rudes, disant que si le Béarnais avait envie de voir son épouse, il fallait qu'il se refasse catholique. M. de Genissac alla se plaindre auprès de la reine de Navarre, qui alla se plaindre à sa mère. Le roi se trouvait justement avec elle dans son cabinet, et le frère et la sœur eurent une grande scène, Margot lui disant qu'il l'avait abusée et toujours empêchée de rejoindre son mari. Elle déclara qu'elle ne s'était point mariée par plaisir ni de sa propre volonté, mais que, puisqu'ils lui avaient donné un mari, ils ne pouvaient pas l'empêcher de profiter de sa fortune ni de sa position de reine. Elle ajouta qu'elle voulait y aller, que s'ils ne le lui permettaient pas, elle s'enfuirait et irait de quelque façon que ce soit, même au péril de sa vie.

Le roi, énervé, lui répondit qu'il avait retardé son départ exprès, qu'il le lui refusait tout à fait, que c'était pour son bien, parce que le roi de Navarre s'était refait huguenot, et que lui, Henri III, voulait faire la guerre aux huguenots et exterminer cette misérable religion. Qu'elle était catholique, qu'elle était sa sœur, et qu'elle ne serait en Navarre qu'une otage entre leurs mains, que peut-être même, pour lui nuire à lui, ils se vengeraient sur sa vie à elle, du mal qu'il allait leur faire. Que non, non et non, elle n'irait pas, et que si elle s'enfuyait, elle aurait sa mère la reine et son frère le roi pour ennemis cruels, qu'ils lui feraient ressentir leur inimitié de tout leur pouvoir, et qu'elle empirerait encore plus la situation de son mari au lieu de l'améliorer.

La princesse Marguerite se retira fort déçue et en colère. Elle se rendait compte qu'elle ne pouvait demeurer en une Cour si ennemie de son mari, et qu'elle devait, pendant la guerre au moins, s'en retirer, même si c'était sous un autre prétexte que celui de rejoindre son époux. Elle décida d'attendre un peu, le temps de laisser retomber la colère du roi, puis de demander à aller prendre les eaux à Spa, aux Pays-Bas espagnols, terres catholiques et suffisamment éloignées de la Navarre pour que le roi consente à son départ.

Pendant ce temps le Béarnais errait sur les routes de Guyenne. Son parti était affaibli par les dissensions avec les malcontents. Les capitaines catholiques : Miossans, Gramont, Duras, Roquelaure, se querellaient aussi avec les capitaines huguenots de son entourage : Turenne, Montgomery fils, Guitry, d'Aubigné, La Noue. Les protestants se querellaient également entre eux, certains voulant la guerre, d'autres non. Henri de Navarre avait décidé de se tenir à l'écart d'un conflit qu'il pensait voué à l'échec.

Bordeaux refusait de lui ouvrir ses portes, bien qu'il fût gouverneur de Guyenne. Après avoir séjourné à Saumur, à Thouars et à Niort en avril-mai 1576, il s'était rendu à La Rochelle, était même passé à Surgères. Puis on l'avait vu en juillet 1576 à Cognac et à Périgueux, en août et septembre à Lectoure, à Eauze, à Isle-en-Jourdain, en octobre à Nérac, capitale de l'Albret, terre qui lui venait de sa mère.

Il avait fini par s'installer à Agen, fief français qui faisait partie de la dot de sa femme. La princesse Marguerite était en effet comtesse d'Agen depuis son mariage, sans y avoir depuis lors mis les pieds. Henri de Navarre y passa tout l'hiver, histoire de bien montrer qu'il ne renonçait ni à son épouse ni à la dot de celle-ci. Il y était encore en mars et avril 1577, lorsque débuta la sixième guerre de religion.

⋆ ⋆ ⋆ ⋆

Dans le même temps, à Blois, l'auberge de *La Cour de France* prospérait. Avec le retour de la Cour, et surtout avec la tenue des états généraux dans la ville de décembre 1576 à février 1577, les affaires de Clémence et Jacques Perrot allaient bon train. La présence dans la ville de nombreux députés de tous ordres faisait fructifier le commerce, et particulièrement les auberges, car il fallait loger et nourrir tout ce monde, sans parler des messagers qu'ils recevaient et envoyaient dans leur province, des hommes de Navarre et des Guise aux aguets. En un an, l'ancienne soubrette et son mari avaient connu un tel succès, qu'après avoir remboursé l'emprunt de l'achat de leur auberge, ils envisageaient sérieusement d'acheter la maison voisine pour s'agrandir.

Malgré la reprise de la guerre en avril, la Cour menait joyeuse vie. La reine Catherine de Médicis organisait pour célébrer une victoire ou la réconciliation de ses fils des fêtes somptueuses à Plessis-lès-Tours en mai, ou à Chenonceau en juin, avec des festins savoureux, des déguisements splendides. Hélène de Surgères avait en particulier narré à Corine, dans sa dernière lettre, une fête éblouissante, où les hommes étaient vêtus en femmes et les femmes en hommes, tous portant des habits de couleur verte.

La guerre avait donc repris, mais bien différente de la précédente. Point de grande armée avançant sur Paris, point de grands princes alliés. Les reîtres demeurant dans le pays avaient été rembauchés dans l'armée du roi et on les voyait donc combattre ceux dont ils étaient les alliés l'année précédente, en pillant et rançonnant le pays comme d'habitude, mais au nom d'un autre parti…

Le duc d'Anjou, à la tête de l'armée royale, combattait avec les reîtres ses amis d'hier, et avait pris d'assaut avec eux le 1er mai la place forte de La Charité-sur-Loire, qui était censée lui appartenir depuis la paix de Monsieur, mais que les huguenots occupaient depuis peu. Il était prêt à mettre à sac la cité qui n'y pouvait rien. Le duc de Guise l'en empêcha. Puis il marcha sur Issoire, qu'il assiégea du 20 mai au 12 juin, avant de s'emparer de la ville et de la saccager, laissant passer au fil de l'épée la population protestante qui formait la majorité des habitants. Là, M. de Guise ne l'arrêta pas… Le duc d'Épernon faisait partie des assaillants d'Issoire, ainsi que M. de Bussy d'Amboise, qui y perdit un de ses frères.

Sur sa lancée le duc d'Anjou voulait poursuivre vers les Cévennes, mais Henri III, jaloux de ses succès, le rappela à la Cour. Il avait de toute façon atteint son but : discréditer son frère aux yeux des protestants. Au-delà même de ses espérances, puisque le duc d'Anjou en avait consciencieusement fait massacrer un grand nombre.

L'armée royale se tourna alors vers l'ouest et La Rochelle. Le roi n'osa la confier, toujours par jalousie, au duc de Guise. Il la fit conduire par le frère cadet de ce dernier, le duc de Mayenne, qui avait fait partie de ses compagnons de Pologne, et lui paraissait moins dangereux, car moins populaire que son aîné le Balafré. Celui-ci assiégea

Brouage, petit port à proximité de La Rochelle, où le prince de Condé avait organisé une « Contre-Ligue » dans laquelle il avait réussi à faire entrer les rois de Suède et de Danemark, les princes allemands et la reine d'Angleterre.

Alors que le roi de Navarre envoyait Agrippa d'Aubigné auprès du comte de Damville en Languedoc pour tenter de le rallier, François de Châtillon, un des fils de l'amiral de Coligny, à la tête d'une armée protestante, se jetait sur Montpellier, prenait la ville et faisait raser la citadelle. Damville, aidé du maréchal de Bellegarde envoyé par le roi, dut assiéger Montpellier, son ancienne capitale, laissant ses habitants mourir de faim, tandis que les protestants s'emparaient aussi d'Aigues-Mortes.

Si l'armée catholique royale était importante en nombre et avait remporté quelques francs succès à La Charité et à Issoire, elle s'était ensuite enlisée à Brouage. Partout ailleurs, dans le Sud du pays, les protestants l'emportaient, bien qu'à la tête d'armées à l'effectif moindre, et commandées par des lieutenants ou capitaines de second ordre. Navarre s'endormait à Agen, Condé était bloqué à La Rochelle, Châtillon dans Montpellier.

Ailleurs des groupes, parfois d'une centaine d'hommes ou moins, prenaient de petites villes, des châteaux, des abbayes. Cela valait aussi pour l'Angoumois, et l'abbaye de Fonteval n'était pas dans une région épargnée. Les religieuses et les pensionnaires étaient conscientes du danger. Une abbaye était une proie recherchée, car moins facilement défendable qu'un château et pourvue de riches objets sacerdotaux – calices, ciboires, patènes, croix et ostensoirs d'or et d'argent incrustés de pierres précieuses – qui attiraient la convoitise.

Mère Aldegonde n'avait pas caché au chapitre que certains monastères de la région avaient subi l'assaut de troupes huguenotes récemment, mais elle était certaine que Fonteval serait épargnée si toutes ses habitantes priaient pour cela avec ferveur. Elle avait sévèrement tancé Sœur Anne, lorsque celle-ci avait à la mi-juin interrompu brutalement de ses cris les prières des vêpres parce qu'elle avait appris qu'une troupe protestante était à moins de dix lieues. Dieu protégerait Fonteval, et il ne fallait pas inquiéter inutilement les sœurs, les novices, les élèves et les hôtes de l'abbaye, ni les distraire de leur ferveur et de leur foi, qui seules pouvaient les sauver.

Néanmoins l'inquiétude gagnait au sein du couvent. Mlle de Pâquelin était dans la crainte comme ses compagnes, malgré les hauts murs qui entouraient l'abbaye, et malgré l'assurance de Mme de Fonteval. Plus que par les cris de Sœur Anne, qui ronchonnait, depuis son humiliation dans l'abbatiale, des prédictions de malheurs, elle avait été marquée par la transe de Sœur Bernarde, en plein office, il y avait deux jours à peine.

La sœur infirmière avait été soudain victime d'un éblouissement et, comme blessée par une lumière vive, s'était mise à tituber, puis s'effondra au sol, prise de soubresauts et délirant des paroles embrouillées, desquelles il ressortait qu'elle avait eu la vision d'une guerre entre des anges et des dragons. La mère supérieure avait tenté de minimiser la chose, parlant de fièvre, tentant de calmer ses troupes. Mais chacune avait à l'esprit que les dragons étaient les huguenots assoiffés de sang, et que les anges pouvaient être les Dames de Fonteval. Or Sœur Bernarde n'avait pas précisé qui l'avait emporté… Elle s'était évanouie et à son réveil ne se souvenait plus de rien.

* * * *

C'était dans ce contexte que le 23 juin dans l'après-midi, après les vêpres, Sœur Corine de Pâquelin attendait la visite de Mère Aldegonde, à la veille de sa profession de foi. À l'entrée de la mère supérieure, elle se leva et s'inclina respectueusement. Celle-ci lui fit signe de relever la tête et prit la parole :

— Ma fille, dit-elle de sa voix douce, savez-vous pourquoi vous êtes ici ?

— Pour méditer pendant la dernière nuit avant mon entrée dans les ordres, ma Mère ?

— Méditer, certes. Mais aussi pour me remettre quelque chose. Vous n'êtes pas sans savoir qu'une religieuse ne doit conserver aucun bien.

— Mais je n'ai plus rien, ma Mère, à part mon missel et cette petite croix de bois, dit-elle en portant la main au cordon de laine brune qui pendait sur ses vêtements. J'ai tout donné en entrant au noviciat.

— En êtes-vous bien sûre ?

— Oui, ma Mère, répondit Corine d'un ton que marquait l'incompréhension.

— Ma fille, j'ose croire que vous ne mentez pas délibérément, mais si vous ne vous en souvenez pas, c'est encore pire que ce que je craignais, c'est qu'il fait partie de vous à tel point, que son importance pourrait compromettre votre entrée chez les Dames de Fonteval.

— …

— Je veux parler de cet autre cordon que vous portez sous vos vêtements, celui au bout duquel pend votre anneau de mariage. Vous m'en aviez parlé lors de votre arrivée à Fonteval. Je n'ai pas oublié. J'ai espéré que cela viendrait de vous-même. Durant toute l'année de votre noviciat, je me suis attendue à ce que vous me le remettiez un jour ou l'autre. Je ne vous ai pas forcé la main, car je voulais voir quand vous y penseriez. Il n'est plus temps de tergiverser. Vous allez me remettre cet anneau, nous le ferons fondre pour donner l'argent aux pauvres.

Elle tendit la main. Corine porta la sienne à sa poitrine. Elle avait reçu un choc en entendant les paroles de Mère Aldegonde. Son anneau de mariage, c'était comme si son esprit l'avait oublié, elle le sentait maintenant comme un petit cercle lui brûlant la peau.

— Ça n'est qu'un petit anneau d'or très simple, hasarda-t-elle, il a peu de valeur.

— Il n'y a pas de faible aumône, dit la supérieure en souriant et tendant toujours la main. La moindre obole peut être d'un grand secours. Et il a une grande valeur, si vous hésitez à vous en séparer.

— C'est… C'est tout ce qu'il me reste de mon défunt mari.

— Et justement, c'est pourquoi il faut vous en séparer. En entrant au service de Dieu, nous quittons notre famille, nous laissons notre passé derrière nous, vous le savez. Sœur Corine ! fit-elle sur un ton de reproche. Demain vous allez épouser le Christ. Pensez-vous sérieusement qu'il soit séant de garder sur votre cœur, à même la peau, l'anneau que vous a offert un homme de chair ? Croyez-vous qu'un époux apprécierait cela ?

— … Non, ma Mère…

— C'est la dernière épreuve, dit-elle en tendant toujours la main. Demain vous tirerez un trait sur tout cela et vous entrerez dans la paix…

— Cela fait si longtemps que je le porte ainsi. J'ai l'impression que l'on m'arrache un membre ou la peau si je le donne. C'est… C'est difficile…

— C'est nécessaire. (Elle baissa la main.) Je vois… Je vais vous laisser réfléchir un peu, méditer… Ce soir vous jeûnerez, vous resterez ici tant que vous n'aurez pas décidé de vous séparer de l'anneau. Lorsque ce sera fait, vous viendrez me l'apporter, quelle que soit l'heure. La nuit est parfois de bon conseil. Si demain à l'aube je n'ai pas cet anneau, je déciderai de ce qu'il conviendra de faire. Peut-être faudra-t-il prolonger votre noviciat de six mois, peut-être faudra-t-il y renoncer tout à fait et retourner dans le monde.

Le regard de Corine montrait sa crainte et Mère Aldegonde en était consciente. Elle savait à quel point sa novice redoutait la vie à l'extérieur du couvent et elle en jouait. Il fallait à tout prix chasser de son esprit et de son cœur le souvenir de l'hérétique qui avait failli gâcher sa vie et perdre son âme.

Mme de Fonteval sortit de la pièce, laissant Mlle de Pâquelin en plein désarroi. Le rappel de l'anneau lui avait porté un coup brutal qui l'avait comme réveillée de sa torpeur émotive. Depuis si longtemps elle essayait d'oublier. Elle croyait y être arrivée, son esprit ne pensait plus à l'anneau. Mais c'était un leurre. Son cœur et son corps s'en souvenaient. Elle ne l'avait porté qu'une fois au doigt, le jour de leur mariage. Puis il avait fallu garder le secret et depuis lors elle le portait sur son cœur, suspendu à un ruban de soie qui n'avait plus de couleur, qui s'effilochait. À chaque pas qu'elle faisait, elle le sentait bouger sur sa poitrine, et d'autant plus depuis qu'elle portait les vêtements amples et sans forme de novice. Bien sûr qu'elle le sentait lorsque, se lavant, elle passait sous sa chemise son gant de toilette. Même si ses yeux et son cerveau avaient fait semblant de ne plus le voir.

Grâce à lui depuis cinq ans (cinq ans !), Quentin était toujours un peu avec elle. Et il faudrait le donner, pire le faire fondre ? Faire disparaître à tout jamais le souvenir de leur mariage, leurs deux prénoms gravés et les chiffres de l'année 1572 ? Nier que cela ait même existé ? Et pourtant il fallait s'y résoudre. Depuis deux ans elle vivait au couvent, aucune autre vie ne l'attendait dehors. Son destin était tracé. Ce matin au chapitre, les Dames de Fonteval l'avaient cooptée. Elle avait été une novice remarquable, elle serait une sœur parfaite. Ce n'était qu'une formalité, il fallait donner l'anneau.

Pourquoi était-ce si difficile ? Deux syllabes résonnaient dans son cœur : Quen-tin. Comment pouvait-elle nier leur amour ? Comment pouvait-elle faire comme si rien n'avait existé, ni Quentin, ni leur mariage, ni leur fils ? Des images enfouies on ne sait où lui revenaient en foule, des émotions lui venaient à la gorge et lui brisaient le cœur. Le brouillard se dissipait, le son des cloches, les chants des religieuses, les prières en latin, les litanies de saints...

Elle voyait Quentin souriant dans les jardins de Blois, elle le voyait galopant à la chasse, rire à un bal, en colère contre d'Épernon. Elle revivait leur premier baiser dans le parc de Chenonceau, la scène de leur mariage, leurs retrouvailles secrètes dans la petite maison du faubourg du Temple. Et puis elle entendait le tocsin de Saint-Germain-l'Auxerrois pendant l'horrible nuit de la Saint-Barthélemy, sa cavalcade avec Margot dans les couloirs du palais, les cris, les chutes des corps dans la cour, dans la Seine. Elle se revoyait à la Possonnière, serrant la main d'Hélène en accouchant du petit Pierre, hurlant son nom dans la douleur : Quentin !

Et bien plus tard, au Louvre, les lettres qui annonçaient le décès de l'enfant, Quentin qui mourait une deuxième fois, et aujourd'hui l'anneau. Faire fondre l'anneau le tuerait pour la troisième fois, le détruirait définitivement. Que n'avait-elle confié le petit cercle d'or à Clémence en même temps que l'acte de mariage et l'acte de baptême. Pourquoi l'avait-elle gardé ? Parce qu'elle ne pouvait pas s'en séparer. Elle ne le pouvait pas ! Mère Aldegonde avait raison, il faisait partie d'elle.

Cette femme avait une connaissance profonde de la nature humaine. Elle savait que la valeur inconsciente de l'anneau était la clé du destin de Corine. Si elle tenait tant à son alliance, c'est qu'elle n'était pas prête à s'engager vraiment dans sa nouvelle vie. Mais si elle ne prononçait pas ses vœux demain, que deviendrait-elle ? Si un an de noviciat n'y avait rien changé, six mois de plus le feraient-ils ? La mère supérieure semblait elle-même en douter : l'anneau ou partir. Pour aller où ? Ni dans sa famille ni à la Cour. Son seul point de chute possible était l'auberge de Clémence à Blois. Faudrait-il s'y résoudre ?

Elle souleva sa guimpe et sortit le bijou de sous sa chemise. Pour la première fois depuis longtemps, elle le regarda. Des larmes lui venaient aux yeux. Il était intact, la gravure de leurs prénoms était très lisible. Elle revoyait Quentin le lui mettant au doigt. Détruire l'anneau, pas le donner, le détruire, avait dit Mme de Fonteval. Le faire fondre, c'était symbolique, plus que pour la valeur de l'or, pour celle du geste. Elle avait l'impression de trahir Quentin en faisant cela. Mais ne le trahissait-elle pas déjà en étant là, dans un couvent, en entrant en religion comme pour expier la faute d'avoir aimé un hérétique ?

Que pouvait-elle faire d'autre ? Il fallait donner l'anneau à Mère Aldegonde ! Elle avait l'impression de revivre une autre nuit de doute, de réflexion, et de choix difficile, celle où elle avait dû se décider entre sa famille et Quentin. Où elle avait passé une grande partie de la nuit agenouillée dans la chapelle du Louvre, à prier pour que Dieu l'aide dans son choix. Il lui fallait à nouveau choisir entre Quentin et sa nouvelle famille, la seule qu'elle connaissait à présent. La différence, c'est qu'il ne l'attendait pas à la porte de sa chambre, que si elle le choisissait, il ne serait pas là pour la prendre dans ses bras, lui dire qu'il serait sa famille désormais. Il n'était plus là, il n'était plus qu'un souvenir. Choisir entre un souvenir et un avenir ? Cela paraissait si simple. Pourquoi alors laisser passer les minutes, les heures ?

Elle prit le livre de prières sur le pupitre et le posa sur la table. Elle l'ouvrit à plusieurs reprises au hasard, pointa son doigt à différents endroits, espérant qu'une phrase, une ligne, lui montrerait le chemin. Elle s'agenouilla dans la petite pièce et demanda de l'aide à Dieu, qu'il lui envoie un signe, pour l'aider à se décider. Si elle gardait le souvenir d'un homme de chair, elle ne pouvait pas se consacrer à Dieu, si elle choisissait le service divin, elle n'avait pas le droit de garder ce souvenir, ni sous la forme d'un objet, ni dans son cœur.

— Seigneur, envoyez-moi un signe !

* * * *

Mlle de Pâquelin s'était endormie assise à la petite table, la tête posée sur le livre de prières. La nuit était bien avancée, l'aube approchait. Soudain dans son sommeil, elle crut entendre sonner le tocsin de la Saint-Barthélemy. Puis des cris, des cris de femmes, des cris d'hommes, des bruits de sandales qui claquent sur les dalles du cloître, des bruits de bottes. Ce n'était pas le tocsin de Saint-Germain-l'Auxerrois dans un rêve, c'étaient les cloches de l'abbaye qui sonnaient à toute volée. Elle se redressa. Machinalement elle replaça l'anneau sous ses vêtements, rajusta sa guimpe. Mme de Fonteval fit violemment irruption dans la pièce, ouvrant grande la porte.

— Vite, Sœur Corine, Venez ! Nous nous réfugions dans l'abbatiale.

— Mais que se passe-t-il ?

— Les protestants ! Les protestants attaquent l'abbaye !

Corine resta bouche bée, immobile. Les protestants !

— Venez ! dit Mère Aldegonde en la tirant par la manche.

Elle l'entraîna hors du bâtiment, dans le cloître des Dames, et par une porte latérale dans l'église abbatiale. Presque toutes ses compagnes y étaient déjà : les religieuses, les novices, la douzaine d'écolières pensionnaires, Ulrique de Sainte-Grave et Jeanne-Antoinette de Bonneuil, habillées à la hâte, Judith Moreau et ses sœurs, toutes affolées, paniquant, poussant des cris et pleurant. La mère supérieure referma la porte sur les dernières arrivées.

— Vite, dit-elle, il faut renforcer le portail !

Elle se précipita avec quelques sœurs vers la porte principale. Elles prirent un grand épar, que Corine n'avait jamais remarqué, cerclé de fer, et le glissèrent sur les deux vantaux dans quatre armatures de métal prévues à cet effet. Puis elles poussèrent des bancs à haut dossier contre la porte fermée, sur trois rangs. Elles firent de même avec des bancs contre les portes latérales menant au cloître des Novices et à celui des Dames, sur deux rangs.

— Pour les petites portes, cela devrait suffire, affirma la supérieure en nage. Ils vont tenter de passer par là, fit-elle en pointant du doigt la porte principale au bout de la nef.

Des murmures et des cris s'élevaient du groupe des écolières.

— C'est à cause d'elles ! fit une voix en désignant Judith et ses sœurs. Ils viennent pour les délivrer !

Sarah, seize ans, et Rébecca, douze ans, se serraient contre leur aînée, qui n'était pas moins affolée que ses compagnes. Ceux qui attaquaient étaient certes des huguenots, mais rien n'allait leur montrer que trois des leurs étaient là. Elles avaient de fortes chances d'être massacrées ou violées comme les autres. Judith lança un regard désespéré vers Corine. Les trois jeunes filles se tenaient à l'écart d'un groupe compact qui murmurait contre elles. Instinctivement, Mlle de Pâquelin se rapprocha d'elles, et passa un bras autour des épaules de Judith. Mère Aldegonde lui lança un regard interrogatif. Elle se demandait quel avait été son choix.

La novice semblait suivre les mouvements et les discussions de ses compagnes comme au ralenti, les entendre à distance. Elle était abasourdie. Elle avait demandé à Dieu de lui envoyer un signe, et Dieu avait envoyé les protestants ! Dans quel dessein ? Ce ne pouvait être pour les massacrer toutes et détruire l'abbaye. Corine avait croisé le regard de la mère supérieure, lu la question dans ses yeux. Quel choix ? Il n'y avait plus de choix. Dieu avait envoyé les huguenots ! Dans quelques heures, elles seraient peut-être toutes mortes et Fonteval en ruine. Quoi qu'il en soit, elle ne prononcerait pas ses vœux aujourd'hui. L'anneau avait gagné. Pour un signe, c'était un signe ! Son destin n'était clairement pas ici.

— Cela suffit ! sermonna Sœur Adrienne à l'encontre des écolières qui continuaient à montrer du doigt les trois protestantes. Ne dites pas de sottises, nous devons nous montrer solidaires dans l'épreuve. Elles risquent autant que nous.

— Votre enseignante a raison, dit Mère Aldegonde. Prions toutes ensemble !

Elle rassembla ses ouailles au centre de la nef, les fit s'agenouiller et prier à voix haute. Au loin on entendait des hommes courir dans les cloîtres et les couloirs, défoncer des portes, pousser des cris de rage en ne trouvant personne. Des coups de mousquet étaient tirés, probablement pour briser des serrures. Cela semblait provenir du cloître des Dames et de l'hôtel de l'Abbesse. De temps en temps des murmures et des pleurs s'élevaient du groupe de la trentaine de femmes et fillettes agenouillées dans l'église. Mme de Fonteval galvanisait ses troupes, les encourageait à garder et montrer leur foi. Elle les fit chanter des psaumes pour couvrir les bruits. Même Jeanne-Antoinette s'y mit de bon cœur.

Soudain, Sœur Philippine poussa un cri. Elle montrait du doigt de vives lueurs jaunes, rouges et orangées que l'on voyait à travers les hauts vitraux donnant sur le cloître des Dames.

— Le feu ! s'écria Sœur Marie-Andrée. Ils ont incendié la bibliothèque !

— Mieux vaut les livres que nous ! déclara Sœur Anne. Je l'avais bien dit que les protestants n'étaient pas loin !

— Il y a de nombreux livres précieux, insista la sœur bibliothécaire, avec des dorures et des enluminures. Certains sont très anciens et très rares… Enfin… étaient…

— Sœur Anne, dit Mère Aldegonde, il n'est plus temps de polémiquer. Mais vous avez raison une fois de plus. Mieux vaut les livres que nous. Prions, mes sœurs ! Prions pour le salut de nos âmes et pour que nos corps soient préservés de l'infamie.

Des petits cris s'élevèrent de tous côtés, bientôt couverts par des bruits sourds en provenance du portail. Les religieuses se rassemblèrent debout les unes contre les autres. Elles avaient placé les plus faibles d'entre elles au centre. Les fillettes, les novices, les hôtes. Les religieuses professes formaient autour d'elles un rempart dérisoire. Les lourds vantaux tremblèrent à plusieurs reprises, les bancs aussi. Le gros épar sursautait dans ses armatures. Mais il résista.

Puis les coups résonnèrent sur la porte de droite qui menait au cloître des Dames. Elle trembla aussi, craqua et les bancs qui la protégeaient furent brisés et repoussés violemment. Les hommes se précipitèrent à l'intérieur en lançant des cris de joie et de victoire, les femmes poussèrent des cris d'effroi en reculant vers le portail principal. Mais les soldats étaient entrés en masse, le bruit de leurs bottes retentissait dans la nef. Rapidement ils encerclèrent les religieuses en ricanant et en montrant leurs armes aux femmes affolées.

Une voix s'éleva :

— Ne touchez pas aux nonnes ! Ordre du capitaine !

Cet ordre ne rassura qu'à moitié les Dames de Fonteval. Merci au capitaine et à son âme charitable. Mais ses hommes allaient-ils lui obéir ? Elles se serraient les unes contre les autres, gémissant, pleurant, poussant de faibles cris. Une poignée d'hommes se dirigea vers l'autel et brisa le tabernacle, arrachant les ornements sacerdotaux, s'emparant des vases sacrés en or, jetant les hosties à terre. Il y eut des cris plus forts du côté des religieuses. Sœur Philippine sortit des rangs, furieuse, essaya d'arracher l'ostensoir des mains d'un assaillant. Celui-ci, se retournant vivement, pointa sa hallebarde contre la poitrine de la sœur sacristine.

— Vous n'avez pas le droit, c'est un sacrilège ! s'exclama-t-elle en tentant de préserver les objets du culte dont elle avait la charge.

— N'y songe même pas, dit l'homme d'une voix sourde. Si tu touches à cet or, ordre du capitaine ou pas, je t'embroche !

Mère Aldegonde se précipita, la saisit par le bras, la tira en arrière. Mlle de Pâquelin ne l'avait jamais vue aussi pâle, aussi peu sûre d'elle. Des sueurs froides lui coulaient sur le visage. Son monde était en train de s'écrouler, son navire prenait l'eau, elle tentait comme elle pouvait de sauver son équipage et ses passagères, tout en se préparant au martyre.

— Laissez, ma sœur ! dit-elle à Sœur Philippine. Ce ne sont que des biens matériels.

Mais les hosties répandues à terre étaient autant de coups de poignard dans son cœur. Les hommes s'emparèrent des candélabres, des croix, de tout ce qui portait trace d'or et d'argent. D'autres commencèrent à briser des bancs, à empiler les morceaux en divers tas. Peut-être pour y mettre le feu, ou tout simplement pour saccager, pour détruire tous les symboles et les biens de la foi ennemie. Ils brisèrent des statues, versèrent le vin de messe sur la nappe de l'autel et au sol. D'autres avaient ouvert la porte du cloître des Novices et s'étaient répandus dans le reste de l'abbaye. Les flammes qui brûlaient la salle du Chapitre et la bibliothèque progressaient maintenant vers le réfectoire et le dortoir à l'ouest, vers l'hôtel de l'Abbesse à l'est. Déjà elles en avaient atteint la toiture, elles menaçaient de gagner l'église.

Si les religieuses n'étaient pas massacrées par les hommes, elles finiraient rôties dans l'abbatiale. Par la porte restée ouverte, elles voyaient les flammes, elles sentaient la chaleur. Les derniers hommes entrèrent dans l'église en toussant, en tapotant leurs vêtements couverts de cendres et de débris. Ils refermèrent la porte sur le cloître pour contenir le feu et la chaleur à l'extérieur.

Une fois le pillage du chœur terminé, les hommes se rapprochèrent des religieuses, leur lançant des œillades, des plaisanteries grivoises, les touchant du bout de leur épée en riant.

— J'ai dit : on ne touche pas aux religieuses ! cria une voix claire, qui résonna dans la mémoire de Corine comme un écho lointain.

Les hommes se turent aussitôt, mais continuèrent à regarder les femmes d'un air menaçant. Ceux qui s'étaient répandus dans le cloître des Novices revenaient en portant des sacs de toile bien remplis. Ils avaient apparemment découvert le grenier. Celui qui les conduisait distribua des sacs vides à ceux qui avaient pillé l'hôtel de l'Abbesse et la nef. C'était celui qui le premier avait crié de ne pas toucher aux femmes. Il se dirigea vers celui qui semblait être le capitaine.

— Quel est le bilan des opérations, Rignac ? demanda ce dernier.

Cette voix… Où Corine l'avait-elle déjà entendue ?

— On a pris tout ce qu'on pouvait comme provisions, Capitaine, également de la paille et du foin pour nos montures. Il y a quelques belles pièces en or, qui devraient nous permettre de nous renflouer pour plusieurs mois, et aussi d'acheter des chevaux. Il faudra en laisser une partie aux hommes, si vous voulez garder leur fidélité et leur respect.

Le capitaine acquiesça d'un signe de tête.

— De ce côté-là, dit Rignac en montrant le cloître en flammes, ça commence à chauffer. Il ne faudrait pas tarder à évacuer. D'autant que le feu va alerter les villageois. Avec l'aube, ils vont rappliquer.

— Vous avez raison, il vaut mieux rester sur une victoire. Nous avons fait un bon butin, nous n'avons aucune perte à déplorer, aucun blessé, nous partons. Par là, dit-il en désignant le grand portail.

— Et qu'est-ce qu'on fait d'elles, Capitaine ? demanda un autre homme en tendant le menton vers le groupe de religieuses.

— On les emmène avec nous, Casteloux, répondit l'officier. Certaines de ces femmes sont de la noblesse, nous pourrons en obtenir de bonnes rançons.

— Et les autres ? On ne va pas les emmener toutes, elles vont nous ralentir. Et on n'a pas le temps de faire le tri.

— Y a qu'à les laisser griller ici, suggéra une voix éraillée. Dieu reconnaîtra les siens !

Ils furent plusieurs à ricaner grassement.

— Soldats ! cria le capitaine. Je suis peut-être un homme de guerre, mais je n'ai pas pour habitude de massacrer des femmes et des petites filles ! Et j'espère que personne ici n'en a l'intention, sinon je l'exclus de ma compagnie… Et du butin…, rajouta-t-il sagement.

Les hommes lorgnèrent sur les sacs contenant les vases précieux et baissèrent la tête en grommelant. Sous les ordres de Casteloux, quelques-uns enlevèrent les bancs et l'épar. Ils ouvrirent les portes. Rignac fit signe aux religieuses d'avancer.

— Nous ne bougerons pas d'ici ! tenta Mme de Fonteval.

— Ma Mère, dit le capitaine calmement, je vous conseille de nous suivre sans broncher, à moins que vous ne préfériez que mes hommes, énervés, agissent selon leur bon plaisir. Ils sont pressés de partir avec leur butin, je ne sais pas si je pourrai les retenir longtemps.

Aldegonde de Vouillac tenta de jauger le capitaine. C'était un homme encore jeune, qui paraissait aimable et raisonnable. Jusque-là il les avait protégées, mais il ne fallait peut-être pas tenter le diable. Mentait-il pour les impressionner ?

— J'ai entendu dire, chuchota Sœur Nicolette, que les huguenots vendaient les religieuses aux Barbaresques, pour qu'elles finissent dans les harems du Grand Turc !

Le capitaine ferma les yeux et poussa un soupir agacé.

— Taisez-vous donc, chuchota à son tour Sœur Anne. Vous ne sentez pas les flammes lécher les murs ? Vous voulez donc qu'ils nous enferment là pour nous laisser griller ? Ma Mère, il faut sortir d'ici ! supplia-t-elle.

L'abbesse regarda le capitaine impassible, les hommes qui s'impatientaient, jeta un œil à Sœur Anne, aux flammes qui léchaient les vitraux, et se décida.

— Nous vous suivons, Capitaine.

Elle fit signe à ses compagnes d'avancer. Le groupe de femmes, encerclé par les huguenots, sortit de l'abbatiale. Beaucoup pleuraient ou gémissaient en chemin. Elles descendirent les marches, longèrent la galerie, sortirent hors des murs de clôture. Le ciel rosissait, l'aube approchait, la troupe s'éloigna à pied vers les collines, vers la forêt proche. Elle progressait lentement, la pente était raide, les hommes étaient chargés. Les fillettes apeurées, les femmes qui pour la plupart n'avaient pas quitté les murs de l'abbaye depuis des années marchaient avec difficulté. Mme de Sainte-Grave, en particulier, avait du mal à gravir la pente escarpée. Elle s'essoufflait et se tenait la poitrine, avait du mal à respirer. Elle était soutenue par Sœur Bernarde, l'infirmière, qui ne valait guère mieux.

Elles étaient les deux plus âgées du groupe et avaient du mal à suivre, Sœur Anne également, quoique un peu plus jeune, mais gênée par son embonpoint, à force de goûter à tous les produits qui entraient et sortaient de l'abbaye…

Une fois à l'abri des premiers arbres, ils s'arrêtèrent et se retournèrent. Plus que par les épreuves de la nuit et l'incertitude de leur présent, ces femmes souffraient de voir Fonteval en flammes. La douleur se lisait sur leur visage. Le cloître des Dames et une partie de celui des Hôtes brûlaient, mais au soleil levant, le vent avait tourné et rabattait le feu vers le sud et le verger. L'église abbatiale serait sûrement sauvée, d'autant que le village s'agitait. Des hommes se relayaient des seaux à la main. On remplissait des tonneaux à la rivière. Mère Aldegonde imaginait déjà ce qu'il faudrait reconstruire, si toutefois elles parvenaient à rejoindre Fonteval un jour. Elle jeta un regard à ses compagnes, vit l'état des plus âgées et des plus jeunes. Elle ne valait guère mieux.

Le capitaine avait redonné le signal du départ. Mme de Sainte-Grave était assise sur un rocher, Sœur Bernarde à côté d'elle. Elles n'avaient pas encore repris leur souffle. Les plus jeunes des fillettes, âgées de six à huit ans, étaient assises dans l'herbe.

— Je vous en prie, Capitaine, osa Mme de Fonteval en les montrant de la main. Elles sont incapables de nous suivre. Ayez pitié ! Vous ne tirerez pas rançon de tout ce monde. Laissez partir au moins les fillettes, et les plus âgées d'entre nous.

Le capitaine se retourna, jaugea la situation. Treize religieuses, huit novices, douze enfants de six à dix-sept ans, trois pensionnaires dont une très âgée. Dans quoi s'était-il embarqué ? Le nommé Rignac s'approcha et lui parla à voix basse :

— Capitaine, on ne peut pas surveiller tout ce monde, et on n'a pas de quoi les nourrir. Débarrassez-vous des plus vieilles et des plus jeunes.

L'officier réfléchit. Tout le monde était suspendu à ses lèvres. Corine n'arrêtait pas de se demander où elle avait déjà entendu cette voix. À la Cour, certainement, mais il y avait longtemps. Elle cherchait dans le tréfonds de sa mémoire. Les lueurs des chandelles et celles des flammes, tout à l'heure, dans l'abbatiale, ne lui avaient pas permis de reconnaître le capitaine. À peine avait-elle aperçu une mèche blonde. Un rayon de soleil éclaira soudain son visage, et elle le reconnut enfin, ses cheveux clairs flottant dans le vent.

Ce fut pour elle un second choc, après l'irruption des protestants dans l'abbaye. Claude de Luzac ! Le meilleur ami de son mari, le témoin de son mariage. Il avait un peu vieilli, bien sûr, quelques rides, des yeux cernés, mais elle le reconnaissait bien à présent. Elle ne l'avait pas revu depuis cinq ans, depuis… la Saint-Barthélemy… Elle n'en revenait pas. Elle avait demandé à Dieu de lui envoyer un signe et Dieu lui avait envoyé les huguenots. Et pas n'importe lesquels. Dieu lui avait envoyé Claude de Luzac ! Le meilleur ami de Quentin. On ne pouvait envoyer plus beau signe !

Elle sourit. Elle posa la main sur ses vêtements, essayant de sentir l'anneau. Non, elle ne le donnerait pas. Le petit cercle d'or ne serait pas fondu. Elle ne savait pas où son destin allait la mener, mais il était clair qu'elle ne serait jamais religieuse à Fonteval. Ni ailleurs probablement. Et c'était la volonté de Dieu ! Tout irait bien maintenant. Claude était un être généreux et chevaleresque, il ne leur ferait pas de mal, elle en était convaincue. Il l'avait déjà prouvé.

Le capitaine de Luzac s'était décidé.

— Très bien, dit-il. Les écolières, rassemblez-vous sur le côté.

Les fillettes et jeunes filles tremblaient. Elles étaient persuadées qu'elles allaient être passées au fil de l'épée.

— Vous, et vous, fit-il en montrant du doigt Ulrique de Sainte-Grave et Sœur Bernarde. Rejoignez-les. Ma Mère, désignez une des vôtres pour accompagner les enfants.

Mère Aldegonde avait conscience de sa responsabilité, celle qu'elle allait désigner allait avoir de façon quasi certaine la vie sauve. Les regards de ses compagnes se tendaient vers elle. Elle aurait pu désigner une des sœurs enseignantes, elle préféra nommer Sœur Anne, la sœur tourière. Si d'autres furent déçues, elles ne le montrèrent point. Sœur Anne voulut refuser.

— Pourquoi moi, ma Mère ? Je connais mieux le monde extérieur que les autres, je pourrais mieux vous aider en restant avec vous.

— Je ne sais pas où l'on nous mène, mais vous n'arriverez pas à suivre le chemin… Et puis vous connaissez les familles de ces enfants. Vous avez l'habitude de les voir au parloir. Vous saurez où les ramener.

— Ma Mère…

— Sœur Anne, j'ai besoin de vous. Fonteval a besoin de vous, pour se reconstruire. Vous seule avez les contacts avec les marchands, les ouvriers, les fournisseurs, les métayers. Vous seule pouvez gérer Fonteval en mon absence.

Comme toujours elle avait eu les mots justes. Sœur Anne acquiesça et rejoignit les enfants. Sœur Bernarde voulut aussi protester. La petite troupe aurait certainement besoin de ses talents d'infirmière. La mère supérieure lui fit comprendre que celle qui avait le plus besoin d'elle maintenant était Mme de Sainte-Grave. Que les pèlerins devaient être accueillis et soignés comme d'habitude, qu'il en allait de l'honneur de Fonteval…

Mère Aldegonde serra les deux sœurs dans ses bras. Elles ne savaient pas quand elles se reverraient. Puis elle bénit les enfants, et retint dans ses mains celles de Mme de Sainte-Grave. Les hommes et leur capitaine s'impatientaient. La vieille dame voulut prendre Corine dans ses bras.

— Mon enfant, lui dit-elle, je suis tellement désolée pour vous. Vous étiez à la veille d'un si beau jour !

Mlle de Pâquelin la serra contre elle.

— Ne vous inquiétez pas, dit-elle. Le ciel en a décidé autrement. Je suis sûre que tout ira bien.

Ulrique de Sainte-Grave en fut un peu étonnée, mais ne fit pas de remarque. Les fillettes se lovaient contre Mère Aldegonde, contre les sœurs enseignantes, craignant pour leurs vies. Les soldats étaient étonnés de tant d'effusions. Ils pensaient les relations au couvent plus froides.

— Cela suffit, finit par dire le capitaine. Il est temps de partir. Le groupe avec les enfants, vous pouvez redescendre au village. Mais attention, fit-il à l'adresse de Sœur Anne et Sœur Bernarde. Si vous indiquez la direction que nous avons prise, si vous lancez des hommes à notre poursuite, n'oubliez pas que j'ai avec moi des otages, et que je n'hésiterai pas à m'en servir !

Sœur Anne jeta un regard à la mère supérieure et à ses compagnes que la crainte reprenait.

— D'accord, dit-elle en regardant M. de Luzac dans les yeux. Mais vous, n'oubliez pas qu'il y a quelqu'un là-haut, dit-elle en désignant le ciel du doigt d'un air menaçant. Et qu'il voit tout !

Le capitaine sourit, et songea que si elle était un homme, il aurait volontiers pris Sœur Anne dans sa troupe. Deux jeunes filles se rebellaient et semblaient ne pas vouloir suivre leurs compagnes, malgré les efforts des religieuses.

— Non, non, pas nous, s'écriait Sarah Moreau. Nous sommes huguenotes. Si nous retournons à l'abbaye, nous ne pourrons plus jamais en partir. Et nous ne voulons pas être séparées de notre sœur.

Le capitaine intervint. Il prit les deux jeunes filles à part.

— Est-ce vrai ? demanda-t-il.

La timide Judith osa intervenir.

— C'est vrai, Capitaine, ce sont mes sœurs. Notre père était huguenot, mais à sa mort, la famille de notre mère, catholique, nous a fait enfermer à Fonteval pour nous forcer à abjurer.

— Et l'avez-vous fait ?

— Non ! s'écrièrent vivement les trois sœurs ensemble.

Luzac sourit et leur donna l'accolade.

— Celles-là, on les garde, dit-il.

— Capitaine, intervint Rignac. On n'a pas besoin de ces mioches !

— Lieutenant vous n'avez pas entendu. Elles sont des nôtres. Nous venons de les délivrer. Nous n'allons pas laisser les papistes les renfermer à nouveau.

Il regarda les femmes qui restaient.

— Y a-t-il d'autres réformées parmi vous ?

Mlle de Bonneuil fit un pas hors du groupe en lui lançant une œillade indécente.

— Moi, dit-elle, je suis huguenote. Enfermée par ma famille moi aussi.

Le capitaine la jaugea de la tête aux pieds en faisant la moue.

— Jeanne-Antoinette ! s'écria Mme de Fonteval.

— Vous n'êtes point huguenote ! fit la jeune Rébecca Moreau.

— Personne d'autre ? demanda le capitaine.

Le groupe resta muet.

— Alors en route !

Tandis que les onze religieuses restantes, les huit novices, Mlle de Bonneuil, Judith Moreau et ses sœurs suivaient la troupe des soldats protestants dans la forêt, les enfants et les trois autres femmes reprirent le chemin du village et de la liberté, le cœur léger quoique inquiètes pour leurs compagnes. Le capitaine et ses lieutenants étaient soulagés, ils avaient déposé une partie de leur fardeau. Mère Aldegonde aussi, qui venait de sauver treize vies.

— Pourquoi n'avez-vous pas dit que vous étiez huguenote ? demanda Judith à Corine en chemin.

— Parce que je ne le suis pas, répondit-elle.

— Mais votre époux l'était.

— Oui, il l'était, mais pas moi.

— Mais vous auriez pu le dire, cela pourrait épargner votre vie. Jeanne-Antoinette n'a pas hésité à mentir, elle. Vous êtes quand même un peu huguenote, enfin à moitié…

Corine se mit à rire. Depuis quand n'avait-elle pas ri ?

— Non, je ne le suis pas. Pas même à moitié.

— Alors pourquoi semblez-vous si heureuse de la tournure des événements ?

— Parce que Dieu m'a envoyé un signe, sourit Mlle de Pâquelin. Il m'a fait comprendre que je ne devais pas avoir honte de mon passé, que je ne devais pas le renier.

— Que va-t-il se passer maintenant ? Je ne suis quand même pas très rassurée, ni pour moi ni pour elles, ajouta Judith en pointant du menton les religieuses.

— Ne vous inquiétez pas. Tout va aller bien. J'ai confiance.

— Parce que Dieu vous a envoyé un signe ?

— Oui, parce qu'il a envoyé un signe, répéta-t-elle. Et Claude de Luzac, ajouta-t-elle en pensée.

XXIX. Retrouvailles

Sur le sentier qui serpentait entre les arbres, Corine avait le cœur léger. Elle n'avait pas mangé depuis la veille, peu dormi, vécu des heures éprouvantes, mais respirer l'air du dehors, traverser ce bois, réveillait en elle des sensations perdues. Celles du parfum de la nature lorsqu'elle chevauchait dans la campagne de son enfance, ou lorsqu'elle participait à une chasse royale. Elle se sentait revivre, émerger d'un long sommeil. Elle vit Mère Aldegonde qui progressait avec angoisse et voulut la rassurer. Elle la rattrapa.

— Ma Mère ! dit-elle. Ne vous inquiétez pas. Je connais le capitaine. C'était un ami de mon mari. C'est un homme bon et généreux. Nous ne craignons rien.

— Comment ça vous connaissez le capitaine !? intervint Sœur Christophine.

— Vous connaissez des huguenots ? fit Sœur Philippine.

— Comment ça un ami de votre mari ? demanda Sœur Marie-Andrée.

— Vous avez été mariée ? s'étonna Sœur Henriette.

— À un huguenot ? s'inquiéta Sœur Louise.

— Silence dans les rangs ! cria un homme.

— Taisez-vous mes sœurs, fit la mère supérieure. Marchez !

Mais les murmures et chuchotements continuaient de commenter la nouvelle. La discipline du couvent tendait à disparaître.

— C'est une bonne nouvelle, ajouta Mère Aldegonde à mi-voix en direction de Corine, vous allez pouvoir intercéder pour nous.

Mlle de Pâquelin lui sourit, sans voir que le regard inquiet de Mme de Fonteval portait autant sur l'apparente insouciance de sa novice que sur leur délicate situation.

La troupe atteignit le sommet de la colline boisée et descendit l'autre versant avant de remonter une autre côte au sommet de laquelle se trouvait une clairière. Là d'autres hommes attendaient, avec des chevaux et des chariots. Ils furent un peu étonnés de découvrir le groupe de religieuses, mais, bientôt accaparés par les récits de leurs compagnons et la découverte du butin, ils n'en firent plus de cas. Le capitaine fit asseoir les femmes un peu à l'écart et les fit garder par plusieurs hommes armés, qui les encerclaient.

Les nonnes ne demandèrent pas leur reste et s'assirent à même le sol en soupirant. Aucune ne songeait à s'échapper, n'ayant pas la force de courir les bois à nouveau.

— Ils ont l'intention de nous épuiser et de nous laisser mourir de faim ! dit Sœur Ludovique, la cuisinière.

— C'est l'heure de la grand-messe, annonça Sœur Léonarde.

— Nous ne la célébrerons pas aujourd'hui, fit la mère supérieure, en se laissant tomber dans l'herbe, épuisée comme les autres.

Un peu plus loin les hommes palabraient en les montrant du doigt. En particulier les lieutenants avec le capitaine. Des bribes de conversation leur parvenaient. Le lieutenant Rignac se plaignait de ne pas avoir de quoi nourrir tout ce monde, que les provisions prises étaient pour nourrir ses hommes, pas des femelles papistes. Le capitaine vit qu'il y avait deux sacs de pommes et suggéra d'en distribuer aux nonnes, et comme son bras droit s'inquiétait de qu'ils allaient faire de ces femmes, il répondit qu'il réfléchissait à la question. Il veilla personnellement à la distribution des fruits.

Mlle de Pâquelin vit Jeanne-Antoinette de Bonneuil s'approcher de lui et lui parler à voix basse en roucoulant. Ni l'abbesse ni les sœurs n'avaient la force de la reprendre à l'ordre. Corine se reposa un peu, mangea, puis songea qu'il était temps d'intervenir.

— Un instant, ma fille, la retint Mme de Fonteval. Avant j'aimerais savoir si vous aviez pris une décision. À propos de l'anneau…

— Non, ma Mère. Je n'avais rien décidé. J'ai prié Dieu une grande partie de la nuit, pour qu'il m'envoie un signe.

— Et… ?

— Dieu a envoyé les huguenots, ma Mère ! Dieu a envoyé Claude de Luzac !

— Dieu ou le diable ?! C'est peut-être l'ultime tentation, envoyée par le démon pour vous détourner du droit chemin, dit-elle, mais elle paraissait troublée.

Étonnant en effet, qu'à la veille de prononcer ses vœux, l'abbaye ait été attaquée, et par le meilleur ami de son époux. Peut-être que le destin de Sœur Corine n'était pas d'entrer dans les ordres, peut-être que sa mission était de se trouver là, à ce moment précis, pour les sauver toutes. Elle lui lâcha le bras et la laissa aller.

Corine s'approcha d'un des gardes et demanda à parler au capitaine. L'homme lui répondit qu'il se reposait et ne voulait pas être dérangé. Qu'une autre dame – il désignait du menton Mlle de Bonneuil – avait déjà essayé de lui parler, et que ça ne lui avait pas plu du tout.

— S'il vous plaît, continua-t-elle d'une voix douce. Je connais M. de Luzac. Je l'ai côtoyé à la Cour autrefois. Écoutez ! Donnez-lui seulement mon nom, et vous verrez bien. Dites-lui que Mlle de… Non ! Dites-lui que Mme de Gayrand veut lui parler.

C'était la première fois qu'elle utilisait ce nom, et elle ressentit une vive émotion.

* * * *

Elle vit de loin le garde s'approcher de M. de Luzac et celui-ci avoir une réaction de surprise, se retourner vivement vers elle. Il s'avança à mi-chemin, sembla hésiter, et fit signe au soldat de la laisser approcher. Il ne voulait visiblement lui parler, ni trop près de ses hommes ni trop près de ses compagnes.

Elle s'approcha le cœur battant, émue de retrouver un survivant de son passé, et ne sachant comment il allait réagir. Lorsqu'elle fut tout près, il la dévisagea, cherchant à retrouver des traits connus sous cette allure fantomatique. Pour lui faciliter la tâche, elle enleva son voile et détacha sa guimpe, ébouriffant d'une main ses cheveux coupés court à la va-vite. Ce qui provoqua des murmures chez les protagonistes des deux camps qui suivaient la scène de loin. Il eut un sursaut. Elle sourit comme pour s'excuser.

— Je sais, dit-elle, cela surprend. Mais c'est beaucoup plus pratique ainsi sous le voile et la guimpe. Ils ne pourraient pas respirer là-dessous, et ils sont plus pratiques à laver.

Machinalement, elle les lissa avec ses doigts, essayant de leur donner un aspect plus convenable. Claude de Luzac avait planté ses yeux dans les siens.

— Vous ! dit-il enfin. C'est vraiment vous ! On m'avait dit que vous étiez entrée au couvent, mais j'avais du mal à le croire…

— Oui, après la mort de Quentin, je n'avais plus le courage de vivre à la Cour.

Son visage se figea. Il parut stupéfait.

— Après la mort de…

— Oui… Vous l'ignoriez ? Oh ! Je suis désolée de vous l'apprendre ainsi. Je pensais que vous le saviez. Quentin est mort pendant la Saint-Barthélemy…

— Quentin est… Pendant la Saint…

— Oui, fit-elle d'un air triste. Il se trouvait auprès de l'amiral de Coligny, rue de Béthizy, et… Il n'y a eu aucun survivant rue de Béthizy… Mais vous-même, comment avez-vous échappé à… tout cela ?

— Aucun survivant… Je vois, dit-il en la regardant d'un air sidéré. Cela explique bien des choses… Oh ! Moi, je… Je m'étais absenté la veille de la capitale… En mission pour le roi de Navarre…

Inconsciemment, il lui avait pris les mains.

— Hé ! cria l'homme à la voix éraillée qui avait déjà suggéré de laisser les femmes griller dans l'abbaye. J'croyais qu'on n'devait pas toucher aux religieuses !

— Ferme-la ! fit Casteloux, c'est le capitaine, il fait ce qu'il veut.

— Tais-toi, imbécile ! compléta Claude de Luzac en lâchant les mains de Corine. C'est la femme de l'un des nôtres, et c'est ma belle-sœur !

Cette remarque stupéfia autant Casteloux et ses hommes que Mlle de Pâquelin. Claude se retourna vers elle.

— Oui, expliqua-t-il, j'ai épousé Pauline, la jeune sœur de Quentin… Vous… Vous êtes véritablement religieuse ?

— Non, répondit-elle. Je suis novice. À vrai dire je… je devais prononcer mes vœux aujourd'hui. (Elle esquissa un début de rire.) Mère Aldegonde voulait avant que je lui donne mon anneau… (Elle pleurait maintenant.) Mon anneau de mariage… (Elle le sortit de sous ses vêtements.) Je n'ai pas pu… J'ai prié Dieu qu'il m'envoie un signe… Et vous êtes arrivé.

Elle riait en pleurant à présent. Trop d'émotions se mêlaient. Il sourit franchement.

— Vous l'avez conservé tout ce temps…, dit-il en prenant l'anneau dans ses doigts. Et vous n'êtes pas vraiment religieuse… (Il avait l'air ravi.) Eh bien ! j'ai hésité à prendre d'assaut cette abbaye… Mais je n'aurais jamais imaginé vous y trouver…

— Je ne pensais pas non plus vous revoir un jour. Je pensais que vous étiez aussi… vous savez…

— La Saint-Barthélemy ?… Écoutez…

— Claude, je suis venue vous parler au nom de mes compagnes, intercéder en leur faveur, vous supplier de leur laisser la vie sauve, de les laisser aller.

— Ne vous inquiétez pas. Mes hommes ne sont pas des sauvages. Dans le feu de l'action, je ne nie pas qu'ils auraient pu… Mais de sang-froid ils n'attenteront pas à leurs vies.

— Qu'allez-vous faire de nous ?

— À vrai dire, je n'en sais rien. Sur le moment j'ai surtout songé à éloigner tout le monde de l'incendie, pour ne perdre aucune vie, justement. Et j'ai pensé que l'excuse de la rançon convaincrait mes hommes de ne leur faire aucun mal. Je ne sais pas encore comment je vais procéder, mais rassurez-les. Elles n'ont rien à craindre pour leur vie.

— Et pour… les Barbaresques ?

Il sourit.

— C'est une légende. Rien qu'une légende. Je ne nie pas que des exactions aient été commises par mes coreligionnaires à certains endroits : des crimes, des atteintes aux mœurs, tout comme par les catholiques en d'autres lieux. Je m'efforce de tenir ma troupe dans le droit chemin. Mais je dois ménager les susceptibilités, et être ferme pour les tenir. Je vais régler cela d'ici quelques heures. Pour l'instant j'ai à faire, je dois envoyer un messager en urgence.

Il s'éloigna d'un pas pressé. Corine rejoignit les Dames de Fonteval qui étaient aux aguets.

— Sœur Corine ! Vos cheveux ! l'interpella Sœur Christophine.

Elle s'aperçut qu'elle avait laissé son voile et sa guimpe par terre là où elle avait parlé avec M. de Luzac.

— Cela n'a plus guère d'importance, ma sœur ! répondit-elle. (Un brouhaha se fit autour d'elle.) Rassurez-vous, ajouta-t-elle. Cela ne veut pas dire que nous allons toutes périr. Juste que je ne prendrai pas le voile aujourd'hui et… Tout compte fait je me sens beaucoup plus à l'aise ainsi.

— Sœur Corine ! s'offusqua Sœur Marie-Andrée.

La mère supérieure ne réagit pas. Elle sentait sa novice lui échapper et ne voulait pas risquer, en la brusquant, de la perdre tout à fait.

⋆ ⋆ ⋆ ⋆

Mlle de Pâquelin alla s'asseoir à l'écart près des sœurs Moreau. Mlle de Bonneuil vint les y rejoindre. Elles formaient un peu un groupe à part et demeuraient en silence, ne sachant trop que se dire. Elles voyaient au loin les protestants s'affairer, le capitaine écrire une lettre, envoyer un messager, les hommes répartir les provisions et le butin sur les chariots. Une heure se passa environ.

Leurs compagnes novices et sœurs professes commençaient à murmurer, à s'agiter. Mère Aldegonde, pour les calmer et les maintenir dans le giron de la foi, eut l'idée de les faire s'agenouiller et chanter des psaumes à voix haute.

— Ce n'est pas une bonne idée, murmura Jeanne-Antoinette.

Et effectivement, à peine avaient-elles commencé que les gardes se mirent à grogner et à les apostropher.

— Il faut arrêter ça, Capitaine ! dit Casteloux. Ou je ne réponds plus de mes hommes. En plus, elles vont nous faire repérer.

— C'est peut-être leur but. Il faut les faire taire tout de suite, ajouta Rignac.

Déjà les gardes pointaient leurs hallebardes en direction des religieuses. M. de Luzac se précipita vers elles. « Silence ! » hurla-t-il. Cela eut son effet. Les femmes se turent aussitôt, glacées par la nouvelle tension qui s'installait. « Êtes-vous folle ? » ajouta-t-il à mi-voix à l'encontre de Mère Aldegonde. « Bon, cela suffit ! » reprit-il à voix normale. Il se dirigea vers les sœurs Moreau, leur demanda si elles avaient de la famille auprès de qui se réfugier. Judith répondit que le reste de la famille était papiste.

— Bon, voici ce que je vous propose, dit le capitaine. Nous allons vous conduire à La Rochelle, qui est une ville protestante depuis longtemps, et une place forte sûre. Nous avons là-bas un réseau de familles et d'amis qui pourront vous accueillir. Vous seriez hébergées au sein d'une famille réformée, jusqu'à ce que vous puissiez voler de vos propres ailes, trouver un bon métier, ou un mari.

Judith approuva de la tête, ainsi que ses sœurs.

— Moi aussi je veux aller à La Rochelle, dit Mlle de Bonneuil. Je ne suis peut-être point huguenote, mais je refuse de rester au couvent. Je suis prête à me convertir s'il le faut !

Luzac hésita un court instant.

— Ce ne sera pas nécessaire. Entendu, si vous le souhaitez, nous vous conduirons aussi à La Rochelle.

Puis il se tourna vers les novices et les religieuses.

— Écoutez-moi bien ! Cela est valable également pour vous. Si l'une d'entre vous veut quitter le couvent, c'est le moment. Nous vous conduirons où vous voulez, pas forcément dans une ville protestante, et il n'y aura pas obligation de conversion. Contrairement à ce qui est pratiqué par les catholiques, nous n'enfermons personne, nous ne menons quiconque au prêche par la force.

Il scrutait les visages des novices en particulier. Sœur Alix fit un pas en avant.

— Moi, Capitaine, dit-elle d'une voix claire. Je me nomme Alix de Gonzac, je suis de noble lignée. Ma famille m'a forcée à entrer au couvent parce que j'ai refusé l'époux qu'elle voulait m'imposer. Je ne veux pas être religieuse.

Elle arracha son voile et sa guimpe, laissant apparaître de courtes boucles brunes.

— Sœur Alix ! intervint Mme de Fonteval.

Le capitaine leva la main pour la faire taire et fit signe de la tête à Mlle de Gonzac de rejoindre les sœurs Moreau et Mlle de Bonneuil.

— Personne d'autre ? demanda-t-il.

Les autres novices reculèrent et se serrèrent contre les sœurs professes.

— Je m'adresse à toutes, dit-il. Y compris à celles qui ont prononcé leurs vœux. Nous savons que certaines d'entre vous sont là par contrainte, ou pour ne pas diviser les héritages entre plusieurs gendres. On marie les aînées, on envoie les cadettes au couvent, parfois dès l'enfance…

— Comment osez-vous essayer de débaucher mes filles ! l'interrompit Mère Aldegonde. Passe encore pour

Sœur Alix, elle n'a jamais su se comporter correctement et n'est pas faite pour la vie au couvent. Mais vos arguments sont sans fondement. Sachez, Capitaine, que je suis à Fonteval depuis l'âge de cinq ans, que je m'y suis toujours bien trouvée, et que personne ne m'a contrainte à y rester !

— Tant mieux pour vous, répondit-il. Mais ce qui est valable pour l'une, ne l'est pas forcément pour les autres. Nous avons l'habitude de forcer des abbayes, et plus d'une fois des nonnes ont été ravies de l'aubaine et nous ont dit merci. (Il passa outre les interjections éhontées des Dames de Fonteval.) Il y en a même qui ont épousé des moines défroqués. D'ailleurs, Luther lui-même, le premier d'entre nous, était un moine, et Calvin avait reçu la tonsure. De nombreux moines se sont convertis à la Réforme et ont quitté leurs couvents.

— Oh ! C'est trop fort ! fit Sœur Christophine.

— C'est ainsi, nous le savons. Donc si l'une d'entre vous veut profiter de l'occasion, c'est maintenant ou jamais ! Là aussi nous avons des réseaux, nous pouvons vous faire accueillir auprès de familles, dans l'une ou l'autre ville, vous faire apprendre un métier. Je veux que les choses soient claires. Personne ne vous obligera à vous convertir, et je ne veux pas que vous acceptiez cette offre simplement pour échapper à un sort que vous croyez funeste. Personne ici ne sera tué, ni forcé en aucune façon. Celles qui le souhaiteront seront libres de retourner au couvent. Mais ce sera alors trop tard, pour le reste de votre vie !

Un grand silence se fit, puis, à la surprise générale, Sœur Henriette, la sœur lingère, leva timidement la main.

— Je suis désolée, ma Mère, dit-elle. Moi non plus je n'ai jamais voulu être religieuse. Avant ma naissance mes parents avaient déjà une fille. Elle est tombée gravement malade, et ils ont fait le vœu, si elle en réchappait, de consacrer à Dieu leur prochain enfant. Ce fut moi. Ma sœur survécut et je fus confiée au couvent dès le sortir de nourrice, je devais avoir cinq ou six ans. Je suis d'un naturel doux et obéissant, j'ai donc fait ce que mes parents voulaient, puis ce que mes enseignantes voulaient, ce que la règle disait, et je ne peux pas dire que j'ai été malheureuse, mais souvent je me suis dit que j'aurais bien aimé vivre dans le monde, avoir un mari, des enfants... J'ai un peu plus de trente ans, mais il n'est peut-être pas trop tard...

— Sœur Henriette ! s'exclama la mère supérieure, vous n'allez pas quitter la communauté. Que deviendriez-vous ?

— Ma foi, je suis lingère, n'est-ce pas, je pourrais très bien laver le linge des autres, au lieu de laver le nôtre.

— Mais enfin... vos vœux... Et vous seriez seule. Avec nous vous jouissez d'une solidarité fraternelle, de soutien, d'amitié... l'esprit de groupe...

— Pardonnez-moi, ma Mère, mais la solidarité et l'amitié, je ne la vois guère au couvent. Peut-être existe-t-elle entre les Dames de Chœur, qui sont d'origine noble. Mais nous autres, qui avons des bas métiers, comme coudre, laver, cuisiner, s'occuper du jardin... nous sommes tout au plus considérées comme des domestiques.

Il y eut des murmures parmi les autres sœurs converses, certaines acquiescèrent de la tête. Mme de Fonteval tombait des nues.

— À vrai dire, mes seuls moments de bonheur, poursuivait Sœur Henriette, c'était quand j'étendais le linge dans le pré derrière le cloître des Écolières, pour le faire sécher, et que je regardais s'ébattre les petites filles de l'école à la récréation. J'aurais tellement aimé avoir des petites filles à moi... Alors je crois que... je vais saisir l'occasion..., dit-elle en rougissant et en s'écartant du groupe pour rejoindre Judith, Jeanne-Antoinette et les autres.

Sœur Alix la prit dans ses bras, tandis que des murmures de reproches parcouraient les rangs des religieuses. Claude de Luzac se tourna alors vers Corine.

— Ah ! Non ! Pas Mlle de Pâquelin ! fit Mère Aldegonde, qui voyait ses troupes se réduire de minute en minute.

— Je crois que c'est à elle de décider, l'interrompit le capitaine huguenot.

Il leva vers elle un regard interrogatif. Corine ne savait que dire, elle se sentait un peu perdue.

— Vous n'avez pas l'intention de retourner à l'abbaye, n'est-ce pas ? Vous n'allez pas donner votre anneau ?

— Non, murmura la jeune femme, mais je n'ai aucun endroit où aller.

— Si, vous en avez un. Le manoir de Gayrand. Je m'étonne d'ailleurs, que vous n'ayez jamais contacté la famille de Quentin.

— Comment l'aurais-je pu ? Je ne savais même pas s'ils connaissaient mon existence. Que devais-je faire ? Me présenter devant sa mère et dire : bonjour, je suis la papiste qui a épousé votre fils, je suis de la religion de ses assassins, j'ai vécu à leurs côtés, travaillé pour eux.

Et puis il y avait l'enfant, aurait-elle seulement cru que le petit Pierre était l'enfant de son fils ? Mais de cela Corine ne pouvait encore en parler à Claude. Évoquer l'existence de son enfant était trop difficile…

— Je ne sais même pas où cela se trouve exactement. Nous sommes en pleine guerre entre catholiques et huguenots, et je sors du couvent. Et puis, il n'y a personne que je connaisse, là-bas.

— D'abord il y a moi… Je ne sais pas si vous vous souvenez, je sortais à peine de l'enfance lorsque mes parents ont été massacrés par les papistes. (Il jeta un regard noir à Mère Aldegonde, comme si elle représentait à elle seule toute la papauté.) Les parents de Quentin m'ont recueilli. J'ai été élevé au manoir de Gayrand, et je vous l'ai dit, j'ai épousé sa sœur. Je vis là-bas, nous avons une petite fille de trois ans, Charlotte. Elle s'appelle ainsi en souvenir du père de Quentin, Charles de Gayrand, qui a été tué lors de la première guerre de religion, en 1562.

Nouveau regard noir. Mme de Fonteval commençait à s'inquiéter. Cette famille avait été éprouvée, elle ressentait de la compassion pour elle, et ce jeune homme ne paraissait pas être un tueur, mais il semblait avoir suffisamment souffert pour que l'esprit de vengeance l'emporte sur le reste.

— … Et nous attendons un second enfant pour dans deux mois environ, continuait de Luzac. Mais ce n'est pas tout… Il faut que je vous parle, j'ai quelque chose de très important à vous dire.

Il la prit par le bras et l'emmena à l'écart. Lorsqu'ils se furent suffisamment éloignés des oreilles indiscrètes, il la prit doucement par les épaules et planta ses yeux dans les siens.

— Je ne sais pas comment vous le dire, et je me doute que cela va être un grand choc pour vous, mais je dois le faire, alors le mieux est que je me lance tout d'un coup. Voilà… Quentin n'est pas mort pendant la Saint-Barthélemy.

Les mots parvenaient aux oreilles de Corine, mais leur sens n'atteignait pas son cerveau. Elle s'entendit prononcer :

— Quoi ?

— Quentin n'est pas mort… pendant la Saint-Barthélemy.

Elle avait les jambes en coton, son cœur battait à lui rompre les côtes, ses oreilles bourdonnaient. Les mots se cognaient et rebondissaient dans son crâne.

— Mais… il est mort quand, alors ?

— Il n'est pas mort du tout… Quentin est vivant.

— Non ! C'est impossible !

— Il est vivant. Enfin je ne voudrais pas m'avancer trop, parce que nous sommes en guerre, et qu'il conduit une autre troupe, semblable à la mienne, à quinze ou vingt lieues d'ici, et il y a les aléas des combats… Mais je vous assure qu'il y a quinze jours, il était en vie. C'est à lui que j'ai envoyé un message tantôt.

Elle s'évanouit. Il la retint dans ses bras, la souleva et la ramena vers le groupe de femmes qui s'exclamaient.

— Que lui avez-vous fait ? reprocha Mère Aldegonde.

— Rien. Je lui ai seulement annoncé une bonne nouvelle… Enfin, je crois…

— Et Sœur Bernarde qui n'est plus là, râlait Sœur Christophine en tapotant les joues de Corine et lui frottant les mains. On aurait grand besoin d'elle.

Mais la jeune femme reprenait ses esprits. Les sœurs l'aidaient à se relever. Elle regarda Claude de Luzac, elle était très pâle.

— Ai-je rêvé ou avez-vous dit… ?

— Que votre mari était vivant ? Oui, je l'ai dit.

— Vous vous trompez…

— Je ne me trompe pas. Tout à l'heure je n'étais pas stupéfait d'apprendre son décès, je l'étais que vous le croyiez mort. Je vous l'ai dit, je vis au manoir de Gayrand, je l'ai côtoyé toutes ces années, j'ai épousé sa sœur. Il a été le témoin de mon mariage, il est le parrain de notre fille. Je l'ai vu pour la dernière fois il y a deux semaines. Je l'ai prévenu ce matin des circonstances dans lesquelles je vous avais trouvée. Dès qu'il aura mon message, il viendra certainement nous retrouver.

Elle pâlissait encore davantage.

— Mais… C'est impossible… Il n'y a pas… Il n'était pas rue de Béthizy ?

— Il y était…

— Mais… Il n'y a pas eu de survivant rue de Béthizy…, dit-elle en répétant ce qu'on lui avait à elle-même seriné aux lendemains de l'horrible nuit.

— Il y en a eu un… Lui !

— Comment est-ce possible ? Si… S'il était vivant, il me l'aurait fait savoir… Il serait venu me chercher… Toutes ces années… Ce n'est pas possible…

Claude soupira.

— Je pense que ce serait mieux qu'il vous explique tout cela lui-même… Ce que je peux vous dire, c'est que s'il n'est pas mort cette nuit-là, ce n'est pas passé loin. Il a été gravement blessé, très gravement, il est resté entre la vie et la mort pendant des semaines. Et puis il fallait se cacher. Il n'était pas question de rentrer dans Paris.

— Peut-être, mais après ? Il s'est passé tant de mois…

— Après il s'est réfugié à La Rochelle, comme beaucoup d'entre nous. Et La Rochelle a été assiégé... Pourtant, dès qu'il l'a pu, il s'est renseigné à votre sujet. Et on lui a dit que vous étiez retournée dans votre famille... Il s'est senti blessé, trahi... Il a pensé que vous l'aviez renié...

Les sens des mots parvenaient maintenant à son esprit : Quentin était vivant, mais il la détestait. Elle se demandait s'il n'aurait pas mieux valu continuer à le croire mort.

— Mais ce n'est pas vrai, je ne suis jamais retournée dans ma famille...

— C'est pourtant un témoin digne de foi qui le lui a dit.

— On lui a menti. Je ne suis jamais... Mon Dieu, la Possonnière !

Lorsqu'elle était partie accoucher en secret de son fils, elle avait donné elle-même cette excuse, et pendant plusieurs mois, tout le monde à la Cour l'avait crue dans sa famille. Les larmes lui vinrent aux yeux. Si elle avait su qu'il était vivant, les choses se seraient passées autrement, et s'il avait su qu'il avait un fils, il serait venu les chercher, et leur vie à tous en aurait été changée. Pauvre petit Pierre, qui avait été victime des circonstances.

— Il... Il me déteste donc ?

— Je ne crois pas. Au point où je l'ai vu souffrir de votre absence, de votre trahison supposée, je crois qu'il vous aime toujours. Il a été de tous les combats depuis cette année-là, avec je pense l'idée de mourir au front. Plus d'une fois je l'ai poussé à prendre de vos nouvelles, à tenter de vous retrouver. Mais sa fierté, son orgueil l'en ont empêché... Et puis lorsque Agrippa d'Aubigné a été autorisé à revenir à la Cour, au service d'Henri de Navarre, en août 1573, nous avons su que vous y étiez de retour. Il... Il a d'abord été peiné que vous ayez repris du service auprès de ses assassins...

Elle pâlit de nouveau. Elle ne pouvait pas faire autrement. Il lui fallait gagner de l'argent pour élever son fils, mais elle ne pouvait le lui dire. Si Quentin la détestait déjà pour avoir rejoint sa famille ou pour avoir vécu à la Cour, comment réagirait-il en apprenant qu'il avait eu un fils et qu'elle n'avait pas su le garder en vie...

— Mais il ignorait que vous le pensiez mort, continuait de Luzac. Et cela change tout. Après quelque temps, il s'est enfin décidé à vous joindre, mais la Cour était partie à l'autre bout du pays, pour accompagner le nouveau roi de Pologne jusqu'en Lorraine. Au retour, suite aux tentatives du roi de Navarre et du duc d'Alençon pour s'échapper, en février 1574, la Cour s'est enfermée à Vincennes, une citadelle impénétrable... Puis il y a eu la mort de Charles IX et la Cour est partie pour Lyon accueillir Henri III, puis en Avignon. Vous vous éloigniez chaque fois un peu plus, et lui se demandait pourquoi vous n'essayiez pas de le retrouver.

— Je le croyais mort...

— Je le sais maintenant, et il le saura bientôt. Ensuite la Cour est repartie en Lorraine pour chercher la future reine, et à Reims, pour sacrer le roi. Ce n'était pas la place d'un huguenot.

— Et il croyait que je ne l'aimais plus, continua Corine. Nous sommes rentrés à Paris en mars 1575...

Et c'était là qu'elle avait trouvé les lettres annonçant le décès du petit Pierre. Elle avait vécu les mois suivants dans le brouillard. Et en juin elle prenait la décision de se retirer à Fonteval.

— Oui, dit Claude. Il a longuement hésité... Et lorsqu'il s'est décidé, enfin, à reprendre le contact avec vous... Il a appris que vous vous étiez retirée au couvent... Cela a été pire que lorsque vous étiez repartie dans votre famille... Il a pensé que vous l'aviez renié tout à fait, que vous étiez devenue une papiste convaincue... Et il n'a plus cherché à vous retrouver.

Elle étouffa un sanglot.

— Mais quand il saura que ce n'était pas le cas, que vous ne vous remettiez pas de sa disparition, que vous avez gardé l'anneau tout ce temps, que vous ne vouliez pas le donner...

— En êtes-vous bien sûr ? Il a appris à me haïr toutes ces années…

— Je ne crois pas… Quoi qu'il en soit, il faut que vous lui parliez, il faut que vous veniez avec nous.

Elle approuva d'un signe de tête.

— Sœur Corine ! intervint Mme de Fonteval. Vous n'allez pas croire toutes ces élucubrations, vous n'allez pas suivre cet homme pour une chimère. Votre place est avec nous désormais.

— Vous n'avez pas compris, ma Mère. Il est vivant. Il faut que je le voie pour m'en assurer, il faut que je lui parle, pour lui expliquer…

— J'ai parfaitement entendu. Cet homme fait le mort depuis cinq ans, il n'est pas venu vous chercher, ni à la Cour ni au couvent, et c'est un hasard si son beau-frère s'est attaqué à notre abbaye.

— Un hasard, ma Mère ? En êtes-vous sûre ? Quoi qu'il en soit je ne suis plus veuve ni célibataire, à présent, je suis une femme mariée, je ne remplis plus les conditions pour entrer dans les ordres, je ne peux pas retourner à l'abbaye.

— On peut très bien faire annuler ce mariage ! Un mariage avec un huguenot, prononcé par un ministre protestant, n'a aucune valeur devant Dieu, ni devant nos lois.

Corine serra les dents, ses yeux s'emplirent de fureur.

— Non ! On ne fera pas annuler ce mariage !

— Sœur Corine, voyons, ce mariage n'a duré qu'un mois, et cinq années se sont passées. Croyez-vous que votre époux vous a attendue ? Allons, c'est un homme, dit Mère Aldegonde en changeant de registre, et c'est un soldat, il a dû avoir bien d'autres femmes dans ses bras.

La pique de la mère supérieure avait fait mouche et transpercé le cœur de Corine, mais elle s'éloigna d'elle pour rejoindre ses sœurs défroquées.

* * * *

— Maintenant, à nous deux ! dit Claude de Luzac en se tournant vers Mère Aldegonde.

Elle sursauta.

— Il me faut une rançon pour libérer les novices et les religieuses.

— Une rançon ! Mais comment voulez-vous… ? Nous n'avons plus rien, vous avez pillé l'abbaye !

— N'exagérons pas, ma Mère. Vous n'êtes pas sur la paille. Vous possédez des maisons, des métairies, des terres… Certes, nous n'avons pas le temps de les vendre pour toucher de l'argent, et je n'ai pas l'intention de vous garder en otage plus longtemps. Cela échaufferait mes hommes et nous coûterait trop pour vous entretenir. Alors voilà ce que nous allons faire : pour le prix de la libération des novices, je veux bien accepter votre bague d'abbesse.

La mère supérieure jeta un coup d'œil à son lourd anneau d'or qui portait une grosse émeraude avec une intaille aux formes des armoiries de l'abbaye, lui servant habituellement de sceau. L'objet était très précieux, pour son symbole, comme pour sa valeur pécuniaire. Elle le fit tourner plusieurs fois sur son doigt.

— Pour les novices ?

— Pour les novices.

— Et pour les religieuses ?

— Pour les religieuses, je me contenterai de votre croix pectorale.

— Je ne vois pas ce que vous voulez dire…

— Allons, ma Mère, ne jouez pas avec moi. Je sais que les abbesses portent comme les évêques, un anneau, une croix pectorale et une crosse. La crosse, nous l'avons trouvée à votre hôtel, l'anneau, je le vois à votre doigt. Mais la croix, nous avons eu beau retourner l'hôtel abbatial, nous n'avons pas réussi à mettre la main dessus. Je suis sûr que vous la portez sur vous, ne me forcez pas à aller la chercher…

Mère Aldegonde le fixa dans les yeux, puis, comme par bravade, elle sortit de sous sa robe et sa guimpe un lourd collier d'or, au bout duquel pendait une grande croix ouvragée, sertie d'émeraudes, de rubis et d'émaux.

— Et qu'est-ce qui vous empêche de nous tuer toutes pour voler cet anneau et cette croix ? Ou de les prendre par la force sans pour autant nous libérer ?

— Rien. J'essaie juste de sauver l'honneur, le mien comme le vôtre, dit-il à voix plus basse. Vous me donnez ces objets précieux et mes hommes auront l'impression que j'ai obtenu une rançon importante, ils me laisseront vous libérer plus facilement. Quant à vos sœurs, elles penseront que vous avez sacrifié ces bijoux pour les sauver. Nous nous en sortirons tous les deux la tête haute. Maintenant si vous préférez, nous pouvons aussi vous les prendre de force…

Mme de Fonteval caressait toujours son anneau du doigt. Elle semblait réfléchir. Le capitaine huguenot lui offrait en effet une porte de sortie honorable. Mieux valait donner les bijoux en rançon, en ayant l'air de le décider, que se les faire prendre de force et être humiliée devant ses subordonnées. Elle ôta sa bague d'abbesse et la remit à M. de Luzac. Corine songea avec ironie que Mère Aldegonde avait voulu à tout prix lui faire rendre son anneau, et que c'était elle à présent qui était obligée de donner le sien.

— Merci, fit le capitaine en tendant la main. Et la croix ?

C'était visiblement plus difficile, l'objet valait une fortune. L'abbesse jeta un regard à la ronde à ses compagnes, puis aux soldats qui patientaient plus loin, elle vit dans ses yeux la détermination de leur chef. Elle enleva la lourde chaîne de son cou et accusa le coup en baissant la tête. Les sœurs soupirèrent. Claude tendit les bijoux en l'air en direction de ses troupes qui poussèrent un hourra de victoire.

— Vous êtes libres, dit-il à la supérieure. On lève le camp ! cria-t-il à ses hommes, ce qui lui valut un deuxième hourra.

Ensuite tout alla assez vite. Les adieux furent écourtés. Celles qui avaient décidé de quitter le couvent étaient un peu gênées de se séparer ainsi de compagnes de plusieurs années. Les nonnes étaient attristées de voir certaines des leurs les renier et risquer leurs vies à l'aventure. Toutes gardaient le silence, il n'y eut ni embrassade ni effusion. Bien que libres, les religieuses restèrent là les bras ballants, à regarder les préparatifs du départ, dans l'espoir peut-être d'un revirement. Mère Aldegonde priait à voix basse.

Du côté des protestants, on songea que les femmes ne pouvaient les suivre en habit de religieuse, trop repérable. Parmi les provisions et le butin pris à l'abbaye, il y avait aussi des vêtements que les sœurs confectionnaient au profit des pauvres, et que les soldats comptaient vendre au prochain marché. Alix de Gonzac et Sœur Henriette allèrent se changer sous le couvert des arbres et revinrent vêtues en villageoises. Elles prirent place dans les chariots dans lesquels le butin avait été réparti pour être bientôt vendu ou fondu à La Rochelle.

Judith, Sarah et Rebecca Moreau avaient pris place dans une des voitures. Jeanne-Antoinette, Alix et Henriette montèrent dans une autre. Quant à Mlle de Pâquelin, dont la route devait bientôt se séparer de celle de ses compagnes, Claude de Luzac pensa qu'il valait mieux qu'elle voyage à cheval à ses côtés. Il lui prêta des vêtements à lui. Certes, il fallut serrer un peu la ceinture pour tenir les hauts-de-chausses et mettre un peu de foin dans les bottes trop grandes, mais avec sa poitrine discrète sous l'ample chemise blanche et le pourpoint de cuir, avec ses cheveux courts sous le chapeau, elle ressemblait tout à fait à un homme et passerait inaperçue au sein de la troupe. Corine se demanda à haute voix si elle saurait encore monter à cheval, mais Claude lui dit en riant que cela ne s'oubliait pas. Il lui fallait seulement renoncer aux selles amazones, mais cela lui rappelait sa jeunesse, lorsqu'elle montait à califourchon dans sa campagne natale.

Enfin le capitaine donna l'ordre du départ. Sur les chariots qui s'ébranlaient, les femmes se retournèrent une dernière fois vers celles qu'elles laissaient derrière elles.

Elles virent Mme de Fonteval lever la main droite et les bénir du signe de la croix en murmurant en latin. Henriette se signa. Elle avait la larme à l'œil. Corine aussi se retourna et embrassa d'un regard ému le groupe de religieuses avec lesquelles elle avait vécu pendant deux ans. Mais bientôt les arbres les cachèrent à sa vue. Une page de sa vie était définitivement tournée, et elle ne savait trop où son destin la menait.

⋆ ⋆ ⋆ ⋆

La troupe avançait sous le couvert des arbres ou par des chemins de campagne éloignés des routes principales et des villages et hameaux habités. Les soldats prenaient du gibier au passage ou chapardaient un mouton égaré qu'ils faisaient rôtir le soir au bivouac. Les femmes passèrent leur première nuit à la belle étoile, serrées les unes contre les autres, au milieu des chariots.

Au matin la compagnie de M. de Luzac fut séparée en deux. Une moitié, dirigée par Casteloux, devait accompagner le butin et les anciennes religieuses ou pensionnaires à La Rochelle, en faisant un détour pour déposer Alix et Henriette à Niort, ville catholique, car malgré leur départ du couvent, elles ne comptaient pas renier leur foi ni se laisser enfermer dans la cité huguenote. Le capitaine leur donna un petit pécule et des contacts pour qu'elles puissent y être accueillies et s'y établir. Henriette promit de veiller comme une mère sur la jeune Alix. Mlle de Bonneuil était décidée à rejoindre La Rochelle où elle s'imaginait pouvoir séduire un ou plusieurs officiers. Les sœurs Moreau devaient s'y installer aussi.

Corine serra Judith et les autres dans ses bras, même Jeanne-Antoinette. Les adieux furent déchirants. Elles avaient toutes vécu des moments difficiles ensemble et cela les avait rapprochées. Elles promirent de se donner des nouvelles. Mlle de Pâquelin ne savait trop où elle allait se rendre, mais elle leur conseilla de lui écrire aux bons soins de Mme Clémence Perrot, auberge de *La Cour de France*, à Blois, leur assurant que celle-ci saurait toujours où la joindre. D'ailleurs elle songea qu'il lui faudrait rapidement écrire à Clémence et à Hélène, car celles-ci ne tarderaient pas à apprendre que Fonteval avait été attaquée et s'inquiéteraient pour elle.

Après le départ de ses compagnes, Corine chevaucha aux côtés de Claude de Luzac, s'assurant ainsi la protection du capitaine. Mais elle n'eut à déplorer aucun geste ni parole déplacés de ses hommes, qui avaient compris que cette nonne-là était en fait l'épouse d'un huguenot. Et puis habillée en soldat, elle n'attirait pas le regard.

En chemin, elle songeait à son mari, justement, et s'inquiétait au sujet de leurs retrouvailles. Était-il d'abord bien vivant ? Seule sa vue lui permettrait d'y croire tout à fait. Et comment serait-il ? Avait-il beaucoup souffert, de ses blessures, de ses années de guerre ? Et dans quel état d'esprit serait-il à son égard ? Est-ce qu'il pourrait encore l'aimer ? Elle se sentait vieillie, amaigrie, enlaidie. Et Mère Aldegonde avait quelque part raison, ils s'étaient aimés pendant cinq mois, dont un de mariage, étaient séparés depuis cinq ans. Il avait sans doute quelqu'un d'autre dans sa vie, ou avait peut-être couru d'une femme à l'autre... Ils avaient évolué chacun de leur côté, vécu l'un comme l'autre des épreuves difficiles. Est-ce qu'ils sauraient se reconnaître, réapprendre à s'aimer ? Ils étaient des personnes différentes, des inconnus l'un pour l'autre à présent. N'était-il pas trop tard ?

Maintenant qu'elle avait cessé de refouler ses souvenirs, ils lui revenaient en masse et elle revivait les moments heureux ou malheureux qu'ils avaient vécu ensemble : leur première rencontre chez la reine de Navarre, lorsqu'il l'avait sauvée des griffes du duc d'Épernon, leurs discussions dans les jardins du palais de Blois ou dans la forêt voisine lors des chasses, les moments difficiles du début de leur relation, lorsqu'ils semblaient se fuir, chacun croyant que l'autre ne l'aimait pas, les objections de leurs amis sur les amours impossibles entre une catholique et un huguenot, préventions ô combien prémonitoires d'une séparation néanmoins non désirée. Mais aussi les moments de bonheur à Chenonceau, leurs rencontres en cachette dans les couloirs du Louvre, leurs rendez-vous secrets. Et puis la guerre des Flandres, l'ultimatum de son père, son choix de rester à la Cour auprès de l'homme qu'elle aimait, leur mariage caché, leur désir de le révéler au monde quelques jours après celui de Margot avec le roi de Navarre, les trois jours de fête qui avaient suivi, où ils étaient si heureux de danser, rire, de se montrer ensemble. Oui, ils avaient été heureux, ils s'aimaient, il y a cinq ans. Mais maintenant ?

★ ★ ★ ★

Le capitaine de Gayrand rêvassait sur son cheval, le regard au loin. Il ne savait plus très bien s'il voulait continuer cette guerre. À quoi bon ? Est-ce que cela finirait un jour ? Mais après ce qu'il lui était arrivé à lui et à tant de ses amis et connaissances lors de cette terrible nuit d'août 1572, il ne pouvait que combattre pour la cause. Ses hommes disaient parfois qu'il en faisait trop, que sa témérité lui faisait risquer inutilement sa vie. Mais quelle vie ? Il avait tant perdu cette nuit-là, tant d'êtres chers, tant d'illusions, tant d'espérance… Jusqu'à la femme qu'il aimait.

Il avait essayé de l'oublier, et même de la détester parfois, mais il ne pouvait s'empêcher de penser à elle régulièrement. Cela faisait presque deux ans qu'il n'en avait plus de nouvelles. Aux dernières informations elle était entrée au couvent. Il n'avait jamais su où exactement. Et d'ailleurs était-ce vrai ? Peut-être était-elle rentrée dans sa famille, peut-être s'était-elle mariée à un autre, peut-être avait-elle maintenant des enfants ? Pourquoi se torturer à son sujet ? Elle n'avait visiblement jamais cherché à le retrouver. Il aurait dû tourner la page… Il ne savait plus que faire de sa vie. Lorsqu'il était en campagne, il aspirait à rentrer au manoir de Gayrand, mais lorsqu'il y était, il ne songeait qu'à repartir au front, ne pouvant supporter le bonheur tranquille de son ami Claude et de sa sœur.

Le bruit d'un cavalier au galop le tira de sa rêverie. Il lui apportait un message urgent de son beau-frère de Luzac, lui apprenant par la même occasion qu'ils venaient de prendre une abbaye, sans avoir de blessé, et avaient fait un beau butin. Quentin déchira la lettre pour l'ouvrir, la lut et pâlit. Il demanda au messager où se trouvait cette abbaye puis l'envoya se restaurer et reposer auprès de ses hommes. Il porterait lui-même sa réponse à son capitaine.

Corine ! Mon Dieu si près. Elle était si près ! Et Claude affirmait qu'elle le croyait mort depuis la Saint-Barthélemy, qu'elle se désespérait de sa disparition et que c'était pour cela qu'elle s'était enfermée au couvent. Si c'était vrai, la révélation avait dû être violente pour elle, et elle devait lui en vouloir terriblement, ne pas comprendre. Il se sentait coupable maintenant de ne pas avoir tout fait pour la retrouver. Peut-être allait-il la perdre définitivement à cause de cela. Il fallait à tout prix la rejoindre, tenter de lui expliquer, essayer de sauver ce qu'il pouvait.

Il donna rapidement des ordres pour confier sa troupe à un de ses adjoints, changea de monture pour avoir un animal frais et partit immédiatement au galop vers le lieu de rendez-vous, le cœur serré et les tripes en bataille, se demandant s'il n'était pas trop tard, dans quel état d'esprit il allait la retrouver, si elle voudrait encore de lui.

⋆ ⋆ ⋆ ⋆

Au troisième jour de route, la troupe de M. de Luzac était arrivée à une ferme brûlée abandonnée, à l'orée d'un bois. Les chevaux avaient été mis à l'abri sous le couvert des arbres, les hommes campaient dans les ruines, loin des regards. En journée ils s'égayaient aux alentours, attendant le retour de leurs compagnons avec le prix du butin. Des guetteurs surveillaient l'horizon, prêts à donner l'ordre du repli. La nuit ils disparaissaient derrière les murs de la ferme abandonnée. Corine, toute à ses inquiétudes, dormait peu. Il pouvait apparaître à tout moment, ou ne jamais venir, elle ne se faisait guère d'illusion.

Mais au lendemain de leur arrivée au camp, alors qu'elle songeait un peu à l'écart, appuyée à un arbre, elle vit un cavalier s'approcher au galop, sauter à bas de son cheval et serrer dans ses bras de Luzac. Le cœur de la jeune femme battait à tout rompre. Cette allure, cette silhouette, ces boucles noires flottant au vent… C'était lui ! Elle le vit de loin discuter avec Claude, puis chercher du regard vers la maison, la forêt. Luzac la désigna du doigt. Elle vit Quentin hésiter, puis gravir lentement la pente qui les séparait. Elle le reconnut tout à fait, il avait maigri, les petites rides au coin de ses yeux, qu'elle aimait tant lorsqu'il souriait, étaient un peu plus nombreuses, mais c'était bien lui ! Quentin était là devant elle, vivant !

Il s'arrêta à quelques pas, enleva son chapeau, la dévisagea avec hésitation. Elle ôta son couvre-chef également, suivit le regard étonné vers ses cheveux courts et hirsutes, sourit faiblement. Il planta enfin ses yeux dans les siens, esquissa aussi un sourire. «Toi ! C'est bien toi ! » murmura-t-elle, et elle s'évanouit. Il la rattrapa dans ses bras, la serra contre lui. Elle revint peu à peu à elle, s'écarta légèrement. Il lut la colère dans ses yeux. Puis elle se mit à le frapper de ses poings serrés sur la poitrine, de plus en plus fort, et il la laissait faire.

— Tu es vivant ! disait-elle. Tu es vivant et tu ne m'as rien dit ! Tu n'es pas venu me chercher, tu n'as rien fait pour me le faire savoir !

— Arrête ! dit-il en lui saisissant les poignets. Je sais… Je n'ai pas pu…

De Luzac et quelques autres suivaient la scène de loin. Elle essayait de dégager ses bras mais il la tenait fermement.

— Je te croyais mort ! dit-elle en laissant échapper un sanglot.

— Je sais… Je l'étais presque…

Elle cessa de se débattre. Il la lâcha, elle recula d'un pas, lança méchamment :

— Comment se fait-il que tu sois vivant ?

Le cœur de Quentin se serra sous la remarque cinglante.

— Ne crie pas. Je ne savais pas que tu me croyais mort. Je pensais que…

— Il n'y a pas eu de survivant rue de Béthizy ! C'est ce qu'on n'a cessé de me dire…

— Tu ne sais pas tout ce que j'ai vécu cette nuit-là…

— Parce que tu crois que je n'ai rien vécu ? Tu ne sais pas ce qui s'est passé au Louvre.

— Oh ! Je l'imagine très bien ! Et on m'en a raconté aussi depuis. Y compris que Charles IX tirait de sa fenêtre en criant : « Tue ! Tue ! »

— C'est faux, il n'a pas tiré.

— Comme tu le défends ! Et qu'en sais-tu ?

— Je le sais parce que je l'ai vu cette nuit-là. Il était comme fou, malade, il a peut-être pointé son arquebuse et crié, mais il n'a pas tiré. Il a passé une partie de la nuit à pleurer en appelant sa nourrice. Est-ce que tu savais qu'il avait une nourrice huguenote ?

— Il n'a peut-être pas tiré, mais il a donné l'ordre de la tuerie.

— Parce qu'ils le lui ont arraché ! Sous de faux prétextes, ils lui ont fait peur, ils l'ont menacé !

— Qui ça « ils » ?

— … Sa mère, son frère… Le duc de Guise…

— Tu es bien au courant…

— Je sais qu'il ne l'a pas voulu, il en a été malade, il ne s'en est jamais remis. Il voyait le fantôme de l'amiral de Coligny partout… Il l'appelait mon père… Je sais tout cela par ses sœurs, Claude, duchesse de Lorraine, Marguerite, reine de Navarre, par sa maîtresse Marie Touchet, dame de Belleville, et par ce que j'ai vu moi… Je l'ai vu recroquevillé par terre, dans un coin de sa chambre, au petit matin après le massacre… Je l'ai vu sur son lit de mort, appelant l'amiral…

— L'amiral, parlons-en ! Tu sais ce qu'ils lui ont fait à l'amiral ?

Elle baissa la tête. Oui, elle savait.

— Il y a d'abord eu cet attentat manqué contre lui le 22. Nous étions sûrs qu'ils allaient recommencer. Alors je me suis rendu, avec de nombreux autres, auprès de sa maison, pour le protéger. C'est là que je t'ai vue pour la dernière fois, lorsque le roi est venu lui rendre visite… Le surlendemain, dans la nuit, ils nous sont tombés dessus. Ils sortaient de partout. Ils avaient des croix blanches sur leur chapeau et des écharpes blanches autour du cou, pour se reconnaître et ne pas s'entre-tuer. Oui, j'étais rue de Béthizy, devant la maison de l'amiral, je montais la garde. Nous nous attendions à quelque chose, mais pas de cette ampleur. J'ai été poignardé un des premiers. J'ai reçu je ne sais combien de coups de poignard, d'épée, de hallebarde…

Elle étouffa un cri. Il poursuivait :

— Je suis tombé à terre, je perdais mon sang. J'ai eu le temps de voir l'amiral poignardé, jeté par sa fenêtre. Ils se sont précipités sur lui, pour le dénuder, le mutiler… Ils m'ont cru mort et ont jeté d'autres corps sur moi, j'étouffais… Et puis je me suis évanoui… Je me suis réveillé lorsqu'ils nous ont jetés dans la Seine. Je me suis accroché à des cadavres pour ne pas sombrer… J'ai fini par perdre conscience à nouveau. Je me suis échoué avec d'autres corps sur la rive, un peu au nord de Saint-Cloud.

Elle gémit.

— Là j'ai eu la chance d'être recueilli par un vieux couple qui vivait dans une cabane de pêcheurs. Je leur dois la vie. Ils ont vu que je vivais encore, ils m'ont extirpé des cadavres, ils m'ont caché. Ils n'étaient même pas huguenots, seulement dégoûtés de ce qu'ils voyaient. Ils avaient perdu un fils à la guerre, longtemps avant. Ils m'ont dit qu'ils auraient été heureux que quelqu'un s'occupe de leur fils comme ils s'occupaient de moi.

Ils ont pansé mes plaies, soigné ma fièvre, ils m'ont lavé et nourri plusieurs semaines, alors qu'ils étaient très pauvres. Je ne me souviens pas de tout, j'avais beaucoup de fièvre, on me nourrissait avec des cuillerées de bouillon… Je ne sais pas comment j'ai survécu. Mais je l'ai fait.

— Mais pourquoi est-ce que tu n'as rien dit ? Tu ne t'es pas manifesté…

— Comment l'aurais-je pu ? J'ai déliré pendant des jours. Je ne suis revenu que lentement à la vie. Au début je ne savais même plus qui j'étais, pourquoi j'étais là. Je n'arrivais pas à tenir debout. Et puis je devais me cacher, car les massacres continuaient. Je ne pouvais pas rentrer dans Paris, encore moins au Louvre. Et je me disais… que tu devais me chercher… ou que tu ne voulais pas le faire… Dans l'horreur, dans les fièvres, on pense des choses… J'ai cru qu'ils t'avaient retourné le cerveau, que tu pensais comme eux, que tous les catholiques de la Cour haïssaient les huguenots et souhaitaient leur mort…

— Bien sûr que je t'ai cherché ! Tu dis que tu es tombé un des premiers. Tu n'as pas vu ce qui s'est passé ensuite, dans la ville, au palais. Même si on te l'a raconté, tu ne l'as pas vécu. Depuis la veille, il y avait des émeutes dans la cité. Les commerçants barricadaient les boutiques, les milices des Guise battaient le pavé. Nous étions enfermés au Louvre, avec interdiction d'en sortir, pour notre sécurité. Je voulais me rendre à notre maison du faubourg du Temple, mais je n'ai pas pu. J'ai surpris des conversations, j'ai entendu qu'ils faisaient une liste de toutes les maisons huguenotes, mais je ne savais pas pourquoi. J'avais peur pour toi… La reine Catherine disait qu'il y avait un complot des protestants contre la famille royale, qu'ils voulaient prendre le Louvre et les tuer tous… Je l'ai vue plusieurs fois discuter avec les mêmes, je pensais que c'était des espions, qu'elle allait aux informations… dans la grotte des Tuileries… Ce n'est que plus tard que j'ai compris qu'ils complotaient… ce qui est arrivé…

— C'était qui ?

Il lui prit les bras.

— Je te l'ai dit : la reine Catherine, le duc d'Anjou qui depuis est devenu le roi Henri III, le duc de Guise… le duc de Nevers… Gondi, Tavannes… Je ne sais plus. Mais pas le roi Charles IX, pas le duc d'Alençon, pas Margot, qui a été bien surprise et en colère, et apeurée lorsque tout est arrivé. Ils ont arraché l'ordre au roi, ils l'ont manipulé… En même temps ils n'ont pas désiré que cela prenne cette ampleur, ils voulaient tuer tous les chefs, sauf Navarre et Condé, je sais que la reine mère a donné des ordres pour épargner les princes du sang. Le roi a aussi essayé de sauver Foucauld… Ensuite ils ont été complètement dépassés… Ils ont essayé d'arrêter tout cela, mais c'était trop tard. Les milices des Guise avaient trop bien préparé le terrain auprès des habitants qui en ont profité pour vider des querelles de voisinage, piller les boutiques…

Cette nuit-là… J'ai été réveillée par le tocsin de Saint-Germain-l'Auxerrois, puis celui de l'Hôtel de Ville, puis toutes les églises de la ville se sont mises à sonner. Mais cela ne couvrait pas les cris, les coups de feu, les bruits de corps qui tombent… et qu'on jette à la rivière… Les bruits, les cris venaient du palais aussi. Cela a duré des heures… En sortant de ma chambre, j'ai trouvé le corps d'un gentilhomme égorgé dans le couloir, des cadavres étaient jetés dans la cour, en tas… On les balançait parfois des étages. Je me suis précipitée chez le roi de Navarre, je pensais que tu y étais peut-être, où qu'il savait où tu te trouvais. Il y avait du sang partout, sur les murs, sur les dallages. Margot elle-même, en chemise, était maculée de sang, celui d'un gentilhomme, qu'elle avait réussi à sauver. Elle en a sauvé trois…

— Trois…

— Je sais, c'est dérisoire… Mais je me disais, si elle en a sauvé trois, alors d'autres ont dû le faire, et peut-être que toi aussi tu étais sauvé… Mais il y avait tant de corps dans les rues… Le sang coulait dans les caniveaux, et en rigole jusqu'à la Seine… Dans les couloirs du Louvre, un homme a été tué d'une balle devant nous. Il s'est effondré sur Margot et elle sur moi. J'ai eu toutes les peines du monde à nous dégager de ce poids…

Elle pleurait, il la prit dans ses bras.

— Je ne savais pas que tu avais eu à vivre tout cela…

Elle se blottit contre lui, renifla, releva la tête. Elle poursuivit :

— Le roi avait fait venir Navarre et Condé dans ses appartements, alors je m'y suis rendue… C'est là que j'ai vu Charles IX recroquevillé dans un coin, et que Marie Touchet, sa maîtresse, m'a raconté ce qui s'était passé… Puis j'ai vu le roi de Navarre, et c'est lui le premier qui m'a dit qu'il n'y avait pas de survivant en dehors du palais… Mais je ne l'ai pas cru, j'ai espéré… Et puis il y avait cette odeur de sang et de cadavres partout. Il faisait chaud. Cela a duré des jours, pendant trois jours les massacres ont continué dehors. Je suis tombée malade, j'ai eu de la fièvre et déliré moi aussi…

Elle omit de lui signaler au passage que son mal-être et ses nausées étaient dus au fait qu'elle était enceinte. Ce n'était pas le moment de rajouter une blessure supplémentaire dans leur difficile reprise de relation.

— J'ai émergé le 29, continua-t-elle. J'ai appris qu'il y avait eu plus de 2 000 morts, peut-être 3 000, dont deux cents gentilshommes au moins. Et tu n'avais pas donné signe de vie… Notre maison du faubourg du Temple avait été brûlée, mais les voisins assuraient qu'il n'y avait personne à l'intérieur…

— Justement, puisqu'il n'y avait aucun corps, tu aurais pu penser que j'étais en vie…

— Un corps ?! Mais tu n'as pas entendu ?!

Elle s'écarta un peu de lui.

— Plus de 2 000 corps jetés à la Seine, et qui ont suivi son cours sinueux en s'échouant petit à petit. Près de 1 900 ont été enterrés à Saint-Cloud, dans des fosses communes, et les fossoyeurs disaient qu'au moins autant leur avaient échappé et avaient dérivé plus loin… Et puis, toutes les présomptions disaient que tu étais rue de Béthizy, et c'était là qu'il y avait eu les plus grands massacres. Il n'y avait pas de survivant rue de Béthizy !

— Les présomptions disaient vrai, j'y étais, nous avons tous été massacrés, jetés à la Seine, et j'ai bien dérivé au-delà de Saint-Cloud…

— Une poignée de gentilshommes huguenots avaient survécu au Louvre, parce qu'ils s'étaient convertis. Par eux nous savions que certains, qui n'étaient pas logés dans Paris, avaient pu s'enfuir. Ainsi M. d'Aubigné, à la faveur d'un duel, ou d'un rendez-vous galant, je ne sais plus. Jamais, jamais, il n'est parvenu aucune nouvelle à ton sujet !

Il baissa la tête.

— C'est vrai… Mais je te l'ai dit, j'ai déliré pendant des jours, lutté contre la mort pendant des semaines…

— Oui mais après ? Après, Quentin ? Il s'est passé tant de mois, d'années.

— Après je suis resté caché, jusqu'à ce que je sois suffisamment remis pour prendre congé de mes hôtes. J'ai rejoint le seul refuge que nous avions : La Rochelle. Beaucoup de survivants se sont rassemblés là-bas, de toute la France. Je connaissais déjà la ville, pour y avoir séjourné après les désastres de Jarnac et de Moncontour. Je suis arrivé vers la mi-octobre, et huit jours plus tard, la ville était assiégée. Il était impossible d'en sortir, d'envoyer un messager…

— Nous avons beaucoup entendu parler du siège de La Rochelle. Nous savions qu'il serait long, car la cité était ravitaillée par la mer. Des nouvelles nous en parvenaient…

— Des nouvelles parvenaient peut-être de votre camp, mais nous n'avions de contact qu'avec des bateaux corsaires ou des navires anglais, qui nous ravitaillaient, certes, mais au prix fort. Je ne pouvais pas envoyer un corsaire ou un Anglais au Louvre… À la fin du mois d'octobre, le roi nous a envoyé le capitaine La Noue, pour négocier. J'ai essayé d'avoir de tes nouvelles, mais il ne te connaissait pas, il ne savait pas de qui je parlais.

— Je n'ai jamais rien compris à ce La Noue. Il était enfermé dans Mons assiégé par les Espagnols. Ceux-ci ont laissé la vie sauve aux huguenots qui se rendaient, mais Charles IX les a fait massacrer en Picardie, tous, sauf La Noue, et lui est resté au service du roi, tout en demeurant protestant puisqu'il n'était pas à Paris lors des conversions forcées. Le roi l'envoie en mission à La Rochelle pour pousser les huguenots à se rendre. Et il y va, et vous lui ouvrez les portes…

— La Noue est toujours resté fidèle à notre cause. Il jouait double jeu, il espionnait à la Cour pour nous. Il a été d'un grand renfort à La Rochelle, ayant déjà connu un siège… et connaissant l'emplacement des troupes royales. Il nous a indiqué où renforcer les remparts… Nous avons vécu coupés du monde jusqu'en février. Là le siège s'est renforcé. La reine Catherine a envoyé des troupes fraîches, et la plupart des grands seigneurs de la Cour, les catholiques : Anjou, Nevers, Guise, les convertis : Navarre, Condé, et le duc d'Alençon qui n'avait alors que dix-huit ans.

Nous savions que le roi de Navarre et le prince de Condé n'étaient convertis qu'en surface, que le duc d'Alençon s'était rapproché d'eux. Grâce à La Noue, nous avons pu entrer en contact avec eux. Il était toujours officiellement au service du roi, il entrait et sortait de la ville comme il voulait, accompagné de soldats dont on ne vérifiait pas l'identité. Je fus l'un d'eux, envoyé auprès du roi de Navarre. J'ai rencontré Alençon, je savais que le jeune frère du roi était de ton entourage. C'est lui qui m'a dit que tu étais retournée dans ta famille… Ta famille ! Quelques mois plus tôt, tu avais eu à choisir entre eux et moi. Si tu étais partie les rejoindre, c'était forcément que tu avais révisé ton choix !

— Mais je ne suis jamais retournée dans ma famille ! Depuis que j'ai renvoyé Phelippot avec une lettre pour ma mère au lieu de leur obéir, je n'ai plus jamais eu de nouvelles d'eux, sauf bien plus tard, lorsque le curé de Mons m'a écrit pour m'annoncer le décès de ma mère. Mon père ne m'a jamais pardonné. Au fil des ans j'ai essayé plusieurs fois de renouer avec eux. Ils n'ont jamais répondu à mes lettres, je ne suis jamais retournée là-bas.

— Mais pourquoi Alençon m'aurait-il menti ?

Elle soupira.

— Il ne l'a pas fait. C'était l'excuse que j'avais donnée à la Cour pour m'éloigner un peu. Après la Saint-Barthélemy, j'avais beaucoup de mal à supporter de vivre auprès de tes assassins. Dès les lendemains des massacres, les fêtes ont repris, les bals, les mascarades... C'était insupportable. J'aurais voulu partir, mais je n'avais aucun endroit où aller. J'étais reniée par les miens, je t'avais perdu, je me sentais si seule...

Il la prit à nouveau dans ses bras. Elle n'osait pas lui dire que si elle avait survécu c'était pour son enfant, que si elle avait quitté la Cour en janvier 1573, c'était pour aller accoucher en secret. Il était au-dessus de ses forces de lui parler du petit Pierre, de lui dire qu'il avait eu un fils, et qu'elle n'avait pas su le garder en vie. Elle se sentait si bien contre lui, cela faisait si longtemps qu'elle n'avait pas senti la chaleur de son corps, le réconfort de ses bras. Pour la première fois depuis leurs retrouvailles, il approcha ses lèvres des siennes. Mais à la dernière seconde il hésita, eut un petit sourire crispé.

— J'ai l'impression d'embrasser un garçon, dit-il d'un air gêné en la regardant dans ses habits d'homme.

Il était vrai que les soldats les regardaient de loin. Elle s'écarta tristement. Au bas de la pente, près de la maison en ruine, Rignac disait au capitaine de Luzac :

— Ça n'a pas l'air de bien se passer là-haut. Faut dire que ça ne doit pas être évident de retrouver au bout de plusieurs années quelqu'un qu'on croyait mort ou qui a passé des années au couvent.

— Oui, répondit Claude. Et je connais ces deux-là, ils m'ont déjà fait le coup il y a cinq ans. Ils s'aiment, mais sont régulièrement chacun persuadé que l'autre ne l'aime pas. Je leur laisse encore un peu de temps, mais je crois que je vais devoir bientôt m'en mêler, comme autrefois...

XXX. Explications et confessions

Plus haut sur la colline, un silence pesant s'était installé entre les deux époux. Il n'osait plus l'approcher de peur de la voir le repousser. Elle était désespérée de le savoir si distant. Et elle se sentait mal de lui cacher ce qu'elle avait vécu à cette époque, mal aussi de se replonger dans les souvenirs de son séjour à la Possonnière. Il fallait passer vite là-dessus.

— Finalement, reprit-elle, M. de Ronsard m'a proposé de m'héberger quelques mois dans une gentilhommière qu'il possédait entre Tours et Vendôme. Et j'ai accepté. Mais je ne pouvais pas demander un congé à la reine mère pour aller passer des semaines chez le poète. C'eût été indécent. Alors j'ai dit que je partais me reposer dans ma famille. Je suis restée là-bas de janvier à juin 1573.

— J'ignorais tout cela évidemment. J'ai cru que... que tu ne voulais plus de moi, que tu avais renié notre amour, notre mariage... J'étais... profondément blessé... Je me sentais trahi, bafoué, abandonné...

— Mais si j'avais su que tu étais à La Rochelle... je crois que je serais venue camper sous les remparts... (Il sourit.) Est-ce que tu as été blessé pendant le siège? reprit-elle d'un air inquiet.

— Non. Il y a eu plus de blessés et de tués dans le camp royal que dans la ville. Nous vivions une assez belle solidarité, là-bas. Même les femmes et les enfants venaient aider à réparer les brèches dans les remparts. Mais nous avons quand même souffert de la faim. Heureusement nous pouvions pêcher et ramasser des coquillages.

— Mais le roi de Navarre, tu as dû lui parler. Lui savait que je te croyais mort. Il a été un des premiers à me l'affirmer.

— Navarre avait d'autres chats à fouetter. Il ne songeait alors qu'à s'enfuir de la Cour. Avec Alençon, ils voulaient rejoindre la flotte anglaise de Montgomery qui attendait au large. Mais les princes étaient très surveillés, comme prisonniers dans leur propre camp, j'ai très peu eu l'occasion de lui parler, et quand je l'ai fait, c'était pour des raisons politiques uniquement. Nous n'avons pas parlé de toi… Les princes ont quitté La Rochelle le 24 juin pour rejoindre la Cour, le duc d'Anjou venait d'être élu roi de Pologne. Le siège a été complètement levé le 6 juillet, et la paix enfin signée par l'édit de Boulogne nous rendait la liberté de conscience, mais un droit de culte restreint.

Je suis alors rentré au manoir de Gayrand. J'y ai retrouvé ma mère et ma sœur. C'est à cette époque que Claude a épousé Pauline et qu'il est devenu mon beau-frère. Cela ne changeait pas grand-chose, car je le considérais déjà comme un frère depuis des années.

J'aurais pu rejoindre les armées du Midi et continuer à me battre du côté de Nîmes, où mes frères n'avaient pas renoncé au combat. Mais j'étais épuisé par les privations du siège, les séquelles de mes blessures de l'année précédente… J'étais désespéré aussi… J'ai préféré rester au manoir de mes pères, pour me ressourcer.

Et puis… en août nous avons appris qu'Agrippa d'Aubigné avait été nommé écuyer d'Henri de Navarre. Et par lui j'ai su que tu étais revenue à la Cour. Autant je pouvais encore comprendre que tu avais choisi de tout quitter pour rejoindre les tiens, autant il m'était difficile d'imaginer pourquoi tu revenais auprès de mes tortionnaires…

— Mais je n'avais pas rejoint ma famille, et je n'avais aucun autre revenu pour vivre, je devais reprendre mon service auprès de la reine Catherine. *Et aussi pour payer la pension de ton fils*, pensa-t-elle, mais les mots ne sortirent pas. Rentrer au Louvre a été pour moi comme regagner une prison. Je ne pouvais pas regarder la cour Carrée ni la Seine sans voir…

Je me souviens du retour d'Agrippa. Je lui ai parlé de toi, il n'avait l'air au courant de rien. Il avait été blessé en province, puis malade, il n'avait pas réussi à rejoindre La Rochelle. Il me semble même lui avoir annoncé ton décès. À aucun moment il n'a eu l'air de te savoir vivant. Puis il s'est montré distant, je le voyais à peine…

— Effectivement il n'était pas à La Rochelle, et je ne l'ai pas revu avant longtemps. Il est probable qu'au moment de son arrivée à la Cour, il ignorait ce que j'étais devenu.

— Mais tu as correspondu avec lui ensuite…

— Très peu. Il ne fallait pas que sa couverture s'évente. Agrippa n'était là que pour une seule raison : faire évader le roi de Navarre. Il devait être prudent, ne pas montrer qu'il fréquentait ses anciens amis. J'ai eu à le joindre, effectivement, pour régler quelques détails, et dans ma lettre, je lui ai fait part de mon désespoir de te savoir auprès de ta famille. C'est là qu'il m'a répondu que tu étais à la Cour, mais sans me donner de détails, et nous n'avons plus eu l'occasion de parler de toi. En grande partie par ma faute. J'étais en colère contre toi…

— Mais lui, s'agaçait Corine, pourquoi ne t'a-t-il pas dit que je te croyais mort ? Pourquoi ne m'a-t-il pas dit que tu étais vivant ?

— Agrippa était tout entier à sa mission. Je crains qu'il n'ait pas jugé cela important. Peut-être même ne se souvenait-il plus de ce que tu lui avais dit. Et puis il n'avait jamais trop approuvé notre relation, il ignorait notre mariage. Les propos que j'ai tenus dans ma lettre ont pu le laisser penser que je ne t'aimais plus…

Elle baissa la tête. Il fit un geste pour lui prendre le bras, mais elle le repoussa et s'éloigna de quelques pas. Il avait été en colère contre elle et il ne l'aimait plus.

— Est-ce que… ? Est-ce qu'il y a une autre femme dans ta vie ? demanda-t-elle au bout d'un moment.

— Non ! Bien sûr que non, affirma-t-il.

Elle repensait aux paroles de Mère Aldegonde.

— Tu ne me feras pas croire qu'en cinq ans… tu n'as jamais tenu une autre femme dans tes bras ?

Il eut une seconde d'hésitation, elle n'avait pas besoin de réponse, elle avait lu la culpabilité dans ses yeux. Elle détourna la tête, le cœur battant la chamade. Il se rapprocha, l'attrapa par les bras et la força à se tourner vers lui.

— Je te jure que je n'ai jamais aimé personne d'autre.

Le ton et le regard paraissaient sincères, mais cela ne répondait pas entièrement à sa question. Elle ne s'attendait pas cependant à la réplique qui suivit :

— Et toi ? Est-ce que tu as aimé quelqu'un d'autre ?

— Moi ?! J'étais au couvent !

— Pas les trois premières années.

— Comment peux-tu… ? Comment oses-tu… ? Bien sûr que non ! Je…

La seule autre personne qu'elle ait aimée était le petit Pierre, son fils, mais on ne pouvait pas vraiment dire que cela correspondait à la question. Quentin crut lire pourtant dans ses yeux une pensée pour quelqu'un d'autre. Il la lâcha et recula avec tristesse.

— Tu as vécu à la Cour, tu as certainement été courtisée…

— Être courtisée ne veut pas dire succomber. Je n'avais vraiment pas la tête à ça.

Non, se souvenait-elle, toutes ses pensées étaient alors tendues vers son fils, le seul être capable de faire battre son cœur.

— J'étais veuve, continua-t-elle, et triste, je n'étais pas désirable de toute façon.

— Épernon ? Je n'étais plus là pour te défendre. Est-ce qu'il n'en a pas profité pour… ? Est-ce qu'il a osé s'approcher de toi ?… Te toucher… ?

— Non. À vrai dire, maintenant que j'y pense, cela peut paraître étonnant. Mais il a été peu présent à la Cour, toujours en mission pour le roi Henri III, ou à la guerre dans le Midi. Il était aussi au siège de La Rochelle, je crois... Une fois il m'a fait peur. C'était à l'époque où les ambassadeurs polonais étaient là, en août 1573. Nous étions à Villers-Cotterêts pour recevoir les délégués des protestants du Midi. Je discutais avec Marie Touchet, la maîtresse de Charles IX. Épernon était là, il m'a longuement dévisagée, mais finalement il m'a laissée tranquille. Une autre fois lors du voyage vers la Lorraine, en octobre de cette même année, j'ai aussi surpris son regard. J'étais inquiète, mais il n'a rien tenté. C'est étrange... De toute façon, je suis devenue vieille et laide.

Il se mit à rire.

— Non, je t'assure que non.

— Mes cheveux, dit-elle en y passant la main.

— Cela repoussera, murmura-t-il.

Il s'approcha, tenta de la prendre par la taille pour l'embrasser, mais elle s'était tellement raidie dans ses bras qu'il renonça.

* * * *

Claude de Luzac se décida à gravir la colline. Il s'approcha d'eux, de la colère dans les yeux.

— Ah ! Ça ! Vous n'allez pas recommencer tous les deux !

Ils le regardèrent avec étonnement.

— Je vous observe depuis tout à l'heure. Vous êtes en train de me refaire le coup d'il y a cinq ans. Un pas en avant, deux pas en arrière... Cette danse vous amuse peut-être, mais pas moi. Il y a eu assez de chagrin, assez de séparation, assez de temps perdu.

Toi, dit-il à Quentin, tu n'as jamais cessé de l'aimer, même quand tu essayais de la détester. Je t'ai vu assez malheureux pour le savoir. Et vous ! (Il se tourna vers Corine.) Vous étiez tellement désespérée de l'avoir perdu, que vous étiez prête à vous enfermer le reste de votre vie au couvent, parce que vous ne pouvez pas vivre sans lui. Ni lui sans vous !

Ce qui vous est arrivé est une monstruosité, je vous l'accorde. Vous n'auriez jamais dû être séparés. Mais c'est ainsi, le destin a frappé. Il a tenté de réparer aussi. Il m'a poussé à prendre cette abbaye et vous a remis sur le même chemin. Ne le tentez pas ! Je sais que c'est dur après tant d'années, que vous avez chacun des doutes, des craintes. Il faut aller au-delà. Le plus important est que vous vous soyez retrouvés. Peu importe ce qui s'est passé, vous vous aimez, même si, comme autrefois, vous ne vous en rendez pas compte vous-mêmes.

Il soupira. Il avait sans doute outrepassé ses droits par son incursion dans leurs retrouvailles. Mais il n'avait pas pu s'en empêcher. Ses amis le regardaient sans rien dire, le regard étonné et un rien réprobateur, surtout Quentin.

— Qu'est-ce que tu attends pour l'embrasser ? demanda Claude.

— Je ne crois pas qu'elle en ait envie.

— Oh ! Tu ne crois pas !

— Claude, je te remercie de ta sollicitude, mais…

— Et tu m'as remercié pour avoir éloigné nos compagnons un jour de chasse au printemps 1572 ? Tu m'as remercié pour vous avoir rapprochés un soir de bal la même année ? Est-ce que tu m'as remercié pour avoir attaqué cette abbaye ?

— Non… Je… D'accord, je te remercie d'avoir attaqué cette abbaye.

— Pourquoi ?

— Quoi… ?

— Pourquoi est-ce que tu me remercies d'avoir pris cette abbaye ?

— …

— Je vais te le dire pourquoi. Parce que tu es heureux de l'avoir retrouvée. Parce que tu en crevais de ne pas l'avoir à tes côtés, d'avoir la trouille de la chercher. Je ne l'ai peut-être pas fait exprès, mais je suis fier de l'avoir fait. Alors ne va pas tout gâcher. Elle n'a pas envie que tu l'embrasses, hein ? Alors demande-lui pourquoi elle a gardé son anneau de mariage tout ce temps sur son cœur, y compris pendant ses deux années de couvent ! Demande-lui pourquoi elle n'a pas voulu le rendre à la mère supérieure !

Corine baissa la tête et rougit. Quentin la regarda d'un air attendri et dubitatif. Et Claude les planta là pour redescendre à la ferme.

* * * *

Les deux époux restèrent un moment silencieux. Il avait envie de lui prendre les mains mais n'osait pas. Malgré les révélations de son ami, il craignait que le moindre pas de trop ne l'éloigne à jamais. Elle avait peut-être continué à aimer un mort ou le souvenir de ce qu'il était cinq ans auparavant. Mais il était un homme de chair et de sang avec un vécu de plus, des souffrances, des erreurs à assumer. Pendant des années, il avait cru qu'elle l'avait abandonné. Et maintenant il se rendait compte que c'était lui qui n'avait pas rempli ses devoirs envers elle. Pourrait-elle le lui pardonner ?

Corine était partagée. Elle en voulait toujours à Quentin de ne pas s'être manifesté toutes ces années, et il y avait des zones d'ombre à éclaircir dans son passé. Les années de couvent l'avaient aussi rendue prude et craintive du moindre contact physique. Elle avait envie qu'il la prenne dans ses bras, mais elle avait en même temps peur de ne pas savoir comment réagir, d'avoir un réflexe de distance qui n'avait rien à voir avec le désamour.

— Est-ce que c'est vrai ? demanda-t-il enfin. Pour l'anneau ?... Tu l'as gardé ?

Elle le sortit de sa chemise et le laissa briller au soleil sur ses vêtements. Il tendit la main pour le saisir et le cordon usagé se rompit. Elle laissa échapper un petit cri. Il retourna l'anneau dans sa paume, lut la date et leurs prénoms gravés. Les larmes lui vinrent aux yeux.

— Je te demande pardon, dit-il. J'ai vécu pendant des mois en pensant que tu m'avais renié. Claude n'a pas cessé de me harceler pour que je te retrouve, pour que nous ayons une explication. J'étais buté dans ma douleur. Son bonheur tranquille et simple avec ma sœur me rendait fou. J'ai laissé passer du temps. Et puis la Cour était partie pour la Lorraine de septembre à décembre 1573. C'était loin, cela me donnait une excuse supplémentaire.

Alors je me suis investi pour notre cause, La Noue avait pris le commandement de La Rochelle. J'ai participé aux tractations entre l'Union des protestants de l'Ouest et celle des protestants du Midi. En février 1574 je suis reparti au combat. Nous avons pris quelques villes autour de la cité rochelaise. C'était une sorte de diversion pour faciliter l'évasion des princes de la Cour. Mais le roi de Navarre et le duc d'Alençon étaient si mal entourés que tout a échoué. Après ce que vous avez appelé « le complot des Jours gras », vous vous êtes enfermés au château de Vincennes, une véritable forteresse, et cela m'a donné une excuse de plus.

Seul Condé avait réussi à fuir vers l'Allemagne, les princes étaient enfermés au donjon. Ludovic de Nassau avait été tué au combat aux Pays-Bas, Montgomery battu à Saint-Lô, fait prisonnier et exécuté. Cela n'allait pas fort pour nous. La mort de Charles IX en mai n'a rien arrangé. Nous savions le nouveau roi ultra-catholique, allié des Guise nos pires ennemis, impitoyable à la guerre et prêt à l'assassinat à grande échelle…

— Tu sais que je n'ai jamais aimé cet homme. Je m'inquiétais à l'avance de ce que la vie à la Cour deviendrait avec lui et ses hommes, comme d'Épernon… Et je ne m'étais pas trompée. Quels que soient ses défauts, le roi Charles savait se comporter en roi, au-dessus des partis, abordable par tous. Henri III est resté un chef de clan, avec ses haines, ses favoris, ses hommes de main, ses mesquineries… Il est toujours entouré de ses seuls amis qu'il a fait placer au Conseil et à de hauts postes. Tout doit passer par eux désormais. Tu n'as déjà pas beaucoup aimé la Cour sous Charles IX, tu la détesterais maintenant. Sans compter qu'ils font régner la terreur, provoquant duels et assassinats…

Mais d'abord il a fallu rentrer au Louvre à la mort du roi Charles, j'ai détesté cela. Heureusement, la reine mère avait fait murer les portes et les fenêtres donnant sur la Seine, pour que les princes, libérés du donjon de Vincennes, ne s'évadent pas. Cela m'évitait de revoir sans cesse les images de la Saint-Barthélemy.

Je ne sais pas comment j'ai fait pour survivre à la Cour. Les voyages m'y ont aidée. La Lorraine, puis Lyon, Avignon m'ont été salutaires, bien que les séjours n'aient pas toujours été très gais.

— Oui, je comprends. Quand la Cour est partie pour Lyon en août 1574, une trêve a été conclue avec La Noue et les protestants de l'Ouest. J'étais désemparé. Je voulais continuer à combattre pour notre liberté, pour la réhabilitation des victimes de la Saint-Barthélemy. Alors j'ai rejoint les huguenots du Midi, dont le comte de Damville était devenu général en chef. Tandis que tu étais en Avignon, j'étais tout près… Lorsque nous avons convoqué les états généraux du Languedoc à Nîmes, et que le roi a fait de même à Villeneuve-lès-Avignon, j'étais à une portée de canon. Je voyais de l'autre côté du Rhône les remparts et le palais des Papes, et je savais que tu étais là, toute proche… J'aurais voulu alors te voir, te parler, mais je ne pouvais pas. Il y avait une guerre et un fleuve entre nous.

— Mon Dieu, si près ! Si j'avais su… Je priais alors pour qu'on quitte Avignon, le séjour avait été triste, rempli de deuils : les naufragés du Rhône, M. de Gondi, la princesse de Condé, le cardinal de Lorraine, et puis les confréries des pénitents, le mistral… Novembre et décembre avaient été sinistres. Pour la première fois depuis longtemps, j'avais hâte de regagner Paris. Lorsque nous avons remonté la vallée du Rhône en janvier 1575, nous avons entendu les canons, mais jamais je n'aurais imaginé que tu étais là…

— Je me suis battu à Saint-Gilles-du-Gard et à Aigues-Mortes, puis nous avons poursuivi une guérilla dans le Midi, des attaques surprise, des embuscades, il n'y avait plus de grandes batailles. Et tu étais à nouveau loin, en Lorraine, puis à Reims pour le sacre d'Henri III en février 1575, à Paris en mars. Je me tenais au courant de l'endroit où se trouvait la Cour... J'ai encore participé à la libération d'Annonay, de Castres et en mai de Montauban. Une ou deux fois j'ai su que d'Épernon combattait en face, dans l'autre camp. Cela décuplait mes forces. Tu es sûre que... ? Tu ne me caches rien à son sujet ?

— Rien, je ne l'ai pratiquement pas vu. Tu l'as dit toi-même, il combattait souvent dans le Midi, ou il était en mission quelconque pour Henri III. Il n'était pratiquement jamais à la Cour, et c'était tant mieux pour moi. Je me souviens d'un jour à Lyon, peu après le retour du roi de Pologne, Épernon est arrivé tout crotté et joyeux, rendre compte d'une mission au roi. Et au lieu de recevoir des félicitations, il s'est fait sermonner sévèrement, puis est reparti tout penaud. Je n'ai rien compris, mais ce doit être une des dernières fois où je l'ai vu... Est-ce que... ? Mon anneau ? Est-ce que je peux le ravoir ?

Quentin l'avait gardé machinalement dans la main.

— Claude dit que la mère supérieure voulait que tu lui donnes l'anneau ?

— Oui, pour le faire fondre... Elle voulait éliminer toute trace de mon passé.

— Et... Tu le lui aurais rendu ?... Si Claude n'avait pas attaqué l'abbaye... Tu le lui aurais donné ?

— Je ne sais pas, avoua-t-elle.

Il parut déçu de sa réponse.

— C'était très difficile pour moi de m'en séparer. J'étais perdue... En même temps je ne savais pas où aller si je quittais le couvent... J'ai demandé l'aide de Dieu, et il m'a envoyé de Luzac. Au fond de moi, je crois que je n'aurais pas pu... Sinon je l'aurais fait depuis longtemps. Est-ce que… ? Est-ce que tu vas me le reprendre ? demanda-t-elle avec angoisse.

Il jouait de ses doigts avec le petit cercle d'or. Il avait l'air perplexe.

— Pourquoi le couvent ?… Quand le duc d'Alençon s'est enfui de la Cour le 15 septembre de l'année 1575, il y a eu des négociations entre lui, la reine Catherine et le parti protestant. Il a rejoint notre cause, je l'ai approché à diverses reprises alors, je faisais le lien entre lui et le parti. Je lui ai demandé de tes nouvelles… C'est lui qui m'a dit… pour le couvent… Je… J'ai très mal réagi… J'avais l'impression que tu étais devenue une papiste pure et dure… que tu avais renié jusqu'à mon existence… et bien sûr notre mariage aussi… (Il regarda l'anneau.) Pourquoi le couvent ?

Elle soupira.

— Une fois à Paris, après le retour d'Avignon, la vie à la Cour m'était devenue insupportable.

Elle ne pouvait parler du décès du petit Pierre, puisqu'il ignorait son existence.

— Le roi Henri III, ses mignons, leurs intrigues, les amours et les querelles de Margot et d'Henri de Navarre… J'étais lasse de tout. J'avais à nouveau écrit en vain à mes parents… J'étais veuve… enfin je le croyais… Je ne supportais plus les mondanités… J'étais seule aussi. Je m'étais doucement éloignée de Marie Touchet et de la princesse Marguerite, Hélène devait partir pour plusieurs mois dans sa famille, M. de Ronsard avait décidé de se retirer définitivement au prieuré de Saint-Cosme, Clémence s'était mariée et allait me quitter…

— Clémence ? Mariée ?

— Oui, au fils d'un rôtisseur de Blois, qui était cuisinier à la Cour, Jacques Perrot, un garçon très bien. Ils se sont mariés en avril 1574. Au retour d'Avignon, elle était enceinte. Ils voulaient ouvrir une auberge à Blois. Ils l'ont fait d'ailleurs, je les ai un peu aidés, financièrement. Je leur ai consacré une partie de mes économies. Le reste m'a permis de payer ma pension à Fonteval pour plusieurs mois… Au départ je voulais juste m'y reposer un peu, loin de la Cour, c'est Hélène qui m'avait fourni l'adresse, une de ses tantes y avait vécu, c'est comme cela que j'ai atterri dans cette région d'Angoulême que je ne connaissais pas.

Et puis, le temps passant, je me sentais tout à fait incapable de retourner à la Cour. À l'abbaye je menais une vie calme, reposante et rassurante, je me sentais en sécurité. Ensuite j'ai appris la mort de ma mère, l'inflexibilité de mon père, tout retour en Hainaut était impossible. Alors j'ai voulu m'enterrer là, à jamais. À la Noël 1575 j'ai décidé de devenir novice, j'ai demandé une dot à la reine mère pour pouvoir entrer définitivement à Fonteval. Il a fallu encore quelques mois pour tout organiser. J'ai pris l'habit le 7 juin 1576. Je n'ai pas vu passer l'année qui a suivi. J'étais comme dans le brouillard, nous nous levions plusieurs fois par nuit pour prier, nous étudions, nous jeûnions, il y avait les offices, les lectures, les psaumes, l'encens. Avec le recul j'ai l'impression d'avoir été endormie par tout cela.

C'est tout naturellement que je devais prononcer mes vœux définitifs il y a quelques jours. Et puis soudain tout a basculé. D'abord le chantage à l'anneau, l'attaque, Claude, toi vivant… Et me voilà habillée en homme suivant une troupe de soldats huguenots. Parfois je me demande si je ne suis pas en train de rêver, si je ne vais pas me réveiller dans le dortoir des novices.

Il lui prit la main gauche et lui pinça doucement la peau sur le dessus. Elle eut un petit sursaut.

— Tu ne rêves pas. Mais peut-être… Peut-être que tu veux retourner à l'abbaye ?

— Non, assura-t-elle en regardant toujours son anneau.

Alors il le prit et doucement l'enfila à l'annulaire de la main qu'il tenait. Elle se mit à trembler d'émotion. Il voulut la prendre dans ses bras. De la main sur son torse, elle l'empêcha de la tenir trop près.

— Tu sais pratiquement tout de moi, dit-elle. Ma vie au couvent était simple et régulière. Mais toi pendant ces deux dernières années, qu'as-tu fait? Je me croyais veuve, j'étais triste de t'avoir perdu, mais je ne t'en voulais pas. Toi tu me savais vivante quelque part, et tu étais en colère contre moi. Tu as certainement…

Elle avala les derniers mots. Il éluda la question.

— Le 21 novembre 1575, suite aux négociations avec le duc d'Alençon, une trêve de sept mois a été signée. Il n'y avait plus de combats, alors je suis rentré au manoir de Gayrand. Mais je ne m'y sentais pas heureux. J'étais désemparé, comme brisé, j'ai cru que je te détestais… Et que c'était réciproque… Alors quand le prince de Condé ne s'est pas senti concerné par la trêve, qu'il a envahi la Bourgogne avec le prince palatin en janvier 1576, j'ai rallié les troupes que M. de Turenne levait dans le Midi pour remonter vers Villefranche-sur-Saône et s'unir à l'armée des reîtres. Le duc d'Alençon nous a rejoints également, et nous avons marché sur Paris. Je pensais… que périr dans une grande bataille n'avait rien de déshonorant… Mais il n'y a pas eu de bataille. Quand nous étions si proches de la capitale, j'avais dans l'idée que tu y étais peut-être, que tu n'étais pas vraiment au couvent, que nous allions prendre la ville, le Louvre, que j'allais te revoir…

C'est alors que le 5 février, Henri de Navarre a enfin réussi à s'enfuir de la Cour. C'était mon roi, je me devais de me mettre à son service. J'ai naturellement quitté l'armée des princes pour le retrouver à Saumur. Cette fois je lui ai parlé de toi, je savais que tu étais proche de son épouse… Il m'a confirmé que tu étais entrée au couvent…

Durant les mois de mars et avril, j'ai servi de messager entre Saumur et Montargis, entre Navarre et Alençon. Je faisais souvent étape à Blois, et je pensais aux moments que nous avons passé ensemble là-bas…

— À cette époque, Clémence y avait déjà ouvert son auberge. Tu aurais pu y descendre, la rencontrer, et j'aurais su que tu étais vivant…

— Comment s'appelle cette auberge? Où est-elle située?

— *À la Cour de France*, rue des Trois-Marchands, entre le palais et la Loire.

Il soupira et sourit.

— Avec un nom pareil, c'était rédhibitoire pour moi. Mais j'aurais pu la rencontrer, oui, et les choses se seraient passées différemment. Tu ne serais peut-être jamais entrée au noviciat. Le destin nous a joué des tours… En avril, cette année-là, j'ai aperçu Hélène de Surgères…

Elle s'écarta brutalement.

— Quoi ? Hélène ? Mais… Elle me l'aurait dit !

— Elle ne m'a pas vu. C'était à Sens, lors des négociations de paix entre la Cour et le duc d'Alençon. Nous savions que Catherine de Médicis devait venir avec toutes ses demoiselles d'honneur… Malgré ce qu'Alençon et Navarre m'avaient dit, j'espérais… que tu serais là… Mais tu n'y étais pas… C'est là que j'ai vu Hélène, mais je n'étais pas au premier rang, elle n'a pas dû m'apercevoir.

Le duc d'Alençon était furieux de voir que sa sœur était toujours retenue prisonnière au Louvre. Il a renvoyé tout le monde, affirmé qu'il ne négocierait pas tant qu'elle ne serait pas là. Nous avons attendu. Et la reine mère est revenue avec Margot et toutes ses dames. Tu n'étais toujours pas là… J'ai été envoyé comme messager au roi de Navarre, pour le prévenir que sa femme était libre, je n'ai pas eu le temps de parler à Mlle de Surgères.

— Une minute… Hélène m'avait écrit que lorsqu'elles étaient à Sens, un messager du roi de Navarre était venu pour inciter Margot à rejoindre son époux. Ce n'était pas toi, car alors elle t'aurait vu…

— Ce n'était pas moi. J'étais épuisé par ces allers-retours. À vrai dire, j'étais las de tout. J'avais vu toutes les demoiselles d'honneur de la reine mère et de sa fille. Tu n'y étais définitivement pas. Tu étais donc certainement au couvent, comme on me l'avait dit. J'ai demandé mon congé au roi de Navarre en mai, après la paix de Monsieur, la plus belle qu'on ait jamais eue, et j'ai rejoint le manoir de Gayrand. Il a passé l'automne à Nérac, l'hiver à Agen, deux villes toutes proches de mes terres. Je pouvais donc aisément me rendre à sa Cour et à son service en cas de besoin.

Mais la paix était trop belle, comme tu le sais aux états généraux de Blois, en janvier 1577, la religion réformée a de nouveau été déclarée illégale. Henri III a décidé de poursuivre notre extermination. Il nous a refait la guerre, dans le seul but d'annuler les avantages de la paix de Monsieur, et en reprenant sous ses ordres les armées étrangères que nous avions congédiées et qui se sont retournées contre nous, comme le frère du roi, qui nous a trahis et a révélé qu'il était bien du même sang que Charles IX et Henri III, en présidant aux massacres d'Issoire, avec Guise et Épernon entre autres, que du beau monde !

Elle lisait la colère et la haine dans ses yeux.

— Alors tu es reparti au combat ?

— Que pouvais-je faire d'autre ? Il fallait sauver ce qui pouvait l'être. Mais je l'ai fait sans enthousiasme, et sans grand espoir. Nous n'avons pour ainsi dire plus de chef. Condé reste enfermé dans La Rochelle, Henri de Navarre, qui ne croit pas à la victoire, demeure à l'écart à Agen. Nous sommes quelques capitaines à lutter pour le principe, depuis avril, dans l'Ouest et le Sud, à nous battre pour un château, un village… histoire de perdre le moins de terrain possible, avant la prochaine paix. Je me demandais si je ne devais pas tout laisser tomber… Et puis il y a deux jours, j'ai reçu un message de Claude de Luzac, me disant qu'il avait pris l'abbaye de Fonteval, et qu'il y avait trouvé une religieuse du nom de Corine de Gayrand… Alors j'ai sauté sur mon cheval et me voilà !

Il s'approcha. Elle recula.

— Mais tu ne me dis pas vraiment ce que je veux entendre. Tu éludes mes questions. Moi j'étais au couvent, j'étais triste de t'avoir perdu. Toi tu me savais vivante et tu ne me cherchais pas. Tu étais en colère contre moi et tu ne m'aimais plus. Alors tu as bien dû… Tu es un homme, tu veux me faire croire que pendant tout ce temps… tu n'as pas tenu une femme dans tes bras ?

Il resta silencieux.

— Ton silence est un aveu.

— Ce n'est pas ce que tu crois.

— Et qu'imagines-tu que je crois ? dit-elle en colère.

Il hésitait. Mentir comme dire la vérité risquait de la lui faire perdre. Il était décontenancé.

— Je t'assure qu'il n'y a eu personne d'autre dans mon cœur depuis que je te connais.

— Dans ton cœur peut-être pas…

Il soupira.

— Ce… Cela ne s'est produit qu'une ou deux fois… Quand j'étais à La Rochelle… et que je croyais que tu étais repartie dans ta famille… Je me sentais si seul et désemparé… J'avais encore des séquelles de mes blessures… Il… Il y a eu cette fille… Elle m'a soigné, elle m'a consolé… C'était une histoire sans conséquence, qui n'a duré que quelques jours, quinze au plus. Ça n'avait rien à voir avec l'amour…

— Tu as dit que cela s'était produit une ou deux fois, tu voulais dire avec une ou deux filles. Donc il y en a eu une autre.

— Corine, on… on ne devrait pas parler de ça. C'est du passé et cela n'avait pas d'importance.

— Peut-être que ça en avait pour elles ?

— Je ne pense pas. La fille de La Rochelle… Elle s'appelait Louison… C'était une fille qui allait avec les soldats… Elle avait connu d'autres hommes avant, elle en a connu d'autres depuis. Quand j'ai rompu, elle a paru attristée, mais elle s'en est vite remise, crois-moi. Et je… je persiste à penser que des époux ne devraient pas parler de ces choses-là…

— Pourquoi ? dit-elle avec provocation. Henri et Margot le font bien, eux. Ils se racontent leurs amours respectives, et ils en rient ensemble !

— Je ne suis pas Henri de Navarre et j'espère que tu ne prends pas modèle sur son épouse... Et je te le redis, il ne s'agissait pas d'amour. Elle était gentille, elle a été bonne pour moi. Je sortais d'un cauchemar. Elle m'a aidé à survivre à la Saint-Barthélemy. Et je ne lui ai pas rendu ses bienfaits, puisque je l'ai laissée tomber. Parce que j'avais des remords, je m'en voulais d'avoir cédé à la tentation...

— ... Et l'autre?...

— ... Jeannette..., dit-il d'une voix faible. Elle était du village de Gayrand, je la connaissais depuis l'enfance... C'était la fille d'un métayer de mon père. Depuis toujours elle a été arrogante envers les garçons, provocante envers les hommes. À l'adolescence déjà, elle a essayé de m'accrocher à son tableau de chasse... Elle a fréquenté plusieurs jeunes gens du village... et des villages voisins aussi. Je sais, ce n'est pas une excuse. Je lui ai longtemps résisté. Chaque fois que je revenais à Gayrand, elle faisait une tentative...

— Peut-être qu'elle t'aimait depuis toujours...

— Je ne crois pas, elle voulait seulement ajouter le seigneur du lieu à sa collection... Elle a fini par réussir. Je n'ai pas cherché à avoir une relation avec elle... Mais quand j'ai su que tu étais au couvent... que j'ai cru que tu m'avais rejeté totalement... J'avais tellement mal... Je croyais que je te détestais... Alors j'ai cessé de résister... Elle a eu ce qu'elle voulait...

— Bien sûr, elle s'est jetée sur toi, et elle t'a pris de force!

Il la regardait d'un air désespéré.

— Je sais que je suis fautif. Mais je croyais que notre mariage était fini, que plus jamais on ne se reverrait... Et puis je suis retourné à la guerre, en espérant y mourir...

— Mais cela ne s'est pas produit, et Dieu merci! En revanche, chaque fois que tu retournais à Gayrand, elle était là...

Il baissa la tête. Elle s'éloigna sous le couvert des arbres, lui tournant le dos et laissant ses larmes couler.

— Je ne t'ai pas dit cela pour te faire souffrir, dit-il au bout d'un moment, mais parce que je voulais être honnête et qu'il n'y ait plus aucun secret entre nous. C'est fini, depuis des mois, je te le jure. D'ailleurs, elle vient de se marier, avec un gars du village d'à côté... Elle n'a jamais été rien d'autre pour moi qu'une faiblesse passagère, une erreur que j'ai tout de suite regrettée, et que je n'ai pas su arrêter assez vite, je le reconnais...

Corine était bouleversée. En même temps elle pouvait s'estimer heureuse, quand elle songeait au comportement du roi de Navarre, et de tant d'autres seigneurs de la Cour, parfois sous les yeux même de leurs épouses. Quentin avait des circonstances atténuantes, elle était loin et il se croyait rejeté. Et puis il avait livré tous ses secrets, et elle avait gardé le sien. Elle se sentait coupable, mais il était au-dessus de ses forces d'évoquer l'existence éphémère du petit Pierre.

— Qu'est-ce que tu comptes faire, maintenant ? demanda-t-il. Où veux-tu aller ? Je te conduirai où tu voudras. Est-ce que tu veux aller à Blois chez Clémence ? Si tu veux rentrer à l'abbaye ou à la Cour, je suis prêt à t'y conduire, quoi qu'il m'en coûte. Je peux même aller jusqu'en Hainaut, essayer de convaincre ton père. Je ferai tout ce que tu voudras...

— Est-ce qu'une épouse n'est pas censée suivre son mari ?

— Tu... Tu veux venir avec moi au manoir de Gayrand ? dit-il plein d'espoir.

— Je ne sais pas.

Il reçut un coup de poignard dans le cœur.

— Je ne crois pas que ma présence soit désirée là-bas..., fit-elle avec tristesse.

— Tu veux dire par ma mère ? Ma sœur ? Par les villageois, parce que tu es catholique ? Ma famille est large d'esprit, elle t'accueillera à bras ouverts, quant aux habitants du village, ils te respecteront, parce que tu es l'épouse du seigneur des lieux. Tu n'as rien à craindre.

— Je ne crois pas que ma présence soit désirée... par toi. Peut-être que Mère Aldegonde avait raison... On devrait faire annuler ce mariage...

— Non ! s'écria-t-il en la serrant vivement dans ses bras, et cette fois elle se laissa faire. Non, je t'en prie, faisons un essai ! Nous avons tous deux connu des moments difficiles et nous avons été séparés longtemps. Mais Claude a raison, il ne faut pas laisser passer notre chance. Je t'en prie... Viens avec moi !

— Est-ce que tout le village est huguenot ?

— Presque, oui. Cela te fait peur ? J'ai bien vécu à la cour de Charles IX, moi. Tu n'as rien à craindre, on te traitera avec respect et personne ne cherchera à te convertir, moi le dernier. Agen est tout proche et c'est une ville catholique. Si tu veux je t'emmènerai à la messe tous les dimanches à Agen.

Corine sourit.

— Je crois que j'ai entendu assez de messes pour le restant de ma vie.

Il sourit à son tour, se détendit, la serra un peu plus. Elle ne le repoussait toujours pas.

— Si tu veux nous nous installerons à Agen. Mais je t'en prie, essayons... Si dans quelques mois, quelques semaines, tu vois que tu ne peux pas supporter la vie avec moi, je t'emmènerai où tu voudras...

Sa voix tremblait. Elle le regardait enfin dans les yeux, se noyant dans son regard vert comme autrefois.

— Non, pas à Agen, murmura-t-elle. Emmène-moi à Gayrand. J'en ai tellement rêvé naguère. Je veux voir ton manoir, découvrir tes vignes. Est-ce que tu as construit ce nouveau pressoir que tu voulais ?

— Non, dit-il sur le même ton. Nous le ferons ensemble.

Et enfin leurs lèvres se joignirent. Ce n'était pas un baiser fougueux, mais quelque chose de tendre et encore un peu hésitant. Quentin sourit timidement, rougissant.

— La première chose que je ferai, c'est de t'acheter une robe. Parce que vraiment, c'est très gênant pour moi de t'embrasser habillée ainsi…

Ils rirent ensemble. Puis il lui prit la main et ils redescendirent vers la ferme brûlée, où Claude de Luzac les attendait les bras croisés et l'air satisfait. Quentin le serra dans ses bras.

— Merci pour tout !

— De rien, mon ami.

— Je t'enlève un soldat, dit-il en désignant Corine du menton. Et sa monture, si tu permets.

— Oh ! Ce n'était pas une bonne recrue, fit de Luzac goguenard, je ne l'ai pas vue tirer un seul coup de mousquet !

⋆ ⋆ ⋆ ⋆

Après une dernière collation au campement, ils avaient pris doucement la route de Cognac, avançant au rythme des pas des chevaux, un silence gênant s'installant encore souvent entre eux. Aucun n'était vraiment sûr de l'autre, mais chacun avait envie d'aller de l'avant. Une fois arrivés à la ville, il fit comme promis l'acquisition d'une tenue plus seyante pour son épouse, et ils s'installèrent dans une bonne auberge.

Tandis qu'il menait les chevaux à l'écurie pour les panser, elle commanda un bain, et lorsqu'on amena la cuve et l'eau chaude, cela lui rappela ce jour de septembre 1571 où, toute jeune fille, elle avait pris le chemin de la Cour, s'arrêtant dans une auberge de Compiègne en venant de son Hainaut natal. Depuis quand n'avait-elle pas pris un bain ? Elle se prélassa dans l'eau fumante, retrouvant des plaisirs d'autrefois, lorgnant avec envie sur le lit moelleux. Depuis quand n'avait-elle pas dormi dans un vrai lit ? Finies les paillasses du dortoir, finies les couches improvisées dans des campements de fortune.

Mais la vision du lit lui rappelait aussi qu'elle avait retrouvé un époux et elle était un peu craintive de la suite des événements. Lorsqu'il revint de l'écurie, où il s'était fait livrer un bain lui aussi, pour se laver de la poussière de la route et des champs de bataille, et se rafraîchir l'esprit par la même occasion, il la trouva occupée à essayer de lacer son corsage dans le dos.

— Je n'ai plus trop l'habitude de ces choses-là, dit-elle d'un air gêné. Et puis autrefois, j'avais Clémence pour m'aider.

Il lui proposa ses services, mais il était malhabile aussi. Elle sentait ses doigts trembler légèrement contre son dos. Il voulut l'aider à se coiffer, mais elle avait trop honte de ses cheveux ébouriffés. Elle l'envoya réserver une table pour le repas et s'occupa pendant ce temps de cacher sa chevelure en l'enfermant dans un voile sous une coiffe assortie à la robe. L'effet était assez réussi. Lorsqu'elle descendit l'escalier de bois menant à la salle de l'auberge, dans sa robe rose cramoisi, il eut l'impression de voir apparaître une princesse et se leva pour l'accueillir, le regard empli d'admiration et de désir. Elle rougit comme une jeune fille, lorsqu'il lui fit un baisemain.

Au cours du repas, elle surprit à plusieurs reprises le même regard et elle angoissait à l'idée de se retrouver seule avec lui dans la chambre. Elle avait un peu peur de ne pas être à la hauteur de ses espérances, peur qu'il ne soit trop entreprenant, et peur aussi qu'il ne le soit pas assez… Lui était inquiet également, il craignait qu'un geste de trop ne la fasse fuir. Le dîner fut légèrement tendu, mais agréable aussi, tel un premier rendez-vous.

Vint le moment où ils durent remonter à l'étage, un peu crispés tous les deux. Lorsqu'ils se retrouvèrent seuls, ils étaient un peu gauches, comme si c'était la première fois. Il entreprit de délacer son corsage, et elle le laissa faire, mais lorsqu'il lui déposa un baiser langoureux dans le cou, elle eut un sursaut involontaire qui le fit s'arrêter net. Il lui caressa les épaules, déposa un nouveau et bref baiser sur sa nuque, et déclara qu'il allait voir si les chevaux ne manquaient de rien.

Elle fut un peu déçue de le voir abandonner si vite, mais lui, terrorisé à l'idée de la voir le rejeter, n'avait trouvé que la fuite pour ne pas aller trop loin. Elle attendit un peu, puis ne le voyant pas réapparaître, finit par se déshabiller et se glisser dans le lit. Il fut longtemps absent, plus que de raison, à tel point qu'elle se demanda s'il allait revenir. Lorsqu'elle entendit enfin ses pas près de la porte, elle se tourna sur le côté et fit semblant de dormir, pensant que c'était ce qu'il avait souhaité : lui laisser suffisamment de temps pour qu'elle sombre dans le sommeil et qu'il n'ait pas à se rapprocher d'elle.

Il entra sans bruit, vérifia qu'elle dormait, se dévêtit en partie, et s'allongea à côté d'elle, sur les draps, pour être le moins à son contact possible. Au bout d'un petit moment, il se tourna vers elle et la regarda longuement dans ce qu'il pensait être son sommeil. Puis il posa tout doucement sa main sur sa taille, en espérant ne pas la réveiller et s'endormir là tout contre elle. Mais Corine se retourna vers lui et plongea dans ses yeux voilés de larmes. Il était surpris qu'elle l'ait attendu. Il l'embrassa légèrement sur les lèvres, attendant le sursaut. Elle lui caressa la joue.

— J'ai… J'ai juste un peu peur de ne plus trop savoir, dit-elle, hésitante.

Il rit.

— C'est comme le cheval, cela ne s'oublie pas, murmura-t-il avant de l'étreindre et de l'embrasser pour de bon.

* * * *

Le petit matin les trouva enlacés sous les draps. Elle s'éveilla la première et le regarda longtemps respirer. Ce n'était pas un rêve, il était toujours là et bien vivant. Il ouvrit les yeux et lui sourit. Il avait gardé sa chemise. Elle demanda timidement :

— Est-ce que… Est-ce que je peux voir tes cicatrices ?

Sans un mot, il enleva sa chemise et elle vit les traces de l'horrible nuit, des lignes blanchâtres et parfois boursouflées sur le côté, entre les côtes, sous le cœur, à l'épaule et plusieurs dans le dos. Elle eut les larmes aux yeux et soupira. Elle passa délicatement son doigt sur deux ou trois vestiges de ses blessures et y déposa des baisers.

— Est-ce que cela te fait encore mal ?

— Parfois… Quand il fait froid ou qu'il pleut… Quand je suis fatigué ou si je reste trop longtemps à cheval… Je ressens des douleurs…

Elle posa doucement sa tête sur sa poitrine et demeura silencieuse.

— À quoi penses-tu ? demanda-t-il au bout d'un certain temps.

— À Mère Aldegonde.

— Vraiment ?! fit-il avec étonnement.

— Oui. Je me demandais ce qu'elle dirait si elle nous voyait en ce moment.

Il rit en imaginant le visage de la mère supérieure les découvrant dans leur lit.

— Nous n'avons commis aucun péché, puisque nous sommes mariés, dit-il avec la vague inquiétude que cette idée puisse la perturber.

Elle sourit.

— Mère Aldegonde te dirait que le péché n'est point tant dans l'acte commis, que dans le plaisir que l'on prend à le commettre…

— Oh ! Je vois… Et… tu as beaucoup péché cette nuit ?

— Énormément ! dit-elle en riant.

— Alors péchons encore un peu, fit-il en la reprenant dans ses bras amoureusement.

⋆ ⋆ ⋆ ⋆

Ils reprirent la route dans la matinée. Elle avait gardé sa robe, mais remis les bottes de Claude, ce qui lui permettait de monter à califourchon et d'être plus à l'aise à cheval. Ils purent ainsi se lancer dans quelques courses au galop qui leur rappelaient les chasses dans la forêt blésoise ou dans celle de Saint-Germain-en-Laye. Ils étaient plus détendus que la veille et riaient plus facilement. Mais soudain le cheval de Corine se cabra, elle eut du mal à le maîtriser et tomba dans les herbes hautes. Il la rattrapa, sauta à bas de sa monture et l'aida à se relever.

Lorsqu'il vit qu'elle n'avait rien, il l'enlaça et l'embrassa fougueusement, puis l'entraîna avec lui au sol.

— Hé ! Mais... Qu'est-ce que tu fais ?! protesta-t-elle.

Il couvrit sa bouche d'un autre baiser, puis tenta d'abaisser le corsage un peu brutalement pour l'embrasser sur l'épaule et sur la poitrine.

— Non... Arrête !

Il la fit rouler dans l'herbe. Elle se débattit et voyant qu'elle n'arrivait pas à se dégager, elle lança méchamment :

— C'est comme cela que tu le faisais avec elle ? Dans l'herbe et dans le foin ?

Cela le refroidit aussitôt. Il la lâcha, se redressa, et alla s'asseoir dans l'herbe à une trentaine de pas de là, très pâle et l'air abattu. Elle regretta ses paroles aussitôt prononcées. Mais sur le moment, la jalousie avait été trop forte. Elle le vit mettre son visage dans ses mains. Il avait l'air très mal. Elle se releva et s'approcha de lui, posant ses mains sur ses épaules.

— Excuse-moi, dit-elle, c'était si différent d'hier soir...

— Hier soir, j'avais une nonne effarouchée à mes côtés, répondit-il. Aujourd'hui je croyais avoir ma femme dans mes bras...

— Je suis désolée, c'était si..., dit-elle en s'agenouillant derrière lui. J'ai cru que tu pensais à une autre.

— Quelle autre ? fit-il machinalement.

— ... Jeannette...

Il tourna la tête vers elle.

— Je ne pense jamais à elle. Sauf pour regretter de ne pas l'avoir repoussée... Et particulièrement depuis que je t'ai retrouvée...

— Est-ce que... Est-ce qu'elle vit toujours à Gayrand ?

— Je n'en sais rien, je suis parti depuis des mois. Je suppose qu'elle vit avec son époux au village voisin. Mais sa famille vit sur mes terres, elle va certainement y venir régulièrement. Il est possible que… que vous soyez amenées à vous rencontrer… Je le regrette sincèrement. Je ne peux rien y changer.

Il y eut un moment de silence.

— J'ai tout gâché, n'est-ce pas ?… Je suppose que tu ne vas plus vouloir me suivre maintenant… Que tu vas me quitter…

Il était livide. Elle se leva, mais pour le contourner et venir s'asseoir de côté entre ses genoux.

— Quentin ! Cesse de te tourmenter inutilement. Je n'ai jamais souhaité te quitter, pas plus aujourd'hui qu'hier. La vie nous a séparés, mais c'était contre ma volonté. Cette idée que je ne voulais plus de toi, que je t'avais rejeté, tu te l'es mise toi-même dans la tête. Je n'ai jamais voulu vivre loin de toi. Arrête de te torturer avec cela.

Il la regardait sans y croire.

— Pardon pour tout à l'heure… Je me suis comporté comme un soldat… ce que je suis au bout du compte… Mais tout allait si bien entre nous ce matin, que j'ai cru que je pouvais être moi-même… j'avais oublié que tu étais une demoiselle d'honneur de la Cour…

Elle rit.

— Je suis une enfant de la campagne comme toi, dit-elle en prenant son visage dans ses mains. J'ai été élevée dans un manoir certainement peu différent du tien. Fillette, je courais dans les champs avec les fils et filles des métayers…

Il la serra dans ses bras et jeta un coup d'œil à la pente herbeuse qui s'étendait devant eux.

— Autrefois, dit-il, quand nous avons commencé à nous fréquenter, j'imaginais qu'un jour je t'emmènerais à Gayrand, que nous galoperions dans la campagne comme nous avons fait tout à l'heure, que nous dévalerions les côtes près du manoir en roulant enlacés dans l'herbe…

Elle sourit.

— Moi aussi j'ai imaginé cela.

Il jeta un nouveau coup d'œil à la pente. Elle suivit son regard.

— Tu ne vas pas… Cela me paraît bien raide.

Il se dit qu'il fallait risquer le tout pour le tout. Ou elle lui en voudrait à jamais, ou cela les réconcilierait pour toujours. Il n'en pouvait plus de se sentir au bord du gouffre en permanence. Il fallait sauter le pas. Il la serra contre lui et l'entraîna dans la descente. Elle poussa des cris au début, vite mêlés de rires. Lorsqu'ils arrivèrent en bas, la tête qui tournait, les vêtements froissés, de l'herbe plein les cheveux, il sut qu'il avait gagné, qu'il pouvait sans crainte se laisser aller, qu'il avait retrouvé la jeune femme qu'il avait perdue cinq ans plus tôt. Leurs lèvres se joignirent, et seul le soleil de juin et les chevaux qui hennissaient au loin furent les témoins de leur étreinte passionnée.

⋆ ⋆ ⋆ ⋆

Ils poursuivirent leur route vers le sud, à petites étapes, flânant en chemin, traversant la Dordogne à Bergerac, le Lot à Villeneuve, franchissant la Garonne à Agen le 5 juillet. À partir de là ils entrèrent dans les terres du roi de Navarre et, quelque part entre Agen et Nérac, arrivèrent au village de Gayrand. Quentin s'épanouissait au fur et à mesure qu'ils approchaient, tandis que Corine commençait à angoisser, ne sachant trop comment elle allait être accueillie.

Les paysages correspondaient à ce qu'elle en attendait : une campagne verte et riante, des collines couvertes de vignobles, des troupeaux d'oies bien grasses s'ébattant le long des chemins, guidés par des fillettes armées d'un bâton, un village de pierres blondes, avec, le dominant, une gentilhommière aux murs dorés sous le soleil, entourée de vignes. Une façade austère sur deux étages, coupée de fenêtres à meneaux, encadrée de chaque côté de tours rondes percées d'ouvertures plus étroites, aux toitures aplaties, ne dépassant pas la hauteur du bâtiment principal :

le manoir de Gayrand. Une allure encore médiévale, adoucie par les fenêtres Renaissance, le jardin fleuri de roses et un puits surmonté d'une structure ouvragée en fer forgé.

Près de la porte d'entrée, deux femmes attendaient. L'une jeune et menue, légèrement surexcitée, le ventre rond, une fillette de trois ans accrochée à ses jupes. L'autre d'un âge plus vénérable, un peu rondouillarde, très calme. Quelques serviteurs s'agitaient autour d'elles. Corine et Quentin étaient visiblement attendus, on avait prévenu la maisonnée. La jeune Mme de Gayrand était un peu anxieuse. Ils immobilisèrent leurs montures à l'entrée de la cour.

— Attends-moi là, tout va bien se passer, dit son mari en sautant à terre.

Un homme aux cheveux grisonnants se précipita joyeux à leur rencontre et saisit les rênes des deux chevaux.

— Bienvenu chez vous, Messire Quentin ! Heureux de vous voir de retour.

— Merci Géraud, répondit le seigneur des lieux en lui donnant l'accolade.

Il fit quelques pas, mais n'y tenant plus, la plus jeune des femmes se précipita à sa rencontre, suivie de l'enfant. Elle était assez petite, avait les mêmes boucles noires que son frère et lui sauta dans les bras.

— Enfin ! dit-elle. Claude nous a écrit que vous alliez venir. On avait posté des enfants aux entrées du village depuis deux jours, pour qu'ils courent nous prévenir… (Il rit.)

— Ne t'agite pas ainsi, sinon cet enfant va naître avant le retour de son père, dit-il en lui caressant le ventre. Claude a-t-il dit quand il rentrait ?

— Bientôt. Il dit qu'il n'y a presque plus de combats, et que la paix sera sûrement signée en septembre ou un peu avant. Il a promis d'être là avant août et la naissance du bébé.

L'autre femme s'était approchée et ouvrait les bras. Il s'y jeta avec tendresse. Elle pleurait.

— Mon fils !

Elle s'écarta.

— Tu as encore maigri ! Est-ce que tu as été blessé ? Je ne veux plus que tu ailles à la guerre, plus jamais. C'est trop de souffrance de te savoir au loin et en danger.

— Ne t'inquiète pas, Maman, c'est fini. Je ne partirai plus. Je n'en ai plus besoin à présent.

Il la serra à nouveau dans ses bras.

— C'est elle ? demanda la jeune femme en pointant le menton vers la cavalière.

— Pauline, c'est très impoli ! dit la mère.

Quentin sourit et s'approcha de sa femme, il l'aida à descendre de sa monture en essayant de la rassurer du regard. Elle n'eut pas le temps de s'inquiéter davantage, car déjà sa belle-sœur l'embrassait joyeusement.

— Bonjour, moi c'est Pauline ! Et voici Charlotte, dit-elle en désignant l'enfant aux cheveux châtains qui se cachait derrière ses jupes. Dis bonjour à ta tante !

La petite recula encore plus, ce qui fit rire sa mère. Quentin avait pris son épouse par la main et la conduisait à Mme de Gayrand. Corine esquissa une petite révérence de cour.

— Bienvenue chez vous, mon enfant, dit l'accorte femme en la serrant spontanément sur son cœur. Mais vous devez être épuisée. Venez, entrez vous rafraîchir.

Ils entrèrent tous au manoir. Corine n'aurait jamais pensé que les choses se passeraient aussi facilement. L'accueil de la famille de Quentin était naturel et chaleureux. Après leur avoir servi des boissons fraîches, Mme de Gayrand entreprit de lui faire visiter la maison. Il y avait au rez-de-chaussée sur la droite une salle à manger spacieuse et une grande cuisine, avec un cellier garde-manger dans la tour. En face de l'entrée, un escalier menait à l'étage, et un passage conduisait au jardin à l'arrière de l'édifice. Sur la gauche s'étendait un vaste salon, suivi d'un couloir menant à une grande chambre, à un autre petit salon et au bureau-bibliothèque dans l'autre tour.

Mme de Gayrand occupait la grande chambre du rez-de-chaussée.

— C'était la chambre seigneuriale. J'y ai vécu avec mon mari, et seule depuis si longtemps. Elle est à vous maintenant. Je vous laisserai vous y installer.

— N'en faites rien, Madame. Ne changez rien à vos habitudes, je vous en prie, dit Corine. Vous y avez tellement de souvenirs.

— C'est que… la chambre de Quentin est beaucoup plus petite.

— Cela n'a pas d'importance, je vous assure.

Ils montèrent ensuite au premier étage divisé en plusieurs chambres. Le second était occupé par un grenier et les pièces réservées aux domestiques. Claude et Pauline de Luzac occupaient avec leur fille un appartement au premier donnant sur la façade et la cour d'honneur. La chambre de Quentin regardait vers le jardin et les vignes qui s'étendaient au loin jusqu'à la forêt. Emeline de Gayrand suggéra de faire aménager la pièce voisine pour sa belle-fille, mais les époux expliquèrent en rougissant qu'ils préféraient partager la même chambre. La maîtresse des lieux approuva d'un signe de tête, disant que cela laisserait plus de place à leurs futurs enfants. Corine sourit d'un air gêné, il lui avait déjà été difficile de paraître naturelle devant la petite Charlotte de Luzac et le ventre rond de Pauline. Toute allusion à un enfant lui rappelait immanquablement son fils et la mettait mal à l'aise.

— Nous allons vous laisser un peu seuls, maintenant, dit la mère de Quentin. Géraud a monté vos bagages. Il faudra étoffer un peu votre garde-robe. Nous irons à Agen ou à Nérac vous commander de nouvelles tenues. En attendant Pauline pourra vous prêter quelque chose. J'ai aussi quelques robes anciennes qu'on pourra retailler…

— Ne vous inquiétez pas, j'ai vécu en simple habit religieux pendant un an, je n'ai pas d'exigence d'élégance.

Le rappel de son passé au couvent sembla jeter un froid, vite dissipé par une Pauline prête à poser mille questions sur le sujet, mais que sa mère parvint de justesse à faire taire et sortir de la pièce pour laisser au jeune couple un peu d'intimité.

— Tu vois, ça s'est très bien passé, dit Quentin en l'enlaçant.

Elle jeta un coup d'œil au lit recouvert d'une soie bleue un peu usée.

— Est-ce que… ? Est-ce qu'elle est venue ici ? demanda la jeune femme en pensant à sa rivale.

Il eut un air agacé.

— Non ! Bien sûr que non ! Elle n'a jamais mis les pieds au manoir. Je ne l'aurais pas permis.

Corine était un peu surprise du mépris que semblait porter son mari à son ancienne maîtresse. Mais cela valait sans doute mieux que s'il en avait parlé avec admiration. Il l'embrassa.

— Bienvenue chez vous, Mme de Gayrand, murmura-t-il.

Elle se laissa soulever et porter sur le lit.

⋆ ⋆ ⋆ ⋆

Le lendemain, Quentin lui fit visiter le domaine. Lorsqu'ils longèrent une grange, elle jeta un regard anxieux vers la paille étalée, mais n'osa pas poser de question. Il la devina cependant.

— N'essaie même pas d'imaginer où cela a pu se produire, dit-il en contenant sa colère et son inquiétude.

Ils continuèrent leur chemin sans qu'elle ait rien dit. Ils se promenèrent dans les vignes en se tenant la main. Il lui expliqua les travaux du vignoble, les vendanges prévues pour septembre, la vinification dans les vieux fûts de chêne noir.

— Nous faisons également une eau-de-vie à partir du vin blanc. C'est une spécialité de la région, car les autres la font souvent avec les marcs. Elle existe depuis une centaine d'années et a bonne réputation[1]. On lui prête aussi des vertus curatives.

Soudain, ils furent interrompus par des éclats de voix et de rires et virent déboucher devant eux trois jeunes gens et une jeune fille qui tenait le bras du premier. C'était une jolie brunette qui riait avec provocation, et Corine sut immédiatement de qui il s'agissait. Son mari s'était arrêté net, avait pâli, son visage s'était figé, et il lui serrait la main comme s'il voulait l'empêcher de s'échapper.

La jeune délurée l'apostropha :

— Mais qui voilà ? Mais c'est Messire de Gayrand ! Le beau Quentin est de retour ! Et bien accompagné on dirait.

— Toi aussi, comme toujours, répondit-il furieux.

Il se sentit obligé de faire les présentations :

— Mon épouse, Corine de Pâquelin.

— Alors c'était donc vrai ? Tu étais bien marié ? Faites excuses, ajouta-t-elle en se tournant vers elle, mais c'était difficile à croire, on ne vous a pas beaucoup vue, durant toutes ces années... Ah ! Mais j'oubliais, vous étiez enfermée dans un couvent, comme les filles de mauvaise vie...

Ses trois compagnons rirent grassement.

Corine essayait de se contenir comme elle pouvait. Quentin lui broyait littéralement les doigts. Cette fille était d'une arrogance suprême et elle comprenait mieux pourquoi il semblait la détester à présent, mais beaucoup moins comment il avait pu lui tomber dans les bras.

— Elle n'a pas l'air bien gaie, ta nonne défroquée, rajouta la vipère en direction du sieur de Gayrand, tu ne dois pas t'amuser tous les jours...

Elle éclata de rire et entraîna ses trois acolytes sur le chemin avant qu'il ait eu le temps de réagir. Il resta figé, attendant l'orage sans oser regarder son épouse, desserrant à peine la pression de ses doigts.

— C'est elle, n'est-ce pas ?... C'est Jeannette ?

1. Il s'agit de l'armagnac.

— … Oui, fit-il en avalant sa salive avec difficulté. Et tu ne vas sans doute pas me croire, mais son mari n'est pas celui qu'elle tenait par le bras, c'était le troisième, qui suivait un peu à l'écart…

— Je te crois, répondit-elle.

Elle le sentait si malheureux, qu'elle n'eut pas envie d'en rajouter.

— Et ce pressoir, dit-elle, on va le voir ?

Il lança vers elle un regard plein de larmes et de reconnaissance. Sa pression sur sa main se fit douceur, et ils continuèrent leur chemin jusqu'à une bâtisse isolée où se tenait le pressoir seigneurial, qui servait à tout le village. À l'intérieur se trouvait un de ces gros pressoirs appelés « à arbre » dans certaines régions, et « à taissons » dans celle-ci, constitué d'une grande poutre de chêne appuyant d'un côté sur la maie qui écrasait le raisin, percée à l'autre bout d'une grande vis de bois plus tendre, que deux ou quatre hommes pouvaient actionner en poussant de grandes barres horizontales disposées en croix. Sous la maie se trouvait une cuve pour l'écoulement du jus. L'instrument était vétuste, le bois en était noirci et fendu par endroits, pourri parfois.

— Quand je suis rentré à Gayrand, après la Saint-Barthélemy, et après chaque campagne, je savais qu'il faudrait le faire, mais je n'avais pas la tête à ça. Je me sentais si seul et découragé… Maintenant que tu es là, nous pouvons le faire, nous devons le faire… Il faut reconstruire…

Elle ne savait trop s'il parlait du pressoir ou de leur mariage, mais elle acquiesça :

— Nous reconstruirons.

XXXI. Saisons agenaises

Les jours, les semaines qui suivirent furent une véritable lune de miel. Corine et Quentin passaient beaucoup de temps ensemble, plus qu'ils ne l'avaient jamais fait, puisqu'au début de leur relation, ils avaient tous deux leur service auprès de leurs souverains respectifs et devaient de plus cacher leur liaison.

Le matin, ils partaient pour de longues promenades à cheval dans la campagne environnante, ce qui leur permettait aussi de s'isoler du reste de la famille. Non que celle-ci fût désagréable ou envahissante, mais le couple ressentait le besoin d'être en tête à tête. Ils ne se quittaient pratiquement pas. Ayant été séparés si longtemps, c'était comme s'ils avaient peur en se lâchant des yeux un moment de se perdre à nouveau.

Ils se redécouvraient et s'entendaient tout aussi bien, sinon mieux que par le passé, car ils se parlaient beaucoup, se confiaient l'un à l'autre. Ils s'appréciaient chaque jour un peu plus, comme s'ils retombaient amoureux, à la fois de la personne qu'ils avaient aimée et de la nouvelle personne qu'ils étaient devenus. Quentin lui avait fait visiter longuement le domaine et le village, l'avait présentée à tous, et elle avait été accueillie chaque fois avec respect et bienveillance.

Il lui faisait rencontrer les métayers, participer à la gestion des terres et des biens, il voulait qu'elle soit reconnue par tous comme la maîtresse des lieux, au même titre que lui. Les après-midi, ils s'enfermaient souvent dans le bureau de la tour. Il lui montrait les actes de propriété, les contrats, les comptes, les commandes de nourriture, de fournitures, de matériaux, afin qu'elle puisse s'occuper de tout s'il devait s'absenter. Ils avaient commandé du bois et des ouvriers pour le nouveau pressoir, et surveillaient chaque jour l'avancement des travaux, afin qu'il soit prêt pour les prochaines vendanges.

Corine avait repris contact avec Clémence et Hélène de Surgères, qui étaient toutes deux ravies des derniers événements. Par elles lui parvenaient des nouvelles de la Cour. La vie reprenait le chemin qu'elle n'aurait jamais dû quitter. Fonteval ne semblait avoir été qu'une parenthèse dans son existence. Par Hélène, elle avait su que des fonds affluaient vers l'abbaye pour sa reconstruction, Mère Aldegonde et ses anciennes compagnes avaient repris possession des lieux. Elle avait reçu des nouvelles de Judith Moreau et ses sœurs, installées à La Rochelle, de Sœur Henriette et d'Alix de Gonzac établies à Niort. Jeanne-Antoinette de Bonneuil semblait trop occupée pour en donner, mais elle n'en avait cure.

Corine s'entendait très bien avec la mère de Quentin qui était douce et discrète, chaleureuse néanmoins. Il lui semblait vraiment avoir retrouvé une seconde mère. Ses relations avec sa belle-sœur étaient un peu plus tendues, la jeune femme étant parfois envahissante. Elle admirait toutefois son insouciance et sa joie de vivre. Mais il y avait l'enfant de Pauline, et le ventre rond de Pauline. C'était un supplice pour la jeune Mme de Gayrand de voir sautiller la fillette pleine de vie, et d'entendre les deux femmes parler du bébé à venir. Le pire était les allusions à une éventuelle grossesse prochaine chez le jeune couple à nouveau réuni. « Ce sera bientôt votre tour... », « Vous verrez lorsque vous serez enceinte... »

C'était insupportable pour elle, qui avait à ces moments-là envie de se cacher pour pleurer. Elle ne participait pas à la joie ambiante autour des enfants, se montrait distante lors de ces conversations, réticente lorsque la petite Charlotte s'approchait d'elle pour jouer, encore bien heureuse que ce soit une fille, car elle n'aurait pu supporter la présence d'un petit garçon. Les deux femmes s'étonnaient de son attitude et elle avait entendu un jour Pauline dire à sa mère : « Quel est donc son problème avec les enfants ? »

Elle savait qu'elles avaient tenté d'en parler à Quentin, mais celui-ci avait éludé le sujet, ne souhaitant pas provoquer un risque de tension avec son épouse. Jeannette n'avait pas reparu et leurs relations semblaient au beau fixe, bien qu'il apparaisse parfois comme un voile entre eux, des moments de tristesse soudaine chez Corine, de crainte de rupture chez lui. Il pensait que c'était l'ombre de sa faute qui planait entre eux, mais elle savait que c'était le fantôme du petit Pierre. Elle ne s'était pas résolue à lui en parler, et chaque jour qui passait rendait l'aveu plus difficile. À l'annonce délicate de la naissance cachée de l'enfant et de sa triste fin, s'ajoutaient maintenant la culpabilité de ne pas en avoir parlé, la peur que le secret prolongé ne soit une cause de rejet et la fin de leur bonheur retrouvé.

Les derniers jours de juillet virent le retour au manoir de Claude de Luzac. Ce fut un moment de joie partagé par tous. Chacun était ravi de retrouver qui un mari, un père, un fils, un frère ou un ami. Le spectre de la guerre s'éloignait. Et Corine n'était pas fâchée de ne plus être l'attraction principale des lieux. Claude racontait la guerre, Claude racontait la paix, Claude occupait l'esprit et les journées de sa femme et de sa fille, ce qui soulageait la jeune Mme de Gayrand de leur curiosité et de leur compagnie. Elle savait aussi gré à son beau-frère de ne pas s'être trop étendu sur l'histoire de la prise de Fonteval, qui n'était pas son meilleur souvenir de l'année, même si l'événement lui avait permis ensuite de retrouver celui qu'elle aimait. Elle ne tenait pas à être l'héroïne d'un épisode martial, ni qu'on rappelle trop, au sein de cette famille huguenote, son passé religieux.

Le premier dimanche après son arrivée, les femmes s'étaient préparées à aller au culte, et s'étaient tournées vers elle pour savoir si elle les accompagnerait. Elle avait décliné poliment l'invitation et son mari également, pour ne pas la laisser seule. Le deuxième dimanche fut semblable au premier, même si elle sentit poindre l'inquiétude de Mme de Gayrand mère et la gêne de son conjoint. Le troisième dimanche, il prit les devants et lui proposa de l'accompagner à la messe à Agen. Après hésitation, elle accepta, cherchant à apaiser la vague culpabilité qu'elle avait d'avoir abandonné le couvent.

Par discrétion pour son époux notoirement huguenot, elle choisit de ne fréquenter ni la cathédrale Saint-Étienne à l'étonnant campanile de bois ni la belle collégiale Saint-Caprais, mais la sobre église de Notre-Dame-du-Bourg, aux simples murs de brique, le portail surmonté d'un discret mur-clocher ajouré de fenêtres pour accueillir les cloches. Tandis qu'elle assistait à l'office, il en profita pour aller rendre hommage à son souverain Henri de Navarre, qui résidait toujours principalement à Agen, tout en faisant de fréquents séjours dans d'autres villes telles que Mirande, Nérac, Lectoure, Bergerac, Montauban…

Le dimanche d'après, Quentin lui demanda si cela ne la gênait pas qu'il accompagne les siens au prêche, sans oser lui proposer de se joindre à eux. Elle le laissa donc aller. La semaine suivante Claude était là et toute la famille souhaitait rendre grâce à Dieu de l'avoir conservé en vie et de lui avoir permis d'en réunir tous les membres dispersés. Les yeux de Quentin et de sa mère se tournèrent vers elle en une question muette, et elle décida de les accompagner, tout en précisant bien qu'elle n'avait pas pour autant l'intention de le faire régulièrement ni de se convertir.

Ils se récrièrent, mais elle vit bien la lueur de triomphe dans les yeux de Mme de Gayrand mère. Corine était assez curieuse de découvrir l'office huguenot qu'on appelait le prêche, car il consistait essentiellement en des sermons faits par le ministre du culte. En quelques endroits avaient été construits des temples, souvent en bois et de forme circulaire de façon à marquer l'égalité de tous autour de la table centrale où avait lieu la Cène, ou de la chaire du pasteur qui était élu par les fidèles, souvent marié et doté d'une famille. Chaque communauté exerçait son propre pouvoir sur elle-même, sans hiérarchie comme dans l'Église catholique avec les évêques, et bien sûr, ils ne reconnaissaient pas l'autorité du pape.

Lorsqu'il n'y avait pas de temple, le pasteur prêchait en extérieur, dans une grange, un champ, une clairière, aux portes des villes lorsque celles-ci étaient catholiques. Mais dans les villages ou bourgs huguenots depuis un certain temps, on avait récupéré les anciennes églises en les adaptant, en supprimant les autels et beaucoup de mobilier, en faisant disparaître les statues et les images saintes, car les réformés condamnaient les pèlerinages, le culte des saints, des reliques.

L'office avait lieu en langue locale, au lieu du latin comme Corine était habituée. Il y avait aussi des chants et des psaumes, dont les paroles et les musiques lui étaient inconnues, mais qui n'en étaient pas moins jolis, et glorifiaient tout autant la voix du Seigneur. L'élément principal de l'office était toutefois le sermon qui expliquait ce jour-là que les chrétiens ne devaient pas recourir à la force, mais seulement employer la parole de Dieu pour instituer les réformes nécessaires, et convaincre les hommes de venir librement à la foi et aux valeurs chrétiennes.

Au demeurant Mme Quentin de Gayrand n'eut pas l'impression de se trouver au milieu de dangereux hérétiques. Les participants se souriaient, semblaient détendus, se donnèrent l'accolade en se séparant. Au fil des semaines Corine prit l'habitude d'accompagner sa famille de temps en temps au prêche, tout en se rendant régulièrement à la messe à Notre-Dame-du-Bourg. Il y avait aussi des dimanches où le couple ne se rendait ni à l'un ni à l'autre. Parfois Quentin ou Claude lisait la Bible à haute voix devant la maisonnée, car les huguenots plaçaient l'autorité suprême dans les Saintes Écritures, chacun se devant de les lire et d'y réfléchir, alors que les catholiques n'avaient accès qu'à des textes transcrits et digérés par les pères de l'Église, et récitaient par cœur des prières en latin auxquelles ils ne comprenaient souvent rien.

L'eucharistie, qui était pour eux la transsubstantiation, ou transformation du pain et du vin en corps et sang de Jésus, devenait chez les protestants la Cène, qui n'était pas célébrée tous les jours, ni tous les dimanches, mais seulement à de grandes occasions : Noël, Pâques, la Pentecôte… Les huguenots pensaient que le Christ était alors véritablement présent parmi eux, mais pas dans le pain et le vin. L'hostie était d'ailleurs remplacée par du véritable pain et les fidèles communiaient sous les deux espèces, le pain et le vin, alors que chez les catholiques le vin était réservé au prêtre.

Outre la Cène, les réformés ne reconnaissaient comme sacrement que le baptême, et la foi seule sauvait, les actes de charité en étaient une conséquence, mais ne faisaient pas en soi mériter le paradis. Il n'y avait pas de confession, ou alors publique et commune, donc pas de confesseur, le fidèle étant en relation directe avec Dieu. Le pasteur n'était pas vénéré comme un personnage à part à l'instar du prêtre, mais simplement comme celui à qui sa formation théologique permettait d'animer la communauté. Chaque père de famille était en puissance un pasteur pour les siens et son devoir était de témoigner de sa foi et de son engagement dans le monde.

Tout cela ne paraissait pas trop choquant à Mlle de Pâquelin. Elle acceptait aussi que les croix soient nues pour éviter le culte des images et l'idolâtrie, et parce que le Christ ressuscité ne pouvait plus être sur la croix. Mais certaines choses étaient plus dures à admettre, comme le fait que le signe de croix soit considéré comme une superstition, les défunts enterrés simplement, sans autre cérémonie que la lecture d'un verset de la Bible et des prières, sans confession ni extrême-onction.

Et surtout, il lui était très difficile de supporter certains sermons très virulents envers le pape, les impôts pour l'Église, les croisades, les vœux monastiques. Ceux-ci en particulier étaient vilipendés, les moines et les nonnes vus comme des parasites de la société, s'adonnant aux ripailles, aux beuveries, aux plaisirs charnels et autres forfaits, ce que ne pouvait cautionner l'ancienne novice de Fonteval, qui pouvait témoigner de la piété, de la chasteté, de l'austérité et de la charité des religieuses.

Elle en avait discuté avec son mari, et si celui-ci admettait volontiers les exagérations du prêcheur, l'enseignement de sa foi était si profondément ancré en lui depuis son enfance, consolidé par les années de combat, que malgré son ouverture d'esprit, il ne pouvait se résoudre à s'ouvrir à la foi ennemie. Et alors que Corine l'accompagnait parfois au prêche, lui ne mettait jamais les pieds à l'église, se contentant de la déposer devant la porte et d'aller rejoindre Henri de Navarre le temps de l'office. S'il se retenait de dire le moindre mal des catholiques devant elle, et ne songeait pas à lui demander de renoncer à sa foi, par simple respect envers sa personne, il avait néanmoins du mal à digérer qu'elle ait pu passer deux ans au couvent, mais ne le montrait pas, de peur de la blesser. Il était fier lorsqu'elle l'accompagnait au temple, et sans doute espérait-il qu'au fil du temps elle se rapproche de la foi protestante.

Elle, de son côté, le faisait par respect pour sa famille et pour les villageois qui appréciaient la présence parmi eux de l'épouse de leur seigneur. Elle s'ouvrait à certaines idées, écoutait ou lisait avec plaisir les versets de la Bible, mais elle ne pouvait renier son éducation ni son passé. Elle aurait souhaité qu'il s'ouvre à sa foi comme elle le faisait à la sienne, mais se rendait bien compte qu'ils resteraient sur ce plan chacun de leur côté de la rive. Sa position en pleine terre huguenote était délicate, et elle savait gré malgré tout à sa belle-famille et à son mari de leur largesse d'esprit qui lui permettait de retrouver de temps en temps à Agen l'odeur des bougies et de l'encens, la beauté des chants en latin et la ferveur des rites qui avaient bercé deux ans de sa vie.

* * * *

Loin de ces états d'âme religieux, l'approche de l'accouchement de Pauline la ramena à des considérations plus terre à terre. Elle appréhendait depuis longtemps l'événement, mais n'avait pu empêcher le ventre de la jeune femme de s'arrondir, ni le terme d'approcher. Elle revivait comme par procuration les moments similaires qu'elle avait vécus à la Possonnière dans un passé à la fois proche et lointain. Elle croyait revoir autour d'elle Catherine et Gautier, Clémence, Hélène et M. de Ronsard. Lorsque les premières douleurs se firent ressentir au matin du 19 août, elle était plus pâle que la parturiente. Elle croyait sentir les contractions et avait envie de crier.

Comme toujours dans ces cas-là, la maîtresse de maison prit les choses en main avec les servantes présentes et renvoya les hommes au rez-de-chaussée, parce que les accouchements étaient affaires de femmes. Elle voulut que Corine l'assistât, mais celle-ci refusa tout net, prétextant ne rien savoir de ces choses-là. Mme de Gayrand insista un peu, mais devant la pâleur et l'angoisse évidentes de la jeune femme, finit par penser qu'il valait mieux pour tout le monde qu'elle reste en bas avec son fils et son gendre, plutôt que de s'évanouir au moment le plus inopportun. Elle marmonna bien un peu contre les demoiselles de la ville et de la Cour qui ne connaissaient rien aux choses de la nature et de la vie, et lui ordonna de s'occuper de la petite Charlotte.

Ce n'était pas une meilleure idée. Elle s'en sentait tout autant incapable. Elle faisait les cent pas dans le salon et paraissait plus inquiète que le futur père. Quentin essaya de la prendre dans ses bras mais elle le repoussa. Charlotte, entendant crier sa mère, se mit à pleurer. Corine n'y tint plus et sortit se réfugier dans le jardin. Elle se revoyait en train d'accoucher, serrant la main d'Hélène et hurlant le prénom de son mari qu'elle croyait mort. Elle se souvenait du visage du petit Pierre, de ses boucles noires qui sortaient du bonnet blanc, elle revivait les visites chez la nourrice, elle entendait les pleurs et les rires de son fils. Elle faisait des efforts désespérés pour ne pas fondre en larmes.

Quentin vint la rejoindre avec sa nièce. Il ne comprenait pas très bien ce qui arrivait à son épouse, pourquoi elle semblait perturbée à ce point. Il croyait deviner qu'elle avait peur, peur que cela ne lui arrive à son tour. Et il se mettait en tête qu'elle n'en avait pas envie. Elle ne voulait pas avoir d'enfant avec lui. Ils n'en avaient jamais parlé ensemble, mais il s'était toujours imaginé qu'un jour des enfants gambaderaient autour d'eux, qu'ils joueraient avec leurs petits cousins de Luzac. Son cœur se serra en la sentant si loin de ses pensées, de ses désirs.

Il s'occupa à distraire l'enfant, à jouer avec elle, à la rassurer. Corine les regardait de loin et elle songeait qu'il ferait un père merveilleux, que le petit Pierre n'avait pas eu la chance de connaître son père, ni son mari de savoir qu'il avait eu un fils, que celui-ci aurait un peu plus de quatre ans aujourd'hui, et qu'il pourrait être là en train de courir avec sa cousine dans le jardin. Elle avait de plus en plus de mal à retenir ses larmes. Quentin tenait la fillette en l'air à bout de bras et la faisait tournoyer. Elle riait. Il sourit à son épouse. Elle lui rendit un faible sourire. Il fallait qu'elle tienne le coup.

Enfin dans l'après-midi, Emeline de Gayrand vint annoncer que c'était une petite fille et que la mère et l'enfant se portaient bien. Ouf! Une fille, se dit Mlle de Pâquelin, elle ne savait pas si elle aurait pu supporter de voir un nourrisson garçon. Ils purent bientôt monter à la chambre, Pauline se reposait et Claude tenait le bébé emmailloté dans ses bras. Il le posa dans ceux de Corine qui ne put esquiver le geste.

— Mon épouse et moi souhaiterions que vous soyez la marraine, dit-il.

Quentin et sa mère souriaient. Corine hésitait, c'était un beau geste, qui la faisait entrer pleinement dans la famille. Mais elle ne se sentait pas capable d'avoir cette responsabilité, d'être proche de cette enfant, de la tenir dans ses bras tout le temps d'une cérémonie.

— Mais… Je suis catholique, dit-elle.

— Il me semble que la reine Élisabeth d'Angleterre a été choisie pour marraine de Marie-Élisabeth, la fille de Charles IX et de son épouse Élisabeth d'Autriche, dit Claude. Si cela ne dérangeait pas celui qui a ordonné la Saint-Barthélemy de donner une marraine huguenote à sa fille, cela ne me dérange pas d'en donner une catholique à la mienne. Ne sommes-nous pas tous chrétiens ?

Corine acquiesça de la tête. Elle ne pouvait refuser. Quentin était déjà parrain de la petite Charlotte. Pauline avait choisi de désigner pour ce rôle auprès de sa seconde fille le vieux Géraud, serviteur fidèle de la famille depuis longtemps, qui les avait pratiquement élevés, son frère et elle, après la disparition de leur père lorsqu'ils avaient quatorze et sept ans. Le vieil homme en fut très ému, et au soulagement de Mlle de Pâquelin, ce fut à lui que M. de Luzac confia deux jours plus tard le soin de porter l'enfant jusqu'au temple.

Corine dut quand même tenir dans ses bras la petite durant la cérémonie, et elle s'en acquitta avec une émotion que les assistants mirent sur le compte de la joie, alors qu'elle songeait avec tristesse au baptême catholique du petit Pierre dans la chapelle de la Possonnière. Il n'y eut ni eau bénite, ni huile sainte, ni signe de croix. Le pasteur lut seulement le passage de l'évangile relatant le baptême de Jésus par Jean-Baptiste, aspergea l'enfant de quelques gouttes d'eau ordinaire et présenta à la communauté assemblée son nouveau membre : la petite Élisabeth Corine de Luzac. Mlle de Pâquelin signa en tremblant le registre de baptême, et, la cérémonie étant essentiellement privée, la famille regagna ensuite le manoir pour un repas amélioré.

* * * *

Dans les jours qui suivirent, Pauline et sa mère essayèrent régulièrement de confier Élisabeth aux bras de sa marraine, mais celle-ci la gardait le moins longtemps possible, la reposait dans son berceau, la regardait de loin comme une intruse, du moins aux yeux des deux femmes, et Corine surprit à nouveau sa belle-sœur affirmant à la cantonade dans la cuisine : « Elle a vraiment un souci avec les enfants ! » De son côté la jeune Mme de Gayrand ne comprenait pas l'enthousiasme de toute la famille autour du nouveau-né auquel elle essayait de ne pas s'attacher. Ils ne savent donc pas que les bébés peuvent mourir et disparaître ? songeait-elle.

Pour essayer de distraire son épouse de son voile de tristesse et d'appréhension, Quentin lui proposa le dimanche suivant de le rejoindre après la messe à la cour d'Henri de Navarre. Corine n'avait pas particulièrement envie de revoir le mari de Margot ni de fréquenter une Cour, mais elle se dit que cela lui changerait les idées et lui éviterait un après-midi entre femmes et enfants.

La cour du roi de Navarre à Agen était fort modeste. Il était entouré d'une poignée de fidèles et de leurs familles, pour moitié catholiques et pour moitié protestants. Cette coexistence entre conseillers des deux confessions n'était pas toujours sans orage. Elle donnait parfois lieu à des altercations violentes qui faisaient mauvais effet.

Le Béarnais par ailleurs ne se positionnait guère religieusement. Redevenu huguenot, il ne fréquentait plus la messe, mais guère le prêche non plus. Il vivait assez simplement en gentilhomme gascon, chevauchant à travers le pays, faisant halte chez les paysans, dînant ou couchant quelquefois chez eux, sans toujours se faire connaître, s'intéressant à leur sort, leurs besoins, leur point de vue, ce qui faisait jaser les élites du royaume. Mais il était pour cela aimé du peuple, qui le surnommait parfois familièrement « Grand Nez », à cause de son appendice nasal développé ou *noste Henric*, notre Henri.

On lui donnait aussi le sobriquet de « meunier de Barbaste », à cause d'un moulin à eau sur la Gélise, qu'il possédait dans ce faubourg de Nérac, près d'un pont de neuf arches dont il percevait le péage. Il aimait s'y arrêter lors de parties de chasse dans ses domaines. C'était une grosse bâtisse fortifiée, construite par des moines cisterciens au XIIIe siècle, qui ressemblait plus à un château qu'à un moulin, avec ses quatre tours d'inégales hauteurs, son pont-levis, ses meurtrières, ses créneaux et ses mâchicoulis. Mais le roi de Navarre, qui était heureux de la vie simple qu'il pouvait enfin mener à sa guise, loin de la surveillance de sa mère, de sa belle-mère, de son épouse et des hommes de main du roi de France, aimait ce surnom familier et allait parfois jusqu'à signer ses lettres : « Henri, meunier de Barbaste. »

Lorsque après une longue journée de chasse, il se contentait dans une chaumière de pain de seigle noir, de fromage et de mauvais vin, il songeait qu'il serait bien que chaque paysan puisse, au moins le dimanche, mettre une poule au pot pour son repas. Amateur de bonne chère, il l'était toujours aussi de belles femmes, et n'ayant plus à sa disposition les demoiselles d'honneur de Catherine de Médicis ou de sa fille, il se rabattait sur les bourgeoises d'Agen ou de Nérac, et les filles de la campagne environnante. On parlait ici d'une boulangère, là de la fille d'un jardinier, ou encore de la femme d'un charbonnier.

Mme de Gayrand n'appréciait guère la réputation du souverain. Lui, de son côté, charmé de voir de nouveaux visages autour de lui, l'accueillit à bras ouverts. Elle vit avec étonnement qu'il s'était laissé pousser une longue mèche de cheveux en toupet derrière l'oreille gauche, et apprit plus tard que d'aucuns la prenaient pour un signe de ralliement.

— Ah ! Ça ! Madame, je finissais par me demander si vous existiez vraiment. Votre époux vous cache, à notre grand déplaisir. Je suis ravi de voir que vous avez retrouvé un conjoint que vous croyiez perdu. J'espère que ces années de couvent n'ont pas été trop dures, pour ma part je n'aurais pu rester enfermé ainsi pendant des mois, à écouter la messe tous les jours. (Des rires fusèrent.) Avez-vous des nouvelles de ma femme ?

— J'en ai, Sire, par personne interposée, mais je suppose que vous avez les mêmes.

— Oui, elle a enfin réussi à se libérer de cette Cour maudite. Mais elle se promène aux Pays-Bas pour son petit frère, au lieu de venir me rejoindre. (Les rires se firent plus gras.) J'espère que lorsqu'elle sera enfin là, vous nous ferez l'honneur et le plaisir de devenir sa dame d'honneur. J'ai besoin de personnes sûres auprès d'elle, pour surveiller les espionnes de la reine Catherine dont elle ne manquera pas d'être entourée, et veiller par la même occasion à sa bonne réputation. (Nouveaux rires.)

Corine lança un regard en biais à son époux. Elle n'avait nulle envie de devenir le chaperon de Margot, ni de se trouver mêlée aux intrigues d'alcôve des souverains de Navarre, tout en étant leur caution de vertu. Lui était gêné, on pouvait difficilement refuser une telle offre, bien qu'il sentît les réticences de sa femme et eût préféré la garder au manoir de Gayrand.

— Sire, dit-elle, je ne souhaite rien d'autre que de mener une vie simple sur les terres de mon mari. J'ai vécu quelques années mouvementées, je n'aspire qu'au repos.

— Gayrand n'est pas loin, et Nérac ou Agen ne sont pas Paris. Mais nous verrons, vous avez encore le temps de réfléchir, la reine, mon épouse, n'a pas l'air pressée de se joindre à nous !

* * * *

La princesse Marguerite en effet avait mis à exécution son projet d'aller prendre les eaux à Spa. Le roi, la reine mère le lui avaient accordé, mais c'était en réalité pour gagner des partisans à son frère adoré François d'Anjou qui nourrissait l'idée de prendre la tête de la Flandre en révolte contre le roi d'Espagne, qu'elle avait entrepris ce périple. Elle pensait user de son prestige de princesse royale pour lui rallier des fidèles, et avait d'ailleurs été magnifiquement reçue par les gouverneurs au service de l'Espagne de différentes villes en Flandre, Hainaut et pays de Liège.

Après la vie de recluse et d'ennemie surveillée qu'elle avait vécue au Louvre, ce voyage avait été pour elle une vraie délivrance, et elle l'avait fait durer le plus possible, de juillet à septembre. Elle était partie accompagnée d'une douzaine de demoiselles d'honneur, de plusieurs seigneurs, dignitaires religieux, écuyers et serviteurs. Cette compagnie n'était pas discrète et fut admirée partout où elle passait. La princesse voyageait en litière vitrée, doublée de velours rouge à bordures d'or, suivie de deux autres litières, six carrosses, des chariots, une vingtaine d'hommes et de femmes à cheval.

Elle passa par la Picardie, où elle fut aussi reçue avec les honneurs, puis par Cambrai, alors ville de Flandre, Namur, où elle rencontra Don Juan d'Autriche, fils illégitime de l'empereur Charles Quint, gouverneur des Pays-Bas au nom de son demi-frère le roi Philippe II d'Espagne depuis 1576. C'était lui qui avait dirigé la flotte espagnole lors de la fameuse victoire de Lépante sur la flotte turque en octobre 1571. Il y avait acquis gloire et ambition, et se battait maintenant pour contenir la rébellion protestante.

Corine avait eu connaissance du voyage de Margot par Hélène de Surgères, et avait été émue de découvrir que la princesse était restée huit jours à Mons où les dames de la région lui avaient réservé un accueil chaleureux. Il lui était douloureux de songer que la reine de Navarre se distrayait sur des terres où elle n'avait plus le droit d'aller, du fait de l'ostracisme de son père.

La princesse rencontrait nombre de seigneurs catholiques, qui rejetaient l'autorité de Don Juan et de l'Espagne, mais ne voulaient pas s'allier au prince d'Orange, à la tête des huguenots. Ils voyaient d'un bon œil l'idée qu'un fils de France puisse prendre possession de la Flandre. Margot en profitait pour leur vanter les qualités de son frère, « nourri aux armes, un des meilleurs capitaines de son temps, d'un naturel doux, non ingrat, ayant de plus la France, un si grand royaume, à sa dévotion ».

Elle se rendit à Liège par bateau sur la Meuse et y fut reçue en grande pompe par l'évêque. Cette ville n'était située qu'à trois ou quatre lieues de Spa, et la ville d'eau n'étant qu'un petit village, ces dames préférèrent demeurer à Liège, et se faire apporter chaque jour les eaux de Spa, qu'on faisait voyager de nuit avant le lever du soleil, pour garantir leur vertu. Durant six semaines, la princesse passa là d'agréables moments, étant comme au centre d'une Cour à elle seule dédiée. Des princes et princesses venaient la voir d'Allemagne, elle allait de concerts en festins ou bals, organisés pour elle par l'évêque de Liège ou ses chanoines.

Elle revint par Huy et Dinant, où sa troupe fut un peu chahutée par les bourgmestres ivres qui fêtaient leur élection, et d'où elle fuit par bateau les troupes de Don Juan qui voulaient la ramener à Namur. Elle ne voulait pas être mêlée à la guerre qui avait repris entre le gouverneur des Pays-Bas et les États révoltés. Elle atteignit La Fère entre Saint-Quentin et Laon où, enfin en terre française, elle fut rejointe par son frère le duc d'Anjou.

Il se plaignit à elle d'être toujours maltraité par le roi et ses hommes, comme au temps de M. du Guast, sans aucune reconnaissance pour ce qu'il avait accompli à la tête de l'armée royale. François soupçonnait encore le roi Henri de s'être repenti d'avoir permis à Margot de faire ce voyage, et de lui avoir joué un mauvais tour, en avertissant Don Juan de ses tractations avec les États pour son frère le duc d'Anjou, et en montant les protestants des Pays-Bas contre elle, parce qu'elle travaillait pour François qui avait trahi les huguenots de France en les combattant, après les avoir assistés l'année précédente.

Dans cet état d'esprit de complots entre frères, Margot en avait oublié qu'elle avait demandé ce voyage au départ pour fuir la Cour et rejoindre son mari. Elle passa près de deux mois à La Fère avec François d'Anjou, tous deux heureux de vivre dans cette intimité amicale, loin de leur mère et des hommes du roi. Elle lui fit un compte-rendu des contacts qu'elle avait pris pour lui aux Pays-Bas et des gentilshommes de ce pays vinrent les rejoindre pendant leur séjour pour l'assurer de leurs services et même lui promettre la citadelle de Cambrai et plusieurs autres villes, voire tout le Hainaut et l'Artois.

Le frère et la sœur créèrent au château de La Fère une véritable vie de cour, avec festins et fêtes somptueuses, aucun d'eux n'étant pressé de rejoindre Paris, où d'ailleurs la Cour n'était pas. Le seul regret de Margot était que le beau Bussy se trouvait à Angers, pour tenir la province au nom du duc d'Anjou. Mais elle remarqua dans la suite de son frère un jeune écuyer du nom de Champvallon, qui n'était encore qu'un jouvenceau, beau comme un dieu grec, poète au regard rêveur…

Pendant ce temps, le roi Henri III, la reine Catherine de Médicis et toute la Cour avaient passé l'été à Poitiers, où le souverain voulait demeurer pour être au plus près de l'armée qui assiégeait Brouage, et se rapprocher de la Gascogne et d'Henri de Navarre dans le cadre des négociations de paix. Le 17 septembre 1577, la paix fut enfin signée à Bergerac. On l'appela « la paix du Roi », par opposition à la précédente « paix de Monsieur ». Elle fut promulguée par l'édit de Poitiers, qui restreignait l'ancien édit de Beaulieu.

Le culte réformé était limité à des lieux déterminés : les villes et bourgs que les protestants occupaient avant la dernière reprise des combats et qu'ils possédaient encore au 17 septembre, et dans les faubourgs d'une ville par bailliage ; l'autorité royale était proclamée partout, le culte catholique rétabli sur tout le territoire et les deux ligues, la protestante de Condé, la catholique du duc de Guise, officiellement dissoutes. Les huguenots perdaient aussi la moitié des chambres mi-parties dans les Parlements, et dans celles qu'ils conservaient, ils ne représentaient plus la moitié des membres, mais un tiers seulement. Néanmoins l'essentiel était sauf : la liberté de conscience, et la réhabilitation des victimes de la Saint-Barthélemy. François de Châtillon, fils aîné de l'amiral de Coligny, était nommé par le roi gouverneur de Montpellier.

Le siège de Brouage fut levé, la cour de France regagna Paris, et Margot et François se sentirent obligés de faire de même. Le roi, la reine Louise, et la reine mère, accompagnés d'une grande partie de la Cour, vinrent à leur rencontre à Saint-Denis, ce que la princesse Marguerite vécut comme un grand honneur et un signe d'amitié. Par acquit de conscience, et puisque la paix était faite, elle demanda ensuite l'autorisation d'aller rejoindre son mari. La reine Catherine et le roi Henri III lui affirmèrent que c'était une très bonne idée, sa mère lui promit de l'accompagner, son frère de lui fournir des subsides pour son voyage, tout comme ils écoutèrent François leur parler de son projet de Flandres, présenté comme un accroissement du pays tout à l'honneur de la France.

Bien sûr, tout cela n'était que politesse et vaines promesses, les souverains n'avaient acquiescé que pour empêcher le frère et la sœur de comploter, comme ils se doutaient bien qu'ils l'avaient fait à La Fère. Ils firent traîner les choses plusieurs mois, et si le duc d'Anjou s'agaçait, la princesse Marguerite n'insista pas trop, le retour de Louis de Bussy d'Amboise à la Cour la comblant sur le plan de la virilité plus que n'avait su le faire le jeune Champvallon. Les amants se cachaient à peine : Bussy, grisé par ses fortunes à la guerre et la confiance de son maître, redoublait d'audace dans ses démonstrations d'amour pour sa maîtresse reconquise, et dans ses rodomontades envers les mignons du roi, ce qui n'allait pas tarder à lui causer quelque souci.

De son côté, le roi de Navarre avait passé le mois de septembre à Bergerac jusqu'à la signature de la paix. Nombre de ses partisans lui reprochaient de ne pas s'être assez investi dans les derniers combats et étaient outrés qu'il ait accepté cette paix qui leur était plus défavorable que la précédente. Agrippa d'Aubigné se brouilla avec son maître, quitta son service, et se retira sur ses terres.

⋆ ⋆ ⋆ ⋆

Au manoir de Gayrand non plus, les termes du traité n'avaient guère été appréciés, mais toute la maisonnée aspirait à la paix. Claude de Luzac ne souhaitait que passer du temps avec sa fille nouveau-née et sa petite famille, Quentin de Gayrand ne désirait que choyer son épouse retrouvée. Les vendanges avaient commencé et le pressoir avait été terminé à temps. Il servait non seulement aux vignes seigneuriales, mais à tout le village, et aux terres environnantes, dont les vignerons venaient tour à tour apporter leurs hottes pleines de raisins, laissant un dixième du jus produit en paiement.

Pour la fin des vendanges, était prévue une fête, comme chaque année après la dernière grappe pressée. Quentin avait voulu donner une ampleur particulière à celle-ci pour fêter le nouveau pressoir, le retour de son épouse, la naissance de sa nièce. Tout le village devait se rassembler l'après-midi du premier dimanche d'octobre, autour du bâtiment du pressoir, les charrettes de la vendange ornées de branches fleuries et de rubans, les jeunes filles et les fillettes portant des couronnes de fleurs. Des musiciens seraient réunis, on allait danser, manger des gâteaux et du raisin, le vin nouveau allait couler à flots. Toute la famille se faisait une joie de s'y rendre, les occasions de se distraire étant rares dans les puritains villages huguenots. La vendange, fruit du travail de toute une année, faisait exception.

Corine n'avait guère envie d'y aller. Il faisait chaud. La foule des vendangeurs ne l'attirait pas. Les odeurs du raisin s'empilant dans les paniers, du jus fermentant déjà dans la cuve au pressoir, sous la chaleur, l'importunaient depuis plusieurs jours. Elle se sentait nauséeuse et aurait préféré rester chez elle. Mais Quentin avait insisté : le village attendait l'événement, tous espéraient voir la famille du manoir au grand complet, en particulier l'épouse du seigneur, qui n'était là que depuis quelques mois. Elle avait encore besoin de s'intégrer à la communauté, de leur prouver qu'elle se souciait d'eux, et d'exposer aux yeux de tous l'union familiale.

Il ne plaisait pas trop à la jeune Mme de Gayrand d'être ainsi un objet de curiosité. Mais pour faire plaisir à son mari, elle prit son bras et suivit le reste de la famille qui avait pris les devants. À peine fut-elle arrivée sur le lieu des festivités qu'elle la vit, juchée sur une charrette, entourée de jeunes gens, vêtue d'une toge blanche à l'antique maculée de vin, une couronne de fleurs de travers sur la tête, riant à gorge déployée : Jeannette, ivre morte. Avant même qu'elle n'ouvre la bouche, Corine sentit une nausée monter, et ce qu'elle entendit ne fit qu'empirer les choses. Son mari, de son côté, avait blêmi et froncé les sourcils.

— Ah ! Voilà enfin Messire Quentin, clama la jeune femme d'une voix éraillée. Comme il a l'air triste... N'empêche, quand il était avec moi, il était beaucoup plus gai !

L'assistance se tut, les regards, y compris ceux de sa famille, convergèrent vers M. de Gayrand. Avant qu'il ait eu le temps de dire quoi que ce soit, la jeune libertine poursuivait :

— Et qu'est-ce qu'elle attend pour te donner un fils, ta femme ? Ah ! Mais c'est vrai, elle n'aime pas les enfants...

C'en fut trop pour Corine qu'un haut-le-cœur plus violent poussa à s'enfuir aussitôt. Quentin hésita un instant, puis décida de lui emboîter le pas. Elle courait presque sur le chemin rocailleux.

— Corine, attends, ne t'en va pas. C'est ce qu'elle cherche justement, à provoquer le scandale, à te pousser à bout et moi aussi. Il faut y retourner, faire comme si de rien n'était. Tout le monde oubliera alors ce qu'elle a dit, prendra ses mots pour les paroles d'une femme soûle, tandis que si tu t'enfuis…

Elle s'arrêta, se retourna vivement et lança violemment, avec l'intention de blesser :

— Mais tu ne peux donc pas faire taire ta garce ?!

Cela fit son effet. Il s'immobilisa, son visage se décomposa, ce qu'elle mit à profit pour poursuivre son chemin d'un pas rapide. Elle sentit qu'il ne la suivait pas, ralentit, finit par s'arrêter. Son cœur battait à tout rompre. Au loin la musique et les conversations avaient repris, la famille devait essayer de faire bonne figure. Elle savait qu'il aurait fallu y retourner, mais elle n'en avait pas la force. Elle regarda en arrière, il semblait comme paralysé, la dévisageait d'un air si triste.

Elle avait conscience qu'elle lui avait fait mal, qu'il espérait beaucoup de cette journée, qu'il y avait beaucoup travaillé, mais est-ce qu'elle était obligée de subir cela ? Elle revint légèrement sur ses pas. Il attendit le prochain coup bas sans rien dire, comme englué dans son désespoir, s'attendant à des paroles de rupture, de rejet.

— Est-ce que tu te rends compte qu'elle vient d'annoncer à tout le village que j'étais une femme trompée ? dit-elle encore en colère. Est-ce que tu as vu le regard de ta mère ? De ta sœur ? Même Claude t'a subitement toisé comme si tu étais un agneau changé en loup !

— Je sais, dit-il d'une voix faible. Je suis désolé… Je ne pouvais pas l'empêcher de parler… Mais je t'en prie, nous devons y retourner ensemble, c'est le seul moyen d'effacer ses propos. Si nous apparaissons là-bas, unis, personne ne la croira…

— Et cette histoire selon laquelle je n'aime pas les enfants… Elle tient ça d'où ? Ta mère… ? Ta sœur… ?

— Tu ne vas pas t'imaginer… Elles ne lui auraient jamais raconté ça… Elles n'ont jamais rien su de… ma relation avec…

— Je les ai bien entendues en parler dans les cuisines, moi ! Du fait que j'avais un problème avec les enfants !

— Les cuisines... Oui, bien sûr... Écoute, il y a une jeune fille qui travaille aux cuisines au manoir, c'est la cousine de Jeannette, c'est sûrement elle qui... Elle a dû entendre et... Ma mère n'aurait jamais... Je t'en prie, viens avec moi...

Il lui tendait la main.

— Je n'y retournerai pas. J'ai envie de vomir.

— Je comprends que tu éprouves du dégoût...

— Non, tu ne comprends pas. Je ne me sentais pas bien, déjà avant. Je te l'avais dit, je ne voulais pas y aller.

— Est-ce que tu es malade? dit-il plein de sollicitude. Veux-tu que j'aille chercher un médecin à Agen?... Ou bien... Il y a une femme, au village, qui connaît des tisanes...

Elle l'interrompit, et toujours en colère, lança un peu brutalement:

— Je ne suis pas malade, je suis seulement enceinte!

Il blêmit, chancela, et s'assit sur un rocher au bord du chemin. Elle ne s'attendait pas à cette réaction. Elle pensait que cela l'aurait rendu heureux. Mais elle le voyait ébranlé.

Elle aussi était bouleversée, par la scène qui venait de se passer avec Jeannette, et plus encore par la phrase assassine concernant l'absence d'un fils. Elle avait immédiatement pensé à son enfant disparu, et les souvenirs des symptômes de sa première grossesse lui avaient sauté au visage. Elle avait pris conscience de son état et cela l'affolait. Elle ne savait pas comment elle arriverait à gérer ce nouvel enfantement sans avoir à l'esprit en permanence la souvenance de sa grossesse précédente, de la naissance de son fils, de sa mort.

Cela la terrifiait. Mais elle croyait pouvoir compter cette fois sur l'appui de son mari. Elle lui avait lancé cette phrase comme par défi, en réponse à la pique de son ancienne maîtresse. Elle n'allait pas tarder à comprendre pourquoi il avait l'air si abattu.

— À la façon dont tu en parles, dit-il d'une voix blanche, cela n'a pas l'air de te faire plaisir... Tu ne veux pas de cet enfant, n'est-ce pas ? Et je sais bien pourquoi… parce que cela te lierait définitivement à moi… Lorsque je t'ai retrouvée cet été, je t'ai demandé de me suivre en te promettant que dans quelques semaines, quelques mois, je te laisserai partir si tu le désirais… Nous y sommes. Tu ne veux pas demeurer avec moi à Gayrand, et tu ne veux pas de cet enfant parce que tu penses qu'il va t'empêcher de me quitter…

Sa voix tremblait. Corine ne répondit rien tellement elle était abasourdie. Il se leva avec difficulté, avança vers elle.

— Je ne te retiendrai pas, dit-il les larmes aux yeux.

Il approcha la main de son ventre, et la retira avant de la toucher.

— Est-ce que tu vas le garder ?

— Quoi ? dit-elle les yeux embués également. Je ne comprends pas…

— Je sais bien que les demoiselles d'honneur, avec la vie qu'elles mènent parfois, doivent connaître des moyens pour… ne pas enfanter. Nous-mêmes, soldats, nous connaissons des plantes qu'on donne parfois aux juments pour qu'elles ne poulinent pas lorsqu'on en a besoin à la guerre.

Elle ouvrit des yeux horrifiés.

— Tu n'es pas en train de suggérer… que je pourrais… tuer notre enfant ?!

Il lut dans ses yeux sa méprise. Il était complètement perdu.

— Je pensais… je croyais… que c'était ce que toi tu voulais…

— Comment peux-tu… ? Comment oses-tu… ? Ses lèvres tremblaient de colère, mais elle vit son désarroi. Elle se calma et se blottit contre lui.

— Oh ! Quentin !

Il la serra dans ses bras et lui murmura à l'oreille :

— Est-ce que tu vas me quitter ?

Elle sentit ses larmes sur son épaule.

— Est-ce que tu veux retourner à l'abbaye ?... À la Cour ?... À Blois ?... En Hainaut ?...

— Non, non... non et non, murmura-t-elle à son tour. Mon Dieu quand vas-tu cesser de te torturer avec cela ? Je te l'ai déjà dit cet été. Je n'ai jamais voulu te quitter, ni il y a des années ni aujourd'hui. Je suis en colère et blessée parce que cette femme existe, et à cause de ce qu'elle a dit. Mais je t'aime, je n'ai jamais cessé de t'aimer. Arrête de te faire du mal !

— Alors c'est la vie à Gayrand qui ne te plaît pas ? La proximité de ma mère, de ma sœur et de sa famille ? On peut s'installer à Agen si tu veux, ou à Nérac, où tu voudras... Si tu me dis « à la cour d'Henri III », ce sera très dur pour moi, mais j'irai. Je ne veux pas te perdre.

— Tu n'as pas entendu ce que j'ai dit ? Tu n'es pas en train de me perdre. Et j'aime vivre avec toi au manoir. Je ne veux pas m'installer en un autre lieu, et à la cour de France encore moins qu'ailleurs. Je voudrais seulement que ta sœur se mêle un peu moins de mes états d'âme et que cette maudite Jeannette disparaisse de ma vue. Bien sûr que j'ai envie d'avoir des enfants avec toi...

Il la serra un peu plus contre lui.

— Tu m'étouffes, attention !

Il s'écarta et regarda vers son ventre.

— Et tu es sûre que... ?

— J'en suis sûre.

— Comment peux-tu en être sûre ? Tu devrais peut-être consulter une matrone du village.

— Une femme sait ces choses-là, dit Corine qui ne pouvait avouer que ce n'était pas la première fois qu'elle ressentait ses symptômes. Car au vu de la réaction de son mari et de sa suspicion à son égard, qu'aurait-il dit en apprenant qu'elle avait déjà eu un enfant et qu'il était décédé. Peut-être irait-il jusqu'à imaginer qu'elle avait été satisfaite de sa disparition, ou elle ne savait quelle autre horreur... Peut-être que ce serait lui, alors, qui voudrait la quitter. Leur relation semblait encore si fragile, puisqu'il avait pu penser que la scène de cette femme ivre pouvait la faire fuir et rejeter jusqu'au fruit de leur amour.

— Pardonne-moi, dit-il. J'ai eu si peur après ce qui s'est passé à la fête, et la façon dont tu m'as parlé… Et puis tu n'avais vraiment pas l'air de te réjouir de ton état…

— J'étais seulement terrifiée… Et j'étais sous le coup de la colère… Elle m'a tellement fait mal, d'abord en annonçant à tous votre relation, puis en prétendant que je ne voulais pas te donner d'enfant, alors que justement…

Il la serra à nouveau dans ses bras.

— Elle ne recommencera plus, je te le promets, dit-il d'une voix sourde. Mais pourquoi es-tu si effrayée ?

— Tu ne sais pas tout ce que j'ai vécu dans le passé… essaya-t-elle. Il… y a eu des drames autour de moi… des bébés sont morts… Et puis je pense souvent à la duchesse de Lorraine, qui a péri en mettant au monde ses petites jumelles, et à cette pauvre princesse de Condé, qui est morte en couches elle aussi…

— Il ne faut pas penser à tout cela. Des milliers de femmes ont des enfants sans que cela se passe mal. Ma sœur en a eu deux sans problème. Cela ne nous arrivera pas.

Cela nous est déjà arrivé, songea Corine en se mettant à pleurer doucement sur son épaule. Il lui parla tendrement à l'oreille en la berçant dans ses bras.

— Tout va aller bien, je te le promets. Je serai là auprès de toi.

Oui, pensa-t-elle, ce serait différent. Elle n'aurait pas à vivre sa grossesse dans la solitude comme la première fois. Mais cela ne l'empêchait pas d'être terrorisée. Et si ça recommençait ? Si l'enfant naissait et mourait ? Elle ne savait si elle s'en remettrait.

— Est-ce que je peux l'annoncer à la famille ? demanda-t-il.

— Pas tout de suite, s'il te plaît. Gardons cela un peu pour nous. Je n'ai pas envie d'entendre les réflexions des unes et des autres, les « je vous l'avais bien dit que ce serait bientôt votre tour », « vous verrez quand ceci... ou cela... ».

— Entendu.

Il lui caressa les épaules.

— Je dois y retourner.

— Je n'en ai pas la force. Je t'en prie, trouve une excuse, dis que je suis souffrante, même s'ils ne te croient pas, cela m'est égal. J'ai besoin de me reposer, je rentre à la maison.

— D'accord, dit-il en l'embrassant. Je te rejoins bientôt.

Il s'éloigna sur le chemin. Elle attendit un peu, hésita à le suivre. Elle entendit la musique s'interrompre à son arrivée, il devait être en train de prononcer des mots d'excuses sur son absence. Puis elle reconnut la voix de Jeannette sans comprendre ce qu'elle disait, mais elle perçut parfaitement le bruit de la gifle qui suivit et la voix de son mari qui tonnait :

— Je veux que tu disparaisses immédiatement de mes terres et que tu n'y remettes plus jamais les pieds !

* * * *

Dans les jours et les semaines qui suivirent, M. de Gayrand se montra on ne peut plus attentif et protecteur envers son épouse. Sa famille supposait que c'était pour se faire pardonner sa faute avec Jeannette. Pauline avait interrogé son mari pour savoir si c'était vrai et s'il était au courant de quelque chose. Mais celui-ci ne savait rien, et le doute planait sur la maisonnée, on se demandait si la fille n'avait pas menti. Quoi qu'il en soit les malaises et les haut-le-cœur de Mlle de Pâquelin se poursuivaient, les femmes ne seraient pas dupes très longtemps, et le jeune couple se résolut à en expliquer la raison.

Comme elle l'avait prévu, Corine eut droit aux cris d'extase, aux promesses de bonheur, aux conseils inévitables, puisque c'était « la première fois »... Elle s'efforça de les subir avec le sourire, mais restait tendue, accrochée à ses craintes et à la culpabilité de son silence. La révélation de sa grossesse eut au moins un avantage, elle fit taire les rumeurs au village. La garce de service avait forcément menti puisque la châtelaine attendait un enfant, ce qui prouvait, d'une part, qu'elle ne les avait pas en horreur, et, d'autre part, que son couple était solide. Cela clôtura l'épisode Jeannette qui, vaguement honteuse, et surtout désavouée, ne revint plus au village.

La vie chez les Gayrand reprenait un cours normal. Certes, ils avaient dû laisser tomber leurs longues balades à cheval, leurs courses au galop, leurs roulades dans l'herbe. À la place, ils se promenaient à pied, main dans la main. Quentin était très attentionné, toujours vaguement inquiet devant l'attitude craintive de son épouse et le voile de tristesse qu'il sentait parfois glisser sur elle. Sa mère lui avait dit qu'elle avait entendu parler de grossesses où la future mère vivait ainsi son état dans une sorte de langueur mélancolique, mais elle avouait n'en avoir jamais rencontré qui en étaient atteintes à ce point.

Pour faire plaisir à sa femme, M. de Gayrand lui avait fait la surprise de l'accompagner pour la Toussaint à la messe à Agen. Cette fois il avait pénétré dans l'église et était demeuré à l'office, quoi qu'il lui en coûtât de devoir supporter les rituels en latin et la célébration de l'eucharistie, empreinte pour lui de superstitions. Il avait l'impression de trahir sa foi et la cause pour laquelle il s'était toujours battu. Mais il voulait prouver à son épouse qu'il savait être présent pour elle et la soutenir jusque dans ses choix religieux. Et puis ne l'accompagnait-elle pas parfois au prêche ? Il ne voulait pas demeurer en reste. Corine savait que cela lui avait coûté beaucoup et elle n'en appréciait que plus le geste. Lui, de son côté, qui n'avait jamais assisté à un office catholique auparavant, trouva que finalement ce n'était pas si monstrueux que cela, et que les assistants semblaient en retirer une certaine sérénité, malgré tout ce charabia de prières en latin qu'il ne comprenait pas. Il renouvela l'expérience pour la messe de minuit de Noël.

Mlle de Pâquelin avait annoncé sa grossesse par lettres à Clémence et à Hélène de Surgères qui s'en étaient réjoui toutes les deux. Elle leur avait aussi fait part de ses craintes et toutes deux avaient essayé de la rassurer et l'avaient incitée à parler du petit Pierre à son mari, mais elle n'y arrivait toujours pas.

À Paris, la vie suivait son cours : Margot s'amusait avec le beau Bussy, tout en gardant un œil discret sur le jeune Champvallon qui lui écrivait des vers. Henri III se distrayait avec ses mignons et la reine Catherine avec la politique. Le roi avait ordonné la construction et posé la première pierre d'un nouveau pont sur la Seine, à la pointe de l'île de la Cité, non loin du Louvre[1]. La reine Louise suivait en vain des cures et des pèlerinages dans l'espoir de donner un héritier au trône. Le duc d'Anjou s'impatientait à propos de son affaire des Flandres, et il se murmurait que le duc de Guise recrutait également des troupes pour les Pays-Bas, mais dans le but, lui, de soutenir l'Espagne contre les protestants ou tout autre ennemi.

Le Béarnais quant à lui, toujours empêché d'entrer dans Bordeaux, pourtant capitale de son gouvernement de Guyenne, poursuivait sa vie errante de gentilhomme gascon. Il avait passé le mois d'octobre à Agen, et novembre à Nérac, à quelques lieux à l'ouest, qu'il aimait particulièrement parce qu'il y avait passé une partie de son enfance. Puis il avait décidé d'hiverner à Lectoure, petite ville un peu plus au sud, où il s'installa de décembre 1577 à février 1578. Les Gayrand pouvaient donc couler des jours tranquilles au manoir, loin de la cour de Navarre, et dans la douceur de l'hiver agenais.

---

1. Il s'agit du Pont-Neuf, qui sera terminé seulement en 1607.

XXXII. Flore

Effrayée par la découverte de sa grossesse, Mlle de Pâquelin s'efforçait de faire bonne figure et de cacher sa nervosité, tant aux femmes de la maison qu'à son mari. Mais Pauline et sa mère se rendaient bien compte qu'elle fuyait les conversations sur son état et qu'elle continuait à prendre avec réticence sa filleule dans ses bras. Mme de Gayrand mère était inquiète pour son futur petit-enfant et tenta à plusieurs reprises de s'en ouvrir à son fils. Mais celui-ci ne voulait rien entendre et la priait de laisser son épouse tranquille.

Il n'en était pas moins conscient que quelque chose clochait et que Corine semblait lui cacher les raisons profondes de son attitude. Mais il avait encore trop peur de la blesser et la faire fuir pour oser la questionner davantage. Et il souhaitait pour son bien-être que le reste de la famille en fasse autant. La jeune femme voyait bien son comportement protecteur et l'appréciait à sa juste valeur. Elle essayait de se détendre, de profiter de la quiétude de la vie au manoir et de la tendresse de son époux.

Elle avait été particulièrement émue de le voir l'accompagner à la messe de minuit. Noël avait été un moment difficile et elle avait besoin de sa présence réconfortante. En cette période de fêtes centrée sur la famille et la naissance du fils de Dieu, elle ne pouvait s'empêcher de penser qu'il manquait quelqu'un autour de la table, et que son fils à elle n'était plus. Elle se souvenait de décembre 1573, lorsqu'elle avait été lui rendre visite en Touraine, pour le seul Noël qu'elle ait jamais passé avec lui. C'était alors un joli poupon de huit mois, joufflu, rieur, et en pleine santé. Rien ne laissait présager qu'il allait disparaître moins d'un an plus tard. Comment aurait-elle pu être autrement que sur sa réserve, lorsqu'elle voyait la famille s'extasier sur la vigueur de sa nièce et filleule Élisabeth, qui allait sur ses quatre mois.

Les premières semaines de l'année 1578 furent un peu plus sereines. Corine s'épanouissait, en février elle entra dans son cinquième mois de grossesse. Les nausées avaient disparu depuis longtemps, Quentin était toujours aussi affectueux, et elle appréciait la douceur de l'hiver dans le Midi après avoir connu les rigueurs hivernales en Hainaut et à Paris. De la Cour leur parvenaient des nouvelles qui tournaient le plus souvent autour des duels des mignons avec les hommes du duc d'Anjou ou ceux des Guise. Les rivalités des factions étaient toujours aussi fortes, et se réglaient dans le sang. M. de Bussy, surtout, se sentait persécuté, mais on devait à la vérité de dire qu'il le cherchait bien parfois.

Il provoquait délibérément les hommes du roi en les traitant ouvertement de « troupe de bélîtres[1] parfumés, frisés, trop attifés ». Les Caylus, Saint-Luc, Guiche, Saint-Mégrin, Grammont, Livarot, Arques de Joyeuse, Maugiron… se relayaient en duels ou attaques assassines contre le favori du duc d'Anjou. M. de Caylus en particulier le détestait au point de vouloir l'assassiner. Le roi envoyait parfois l'armée séparer les duellistes de peur que l'on ne trucidât ses chers amis. Ce qui faisait ricaner Bussy davantage : les mignons avaient besoin d'être protégés par la troupe ! Pour se venger, ceux-ci n'avaient pas hésité à attaquer l'amant de la princesse Marguerite chez lui, se battant à coups de feu, à coups d'épée, à coups de meuble dans sa maison…

1. Terme péjoratif ancien signifiant homme de rien, coquin, sot, cuistre.

Ils ne s'en prenaient pas seulement à Bussy, mais aussi à son maître le frère du roi, en paroles seulement toutefois. Ainsi au mariage de M. de Saint-Luc, un des leurs, les mignons étaient fort nombreux. Pour ne pas risquer de nouveaux esclandres, le duc d'Anjou préféra ne pas y paraître, et Margot de même, pour qui les ennemis de Bussy étaient aussi ses ennemis. Catherine de Médicis, qui craignait un affrontement de ses deux fils, incita François à rejoindre le bal des noces en fin de soirée, pour ne pas trop vexer le souverain. Là, les mignons, Maugiron en tête, se moquèrent ouvertement de lui, disant qu'il n'était apparu qu'aux ténèbres parce que c'était des heures où il pouvait cacher sa laideur et sa petite taille !

Le duc d'Anjou quitta le bal furieux, et pour éviter d'autres embrouilles avec les amis de son frère, résolut de se rendre à Saint-Germain-en-Laye sous le prétexte de parties de chasse avec ses hommes. C'était compter sans la fourberie des mignons qui firent croire au roi que ce départ soudain était suspect et que Monsieur menait certainement un complot contre lui. Au petit matin, avant même le lever du soleil, dans ses habits de bal froissés, peut-être encore sous l'effet du vin bu à la fête, Henri III se rua chez sa mère pour lui signifier qu'il allait faire arrêter son frère et perquisitionner ses coffres et armoires. On assista à nouveau à une scène digne de la comédie italienne, où la reine mère en alarme, ayant à peine enfilé un manteau sur sa chemise de nuit, suivit dans les couloirs du Louvre le souverain furieux, essayant de le raisonner.

On monta un étage, le roi donna des coups sur la porte, François fit ouvrir et reçut une bordée d'injures et d'accusations qu'il ne comprenait pas. Henri III commanda à ses archers d'emporter les coffres de son frère et d'arrêter ses valets. Il fouilla lui-même le lit, y trouva une lettre qu'il crut être la révélation du complot, et qui n'était qu'une lettre d'amour de Mme de Sauves. Tout le monde criait, le roi, la reine mère… Le duc d'Anjou pleurait, suppliait, Bussy se moquait et fanfaronnait. Finalement, n'ayant rien trouvé, et encore plus en colère de cette défaite, le souverain fit mettre aux arrêts son frère dans ses appartements, par la garde écossaise.

Le lendemain, la reine mère envoya quérir tous ses vieux conseillers, les princes, les maréchaux de France, et tous se montrèrent scandalisés de ce que le roi avait fait à son frère et héritier du trône, sur les méchants conseils de jeunes gens avinés et vindicatifs. Ils se rendirent en délégation avec la reine Catherine chez le roi et surent lui représenter quelles mauvaises conséquences pouvaient avoir les actes de la nuit précédente.

Henri III, colère tombée et vin digéré, consentit à ouvrir les yeux et pria sa mère d'arranger tout cela, de trouver un moyen de réconcilier son frère et ses amis, et même Bussy et Caylus. Catherine de Médicis se rendit dans les appartements de son fils cadet, que la garde écossaise évacua aussitôt, et lui dit qu'elle n'avait jamais eu aussi peur de sa vie, qu'elle avait été à deux doigts de ne rien pouvoir arranger, et qu'il devait bien comprendre que si le roi était de telle humeur sur de simples imaginations, il fallait absolument ne pas le provoquer. Mais au contraire aller le trouver, lui dire qu'il ne lui en voulait point, qu'il avait même oublié.

Apeuré par les derniers événements, ayant autrefois déjà connu la prison au donjon de Vincennes, François promit tout, y compris que Bussy ferait la paix avec Caylus. Les deux frères se réconcilièrent devant toute la Cour, chacun avançant de belles paroles de pardon, de dévouement et d'amitié. La reine mère les prit tous deux par la main et les fit s'embrasser fraternellement. Puis le roi demanda à M. de Bussy de finir sa brouille avec M. de Caylus et de l'embrasser aussi publiquement. Toujours gouailleur et fanfaronneur, le bras droit du duc d'Anjou s'avança, étreignit son ennemi, l'embrassa à pleine bouche, le serra contre lui et lâcha : « Ah ! Sire, rien que cela ! S'il vous plaît que je le baise[1], j'y suis tout disposé ! » L'assistance pouffa et le roi lui-même ne put s'empêcher de rire.

Après cette scène de tragi-comédie, chacun demeura néanmoins sur sa position : François de Valois et sa sœur Marguerite pleins de rancune envers le roi et ses mignons pour cet affront public, Henri III plein de méfiance envers son frère, le faisant surveiller par ses hommes, plaçant des gardes aux portes pour l'empêcher de sortir du palais. À ce régime le duc d'Anjou ne tint que cinq jours. Le 15 février 1578, avec la complicité de sa sœur, et par une nuit sans lune, il s'évada du Louvre par une corde depuis la fenêtre de la chambre de Margot, descendit les deux étages jusque dans les fossés du château, rejoignit Bussy qui l'attendait à l'abbaye Sainte-Geneviève, adossée au rempart, où il avait fait creuser un trou pour sortir de Paris. De là ils s'enfuirent à Angers, terre de son apanage.

La princesse Marguerite fit brûler la corde dans la cheminée de sa chambre, joua le lendemain les étonnées, et ne fut pas inquiétée. D'Anjou, François écrivit à son frère qu'il ne voulait rien tenter contre lui ni le royaume, mais seulement préparer le nécessaire pour son entreprise de Flandres. Catherine de Médicis alla rejoindre son fils dans la capitale angevine pour tenter de le ramener. François accueillit dignement sa mère, lui offrit bals et festins au château d'Angers, mais demeura ferme sur ses résolutions, et en mars la reine mère rentra seule à Paris.

Margot avait beaucoup perdu à ce départ. Non seulement elle avait pris des risques en organisant cette évasion, mais avec le départ de son frère, elle perdait au Louvre son meilleur ami et son plus fidèle soutien. De plus elle voyait partir avec lui son bras droit Louis de Bussy d'Amboise, mais aussi son écuyer Jacques de Harlay de Champvallon. Se sentant soudain bien seule, elle se rappela qu'elle avait un mari, et demanda une fois de plus à le rejoindre. Sa mère le lui promit pour l'été.

1. Terme ancien pour dire embrasser, néanmoins, l'allusion de M. de Bussy à d'autres mœurs n'en demeure pas moins.

De leur côté, les mignons, qui ne pouvaient plus s'attaquer à Monsieur et à ses amis, tournèrent leur fougue contre le duc de Guise et les siens. Le dimanche 27 avril 1578 à cinq heures du matin, sur la place du Marché-aux-Chevaux près de la forteresse de la Bastille, eut lieu un terrible combat entre trois hommes du roi : Caylus, Maugiron et Livarot, et trois hommes des Guise : Ribérac, Schomberg et Charles de Balzac d'Entragues. Celui-ci se battit ardemment, à l'épée et à la dague, et fut le seul à s'en sortir avec de légères égratignures à la main et au bras. De ses compagnons, le jeune Schomberg décéda sur-le-champ pendant le combat, Ribérac mourut de ses blessures le lendemain.

Chez les hommes du roi, Livarot, blessé à la tête, fut hospitalisé six semaines et resta estropié à vie. Mais ce furent surtout les deux favoris d'Henri III, Maugiron et Caylus, qui eurent à pâtir du combat. Le premier fut tué sur place, le second, blessé dix-neuf fois, agonisa pendant trente-trois jours, et mourut dans les bras du roi. Ainsi furent vengés de leurs affronts, sans avoir à lever la main, le duc d'Anjou et M. de Bussy. On dit que dans ses derniers soupirs, Jacques de Caylus ne songeait ni à sa mère ni à Dieu, mais n'avait que ce mot à la bouche : « Mon roi ! Mon roi ! »

Le souverain ne l'avait pas quitté une seconde et en conçut un immense chagrin. Il fit prélever des mèches de cheveux de ses amis morts et les porta sur lui dans des reliquaires d'or et de diamant. Il leur fit élever de magnifiques tombeaux dans l'église Saint-Paul et leur organisa des funérailles en grande pompe, conduites par les reines Catherine et Louise en personne. Toute la Cour dut prendre le deuil, et Margot et ses dames, le duc de Guise et ses hommes ricanèrent bien fort de voir ainsi l'épouse d'Henri III et sa mère mener publiquement le deuil de son amant préféré.

★ ★ ★ ★

Toutes ces nouvelles n'agitèrent point trop la vie tranquille de M. et Mme de Gayrand en leur manoir. En revanche, il en est une qui émut particulièrement Corine en avril. Ce fut l'annonce de la mort, le 2 du mois, au château d'Amboise, de la jeune Marie-Élisabeth de France, fille de Charles IX et d'Élisabeth d'Autriche. Elle avait toujours été de santé fragile, comme son père, et n'était âgée que de cinq ans et demi. Sa mère qui, depuis la mort du roi Charles, vivait auprès d'elle à Amboise, se retira alors dans son pays natal, auprès de son frère l'empereur Rodolphe II, qui avait succédé à son père Maximilien II en 1576.

Le roi Philippe II d'Espagne, qui était à nouveau veuf de la propre sœur de l'ancienne reine de France, la demanda en mariage, mais elle refusa, argumentant sur leur lien de parenté (il était à la fois son oncle et son beau-frère) et sur « les cendres honorables du roi son mari qu'elle ne voulait violer par un second mariage ». Elle fit bâtir à Vienne en Autriche le monastère de Sainte-Claire où elle entra comme religieuse, et termina sa vie quatorze ans plus tard, à trente-huit ans, en odeur de sainteté, ayant écrit un ouvrage de piété et consacré les deux tiers de ses revenus aux pauvres.

La famille de Gayrand ne comprenait pas très bien pourquoi Corine était bouleversée à ce point par la mort de cette petite princesse méconnue vivant dans un château lointain. Ils ignoraient qu'elle avait vécu sa première grossesse en même temps que la reine Élisabeth et Marie Touchet, la maîtresse de Charles IX, vivaient la leur, les naissances des trois enfants étant proches les unes des autres. Le décès de la petite princesse la ramenait inexorablement à celui de son enfant, d'autant que la période à laquelle la nouvelle leur parvint, fin avril, correspondait aussi à l'époque où elle avait vu son fils pour la dernière fois en avril 1574. Et songer à la fois à cette dernière visite, et aux décès des deux enfants, lui était très pesant.

D'autant qu'après avril venait mai et un autre anniversaire, celui de la naissance du petit Pierre. La journée du

4 mai lui parut sans fin. Elle ne pouvait s'empêcher de revivre heure par heure son accouchement. Elle prit le parti de s'isoler le plus possible ce jour-là. Son mari était désemparé, d'autant qu'il devait subir les regards appuyés de sa mère et de sa sœur qui lui criaient que ce comportement n'était pas normal.

Le lendemain, Corine, qui avait peu dormi et était très pâle, lui fit promettre de ne pas la quitter une seconde pendant qu'elle mettrait leur enfant au monde, ce qui était prévu dans un peu plus d'un mois. Quentin, qui la sentait terrorisée, promit tout ce qu'elle voulut, bien qu'à cette époque il ne fût pas de bon ton qu'un homme assistât à ce genre d'événement, domaine réservé des femmes, qui se devaient de préserver les mystères de la naissance.

Ce n'était pas tant l'accouchement que craignait la jeune femme, mais le sort futur réservé au nourrisson. Ses craintes étaient multiples. Au tout début, elle avait peur que l'enfant ne meure comme le premier, peur de l'aimer et d'en souffrir, elle essayait de s'en détacher comme elle le faisait pour les autres enfants de la maisonnée. Puis elle avait peur de trahir Pierre en aimant cet autre petit. Enfin elle avait peur de ne pas être capable de l'aimer parce qu'elle pensait trop à son aîné, et craignait que l'enfant ne pâtisse de son manque d'affection. Elle avait peur de l'aimer et peur de ne pas l'aimer, peur de le voir vivre et peur qu'il ne meure. À cela s'ajoutait toujours cette culpabilité d'avoir tu l'existence de Pierre et de cacher quelque chose d'aussi important à son mari et à sa famille. Le poids du secret était aussi lourd que celui de la peur.

* * * *

Elle aurait voulu que le temps s'arrête, mais il s'écoulait inexorablement vers la date fatidique. Dans l'après-midi du 15 juin elle perdit les eaux, ce qui déclencha le branle-bas de combat chez les femmes de la maisonnée. On la conduisit immédiatement dans sa chambre et on tenta vainement de cantonner les hommes au rez-de-chaussée.

— Quentin ! Quentin tu m'as promis ! s'écria Corine.

— Mon fils, tu ne vas pas rester ici ! protesta Mme de Gayrand. Ce n'est pas la place des hommes, l'enfantement est affaire de femmes !

Le pauvre Quentin était pris entre deux feux, entre la promesse faite à sa femme et le respect dû à sa mère.

— Je t'en prie, suppliait la jeune femme.

— Tu ne peux pas, tu ne dois pas, s'indignait la mère.

— Mère, j'ai promis, je reste.

— Mais enfin, un homme ne doit pas assister à... certaines choses...

— Je vous en prie, ma Mère, je ne suis pas ignare des fonctionnements de la nature, j'ai vu des animaux mettre bas, j'ai même aidé des juments à pouliner, et la guerre m'a habitué à la vue du sang.

— Tu ne vas tout de même pas comparer l'enfantement humain à celui des animaux, et il ne s'agit pas de n'importe quelle femme, mais de la tienne. Tu ne peux pas la voir dans cet état-là...

— J'ai promis, je reste, décréta M. de Gayrand, qui n'en était pas moins inquiet de ce à quoi il allait assister, sans vouloir le montrer.

— Très bien, mais tourne-toi, ne regarde pas, pesta sa mère.

Il haussa les épaules et s'assit sur le lit, face à son épouse, lui prenant les deux mains. Elle lui lança un regard reconnaissant et lui serra les doigts comme pour le retenir, être sûre qu'il ne changerait pas d'avis. Elle se souvenait avoir étreint, lors de son premier accouchement, les mains de son amie Hélène, tout en hurlant le nom de Quentin. Cette fois il était là, cette fois tout serait différent, il le fallait.

Pauline repoussa doucement son mari vers la sortie et les escaliers, et Claude, qui ne demandait pas mieux, alla attendre au salon en faisant les cent pas, comme aurait dû le faire aussi le futur père. Celui-ci tressaillit au premier cri de douleur. Il avait beau avoir connu plusieurs guerres, vu des hommes mourir autour de lui, avoir été blessé gravement lui-même, c'était autre chose, et sur ce point sa mère avait raison, c'était autre chose que de voir la personne qu'on aime se tordre de douleur et de sentir ses ongles s'enfoncer dans sa chair à chaque contraction. Il n'imaginait pas que donner la vie fût un aussi dur combat.

La parturiente transpirait abondamment et il n'était pas en reste, il ne sentait plus ses doigts, triturés par la future mère. Mme de Gayrand l'avait prévenu d'être patient, car « c'était toujours un peu long la première fois », et il dut retenir un cri, tellement sa femme s'était agrippée à lui en entendant ces mots. Pauline essayait de rassurer sa belle-sœur de sa voix douce. Elle lui épongeait le front et celui de son frère par la même occasion. À une contraction plus forte, il regarda en arrière et vit les draps rosir de sang. Il pâlit et sa mère lui intima de se retourner immédiatement ou de sortir sur-le-champ.

Il n'avait guère envie de montrer à son épouse son visage inquiet, mais quand les draps devinrent franchement rouges, il comprit qu'il valait mieux obéir. À peine entendit-il l'aïeule s'étonner de la rapidité de l'arrivée de l'enfant « pour un premier ». Lui avait l'impression que cela avait duré des heures. Puis il entendit des pleurs aigrelets et sa mère prononcer les mots « c'est une fille ». Il vit sa femme se détendre, rire et pleurer à la fois. Corine poussa un long soupir de soulagement. Une fille ! Et dire qu'elle n'avait même pas songé à cette éventualité. Une fille, merci mon Dieu ! Cela allait simplifier grandement les choses, éviter les comparaisons, et le visage d'un petit être se superposant à celui-ci.

Quentin, ému, embrassa fougueusement son épouse, puis, dans la joie et l'épuisement, se laissa enfin chasser de la chambre pour que les femmes puissent procéder à la toilette de la mère et de l'enfant, au changement des draps, afin que la présentation officielle du nourrisson se fasse dans les règles de l'art, après cet accouchement si peu académique. Tout juste eut-il le temps d'apercevoir une petite masse rougeâtre et vagissante, qu'il se retrouva au pied de l'escalier dans les bras de Claude de Luzac.

— Eh bien ! dit celui-ci en le félicitant, encore une fille ! Décidément cette maison semble dédiée à la gent féminine. Pas trop déçu de ne pas avoir d'héritier ? Comment te sens-tu ? Tu as l'air bien pâle.

— Mon ami, je crois franchement que je préfère les champs de bataille ! dit-il en riant. Fils ou fille, cela m'est bien égal. Tout ce qui compte c'est que la mère et l'enfant se portent bien. Corine m'a fait si peur pendant sa grossesse. Elle n'était vraiment pas elle-même.

La nuit était déjà avancée lorsque les deux hommes reçurent l'autorisation de monter. La jeune mère reposait dans des draps frais. Un berceau de bois sculpté et peint aux armes des Gayrand avait été placé à côté du lit. L'esprit de Corine erra sur les armoiries qu'elle avait peu vues jusqu'à présent. Il lui semblait qu'au-dessus de la porte du manoir, elles étaient à moitié effacées par le temps, le vent et la pluie qui avaient rongé la pierre. La famille faisait peu de cas de son ancienneté et d'un passé sans doute glorieux, tout accaparée par l'histoire récente et les conflits religieux qui l'avaient bouleversée ces vingt dernières années, après la conversion des parents au calvinisme.

L'écu parlait pour eux, portant sur un fond de gueules, rappelant les couleurs de la Navarre, que les Gayrand servaient depuis des générations, une croix d'or, signe qu'un ancêtre avait fait les croisades. Cette première partie était surmontée d'une bande d'argent ornée de trois pampres de sinople[1], montrant que la fortune familiale provenait essentiellement d'un vignoble réputé. D'ailleurs le reste du berceau était décoré d'entrelacs sculptés de sarments, de feuilles de vigne et de grappes. Le regard de

1. Dans l'héraldique, science des blasons, gueules est la couleur rouge, or le jaune, argent le blanc et sinople le vert, les pampres sont des branches de vigne avec feuilles.

Mlle de Pâquelin s'attardait sur les reliefs de bois comme pour éviter de se porter sur la nouveau-née étroitement emmaillotée qui reposait dans le petit lit.

Elle sourit à son mari qui entrait et s'approchait. Mme de Gayrand mère souleva le poupon et le posa dans les bras de son fils qui le regarda avec étonnement et émerveillement. Délicatement, il posa la petite fille auprès de sa mère. C'est alors qu'elle les vit : les petites mèches noires qui sortaient du bonnet. Oui, c'était une fille, elle était certes plus petite et plus menue que Pierre, mais elle avait les mêmes cheveux que son père et que son frère. Elle lui ressemblait terriblement, et Corine, qui s'était un peu détendue à l'annonce de la naissance de la fillette, sentit ses angoisses remonter.

* * * *

Elle avait à peine dormi quelques heures, seule au milieu du grand lit conjugal, Quentin assoupi dans un fauteuil à ses côtés, pour mieux la laisser se reposer et veiller en même temps sur elles deux. Elle fut réveillée au petit matin par les chuchotements de sa belle-mère à son mari.

— Tu devrais aller prévenir le pasteur, pour le baptême.

— Le pasteur ? Mais, je ne sais pas si…, répondit-il en jetant un œil à son épouse qui avait toujours les paupières closes.

— Tu ne vas quand même pas aller chercher un prêtre à Agen ?!

— Je ne sais pas… À vrai dire, nous n'en avons jamais parlé…

— Eh bien, vous devriez ! fit la grand-mère en fronçant les sourcils.

Il la raccompagna doucement vers la porte avant de revenir vers Corine qui ouvrit les yeux.

— Bonjour, dit-il tendrement en s'asseyant au bord du lit. Comment vas-tu ?

— J'ai l'impression qu'un carrosse m'a roulé dessus !

Il sourit et lui prit la main.

— Il y a une chose dont nous n'avons pas encore parlé…, dit-il d'un air gêné. Ma mère me presse de faire baptiser l'enfant…

Elle se souvenait qu'à la Possonnière, Catherine et ses amies l'avaient aussi poussée à procéder rapidement au baptême de son fils. Elle n'était donc pas étonnée. Elle savait ce qui allait suivre et voyait l'embarras grandissant de son époux. Pour sa part, elle avait déjà pris sa décision, mais voulait d'abord voir ce qu'il allait lui proposer. Elle le laissa donc s'embrouiller dans son discours, attendrie par ses précautions.

— Dans des mariages comme le nôtre…, commença-t-il, il y a plusieurs possibilités… Parfois le couple décide que l'aîné aura la religion du père, le second celle de la mère, et ainsi de suite en alternance… Parfois on choisit de donner aux fils la religion du père et aux filles celle de la mère…

— Parfois le chef de famille impose sa religion à tous ses enfants, dit-elle.

Il demeura silencieux un moment, comme torturé par sa conscience. Il jeta un coup d'œil au bébé endormi et soupira.

— Je ferai ce que tu voudras, dit-il le cœur serré.

— C'est vrai ? Malgré ta famille ?

Il acquiesça silencieusement. Il tenait toujours sa main dans la sienne.

— Tu peux aller prévenir le pasteur, dit-elle.

— Tu es sûre ? s'étonna-t-il.

Elle en était sûre. Concernant le petit Pierre, né dans un milieu catholique, au lendemain de la Saint-Barthélemy, sans son père pour le protéger et le guider, il n'y avait eu qu'une solution possible, pour sa propre sécurité. À l'égard de cette petite fille, née dans un village huguenot, entourée de toute une famille calviniste, cela lui paraissait tout aussi clair, afin qu'elle ne soit pas montrée du doigt parmi les siens. Et puis, pour ce que le baptême catholique avait réussi à son frère…

Elle lut sur le visage de Quentin le soulagement et la reconnaissance. Elle lui sourit et ils s'embrassèrent.

— Il faut encore choisir un prénom, dit-il.

Les protestants avaient l'habitude d'adopter des prénoms issus de la Bible, pour marquer leur attachement aux Écritures, et plus particulièrement de l'Ancien Testament, pour se différencier des catholiques qui vouaient leurs enfants à la protection d'un saint, en choisissant un parrain ou une marraine eux-mêmes voués à ce saint.

— J'aimerais un prénom qui ne paraisse ni trop catholique ni trop huguenot, de façon qu'elle puisse évoluer au sein des deux communautés sans trop se faire remarquer, dit Corine, et qui soit en rapport avec ce que nous aimons : la vie à la campagne, la nature…

Après quelque réflexion, Quentin proposa Flore qui lui paraissait suffisamment sorti du contexte, et tout à la fois joli et poétique à porter pour une fillette. Son épouse approuva avec plaisir, d'autant que ses souvenirs des litanies des saints récitées au couvent lui rappelaient que Flore avait été une grande sainte espagnole du IXe siècle, ce qui calmait sa culpabilité religieuse. Ils se mirent aussi d'accord pour choisir comme parrain Claude de Luzac, lui parce qu'il était son meilleur ami, elle parce que c'était grâce à lui qu'ils étaient réunis. Et tout naturellement, Pauline de Gayrand, épouse de Claude et sœur de Quentin, fut élue comme marraine. Le 18 juin au prêche fut donc baptisée la petite Flore Pauline de Gayrand.

Les premiers jours, elle pleurait beaucoup, et il fallut se rendre à l'évidence que sa mère n'avait pas assez de lait. Cela ne l'étonnait guère, car tel avait déjà été le cas pour son fils. Mme de Gayrand mère décréta que « c'était normal pour un premier-né ».

Est-ce qu'elle ne va donc jamais se taire avec ses « premiers » ? songea Corine.

Sa belle-sœur, qui allaitait encore sa fille Élisabeth née en août de l'année précédente, se proposa d'allaiter

Flore en complément, mais annonça qu'il faudrait bientôt trouver une nourrice.

— Non, pas de nourrice ! s'écria Mlle de Pâquelin. Je ne veux pas qu'on l'envoie en nourrice. Quentin, non ! Je t'en prie, il ne faut pas !

— Calmez-vous ma fille, intervint sa belle-mère. Il n'est pas question d'éloigner votre enfant, mais de faire venir une nourrice du village au manoir. Pauline n'aura bientôt plus assez de lait non plus.

Le moment de panique de la jeune Mme de Gayrand avait surpris tout le monde, d'autant qu'elle ne paraissait pas couver tant que cela la jeune Flore. Mis à part pour l'allaitement, la petite semblait être plus souvent dans les bras de sa grand-mère, de sa tante, ou même de son père que dans ceux de sa mère. Corine faisait des efforts désespérés pour paraître détendue, mais c'était comme si elle avait peur que l'enfant ne se brise dans ses bras, ou ne disparaisse tout à coup du berceau. Parfois elle s'enfermait dans la chambre, seule avec elle, et n'osant pas l'approcher, elle pleurait en la regardant de loin, comme un reproche vivant venu la hanter du passé.

Quentin se désespérait de l'attitude de son épouse. Autant il avait pu concevoir ses craintes de l'accouchement, de la survie du bébé, autant là, devant cette enfant en bonne santé, il ne comprenait plus les peurs, la tristesse, et le comportement de retrait de sa compagne. Il sentait bien qu'elle lui taisait quelque chose, mais ne parvenait pas à deviner quoi. Parfois, lorsqu'il croisait son regard, il croyait y lire le désarroi, à d'autres moments la culpabilité, et il ne savait quel comportement adopter envers elle.

Il cherchait à compenser la froideur de la jeune mère en prenant souvent sa fille dans ses bras. Le chevalier, l'homme de combat, fondait devant ce petit être fragile. Il lui parlait doucement, lui racontait tout et rien, l'emmenait se promener aux endroits où il allait auparavant avec son épouse. Elle les regardait à distance, heureuse de voir que son enfant pouvait bénéficier des gestes de tendresse dont elle se sentait incapable, émue de voir son mari jouer son rôle de père, triste comme toujours qu'il n'ait pu le faire pour Pierre.

Elle pensait que les choses allaient s'arranger avec le temps, mais il lui semblait que c'était toujours pire. Juillet passa sans apaiser son tourment. Un soir elle s'effondra en larmes dans sa chambre. Quentin la prit dans ses bras. Il lui demanda en vain ce qu'elle avait, l'assurant que cela ne pouvait être si grave et qu'elle pouvait tout lui dire. Mais elle ne savait que se blottir contre lui et se taire.

En même temps elle sentait que la confiance qu'il avait en elle commençait à s'ébranler, et il lui était de plus en plus difficile d'affronter les regards suspicieux de sa belle-mère et de sa belle-sœur. Elle aurait tant voulu avoir ses amies auprès d'elle pour la réconforter, mais Hélène était retenue par son service auprès de la reine mère à Paris, et Clémence, à Blois, était à nouveau enceinte, d'un enfant attendu pour janvier 1579, et ne pouvait sans risque traverser la moitié de la France sur des routes cahoteuses. Toutes deux, dans leurs lettres, lui enjoignaient de tout avouer à son mari, mais Corine ne se sentait toujours pas de force.

* * * *

Tout aux prises avec leurs soucis familiaux, les Gayrand étaient du moins éloignés des tracas politiques du moment. Le service du roi de Navarre occupait peu Quentin, son souverain s'attardant toujours sur les routes du pays, à défaut de prendre effectivement son gouvernement de Guyenne. Après avoir passé l'hiver à Lectoure, le Béarnais avait séjourné en mars à Mazères et à Pamiers, puis s'était installé en avril-mai à Nérac. En juin il avait fini par s'établir à Montauban, une des principales places fortes protestantes.

Le Sud du pays n'était guère en paix. Nombre de chefs protestants n'avaient pas baissé les armes. Des troupes couraient la campagne, terrorisaient les provinces, particulièrement en Languedoc, où les villages brûlés, les fermes désertées et ruinées étaient légion. Le comte de Damville, gouverneur de la province, peinait à maintenir la paix. Le roi Henri III aurait voulu le faire remplacer par le maréchal de Bellegarde, et lui offrir à la place le gouvernement de Saluces au-delà des Alpes, dans le Piémont italien. Une belle manière de l'éloigner, mais Damville avait refusé. Le roi de France devait encore composer avec Châtillon, le fils de l'amiral de Coligny, qu'il avait nommé gouverneur de Montpellier, mais qui, au lieu de pacifier la région pour le roi, refusait de désarmer et soutenait en sous-main la rébellion protestante. C'était l'anarchie.

Aussi Catherine de Médicis décida-t-elle de se rendre elle-même dans le Midi afin d'y ramener la paix. Elle comptait pour cela sur l'appui de son gendre Henri de Navarre, et puisqu'il réclamait sa femme de longue date, elle entreprit de conduire enfin la princesse Marguerite à son époux. Le départ était prévu pour le mois d'août, mais auparavant, elle avait encore quelques soucis à régler avec son fils François.

Le duc d'Anjou avait envoyé M. de Bussy d'Amboise au mois de juin aux Pays-Bas, pour négocier ses services avec les États des provinces protestantes du pays. Ceux-ci cherchaient une aide étrangère depuis qu'ils avaient été vaincus au combat, au début de l'année, par les troupes catholiques espagnoles de leur gouverneur Don Juan d'Autriche, à la bataille de Gembloux. La reine Catherine envoya aux premiers jours de juillet la princesse Marguerite à son frère à Alençon, pour tenter de le dissuader de cette entreprise. En vain, et pour cause. Margot n'était-elle pas celle-là même qui l'été précédent avait gagné au duc d'Anjou l'adhésion des seigneurs du Hainaut qui maintenant réclamaient son intervention ?

La princesse, après de brèves retrouvailles avec son amant Bussy, dont l'amour semblait se muer désormais en amitié, revint donc bredouille, et à la mi-juillet François d'Anjou partit à la tête d'une armée de jeunes nobles avides de combattre l'Espagne, recrutés parmi les soldats sans emploi, et comprenant de nombreux calvinistes. En chemin ils pillèrent les campagnes et s'emparèrent de Mons, où le duc d'Anjou s'installa, prit le titre de « défenseur de la liberté », et d'où il écrivit aux principales villes du pays qu'il venait combattre pour leur cause.

Son équipée, qui prit Binche, Maubeuge et une partie du Hainaut, déplaisait fortement aux puissances catholiques, et mettait dans l'embarras le roi Henri III et la reine Catherine. Le pape Grégoire XIII lui-même jugeait cette action irréfléchie, et lui envoya en député extraordinaire un archevêque pour tenter de mettre un terme à une situation qui risquait de mener à une guerre entre les deux plus grandes puissances catholiques du moment : la France et l'Espagne. La république de Venise et le duc de Savoie lui dépêchèrent également en ce sens des ambassadeurs. Mais François d'Anjou recherchait trop les honneurs et un royaume à gouverner pour renoncer à son entreprise utopique. Il demeura donc à Mons.

Mlle de Pâquelin était désolée de voir à nouveau sa région natale au cœur d'un conflit entre Français et Espagnols. Elle se demanda si le manoir ancestral avait subi des dommages et comment pouvait bien réagir son père, puis se rendit compte qu'elle ne lui avait même pas écrit pour le prévenir qu'elle avait quitté l'abbaye, retrouvé son mari, et eu une petite fille. Mais à quoi bon ? S'il avait continué à la renier alors qu'elle vivait au couvent, il était bien inutile de lui faire savoir qu'elle demeurait désormais au sein d'une famille huguenote et que c'était un pasteur qui avait baptisé la fillette… Une page était définitivement tournée.

Néanmoins le passé semblait la rattraper. Bientôt Catherine de Médicis et sa fille seraient là, et avec elles le cortège des demoiselles d'honneur. Si Corine était ravie de revoir son amie, la douce Hélène de Surgères, elle n'était pas enchantée de voir le monde de la Cour réapparaître dans sa vie. Et avec lui le défilé des souvenirs de tout ce qu'elle avait vécu à Paris, sur les bords de la Loire, ou ailleurs. Les deux reines s'étaient mises en route le 2 août, accompagnées par le roi jusqu'à six lieues au sud de la capitale, où le frère et la sœur se quittèrent sans montrer de chagrin, le cœur au contraire chacun plein de rancune.

La reine mère et sa fille prirent le chemin des écoliers et musardèrent en route, visitant villes et manoirs, s'intéressant à l'architecture et aux arts, trouvant portes closes parfois, méfiance ou hostilité. La reine Catherine faisait fi du confort, s'installait où elle pouvait, donnant toujours l'ordre d'accrocher un portrait du roi, convoquant les notables, discutant, écoutant, charmant et subjuguant son auditoire. Les ponts-levis se baissaient alors, les villes offraient leurs clés, les édiles, même huguenots, étaient impressionnés. Ce ne fut que le 18 septembre qu'elles arrivèrent à Bordeaux, où les échevins leur firent une fastueuse réception.

Depuis leur entrée en Guyenne d'ailleurs, chaque ville avait offert un accueil royal à la reine de Navarre, dont le mari était officiellement gouverneur de la province. Elle faisait son entrée sur un cheval blanc, parée souvent d'une robe rouge ou orangée couverte de broderies, et recevait les compliments des autorités civiles et religieuses. Elle leur répondait avec grâce et éloquence, et le peuple venait en masse admirer sa beauté et sa science de la repartie.

Dans la cité bordelaise, les deux souveraines furent déçues de ne pas trouver Henri de Navarre. C'était oublier un peu vite que le Béarnais n'avait jamais pu y faire son entrée, le gouverneur catholique de la ville, le maréchal de Biron, lui en ayant toujours refusé l'accès. Catherine se rendit compte que les choses ne seraient pas si simples et qu'il fallait prendre en considération les ardents et les aigris des deux partis. Elle comptait heureusement sur son « escadron volant » pour adoucir les négociations.

Les Gayrand voyaient se rapprocher de Nérac et d'Agen un monde d'intrigues et de querelles dont ils se seraient passés. Peu de temps avant le départ des deux reines, un nouveau drame s'était joué à Paris entre les mignons d'Henri III et les Guise. M. de Saint-Mégrin, homme du roi, voulait venger la mort de Maugiron et Caylus. Il trouva que le meilleur moyen était de courtiser la duchesse de Guise, pensant ainsi attenter à l'honneur du duc en personne. Celui-ci ne parut pas s'offenser d'être traité en cocu par les persiflages et rumeurs de la Cour. Mais son jeune frère, le duc de Mayenne, vit rouge, et dans la nuit du 18 juillet 1578, lava dans le sang l'honneur de la famille. Il fit attaquer M. de Saint-Mégrin à la sortie du Louvre par une troupe d'une trentaine de spadassins qui l'égorgèrent proprement. On ne put rien prouver, mais le roi en conçut une nouvelle rage contre le duc de Guise, qu'il tint personnellement pour responsable de cette nouvelle perte.

Au manoir de Gayrand, on espérait que ces mœurs de brigands n'allaient pas suivre la Cour jusqu'en Navarre.

* * * *

Au fur et à mesure que la Cour se rapprochait d'elle, Corine de Pâquelin se sentait de plus en plus mal. Elle faisait des cauchemars. Elle se revoyait au Louvre la nuit de la Saint-Barthélemy, elle s'y voyait au printemps 1575 découvrant les lettres qui lui annonçaient la mort de son fils. Ses relations avec sa fille n'allaient pas mieux, et elle sentait son mari doucement s'éloigner d'elle. Elle n'en pouvait plus de faire souffrir les deux êtres qu'elle chérissait le plus au monde, et finit par se demander s'il ne valait pas mieux les perdre, pour que loin d'elle ils puissent être heureux.

La fête des vendanges approchait et elle voyait se profiler à l'horizon un fiasco semblable à celui de l'automne précédent. Jeannette n'était plus là et c'était elle qui cette fois allait tout gâcher. Elle s'était résolue enfin à tout avouer à son époux, quitte à être chassée loin du manoir. Par un après-midi encore chaud de fin septembre, après avoir longuement regardé sa fille dormir dans son berceau, comme si c'était la dernière fois qu'elle la voyait, elle embrassa l'enfant sur le front et sortit à la recherche de son mari, comme si elle marchait à l'échafaud.

Elle le trouva où elle pensait, assis dans l'herbe à un endroit où ils avaient passé beaucoup de temps ensemble, pour des moments de joie et de tendresse, avant la naissance de leur fille, où il venait souvent seul avec Flore désormais, sans savoir qu'elle les épiait à distance. Au loin résonnaient les rires et les exclamations des vendangeurs, qui n'avaient pas fini leur journée de travail. Quentin de Gayrand n'était pas avec eux comme à son habitude. Il était assis là, songeur et solitaire, triturant un brin d'herbe innocent. Elle s'approcha et lui posa une main sur l'épaule. Il sursauta, vit sa pâleur et son air triste.

— Il faut que je te parle, dit-elle.

— Je sais ce que tu vas me dire, dit-il en baissant la tête.

— Non, tu ne sais pas.

— Si, je sais... Tu vas me dire que tu veux partir... Je vois bien que tu n'es pas heureuse ici, que cette vie ne te convient pas. Tu vas profiter du séjour de la reine Catherine pour la rejoindre et reprendre ton service auprès d'elle.

Corine était tellement surprise, qu'elle ne répondit d'abord pas.

— Est-ce que tu vas laisser l'enfant? poursuivit-il. Ou est-ce que tu vas l'emmener?

Sa voix se brisa, il retenait ses larmes.

— Quentin, je n'ai aucune envie de quitter le manoir, encore moins de retourner à la Cour, je t'assure, dit-elle, émue. Mais après ce que je vais te dire, c'est probablement toi qui ne voudras plus de moi et qui voudras me chasser loin d'ici.

— Je ne comprends pas...

Elle fit quelques pas. Il se leva et s'approcha d'elle.

— Cela fait tellement longtemps que j'aurais dû te le dire. Mais je n'y arrivais pas...

Elle étouffa un sanglot.

— C'est si difficile... Pourtant je n'en peux plus de porter le poids du secret... Et je vois bien que je vous fais du mal à toi et à la petite...

Elle pleurait. Il mit la main sur ses épaules, la tourna vers lui.

— Pour l'amour du ciel, que se passe-t-il ?

— Je... Je ne t'ai pas tout dit sur mon passé.

Elle le regardait à travers ses larmes, ne sachant si elle allait arriver à poursuivre. Qu'est-ce qu'il pouvait bien y avoir de si terrible ? pensa-t-il. Un autre homme ?

— Je...

Elle respira profondément.

— Fl... Flore... Flore n'est pas...

Est-ce qu'elle allait dire que Flore n'était pas sa fille ? Il cogitait à toute vitesse, essayant d'évaluer la possibilité : quand aurait-elle pu... Qui ? Mais avant qu'il ait eu le temps d'aller au bout de ses pensées, cela sortit tout d'un coup, et lui explosa comme une bombe à la figure.

— Flore n'est pas... mon premier enfant.

— Quoi ?

Après le choc initial, il essaya de comprendre quand elle avait pu avoir un enfant. Elle avait à peine dix-neuf ans lorsqu'ils s'étaient rencontrés. Après leur séparation ? Avant le couvent ? C'était comme si elle lisait dans ses pensées et suivait son raisonnement. Elle l'empêcha de se fourvoyer un peu plus.

— Flore n'est pas... notre premier enfant, reprit-elle.

— Comment ?

Cette fois il semblait que l'information ne parvenait pas complètement à son cerveau. Il avait entendu les mots, mais ils n'avaient pas de sens. Il la fixait d'un air ébahi.

— J'ai déjà été enceinte, précisa-t-elle.

— Mais... Quand ?

— Après la Saint-Barthélemy, répondit-elle dans un souffle. Je t'ai déjà dit que j'avais été malade après cette nuit-là. Que j'avais eu des fièvres, des nausées. Au début j'ai mis cela sur le compte de l'horreur des massacres. Mais les tueries avaient cessé et les nausées continuaient… Et puis j'ai rencontré Marie… Marie Touchet, la maîtresse de Charles IX. Elle m'a annoncé qu'elle portait l'enfant du roi, elle m'a décrit les symptômes… Et j'ai compris… j'ai compris que j'attendais un enfant. Je me suis souvenue que j'avais déjà des nausées avant, que je les avais mises sur le compte des excès de nourriture aux noces de Margot et du roi de Navarre…

— Mais… Pourquoi est-ce que tu n'as rien dit ? Quand nous nous sommes retrouvés l'an passé, pourquoi ne m'en as-tu pas parlé ?

— Parce que j'avais peur. Les choses semblaient si difficiles entre nous. Tu venais de me dire que tu m'avais détestée parce que tu croyais que j'étais retournée dans ma famille, et ensuite parce que j'étais entrée au couvent. Alors qu'aurais-tu pensé si je t'avais dit que j'avais été enceinte et que je n'avais pas su garder le bébé en vie. Est-ce que tu allais seulement croire que c'était ton enfant ? Je venais à peine de te retrouver, j'avais tellement peur de te perdre…

— Mais après ? Pendant tout ce temps, pourquoi ne m'as-tu rien dit ?

— Je t'avais menti, ou plutôt je t'avais caché la vérité. J'avais si peur que tu ne sois fâché, que tu ne te mettes en colère et que tu ne me rejettes. Mais je n'en peux plus de garder ce secret. Cela me ronge de l'intérieur depuis des mois… Je me sens tellement coupable ! Je te demande pardon…

Il la prit dans ses bras et la serra contre lui. Elle ne s'attendait pas à cette réaction.

— Ma pauvre chérie, dit-il. Comme tu as dû souffrir. Je comprends mieux pourquoi tu avais peur d'être enceinte. Mais tu aurais dû tout me dire. Pourquoi t'en aurais-je voulu ? Ce n'était pas ta faute. Et dire que je n'étais même pas là pour te soutenir. C'est plutôt toi qui étais en droit de m'en vouloir. Mais si j'avais su que tu étais enceinte, je serais revenu par tous les moyens…

— Si j'avais su que tu étais vivant, tout se serait passé différemment...

— Alors la Saint-Barthélemy nous a aussi pris cela ? Elle a manqué me tuer, elle nous a séparés, et elle nous a en plus privé de notre enfant ? dit-il en colère.

— Pas tout à fait..., répondit Corine, qui sentait bien que de la façon dont elle avait présenté les choses, il devait croire qu'elle avait fait une fausse couche.

— Que veux-tu dire ? Que s'est-il passé ?

— Au début tout allait bien, j'étais folle de joie. Tu ne vas peut-être pas me croire, mais quelque part en moi je sentais que tu étais vivant. Tout le monde essayait de me persuader du contraire, que c'était impossible, mais j'avais encore un peu d'espoir... Alors quand j'ai su que j'attendais un enfant, j'ai compris que tu étais vivant, là, en moi, qu'une part de toi vivait toujours...

Elle s'étrangla dans un sanglot. Il la serra à nouveau dans ses bras. Elle se laissa aller quelques secondes avant de poursuivre.

— Mais les autres n'étaient pas aussi heureuses que moi. Hélène, Clémence étaient même plutôt désespérées.

— Pourquoi ?

— Parce que, quoi que tu puisses penser des mœurs des demoiselles d'honneur – et je suis en grande partie d'accord avec toi – il existe un code d'honneur à la Cour, et Madame Catherine ne tolère pas le scandale. Quelles que soient les intrigues qu'elle est capable de suggérer elle-même, les apparences doivent être sauves. Ce qu'on reproche par exemple à Margot, ce n'est pas d'avoir des amants, c'est de ne pas s'en cacher. Une demoiselle d'honneur, non mariée, ne peut pas avoir un enfant comme cela. Elle serait chassée de la Cour, enfermée dans un couvent, son enfant lui serait peut-être enlevé...

— Mais tu étais mariée...

— En secret... et je n'avais rien pour le prouver qu'un époux fantôme et un acte de mariage protestant. Or en août 1572... il ne faisait pas bon clamer qu'on était la veuve d'un huguenot...

Il pâlit. Elle savait où courait sa pensée. Au vu des questions qu'il avait posées à l'annonce de sa seconde grossesse, elle ne doutait pas qu'il se demandait si elle ne s'était pas débarrassée de l'enfant. Elle n'avait pas tort, son esprit avait cheminé jusque-là, seule explication plausible à ses yeux du sentiment de culpabilité de son épouse. Il relâcha son étreinte et demanda d'une voix sourde :

— Qu'as-tu fait ?

— J'ai caché ma grossesse ! répondit-elle. Pendant des mois Clémence a réalisé des prouesses avec mes robes pour camoufler mon état. Je ne sais comment cela a été possible, peut-être parce que personne ne pouvait l'imaginer. Mais il est arrivé un moment où on ne pouvait plus le cacher bien longtemps, et je devais trouver un endroit où enfanter. Je ne pouvais pas accoucher à la Cour, je ne pouvais pas retourner dans ma famille, qui m'avait reniée. Y revenir enceinte eût été de la folie...

Accoucher, se demandait Quentin, l'enfant était donc né ?

— Tu aurais pu essayer de joindre les membres de ma famille, dit-il.

— Je ne savais même pas exactement où les trouver. Et pour leur dire quoi ? Que j'étais ta femme, que je portais ton enfant, l'auraient-ils seulement cru ?

— Mais eux savaient que j'étais vivant, ils auraient pu te le dire...

— Moi je ne le savais pas, je croyais être ta veuve, et qu'ils ne me croiraient pas... Au bout du compte, ne sachant plus trop vers qui me tourner, j'ai autorisé Hélène à en parler à M. de Ronsard. C'est là qu'il m'a gentiment proposé de m'héberger à la Possonnière où je me suis réfugiée de janvier à juin 1573, en faisant croire à la Cour que j'étais retournée auprès des miens.

— Alors quand je te croyais dans ta famille, et que je t'en voulais de m'avoir renié, tu étais chez M. de Ronsard pour...

— Mettre au monde ton enfant, oui!

— Mon Dieu! Comme tu as dû m'en vouloir quand je t'ai fait ce reproche... Mais je ne savais pas... Tu aurais dû m'en parler alors...

— J'avais bien trop peur...

— Mais pourquoi? Tu n'étais coupable de rien... Comme cela a dû être dur pour toi... L'accouchement s'est mal passé? demanda Quentin qui essayait toujours de comprendre pourquoi l'enfant n'était pas là.

— J'étais terrorisée. Heureusement qu'Hélène de Surgères et Clémence étaient là pour me soutenir. Au plus fort de la douleur, j'ai enfoncé mes ongles dans la main d'Hélène en hurlant ton nom! J'aurais tellement aimé que tu sois là...

— Et c'est pourquoi tu as tellement insisté pour que je reste à tes côtés pour la naissance de Flore... Je comprends mieux maintenant. Tu avais peur que tout ne recommence... Et ma mère avec ses «premières fois»... Elle a dû te rendre folle...

Corine soupira.

— Et la distance que tu prenais avec les enfants, c'était parce qu'ils te faisaient penser au tien disparu...

Elle acquiesça d'un signe de tête. Tant d'éléments semblaient s'éclairer d'un jour nouveau pour M. de Gayrand. Tout s'enchaînait naturellement maintenant dans le comportement de son épouse ces derniers mois. Tout sauf son incroyable sentiment de culpabilité. Elle se blottissait contre lui et le serrait comme si c'était la dernière fois.

— Il... il est né le 4 mai, dit-elle avec difficulté.

— Le 4 mai c'est ce jour où tu as passé cette année presque toute la journée dans notre chambre?

— Oui, j'avais l'impression de revivre heure par heure mon accouchement… Et l'an passé aussi lorsque ta sœur a eu sa fille…

Après un moment de silence elle poursuivit :

— C'était un beau garçon… Nous avons eu un fils, tu as eu un fils, Quentin !

— Un fils ! (Malgré lui l'émotion le prenait à la gorge.) Et c'est pour cela que tu as eu l'air soulagée d'avoir une fille, mais presque aussitôt après tu as eu l'air inquiète à nouveau.

— C'est qu'elle lui ressemble tant. Oh ! Elle est un peu plus petite, plus menue, mais elle ressemble terriblement à son frère. Lui aussi avait tes yeux, et tes cheveux. Et ces petites boucles noires qui sortaient du bonnet. Tout le temps de ma grossesse, j'avais peur que l'enfant ne vive pas, ou de ne pas être capable de l'aimer comme son aîné, ou que les deux visages ne se superposent et ne me fassent sans cesse penser au disparu…

— Je t'en supplie, arrête de te torturer. C'est comme cette peur irraisonnée que je te rejette, que je t'en veuille pour je ne sais quelle raison…

— C'est que je ne t'ai pas encore tout dit… Je… Je l'ai fait baptiser catholique !

Baptisé ? Il était donc né vivant…

— Au début je ne voulais pas. Mais M. de Ronsard a dit qu'il ne faisait pas bon naître huguenot à ce moment-là, et que tu n'étais plus là pour le protéger. Qu'il valait mieux pour sa sécurité le faire baptiser catholique. Alors c'est ce que j'ai fait. Tu comprends ?

— Je comprends, c'était la meilleure chose à faire vu les circonstances, en effet.

— Tu ne m'en veux pas ?

— Bien sûr que non. Que pouvais-tu faire d'autre ? C'est pour cela que tu n'as pas insisté pour notre fille ? Que tu as accepté tout de suite le baptême huguenot ? Comme pour compenser en quelque sorte ?

Elle acquiesça de la tête.

— Je me sentais si coupable, et puis le baptême catholique n'avait pas porté chance à son frère…

Elle réprima un sanglot.

— Je m'en veux tellement de t'avoir laissée seule. Si j'avais su… Comment l'as-tu appelé ?

— M. de Ronsard m'avait accueilli dans sa maison. Il a été comme un père pour moi. Il s'est proposé pour parrain et je lui ai donné son prénom : Pierre. Il s'appelait Pierre, Pierre de Gayrand…

— De Gayrand ?

— Bien sûr, il portait ton nom ! Son nom ! J'avais la copie de son acte de baptême, mais au couvent, quand j'ai dû me séparer de tous mes biens, je l'ai confié à Clémence, ainsi que notre acte de mariage, je n'avais gardé que l'anneau. J'espère qu'elle en a pris soin. M. de Ronsard a été son parrain et Hélène de Surgères sa marraine…

— C'était de très bons choix.

— Je n'avais pas assez de lait…

— Comme pour Flore ?

— Comme pour Flore ! Et puis de toute façon je ne pouvais pas le garder avec moi. Je ne pouvais pas le ramener à la Cour. Il fallait le cacher, pour éviter le scandale, et aussi pour le protéger, parce que c'était le fils d'un huguenot… M. de Ronsard avait trouvé une très bonne nourrice dans un village près de Tours. Du moins le croyait-on. Elle habitait une jolie chaumière bien propre. Elle m'a paru tout à fait bien sur le moment… Je suis allée le voir plusieurs fois. Et puis en juin j'ai dû rentrer à Paris. Je devais reprendre mon service et gagner ma vie pour payer la pension de mon fils.

— Et moi qui t'en voulais d'être revenue à la Cour ! Pourquoi est-ce que tu ne m'as pas crié dessus quand je t'en ai fait le reproche ?

Elle haussa les épaules.

— Je me sentais tellement coupable de n'avoir pas su garder le petit en vie. (Elle se mit à pleurer.) Je me disais que si je l'avais élevé moi-même… J'avais tellement peur que tu ne m'accuses d'être responsable de sa mort… Et après je n'osais plus t'en parler, parce que je t'avais celé ce secret, et je craignais que tu ne m'en veuilles terriblement pour cela… Alors j'ai gardé le silence.

Elle sanglotait.

— Mon Dieu, Corine ! Comment pourrais-je t'en vouloir pour une chose qui dépend des desseins de Dieu ? Et je ne t'en veux pas non plus d'avoir gardé le secret qui te terrorisait. Mais je suis fâché que tu n'aies pas eu plus confiance en moi.

— Mais tu étais devenu un inconnu pour moi ! Tu étais mort ! Pendant cinq ans ! Et puis tout à coup tu étais ressuscité, et je ne te connaissais plus, tu m'accusais de t'avoir renié pour avoir rejoint ma famille ou pour être revenue à la Cour. Qu'allais-tu dire si je t'avouais avoir abandonné ton fils en pension au loin ?… Et puis… Tu m'avais avoué tous tes secrets… et j'avais gardé le mien. J'avais l'impression de t'avoir trahi et que tu m'en voudrais à mort…

— Mais tu n'es coupable de rien voyons. C'est moi au contraire qui t'ai trahie. Toi tu m'es restée fidèle jusqu'au fond du couvent. Alors que moi… Tous ces derniers mois, je sentais un voile entre nous, mais je croyais que c'était à cause de… Tu sais… Jeannette. Je… je pensais qu'au fond de toi tu ne me pardonnais pas… Et je le comprenais parfaitement. Je n'aurais jamais imaginé tout ce dont tu viens de me parler. C'est moi le fautif, j'aurais dû être là près de toi…

— C'était plus simple pour moi. Tu étais mort, auréolé de la gloire du héros. C'est facile d'être fidèle à un héros. Bien sûr, je ne peux pas dire que ton aventure avec… cette fille m'ait fait plaisir. Mais cela aurait pu être tellement pire en cinq ans. Toi tu me savais en vie, et tu ne comprenais pas pourquoi j'étais loin de toi. Et puis j'étais tellement heureuse de te savoir vivant, j'étais prête à tout pardonner…

— Tu sais, je ne te détestais pas vraiment. J'étais seulement malheureux parce que je croyais que tu ne m'aimais plus.

Il la prit dans ses bras et l'embrassa longuement.

— Qu'est-il arrivé au petit Pierre ? Il était de santé fragile ? demanda-t-il enfin.

— Non, tout au contraire. C'est pourquoi j'ai été tellement abasourdie lorsque j'ai appris son décès. C'était un bébé en parfaite santé. J'ai pu retourner le voir en septembre et en décembre 1573. C'était un poupon joufflu et rieur, qui semblait aller très bien. Ce n'était pas facile pour moi avec les voyages de la Cour. Il me fallait obtenir un congé, sous des prétextes variés, et c'était toujours un déchirement de le quitter sans savoir quand je le reverrais. La dernière fois que je l'ai vu, c'était en avril 1574. Il avait presque un an, commençait à se déplacer à quatre pattes et à babiller quelques syllabes. Rien ne laissait présager…

Ensuite, il y a eu la mort du roi Charles IX, et le voyage vers Lyon pour accueillir Henri III de retour de Pologne. Je me doutais que cela prendrait des mois, j'ai voulu retourner en Touraine avant, mais la reine mère m'a refusé mon congé, et je n'ai plus revu le petit Pierre…

Elle étouffa un sanglot.

— Si tu savais comme je regrette de l'avoir laissé en nourrice…

— C'est pour cela que tu as eu si peur, lorsque ma mère a évoqué de prendre une nourrice pour Flore… Est-ce donc la faute de cette femme si… ?

— Je ne sais pas… Je ne crois pas… Mais je ne peux m'empêcher de penser que s'il avait été avec moi… J'aurais peut-être pu éviter ce qui est arrivé. Ou du moins qu'il n'aurait pas vécu seul au loin… Je ne l'ai pas vu grandir. Bien sûr, quand je n'étais pas là, Catherine, la gouvernante de la Possonnière, allait lui rendre visite, et m'envoyait de ses nouvelles, et Rosine Aubin, la nourrice, avait l'air très bien…

Il la serra dans ses bras.

— Tu ne pouvais pas faire autrement, c'est tout à fait compréhensible. Je ne t'en veux pas pour cela, voyons ! Cesse de t'en vouloir toi aussi.

Mon Dieu, comme les choses paraissaient soudain si simples, pensait Corine. Comment avait-elle pu trembler à ce point ? Quentin avait raison, elle aurait dû lui faire confiance et lui en parler bien plus tôt. Cela lui aurait évité quantité d'angoisses. Elle était là, dans les bras de son mari, et il n'y avait plus d'ombre entre eux.

— Après le séjour de la Cour en Avignon, Clémence a découvert qu'elle était enceinte. Alors je me suis prise d'un fol espoir. Je me suis dit que les servantes servaient souvent de nourrice. Que l'enfant de Clémence pourrait avoir un frère de lait, et que cet enfant pourrait être Pierre…

Elle se tut de longues minutes. Il laissa passer le silence.

— Mais quand nous sommes arrivées à Paris, en mars 1575, j'ai trouvé deux lettres. Une de la nourrice et une de Catherine. Et toutes deux disaient qu'en septembre de l'année précédente mon fils avait eu de fortes fièvres, et ne s'en était pas relevé…

Elle éclata en sanglots, il la serra un peu plus fort.

— J'étais effondrée, poursuivit-elle après un moment. Non seulement j'avais perdu mon fils, mais j'avais l'impression que tu étais mort une deuxième fois…

Elle pleurait dans ses bras et il n'était pas loin d'en faire autant, se sentant impuissant à la consoler.

— Je ne me sentais plus la force de vivre à la Cour… J'ai voulu me retirer du monde. C'est pour cela que je suis entrée au couvent… C'est pour cela, pas pour te renier, renoncer à notre amour, oublier notre mariage et notre fils… Je n'avais simplement plus la force de vivre autrement…

Elle pleurait toujours.

— C'est le passé, c'est fini, ne pleure plus. Je suis là, je suis là maintenant.

— Je n'ai même pas pu me rendre sur sa tombe, dit-elle entre ses larmes. Au début je voulais aller là-bas, mais Hélène et Clémence m'en ont empêchée. Elles pensaient que ce serait trop dur pour moi… de revoir la nourrice, la maison où il avait vécu, l'endroit où il était enseveli. Et puis six mois s'étaient déjà écoulés. À quoi bon ? Je n'ai pas eu la force de retourner à la Possonnière non plus, revivre dans les lieux où il était né... J'ai coupé les ponts avec Catherine et je le regrette, car elle a été comme une mère pour moi... Mais je n'en avais pas la force.

Elle pleura encore un long moment contre lui, avant d'ajouter :

— Je n'avais déjà pas de tombe où me recueillir pour te pleurer, et je n'ai jamais pu me rendre sur la sienne...

— Nous irons, dit-il en lui caressant les cheveux et en l'embrassant sur le front, nous irons ensemble, et si tu le permets, je ferai rapatrier son corps ici, pour l'ensevelir au cimetière du village, aux côtés de mon père. Sa place est auprès de nous, à Gayrand.

Elle approuva en silence d'un signe de tête.

Il dut la soutenir sur le chemin du manoir, tellement elle était fatiguée, vidée par les émotions, le long récit de ses aveux, le poids de ses angoisses et de sa culpabilité qui s'était envolé, la laissant comme libérée, mais aussi épuisée. La famille les vit s'approcher, sentant à leur attitude qu'il s'était passé quelque chose, appréhendant une mauvaise nouvelle. Quentin s'arrêta avant d'être à leur portée de voix.

— Il faut leur dire, énonça-t-il. Cela fait des mois qu'ils se posent des questions eux aussi. Et qu'ils y donnent de fausses réponses. Il faut qu'ils comprennent la réalité de ta souffrance.

— Je n'ai pas le courage de tout raconter à nouveau, je me sens si lasse... Fais-le toi si tu veux, moi je monte voir notre fille.

Il l'accompagna jusqu'au pied de l'escalier, et se retourna pour affronter le regard des siens. Il leur fit signe de le suivre au salon. Il était facile de deviner qu'ils s'attendaient à une annonce, mais certainement pas à ce qu'il allait leur dire. D'aucuns supputaient une séparation imminente. Il s'irrita devant les yeux courroucés de sa sœur, glissa sur ceux déçus de Claude, pour s'arrêter sur le regard inquiet de sa mère. Il hésita à leur faire un petit discours moral sur la prévention qu'ils avaient eue à l'égard de son épouse et de ses sentiments, mais songea que lui-même avait eu des doutes et préféra balayer d'un soupir son amertume. Puis il leur expliqua tout ce qu'il venait d'apprendre et ce qu'avait vécu la jeune femme. Il vit les regards passer de l'étonnement à la tristesse et aux regrets. À la fin de son récit, Pauline fondit en larmes et se répandit en plates excuses.

— Mon Dieu ! Comme je regrette toutes mes mauvaises pensées. Pour ma part je n'aurais pas pu survivre à tout ce qu'elle a vécu. S'il était arrivé quelque chose à l'une de mes filles, je ne m'en serais pas remise !

— C'est le triste lot de nous autres femmes, prononça sa mère. Et ce sont des choses dont on ne parle pas parfois. C'est une grande souffrance, mais qu'il faut surmonter pour continuer à prendre soin des vivants. Moi-même je… J'ai perdu deux petits, entre la naissance de Quentin et la tienne, un à la naissance et un à quelques mois…

Sa fille poussa un cri, et son fils bouleversé vint la prendre dans ses bras.

— Mais moi j'avais ton père pour me soutenir, rajouta Emeline de Gayrand.

— Tu as eu ton lot de souffrances aussi, car nous étions bien jeunes lorsqu'il est mort au combat, dit-il.

— C'est pourquoi je ne veux plus jamais que tu partes à la guerre, aucun de vous deux ! répondit-elle en serrant son fils dans ses bras et en pointant du doigt son gendre.

Pendant ces larmes et embrassades, Corine de Pâquelin était montée dans sa chambre, elle avait pris sa fille dans ses bras et la berçait en lui fredonnant une chanson. Pour la première fois elle était détendue en la tenant contre elle.

— C'est fini les secrets, lui dit-elle. Mais je dois encore te dire quelque chose : tu as eu un frère, il s'appelait Pierre, et il est au paradis. Son fantôme ne reviendra plus nous hanter. Il dort en paix. Tout va aller bien maintenant.

XXXIII. Sur les traces du passé

Après ces révélations, la vie redevint paisible au manoir de Gayrand. Le jeune couple semblait uni comme aux premiers jours. Corine s'épanouissait enfin dans son rôle de mère, le poids du secret envolé. Elle passait plus de temps avec sa fille et ses nièces, et y prenait du plaisir. Ses relations avec sa belle-mère et sa belle-sœur s'étaient détendues, et elle attendait avec impatience de pouvoir faire ce grand voyage avec Quentin. Leur projet initial s'était mué en une sorte de long pèlerinage sur les traces de leur histoire.

Ils devaient se rendre en Touraine sur la tombe du petit Pierre, mais aussi à la Possonnière, car Mlle de Pâquelin, réconciliée avec son passé, tenait absolument à montrer à son mari l'endroit où elle avait mis leur fils au monde. Elle avait hâte maintenant de revoir Catherine et Gauthier. Et bien sûr, leur route devait les mener à Blois, pour retrouver une Clémence épanouie dans son rôle d'hôtelière, et faire enfin la connaissance de sa fille qui venait d'avoir trois ans. Corine se demandait si le petit chien Tricky, le vieux compagnon de sa jeunesse, la reconnaîtrait.

Elle avait souhaité également s'arrêter en chemin à l'abbaye de Fonteval afin de s'assurer que ses anciennes compagnes allaient bien. Et pour la même raison faire un détour par La Rochelle et Niort où vivaient les sœurs Moreau, Alix de Gonzac et l'ancienne Sœur Henriette. Son mari, ironisant et vaguement inquiet, lui demanda si elle ne souhaitait pas aussi faire un détour par le Hainaut pour saluer son père, et par la même occasion le duc d'Anjou qui se trouvait toujours à Mons ; ou par le Louvre à Paris pour revoir Henri III et ses mignons, le duc de Guise ou le duc d'Épernon. Mais elle répondit en riant qu'elle comptait bien pendant ce voyage ne revoir que des amis.

Leur projet était retardé pour l'instant par l'arrivée imminente de la reine mère et de sa fille à la cour de Navarre. Les choses avaient un peu traîné, car il avait été difficile de trouver un lieu de rencontre qui satisfasse les deux partis. Les villes catholiques, telle Bordeaux, ne voulaient pas accueillir Henri de Bourbon et sa troupe de gentilshommes huguenots. Les places fortes protestantes, telle Montauban, ne voulaient pas recevoir la cour de Catherine de Médicis et son cortège de nobles catholiques.

Ce fut finalement dans la petite commune protestante de La Réole, à mi-chemin entre Bordeaux, d'une part, Nérac et Agen, d'autre part, qu'eurent lieu le 2 octobre 1578 les retrouvailles du roi et de la reine de Navarre. Près de six cents gentilshommes et leurs familles étaient attendus, qui devaient loger dans les différents villages et hameaux environnants. Pour impressionner sa belle-mère et les membres de la cour de France, le Béarnais avait rassemblé le ban et l'arrière-ban de sa noblesse et de son parti.

Presque tous ses fidèles étaient là, Henri de Turenne en tête. Agrippa d'Aubigné, brouillé avec son souverain depuis la paix de Bergerac, avait fait l'effort de revenir pour cet événement solennel, et de reprendre son service. Quentin et lui étaient tombés dans les bras l'un de l'autre, et le poète avait fait bon accueil à Corine, qu'il n'avait pas revue depuis son départ de la Cour pour le couvent. Dans sa retraite, il avait composé *Les Tragiques*, poème épique sur les combats et massacres des guerres de Religion, les misères du peuple et les turpitudes des rois et des princes, dont il leur récita quelques extraits. Il se déclara par ailleurs ravi de leurs retrouvailles, et les félicita chaleureusement pour la naissance de leur fille.

Toute la famille de Gayrand était présente à La Réole, parée de ses plus beaux atours pour l'occasion. Mlle de Pâquelin s'inquiétait de sa rencontre avec la reine mère. Elle n'ignorait pas que Catherine de Médicis la croyait retirée dans un couvent, et qu'elle lui avait même offert pour cela une dot de religieuse. Elle se demandait comment la souveraine allait réagir en la découvrant mariée à un homme au service de son gendre.

Les Luzac étaient là également. Pauline, tout excitée et impatiente à l'idée de rencontrer la Cour, sautillait presque sur place comme une enfant. C'est en rougissant qu'elle avait été présentée au roi de Navarre, et Claude avait peu apprécié le regard appuyé qu'avait posé sur elle le Béarnais. Quant à Quentin, il oscillait entre s'inquiéter de l'œillade du souverain à sa sœur et se féliciter qu'elle ne se fût pas adressée à sa femme. C'était en effet un tout autre intérêt qu'Henri de Navarre portait à la jeune Mme de Gayrand. Il connaissait sa vertu et voulait en faire un chaperon pour sa turbulente épouse. Corine ne savait comment éviter cette charge, à laquelle elle n'aspirait guère.

Même Emeline de Gayrand était présente, elle qui ne quittait pourtant presque plus le manoir. Les enfants avaient été confiées aux serviteurs. Les seigneurs voisins et amis étaient tous là pour accueillir dignement la princesse Marguerite, et découvrir avec une certaine curiosité leur jeune souveraine et sa célèbre mère. Le roi de Navarre semblait pressé de retrouver sa femme. Il est vrai qu'il ne l'avait pas vue depuis plus de deux ans.

Les plus mauvaises langues présentes disaient qu'il se lassait des bourgeoises d'Agen et de Nérac et des paysannes gasconnes, et qu'il aspirait aussi à retrouver les demoiselles d'honneur de sa femme – parmi lesquelles figurait toujours la pernicieuse Charlotte de Sauves – ainsi que celles de Catherine de Médicis, avec leurs robes aux tissus chatoyants et les battements d'ailes de leurs éventails faits de plumes.

Enfin le cortège parut, et chacun put admirer belles toilettes et litières d'apparat. Margot fit impression sur sa haquenée blanche, vêtue d'une robe rouge qui rappelait celle de ses noces. Elle apprécia du regard la foule venue la rencontrer et la fêter. Son époux vint à cheval au-devant d'elle, la salua courtoisement et la complimenta sur sa bonne mine. Puis il jeta un coup d'œil de connaisseur au cortège des demoiselles d'honneur et lança un regard fier et moqueur à sa belle-mère, qu'il avait tout de même bien bernée en s'enfuyant de la Cour deux ans auparavant.

Il sauta à bas de sa monture, tendit les bras à son épouse pour l'aider à descendre de la sienne, la serra contre lui. Ils se chuchotèrent quelques mots à l'oreille, puis il l'embrassa fougueusement à pleine bouche, faisant rire l'assemblée. Margot, un peu décoiffée, ne s'en offusqua pas, toute à son plaisir de choquer sa mère. Elle rit aussi, et Henri l'entraîna par la main, sans se soucier du protocole – ni d'aider la reine Catherine à descendre de sa jument – pour la présenter à toute la noblesse de Navarre réunie là.

Les Gayrand se tenaient un peu à l'écart. Corine avait à peine aperçu Hélène de Surgères, reconnu quelques compagnes, découvert des têtes nouvelles. La princesse Marguerite semblait ravie d'être enfin traitée en reine chez elle et d'avoir retrouvé un époux, qui, s'il était quelquefois son amant, était surtout son ami, et son complice en politique. Le couple royal était maintenant tout proche. Henri de Navarre les aperçut et sourit. Il tira sa femme par le bras.

— Ah ! Venez un peu par ici. Vous allez avoir une belle surprise, et vous allez retrouver là une personne que vous connaissez, dit-il en riant à l'avance de sa farce.

Mlle de Pâquelin plongea instinctivement dans une révérence de cour qui surprit sa famille, et se releva face au visage de Margot dont le sourire se figea d'étonnement.

— Vous ! s'exclama-t-elle. Mais je vous croyais au fond d'un couvent !

— J'y étais, Madame, mais mon abbaye a été attaquée l'an passé par une troupe de huguenots.

La princesse Marguerite était effarée de la simplicité avec laquelle son ancienne amie annonçait cela et des sourires béats présentés par toute la famille autour, comme s'il s'agissait d'un heureux événement. Henri poursuivit en riant :

— Et voici son époux, M. de Gayrand, un de mes fidèles compagnons.

Quentin s'inclina.

— Époux ? dit la princesse. Dois-je comprendre que vous avez épousé votre ravisseur ?

— Je crains que cela ne soit moi le fautif, intervint Claude, toujours souriant.

— M. de Luzac, un autre de mes fidèles, Mme de Luzac, qui n'est autre que la sœur de M. de Gayrand, Mme de Gayrand mère, poursuivait le roi de Navarre.

Claude s'inclina, les deux femmes esquissèrent une révérence maladroite.

— En fait, nous étions déjà mariés…, hésita Corine, mais la vie nous avait séparés.

— Vraiment ?

— Vraiment, oui, affirma Quentin, depuis juillet 1572.

— N'est-ce pas drôle ? lança Henri, ils se sont mariés quelques semaines avant nous, ils ont été séparés des années, comme nous, et ils se sont retrouvés !

— Ma mère est-elle au courant ? demanda Margot qui commençait aussi à s'amuser de la situation.

Les deux époux firent un signe négatif de la tête, ce qui sembla réjouir la princesse.

— Et qu'est-ce qui vous a séparés ?

— La Saint-Barthélemy, clama Quentin. J'ai été laissé pour mort rue de Béthizy.

Cela jeta un froid dans l'assistance, mais Henri de Navarre ne se départit pas de son sourire. À ce moment la reine Catherine apparut, et Corine plongea dans une nouvelle révérence, imitée maladroitement par les autres femmes de la famille.

— Venez, ma mère, dit Margot joyeuse, j'ai une surprise pour vous.

La reine mère, si souvent impassible, marqua l'étonnement et haussa le sourcil.

— Mlle dé Pâquelin ?! Mais, je vous croyais dévenoue religieuse.

— Vous allez rire, intervint sa fille. Son abbaye a été attaquée et elle a été enlevée ! Par Monsieur ! (Elle montra du doigt Claude de Luzac qui s'inclina en souriant.) Lequel est aussi son beau-frère. (Claude s'inclina une seconde fois.) Mais le plus drôle est que Mlle de Pâquelin était mariée depuis juillet 1572 !

Elle avait lancé cela comme un bon mot, heureuse de montrer à sa mère qu'elle avait été dupée par une de ses demoiselles d'honneur. Corine ne comptait pas le lui annoncer comme cela tout à trac. Elle se demandait d'ailleurs comment procéder. Mais voilà, c'était fait. Le regard de Catherine de Médicis se durcit, mais elle se souvint qu'elle était là pour faire une offensive de charme auprès des protestants du Midi, et elle était trop habile pour risquer un scandale en ce jour de rencontre.

— Il faudra m'expliquer cela, dit-elle cependant en fixant Corine dans les yeux.

— Nous comptions en informer Votre Majesté après les noces du roi et de la reine de Navarre…, dit la jeune femme d'une voix blanche, mais nous avons alors été séparés… Je l'ai cru mort pendant des années…

Mais la reine mère n'écoutait plus, depuis quelques instants elle fixait Quentin de ses yeux perçants.

— Il mé semble que je vous connais, Monsieur.

Il s'inclina, respectueusement, mais froidement.

— Votre Majesté me fait trop d'honneur de s'en souvenir. J'étais l'un des gardes du corps de feu Sa Majesté la reine Jeanne d'Albret. C'est moi qui suis venu vous avertir de son décès.

— Ah ! Oui…, dit-elle en faisant à nouveau errer son regard de l'un des époux à l'autre. Et que vous est-il arrivé dépouis ?

— J'ai été assassiné, répondit-il avec provocation.

— Assassiné ? Il mé semble que vous exagérez…

— Assassiné, Madame, affirma-t-il haut et fort. Comment appelleriez-vous cela ? Dans la nuit du 24 août 1572.

Elle pâlit.

— Assassiné, poursuivit-il, lardé de coups d'épée, de poignard et de hallebarde. Laissé pour mort sur le pavé de la rue de Béthizy, jeté avec les corps à la Seine. Comme tant d'autres… J'ai mis des mois à m'en remettre, j'ai dû me cacher à La Rochelle. Ma femme m'a cru décédé. D'où le couvent.

La reine laissa passer un silence.

— Vous m'en voyez désolée. Mais c'était la guerre, Monsieur.

— La guerre, non, Madame, répondit Quentin de Gayrand, c'était un massacre !

Il y eut des remous et des chuchotements dans l'assistance. Même Corine eut un soubresaut. Henri de Navarre ne quittait pas son sourire, heureux de voir un des siens moucher sa belle-mère. Catherine de Médicis planta ses yeux dans ceux de Quentin et il soutint son regard, tel un reproche vivant. Elle détourna le sien vers Mlle de Pâquelin.

— Je suis consciente que vous avez payé ma dot de religieuse…, commença la jeune femme.

— Je vous rembourserai cette somme, intervint son mari.

— N'en faites rien, Monsieur. Étant donné que l'abbaye a doû soubir quelques dégâts dourant cette attaque… (Claude s'inclina une nouvelle fois.) Je considère que cet argent est oun don en faveur de sa reconstrouction… Et je vous offrirai oune autre dot, dit-elle en regardant Corine, afin dé compenser les préjoudices subis par… les aléas dé la guerre. Dix mille livres vous conviendrait-il ? demanda-t-elle à Quentin.

Celui-ci ne dit mot mais s'inclina. Le roi de Navarre attira alors les deux reines un peu plus loin pour leur présenter d'autres personnes. Mlle de Pâquelin poussa un soupir de soulagement. Cela s'était à peu près bien passé finalement. Mme de Gayrand mère trouva que son fils avait été un peu dur avec la mère du roi de France.

— Je n'oublie pas que c'est à elle et à ses fils que l'on doit ce qui est arrivé. Je ne voulais d'abord pas accepter son argent, mais je me suis dit qu'elle pouvait bien payer un peu pour ce qu'elle avait fait.

Pauline et sa mère avaient été impressionnées par les deux reines. Corine trouvait que la reine mère n'avait pas changé, elle ne semblait pas avoir vieilli et portait toujours ses habituels robe et voile noirs. Enfin Hélène de Surgères put se libérer du flot des courtisans et se jeter dans les bras de son amie. Puis elle lui prit les mains.

— Laissez-moi vous voir, cela fait si longtemps. Depuis l'été 1575 à Fonteval. Vous avez bonne mine ! J'attendais avec impatience ce voyage afin de vous revoir.

Elles s'embrassèrent, puis la jeune Mme de Gayrand fit les présentations. Hélène se souvenait de M. de Luzac. Lorsqu'elle se retrouva face à Quentin, elle fut comme intimidée.

— Vraiment, Monsieur, je suis fort aise de vous revoir. Et bien que vous sachant vivant par les lettres de Corine, cela m'impressionne de vous voir là, tout à coup devant moi, après avoir déploré votre mort pendant si longtemps…

Il sourit.

— N'ayez crainte, je suis bien de chair et d'os, et ravi de vous revoir moi aussi. Je voulais vous remercier pour tout ce que vous avez fait pour mon épouse pendant mon absence.

— Ce fut un plaisir.

Elle se retourna vers son amie.

— Je suis un peu tenue par mon service, mais d'ici quelques jours, j'espère bien pouvoir me libérer et passer un peu de temps auprès de vous. J'ai hâte de découvrir votre fille.

— Ce sera un honneur pour nous, dit Emeline de Gayrand, d'accueillir une demoiselle d'honneur de la cour de France au manoir.

— Mais..., s'étonna Hélène, vous en avez déjà une !

La mère de Quentin rougit de confusion.

— Je crains qu'ils n'aient plutôt recueilli une jeune noble de province échappée du couvent, répondit Mlle de Pâquelin en riant.

Les deux jeunes femmes éclatèrent de rire. Quentin les regardait, surpris et sous le charme. Cela faisait si longtemps qu'il n'avait pas vu son épouse rire ainsi.

* * * *

Le roi et la reine de Navarre continuaient de faire le tour de la noblesse présente, leurs retrouvailles semblaient cordiales et affectueuses. Ils se cajolaient comme deux amoureux et se comblaient de caresses et de mots doux. Il faillit y avoir un incident toutefois, lorsque le Béarnais se trouva face au maréchal de Biron qui depuis deux ans l'empêchait d'entrer dans Bordeaux. Il laissa éclater sa colère et on frôla la catastrophe diplomatique. Mais la princesse Marguerite s'employa à apaiser son époux et Catherine de Médicis s'engagea à tout faire pour réconcilier les deux hommes.

Plusieurs jours se passèrent en fêtes et réceptions. Le 11 octobre, les souverains et les deux Cours firent leur entrée solennelle à Agen, reçus en grande pompe par les consuls de la ville, qui n'étaient pas fâchés d'accueillir enfin leur suzeraine. Margot était en effet depuis son mariage comtesse d'Agen, elle avait reçu la ville et le comté en dot, mais n'en avait pas encore pris possession.

Les notables d'Agen, et l'évêque à leur tête, avaient peu apprécié la présence du roi de Navarre et de ses amis en leur ville ces deux dernières années. Outre qu'il n'en était pas le légitime propriétaire, tenant la ville au nom de sa femme, ils lui reprochaient en premier lieu d'être huguenot. En second lieu ils blâmaient sa conduite et celle de son entourage, un peu trop querelleur et un peu trop jouisseur. Les bourgeois de la ville en venaient à confiner leurs femmes et leurs filles dans leurs demeures...

Pourtant, le roi de Navarre avait beaucoup fait pour la cité, qu'il avait tenu pour sa capitale, son «petit Paris», pendant près de deux ans avant de lui préférer son refuge familial de Nérac. Agen était une importante place forte sur la Garonne, dotée d'une vieille enceinte, avec pour poste avancé le château médiéval de Monrevel. Henri avait fait accomplir de vastes travaux de fortification, transformer un couvent en forteresse, restaurer les tours des remparts, renforcer les portes. Mais il avait fallu pour cela lever des impôts extraordinaires, demander des corvées aux habitants, qui devaient aussi entretenir une garnison plus importante. La cour de justice de Guyenne, installée ici depuis avril 1578 au lieu de Bordeaux, son siège légitime, et composée d'un tiers de protestants, n'avait pas arrangé les choses. Le mécontentement des Agenais était croissant, les consuls craignaient une agitation.

C'est dire s'ils firent bon accueil à leur souveraine catholique, et à sa mère qui était aussi celle du très chrétien et très dévot roi de France. Catherine de Médicis toutefois, lorsqu'elle réunit le 15 octobre à l'évêché d'Agen la noblesse catholique de Guyenne, leur prêcha la modération, et si elle fit l'éloge du roi Henri III, son fils bien-aimé, elle leur vanta également les mérites du roi et de la reine de Navarre.

Elle avait par ailleurs chargé son gendre de réunir à Nérac les délégués des églises protestantes du Languedoc, afin de négocier une paix durable, mais celles-ci ne semblaient pas pressées d'envoyer leurs représentants. La reine Catherine avait donc décidé d'aller elle-même pacifier la région et d'y rencontrer le comte de Damville, gouverneur de la province, qu'il tenait tant bien que mal, et plutôt mal que bien. Il devait venir à sa rencontre aux abords de Toulouse où elle était attendue pour le 28 octobre. Henri et Margot devaient accompagner la reine mère au moins jusqu'à Castelnaudary, avant de retourner l'attendre à Auch.

Puisque les négociations avec les grands avaient échoué, Catherine de Médicis avait l'intention de parcourir les villes du Languedoc et de traiter directement avec les petits chefs rebelles et les capitaines pillards, quitte à les soudoyer pour acheter leur soumission.

C'est ce moment que choisit Hélène de Surgères pour demander un congé à la reine mère, afin de passer quelques jours au manoir de Gayrand. Tandis que les deux Cours s'acheminaient lentement vers Toulouse, la jeune femme se mit en route vers la maison de son amie.

* * * *

La demoiselle d'honneur fut accueillie à bras ouverts par toute la famille. Ce fut avec émotion qu'elle se pencha sur le berceau de la jeune Flore qui venait d'avoir quatre mois. Les larmes lui vinrent aux yeux.

— Vous aviez raison, dit-elle à Corine, elle lui ressemble terriblement.

Chacun savait qu'elle faisait allusion au petit Pierre. Quentin avait déjà appris par son épouse que sa fille ressemblait au disparu, mais l'entendre de la bouche de quelqu'un d'extérieur, en quelque sorte, rendait la chose plus tangible ; percevoir le trouble d'Hélène lui montrait à quel point cela avait dû être plus rude encore pour sa compagne.

Lorsque Mlle de Surgères apprit quel voyage ils voulaient entreprendre, elle souhaita immédiatement se joindre à eux. M. de Gayrand hésita. Il avait souhaité faire ce pèlerinage en couple pour aussi retrouver un peu d'intimité avec son épouse.

— Oh ! Je vous en prie ! supplia Hélène. Je me ferai discrète, vous sentirez à peine ma présence. Vous savez, j'ai connu le petit Pierre, j'ai été sa marraine, j'aimerais moi aussi revoir les lieux où il est né, où il a vécu, me recueillir sur sa tombe… Et croyez-moi, ajouta-t-elle à voix basse, nous ne serons pas trop de deux pour soutenir votre épouse dans ces moments-là.

Les deux amies le suppliaient du regard. Il soupira, se laissa attendrir et acquiesça d'un signe de tête. Les jeunes femmes se mirent à rire et à presque sautiller sur place en se tenant les mains, comme des fillettes à l'annonce d'un cadeau. Quentin les regardait avec amusement et affection.

— Comme j'ai hâte de revoir Catherine et la Possonnière, disait Hélène à Corine. Et Clémence aussi. J'ai correspondu avec elle, vous savez, lorsque vous étiez au couvent et que vous ne donniez presque plus de nouvelles. Nous pourrions aussi aller rendre visite à M. de Ronsard au prieuré de Saint-Cosme. On m'a dit qu'il était souffrant et restait la plupart du temps alité. Ça ne ferait pas un grand détour, c'est pratiquement sur le chemin du village de la nourrice de Pierre. Oh ! J'ai vraiment hâte de partir, je vais écrire à la reine mère pour qu'elle prolonge mon congé. Je dirai que j'ai besoin de revoir ma famille. D'ailleurs, nous pourrions y passer, Surgères est à mi-chemin entre Fonteval et La Rochelle…

Quentin de Gayrand leva les yeux au ciel. Le voyage semblait encore se rallonger, mais il était trop joyeux de voir sa bien-aimée pouffer et papoter avec insouciance avec son amie pour s'en inquiéter réellement. Claude de Luzac ironisa :

— Et tu comptes vraiment entreprendre ce voyage avec ces deux pies bavardes ?

En guise de réponse, il reçut une grande tape dans le dos.

— Aussi, quelle idée as-tu eu d'attaquer cette abbaye !

Ils éclatèrent de rire à leur tour avant de rejoindre les deux femmes pour les empêcher d'inventer d'autres détours.

* * * *

Ils passèrent quelques jours fort agréables au manoir, se remémorant des souvenirs de leur vie à la Cour, se racontant des détails de leur passé depuis leur séparation, se projetant dans les étapes de leur voyage à venir. Jamais la maisonnée n'avait encore autant résonné de rires joyeux et de conversations plaisantes.

Plus dur fut le moment des adieux à la petite Flore, car elle était bien trop jeune pour entreprendre un tel périple, surtout à l'approche de l'hiver. Corine en était bien consciente, mais ne pouvait s'empêcher de s'en vouloir, tant elle avait l'impression de l'abandonner, comme elle avait été contrainte de le faire avec Pierre. Le reste de la famille tentait de la rassurer.

— Je m'en occuperai comme de mes propres filles, disait Pauline.

— Ce n'est pas la même chose que par le passé, ajoutait Emeline de Gayrand. Vous ne la laissez pas seule loin des siens. Elle est avec sa famille. Nous prendrons soin d'elle, ne vous inquiétez pas.

Mais la jeune mère ne pouvait s'empêcher de pleurer. Ce fut donc dans l'émotion que tous se séparèrent. Le 28 octobre 1578, alors que les souverains de Navarre et la reine mère faisaient leur entrée dans Toulouse, Corine et Quentin de Gayrand, et Hélène de Surgères se mirent en route vers le nord, laissant derrière eux le petit manoir au milieu des vignes. En direction d'Agen, puis de Bergerac et d'Angoulême, ils avancèrent à leur rythme, à petites étapes, ménageant leurs montures en vue du grand voyage.

En chemin ils avaient tout loisir de poursuivre les conversations commencées au manoir. Parfois Hélène se laissait distancer, pour laisser au couple un peu d'intimité, mais Quentin la rappelait à l'ordre en riant, l'assurant par exemple que tant qu'elle ne partageait pas leur chambre à l'étape, elle pouvait bien cheminer avec eux. Les plaisanteries de chacun servaient à masquer l'émotion qui leur venait, lorsqu'ils songeaient au but ultime de leur voyage et aux retrouvailles qui allaient avoir lieu tout au long du trajet.

Le 2 novembre, ils arrivèrent à proximité de l'abbaye de Fonteval. Corine reconnut la route qu'elle avait suivie avec la troupe de Claude de Luzac et tint à la parcourir en sens inverse à travers bois. Elle s'arrêta le cœur battant dans la clairière où elle avait vu pour la dernière fois ses compagnes religieuses, et expliqua avec émoi à son mari et à Hélène que c'était là qu'elle avait pu parler à Claude, et qu'elle avait appris que Quentin était toujours vivant. Ils se turent un instant, puis rebroussant le chemin qu'elle avait pris dix-sept mois auparavant, parvinrent à l'endroit où l'orée de la forêt dominait le village de Fontenay-le-Val. C'était là que ses compagnes les plus âgées et les enfants avaient été libérées par le capitaine huguenot.

La vue plongeait sur l'abbaye et Mlle de Pâquelin put voir que toute trace de l'attaque avait disparu. Le cloître des Dames incendié avait été reconstruit et les ailes du dortoir des religieuses, de la salle capitulaire et de l'hôtel de l'Abbesse rutilaient de leurs tuiles neuves sous le soleil. Elle soupira en songeant aux deux années qu'elle avait passées là. Elle y avait de bons souvenirs, mais avec le recul, il lui semblait quand même que cela avait été une sorte de prison.

— Tu n'es pas obligée d'y aller, dit son mari, peu à l'aise à l'idée de franchir les portes de cet endroit qui avait failli lui prendre définitivement sa femme.

— J'ai envie de les revoir, de savoir si elles vont bien…

Ils descendirent lentement vers le monastère et quittèrent leurs montures. Quentin se tint un peu à l'écart, retenant les chevaux et laissant les deux femmes s'approcher de l'entrée. Corine laissa résonner plusieurs fois le heurtoir sur la porte et après quelques instants où le temps sembla suspendu, Sœur Anne, la sœur tourière, vint ouvrir. Elle dévisagea les visiteuses d'un air peu avenant.

— C'est pour quoi ?

— Eh bien, Sœur Anne, vous ne me reconnaissez pas ? demanda Mlle de Pâquelin d'une voix douce.

La sœur tourière examina attentivement son visage et s'exclama :

— Oh ! Ça alors ! Sœur Corine ! C'est bien vous ! Ah ! Mon Dieu. Ce n'est pas possible !

— C'est bien moi. Vous vous souvenez de mon amie Mlle de Surgères ? Et voici mon mari, Quentin de Gayrand.

— Ah ! Celui qui... Celui de... Oh ! Mon Dieu ! Mais alors tout était vrai ? Nous avons beaucoup prié pour vous ! Je vous ai crue trépassée... ou chez les Barbaresques !

— Les Barbaresques ? s'étonna Quentin.

Corine posa la main sur son bras.

— Une vieille plaisanterie de religieuse... Je t'expliquerai. Je suis bien désolée, Sœur Anne, j'aurais dû vous écrire, mais ma vie a été tellement bouleversée ces derniers mois... J'ai retrouvé mon mari et... je suis maman d'une petite fille qui a bientôt cinq mois. Mais... ne pourrions-nous pas entrer ?

— Maman ? Entrer ? C'est-à-dire que... Vous bien sûr vous pouvez passer, et Madame aussi, mais je ne sais pas si...

— Voyons, Sœur Anne, j'ai déjà vu des hommes pénétrer ici, au parloir, dans le cloître des Hôtes ou à l'hôtel de l'Abbesse.

— Des hommes oui..., dit la religieuse en baissant la voix. Mais lui c'est un huguenot...

— C'est mon mari. Je vous assure qu'il n'a nullement l'intention de sortir son épée, ni de profaner quoi que ce soit.

Sœur Anne dévisageait le sieur de Gayrand avec méfiance, et lui, qui bouillonnait, se retenait de répondre par égard pour son épouse.

— Allons-nous-en ! suggéra-t-il toutefois à mi-voix.

— Je t'en prie ! J'ai envie d'avoir des nouvelles de mes anciennes compagnes.

Elle se retourna vers la sœur tourière. Celle-ci hésitait, mais sa curiosité était forte d'apprendre tout de la nouvelle vie de Sœur Corine, et de découvrir le huguenot ressuscité. Elle leur demanda d'attacher leurs chevaux à un anneau fixé près de la porte, et les fit entrer au parloir.

— Il faut que j'aille prévenir Mère Aldegonde, dit-elle. Elle va être bien surprise. Ça c'est sûr ! Elle ne pensait pas que… Enfin…

Elle détaillait toujours Quentin de la tête aux pieds.

— Elle ne pensait pas qu'au bout de cinq ans ma femme et moi aurions encore des sentiments l'un pour l'autre, c'est ce que j'ai cru comprendre, en effet…, dit-il en tentant de refouler sa colère.

Corine posa à nouveau une main sur son bras. Le geste n'échappa pas à la religieuse, qui se dit que ma foi, ces deux-là avaient l'air de s'entendre effectivement, et que le ressuscité était bel homme, ce qui ne gâchait rien… Mlle de Pâquelin l'interrompit dans ses pensées.

— Sœur Anne, comment allez-vous toutes ? Est-ce que tout le monde s'est remis de… des événements ? Comment va Mme de Fonteval ? Et l'abbaye ? Comment se porte-t-elle ? J'ai cru voir qu'il y avait de nouvelles toitures ?

— Oui, grâce à Dieu ! Après le drame, des fonds ont afflué de partout, et on a pu reconstruire encore plus beau qu'avant. Avec le surplus on envisage de rénover le cloître des Novices. Tout le monde va bien. Les novices que vous avez connues ne sont plus là, elles ont fait leur profession de foi et sont réparties dans diverses abbayes. Mais les autres sœurs sont toutes présentes, et comme ragaillardies par l'épreuve, plus ferventes que jamais. Dieu nous a protégées…

Dieu et Claude de Luzac, pensait Quentin, agacé.

— Avez-vous des nouvelles de Sœur Henriette ? demanda la religieuse. Et de cette écervelée de Sœur Alix ?

— Elles vont bien. Elles sont établies à Niort et veillent l'une sur l'autre. D'ailleurs nous allons leur rendre visite dans quelques jours. Et Sœur Bernarde ? Et Mme de Sainte-Grave ? Elles avaient l'air fort affectées par notre expédition.

— Elles se portent bien. Sœur Bernarde est solide comme un roc. Mme de Sainte-Grave me parle souvent de vous. Vous lui manquez, comme à nous toutes.

Elle écrasa de son doigt une larme au coin de l'œil. Corine lui prit les mains et l'embrassa.

— Elle sera fort surprise de vous voir. Elle a maintenant des difficultés pour marcher, et ne sort plus guère de sa chambre. Mère Aldegonde n'en sera peut-être pas contente, mais je vais quand même vous conduire à elle, j'en prends la responsabilité. Et cette sotte de Jeanne-Antoinette de Bonneuil ? Qu'est-elle devenue ?

— Je ne sais trop, répondit Mlle de Pâquelin. Elle vit à La Rochelle et ne m'a guère donné de nouvelles. J'en aurai certainement par les sœurs Moreau, qui y vivent également, et que nous allons aussi visiter bientôt.

Sœur Anne hocha la tête. Elle guida les visiteurs vers le cloître des Hôtes et les laissa seuls un moment pour aller prévenir la pensionnaire. Corine put montrer à son mari l'endroit où elle avait vécu sa première année au couvent. Il reconnaissait qu'il y régnait une certaine sérénité. Bientôt une porte s'ouvrit et Ulrique de Sainte-Grave apparut au bras de Sœur Anne.

— Oh ! C'est bien vous ! Je n'en reviens pas, dit-elle en tombant dans les bras de la jeune femme. J'ai eu si peur pour vous.

— Les Barbaresques, sans doute ? ironisa Quentin qui n'appréciait guère l'accueil qu'on lui faisait jusqu'ici.

Son épouse sourit à sa plaisanterie et fit les présentations. La vieille femme lui prit les mains et lui parla chaleureusement.

— Monsieur, je suis ravie de vous rencontrer et si heureuse de voir que les choses se sont arrangées pour vous deux. Corine m'a souvent parlé de vous. Elle vous a beaucoup pleuré, je peux en attester, et votre fils aussi. C'était un si grand malheur. Quand Mère Aldegonde nous a raconté que vous étiez finalement en vie, et que votre épouse commettait une folie en voulant vous retrouver, j'ai prié pour que Sœur Corine ne se soit pas méprise sur vous, et qu'elle n'aille pas au-devant d'une grande déception. Je suis contente de constater que tout a l'air d'aller bien entre vous.

— Si bien que nous sommes parents d'une petite fille depuis peu, annonça la jeune femme.

— C'est merveilleux, répondit Mme de Sainte-Grave. (Elle leur tenait une main à chacun.) C'est une grande chance que Dieu vous a accordé en vous permettant de vous retrouver et de former enfin une famille.

Toute l'assistance avait les larmes aux yeux.

— Bon, ben, je vais prévenir la mère supérieure, déclara Sœur Anne.

Elle ne dut pas prévenir qu'elle, car bientôt le cloître des Hôtes vit apparaître Sœur Philippine, la sacristine, Sœur Marie-Andrée, la bibliothécaire, Sœur Louise qui avait remplacé Sœur Henriette à la lingerie, Sœur Bernarde l'infirmière qui serra la visiteuse dans ses bras...

Lorsque Aldegonde de Vouillac parut, entourée de Sœur Anne et Sœur Christophine, la maîtresse des novices, elle dut d'abord reprendre à l'ordre ses subordonnées et leur rappeler leur vœu de silence.

— Eh bien ! Mes sœurs ! On piaille comme dans un poulailler ici !

Quentin put juger de l'autorité naturelle de la mère supérieure, car tout le monde se tut, même Corine et Mme de Sainte-Grave. Il crut capter aussi un regard haineux à son égard. Il était le monstre qui avait dépravé Sœur Corine... Il rendit son regard à Mme de Fonteval ; elle était celle qui avait failli détourner définitivement son épouse de lui.

Après un moment de silence et de tension, Mlle de Pâquelin fit les présentations, mais Mme de Fonteval continua de regarder l'intrus d'un air suspicieux et réprobateur. L'annonce de la naissance de la fillette du couple par une Ulrique de Sainte-Grave enjouée ne la dérida pas.

— J'espère que cette enfant a été baptisée ! lança l'abbesse.

— Bien sûr, ma Mère ! dit Corine qui se garda bien de préciser qu'elle l'avait été par un pasteur.

— Et comment se nomme-t-elle ? demanda la maîtresse des lieux sans quitter son air revêche.

— Flore, répondit la mère de l'enfant.

La religieuse se radoucit et esquissa un sourire.

— Ah ! Flore ! dit-elle, grande sainte espagnole du IXe siècle !

Quentin lança à son épouse un regard en biais, mais celle-ci lui fit discrètement signe de la main de ne pas intervenir.

— Suivez-moi, dit Aldegonde de Vouillac en les guidant vers l'hôtel de l'Abbesse dans le cloître des Dames.

En chemin, Mme de Gayrand demanda si elle pouvait montrer l'abbatiale à son mari, ainsi que le cloître des Novices où elle avait vécu pendant un an. Mme de Fonteval acquiesça du bout des lèvres pour l'édifice du culte, mais se montra inflexible pour le bâtiment des novices.

— Vous n'y songez pas ! C'est un homme, qui plus est un huguenot ! Ses semblables ont fait assez de dégâts ici.

— Il me semble que l'abbaye s'en est plutôt bien sortie, dit Quentin qui rongeait son frein depuis un moment. Si j'en juge par ce que je vois, toute trace des événements a disparu. Le monastère n'en est que plus prospère et d'après l'éclat de votre nouvelle croix pectorale, vous n'avez pas été appauvrie non plus…

La mère supérieure s'offusqua.

— Mes sœurs ont failli perdre la vie, et leur dignité…

— Failli seulement, il n'y a eu ici ni mort ni blessé, grâce à mon beau-frère et ami Claude de Luzac et à son sens de l'honneur.

— Ils ont brûlé la bibliothèque ! intervint Sœur Marie-Andrée. Certains ouvrages étaient fort rares et fort précieux, c'est une grosse perte, et qu'on ne peut remplacer comme une toiture ou une croix, il faudrait des années pour faire recopier ces manuscrits…

— Ils ont profané les hosties dans l'église, brûlé du mobilier, volé des vases sacrés…, ajouta Sœur Philippine.

— Ce ne sont là que biens matériels. Savez-vous combien de milliers de vie ont été prises par les milices catholiques dans la nuit du 24 août 1572 à Paris et les jours suivants en province ? Voulez-vous voir mes cicatrices ?

— Oh ! s'écrièrent plusieurs religieuses.

— Cela suffit ! intervint Mme de Fonteval. Est-ce que vous n'avez pas des tâches à accomplir ? Sœur Corine, faites donc jeter un coup d'œil à l'église à… ce monsieur, et rejoignez-moi à l'hôtel abbatial afin que nous parlions un peu.

— Elle s'appelle Mme de Gayrand, et ce monsieur est son époux, bien qu'on ait essayé de l'en dissuader…

Corine le tira par la manche, et tout en lui montrant rapidement l'endroit où elle s'était rendue tant de fois pour prier, de jour comme de nuit, tenta de l'apaiser, et le supplia de ne pas provoquer un esclandre, ni de gâcher ces retrouvailles. Il y consentit à regret et la suivit dans les appartements de Mère Aldegonde en s'efforçant de rester calme. La conversation avec la religieuse demeura polie mais froide. Elle interrogea Mlle de Pâquelin sur sa nouvelle vie, s'enquit de savoir si elle pratiquait toujours sa foi, fut soulagée que son mari ou sa famille n'aient pas cherché à la convertir, choquée d'apprendre qu'elle avait assisté au prêche et n'avait pas trouvé le rituel si hérétique que cela. Elle reprit espoir en entendant que M. de Gayrand l'avait accompagnée une ou deux fois à la messe, rêva d'une conversion possible de ce conjoint, écouta d'une oreille distraite les nouvelles des sœurs qui avaient quitté le couvent, comme si elles n'existaient déjà plus pour elle.

Le temps passait et c'était l'heure des vêpres. Elle raccompagna les visiteurs jusque dans le cloître des Hôtes, suggéra à Corine d'assister à l'office. Les religieuses étaient réapparues l'une après l'autre, comme si elles avaient toutes attendu ce moment cachées derrière un pilier.

— Ma Mère, suggéra Sœur Ludovique la cuisinière, est-ce que Sœur Corine ne pourrait pas dîner avec nous et passer la nuit ici ? Nous n'avons même pas eu le temps de lui parler…

— Dites oui, ma Mère, supplia Sœur Anne. C'est un jour exceptionnel que celui qui l'a ramenée vers nous.

Même Sœur Philippine et Sœur Christophine, d'ordinaires si sévères sur le règlement, tendaient leur regard vers elle. Mme de Fonteval hésita un instant puis approuva. Un murmure joyeux s'empara de ses ouailles, qu'elle ne songea même pas à réprimer.

— Eh bien, soit ! Faisons une entorse à la règle, restez souper avec nous et je lève le vœu de silence pour ce soir. C'est jour de fête lors du retour de l'enfant prodigue. Bien sûr cette invitation ne vaut que pour ces dames, il n'est pas question que Monsieur demeure ici. Vous trouverez une très bonne auberge au village, dit-elle à Quentin d'un air satisfait.

Il prit son épouse par le bras et la tira à l'écart :

— Je ne suis pas sûr que cela soit une excellente idée de te laisser seule ici ce soir…

— Ne vous inquiétez pas, intervint Hélène de Surgères, je reste aussi et je me porte garant qu'elle repartira bien demain avec nous.

— Croyez-moi, ajouta Ulrique de Sainte-Grave, si elle a résisté pendant deux ans en vous croyant mort, ce n'est pas vous sachant vivant et ayant une enfant qui l'attend au pays, qu'elle va renoncer à vous et rester au couvent…

M. de Gayrand était tendu, tous les regards étaient tournés vers lui, pleins d'espoir et de supplication, conscients néanmoins qu'il pouvait interdire à son épouse de demeurer là cette nuit. Mais Corine savait que ce n'était pas dans ses habitudes d'abuser de son pouvoir de mari et de lui interdire quoi que ce soit. Elle attendait patiemment. Il soupira.

— Si tu y tiens vraiment, dit-il tristement. Mais je serai à la porte dès la première heure demain.

Elle lui rendit son sourire.

— Aie confiance, murmura-t-elle.

Il lui fit un baisemain qui provoqua des chuchotements alentour.

— Très bien, dit-il à Mme de Fonteval, je me retire, je m'en voudrais de profaner en quoi que ce soit votre repas... Je compte sur vous, fit-il à l'adresse d'Hélène et d'Ulrique.

Et il se laissa pousser jusqu'à la sortie par une Sœur Anne empressée, qui lui claqua presque la porte dans le dos. Il reprit les montures et se dirigea la mort dans l'âme vers le village, en espérant que l'abbaye n'allait pas garder celle qu'il aimait.

* * * *

Le lendemain à l'aube, il attendait avec les trois chevaux devant le portail de Fonteval, ayant passé une nuit trop courte à l'auberge, le cœur serré d'angoisse. Mais à l'heure dite, le lourd vantail s'ouvrit, laissant le passage à Corine et à son amie, et aux adieux furtifs avec Sœur Anne soupirante qui fit promettre à Mlle de Pâquelin de leur écrire. La porte se referma dans un bruit sec. Il enlaça son épouse, soulagé, et remercia du regard Hélène qui n'y était pour rien. Puis ils enfourchèrent leurs montures et prirent la route de Surgères.

La jeune femme avait suggéré qu'ils la laissent là quelques jours, le temps pour elle de profiter de sa famille, et pour eux d'aller à La Rochelle visiter des lieux et des personnes qu'elle ne connaissait pas. Le couple, pour sa part, était heureux de bénéficier de moments d'intimité pour se rendre dans la cité charentaise où ils avaient tous deux des souvenirs ou des attaches, Quentin y ayant vécu à deux reprises, après les batailles de Jarnac et de Moncontour, et après la Saint-Barthélemy.

Ils passèrent la journée du 4 novembre au château des comtes de Surgères, où Hélène tenait à leur rendre l'hospitalité qu'ils lui avaient offerte au manoir de Gayrand. Ils apprécièrent de jouir d'une journée de repos, sans rester des heures à cheval, et passèrent des moments agréables grâce à l'accueil chaleureux de la famille de leur amie. Mais leur voyage était encore long, ils ne pouvaient s'attarder. Le 5 novembre ils reprirent la route pour La Rochelle, où ils arrivèrent dans l'après-midi.

Corine fut impressionnée par les remparts de la ville qui dominaient le pays environnant. La cité huguenote était une des plus grandes villes de France, comptant plus de 22 000 habitants, et le plus important port sur l'océan Atlantique. L'aspect imposant des fortifications était encore renforcé par la présence alentour des troupes du prince de Condé. Elles campaient autour de la ville et rappelaient le souvenir des guerres passées, et le statut de première forteresse protestante du pays que tenait la cité rochelaise. En cette année 1578, M. de La Noue était le général commandant la place forte.

Le couple de Gayrand n'eut guère le temps de déambuler dans les rues en ce premier jour, car la nuit tombait vite en novembre, mais Quentin tenait à monter à son épouse le port qui faisait la renommée de la ville. Corine n'avait encore jamais vu une chose pareille. Dans le grand bassin, des dizaines de navires étaient alignés et leurs mats dépassaient souvent le toit des maisons qui bordaient les quais. Certains avaient leurs voiles déployées, sur d'autres on voyait tout un réseau de vergues, cordes et filins qui cliquetaient et bruissaient au vent. Les bateaux tanguaient légèrement, avec des bruits de grincement de bois, ce qui n'empêchait pas les marins de grimper le long des mâts, et de s'agripper tels des acrobates aux cordes, pour effectuer diverses manœuvres.

Des embarcations plus petites rentraient au port venant du large et franchissant le passage entre les deux imposantes tours qui semblaient veiller sur la baie. C'était de petits vaisseaux de pêche et les quais s'animèrent bientôt à leur débarquement des cris des vendeurs et des acheteurs, et de ceux des oiseaux de mer qui survolaient les cargaisons.

Quentin lui rappela que pendant le siège, c'était là leur seul ravitaillement, avec le ramassage des coquillages sur la rade, au pied des remparts que dominait le haut toit pointu de la tour de la Lanterne, qu'elle voyait plus loin sur la droite. Et quelquefois ce que ramenaient les corsaires anglais qui croisaient au large. La tour de la Lanterne servait de prison, mais aussi de phare pour les navires. L'air sentait un mélange de poisson, de vase, d'algues et de sel, et Mlle de Pâquelin ne trouvait pas cela très plaisant, mais son mari semblait s'animer au fur et à mesure qu'il lui parlait. Lui retrouvait des sensations vécues, mélanges de privations et de souvenirs agréables.

Un bruit sourd se fit soudain entendre à l'entrée du port et les dernières embarcations se hâtèrent de franchir la passe. Quentin expliqua à Corine que l'on tendait une grosse chaîne entre les deux tours pour empêcher toute intrusion de navire ennemi pendant la nuit. L'imposante tour ronde à droite s'appelait la tour de la Chaîne, elle servait de poudrière et c'était de là que l'on actionnait les appareils permettant de remonter les anneaux qui reposaient sur les fonds dans la journée et étaient fixés en face à l'autre tour encore plus haute et plus impressionnante qu'on appelait la tour Saint-Nicolas. Cette dernière abritait une garnison, servait de donjon à la ville et tenait son nom du saint patron des navigateurs. Les Rochelais, huguenots mais marins pour beaucoup, n'avaient pas osé la débaptiser.

L'air marin, la vue, les sons, les odeurs nouvelles pour elle avaient empli la tête de Corine et elle s'endormit lourdement, le soir, à l'auberge. Quentin au contraire eut un sommeil agité, il revivait la période du siège de

La Rochelle, rêvait du temps où il souffrait encore de fièvre et des séquelles de ses blessures de la Saint-Barthélemy, gémissait dans son sommeil, se dressa soudain en poussant un cri et ne réalisant pas tout de suite dans quelle maison il se trouvait, ni qui était étendu près de lui.

— Est-ce que ça va ? demanda son épouse.

Il haleta, la reconnut, il était en sueur.

— Oui, ça va... Ce n'était qu'un cauchemar, rendors-toi.

Mais des douleurs dans les côtes et dans le dos s'étaient réveillées. Il se rallongea, attendit qu'elle sombre à nouveau dans le sommeil, fixa le plafond en songeant au passé et à tout ce qu'il avait vécu dans cette ville. Il se leva au matin fatigué et troublé, mais décidé à poursuivre leur tour de la ville et de ses souvenirs.

— Tu es certain de vouloir continuer ? questionna Corine. J'ai l'impression que cela te fait du mal. On pourrait se contenter d'aller voir Judith et ses sœurs.

— Je n'ai pas que de bons souvenirs ici. J'y ai vécu de durs moments, surtout parce que je croyais que je t'avais perdue. Mais tu es là à mes côtés aujourd'hui et sentir ta présence va m'aider à passer au-delà.

Quentin lui montra les différents endroits où il avait logé, au dernier étage d'une maison à colombages à l'angle de la rue des Merciers lors de son dernier séjour, dans une autre plus petite autrefois, à côté du clocher de l'église Saint-Sauveur que les protestants avaient démolie en 1568, ne laissant que la tour qui servait pour le guet et comme plate-forme à canons. Ils déambulèrent dans les petites ruelles près du port, puis dans les rues commerçantes aux belles arcades à proximité de l'hôtel de ville. Celui-ci était doté d'une enceinte crénelée qui lui donnait un air de forteresse médiévale, mais la cour était égayée d'élégants bâtiments de style Renaissance.

Ils montèrent au sommet de la tour d'Aix près de la porte de Cougnes, et il lui désigna au loin les lieux où se trouvaient en 1573 les troupes de Charles IX et des princes catholiques, et les emplacements où l'on se battait sur les remparts. Ils admirèrent ensuite la porte de la Grosse Horloge, puis se promenèrent sur la place du Marché, d'un étal à l'autre, en se tenant la main, et Corine retrouva un moment l'insouciance de sa jeunesse, mais elle le sentait vaguement tendu.

— Est-ce qu'il n'y a personne que tu aies envie de revoir, ici ? demanda-t-elle après réflexion.

— Je n'ai pas vraiment lié amitié avec le bourgeois, tu sais. C'était la guerre. La plupart de ceux que j'ai fréquentés étaient soldats comme moi, et ils sont repartis dans leur région d'origine.

Corine hésita, elle n'oubliait pas son sommeil agité de la nuit précédente, ni ce qu'il lui avait raconté autrefois sur son séjour rochelais, et sur la fille qui l'avait soigné et qu'il avait fréquentée un temps.

— Cette nuit, continua-t-elle, tu avais l'air égaré, je pense que tu ne savais plus où tu étais, ni avec qui… Et je crois bien que tu m'as appelée d'un prénom qui n'était pas le mien…

Quentin soupira. C'était donc là qu'elle voulait en venir.

— Je n'ai pas prononcé son nom, mais il est vrai que je me suis souvenu du temps où j'étais blessé.

— Et d'elle en particulier ?

— Non. Bien sûr je me souviens de son existence et je ne renie pas ce que j'ai fait. Mais je n'y songe que pour m'en repentir, et je ne veux pas que tu t'inquiètes pour cela. C'est du passé, cela n'a pas duré longtemps et cela n'a en aucun cas été une histoire d'amour. Je ne l'ai jamais revue et je ne tiens pas à la voir.

— Mais elle vit toujours ici ?

— Je n'en sais rien, et cela m'est égal.

— Mais si tu la croisais sur ton chemin, tu n'aurais pas envie de lui parler ?

Il lui prit doucement le visage d'une main.

— Cesse de t'inquiéter avec cela, je n'aime que toi.

— Je ne m'inquiète pas. Je veux juste que tu saches que je t'autorise à lui parler si jamais nous la croisons.

— Merci, mais c'est fort improbable.

Il l'empêcha d'ajouter quoi que ce soit en fermant sa bouche d'un baiser langoureux. Ils continuèrent leur promenade par les rues pavées de la ville, rejoignirent le port où le long des quais allaient et venaient comme eux les bourgeois de la ville fiers de leur cité, admirant au passage les navires venus parfois de très loin enrichir le négoce local. Et l'improbable se produisit. Elle vit soudain son mari s'arrêter, le visage livide et figé. Sa main trembla dans la sienne qu'il se retenait de serrer.

En face d'eux, un couple mal assorti avait également cessé d'avancer. La jeune femme, blonde et agréable, avait pâli elle aussi. Elle laissait son regard errer de Quentin à Corine puis à son compagnon sans rien oser dire. L'homme, d'âge mûr et doté d'un embonpoint certain, souriait en la couvant du regard.

— Eh bien, ma mie ? Tu connais ces personnes ? Ne sois pas timide et fais les présentations, pour une fois que je rencontre une de tes connaissances…

— Louis Poncier, mon mari, dit-elle d'une voix exsangue en osant à peine regarder ses interlocuteurs. Monsieur… Monsieur était un de mes clients… lorsque j'étais blanchisseuse…

Elle n'eut pas besoin de le supplier du regard. Quentin avait immédiatement compris la situation. Le mari n'était pas au courant du passé peu avouable de son épouse. Il prit le parti de lui sauver la mise en espérant que sa propre femme ne vienne pas jeter de l'huile sur le feu pendant la conversation.

— Quentin de Gayrand, fit-il en s'inclinant, et voici mon épouse, Corine de Pâquelin.

Mme Poncier haussa un sourcil interrogateur. Mme de Gayrand salua poliment d'un signe de tête.

— Enchanté, positivement enchanté, fit le mari enjoué. Nous sommes jeunes mariés, depuis deux mois. Je suis heureux de rencontrer enfin quelqu'un qui a connu ma femme lorsqu'elle était blanchisseuse. Depuis que je suis revenu à La Rochelle, cela semble être denrée rare. J'ai parfois l'impression qu'elle me cache ses relations. Il n'y a pourtant pas de honte à avoir été blanchisseuse, si on fait bien son travail. Comme je dis toujours, il n'y pas de sot métier. J'espère, Monsieur, que Louison vous a donné toute satisfaction.

Corine se prit à sourire de la situation. Son mari paraissait moins heureux, la sueur perlait à son front.

— Je puis vous assurer, Monsieur, que je n'ai eu qu'à me louer des services de Madame.

Corine se mordit les lèvres pour ne pas rire.

— C'est qu'elle est un peu honteuse de notre différence de condition, mais il n'y a pas de quoi, comme je dis toujours peu importe le regard des gens, du moment qu'on est heureux. Je suis négociant en bois, à Bordeaux. Cela fait plusieurs fois que je viens travailler en cette ville, elle me plaît, et j'aurais aimé m'y installer définitivement, mais ma femme n'y tient pas, j'ignore pourquoi. La vie n'est pas toujours facile à Bordeaux lorsqu'on est huguenot. Je suppose que vous l'êtes aussi, vous vivez ici ?

— Non, mais j'y ai vécu autrefois, pendant le siège. Mon épouse et moi avons été séparés pendant la guerre, dit-il comme pour donner des explications à Louison, mais nous nous sommes retrouvés et nous avons entrepris ce voyage pour rendre visite à des amis. Nous ne sommes que de passage.

Mme Poncier parut soulagée.

— Je suis venu pour voir une cargaison de bois en provenance du Brésil, poursuivit son mari, on dit qu'il est très résistant. Peut-être aurons-nous l'occasion de dîner ensemble ?

— Je ne crois pas que cela soit possible, nous devons partir rapidement.

— Alors ce sera pour une autre fois. Comme je dis toujours, il ne faut jamais dire jamais et le monde est petit. Tenez, quelle chance avions-nous de nous rencontrer aujourd'hui ?

— En effet, répondit M. de Gayrand.

Sa femme se mordit une seconde fois les lèvres.

— Alors au plaisir ! fit M. Poncier, ravi, en saluant de son chapeau.

Le couple s'éloigna et Quentin demeura figé, attendant une tempête… qui ne vint pas.

— Tu… Tu crois qu'il a compris ? demanda-t-il enfin.

— Quoi ? fit-elle avec ironie. Que vous avez menti tous les deux ? Pour moi cela se voyait comme le nez au milieu de la figure, mais il a l'air tellement amoureux qu'à mon avis il n'a rien vu. Quant à l'ancienne profession de son épouse, je pense qu'il n'y verra jamais que du feu…

Quentin n'osait regarder sa femme, il était à la fois gêné et inquiet, craignant de sa part une réaction semblable à celle qu'elle avait eue lors de leur dernière rencontre avec Jeannette. Mais elle lui prit doucement la main et dit :

— Elle ne m'a pas paru bien méchante, et elle était si terrorisée qu'elle m'a fait pitié. Comme je dis toujours, le passé est le passé et nous n'y pouvons rien.

Il sourit, osa la regarder, l'enlaça et déposa un baiser sur ses lèvres.

— Viens, dit-il, je veux te montrer quelque chose.

Il l'entraîna vers les remparts entre les tours de la Chaîne et de la Lanterne, lui fit gravir les marches pour atteindre la vue magnifique sur la baie. Corine eut un vertige et chancela. Elle n'avait jamais vu la mer auparavant, sauf celle tranquille du mouillage des bateaux, la veille, le long des quais. Là devant elle se tenait soudain l'immensité de l'océan. De puissantes vagues se fracassaient en bas sur la grève au pied des murailles, le vent soufflait fort. Elle tangua et frissonna.

— J'ai peur, tiens-moi, dit-elle dans un souffle.

Il se plaça derrière elle et la tint par la taille. Il lui désigna l'horizon.

— Tu sais qu'il y a des terres au-delà ? Tout un nouveau monde d'où des navires ramènent parfois des marchandises étranges.

— C'est si grand et si puissant. Tiens-moi bien, ne me lâche pas !

— Je ne te lâcherai pas, dit-il en resserrant son étreinte. Je ne te laisserai plus jamais t'éloigner de moi.

XXXIV. De Saintonge en Sologne

Après avoir admiré l'océan, Corine et Quentin de Gayrand déjeunèrent à l'auberge avant de se présenter chez le cordonnier Samuel Goulin qui, avec son épouse Ruth et sa famille, hébergeait les sœurs Moreau depuis qu'elles avaient quitté l'abbaye de Fonteval. C'était une famille relativement modeste, qui faisait partie de celles qui s'étaient proposées pour accueillir des réfugiés sans attaches, persécutés en d'autres lieux, et étaient pour cela aidés financièrement par la communauté.

La Petite Rue du Port où se trouvait la cordonnerie Goulin n'était pas pavée et les eaux usées descendaient en ruisseau dans son milieu jusqu'à la mer, mais l'échoppe de l'artisan avait pignon sur rue et respirait le travail bien fait. Les visiteurs furent accueillis chaleureusement et on les conduisit à l'arrière-boutique où Sarah et Rébecca Moreau se jetèrent dans les bras de Corine. Judith était absente. Les deux jeunes filles avaient grandi et pris des couleurs depuis qu'elle les avait quittées à l'été 1577, ce qui démontrait qu'elles étaient bien traitées et même choyées dans leur nouvelle résidence, et que leur nouvelle vie leur profitait plus que celle qu'elles menaient en recluses au couvent.

Sarah allait sur ses dix-sept ans et Rébecca en avait treize. Elles avaient perdu leur timidité et bavardaient comme des pies. Elles exprimèrent leur reconnaissance à Corine pour les avoir sorties de leur enfermement. Celle-ci dénia toute responsabilité en la matière et assura qu'elles devaient tout à Claude de Luzac.

Samuel Goulin ferma sa devanture et les invita à monter à l'étage où il leur présenta sa femme Ruth et leurs enfants, Nathan et Esther, âgés de huit et cinq ans. La petite fille grimpa dès qu'elle le put sur les genoux de Rébecca qui se mit à jouer avec elle. Les sœurs Moreau vivaient en parfaite harmonie avec leur famille d'accueil, Ruth avait pour elles le regard d'une mère, et les jeunes filles et les enfants Goulin se sentaient comme frères et sœurs.

Après une bonne heure de discussion, Corine s'inquiéta de savoir où était Judith. Sarah rougit un peu et déclara qu'elle était sortie faire une course, et qu'elle était un peu en retard en effet. Mais Rébecca lâcha le morceau et avoua qu'elle était avec son amoureux. Ruth soupira et Quentin s'inquiéta de savoir si le prétendant était convenable et s'il avait de bonnes intentions à son égard. L'épouse du cordonnier avoua que c'était une histoire sans espoir.

— Pourquoi ? Il est catholique ? demanda Mlle de Pâquelin.

— Non, il est protestant, comme nous, répondit Samuel, mais il n'y a pas que la religion qui peut être un obstacle. Oh ! C'est un garçon tout à fait charmant et bien élevé, et je suis sûr que ses intentions sont parfaitement louables, sinon je ne le laisserais pas sortir avec la petite.

Mais son père est un des plus gros marchands merciers de la ville, il est propriétaire d'une belle maison à arcades dans une riche rue pavée, avec une boutique cossue au rez-de-chaussée, et il se murmure qu'il va en ouvrir une seconde. Il fréquente les échevins de l'hôtel de ville. Et Judith n'est qu'une petite réfugiée sans le sou et sans famille, logeant chez un pauvre bougre de cordonnier dans une rue boueuse menant au port… Jamais il ne laissera son fils unique lui proposer le mariage.

À ce moment on entendit un bruit de porte au rez-de-chaussée, puis des pas dans l'escalier et Judith entra accompagnée d'un jeune homme intimidé par tout ce monde. La jeune femme poussa un cri de joie et se jeta dans les bras de Corine. Mme de Gayrand lui présenta son mari et la jeune fille introduisit son ami, Daniel Vialot, d'un air gêné. Le prétendant triturait son chapeau dans ses doigts et tenta de s'esquiver.

— Pas si vite, jeune homme ! dit Quentin d'un ton péremptoire. Asseyez-vous et causons un peu, afin de faire connaissance.

Il n'osa pas répliquer et s'assit un peu tremblant, comme s'il allait passer en jugement. Sa petite amie ne paraissait pas beaucoup plus à l'aise. Samuel Goulin alla chercher un petit vin charentais et Ruth apporta des gâteaux tout juste sortis du four. Après deux verres et quelques pâtisseries, la conversation se détendit. Judith cessa d'être impressionnée par le sieur de Gayrand revenu d'entre les morts et Corine put se rendre compte, à leurs regards et leurs soupirs, à quel point les jeunes gens semblaient amoureux, et tristes à la fois. Elle ressentait douloureusement leurs difficultés, à la mémoire de ce qu'elle-même avait vécu avant son mariage. Elle échangea avec son mari un regard complice. Celui-ci, de son côté, éprouvait également le besoin de venir en aide au jeune couple, après avoir pu jauger du sérieux de leur relation.

Aussi, lorsque Daniel se leva et déclara qu'il devait partir, M. de Gayrand répondit : « Je vous accompagne. » Tout le monde parut surpris, et si Corine fut rassurée par la pression de la main de son époux sur son épaule, accompagnée de quelques mots chuchotés : « ne t'inquiète pas », elle put lire l'angoisse sur le visage de Judith et un semblant de désespoir sur celui du sieur Vialot. Mais il n'osa refuser et sortit comme une âme en peine, accompagné de son garde du corps imprévu. Les sourires et les petites tapes dans le dos de ce dernier ne semblaient pas le rassurer.

Quentin lui affirma que s'il se sentait le devoir de jouer les pères ou les frères protecteurs envers la demoiselle Moreau, à cause de l'amitié qui la liait à sa femme, il n'avait pas néanmoins l'intention de nuire à leur relation, mais au contraire de les aider à surmonter les obstacles. En chemin, il se fit confirmer les intentions honorables du jeune homme, et que seul le refus de son père de le voir s'allier à une jeune fille sans dot les empêchait de convoler.

Arrivé devant la maison familiale, Daniel Vialot hésita.

— Monsieur, je vous remercie de vos louables intentions, mais j'ai bien peur que vous n'empiriez les choses.

— Laissez-moi faire. Et si cela ne marche pas comme je l'espère, je vous promets que nous trouverons une autre solution.

Ils entrèrent dans la boutique richement achalandée du marchand mercier.

— C'est moi, Père, annonça d'une voix nerveuse le fils anxieux.

— Tu es là, Daniel ? fit entendre Pierre Vialot de sa grosse voix venant de la réserve. Où étais-tu donc encore passé ? Pas avec cette fille, j'espère ?

Il apparut, plantureux et vêtu de façon raffinée, comme une réclame vivante pour les tissus, chapeaux et rubans à la vente dans son magasin.

— Oh ! Je ne savais pas que tu étais avec un client.

— À vrai dire, je ne suis pas vraiment un client, chevalier de Gayrand ! annonça Quentin qui n'avait pas pour habitude de mettre en avant son titre, mais sentait qu'il fallait impressionner le bonhomme. Je suis au service d'Henri de Navarre, après avoir été garde du corps de sa mère, feu la reine Jeanne d'Albret, et mon épouse a été demoiselle d'honneur à la cour de France.

— Mon… Monsieur ! balbutia le bourgeois. C'est un honneur de vous recevoir chez moi. Que puis-je faire pour vous ?

— Nous sommes, ma femme et moi, pour ainsi dire les protecteurs de, comment dites-vous déjà, « cette fille », qui vit chez le sieur Goulin.

Le marchand mercier rougit légèrement et Quentin comprit qu'il était sur la bonne voie.

— Nous sommes venus spécialement à La Rochelle pour lui rendre visite, et je désirerais savoir ce qui a l'heur de vous déplaire chez la demoiselle Moreau. Je suis là pour attester qu'elle est d'une famille tout à fait honorable, et que si elle n'a plus de biens, c'est qu'ils ont été indûment spoliés par des catholiques.

Pierre Vialot s'inclina.

— Loin de moi l'idée de mettre en doute l'honorabilité de cette jeune fille, au demeurant charmante. Mais vous conviendrez comme moi que si une relation ne peut mener à une union officielle, il vaut mieux y mettre le holà tout de suite, avant d'entacher l'honneur de l'un comme de l'autre.

— Et qu'est-ce qui empêcherait, selon vous, l'union de ces jeunes gens ? demanda M. de Gayrand, qui sentit que le marchand était un peu plus coriace que prévu.

— Monsieur, dans un commerce, le mariage est aussi une affaire de finance. Vous l'avez dit, la demoiselle n'a pas de biens. Voyez-vous, je suis en train de racheter la maison voisine, pour y ouvrir une seconde boutique. Celle-ci sera tenue par mon fils et sa future épouse. J'y mets de l'argent, j'achète les murs et l'équipement pour le magasin. Mais il est nécessaire que la famille de la jeune femme donne sa part. Il leur faudra beaucoup d'argent pour démarrer, pour acheter le mobilier de leur appartement, et les stocks de marchandise, et aussi payer le salaire d'une fille de boutique. Mon fils ne peut pas se permettre d'épouser une jeune fille sans dot. Je ne saurai l'accepter.

— Et à combien estimez-vous la dot nécessaire ?

— Au moins sept cents ou huit cents livres. Si j'arrive à obtenir la main de la fille de mon concurrent Chopard, je peux espérer jusqu'à mille livres… Espérer… parce que le père est un peu avare…

— Je vois… Et cette demoiselle Chopard conviendrait à votre fils ?

— Bien sûr que non ! s'exclama Daniel. Elle est sotte et prétentieuse. Et j'aime Judith !

— Mon fils, le mariage n'est pas une histoire d'amour, mais une affaire économique qu'il convient de traiter comme l'union de deux boutiques… Enfin… Je veux dire, comme la création d'une entreprise... Il y faut des bases pécuniaires solides et un intérêt commun pour le négoce...

— Et si j'offrais une dot à Judith Moreau ? demanda M. de Gayrand.

Le marchand mercier hésita et se dit qu'il n'aurait peut-être pas dû annoncer qu'il espérait moins de mille livres.

— Ce n'est pas qu'une affaire de dot. Je me suis renseigné sur cette fille, elle a charge de famille. Deux jeunes sœurs qui pour l'instant vivent avec elle chez les Goulin. Mais si l'aînée se marie, et avec un beau parti comme mon fils, nul doute qu'elle les prendra à sa charge dans sa nouvelle demeure. Ce sera un poids pour le couple, et je n'ai pas vocation à gérer trois demoiselles en détresse, dont deux seront à marier, sans dot. C'est une charge trop lourde, tant moralement que financièrement.

Les arguments du père Vialot commençaient sérieusement à chauffer les oreilles de Quentin qui se disait que le cordonnier de la Petite Rue du Port, pourtant moins à l'aise, n'avait pas hésité, lui, à accueillir trois jeunes filles, quelles que soient les contraintes que cela apportait à son foyer.

— Bon, alors voilà ce que je vous propose, dit-il de façon abrupte. J'offre mille cinq cents livres de dot à Judith Moreau.

Le père et le fils restèrent bouche bée.

— Et pour qu'elles ne soient pas en reste, j'offre mille cinq cents livres de dot à chacune de ses sœurs. Ainsi elles ne seront une charge pour personne. Si elles viennent vivre chez vous, vous pourrez placer cet argent et le faire fructifier à votre guise, mais j'entends que le jour où elles se marieront, elles le feront selon leur choix et elles récupéreront la totalité de cette somme, plus les intérêts. Sarah fera une jeune fille de boutique parfaite, moyennant le gîte, le couvert et quelque argent de poche. Cela fera faire des économies au jeune couple et elle ne passera pas pour un fardeau.

Quant à Judith, je souhaite qu'il soit clair que cet argent lui appartiendra en bien propre et qu'elle en disposera selon son bon plaisir. Et je veux qu'il soit bien entendu que jamais il ne lui sera rien reproché sur ses origines, sur son manque d'héritage, sur l'existence de ses sœurs, ou sur un prétendu mariage manqué avec une dénommée Chopard et l'union de trois boutiques ! Je veillerai personnellement sur ces points ! fit-il en menaçant du doigt.

Pierre Vialot avala sa salive de travers. Trois fois mille cinq cents livres. Quentin croyait voir danser les chiffres dans ses yeux. Pour se donner bonne contenance, il déclara :

— Il faut que j'en parle avec ma femme.

— C'est cela, parlez-en à votre épouse, parlez-en avec votre fils ! J'attends votre réponse demain, à midi, chez le sieur Goulin.

Il salua d'un geste brusque de son chapeau et sortit de la boutique, laissant les deux hommes éberlués.

⋆ ⋆ ⋆ ⋆

L'air frais du dehors lui fit du bien et apaisa sa colère. Lorsqu'il revint à la cordonnerie où on l'attendait avec impatience, il avait retrouvé tout son calme. Il leur fit le récit de sa conversation avec le père de Daniel, mais Judith fut plus effrayée que reconnaissante. Elle se tordait les mains.

— Il ne viendra pas, gémissait-elle. Et nous ne pourrons plus nous voir, il nous l'interdira…

— Il viendra, affirma Quentin. Je connais la nature humaine.

— Ou s'il vient et s'il accepte, il me le reprochera toute ma vie.

— Il ne fera aucun reproche, je le lui ai interdit !

Les femmes étaient impressionnées par l'assurance de leur interlocuteur. Mais Judith ne pouvait s'empêcher de se tourmenter. Tandis que Sarah et Ruth essayaient de la calmer, M. de Gayrand prit son épouse à l'écart et lui demanda si elle ne lui en voulait pas d'avoir sacrifié presque la moitié de la dot que venait de lui donner Catherine de Médicis.

— Au contraire, répondit-elle, cet argent me brûlait les doigts, et je suis bien contente qu'il puisse aider un jeune couple à ne pas subir les souffrances de la séparation que nous avons connues.

Pour tenter de distraire son amie de ses angoisses, elle lui demanda des nouvelles de Jeanne-Antoinette de Bonneuil, qui avait voulu quitter le couvent elle aussi et les suivre à La Rochelle. Judith ne la voyait guère et c'était tant mieux selon Ruth car elle n'était pas une personne de bonne fréquentation. Ils apprirent qu'elle s'affichait ouvertement avec un officier de la garnison dont l'épouse vivait reléguée à l'autre bout de la province, qu'elle disposait d'un bel appartement où elle recevait la société comme si elle était sa compagne légitime, ce qui ne l'empêchait pas de se jeter dans les bras d'un jeune lieutenant de corsaire à la probité douteuse, chaque fois qu'il revenait au port… Corine renonça à la rencontrer.

Le couple de Gayrand resta tard ce soir-là pour distraire Judith de ses angoisses. Le lendemain midi, tout le monde était à nouveau réuni au-dessus de la cordonnerie, vêtu comme pour une grande occasion. Ruth avait prévu le déjeuner pour trois personnes supplémentaires au cas où.

— Il ne viendra pas, serinait la future fiancée.

Mais à l'heure dite la petite cloche de l'entrée tinta et le marchand mercier Vialot apparut avec trois bouteilles de bon vin dans les bras, entouré de son épouse et de son fils. Il salua l'assemblée et demanda cérémonieusement à Samuel Goulin pour son fils unique Daniel la main de sa pensionnaire Judith Moreau. Il y eut des exclamations de joie et les jeunes gens se jetèrent dans les bras l'un de l'autre. On ouvrit les bouteilles et on s'attabla.

Sarah était ravie de pouvoir être fille de boutique, elle avait hâte de voir du beau monde venir admirer toutes ces jolies marchandises. Mais Rébecca faisait la moue, elle ne voulait pas quitter Ruth et Samuel, ni les enfants Nathan et Esther. Le couple Goulin avait aussi le regard triste. Il fut donc convenu que Sarah irait vivre chez Judith et Daniel, tandis que sa jeune sœur resterait chez ses parents adoptifs. Et pour faire bonne figure, M. de Gayrand offrit cinq cents livres de dot à la petite Esther. Elle était encore jeune et le cordonnier aurait tout loisir de faire fructifier cette somme jusqu'à ce qu'elle ait l'âge de se marier.

— Je vous aiderai à trouver de bons placements, promit le père Vialot.

On leva les verres et poursuivit joyeusement le repas, jusqu'au milieu de l'après-midi. Le lendemain, Corine et Quentin demeurèrent à La Rochelle pour régler toutes ces affaires devant un notaire et faire leurs adieux à leurs amis. Le jour suivant ils reprirent le chemin de Surgères où ils retrouvèrent Hélène, avide de poursuivre leur périple. Et le 10 novembre, ils se mettaient en route pour Niort, où ils allaient rendre visite aux deux anciennes religieuses Alix et Henriette, avant de poursuivre vers Blois et les retrouvailles avec Clémence.

* * * *

Il ne fallait pas plus d'une journée pour atteindre leur première étape. Niort était une ville moyenne établie sur la Sèvre, fleuve facilement navigable qui se jetait à douze lieues de là dans l'océan. Grâce à son port fluvial, la ville était un relais commercial important entre le Poitou et le monde maritime. Elle disposait d'un port franc, libre de taxes, qui avait été recreusé au XIVe siècle, pour permettre aux vaisseaux de mer de remonter jusque dans la ville. De là partaient des navires vers l'océan Atlantique pour livrer dans les Flandres ou en Espagne du sel, du blé, de la laine et des draps. Des bateaux arrivaient aussi de terres lointaines, que les autochtones appelaient Canada, et les marins Nouvelle-France, amenant des fourrures et de la graisse de baleine.

Le château des comtes de Poitou était impressionnant. Construit au XIIIe siècle, du temps où la région était anglaise, sous Henri II Plantagenêt, son épouse Aliénor d'Aquitaine, et leur fils Richard Cœur de Lion, il était composé de deux énormes et hauts donjons carrés, dotés chacun de quatre tours d'angle, enserrant un corps de bâtiment à peine moins élevé qu'eux, le tout crénelé et dominant la cité de sa masse gigantesque.

La ville était passée à la Réforme en 1557, mais avait été reprise par les catholiques en 1569. Les huguenots étaient toutefois nombreux dans la région et aspiraient à reprendre la ville et à profiter du commerce avec les terres d'outre-mer. Pour l'instant néanmoins la vie était sereine à Niort, et Sœur Henriette, qui avait été lingère à Fonteval, avait pu y faire prospérer une blanchisserie dans une rue animée non loin du château. Elle avait notamment la clientèle d'un régiment de cavalerie, et avait dû embaucher deux jeunes femmes pour l'aider dans son travail.

Lorsqu'ils pénétrèrent dans la boutique en fin d'après-midi, Corine et Quentin de Gayrand, et Hélène de Surgères la virent s'affairer d'un client à l'autre et houspiller ses employées. Mlle de Pâquelin avait du mal à la reconnaître sans ses habits de religieuse, et aussi parce qu'elle semblait avoir pris de l'assurance et parlait d'une voix forte. Henriette ne les avait pas aperçus tout de suite, elle était occupée à discuter avec un homme d'âge mûr et rondouillard à qui elle fit signe de patienter, avant d'envoyer son personnel faire des livraisons. Enfin elle les vit, et les prit d'abord pour des clients huppés. Elle aussi avait du mal à identifier Corine sans ses vêtements de nonne.

Quand enfin elle se rendit compte de la qualité de ses visiteurs, elle s'empressa auprès d'eux, serra Corine dans ses bras et accueillit son mari ressuscité avec jovialité. Mlle de Pâquelin présenta Hélène de Surgères et s'enquit d'Alix. Henriette leur apprit qu'elle lui causait du souci, n'en faisait qu'à sa tête. Elle n'était cependant pas majeure[1],

1. La majorité était fixée à vingt-cinq ans.

et elle se sentait responsable d'elle, de sa vertu et de son avenir.

— Je ne peux pas l'obliger à travailler à la blanchisserie, elle est tout de même de noble lignage. Mais elle pourrait au moins m'aider dans les relations avec la clientèle, ou tenir les comptes. Au lieu de cela elle part se promener à toute heure. Je ne la tiens plus. Elle fréquente…, dit Henriette en baissant la voix.

— Décidément…, fit Quentin.

Ils expliquèrent à l'ancienne nonne les situations qu'ils avaient rencontrées à La Rochelle avec Judith et Jeanne-Antoinette.

— Cela ne m'étonne pas de la demoiselle de Bonneuil, fit la lingère. Alix n'en est pas là, son histoire ressemble plus à celle de la petite Moreau, sauf qu'elle n'est pas orpheline, elle, elle ne peut pas se marier sans le consentement de ses parents. Lesquels la croient au fond d'un couvent, ou plutôt trucidée par les huguenots!… Faites excuses…, ajouta-t-elle à l'égard de M. de Gayrand. J'ai essayé de la faire renouer avec eux, mais elle est persuadée que s'ils la savaient vivante, ils la renfermeraient illico dans une autre abbaye.

Et du côté du jeune homme ce n'est guère mieux. Lui non plus n'a pas vingt-cinq ans, et vous en connaissez beaucoup des parents qui accepteraient une bru échappée du couvent? Bref, ils sont coincés, leur relation est impossible.

— Et comment est-il ce jeune homme? Du genre sérieux, ou du genre aventurier? demanda Quentin.

— Du genre fou à lier!… Je veux dire… C'est un jeune noble tout ce qu'il y aurait de plus parfait si Alix de Gonzac n'était pas une nonne en fuite et si ses parents étaient un peu moins bornés. Philippe de la Broche, qu'il se nomme, lieutenant au régiment de cavalerie logé au château, noblesse poitevine, mais cadet de famille sans le sou, prêt à faire n'importe quoi pour s'enfuir loin des deux familles et vivre leur petite vie de tourtereaux sans se soucier de la réalité… Figurez-vous qu'il lui a mis en tête de partir aux Amériques !

Corine et Hélène s'exclamèrent.

— C'est à cause de tous ces fous de marins qui traînent au port et racontent des histoires à dormir debout de pays au-delà des mers, de pêches miraculeuses et de sauvages nus avec des plumes. Ça lui a monté à la tête ! Tenez, quand on parle du loup…

Alix venait d'entrer dans la boutique en riant, suivie d'un jeune homme aussi gai qu'elle, qui portait les cheveux mi-longs, un pourpoint de cuir comme les hommes d'armes et une épée au côté. Il salua courtoisement la compagnie en faisant fi du regard de reproche de la maîtresse des lieux. Mlle de Gonzac s'agaça de l'attitude d'Henriette, lui enjoignit d'un air moqueur de s'occuper du client qui attendait, mais parut ravie de revoir Mlle de Pâquelin et de faire connaissance avec les personnes qui l'accompagnaient. Hélène et Corine s'inquiétèrent ouvertement de leur projet déraisonnable de partir au loin.

— Le moyen de faire autrement ? répondit Philippe de la Broche. Ici nous ne pourrons jamais construire notre vie ensemble. Vous devez en savoir quelque chose. Je crois que le destin ne vous a pas été très favorable non plus. Là-bas, c'est un autre monde, des terres vierges où des gens de tous horizons, de toutes origines ou religions pourront vivre ensemble…

— Je ne serais pas aussi optimiste que vous, dit Quentin. Je pense que les hommes sont capables de transposer sur le nouveau continent les querelles de l'ancien. Mais à ma connaissance, il n'y a pas encore de colonie sur les nouvelles terres, même si on en parle depuis un moment.

— En effet, reprit le jeune homme. On en a parlé plusieurs fois, notamment lorsque le roi Charles IX avait fait armer des bateaux pour la précédente guerre des Flandres. On a cru d'abord que les vaisseaux allaient partir fonder un établissement au-delà des mers. Pour l'instant il n'y a que des hommes isolés qui se sont établis en Nouvelle-France[1]. On les appelle les trappeurs ou les coureurs des bois, ils sont en contact avec les Indiens et vivent du commerce des fourrures. Il y a aussi des navires de pêcheurs qui partent de Bretagne et du Poitou vers ces contrées lointaines, ils en ramènent jusqu'ici du poisson salé ou de la viande boucanée et des peaux qu'ils troquent contre leur pêche auprès des trappeurs. J'en ai rencontré au port de Niort. Ils rapportent aussi du blanc de baleine qui sert à tanner les peaux ou à faire de l'huile.

— Vous n'espérez pas emmener Alix vivre dans les bois du Canada ? s'horrifia Mlle de Pâquelin.

— J'ai ouï dire que les conditions de vie y étaient difficiles, ajouta Quentin, et que l'hiver durait parfois six mois.

— Mais ce n'est pas en Nouvelle-France que je veux aller. Il y a d'autres terres plus au sud.

— Vous voulez dire les terres occupées par les Espagnols et les Portugais[2] ? demanda M. de Gayrand. Je crois qu'ils sont assez jaloux de leurs prérogatives et qu'ils ne laissent guère d'autres nations s'y installer.

— J'ai entendu parler d'autres régions au climat plus tempéré. On les appelle Floride ou Caroline[3]. On pourrait y établir des plantations d'épices ou de tabac. Mais pour cela il faut de l'argent, et nous n'en avons pas, ni l'un ni l'autre. (Il soupira.) Il nous faudra des années pour rassembler les fonds nécessaires pour financer l'expédition et l'établissement d'une plantation.

Corine et son mari échangèrent un regard.

---

1. La première colonie installée au Québec date de 1608 (Samuel de Champlain), mais le Canada a été découvert par Jacques Cartier dès 1534.

2. Antilles, Brésil.

3. Dans les années 1560, l'amiral de Coligny avait envoyé des huguenots fonder des colonies au nord de l'actuelle Floride et leur avait donné le nom de « Caroline » en hommage à Charles IX. Elles ne survécurent pas aux attaques espagnoles et indiennes. Le nom des actuels États de Caroline du Nord et du Sud est dû à Charles Ier d'Angleterre et à l'arrivée de colons britanniques à partir de 1670.

— Tout de même, fit Hélène. Partir chez les sauvages… On dit qu'ils vivent nus et qu'ils mangent de la chair humaine…

— Pour cela, je me méfie, dit Quentin. On dit tellement de choses fausses en France sur les juifs et les protestants que je suis sûr qu'il ne faut pas croire la moitié de ce que l'on raconte sur les Indiens.

— Je n'ai pas envie, moi, qu'ils aillent se faire rôtir chez les sauvages, dit Henriette.

— Puisqu'on vous dit qu'il ne faut pas en croire la moitié ! Je pense surtout que vous ne voulez pas rester seule, répondit Alix. Et que si la situation s'améliorait pour vous, vous seriez moins inquiète de nous laisser partir.

Et Mlle de Gonzac se lança dans des explications sur les amours tout aussi contrariées d'Henriette, à la grande gêne de celle-ci et au grand étonnement des visiteurs. Il s'avéra que l'homme au fond de la salle n'était pas un client, mais le prétendant d'Henriette, Joseph Gontrand, veuf et sergent de ville de son état. Le couple se fréquentait depuis plusieurs mois et n'avait pas à subir d'opposition parentale, ayant largement plus de trente ans chacun, ni de difficulté de religion ou de niveau social. Ils étaient libres tous les deux, et Joseph connaissait le passé de la dame de ses pensées. Il avait deux filles de sa première union, âgées de dix et huit ans, qu'Henriette adorait et qui le lui rendaient bien.

— Au fond, qu'est-ce qui vous empêche de vous établir ensemble officiellement ? demanda Quentin après qu'ils eurent fermé la boutique et qu'ils se furent attablés tous ensemble autour d'un dîner, dans l'appartement qui surplombait la blanchisserie.

Le sieur Gontrand expliqua que la mère de ses filles avait un peu de bien, et que leurs grands-parents maternels avaient à son décès essayé d'avoir la garde des petites pour empêcher leur père de gérer l'héritage. Il était allé en justice et avait obtenu gain de cause. Mais s'il se remariait à une femme sans autre bien que ses bras pour travailler, il était sûr qu'ils se mettraient en tête qu'elle l'épousait pour voler l'héritage des petites et feraient tout à nouveau pour les lui prendre. Il avait peur de ne pas l'emporter cette fois, surtout si le passé d'Henriette était découvert. C'était pour éviter cela que la lingère refusait ses offres de mariage. Elle se sacrifiait pour qu'il ne soit pas séparé de ses enfants, ni elles de lui.

— En somme, vous êtes en train de dire que si Henriette avait une dot, la famille de Monsieur le laisserait tranquille et n'irait pas fouiner dans son passé, ce qui vous permettrait de convoler en justes noces. Et laisserait les mains libres à Mlle Alix pour faire de même, à condition qu'elle trouve les fonds nécessaires à sa propre entreprise...

Il se tourna vers son épouse.

— Je suis d'accord, dit-elle avant même qu'il ne pose la question.

— Mlle de Gonzac est de noble lignage, je suis obligé d'offrir une somme plus importante, d'autant que leur projet est ambitieux. Il ne restera presque plus rien.

— Cela m'est égal, dit Corine, je ne veux rien devoir à Catherine de Médicis. J'avais l'impression qu'avec cet argent elle espérait racheter ce qu'elle avait fait lors de la nuit du 24 août 1572, mais rien ne pourra jamais racheter cela. Je préfère que cette somme permette à d'autres couples d'être heureux.

M. de Gayrand proposa donc d'offrir une dot de mille cinq cents livres à Henriette, comme il l'avait fait pour Judith et ses sœurs, et gratifia Alix de trois mille livres. Les deux couples se récrièrent. Il leur demanda avec humour de bien vouloir considérer que c'était une contribution personnelle de la reine mère à la lutte contre les professions de foi forcées dans les couvents. Philippe de la Broche insista sur l'énormité de la somme.

— Il vous faudra bien cela, et prenez-le comme un investissement. Quand vous serez installés, vous m'enverrez chaque année une cargaison d'épices et de tabac, et nous serons quittes.

Le jeune couple promit, et tous trinquèrent à leur avenir respectif. Après cela il ne restait plus à M. et Mme de Gayrand que cinq cents livres sur la somme accordée à son ancienne demoiselle d'honneur par la mère du roi de France, fonds qu'ils comptaient allouer à leurs frais de voyage et au rapatriement du corps du petit Pierre. Ils firent les différentes démarches nécessaires auprès d'un homme de loi le lendemain, et le jour suivant reprirent leur route. Quatre jours plus tard, ils arrivaient devant les portes de Blois.

* * * *

En chemin, alors que Mlle de Surgères était un peu éloignée, Quentin demanda à Corine sur le ton de la plaisanterie :

— J'espère qu'il ne faut pas doter Hélène, car je n'ai plus rien.

— Si elle vient à se marier, la reine mère ou sa famille y pourvoiront, mais elle n'en prend pas le chemin.

— Pourquoi ? Est-ce qu'elle a un amour caché elle aussi ?

— Je ne crois pas. Elle a été fiancée autrefois, bien avant mon arrivée à la Cour, cela doit remonter à une dizaine d'années. Et son fiancé est mort à la guerre. Elle ne s'est jamais beaucoup étendue sur le sujet. Je crois que c'était à l'époque de Jarnac et de Moncontour.

— Catholique ou huguenot ?

— Elle ne me l'a jamais dit. Catholique probablement. Sa famille l'est et je me rappelle qu'à l'époque de mon entrée au couvent ses parents lui ont fait rencontrer différents jeunes gens des familles catholiques de la région, mais elle les a tous refusés. Quand je suis arrivée à la Cour, M. de Ronsard était son prétendant officiel, son rang et sa renommée écartaient tout autre soupirant. Mais c'était plutôt un jeu entre eux. Cela permettait à Hélène d'être à l'abri des convoitises, et en échange, elle était la muse du poète. Bien que j'aie toujours pensé qu'il était réellement amoureux d'elle, mais sans espoir. D'ailleurs il continue de lui dédier des vers, du fond de son couvent.

— En tout cas, si son fiancé a été tué par des huguenots, il est admirable qu'elle n'en ait jamais conçu d'amertume envers mes coreligionnaires. Je ne l'ai jamais entendue dire du mal de nous, ni se montrer partisane. Elle aurait pu essayer de t'éloigner de moi, par exemple.

— Hélène est une femme de cœur. Je ne l'ai jamais vue être agressive envers qui que ce soit, ni effectivement faire aucun reproche aux réformés. Elle m'a toujours soutenue, que ce soit avant ou après la Saint-Barthélemy.

Je crois qu'elle ne se mariera jamais et qu'elle restera toujours au service de Madame Catherine. Quels qu'en soient les contraintes et les désagréments, surtout depuis le début du règne du roi Henri III, elle aime sa fonction, et je la verrais bien vieillir à ce poste. Elle a déjà trente ans passés, et la plupart des demoiselles d'honneur ont entre quinze et vingt-cinq ans. Elle commence à jouer auprès d'elles le rôle que jouait autrefois Mme du Perron auprès de nous, une sorte de préceptrice et de surveillante. Elle rentre peu auprès de sa famille, principalement parce qu'ils cherchent justement à la marier.

— Alors pas de dot pour Hélène ? Et pour Clémence ?

Corine se mit à rire.

— Pour Clémence tu n'as pas à t'en inquiéter. J'y ai personnellement pourvu au moment de son mariage. Il te reste tes nièces et ta fille, mais tu as le temps de voir venir.

Il rit aussi et piqua un galop pour inciter ses compagnes de voyage à une petite course de détente.

⋆ ⋆ ⋆ ⋆

Le 15 novembre la petite troupe arriva devant Blois et s'arrêta un moment avant de pénétrer dans la cité. Corine et Quentin ressentaient une certaine émotion à revenir dans la ville où ils s'étaient rencontrés et où était né leur amour. Revoir le château qui dominait la Loire leur renvoyait des souvenirs de soirs de bals et de discussions animées dans les jardins. La Cour étant pour lors à Paris, le palais était fermé. Ils n'avaient de toute façon pas l'intention de s'y rendre, mais une certaine nostalgie s'était emparée d'eux tandis qu'ils songeaient à l'époque où, malgré les soucis et les inquiétudes, leur vie n'avait pas encore été bouleversée.

Ils avancèrent dans la rue des Trois Marchands. L'auberge *À la Cour de France* les impressionna. Sa façade occupait maintenant trois maisons. Les murs blancs peints à la chaux donnaient une impression de propreté et de confort incitant le voyageur à y faire halte. L'enseigne présentait sur fond bleu une couronne dorée surmontant un lys d'argent. Ils entrèrent dans la cour et laissèrent leurs montures à un valet avant de franchir la porte de la grande salle. Il y régnait une ambiance chaleureuse de discussions détendues et de chopes qui s'entrechoquent. De l'office parvenaient aussi des voix qui paraissaient plus affairées.

Un petit chien blanc surgit dans la pièce, poursuivi par une fillette de trois ans aux cheveux en bataille et aux joues roses rebondies. Soudain, l'animal s'arrêta, poussa un gémissement et se mit à aboyer furieusement contre les visiteurs.

— Eh bien, Tricky, dit Quentin, tu ne nous reconnais plus ?

— Je crois qu'il me reconnaît au contraire, dit Corine, et qu'il est furieux contre moi de l'avoir laissé.

Elle s'accroupit, l'animal recula et hurla comme à la lune. Elle se releva. Il vint renifler les bottes de Quentin puis la robe d'Hélène de Surgères, celle de Mlle de Pâquelin. Il gémit et aboya de nouveau. Elle se pencha et le prit dans ses bras, il se laissa caresser et lui lécha les mains.

— C'est MON chien ! fit la fillette les deux mains sur les hanches. Et comme son apostrophe ne semblait pas produire son effet, elle cria : MAMAN ! Y a une dame qui m'a pris mon chien !

— Catherine ! Laisse donc ce chien tranquille ! Tu vas le rendre chèvre !

Clémence apparut, s'essuyant les mains sur son tablier. Elle poussa une exclamation de joie en les voyant. L'enfant tira sur sa jupe.

— La dame a pris mon chien, insista-t-elle.

— Mais non, que tu es bête, c'est le sien, c'est la dame dont je t'ai parlé et que je servais à la Cour. Tricky était à elle bien avant d'être à nous.

Corine posa l'animal dans les bras de la fillette, mais il sauta à terre et reprit sa course, poursuivi par la petite. Mlle de Pâquelin serra son ancienne soubrette dans ses bras. Elles se mirent à pleurer toutes les deux, mais c'était des larmes de joie et d'émotion.

— Vous m'avez tant manqué, dit Clémence.

— Toi aussi. (Elle s'écarta.) Montre un peu que je te regarde... Tu t'es bien arrondie. C'est pour quand ?

— Dans deux mois environ, pour la fin janvier... Quand je pense que vous avez eu un deuxième enfant vous aussi. Comment va-t-elle ? J'aimerais tant la voir.

— Elle va bien, encore un peu trop jeune pour voyager.

— Comment est-elle ?

— Elle ressemble à Pierre...

Elles s'étreignirent à nouveau. Clémence embrassa aussi Hélène et esquissa devant Quentin une petite révérence qui le fit sourire.

— Pas de ça entre nous, dit-il, vous n'êtes plus une servante, d'ailleurs ma femme vous a toujours considérée comme une amie.

— Ah ! Monsieur, comme cela me fait drôle de vous voir, tout vivant, là, devant moi.

— Je fais cet effet-là à tout le monde, dit-il en riant.

La jeune femme appela son mari.

— Jacques, viens donc, ils sont là ! On ne vous attendait pas avant demain, mais vos chambres sont prêtes, nous vous avons réservé les deux plus belles. Je ne vous présente pas ma fille, vous l'avez déjà rencontrée. Et ce bon vieux Tricky vous a reconnus. Catherine ! Veux-tu enfin laisser ce chien et venir saluer nos invités ! Venez, ne restons pas là, venez donc chez nous, les parents de mon mari sont là. Ils nous aident un peu en ce moment car je me fatigue vite.

Jacques Perrot arriva et Corine eut de la peine à le reconnaître, lui si filiforme avait pris un peu d'embonpoint, mais cela lui allait bien. Il salua avec plaisir la compagnie et les entraîna dans la vaste cuisine qui faisait sa fierté. Il présenta ses parents et tous s'installèrent autour de la longue table de chêne pour boire la coupe de l'amitié.

— À votre santé ! dit l'aubergiste en levant son verre. Monsieur, je ne vous connais pas, mais j'ai beaucoup entendu parler de vous. J'ai eu l'honneur de rencontrer votre fils, et je peux vous dire qu'il était tout votre portrait. C'était un bon petit gars, et je suis vraiment désolé de ce qui est arrivé.

Le rappel du but ultime de leur voyage jeta un léger froid et Clémence donna un coup de coude dans les côtes de son mari. Mais la bonne humeur revint rapidement à l'évocation de nombreux souvenirs et anecdotes de leur vie à la Cour. Ils attendirent que tous les clients aient soupé et regagné leur chambre, que les serviteurs se soient retirés, que la petite Catherine soit couchée et que le calme règne sur l'auberge, Tricky assoupi devant la cheminée, pour dîner à leur tour et continuer à bavarder en refaisant le monde.

— Dis-moi, Clémence, demanda Corine en fin de soirée, as-tu des nouvelles de chez nous ? Que se passe-t-il en Hainaut ?

— Le duc d'Anjou a quitté Mons. Il en avait assez. Il croyait qu'on l'attendait là-bas comme le Messie, mais il s'est vite rendu compte que les États des provinces n'avaient pas vraiment besoin de lui et que le prince d'Orange était plutôt gêné par sa présence. Personne ne s'est soulevé en son nom, alors il est reparti mécontent et morose, avec son fidèle Bussy d'Amboise et toutes ses troupes.

— Je ne savais pas que François d'Anjou était revenu à la Cour, dit Hélène de Surgères.

— Oh ! Il n'est pas rentré à Paris. Il a bien trop peur d'être le prisonnier de son frère le roi, surtout depuis que sa sœur Margot n'y est plus, ni sa mère, pour le protéger. Il s'est retiré sur ses terres d'Alençon. Il ira peut-être de là en Anjou, qui fait aussi partie de ses fiefs.

— Est-ce qu'il n'y a pas eu trop de dégâts au pays ? Le manoir de Pâquelin et nos terres ont-ils souffert de la guerre ? demanda Mme de Gayrand.

— Pensez-vous ! Mons a ouvert ses portes, il n'y a pas eu combat.

— Et mon père ?

— Ah ! Pour lui, cela ne s'arrange pas. Il se comporte comme un vieux fou, toujours irascible et pestant contre tous. La présence de l'héritier du trône de France ne lui a pas plu, ça c'est sûr. Mais il ne s'est pas calmé pour autant quand il est parti. Tous ses serviteurs le craignent. Il donne ordres et contrordres, mes parents n'en peuvent plus, pourtant leurs pères servaient déjà votre grand-père. Mais ils en ont assez, je pense que je vais les faire venir ici. Ils seront bien près de nous, et pourront nous aider un peu à l'auberge et profiter de leurs petits-enfants. De toute façon mon père commence à se faire trop vieux pour les travaux d'une métairie. Et puis on ne sait pas trop ce qui va se passer là-bas, après la mort du gouverneur des Pays-Bas, Don Juan d'Autriche. On dit que les provinces du Nord, à majorité protestante, vont se séparer du reste du pays. C'est le risque d'une nouvelle guerre entre le Nord et le Sud, entre le prince d'Orange et le nouveau gouverneur.

— Don Juan d'Autriche est mort ? fit Hélène qui se souvenait que la princesse Marguerite lui avait parlé de sa rencontre avec le demi-frère du roi d'Espagne à l'automne précédent.

— Le 10 octobre, répondit Clémence, du typhus, qu'il avait contracté à l'armée lors de la dernière campagne militaire. Il avait à peine trente-trois ans. On dit qu'il a souhaité être enseveli dans son armure, et comme on avait peur de ne pas réussir à la lui mettre une fois qu'il serait raide, on la lui a fait revêtir alors qu'il était mourant, on lui a mis aussi son collier de la Toison d'or et dix-sept bagues aux doigts, avant de lui enfiler ses gantelets d'armure par-dessus, et il est mort harnaché ainsi.

— Dix-sept bagues à cause des dix-sept provinces des Pays-Bas ? demanda Corine.

— Non, répondit l'ancienne soubrette en baissant la voix, en hommage à ses dix-sept maîtresses.

M. de Gayrand émit un sifflement admiratif, sous le regard réprobateur de son épouse.

— Et qui le remplace comme gouverneur des Pays-Bas ? demanda-t-il.

— Alexandre Farnèse, duc de Parme.

— Et comment faites-vous, Clémence, pour être au courant de tout cela ?

— C'est qu'on parle, Monsieur, dans une auberge. On boit et on parle. Sans faire attention aux tables voisines ni aux serviteurs ou à l'aubergiste qui passe. Alors nous savons beaucoup de choses, de la cour de France ou d'ailleurs, des Pays-Bas, d'Angleterre ou d'Espagne, de la guerre et de l'amour. Tenez, est-ce que vous savez, par exemple, que la dame de Belleville s'est mariée ?

— Marie Touchet, la maîtresse de Charles IX, mariée ?! s'étonna Corine. Vous le saviez, Hélène ? (Mlle de Surgères fit non de la tête.) Avec qui ?

— François de Balzac d'Entragues, le 20 octobre dernier.

— Le bel Entraguet ? Celui du duel avec les mignons du roi, l'ancien amant de Margot ?

— Non, son frère aîné. Il y a plusieurs frères de Balzac d'Entragues, tous bien placés à la Cour. Ils sont cousins avec le duc de Joyeuse à qui le roi veut donner pour épouse une sœur de la reine. On avance une dot de 300 000 écus… François de Balzac d'Entragues est gouverneur d'Orléans, et lieutenant général des duchés d'Orléans et d'Étampes.

— J'ai entendu parler du gouverneur d'Orléans, fit Quentin. Il a présidé avec plaisir au massacre des huguenots dans sa ville du 25 au 27 août 1572. Entre huit cents et mille victimes, jetées à la Loire, comme d'autres à Paris dans la Seine. La dame de Belleville choisit décidément bien ses compagnons.

— Je comprends bien que François de Balzac d'Entragues ait souhaité épouser Marie, dit Corine, il devient de cette façon pour ainsi dire le beau-frère du roi, puisqu'elle est comme la veuve de Charles IX. Mais sa position à elle n'était-elle pas plus considérable sans cela ? De belle-sœur du roi et belle-fille de la reine mère, elle devient l'épouse d'un simple gouverneur de province.

— Sa position pouvait être ruinée n'importe quand, selon le bon vouloir d'Henri III ou de Catherine de Médicis, dit Mlle de Surgères. J'imagine que ce mariage lui apporte une honorabilité qu'elle n'a jamais eue. De maîtresse royale, elle devient l'épouse officielle d'un grand de la Cour.

— D'autant que sa famille est originaire d'Orléans, ajouta Clémence, son père était lieutenant au bailliage, ses ancêtres marchands beaucerons. Ainsi la petite bourgeoise épouse le gouverneur, cela doit racheter bien des choses pour sa famille...

— Tout de même, fit Mlle de Pâquelin, cela m'étonne de Marie. Elle était si attachée au roi Charles.

— Mais il est mort depuis plus de quatre ans, répondit Hélène. Espériez-vous qu'elle lui reste éternellement fidèle, comme sa veuve Élisabeth d'Autriche qui s'est retirée dans un couvent ? Je crois que Marie aime trop la vie pour cela. Et n'est-ce pas vous qui m'avez dit que Charles IX sur son lit de mort lui a recommandé de se trouver un bon mari ? Voilà qui est fait.

Ils continuèrent à gloser pendant un moment sur les grands de la Cour avant d'aller se coucher. Le lendemain, ils purent reprendre à loisir leurs conversations et se promener dans la ville. Clémence avait décidé de les accompagner pour la suite de leur voyage. Elle voulait revoir elle aussi les lieux où avait vécu le petit Pierre, et retrouver pour quelques jours la Possonnière, dont la gouvernante était la marraine de sa fille.

Jacques Perrot était content qu'elle puisse se reposer un peu, loin de l'activité débordante de l'auberge. Il l'assura qu'il se débrouillerait très bien seul, avec l'aide de ses parents. La petite Catherine et le chien Tricky seraient aussi de la partie, ce qui allait lui permettre de souffler un peu – même s'il n'osait l'avouer – sans les piaillements et cris habituels qui étaient son quotidien.

La présence de l'ancienne soubrette, enceinte de près de sept mois, celle de sa fille et du petit chien rendaient impossible la poursuite de leur périple à cheval. Ils investirent donc dans une voiture de location avec cocher, où prirent place au matin du 18 novembre les trois jeunes femmes, l'animal et l'enfant, et ils se mirent en route vers le Vendômois, au nord-ouest de Blois. Les montures des deux demoiselles d'honneur furent attachées à l'arrière, et Quentin chevauchait à côté. Il n'était pas fâché d'échapper un peu au bavardage de ces dames et de retrouver le calme d'une balade dans la campagne. Il galopait tantôt à l'avant, avant de venir reprendre sa place auprès de la voiture qui devait rouler avec précaution à cause de l'état de Clémence. Mais il fallait moins d'une journée pour atteindre la Possonnière.

XXXV. À la recherche de la vérité

À l'approche du manoir familial de M. de Ronsard, Corine fit arrêter un moment la voiture, pour se ressouvenir avec Clémence de leurs promenades dans les environs au printemps 1573. L'émotion commençait à gagner.

— Nous n'avions guère de distractions à part ces balades dans la campagne, dit Mlle de Pâquelin. Mais c'était si agréable de se retrouver à l'air libre après ces mois d'enfermement au Louvre, où je croyais toujours entendre dans les couloirs les cris de la Saint-Barthélemy...

Quentin lui prit tendrement la main par la portière.

— Et c'est si bon de te savoir là, ajouta-t-elle.

Il lui fit un baisemain.

Lorsqu'ils pénétrèrent dans le domaine de la Possonnière, elle demanda un second arrêt, au début de l'allée, et lui montra à gauche la petite chapelle où son fils avait été baptisé et sur la droite les pièces des communs qui avaient été taillées dans la falaise de tuffeau. Sa gorge se nouait en revoyant devant elle la gentilhommière où elle avait passé quelques mois hors du temps, loin de la Cour, pour mettre au monde son enfant.

L'émoi gagnait aussi M. de Gayrand, qui découvrait l'endroit où avait vécu son épouse, alors que lui-même se désespérait à La Rochelle, persuadé qu'elle l'avait renié et qu'elle avait rejoint sa famille en Hainaut. Le poids de la culpabilité s'abattait sur lui en songeant qu'il n'avait pu être présent tandis qu'elle souffrait en donnant naissance à son fils.

Enfin la voiture s'arrêta dans la cour devant le manoir, dans un crissement de gravillons. Il aida ces dames à descendre du véhicule. La fille de Clémence s'était mise à courir, poursuivie cette fois par Tricky, dès qu'elle avait vu Catherine sortir de la maison.

— Marraine ! Marraine !

La gouvernante la souleva dans ses bras, puis la reposa à terre pour recevoir les visiteurs.

— Clémence ! gronda-t-elle, quelle idée d'entreprendre ce voyage dans ton état. Veux-tu donc accoucher avant terme ?

Elle la serra néanmoins chaleureusement dans ses bras, avant de les ouvrir à nouveau pour accueillir Corine. Celle-ci s'y précipita à son tour, non sans verser quelques larmes, ayant l'impression de retrouver comme une mère.

— Pardon Catherine, dit-elle, de n'avoir pas donné de nouvelles. C'était trop dur pour moi de penser à la Possonnière.

— C'est si bon de vous revoir… Ce n'est rien, je comprends, et puis j'en avais quand même par ces dames, dit-elle en la lâchant pour prendre les mains de Mlle de Surgères. Mademoiselle Hélène, je suis heureuse de vous revoir aussi. J'espère que vous m'accompagnerez lors de ma prochaine visite à M. de Ronsard. Cela lui ferait tellement plaisir…

— Bien sûr, Catherine !

Enfin elle se tourna vers M. de Gayrand.

— Je vous remercie, Madame, d'avoir pris soin de mon épouse pendant tous ces mois, dit-il, de l'avoir soutenue lors de son accouchement, et d'avoir veillé sur notre fils ensuite.

— Mon Dieu, Monsieur, on me l'avait déjà dit, mais maintenant que je vous vois, cela me frappe tout de même, c'est fou ce que le petit vous ressemblait !… Ne me remerciez pas, je n'ai pas fait cela par devoir, mais par amitié.

Gautier apparut et ce furent d'autres embrassades et salutations. Catherine les conduisit à l'intérieur et leur offrit une collation.

— J'ai préparé votre ancienne chambre, dit-elle à Corine, mais je ne sais pas si vous voudrez y rester.

Mme de Gayrand prit son mari par la main et l'emmena à l'étage pour lui montrer l'endroit où elle avait mis son fils au monde. Le reste de la maisonnée suivit, un peu anxieux. Lorsqu'elle ouvrit la porte, elle fut comme projetée cinq ans et demi en arrière. Elle revécut en quelques minutes son accouchement, et même si le berceau n'était plus là, elle entendait l'enfant pleurer, puis se souvint du vide de l'absence, lorsqu'il était parti en nourrice.

Elle éclata en sanglots. Quentin la prit dans ses bras, les larmes lui venaient aussi, de sentir la souffrance qu'elle avait endurée pendant son absence, et de voir et d'entendre tous ces gens qui avaient connu et aimé son fils, l'avaient tenu dans leurs bras, alors que lui-même ne l'avait jamais vu et ne le verrait jamais. L'assistance s'éloigna discrètement, pour les laisser seuls avec leur peine. Lorsqu'ils descendirent rejoindre leurs amis au rez-de-chaussée, Corine déclara :

— Mon Dieu, c'était comme au manoir de Gayrand, lorsque je croyais voir le visage de Pierre se superposer à celui de Flore. J'avais l'impression qu'il était là, et qu'il pleurait, lui ou son fantôme… Jamais je ne pourrai dormir là, même avec Quentin à mes côtés.

— Ce n'est pas grave, dit Hélène, je prendrai cette chambre, et vous prendrez la mienne.

Ils s'efforcèrent de ne plus parler du petit Pierre ce soir-là et Mlle de Pâquelin dormit malgré tout, épuisée par le voyage et par les émotions. Le lendemain, ce fut un peu plus sereinement qu'ils reparlèrent de l'enfant, des bons moments passés avec lui, des anecdotes le concernant comme la fois où Corine avait cru qu'il avait pleuré à son baptême à cause de son sang huguenot, ou celle où elle avait bien voulu entendre « Mam », Maman, dans les syllabes qu'il ébauchait.

— Tout de même, Catherine, osa-t-elle demander, je voudrais savoir… Il était malade, la dernière fois que vous l'avez vu ?

— Mais pas du tout, il était en pleine forme, il commençait à marcher et à babiller. Rose et dodu comme à l'habitude. Cet enfant n'a jamais été malade, pour ainsi dire, sauf l'un ou l'autre rhume anodin. C'est pourquoi j'ai été si surprise lorsque j'ai appris la nouvelle.

— Moi aussi je l'ai été, dit la jeune mère, et si je n'avais pas eu votre lettre pour confirmer celle de la nourrice, je ne l'aurais pas cru.

— Une lettre ? fit Catherine. De la nourrice ?

— Oui, lorsque je suis rentrée d'Avignon à Paris, deux lettres m'attendaient au Louvre, celle de Rosine Aubin et la vôtre.

— Mais Rosine ne savait ni lire ni écrire, c'est d'ailleurs pour cela que j'allais régulièrement prendre des nouvelles sur place pour vous les envoyer ensuite.

Quentin fronça les sourcils.

— Elle l'aura sans doute fait écrire par quelqu'un, dit Clémence. Le prêtre de la paroisse par exemple. C'est comme ça que je fais avec mes parents qui ne savent même pas leur alphabet. Le curé leur lit mes lettres et transcrit les leurs.

— Probablement, dit Corine, j'étais alors tellement bouleversée, que je n'ai pas pensé à cela.

— Mais à vous, dit M. de Gayrand à la gouvernante de la Possonnière, elle vous a écrit ?

— Non.

— C'est étrange, fit-il. Cette femme qui n'écrit jamais envoie une lettre au Louvre, mais pas à la personne qui vient régulièrement prendre des nouvelles de l'enfant en l'absence de sa mère…

— Certainement parce que c'était un événement très important, hasarda l'ancienne soubrette.

— Et qu'elle se doutait que j'allais venir dans les jours suivants, ajouta Catherine.

Quentin eut une moue dubitative.

— Est-ce que vous pouvez nous raconter un peu comment s'est passée votre dernière visite ? Quand était-ce ?

— Vers le 20 septembre de l'année 1574.

— Et la précédente ?

— Aux alentours du 30 août.

— Quand l'enfant est-il décédé exactement ?

— Le 6 septembre, répondit Corine.

— Et vous dites qu'à la fin du mois d'août, il était en parfaite santé ? demanda M. de Gayrand à Catherine. Et que dans les jours suivants la nourrice ne vous a pas fait prévenir qu'il était malade, ni ne vous a avertie du décès avant le 20 septembre ?

— C'est exact. Je me rendais là-bas une fois par mois environ. Lors de ma visite d'août, je n'ai rien remarqué de particulier. Mais les maladies des enfants vont très vite parfois. Lorsque j'y suis retournée le mois suivant, la nourrice a fondu en larmes en me voyant, elle était très affectée, et j'ai d'abord eu bien du mal à la comprendre, tant elle avait de difficulté à en parler. Nous avons pleuré ensemble un long moment, puis je suis rentrée à la Possonnière écrire à Corine. Je n'y suis pas retournée ensuite. Cela a été dur pour moi aussi, je m'étais attachée à ce petit.

— Quelle était sa maladie ? demanda encore Quentin.

— De fortes fièvres, des convulsions…

— Nous en saurons certainement plus une fois sur place, en questionnant Rosine Aubin, dit Corine.

Ils convinrent de ne pas trop tarder à se rendre à Tours pour dissiper leurs inquiétudes et leurs remords. Mlle de Pâquelin s'en voulait de n'être jamais venue se recueillir sur la tombe de l'enfant, mais elle avait appris le décès plus de six mois après sa survenue, et se trouvait au loin. Catherine l'assura que c'était tout à fait compréhensible, et y alla de ses regrets également, puisque elle-même, bien que proche, n'en avait pas eu le courage. Le jour où elle l'avait appris, cela ne lui était pas venu à l'idée, et ensuite, elle n'avait plus voulu remettre les pieds dans ce village. Cela serait bientôt réparé.

Elle eut toutes les peines du monde à convaincre Clémence de ne pas les accompagner, l'assurant que c'était déjà une folie d'être venue en voiture depuis Blois, au risque de provoquer une fausse couche. Qu'elle devait maintenant se reposer en prévision du retour, et ne pas prendre la route de nouveau pour Tours. Elle aurait bien d'autres occasions d'y aller et il valait mieux ne pas risquer la vie d'un autre enfant. Au surplus il n'était pas utile d'emmener dans ce périple le petit chien et la fillette.

L'aubergiste bougonna bien un peu mais finit par se rendre à l'évidence. Elle serait mieux pour quelques jours à la Possonnière que sur les routes, et sa fille et Tricky y seraient plus à l'aise pour courir que dans une voiture ou une auberge de Tours. Le 20 novembre au matin, seules Catherine, Hélène et Corine montèrent dans le véhicule de location, et après avoir fait de grands signes d'adieux à leur amie qui restait à la garde de Gautier, avec défense expresse de trop se dépenser, ils prirent le chemin de la Touraine, Quentin préférant toujours chevaucher à leur côté, et son épouse emmenant sa monture attachée à l'arrière, afin de pouvoir profiter de moments de liberté avec son mari dans les journées à venir.

* * * *

Ils descendirent à l'auberge que Corine avait l'habitude de fréquenter lors de ses séjours autrefois, et le lendemain matin Catherine leur fit découvrir la ville, avant la visite prévue pour l'après-midi à M. de Ronsard. M. et Mme de Gayrand ressentaient une certaine impatience devant les bavardages et récits de leur guide, mais ne voulaient ni la vexer, ni lui faire de la peine. Ils déambulèrent donc dans les rues et places de la riche cité commerçante, entrèrent dans la cathédrale où Corine montra à son mari les tombeaux des petits dauphins de France, qui l'avaient déjà tant émue la première fois, comme un sombre pressentiment de ce qui allait lui arriver.

Après le déjeuner, ils se mirent en route pour le hameau de La Riche, à l'ouest de Tours, où se trouvait le prieuré de Saint-Cosme, devenu le refuge du poète de cour. C'était un petit monastère sans grande prétention, de style roman, loin de la grandeur de Fonteval. Il n'y avait qu'un cloître à côté de l'église, et de l'autre côté le logis du prieur, devant lequel avait été aménagé un jardin où fleurissaient habituellement des roses, mais la saison était trop avancée pour qu'ils puissent en juger.

M. de Ronsard avait reçu les ordres mineurs, mais pas la tonsure, ce qui ne l'empêchait pas d'être le prieur des lieux, et d'en toucher les revenus depuis des années, ainsi que ceux d'un autre établissement dans les environs. Responsable en titre du prieuré, il ne logeait pas avec les moines dans un dortoir ou une cellule, mais disposait d'une habitation particulière, à l'image de l'hôtel de l'Abbesse de Mère Aldegonde.

Néanmoins, toutes proportions gardées, le logis du prieur de Saint-Cosme, qu'on ne nommait même pas hôtel, avait les apparences d'une simple mais belle maison du pays en tuffeau blanc, surmontée d'un toit d'ardoise. Sa façade sur deux étages présentait de belles et grandes fenêtres rectangulaires dans l'air du temps, munies de petits carreaux de verre légèrement teinté. Un beau portail Renaissance avait visiblement été installé récemment. Le rez-de-chaussée comportait des salles de réception et à l'étage se trouvaient la chambre et le bureau du poète.

Le fait qu'il ne logeait pas dans le cloître permit à ces dames de pouvoir être reçues par le prieur. Elles n'auraient pu en effet pénétrer dans l'antre des moines. Pierre de Ronsard ne quittait plus guère sa chambre, des douleurs articulaires l'empêchaient le plus souvent de descendre l'escalier, et même de tenir sa plume. Il devait se résoudre à dicter ses vers et ses lettres. Ce fut donc dans un fauteuil près de son lit qu'il reçut ses visiteurs.

Corine et Hélène le trouvèrent vieilli et affaibli depuis la dernière fois qu'elles l'avaient vu. Mais son sourire anima son visage lorsqu'il les vit et il parut ragaillardi. Il accueillit joyeusement et avec de bons mots sa sœur de lait Catherine, ainsi que Mme de Gayrand et son mari. Mais son regard ne quittait pas Mlle de Surgères dont il ne lâchait pas les mains.

— Ah ! Hélène ! Ma douce Hélène, ma muse. Vous ici ! Je n'osais même pas en rêver. Votre présence me redonne vie. Je suis si heureux de vous voir tous... Vous deux, dit-il en désignant le couple de Gayrand, je n'aurais pas parié cher sur votre avenir, et vous voilà réunis ! Mais après quelles péripéties...

Corine et Quentin souriaient en se tenant la main.

— J'ai su, Monsieur, tout ce que vous avez fait pour mon épouse et mon fils, et je vous en suis infiniment reconnaissant.

— Ce n'était pas grand-chose, cela m'a apporté de la joie aussi. Grâce à eux, je me suis en quelque sorte senti père et grand-père.

Il y eut un moment de silence. Chacun pensait à l'enfant.

— Est-ce que vous ne vous ennuyez pas un peu de la Cour ? demanda Mlle de Pâquelin pour changer de conversation.

— Oh ! Que non. Je suis bien, ici, dans ma campagne tourangelle, au milieu de mes roses. J'ai fait aménager un beau jardin devant mon logis, mais l'automne ne lui rend pas justice. Vous devriez le voir au printemps, ou plutôt en juin, lorsque les rosiers fleurissent. D'ailleurs lorsque je mourrai, je veux qu'on m'enterre ici, dans mon jardin, sous mes roses.

— Monsieur Pierre ! s'exclama Catherine. Ce n'est pas chrétien !

Le poète haussa les épaules.

— Tout de même, n'est-ce pas un peu calme comme séjour ? demanda Hélène. Vous qui aimiez tant les fêtes et les banquets ?

— Mais ma toute belle, je ne puis plus danser, ni ripailler, ma santé me l'interdit. Non, croyez-moi, les artichauts et les salades, les asperges et les melons tourangeaux me semblent plus friands que les viandes royales qu'on nous servait à monceaux. Et avez-vous déjà goûté la matelote d'anguille au vin de Chinon ? Cela vaut tous les civets… Ou une bonne friture de Loire ? Et puis, voyez-vous, la Cour n'est plus ce qu'elle était. Faire des risettes et des courbettes aux mignons du roi, très peu pour moi…

Ils continuèrent à deviser gaiement une partie de l'après-midi. Avant de se séparer, M. de Ronsard leur fit promettre de ne pas quitter la région sans revenir le voir. Ce qu'ils firent avec plaisir et sincérité. En quittant Saint-Cosme, Catherine leur déclara qu'elle voulait le lendemain les emmener voir la basilique Saint-Martin de Tours. Quentin soupira :

— Pardonnez-moi Catherine, mais j'ai eu ma dose de bigoterie. J'ai passé ma journée entre cathédrale et prieuré, le pèlerinage se fera sans moi. L'après-midi à Saint-Cosme a été agréable, mais j'ai vu assez de superstitions papistes et de marchands du temple devant Saint-Gatien ce matin pour éviter Saint-Martin demain. Je suis un peu fâché avec les saints, voyez-vous. Et saint Barthélemy n'a rien arrangé…

Catherine rougit. Toute à sa joie d'être avec eux, elle en avait oublié qu'il était huguenot…

— Demain, poursuivit-il, Corine et moi nous nous rendrons au village où vivait Pierre. Seuls. Je crois que c'est un pèlerinage – pour le coup je veux bien le faire, celui-là – que nous devons accomplir à deux, nous ses parents. J'aimerais être seul avec mon épouse.

— Mais Corine aura besoin de nous pour la soutenir, hasarda Catherine, vous avez bien vu ce que cela a donné lorsqu'elle a revu la chambre où il est né. Imaginez ce que ce sera quand elle sera dans la maison où il a vécu ou devant sa tombe…

— Je crois qu'il a raison, intervint Mlle de Pâquelin. Ne nous en voulez pas, je sais combien c'est important pour vous aussi, et pour Hélène sa marraine, mais nous avons besoin d'avoir quelques heures d'intimité pour nous recueillir sur les lieux de sa courte vie. Vous comprenez? Quentin me soutiendra, et nous y retournerons tous ensemble plus tard. Mais demain, je pense que nous devrions rester un peu entre nous.

— Mais comment ferez-vous pour trouver le chemin?

— Je connais le chemin, Catherine, il est gravé au fond de moi pour toujours. J'y suis allée plusieurs fois, dans la réalité, et des milliers d'autres, par la pensée.

Hélène mit sa main sur celle de la gouvernante de la Possonnière.

— J'aimerais beaucoup voir le tombeau de saint Martin, dit-elle. Et je suis sûre que vous êtes le guide qu'il me faut. Nous irons un autre jour.

Catherine bouda un peu, s'inquiéta beaucoup, mais ne put réussir à les faire changer d'avis. Le 22 novembre, laissant leurs amies à l'auberge, Corine et Quentin enfourchèrent leur monture et gagnèrent dans la banlieue sud de Tours le petit village où avait vécu leur fils.

* * * *

La route n'était pas longue, moins de deux lieues, et ils avançaient lentement. À mi-chemin Quentin s'arrêta, posa sa main sur le bras de Corine.

— Tu es sûre que cela va aller?

— Oui, répondit-elle, parce que tu es là.

Mais chaque pas lui coûtait. Elle se souvenait de toutes les autres fois où elle avait pris cette route à toute saison, le cœur dans la joie de retrouver le petit. Qu'il était dur de se dire qu'il ne serait pas là, avec sa bouille toute ronde et ses boucles de cheveux noirs. Ses yeux se voilaient de larmes, mais elle se disait qu'elle au moins avait eu la joie de le connaître, alors que pour Quentin il ne serait jamais qu'une ombre sans visage. Et puis la vie lui avait rendu son mari, c'était inespéré et elle ne devait pas se plaindre. Elle lui sourit faiblement, et ils poursuivirent leur chemin.

À l'approche du village elle s'arrêta soudain. Cette chaumière isolée, avant les autres maisons, c'était elle et ce n'était pas elle. Elle avait du mal à la reconnaître tant elle était mal entretenue. Elle autrefois si coquette, si pimpante avec son jardin fleuri, paraissait terne, le terrain envahi de broussaille. Les murs gris manquaient de chaux, de la mauvaise herbe poussait sur le toit de chaume.

— C'est étrange, dit-elle.

— C'est ici ? demanda-t-il.

— C'est ici mais ça n'y ressemble pas.

Ils descendirent de leur monture et entrèrent dans le jardin. Une jeune femme inconnue sortit sur le perron, un enfant d'un ou deux ans dans les bras.

— Qui êtes-vous ? Que voulez-vous ? demanda-t-elle.

— Nous sommes venus voir Rosine Aubin, dit Corine d'une voix hésitante.

— Je ne connais personne de ce nom.

— Tu es sûre que c'est la bonne maison ? chuchota Quentin.

— Oui, j'en suis sûre, s'agaça-t-elle. Mais, dit-elle à la femme, c'est la demeure de Rosine Aubin.

— Non, Madame, c'est la mienne.

— Enfin, je sais bien qu'elle habitait là, j'avais un enfant en nourrice autrefois ici !

— Ah ! Vous voulez sans doute parler des anciens propriétaires ? Je ne connais point leur nom. Nous avons racheté la maison et les vignes il y a quatre ans environ, à l'automne 1574.

— Mais où sont partis les Aubin ? Ailleurs dans le village ? demanda Mlle de Pâquelin.

— Ma foi, je n'en sais rien. Peut-être mon mari le sait-il, mais à cette heure il est dans les vignes pour la première taille de l'hiver. En tout cas je n'ai jamais entendu parler d'eux au village. M'est avis qu'ils ont quitté le pays. Ils avaient l'air assez pressés de vendre. Même que la vendange était encore sur pied. Mon homme a trouvé ça étrange pour un vigneron de ne pas attendre le fruit de son travail d'une année. Ma foi, toute la récolte a été pour nous, et d'après lui on a fait une bonne affaire, la maison et les terres n'ont pas été vendues au prix fort.

— C'est ennuyeux, j'aurais bien aimé parler à Rosine, dit Mme de Gayrand. Pouvons-nous entrer un peu ? Mon mari était à la guerre au loin à cette époque, et j'aurais aimé lui montrer où notre fils a vécu. Mais je suppose que tout est différent maintenant.

— Vous pouvez, dit la jeune femme. Cela n'a pas beaucoup changé, ils nous ont aussi vendu leurs meubles en partant.

Ils pénétrèrent dans la maison. Comme les extérieurs, elle semblait moins entretenue. Mais Corine reconnut le mobilier et put faire voir à son époux le berceau où dormait le petit Pierre, tandis que la nouvelle propriétaire y déposait son propre fils. Elle était moins émue qu'elle l'aurait cru, trop perturbée par l'absence de la nourrice et ces changements inattendus. Quant à Quentin, c'est à peine s'il regardait les lieux, un nœud lui serrait l'estomac depuis qu'il avait appris le départ précipité des Aubin.

— Viens, dit-il à son épouse en la prenant par le bras. Madame, je vous prie d'envoyer quelqu'un quérir votre mari dans ses vignes. J'ai absolument besoin de lui parler. Nous devons nous rendre au village à présent, mais nous allons revenir.

Il entraîna sa femme au-dehors.

— Toi aussi cela t'ennuie qu'ils ne soient pas là ? demanda-t-elle. J'aurais bien aimé avoir des détails sur la maladie du petit.

— Cela fait plus que m'ennuyer. Je trouve cela terriblement inquiétant. Je suis également propriétaire de vignes, et je trouve plus qu'étrange qu'ils aient quitté le pays aussi précipitamment, avant même la vendange, et en laissant leurs meubles derrière eux. Cela ressemble à une fuite, et ce, à peine quelques semaines après le passage de Catherine. Comme s'ils avaient voulu éviter qu'elle ne revienne les questionner, ou que quelqu'un d'autre ne vienne le faire. Tu ne trouves pas cela bizarre qu'ils n'aient pas prévenu la Possonnière après le décès de l'enfant ? Et juste après la visite de notre amie, ils mettent tous leurs biens en vente, à perte…

Corine commençait à s'effrayer.

— Tu penses qu'ils sont responsables de la mort de notre fils ?

— Je ne peux rien affirmer, mais j'ai un horrible pressentiment. Ces gens-là ne sont pas partis la conscience tranquille. Nous allons interroger les voisins. Mais d'abord, rendons-nous sur la tombe de Pierre, comme prévu.

⋆ ⋆ ⋆ ⋆

Le petit cimetière entourait l'église, comme il était de tradition. Ils laissèrent leurs montures à l'extérieur et se mirent à chercher parmi les tombes. Mais ce n'était pas facile sans Rosine pour les guider. Certaines sépultures portaient de simples croix de bois dont les inscriptions étaient à moitié effacées par le temps. Dans un coin les croix étaient plus petites, peintes en blanc. Ils pensèrent qu'on avait rassemblé là les enfants. Mais ils ne trouvèrent pas le nom de Gayrand, ni celui d'Aubin.

Corine s'impatientait.

— Allons demander au prêtre, suggéra Quentin.

Ils pénétrèrent dans l'église et allèrent frapper à la porte de la sacristie. Un jeune curé leur ouvrit et les salua en souriant. Ils exposèrent leur requête et sollicitèrent son aide pour trouver la sépulture.

— À quand remonte le décès ? demanda-t-il.

— Au 6 septembre 1574, répondit Mlle de Pâquelin.

— Je n'étais pas encore en fonction à cette époque et le nom ne me dit rien. Je suis arrivé il y a un peu plus d'un an seulement, pour prendre la succession du père Maxime. Je vais regarder dans le registre paroissial. En fonction de la date et des noms des actes voisins, cela me donnera peut-être une idée de l'endroit où il a pu être enterré.

Il ouvrit un buffet et en sortit un manuscrit relié de parchemin. Depuis l'édit de Villers-Cotterêts de 1539 pris par le roi François Ier, les prêtres avaient obligation de noter tous les baptêmes, mariages et sépultures intervenus sur leur paroisse et de préciser les filiations des personnes enregistrées. Mais certains curés ne savaient pas écrire et les registres étaient parfois mal ou pas tenus. Cela ne semblait pas être le cas ici. Le jeune prêtre leva les yeux.

— Je suis désolé, je ne vois aucun Pierre de Gayrand enregistré à cette date, j'ai vérifié deux mois avant et deux mois après.

— Voulez-vous vérifier sous le nom de sa mère ? dit Quentin. De Pâquelin.

L'ecclésiastique se replongea dans la lecture du registre. Puis il fit non de la tête.

— Est-il possible qu'il ait été oublié ? demanda le père du disparu. J'ai entendu dire que parfois les prêtres ne notaient pas les enfants en bas âge.

— Le père Maxime était très pointilleux sur le décompte des âmes de sa paroisse. Il notait même les nouveau-nés décédés le jour de leur naissance.

— Se peut-il qu'il ait été enregistré sous le nom de sa nourrice ? insista M. de Gayrand. D'ailleurs, y a-t-il eu un décès chez les Aubin à cette époque ? Les fièvres peuvent être contagieuses…

Le curé se remit à sa lecture.

— Ni Gayrand, ni Pâquelin, ni Aubin, dit-il.

— Même sur six mois ? fit Quentin.

— Monsieur, j'ai vérifié sur deux ans. Voyez vous-même.

Il lui tendit le registre et tandis que Corine s'affolait, son mari put le feuilleter.

— Qu'est-ce que cela veut dire ? dit-elle.

— Cela veut dire, Madame, que l'enfant n'est pas décédé dans cette paroisse, ou du moins, qu'il n'y a pas été déclaré.

— Les Aubin avaient-ils de la famille dans les villages voisins ? questionna M. de Gayrand. Les connaissez-vous ? Savez-vous où ils ont déménagé ?

— Je regrette, Monsieur, je vous l'ai dit, je suis ici depuis un an seulement. Je ne connais pas cette famille. Vous devriez interroger des voisins, des anciens du village.

— Nous allons le faire, dit Quentin. Encore une question : ce père Maxime, que vous avez remplacé, est-il décédé ?

— Non, Dieu merci, mais l'âge ne lui permettait plus d'assumer toutes ses fonctions. Il s'est retiré au monastère de Saint-Cosme, non loin d'ici. Le prieur en est M. de Ronsard, un des plus grands poètes de notre temps, peut-être en avez-vous entendu parler ?

— Nous connaissons. Je vous remercie pour toutes ces précisions.

Il entraîna son épouse, abasourdie, hors de l'église.

— Je n'y comprends rien, dit-elle en se tordant les mains. Que s'est-il passé ? Pourquoi n'est-il pas ici ?

— Je n'en sais rien. Peut-être l'enfant est-il mort accidentellement, dans une chute ou quelque chose comme cela, peut-être ont-ils caché cette mort au village…

— Mais ils ne l'auraient tout de même pas enterré dans leur jardin ! C'est terrible, j'avais toute confiance en ces personnes. J'aurais dû revenir bien plus tôt…

— Tu n'en aurais pas appris plus… Un moment j'ai pensé que c'était peut-être un de leurs enfants qui était décédé, et qu'ils s'étaient enfuis avec le nôtre, mais il n'y a aucun décès à leur nom non plus.

— Et Catherine s'en serait aperçue lors de sa dernière visite. Ils avaient une fille plus âgée que Pierre de quelques mois, et blonde. Il n'y avait aucune confusion possible.

— Retournons à la maison, nous en apprendrons peut-être davantage.

Ils retrouvèrent le propriétaire de la chaumière et des vignes Aubin, mais ne purent en tirer rien de plus. Il n'était pas du village et ne les connaissait pas. Il avait fait une bonne affaire en achetant ces biens et ne savait pas ce que cette famille était devenue. Il ne comprenait pas pourquoi ils avaient vendu si vite, alors que la vendange était prometteuse.

Corine et Quentin questionnèrent des voisins qui ne firent que confirmer ce qu'ils savaient déjà : tous avaient été étonnés de ce départ précipité. Les Aubin non plus n'étaient pas du pays, on ne leur connaissait pas de famille sur la paroisse. Ils avaient bonne réputation. Non, il n'y avait pas eu d'épidémie de fièvre infantile à l'automne 1574. Oui, ils savaient que cette famille prenait des enfants en nourrice, non ils n'avaient jamais eu connaissance d'un décès d'enfant chez eux, ni à l'automne 1574 ni à un autre moment. Il fallut se rendre à l'évidence, seuls les Aubin pourraient leur expliquer ce qui s'était passé, ils devaient absolument les retrouver et le père Maxime semblait être leur dernière chance. Ils reprirent donc leurs montures et le chemin du prieuré de Saint-Cosme, Corine en larmes et le cœur rempli d'anxiété, Quentin plutôt sous le coup de la colère :

— Au besoin j'irai poser des questions dans tous les villages voisins, j'interrogerai tous les marchands de vin de Tours, mais je les retrouverai ! affirma-t-il.

* * * *

M. de Ronsard fut bien surpris de les revoir aussi vite et bien peiné de ce qu'ils lui apprirent.

— Je suis fort étonné. Ils m'avaient été chaudement recommandés par un notaire qui y avait également un fils en nourrice. Je suis vraiment désolé, je me sens responsable, c'est moi qui ai trouvé cette nourrice…

— Vous n'y êtes pour rien, dit Corine en éclatant en sanglots. Je les ai toujours trouvés très bien. C'est un cauchemar. Qu'ont-ils fait à mon fils ?

Elle pleurait dans ses mains et Quentin était bien incapable de la consoler. Les traits tirés, il semblait avoir vieilli brutalement.

— Peut-on rencontrer ce père Maxime ?

— Oui, oui, bien sûr. Je vais envoyer quelqu'un le chercher.

Il agita une petite cloche et un serviteur apparut, qui s'en alla quérir le vieux curé.

— Vous m'avez demandé, Monsieur le prieur ? fit-il d'une voix douce.

M. de Ronsard fit les présentations et résuma la situation. Le prêtre ne put que confirmer la bonne réputation de la famille Aubin. Les enfants y étaient toujours bien traités, et ils étaient des paroissiens fidèles. Il se souvenait vaguement du petit Pierre, qu'il avait vu à l'église dans les bras de sa nourrice, mais n'y avait pas prêté plus attention qu'aux rejetons de ses ouailles. Il était sûr, en revanche, qu'il n'y avait eu aucun décès d'enfant chez eux en septembre 1574, et Rosine ne l'avait jamais sollicité pour écrire une lettre de sa part à quelqu'un de la Cour.

Il avait, comme tous, été étonné de leur départ un peu brusque juste avant les vendanges, mais ils ne lui avaient pas fourni d'explications, et il n'avait pas fait attention à combien il y avait d'enfants chez eux à ce moment-là. C'était Rosine qui était originaire du village, mais elle n'y avait plus de famille. Il ne savait plus trop d'où venait son mari, mais croyait se souvenir qu'il avait un cousin ou de la parenté à Vouvray, siège d'un vignoble réputé, à quelques lieues à l'est de Tours. Peut-être trouveraient-ils là-bas des réponses à leurs questions.

Corine et Quentin remercièrent et lui firent promettre de les contacter à leur auberge si d'autres éléments revenaient à sa mémoire. Puis ils rentrèrent à leur hôtellerie reprendre des forces et raconter à leurs amies leurs mésaventures de la matinée. Les deux femmes tombèrent des nues et Corine se jeta dans leurs bras en pleurant.

— Mon Dieu ! Ce n'est pas possible ! dit Catherine. Qu'allez-vous faire maintenant ?

— Aller à Vouvray questionner le cousin, répondit Quentin.

— Je vais avec toi ! lança son épouse.

— Non, la journée a déjà été éprouvante pour toi. Et je ne sais si je vais trouver quelque chose. Tu devrais te reposer ici.

— Je ne suis pas en état de me reposer, je suis bien trop sur les nerfs ! Et puis je connais les Aubin, et ils me connaissent. Si nous arrivons à les localiser, je pourrai les identifier, et ils me parleront peut-être plus facilement qu'à toi.

M. de Gayrand hésita, mais il n'était pas en état de lutter contre son épouse, il préférait garder ses forces de conviction pour les parents nourriciers indélicats. Hélène et Catherine essayèrent en vain de raisonner Mlle de Pâquelin, de l'inciter à rester avec elles à Tours. Mais elle voulait en découdre avec les Aubin et leur faire avouer ce qu'ils avaient fait.

Après un rapide déjeuner, le couple remonta donc à cheval et prit la direction de l'est jusqu'au village de Vouvray, longeant des vignobles et de nombreuses maisons troglodytes.

* * * *

Arrivés à destination ils se rendirent à l'église, pensant que le prêtre connaissait bien ses paroissiens et pourrait leur indiquer où demeuraient des Aubin dans le village. Il ne voyait qu'une seule famille de ce nom, et d'après sa description, ce n'étaient pas ceux qu'ils cherchaient, mais cela pouvait être des parents. Corine et Quentin se dirigèrent donc vers la maison qu'on leur avait indiquée, et trouvèrent dans la cour un homme d'un certain âge occupé à rouler un tonneau. Il les prit tout d'about pour des acheteurs de vin et tint absolument à leur en faire goûter. Il était justement en train de mettre en bouteille celui de l'année précédente.

M. de Gayrand se dit que l'homme parlerait plus facilement s'il daignait boire son vin. Il descendit de sa monture, aida son épouse à faire de même, et M. Aubin les guida vers une cave taillée de plain-pied dans la falaise. Il sortit verres et bouteilles et commença la dégustation. Ce n'était visiblement pas sa première de la journée si l'on en croyait son sens de l'équilibre.

Après deux verres et l'achat de quelques bouteilles, Quentin l'interrogea sur son cousin, qui demeurait dans un village au sud de Tours, et l'avait quitté à la fin de l'année 1574, plantant là ses vignes juste avant la vendange.

— Ah ! Le fêlé ! dit l'homme en se tenant d'une main à la table.

— Vous dites ?

— Je dis qu'il est fêlé ! D'abord il a quitté Vouvray, où s'trouve le meilleur vignoble de Touraine, peut-être le meilleur de France ! Pour s'installer au pays de sa femme, là-bas où ce que vous dites... Passe encore ! Il s'est démené pour y faire fructifier des vignes, assez bien à ce qu'on m'a dit. M'enfin, c'est pas du vouvray ! Nous, ici, on fait un vin blanc, qui frise légèrement[1]. Là-bas, ils font du rouge-rosé dormant, ça vaut pas. Je dis pas, le cru a eu sa réputation aussi, il y a cent ans, du temps où l'roi Louis XI vivait au château de Joué-lès-Tours, le « noble de Joué », qu'on l'appelle dans les trois, quatre villages où on le produit. Il a ses amateurs, m'enfin, c'est pas du vouvray !

Et puis un jour il est parti. J'ai rien compris. Tout qu'il a laissé, maison, vignes, meubles, parti comme un voleur, ou comme s'il avait le diable aux trousses !

— Savez-vous pourquoi ? demanda Mlle de Pâquelin.

1. La méthode champenoise n'a été inventée qu'au siècle suivant, mais certains vins étaient naturellement légèrement pétillants.

L'homme cligna de l'œil et fit tourner son doigt sur sa tempe pour signaler la folie de son cousin.

— Je fais du vin moi aussi, dit Quentin pour l'amadouer, dans le Sud. Plutôt du vin rouge, et de l'eau-de-vie... Est-ce que votre cousin produit toujours ?

— Ouais. Ah ! Si vous espérez lui acheter du joué, c'est râpé. Vous savez où il s'est installé ? À Montlouis ! De l'autre côté de la Loire, où ce que les gens prétendent aussi faire du vouvray, mais c'est pas les mêmes coteaux. Le vouvray, c'est ici, à Vouvray ! cria l'homme en gesticulant et rougissant. Le cousin, quitte à laisser ses vignes, il aurait pu revenir s'installer ici, au pays de ses pères. Ben non, fêlé je vous dis. Il va s'installer en face, et lui, habitué à faire un rosé passable, il s'en va faire une piquette de clairet, et je sais pas où il la vend, parce qu'au marché de Tours, on ne le voit plus. À croire qu'il se cache. Les plus mauvaises vignes qu'il a prises, les dernières du coteau, celles au vent dont personne ne voulait, et sa maison pareil, la plus éloignée au bout du village. Folie, je vous dis.

Quentin était inquiet. Des rivalités de coteaux dans les vignobles, il connaissait, et il ne doutait pas que les vignerons de Montlouis devaient déclarer que leur vin était meilleur qu'en face. En revanche, un producteur qui changeait brutalement de cépage et de procédé de vinification, en s'isolant au bout des moins bonnes terres et en évitant le marché le plus réputé de la région, cela ne faisait que confirmer que les Aubin avaient pris la fuite et souhaitaient demeurer cachés. Restait à savoir pourquoi.

Ils laissèrent l'homme finir sa bouteille, et reprirent leurs montures. Ils franchirent la Loire et gagnèrent la route d'Amboise qui passait par Montlouis. Au village on leur confirma que les personnes qu'ils cherchaient vivaient dans la dernière maison située à l'écart de la route principale. Celle-ci n'avait rien de la coquette chaumière que connaissait Corine, une preuve de plus que les Aubin voulaient vivre dans la discrétion. Ils descendirent de cheval et se regardèrent un instant en soupirant, comme pour se donner du courage. Puis Quentin lui prit la main et ils frappèrent à la porte.

⋆ ⋆ ⋆ ⋆

Une fillette blonde d'environ six ans vint leur ouvrir.

— Qui est-ce ? demanda en se retournant sa mère qui avait un autre enfant de deux ou trois ans dans les bras.

Lorsqu'elle les vit, elle poussa un cri. Puis elle posa le petit à terre et dit à sa fille :

— Toinette ! Occupe-toi de ton petit frère, emmène-le dans une autre chambre. Georges ! Georges ! cria-t-elle. (Un garçon d'une dizaine d'années apparut.) Va chercher ton père ! Vite ! Vite !

Le garçon bouscula les visiteurs en sortant et se mit à courir vers les vignes.

— Charmant accueil ! fit Quentin, ironique.

— Rosine, avança Mlle de Pâquelin, vous me reconnaissez ?

Pour toute réponse la nourrice fondit en larmes, se couvrant le visage de son tablier.

— Rosine, qu'est-il arrivé à mon fils ? demanda Corine qui était devenue blanche comme un linge, mais son interlocutrice ne savait que sangloter davantage. Je vous présente mon mari, poursuivit-elle.

Mme Aubin leva les yeux de son tablier et poussa un autre cri avant d'y replonger son visage.

— Vous ne croyez pas que ce serait plutôt à nous de pleurer ? fit Quentin en colère. Mon épouse vous a confié un enfant autrefois. Vous lui avez écrit pour lui annoncer qu'il était mort. La vie nous a tenus éloignés longtemps de la Touraine. Mais aujourd'hui, nous sommes venus nous recueillir sur sa tombe, et qu'avons-nous trouvé ? Rien ! Pas de sépulture ! Pas d'acte de décès dans le registre de la paroisse ! La nourrice et sa famille envolées ! Qu'est-ce qui s'est passé ?! hurla-t-il.

Rosine Aubin sursauta.

— Mon Dieu ! Je savais bien que ça finirait par arriver un jour… Je vous demande bien pardon, Madame, je n'ai pas pu faire autrement. Mais il ne s'est pas passé un jour depuis sans que je l'aie regretté.

— Regretté quoi ? tonna Quentin. Est-ce que vous êtes responsable de la mort de l'enfant ?

— Mon Dieu, non !

— A-t-il échappé à votre vigilance ? A-t-il fait une chute ou eu un autre accident ?

Elle fit signe que non de la tête.

— A-t-il eu des fièvres en septembre 1574 ? demanda Corine d'une voix sourde.

Rosine hocha à nouveau négativement la tête et replongea dans son tablier.

— C'est pourtant ce que vous avez écrit dans une lettre à ma femme !

— Moi, Monsieur ? Je ne sais point écrire.

— Ou vous l'avez fait écrire, peu importe !

— Et c'est aussi ce que vous avez dit à Catherine lorsqu'elle est venue vous voir fin septembre, reprocha Corine.

— C'est vrai, je l'ai dit, avoua Rosine, parce qu'il me l'avait demandé.

— Qui ? interrogèrent en chœur les parents.

— L'h… L'homme, fit la femme du bout des lèvres.

Corine et Quentin se regardèrent, stupéfaits. À ce moment M. Aubin entra, suivi de son fils, il envoya l'enfant rejoindre son frère et sa sœur et se plaça derrière son épouse.

— Je vous en prie, Monsieur, ne lui faites pas de mal !

— Je ne lui ferai aucun mal, mais je veux savoir ce qui est arrivé à mon fils !

— Votre fils ?

Le mari de la nourrice jeta un coup d'œil à Corine, puis à sa femme, qui lui fit non de la tête.

— L'enfant est-il, oui ou non, mort le 6 septembre 1574 ? demanda son père en tremblant de colère.

— Non, Monsieur, dit faiblement Rosine.

— Alors quand et comment est-il mort?! tempêta-t-il.

— Nous n'en savons rien, dit-elle.

— Cela suffit ! hurla Quentin de Gayrand en donnant un violent coup de poing sur la table. Arrêtez ce petit jeu ! Je veux savoir quand et comment l'enfant est décédé, et ne me faites pas croire que vous n'y êtes pour rien. Vous avez menti dans une lettre et à la dame qui venait visiter le petit, vous avez fui comme des coupables en laissant les grappes sur les ceps à la veille des vendanges, en vendant vos biens à perte, vous vivez cachés depuis. Je veux savoir pourquoi ! Faut-il que je sorte mon épée pour vous faire parler ?

Corine n'avait jamais vu son mari dans un tel état de colère. Elle était impressionnée, et les Aubin terrorisés.

— C'est bon, nous allons tout vous dire, dit l'homme. Ce n'est plus la peine de se cacher, dit-il à son épouse.

Il se retourna vers le couple de Gayrand.

— Depuis cette époque nous vivons dans la hantise de votre visite. J'ai fait ce que j'ai pu pour mettre ma famille à l'abri. Mais j'en ai assez de vivre dans la honte et dans la peur d'être retrouvé. Le temps passant, et personne ne venant, nous espérions nous faire oublier, mais vous êtes là… Ma femme vous a dit la vérité, nous ne savons pas ce qui est arrivé au petit.

Quentin s'apprêtait à exploser.

— Il n'a jamais eu de fièvre, Madame, poursuivit M. Aubin. Je peux même vous assurer qu'au 6 septembre 1574, il était en parfaite santé.

— Mais alors qu'est-il arrivé ? demanda Corine.

— Son père est venu le chercher…, fit Rosine d'une voie sourde.

— Quoi ?! éclata M. de Gayrand. Vous prétendez que je suis venu le prendre ?

— Non, pas vous.

— Mais vous venez de d…

— Un homme est venu, continua-t-elle. Il a dit qu'il était le père de l'enfant… Que la mère lui en avait caché la naissance et qu'elle l'empêchait depuis de voir le petit. Il a dit que c'était son droit de venir le chercher… Je n'avais plus de nouvelles de vous depuis longtemps…, pleurait Rosine, et je ne savais rien de son père… Je ne savais même pas si vous étiez mariée ou non… Il m'a cité votre nom… Il a dit qu'il savait que vous rendiez visite régulièrement à l'enfant… Il m'a demandé si quelqu'un d'autre venait quelquefois… J'ai parlé de l'autre dame, celle qui semblait votre servante ou votre gouvernante…

Il a dit qu'il allait vous écrire… et que pour l'autre femme, lorsqu'elle reviendrait, je devais lui dire que le petit avait eu de fortes fièvres et qu'il en était mort… C'est ce que j'ai fait. Lorsqu'elle est venue, j'étais tellement honteuse et terrorisée que j'ai éclaté en sanglots, et j'avais du mal à réciter ma leçon… Elle a cru que je pleurais le petit, et j'ai laissé croire… Remarquez que je le pleurais aussi, j'aimais beaucoup cet enfant, et j'ai bien souffert qu'il me soit retiré ainsi brutalement…

Elle remit son visage dans son tablier. Corine et Quentin étaient abasourdis.

— Après, reprit M. Aubin, on s'est inquiété. On ne savait pas ce qu'il y avait de vrai dans cette histoire, et on avait honte d'avoir menti. L'autre enfant que nous avions en nourrice, le fils d'un notaire de Tours, venait d'être repris par ses parents. Alors j'ai pensé qu'il valait mieux qu'on s'en aille… La suite vous la connaissez.

— Comment avez-vous pu laisser partir Pierre avec un inconnu ? demanda Corine.

— Il… Il avait l'air d'un seigneur de la Cour… Il vous connaissait…, bégaya Rosine.

— Et à quoi reconnaissez-vous un seigneur de la Cour ? fit M. de Gayrand.

— Il était bien habillé, et il avait une épée au côté… Et aussi une bague en or.

— Et je suppose qu'il a laissé également une bourse bien garnie ? ajouta Quentin.

Mme Aubin baissa la tête, son mari alla chercher dans une armoire tout près un petit sac de cuir caché dans une pile de draps. Il le posa sur la table, et ils entendirent les pièces s'entrechoquer.

— Tout est là, dit-il, ou presque… Les dernières récoltes n'ont pas été très bonnes, j'ai pris quelques pièces. Mais je vous les rembourserai.

— Je me fiche de cet argent. Il n'est pas à moi. Ce que je veux c'est mon fils ! Mais vous l'avez vendu contre cet or !

— Non, Monsieur ! se fâcha M. Aubin. En partant l'homme a laissé la bourse, je n'en voulais pas, d'ailleurs je n'y ai pas touché pendant des années. Et pourtant, j'en aurais eu besoin, croyez-moi… Cet homme a aussi menacé ma femme de son épée, parce qu'elle ne voulait d'abord pas lui laisser le petit. Je n'étais pas là, j'étais dans les vignes. Lorsque je suis revenu, c'était trop tard, le mal était fait.

— C'est insensé… Madame, regardez-moi. Depuis que je suis en Touraine, tous ceux qui ont connu mon fils n'arrêtent pas de me dire combien il me ressemblait. Vous qui l'avez élevé, que pouvez-vous dire à ce sujet ?

Rosine l'examina avec attention, et les larmes lui vinrent à nouveau aux yeux.

— Ma foi, oui, Monsieur, c'est vrai, il était tout votre portrait.

— Et cet homme qui s'est prétendu son père, lui ressemblait-il ?

— Pas le moins du monde. D'ailleurs maintenant que vous m'y faites penser, il me semble qu'il a, à un moment, examiné attentivement le petit, comme s'il cherchait justement une ressemblance…

— Et néanmoins, vous l'avez laissé partir avec l'enfant…

— Je n'ai pas pu faire autrement, il me menaçait, il menaçait ma famille.

— Il menaçait, mais il a laissé une bourse pleine d'or, pour vous faire taire, dit Quentin.

— Mais enfin, qui cela peut-il donc être ? demanda Corine.

— Cet homme, demanda son mari à la nourrice, vous vous en souvenez ?

— Pour sûr ! Je ne l'oublierai jamais. Il m'a fait peur et il a bouleversé nos vies.

— Comment était-il ?

— Un peu moins grand que vous, un peu plus mince aussi, blond, les cheveux frisés, les yeux clairs, une moustache et une petite barbiche, parfumé, une chemise de dentelle, un pourpoint et des hauts-de-chausses brodés…

Corine et Quentin avaient pâli au fur et à mesure de la description. Ils se regardèrent et s'écrièrent ensemble :

— Le duc d'Épernon !

— Il me semblait bien qu'un jour il m'avait suivi, dit la jeune femme. J'avais cru le voir derrière moi, mais juste après je n'ai plus rien vu, et j'ai pensé avoir rêvé. C'était donc vrai…

— Vous avez parlé d'une bague en or, dit son mari à la nourrice. Y avait-il des armoiries dessus ? Il me semble que sur celles de celui que nous soupçonnons il y a deux croix… et un arbre…

— Monsieur, je n'ai pas fait attention à cela. J'étais affolée, j'ai seulement vu qu'il avait une bague.

— Et son épée, comment était-elle ? Vous avez dit qu'il vous avait menacée de son arme, vous l'avez donc vue.

— C'est que… je ne connais rien aux épées…

Quentin sortit la sienne et la posa brutalement sur la table. Les Aubin reculèrent.

— Est-ce qu'elle ressemblait à cela ? dit-il.

Son épée était une longue lame en fer terni, portant chocs et rayures, la garde et le pommeau étaient en métal assez simple, à peine ciselé.

Rosine s'approcha et l'examina avec attention.

— Non Monsieur, elle brillait plus et la poignée était en or et en argent. Il y avait aussi quelques pierres précieuses ici.

— Le duc d'Épernon ! répéta Quentin, qui était passé de la colère à la stupéfaction, puis à la haine.

Son pire ennemi avait enlevé son fils et il avait osé s'en prétendre le père ! Il avait tenu l'enfant dans ses bras, alors que lui-même ne l'avait jamais vu. Pouvait-il être tombé aussi bas que de faire payer à un enfant le fait de n'avoir pu posséder sa mère, ni vaincre son père au combat ? Corine en était venue au même raisonnement.

— Il n'aurait tout de même pas fait de mal à un bébé pour se venger de nous ?

— Je me le demande, répondit son mari. Je pense qu'il a participé joyeusement à la Saint-Barthélemy et aux massacres d'Issoire durant la dernière guerre, et que dans le feu de l'action il a pu blesser des femmes et des enfants, mais de là à s'attaquer de sang-froid à un nourrisson...

— Si vous permettez, dit Mme Aubin, je ne crois pas que l'homme ait fait du mal à l'enfant. Je l'ai vu prendre le petit avec précaution, il l'a emballé dans une belle couverture brodée. Je crois même qu'il y avait des fils d'or. Il a fait attention à ce qu'il soit bien installé sur le cheval devant lui. Il le regardait comme un objet précieux. C'est pourquoi j'ai pensé qu'il pouvait dire vrai, et qu'il était le père...

— Est-ce que cela veut dire que Pierre est encore vivant ? demanda Mlle de Pâquelin, le cœur battant.

— Ne t'emballe pas. Cela veut seulement dire qu'il l'était au 6 septembre 1574, répondit son époux d'un air sombre. Il a pu arriver n'importe quoi depuis... Viens, allons-nous-en, nous ne tirerons plus rien de ces gens, il ne leur a sûrement pas dit ce qu'il avait l'intention de faire.

Il l'entraîna un peu brutalement au-dehors par le bras. Rosine se remit à pleurer et M. Aubin les suivit avec la bourse.

— Qu'est-ce que je fais de l'argent ? demanda-t-il.

— Cela m'est égal, répondit Quentin sèchement. Vous n'avez qu'à en faire don aux pauvres. Cela rachètera peut-être une partie de vos fautes !

Il aida son épouse à remonter à cheval avec des gestes brusques, sauta sur le sien, et le talonna pour s'éloigner rapidement.

XXXVI. Le duc d'Épernon

Ils galopèrent pour gagner Tours, le cœur rempli de fureur et de haine pour lui, d'angoisse et de désespoir pour elle, d'autant que son mari semblait la traiter avec froideur. Elle avait du mal à le suivre tant il forçait sa monture. À mi-chemin, il s'arrêta soudain, se tourna vers elle et demanda :

— Y a-t-il la moindre petite parcelle de chance, le moindre soupçon de raison pour que Louis d'Épernon se soit senti en droit de penser qu'il pouvait être le père de Pierre ?

— Non, bien sûr que non ! Comment peux-tu imaginer cela ?! À part ses trois baisers manqués, cet homme ne m'a jamais touchée !

— Il aurait pu profiter de ma disparition après la Saint-Barthélemy.

— Tu m'as déjà demandé cela il y a un an, et je t'ai répondu que non ! Et tu sembles oublier que j'étais enceinte bien avant, même si je ne l'ai découvert qu'à cette époque, dit-elle en colère. Tu imagines peut-être que je le retrouvais en cachette dans les couloirs du Louvre quand je ne pouvais te rejoindre ?! J'ai détesté cet homme dès le premier jour où je l'ai vu, et ça ne va pas s'arranger à présent !

Elle était au bord des larmes.

— Excuse-moi..., il commençait à comprendre ce qu'elle avait pu ressentir devant Jeannette et Louison. Il a paru si convaincant à la nourrice... Et son histoire se tenait, son attitude aussi.

— Il a raconté n'importe quoi pour pouvoir prendre l'enfant… C'est un pervers de la pire espèce…

— Et il n'a jamais vraiment par la suite tenté de t'approcher ? Je veux dire après l'automne 1574 ?

— Non ! Je te l'ai dit, je ne l'ai pratiquement pas vu depuis, toujours en mission quelque part pour le roi, ou à la guerre. Il n'y a que cette fois où j'ai cru le voir sur la route et un ou deux regards étranges, mais c'était avant notre départ vers Lyon. En Avignon il n'était pas là et après notre retour à Paris je ne me souviens pas l'avoir vu. Mais j'ai vécu dans le brouillard pendant des semaines après avoir découvert les lettres annonçant la mort de notre enfant…

— La première lettre, c'est lui qui a dû l'écrire. Est-ce que tu l'as gardée ? Cela pourrait nous servir de preuve si on peut comparer à une autre page de ses écritures.

— Je ne crois pas… Je me souviens qu'après l'avoir lue, je l'ai froissée et jetée à terre, je me suis précipitée sur la seconde et je me suis évanouie… Après, je ne sais pas ce qu'elle est devenue.

Il soupira.

— Viens, rentrons, il fait froid et nous avons passé la journée dehors.

Ils se mirent au trot pour rejoindre leur hôtellerie de Tours, où les attendaient leurs amies, à qui ils narrèrent les derniers événements. Elles furent, comme eux, stupéfaites et horrifiées. Tandis que Mlle de Pâquelin se jetait dans les bras de Catherine pour pleurer, M. de Gayrand prit Mlle de Surgères à part. Il lui tint les deux mains, et lui dit à voix basse :

— Hélène je vous en supplie, je vous en conjure, dites-moi la vérité. J'ai déjà posé la question à Corine mais… Existe-t-il une infime possibilité pour que le duc d'Épernon ait pu sincèrement se croire le père de l'enfant ?

— Mais vous êtes fou, bien sûr que non. Elle exècre cet homme.

— Elle aurait pu… être involontairement obligée de lui céder… et ne pas oser m'en parler.

— Je vous assure que non, elle ne m'aurait pas tu un tel acte. Elle s'est toujours confiée à moi depuis le début. Ça ne peut être qu'une fable qu'il a inventée pour la nourrice.

— Et après la disparition de Pierre, a-t-il exercé des pressions sur elle, de nature à la conduire à sa couche, par la menace ou le chantage ?

Il la tenait maintenant aux épaules, la secouait presque.

— Mais non, là encore, je l'aurais su, avant son entrée au couvent, nous n'étions presque jamais l'une sans l'autre, et ce n'est pas à Fonteval qu'il aurait pu l'approcher, ni ensuite puisqu'elle était avec vous. Croyez-moi, il ne s'est pas manifesté auprès d'elle, d'une quelconque façon, d'ailleurs il n'était pratiquement jamais là.

Il la lâcha et recula, mais contrairement à ce qu'espérait Hélène, ses affirmations ne l'avaient pas apaisé et semblaient au contraire l'accabler davantage.

— Alors c'est qu'il ne possédait plus l'objet du chantage, fit-il sombrement.

— Mon Dieu ! dit Catherine, je n'en reviens pas.

— C'était déjà dur, reprit Corine, de savoir le petit Pierre décédé de maladie... Mais penser qu'il a peut-être été brutalisé par cet homme, qu'il a été arraché aux bras aimants de sa nourrice pour être conduit je ne sais où... Ne même pas savoir ce qui lui est arrivé, ni quand, ne pas avoir d'endroit pour se recueillir...

Elle fondit en larmes à nouveau. Cette fois Quentin vint la prendre dans ses bras. Elle se serra contre lui.

— Nous saurons, dit-il, je ne vais pas laisser ce crime impuni.

— Et que veux-tu faire ? Aller trouver le duc d'Épernon à la tête de ses armées ou au Louvre, l'assassiner devant les siens et te faire tuer à ton tour ?

— Je saurai le faire parler. Mais il faut d'abord le trouver. Hélène, savez-vous où il est en ce moment ?

— Ma foi non. Il n'est pas de mes amis et ne me dit pas où il va. Quand nous avons quitté Paris, il n'était pas à la Cour. Mais nous avons voyagé pendant des mois, peut-être y est-il revenu. Il faudrait interroger le roi Henri ou ses mignons, mais je doute fort que cela vous soit possible…

M. de Gayrand réfléchi un moment.

— La reine Catherine doit savoir où il est. Je suis sûr qu'elle fait espionner son fils et ses amis comme le reste de la Cour.

— Surtout celui-là, dit son épouse. Je l'ai entendue dire un jour que c'était celui qu'elle craignait le plus, et qu'elle voudrait le voir mort.

— Bien, dit Quentin, alors nous rentrons. Nous ramenons Catherine à la Possonnière, Clémence à Blois, et nous filons vers Nérac. Nous aviserons ensuite. De toute façon, nous n'avons plus rien à faire ici.

* * * *

Le lendemain, ils firent un détour par le prieuré de Saint-Cosme pour faire leurs adieux à M. de Ronsard et le prévenir de leurs découvertes. Comme eux il se sentit accablé et bouleversé. Par acquit de conscience M. de Gayrand lui demanda s'il savait où se trouvait le duc d'Épernon.

— Hélas, mon cher, la Cour est loin de moi à présent, et les amis du roi ne sont pas mes amis. J'ignore où il peut être. Et je ne puis que vous conseiller d'être très prudent, car lui comme ses compères sont tout-puissants.

Le mari de Corine remercia du conseil mais n'en était pas moins décidé à retrouver le criminel qui avait osé toucher à son fils. Après d'ultimes embrassades et quelques larmes, les trois femmes remontèrent dans la voiture et Quentin recommanda au cocher de forcer l'allure. Quant à lui, il partit au galop en avant pour essayer de passer ses nerfs en s'épuisant. Il dut faire beaucoup de détours, car il arriva à la Possonnière bien après ces dames, qui avaient même eu le temps de faire à Clémence le récit des tristes nouvelles.

Sa course ne semblait pas avoir calmé M. de Gayrand. Gautier, le mari de Catherine, alla chercher une bouteille d'eau-de-vie de prune et deux petits verres qu'il posa sur la table et remplit aussitôt. Les deux hommes avalèrent leur contenu d'un seul coup, et il les remplit de nouveau.

— Je n'arrive pas à le croire, dit Clémence. Louis d'Épernon ! Vous en êtes bien sûrs ?

— Nous ne pourrions l'être tout à fait, dit Hélène, que si nous pouvions comparer son écriture à celle de cette lettre qui malheureusement n'est plus.

— Je suis sûr que c'est lui, dit Quentin.

— Moi aussi, qui d'autre pourrait nous en vouloir à ce point ? dit Mlle de Pâquelin.

— Quelle lettre ? questionna Clémence.

— Celle que Corine a reçue de la soi-disant nourrice, juste avant la mienne, répondit Catherine. Nous pensons que c'est le voleur d'enfant qui l'a écrite. Elle a été jetée.

— Mais pas du tout, je l'ai, moi, cette lettre, dit l'ancienne soubrette.

Tous se tournèrent vers elle.

— Madame l'avait jetée à terre, mais je l'ai ramassée et je l'ai conservée, comme j'ai gardé celle de Catherine, et celle que M. de Pâquelin avait autrefois envoyée à sa fille pour la sommer de quitter la Cour, juste avant que vous ne décidiez de vous marier. Je les ai rangées avec les papiers que Madame m'a envoyés lorsqu'elle était au couvent. Vous voulez les voir ? Je les avais pris avec moi au cas où vous voudriez les reprendre, mais nous n'avions pas encore eu l'occasion d'en parler.

Les Gayrand approuvèrent et Clémence monta dans sa chambre chercher une petite boîte qu'elle ouvrit sur la table devant eux. Elle en sortit des papiers l'un après l'autre et les déposa entre les mains de Corine et Quentin.

— Voici la lettre de votre père, dit-elle, là c'est votre acte de mariage… l'acte de baptême du petit Pierre… la lettre de Catherine et enfin… la lettre de la nourrice.

— Clémence, vous êtes merveilleuse, dit M. de Gayrand.

Elle se rengorgea. Il prit le papier froissé et lut : *Madame, je suis au regret de vous dire que l'enfant que vous m'avez confié a eu de fortes fièvres, et qu'il est malheureusement trépassé le 6 septembre 1574. Je compatis à votre peine, votre dévouée : Rosine Aubin.* Il regarda attentivement l'écriture.

— Regardez ces pleins et ces déliés, ces boucles et ces fioritures... Rien à voir avec l'écriture d'une nourrice de village, ni avec la vôtre, Catherine, pardonnez-moi. Et cela ne ressemble pas non plus aux écritures des prêtres qui ont rédigé ces actes et ont pourtant plus l'usage d'écrire, ni à celle du père Maxime que j'ai vue sur le registre du village, ou même à celle de ton père. C'est l'écriture d'un noble qui a eu un précepteur et a l'habitude de rédiger des lettres officielles, quelqu'un aussi qui se donne de l'importance... Il ne cite pas le prénom de l'enfant, sans doute ne le connaissait-il pas.

— Je n'ai pas pensé à tout cela lorsque j'ai vu cette lettre pour la première fois, dit Mlle de Pâquelin.

— C'est naturel, tu étais bouleversée, reprit son mari. Merci, Clémence, je garde précieusement ce document.

Il le rangea dans une poche de son pourpoint. Corine ramassa les autres papiers. Ils tentèrent de dîner, mais n'avaient pas très faim. Clémence était déçue qu'ils repartent si vite.

— Tout de même, dit-elle après le repas, je ne comprends pas pourquoi vous voulez aller si rapidement en Gascogne.

— Parce que je veux le plus vite possible savoir où trouver Louis d'Épernon, afin de lui faire avouer son crime, et connaître le sort de ce pauvre enfant. Et je pense que Catherine de Médicis ou son entourage pourront me le dire, répondit Quentin.

— Mais je le sais, moi, où est le duc d'Épernon.

— Toi, Clémence ? s'étonna Corine.

— Je vous l'ai dit, on parle dans une auberge, nous savons beaucoup de choses.

— Et où est-il ? s'impatienta M. de Gayrand.

— Il a été nommé par le roi Henri III ambassadeur auprès de son oncle le duc de Savoie !

— Où est la Savoie ? demanda Catherine.

— Dans les Alpes au-delà de Lyon, fit Hélène, une partie de ce côté, proche du Dauphiné, et l'autre outre-monts, en Italie.

— Je connais le Dauphiné, dit Quentin, j'y ai combattu autrefois. Où est la capitale de la Savoie ? Où le duc réside-t-il ?

— Ça c'est plus compliqué, répondit Mlle de Surgères. Le duché de Savoie a deux capitales : Chambéry, de ce côté des Alpes, à une vingtaine de lieues au nord de Grenoble, qui est la ville principale du Dauphiné, et Turin de l'autre côté, en Italie. Jusqu'il y a une quinzaine d'années, le duc de Savoie régnait à Chambéry, mais en 1563, il a décidé d'installer sa capitale dans la partie italienne de son duché. Cela a fait grand bruit à l'époque, et on en a reparlé récemment car il a décidé cette année de faire transférer à Turin le saint suaire qui était conservé à la sainte chapelle de son palais, au grand désespoir des Chambériens qui ne souhaitaient pas voir partir la précieuse relique.

— Je me souviens qu'à son retour de Pologne, dit Mlle de Pâquelin, le roi est passé par Venise, puis a séjourné auprès de son oncle en Italie.

— Alors le duc d'Épernon est à Turin ? Auprès du duc de Savoie ? questionna M. de Gayrand.

— Si c'est le cas, vous n'avez aucune chance d'aller l'y trouver maintenant, répondit Mlle de Surgères. Vous ne franchirez pas les Alpes en cette saison, le col du Mont-Cenis est fermé en hiver, il doit déjà être sous la neige. Mais Chambéry est demeuré une résidence ducale, avec le siège de la Cour des comptes et l'Intendance générale du gouvernement de Savoie. Le duc y séjourne régulièrement en son château.

— De sorte qu'il n'y a pas moyen de savoir si d'Épernon et le duc sont à Chambéry ou à Turin ? s'agaça Quentin.

— Le Dauphiné, demanda Clémence, n'est-ce pas cette région qui est en partie aux mains du chef protestant Lesdiguières ?

— Si, répondit le mari de Corine. C'est justement aux côtés de François de Lesdiguières que j'ai combattu à une époque. Il espère en vain pouvoir prendre Grenoble depuis des années, mais il tient une bonne partie de la province.

— Alors, fit l'aubergiste de Blois à l'étonnement général, puisque Chambéry n'est pas loin de Grenoble ni des troupes du chef protestant, il m'est avis que le duc de Savoie s'y trouve en ce moment.

— Qu'est-ce qui vous fait penser cela ? demanda M. de Gayrand.

— Parce qu'il se dit que M. de Lesdiguières est en ce moment en train de faire des tractations secrètes avec le duc de Savoie, pour s'en faire un allié dans sa lutte contre les troupes royales, ou tout au moins obtenir sa neutralité. Ils ne doivent donc pas être très loin l'un de l'autre.

— Et on apprend tout cela dans une auberge de Blois ? fit-il.

Elle acquiesça de la tête.

— Mais c'est très intéressant, ça, Clémence, parce que Lesdiguières pourrait peut-être me faire entrer dans Chambéry, et même au palais ducal.

— Et après, intervint Corine, tu comptes aller chez le duc assassiner l'ambassadeur de France ? Mais si tu n'es pas tué par les hommes d'Épernon, tu seras arrêté par la garde du prince, cause d'un incident diplomatique grave entre la France et la Savoie, peut-être jugé et condamné pour crime, sans compter que tu ruineras la politique de ton ami Lesdiguières, car je doute fort que le duc de Savoie apprécie qu'un de ses émissaires vienne chez lui exécuter l'ambassadeur de son neveu… C'est de la folie !

— Mais qui te dis que je veux tuer le duc d'Épernon ? Je veux seulement le faire parler.

— Et une fois qu'il t'aura dit ce qu'il a fait à notre fils, que feras-tu ? Tu le remercieras ?

Quentin ne répondit pas. Son regard s'était durci.

— Ne fais pas cela, je t'en prie, supplia Corine. Cela ne nous rendra pas notre enfant et tu vas y laisser ta vie.

— Quand bien même vous arriveriez à entrer au château de Chambéry, intervint Hélène, rien ne dit que vous pourriez approcher l'ambassadeur de France. Sans parler de l'armée ducale, il doit être entouré d'une garde personnelle impressionnante. En outre c'est un remarquable bretteur. On ne compte plus le nombre de gentilshommes qu'il a battus en duel.

— Cela ne m'inquiète pas, dit Quentin, je l'ai déjà vaincu.

— Quoi ?! s'exclama son épouse.

— Oui, fit-il d'un air gêné, je ne te l'ai jamais dit, mais je l'ai déjà affronté, et j'ai remporté la victoire.

— Pourquoi ne m'en as-tu pas parlé ? Je croyais que nous n'avions plus de secrets l'un pour l'autre !

— Je n'y pensais plus. Cela remonte à longtemps, bien avant notre mariage. Un soir au Louvre, il m'a vu sortir de ta chambre, et a tenu des propos déshonorants à ton égard. Alors je l'ai provoqué en duel dans les fossés du jardin des Tuileries, et je l'ai vaincu. J'ai pensé qu'après cela, il cesserait de t'importuner.

— Et il ne t'est jamais venu à l'idée qu'il pourrait avoir envie de se venger ?!

— Il n'a pas eu besoin de se venger, il m'a cru mort pendant la Saint-Barthélemy, comme tout le monde.

— Il s'est vengé sur ton fils !

— Je ne crois pas.

— Pourquoi ?

— Parce qu'il a eu tout le temps de se venger sur toi pendant des mois après ma disparition, et qu'il ne l'a pas fait. En revanche, il t'a suivie, il a découvert que tu avais un enfant, il l'a enlevé... Probablement pour exercer une contrainte sur toi, te faire chanter afin que tu cèdes à ses avances en échange de la libération du petit...

— Mais il n'a rien fait de tel.

— Non… C'est pourquoi je pense qu'il avait perdu son moyen de pression. Il a dû confier Pierre à une autre nourrice ou à quelqu'un. Et il s'est passé quelque chose, j'ignore quoi, mais je le trouverai, et même s'il n'a pas souhaité sa perte, il en est responsable, et il devra rendre des comptes pour cela !

— N'y va pas, je t'en prie, tu n'as aucune chance d'en revenir vivant. Flore et moi nous avons besoin de toi. Je t'ai déjà perdu une fois, je ne supporterai pas de te perdre à nouveau ! Promets-moi que tu ne vas pas y aller !

Elle criait presque et gesticulait, mais il fut incapable de répondre. Hélène et Catherine la tenaient chacune par un bras et essayaient de la calmer.

— Mais bien sûr qu'il va promettre, dit la gouvernante de la Possonnière, ce serait une folie. Venez vous coucher, vous êtes épuisée par ces derniers jours. Je vais vous donner une décoction de valériane et de pavot, cela vous aidera à dormir.

— Je n'irai pas me coucher tant qu'il n'aura pas promis.

Il se leva et la serra dans ses bras.

— Ne t'inquiète pas, je ne vais pas risquer ma vie, dit-il en guise de promesse, mais son regard, dans son dos, était déjà au loin.

Elle se laissa conduire à sa chambre par ses trois amies. Il se rassit et tendit son verre à Gautier, qui le remplit à nouveau d'eau-de-vie de prune.

* * * *

Le lendemain matin, Corine s'éveilla d'un sommeil lourd avec une sensation d'absence. Elle étendit son bras et sentit que Quentin n'était pas à ses côtés. Elle se leva et l'appela en vain. Elle descendit précipitamment et trouva le mari de Catherine seul à la table de la salle à manger, occupé à vider les dernières gouttes de la bouteille d'alcool.

— Où est Quentin ? hurla-t-elle. Où est-il ?

Ses cris avaient ameuté les autres femmes de la maison qui arrivèrent les unes après les autres.

— Parti, répondit Gautier la voix pâteuse. Parti ce matin avant l'aube, avec mes deux meilleurs chevaux, qu'il a l'intention de crever sous lui pour arriver le plus vite possible à Chambéry.

— Noooon ! cria Mme de Gayrand.

— Le sien était trop fatigué de la veille, il va galoper sur l'un, puis l'autre, et les échanger au premier relais de poste contre deux autres qu'il va épuiser de même.

— Tu n'as pas fait cela ? dit Catherine. Tu ne lui as pas donné tes deux meilleurs chevaux ?

— Si, je les lui ai donnés, parce qu'à sa place j'aurais fait exactement la même chose.

— Mon Dieu, il court à la mort, dit Corine. Comment faire pour empêcher cela ?

Elle faisait les cent pas dans la pièce en réfléchissant.

— Je ne vois qu'une seule personne qui puisse l'arrêter : mon beau-frère Claude de Luzac.

Elle se retourna vers Gautier.

— Vous allez me donner vos deux autres meilleurs chevaux, et me trouver un messager qui galopera de même de relais en relais jusqu'au manoir de Gayrand, dit-elle en colère, et vite ! Catherine, du papier, une plume, je vais écrire un mot à Claude.

— Il ne pourra jamais le rattraper, dit Hélène. Il sera presque à destination quand le cavalier arrivera chez vous.

— Je dois tout tenter pour l'arrêter. C'est du suicide. Avec un peu de chance il lui faudra quelques jours pour parlementer avec Lesdiguières et se faire accepter au sein de l'ambassade des huguenots auprès du duc de Savoie. Puis un ou deux jours encore pour arriver jusqu'à d'Épernon. Cela laissera un peu de temps à de Luzac. Eh bien, Gautier, vous rêvassez ! Et ce messager, il vient ? Et ces chevaux ? Vous avez fait une belle bêtise, il faut réparer maintenant !

— D'accord, bougonna l'homme en se levant.

Arrivé à la porte, il se retourna :

— Votre mari a laissé une lettre pour vous.

Il désignait un pli sur la table. Elle se précipita. Mais il lui disait seulement de ne pas s'inquiéter, qu'il serait prudent, mais qu'il devait le faire. Il lui recommandait aussi de regagner Blois avec Clémence, où il pourrait la joindre plus facilement que dans le petit village du Vendômois, pour lui donner de ses nouvelles. Elle s'effondra en larmes en froissant la lettre, persuadée qu'elle serait bientôt veuve à nouveau.

⋆ ⋆ ⋆ ⋆

Tandis que Quentin de Gayrand galopait à perdre haleine vers la Savoie, ne se reposant que quelques heures, à Bourges, à Moulins sur l'Allier, à Roanne et à Lyon, un cavalier faisait de même en direction du Sud-Ouest, et les femmes de la Possonnière tentaient comme elles le pouvaient de consoler Mlle de Pâquelin. Elles restèrent quelques jours au calme de la gentilhommière, puis se résolurent à rejoindre l'auberge Perrot de Blois en espérant que des informations leur parviendraient bientôt. Catherine s'était jointe à elles pour soutenir Corine et aider Clémence dans ses tâches quotidiennes.

Le soir du cinquième jour, M. de Gayrand était proche de Grenoble et du camp des troupes de Lesdiguières. Il s'accorda une véritable nuit de repos, voulant être frais et dispos pour entamer favorablement la phase diplomatique de son projet : se faire accepter comme émissaire par le chef protestant, afin d'entrer dans Chambéry, sans lui révéler le but ultime qu'il poursuivait, et qu'il pourrait ne pas apprécier, parce que nuisible aux négociations.

La veille, le messager de Mlle de Pâquelin était parvenu au petit manoir entre Agen et Nérac. Claude avait décacheté la missive et avait pâli.

— C'est une lettre de Corine. Elle me supplie de filer auprès de Lesdiguières, entre Grenoble et Chambéry, pour empêcher Quentin d'assassiner le duc d'Épernon !

— Qu'est-ce que cela veut dire? demanda Emeline de Gayrand. Pourquoi voudrait-il assassiner cette personne?

— Je n'en sais rien, la lettre ne le précise pas, elle a visiblement été écrite très vite.

— Que vas-tu faire? demanda Pauline.

— Y aller. Je ne sais pas ce qui s'est passé, mais cela a l'air sérieux. Je connais d'Épernon et ton frère a déjà eu affaire à lui par le passé. Ces deux-là se détestent cordialement et sont en effet capables de s'entre-tuer. Géraud! Prépare-moi pour demain à l'aube mes deux meilleurs chevaux, si je veux arriver à temps, je dois faire comme le messager, épuiser à tour de rôle deux montures.

— Mais c'est sans doute dangereux, dit encore sa femme.

— Je n'ai pas le choix, si nous voulons revoir Quentin vivant, je dois l'empêcher de commettre cette folie.

Le 29 novembre, alors que M. de Gayrand se présentait au camp de Lesdiguières, M. de Luzac galopait à vie allure sur les routes du Languedoc. Il avait dépassé Toulouse et se dirigeait vers Montpellier.

⋆ ⋆ ⋆ ⋆

Dans la ferme qui servait de quartier général aux troupes protestantes, Quentin fut introduit auprès du chef huguenot.

— De Gayrand! dit celui-ci en lui donnant l'accolade. Quel plaisir de vous revoir. Est-ce que vous venez vous joindre à nous? Il n'y a pas de combats en ce moment, et je vais bientôt licencier une partie de mes troupes pour l'hiver.

— Non, Général, je ne viens pas combattre, mais plutôt en mission diplomatique.

— Est-ce que vous m'apportez un message de Navarre? demanda Lesdiguières qui n'ignorait pas que son interlocuteur était au service du Béarnais.

— Oui et non, fit Quentin qui n'aimait pas mentir, mais pensait que le nom de son souverain pourrait lui ouvrir des portes.

— À vous dire vrai, poursuivit le général huguenot, je l'ai trouvé un peu tiède durant la dernière guerre et je regrette qu'il ait signé si vite la paix à Bergerac. Le traité précédent nous était beaucoup plus favorable.

— Vous n'êtes pas le seul à le penser, et nous avons été nombreux à nous affranchir de son soutien pour mener nos troupes dans l'Ouest et sauver ce que nous pouvions. Des villages, des abbayes, des châteaux ont été pris.

— Je vous reconnais bien là, fit le chef protestant en lui donnant une tape vigoureuse sur le bras. Alors, que puis-je faire pour vous ?

— Me faire entrer dans Chambéry, et si possible au palais ducal.

Lesdiguières fut surpris.

— Vous voulez voir le duc de Savoie ? De la part de Navarre ?

— À vrai dire, c'est plutôt à l'ambassadeur de France que je veux parler.

— D'Épernon ? C'est à lui que le Béarnais vous envoie ? Il est vrai que c'est un Gascon comme vous. Qu'est-ce qu'il en espère ? J'ai ouï dire que lorsque Henri de Navarre avait fui la Cour en février 1576, le duc d'Épernon l'avait un temps suivi… Mais j'ai toujours pensé que c'était plus pour l'espionner que pour se joindre à lui. D'ailleurs cela n'a pas dû marcher, il n'est pas resté longtemps et a vite rejoint la Cour. À votre place je n'aurais aucune confiance en lui.

— Je partage votre avis sur les deux points, sur la fuite de 1576 et sur la défiance qu'il faut lui porter.

— Alors ?

— Disons que ce sont des affaires personnelles et familiales qui me poussent à le rencontrer, dit M. de Gayrand hésitant.

— Hum… Vous ne voulez rien me dire, quoi… une mission secrète… Et qu'est-ce qui vous fait penser que je pourrais vous faire entrer dans Chambéry, et au palais en plus ?

— Il se dit que vous menez des négociations discrètes avec le duc de Savoie. Alors j'ai pensé que je pourrais me joindre à votre équipe de diplomates pour entrer au château…

— Quoi ! On sait cela jusqu'à Nérac ?!

— Euh… Je ne crois pas, dit Quentin qui commençait à en avoir assez de voir le roi de Navarre mêlé à l'affaire. En fait je l'ignore, je tiens cela d'un aubergiste de Blois… L'information est-elle erronée ?

Lesdiguières allait et venait dans la pièce, visiblement mécontent de la tournure de la conversation.

— Si on en parle à Blois, on le saura bientôt partout, pesta-t-il. Il va falloir faire vite. Que sait-on exactement ? Connaît-on tous les enjeux ? Qu'avez-vous appris ?

— Mais… que vous conduisiez des tractations secrètes avec le duc pour obtenir un traité d'alliance offensive et défensive, ou tout au moins sa neutralité lors des prochaines campagnes…

— Et c'est tout ? Pas un mot sur un éventuel tiers qui se mêlerait à la négociation ?

— … Non…

— Alors on ne sait rien ! Mais ce n'est pas gagné pour autant. À vrai dire ce n'est pas aussi avancé que vous le croyez. Le duc de Savoie est prudent, à cause d'Épernon justement. Ce n'est pas une simple ambassade que l'homme d'Henri III exerce auprès de son oncle, mais quasiment une tutelle, il est présent avec des troupes françaises considérables. Le prince est presque son otage. C'est pourquoi aucune négociation officielle n'a pu commencer. Pour l'instant je cherche à envoyer un émissaire secret auprès du duc pour le sonder. Mais je ne peux pas envoyer n'importe qui. Il faut du courage et de la finesse d'esprit aussi. Et je ne trouve pas de volontaire parmi mes officiers pour aller se fourrer dans la gueule du loup, ou devrais-je dire, dans celle d'Épernon…

— Je suis volontaire, dit Quentin. Rendons-nous mutuellement service, je serai votre homme auprès du duc et cela me permettra d'entrer au château de Chambéry pour y accomplir… mon autre mission.

— C'est que je ne tiens pas à ce que le duc d'Épernon soit au courant de ma petite affaire, et tant que je ne sais pas exactement ce que vous lui voulez… Il y a un élément que vous ignorez encore, et que l'ambassadeur du roi de France ne doit absolument pas savoir.

— Vous le savez, je ne ferai jamais rien qui pourrait nuire à notre cause. Et si je trouvais un moyen d'empêcher d'Épernon de vous gêner, un moyen de l'éloigner… définitivement ?

— Cela ne me rassure pas. Je vous connais et je doute qu'il soit de vos amis. J'ignore le but réel de votre mission prétendument familiale. Mais si l'ambassadeur de France venait à disparaître… brutalement, je pense que le duc de Savoie craindrait trop son neveu pour s'engager avec moi.

— C'est à vous de voir, mais le temps presse, vous l'avez dit, insista M. de Gayrand.

— Revenez me voir demain, il faut que je consulte mes principaux adjoints.

* * * *

Quentin s'était retiré déçu. Le lendemain alors qu'il se présentait à nouveau devant Lesdiguières, Claude de Luzac avait dépassé Montpellier et se dirigeait vers Avignon.

— Je dois dire que votre proposition est tentante, commença le chef huguenot, bien que je n'arrive pas à discerner si une affaire privée vous sert de camouflage pour une mission de la part du roi de Navarre, ou si c'est le Béarnais qui vous sert de couverture pour une entreprise personnelle…

— Quel que soit mon objectif particulier, je promets qu'il ne nuira pas au vôtre. Et quoi que vous décidiez, je me rendrai là-bas, avec ou sans votre aide.

— Votre détermination n'a d'égal que votre courage, et si vous ne me livrez pas les secrets de Navarre, j'imagine que vous ne lui livrerez pas les miens non plus...

Quentin s'inclina.

— Vous devez encore savoir une chose : je peux peut-être vous faire entrer dans Chambéry, mais je ne garantis pas que vous puissiez en sortir.

— Je me débrouillerai.

— Et si les choses devaient mal se passer avec d'Épernon, je nierai vous avoir envoyé.

— Je comprends.

— Bien, alors vous êtes mon homme. Demain vous entrerez dans Chambéry. Mon but n'est pas une simple alliance de circonstance. Nous voulons établir la paix durablement dans la région, malgré le roi de France, et éviter que Savoie, poussé par son neveu, ne s'attaque un jour à Genève, notre république calviniste au nord. Et nous avons pour cela un allié inattendu, qui ne pourra que plaire au duc parce qu'il sera un contrepoids formidable à d'Épernon.

— Qui donc ?

— Le maréchal de Bellegarde !

— Bellegarde ! Mais c'est aussi un homme du roi, un de ses mignons, bien qu'il soit beaucoup plus âgé que lui. Il l'a accompagné en Pologne et à son retour a été nommé maréchal de France, alors que tous les postes étaient déjà occupés. Je crois même qu'Henri III l'a fait entrer au Conseil privé. Et n'est-ce pas contre lui que nous avons autrefois combattu dans la vallée du Rhône ?

— Si fait.

— Pourquoi voudrait-il s'allier à nous ?

— Parce que le roi lui a retiré le gouvernement de Saluces, au-delà des Alpes, pour le proposer en échange à Damville qui le gênait en Languedoc. Mais le comte de

Damville s'est accroché à sa province, a refusé de s'éloigner et de céder le Languedoc au maréchal, qui s'est retrouvé sans rien, le roi ayant « oublié » de lui rendre Saluces pour le confier à M. de Birague. Il est furieux, prêt à s'allier à nous et à combattre son ancien maître, pourvu qu'on lui rende son poste de gouverneur. Et ses troupes lui sont fidèles plus qu'au roi.

— Mais vous ne pourrez pas obliger Henri III à lui rendre Saluces.

— Henri III non, mais il pourrait tenir son gouvernement du duc de Savoie, le territoire de Saluces est tout près de sa capitale Turin, légèrement au sud, une enclave française qui le gêne un peu...

— Et c'est cela que gagnerait le duc de Savoie ? Les terres de Saluces ?

— Cela et la paix, nous tiendrons bientôt toute la région, et il a pour voisins d'autres protestants au nord, avec Genève. Il a tout à gagner à une alliance, surtout qu'il se fait vieux et que le prince héritier n'est qu'un adolescent de seize ans. Reste d'Épernon et ses troupes, mais si vous avez une solution pour les éloigner...

Les deux hommes mirent au point les détails des pourparlers, et le lendemain 1er décembre 1578, Quentin de Gayrand, muni d'un brassard blanc de négociateur et d'une lettre de créance de Lesdiguières, prit la route de Chambéry, accompagné d'une poignée d'hommes seulement, qui le laissèrent seul à un quart de lieue de l'ancienne capitale de la Savoie. Pendant ce temps Claude de Luzac galopait sur la route entre Montélimar et Valence.

★ ★ ★ ★

Quentin approcha de la ville cernée de remparts et commença à prendre conscience de l'ampleur de la tâche qui l'attendait. La cité était une forteresse à l'allure encore médiévale, au creux d'une vallée cernée de massifs montagneux. Elle était entourée de fortifications et fossés impressionnants. Il ne paraissait pas aisé d'y entrer, encore moins d'en sortir contre le gré de ses habitants. Mais Quentin de Gayrand était poussé par sa haine contre le duc d'Épernon et avait été trop loin pour renoncer.

Il franchit l'Albanne, petite rivière qui traversait la ville et remplissait les douves, et s'approcha de la porte de Montmélian, accès principal à la cité lorsqu'on venait du Dauphiné. Il passa le pont-levis et demanda à parler à un responsable de la garde. Un des trois hommes en faction alla chercher un sous-officier qui haussa les sourcils en voyant le brassard blanc et l'air déterminé de son possesseur.

— J'ai un message à délivrer au duc de Savoie, dit Quentin d'un ton solennel. C'est de la plus haute importance diplomatique… et confidentiel.

Il lui tendit sa lettre de créance qui disait seulement que le porteur était habilité à parler au duc de la part de M. de Lesdiguières.

Le sergent déclara qu'il ne pouvait rien décider sans en référer d'abord à la garde du palais et ordonna à M. de Gayrand de descendre de monture et d'attendre là. Il fallut près d'une heure avant qu'un officier de belle prestance n'apparaisse, un brin agacé.

— Je suis le capitaine de Monfort, responsable de la garde du château et de la garde personnelle de Monsieur le duc. Délivrez-moi votre message, je transmettrai à qui de droit.

Le huguenot fit non de la tête.

— Je dois voir le prince en personne. Mon message est là. (Il montra son front.) Et il ne sortira que par là. (Il désigna sa bouche.) C'est de la plus haute importance… Et, rajouta-t-il en baissant le ton, le duc d'Épernon ne doit pas être tenu au courant…

Le capitaine se redressa et parut approuver la remarque. L'émissaire avait touché dans le mille en se doutant de sa défiance à l'égard de l'ambassadeur de France. L'officier lui dit de laisser son cheval à l'écurie de la porte et de le suivre à pied vers le château.

Il commençait à faire sombre, le soleil se cachait derrière les montagnes. Quentin trouva la ville grise et laide. Les rues et ruelles étaient étroites, assombries encore par la hauteur des maisons qui faisaient au moins trois étages. Dans ce labyrinthe courait tout un réseau de canaux à ciel ouvert qui drainaient les eaux usées et les détritus. Cette vision et ses odeurs rendaient l'endroit encore plus sinistre à M. de Gayrand.

Ils grimpèrent une colline et arrivèrent devant le château aux énormes tours rondes. Ils franchirent un pont-levis et une rampe d'accès, débouchèrent dans une cour intérieure, progressèrent sous un passage couvert, traversèrent une sorte de couloir dégagé entre de hauts bâtiments, avancèrent sous un second passage couvert pour déboucher dans une autre cour. Et Quentin prit soudain conscience de la folie de son geste. Comment pourrait-il sortir de là une fois qu'il aurait fait parler son ennemi, si seulement il y arrivait ?

— Cela ne doit pas être facile pour vous, dit-il au capitaine, de supporter la présence des troupes du duc d'Épernon. On dit qu'elles sont un peu envahissantes.

— Un peu ?! Six cents hommes ! Vous vous rendez compte ? Est-ce que c'est une escorte convenable pour un ambassadeur ? S'il lui prenait l'envie de se saisir du château, j'aurais bien du mal à l'en empêcher…

Six cents hommes ! songea M. de Gayrand. Lesdiguières avait raison, le duc de Savoie était l'otage de son neveu, et lui-même, s'il arrivait à affronter celui qui avait enlevé son fils et à le vaincre, comment pourrait-il échapper à sa garde, enfermé dans le dédale de ce château ?

Ils pénétrèrent dans le bâtiment. Quentin arrêta le capitaine.

— Je sens bien que vous ne le portez pas dans votre cœur, moi non plus. Il est important que le duc d'Épernon ne me voie pas parler au prince de Savoie, qu'il ne sache pas que je suis ici. Il me connaît. Nous devons éviter de le croiser.

M. de Monfort approuva.

— Ne vous inquiétez pas. Ses quartiers sont de l'autre côté du château. Je vais vous montrer où vous logerez ce soir et je vais voir si la voie est libre avant de vous conduire au duc. L'ambassadeur de France est parfois envahissant jusque dans ses appartements, fit-il avec mépris.

Il laissa le messager protestant dans une modeste chambre où il fit les cent pas en attendant. Pour l'instant il ne voulait pas croiser d'Épernon, mais ensuite, il faudrait bien qu'il sache où le trouver. Il commençait à avoir les nerfs à fleur de peau. Mais il fallait d'abord songer à sa mission auprès du duc de Savoie.

Le capitaine de Monfort revint le chercher peu après et le conduisit aux appartements du prince. Avant de le faire entrer dans la chambre du souverain, il lui demanda de lui remettre son épée. Quentin hésita.

— Un parlementaire n'a pas besoin d'armes, fit le responsable de la sécurité du duc. Ne vous alarmez pas, je vous la rendrai après. Je me doute que vous préférerez l'avoir sur vous si vous rencontrez certaines personnes dans les couloirs. Votre situation d'émissaire protestant doit être délicate face aux hommes de l'ambassadeur de France... Mais vous bénéficiez au château de la protection de Monsieur le duc. Ils n'oseront pas s'attaquer à vous.

Tout dépend de l'état dans lequel je leur rendrai leur maître, songea M. de Gayrand, mais avant il lui fallait accomplir une autre tâche. Il entra dans la pièce où l'attendait Emmanuel-Philibert de Savoie, seul, assis dans un fauteuil auprès de la cheminée. Le duc était un homme d'une cinquantaine d'années, à la barbe, la moustache et les cheveux gris. Il avait le nez fort et busqué, des poches sous les yeux et paraissait las et résigné. Quentin s'inclina.

— Monseigneur...

— Approchez, Monsieur, approchez, je suis curieux de savoir ce que vous avez à me dire.

— Votre Altesse, je suis sûr que vous aspirez à la paix. Vous n'ignorez pas que M. de Lesdiguières tient une grande partie du Dauphiné qui vous est voisin, bientôt Grenoble sera à lui…

— M. de Lesdiguières est un peu présomptueux, l'interrompit le duc, et fort optimiste sur ce point. Les troupes de mon neveu le roi de France sont bien plus fortes que vous ne croyez, et ne le laisseront pas faire.

— J'ai ouï dire qu'elles étaient puissantes jusque dans votre château, Monseigneur.

Emmanuel-Philibert se renfrogna.

— M. de Lesdiguières ne lutte pas pour son plaisir contre le roi de France. Il ne cherche qu'à maintenir le calme dans la province, et la liberté de culte. À cette fin il vous propose de réfléchir avec lui à un traité d'alliance qui pourrait être bénéfique à vos deux gouvernements.

— Un traité d'alliance ? Rien que cela ! Avec un rebelle protestant en lutte ouverte contre son souverain légitime qui est de ma famille, et que je soutiens de tout mon cœur. Il est décidément très présomptueux ! Et qu'est-ce qui vous fait croire que j'aurais envie de m'allier à cet aventurier contre mon sang et ma foi ?

Quentin fit un effort pour garder son calme.

— Le roi de France n'est pas vraiment de votre sang, il n'est votre neveu que par alliance. Et je crois savoir que sa tante, feu votre épouse, a fréquenté dans sa jeunesse Marguerite de Navarre, sœur de François Ier, et sa fille Jeanne d'Albret, et qu'elle était assez ouverte aux idées nouvelles sur le plan religieux.

— Erreur de jeunesse ! fit le duc en faisant un geste de mépris du bras. Mon fils et moi sommes profondément catholiques.

M. de Gayrand s'inclina.

— Mais vous n'en êtes pas moins un fin politique. Vous êtes cernés par des voisins réformés au nord comme au sud, à Genève comme en Dauphiné, avec lesquels vous avez tout intérêt à vous entendre.

Emmanuel-Philibert soupira.

— Et vous croyez peut-être que mon neveu, qui n'est certes que d'alliance, me laisserait traiter avec eux comme je l'entends ? Qu'aurais-je à gagner dans cette histoire ?

— Peut-être le départ de l'ambassadeur de France, hasarda l'émissaire protestant. (Le duc parut intéressé.) Qu'avez-vous gagné à soutenir votre neveu, à part la présence, « réconfortante », de six cents hommes à votre chevet ?

— Mais son amitié… et quelques places fortes en Italie.

— Justement, n'y en a-t-il pas une autre qui vous intéresserait au sud de Turin ? Et si je vous disais qu'il y a un allié inattendu dans ce projet ? Un allié catholique, conforme à votre foi, qui pourrait faire barrage aux velléités d'entreprise du duc d'Épernon… et à son armée aussi.

— Qui ?

— Le maréchal de Bellegarde.

Le duc de Savoie se mit à rire.

— Ah ! Ah ! La belle farce. Mais M. de Bellegarde est un homme du roi de France, qui a déjà combattu contre Lesdiguières et les siens. Et c'est un ami de votre d'Épernon ! Je crois même qu'il est de sa famille.

— Ce n'est pas « mon » d'Épernon, fit Quentin d'un air sombre. Et ce ne serait pas la première fois que des hommes d'Henri III se battraient les uns contre les autres. Le maréchal de Bellegarde se plaisait beaucoup en Italie. Il regrette fort son gouvernement de Saluces, que le roi lui avait promis d'échanger contre le Languedoc, mais qu'il ne lui a pas rendu lorsque le comte de Damville s'est accroché à sa province.

— Et qu'y puis-je ?

— Vous y pourriez si vous possédiez Saluces. Le traité prévoit de vous céder la cité, pour peu que vous la fassiez gouverner par Bellegarde.

Le prince de Savoie se leva et fit des allées et venues dans la chambre, les mains derrière le dos.

— Intéressant, dit-il enfin. Cela demande à être affiné.

— Je ne suis ici qu'en éclaireur, dit M. de Gayrand. Si l'idée vous plaît, je suis habilité à organiser une rencontre entre les envoyés officiels de M. de Lesdiguières et les vôtres, sur le terrain de votre choix, pour mettre au point tous les détails, et coucher sur le papier les intérêts des uns et des autres.

Le duc continuait à faire les cent pas.

— Il n'est pas question que je rencontre qui que ce soit d'officiel ou d'officieux sous le nez du duc d'Épernon, dit-il en reprenant son air renfrogné.

— Et si je trouvais un moyen d'éloigner l'ambassadeur de France ?

— Il faudrait aussi trouver le moyen d'écarter au moins la moitié de ses troupes !

— Admettons que je trouve une idée, fit Quentin qui n'en avait encore pas la moindre, est-ce que vous accepteriez de réfléchir à cette proposition d'alliance ?

— Je ne dis pas non. Mais je doute que vous y parveniez... Vous me plaisez. Vous êtes courageux et persévérant. Voulez-vous dîner à ma table ce soir ?

— Sauf votre respect, Monseigneur, je ne tiens pas à croiser l'ambassadeur. Lui et moi sommes un peu en froid, je préfère qu'il ne me sache pas ici. Si vous le permettez, j'aimerais me retirer pour réfléchir.

Emmanuel-Philibert de Savoie se mit à rire.

— En froid avec d'Épernon, hein ? Vous me plaisez encore davantage. Allez-y, réfléchissez, nous nous reverrons demain. Monfort ! hurla-t-il.

Le capitaine apparut, l'épée de Quentin à la main.

— Faites raccompagner ce jeune homme, assurez-vous qu'il dîne correctement, et rendez-lui son épée. Y a-t-il quelque chose d'autre que je puisse faire pour vous ?

— Puisque vous me le proposez..., répondit M. de Gayrand, si vous aviez la bonté de m'accorder un sauf-conduit de votre main, me permettant de circuler librement dans le château... et d'en sortir... ainsi que de la ville... Je vous en serais infiniment reconnaissant.

Le duc de Savoie s'assit en riant à une table pour rédiger le document.

— Courageux mais réfléchi… et prudent. C'est très bien. Moi non plus, je n'ai pas envie de souper avec le duc d'Épernon, je le vois déjà bien assez comme cela. Monfort! Faites savoir à l'ambassadeur que je suis souffrant et que je ne dînerai pas ce soir… Et faites-moi servir discrètement dans ma chambre…

Il remit le sauf-conduit à Quentin, toujours riant.

— Une idée pour faire partir d'Épernon et la moitié de ses troupes, hein? Vous aussi vous êtes présomptueux. Un peu fou également… Mais consciencieux. Et vous m'avez fait rire. Je n'avais pas ri depuis longtemps. Depuis que mon neveu m'a gratifié d'un… «ambassadeur»…

Il lui fit un clin d'œil, et M. de Gayrand sortit en reculant et en s'inclinant, avec son épée et son sauf-conduit.

★ ★ ★ ★

Il décida de reprendre des forces en profitant du dîner, et attendit la nuit pour arpenter à la lueur des torches le palais, à la recherche du quartier général de son ennemi. Il espérait que la garde serait moins nombreuse que de jour devant les appartements du duc d'Épernon. Il avait repéré les lieux, mais s'était fait repérer lui aussi, une ou deux fois, par des soldats savoyards ou français. Dans les deux cas son sauf-conduit avait fait merveille. Il s'était éloigné, bien décidé à revenir plus tard.

Il attendit que la nuit soit avancée, pour rôder à nouveau autour de l'appartement de l'ambassadeur. Quelques gardes étaient disposés dans les couloirs. La porte était ouverte, la pièce éclairée, et il aperçut Épernon en train d'écrire des lettres. Un gentilhomme se tenait sur le seuil, armé et sur le qui-vive. Quentin quitta le mur derrière lequel il se cachait et marcha droit vers l'homme. Il ne savait pas encore comment il allait procéder, mais il était porté par sa rage. Il décida d'utiliser un sésame qui avait déjà fonctionné et déclara à l'officier de garde qu'il avait un message à délivrer à son maître de la part du roi de Navarre.

Celui-ci s'étonna, mais entra dans le bureau du duc d'Épernon et lui annonça qu'un visiteur prétendait vouloir lui parler de la part du Béarnais. Il ajouta qu'à son avis il fallait s'en méfier.

— Un émissaire du roi de Navarre ?

Épernon se caressa le menton.

— Pourquoi pas ? Faites-le entrer, Rochefeuille.

Il se remit à écrire et ne leva pas la tête lorsque le messager entra.

— Un instant, je vous prie, dit-il, je termine ceci et je suis à vous.

XXXVII. Confrontation et révélations

Louis de Nogaret de La Valette, duc d'Épernon, poursuivit l'écriture de sa lettre, la saupoudra de sable fin pour sécher l'encre, souffla sur les paillettes pour les faire disparaître, plia la missive, fit couler dessus de la cire rouge, et y apposa en guise de sceau le dos de sa bague en or portant ses armoiries. Il posa sa lettre sur une pile et leva les yeux. Son visage s'étonna, se figea.

— Vous ! dit-il, mais je vous croyais…

— Mort pendant la Saint-Barthélemy ? Je sais, fit Quentin de son ton le plus neutre.

— Mais vous n'étiez pas…

— Rue de Béthizy ce soir-là ? J'y étais.

— Mais il n'y a pas eu…

— De survivant rue de Béthizy ? On me l'a dit.

Épernon se tut et examina son interlocuteur. Il semblait surpris mais sans plus et nullement inquiet de sa présence, ce qui étonna un peu M. de Gayrand. Il pensait que la conscience du duc aurait dû être titillée à la vue du père de l'enfant qu'il avait enlevé. Mais peut-être n'en avait-il pas.

— Et vous m'apportez un message du roi de Navarre ?… Oui, bien sûr, vous êtes à son service. Qu'avez-vous donc fait durant toutes ces années ?

— Je vous ai combattu, vous et les vôtres. Nous avons été plus d'une fois proches dans la bataille, mais chacun dans notre camp. J'étais au siège de La Rochelle, et plus tard dans la vallée du Rhône, quand la Cour était en Avignon. Heureusement pour moi, je n'étais pas à Issoire.

Louis d'Épernon parut goûter à l'ironie du huguenot, et se fendit d'un sourire en coin.

— Alors, ce message ?

— Je ne vous le délivrerai que lorsque nous serons seul à seul.

— Si vous permettez, Monseigneur, fit le lieutenant de Rochefeuille. Cet homme prétend venir de la part d'Henri de Navarre, mais il se promène dans le château avec un sauf-conduit du duc de Savoie… Et il ressemble à la description du cavalier vu aux écuries de la porte de Montmélian, se prétendant envoyé par M. de Lesdiguières.

— Voyez-vous ça ! fit le duc en élargissant son sourire sardonique.

Celui de Quentin se crispa. Il s'était fourré dans la gueule du loup et sa meute venait de le dépouiller de sa couverture. Non seulement il s'était mis en danger, mais il risquait aussi de ruiner la mission que lui avait confiée le chef protestant du Dauphiné. Et décidément l'ambassadeur de France était puissant à la cour de Savoie, et savait s'entourer d'espions. La situation devenait délicate.

— Ça ne fait rien, fit d'Épernon. Je suis curieux de savoir ce qu'il a à me dire. Laissez-nous, Rochefeuille.

— Mais, Monseigneur…

— J'ai dit, laissez-nous ! fit le duc dans un éclair de colère. Monsieur est un vieil « ami », nous nous connaissons, reprit-il ironique en adoucissant sa voix.

— Bien, fit le lieutenant, mais je reste derrière la porte, appelez-moi en cas de besoin.

L'ambassadeur de France fit un geste d'impatience de la main pour éloigner son second. Celui-ci sortit et referma la porte derrière lui.

— Bien, fit-il, maintenant nous sommes seuls. Je vous écoute.

Il se cala en arrière dans son fauteuil. Quentin n'avait pas vraiment préparé son entrevue. Il s'était laissé porter par sa colère et sa haine. Maintenant il était enfermé là avec son ennemi, un garde à la porte et six cents hommes au-dehors, prêts à l'abattre. Il eut une pensée émue pour Corine, qui avait sans doute vu juste. C'était une folie. Il songea à Flore, qu'il ne reverrait peut-être plus. Ses pensées le conduisirent tout naturellement de sa fille à son fils, et la rage le reprit. Il vit les lettres sur le bureau, d'abord il fallait être sûr, ne pas risquer sa vie pour rien...

— Avant tout j'aimerais avoir un sauf-conduit de votre main, me permettant de sortir du château sans être inquiété.

Le duc d'Épernon se mit à rire.

— Parce que vous croyez que cela m'empêcherait d'attenter à votre vie, si j'en éprouvais le besoin ?

— Pourquoi, vous n'êtes donc pas un homme d'honneur ? fit M. de Gayrand qui savait bien qu'un tel papier ne le protégerait guère, mais cherchait surtout une excuse pour voir son écriture.

Louis de Nogaret se renfrogna, prit une plume et rédigea le sauf-conduit. Il le tendit d'un air dédaigneux à son interlocuteur. Celui-ci s'en saisit, recula au fond de la pièce, tourna le dos à son adversaire, et sortit de son pourpoint la lettre annonçant le décès de Pierre. Il compara les deux documents et n'eut plus aucun doute. Ils émanaient bien de la même personne.

— Reconnaissez-vous avoir écrit ceci ?

— Bien sûr, fit d'Épernon, surpris par la colère de l'émissaire protestant, je viens de le faire.

Mais il tendit tout de même la main et se saisit du papier pour le lire. Son visage se figea, il pâlit.

— D'où tenez-vous cela ? demanda-t-il d'une voix rauque.

M. de Gayrand avait pris un air triomphant. Cela ressemblait bien à un aveu.

— De la mère de l'enfant, répondit-il.

À son grand étonnement le duc parut effrayé et ce qu'il dit ensuite le surprit encore davantage.

— Est-ce que le roi de Navarre est au courant ?

Quentin se demanda ce que son souverain venait faire là-dedans, bien qu'il ait annoncé au début venir de sa part. Il ne répondit pas, l'ambassadeur de France paraissait maintenant très inquiet.

— Qui le sait? demanda-t-il brutalement.

M. de Gayrand hésita.

— ... Sa mère... Moi... Quelques amis...

— Que voulez-vous? demanda le duc d'Épernon d'une voix sourde.

M. de Gayrand s'appuya des deux mains sur la table, dominant son adversaire de tout son corps.

— Savoir ce que vous avez fait de mon fils! dit-il en grinçant des dents.

— Votre fils?!

Louis de La Valette semblait abasourdi.

— Bien sûr mon fils! fit Quentin en colère. De qui donc croyez-vous qu'il soit? De vous peut-être?

— Je ne vois pas ce que vous voulez dire.

— C'est pourtant ce que vous avez dit à la nourrice, il paraît même que vous avez cherché une ressemblance!

Un monde semblait s'ouvrir pour M. d'Épernon, il paraissait à la fois soulagé et satisfait comme s'il venait soudain de faire une grande découverte. Cela exaspérait M. de Gayrand.

— Est-ce que vous niez avoir suivi Mlle de Pâquelin, avoir découvert qu'elle avait un enfant, et un jour de septembre 1574 vous être rendu dans un village de Touraine pour enlever ce garçon dans je ne sais quel sombre dessein?

— Votre fils et celui de Corine de Pâquelin! fit le duc toujours sur le ton de l'étonnement.

— Arrêtez de jouer les ébahis, à qui avez-vous écrit cette lettre? À Corine!

— La lettre ne parle pas de son fils, mais d'un enfant qu'elle aurait confié.

— Ne jouez pas avec les mots! Vous saviez que c'était elle, c'est en la suivant que vous avez découvert l'enfant.

Le duc d'Épernon détourna son regard.

— Je n'aurais pas cru cela d'elle. Elle semblait si prude.

— Cela suffit ! N'insultez pas ma femme. Cet enfant est né de légitime mariage !

— Votre femme ? Un mariage ? Pourquoi le garçon vivait-il caché alors ?

— Oui, un mariage. Nous nous sommes épousés en juillet 1572 et nous avons été séparés par la Saint-Barthélemy. Elle m'a cru mort. Elle ne pouvait pas élever à la Cour un enfant né d'un mariage secret, le fils d'un huguenot assassiné…

Louis de La Valette se taisait et réfléchissait.

— Avant tout, fit Quentin exaspéré, je veux savoir ce qui vous a laissé croire que vous pourriez être le père. Je veux savoir si vous avez touché ma femme avant ou après les massacres du mois d'août 1572.

Le duc d'Épernon retrouva son sourire ironique. Il se fendit même d'un rire léger.

— C'est cela qui vous ennuie ? Je vous rassure tout de suite, je n'étais plus du tout intéressé. Je dois dire qu'après la Saint-Barthélemy, je l'ai trouvée un peu pâlotte et défraîchie, en un mot plus très à mon goût. Je commence à comprendre pourquoi.

Quentin bouillait.

— Alors pourquoi l'avez-vous suivie ? Pourquoi avez-vous enlevé son fils ?

— Je n'ai jamais dit que j'avais fait une telle chose.

— Assez ! hurla M. de Gayrand en tapant des deux poings sur la table. Je veux savoir ce qu'est devenu l'enfant !

Alerté par les cris, le lieutenant de Rochefeuille ouvrit la porte et s'enquit de savoir si son maître avait besoin d'aide. Épernon reprit son air inquiet.

— Qui vous a permis d'entrer ? cria-t-il.

— Mais, Monseigneur, j'ai entendu… j'ai cru…

— Vous n'avez rien entendu du tout ! Sortez ! Fermez cette porte et éloignez-vous d'au moins dix pas. Si j'ai besoin d'aide je vous appellerai. Cette conversation est confidentielle.

— Je n'ai pas écouté, Monseigneur. Mais j'ai entendu des cris, des coups, j'ai cru que vous étiez menacé.

— Il n'en est rien, laissez-nous.

Le lieutenant quitta la pièce. Louis de La Valette se leva et se mit à faire les cent pas.

— Évidemment, dit-il comme pour lui-même, cela explique bien des choses… Je suis vraiment désolé, rajouta-t-il en direction de Quentin, je ne peux rien vous dire.

— Oh ! Si, vous allez me le dire, fit M. de Gayrand en sortant son épée de son fourreau.

— Ne faites pas l'imbécile, j'ai des gardes juste derrière la porte et des hommes dans tout le château.

— Cela m'est égal, je vous aurai tué avant qu'ils n'arrivent.

— Mort, je ne peux pas parler. Et vous serez abattu dans les minutes qui suivent, c'est ce que vous voulez ?

— Non, je veux savoir ce que vous avez fait à mon fils. Je sais combien vous avez dû vous amuser pendant la Saint-Barthélemy, et plus tard à Issoire, au combat individuel ou à la guerre. Mais vous en prendre à un enfant de dix-huit mois !…

— Je n'ai fait aucun mal à cet enfant, s'agaça le duc d'Épernon.

— Mais vous en vouliez à sa mère, et vous m'en vouliez à moi, parce qu'elle m'aimait et qu'elle vous repoussait, et parce que je vous avais battu et humilié dans les fossés des Tuileries, alors vous vous êtes vengé sur un nourrisson…

— Nous n'avons pas les mêmes valeurs, nous n'avons pas la même religion et nous sommes dans deux camps opposés. Mais vous me prêtez si peu d'honneur que c'en est affligeant. Oui, si je vous avais croisé le soir du 24 août, je vous aurais combattu avec plaisir et tué avec joie, à la loyale, mais je n'ai pas pour habitude de m'en prendre à des enfants… Et puis je n'avais aucune raison de me venger de vous, je vous croyais mort, c'était suffisant. Et j'ignorais que c'était votre fils…

— Permettez-moi d'en douter. En tout cas vous saviez que c'était celui de Corine. Que s'est-il passé ? Vous l'avez enlevé pour qu'elle cède à vos avances ? Mais vous n'avez fait aucune tentative auprès d'elle, pourquoi ?

— Vous vous méprenez. Je vous l'ai dit, elle ne m'intéressait plus.

— Je vais vous dire pourquoi. Vous avez pris l'enfant mais vous n'avez exercé aucune pression parce que vous aviez perdu l'objet de votre chantage. Qu'est-il arrivé ? Il est tombé de cheval ? Vous l'avez confié à quelqu'un qui n'en a pas pris soin ? Il ne s'est pas relevé d'une maladie ? Je veux bien croire que vous ne l'avez pas transpercé de votre épée. C'était un accident ?

Louis d'Épernon resta muet un moment. Il regardait son adversaire avec une sorte de pitié. Il soupira.

— Je comprends votre désarroi, mais je ne peux rien vous révéler. C'est un secret qui ne m'appartient pas, je peux seulement vous assurer que vous n'étiez absolument pas visé en cette affaire, ni Mlle de Pâquelin d'ailleurs.

— Est-ce qu'il est mort ?

— Je n'en sais rien.

— Vous mentez ! Vous pouvez au moins me dire cela... Sa mère vit un enfer depuis.

Le duc baissa la tête.

— Si vous avez jamais eu des sentiments pour elle, ne la laissez pas dans cette détresse. Elle m'a d'abord cru mort pendant des mois, des années. Elle a dû cacher sa grossesse, puis son fils, et quand elle a reçu la lettre annonçant son décès, elle a été tellement désespérée qu'elle est entrée au couvent. Vous avez écrit cette lettre, n'est-ce pas ?

— Vous n'imaginez pas le nombre de choses que j'ai dû faire pour lui... Oui, j'ai entendu dire qu'elle était entrée en religion dans une abbaye lointaine. Elle y est toujours ?

— Cela vous intéresse ? fit Quentin en ne relevant pas sa première phrase, tant il était pris par son chagrin. Non, elle n'y est plus. Son couvent a été attaqué par une troupe protestante lors de la dernière guerre... Et nous nous sommes retrouvés.

Il se garda bien de lui dire qu'ils avaient eu une fille, de peur qu'il ne s'en prenne à elle aussi.

— Cet automne, nous avons voulu nous rendre sur la tombe de notre enfant. Et nous ne l'avons pas trouvée. Il n'y avait pas d'acte à son nom sur le registre paroissial et la nourrice, honteuse, s'était enfuie. Mais je l'ai retrouvée, et elle a parlé... Je me doute que nous n'allons pas le revoir vivant, ajouta-t-il avec difficulté. Accordez-nous au moins de savoir où est le lieu de sa sépulture... Accordez à sa mère un endroit pour pleurer...

Il crut être arrivé à ses fins, car le duc d'Épernon paraissait ému.

— Avez-vous des enfants ?

— Non... Et je regrette, je n'ai pas la réponse à votre question.

M. de Gayrand se souvint qu'au début de la conversation Louis de Nogaret de La Valette avait craint que le roi de Navarre ne soit au courant. Il ignorait pourquoi, mais il se dit que si les sentiments n'avaient pas fonctionné, la menace marcherait peut-être.

— Je possède un manoir entre Nérac et Agen, dit-il. Mon épouse s'y trouve en ce moment. Vous n'ignorez pas que c'est une amie de la princesse Marguerite. Le roi de Navarre pourrait être rapidement informé.

Le duc d'Épernon sourit.

— Mais de quoi ? dit-il. Vous ne savez rien.

— Je sais, elle sait, que vous avez enlevé cet enfant.

— Mais vous ne savez pas pour qui, ni pour quoi. Si j'ai eu des craintes au début, elles se sont envolées.

— Donc vous reconnaissez l'avoir fait ?

Son interlocuteur s'agaça.

— Croyez-moi je n'en suis pas fier. Cette histoire pèse sur ma conscience depuis des années. C'était une erreur, une regrettable erreur. Dont les enjeux passent largement au-dessus de votre tête. Vous dire quoi que ce soit maintenant n'y changerait rien, mais cela pourrait mettre ma carrière, ma vie peut-être, en danger. Je ne le ferai pas.

Ces paroles n'avaient aucun sens pour Quentin.

— Alors battons-nous, dit-il en levant son épée. Puisque vous prétendez avoir le sens de l'honneur. À la loyale, comme vous disiez tout à l'heure. Si je gagne vous me direz tout.

Son adversaire parut amusé.

— Et si vous perdez, cela me rapporte quoi ?

— Si vous l'emportez je vous dirai ce que je suis venu faire auprès du duc de Savoie.

Le duc d'Épernon se mit à rire.

— Mais je le sais déjà. Vous êtes venu lui proposer une alliance de la part de Lesdiguières.

M. de Gayrand eut un sursaut.

— Qu'est-ce que cela pourrait être d'autre ? Vous avez été aperçu à la porte de Montmélian, donc venant du Dauphiné. Vous portiez un brassard blanc, vous étiez par conséquent venu en négociateur. Vous avez demandé à être reçu par le prince en personne, et vous étiez porteur d'une lettre de créance de Lesdiguières... Qu'y aurait-il de plus intéressant à apprendre ?

Quentin se dit que s'il savait cela, il saurait bientôt le reste et qu'il lui fallait un élément fort pour le provoquer, s'il voulait avoir une petite chance d'en savoir plus. Épernon pouvait appeler les gardes d'un instant à l'autre et ce serait fini. Mais si un duel le titillait, l'amusait suffisamment, qui sait, dans le feu de l'action, la prétention de son adversaire pourrait l'amener à la faute et à quelque révélation. Après, pour sauver sa vie, il faudrait en effet s'en remettre à son sens de l'honneur, ce qui n'était pas gagné. Mais au point où il en était... Il y avait de toute façon très peu de chance pour que le duc lui pardonne d'avoir découvert son forfait, et le laisse partir.

— Mais... les termes exacts du traité, répondit-il en souriant, ou... le nom de l'allié secret...

Louis de Nogaret parut intéressé.

— Hum... un troisième larron? (L'émissaire protestant acquiesça de la tête.) Qui cela pourrait-il être?... Henri de Navarre? Au fait, vous aviez réellement un message à me délivrer de sa part?

— Non, c'était une excuse pour entrer et vous parler. Et ce n'est pas lui. C'est un allié bien plus secret... et bien plus catholique... un traître à votre camp.

— Un prince italien?

Quentin sourit.

— Tout de même pas le roi d'Espagne?

Quentin élargit son sourire.

— M'ouais... Vous ne direz rien.

— Je vous le dirai si vous remportez le duel. L'enjeu vous paraît-il à la hauteur de votre secret?

— Je pourrais vous faire arrêter sur-le-champ et vous faire torturer dans un cachot.

Le sourire de Quentin grandit davantage et ne se crispa même pas. Louis d'Épernon l'examina avec attention.

— Hmm... Vous avez résisté à la Saint-Barthélemy. Vous êtes suffisamment fort, courageux et buté pour ne pas céder à la torture... Mais votre code d'honneur vous obligera à tout me dire si je vous bats... D'accord, dit-il en dégainant son épée, j'accepte le combat.

* * * *

Les deux hommes enlevèrent leur pourpoint pour être à l'aise et s'observèrent un moment avant que les lames ne se croisent. Il n'était pas aisé, ni pour l'un ni pour l'autre, de combattre dans cet espace peu dégagé, encombré de meubles, mais au moins le duc était chez lui et connaissait le terrain. M. de Gayrand se cognait au mobilier, trébuchait dans les tapis. Louis de Nogaret souriait alors, ironique, l'attendait quelques secondes, puis attaquait, franchement et avec précision. Quentin y allait avec force et conviction. Mais la fatigue des derniers jours se faisait sentir. Les longues chevauchées, les nuits trop courtes, l'inquiétude et le désespoir faisaient leur œuvre. Il avait du mal à dominer son adversaire. La rancœur lui faisait commettre des fautes que son rival n'hésitait pas à exploiter. Sa chemise en fit les frais. La lame du duc d'Épernon la fendit et effleura sa poitrine.

Cela décupla sa rage, il attaqua furieusement, à grands coups d'épée, le faisant reculer. Au passage il fit tomber un vase qui se fracassa au sol. La porte s'ouvrit brutalement et le lieutenant de Rochefeuille entra précipitamment, son arme à la main. L'ambassadeur de France eut un sursaut et Quentin le blessa légèrement au bras.

— Cette fois, Monseigneur, ne me dites pas que vous n'avez pas besoin d'aide. J'ai entendu le cliquetis des armes, le bruit des meubles qu'on bouscule. Laissez-moi en finir avec votre agresseur !

— Pas du tout, Rochefeuille, vous vous méprenez, Monsieur et moi nous amusons un peu, entre amis, en souvenir du bon vieux temps.

— Mais Monseigneur, vous êtes blessé !

— Ce n'est rien, répondit-il agacé, c'est une égratignure. Et faites-moi la grâce de me croire, je suis encore capable de réduire un adversaire à néant sans avoir besoin d'une nounou pour me protéger.

— Monseigneur, je suis chargé de votre sécurité...

— C'est très bien, Rochefeuille, mais je vous l'ai dit, il s'agit d'un combat entre amis, pour le sport. Laissez-nous et n'intervenez plus. Vous ne voudriez pas me priver d'une distraction, n'est-ce pas ? On s'ennuie tellement à la cour de Savoie, je m'y encroûte. Monsieur a entrepris de me divertir, laissez-le donc faire. N'entrez plus quels que soient les bruits que vous entendez. Je vous le demande !... Restez tout de même à vingt pas avec quelques hommes, mais n'intervenez que si je vous appelle. C'est un ordre !

L'homme de main hésita, mais il ne faisait pas bon désobéir au duc d'Épernon. Il sortit, à regret.

— Bien, reprit le duc une fois la porte refermée, où en étions-nous ?

Quentin leva son épée et le duel se poursuivit. Les deux hommes étaient d'habilité égale, et la haine brillait dans leurs yeux à tous deux. Tantôt l'un dominait, tantôt l'autre. M. de Gayrand coupa une mèche de cheveux à son adversaire et lui toucha l'oreille. Il ricana. Louis de La Valette s'élança, furieux et désordonné. Il accula le Gascon contre un mur. Celui-ci le repoussa violemment. Le dos de l'ambassadeur vint heurter le bureau. Sous la douleur il baissa son arme et Quentin vint placer sa lame en travers de sa gorge.

— Eh bien, dit-il, vous allez appeler la garde ? Ou vous admettez avoir été vaincu ?

Le duc d'Épernon sourit et le huguenot relâcha légèrement la pression. Il ne le vit pas se saisir d'un chandelier de la main gauche pour le frapper brusquement à la tête. Il leva le bras à la dernière minute, son épaule amortit le choc mais il lâcha son épée. Il recula, étourdi. Louis de Nogaret s'avança triomphant. Quentin sortit un long poignard de sa botte. Son adversaire hésita, mais il était si sûr de lui qu'il préféra ne pas user de son avantage. Il jeta son arme et prit une lame plus courte lui aussi.

C'était un combat au corps à corps qui allait s'engager maintenant. Louis de Nogaret faisait de grands moulinets avec son poignard pour égarer son rival. Une seconde fois il déchira sa chemise et lui fit une légère entaille au torse, parallèle à la première. Quentin esquiva le coup suivant. Les lames se croisèrent comme des épées et l'homme d'Henri III appuya de toutes ses forces. Le huguenot avait du mal à résister, à cause de son bras endolori par le candélabre. Il plia, tenta d'écarter la dague ennemie de la main gauche mais Louis d'Épernon relâcha brutalement la pression pour lui donner un coup de pommeau dans les côtes, entre les deux blessures qu'il lui avait faites.

M. de Gayrand se trouva projeté contre un mur, le souffle coupé. Le duc s'apprêta à lui assener un autre coup, il plongea pour l'éviter, roula sur lui-même et se releva. Il avait du mal à reprendre sa respiration. Son adversaire avançait. Il fit quelques pas en arrière, heurta un meuble, détourna son regard une fraction de seconde. En un instant le duc d'Épernon fut sur lui, ils tombèrent à terre. Ensuite tout alla très vite, il ne sut trop comment, il se retrouva cloué au sol, Louis de La Valette assis sur lui, la pointe de sa dague sur sa gorge.

Il tenta de faire un mouvement du bras mais la lame s'enfonça légèrement, le sang commença à perler. Il bougea à peine la tête, la lame pénétra un peu plus, le sang se mit à couler doucement. Alors il comprit. Il comprit qu'il ne pouvait plus rien faire, qu'il suffisait d'une pression supplémentaire pour que l'artère vitale soit atteinte. Il avait perdu, il avait échoué lamentablement et il allait mourir là, égorgé comme un chien, sans connaître ce qu'il était advenu de son fils. Il restait seulement à savoir si le duc d'Épernon allait lui trancher la gorge rapidement ou s'il allait le saigner lentement pour le voir mourir à petit feu.

Il cessa de résister et ferma les yeux. Il ne voulait pas que sa dernière vision fût le visage de cet homme. Il lâcha son poignard et tout son corps se détendit. Même la colère avait disparu. Ne restait que la tristesse, celle de ne plus revoir sa femme, sa fille, de ne pas avoir connu le sort de son fils. Il prit une profonde inspiration et attendit la mort.

Soudain il vit défiler toute sa vie devant lui. Il se vit enfant jouant au manoir de Gayrand devant le sourire de sa mère, il se vit à quatorze ans lorsque fut ramené au château le corps de son père, tué lors de la première guerre de religion. Il se vit soldat aux batailles de Jarnac et de Moncontour, et de tant d'autres. Il revécut la nuit de la Saint-Barthélemy, le siège de La Rochelle. Il ressentit les blessures physiques et morales qu'il avait endurées.

Et puis un visage émergea, riant dans les jardins de Blois, à un bal au Louvre, dans leur petite maison du faubourg du Temple, plein de doutes et de souffrance lors de leurs retrouvailles du côté d'Angoulême, terrorisé lors de l'accouchement de Flore, le suppliant il y a une semaine, un siècle, une éternité, de ne pas commettre la folie qu'il avait faite. Corine ! Il fallait partir sur ce visage. Pas celui bouleversé et angoissé des derniers jours, non, celui souriant et émouvant de Chenonceau et de leur premier baiser.

⋆ ⋆ ⋆ ⋆

Que se passait-il ? Que la mort était lente à venir. Il ouvrit les yeux, qu'il ne pouvait empêcher d'être embués. Que voulait son adversaire ? Qu'il affronte la mort en face. Eh bien soit, allons-y, qu'on en finisse ! Mais le duc d'Épernon retira lentement son poignard, relâcha la pression qu'il exerçait sur ses côtes et se releva.

Le cœur de Quentin se mit à battre à toute vitesse. Ses poumons lui faisaient mal comme ceux de quelqu'un qui a failli se noyer et peine à retrouver l'air. Un sursis, il venait d'obtenir un sursis. Louis de Nogaret lui faisait signe de se mettre debout. Il fallait donc mourir droit, on lui accordait un peu de dignité. Il se redressa avec difficulté, s'appuyant des mains et du dos au mur, les jambes flageolantes. Il fallait exploiter le sursis.

— Je vais mourir, dit-il, vous pouvez bien me le dire maintenant… Qu'est-il arrivé à mon fils ?

Son adversaire se mit à rire.

— Non, non, non ! Ce n'est pas comme cela que ça fonctionne. Vous avez perdu le duel. C'est vous au contraire qui devez parler. Vous devez me donner le nom du traître.

C'était donc cela, on le gardait en vie parce qu'on avait besoin qu'il parle. Gagner du temps.

— Allons, faites un beau geste. Vous n'allez pas me laisser quitter ce monde comme ça, j'ai le droit de savoir…

Son ton désespéré faisait hésiter d'Épernon.

— Dites-le-moi… J'aurais pu vous tuer autrefois, dans les fossés du jardin des Tuileries. Je ne l'ai pas fait.

— Mais moi non plus je ne vous ai pas tué. Vous êtes bien vivant, à ce que je sache.

— Pour combien de temps ? Dès que vous n'aurez plus besoin de moi… Je serai un homme mort, d'ailleurs je le suis déjà. J'ai perdu tout espoir de revoir ma femme, de savoir ce qui est arrivé à mon fils. Quand bien même vous me rendriez la liberté, comment pourrais-je revenir auprès d'elle et lui avouer que j'ai échoué, que je me suis jeté dans la gueule du loup, au risque de la rendre veuve pour la deuxième fois, et tout cela pour rien… Elle ne me le pardonnera pas… Je suis un homme mort, j'ai tout perdu, mon fils, ma femme, ma liberté, et probablement ma vie…

Louis de La Valette retourna s'asseoir à son bureau.

— Racontez-moi comment vous avez fait pour survivre à la Saint-Barthélemy. Vous vous êtes caché ?

Quentin de Gayrand s'approcha le cœur lourd de colère contenue. Il enleva sa chemise et tourna lentement devant le duc pour qu'il puisse bien voir ses nombreuses cicatrices.

— J'ai reçu une vingtaine de coups de hallebarde, d'épée et de poignard, dit-il. J'ai été atteint un des premiers, laissé pour mort sous un tas de cadavres qui m'ont presque étouffé. Je me suis réveillé dans la Seine, flottant avec des centaines de corps. Je ne sais pas comment j'ai fait pour survivre. Mais je l'ai fait…

L'ambassadeur de France fut impressionné, tant par les marques laissées par les blessures, que par la force de caractère de celui qui les portait. Cet homme avait échappé à la mort plus d'une fois, il avait été privé de sa femme, de son enfant, et il avait eu le courage de venir s'enfermer là, dans ce château où il était entouré d'ennemis, et de le provoquer en duel, lui, l'homme tout-puissant d'Henri III, au risque de tout perdre, même la vie, pour savoir… Louis de La Valette était admiratif.

— Je respecte votre force, votre audace et votre sens de l'honneur, dit-il. J'ai une proposition à vous faire. Rejoignez-nous. Quittez votre service auprès du roi de Navarre, qui n'a aucun avenir, et venez œuvrer à mes côtés.

Le roi de France a besoin d'hommes de votre trempe, et il sait être généreux, moi aussi.

Quentin eut un rire furtif mêlé d'un haut-le-cœur.

— Est-ce que c'est une plaisanterie ? Je connais les commanditaires de la Saint-Barthélemy. Comment pourrais-je servir celui qui est coupable de cela ?! (Il montrait ses blessures.) Qui est la cause de la mort de tant d'amis et de compagnons, de tant d'hommes, de femmes et d'enfants de par le royaume, qui a juré de chasser le protestantisme de France ? Comment pourrais-je lutter aux côtés de ceux qui, à cause des massacres, des guerres, m'ont séparé si longtemps de mon épouse ? Travailler pour celui qui est responsable de la disparition de mon fils ?!

Ses yeux lançaient des éclairs.

Louis d'Épernon se tut et l'examina un moment en silence. Il comprenait.

— Vous ne parlerez pas, n'est-ce pas ?... Et si je vous laissais la vie sauve ? Si je vous donnais la possibilité de revoir votre épouse ?

— Dites-moi ce que vous avez fait de mon fils et je parlerai.

— Je ne peux pas. Je risque trop.

— Je ne comprends pas.

— Je sais que vous ne comprenez pas. Je ne comprends pas moi-même comment j'ai pu en arriver là. Vous n'imaginez pas tout ce qu'il est capable de nous demander. Le pire c'est quand il vous prend dans ses bras pour vous remercier ou vous supplier. Cela me révulse chaque fois et je me retiens de le repousser. Avec moi il n'a jamais osé pousser trop loin, heureusement, car je ne mange pas de ce pain-là. Mais d'autres sont moins regardants et s'y jettent à cœur joie...

C'est comme lorsqu'il était amoureux de feu la princesse de Condé. Il lui écrivait des lettres d'amour avec son sang... à ce qu'il disait. Mais pour ne pas perdre son précieux fluide vital et se sentir faible, c'est à nous, à tour de rôle, qu'il faisait faire une saignée pour rédiger ses déclarations maladroites et ridicules. Ensuite il fallait porter la missive à la belle et assister à ses éclats de rire lorsqu'elle décachetait et lisait ses lettres… C'était révoltant et humiliant…

— Mais de qui parlez-vous ?

— De qui pourrais-je donc parler ? D'Henri de Valois, alors duc d'Anjou, puis roi de Pologne, aujourd'hui roi de France et tout-puissant.

— Mais vous êtes un de ses plus fidèles lieutenants. Vous avez choisi d'être à son service. Je vous ai toujours connu dans son entourage.

— J'ai choisi son service, oui, j'étais jeune et fougueux, il m'a semblé qu'il avait le même caractère et de l'ambition à revendre, ce qui était aussi mon cas. J'ai tout de suite senti qu'il valait mieux être de ses amis que de ses ennemis. Le roi Charles était un faible, dominé par sa mère, et par Coligny, ou d'autres, chacun leur tour… Henri était l'étoile montante, celui qu'il fallait suivre, et l'Histoire m'a donné raison, puisqu'il est devenu roi. Même Catherine de Médicis n'a pas le dernier mot avec lui, enfin pas toujours. J'ai rapidement compris qui gouvernait réellement la France. Et une seule personne était capable de gouverner la reine mère : son fils préféré.

Oui j'ai choisi le bon cheval, je ne changerai pas mon pari. Mais il est certains ordres auxquels il n'est pas aisé d'obéir.

— Qu'est-ce que cela a à voir avec mon fils ?!

— Mais cela a tout à voir, tout !

M. de Gayrand restait interdit.

— Croyez-moi, le servir n'est pas toujours facile. J'ai dit tout à l'heure qu'il pouvait se montrer très généreux, c'est vrai, mais il sait parfois aussi se montrer ingrat. Et il peut être redoutable si on le trahit.

— Vous venez pourtant de me proposer d'entrer à ses ordres.

— C'est exact, parce que je pense que c'est le seul parti valable, et celui qui l'emportera à la fin. Il vaut mieux être du bon côté. Et tout compte fait je préfère vous avoir à mon service que comme ennemi. (Il sourit.) Je vous parle juste de ses défauts pour vous aider à comprendre. Je ne suis pas fier de ce que j'ai fait alors, je le porte sur la conscience depuis, mais je n'ai fait qu'obéir aux ordres du roi. Enfin… du futur roi. Pour ce que j'y ai gagné… Quand je pense que je suis coincé ici en Savoie, alors que d'autres s'amusent à la Cour…

— Vous êtes en train de prétendre que c'est le roi de France qui vous a demandé d'enlever mon fils ?! fit Quentin interloqué.

— Mais personne ne savait que c'était votre fils ! Ni lui ni moi. Je vous l'ai déjà dit : cette affaire vous dépasse largement et vous n'étiez absolument pas visé.

— Cela n'a aucun sens…

— D'accord, j'en ai assez, je vais vous le dire, quand j'y repense j'éprouve du dégoût… Mais il faut me promettre de ne jamais révéler à quiconque que c'est moi qui vous l'ai dit. Si sa mère vient à savoir son petit secret… Et qu'il apprend que c'est grâce à moi, je suis un homme fini. Jurez-le ! Sur la tête de votre épouse ou sur la Bible. Jurez ou je ne dirai rien !

Heureux d'être enfin proche du but, M. de Gayrand jura tout ce qu'on voulut.

— J'ai votre parole d'honneur ?

— Parole d'honneur.

Le duc d'Épernon hésita encore un instant, puis se leva et se remit à faire les cent pas dans la pièce. Quentin s'efforçait d'attendre patiemment. Mais son sang semblait bouillir dans ses veines, tandis qu'il se demandait si son interlocuteur n'allait pas inventer une histoire invraisemblable pour se sortir d'un mauvais pas.

— Lorsque le duc d'Anjou a été élu roi de Pologne, commença Louis de La Valette, cela ne lui a pas plu du tout.

— Qu'est-ce que cela a à voir avec mon f…

— Ne m'interrompez pas où je me tais !… Bien… Non seulement il n'avait aucune envie d'aller s'enterrer dans un pays lointain et froid, mais surtout il ne voulait pas quitter la France, parce qu'il savait que son frère était mourant... Nous le savions tous, il n'y avait guère que sa mère, sa femme et sa maîtresse pour garder espoir... Je pense que même le roi Charles le sentait... Bref Henri ne voulait pas partir parce qu'il avait peur qu'au loin on ne lui dénie son rôle d'héritier, qu'on n'usurpe le pouvoir à sa place, son petit frère François d'Alençon par exemple, qui depuis est devenu duc d'Anjou à son tour.

Par-dessus tout il craignait, qu'une fois le roi mort, on ne mette sur le trône son fils et qu'un parti se crée autour de lui, que quelqu'un s'empare de la régence : François, sa mère, ou même le duc de Guise...

— Mais le roi Charles n'avait pas d'héritier mâle !

— Pas de fils légitime, non, mais il avait eu de Marie Touchet un fils adultérin, prénommé Charles comme lui, qui était né dans un château lointain et secret et y vivait caché depuis, ses parents craignant, à juste titre, qu'on n'essaie de s'en prendre à lui.

— Je ne vois toujours pas...

— Cet enfant est né le 28 avril 1573.

M. d'Épernon attendit que l'information pénétrât bien jusqu'au cerveau de son interlocuteur.

— ... Juste une semaine avant le mien..., murmura Quentin qui commençait à entrevoir la vérité.

— Henri m'a demandé de trouver cet enfant pendant son absence, de m'en emparer et de le mettre à l'abri jusqu'à ce qu'il revienne. Ce que j'ai fait, du moins je le croyais.

— Mais Corine m'a dit que le roi Charles avait fait jurer à sa mère sur son lit de mort de prendre soin de son fils, et de l'élever à la Cour conformément à son rang, qu'elle avait fait jurer la même chose à Henri III à son retour de Pologne et que tous deux s'étaient pris d'affection pour le petit bâtard. Elle l'a vu sauter sur les genoux du roi...

— C'est exact, il a juré comme elle, et ces deux superstitieux ne sont pas prêts à renier un serment fait à un mourant. Et, oui, il est vrai qu'Henri tient beaucoup à son neveu et qu'il aime jouer avec lui. Quels que soient les crimes que vous pouvez lui reprocher, il a sa part d'humanité, et il souffre énormément de ne pas être père. La reine Louise multiplie les pèlerinages et les cures thermales censés favoriser une grossesse. Il a probablement reporté sur cet enfant l'affection qu'il aurait vouée aux siens.

— Alors ?

— Alors, lorsqu'il a donné cet ordre, il n'avait pas encore juré, et il ne connaissait pas le petit Charles. Cela s'est passé plusieurs mois avant la mort de son frère.

— Je ne comprends toujours pas ce qui vous a amené à mon fils.

Louis d'Épernon soupira.

— J'ai espionné Marie Touchet pour trouver où vivait son rejeton. Rien ne filtrait de ses conversations et depuis qu'elle était revenue à la Cour, elle ne s'était pas absentée pour lui rendre visite. Mais plus d'une fois je l'ai vue parler en aparté avec Mlle de Pâquelin. Cela m'a paru suspect.

M. de Gayrand se souvenait que son épouse lui avait parlé de son amitié avec la dame de Belleville dont la grossesse avait été parallèle à la sienne. Il lui revenait maintenant à l'esprit que les seuls souvenirs inquiétants qu'elle avait de M. de La Valette depuis la Saint-Barthélemy étaient ces regards croisés alors qu'elle conversait avec la maîtresse du roi.

— Lorsque votre épouse a demandé un congé, je l'ai suivie. (Corine n'avait donc pas rêvé.) Et j'ai découvert qu'elle rendait visite à un enfant. J'étais à cent lieues d'imaginer que c'était le sien. Je n'avais aucune idée de votre mariage ni qu'elle ait continué à vous fréquenter. Et je la croyais trop prude pour avoir une relation poussée avec qui que ce soit. J'en ai donc conclu qu'elle était missionnée par Marie Touchet pour aller régulièrement voir son fils et lui en rapporter des nouvelles. Le sexe, l'âge de l'enfant correspondait. Je me suis renseigné, on ne savait pas dans le village qui étaient ses parents, seulement que c'était le fils d'une dame de la Cour. On ignorait qui était le père, on supposait que c'était un enfant illégitime…

Les mois ont passé. J'ai guerroyé à droite, à gauche, contre La Noue dans l'Ouest, contre Damville au Sud. Le roi est mort comme prévu, et Henri allait rentrer de Pologne. Il me fallait accomplir ma mission… Alors au début de septembre 1574 je me suis rendu au village, et j'ai enlevé l'enfant.

— Pourquoi avoir dit à la nourrice que vous étiez le père ?

— Pour ne pas la brusquer. Croyez-moi, je n'étais pas fier de ce que je faisais. J'ai pensé qu'elle me le confierait plus facilement comme cela. Personne ne connaissait le père… J'ai déposé une bourse pour faire bonne mesure.

— Vous avez cherché une ressemblance…

— Avec Charles IX, oui. J'avais des doutes. Je me disais que son fils devait vivre dans un château, entouré de gardes et de serviteurs. Mais qu'on avait aussi bien pu le laisser dans une fermette pour tromper l'ennemi. J'ai demandé si quelqu'un d'autre que Mlle de Pâquelin venait lui rendre visite quelquefois. La nourrice ne m'a parlé que d'une servante qui passait chaque mois.

— Vous avez fini par menacer Rosine Aubin de votre épée !

— Oui, parce qu'elle ne voulait pas me donner le petit. Je n'avais pas l'intention de la trucider, ni même de la blesser, je voulais seulement lui faire peur, et cela a fonctionné. J'ai pris l'enfant et je suis parti. Pour qu'on ne le recherche pas, je lui ai dit que si elle était interrogée, elle devait dire qu'il était mort de fièvres. Et j'ai écrit une lettre en ce sens pour la mère.

— Mais cette lettre, c'est à Corine que vous l'avez envoyée, pas à Mme de Belleville ! Pour lui dire que SON fils était mort.

— Non, vérifiez sur le document, pour lui dire que l'enfant qu'elle avait confié était décédé. Pour moi elle était le seul lien entre la nourrice et Marie Touchet. Je ne voulais pas qu'elle découvre la disparition du garçon au cours d'un voyage, ni qu'elle pose trop de questions sur place. Alors je lui ai écrit cette lettre dans l'espoir qu'elle n'ait pas l'idée de se rendre au village pour vérifier. Et cela s'est passé comme je l'avais prévu. Du moins jusqu'à présent. J'ignorais que c'était son fils.

Quentin avala difficilement sa salive. Tout concordait, restait à savoir ce qui s'était passé ensuite.

— Qu'avez-vous fait de l'enfant ? demanda-t-il d'une voix sourde.

— Je ne lui ai fait aucun mal. Je l'ai emporté délicatement et j'ai pris grand soin de lui pendant le voyage. C'était le fils d'un roi, du moins le pensais-je. Il n'est pas tombé de cheval et il n'a souffert ni de la faim ni du froid. Je l'ai confié à une autre nourrice, près de Paris, que j'ai payée pour six mois à l'avance et en lui faisant force recommandations…

Je suis parti reprendre mon service à l'armée, mon expédition n'avait été qu'un intermède discret. Dès que je l'ai pu, j'ai foncé sur Lyon apporter la bonne nouvelle au roi Henri III, fier de ma mission accomplie. C'était vers le 20 octobre, je me suis présenté à lui sans attendre, encore tout crotté du voyage. Et là…

Là il m'a ri au nez, m'a montré du doigt Charles d'Angoulême assis sur les genoux de Catherine de Médicis. Il était arrivé depuis peu à la Cour. Et vous savez le plus drôle ? Il était né et avait vécu tout près d'ici, en Savoie, du côté de Montmélian… J'ai appris le serment fait à Charles, et que tout était changé. Henri était roi, sans contestation, Marie était trop heureuse que la protection et l'avenir de son fils soient assurés, et tout ce petit monde vivait en parfaite harmonie familiale !

Quant à moi j'ai pris le savon de ma vie. Je me suis fait traiter d'incompétent, d'imbécile et de bien d'autres choses… et j'ai été prié de retourner à la guerre pour m'y faire tuer si possible, en oubliant toute cette histoire et en promettant de ne jamais en parler à quiconque, et surtout pas à la reine mère. En bon soldat, en bon serviteur, j'ai obtempéré, je suis reparti combattre Lesdiguières dans la vallée du Rhône en m'efforçant d'oublier tout cela. Je n'ai pas obéi au roi jusqu'au bout toutefois. J'ai survécu à la guerre et je suis petit à petit remonté en grâce, après d'autres combats et missions un peu partout en France. Et me voici ambassadeur auprès du duc de Savoie…

— Et l'enfant ?

— Il est resté six mois chez sa nouvelle nourrice…

— Et vous ne vous êtes pas interrogé sur qui il était ?!

— Bien sûr que si, je me suis posé des questions… Mais j'avais d'autres chats à fouetter, même si cela torturait ma conscience de loin en loin. J'étais à la guerre, je luttais pour survivre. Et que pouvais-je faire ? Avouer mon crime sordide ? Je ne savais même plus qui j'avais enlevé…

— Je ne sais pas moi… prévenir Mlle de Pâquelin que l'enfant était vivant ?!

— Et reconnaître que je l'avais pris ? Et puis, quand je me suis réintéressé à elle, j'ai appris qu'elle était entrée au couvent, cela n'avait plus guère d'importance. De toute façon, je n'avais plus l'enfant…

— Comment cela ?

Louis de Nogaret soupira, il n'avait pas fini sa confession.

— Eh bien… en mars 1575, lorsque la Cour est revenue à Paris, après le séjour en Avignon, le mariage et le sacre du roi à Reims, Henri m'a un jour convoqué, pour me demander ce que j'avais fait de l'enfant. Je lui ai dit que je l'avais placé en nourrice. Il m'a questionné alors sur ce qui m'avait fait penser à l'époque qu'il pouvait être le fils de Charles. Il était troublé comme moi, et m'a demandé de lui amener le petit en secret. Une fois de plus j'ai obéi.

Ensemble nous l'avons examiné, nous nous sommes interrogés. Nous avons pensé qu'il y avait peut-être eu inversion entre les deux enfants. Que Marie, pour protéger son fils, avait pu faire venir un autre enfant à sa place à la Cour. Mais cela ne tenait pas, elle était visiblement très attachée à celui qu'on appelait le duc d'Angoulême. L'enfant de Touraine ne ressemblait pas physiquement au roi Charles IX, mais celui de Savoie non plus. Qui peut dire à qui ressemble vraiment un enfant de deux ans ?

Il nous est alors venu à l'esprit que l'enfant inconnu pouvait être le fils de Mlle de Pâquelin… Mais… nous avons aussi pensé que cela ne l'empêchait pas d'être le fils de Charles IX…

— Quoi ?! Vous insinuez… Corine… avec le roi ?

— Eh bien…, faisait le duc d'Épernon gêné, il y avait eu cette chasse où il était intervenu… ce bal qu'il avait ouvert avec elle… Elle était proche de Marie, de Margot… Elle était très souvent dans les appartements du roi avec la reine mère, elle le voyait tous les jours…

— Foutaises !

— Hum… Oui, bien sûr… Maintenant que je sais qu'elle et vous… enfin… C'est la dernière fois que j'ai vu votre fils. Le roi m'a demandé de le lui laisser et j'ai…

— Vous avez obéi, je sais ! Vous ne faites que ça !… Donc en mars 1575 il était en vie ?

— En vie et en bonne santé, je peux vous l'assurer. Mais ce que le roi en a fait après, je l'ignore. Toutefois… Je ne crois pas qu'il lui ait nui en quoi que ce soit… Il y avait ce doute sur la paternité et l'identité de l'enfant… Et ce serment fait à un mourant… Il m'est avis qu'il l'a sans doute confié à… une abbaye… ou une autre nourrice. Lui seul pourrait vous répondre.

En tout cas si vous espérez renouveler au Louvre ce que vous avez accompli ici, je vous le dis tout de suite, c'est peine perdue. Même si vous réussissiez à entrer au palais, vous n'en ressortiriez pas vivant. Quant à provoquer Henri III en duel pour le faire parler… (Il ricana.) Non, il n'y a qu'une seule personne qui pourrait lui faire avouer ses intentions et ses actes… sa mère. Et je doute qu'elle accepte de se mettre à votre service. Elle fera tout au contraire pour éviter à son fils chéri la suspicion d'un tel crime contre son frère et sa famille.

M. de Gayrand était abasourdi. Son fils confondu avec celui de Charles IX! Mais cette histoire sordide se tenait. Henri de Valois était bien capable d'un tel acte : faire enlever le fils de son frère, l'écarter de son chemin sans considération pour son âge ou son sang royal. Le petit Pierre n'avait fait que naître au mauvais moment. Et maintenant? Il avait fait parler Épernon mais n'en savait guère plus. Trois ans et demi s'étaient écoulés depuis qu'on avait vu l'enfant en bonne santé pour la dernière fois. Il avait pu se passer n'importe quoi pendant ce laps de temps, et il n'en saurait pas plus aujourd'hui. Il fallait maintenant essayer de se sortir du mauvais pas où il était.

— Bien, c'est à votre tour de parler maintenant, dit Louis de Nogaret. Je vous ai laissé la vie et la liberté, je vous ai dit tout ce que je savais sur votre fils, vous devez maintenant me donner le nom du traître.

— Vous m'avez fait ces révélations pour libérer votre conscience, ma liberté je ne l'ai pas encore, quant à ma vie, je ne suis pas sûr de la garder. Le nom de celui qui vous a trahi est si inattendu pour vous, qu'il me faut pour cela autre chose…

Quentin essayait de gagner du temps et de rafistoler les morceaux de sa mission. Il n'aimait pas l'idée de trahir la cause en livrant le nom de Bellegarde. En même temps il n'avait pas confiance dans cette alliance contre nature avec le maréchal catholique, et se disait que de toute façon d'Épernon finirait par être au courant. Il n'oubliait pas non plus que le duc de Savoie ne signerait pas le traité tant que l'ambassadeur d'Henri III serait présent avec ses troupes. Il savait aussi qu'à n'importe quel moment Louis de Nogaret pouvait faire entrer Rochefeuille et ses hommes, et qu'il était désarmé. Il fallait jouer serré.

— Il faut que vous quittiez la cour de Savoie, lâcha-t-il.

— Rien que cela? fit M. de La Valette amusé.

— Non, avec au moins la moitié de vos troupes.

Le duc d'Épernon éclata de rire.

— Vous ne manquez pas d'air, je vous rappelle que c'est moi qui ai gagné ce duel, dit-il toujours riant.

— Ce duel n'est que la revanche de celui des Tuileries. Le nom du traître est si énorme, qu'il vous faut l'annoncer vous-même au roi, il ne croirait pas un simple messager. Et cela pourrait vous rapporter beaucoup, vous sortir définitivement de Savoie, vous valoir une promotion inespérée et même faire oublier à Henri de Valois votre « petite erreur » de Touraine, quand bien même sa mère serait parvenue à apprendre son petit complot familial, et à livrer votre nom en pâture à sa vindicte naturelle...

Louis de Nogaret cessa de rire. Il fixa attentivement son adversaire dans les yeux.

— Dites-moi son nom et je verrai s'il mérite l'importance que vous lui donnez.

M. de Gayrand se dit qu'il avait assez tiré sur la corde.

— Le maréchal de Bellegarde, avoua-t-il.

L'ambassadeur de France eut une seconde d'hésitation, et se remit à rire. Puis son regard se fit menaçant.

— Roger de Saint-Lary, sieur de Bellegarde, dit-il en grinçant des dents, est un ami d'Henri de Valois depuis très longtemps, il l'a accompagné en Pologne, a préparé son retour par l'Italie et le Piémont en venant négocier ici, avec le duc de Savoie, la restitution de places fortes que la France possédait outre-monts, en échange d'argent, de troupes... Il est honorablement connu en France comme en Italie. C'est un des principaux favoris du roi, le plus âgé d'entre nous, le plus respecté, et l'un des plus efficaces chefs d'armée du souverain. Accessoirement il est aussi de mes amis, et mon oncle, du côté de ma mère...

M. de Gayrand ne broncha pas.

— M. de Bellegarde est furieux contre Henri III parce qu'il ne lui a pas rendu le gouvernement de Saluces.

Le duc d'Épernon tiqua et recula d'un pas. Il fronça les sourcils.

— Mon oncle est très attaché à Saluces, dit-il du bout des lèvres. Il a épousé la fille du dernier marquis des lieux.

Après la mort de celui-ci sans héritier mâle, le marquisat est revenu à la Couronne, et Roger en a demandé et obtenu le gouvernement. Il s'y sent un peu chez lui.

— Mais il a baissé dans l'estime du roi en échouant devant Livron lorsque la Cour était en Avignon. Il devait il y a quelques mois échanger son gouvernement contre celui du Languedoc. Mais M. de Damville est resté à son poste, et Saluces a été donné à M. de Biragué... Je vous avais dit que c'était énorme...

— Qu'est-ce qui me prouve que cela est vrai ?

— Rien d'autre que ma parole. Comme je n'ai que la vôtre pour ce que vous venez de me raconter sur Henri III, son neveu et mon fils. Le roi ne croira pas un autre que vous, d'autant plus qu'il s'agit de votre oncle, ajouta Quentin qui ignorait le lien familial entre les deux hommes jusque-là, mais en joua. Et il sera reconnaissant que vous soyez passé outre cette parenté pour lui rester fidèle. Ce sera une preuve de votre abnégation.

Louis de La Valette réfléchissait. Il entrevoyait une porte de sortie honorable, un rapprochement de la Cour, peut-être un poste de maître de camp, le gouvernement d'une ville ou d'une province. Livrer son oncle ? Cela ferait un concurrent de moins. Et après tout s'il avait trahi... M. de Gayrand le laissa cogiter un peu, avant d'ajouter :

— Mais il faut partir avec au moins la moitié de vos troupes. Sinon le duc de Savoie ne signera pas. Le traité sera caduc, et il n'y aura aucune preuve contre Bellegarde. Ce sera sa parole contre la vôtre. Et le roi ne vous croira peut-être pas. D'un autre côté, si vous tardez trop, il apprendra le nom du traître par quelqu'un d'autre, et pourra vous en tenir rancune, vous croire éventuellement complice, parce que ça se sera passé sous votre nez, et que vous n'aurez rien vu, ou rien dit...

Le pari de Quentin était audacieux. Il espérait que la jalousie entre les favoris du roi, l'appétit de gloire et de reconnaissance l'emporteraient sur toute autre considération.

Les deux hommes se jaugèrent, yeux dans les yeux, le visage proche l'un de l'autre, chacun cherchant à lire dans le regard de son vis-à-vis tout en restant opaque à son adversaire. Le huguenot sentait son cœur battre à tout rompre, mais tentait de ne pas le montrer. D'un instant à l'autre tout pouvait se briser, et sa vie se terminer là.

XXXVIII. Nérac

Le duc d'Épernon détourna son regard en premier, il fit quelques pas, rangea son poignard, ramassa son épée. « Rhabillez-vous ! » dit-il en remettant lui-même son justaucorps, qu'il avait enlevé pour le duel. M. de Gayrand ne savait pas à quelle sauce il allait être mangé ; il enfila lentement la chemise qu'il avait ôtée pour montrer ses cicatrices, ferma son pourpoint de cuir, en ne perdant pas de vue son ennemi.

— Rochefeuille ! appela soudain l'ambassadeur.

L'homme fut là en trois secondes, l'épée à la main. Il jaugea rapidement la situation. Son maître n'était pas blessé, l'autre était désarmé et saignait légèrement au cou.

— Monseigneur !

— Rochefeuille, fit Louis de Nogaret s'adressant à son lieutenant mais fixant à nouveau Quentin du regard. (Il s'amusa à laisser planer un blanc et faire entrer le doute chez son adversaire.) Faites préparer hommes, chevaux et bagages... nous rentrons à Paris. Départ dans deux jours.

— Bien, Monseigneur ! Combien d'hommes ? Une cinquantaine ?

Nouveau silence, nouveau regard.

— Non, trois cent cinquante.

Il détourna la tête pour ne pas voir la lueur de victoire dans les yeux du huguenot.

— Vous êtes sûr, Monseigneur ?

— Tout à fait sûr, Rochefeuille.

Il attendit que son second fût sorti. « Ramassez vos armes », lança-t-il au protestant. M. de Gayrand alla reprendre sa dague et la rangea dans l'étui prévu à cet effet le long de sa botte, s'attendant à tout moment à être attaqué dans le dos. Il souleva son épée, hésita un moment, puis la rengaina et fit face à son adversaire.

— Je vous laisse la vie sauve, dit le duc d'Épernon.

Quentin inclina la tête en guise de remerciement.

— Et pour ma liberté ? demanda-t-il.

Louis de Nogaret sourit ironiquement.

— Pour votre liberté… N'avez-vous pas un sauf-conduit signé de ma main ?

Il lui ouvrit la porte sans se départir de son sourire. Le huguenot ne se le fit pas dire deux fois, il franchit le seuil et fit quelques pas en se demandant à quel moment il allait être assailli. Mais rien ne vint. Il parcourut à vive allure les salles du château, regagna sa chambre, l'inspecta rapidement, puis ferma la porte à clé à double tour, et cala le dossier d'une chaise sous la poignée. Alors seulement il se permit de respirer. Il n'était pas passé très loin cette fois…

⋆ ⋆ ⋆ ⋆

Il dormit peu, songeant à la vie qui avait failli lui échapper et à celle de son fils, dont il ne savait si elle avait duré beaucoup plus de six mois après la date de son décès supposé. Il restait une possibilité pour que l'enfant soit vivant quelque part, au fond d'une abbaye ou d'un château, ou d'un lieu plus sordide, mais il essayait de rejeter cette pensée, tout comme celle plus sanglante où il imaginait Henri de Valois poignarder le petit être et jeter son corps à la Seine.

Il avait du mal à assumer aussi le fait d'avoir livré le nom de Bellegarde, même s'il était sûr que cela ne resterait pas secret bien longtemps, et qu'il n'avait pas d'autre solution pour éloigner d'Épernon et ses hommes, chose qu'il avait plus ou moins promis de faire, tant auprès de Lesdiguières que du prince Emmanuel-Philibert. Et puisqu'une de ses missions était accomplie, il fallait bien terminer la seconde. Au matin donc, il se présenta devant les appartements du duc de Savoie et demanda s'il pouvait être reçu.

M. de Monfort le fit entrer et, signe suprême de confiance, lui laissa son épée, avant de se retirer, ce qui donna à M. de Gayrand un remords supplémentaire au sujet de sa « trahison ». Le souverain l'accueillit fort aimablement et même sur le ton de la jovialité.

— Eh bien Monsieur, avez-vous bien réfléchi ? Avez-vous trouvé une idée pour éloigner l'ambassadeur de France ?

— Peut-être...

— Oh ! Mais vous êtes blessé ? J'espère qu'on ne vous a pas agressé dans mon château ?

Tout à ses réflexions de la soirée et de la nuit, Quentin en avait oublié la plaie qu'il avait au cou, et le sang avait séché sans qu'il pensât à le nettoyer.

— Ce n'est rien, dit-il, juste un souvenir que m'a laissé un « vieil ami » rencontré hier soir...

M. de Monfort fit soudain irruption dans la pièce et se précipita vers Emmanuel-Philibert de Savoie.

— Monseigneur pardonnez-moi, mais la nouvelle est d'importance. On vient de me rapporter que le duc d'Épernon a donné des ordres pour faire préparer ses troupes. Il part demain pour Paris et il emmène trois cent cinquante de ses hommes.

Le duc de Savoie jeta un regard stupéfait à M. de Gayrand.

— Comment avez-vous fait cela ?!

— Votre Altesse me permettra de garder mes petits secrets, répondit le huguenot qui s'était demandé jusque-là si Louis de La Valette allait tenir ses engagements ou s'il avait seulement dit cela pour le leurrer.

— Assurément cela mérite une récompense, dit le souverain en sortant une bourse d'un secrétaire.

— Je ne saurais prendre ceci, ma récompense serait que vous acceptiez de signer ce traité avec M. de Lesdiguières, ou du moins que vous envoyiez vos émissaires discuter avec les siens… Je dois vous dire cependant que je crains que l'ambassadeur du roi de France ne soit déjà au courant de certaines choses… Il se pourrait même qu'il ait des soupçons sur Bellegarde…, fit Quentin pour soulager sa conscience.

— Oh ! Cela ne m'étonne pas, il a des espions partout ! C'est avec plaisir que j'envisage ce traité. Si M. de Lesdiguières sait s'entourer d'hommes comme vous, il ne peut être bien mauvais, quoi qu'on m'en ait dit. Attendez un peu…

Il fouilla dans un coffret et en sortit une bague en or sertie d'une émeraude où était gravée en intaille la croix figurant sur les armoiries des Savoie.

— Je veux que vous preniez ceci. Allons, ne refusez pas. Vous avez bien une femme, une fille ?

— Les deux, Monseigneur.

— Alors prenez ce bijou pour elles. En souvenir de moi et de votre séjour en Savoie.

M. de Gayrand se dit qu'il n'avait pas besoin d'un objet pour s'en rappeler, il ne risquait pas d'oublier son passage à Chambéry. Mais il songea aussi qu'il devait bien cela à son épouse, pour l'avoir fait mourir d'inquiétude, et qu'il lui faudrait un jour doter sa fille. Il accepta le présent. Il ne souhaitait pas non plus froisser le souverain.

— Je vous remercie infiniment.

— Cela n'est rien. Me ferez-vous le plaisir de dîner à ma table ce soir ? Nous fêterons le départ du duc d'Épernon.

— Que Monseigneur me pardonne, mais je souhaiterais avertir rapidement M. de Lesdiguières. Il faut exploiter au plus vite le départ de l'ambassadeur, avança Quentin qui n'avait qu'une hâte, sortir des lieux tant qu'il le pouvait.

— Vous avez raison. Bien sûr. Je ne vous retiens pas, mon ami. Et encore merci.

Le huguenot ne se le fit pas dire deux fois. Il salua rapidement le souverain, fit un petit signe amical au capitaine de la garde, et entreprit de sortir du château. Laissant M. de Monfort et son souverain tout à leur joie, il refit seul le chemin par les cours intérieures, passages couverts, corridors étroits et se trouva bientôt face à la porte principale où étaient postés deux groupes de trois hommes dont la moitié portait l'uniforme aux armes de Savoie, et les trois autres celui des gardes françaises.

Il se dirigea volontairement, d'un pas qu'il voulait assuré, vers les premiers à qui il montra le sauf-conduit que lui avait fait le duc de Savoie, et pour faire bonne mesure il leur mit sous le nez la bague aux armoiries d'Emmanuel-Philibert.

— C'est bon, vous pouvez y aller, fit le garde, mais à peine avait-il fait deux pas qu'un soldat français s'interposa.

— Halte-là ! on ne passe pas. Il se dit dans la place qu'un espion à la solde des huguenots du Dauphiné serait entré au château. Je ne vous connais pas, je dois vérifier votre identité.

Nous y voilà, pensa Quentin, je ne franchirai pas le portail. Le sergent de la garde savoyarde s'interposa.

— Et de quoi vous mêlez-vous ? Vous n'êtes pas en territoire français ici. Il me suffit que Monsieur ait un laissez-passer de mon souverain. Vous n'avez pas à vous interposer dans les affaires de Savoie.

— Son Excellence Monsieur l'ambassadeur de France ne saurait tolérer qu'on héberge au château l'émissaire d'un renégat.

— Mais… j'ai aussi un sauf-conduit du duc d'Épernon, fit M. de Gayrand en sortant le document de son pourpoint et en priant pour que son vieil ennemi n'ait pas donné d'ordre à son sujet.

Le garde français parut surpris, il examina le parchemin sous tous les angles.

— C'est bien son sceau et sa signature. Vous pouvez sortir, admit-il à regret sous le regard ironique des sentinelles savoyardes qui se donnaient des coups de coude.

Quentin accepta l'invitation avec empressement, il franchit le pont-levis, laissant derrière lui les frères ennemis, et s'éloigna à grands pas. Lorsqu'il fut hors de vue du château, il dévala les pentes et ruelles presque en courant.

Il n'était pas encore tout à fait libre. Il rejoignit la porte de Montmélian, fila aux écuries où il récupéra son cheval sans problème. Il se présenta ensuite à la porte de la ville et montra à la garde civile bourgeoise le sauf-conduit du duc de Savoie. Il passa sans encombre, enfourcha sa monture et dès qu'il le put, se mit à galoper pour s'éloigner au plus vite de la cité.

Quand il se sentit suffisamment hors de danger, il s'arrêta dans une discrète auberge de village, demanda une chambre, et s'effondra enfin sur le lit où il dormit plus de douze heures d'affilée. Pendant ce temps, Claude de Luzac galopait en direction de Grenoble, qu'il espérait atteindre en soirée, pour se mettre à chercher le camp de Lesdiguières le lendemain.

⋆ ⋆ ⋆ ⋆

Le jour suivant, 3 décembre, Quentin de Gayrand se réveilla frais et dispos. Il prit une solide collation, et entreprit de rebrousser chemin vers Chambéry, mais il s'arrêta à distance respectable de la ville et observa les entrées et les sorties. Vers dix heures il vit enfin les troupes de duc d'Épernon quitter la cité et prendre la route vers le nord et Paris. Rassuré, il se remit en selle et prit la direction du Dauphiné et du camp huguenot qu'il atteignit dans l'après-midi.

Aussitôt il demanda à être reçu par le chef protestant. L'homme en faction devant la porte de son bureau l'apostropha :

— Ah ! Vous voilà ! Je ne sais pas ce que vous avez fait, mais il est furieux contre vous.

Furieux ? Pourquoi ? se demanda Quentin. Il ne peut être au courant que j'ai livré le nom de Bellegarde. Inquiet, il franchit la porte, et s'étonna de trouver M. de Lesdiguières passablement agité et énervé. Il fut encore plus surpris de découvrir en retrait dans un coin de la pièce, son beau-frère et ami Claude de Luzac.

— Eh bien, Monsieur ! s'écria le général en colère. J'en apprends de belles ! Il paraît que vous êtes entré dans Chambéry pour assassiner le duc d'Épernon ! Lorsque vous m'avez parlé de l'éloigner définitivement, j'espérais autre chose, et je vous avais bien fait comprendre qu'une attaque directe contre l'ambassadeur de France risquait de nuire à mes projets et de contrarier définitivement le duc de Savoie !

— Rassurez-vous Monsieur, le duc d'Épernon va très bien.

Lesdiguières se tourna vers M. de Luzac en même temps que le regard de Quentin. Claude leva et baissa les bras en signe d'impuissance.

— J'ai reçu une lettre de Corine qui m'a dit...

— Et tu as traversé toute la France au galop pour m'empêcher de commettre un crime et essayer de sauver ma peau...

— Que veut dire cela ? dit le chef protestant.

— Je vous avais bien dit que j'avais une affaire familiale à régler avec M. de La Valette, répondit M. de Gayrand en se frottant le cou où il gardait une légère trace rouge. C'est fait. Lui et moi avons eu une discussion quelque peu... houleuse. Mais il s'en est bien sorti et moi aussi. Il se porte même si bien qu'il a quitté Chambéry ce matin en direction de Paris à la tête de trois cent cinquante hommes, il n'en reste que deux cent cinquante au château, ce qui fait grand plaisir au duc de Savoie et au capitaine de sa garde.

— Comment avez-vous fait cela ? fit le général huguenot, surpris et ravi.

— J'avais quelques arguments convaincants..., lâcha Quentin avant de rebondir rapidement sur une autre bonne nouvelle. Et j'ai le plaisir de vous faire savoir que le prince Emmanuel-Philibert est d'accord pour signer un traité avec vous. Il enverra ses émissaires débattre avec les vôtres au jour et lieu que vous avez convenu...

Cette fois Lesdiguières se précipita sur Quentin et le serra dans ses bras pour lui donner l'accolade.

— Ah ! Cher ami, vous avez réussi ! Pardon pour cet accueil et ses soupçons. Bravo sur toute la ligne, je n'en espérais pas autant. Je pensais qu'il serait difficile de convaincre Savoie, et impossible de se débarrasser d'Épernon. Félicitations !

M. de Gayrand ne paraissait pas partager entièrement cette joie.

— Je dois toutefois vous dire que l'ambassadeur d'Henri III a des soupçons sur Bellegarde… D'ailleurs il savait pourquoi je venais et de la part de qui.

— Vous soupçonnez un traître dans notre camp ? Au sein de mon état-major ?

— Non, mais il a des espions partout à Chambéry, aux portes de la ville comme au palais. Le prince lui-même se sent surveillé. Nos conversations ont pu être entendues…

— Cela ne fait rien, l'essentiel est que ce traité se fasse. Henri III finira bien par le savoir de toute façon, quand Bellegarde marchera avec ses troupes sur Saluces. Mais comment puis-je récompenser votre bravoure ? Mes fonds ne sont pas énormes et nécessaires à la poursuite de notre combat. Voulez-vous un poste de commandement dans mon armée ? Prendre la tête des négociateurs pour le traité ? Être nommé ambassadeur auprès du duc de Savoie ?

— Je vous remercie, je crois que j'ai assez vu Chambéry pour le moment, et je crains qu'il ne me faille rassurer mon épouse rapidement, avant qu'elle ne lance d'autres cavaliers affolés sur les routes, fit-il en faisant un clin d'œil à Claude, légèrement vexé. Toutefois ces derniers jours m'ont un peu épuisé, et je ne saurais retraverser la France aussi vite que lorsque je vous ai rejoint. S'il vous était possible d'envoyer à Blois, à l'adresse que je vous donnerai, un cavalier qui crèverait plusieurs chevaux sous lui pour apporter une lettre à Mme de Gayrand, ce serait ma récompense.

— C'est tout ? demanda le chef protestant. Seulement un cavalier pour porter un message ?

— Un messager et ma liberté. J'ai accompli ma mission mais ne tiens pas à rester en Savoie. On m'attend à Blois et en Guyenne.

Claude s'était approché pour lui chuchoter quelque chose à l'oreille.

— Et si c'était possible, ajouta-t-il à l'égard du général huguenot, un second cavalier qui coure tout aussi vite porter un autre message du côté de Nérac.

— Henri de Navarre ?

— Non, sourit Quentin. Ma mère et ma sœur. Ne vous inquiétez pas du Béarnais, il ne se mêlera pas de vos affaires, ni pour les contrer, ni pour vous aider, car les conférences entre les responsables des Églises protestantes du Midi et Catherine de Médicis occupent toute son énergie.

— Mmm... Alors c'était vraiment une affaire familiale ?... C'est bon, je vous crois. Je vous dois de toute façon une fière chandelle et je vous fais confiance. Restez discret sur notre affaire. Préparez vos lettres, je vais donner des ordres pour vos messagers. Et reposez-vous un peu. Vous avez l'air de revenir d'outre-tombe... Et votre ami ne vaut guère mieux.

Une fois Lesdiguières sorti, les deux beaux-frères tombèrent dans les bras l'un de l'autre.

— Tu m'as fait une de ces peurs, dit Claude. J'ai cru que je n'arriverais jamais à temps. D'ailleurs je suis arrivé trop tard. Tu t'es battu avec d'Épernon ? C'est lui qui t'a fait ça ? dit-il en montrant la plaie en train de cicatriser au cou. Je suis content que tu l'aies vaincu, même si je ne sais pas du tout pourquoi tu l'as fait !

Quentin rit légèrement.

— Fidèle ami, tu ne sais pas pourquoi je cours un danger, mais tu traverses la France au galop pour m'aider... Oui je l'ai affronté en duel, et oui c'est lui qui m'a fait ça. Mais c'est lui qui a gagné. Pourquoi je suis allé le trouver et comment je suis encore en vie, c'est une longue histoire, mais je vais tout t'expliquer. Tu m'accompagnes à Blois ?

* * * *

Les deux amis reprirent des forces et se reposèrent avant de reprendre la route le lendemain, à un rythme plus raisonnable et à petites étapes, vers les rives de la Loire. Le même jour deux cavaliers partirent à bride abattue porter des courriers aux destinations demandées. Le premier arriva à Blois le 8 décembre au soir et causa une grande joie à l'auberge de *La Cour de France*.

— Il est vivant, il est vivant! ne cessait de répéter Corine en brandissant la lettre laconique qui annonçait seulement que son mari allait bien, et qu'il serait là dans quelques jours, avec Claude. Pourvu qu'il ne lui arrive rien en route!

— Mais non, disait Hélène, puisque M. de Luzac est avec lui.

— Vous voyez bien que j'ai eu raison de lui envoyer un mot. Je suis sûre que sans lui il serait arrivé un malheur. Claude est la main du destin qui nous réunit chaque fois. Mais quand donc vont-ils arriver?

— Il faut leur laisser quelques jours. Leur course précédente a dû être rude. Ils ont besoin de souffler un peu.

Et Corine se mit à guetter plusieurs fois par jour à la fenêtre de l'auberge, à faire les cent pas le reste du temps, sans guère prêter attention aux facéties du petit chien blanc qui jappait autour d'elle, ni aux bêtises de la fille de Clémence.

Le 10 décembre, le second cavalier arriva au manoir de Gayrand apportant joie et soulagement, même si Pauline regrettait que son mari fasse un détour par Blois avant de rentrer. Mme de Gayrand mère se réjouissait quant à elle de voir la famille bientôt réunie, et espérait qu'ils pourraient être tous là pour Noël.

Le 13 décembre enfin MM. de Gayrand et de Luzac parvinrent aux portes de Blois. En chemin Quentin avait fait à Claude le récit de leurs enquêtes et découvertes en Touraine, et de son expédition en Savoie. Son beau-frère avait été comme tous ébahi de la mésaventure arrivée au petit Pierre. Il s'était aussi montré atterré des risques que son ami avait encourus à Chambéry, et admiratif de la manière dont il s'en était finalement sorti. Ils discutèrent longuement de la façon dont il faudrait s'y prendre pour savoir ce qu'était devenu l'enfant, comment ils pourraient entrer au Louvre, comment surtout ils pourraient en ressortir, comment enfin ils pourraient faire parler Henri III. Dix jours ne suffirent pas pour y trouver une solution.

M. de Gayrand s'inquiétait au surplus de savoir comment il allait annoncer tout cela à son épouse. Que son fils était peut-être vivant, mais peut-être pas. Que seul le roi de France le savait, un souverain qui ne les tenait ni l'un ni l'autre en estime. Il était résolu au moins à lui cacher une partie des événements de Chambéry, qu'elle ne sache pas à quel point il avait risqué sa vie.

Les premières neiges s'étaient mises à tomber. La petite Catherine jouait dans la cour de l'auberge à lancer des boules sur Tricky. Ce fut Clémence, en voulant la faire rentrer, qui les aperçut la première. Elle lança le branle-bas de combat en hurlant :

— Les voilà ! Ils arrivent !

Tous se précipitèrent autour des deux hommes, Catherine de la Possonnière, Hélène, la famille Perrot… les laissant à peine descendre de cheval. On serrait des mains, des bras, on les harcelait de questions. Corine se jeta dans les bras de Quentin et s'y blottit en murmurant :

— Tu es vivant ! Merci mon Dieu ! J'ai bien cru que je t'avais perdu à jamais.

Il la serra longuement avec effusion également. Lui aussi avait pensé ne plus la revoir. Mme de Gayrand jeta un regard plein de reconnaissance à M. de Luzac par-dessus l'épaule de son mari.

— Merci Claude !

— Mais… je n'y suis pour rien…

— Allons ! fit Clémence, venez nous raconter tout cela à l'intérieur et vous réchauffer.

Ils s'installèrent dans la vaste cuisine, près de la cheminée où mijotait la soupe du soir. Jacques en servit des bols fumants aux deux hommes dont les capes dégouttaient de neige fondue. Pour faire bonne mesure il alla chercher un flacon d'alcool de poire, et de la liqueur de cerise pour ces dames.

Lorsque chacun fut remis de ses émotions, les hôtes de *La Cour de France* se tournèrent, avides de nouvelles, vers les deux voyageurs. Quentin soupira. Ce qu'il avait à raconter n'était pas facile. Il se tourna vers son beau-frère qui commença :

— J'ai bien reçu votre message, et j'ai filé le plus vite que j'ai pu jusqu'en Savoie… Mais lorsque je suis arrivé au camp de M. de Lesdiguières, c'était trop tard. Quentin avait déjà atteint Chambéry et en était revenu…

— Tu n'as pas pu entrer dans la ville ? fit Corine d'un air soulagé.

Son mari lui prit doucement la main.

— Si, dit-il avec embarras, dans la ville et au palais. Tiens, voici un cadeau du duc de Savoie en personne.

Il posa dans sa paume la bague à l'intaille d'émeraude. Mais elle y jeta à peine un coup d'œil.

— Mais tu n'as pas pu rencontrer le duc d'Épernon ? dit-elle en se demandant avec angoisse s'il avait trucidé l'homme du roi et était poursuivi pour cela par la justice royale.

Il déposa un baiser tendre sur sa main.

— Je l'ai rencontré, et nous avons parlé… Je ne peux pas dire que nous nous soyons quittés bons amis, fit-il en éludant le récit du duel, mais enfin nous avons acquis un minimum de respect l'un pour l'autre… Et nous nous sommes laissé mutuellement la vie sauve.

— Tu… Tu n'as rien appris ?

— Il n'a pas nié ce qu'il a fait. Mais il a agi sur ordre, et en se trompant de victime… Nous n'étions pas poursuivis de sa vengeance, et il n'a plus, n'avait déjà plus, de mauvaises intentions à ton égard…

Quentin entreprit alors la narration de tout ce qu'il avait appris du duc d'Épernon, jusqu'à son ultime entrevue avec l'enfant. Un silence pesant se fit ensuite, puis Corine demanda timidement :

— Tu... Tu crois que Pierre est vivant ?

Il lui serra un peu plus la main.

— Je n'en sais rien. C'est une possibilité... Mais cela n'est pas sûr. Il ne faut pas avoir trop d'espoir... Cela fait trois ans et demi et on ignore dans quelles conditions il a vécu... S'il a vécu...

Corine frissonna.

— Bien sûr, dit-elle tristement, c'est déjà un miracle que tu sois vivant, deux fois un miracle, ajouta-t-elle en sentant confusément qu'il ne disait pas tout de sa rencontre avec son ennemi, on ne peut pas en demander un troisième...

— Moi je garde espoir, dit Hélène, mais il ne va pas être facile de faire parler le roi.

Mlle de Pâquelin s'anima :

— Tu ne vas pas aller au Louvre, dis ? Je ne sais pas exactement ce qui s'est passé à Chambéry, mais je sens bien que tu me caches les dangers que tu as courus. Même s'il ne te hait pas, Louis de La Valette n'aurait pas parlé simplement pour te faire plaisir... Promets-moi que tu ne vas pas essayer d'entrer au Louvre pour faire parler le roi ! Tu y courrais des risques encore plus grands...

— Il faudra bien pourtant que nous sachions ce qui s'est passé.

— Cela fait longtemps que vous n'avez pas mis les pieds à Paris ni au palais..., intervint Mlle de Surgères. Tout a beaucoup changé. La sécurité y est renforcée depuis les évasions du duc d'Alençon et du roi de Navarre, depuis le retour du roi après le sacre. Un grand nombre de fenêtres ont été murées. Toutes les portes latérales ont été condamnées, même celles qu'empruntaient les domestiques. Seule l'entrée principale est ouverte, en face de Saint-Germain-l'Auxerrois, et elle est surveillée par tout un bataillon de la garde à l'extérieur et un autre de Suisses, à l'intérieur.

Une fois dans la cour, il faut franchir une autre porte gardée, et dans les couloirs on croise toutes sortes de tristes sires, hommes de main du roi et de ses compagnons. À l'approche de ses appartements on rencontre les fameux mignons, une quarantaine de bretteurs remarquables, attendant là une faveur du roi, ou un ordre quelconque, armés jusqu'aux dents, se promenant d'une pièce à l'autre, c'est sa garde rapprochée. Là où se trouve le roi, il y en a toujours trois ou quatre prêts à en découdre avec un intrus. Quand bien même vous y entreriez, quand bien même vous atteindriez le roi, vous n'en ressortiriez pas vivant, surtout si c'est pour l'accuser d'avoir voulu enlever le fils de son frère…

— Je sais déjà tout cela Hélène, et je n'ai pas l'intention d'aller me fourrer dans ce guêpier, répondit M. de Gayrand, bien conscient d'avoir frôlé la mort de très près à Chambéry.

— Parviendrait-on à parler au roi, poursuivait la demoiselle d'honneur, il nierait. Je ne vois qu'une seule personne capable de lui faire avouer ce qu'il a fait… C'est sa mère !

— C'est aussi l'avis du duc d'Épernon, répondit Quentin, et c'est le mien également. J'y ai beaucoup réfléchi en route, et je ne vois qu'une seule solution : rentrer à Nérac et solliciter l'aide de la reine mère.

Corine et Hélène approuvèrent. Ils décidèrent de repartir dès le lendemain, à la grande déception de Clémence qui voulait les garder jusqu'à Noël, mais après ce qu'il avait vécu en Savoie, M. de Gayrand n'avait qu'une hâte, rentrer au manoir et revoir sa fille. L'hôtelière espérait aussi qu'ils resteraient jusqu'à la naissance de son enfant, et que Mlle de Pâquelin pourrait être sa marraine cette fois.

Corine promit qu'ils reviendraient, mais elle souhaitait passer Noël auprès de sa petite Flore. D'ici la date prévue pour l'accouchement de Clémence, dans le dernier quart de janvier, elle était certaine que la reine Catherine aurait repris la route vers la capitale. Ils l'accompagneraient, et Blois étant sur le chemin de Paris, ils repasseraient la voir.

⋆ ⋆ ⋆ ⋆

Sur le chemin de la Gascogne, Corine et Quentin, Hélène et Claude tentèrent d'imaginer comment décider la reine mère à les aider.

— Je ne suis pas du tout sûre qu'elle veuille me rendre ce service, disait Mme de Gayrand.

— Elle nous doit bien cela, fit son mari.

— Sans doute considère-t-elle que les dix mille livres qu'elle m'a offerts en dot la tiennent quitte à notre égard, somme dont il ne reste rien, d'ailleurs…

— Je ne le regrette pas.

— Moi non plus. Je dis seulement qu'il ne sera pas facile de la convaincre d'intervenir.

— Le duc d'Épernon pense qu'elle est capable d'étouffer l'affaire pour ne pas salir la réputation de son fils préféré.

— Il faudrait peut-être exploiter cela, intervint Claude de Luzac, la menacer de révéler au monde la forfaiture de son cher Henri, pour l'inciter à le faire parler.

— Je n'aime pas du tout cette idée de chantage, dit Corine. Mais si c'est le seul moyen de savoir ce qu'est devenu mon enfant…

— Tu n'as pas à avoir de scrupules avec lui, répondit Quentin. Crois-tu qu'il en ait, lui ? Ai-je besoin de te rappeler comment il a traité le père du prince de Condé, comment il a sans vergogne tenté de voler ensuite son épouse à ce prince ? Qu'il est l'un des instigateurs de la Saint-Barthélemy ? Qu'il était prêt à enlever et spolier le fils de son frère ? Il n'est nul besoin de prendre de gants avec lui.

— Sans compter, ajouta Hélène, toutes les vilenies et vexations que lui et ses amis ont fait subir à son frère le duc d'Alençon et à sa sœur Marguerite, qu'il a longtemps retenus prisonniers à la Cour. Le roi de Navarre en sait quelque chose aussi…

— M. de La Valette semblait justement avoir grande crainte que *noste Henric* soit au courant de ce qu'avait tramé son beau-frère, dit M. de Gayrand.

— Il est certain que cela serait un argument de poids en sa faveur, dit Claude, et le placerait idéalement sur les marches du trône de France, si la félonie de son cousin était ainsi mise au jour. Je suis sûr que bien des partisans du feu roi Charles IX préféreraient se ranger derrière le Béarnais plutôt que derrière Henri III.

— Qui n'en serait pas pour autant déchu du trône, fit Corine, et c'est oublier un peu vite que le véritable héritier du royaume, tant que la reine Louise n'a pas d'enfant, est le duc d'Anjou, anciennement duc d'Alençon, il ne faudrait pas le négliger.

— Tout le monde ne l'oublie-t-il pas toujours ? dit Quentin. Pardonne-moi, je ne sais pas pourquoi, mais je ne le vois pas régner un jour, et ce n'est pas son projet de mariage avec la reine d'Angleterre presque quarantenaire qui risque de lui donner des héritiers. Crois-moi, le roi et la reine de Navarre sont bien sur les marches du trône.

— Margot pourrait peut-être vous aider, dit Hélène. Elle est suffisamment remontée contre son frère Henri pour vous soutenir contre lui et prendre plaisir à le dénigrer devant sa mère.

— Je n'en doute pas, répondit M. de Gayrand, mais si nous mettons la princesse Marguerite au courant, son mari le sera le lendemain, et ses amants aussi. Notre but n'est pas de révéler tout cela au monde, mais de menacer de le dire pour faire parler le roi. Si tout se sait, le chantage tombe, et avec lui toute chance d'en savoir plus.

— Si Margot pense qu'elle peut tenir ainsi sa vengeance et celle de son frère François sur le roi, elle saura tenir sa langue, insista Hélène, surtout si en même temps elle peut le faire baisser dans l'estime de sa mère. Et n'en doutez pas,

Catherine de Médicis sera furieuse contre son fils quand elle apprendra ça!

— En tout cas, laisse-moi faire cette fois, dit Corine à son mari. Tu as fait ta part à Chambéry, c'est mon tour. De toute façon avec l'esclandre que tu as fait à La Réole, en lui lançant la Saint-Barthélemy à la figure, je doute que la reine mère ait envie de t'écouter et de t'aider en quoi que ce soit. Moi, avec l'aide d'Hélène et de Margot, j'ai peut-être encore une petite chance…

* * * *

Le 22 décembre au soir ils arrivèrent au manoir de Gayrand. Ce fut dans la joie qu'Emeline et sa fille Pauline accueillirent les voyageurs partis depuis près de deux mois. À peine arrivés, Quentin et Corine se précipitèrent à l'étage pour serrer leur fille dans leurs bras. Et tandis qu'ils s'émerveillaient devant les progrès du joli poupon de six mois qui gazouillait et leur serrait les doigts de ses petites mains, Claude et Hélène informaient le reste de la famille des derniers événements et découvertes au sujet du petit Pierre.

— Tu crois qu'il est vivant? demanda la grand-mère à son fils dès qu'il redescendit.

— Peut-être, Mère. Mais peut-être seulement.

Rapidement, ils firent part de leur désir de se rendre à la cour de Nérac. D'ailleurs Mlle de Surgères devait reprendre son service auprès de la reine mère, et Corine voulait profiter de l'ambiance des fêtes de Noël et du Nouvel An, pour aborder avec elle le sujet qui l'intéressait, pensant qu'elle serait plus affable et plus généreuse à cette période. Dès le lendemain ils partirent donc prendre la température de cette nouvelle Cour, qui s'était établie depuis un mois dans l'ancien fief des ducs d'Albret, que le roi de Navarre tenait de sa mère, et où il avait passé une partie de son enfance.

Mlle de Pâquelin ne s'était encore jamais rendue à Nérac. Les rares fois où elle avait fréquenté la cour assez rustique du Béarnais, durant l'année écoulée, c'était à Agen, bien avant le retour de son épouse Marguerite. Elle fut donc bien surprise de ce qu'elle y trouva. Si la ville n'était qu'un gros bourg, sur la Baïse, le château était imposant. Bâti au sommet d'un tertre sur la rive gauche de la rivière, commencé dans les années 1300, rénové et remis au goût du siècle à la fin des années 1560, il avait extérieurement l'allure d'une forteresse médiévale, vaste quadrilatère muni aux angles de quatre grosses tours rondes et doté de trois ailes principales. Sur la quatrième s'ouvrait l'entrée, par un pont-levis encadré de deux tours plus modestes. Mais une fois franchie la porte, c'était devant un véritable palais Renaissance que l'on se trouvait. Les façades intérieures s'ornaient de grandes fenêtres ouvragées et de tours d'escalier octogonales. L'aile gauche en particulier était admirable, avec sa galerie en encorbellement, et ses arcades en anses de panier reposant sur des colonnes torses du plus bel effet.

Un vaste ensemble de verdure complétait le palais : le jardin du Roi ou jardin d'agrément, le parc de Garenne et le parc de Durance qui rejoignaient les vastes terrains de chasse qu'aimait fréquenter le roi de Navarre. Nérac allait devenir pour cinq ans la résidence privilégiée de la cour d'Henri et de Margot. Outre les attaches sentimentales du souverain pour ce lieu, il était idéalement situé au cœur d'un triangle formé par Pau, capitale de la Navarre, Montauban, capitale du contre-État protestant français, et Bordeaux, capitale catholique de la province de Guyenne, dont le Béarnais était censé être le gouverneur au nom d'Henri III.

Mais il n'y avait pas que le château à admirer à Nérac. Margot, en souveraine aimable et cultivée, y avait installé une Cour digne de celle qu'elle avait quittée. Le palais connaissait désormais un raffinement qui lui avait été inconnu sous le règne de la puritaine Jeanne d'Albret et de ses prédécesseurs. C'était un luxe vestimentaire et décoratif, des fêtes et amusements de toutes sortes, bals, festins, commedia dell'arte, tournois, cavalcades… Une Cour bien dans son époque, où les plaisirs de la table, découvrant les traditions gastronomiques de la région, se mêlaient aux idées humanistes, réunions de savants, d'écrivains, de poètes, où rivalisaient les aèdes Agrippa d'Aubigné, Guillaume de Salluste du Bartas et le philosophe Michel de Montaigne.

Mlle de Pâquelin eut presque pu se croire revenue à Paris, ce qui n'était pas trop pour lui plaire après les trois années calmes qu'elle venait de passer, deux dans une abbaye angoumoise, et la troisième dans la campagne agenaise. Car de la cour de France, la princesse Marguerite n'avait pas seulement ramené le luxe et le raffinement, les ballets ou les divertissements littéraires, mais aussi les intrigues politiques et galantes, la frivolité et les rivalités. On y alternait danse et estocade, les duels étaient fréquents, même entre grands – M. de Turenne y fut blessé en mars 1579 contre M. de Duras – et les dames y assistaient, riant et admirant, du haut des remparts.

Les aventures amoureuses se multipliaient, y compris pour le roi et la reine de Navarre, comme Corine n'allait pas tarder à l'entendre, de la bouche même de Margot, car si la princesse dominait en reine la cour de son mari, elle ne régnait pas en femme sur le cœur de son époux. Et il fallait bien qu'elle se consolât, loin du vigoureux M. de Bussy, qui en Anjou avait pris pour maîtresse Mme de Montsoreau, l'épouse du maître veneur du duc d'Anjou, et du tendre Jacques de Champvallon, avec lequel elle continuait une correspondance amoureuse platonique en vers.

Il ne fallut que quelques heures à Mlle de Pâquelin pour se rendre compte qu'elle n'arriverait pas de si tôt à parler des choses sérieuses qui l'intéressaient à la princesse Marguerite ou à la reine Catherine de Médicis. Celle-ci, d'ailleurs, officiellement pour pouvoir pratiquer la religion qu'elle voulait, et ne pas gêner sa fille dans son rôle de reine, certainement pour garder les mains libres et recevoir discrètement qui elle voulait, ne logeait pas à la cour protestante de Nérac, mais au riche prieuré du Paravis, de l'ordre de Fontevrault, sur la rive gauche de la Garonne près de Port-Sainte-Marie, prieuré qui accueillait en pension les filles nobles de la région et les grandes dames de passage.

Corine décida de s'y rendre pour la messe de Noël et d'y passer un ou deux jours en logeant dans la chambre d'Hélène, pour tenter d'aborder la reine mère dans de bonnes conditions. Elle n'était pas la seule à avoir eu cette idée. Tout ce que la cour de Nérac comptait de catholiques semblait s'être donné le mot et s'était pressé au Paravis, pour se faire bien voir de la souveraine et la solliciter pour un oui, pour un non. Malgré les efforts de Mlle de Surgères, Mlle de Pâquelin avait à peine pu approcher de la reine, laquelle d'ailleurs avait cherché à l'éviter. Elle n'avait apparemment pas oublié l'esclandre de La Réole, à moins que tout simplement elle ne lui en veuille de lui avoir caché son mariage et sa sortie du couvent.

* * * *

Mme de Gayrand songea qu'elle n'y arriverait jamais sans l'appui de la princesse Marguerite, et après un bref passage au manoir pour fêter Noël en famille, se résolut à rejoindre Nérac pour faire sa cour à la reine de Navarre. Celle-ci était loin de lui battre froid comme sa mère. Au contraire, elle paraissait ravie d'avoir retrouvé sa compagnie. Mais elle n'en était pas plus disposée à l'écouter pour autant. Elle semblait avoir beaucoup à raconter elle-même. Heureuse d'avoir trouvé une oreille neuve, elle y déversait un flot de paroles visant à raconter ses aventures et mésaventures politiques et amoureuses depuis qu'elles s'étaient quittées, et plus particulièrement depuis son arrivée en Gascogne.

Corine attendit patiemment que s'épuisent les confidences, prêtant une oreille distraite aux récits parfois picaresques de la princesse, tâchant de se faire bien voir sans pour autant s'avancer trop lorsque Margot la priait de se joindre à ses dames d'honneur, ce que le roi de Navarre lui avait déjà suggéré, et ce dont elle n'avait guère envie, d'autant moins depuis qu'elle avait vu ce qu'était devenue la cour de Nérac. Elle ne perdait pas de vue sa propre démarche, mais il fallait mettre Marguerite dans de bonnes dispositions à son égard et lui montrer de l'intérêt.

Elle l'écouta donc relater comment les deux reines avaient été reçues aux abords de Toulouse le 28 octobre, qu'elles avaient logé au palais de l'Archevêque, qu'elles avaient assisté deux jours plus tard à une grande procession solennelle ; elle l'écouta citer tous les princes, ducs et dames qui y étaient. Elle apprit que la reine mère avait demandé au Parlement d'user à l'avenir de plus de douceur envers les protestants, et de leur être plus favorable dans l'interprétation de l'édit de pacification. Margot parla encore des fêtes auxquelles elle assista, de la façon dont elle fut reçue splendidement partout où elle passa.

La princesse raconta, tout émoustillée, que son époux avait voulu conduire les deux reines en excursion sur les monts Pyrénées, et même qu'il avait eu l'intention de les faire participer à une chasse aux ours. Mais les dangers de cette expédition les avaient effrayées et elles y avaient renoncé. Elles avaient bien fait, car le roi, au retour de cette chasse, leur apprit que deux grands ours s'étaient attaqués à plusieurs chevaux et les avaient mis en pièces, et que le plus fort avait précipité avec lui dans un ravin sept chasseurs qui périrent tous.

Un incident d'un autre ordre se produisit lorsqu'ils furent à Auch. En plein bal, un serviteur vint prévenir Henri de Navarre que le gouverneur de La Réole venait de se donner avec sa ville à la reine mère. Le capitaine de cette place, M. d'Ussac, était un vieillard au visage tout couturé de cicatrices, qui avait toute la confiance du Béarnais. Mais ne voilà-t-il pas que durant le séjour de la Cour en cette petite ville, il s'était pris d'un amour fou pour Mlle d'Atrie, demoiselle d'honneur de Catherine de

Médicis. Il ne cachait point sa passion et tout le monde se moquait ouvertement de ce caprice peu en rapport avec son âge et son aspect. Il n'avait aucune chance d'aboutir et la belle concernée était la première à en rire. Il semblait assez bien souffrir ces railleries, mais lorsqu'il apprit que son souverain et son bras droit, M. de Turenne, se permettaient aussi d'en plaisanter, il entra en fureur et pour se venger décida d'offrir La Réole à la reine mère et aux catholiques.

Ce qui fut fait le 20 novembre et ne décida pas Mlle d'Atrie à tomber dans les bras de ce « brave ». Deux jours plus tard, Henri de Navarre, averti en plein bal, prévint ses amis et Turenne en tête, de se trouver à l'aube avec leurs cuirasses de combat sous des habits de chasseurs, et ils partirent s'attaquer à la petite ville de Fleurance à cinq lieues au nord, où ils se trouvèrent au point du jour. Les habitants de la modeste cité catholique, surpris, et non armés à cause de la paix, se rendirent à lui sans résistance le 23 novembre.

La reine Catherine à son réveil en avait ri en disant « c'est la revanche dé La Réole ». Mais ces hostilités avaient un peu brouillé l'entourage royal. La reine mère s'était retirée à Agen, où elle avait travaillé à un accommodement. Finalement le 3 décembre, elle avait rendu La Réole en échange de Fleurance, et les deux Cours avaient pris leurs quartiers à Nérac et aux environs.

La princesse Marguerite se plaisait en ce séjour et y avait créé une société joyeuse et galante. La morosité huguenote avait vite fondu. D'ailleurs la religion n'y était pas cause de conflit. Le roi, sa sœur Catherine, jeune fille de dix-neuf ans, calviniste convaincue, et ses amis se rendaient au prêche, tandis que Margot et les siens allaient à la messe dans une chapelle située dans le parc. À l'issue des offices, tout le monde se promenait ensemble dans les allées du jardin, bordées de lauriers et de cyprès.

Au reste Henri de Navarre traitait son épouse avec beaucoup d'amitié et de considération. Il lui avait organisé à Nérac une entrée splendide avec des saynètes mises en vers par le poète Guillaume de Salluste du Bartas, faisant dialoguer trois nymphes, une Latine, une Française, une Gasconne, chacune dans leur langue. Il se montrait ravi qu'ils soient à nouveau ensemble. Mais cela ne l'avait pas empêché de retomber dans ses anciens travers avec ses demoiselles d'honneur ou celles de sa mère.

— À peine étions-nous arrivées qu'il s'est jeté dans les bras de Mme de Sauves, racontait la princesse, malgré ce qu'il en savait de ses actions contre lui et mon frère. Sans doute avait-il un compte à régler avec elle, en tout cas, cela n'a pas duré. Il a ensuite succombé aux charmes exotiques de Mlle d'Ayelle, une jeune beauté grecque qui nous vient de Chypre. Puis il s'est mis à courtiser Mlle de Rebours, une fille malicieuse qui ne m'aime point.

Après l'affaire de Fleurance et de La Réole, il a eu une aventure avec Mlle d'Atrie à qui il eut l'heur de plaire plus que le vieux d'Ussac ! Elle ne s'est point montrée aussi farouche avec le roi… On pourrait croire que mon époux a été sevré d'amour pendant deux ans avant de retrouver les beautés de la Cour, et qu'il n'a point de goût pour les dames du pays. Il n'en est rien. Dans le même temps qu'il voyait Rebours, il entretenait une liaison avec une jeune bourgeoise d'Agen, Mlle du Luc. On dit d'ailleurs qu'elle serait enceinte de ses œuvres. Et tandis qu'il fréquentait d'Ayelle, il mettait également dans son lit la fille de son jardinier, astucieusement dénommée Fleurette.

Tout cela n'est rien, ce ne sont que des passades sans importance. Ce qui m'ennuie le plus, c'est la passion qu'il semble désormais éprouver pour la belle Fosseuse, la plus jeune de mes demoiselles d'honneur. On nomme ainsi la cinquième fille de M. de Montmorency-Fosseux, un capitaine d'armes de mon frère le roi Henri. Songez qu'elle n'a que quatorze ans ! Pour la séduire, mon mari la cajole en lui offrant des friandises, de la pâte d'amande et de la confiture de rose… Elle ne lui a pas encore cédé, mais n'en a que plus d'attrait à ses yeux.

Mlle de Pâquelin ne s'étonna pas outre mesure de la vie amoureuse mouvementée du souverain de Navarre ni de la complaisance de son épouse qui n'était pas en reste. Car si Margot se plaignait des aventures de son conjoint, elle oubliait de préciser qu'elle avait pour galant le vicomte de Turenne, et qu'elle ne cachait guère cette liaison qui serait bientôt de notoriété publique jusqu'à Paris. Henri de Turenne était un jeune homme de vingt-trois ans, dans la lignée des amours précédentes de la princesse : un corps bien bâti, capitaine brave au combat, duelliste de renom. Avec cela bel esprit et causeur agréable, il avait une réputation de bonne fortune auprès des dames. Il était aussi le plus proche collaborateur et ami du roi de Navarre, son lieutenant général pour le Haut-Languedoc, l'homme le plus en vue à la cour de Nérac après le souverain.

Catherine de Médicis, comme tout le monde, connaissait la vie extraconjugale de sa fille. Elle ne semblait pas s'en offusquer, paraissait même ravie de son choix, car elle pensait que cette aventure allait diviser le Béarnais et son bras droit, et affaiblir son parti. Mais Henri de Navarre était sur ce point aussi peu chatouilleux que son épouse. Lorsqu'il l'avait su, il en avait ri, avait pris son favori familièrement par le bras et Corine l'avait entendu dire :

— Au demeurant je préfère que ce soit vous, car je sais que vous n'allez pas comploter contre notre parti, et puis vous serez bien placé pour surveiller ma femme pour moi, tant dans ses amours que dans ses activités politiques…

Mme de Gayrand n'était pas persuadée toutefois que cette liaison allait durer, car la princesse lui avait avoué un jour sous le sceau de la confidence que le vicomte n'était pas un amoureux fort démonstratif, ni un amant très performant, et qu'elle regrettait bien sur ce plan les services de M. de Bussy. Leur relation se poursuivit néanmoins pendant une année.

Parallèlement, la reine de Navarre subissait, à son corps défendant et sous la risée de la Cour, les avances d'un autre soupirant : son chancelier M. de Pibrac. C'était un magistrat que la reine mère avait placé au service de sa fille depuis son arrivée en Guyenne, car elle la jugeait trop jeune pour gérer ses affaires. À la fois secrétaire et trésorier, il veillait aux finances et aux biens matériels de la princesse, et surveillait pour la reine Catherine les activités financières de son gendre, afin que la dot et les avoirs de Margot ne pâtissent pas de la politique de son mari.

L'homme était âgé de plus de cinquante ans, chauve et laid, mais il était tombé follement amoureux de sa souveraine. Il lui écrivait des lettres enflammées, lui dédiait des vers, lui organisait des réceptions en son manoir. Marguerite de Valois se laissait faire, ne le décourageait pas, elle savait même se faire câline, au besoin, tout en feignant de ne pas comprendre lorsqu'il voulait aller trop loin, et sans jamais lui faire la moindre promesse, si ce n'est quelque bénéfice ecclésiastique ou charge d'officier.

En fait elle profitait de la tendre affection de son chancelier pour lui soutirer de grosses sommes d'argent, afin de remplir sa bourse quelque peu malmenée par ses dépenses exagérées. C'était parfois des dons généreusement offerts, mais aussi des prêts qu'elle se gardait bien de rembourser, ni en écus ni en faveurs intimes. Pire, elle ne se gênait pas pour se moquer ouvertement des sentiments touchants de son créancier, mais l'amoureux transi était sur ce point sourd et aveugle.

XXXIX. Au Louvre

Lorsque Marguerite de Valois eut fini de s'épancher sur l'épaule de Mme de Gayrand et vint à bout des potins de la cour de Nérac depuis l'automne précédent, elle se mit à s'intéresser au destin de Corine et voulut tout savoir de son mariage secret et de ses péripéties jusqu'à ce jour. Si elle comprenait fort bien ce que l'on pouvait ressentir à la perte tragique d'un être aimé, depuis l'exécution de M. de La Mole, elle avait du mal à imaginer comment on pouvait rester fidèle à un mort et s'enfermer deux ans dans un couvent loin de tout contact charnel.

Plus que tout elle voulait savoir ce que cela faisait de retrouver après cinq ans un homme qu'on croyait décédé, et de redécouvrir le plaisir des sens après autant d'années d'abstinence. Elle-même avait perdu de vue son mari pendant deux ans, mais on ne pouvait pas dire que leur relation fut très fusionnelle avant, ni qu'elle ait vécu dans la chasteté sans lui. Toutefois, elle avait douloureusement souffert des absences prolongées de M. de Bussy, tenu souvent éloigné en Anjou. Mais cinq ans sans amour ni relation sensuelle restait pour elle une chose fort abstraite.

Mlle de Pâquelin sentit qu'elle avait enfin l'oreille de la princesse et, tout en tentant de répondre à ses questions en évitant les passages trop scabreux ou intimes, elle en vint tout doucement au sujet qui lui tenait à cœur.

— Si la mort m'avait séparée de mon mari, du moins le croyais-je, la vie ne m'avait pas laissée tout à fait sans attache sentimentale, mais pas dans le sens où vous l'entendez…

— Vraiment ? Racontez donc..., fit Marguerite en espérant des détails croustillants.

Corine sourit faiblement.

— Vous savez, la nuit du 24 août 1572 a été un grand choc pour moi.

— Pour moi aussi, dit la princesse.

— Mais si vous avez été ébranlée comme beaucoup par les massacres, vous n'avez ce jour-là perdu ni amant ni mari. Au contraire vous avez même pu vous rapprocher de votre époux, qui n'avait plus ni amis ni parti pour l'éloigner de vous.

La reine de Navarre acquiesça d'un signe de tête.

— Moi au contraire j'avais tout perdu : mari, ami, amant, et je devais vivre au milieu de ses assassins. Si je n'avais pas eu un autre être à aimer, je me serais probablement laissée mourir de tristesse...

— Mais qui donc vous a retenu à la vie ?

— Un enfant... son enfant. Je vais vous conter un secret que personne ne sait encore à la Cour, dit-elle pour l'émoustiller, pas même votre mère. Mais je vais aussi solliciter votre aide, pour découvrir un autre secret et rendre le bonheur peut-être à plusieurs personnes.

— Parlez !

— Je dois d'abord vous demander de ne surtout pas le révéler à votre époux, du moins pour le moment, ou tout pourrait être perdu.

— Vous avez ma parole.

— Ce que je vais vous exposer est très grave et touche à votre famille... Votre frère le roi... Vos frères devrais-je dire...

— Vous m'intriguez... Mais quel rapport avec vous ? Un enfant avez-vous dit ? Quel enfant ?

— Le mien.

— Vous, un enfant ?! Mais où ? Quand ? Quel lien avec mes frères ? Est-ce que vous et le roi Charles... ?

— Non, non, votre Altesse, même si certains l'ont cru... Je vais vous expliquer... Si j'ai pu survivre à la

Saint-Barthélemy, c'est que je me suis aperçue tout de suite après que j'étais enceinte. De mon mari bien sûr. J'ai pu survivre parce qu'il vivait encore à travers notre enfant.

Et Corine raconta comment elle avait caché sa grossesse, comment elle avait dû taire l'existence de son petit garçon ensuite, sa souffrance de vivre loin de lui, les rares visites qu'elle avait pu lui rendre. La princesse écoutait en hochant la tête de temps en temps.

— C'est un bonheur que le ciel m'a refusé jusque-là, dit-elle à un moment. Il semble qu'il nous dénie, à mon frère Henri et à moi la joie d'avoir des descendants. Ma pauvre sœur Claude en a eu tant, et elle en est morte… Mais je crois savoir que ma mère est restée longtemps sans enfanter, cela ne l'a pas empêchée d'avoir dix enfants par la suite. Cela viendra sans doute en son temps. Ce n'est pas que cela me manque beaucoup, mais il doit être agréable d'avoir un petit être à câliner, de savoir qu'il est sa chair et son sang. Et puis il faudra bien que je donne un héritier au roi mon mari[1].

Corine n'osa ajouter combien il était doux de découvrir dans les traits de son enfant ceux de l'être aimé, car elle se demandait à qui ressemblerait le fils de Margot si elle en avait un. Et elle songea que le ciel, dans sa grande sagesse, lui évitait à elle et à son conjoint un grand embarras. Tout un chacun se demanderait certainement si l'héritier était bien le descendant du roi de Navarre. Quant au roi de France, Dieu voulait sans doute le punir de ses vilenies.

Elle revint à son récit et narra comment elle avait appris le décès du petit Pierre. Combien il lui avait été difficile alors de survivre au Louvre, que le couvent lui avait semblé la seule échappatoire possible, un retrait du monde salutaire. Et sans doute serait-elle devenue religieuse si l'abbaye de Fonteval n'avait été attaquée une nuit de juin 1577 par une troupe huguenote menée par son propre beau-frère.

---

1. Marguerite de Valois n'eut pas de descendance.

Elle raconta rapidement ses retrouvailles avec son époux, la naissance de sa fille Flore, le plaisir qu'elle prenait à la vie au calme dans la campagne agenaise. Puis elle en vint à leur voyage sur les traces du passé, comment ils avaient découvert l'absence de tombe et mené leur enquête pour apprendre que leur fils avait été enlevé car on l'avait confondu avec celui de Charles IX et de Marie Touchet. Elle tut le rôle du duc d'Épernon parce que son mari avait donné sa parole de ne pas le révéler et que l'ambassadeur d'Henri III auprès du duc de Savoie avait respecté la sienne en quittant Chambéry avec la plus grande partie de ses troupes.

Mlle de Pâquelin pour sa part n'avait aucune reconnaissance pour M. de La Valette et le tenait fermement pour responsable de ses malheurs, mais Quentin lui avait aussi expliqué que le roi pouvait facilement pousser son favori à tout nier, ou le faire taire définitivement. Il valait mieux laisser planer le doute, que le souverain ne sache pas qui avait parlé, qui pouvait encore le dénoncer, qui enfin était au courant de ces actes.

Lorsqu'elle arriva au rôle joué par Henri III, Mme de Gayrand vit la reine de Navarre pâlir légèrement, mais elle ne se récria pas, ne chercha pas à le défendre, ne mit pas en doute la parole de l'ancienne demoiselle d'honneur. Corine expliqua que l'enfant avait été vu vivant pour la dernière fois au printemps 1575 et que seul le roi de France pouvait dire ce qu'il en avait fait et si Pierre était encore en vie ou pas.

— Voulez-vous que je vous dise, fit Marguerite de Valois, cela ne m'étonne pas ! C'est terrible à dire, parce que c'est mon frère, et que c'est le roi. Mais je sais qu'il en est parfaitement capable. Ce n'est pas pour rien que le roi Charles et Mme de Belleville ont tenu secret le lieu de naissance de leur fils et l'ont fait élever loin de la Cour. Ils se doutaient d'une chose comme cela.

Henri a commis bien des actes odieux, pas seulement lors de la Saint-Barthélemy, mais aussi avant et depuis.

Vous n'imaginez pas tout le mal qu'il a pu faire aux gens que j'aime, directement, par son influence sur notre mère, ou par l'intermédiaire de ses chers mignons, du Guast, Maugiron ou d'autres. M. de La Mole, M. de Balzac d'Entragues, M. de Bussy en ont pâti. Ma suivante Thorigny aussi, mon frère Charles, mon frère François, mon époux le roi de Navarre et moi-même... Il m'a tenue prisonnière au Louvre pendant des mois, avec des gardes jusque dans mes appartements... Faisant lire mes lettres, fouiller mes affaires... Colportant des calomnies sur moi... Il a brisé les carrières de François et de mon mari, restreint leur liberté...

Et il a donc été jusqu'à s'en prendre au fils de son frère, à un nourrisson. Ah ! Charles a été bien inspiré de faire prêter ce serment à la reine Catherine sur son lit de mort et d'exiger d'elle de faire jurer aussi à Henri à son retour de Pologne. Sinon je ne sais ce qu'il serait advenu du petit Charles d'Angoulême. Quand je pense combien il le cajole maintenant, et la reine ma mère aussi... Elle ne sait rien, n'est-ce pas ?

— Non, elle ne sait rien. Mon époux et moi pensons qu'elle seule peut faire parler le roi. J'ai essayé de la voir à plusieurs reprises depuis Noël, pour solliciter son aide, mais je n'arrive pas à l'approcher dans l'intimité, elle refuse de me recevoir. C'est pourquoi j'ai besoin de vous. Je vous supplie d'intervenir pour nous auprès d'elle. Je sais que je lui ai caché des choses, mais c'était pour protéger mon mari, puis mon fils. Et lorsque j'ai quitté le couvent, la Cour me paraissait si loin, comme dans une autre vie. Je vous en prie, aidez-nous à savoir ce qu'est devenu notre enfant, dit-elle en se jetant à genoux à ses pieds, les yeux remplis de larmes.

— Relevez-vous ! Bien sûr que je vais vous aider. Et ouvrir une bonne fois les yeux de ma mère par la même occasion. Son cher petit Henri... Elle va enfin connaître le vrai visage de son précieux fils. Mais savez-vous ce que je crois ? Elle sera moins peinée de ce qu'il a fait, quelque horreur qu'elle en ait, que du fait que je le sache, et que mon mari puisse l'apprendre, que la France entière le découvre tel qu'il est.

— C'est pourquoi je vous ai demandé tout à l'heure de ne rien dire à votre époux pour le moment. Il faut que nous puissions menacer votre frère de tout révéler afin de le faire parler sous la crainte d'une dénonciation publique. Après qu'il aura dit ce qu'il a fait de notre fils, et particulièrement si celui-ci n'est plus en vie, vous pourrez annoncer au monde ses turpitudes, je vous y aiderai au besoin.

Corine n'avait jamais pensé qu'elle en viendrait à haïr un homme à ce point, fût-il roi de France. Et le fait que sa propre sœur éprouve pour lui à peu près les mêmes sentiments ne la dérangeait pas outre mesure, tant elle en voulait à celui qui avait commandité l'enlèvement de son enfant, après avoir été l'un des auteurs des massacres qui l'avaient privée de son mari.

⋆ ⋆ ⋆ ⋆

La princesse Marguerite avait tenu sa parole, elle avait obtenu de la reine mère une entrevue particulière pour M. et Mme de Gayrand le 1er janvier de l'année 1579, et avait exigé d'y assister en personne, prévenant sa mère qu'elle devait s'attendre à quelque révélation. Catherine de Médicis était loin de se douter de ce qu'elle allait entendre. Sans doute pensait-elle que le couple souhaitait lui présenter ses vœux pour la nouvelle année et tenait à s'excuser pour la façon un peu cavalière dont ils lui avaient caché leur mariage, la sortie du couvent de Mlle de Pâquelin et le discours peu amène qu'avait tenu son mari à La Réole. La révélation était certainement liée à un épisode aventureux de leur passé.

Elle était plutôt de bonne humeur, les conférences avec les députés des Églises protestantes du Midi allaient enfin commencer et elle pouvait bien passer ce caprice à sa fille. À peine fut-elle étonnée de la présence de Mlle de Surgères qu'elle savait amie de son ancienne demoiselle d'honneur, et de la gravité de ses solliciteurs. Le huguenot resta debout, très pâle, inclinant seulement légèrement la tête, se retenant à grand-peine semblait-il de faire une autre sortie scandaleuse. Son épouse plongea dans une profonde révérence de cour, ce qui augurait d'un respect plus légitime et de remords certains.

Margot s'avança et après une courte révérence déclara d'un ton sévère :

— Je supplie Votre Majesté d'écouter très attentivement ce que M. et Mme de Gayrand ont à lui dire.

La reine mère inclina la tête en souriant et Corine entreprit avec émotion de lui faire le même récit qu'elle avait déjà fait à la reine de Navarre. Elle s'arrêtait de temps à autre pour guetter un regard d'encouragement dans les yeux d'Hélène ou de Marguerite, tout en sentant peser derrière elle celui de son mari, dont elle craignait une intervention intempestive qui viendrait interrompre l'entrevue.

Catherine de Médicis, décidément dans un bon jour, se montra compréhensive lorsque Mlle de Pâquelin évoqua son mariage secret et la découverte de sa grossesse après les événements du 24 août 1572, compatissante lorsqu'elle parla de la douloureuse nécessité de cacher son état et de la souffrance de la séparation d'avec le fils chéri, ô combien désolée lorsqu'elle apprit le décès du chérubin. C'était donc cela la révélation : l'existence d'un enfant caché, trop tôt disparu. Elle-même avait connu la perte de nourrissons et puisque les choses s'étaient arrangées pour eux, elle était prête à pardonner les petits secrets.

Ici Corine marqua un temps d'arrêt. La princesse l'invita à poursuivre et la reine mère s'agaça car elle croyait l'entretien terminé. Qu'y avait-il donc encore ? L'aveu suivant avait l'air d'être pénible, la jeune femme semblait hésiter. Son époux vint poser la main sur son épaule, comme pour la rassurer et l'encourager. Mlle de Surgères se plaça de l'autre côté et Margot se rapprocha d'eux pour faire face à sa mère.

— Qu'est-ce qué cela veut dire ? On croirait presque oun tribounal devant moi…

— Majesté…, peina Mlle de Pâquelin. Ce que j'ai à vous dire risque d'être douloureux, pour vous comme pour moi. Je vous conjure de m'entendre jusqu'au bout.

Chez Catherine de Médicis, la curiosité l'emporta, elle lui fit signe de la main de continuer. Corine reprit son récit, expliqua pourquoi elle avait voulu se retirer définitivement au couvent, comment le destin en avait décidé autrement, puis les retrouvailles avec son époux, bénies par la naissance d'un deuxième enfant, et leur volonté de se recueillir sur la tombe de leur aîné…

Elle en vint à l'enquête minutieuse qu'ils avaient menée, la découverte que leur fils n'était pas décédé, mais avait été enlevé, par quelqu'un qui l'avait confondu avec celui de Mme de Belleville né une semaine avant lui, dans un endroit alors tenu caché, pour sa sécurité.

La reine Catherine haussa un sourcil.

— Nous savons de source sûre que celui qui a ordonné cet acte et seul peut nous dire ce qu'il est advenu de l'enfant… est celui qu'on nommait alors duc d'Anjou… roi de Pologne…

La mère du roi se dressa brusquement devant eux.

— C'est impossible ! On vous a menti ! Qui a dit cela ?

— Qu'il nous soit permis de taire son nom, intervint M. de Gayrand. Parce que je lui en ai fait la promesse… Et parce qu'il ne faudrait pas que ce témoin vienne à disparaître dans un malencontreux accident visant à l'empêcher de parler, sur ordre du roi, ou de Votre Majesté.

— Ce qué vous insinouez, Monsieur, est intolérable !

— Mais fort probable. Nous ne serions pas là devant vous, à risquer votre colère, si nous n'étions absolument certains de ce que nous affirmons. Les circonstances dans lesquelles j'ai pu obtenir cet aveu ne laissent pas place au doute, dit Quentin.

— Je peux attester de la véracité de ces propos, ajouta la reine de Navarre, qui ne disposait d'aucune preuve, mais tenait à enfoncer le clou.

La reine mère faisait rageusement les cent pas dans la pièce, sa lèvre inférieure tremblait, elle se tordait les mains, prenait sa fille à témoin.

— Henri a juré, il a juré... Tou lé sais bien toi Margot, qu'il tient au petit Charles...

— Il a juré à la fin de l'été 1574, osa Corine, à son retour d'Italie, et il a tenu son serment. Mais il avait ordonné l'enlèvement presque un an auparavant, à son départ pour la Pologne, quand le roi Charles IX était encore en vie.

— Allons, ma mère, dit Marguerite, vous savez bien qu'il en est capable.

Catherine de Médicis continuait à marcher de long en large, triturant ses bagues, le regard plein de fureur, sans que l'on sache si elle en voulait à son fils d'avoir fait ce qu'il avait fait, ou à ces gens là devant elle de l'avoir su et de le lui avoir dit.

— Qué voulez-vous ? dit-elle enfin brutalement en se tournant vers le couple de Gayrand.

Quentin se demanda un instant si elle était en train de leur proposer de l'argent pour les faire taire.

— Savoir ce qu'il a fait de l'enfant, dit-il d'une voix sourde.

— Cé qu'il en a fait ? fit la reine mère interloquée.

— Nous savons, affirma Mlle de Pâquelin, qu'il a vu le petit au printemps 1575 à son retour à Paris, qu'il avait des doutes sur son identité... Nul ne sait ce que l'enfant est devenu ensuite... Nul sauf lui... Il faut lui parler... Majesté, je vous en supplie... Vous seule pouvez... lui faire avouer ce qu'il en a fait... Nous ne savons même pas s'il est mort ou vivant..., sanglota Corine.

La reine Catherine se ressaisit. Ces gens-là ne désiraient pas la vengeance, ni s'attaquer à son cher Henri, ils cherchaient seulement à savoir. Oui mais si le petit n'avait pas survécu... Elle se radoucit.

— Je comprends… Oui bien sour… je parlerai à mon fils… lorsque je rentrerai à Paris… dans quelques mois…

— Quelques mois ?! fit Quentin.

— Mais oui, les négociations avec les Églises dou Midi vont prendre quelques semaines, oun mois ou deux, ensouite je voudrais visiter lé Languedoc, m'assourer dé la paix, mé rendre à Marseille et peut-être passer par lé Dauphiné où l'on mé dit que M. de Bellegarde est sour lé point dé faire oune bêtise…

M. de Gayrand pâlit. Bellegarde… Comment diable la rusée Italienne était-elle déjà au courant ? Elle aussi devait avoir des espions en Savoie… Que savait-elle exactement sur lui et son petit séjour à Chambéry ?

— Le maréchal ?

— Eh oui ! Monsieur, lé maréchal dé Bellegarde, qui a ou lé tord dé correspondre avec son épouse au soujet dé ses petites affaires italiennes… On né se méfie jamais assez des femmes, Monsieur, surtout dé celles qu'on maltraite. La Maréchale dé Bellegarde est oune dé mes amies, depouis longtemps. Savez-vous qu'elle a d'abord été l'épouse dou grand-oncle dou maréchal ? Il lui a fait une cour éhontée. Les mauvaises langues disent même qu'elle a été sa maîtresse avant son veuvage et que son fils aîné était déjà dé son second mari. Mais il a réparé tout céla, il a obtenou oune dispense pour l'épouser après la mort dé son parent. Seulement je crois qu'il avait plous d'intérêt pour l'héritière dou marquisat dé Salouces que pour la pauvre Marguérite… À peine épousée, à peine oubliée, il n'a depouis jamais cessé dé la négliger… Enfin il continoue dé correspondre avec elle, surtout pour lui parler dé Salouces… Mais je m'égare, je m'égare…

Son regard n'avait à aucun moment traversé le sien. Elle ne sait rien, se dit M. de Gayrand. Il soupira.

— Des mois… Mais nous ne tiendrons jamais jusque-là.

Il commença à arpenter lui aussi la pièce.

— Tu ne vas pas aller au Louvre ! s'écria Corine.

— Au Louvre ? s'étrangla la reine mère qui imaginait déjà cet énergumène transpercer de son épée son fils chéri.

Mais elle se ressaisit.

— Vous n'y entreriez pas !

Il s'arrêta et la regarda soudain.

— Sauf si Votre Majesté me fournit elle-même un laissez-passer me permettant d'accéder au palais… et au roi.

— Au… au roi ? bégaya-t-elle.

Ce n'était plus une souveraine là devant lui, mais une vieille femme qui tremblait pour son rejeton. M. de Gayrand tenta d'exploiter la situation.

— Vous vous inquiétez pour votre fils, qui est pourtant en âge et en position de se défendre, vous comprenez donc ce que je ressens pour le mien, et que je ferai tout pour savoir ce qu'il est devenu, avec ou sans votre aide. J'irai trouver le roi et d'une façon ou d'une autre je lui ferai dire ce qu'il en a fait.

— Songez, ma mère, intervint Marguerite, qu'Henri vous doit cette réponse aussi. C'eût pu être votre petit-fils qui se fût trouvé ainsi entre ses mains.

Catherine de Médicis fit oui de la tête, les regarda à tour de rôle, puis alla se rasseoir dans son fauteuil.

— Entendou, dit-elle. Je vous ferai oun sauf-conduit, qui vous permettra dé franchir toutes les portes dou palais jousqu'à la personne dou roi. Et vous loui rémettrez dé ma part oune lettre dans laquelle je lé sermonnerai pour ce qu'il a fait. Je loui rappellerai son serment. Je loui férai voir combien son âme est menacée, et qu'il né peut racheter sa faute qu'en vous disant ce qu'il a fait dou petit.

Elle soupira et s'affaissa légèrement sur son siège.

— Je vais avec toi, dit Corine. Je veux savoir moi aussi le plus tôt possible. Et pour ta sécurité également, il est sans doute préférable que je sois là. Il n'osera peut-être pas jeter des hommes sur toi en présence d'une femme qui fut au service de sa mère. Tandis qu'un huguenot, seul dans ses appartements… courrait je crois un plus grand risque.

— Je vous accompagne pour la même raison, intervint Mlle de Surgères. Si Sa Majesté le permet..., fit-elle en direction de la reine. La présence d'une demoiselle d'honneur de la reine mère, bien connue du roi...

— C'est bon, dit la souveraine d'un air las. Vous serez mes émissaires officiels, vous n'avez pas dé crainte à avoir... (Elle hésita.) Je rajouterai oun petit mot en ce sens à la fin dé ma missive, puis murmura comme pour elle-même : on ne sait jamais...

— Je vous ferai une lettre moi aussi, dit la reine de Navarre au couple de Gayrand, dans laquelle je dirai clairement à mon frère que je suis au courant de tout, et que s'il touche à un seul de vos cheveux ou à votre liberté, il devra m'en répondre personnellement. Votre retour sains et saufs à Nérac sera la garantie de son petit secret. S'il ne veut pas que mon mari et son parti en soient informés et s'en servent sur la place publique, il n'a pas intérêt à s'en prendre à vous.

Catherine de Médicis se tassa un peu plus dans son fauteuil.

— *Porca miseria*, dit-elle à mi-voix en italien. Mes autres fils étaient des faibles, j'ai trop bien réoussi avec celui-là. J'ai toujours dit : on né touche pas à la famille, même pendant la Saint-Barthélemy je l'ai dit : « Pas Navarre, pas Condé, pas les princes dou sang, ils sont dé la famille. » *Poveretto Carlito*, petit Charles d'Angoulême, tou l'as échappé belle.

★ ★ ★ ★

Les deux reines firent les lettres promises. Quentin de Gayrand garda sur lui celle de la reine de Navarre, Corine celle de la reine mère, et Mlle de Surgères se chargea du sauf-conduit. Se répartissant ainsi par prudence les documents pour compliquer la tâche au cas où on voudrait les leur reprendre, ils prirent la décision de partir vite, avant que Catherine de Médicis ne change d'avis ou ne prévienne son fils de leur arrivée. Malgré les précautions prises, ils n'étaient pas sûrs d'aboutir.

Au manoir de Gayrand, Claude voulut être du voyage et participer à leur sécurité, mais Quentin lui demanda expressément de rester. Ne voulant pas inquiéter davantage son épouse, il le prit à part pour lui avouer :

— Je ne sais pas si nous en reviendrons vivants. J'ai besoin que tu demeures au manoir pour veiller sur ma fille, ma mère et ma sœur au cas où…

Il ne put terminer.

Les deux hommes se donnèrent une franche et longue accolade en retenant leurs larmes, et après de nouvelles embrassades avec les femmes et enfants de la maison, Hélène et ses amis de Gayrand se mirent en route au matin du 4 janvier. Il ne neigeait pas, mais le froid se faisait de plus en plus vif au fur et à mesure qu'ils remontaient vers la vallée de la Loire. En chemin ils tentèrent d'imaginer comment les choses allaient se passer devant le roi, mais cela les glaçait davantage que le climat. L'étape qu'ils firent à Blois les 13 et 14 janvier les revigora. L'accueil était toujours aussi chaleureux à l'auberge de *La Cour de France* où Clémence peinait désormais à marcher.

— J'espère que vous serez de retour avant mon accouchement, dit-elle alors que le petit chien Tricky poursuivait sa course folle avec sa fille Catherine.

Elle n'essayait même plus de les arrêter. Corine sourit à peine, toute à ses inquiétudes pour son fils. Et Quentin se demandait s'il y aurait même un retour.

Ils se remirent en route le 15, en direction de Paris. Avant d'entrer dans la capitale, il y avait encore une visite sur les traces du passé que M. de Gayrand voulait accomplir, auprès du couple de vieillards qui l'avait soigné et caché après la Saint-Barthélemy. Ils firent donc halte à Saint-Cloud le 17. Mais sur les bords de la Seine qui avait alors charrié les victimes, il ne retrouva pas la cabane de pêcheur où il avait vécu durant plusieurs semaines. Elle avait été détruite et un chantier de bois de construction s'était installé à la place.

En interrogeant les voisins, il finit par apprendre que le vieil homme était décédé depuis plus d'une année, et que son épouse, indigente et malade, avait été recueillie quelques mois auparavant à l'hospice de la ville. Ils la retrouvèrent dans la salle commune où étaient hébergés les pauvres et les mendiants. Elle était très faible, et peina à le reconnaître. La sœur soignante leur expliqua que son corps était épuisé par la vieillesse et les conditions de vie difficiles qu'elle avait toujours connues. Elle s'affaiblissait chaque jour davantage et n'avait plus que quelques semaines à vivre.

Quentin était désolé de n'avoir pu faire quelque chose pour elle plus tôt. Mais il n'avait plus approché de Paris depuis l'été 1572. Il laissa de l'argent et des instructions pour que la vieille femme soit installée plus confortablement que dans la salle d'asile des pauvres, qu'elle ait les meilleurs soins et la meilleure nourriture. C'était tout ce qu'il pouvait faire. La malade le remercia chaleureusement du regard, elle sourit et l'appela d'un prénom qui n'était pas le sien. Sans doute croyait-elle voir auprès d'elle ce fils qu'elle avait perdu à la guerre il y avait fort longtemps.

* * * *

Le lendemain 18 janvier 1579 l'émotion était encore plus grande lorsqu'ils se présentèrent devant les murs de Paris. Corine n'avait pas revu la capitale depuis environ quatre ans, mais elle y avait vécu plusieurs fois depuis la Saint-Barthélemy. Pour son mari au contraire, il était pesant de se retrouver, pas loin de sept ans après les massacres, sur les lieux où il avait souffert, failli périr, et vu tant de compagnons et coreligionnaires disparaître. Il se sentait oppressé et avait la sensation de pénétrer dans un piège géant où à chaque instant le danger menaçait. Il demeura un long moment indécis avant de franchir les portes de la cité. Ses compagnes de voyage comprenaient parfaitement la situation et lui laissèrent le temps nécessaire. Il prit une profonde inspiration et s'avança comme s'il partait au combat, vers une bataille à l'issue incertaine.

Malgré le froid de l'hiver, les rues de la capitale étaient animées entre les échoppes, les badauds, les marchands ambulants, et il fut surpris de découvrir une cité sereine, loin de la torpeur étouffante et de la tension palpable du mois d'août 1572. Il n'y avait plus aucune trace des massacres, des maisons brûlées ou détruites, même rue de Béthizy où il avait souhaité se rendre en pèlerinage. Certes les événements dataient de plus de six ans, mais pour lui c'était comme si cela s'était produit la veille.

Il resta longtemps silencieux devant l'hôtel de l'amiral de Coligny, qui avait été restitué à sa famille, et montra à Corine l'endroit où il se tenait lorsqu'il avait été assailli et transpercé ce soir-là. Elle lui prit la main et ils se recueillirent ensemble sur ces lieux où tant avaient péri d'horrible façon. Ils voulurent aussi se rendre à leur ancienne maison du faubourg du Temple, mais elle avait été totalement reconstruite et ne ressemblait plus du tout à ce qu'ils avaient connu. Il semblait que cette tranche de leur vie était tout à fait effacée.

Le cœur lourd, ils s'installèrent dans une auberge proche du palais, où ils reprirent des forces et laissèrent leurs chevaux, avant de se rendre à pied au Louvre. Là ce fut Mlle de Pâquelin qui marqua un temps d'arrêt. Pour son mari le château représentait un territoire ennemi, mais sans lien direct avec la Saint-Barthélemy, sauf comme résidence de ceux qui l'avaient déclenchée. Il avait été attaqué un des premiers, n'avait pas vu ce qui s'était passé ensuite dans la résidence royale ni alentour. Corine au contraire ne pouvait s'empêcher de voir les corps entassés dans la cour Carrée, puis charriés dans la Seine, d'entendre les cris, se souvenir des odeurs, du sang qui coulait en rigole jusqu'au fleuve, de la douleur qu'elle avait ressentie de savoir l'homme qu'elle aimait gisant quelque part au milieu des autres, perdu à jamais.

Elle était déjà revenue plusieurs fois au Louvre, y avait séjourné, tentant d'effacer les souvenirs. Ils étaient revenus brutalement, mais ils repartaient à nouveau, parce qu'il était ici, vivant, à côté d'elle, lui serrant la main, parce que les paysages environnants avaient changé, avec le Pont-Neuf en cours de construction, parce que enfin vivait là celui qu'elle allait devoir affronter, qui peut-être changerait une fois encore sa vie, en lui disant si son fils était toujours de ce monde ou non, celui qui avait aussi le pouvoir de les faire disparaître à jamais. Ce qu'ils devaient mener à bien aujourd'hui prenait désormais toute la place et chassait le passé.

Elle fit comme Quentin aux portes de Paris, elle respira un grand coup et se mit en marche. Le capitaine de la garde royale reconnut Mlle de Surgères, examina rapidement le laissez-passer de ses compagnons, et leur ouvrit le passage. Les gardes suisses firent de même dans la cour, présentant même les armes à la demoiselle d'honneur, et les émissaires de la reine Catherine se dirigèrent vers l'entrée principale. Ils n'eurent aucune difficulté non plus à pénétrer dans le palais et à circuler dans les couloirs jusqu'aux appartements du souverain.

Depuis qu'il était dans la place, M. de Gayrand ne ressentait plus la tension qui lui raidissait la nuque jusque-là. Il était concentré sur la tâche à accomplir, comme au cœur de la bataille. Toutes ses facultés étaient tendues vers l'examen des lieux, et particulièrement des issues, ainsi que des forces en présence. Il constata que le décor n'avait guère changé au Louvre, mais que plusieurs fenêtres avaient été renforcées. Il y avait plus de portes closes, et d'hommes armés qui déambulaient.

Ils atteignaient l'antichambre du roi, lorsqu'un spadassin les arrêta brutalement d'un signe de la main, et leur demanda sans ménagement ce qu'ils venaient faire là. Dans le même temps se tournèrent vers eux trois bretteurs vêtus élégamment, poudrés et fardés, mais le regard dur et la main posée sur le pommeau de la rapière.

Hélène ne se démonta pas. Elle prit un air offensé et déclara en tendant le sauf-conduit :

— Je suis Mlle de Surgères, dame d'honneur de Catherine de Médicis. Mes compagnons et moi-même venons directement de la cour de Nérac dont nous ramenons un message urgent et confidentiel pour le roi de la part de la reine mère.

L'homme lança un regard vers l'un des mignons qui lâcha :

— Attendez là, je vais voir.

Il disparut quelques minutes dans la pièce voisine avant de leur ouvrir en grand la porte.

— Le roi va vous recevoir.

Il referma derrière eux les laissant seuls dans la chambre royale avec le souverain et trois autres bretteurs en dentelle. Nous voilà dans la souricière, se dit M. de Gayrand. Trois hommes armés dedans et quatre dehors. Il s'efforça de s'incliner comme il put devant cet homme qu'il exécrait, tandis que ses deux compagnes de voyage plongeaient dans une révérence de cour. Il esquissa un sourire en voyant que celle de Corine était un peu plus rapide et un peu moins profonde que ne l'exigeait l'étiquette.

Henri III était assis sur un trône léger reposant sur une petite estrade de deux marches.

— Mlle de Surgères, dit-il avec entrain, quel bon vent vous amène ? Comment se porte notre mère, le mieux du monde, j'espère ?

— La santé de Sa Majesté est excellente.

Quentin, qui n'avait pas vu le roi depuis de longues années, du temps où il n'était que duc d'Anjou, eut du mal à le reconnaître. Il était prématurément vieilli. Corine, qui l'avait quitté quatre ans auparavant dans la splendeur du sacre et de son mariage, fut tout aussi impressionnée. Il s'était voûté, ses traits étaient tirés, rides et cernes étaient mal camouflés par une couche trop visible de poudre et de fond de teint. Une calvitie précoce lui dévoilait les tempes et le front, il la cachait à grand-peine sous une toque de velours ornée de broches précieuses. Et lorsqu'il parlait, on s'apercevait qu'il avait perdu plusieurs dents. Mlle de Pâquelin apprit plus tard qu'il souffrait également de douleurs d'oreille chroniques, symptômes de la maladie d'otite infectieuse qui avait emporté son frère François II. Cet homme qui n'avait que vingt-huit ans en paraissait au moins quinze de plus. Corine songea qu'il n'était que justice que sa vie dissolue et ses turpitudes se lisent sur son visage.

Le souverain fit signe à un de ses hommes d'approcher les visiteurs. Celui-ci tendit la main. Quentin avança d'un pas et prononça :

— Nous avons eu recommandation de ne présenter ce document qu'au roi seul et sans témoin.

Sa Majesté fronça les sourcils et dévisagea son interlocuteur.

— Sire, vous vous rappelez certainement de Mlle de Pâquelin, dit Mlle de Surgères d'une voix douce. M. de Gayrand est son époux, il est au service du roi de Navarre.

Henri de Valois posa les yeux sur Corine. Il ne chercha pas bien longtemps.

— Je me souviens de vous, Madame. (Il marqua une petite pause.) N'étiez-vous point au couvent ?

Oui il se souvenait d'elle, et même de ses débuts à la Cour, particulièrement d'une scène avec un petit chien blanc qui l'avait particulièrement agacé lorsque d'Épernon s'était détourné de lui pour tenter de séduire ce prix de vertu... Toujours dans les jupes de Margot, de sa mère, ou de Marie Touchet... D'ailleurs ce même Épernon lui avait un jour amené un enfant qu'il pensait être celui de Marie et de Charles, confié à la garde de cette femme. Mais il était très loin d'imaginer qu'on allait lui parler de cela aujourd'hui.

L'ancienne demoiselle d'honneur expliqua que son abbaye avait été attaquée par une troupe huguenote lors de la dernière guerre mais qu'elle ne s'en plaignait pas car cela lui avait permis de retrouver un époux qu'elle croyait disparu depuis cinq ans.

— Et donc vous arrivez tout droit de Nérac pour m'apporter un message de la plus haute importance... confidentiel...

— Lorsque Votre Majesté connaîtra le contenu de cette lettre, elle sera heureuse qu'il n'y ait aucun témoin pour le savoir, affirma Mlle de Pâquelin.

— Je suis curieux de découvrir ce que ma mère et Margot ont encore comploté... C'est bien, laissez-nous.

Il fit signe aux trois hommes de sortir. Ceux-ci hésitaient.

— Sire, permettez au moins que l'on prenne son épée, fit l'un d'eux en désignant Quentin.

— Parce que vous croyez que ma mère va m'envoyer un Navarrais pour m'assassiner ?! ironisa le souverain.

— Qui nous dit que c'est bien la reine Catherine qui l'envoie ? dit un deuxième homme.

Hélène de Surgères sortit le laissez-passer et le mit un peu brutalement sous le nez du roi.

— C'est bien l'écriture et la signature de ma mère, dit-il. Qu'on nous laisse seuls !

* * * *

Une fois les mignons sortis, Mlle de Pâquelin s'avança en tremblant un peu sur ses jambes. Elle sortit la lettre de Catherine de Médicis et la tendit au roi. Celui-ci eut l'air déconcerté par l'attitude inquiète de la jeune femme, il décacheta la missive et commença à la lire. Son visage pâlit légèrement. Il leva les yeux, les regarda à tour de rôle et demanda :

— Vous connaissez le contenu de cette lettre ?

Tous trois firent oui de la tête. Il parut surpris et reprit sa lecture. Quentin admira son sang-froid. Ils s'attendaient tous trois à ce qu'il se mette en colère, qu'il nie, qu'il appelle sa garde rapprochée, qu'il les menace... Mais il poursuivait d'un air impassible et détaché, comme s'il était à peine concerné. Il sourit même, sembla-t-il, devant les imprécations de sa mère, s'étonna à un moment et fixa Mlle de Pâquelin, dont l'angoisse était visible, puis son conjoint, plein de rancœur contenue. Il arriva au passage où la reine mère expliquait que les parents ne cherchaient pas la vengeance, mais seulement à savoir, qu'ils garderaient son petit secret pourvu qu'après avoir eu la lâcheté de s'attaquer au fils de son frère, et la bêtise de s'entourer d'incompétents, il n'ait pas eu la sottise d'avoir fait disparaître cet enfant.

Il pouvait remercier le ciel d'avoir une mère comme il en avait, et s'il voulait sauver une partie de son âme, il devait lui renvoyer M. et Mme de Gayrand sains et saufs à Nérac, avec des nouvelles de leur fils. Elle se chargerait de les calmer et de les empêcher de lui nuire. Mais il fallait y mettre du sien et trouver une explication convaincante s'il ne pouvait leur présenter le garçon. Quant au petit Charles d'Angoulême, s'il lui arrivait le moindre souci par sa faute, il serait condamné à voir le roi Charles venir le hanter toutes les nuits, et il rôtirait dans les feux de l'enfer malgré toutes les pénitences qu'il pourrait faire et toutes les prières que sa pauvre mère ferait pour lui...

Henri III soupira et hocha la tête en souriant. Il ne paraissait pas inquiet du tout. « C'était donc cela », avait-il dit à un moment, paraissant presque soulagé. Il se leva et fit un pas vers eux. C'est cet instant que choisit Quentin de Gayrand pour lui tendre l'autre missive.

— J'ai aussi pour vous une lettre de la reine de Navarre.

— Cette chère Margot..., commença le roi.

Il décacheta le document, le lut, s'agaça, et le froissa brutalement, puis il s'approcha de la cheminée et jeta les deux lettres dans la flambée. Corine, Quentin et Hélène se regardèrent, sur le qui-vive. Le souverain contempla les papiers en train de brûler, le temps de préparer sa réponse, puis se tourna vers eux.

— Ma mère et ma sœur ont bien tort de s'inquiéter. Il ne va rien vous arriver. On me prête dans ces courriers des intentions que je n'ai pas, que je n'ai jamais eues.

— Est-ce à dire que vous niez ce qui est arrivé ? demanda M. de Gayrand.

— C'est une bien triste histoire et j'en suis tout à fait désolé pour vous. Mais je nie être la cause de vos malheurs. Je ne vous connais pas, Monsieur, et n'ai jamais cherché à vous nuire. Ce fut une erreur, une terrible et regrettable erreur.

— Cela je veux bien le croire, mais vous avez tout de même bien cherché à enlever le fils de votre frère, et rien ne serait arrivé au mien sans cela. Quant à me nuire, il me semble que les ordres que vous avez donnés dans la soirée du 23 août 1572 l'ont fait quelque peu, ainsi qu'à nombre de mes amis.

Le regard du roi se durcit un bref instant, mais il éluda le sujet et reprit rapidement un air contrit.

— Je n'ai jamais souhaité de mal au fils de mon frère. J'aime mon neveu, et lui témoigne beaucoup d'affection. Le ciel m'en est témoin, et Mlle de Surgères ici présente peut elle-même en attester.

— C'est la vérité, convint Hélène.

— Mais enfin, reprit Quentin, nous savons de source sûre qu'on a conduit auprès de vous un enfant d'environ deux ans au printemps 1575, et que le petit n'a pas revu sa nourrice depuis.

Il éludait ainsi le rôle du duc d'Épernon, laissant supposer qu'ils ne connaissaient pas tout du complot, en espérant que cela leur laissât une porte de sortie.

— Oui, il est vrai qu'on m'a un jour amené un enfant qu'on a prétendu être celui de mon frère. J'en fus bien étonné, car je n'avais rien demandé et le petit Charles vivait déjà à la Cour, je l'avais titré duc d'Angoulême.

M. de Gayrand admira au passage comment Henri III se donnait le beau rôle, niant avoir commandité l'enlèvement, passant sur l'entrevue de Lyon au cours de laquelle il s'était aperçu que M. de La Valette s'était trompé de cible, glissant sur le fait qu'en avril 1575 c'était lui qui avait demandé à voir le garçon.

— Cet enfant..., dit Quentin d'une voix à peine audible... Qu'en avez-vous fait ?

— Et que croyez-vous donc que j'en ai fait ?! s'indigna Henri de Valois. Me prend-on pour le Grand Croquemitaine ? Suis-je donc un ogre qui dévore les bambins ? Je ne lui ai fait que du bien, il n'a pas à se plaindre de moi.

— Est-ce que... Est-ce que cela veut dire qu'il est vivant ? demanda Corine au bord de l'évanouissement.

— Je puis vous assurer, Madame, qu'il est en parfaite santé.

Elle sentit ses jambes se dérober sous elle. Hélène et Quentin vinrent la soutenir chacun de leur côté.

— Comment pouvez-vous en être si sûr ? dit le huguenot.

— Mais parce que je l'ai vu pas plus tard que ce matin. Il y a quelques heures à peine il sautait sur mes genoux !

Là ce fut M. de Gayrand qui pâlit.

— Vous voulez dire qu'il vit à la Cour ? s'exclama Mlle de Surgères.

— Parfaitement. Et vous le connaissez. Lorsque vous étiez au Louvre, vous l'avez côtoyé presque quotidiennement. Vous l'avez même vu plus d'une fois embrasser ma mère.

Quentin pâlit davantage.

— Je ne comprends pas, dit Hélène, troublée.

— Lorsque l'on m'a amené cet enfant, expliqua le roi, j'ignorais qui il était, quels étaient ses parents. On me disait qu'il pouvait être le fils de mon frère, et j'avais juré de prendre soin de mon neveu, de l'élever à la Cour selon son rang...

Eh oui ! le doute, pensa M. de Gayrand. Et si le premier enfant n'était pas le bon ? Et si celui-ci en était un autre ?

Henri de Valois avait assuré ses arrières, tant pour la sauvegarde de son âme que pour garder sous la main un éventuel problème politique.

— J'ai décidé de faire élever cet enfant avec mon neveu, poursuivit-il. Je l'ai confié à Mme de Belleville, qui lui a donné son nom, puisque nous ignorions le sien, et choisi un prénom. C'est le frère de lait du duc d'Angoulême, son compagnon d'études et de jeu. On le connaît ici sous le nom d'Antoine de Belleville. C'est un jeune garçon tout à fait charmant et attachant, plein de vie et très intelligent, un très bon ami pour mon neveu.

À l'évocation de Marie Touchet, Corine avait à nouveau vacillé, et Hélène n'était pas en reste, qui avait côtoyé son filleul toutes ses années sans s'en rendre compte, sans prêter plus attention à lui qu'à n'importe quel autre petit page ou valet.

— Comme vous pouvez le constater votre fils n'a pas eu à se plaindre de son séjour auprès de moi, continuait le roi. Il y reçoit une éducation que sa naissance, clandestine si je ne m'abuse, ne pouvait le laisser espérer. Il fréquente la famille royale chaque jour et peut compter plus tard sur l'obtention d'une charge importante à la Cour…

M. et Mme de Gayrand, et Mlle de Surgères en restaient sans voix. Ils s'étaient attendus à tant de difficultés pour obtenir la moindre information, ils s'étaient préparés à apprendre le décès de l'enfant, à le découvrir au mieux au fond d'une abbaye ou d'un château sordide, en nourrice dans une masure quelconque, ou même simplement disparu sans que personne sache où il était. Et voilà qu'il était vivant, élevé au palais avec le fils d'un roi, promis à un avenir de parfait gentilhomme et courtisan.

— Je suppose que, naturellement, vous désirez le voir… ajouta Henri III, sans doute même… l'emmener…

— C'est notre fils, prononça Quentin avec difficulté, on nous en a privés pendant si longtemps…

Corine ne put émettre qu'un gémissement. Est-ce qu'on allait refuser de le leur rendre ?

— Je comprends..., dit le souverain. Je dois toutefois vous dire qu'il a été élevé dans la foi catholique...

— Je m'en doute, répondit le père. De toute façon, étant donné les circonstances de sa naissance, mon fils a été baptisé selon la religion de sa mère.

— Et je suis sa marraine, s'empressa Mlle de Surgères.

— Ah ?... Bien... Vous devez également vous rendre compte que l'enfant ne sait rien de sa naissance... Nous lui avons seulement dit qu'il était de noble lignée et que ses parents étaient tous deux décédés... Ce sera une émotion brutale pour lui... Et un saisissement pour Mme de Belleville aussi, je le crains... Elle tient beaucoup à ce garçon, elle le considère comme un fils et le petit Charles l'aime comme un frère... Il va me falloir un peu de temps pour les préparer... Je vais vous faire donner un logement au palais... Et vous demander de bien vouloir patienter quelques heures...

— Je peux les héberger dans mon appartement, dit Hélène qui n'avait pas envie de les perdre de vue, et craignait toujours pour leur sécurité.

— Très bien, dit le roi, je vous y ferai quérir dès que possible.

Il tira sur un cordon près de la cheminée et un des hommes de l'antichambre fit son entrée.

— Qu'on aille me chercher M. François de Balzac d'Entragues, j'ai à lui parler de toute urgence.

⋆ ⋆ ⋆ ⋆

Lorsqu'ils furent dans la chambre d'Hélène, M. de Gayrand laissa éclater sa colère :

— Mon fils est élevé avec celui de Charles IX, qui a ordonné la Saint-Barthélemy ! Mon fils saute sur les genoux d'Henri III et de Catherine de Médicis qui en sont les commanditaires ! Mon fils !

— Ton fils est vivant ! s'écria Mlle de Pâquelin, ce qui eut pour effet de le calmer immédiatement. Mon Dieu,

Hélène, poursuivit-elle, Marie me l'avait dit ! Au printemps 1575, elle m'avait dit que le roi lui avait confié un jeune orphelin pour être le compagnon de son fils. Elle voulait que je vienne voir jouer les deux enfants, elle insistait ! Et moi j'ai refusé, parce que l'idée de voir deux petits garçons de l'âge de Pierre m'était tout à fait insupportable. Nous nous sommes même un peu brouillées à cause de cela, nous nous sommes petit à petit éloignées l'une de l'autre et je n'ai pas vu cet enfant ! Hélas Hélène, si je l'avais vu, je l'aurais immédiatement reconnu !

Elle fondit en larmes et son mari vint la prendre dans ses bras.

— Et moi qui suis sa marraine, répondit la jeune femme, je l'ai eu sous les yeux et je n'ai pas su que c'était lui. Je ne l'avais vu qu'à sa naissance et à son baptême... J'avoue que je n'ai pas fait attention plus que cela à l'entourage du duc d'Angoulême. Je n'arrive même pas maintenant à me souvenir du visage de son compagnon de jeu.

— Corine a raison, dit Quentin, ce qui compte c'est qu'il soit vivant. On ne peut pas changer le passé, il est inutile de vous tourmenter ainsi toutes les deux.

— Mais j'aurais dû y aller, insistait son épouse, je l'aurais reconnu.

— D'un autre côté, dit Mlle de Surgères, si vous l'aviez su vivant, et à la Cour, vous n'auriez probablement jamais été au couvent, et vous n'auriez peut-être pas retrouvé votre époux...

— Nul ne peut prédire ce qui se serait passé, murmura le huguenot.

— Mon Dieu, et si Marie ne voulait pas nous le rendre ? paniqua la pauvre mère.

— Elle ne peut pas faire cela, s'inquiétait Hélène. Elle ne le ferait pas, n'est-ce pas ?

XL. Antoine de Belleville

Ils durent patienter plusieurs heures, s'inquiétant et se rassurant tour à tour. Enfin on vint les prévenir qu'ils étaient attendus chez le roi. Mais lorsqu'ils arrivèrent dans ses appartements, le souverain n'y était pas. Marie et l'enfant non plus. Seul se trouvait là un homme qu'ils ne connaissaient pas. Il les salua d'un air guindé et se présenta :

— Je me nomme François de Balzac d'Entragues, gouverneur d'Orléans et de l'Orléanais. Je suis depuis quelques mois l'époux de Mme de Belleville, que vous avez sans doute mieux connue sous le nom de Marie Touchet...

Je l'avais oublié, celui-là, pensa Quentin avec cynisme. Mon fils a pour « beau-père » le massacreur des huguenots d'Orléans !

— Le roi m'a parlé de votre lien avec le jeune Antoine de Belleville, et de votre désir de le rencontrer..., poursuivit le gentilhomme.

— Il se nomme Pierre de Gayrand, l'interrompit le père de l'enfant.

— Si vous voulez... J'en ai touché deux mots à mon épouse... Elle est bouleversée... Elle tient beaucoup à ce petit... Et dans son état – nous attendons un heureux événement – je n'ai pas jugé bon d'insister pour qu'une entrevue ait lieu dès ce soir. Il nous faut préparer aussi le jeune garçon... C'est pourquoi je vous propose de nous retrouver demain matin dans les appartements de Mme de Belleville. Une nuit de repos ne sera pas de trop pour permettre à chacun de digérer les émotions de cette journée...

Ils approuvèrent. Que pouvaient-ils faire d'autre ? Mais la nuit ne fut guère profitable car l'inquiétude était vive, tant sur les réactions de l'enfant que sur celles de sa mère de substitution. Ce fut fatigués, les yeux cernés et une boule dans l'estomac, qu'ils se présentèrent le lendemain chez Marie Touchet. Ils furent accueillis comme la veille par M. de Balzac d'Entragues. Marie fit bientôt son entrée, seule, et parut fort surprise de les voir.

— Comment c'est vous ? On m'a dit que les parents d'Antoine étaient là et on m'a donné un nom que je n'avais pas l'impression de connaître…

— Oui, c'est nous, dit Mlle de Pâquelin.

— Vous, un enfant ?

Et Corine dut à nouveau expliquer : sa rencontre avec Quentin, ses amours clandestines, son mariage secret, la Saint-Barthélemy, son « veuvage », la découverte de sa grossesse, grâce à celle de Marie, son accouchement en Touraine à peu près à la même époque où Mme de Belleville mettait son fils au monde en Savoie.

Mme de Balzac d'Entragues lui avait pris les deux mains dans les siennes, et leur ancienne amitié semblait remonter à la surface au grand soulagement de tous.

— Mais je n'ai rien vu…, disait-elle.

— Ma soubrette déployait des trésors d'énergie pour camoufler mes formes, et vous étiez toute à vos propres amours et vos propres soucis…

Marie se souvenait. La vie n'avait pas été simple après les massacres du mois d'août, avec le pauvre roi Charles qui était comme devenu fou, faisait des crises de colère et d'angoisse effrayantes, des cauchemars terribles. Et puis elle avait dû cacher elle aussi la naissance de son fils, bâtard royal, certes, mais bâtard tout de même. Ensuite il y avait eu la longue maladie du roi jusqu'à son décès, au milieu des complots de toute sorte menés par ses frères ou cousins, de Navarre ou de Guise. Les choses avaient heureusement bien changé pour elle depuis.

— Mais comment votre fils est-il arrivé jusqu'à moi ?

Les deux époux se regardèrent. Il était difficile de charger Henri III devant Marie, et devant le gouverneur d'Orléans qui lui était tout dévoué.

— Mon fils a été enlevé, dit Corine, par un homme qui l'a pris pour le vôtre…

— Mais qui aurait pu vouloir s'en prendre à mon petit Charles ?

— Marie, vous savez bien…, répondit Mlle de Pâquelin à voix basse en jetant un coup d'œil à la dérobée à l'époux de Mme de Belleville, qui ne paraissait pas comprendre l'allusion et semblait même s'ennuyer en leur compagnie. Sans doute le roi ne lui avait-il rien dit.

— Ce n'est pas pour rien que vous avez accouché en secret.

— Dans ma position, je pouvais difficilement faire autrement…

— Vous ne cachiez pas votre état à la Cour. Et rien n'empêchait, si le roi Charles le voulait, que vous viviez avec votre enfant au grand jour au palais. C'est d'ailleurs ce que vous avez fait depuis… Vous auriez pu mettre votre fils au monde dans un château proche de Paris ou de Blois. Au lieu de cela vous êtes allée bien loin, et vous n'avez pas ramené tout de suite l'enfant… C'est que son père avait peur pour lui, il craignait les mauvaises intentions de… du roi de Pologne, chuchota-t-elle.

— Mais il a juré, murmura Marie en jetant elle aussi un regard discret à son mari. Il adore son neveu…

Il fallut de nouveau expliquer, rappeler les dates, du départ du duc d'Anjou pour la Pologne, du retour d'Henri III d'Italie, ce qui s'était passé entre-temps et depuis.

M. d'Entragues se lassait des messes basses des deux femmes.

— Ma mie, intervint-il, avez-vous encore besoin de moi ?

— Non, mon ami, ces personnes sont d'anciennes connaissances, mes craintes se sont envolées. Je puis les recevoir seule, vous pouvez vaquer à vos occupations.

Il s'approcha, soulagé, lui prit les mains et déposa un chaste baiser sur son front. Il esquissa une caresse de la paume sur le ventre de son épouse, puis reprit son air froid, salua les visiteurs et sortit de la pièce. Marie soupira :

— Je n'espérais pas connaître cela à nouveau. Certes ce n'est pas la grande passion que j'ai connue avec mon pauvre Charles, mais je reprends goût à la vie. François est très protecteur et compréhensif. Il ne me fait jamais aucun reproche sur mon passé et il se montre tout à fait correct avec mon fils.

Pardi, pensa Corine, le neveu du roi, le petit-fils chéri de Catherine de Médicis, il n'a pas intérêt à faire un faux pas, sans compter que son mariage lui donne une sacrée position à la Cour, quasiment le beau-frère d'Henri III. Mais elle ne fit pas part de ses réflexions à haute voix.

— J'ai appris que vous étiez enceinte, dit-elle, toutes mes félicitations. J'ai eu un second enfant moi aussi, une petite fille qui a aujourd'hui sept mois et vit en Guyenne.

— Oh ! J'espère avoir une fille également. Je l'appellerais Henriette en hommage au roi qui a été si bon pour moi... j'ai vraiment du mal à croire qu'il a fait ce que vous dites... On a dû outrepasser ses ordres.

Quentin s'agaça de sa naïveté.

— Quand pourrons-nous voir notre fils ? dit-il.

— Les enfants ne vont pas tarder à arriver... Écoutez, je ne lui ai encore rien dit. J'ignorais qui étaient ces de Gayrand dont on me parlait et si je pouvais leur faire confiance. Qui savait ce qu'ils voulaient exactement à Antoine ? J'ai préféré ne rien dire au petit avant de les avoir rencontrés. Je ne veux pas le brusquer. Asseyons-nous. Je vous présenterai comme des amis. Voyez-le, observez-le, apprenez à le connaître. Nous lui parlerons ensuite.

* * * *

Le duc d'Angoulême fit bientôt son entrée, accompagné de son frère de lait, de sa gouvernante, d'une servante et d'un jeune précepteur. Les deux garçons approchaient de leur sixième année. Ils portaient le même type de vêtement que les adultes, hauts-de-chausses, chemises blanches et justaucorps brodés, l'un comme l'autre de très bonnes élégance et qualité. Rien ne permettait de distinguer la mise du prince de celle de son compagnon. Ils avaient tous deux une ceinture où pendait une petite épée de bois, et on aurait dit tout à fait deux gentilshommes en modèles réduits.

Les deux bambins coururent gaiement vers Marie Touchet qui leur ouvrit les bras. Sur l'injonction de sa gouvernante, Charles de Valois s'arrêta à cinq pas, prit un air sérieux, salua cérémonieusement, dit un « ma mère ! » fort poli, puis poursuivit sa course en riant et se jeta sur elle qui l'embrassa, lui ébouriffa les cheveux et le chatouilla.

Le fils de Charles IX ne ressemblait guère à son père. D'abord il avait l'air fort et solide, en meilleure santé que ne l'avait probablement jamais été le rejeton de Catherine de Médicis, ensuite il était sûr de lui et joyeux. Il avait aussi hérité de la beauté et des cheveux châtain clair de sa mère. Le second enfant éclatait tout autant de santé et son gabarit n'avait rien à envier au premier. Mais ce qui émut particulièrement ses parents et sa marraine, c'était cette cascade de boucles noires qui lui descendait dans le cou et qui ne laissait planer aucun doute sur son identité.

Celui que l'on connaissait alors sous le prénom d'Antoine se précipita également dans les bras de Mme de Balzac d'Entragues, lui grimpa sur les genoux et se blottit contre elle en disant « Maman Belleville ! ». Marie l'embrassa, lui caressa les cheveux et le dos, sous le regard frustré de sa mère. Elle faillit se jeter vers lui, mais Quentin, fort troublé lui aussi, la retint douloureusement par le bras.

La maîtresse des lieux présenta les visiteurs et les enfants les saluèrent cérémonieusement. Charles s'écarta rapidement. Pierre s'arrêta une seconde devant cet homme qui lui parut étonnamment familier, jeta un coup d'œil à sa chevelure, passa brièvement sur le visage de la femme à ses côtés, pour se planter immobile devant Mlle de Surgères.

— N'êtes-vous pas, Madame, au service de Grand-Mère Catherine ?

M. de Gayrand pâlit.

— C'est ainsi que mon fils appelle la reine mère, s'excusa Mme d'Entragues. Antoine a pris la même habitude.

L'enfant fixait toujours Hélène qui était éblouie par les yeux verts du petit et l'étrange impression d'avoir devant elle un Quentin miniature. Comment n'avait-elle pu le remarquer avant ? Mais il était vrai qu'elle ne l'avait jamais vu de si près.

— Oui, dit-elle, je suis demoiselle d'honneur de la reine Catherine.

— Est-elle revenue ?

— Non, elle est toujours à la cour de Nérac, auprès de sa fille la reine de Navarre.

— J'aime beaucoup la princesse Marguerite, dit l'enfant. Est-ce qu'elle va bien ? Est-ce que personne ne lui a fait de mal chez les parpaillots ?

M. de Gayrand s'étrangla dans sa salive. Hélène sourit :

— Elle va très bien. Elle est véritablement traitée en reine et tient à Nérac une Cour brillante qui n'envie presque rien à celle-ci.

Antoine de Belleville parut satisfait et alla rejoindre son compagnon de jeu qui le réclamait. Mlle de Pâquelin était au bord de l'évanouissement, d'avoir vu son fils vivant devant elle, de n'avoir pu lui parler, ni le serrer dans ses bras. Quentin hésitait entre rire et fureur, en admiration devant cet enfant si beau, si bien élevé, si sûr de lui, en rage de l'éducation certainement tendancieuse qu'il avait reçue.

Pendant qu'ils se livraient à leurs pensées, les deux garçons avaient dégainé leurs épées et entrepris de se battre pour jouer. Le gentilhomme protestant souriait en regardant leurs gestes encore maladroits et les visages néanmoins sérieux et féroces qu'ils cherchaient à prendre.

— On dirait que j'étais un capitaine de la Ligue, et que tu étais un huguenot, déclarait le jeune duc d'Angoulême.

— Ah ! Non, alors ! Pas encore moi, se récriait son compagnon. Pourquoi est-ce que c'est toujours toi qui décides ?

— Parce que je suis le fils du roi, et que tu me dois respect et obéissance.

Antoine jeta violemment son épée à terre, croisa les bras et prit un air buté. L'arme de bois alla rouler jusqu'aux pieds de M. de Gayrand.

— Allons, les enfants, ne vous disputez pas, intervint Marie Touchet. Charles, ce n'est pas très élégant ce que tu dis là, ni très généreux.

— Mais c'est la vérité, dit le fils de Charles IX d'un ton boudeur.

Son compagnon était parti rechercher son épée. Quentin la ramassa et la lui tendit.

— Dis-moi, petit... je t'ai entendu dire que tu ne voulais pas faire le huguenot. Tu les détestes donc bien, les protestants ?

— Oh ! Non, Monsieur, je ne les aime ni ne les déteste.

— Alors pourquoi ?

— C'est parce qu'ils perdent toujours, soupira le garçon. Et Charles se donne tout le temps le beau rôle. Quand nous jouons aux gens d'armes et aux voleurs, je dois faire le gibier de potence, quand nous jouons aux croisades, je dois faire le sarrasin...

— Et tu te laisses faire ?

L'enfant soupira de nouveau.

— Il l'a dit, il est fils de roi et moi je ne suis rien du tout.

Il alla reprendre son jeu, sans se rendre compte du froid qu'il avait jeté, du regard plein d'amertume de son géniteur, de l'air gêné de Mme d'Entragues.

Les heures passèrent, ils assistèrent aux amusements des enfants, à leurs leçons de lecture et d'écriture, à leur repas, et dans l'après-midi, ils les virent prendre un cours d'équitation dans les jardins des Tuileries et un autre d'escrime dans la salle du Jeu de paume. Charles d'Angoulême, tout à sa propre personne, semblait indifférent à la présence des visiteurs. Antoine de Belleville, lui, était intrigué. Il arrivait bien sûr que la mère du petit duc reçoive du monde, mais jamais aussi longtemps et très rarement des personnes qui semblaient autant s'intéresser à Charles et lui. C'était étrange. Qu'est-ce que Mlle de Surgères faisait là sans la reine ? Il y avait aussi cette femme qui semblait toujours sur le point de pleurer, et surtout cet homme qui lui ressemblait et qu'il ne pouvait s'empêcher d'observer à la dérobée.

Lorsque les enfants se retirèrent avec leur gouvernante, Mme de Balzac d'Entragues ne lui avait encore rien dit, au grand désespoir de Mlle de Pâquelin et au grand agacement de son mari. Elle promit de lui parler avant le lendemain et leur proposa de se retrouver aux mêmes heures de la matinée. Corine était épuisée mais ravie. Non seulement son fils était vivant, mais il était en parfaite santé. Les parents et la marraine tombèrent d'accord sur le fait que Pierre était le plus beau, le plus intelligent, le plus vif, le plus sage, le plus courageux, le plus habile, le plus amusant enfant de la Terre. Il avait le sens de la repartie, discutait comme un petit homme, et savait charmer son monde.

— Si seulement j'avais pu le serrer dans mes bras, disait la mère. Vous au moins il vous a parlé, moi c'est à peine s'il m'a regardée… Demain il saura… Et s'il ne nous aimait pas ? S'il nous rejetait ?

Hélène et Quentin se récrièrent, mais chacun craignait le déroulement du jour suivant. Les fatigues du voyage, les émotions de ces deux journées eurent raison des forces de Mme de Gayrand. Elle s'endormit lourdement, partageant le lit de Mlle de Surgères. Son époux s'était installé dans l'antichambre et ruminait ses inquiétudes. N'avait-on pas appris à cet enfant à mépriser les huguenots ? Et si on les empêchait de le reprendre, d'une façon ou d'une autre ? Il peina à trouver le sommeil, et rêva d'un petit croisé aux boucles brunes qui le poursuivait en criant : « Sus aux parpaillots ! »

★ ★ ★ ★

Le lendemain à l'heure dite, ils étaient à nouveau dans les appartements de Marie Touchet qui leur avoua d'un air embarrassé qu'elle n'avait pas su trouver les mots et que le jeune Antoine ne savait toujours rien. Quentin n'eut pas le temps de laisser éclater sa colère, car les enfants arrivaient. Il rongea son frein, bien décidé à ce que la journée ne s'écoule pas sans que son fils ait été informé en bonne et due forme.

Charles d'Angoulême les salua d'un air indifférent avant de retourner à ses petits chevaux de bois. Son compagnon, après les salutations d'usage, se planta devant eux, perplexe, ignorant les appels de son frère de lait.

— Pourquoi êtes-vous là ? demanda-t-il à M. de Gayrand.

Ce fut la femme inconnue qui répondit :

— Nous sommes de vieux amis de Mme de Belleville, nous ne l'avons pas vue depuis longtemps…, dit-elle pour ne pas le brusquer.

Il la regarda avec étonnement. Elle était jolie. Son regard erra sur Mlle de Surgères avant de revenir sur l'homme.

— Est-ce que vous venez de la cour de Nérac ?

— Oui.

Le visage du garçon s'illumina.

— Alors vous connaissez Margot ?

— Je connais la reine de Navarre, répondit Quentin en refrénant une envie de rire. Je suis au service de son époux.

Il y eut un silence.

— Est-ce que vous êtes huguenot ?

— Je le suis.

— Est-ce qu'ils ont obligé Marguerite à se convertir ?

— Non. Le roi de Navarre va au prêche avec ses amis et la reine à la messe avec les siens. Les choses ne sont pas aussi compliquées qu'on le dit ici, quand chacun y met du sien, et deux religions peuvent parfaitement cohabiter. Je t'ai entendu hier t'inquiéter pour la princesse Marguerite. Pourquoi pensais-tu que les protestants allaient lui faire du mal ?

— C'est notre roi, quand Margot était encore à la Cour, il n'arrêtait pas de lui dire qu'il ne pouvait pas la laisser partir rejoindre son mari parce que les parpaillots allaient lui faire du mal pour se venger de lui.

— Cela ne m'étonne pas qu'il ait dit ça. Lui et *noste Henric* ne s'aiment pas trop… Mais rassure-toi les Béarnais et les Navarrais adorent leur reine.

— Je vous prie, lorsque vous retournerez à la cour de Nérac, de bien vouloir transmettre mon bonjour à la reine Margot, dit l'enfant d'un ton solennel.

Marie l'avait pris par les épaules pour le faire rejoindre le petit Charles.

— Je crois que notre fils est amoureux, dit Quentin à sa femme en souriant.

Ce qui ne l'empêcha pas d'entendre le petit sermon fait à Antoine par Mme de Belleville sur le fait qu'il ne fallait pas déranger ces personnes ni écouter du mal du roi, qui était un homme bon, l'avait recueilli et lui avait offert une bonne vie au service du duc d'Angoulême.

Les heures s'écoulaient comme la veille et ils se désespéraient de voir les choses avancer. Corine ne put empêcher quelques larmes de couler. L'enfant le vit, car mine de rien, il continuait à les observer. Il revint vers eux, mais c'est à l'homme, comme il en avait pris l'habitude, qu'il s'adressa :

— Pourquoi pleure-t-elle ?

— Parce qu'elle a perdu son enfant, répondit M. de Gayrand après une hésitation.

— Ah !… Moi j'ai perdu mes parents…

— Je sais.

— Vous savez ?!

Il écarquilla les yeux.

Mme de Belleville vint à nouveau le chercher pour le ramener précipitamment à ses jeux. Cette fois Quentin se leva et vint lui dire à voix basse :

— Madame, j'ai beaucoup de respect pour vous, parce que vous avez pris soin de notre fils. Mais si vous ne lui dites pas très bientôt ce qu'il doit savoir, je le lui dirai moi-même. Ma femme n'en peut plus. Songez qu'elle l'a cru mort pendant des années, et depuis deux jours on le lui met sous les yeux sans qu'elle puisse le prendre dans ses bras. C'est trop cruel. Vous êtes mère, vous devriez comprendre.

— Monsieur, je comprends fort bien, mais l'enfant ne vous connaît pas, cela pourrait être une grande commotion pour lui.

— Je le crois d'une trempe à résister à l'émotion. Et il ne nous connaîtra jamais si on l'empêche de nous approcher et de nous parler. Croyez-vous qu'il soit dupe ? Que notre présence quotidienne ici ne l'interpelle pas ? Il faut qu'il sache avant ce soir !

Il retourna s'asseoir auprès de son épouse, qu'il entreprit de consoler comme il put. Marie regardait les enfants jouer, ne sachant que faire, que dire. Soudain une dispute éclata.

— On dirait que je serais amiral de France et que tu serais le méchant pirate, avait dit Charles d'Angoulême.

— Ah ! Non, c'est encore toi qui vas gagner, avait répliqué son frère de lait.

— C'est normal, je suis fils de roi.

— Ton roi de père, il est mort depuis longtemps, tu ne l'as même pas connu !

— Peut-être, mais moi au moins je sais qui c'est. Et puis j'ai une mère, et un beau-père, et bientôt j'aurai un autre frère ou une sœur. Toi tu n'es le fils de personne !

Antoine de Belleville éclata en sanglots. M. de Gayrand se précipita vers lui.

— Ce ne sont que querelles d'enfants, dit gauchement Mme de Balzac d'Entragues, il ne faut pas y prêter attention.

Mais Quentin ne l'écoutait pas, il s'était accroupi devant l'enfant et avait mis ses mains sur ses épaules.

— Écoute-moi, petit, tu ne dois pas écouter ça. On est toujours le fils de quelqu'un, même si on ne le sait pas. Tu as un père et une mère toi aussi, et ce n'est pas de leur faute s'ils n'ont pas pu t'élever.

— Vous… vous connaissez mes parents ? hoqueta Antoine.

— Je les connais.

L'enfant renifla et cessa de pleurer.

— Et Mme de Belleville aussi ! ajouta le père pour la forcer à intervenir.

— C'est vrai, Maman ? (Corine gémit.)… Vous m'avez toujours dit que vous ne saviez pas qui ils étaient !

— Et c'était vrai, je ne l'ai su qu'il y a trois jours, dit Marie Touchet.

L'enfant tendait son visage vers elle, attendant la suite, mais rien ne vint. Il regarda l'homme à nouveau.

— Allez-y, disait-il à la jeune femme. Continuez ou je le fais. Cet enfant a le droit de savoir !

— Savoir quoi ? demanda le petit.

Il y eut un blanc.

— On t'a menti, tes parents sont vivants, lâcha M. de Gayrand.

— On ne t'a pas menti ! reprit Marie. Le roi lui-même ne le savait pas jusqu'à ces jours-ci.

— Ils… Ils sont vi-vivants ? bégaya l'enfant. Mais s'ils ne sont pas morts, alors ils m'ont a-abandonné ?

— Ils ne t'ont pas abandonné, cria presque Quentin. On leur a menti à eux aussi, on t'a enlevé à eux ! On leur a dit que tu avais péri. Ils ont découvert seulement il y a quelques mois que tu étais en vie, et depuis ils te cherchent !

— Moi j'ai été enlevé ? Par qui ? Pourquoi ?

Avant qu'il n'ait eu le temps de répondre, Mme de Balzac d'Entragues s'était emparée d'Antoine par les épaules, l'avait retourné, poussé devant elle en s'écriant en direction de la gouvernante :

— Cela suffit, c'est assez pour aujourd'hui. Angéline, faites sortir les enfants, immédiatement !

En un instant ils avaient disparu. M. de Gayrand était très en colère.

— Non, cela ne suffit pas ! À quoi jouez-vous depuis deux jours ? C'est notre fils, pas le vôtre. De quel droit cherchez-vous à le lui cacher ? Vous voulez le retenir ici, mais il a une famille qui l'attend entre Agen et Nérac. Il a le droit de la connaître et de vivre parmi eux.

— Je ne pense qu'à son bien, il ne vous connaît pas, il n'a pas connu d'autre vie que la Cour. Êtes-vous fou de le presser ainsi et de lui raconter je ne sais quoi à propos d'un enlèvement ? Encore un peu vous alliez mettre en cause le roi qui a été si bon pour lui !

— Et quand cela serait ?! Libre à vous de croire aux fadaises d'Henri de Valois ! Puisse Dieu prendre soin de votre fils malgré votre naïveté… Le roi n'a pas été bon pour le mien, il a seulement assuré ses arrières parce qu'il n'était pas sûr de posséder le bon garçon ! Et vous n'aimez pas Antoine comme un fils mais comme un joli bibelot qui orne votre salon ! Il n'est pas votre enfant, il est le jouet du vôtre !

— Oh ! C'est trop fort ! s'exclama Mme de Belleville.

Elle releva le bas de ses jupes et sortit précipitamment de la pièce. Corine s'approcha et posa une main sur le bras de son mari.

— Je crois que tu y as été un peu fort.

— Je sais, mais je ne pouvais plus me retenir. Tu as vu comment son soi-disant frère le traite ? En serviteur !

— J'ai vu, mais j'ai peur qu'elle n'aille se plaindre de nous au roi, et qu'on ne nous empêche de revoir Pierre et de l'emmener avec nous maintenant.

— N'est-ce pas ce qu'elle mijote depuis le début ? Allons-nous-en avant qu'un valet ne nous mette dehors.

Nous reviendrons demain terminer ce que nous avons commencé.

Si on nous laisse revenir, songea Mlle de Pâquelin.

* * * *

Deux heures plus tard, ils faisaient les cent pas dans l'appartement d'Hélène, réfléchissant à ce qu'ils devaient faire, lorsqu'un garde vint les prévenir que M. de Gayrand était convoqué chez le roi. Seul.

— N'y vas pas ! fit Corine affolée.

— On ne peut pas refuser une *invitation* du roi, dit Mlle de Surgères.

— Alors je vais avec toi !

— Non ! Reste là, répondit Quentin en la serrant dans ses bras.

S'il devait lui arriver quelque chose de fâcheux, il préférait que cela ne soit pas sous les yeux de son épouse. « Hélène, prenez soin d'elle. » Il n'eut garde de rajouter « si je ne reviens pas ». Elle avait bien compris. Au moment d'arriver à la porte il se ravisa.

— Si je ne suis pas là dans une heure, quittez le palais. Retournez à l'auberge où nous avons laissé les chevaux. Nul ne sait où nous sommes descendus. Attendez mon retour jusqu'à l'aube, puis filez à Nérac prévenir le roi et la reine de Navarre.

Il sortit avant qu'elles n'aient eu le temps de réagir. En chemin il posa la main sur le pommeau de son épée. Il était prêt à défendre chèrement sa peau, même s'il ne se faisait aucune illusion sur sa résistance face à plusieurs bretteurs d'Henri III.

Mais lorsqu'il pénétra dans la chambre du souverain, celui-ci était seul et souriant, un parchemin roulé à la main. Le huguenot salua en se courbant à demi.

— Eh bien, Monsieur ! dit le roi. Avez-vous vu votre fils ? N'est-il pas entier et bien portant ? N'est-il pas bien nourri, bien habillé, bien soigné, bien éduqué ?

— Il est vrai... J'ai vu aussi qu'on cherchait à lui cacher la vérité, à l'éloigner de sa famille... Qu'on le traitait parfois avec mépris et arrogance...

— Oui, Mme de Balzac d'Entragues m'a rapporté le léger incident... Je ne vous cacherai pas que nous souhaiterions garder l'enfant à la Cour. Mon neveu et sa mère y tiennent beaucoup.

— Il a le droit de savoir qui il est.

— Bien sûr, et ce sera fait dès demain, je m'y engage. Mais comprenez à votre tour qu'il ne vous connaît pas et qu'il peut mener ici une vie autrement plus intéressante qu'au fin fond de votre campagne, entouré de personnes qui ne sont même pas de sa religion. Avez-vous le droit de lui imposer cela ? De l'arracher au seul entourage qu'il ait pour ainsi dire connu ?

— Vous ne vous êtes pas posé cette question lorsque vous l'avez fait enlever il y a un peu plus de quatre ans !

— Je suis bien conscient qu'il a connu quelques désagréments à cause de ma famille... C'est pourquoi je tiens à réparer ce qui a été fait – malgré moi – en mon nom... Je l'ai donc nommé tout à fait officiellement page du duc d'Angoulême, et dès qu'il en aura l'âge, j'en ferai son écuyer.

Devant le manque de réaction du père de l'enfant, il poursuivit :

— Je l'ai aussi fait comte, comte de Gayrand, ou plutôt... – vous n'ignorez pas que certains privilèges ne sont acquis qu'à la deuxième génération – Je *vous* ai fait comte, dit-il en tendant le parchemin que son interlocuteur ne saisit pas.

Avec huit mille livres de rente annuelle, ajouta-t-il. Je ne possède pas personnellement de terres dans votre région. Mais je ne doute pas que ma sœur, qui a l'Agenais en dot, et qui tient tellement à vous… saura augmenter votre territoire de quelques fiefs à proximité de votre héritage, ainsi que son époux du côté de Nérac. Je vais leur écrire en ce sens. En échange je vous saurai gré de bien vouloir laisser votre fils vivre à la Cour, où je promets qu'il sera traité avec respect et bienveillance.

— Vous voulez m'acheter mon fils avec un titre ! Il a le droit de connaître sa famille, de vivre auprès des siens !

— Ne le prenez pas ainsi. Ce titre est aussi une compensation pour tout ce que vous avez vous-même subi depuis août 1572. De nombreuses victimes ont été indemnisées, c'est prévu dans les traités. Il est juste que vous le soyez aussi… Si vous n'acceptez pas pour vous, faites-le au moins pour votre fils. Il serait en droit de vous reprocher ce refus plus tard. Tenez, voici ce que je vous propose : laissons-le choisir. Parlez-lui demain, suggérez-lui de vous suivre en votre province, mais laissez-lui la possibilité de refuser et de vivre dans les honneurs à la Cour.

— Un enfant de six ans ne peut pas décider seul de son destin !

— Vous voulez lui imposer une vie ennuyeuse au fond d'un manoir de campagne, alors qu'il est peut-être appelé à un grand destin !

— Vous voulez le tenir éloigné de l'amour de sa mère, des valeurs de sa famille, pour en faire le valet d'un enfant gâté !

— Laissez-le choisir.

— Vous avez beau jeu, vous l'avez dit, il ne nous connaît pas. Comment pourrait-il choisir des inconnus au lieu de ceux qui sont à ses côtés depuis des années ? Sans compter que Mme de Belleville et son fils ont la soirée pour lui raconter ce qu'ils veulent sur son hypothétique vie ici et là-bas.

— C'est à prendre ou à laisser. Le titre et le choix à l'enfant. Ou… rien.

Il tendit à nouveau le parchemin. Quentin se dit qu'il y avait une petite chance à saisir. Avait-il les moyens de résister à la volonté royale ? Margot avait menacé son frère s'il leur arrivait quelque chose, ou s'il refusait de donner des nouvelles de l'enfant, pas s'il voulait le garder. Et M. de Gayrand ne pouvait pas aller s'en saisir de force en plein Louvre, en luttant seul contre le gouverneur d'Orléans, la garde royale, et le cortège des mignons. Il songeait aussi que le petit semblait l'avoir à la bonne, être attiré par lui depuis deux jours, et qu'il fallait peut-être saisir cette opportunité.

— Si l'enfant est d'accord, vous le laisserez partir ?

— Vous avez ma parole d'honneur.

Le huguenot haussa un sourcil et vaguement les épaules, signifiant par là qu'il ne croyait ni en l'honneur de son interlocuteur ni en sa parole. Le souverain le comprit et ne s'en vexa pas. Il sourit au contraire, et sortant une médaille de son col, il l'embrassa et dit :

— Je le jure sur la Sainte Vierge.

Il savait que le protestant ne croyait ni à la Vierge ni aux saints, mais aussi qu'il devait connaître ses propres convictions et le savoir assez superstitieux pour ne pas rompre un tel serment. Quentin hésita encore un instant, puis il prit le parchemin des mains du roi, signifiant par ce geste son acceptation.

— J'espère, Monsieur le comte, fit Henri III avec un large sourire, que ceci me tient également quitte à l'avenir d'éventuels reproches quant à ce qui s'est passé en Touraine en septembre 1574, et que vous voudrez bien oublier le rôle qu'on a voulu me faire jouer dans cette regrettable erreur et ce malheureux projet.

Le comte de Gayrand ne dit rien, salua à peine, et s'empressa d'aller rejoindre son épouse et Mlle de Surgères. Corine se jeta dans ses bras.

— Tiens, dit-il en lui donnant le diplôme. Je ne suis pas sûr d'avoir bien fait d'accepter, mais te voilà comtesse !

Les deux femmes le regardèrent d'un air éberlué. Alors qu'elles l'imaginaient déjà dans une geôle quelconque, la nouvelle qu'il apportait semblait les assommer, et les explications qui suivirent ne calmèrent guère leurs inquiétudes.

— Vous avez bien fait, dit finalement Hélène, après tout il vous doit bien cela. Nous nous emploierons à convaincre Pierre…

— Et s'il ne veut pas nous suivre, que ferons-nous ? demanda Corine.

— Eh bien ! nous reviendrons à la charge, dans un mois, dans un an… Mais j'ai bon espoir. Dieu ne nous a pas permis de le retrouver pour nous l'arracher à nouveau. Il n'est pas question que je le laisse vivre ici au milieu des assassins de mes compagnons, que je le laisse sauter sur les genoux de ce…

Comme il ne trouvait pas de terme poli, il préféra se taire.

⋆ ⋆ ⋆ ⋆

Le lendemain, le comte et la comtesse de Gayrand, puisque comte et comtesse il y avait désormais, toujours accompagnés de Mlle de Surgères, se présentèrent à nouveau chez Mme de Balzac d'Entragues. Elle les accueillit avec froideur mais politesse, ayant vraisemblablement reçu l'instruction de leur faire bonne figure. Les enfants parurent bientôt. Antoine de Belleville avait l'air renfrogné, sembla surpris de les revoir, mais leur lança à peine un regard avant de rejoindre Charles d'Angoulême.

Corine était toute à son émotion, songeant qu'elle allait enfin serrer son fils dans ses bras et craignant sa réaction. Quentin se demandait comment il allait aborder le sujet avec l'enfant, et ce qu'avait bien pu lui raconter Mme de Balzac d'Entragues la veille au soir pour qu'il les boude ainsi.

— Que lui avez-vous dit ? demanda-t-il d'un air sévère.

— Mais rien, répondit-elle d'un ton fâché. Le roi a exigé qu'il soit averti et que je vous reçoive à nouveau, mais ce n'est pas moi qui vais le perturber davantage.

— Alors pourquoi son attitude a-t-elle changé à notre égard ?

— Sans doute vos déclarations intempestives d'hier y sont-elles pour quelque chose !

Un silence suivit. Antoine de Belleville, tout en jouant avec le jeune prince, leur jetait des regards à la dérobée. M. de Gayrand se sentait plus fébrile qu'avant son entrevue avec le duc d'Épernon.

— Petit ! osa-t-il enfin. Approche, il faut que nous parlions.

L'enfant se tourna vers Marie Touchet et demanda :

— Est-ce que j'ai le droit, Madame ?

Il se souvenait parfaitement que chaque fois que l'homme assis là-bas avait eu quelque chose d'intéressant à lui dire, on l'en avait écarté brusquement. Corine, quant à elle, remarqua avec plaisir qu'il l'avait appelée « Madame » et non « Maman ».

— Le roi t'y autorise, répondit Mme d'Entragues, ce qui fit froncer les sourcils du huguenot.

L'enfant avança avec prudence et s'approcha d'eux comme à regret.

— Hier, commença Quentin, je t'ai annoncé des choses un peu brutalement, et je le regrette. Je ne voulais pas t'effrayer…

— Je n'ai pas peur, dit le petit en jetant un coup d'œil en arrière vers Marie.

— C'est parce que j'en avais assez de tous ces secrets, et je voulais que tu saches la vérité… As-tu compris ce que j'ai raconté hier ?

Le jeune Antoine fit oui de la tête, hésita, se balançant d'un pied sur l'autre.

— Mme de Belleville n'aime pas que je vous parle.

— Je conçois que tu veuilles lui faire plaisir, car elle est comme une mère pour toi. Mais elle te l'a dit elle-même. Le roi t'autorise à parler, il n'y a plus de secret. Nous sommes venus de loin pour te voir et te dire qui tu étais. Est-ce que tu n'as pas envie de savoir ?

L'enfant poussa un gros soupir.

— Est-ce vrai, Madame ? demanda-t-il à Marie. Ai-je le droit de poser une question ?

Elle acquiesça de la tête, émue. Le jeune garçon se retourna alors vers le visiteur, glissa un doigt dans ses cheveux et se mit à tortiller une de ses boucles. Il planta son regard dans celui de l'homme et demanda tranquillement :

— D'où vous viennent vos boucles brunes ?

Quentin sursauta, il ne s'était pas attendu à cette question. Mais il sourit, oui, l'enfant avait tout compris, au-delà de ses espérances.

— Elles me viennent de mon père, répondit-il d'une voix brouillée par l'émotion. Comme les tiennes viennent du tien.

— Est-ce que vous êtes mon… mon p… père ?

— Oui, je le suis. Et voici ta mère, dit-il en montrant Corine dont les larmes s'étaient mises à couler doucement. Tu t'appelles en réalité Pierre de Gayrand.

Il y eut un silence.

— Mais comment se fait-il que je ne le savais pas ? Pourquoi est-ce que j'ai vécu loin de vous ? Comment suis-je arrivé ici ? Pourquoi n'êtes-vous pas venus me chercher plus tôt ?

Quentin soupira.

— C'est une longue histoire… Lorsque tu es né, c'était la guerre entre catholiques et huguenots. Est-ce que… Est-ce que tu as entendu parler de la Saint-Barthélemy ?

— Je vous en prie…, intervint Mme de Balzac d'Entragues.

— Je sais ce que c'est, interrompit l'enfant. Notre précepteur nous en a parlé. C'est une grande bataille qui a eu lieu en 1572, où de nombreux protestants ont été tués.

Le huguenot songea qu'il était inutile d'entrer dans les détails et de blesser son âme d'enfant en lui révélant l'horreur qui avait été déclenchée par des personnes qu'il connaissait et appréciait, qu'il serait toujours temps plus tard de lui narrer l'exacte vérité. Il poursuivit :

— J'ai… j'ai été pris dans cette… bataille. Gravement blessé, très gravement. J'ai dû lutter pour ma vie et pour ma liberté… me cacher au loin, dans une ville qui s'appelle La Rochelle, et que les troupes du roi ont assiégée. Je ne pouvais pas communiquer avec ta mère. Elle m'a cru mort, beaucoup de gens l'ont cru. Elle était seule et pour te protéger, elle est allée te mettre au monde en Touraine dans le secret, parce que tu étais le fils d'un huguenot et que… que c'était la guerre contre eux.

— Est-ce que je suis huguenot moi aussi ?

Avec un regret dans la voix, M. de Gayrand répondit :

— Non… Tu es catholique, comme ta mère.

L'enfant se tourna vers la jeune femme qui pleurait en silence.

— Et je suis ta marraine, dit doucement Hélène de Surgères.

— Vous, Madame ! Mais vous ne m'en avez jamais rien dit !

— Hélas mon petit, je ne t'avais vu qu'au berceau. Je ne t'ai pas reconnu lorsque tu es arrivé à la Cour.

— M. Pierre de Ronsard a été ton parrain, ajouta sa mère. As-tu entendu parler de lui ? C'est dans sa demeure que tu es né.

— Le poète ? Oh ! Oui, je sais qui c'est. C'était un grand ami du père de Charles et nous apprenons ses vers quelquefois.

Il écarquillait les yeux en les examinant tous les trois. Il s'arrêta sur celle qu'on disait sa mère.

— J'ai dû te laisser en nourrice en Touraine, dit-elle d'une voix tremblante. Mais je venais te voir dès que je pouvais… Et puis un jour, tu n'avais pas encore deux ans… J'ai reçu une lettre disant que tu avais eu des fièvres… Et que tu n'avais pas survécu…

Elle laissa échapper un sanglot.

— Ta mère a été si triste, intervint Quentin, qu'elle est partie s'enfermer dans un couvent et a voulu devenir religieuse.

— Mais je n'étais pas mort ! fit Antoine de Belleville.

— Non… mais nous ne le savions pas. Plus tard, bien plus tard… nous avons découvert qu'un homme était venu te prendre chez ta nourrice et faire croire à ton décès.

— Mais pourquoi ?

Mme de Balzac d'Entragues s'approcha, anxieuse. Elle voulait sans doute taire le rôle involontaire qu'avait joué son fils dans l'histoire et aussi protéger la réputation du roi. Quentin le sentit, et il ne voulait pas perturber l'enfant avec des craintes sur la sécurité de celui qu'il considérait comme son frère, ou les intentions d'un homme qu'il respectait et affectionnait peut-être. Il ne voulait pas choquer le jeune duc d'Angoulême non plus.

— Cet homme t'a pris pour quelqu'un d'autre, dit-il, t'a confondu avec un autre enfant. Lorsqu'il l'a découvert c'était trop tard… Il t'avait amené à la Cour…

— Le roi l'a su, coupa Mme de Belleville. Il a puni cet homme, il l'a chassé… Il ne savait pas qui tu étais, mais il était sûr que tu étais de parents nobles, alors dans sa grande bonté il a décidé de te faire élever avec son neveu, et je t'ai donné mon nom, puisque nous ignorions le tien.

M. de Gayrand lui jeta un regard noir. Il n'appréciait pas que les agissements du souverain soient détournés en gestes de bienfaisance, mais cela valait sans doute mieux pour le moment.

— Ta mère et moi nous t'avons cherché… nous avons mené une enquête difficile… Et nous sommes si heureux de t'avoir retrouvé.

Son regard se brouilla de larmes et celui du petit Pierre en fit autant.

— Viens là ! dit-il en ouvrant les bras.

L'enfant s'y précipita, abandonnant sa tête sur son épaule et ils se serrèrent longuement en mêlant leurs pleurs. Puis Quentin l'écarta doucement de lui, le tourna vers sa compagne et lui dit :

— Va embrasser ta mère.

Le garçon marqua une légère hésitation, s'avança vers Corine et se laissa embrasser, mais il se raidit un peu et ne s'abandonna pas comme il venait de le faire avec son père. Mlle de Pâquelin en fut attristée, mais tout se passa si vite qu'elle n'eut pas le temps de s'y arrêter sur le moment. Ce fut au tour de la marraine de serrer l'enfant dans ses bras, il ne lui montra pas trop d'affection non plus.

Après encore quelques cajoleries des uns et des autres, le petit prince Charles commença à s'impatienter et à vouloir que son frère de lait lui redonne toute son attention. Mais Pierre de Gayrand ne s'en laissa pas conter.

— Tu vois bien que j'ai un père et une mère moi aussi. Et un vrai père bien vivant.

— Oui, mais c'est un huguenot !

Le fils de Quentin serra les poings.

— Et alors ?

— Tu as également une sœur, annonça Corine pour détourner la conversation. Une petite Flore qui t'attend au manoir de Gayrand.

— Et aussi une grand-mère, un oncle, une tante et deux cousines, là-bas, aux marches de la Navarre, ajouta le jeune père qui avançait doucement ses pions.

— Est-ce que vous allez m'emmener à la cour de Nérac ? Est-ce que je vais partir avec vous ? demanda l'enfant le cœur haletant.

— Si tu le veux bien, oui, répondit le comte de Gayrand. Tu as toute une famille qui espère te voir bientôt. Il est grand temps que tu rejoignes les tiens. Tu nous as tellement manqué…

— Tu ne vas tout de même pas t'en aller chez les parpaillots ?! clama le fils de Charles IX.

— Le roi a dit que tu n'étais pas obligé, coupa maladroitement Marie Touchet. Tu as le droit de choisir. Si tu le veux, tu resteras avec nous et tu seras pour toujours au service du duc d'Angoulême.

Pierre la regarda droit dans les yeux, puis jeta un coup d'œil à Charles qui triomphait et se tourna enfin vers ses parents, d'un air triste.

— Est-ce vrai ? Je peux décider ?

— Oui, fit gravement son père, mais réfléchis bien avant. Songe que nous t'aimons et que nous voulons t'offrir la famille que tu n'as pas eue. Pense aussi à la vie à la campagne, tu pourras monter à cheval tous les jours, jouer dehors, te rouler dans l'herbe…

— Et qui est-ce que je devrai servir ? demanda l'enfant qui n'oubliait pas les paroles de Mme de Belleville.

— Mais personne ! répondit Corine. Tu seras ton propre maître. Enfin, en dehors de l'obéissance naturelle que tu devras à tes parents et aux adultes en général, bien sûr… Tu ne seras au service de personne…

— Enfin, de personne sauf du roi et de la *reine* de Navarre, nos souverains, naturellement…, ajouta Quentin, pris d'une intuition subite.

Le visage du garçon s'illumina.

— Je pourrai voir Margot ?

— Chaque fois que nous irons à Nérac, oui, répondit M. de Gayrand.

— Alors je vais avec vous !

Mme de Belleville eut beau se démener, Charles d'Angoulême tempêter, rien n'y fit. Pierre de Gayrand avait décidé de laisser là la dépouille d'Antoine de Belleville, serviteur d'un prince orgueilleux, et de s'en aller avec ses parents découvrir sa famille au pays de la princesse qu'il aimait, pour y vivre une vie de petit garçon libre. Sûr de lui, il négocia tout de même le droit d'écrire régulièrement à Charles et à sa mère et celui de revenir à la Cour si vraiment sa nouvelle destinée ne lui convenait pas. Ce que lui accordèrent ses parents, fous de joie de sa décision, et persuadés que la vie dans la campagne agenaise lui ferait rapidement oublier les désagréments de son existence au Louvre.

XLI. Enfin réunis

Le départ de Pierre ne pouvait s'improviser aussi rapidement qu'ils l'auraient voulu. L'enfant avait ses adieux à faire à ses proches : nourrices, gouvernantes et précepteur, au duc d'Angoulême et à sa mère, au roi lui-même. Marie, qui s'était radoucie, voulait lui confectionner un trousseau, moyen qu'elle avait trouvé pour faire traîner les choses en longueur. M. et Mme de Gayrand durent insister, craignant toujours qu'on ne leur refuse le départ à la fin, expliquer qu'on n'avait pas besoin de trente chemises, de dix pourpoints, ni de chapeaux à plumes pour vivre dans un manoir campagnard, et que l'enfant grandirait avant d'en avoir usé la moitié. Quentin, surtout, tenait à faire savoir qu'il était bien capable d'offrir des vêtements à son fils.

Puis Corine voulait être de retour à Blois pour l'accouchement de Clémence, elle l'avait promis. Des lettres avaient été envoyées dans toutes les directions pour annoncer l'heureuse nouvelle des retrouvailles et du retour imminent : à l'auberge du couple Perrot, mais aussi à la Possonnière, à M. de Ronsard au prieuré de Saint-Cosme-lès-Tours, à la famille au manoir de Gayrand et même aux souverains de Navarre et à Catherine de Médicis à Nérac, histoire de conjurer le sort, de rendre public et définitif ce retour, pour qu'on ne puisse plus l'empêcher ni le retarder.

Dans les jours qui suivirent, ils purent passer plus de temps avec l'enfant, mais n'étaient jamais tout à fait seuls avec lui. Le petit Pierre, tout excité par la découverte de ses parents, ne paraissait pas se soucier de la séparation imminente d'avec son compagnon de jeu, ni des changements radicaux qui s'annonçaient dans son cadre de vie. Il prenait ça pour une sorte d'aventure et se réjouissait de voyager à cheval plutôt que dans un carrosse ou une litière comme il en avait l'habitude avec Charles d'Angoulême et sa mère.

Ce moyen de transport limitait par ailleurs les bagages. Aussi fut-il convenu qu'ils n'emporteraient qu'un balluchon léger et que des malles seraient expédiées plus tard avec un trousseau réduit, et les livres, jouets et objets qu'Antoine de Belleville aimait.

Le 24 janvier eut lieu chez les Balzac d'Entragues une petite cérémonie d'adieux, à laquelle le roi lui-même assista, avec son épouse la reine Louise, tous deux parés de riches vêtements et de bijoux, la souveraine portant ses cheveux blonds relevés en un haut chignon où scintillaient de petits diamants incrustés dans la coiffure. Henri III n'était pas en reste, broches et pendeloques brillaient à ses oreilles, sur son pourpoint et son chapeau.

Ces deux-là semblaient parfaitement s'accorder et se témoignaient mutuellement des gestes de tendresse et de respect qui ne manquèrent pas d'étonner Mlle de Pâquelin. Elle n'avait jamais pris Henri de Valois pour un sentimental. Après tout, peut-être que Louise de Lorraine avait une bonne influence sur lui. Cette propension pour le brillant et le clinquant la laissait toutefois perplexe.

Marie Touchet y alla de quelques larmes. Elle fit promettre au petit Pierre de leur écrire souvent et de ne pas hésiter à demander à revenir si cela n'allait pas. Le duc d'Angoulême lui offrit en cadeau-souvenir un poignard d'argent incrusté de pierreries et sa mère un portrait miniature du jeune prince et un autre d'elle-même. Les minuscules cadres étaient ornés d'or, d'émaux de couleur et d'éclats de pierres précieuses. Puis Mme de Balzac d'Entragues prit la main de l'enfant et le conduisit à Mme de Gayrand. Elle glissa la petite main dans celle de

Corine et murmura un « je vous le confie » au bord du sanglot.

— Merci Marie, bredouilla Mlle de Pâquelin.

Un merci qui valait pour son acceptation à rendre l'enfant comme pour les soins et l'affection qu'elle lui avait prodigués depuis quatre années, mais la jeune mère, vaincue par l'émotion, ne put en exprimer plus. Mme de Belleville se retira près des siens, après un échange de regards douloureux de part et d'autre.

Le roi et la reine avaient pris place sur des fauteuils à haut dossier au centre de la pièce. Henri III fit signe au garçon d'approcher. Il lâcha aussitôt sa mère et alla sans façon grimper sur les genoux du souverain, qui le prit dans ses bras et l'embrassa. Puis le roi détacha une broche ornée d'une grosse opale de sa toque et la mit dans la main de l'enfant.

— Garde ceci en souvenir de moi, veux-tu ? Sois un bon garçon et n'oublie pas ta religion… Il est possible que tu entendes dire beaucoup de mal de moi, là où tu vas. Ne crois pas tout…

Il l'embrassa à nouveau, puis l'envoya rejoindre ses parents. Il se leva, présenta son bras à son épouse qui se mit debout à son tour et posa sa main sur le poing tendu. Ils s'approchèrent. Corine et Hélène plongèrent par réflexe dans une révérence de cour. Quentin ne bougea pas, ce qui fit murmurer dans l'assemblée.

Le souverain eut un sourire ironique.

— Je vous félicite, Monsieur, vous avez joué et vous avez gagné. Croyez-le ou non, je regrette ce qui s'est passé à l'automne 1574. J'espère qu'un jour, vous aurez une meilleure opinion de moi…

Il commença à s'éloigner puis s'arrêta.

— Vous avez un fils admirable, Monsieur, je vous l'envie… C'est une grande bénédiction d'avoir un enfant.

La reine rougit légèrement et ils se retirèrent pompeusement, l'assistance se courbant en une révérence générale. Sauf le comte de Gayrand, peu sensible à son titre, aux compliments, et à l'accroissement des bijoux de la famille. Son épouse le poussa du coude, comme lui reprochant de ne pas s'être incliné.

— Tant qu'il ne regrettera pas ce qu'il a fait en août 1572..., murmura-t-il.

— C'est ce qu'il a fait, à sa manière, en vous accordant ce titre et en vous rendant Pierre sans difficulté. Cela aurait pu beaucoup, beaucoup plus mal se passer..., dit Mlle de Surgères.

— Il croit seulement qu'il achète mon silence et qu'il calme mon esprit de vengeance.

— Je ne sais pas, dit Corine, il avait l'air sincère quand il parlait d'enfant. Cela semble être une blessure bien réelle pour ce couple.

Quentin de Gayrand haussa les épaules et sortit de l'appartement, bien décidé à quitter ce palais étouffant le plus tôt possible. Corine et Hélène le suivirent, tenant chacune une main du petit Pierre.

* * * *

Ils se mirent en route le jour même et ne se sentirent pleinement soulagés qu'une fois sortis des murs de Paris. L'enfant n'accepta de voyager que sur le cheval de son père. D'ailleurs depuis le début il ne semblait s'intéresser qu'à lui, au grand désespoir de sa mère.

— Il faut le comprendre, disait Hélène, entre les gouvernantes, nourrices et Marie, il a connu plusieurs mères de substitution, mais de père, jusqu'ici, il n'en avait point eu. C'est l'attrait de la nouveauté, il viendra bientôt vers vous.

— C'est comme s'il me reprochait de l'avoir abandonné, alors que l'éloignement de son père lui paraît normal, à cause de la guerre..., soupirait Corine, frustrée.

Mais quand elle voyait ses deux hommes cheminant et discutant ensemble, Pierre assis devant Quentin, appuyant son dos contre lui, les rênes tenues à quatre mains, elle ne pouvait s'empêcher de sourire, et ne se sentait jamais rassasiée de ce spectacle.

Ils chevauchaient lentement, pour ne pas trop secouer l'enfant et parce que l'état des routes en hiver ne permettait guère de faire mieux. Le vent et quelques bourrasques de neige ralentirent leur progression. Le 27 janvier au matin ils parvinrent enfin à l'auberge de *La Cour de France* à Blois.

Pierre avait beaucoup apprécié le début du voyage. Il se sentait comme un aventurier ou un pirate parti à la découverte d'un nouveau monde. Sa nouvelle vie était beaucoup plus amusante. Déjà, il n'y avait plus de précepteur, ni de protocole comme à la Cour. L'absence de gouvernantes et de serviteurs lui donnait une sensation de liberté. Descendre dans des auberges la nuit avait été amusant. Puis il avait fait connaissance avec son père.

Mais les journées devenaient monotones et fatigantes, il faisait froid sur les routes et les lits à l'étape n'étaient pas toujours confortables, les draps moins doux qu'au Louvre. Finalement ils arrivèrent à Blois dans une nouvelle auberge. Là, une femme un peu grosse se mit à pousser des cris de joie en le voyant, elle le serra et l'embrassa comme si elle le connaissait depuis toujours. D'autres personnes derrière elle manifestèrent aussi leur liesse bruyamment. Il passa de bras en bras et ils ne le lâchèrent que pour se précipiter sur ses parents et sa marraine. Une femme qu'on lui présenta comme la gouvernante de la Possonnière – mais il ne savait ce que c'était – le serra à l'étouffer.

Toutes ces personnes semblaient ravies de le rencontrer et il ne comprenait pas trop pourquoi. On lui avait dit que sa mère allait retrouver une amie à Blois, mais il se demandait comment il se pouvait que sa mère, qui était comtesse, soit l'amie d'une aubergiste. Élevé à la Cour avec un prince, dans les mêmes conditions que lui ou presque, il trouvait tous ces gens un peu trop familiers.

Puis il y avait ce petit chien blanc, qui n'arrêtait pas de lui sauter dessus en aboyant, qui voulait le lécher et salissait ses vêtements avec ses pattes. Et cela faisait rire tout le monde, même sa mère, qui d'habitude pleurait plus qu'elle ne riait. Mais le pire de tout était cette horrible petite fille qui criait et courait tout le temps, qui agaçait le chien en lui tirant les poils ou la queue. Heureusement, il y avait le mari de la dame au gros ventre, qui était cuisinier de son état, et fabriquait des gâteaux succulents…

Ce fut une journée bien harassante pour le petit garçon, qui s'endormit rapidement ce soir-là, dans des draps qui lui parurent plus agréables que les nuits précédentes.

★ ★ ★ ★

Une fois les enfants couchés, les adultes se réunirent auprès du feu pour se raconter les dernières péripéties. Tricky s'était réfugié sur les genoux de Corine et se laissait caresser avec délice. C'était tout juste s'il ne se mettait pas à ronronner comme un chat !

Après qu'Hélène, Corine et Quentin eurent terminé le récit de leur séjour au Louvre, et que Clémence et Catherine leur eurent fait répéter dix fois les bons mots du petit Pierre, lors de ses jeux avec le duc d'Angoulême ou de leurs rencontres mémorables, l'ancienne soubrette entreprit d'informer Mlle de Pâquelin des dernières évolutions dans leur pays natal.

Alexandre Farnèse, qui avait succédé à Don Juan d'Autriche comme gouverneur des Pays-Bas au nom de l'Espagne, avait réussi à former une union des provinces du Sud, principalement francophones et catholiques, à savoir l'Artois, le Hainaut, le Cambrésis, et une partie de la Flandre de langue romane. Un traité avait été signé le 6 janvier à Arras, ces provinces, qu'on nommait désormais l'Union d'Arras[1], avaient juré fidélité à l'Espagne, et promis de maintenir la religion catholique.

---

1. Ces États, qu'on continua aussi à appeler les Pays-Bas espagnols, prirent au XIXe siècle le nom de Belgique.

De son côté le prince Guillaume d'Orange-Nassau, qu'on surnommait le Taciturne, avait en réaction réuni les provinces du Nord en une autre fédération, qui venait de prendre le nom d'Union d'Utrecht[1], après avoir signé un traité dans cette ville le 23 janvier. Ces provinces étaient majoritairement de langue flamande et de religion protestante. Elles avaient prêté serment à Guillaume le Taciturne, reniaient l'Espagne, et ne cherchaient pas à imposer le calvinisme, mais prônaient la liberté des cultes.

Cette partition allait peut-être mener à la paix, si toutefois le roi d'Espagne l'acceptait. Ainsi les protestants auraient leur pays et les catholiques pourraient continuer de vivre sous la tutelle espagnole. Corine pensait comme Clémence que cela pouvait marquer la fin de la guerre des Flandres dont ils avaient tous eu à pâtir. Quentin comme d'habitude était beaucoup moins optimiste, persuadé que le roi Philippe II ne céderait jamais une parcelle de ses territoires.

Les nouvelles concernant le père de la jeune femme étaient toujours les mêmes. M. de Pâquelin n'appréciait guère les dernières évolutions et s'enfermait de plus en plus dans son attitude passéiste et désagréable. Clémence était bien décidée à aller chercher ses parents après la naissance de son deuxième enfant, pour les éloigner de la vindicte d'un châtelain que tout le pays finissait par considérer comme un vieux fou.

* * * *

Au matin du 29 janvier, Pierre de Gayrand fut réveillé par des cris et du remue-ménage dans la maison. Il se leva et vit plusieurs personnes courir dans tous les sens. Les femmes s'enfermèrent dans la chambre de la dame au gros ventre qui poussait des cris déchirants. Il fut repoussé dans la cuisine avec les hommes et la petite fille qui pour une

---

1. Ces provinces qu'on appela les Provinces-Unies sont à l'origine des Pays-Bas d'aujourd'hui.

fois se taisait et restait sans bouger, le regard apeuré. Elle en oubliait même de torturer le chien.

Mlle de Surgères, très pâle, vint les rejoindre et expliqua au jeune garçon que Clémence allait mettre son enfant au monde. Il comprit alors que si elle avait un gros ventre, c'était parce qu'elle avait un bébé dedans, comme Mme de Belleville.

— Mais pourquoi crie-t-elle comme ça ?

— C'est que, vois-tu…, répondit Hélène d'un air gêné, il faut bien que l'enfant sorte… et cela fait souffrir la mère…

— Est-ce qu'on lui ouvre le ventre avec un couteau ?

— Non, intervint M. de Gayrand. N'as-tu jamais vu naître un poulain, ou de petits chiots ?

Pierre fit un petit oui de la tête.

— Les humains naissent comme ça aussi ?

Et devant les signes de tête affirmatifs de son entourage, il prit un air horrifié, tandis que redoublaient les cris en provenance de la chambre à l'étage. Il demanda encore :

— Est-ce que ma mère a souffert de la même façon ?

— Oh ! Oui, lâcha Hélène sous le regard de reproche de Quentin. Elle criait et me serrait la main de toutes ses forces, elle enfonçait ses ongles dans ma peau… Et quand ta sœur est née, ton père a dit qu'il y fallait plus de courage que sur les champs de bataille… Enfin, c'est ce que ton oncle Claude m'a rapporté…, dit-elle alors que le père de l'enfant toussait pour l'arrêter.

Le petit garçon ne dit plus rien. Il alla s'asseoir près de la fillette qui se rongeait les ongles d'angoisse et lui prit doucement la main. Puis il s'efforça de l'occuper en jouant avec elle, mais ils étaient souvent interrompus par les hurlements de douleur de Clémence.

Enfin les choses semblèrent se calmer et sa mère apparut dans la cuisine, essuyant des traces de sang sur ses mains et ses bras. Elle paraissait épuisée mais ravie. Pierre posa sur elle un regard effrayé.

— C'est un beau et gros garçon, annonça-t-elle à l'assemblée. La mère et l'enfant se portent bien.

Et tandis que les hommes poussaient des cris de joie et sortaient bouteille et verres pour fêter l'événement, le fils de Mme de Gayrand s'approcha de sa génitrice, les larmes aux yeux.

— Je vous demande pardon, ma mère, dit-il d'une voix tremblante.

— Mais de quoi donc, mon petit? répondit-elle en s'accroupissant à sa hauteur.

— De vous avoir fait mal en venant au monde, fit-il en éclatant en sanglots.

— Viens là, dit-elle en ouvrant les bras.

Il s'y précipita et se laissa enfin aller contre elle en pleurant, lâchant toutes les émotions qu'il avait retenues depuis leur rencontre. Elle se redressa en le soulevant et le serra blotti contre elle. Puis s'éloigna en le berçant comme un bébé, renouant avec les gestes qu'elle accomplissait lorsqu'il n'était qu'un bambin d'un an. Ils mêlèrent leurs larmes, mais pour elle c'en étaient de joie. Elle avait enfin retrouvé son fils. Et Quentin à table en oubliait de faire trinquer son verre, levant vers eux un regard embué.

⋆ ⋆ ⋆ ⋆

Les jours suivants la joie revint dans la maison. On prépara le baptême de l'enfant. Comme prévu Mlle de Pâquelin fut sa marraine. Clémence aurait voulu que M. de Gayrand soit aussi son parrain, mais elle était gênée par rapport à sa belle-famille à cause de la religion du mari de Corine.

— De toute façon je ne suis pas sûr que votre curé accepte un parrain huguenot, dit Quentin. Pourquoi ne pas choisir Pierre? Il est catholique et cela ne sortira pas de la famille. Je le représenterai à l'église à cause de son jeune âge.

Les parents se rallièrent gaiement à cette solution, et le jeune parrain fut ravi de l'importance que lui donnait ce rôle. Il demanda quel serait le prénom de l'enfant. On lui répondit qu'en général un garçon portait le prénom de son parrain et une fille celui de sa marraine, que le nouveau-né se nommerait donc Pierre. Il hésita :

— Avant je me nommais Antoine, et cela me fait tout de même un peu de peine que cet Antoine ait disparu et qu'il n'y en ait plus…

— Alors nous l'appellerons Pierre-Antoine, dit joyeusement Clémence, ce qui plut au jeune de Gayrand et à toute la famille.

Le 31 janvier 1579 fut donc baptisé le jeune Pierre-Antoine Perrot, fils d'aubergiste, petit-fils de rôtisseur et de métayer, n'en ayant pas moins un vicomte et une comtesse pour parrain et marraine.

⋆ ⋆ ⋆ ⋆

La famille de Gayrand demeura une semaine auprès de ses amis à Blois. Mais ils avaient hâte de rejoindre leurs terres et le reste de la parenté. Le petit Pierre aussi qui se lassait des caprices de la jeune Catherine, laquelle avait vite repris ses mauvaises habitudes. Deux visites s'imposaient cependant encore : à la Possonnière pour montrer à l'enfant l'endroit où il était né, et au prieuré de Saint-Cosme pour lui faire rencontrer son parrain.

Le 8 février, les adieux à la famille Perrot se firent dans les embrassades et les promesses de se retrouver bientôt, pourquoi pas en Agenais lorsque Pierre-Antoine serait en âge de voyager. Corine laissa définitivement Tricky à Clémence, car on ne voyait vraiment pas comment séparer l'animal de sa petite complice, chacun agaçant l'autre mais ne pouvant s'en éloigner sans chercher à nouveau rapidement sa compagnie.

Il neigeait, et ce fut en voiture qu'ils firent route vers le Vendômois, leurs montures attachées à l'arrière. Les flocons s'arrêtèrent peu avant leur arrivée au manoir, et Gauthier les accueillit avec de nouvelles embrassades. Corine lui avait pardonné d'avoir fourni à Quentin des chevaux pour son escapade à Chambéry, et le vieil homme essuya une larme en découvrant le beau et pétillant garçon qu'était devenu Pierre de Gayrand. Celui-ci s'émut de découvrir enfin ce qu'était la Possonnière. Il admira les bâtiments et les jardins à peine recouverts de duvet blanc, et s'y sentit tout de suite plus à l'aise que dans l'auberge de Blois. C'était indéniablement un enfant de cour, plus habitué aux châteaux qu'aux maisons bourgeoises !

On lui montra la chambre où il était né et il voulut y dormir auprès de ses parents. On y rajouta donc un lit, et Corine ravie n'avait plus aucune appréhension en ces lieux. La présence de son fils semblait boucler la boucle, effacer les années de souffrance. Elle ne dormit pas beaucoup la première nuit cependant, passant son temps à contempler l'enfant dans le lit voisin, à admirer les cheveux sombres étalés sur l'oreiller, à surveiller son souffle serein.

Ils passèrent quelques jours hors du temps, appréciant le calme de la demeure après le brouhaha et l'excitation de la Cour, puis de l'auberge. Pierre discutait maintenant aussi bien avec sa mère et sa marraine, même s'il préférait toujours passer du temps avec son père. Quentin emmenait son fils dans des balades à pied ou à cheval, lui apprenait à monter seul. Catherine et Gauthier le choyaient comme s'il était leur petit-fils, la première le gavant de confiture, de gâteaux et de pâtes de fruit, le second lui montrant comment on s'occupait d'un jardin en hiver, quelques menus travaux de menuiserie, ou les soins à donner aux chevaux.

À la mi-février ils reprirent la route en voiture pour Tours, avec Catherine, laissant la garde de la Possonnière à Gauthier, sous la promesse d'autres retrouvailles. Il avait été jugé inutile de conduire l'enfant dans le village de sa première nourrice, celle-ci n'y demeurant plus, la chaumière n'étant plus ce qu'elle était, et dans la crainte de raviver de mauvais souvenirs.

Corine chargea néanmoins son amie de se rendre un jour prochain à Montlouis prévenir Rosine Aubin que

Pierre était en vie, en bonne santé, et qu'il avait retrouvé ses parents. Après réflexion, elle considérait en effet que la brave femme avait été dépassée par les événements, qu'elle n'était pas pour grand-chose dans l'enlèvement, et en avait souffert également. Elle avait pris grand soin de Pierre pendant dix-huit mois, et Mme de Gayrand estimait qu'elle méritait pour cela de voir apaiser son inquiétude et ses remords.

* * * *

Lorsqu'ils se présentèrent au prieuré de Saint-Cosme, nul ne put dire qui, du parrain ou du filleul, fut le plus impressionné par l'autre. Pierre avait entendu parler du grand poète et lui récita en trébuchant sur quelques mots *Mignonne, allons voir si la rose...* M. de Ronsard en eut les larmes aux yeux. Il laissait errer son regard du fils au père, ému par la ressemblance, et se réjouit avec Corine de l'heureux dénouement. Il fut enchanté aussi d'avoir des nouvelles du fils de Charles IX, lui qui avait été si proche du père, et charmé que le précepteur des enfants leur ait fait étudier ses vers. Ses regards pour Hélène se passaient de commentaires, et elle dut promettre dix fois qu'elle ne l'oublierait pas lorsqu'elle reviendrait dans la région avec la Cour.

Ils passèrent là un après-midi charmant, se rappelant bons souvenirs et anecdotes, du temps de Charles IX ou de leurs séjours à la Possonnière. Il y eut quelques larmes au moment de la séparation. Le lendemain, Catherine repartit avec la voiture et Pierre de Gayrand reprit la route à cheval avec ses parents et sa marraine. Il voyageait indifféremment cette fois sur la monture de son père ou celles des deux femmes. Il ne semblait plus avoir de préjugé quant au fait de voyager avec les dames, depuis qu'il savait qu'il fallait plus de courage pour enfanter que pour aller à la guerre !

Ils flânèrent en route, faisant de longues poses pour ne pas fatiguer l'enfant. Ce ne fut que le 2 mars qu'ils arrivèrent en vue du village de Gayrand. Quentin lui montra de loin, avec fierté, son manoir et ses vignes, puis héla un enfant du village pour qu'il coure prévenir la famille de son arrivée. Lorsqu'ils entrèrent dans la cour, tout le monde était réuni pour les accueillir. Emeline de Gayrand se précipita vers la monture de son fils et déclara le regard embué :

— Mon Dieu, c'est tout à fait toi au même âge !

Elle prit Pierre dans ses bras sans lui laisser le temps de mettre pied à terre et le serra contre elle à l'étouffer. Géraud vint les larmes aux yeux prendre en main les rênes des chevaux, tandis que Corine s'élançait vers Flore que portait Pauline. La petite se mit à pleurer, ne reconnaissant pas sa mère qu'elle n'avait guère vue ces trois derniers mois. Mais Mlle de Pâquelin n'en avait cure, elle la fit tournoyer, la couvrit de baisers, la chatouilla, puis la présenta enfin à son frère, que sa grand-mère venait de poser à terre pour embrasser Quentin.

Pierre de Gayrand parut impressionné par le bébé de neuf mois qui hoquetait maintenant entre rires et larmes, par ses yeux verts et ses boucles noires qui lui donnaient l'impression de se voir dans un miroir déformant. Il fut l'objet d'autres embrassades de la part de sa tante et de son oncle Claude, qui tenait dans ses bras une autre fillette de presque deux ans, qu'on lui dit être sa cousine Élisabeth. Le petit garçon soupira : que de filles !

Il gardait un mauvais souvenir de son séjour auprès de Catherine Perrot. Ces deux-là lui paraissaient néanmoins d'un âge plus gérable. Au moins elles ne couraient pas partout. Il avait surtout des craintes sur la plus grande des enfants qui allait sur ses cinq ans. Mais il se rendit vite compte que Charlotte de Luzac était loin de ressembler à la tornade de Blois. D'un caractère timide, elle avait plutôt tendance à se cacher derrière les jupes de sa mère, laissant seulement son visage apparaître de temps à autre, pour jeter des regards admiratifs à ce beau cousin qui lui tombait du ciel.

Le jeune vicomte de Gayrand se sentit extrêmement flatté. D'ailleurs il fut, dans les jours suivants, le centre des attentions de toute la maisonnée, chacun voulant le cajoler et lui faire mille plaisirs, au grand agacement de ses parents qui avaient peur qu'on ne transformât le bambin en enfant gâté pétri d'orgueil, à l'image de son ancien compagnon le duc d'Angoulême.

* * * *

La réalité se chargea de les détourner de leurs inquiétudes, sous la forme d'un messager envoyé par la reine mère à Mlle de Surgères, la réclamant auprès d'elle. Catherine de Médicis, délaissant le Paravis, s'était installée à Agen, mais elle comptait bientôt prendre la route pour rejoindre Paris, laissant sa fille et son gendre à leur province.

La séparation prochaine d'avec Hélène, ainsi que leurs obligations envers leurs souverains, renvoyèrent le couple de Gayrand à d'autres soucis que la vanité de leur fils. Au demeurant celui-ci trépignait de joie à l'idée de retrouver bientôt la mère et surtout la sœur du roi de France, ce qui ne contribuait pas à réjouir ses parents.

Le 11 mars, Corine, Quentin et Pierre accompagnèrent Mlle de Surgères à Agen, où ils furent surpris de trouver la ville encombrée d'une multitude de gentilshommes avec leurs écuyers et serviteurs. Toute la noblesse catholique de Guyenne semblait s'être donné rendez-vous là, ce qui ne manqua pas d'irriter et d'inquiéter le comte de Gayrand.

Ils furent reçus solennellement par une Catherine de Médicis de fort bonne humeur et assez fière d'elle.

— Eh bien ! Monsieur, dit-elle d'entrée. Vous voyez bien que cet enfant n'a pas été maltraité. Mon fils n'est donc pas si méchant que vous mé l'avez fait dire.

Elle se rengorgeait. Son cher Henri s'en sortait avec les honneurs. Tous s'inclinèrent en une révérence. Puis l'enfant s'avança familièrement pour embrasser la souveraine.

— Je suis heureux de vous revoir Grand-Mère Catherine.

Elle rit en jetant un regard amusé aux parents mortifiés, et lui caressa le menton.

— Moi aussi, je souis bien aise de te savoir en bonne santé. Tou as grandi, et tou as les joues bien roses. Et comment va mon petit Charles, Antoine ?

— Il va bien. Je m'appelle Pierre, maintenant.

— J'ai appris céla, et j'en ai été bien étonnée. D'autant plous que je connaissais tes parents, sans savoir qu'ils l'étaient. Mais tout est bien qui finit bien. Es-tou content dé les avoir retrouvés ? Ta nouvelle vie te convient-elle ?

— Oh ! Oui… Est-ce que Margot est ici ?

Elle rit à nouveau.

— Non, elle est à Nérac. Et je gage que quand elle te verra, elle voudra te prendre comme petit page pour égayer sa Cour.

L'enfant sourit, elle lui caressa à nouveau les joues et le menton en riant.

— Né faites pas cette tête-là, Monsieur le comte, fit-elle, montrant par là qu'elle était bien au courant des derniers développements. Tout s'arrange. Les conférences dé Nérac avec vos Églises, qui sé sont commencées dans la douleur lé 2 février, sé sont heureusement bien achevées lé 28 en oun accord complétant l'édit dé Poitiers. Les discoussions ont été longues et difficiles. Ces messieurs ont d'abord présenté oune longue liste dé griefs. Nous avons dou repousser la plupart dé ces demandes. J'ai même à l'occasion crié oun peu et menacé dé les faire tous pendre !

Elle s'arrêta un instant pour profiter du rire de ses demoiselles d'honneur et de ses conseillers.

— Enfin, à force dé colères, dé caresses, ils ont rabattou leurs prétentions. Ils voulaient lé libre exercice dou coulte par tout lé royaume dé France, s'enflamma-t-elle, et cinquante-neuf places fortes !

— Ce qui est peu si l'on songe que nous en occupons plus de deux cents actuellement, osa M. de Gayrand.

Elle le foudroya du regard.

— J'ai refousé la liberté dou coulte, et je né voulais leur donner que houit places, selon l'édit dé Poitiers. Mais dans ma grande générosité, je leur en ai finalement accordé quinze... Pour six mois, ajouta-t-elle à mi-voix, ce qui provoqua quelques rires proches.

— J'ai entendu dire, poursuivait le huguenot, que vous avez désigné pour certaines de ces places des gouverneurs catholiques.

— J'ai choisi indifféremment des catholiques et des protestants. C'est oune politique d'équilibre, Monsieur. Et ils ont signé lé traité ! Par ailleurs j'ai réouni ici la noblesse catholique dé la province pour leur prêcher la paix civile et religieuse. Je fais tout mon possible pour réconcilier les deux partis. J'ai même autorisé lé rétablissement dou coulte protestant ici, à Agen...

Corine posa la main sur le bras de son époux, l'incitant à ne pas aller plus loin, en lui désignant du menton leur fils, qui regardait cet échange un peu vif avec étonnement et inquiétude. Il n'était pas utile de semer la discorde alors que leur avenir s'éclaircissait. Quentin songea que l'Italienne avait beau prendre ses airs de grandeur et d'autorité, ce traité n'était qu'illusion. Ces coreligionnaires ne rendraient certainement pas les quinze places fortes dans six mois, et encore moins celles qu'ils possédaient de fait, et non de droit. Henri de Navarre avait beau se montrer raisonnable, il n'était pas entièrement maître de son entourage ni de ses capitaines.

Néanmoins si la paix, même bancale et mal acquise, pouvait lui permettre de jouir enfin en toute quiétude de sa famille, Quentin était prêt à faire un effort. Et à protéger l'innocence de son fils, en ne lui montrant pas à quel point il pouvait prendre plaisir à humilier devant lui cette vieille femme qu'il appelait grand-mère. Apparaître par ailleurs à ce point intransigeant, dans une ville débordant de papistes, eût été idiot et dangereux. Il se calma donc, mais n'en pensa pas moins.

* * * *

Deux jours plus tard, ils faisaient leur entrée à Nérac. Ils furent accueillis avec jovialité par le roi de Navarre qui salua Quentin d'un tonitruant « Monsieur le comte » accompagné de force clins d'œil et grandes tapes dans le dos. Il serra solennellement la main de Pierre de Gayrand en se déclarant positivement enchanté de le connaître. Le garçon trouva le souverain plus sympathique qu'on ne lui avait dit, mais s'attarda peu car il avait aperçu au loin la princesse Marguerite, et trépignait d'impatience d'aller lui rendre ses hommages.

— Je suis très heureux du tour qu'ont pris les événements, leur dit le Béarnais en suivant des yeux l'enfant qui, n'y tenant plus, s'était élancé vers la reine de Navarre. Ma femme m'a tout dit, bien avant la fin, elle n'a pas pu tenir sa langue. (Il rit.) Mais croyez-moi, même si cela se termine bien pour cette fois, mon maudit beau-frère ne perd rien pour attendre. Un jour ou l'autre, Dieu le punira pour ses crimes… Maintenant allez vite retrouver ce jeune homme avant qu'il ne s'en prenne à la vertu de mon épouse, s'esclaffa-t-il, je crois que j'ai du souci à me faire !

Corine se dit qu'il était un peu tard pour s'inquiéter de la vertu de la reine de Navarre et qu'Henri de Bourbon ferait mieux de surveiller d'autres personnes. Mais elle fut presque aussi vexée qu'amusée de retrouver son fils, rougissant, assis sur les genoux de Margot qui l'embrassait et le cajolait.

— Eh bien ! si l'on m'avait dit que c'était toi, l'enfant de mes amis de Gayrand, disait-elle, j'aurais été bien en peine de le croire !

Les deux femmes glosèrent un moment sur les dernières péripéties et leur heureux dénouement, puis Mlle de Pâquelin s'aperçut que la souveraine portait des habits de deuil. Elle se demanda s'il n'était pas arrivé malheur à M. de Turenne qu'elle n'avait point encore vu. Un duel était si vite arrivé à la Cour. La princesse suivit ses regards. Elle fit descendre le petit Pierre tout en faisant un signe à l'une de ses demoiselles d'honneur.

— Va donc avec Mlle de Fosseux, dit-elle, elle va te donner de la confiture de rose.

La jeune fille de quinze ans serra les lèvres mais obéit. Mme de Gayrand savait que si elle possédait cette confiture rare, c'était parce que le roi de Navarre lui en avait offert pour s'attirer ses faveurs. Elle sourit au geste de Marguerite qui offrait une douceur au jeune garçon, tout en privant sa suivante d'un plaisir mal acquis.

Lorsque son fils se fut éloigné, elle demanda :

— Avez-vous donc subi une perte ?

— Hélas, oui. M. de Bussy d'Amboise est mort.

— M. de Bussy ?! Mais comment ?! Sont-ce les hommes du roi ? Ou un duel ? Une maladie subite ?

— Non, il a été assassiné, par M. de Montsoreau, le maître veneur de mon frère François d'Anjou. M. de Bussy était depuis quelque temps l'amant de la comtesse de Montsoreau… Il faut croire que certains hommes sont plus jaloux et possessifs que d'autres… Le maître des chasses de mon frère l'a su, je ne sais comment, et il a tendu un piège à M. d'Amboise. Il a forcé sa femme à lui écrire une lettre lui donnant rendez-vous dans une demeure secrète. Il y est allé… Mais à la place de la belle il y avait toute une troupe d'hommes vêtus de cottes de mailles. Ce lâche de Montsoreau n'a même pas eu la décence de le provoquer en duel, il connaissait trop les qualités de bretteur de Louis. Il l'a fait assaillir par ces hommes… je ne sais au juste s'ils étaient cinq ou dix… On m'a dit qu'il s'est battu comme un diable, qu'il était couvert de blessures… À la fin ils l'ont tué…

Elle fit une pause, les yeux remplis de larmes.

— Nous n'étions plus très proches, mais tout de même… J'en ai ressenti beaucoup de peine… surtout que c'était un combattant admirable, qui a été abattu par traîtrise, sans pouvoir se défendre loyalement… Il était la terreur de ses ennemis, la gloire de son maître, l'espérance de ses amis…

Elle ne put en rajouter, s'esquivant pour laisser couler ses larmes.

⋆ ⋆ ⋆ ⋆

Dans les deux semaines qui suivirent, Corine et Quentin, accompagnés de leur fils, firent de fréquentes apparitions à la cour d'Agen et à celle de Nérac. Être séparés bientôt d'Hélène les attristait, mais la reine mère était résolue à partir pour le Languedoc dès les premiers jours d'avril. Il fallut se résigner et se promettre d'écrire souvent. On ne savait quand on se reverrait, mais le souvenir de ces derniers mois passés ensemble loin de la Cour, dans les angoisses comme dans les bons moments, resterait à jamais gravé en eux. Mlle de Surgères vint passer les deux derniers jours au manoir de Gayrand, et au moment des adieux se jeta dans les bras de Corine en pleurant.

— Dieu, que vous allez me manquer ! Portez-vous bien, fit-elle en embrassant encore une fois son filleul.

— Il y aura toujours une place pour vous ici, revenez quand vous voulez, dit Quentin un bras autour des épaules de son épouse qui était incapable de rien rajouter.

La cour de Navarre devait accompagner celle d'Agen sur un bout du chemin, jusqu'à Castelnaudary, ville catholique où étaient convoqués les États du Languedoc, et où Catherine de Médicis et sa fille voulaient faire leurs pâques. Mais M. et Mme de Gayrand n'avaient pas souhaité les suivre, il leur semblait avoir assez voyagé ces derniers temps et ils aspiraient à profiter du calme de leur campagne.

Ce qu'ils firent, dans la douceur du printemps et de l'été, recevant néanmoins des nouvelles des deux Cours, par les lettres d'Hélène ou celles de Margot. Après avoir présidé les États du Languedoc, la reine mère se dirigea vers Carcassonne et Narbonne, achetant en route les soumissions des chefs rebelles, confirmant le comte de Damville dans ses titres et héritage de duc de Montmorency, après le décès de son frère aîné François le 6 mai.

Mais d'abord elle prit congé de sa fille et de son gendre à Fanjeaux, un bourg au sud-est de Castelnaudary. Elle les embrassa chaleureusement, fit promettre à Margot de ne pas quitter sa religion, et à son gendre de couper la mèche de cheveux qu'il s'était laissée pousser derrière l'oreille gauche, y voyant, dit-elle en plaisantant, un signe de ralliement pour ses partisans. Il accepta en riant, lui tendant même une paire de ciseaux.

— Qu'elle la coupe si cela lui fait plaisir, dit-il en aparté à M. de Turenne juste après. Cela repoussera, et sinon, par ma foi, je saurai bien trouver un autre panache qui servira de guide à mes troupes, fût-ce la plume blanche de mon chapeau !

La princesse Marguerite était ravie de voir s'éloigner sa mère, et avec elle une tutelle qu'elle trouvait pesante, et la reine Catherine était persuadée qu'elle avait bien manœuvré tout le monde. On se quitta donc dans la bonne humeur. Puis le roi de Navarre décida de montrer à son épouse la bonne ville de Pau où il était né, et les souverains, au lieu de rentrer à Nérac, prirent le chemin de la capitale du Béarn, ce qui accorda à M. et Mme de Gayrand quelques semaines de repos supplémentaires.

Durant le mois de mai, tandis que son fils François quittait enfin l'Anjou pour rejoindre la cour de Paris, sur la promesse d'Henri III de l'aider dans son entreprise flamande, et profitait des honneurs d'une entrée solennelle dans la capitale, la reine mère arrivait sous les murs de Montpellier. La cité était toujours aux mains du fils de l'amiral de Coligny, qui refusait de la recevoir, prétextant les dangers d'une peste qui régnait alors dans la ville.

Catherine de Médicis s'avança hardiment le long des murailles jusque sous le nez des arquebuses que le gouverneur n'osa faire tirer. Le peuple en fut impressionné, et une délégation de consuls en robe rouge sortit au-devant d'elle lui présenter ses humbles hommages, ce qu'elle voulut bien recevoir comme un acte de soumission des rebelles, sans pénétrer dans la ville et sans que celle-ci se fût réellement rendue.

Ayant ainsi «pacifié» le Languedoc, elle résolut de faire de même en Provence où une véritable jacquerie avait éclaté, et où catholiques ardents et protestants exaltés continuaient de se battre, et de mettre la région à feu et à sang. En juin elle s'installa à Marseille, d'où elle rayonna alentour, n'hésitant pas à monter à dos de mulet sur les routes difficiles et escarpées. Sa seule présence suffisait parfois à ramener la paix. Au besoin elle y aidait, à coups de contributions financières, ou de promesses de postes de gouverneur ou de lieutenant général...

Mais elle ne put empêcher le maréchal de Bellegarde de s'emparer avec ses troupes du marquisat de Saluces. Elle décida donc d'aller le trouver. Elle désirait aussi rencontrer M. de Lesdiguières en Dauphiné et jusqu'au duc de Savoie. Elle voulut s'entremettre pour réunir une conférence des chefs de l'insurrection. Mais le général protestant ne tomba pas dans le piège, et refusa de se rendre à Grenoble.

Elle dut finalement céder à Roger de Bellegarde son gouvernement usurpé, en échange d'une déclaration de fidélité au roi, et d'une vague promesse de servir de médiateur avec ses anciens complices et alliés. Pour faire cesser la révolte, elle dut céder aux protestants de la région neuf nouvelles places fortes. Sans avoir eu l'impression de perdre la face, ce fut sur ce semi-échec qu'elle regagna Lyon en octobre et Paris en novembre, où, après une absence de dix-huit mois, elle fut accueillie chaleureusement par les habitants, comme par ses fils qui semblaient enfin réconciliés.

* * * *

De son côté Margot avait connu quelque mésaventure à Pau au cours de son séjour des mois de mai et juin. La capitale du Béarn était une ville officiellement protestante, appartenant au royaume de Navarre, où la religion réformée était religion d'État. En conséquence le culte catholique y était formellement interdit en dehors de l'intimité familiale.

Il fut diplomatiquement toléré que la reine de Navarre puisse pratiquer sa religion, mais dans une chapelle qui lui était réservée, à elle et à ses proches. Encore devait-elle s'y rendre presque en cachette, et l'endroit était si exigu qu'on y était serré à huit. Le jour de la Pentecôte, quelques citoyens catholiques de la ville, résolus à assister à la messe, se glissèrent discrètement dans le château, puis dans la chapelle.

Reconnus à la sortie de l'office par un secrétaire, ils furent arrêtés par les gardes du roi, roués de coups de bâton, jetés en prison, et condamnés à une forte amende pour pouvoir en sortir. La princesse Marguerite en fut outrée, s'en plaignit à son mari, le suppliant d'intervenir pour les faire relâcher, et de punir les agresseurs. Le souverain répondit d'un air gêné qu'il était désolé pour cet excès de zèle, mais que ses hommes n'avaient fait qu'appliquer la loi, et qu'il devait consulter son Parlement sur le sort des prisonniers.

Le secrétaire à l'origine de la chose, qui avait la haute main sur les affaires du palais en l'absence de son maître, intervint dans la conversation, sans respect pour la naissance et le rang de la suppliante, et, lui coupant la parole, lui dit vertement de ne pas rompre la tête du roi avec cette affaire, qu'au demeurant cela ne changerait rien, et qu'ils avaient bien mérité ce qui leur arrivait.

Margot suffoqua, tempêta, prit à témoin son époux et l'assistance de la façon indigne dont la traitait ce petit homme, exigea qu'Henri de Navarre lui en donne raison sur l'heure, qu'il choisisse entre lui ou elle. Elle ajouta que si une telle chose parvenait à la connaissance du roi son frère, et de la reine sa mère, ils en seraient fort contrariés, et que cela menacerait la paix des deux royaumes, qu'il était intolérable enfin qu'il ait plus de considération pour un serviteur que pour son épouse, etc.

Le Béarnais, impressionné par cette furie, renvoya son secrétaire. Il se déclara fort marri de son attitude mais l'excusa par le zèle que cet homme mettait à sa religion.

Les prisonniers ne furent libérés qu'après avoir payé leur amende, et la tiédeur avec laquelle Henri de Bourbon avait réagi en cette affaire fit dire à Margot que cette fois c'était bien fini, qu'elle s'éloignait à jamais de cet époux, et qu'il pouvait bien batifoler avec Mlle de Rebours ou la belle Fosseuse, elle ne partagerait plus jamais sa couche.

Ce qu'il semblait bien à Corine l'avoir entendue dire quelques années plus tôt… Elle soupira en froissant sa lettre, et ne fut pas autrement étonnée d'en recevoir une le mois suivant lui expliquant que pour éviter d'autres incidents, les souverains de Navarre avaient quitté Pau, et s'étaient installés à Montauban. Là le roi tomba malade, eut de fortes fièvres qui le tinrent alité durant dix-sept jours. Margot ne quitta pas son chevet, le veillant jour et nuit, en oubliant même M. de Turenne. Henri en fut tout ému et attendri, loua les bontés de sa femme, et ils retombèrent dans les bras l'un de l'autre…

Par commodité ils revinrent s'installer à Nérac, qui avec l'Albret dépendait du royaume de France, et à ce titre ne subissait pas la réglementation religieuse du Béarn. La diversité de religion s'y vivait dans la sérénité, et M. et Mme de Gayrand espéraient bien que cela allait durer.

* * * *

Par un beau jour d'été, Corine et Quentin étaient assis dans l'herbe, à la limite des jardins du manoir, à un endroit où ils aimaient se retrouver, en amoureux ou en famille désormais. Devant eux s'étendait un pré en pente douce et plus loin à perte de vue la campagne agenaise, le village aux toits de tuile rutilant sous le soleil à l'est, et, de l'autre côté, les vignes seigneuriales qui mûrissaient lentement leurs grains prometteurs.

Flore était debout entre eux et du haut de ses quatorze mois s'essayait à ses premiers pas, soutenue par les bras rassurants de sa maman. Dans le pré Pierre de Gayrand et sa cousine Charlotte se poursuivaient en riant, tandis que leur grand-mère Emeline tentait d'empêcher Élisabeth de Luzac de s'étaler dans l'herbe en voulant les rejoindre. Claude et Pauline étaient allongés non loin de là et chahutaient avec des brins de paille en plaisantant.

Quentin se dit qu'il y aurait bientôt un autre petit de Luzac en route, que cela ne l'étonnerait pas. Il embrassa du regard l'ensemble de sa famille et savoura ces instants précieux. Le ciel leur accordait enfin un répit. Il posa les yeux sur son épouse et sourit. Elle respirait la joie de vivre et s'occupait avec amour de leur enfant. Elle lui rendit son sourire et lâcha la fillette qui fit trois pas malhabiles avant de tituber dans les bras accueillants de son père. Pierre revenait vers eux en courant, la chemise débraillée et les joues bien rouges.

Ils étaient enfin réunis, et le pays était en paix. Ils pouvaient désormais profiter de leur amour et de leur bonheur familial dans la tranquillité de leur domaine, pour une période qu'ils espéraient longue et prospère.

Trois mois plus tard commençait la septième guerre de religion.

Épilogue

Le conflit suivant, qu'on appela «guerre des Amoureux», à cause du rôle que jouèrent soi-disant Marguerite et ses dames en poussant leurs galants à reprendre les combats, ne dura guère, et fut suivi de cinq années de paix. Celle-ci fut signée à Fleix près de Bergerac le 26 novembre 1580. Le duc d'Anjou vint y passer quelques semaines pour négocier le traité au nom du roi, et Margot put retomber dans les bras de son grand écuyer Champvallon.

Le roi et la reine de Navarre poursuivirent leur vie aventureuse et amoureuse. Tandis que la reine batifolait avec son amant, le roi faisait de même avec la belle Fosseuse, qui finit par tomber enceinte de ses œuvres. La princesse Marguerite lui servit de sage-femme ! Mais la belle accoucha d'une fille mort-née. Margot emmena sa demoiselle d'honneur avec elle lorsqu'elle regagna Paris en 1582, et en profita pour la renvoyer à ses parents.

Henri de Navarre se fâcha un peu, mais s'en remit très vite, en tombant dans les bras de la belle Corisande, surnom de Diane d'Andoins, comtesse de Guiche et de Gramont. Marguerite de son côté eut du mal à refaire son nid à la cour de France, entre les faveurs insensées accordées aux mignons, et les crises de mysticisme et de pénitence de son frère Henri III. Sa relation avec Champvallon connut aussi des hauts et des bas. En juillet 1583, dans un accès de colère et de haine, le roi chassa sa sœur de la Cour, tout en faisant propager jusqu'en Navarre la rumeur de son inconduite notoire, assurant qu'elle avait même avorté d'un enfant du grand écuyer.

Le Béarnais put difficilement passer sur l'affront public, et s'il finit par accueillir sa femme à Nérac, ce fut le début de la brouille définitive des deux époux. Margot se retira à Agen, où l'annonce de la mort du duc d'Alençon, puis d'Anjou, le 10 juin 1584, bouleversa son destin.

Celui-ci s'était consacré à son aventure des Flandres. On lui livra Cambrai, il prit Anvers et s'attribua les titres de duc de Brabant et comte de Flandre. Mais les bourgeois se révoltèrent, massacrèrent nombre de Français. Les autres villes se fermèrent devant lui et le prince d'Orange ne le soutint pas. Vaincu, malade des poumons depuis longtemps, il se retira à Château-Thierry en Champagne, où la phtisie eut raison de lui en quelques mois.

Sa mort changeait la donne en France, car Henri III n'avait plus d'autre frère et pas d'enfant. Henri de Navarre devenait donc l'héritier du trône de France, et son beau-frère le reconnut comme tel. Pas les Guise ni les ultracatholiques, qui ne pouvaient supporter l'idée d'un roi huguenot. Un long conflit dévasta donc le royaume, qui dura près de quinze ans.

Margot fit la sottise d'entrer dans cette guerre au nom de la Ligue. Comtesse d'Agen, ville acquise au parti catholique, elle leva des troupes, prenant au passage pour amant un jeune lieutenant de vieille noblesse auvergnate, Jean d'Aubiac. Elle se retrouva à lutter à la fois contre les armées de son mari le roi de Navarre et celles de son frère le roi de France, et chercha en vain du secours auprès du duc de Guise et de l'Espagne.

Lassés de l'occupation de la soldatesque, des réquisitions de la garnison, les bourgeois finirent par se révolter et ouvrir les portes à l'armée d'Henri III. La princesse dut s'enfuir précipitamment à cheval, en croupe derrière son amant, poursuivie par la cavalerie royale. Elle réussit à gagner l'Auvergne, où elle possédait des terres.

La vindicte d'Henri III la poursuivit jusqu'à la faire assiéger dans la place forte d'Ybois, et capturer par ses troupes. Il ordonna de confisquer ses bijoux, terres et pensions, de renvoyer ses femmes et serviteurs, et fit pendre le jeune lieutenant. Marguerite craignit même pour sa vie. Finalement elle fut enfermée dans le château fort d'Usson, sur les hauteurs d'Issoire, où elle passa les dix-huit années suivantes de sa vie.

Mais, usant de persuasion, le prenant pour amant selon les uns, le faisant payer par les Guise selon d'autres, elle convainquit dès la première année son geôlier, le marquis de Canillac, de lui céder la forteresse, et ce fut finalement en maîtresse des lieux qu'elle régna sur Usson, éloignée de sa famille comme de la politique, y prenant de l'embonpoint, se consacrant à des exercices de piété et à l'étude des livres, rédigeant ses Mémoires.

En mai 1588, une insurrection populaire éclata dans Paris, soutenue par les Guise. Henri III dut s'enfuir, mais le Valois n'avait pas dit son dernier mot. Convoquant les états généraux à Blois, y accueillant faussement en ami le duc de Guise au palais, il le fit assassiner le 23 décembre 1588, de plusieurs coups d'épée et de poignard par sa garde rapprochée.

La mort du prince lorrain excita le fanatisme et le 1er août 1589, alors qu'avec le roi de Navarre, Henri III marchait sur Paris et avait dressé son camp à Saint-Cloud, il fut assassiné à son tour par le moine jacobin Jacques Clément, d'un coup de couteau dans le ventre. Henri de Navarre devenait Henri IV, et Marguerite de Valois virtuellement reine de France, mais cela provoqua une recrudescence des combats dans tout le pays, et le Béarnais eut encore un long chemin à parcourir avant de s'asseoir véritablement sur le trône de son prédécesseur.

La reine Louise prit le deuil en blanc des reines de France, se montra inconsolable, se retira pendant onze années à Chenonceau, que lui avait légué la reine mère, et où elle fit peindre les murs de sa chambre en noir, tendre son lit de rideaux noirs, orna la pièce de décors funèbres. Elle mourut le 29 janvier 1601 à Moulins, capitale du Bourbonnais, qu'elle avait reçu en douaire avec le Berry.

Catherine de Médicis ne connut pas la douleur de voir périr son fils préféré, elle s'était éteinte huit mois avant lui, le 5 janvier 1589, au château de Blois, à l'âge de soixante-dix ans. Elle avait légué l'essentiel de sa fortune à son petit-fils Charles d'Angoulême et à sa petite-fille préférée Chrétienne de Lorraine, qu'elle avait songé un temps à marier à Henri de Navarre, si Marguerite mourait ou était répudiée. Ainsi l'enfant chérie serait devenue reine de France. Cela ne se fit pas et elle épousa finalement en 1589 un cousin de la reine mère, Ferdinand Ier de Médicis, grand-duc de Toscane, regagnant ainsi la terre de ses ancêtres maternels.

Après la mort de Catherine de Médicis, Hélène de Surgères se retira auprès de son frère au château de Surgères, ses parents étant décédés entre-temps. Elle y mourut auprès des siens le 15 janvier 1618 à l'âge de soixante-douze ans. Certains historiens la marient par erreur à un cousin du comte de La Rochefoucauld ou à Philippe de Barbezières, la confondant dans un cas avec sa nièce, dans l'autre avec une de ses grand-tantes, toutes deux ses homonymes.

Pierre de Ronsard s'éteignit au prieuré de Saint-Cosme le 28 décembre 1585. Il ne fut pas enseveli sous ses roses comme nous lui en avons fait émettre le souhait, mais dans le chevet de l'église. Toutefois ses restes, redécouverts au début du XXe siècle dans les ruines de l'édifice, reposent aujourd'hui dans le jardin contigu, sous une simple dalle de pierre. Un rosier a été planté à côté.

Agrippa d'Aubigné fit carrière dans les lettres comme dans l'armée protestante. Il fut nommé maréchal de camp en 1586, gouverneur d'Oléron en 1589, puis vice-amiral de Guyenne et de Bretagne. Il se brouilla avec le Béarnais après l'abjuration du protestantisme par ce dernier, qu'il considéra comme une trahison. Il se retira de la Cour, puis de la France et mourut en exil à Genève le 9 mai 1630.

Henri IV avait fini par comprendre qu'il ne pourrait jamais véritablement régner sur les Français ni sur la capitale en huguenot. Il se convertit le 25 juillet 1593. Cela lui valut de nombreux ralliements. Dès lors il pouvait être sacré, ce qui fut fait à Chartres le 24 février 1594, car Reims était aux mains des Guise. Bientôt la capitale lui ouvrit ses portes. On lui prêta la parole « Paris vaut bien une messe », qu'il n'a probablement jamais prononcée. Il se montra magnanime envers ses ennemis, et gratifia ses anciens amis en 1598 de l'édit de Nantes qui autorisait l'entière liberté de culte pour les protestants.

Après des décennies de guerres de Religion, le royaume retrouvait la paix et la prospérité, grâce aussi aux actions de son ministre le plus célèbre : Maximilien de Béthune, duc de Sully. Son règne resta dans les mémoires comme celui du « bon roi Henri ».

Mais si *noste Henric* avait changé de religion, il n'avait pas renoncé à son mode de vie, et notamment à ses nombreuses maîtresses, à qui il promettait de les épouser si elles lui donnaient un fils. Celles qui furent le plus proches d'y aboutir furent Gabrielle d'Estrées, qui mourut des suites d'une fausse couche, et Henriette de Balzac d'Entragues, la propre fille de Marie Touchet, qui poursuivit ainsi la carrière de sa mère dans les alcôves royales.

Margot refusa toujours de renoncer à son mariage tant que c'était pour donner le titre de reine à l'une des maîtresses en lice. Elle accepta en revanche lorsqu'il s'agit pour le Béarnais d'épouser une princesse italienne, qui plus est de la famille de sa mère. Son union fut annulée pour vice de consentement, elle garda son titre de reine, y gagna en plus celui de duchesse de Valois, et se réconcilia avec Henri IV qui put convoler en justes noces avec Marie de Médicis le 17 décembre 1600.

La nouvelle reine accomplit son devoir en donnant six enfants au roi, ce qui n'empêcha pas celui-ci d'aller voir ailleurs, en particulier dans les bras de Jacqueline de Bueil, ou de Charlotte de Montmorency, son dernier amour – une jeunette de quinze ans alors qu'il en avait cinquante-cinq – fille du duc de Montmorency, Henri de Damville.

Margot fit son retour à Paris en 1605, où elle fut bien accueillie par son ancien époux et sa famille, comme par les Parisiens. Elle se fit construire un palais sur la rive gauche de la Seine, face au Louvre, où elle tint un salon, faisant de son hôtel un haut lieu de la vie intellectuelle et culturelle de la capitale. Elle dota et fonda des couvents, fit beaucoup de dons aux pauvres et eut saint Vincent de Paul pour aumônier.

Elle mourut le 27 mars 1615, laissant tous ses biens au fils aîné de son époux, le jeune roi Louis XIII, qu'elle affectionnait. Son dernier grand chagrin avait été la mort d'Henri IV, assassiné le 14 mai 1610 par François Ravaillac, un catholique exalté. Le régicide fut écartelé en place publique, on déclara qu'il avait agi seul, mais d'aucuns pensèrent que son bras avait été armé... par le duc d'Épernon. Celui-ci ne fut pas inquiété.

Marie Touchet s'éteignit à Paris, dans l'hôtel d'Angoulême appartenant à son fils, le 28 mars 1638, à l'âge vénérable de quatre-vingt-cinq ans. Concernant son fils Charles d'Angoulême, nous devons à la vérité de dire qu'il ne porta pas ce titre aussi jeune que nous l'avons écrit. Par commodité nous avons accordé ce titre dès le départ au fils de Charles IX qui porta d'abord ceux de comte de Clermont, de Lauraguais, de Carcassonne, d'Allais, d'Auvergne, de Ponthieu...

Il entra dans les ordres à treize ans, comme sa mère l'avait promis, mais avait plus de disposition pour l'armée que pour la vie religieuse. Il en sortit à seize ans, fut nommé colonel général de cavalerie et épousa à dix-huit ans la fille aînée du duc de Montmorency devenu connétable de France. Il fut un partisan sincère du roi Henri III, qu'il assista dans ses derniers moments, puis servit bravement Henri IV dans un premier temps.

Plus tard, entre ambition, vie dissolue et manque d'argent, il participa à différents complots, et fut emprisonné à la Bastille pendant onze ans. Libéré en 1616, il se consacra à nouveau à l'armée, et mourut à Paris le

24 septembre 1650. Sa demi-sœur Henriette de Balzac d'Entragues échoua à se faire épouser par Henri IV. Elle demeura néanmoins sa maîtresse, fut titrée de marquise de Verneuil, lui donna deux enfants et vécut jusqu'en 1633. Son fils Gaston-Henri fut nommé évêque de Metz à l'âge de sept ans, sa fille Gabrielle-Angélique épousa le fils du duc d'Épernon.

Le prince de Condé mourut si brutalement en 1588 qu'on crut qu'il avait été empoisonné, et ce par sa propre épouse (la seconde). Son fils posthume épousa Charlotte de Montmorency, le dernier amour d'Henri IV. Le vicomte de Turenne devint duc de Bouillon en 1591 et maréchal de France en 1592. Son fils fut un des meilleurs généraux de Louis XIII et Louis XIV.

Guillaume le Taciturne, prince d'Orange finalisa la séparation de l'Espagne des provinces de l'Union d'Utrecht en 1581. Il fut assassiné par un fanatique catholique en 1584. Il avait épousé en 1583 en quatrièmes noces, Louise de Coligny, fille de l'amiral et veuve de Charles de Téligny tué lors de la Saint-Barthélemy, dont il eut un fils juste avant de mourir. Leur petit-fils Guillaume II d'Orange épousa la fille aînée du roi Charles Ier d'Angleterre, et leur arrière-petit-fils Guillaume III monta sur le trône d'Angleterre, Écosse et Irlande. Ainsi les descendants de l'amiral régnèrent-ils sur plusieurs pays, alors que les derniers Valois avaient cédé le trône de France aux Bourbons depuis longtemps.

François de Lesdiguières s'empara de Grenoble en décembre 1590 et fut promu lieutenant général du roi en Dauphiné en 1597. Maréchal en 1609, duc et pair de France en 1611, il se convertit au catholicisme en 1621 à soixante-dix-neuf ans, peut-être pour pouvoir être nommé connétable, titre qui ne pouvait être donné qu'à un catholique, et qu'il fut le dernier à porter en France. Il s'éteignit en 1626 après avoir mené sa dernière expédition en Italie à quatre-vingt-trois ans.

Son abjuration – comme celle du fils du prince de Condé, du fils de M. de Turenne et de celui du comte de La Rochefoucauld – sonna le glas du protestantisme dans les familles de la haute noblesse française.

Le maréchal de Bellegarde mourut en décembre 1579, deux mois après avoir reçu Catherine de Médicis et promis fidélité au roi en échange du gouvernement de sa principauté préférée. On accusa la reine mère de l'avoir empoisonné, mais on ne put rien prouver. Le duc Emmanuel-Philibert de Savoie s'éteignit à Turin en 1580. Son fils Charles-Emmanuel Ier s'allia à la Ligue et au roi d'Espagne, et profita des guerres de Religion en France pour s'emparer à nouveau de Saluces en 1588.

Le duc d'Épernon est probablement le personnage réel dont nous avons le plus modifié la vie dans le roman. Bien sûr il n'a jamais été impliqué dans un enlèvement du fils de Charles IX. Il n'était probablement pas à la Cour en septembre 1571 au moment où débute notre récit. Il semble qu'il ne rencontra le duc d'Anjou, futur Henri III, qu'après ou pendant le siège de La Rochelle, en 1573. De même il ne porta le titre de duc d'Épernon qu'à partir de 1581.

Lors de la première phase d'écriture, nos sources documentaires étaient réduites. Ensuite il eût été compliqué de tout changer. D'ailleurs depuis Alexandre Dumas, il est permis de trahir l'Histoire, si on lui fait de beaux enfants… Il nous fallait un nom remarquable, et un méchant d'envergure : ce fut Jean Louis de Nogaret de La Valette, duc d'Épernon. Une vieille gravure dans un ouvrage nous l'avait montré séduisant, et il est plus jouissif d'avoir un méchant beau et attrayant !

Concernant tous les autres personnages historiques réels, nous avons respecté dans la mesure du possible leur vie, leur caractère, leurs actions, leurs sentiments, puisant souvent des dialogues dans des chroniques, Mémoires ou correspondances d'époque. À tel point qu'il nous est difficile aujourd'hui de démêler le vrai du faux dans les paroles que nous avons mises dans la bouche de Catherine de Médicis ou de ses enfants.

Bien sûr, il y a notre interprétation personnelle des personnages, les sentiments d'amitié ou d'inimitié qui sont nés entre eux et nous au fil des quelque trente-cinq années (!) qu'a duré l'écriture de ce roman fleuve. D'aucuns pourraient nous reprocher certains actes, attitudes ou paroles, surtout de personnages aussi controversés, décrits, déformés, interprétés que Catherine de Médicis, Charles IX, Henri III ou la reine Margot et son époux le Béarnais.

Nous assumons ces personnages que nous avons faits nôtres comme nous le ressentions, d'avoir innocenté en quelque sorte Charles IX de la Saint-Barthélemy, d'avoir pleuré en écrivant sa mort, d'avoir maintenu le côté efféminé et homosexuel torturé d'Henri III, malgré les historiens qui aujourd'hui le nient, d'avoir gardé à Margot ce surnom que peut-être elle n'avait pas, et à la reine Catherine son accent italien.

Et nous assumons notre duc d'Épernon, avec quelques vilenies de plus, mais le vrai n'était pas non plus d'un caractère facile, ni d'un comportement exemplaire. On lui savait des manières hautaines et doucereuses, de l'orgueil et de l'avidité. Il est vrai qu'il fit partie des mignons, qu'il entra un des premiers dans la Ligue, qu'il se distingua au siège d'Issoire, qu'Henri III le combla d'honneurs et de richesses, que Catherine de Médicis redoutait sa puissance.

Il fut réellement envoyé en ambassade auprès du duc de Savoie en 1579. Le roi acheta pour lui la châtellenie d'Épernon (Eure-et-Loir) qu'il érigea en duché-pairie en 1581. Il était auparavant connu sous le nom de La Valette. En quelques années il cumula les charges de gouverneur du Boulonnais et des Trois-Évêchés en 1583, de l'Angoumois, de la Saintonge, de l'Aunis, de la Touraine, de l'Anjou et de la Normandie en 1587.

À la mort d'Henri III, il refusa de reconnaître Henri IV jusqu'à sa conversion. Le roi crut pouvoir l'utiliser en Provence, il s'y montra cruel, orgueilleux et impitoyable.

Une révolte éclata contre lui, soutenue par Lesdiguières. Épernon menaça de s'allier à la Savoie, à l'Espagne, au diable même. Le fils du duc de Guise, rallié à Henri IV, le chassa de Provence en 1596.

Le roi lui accorda en échange le gouvernement du Limousin. Il était à côté du souverain lorsque Ravaillac le frappa. Il fit ramener le corps au Louvre et s'empara de l'autorité au nom de la régente Marie de Médicis. Celle-ci, reconnaissante, le combla encore plus d'honneurs. Il avait une garde de sept cents hommes, entrait dans la cour du Louvre en carrosse comme les princes du sang, bâtonnait les officiers, bousculait les ministres…

Il complota contre Luynes, favori de Louis XIII, organisa en 1619 l'évasion de la mère du roi exilée à Blois. Il espérait être nommé connétable, mais ne s'entendait pas avec Richelieu, sans vouloir pour autant s'allier à ses ennemis. Il obtint à la place le gouvernement de Guyenne en 1622. Là, il se fâcha avec le Parlement de Bordeaux et avec l'archevêque, allant jusqu'à lui donner en public en 1632 un coup de canne devant le porche de la cathédrale ! Louis XIII dut intervenir et l'obliger à demander pardon à genoux au prélat. On n'osa pas lui retirer l'exercice de sa charge avant 1641. Il fut alors relégué à Loches où il mourut la même année à quatre-vingt-huit ans.

Les protestants français auraient pu connaître un avenir de paix si Henri IV avait vécu un peu plus longtemps, si Louis XIII n'avait pas été sous la coupe de sa mère, puis sous celle du cardinal de Richelieu. Depuis des décennies La Rochelle narguait le pouvoir royal en tant que ville libre protestante. Richelieu l'assiégea en 1627, la prit, et fit raser ses murailles. C'en fut fini de la forteresse huguenote. Les protestants conservèrent la liberté de culte, mais durent rendre toutes leurs places fortes.

Le coup de grâce leur fut donné en 1685 lorsque Louis XIV révoqua l'édit de Nantes, obligeant les huguenots à se convertir ou à s'exiler. Le roi le fit sous l'influence de sa maîtresse puis épouse morganatique

Mme de Maintenon – née Françoise d'Aubigné – qui ramena austérité et bigoterie à la Cour. Louis XIV était le petit-fils d'Henri de Navarre, et sa favorite la petite-fille... d'Agrippa d'Aubigné ! Leurs ancêtres ont dû se retourner dans leur tombe...

Des milliers de protestants quittèrent le pays et prirent le chemin de l'Allemagne, des Pays-Bas, de l'Angleterre, et de là celui plus lointain encore de l'Afrique du Sud, du Canada, ou des futurs États-Unis d'Amérique. Ce n'est qu'à la veille de la Révolution française, en 1787, que le protestantisme fut à nouveau toléré en France.

Ainsi se termine le tour d'horizon des personnages historiques de ce roman. Quant aux héros fictifs de l'histoire, les de Gayrand, de Luzac, Perrot et leurs amis, nous laissons au lecteur le soin d'imaginer leur avenir, à moins que l'auteur de ses lignes ne décide, un jour, de reprendre la plume pour en écrire la suite...

REMERCIEMENTS :

Merci à mes lectrices du comité de lecture de Nouvelles Plumes d'avoir vibré avec moi aux aventures de Mlle de Pâquelin et de lui avoir ainsi permis de vivre au grand jour. Merci à ces éditions d'exister et de permettre à des auteurs inconnus de franchir le barrage des jurys professionnels des maisons d'édition classiques. Laisser le choix à de vrais lecteurs est une très riche idée. Merci à France Loisirs, que je fréquente depuis trente ans, pour cette innovation.

Composition :
Soft Office – 5, rue Irène Joliot-Curie – 38320 Eybens

Achevé d'imprimer par GGP Media GmbH, Pößneck
en mars 2015

N° d'éditeur : 23
Dépôt légal : avril 2015

Imprimé en Allemagne